末代镖师

第一部　提刀寻路

方　彪　著

學苑出版社

图书在版编目（CIP）数据

末代镖师. 第1部，提刀寻路／方彪著. —北京：学苑出版社，2015.7

ISBN 978-7-5077-4805-5

Ⅰ. ①末… Ⅱ. ①方… Ⅲ. ①长篇小说-中国-当代 Ⅳ. ①I247.5

中国版本图书馆CIP数据核字（2015）第155394号

出 版 人：孟　白
责任编辑：刘　丰
出版发行：学苑出版社
社　　址：北京市丰台区南方庄2号院1号楼　100079
网　　址：www.book001.com
电子信箱：xueyuanpress@163.com
经销电话：010-67601101（营销部）、67603091（总编室）
印 刷 厂：北京京华虎彩印刷有限公司
开本尺寸：787×1092　1/16
印　　张：53
字　　数：920千字
版　　次：2015年9月第1版
印　　次：2015年9月第1次印刷
定　　价：120.00元（全三册）

目 录

一、亮　刀

1

源顺镖局的大刀王五放弃了劫法场救谭嗣同的计划，成全了谭嗣同守义成仁的志向，收殓了他的遗体后，亲自扶灵送回了浏阳。

从浏阳回京后，王五总是闷闷不乐。一日清晨，他牵着马走出源顺的大门，准备到广安门外达官营遛遛马。正要上马，驰来五匹骏马，五位少年滚鞍下马，齐刷刷地向他请大安，表示了拜师投源顺之诚。王五抱拳道："不敢当！不敢当！小爷们看样子都是在旗之人，无入镖局之理。"说罢翻身上马，驰向了广安门。

出城之后，王五一抖丝缰，坐骑腾空，刹时就到了达官营。回首一看，五位小爷都紧跟而来，竟然没有被甩掉。王五心中一惊，坐下赤炭火龙驹是名副其实的千里马，能不被落下的骑手可真不多。于是下马拱手道："小爷们有何见教？来到这跑马场，想来是要一显身手，王五敬候了。"

小哥儿五个飞身下马，齐声答道："愿前辈指教。"言罢一转身，左脚刚一点镫，坐骑如离弦之箭，哥儿五个在飞驰中飞镫落鞍，绝尘而去。王五不禁高声叫好。

转眼哥儿五个又拨马而回，跳下马来，在马屁股上击了一掌，马即疾驰而逸。跑出一箭之地后，哥儿五个狂奔追上逸马，从马后屁股蹿上马背，稳坐在马鞍之上。然后调转马头，向王五拱手行礼："晚辈献丑了。"

这时蓝天白云之下，一队大雁由北向南飞来，哥儿五个同时弯弓搭箭，弓弦一响，飞马而去，均在空中接得落雁而归。王五拍手叫好，拉着哥儿五个的手走进了路旁的大酒缸，坐定之后举杯道："小爷们身手不凡，敢问名号和府上是何门第？"

王五这一问，就静了场。小爷们愣了一下开始自报名号："富仁德、关义德、兆礼德、玉智德、常信德。"报完名号后富仁德说："我们哥儿五个是结义弟兄，我年长算是老大，都是密云城关营西村人，在家放马、种地。名字都带一个德字，村里的人就管我们叫五德。五、武同音，我们就结了一个武德会，农闲时练练功夫，没受过名师指点。"

王五给哥儿五个斟满了酒，自己举杯一饮而尽，说："源顺专走北道上的镖，过密云出古北口，是蹚熟了的路。营西村在檀营西墙外，一墙之隔营里营外是两个天地。营里驻着满、蒙八旗，都是吃粮领饷的爷。营外是种地的老乡，村里也有不少马户，专门贩卖口外的骡马。也代营里放养军马，说是代养，实际上是上差来阅兵时凑个数，好吃空额。可是近来马户都不景气，八旗丁多兵少，兵多马少。兵和马都没什么空额可吃了。”

王五这席话把小哥儿五个都说傻了，在真人面前就别说假话了。仁德站起来躬身施礼说：“前辈恕晚辈不敬，我们哥儿五个都是檀营里的旗人。我和礼德、智德是满洲八旗，义德、信德是蒙古八旗。

“在旗之人本应当兵吃粮，可是兵额日减，生齿日繁，旗人当不上兵也就没钱粮吃，吃丁口粮饿不死也得饿个半死。

“从前选兵是凭一马三箭，可是去年出了新章程，分文场、武场两试，过了文场才准考武场。文场中的猫腻可就大了，卖题、换卷、代考的都有，凭的就是银子、路子。

“我们哥儿五个都早五世恩尽了，家里没银子，也托不上大门坎，从小就苦练了一马三箭的功夫。要是当初，放马冲到靶前正鞍一箭，然后藏身鞍侧一箭，拨马反身一箭，三箭皆中就算中试，能当兵吃钱粮了。可是白练了，文场不过根本进不了武场。说实在的，就是过了武场吃上钱粮也没用了。新军都使用后膛枪，一马三箭成了经看不顶用的花活儿。再守着这玩意儿不放，那就是一条路走到黑。

“今年的章程更邪，文试、武试都停了，改成了保送。由每个佐领选送文武皆通者去新军习洋枪，可是说去全没去，都在营里吃上了兵额。”

说到这儿，义德把话茬儿接了过去：“我和信德是科尔沁部的人，乾隆年间由铁岭调来的。人走旧道，吃钱粮没戏了就帮着跑蒙古买卖的货栈拉骆驼、赶大车。在北道之上闻您的大名，哥儿五个一商量，就来投源顺了。”

礼德上过几天随营官学，又好到关厢的关帝庙外听评书，是说《水浒传》的半个先生，顺着义德的话，站起来给王五敬酒，说：“晚辈也知道，当兵是国家的干城，除暴安良。可是老百姓都说：兵匪一家，遇上了兵祸、匪祸都是在劫难逃。《水浒传》上说劫富济贫，替天行道，可是梁山好汉又都没有好结局，不受招安是‘匪’，受了招安又不得善终。

“镖行的人好说‘受人钱财与人消灾’，街面上的人见了镖师还叫声‘达官爷’，干镖行是条正道。我们哥儿五个也算是习武之人，当兵没有路子，想穿官坎是没戏了。投梁山，上哪儿找及时雨宋公明去？想来想去，只有来投前辈了。”

王五静静地听着小哥儿五个的说词，等五德把肚子里的话尽倾之后，又给每人斟了一杯酒，说：“镖行天下，全靠诚信二字。于心诚，于人信。一诺千金，这是镖行的大道理。源顺是个小局子，所务就是走镖，走镖可是件苦差事。特别是北道上，风餐路宿是家居过日子。碰上了胡子、马达子，弄不好就得动真家伙，要见血。

“‘家有隔日粮，谁去干镖行。’一马三箭是好活儿，走镖可不能光凭这功夫，于口外镖路而言，近来道上朋友都玩上了抬杆、手冲子，有的还要上了洋家伙，都不是善茬儿。”

说着，王五从腰间掏出了一把俄制左轮：“这玩意儿连扣连响，能打七发，都管它叫七星枪。俄造的骑枪更厉害，能打三百多丈。光凭长枪、腰刀、硬弓这三件宝是不行了，还得会玩长火（步枪、骑枪）、短火（手枪）。一旦动了洋枪，生死难料，枪子儿不认人呀。”

说到此处，王五长叹一声，举杯一饮而尽。智德赶紧又给满上了酒，说：“前辈放心，我们哥儿五个也不是缺心眼儿、没眼力见儿的人，到时候知进知退。跟您走镖不敢说能顶起事来，多少能帮着挡点事儿，前辈就放心吧。”

信德把话接了过来，说：“檀营现在也换了洋枪，都是新军换下来的‘单打一’，就是口老了点，膛线松了。有顶子的也都别上了左轮手枪，是天津机器局、神机营机器局的国造。使起来还行，就是重点儿。您这七星枪看着就有样，动真的时就不用说了。”

王五把枪收了起来，说：“短火一别是腰里硬，可是能不用就不用。走镖时要是动了短火，那就是你死我活，以后这条路也就别走了。你们哥儿五个都是孩子，我看还是回家去吧。等上两年，或许时局能向好处走。朝廷定制，在旗之人不许从事末业，还没听说过旗营的小爷进镖局谋生的。”

听到此处，五位旗营的小爷全乐了。仁德站起来向王五拱手施礼道：“前辈只知其一，不知其二。现在旗营中的人，干什么的都有，就差有要饭的了。我们哥儿五个不想混成要饭的，才先走一步。习武之人当不上兵，上不了梁山，就来投您了。”

王五示意让仁德坐下，把手里的酒杯也放了下来，说：“镖局的规矩入局要有铺保，未总发之人得父母具书同意，即便双亲不在，也得有族中长辈或舅父承诺。因为保镖是铁血行当，非同一般，我若收留你们，有违行规，亦无法和你们的父母交代。以你们的弓马之术，将来不愁大用。”

说罢，王五举杯说：“这杯酒既是给你们接风，又算是送行。今晚就在源顺住下，明儿早上赶紧回密云，免得家中挂念。”说完之后，王五把杯中酒干了。可是哥儿五个都没有动。仁德从怀中取出一封书信，双手呈上。王五接过打开一看：

正谊吾弟大鉴：

所荐五德，实乃五虎。弓马之强非常人可比，为人之道亦在云云者流之上。展其才，北道镖路之上必有大用。枪马已为之备，望吾弟均留之，切莫择用。五德者，义结桃园，同进同退。

愚兄魁元顿首

王五把信收入怀中，对五德说：“宣化魁元货栈的张北马驰遍长江以北，董魁元与我是莫逆之交，他为你们备枪马鼎力举荐，源顺无不留之理。”听到这儿，哥儿五个都掏出了腰间的六响炮，是清一水天津机器局造的左轮。义德收枪后说：“董老前辈教我们哥儿五个练过洋枪，说实在的，我们的枪法比不上箭法，枪子儿太贵了，玩儿不起。可心里大概也有个谱儿，三十丈内不敢说指左眼不打右眼，但不会打偏了、打飞了，撂不倒大活人。走镖时遇上真格的，您尽管放心，我们哥儿五个的短火可不是吃素的。”

说到这儿，礼德接了下茬儿：“长火我们哥儿五个也会使，可没玩儿过什么像样的好枪，口全太老了。董老前辈说想办法弄些俄造的长火，三百丈外就能把人撂倒，在口外旷地上好使，是真家伙。俄造的长短枪都是从外蒙流进来的，几转手就把价抬了上去。博王爷已经答应了，帮董老前辈弄一批物美价廉的好枪，魁元号有了好事，忘不了源顺。”

听到这儿，王五拍了拍腰间的左轮说：“我这把就是魁元兄送的。源顺镖局里有四十多条毛瑟枪，就是老了点儿。远了打不准，近了不如短火好使，背上这玩意儿走镖，就是吓唬吓唬道上的朋友。走镖不能光靠腰里硬（短枪）、胳膊壮（长枪），讲的是不战而屈人之兵。入了道儿后，你们就明白了。”

听到这儿，小哥儿五个全乐了，仁德又从怀中掏出一个大信封，双手递给了王五。王五打开一看，是哥儿五个的铺保和家中长辈的具名状。王五也乐了，小哥儿五个交换了一下眼色一齐口呼：“师傅在上，受徒弟一拜。”说着就跪倒在地，行了大礼。王五首肯，师徒名份就定了下来。

2

镖路漫漫，镖旗展展。大清朝裱糊出一个“同治中兴”，又裱糊出了一个“光绪继盛”。在“中兴”、“继盛”的过程中，大小镖局办得都挺火。可是镖行的人们心里有数，乱世中的“盛时”，是镖行得意之秋，天下太平路不遗失，焉有镖行？“贼匪”揭竿而起，九州板荡，镖行焉用？天下将乱未乱，得意者弹冠恣睢，失意者怀怒怀怨，小宣、小泄之际，镖行得行其间。总之，吃镖行这碗饭，就是一个字——“难”！

镖局可不是吃粮领饷的衙门，小哥儿五个进了源顺的第三天就踏上了征程，走了一趟货真价实的北道——由安定门外的外馆到库伦。在外馆的来远货栈接镖之后，十八辆大车均插上了源顺的镖旗。二十名镖师分列车前上了三炷香，然后高呼：“起镖——”

五德背上了长火，挎上了单刀。王五叫他们收起家伙，说：“太平地界不亮长短兵器，过村镇时要下马步行，这是行规，以示礼敬地方。在险道上亮家伙，一来是用着方便；二来是让朋友知道知道，是扎手的。”

京北第一站就是立水桥，车到镇南口，源顺一行二十人均翻身下马，王五领着大家走进一家挂着蓝幌子的小饭馆。堂倌上来迎客，源顺的人入座后恰好坐满了三张桌子。王五对跑堂的说：“先上茶，然后上大饼卷大葱，一人来一大碗杂碎汤。”

王五坐在东桌上，五德分列下座，义德起身给师傅面前的茶碗中倒茶。这时就听“吧”的一声，一把包着红绸子的短火拍到了桌子上，把茶杯碰倒了。五德一下子全站了起来，王五示意他们坐下。就见一条壮汉在王五所坐的长凳上坐了下来，说：“在下祝天彪，人称卷地虎。这立水桥是祝家的地盘儿，镖头从这儿过路就是借路，不进庙上香，可是差点儿意思。我是个大度之人，可是这把短火不答应，它让您意思意思。”

王五笑了：“您先把这玩意儿收起来，有话好好说。”“行！你看着这玩意儿发瘆，我就不把它摆这儿瘆人。”说着就把短火往腰里一别，伸出了三个手指头：“这数，我是一口价。”

王五又笑了，掏出了腰间的左轮往桌上一拍，“咚”的一声。然后平静地对壮汉说：“您刚才拍枪的声音和这声不同吧，您拍枪的声音是木头碰木头，声飘。我拍枪的声音是铁碰木头，声重。再说了，既然是亮家伙，哪有包着红绸子之理，又不是新娘子，怕见人。”

这条壮汉一听就傻了眼，站起来就要走。王五一把就拉住了他的手，把腕子一反，说：“朋友既然来了，就多坐会儿。”王五使的是腕子功，卷地虎半个身子都木了。“咕咚”一声又坐在了王五身边的长凳上，脸变得煞白。

王五坐下后给卷地虎倒了杯茶，说：“源顺专跑北道，这条路都蹚熟了。这立水桥是外馆屠三爷的地界，在下和三爷不敢说是莫逆之交，也是老朋友了。出门靠朋友，朋友当然是多多益善，多一个朋友多一条路嘛。今儿和您算是初交，以后多关照。”卷地虎直愣愣地听着，像个泥捏的。

王五把碗中的茶水一饮而尽，看着手中的茶碗对卷地虎说：“这玩意儿不结实。”话音刚落，茶碗就被捏成了八瓣。卷地虎的脸色由白变黄了，手直发抖，脚底下直哆嗦。王五高声喊道：“掌柜的！真对不住，一不小心摔了您一个茶碗，结账时算上。”

卷地虎的上牙直打下牙，结结巴巴地说：“小的有眼不识泰山，冒犯您了，以后再也不敢了。您老放小的一条生路……”王五点点头说：“看来你还没有入道，走镖的规矩是一路之上交朋友，可不买道。要是买道，这镖也就别走了。立水桥出京才二十多里，是太平地界，又住着巡检司……”

卷地虎两眼盯着王五小声说：“小的该死，听您的，也不入道了。道上的水太深，小的差得远，还是凭力气吃顿安生饭。”王五嘘了口气，说：“这就对了，今儿咱们碰上了，这也是缘分。走镖的不兴在打尖时喝酒，回来时要是再能碰上，我就破例和你好好喝上两杯。”

卷地虎舒了口气，说：“在真人面前不说假话，我是赶垛子的，家住北岭村，专把山里的干枣、栗子、核桃、山里红往立水桥送。这活累点儿，这些日子又不景气，一时起了邪念。碰上了您，是老天爷不让我走邪道，您点化了我。要是碰上了个让我给唬住了的，我在邪道上就蹚了下去。邪道没有能走一辈子的……”

王五点点头说：“这就对了，还没吃饭吧，一块儿吃吧。”卷地虎摇了摇头说：“我的垛子还在镇口，叫我侄子看着。我哥哥走得早，这孩子跟我干上了垛行。我得赶紧回去，他才十三岁，胆小，我怕他等急了。”

王五高声喊道：“掌柜的，给加两斤大饼，一斤酱杂碎，打包。”

卷地虎捧着大饼和酱杂碎，激动得说不出话来，眼睛湿了。

再往北走，就进山了。过了南口就是关沟，出居庸关过八达岭，就到了延庆州的地界。京畿是天子脚下的首善之区，均驻有步军统领衙门的捕盗营。交通枢纽、大乡大镇设有巡检司。总的来说，没有扎寨为王的巨盗，砸明火的草寇也很难安身。

出了京畿的辖区可就不同了，天高皇帝远，黑道上的朋友大者啸聚山林，结寨自守，小者白日拦路抢劫，黑夜袭扰村镇。镖车在延庆州地界上，可不能掉以轻心。

进山后多有险阻之地、三不管之地。险阻之地是山大王扎寨之所，一夫当关万夫莫开，官兵无可奈何。三不管之地是贼匪们的作案之所。省、府、州、县交界之地，犬牙交错，当官的都是多一事不如少一事，互相推诿。

不在官道旁，驻防的镇标不管；属界不明，地方官不管；不近村、镇、屯、集，民团、乡丁、团练不管。上述地方势力的旗号是保境安民，不容许贼匪侵扰他的地盘。远离村、镇、屯、集之地，地方势力当然不会去多管闲事。

兵不管、官不管、绅不管之地，老百姓就称之为三不管，不管的原因是石头、土块上榨不出油水来。

一进三不管之区，王五叫五德亮家伙，把长火背上，把短火明挎在腰上，让“朋友”知道知道，来者是腰里硬、胳膊壮的主儿。

峰回路转，镖车每到险阻之地王五即高呼“合吾!”并对五德说：“这是和朋友打个招呼，告知一声我来了。人家要是认你这个朋友，或是愿意交你这个朋友，就应一声‘合吾!’合吾之意是跟我合得来的意思。”

正说着，山谷中传来了合吾之声，此起彼落。五德惊呆了，问道：“这山里到底有多少‘朋友’？听声可是几座山里都有他们的人。这么多的人窝在山里，人吃马喂……”

王五笑了：“没有多少人，空谷传声，来回激荡。其实，也就是几个喊号子的在虚张声势。要是真有小半百的人枪，就出来见客了。见客就是列一字阵亮亮相，树树山威。”

话音刚落，“合吾”之声又传回山口，三位朋友紧跟着走了出来，高声喊道：“王镖头久违了。”王五下马拱手说：“当家的好!”“托您的福对付着混吧。”“张寨主可好!”“托福安泰。”

王五从车上取出两坛牛栏山老白干，说：“替我向张寨主捎个好。”“那我就替张寨主谢了，您再往前走弄不好有小戏看，在我们地盘上演小戏，您就别跟他们客气，替我们寨主教训教训这些吃生米的。我们张寨主说了，再不敬香火就对他们不客气了。”

说罢，二人一抱拳：“青山不改。”又相互招手说：“绿水长流。”

五德一听再往前走就有小戏看，都乐了。对王五说：“师傅，碰上吃生米的演小戏，就让我们哥儿五个练练手。”王五摇头说：“不可！吃生米的犯了飞龙岭的盘子，这是他们之间的事。咱们犯不上跟着掺和。冤家宜解不宜结，多一个朋友多一条路，少一个冤家少一堵墙。碰上吃生米的，也得好好点春。”

听到这儿，信德催马跟了上来问道：“这点春是怎么回事？”王五为了叫五德都能听见，提高了嗓门说：“点春是走镖的文功，又叫春点。就是凭这张嘴，化干戈，交朋友。

“道上的朋友亮出刀子时，爱说：‘人为财死鸟为食亡，豁着干了。’可是心里跟明镜似的，要是人死了，要财有什么用？弄不好媳妇揣着银子、拉着孩子走主儿，儿子落了个跟后爹的姓。

“可是羞刀难入鞘，亮出家伙往里收时总得有点说词，得有点面子。走镖的行规是没有给买路钱的，但对道上朋友得给足面子。”

智德不解了，问道：“都落草为匪了，还要面子干什么？”王五答道：“这面子是给寨主的。寨主要面子干什么？是让小的们瞧的。在外头弯了，在家里也就不好服众，寨主也就别当了。

“道上朋友嘴里说着敢动刀子、敢见血，可是心里盘算的是不动铁、不见血。所以给个台阶，道上朋友没不下的。看走镖的背着长火、挎着短火，够扎手的。想放过去，可是在小的们面前又不好交代。这时走镖的只要叫声当家的，说句吃的是朋友的饭、穿的是朋友的衣，这朋友也就交上了。这话也在理，要没有贼匪，哪来的镖行。天下太平，路不遗失，保镖的上哪儿找饭辙？准得改行。”

说着说着，就快出山口了。王五告诉五德：“前面就是三合镇，那可是个大码头，得收起家伙。背着长火、挎着短火进镇，招人家不痛快。这三合镇是三道合一，山货道、粮食道、口货道，三合一，集于一镇。镇上货栈、粮店、旅店、饭店、酒馆、茶馆、烧锅、磨房、油房……应有尽有。绅商两界，合办了个团练所，遇事鸣锣能集二百多号人……”

五德听到这儿赶紧收起了长火，把短火别到了外衣里面。这时，突然一阵铜锣响，四十多号人列一字阵挡住了去路。五德刚要迎上去，王五挥手给止住了。这一字阵真让人有些丈二的和尚摸不着头脑。看穿着，个个都包着红头巾，身上穿着土黄色的号坎。阵中树着一面门旗，上书“双刀杨无敌”。门旗下站着一个瘦高个儿，左手捧着双刀，右手持一面令旗。

王五跳下马来拱手道：“当家的辛苦了。”杨无敌把令旗向后背一插，说：“免礼!”说罢右手接过了一把刀，一转腕子，双手抖双刀封了个门户，然后对王五说：“我看你像条汉子，是个练家，过来对对招。”

王五又一拱手说：“在下身上没带家伙。”杨无敌把嘴一撇：“要饭的出门时还带个破瓦罐，出来走镖不带家伙，我看是混事的。你说了实话，我也就不为难你，这三合镇可不是好过的，和我们哥儿们意思意思，我双刀杨无敌保你平安进镇出镇。”

王五赔着笑脸说：“当家的想必知道，镖行的规矩是礼敬地方，途经村、屯、镇、集都得收起家伙，这三合镇在下也走过多次了，就不劳当家的大驾了。您要是愿意和在下交个朋友，进镇之后找个地方絮叨絮叨。”

听到这儿双刀杨无敌恼了，一抖腕子，双刀的刀背相磕，发出了金属刺耳的撞击声和共鸣声。王五乐了，说：“您这刀看起来有个样儿，听起来也有个声儿，能否赐给在下过过目，饱饱眼福。”“行！就让你开开眼吧。”说着双刀杨就把右手刀扔了过来。

王五接住了刀，翻转着打量了几眼，又抖了抖，说：“听声儿我就知道，您这把刀是把片刀，刀板宽，刀背薄，双刀一磕，声不厚重，颤声儿长，打造时又过了火，是件软货。接到手里后一瞧一掂，就知道我的耳朵没错。在下练一手，您瞧着不用心疼，保证完璧归赵。”

说罢，王五丹田一运气，双腿一较劲，两手一握，向中一合，把杨无敌的右手刀给折弯了，成了一个初五的月亮。紧接着一反腕子，又把弯刀给撼直了。用大拇指弹了弹，扔了回去。杨无敌接住了刀，说：“行！有两下。看来你是愿意玩儿重家伙，得换个法儿练练。”

王五抱拳答道：“听您的。”杨无敌向后一挥手，两个半大小子从阵后扛过一柄青龙偃月刀，看样子得有二百多斤重。扛到杨无敌的身边，将刀竖起戳在了地上。双刀杨一挥手，阵后冲出一条壮汉，把青龙偃月刀横在手中一运气，连举了七下，脸色不改气不喘。然后一拱手，挥刀练了几招。收刀之后又一拱手：“某家，镇三山关刀李是也。”说罢，走了一个戏台上的过场。

王五看到这儿可真乐了，抱拳说：“二百多斤重的大刀往地上一戳，刀钻没吃进土里，这就露了相，练的几招，也都是戏台上的路子，是武生的戏套。在下得罪了。”一个箭步，来了个空手夺刀。青龙偃月刀到手后，王五将其抛向空中，单手接住后，向关刀李一招手：“拿回去玩儿吧!”

这时阵中响起了铜锣，双刀杨高声喊道："撤!"众"好汉"四散而逃，超号的青龙偃月刀也不要了。五德捡起来一看，是木头做的，刚要用脚跺，王五给止住了："这刀是从关帝庙中抄来的，是周仓手中的那把，别给弄坏了，进镇后送回关帝庙去。"

进镇后源顺的镖车就住进了下马居，客店掌柜的一听王镖头到了，赶紧迎了出来。一切都安排妥当了，王五就把镇外的"小戏"和掌柜的说了说。掌柜的一听就笑了："那是些游手后生，办了个香会。开庙时就去进香，谁家有个婚庆、寿庆，就去凑个热闹。近来不知怎么出了邪，在镇外唬人，只要被他们唬住了，进镇后就得摆几桌。自认是风光体面，其实是胡闹。我这就打发人把他们叫过来，给您赔个不是。"

王五连忙说道："后生们的事就别认真了，您把他们叫过来干什么。"话还没落音，双刀杨走了进来，见了王五抱拳施礼说："不知道王镖头来了，刚才在镇外多有得罪。您是宰相肚里好撑船，大人不计小人过。"

掌柜的听到这里把话接了过来："王镖头要是和你来真格的，你还能站在这儿说话吗？北道上谁不知道大刀王五，也就是你们这帮浑小子，吃饱了混天黑，什么深浅都不知道。"

双刀杨又施一礼说："我就是听人说了，才知道冲撞了源顺的王镖头。赶紧跑过来赔理道不是。我和您是一回生二回熟，您以后可得多指点……"

王五拉着杨无敌坐了下来，说："不打不成交，过过手就不是外人，有句话我可得跟你直说。你们这一折腾，飞龙岭也有了耳闻，把你们当成是吃生米的了，要罚你们敬香火。我想你们犯不上招事，跟飞龙岭搅到一块儿，要是惊动了官面上的人，就说不清道不白了。"

听到这儿杨无敌可吓坏了，结结巴巴地说："让我们敬香火，我上哪儿找银子去呀？我们是起哄闹闹。把人唬住了，也就是混个肚圆，白吃人家一顿，没干过出格的事，更没受过香火银。从今以后我听您的，洗手不干了。道上的水太深，我可不敢再蹚。今晚上我给您摆酒道不是，谢您指点。"

王五拍着双刀杨的肩膀说："洗手不干了就好，良家子弟不蹚这浑水。三合镇的人都有个头脸，走的都是白道。明儿一早镖车还得往宣化赶，今晚上的酒就免了，回来时我清闲，我做东，咱们好好聚聚。"

吃完晚饭后，王五走进五德的屋里一瞧，小哥儿五个全都上了炕。脱下来的鞋东一只西一只，鞋跟全冲外。王五出屋后在院子里高喊了一声：“房上有人！抄家伙。”

五德一下子从炕上蹿了下来，一着地，可就乱了套，都手忙脚乱地满地找鞋，找到了鞋的忙着调过头来往脚上穿。礼德趿拉着鞋就往外跑，在门坎上绊了一个跟头。爬起来后一个箭步就跳到了院子中间，抬头一看，房上没有人。这时才感觉到脚底下冰凉，原来两只鞋一个在门坎里面、一个在门坎外面。穿好鞋后，发现哥儿四个也全蹿了出来，在院子中间直发愣。

这时王五面色严峻地说：“都回屋去。”进屋后王五示意五德上炕坐下，然后装上了袋烟，打开了话匣子：

“我这一嗓子是练练你们，要是真有事，你们哥儿五个可就吃了大亏，我得从头说起。走镖的上炕时，都得把鞋调个头，让鞋后跟冲着炕沿，为的是跳下炕来就能把鞋穿上。

“后上炕的人，不能碰乱了先上炕人的鞋，鞋脱在什么地方自己心里有个数。出了事，跳下炕来两脚就能找到自己的鞋。”

听到这儿，五德全跳下炕来把鞋就位，然后重新上炕。坐定了之后，王五放下烟袋说道：

“只要上了路，单刀和短火就不能离身。有事往外蹿时，手里得有家伙。怎么出门，可有个道道儿，得‘试路’。

“最常用的是挑衣问路，用单刀挑着件衣服往外一幌，紧跟着在下路来个左右旋风刀。如果门外两边藏着贼人，他俩准奔幌子下家伙，旋风刀走他们的空路，正好刮上两腿，准能见血。

“来个声东击西也行，一个人抄起张板凳从窗户上向外碰去，一声破窗的巨响，准把把门口的调了刀刃。大门后面的人来个卷地秋风，就滚了出去。刀走下路，顺带着就把堵门的两个毛贼断了腿。”

信德听到这儿眨了眨眼，问道：“贼人使的要是洋枪，被堵在了屋里，那该怎么办？”王五又装了一袋烟，抽了两口后缓缓地答道：“贼人有没有洋枪，被堵在屋里的人可不知道。走镖的人手中大多有腰里硬，贼人可知道。

“甭管有没有，你就当有，先投石问路，挑高走低，走高挑低。先从门窗上弄出点儿响动，长火、短火准奔响声儿来。一打响了，也就摸了贼人的底儿。到时候再见机行事，不论走高还是走低，都得侧身蹿出、滚出、猫出，不能挺着腰板儿向外冲。”

听到这儿义德问道："被堵在屋里了，我干脆不往外冲，跟贼人耗上了，时间一长，准能惊动官府、惊动地方。"王五点着头道："是个主意，可就怕贼人火攻。四面起火，被困在屋里就死定了。从火堆里向外跳，人家在暗处你在明处，是活靶子。这时再往外冲就晚了。贼人要不是红了眼，也不轻意火攻。火一点起来就做了大案，和地方上结了死过节儿，不是来寻仇的，一般不会用火攻。"

说到这儿，王五磕净了烟袋锅，扫了五德一眼说："火这玩意儿对咱们也有用，先下手为强。躲在门后面、窗户后面，把一条棉被浇上洋油扔出去，借着火光，用短火把院子里的贼人都给撂了。总之，被堵在屋里后不能慌，得冲出去。

"守是下策，最好不用。就拿刚才说吧，我一声'房上有贼'，你们哥儿五个全乱了套，礼德的腿最快，可是往外一蹿，在门坎上绊了个跟斗，要是动真格时，这跟斗一摔，没准也就爬不起来了。天不早了，睡吧。"

五德头枕炕沿就要拉被盖，王五连连摇手说："这可不行，走镖的什么时候都得头冲窗户睡觉，不能怕风。虽说是一出长城'豆粒大的窟窿斗大的风'，可是多大风也得头冲窗户睡。一来是外面有什么动静好听得见，二来是出了事不用翻身下炕就登上了鞋。"

王五转身刚要出门，又回过头来说："我还得嘱咐你们几句，只要上了路，一年四季都得穿着衣服睡觉，短火什么时候都不能离身，不能怕硌。单刀得放在枕头边上，出了事时右手出枪，左手抄起单刀。只要动了洋枪，就是你死我活。手中的左轮六响之后，可没工夫再装子弹，单刀就使上了。要是刀不在手，弄不好就要吃大亏。

"待会儿就放狗了，大黄和二黑跟你们都不熟，你们哥儿五个就别再出这屋门了。走镖的规矩，只要把院子全包下来，入睡前就把狗链子打开，可得先给店家打一声招呼，这样店家就知道了，你不开门，他不进院子。路上你们多喂喂大黄、二黑，只要熟了，狗就护主。"

在关帝庙后院的西厢房里，双刀杨和关刀李正在喝闷酒。双刀杨叹了口气说："想混个肚圆也不容易，看来只能收手了。"关刀李摇了摇头："得罪了飞龙岭可不是好玩儿的，现在收手晚啦！得另想法子。""我看一不做二不休，投卧虎山。""投卧虎山人家收？为咱们去和飞龙岭结怨？""咱们有见面礼。""拿什么当见面礼？""就在眼边上。"

夜深了，五德已进入梦乡。王五心里却总琢磨着双刀杨的眼神有点不对劲儿。自己赶来道不是，本应是意定心诚，可是临走时这小子眼神和心神不对榫。王五在江湖上阅人多矣，口不对心的人，说话时的神态有两种：一种是逢场做戏，说几句套路上的恭维话，跟在茶馆里侃大山时一样；一种是心中有鬼，心邪眼不正，好用余光看人，眼皮里有贼蕴。可是双刀杨只是个小玩闹，干不出什么大事，三合镇里也不是闹事的地方。

正朦胧欲睡时，大黄和二黑发出了轻微的预警声，王五翻身就蹿到了门口，用半扇门掩着身子向外看。月光下，清清楚楚地看见双刀杨和关刀李正站在南屋的前瓦沿上，用两条钩魂套逗狗。钩魂套上挂着块骨头，只要大黄、二黑往前一上，也就万事大吉了。可是大黄、二黑就是不上，发出的预警声越来越大。

王五明白，来者不善，善者不来。若是以暗偷为目的，见房下有狗也就收手了。要先除掉狗，是要做大案。你不张声我也不张声，王五扣上了左轮手枪的保险机，取出了腰间挂着的飞抓，一抖丝绳就飞了出去，正中双刀杨的肩头，猛一收绳，这位杨无敌就从房上滚了下来。关刀李扔下钩魂套就跑，转身急了，绊在了钩魂套的丝绳上，还没有蹿到房脊上，就自己滚了下来。两人还没从地上爬起来就被五德擒住了，捆了个结结实实。

王五看着五德，流露出赞许的目光，说：“够快的，也没有张声，不张声就对了。”五德见王五的目光转到了房上，跟着抬头一看，好家伙，师叔、师兄们早蹿上房了，猫在房脊后面，左轮手枪的机头全张着。

王五一挥手，五德把双刀杨、关刀李押进了屋里，从他俩身上搜出了四盘断魂香。这时二人已吓得魂不守舍，跪在地上说：“王镖头开恩，千万不要把我们送官，我俩说实话。”王五点点头：“想说实话就好，站起来慢慢说。”

二人站起来后，双刀杨向王五鞠了一躬，说：“这话我得从头说，飞龙岭和卧虎山一向不和，三合镇是两边都不得罪，两边的事全不沾。三家最后约定，镇南的地盘是飞龙岭的，镇北的地盘是卧虎山的，两家都不到三合镇做案，三合镇对两家的人也都以礼相待。三家都不犯盘子，也都不受香火，来个三国鼎立。

“我们在飞龙岭地盘边上混吃混喝，听您说飞龙岭的人恼了，把我们当成吃生米的，要罚我们敬香火，这心里可真毛了、怕了。心一横，就想出了一个邪主意，得罪了飞龙岭，干脆去投卧虎山。没想到卧虎山恶到家了，让我们哥儿俩……这钩魂套、迷魂香都是他们给的。

“我们哥儿俩哪儿干过这个呀，刚开口说干不了，卧虎山的大寨主笑面虎就冲我俩一笑，这一笑可真把我俩吓了个半死。他笑过后摸摸我俩的心口说：‘想不干，晚了。干还能有条活路，要是不干，三家都不会饶你们。飞龙岭说你们是吃生米的，三合镇的团练说你们是家贼，我嘛，可有点想喝人心酒了。这人心酒怎么喝还没见过吧，这回让你们开开眼。”

说到这儿双刀杨的声全都颤了，关刀李把话接了过去：“笑面虎的话刚落音，就押进了一个五花大绑的人。笑面虎走下虎皮交椅，冲那人一笑，说：‘好兄弟，上路吧，谁让你坏了山规呢。’那人高喊‘大哥饶命，小弟再也不敢了……’笑面虎又是一笑说：‘走吧，早走了早托生。’

“那人被捆在了聚义厅的大柱子上，在他身边点起了火，烧上了一大锅水。水开了后，掌刑的在他后心和大柱子之间塞进了一块小半尺的木头，说是叫英雄木。塞进去后这个人的胸膛就挺了起来，胸口又凸又鼓。笑面虎走过来摸摸他的心口，歪过头去贴在他心窝上用耳朵听了听，说：‘干嘛跳得这么快呀，别害怕，就是一刀之苦。’这人破口大骂，笑面虎拍拍他的嘴巴说：‘骂吧，越骂越提气，血往上走，向心里滚。’

“笑面虎的话还没说完，掌刑的把一瓢凉水向那人心口上浇去，紧跟着就是一刀，挑出了一颗心，放到了一个大海碗里。心在碗里还直跳。笑面虎挑了个大拇指说：‘好活儿！够利落的，以后就叫你弯刀阙吧。’另一个喽兵把一碗酒浇到了还跳着的心上，然后把血酒倒入一个大杯子中，双手呈给了笑面虎。

“笑面虎接过杯子闻了闻说：‘行！够味儿，挺鲜的。’一饮而尽后对我俩说：‘看见了吧。’我俩吓瘫了，笑面虎走到我们跟前弯下腰说：‘别害怕，只要听我的，就走不到这一步。要不听我的，那可就要走他的路了。’”

王五听了后长叹一声，对五德说：“放了他俩。”双刀杨接茬儿说：“话还没说完哪，卧虎山有四十多人埋伏在镇内外，他们等我俩把源顺的人熏倒后，打开院门迎他们进来，天一亮，人不知鬼不觉把镖车赶出镇。让我俩不露面，留在镇里当引线。”

王五点了袋烟，抽了两口，缓缓地对双刀杨和关刀李说：“通匪的罪名落到官府手里是死罪，镇里的团练所知道后也不会轻饶，飞龙岭、卧虎山也不会放过你俩。三合镇你们是没法待了，卧虎山的人镇内、镇外全有，你俩现在绝走不出去……”

听到这儿，双刀杨、关刀李扑通一声又跪在地上，连连磕头说：“我俩一念之差，干了这天地不容之事。现世报，这才几个时辰，就报应了。

您要能救我俩一命，下辈子当牛做马，报您的大恩大德。您要把我俩扔下不管，落到了谁的手里也好受不了，要是让卧虎山给弄了回去……”

王五放下了烟袋，长长地出了口气：“你俩一念之差，把自个儿推上了绝路。远的先不说，明早这一关可不好过，笑面虎什么事都干得出来。”一听到笑面虎这三个字，双刀杨、关刀李这回可真瘫在了地上，抱着王五的腿放声大哭：“我俩还不满二十，不想死，您得救救我们……”

王五沉默了一会儿，说：“这样吧，我把你俩藏在镖车上，带出镇去。奔宣化的官道不是卧虎山的地盘，他笑面虎再恶，也不敢光天化日之下在官道上做案。过了双峰口的巡检司，就是一马平川了，你俩就奔自个儿的前程吧。记住！这三合镇是不能回了。”

天亮后，源顺的镖车喊着镖号启程了。

卧虎山在镇内的埋伏看天快亮了，双刀杨和关刀李还没有动静。合计了一下，认为不外乎两种可能。一是失了手，叫源顺给做了；二是根本没动手，在镇里躲了起来。

如果让源顺给做了，源顺当然不会声张，这件事就算没有。要是在镇内躲了起来，也不能这就去掏他们。三合镇的团练所可不是好惹的，鸣锣集众，二百多号乡丁跟着就抄家伙。甭管是哪种，还是先撤出去再说，天亮后弄不好就有麻烦。

和镇外的埋伏会合后，又贼心不死，一是想捞一把，二是怕空着手回去和笑面虎不好交代，于是，四十多号人又埋伏到了东山嘴，这里地势险要，只要进了山嘴，顺着两道沟就上了十丈崖。

甭管做了什么大案，只要上了十丈崖，一夫当关万夫莫开，就是巡防营的官兵开来，也只能望崖生叹。镖车经过时，抬杆放上两炮，劫不了车上的货，也算扶扶山威，好歹没走空，就当是放爆竹去晦气。

刚埋伏好，笑面虎就带着大队来了。见面后一笑，他这一笑，把四十多号人全给笑毛了。笑过之后笑面虎说道：“天亮了还没有你们的信，我就知道你们叫这俩小子给涮了。过几天趁夜把他俩掏上山来开膛下酒。我倒要看看他们的心是红的还是黑的。卧虎山不能挨涮，这趟镖咱们劫定了。”

二大王指着大道说：“庄稼都收了，道边上藏不住人。从山嘴底下到大道上，少说有半里多路，咱们的抬杆和手冲子全够不上。人往上一冲，准全让人家的洋枪给撂了。抬杆放两响去去晦气，就回山吧。两枪一响，源顺也就知道这条路他们不能再走了，也算扶了山威。”

笑面虎又是一笑，笑得可真瘆人："两个换一个，只要能落下洋枪，值了。哪能从脚底下往上冲，看见道边上那间小茅草棚没有？离车道也就是半箭地，叫弯刀刘带人进去。

"他这些日子开膛取心越来越不利落了。四十刚出头就喝酒喝搂了，我看是要没用了，没用的人我还得再用他一次，让他带人上。这棚子里头能藏头十个人，镖车从这儿过时，我的哨子一响就往上扑。一交上手，大队再往上冲。"

二寨主还想说点什么，笑面虎冲他一笑："你去传我的话吧。"

二寨主传令之后，弯刀刘三步两步赶了过来对笑面虎说："小的有句话，不知当说不当说。"笑面虎冲他一笑，这一笑把弯刀刘笑得脊梁骨发凉，腿肚子转筋，尿泡也关不住闸了。喊了声"得令！"调头领着七个喽兵就藏进了茅草棚里。

这时镖车已经接近了东山嘴，弯刀刘拔出了手冲子，这土造的玩意儿扳机本来就滑，手一抖，手冲子就响了。七名喽兵误认为是向外冲的信号，齐喊杀声，拔出手冲子就冲了出去。

镖车在手冲子的射程之外，弯刀刘和七名喽兵却在左轮手枪的射程之内。王五领着五德弹不虚发，把这八块料都给撂倒了。

笑面虎愣了一下，紧跟着回过头去又对喽兵们一笑，这一笑把大小喽啰的魂都给吓飞了。按照他的哨子，冲了上去。

暴露在二十只长短枪有效射程内的密集冲锋，后果可想而知。王五手中的俄造7.62骑枪响了五响，就撂倒了三个。喽兵们四散而逃，王五挥手，镖师们停止了射击。

按照王五的号令，五德齐声喊道："请当家的下山收局，有几个弟兄挂了花，我们得赶路，对不起了。"连喊了三遍后，二大王要下山收局，笑面虎把脑袋一摇说："我要全须全尾儿的，把缺胳臂断腿的抬上山来干什么？抬上山来给我添堵。扔在这儿要没人管，山上的饿狼、村里的野狗用不了两天就给收拾干净了。"

言罢，笑面虎向喽兵们一挥手："回山！"喽兵们站着不动，笑面虎冲他们一笑，这一笑，把喽兵们的腿都给笑动了，一步一步地向山寨走去。

王五见无人下山收局，只好到双峰口的巡检司报了官。巡检大人一听大喜说："卧虎山的人都是死有余辜，死的埋了，没断气的叫佛心善堂的人给抬走，这事就了啦。"

一直藏在镖车上的双刀杨和关刀李，目睹了这场恶战，魂都吓飞了。

到了双峰口的巡检司后，才惊魂初定。

报官的事办完了之后，王五掏出了十两银子，说："这回麻烦大了，三合镇你俩是回不去了，这条镖路源顺也不能再走，回北京时得绕道。有地方去，你们赶紧走，走得越远越好。

"没地方去，我把你俩带到宣化城里，进城后就奔自个儿的去处吧。安顿下来后，给家里捎个信可不能声张，要让卧虎山的人知道，那可就死定了。以后甭管到哪儿，都得多留个心眼儿。"

进了宣化城后，双刀杨、关刀李还是不想走。王五说："宣化是重镇，有总兵衙门、知府衙门，卧虎山说什么也不敢到城里来做案，镖车要北上了，你俩还能跟着到口外去？还是奔自个儿的去吧。"

听到此处，双刀杨、关刀李跪倒在地说："我二人一念之差，害了源顺也害了自己，于今是有家难回了。要是以后能走上正道，混出个人样来，就算是对得起您了。能多干点善事，就当是赎罪，要都不行，下辈子当牛做马，报您的恩。要不遇上您，我俩准叫笑面虎开了膛。"

双刀杨、关刀李走了，王五一行就在鼓楼后街的来远客店住了下来。来远也是董魁元开的，掌柜的一见王五就说："东家和我说了，您这几天就到，让我给您带话，让您一到就过去，有好事。"王五一听就乐了，说："我这就过去，我们老哥儿俩该好好絮叨絮叨了。"

一进董家的上房，五德抢上去请安。董魁元起身相迎说："投了名师，得成高徒，可不能辱了师门。"王五拱手道："大哥阅人从不打眼，帮我收的徒弟，还能差得了吗。东山嘴一战，小哥儿五个都不含糊，是走镖的料儿。"

董魁元听了一愣，问道："路上出事了？"王五把前前后后说了一遍，董爷叹了口气："这可是结了死过节儿，先封路吧。也长不了，我看卧虎山的气数是要尽了，笑面虎怎么个死法，得有更邪的，这条镖路早晚得开。你这就跟我去后院，我让你开开眼。"

一进后堂，王五真是心花怒放，二十只俄造骑枪、二十把俄造左轮手枪分两排摆在大案子上，枪上的烧蓝亮得能照人影。五德一看就乐蹦了，抄起骑枪拉开枪栓，这个脆响，一听就是抢栓，碰上屃人还真拉不开栓。信德脱口而出："多少银子一条？"

董魁元把头一摇，说："不卖，多少银子都不卖。"五德听了后齐声长叹道："归齐是馋我们，让饱饱眼福。"董爷笑了，说："我不卖，可换。跟你们换，就拿你们身上的东西换。"

五德一听全傻了，说：“真邪行，我们是两条胳膊夹一个脑袋，拿什么跟您换呀?”董爷笑了：“还能拿你们的脑袋换？把你们的长火、短火全留下，把桌上的俄造全拿走，这事就齐了。”

五德全乐了，王五接腔说：“这可不合适，总得找补找补吧，别让您亏大发了。”董魁元连连摆手说：“我还能赚几个，俄国人和德国人在蒙古地界争市场，老毛子想让人知道俄枪不比德枪差，是连送带卖。长火、短火我各进了三百只，现在价低，是空子。

“老毛子多贼呀，中国人认了俄枪之后，价准长上去。托我买枪的人多了，我把手中的老毛瑟和国造左轮先倒腾出去，俄枪还不急着卖。再说了，好枪得给好人用。这事就这么定了，你就发话让源顺的人换枪吧。”

王五拱手道：“大哥的心意我领了，换上俄造的长火、短火，可真是胳膊壮、腰里硬，跑北道心里就有底了。”说着抄起一支骑枪，对五德说：“这玩意儿二里外就能把人给撂了，一里地内开火，十拿九稳，弹不虚发。枪硬人也就硬，遇事也就扛得住。”

五德一边换家伙，一边齐声回答说：“您放心吧，这样的短火一别、长火一背，龙潭虎穴都敢闯，回来时咱们就走三合镇，倒要会会这笑面虎，得让他笑不出来。”

王五摇了摇头说：“走镖可不能光靠长火、短火，道上的朋友早晚也都能玩儿上这真玩意儿，咱们不能靠枪吃饭。就拿这北道来说吧，深着哪。咱们能蹚水，可不能玩儿水。

“回来时再走三合镇，那就是斗气。记住我的话，为人之道得争气，可不能斗气。争气也得争大气，不能争小气。大气才能大器，咱们不是大人，但得大器、大气。”

董爷听着不断地点头，说：“对！咱们不是大人，但得大器、大气。王老弟真是训徒有方，在为人之道、处世之道上下功夫，你的徒弟准都是好样的。源顺的镖旗，打到哪儿通到哪儿。不但路路通，而且路路顺。”

王五一抱拳：“大哥过奖了。”

告别了董魁元，源顺的镖车就奔了张家口。进了怀远门后，住进了悦宾客栈。停当下来后，王五带五德到清泉池泡了个澡。洗完了后取出一面镜子，准备自己刮胡子剃头。智德笑了，说：“真没想到您随身还带着这套玩意儿，甭说城里了，过村过镇，哪儿没个剃头的。”

王五放下了剃头刀，把五德叫到一块儿，喝了口茶说道：“走镖有三件事得自己会干，一是搬几块石头就能搭个灶，前不着村后不着店时，也能喝口热水，吃口热饭。二是自个儿得会修鞋，说什么也不能委屈了两只脚，不跟脚的鞋绝不能穿，更不能让新鞋把脚上磨出泡。三是得会给自己刮胡子剃头，拜地面、拜衙门时好有个样儿。头发老长胡子不刮就显着狼狈。

“今儿把你们带到这儿来，就是跟我学剃头刮胡子。完事后一块儿去大盛魁，走北道上的镖就离不开大盛魁。”

一进大盛魁的前厅，站门的就高声迎呼道：“王镖头来了，您往里请。”

进了厢房后，王五径直在八仙桌旁落座。五德侍立于身后，接客的敬上六碗香茶。王五示意五德入坐喝茶，说：“商家师徒在客场上不能同桌就座，镖行可不然。打虎亲兄弟，上阵父子兵，镖行是上上下下一个炕上睡觉，一个锅里盛饭，一个壶里倒酒。客场之上也就同坐一桌，但饭桌上得有个礼序……”

正说着，大盛魁的内柜走了进来，王五起身拱手相迎。内柜拉着王五坐下，连呼“上酒！上酒！”声刚落，大壶的张北老白干、大盘的烧羊肉、酱牛肉就摆了上来。仁德想站起来斟酒，可是主客之际又拿不定主意。见内柜正和师父打袖语，也就静以观之了。

打完袖语之后，内柜转过身来看着五德说：“这几位小兄弟有点脸生。”王五站起来给五德一一做了介绍。内柜凑趣地说：“五德就是五虎，德生义，虎生威，王镖头可就五运昌泰了。”说罢，起身给王五斟酒。杯满之后，仁德赶紧把酒壶接了过来，给内柜的杯子里也斟满了酒。

内柜举杯道：“到了大盛魁，就是到了家，小哥儿几个也喝上两杯吧。”王五向五德示意，表示首肯，然后向内柜敬酒致谢。内柜干了后站起来对王五说道：“今儿事多，就不陪了，镖头慢用。”王五直言道：“我到了大盛魁就不客气，您忙您的去。”

内柜走后，五德有些不解了。这不是把客人干了吗？王五挥手让五德坐下，说：“咱们照吃照喝，别亏了自个儿的肚子。上马不陪酒是大盛魁的规矩，为的是主走客便，好合计合计，交代交代。刚才我们打袖语是定下了启程的日子，到日子各路驼队会总后一起奔绥远。这次聚的可真不少，有一千多峰骆驼，一百多人枪。”

五德一听都犯愣了：“这么大的驼队上道，这不是树大招风吗？”王五笑了，说：“树大了，就扛得住风。各队聚在一起后，人多枪多了，碰上小股的草寇，就给镇住了。道上要有十股土匪，十队驼队，碰上的数是十对十，也就是一。有十股土匪，只有一队驼队，碰上的数是十对一，也就是十分之一。

“各家聚起来走，到定好的地方聚齐，大队人马一上道，人多枪多，大股土匪见了也觉得扎手。不在三不管地界，也就不敢打驼队的主意，怕动手之后啃不动，惊动了官府和地方，落个偷鸡不成蚀把米。

“这招最怕的是上路前就走露了风声，各路土匪联起手来。所以上道的日子只能是内柜和镖头知道。当着家里的人也得打袖语，免得人多嘴杂，闹出点事来，这是大盛魁的规矩。”

到了聚齐的日子，源顺的镖车汇入了大盛魁的商队。此时塞外之地已是草黄马肥，义德、信德跑过口外买卖，赶过大车、拉过骆驼。张家口、承德是熟道了，可没到过绥远、包头、库伦。一过张家口，就进了蒙古地界，五德看什么都觉得新鲜。

日头西垂，商队开始扎营露宿。用骆驼、大车围成了一圈，形成了一道墙。各家聚在圈内，开始点火吃饭。大盛魁的狗和人吃的一样，而且“狗不吃人剩”。五德看了挺纳闷，想跟人打听，又怕犯忌讳，就嘀嘀咕咕地议论起来。

王五听见了，把哥儿五个全叫了过来，说：“这事我还得跟你们说说。大盛魁创办时，跑的就是蒙古买卖，归途上遇到了劫匪，这位东家扔下了大车，砍断了挽绳，跳上儿马夺路跑了。由于车上没有什么值钱的东西，也就没回来，怕的是劫匪坐等他回来，抢他随身的细软。

“三个月后他又走这条路，见扔下的大车还在，车上不值钱的口货也在。看货的狗叫黑虎，已经奄奄一息了，可是还趴在车边上守着货，等候着主人回来。见主人回来了，已经没有力气站起来，摇摇尾巴就闭上了眼睛。主人为黑虎修了个坟，上书义犬黑虎之墓。”

五德听了之后大为感慨，义德问道：“这三个月它都吃什么？喝什么？”王五叹了口气说：“都猜着那时是夏天，这只义犬就吃地上的蘑菇，喝雨水。为了纪念黑虎，大盛魁就定下了章程，红利下来时分人、神、犬三份。神股用来办善堂，人股大家分，犬股是狗的，是黑虎为大盛魁尽忠挣来的，所以狗不吃剩。

“咱们也要善待大黄和二黑，狗恋家、护主，也认人，眼里不揉沙子。就拿三合镇的事来说吧，要没有大黄和二黑，卧虎山没准就得手了。”

吃完了、喝完了、也聊够了，王五说道：“都去睡吧。”仁德站起来披上了皮袄，说：“我们哥儿五个轮流值夜。”王五笑了：“在野地里过夜，只要带着狗，人就放心地去睡觉。咱们把大黄、二黑拴好了就行了。大盛魁的‘狗东家’都在圈外，大黄、二黑要是跑了出去，就惹麻烦了。”

3

一路之上行程颇顺，眼看着绥远城就不远了。突然，商队三面都起了火。王五的直觉——这场火是土匪放的。因为野火不会从三面围过来。大盛魁押后的杆子手比王五的反应更快，立即在队尾点起了火，目的是先把枯草烧掉，让商队退到烧过的焦地上避火。大草原上遇到野火，都得使这一招。

四面一起火，五德有点慌了架子，王五观察了一下地势，发现商队正处在草原中凸起的戈壁上，不必后撤避火。大盛魁的赵炮头也看出了这一招，和王五一合计，传令鸣锣收队缩盘子。

纵火的土匪原想借着火势，驱商队成一字长蛇阵后撤避火。商队跑成一串后，能拉出二三里路，镖师和炮手们顾前顾不了后，长蛇也就被斩成了几段，这样就可以分而食之了。

火过之后，纵火的土匪发现商队在凸起的戈壁上收缩成一个圆形的防御体系。最外是由跪在地上的驼队组成的驼墙，驼墙后是由大车组成的车墙。

商队有一百多号人，可是真能顶着干的也就是大盛魁的二十多名炮手和源顺的二十多名镖师。王五指挥着源顺的人在大车的货顶上藏身布阵，赵炮头指挥大盛魁的人在驼墙后架起了四十多条超号的抬杆。五德一看都愣了，这么粗的筒子，简直是小炮，怪不得大家管他们叫炮手。

一切布置好了后，赵炮头对王五说：“这是天助你我，咱们的商队恰好在这块寸草不生的石滩之上，要没有这块石滩，咱们也就完了。”说罢，连连向天拱手。

看到这阵势，土匪可有点傻眼。这么大的盘子，又这么硬，真不好啃。可是放在嘴边的肥肉，不咬一口又不甘心。舍命还是舍财？亡命之徒选择了拼命。

王五举起了望远镜，清楚地看到这群亡命徒正在布阵。一百多号人，二十多人一排，一共是五排。来者不善，善者不来，这阵势是要来个中间突破。而且是前排倒了后排上，看来一场恶战势不可免。

王五站在车墙上宣布说：“枪子儿够得上就搂火，咱们是先礼后兵，打马不打人。记住！打马不打人。”语刚落音，一声干冷的响箭从匪阵中射出，其声之凄厉，仿佛要刺穿人的耳膜。紧跟着，一百多号人喊着杀声催马冲了上来。进入骑枪的射程之后，双方开始射击。远距离打飞驰的目标，命中率不会太高，可是在王五的枪口下，还是有三匹马应声倒了下来。在飞驰的马背上射击，命中率更低。

义德站了起来瞄准，正准备扣动扳机，突觉得有什么东西划过，血跟着就顺着腮帮子流了下来，王五一把把他按下：“你找死呀！”

这一枪正好擦着义德的左耳轮飞过，要是再正一点，脑袋可就开花了。义德的脸都吓白了，可很快又镇定了下来，拉开了枪栓，撂倒了一匹飞驰的白马。

一百多匹狂奔的马，驮着一百多名亡命徒，像波涛一样压了过来。人吼马嘶，杀声震耳。这时抬杆响了，前两排被打得人仰马翻。第三排没有停下来，冲到距驼墙五十丈内时，炮手们掏出了十响自来得一阵猛扫，第三排也被打得人仰马翻。第四排、第五排调转马头，向后逃逸。王五率源顺的镖师对准了马屁股开了火，又有头十匹马被打趴下了。

进攻被打退了，战场上，受伤的骆驼发出的低沉悲鸣在硝烟中回荡。王五和赵炮头从望远镜中看到土匪正调整队伍，看来是要改变战术，改中间突破为四面进攻，目的是分散商队的火力，然后找出薄弱点，来个单刀插入。

王五和赵炮头合计了一下，都认为要是再打一轮，可就很难再打马不打人了。这轮打下来后，土匪马匹损失惨重，借着他们都正在换马调鞍，赶快发出谈判的信号。打了第二轮后，言和的可能就没了。

大计定下来后，赵炮头拔出了一支响箭向后射去，这是道上进行对话的招呼。箭声过后，匪阵中也向后射了一支响箭，这是同意对话的回应。赵炮头和王五策马而出，匪阵中也有一匹铁青马驰出，双方在一箭之地勒缰停马。

赵炮头首先抱拳道：“当家的好！您没跟我们动真格的，就是不打不相识，想交个朋友。大盛魁广交各路豪杰，当家的有工夫就到小号来坐坐，好茶、好酒少不了您的。”

这位“当家的”哈哈大笑：“朋友！我先报个名号，在下人称千里飞，鹰飞得到的地方我就去得了。别说大盛魁了，跟你交个实底，张家口、绥远、包头我都平蹚。好茶、好酒我不缺，到哪儿也少不了我的，缺的就是银子。”

赵炮头又一抱拳：“您是道上的人，道上的朋友全知道，大盛魁的规矩是敬茶、敬酒、不敬香火银，您就别为难我了。再说了，出来时带的都是长短火，没带银子。您就是为难我，在下也真拿不出银子来。”

千里飞把头一扬，说：“我这个人好说话，不爱为难朋友，可是我手下的弟兄有点不认头，还想和朋友再练练。这样吧，咱们别伤了和气，把长火短火都收起来，不练枪了。玩玩箭，一马三箭，亮亮真功夫。”

千里飞的话一出口，赵炮头不由得一愣。王五拱手道：“当家的愿意练练箭，源顺就陪您玩玩，也借着这场子跟您学学，长长见识。”

“好！一马三箭，你们源顺先来。”

王五抱拳说：“一言为定，源顺献丑了。”说罢，勒马转回本阵。赵炮头心中可没底了，低声问道：“源顺有能人？”“不敢说有能人，您就赌好吧。小哥儿五个不会在这短刀要九的时候出岔子。”

千里飞在阵前挑起件上衣，用来充当靶子。靶子刚立稳，五德跃马而出，双足一点镫，马尾一条线，在阵前放了一圈。然后催马奔向靶子，迎面一个开弓破门箭，翻身一个鞍下藏身箭，拨马一个回头望月箭。一马三箭，五马十五箭，箭箭不虚发。

两边阵上同时发出了叫好声，也几乎同时射出了两只垂直向上的响箭，这是握手言欢的信号。千里飞拍马出阵。赵炮头、王镖头也放马迎了上来。千里飞拱手道：“在下这回是开了眼，蒙古地界谁都知道，乾隆爷大阅围场时，八旗兵一马三箭，亮了真功夫，一百多年过去了，没想到这真功夫还没失传，不知五位好汉是何家世？”

王五向后一招手，五德又跃马而出，拱手报了名号、家世。千里飞听了哈哈大笑：“真是不打不相识，咸丰八年我爷爷和檀营的马队一块儿守过大沽口，在海河边上和英法联军拼过马刀。人称我为千里飞，我的真名实姓是博大勇，老姓是博尔济吉特氏，大号巴特。”

义德、信德同声说：“我俩都是科尔沁部人，乾隆时由铁岭调防到密云……”话还没说完，三个成吉思汗的子孙同时滚鞍下马，拥抱在了一起。

千言万语，不知从何说起，把酒三更，也道不尽衷情。可是此时只能说声“多保重，后会有期”。言罢，千里飞向赵炮头、王镖头一抱拳：“这儿离绥远太近，在下不便多留。大盛魁和源顺我都交定了，再见面就是朋友。”赵炮头、王镖头还没来得及答话，一百多骑绝尘而去。

望着马队飞驰的烟尘，赵炮头才松了一口气：“这些人敢劫大盛魁，不像是道上的朋友，可又在道上抢饭吃。千里飞的火攻计要是成了，咱们可就完了。要没有五德撑住门面，咱哥儿俩也闯不过这一关，这位朋友也交不上。”

王五叹了一口气，望着即将消失在地平线上的马队说：“这年头是官逼民反，各路朋友太多了，都有自己的道儿。看来黑白两道上的饭都不好吃。”

进了绥远城后，住进了大盛魁的广义货栈，出货、进货，得耽误上两天。五德没有场面上的应酬，想好了逛逛街，到无量寺去上香，求个大吉大利。出门前智德一掏荷包，可吓坏了。荷包焦了不说，两块大洋上都有枪眼，要不是第三块给挡住了，小命准就没了。荷包是小菊给他绣的，这丫头心灵手巧，和智德家住对门，青梅竹马一块儿长大。

智德看着荷包直发呆，投源顺时小菊把这个荷包塞到了他的怀里，她的手触到了他的心口时，俩人拥抱了，定下了终身。小菊解开了上衣扣，露出了丰硕的乳房说：“你老偷着看我的胸，这回你看个够、亲个够吧，反正我是你的了……”

仁德看智德发呆，接过了荷包一瞧，也吓了一跳，问：“这是怎么回事儿?”智德这时才从蜜境回到了现境，想了一会儿说：“枪子儿是怎么打上的，自己一点儿也不知道，想来是大盛魁的抬杆响时，乘势直起腰来放了一枪，这一枪撂倒了一匹马，可差点把小命搭上。”

哥儿四个听了后说他是吉人自有天相，有佛爷护佑着，待会儿上香时得多磕几个头、多烧几炷香，还得布施布施。到了无量寺后，智德真是逢殿上香、见佛就拜，荷包里的五块大洋，要全捐了做布施。仁德给拦住了，说：“穿了眼的两块你得留着，就当是佛爷赐的吉祥物。将来发了财，你再修庙，那才是大布施。”

从无量寺回来后，哥儿五个又到大盛魁炮手的屋里串了个门儿。说是拜谒前辈，实际上是想好好开开眼，看看人家的自来得。

真是不比不知道，一比吓一跳。原以为自个儿的俄造左轮是镇了、盖了的好枪，现在才知道，不光比人家的自来得少打三个子儿，射程也就是自来得的一半。这玩意儿可真神，到了短刀要九的时候，张开大机头一扣扳机，十发子弹就全扫了出去，准能撂倒七八个。

回到自个儿屋里，往炕上一躺，五德的话还是离不开自来得。礼德说："这种枪又叫盒子炮，怪不得大盛魁的杆子手又叫炮手。我原以为是他们的抬枪又粗又长，像个小炮。现在才知道，原来是人家腰里别着盒子炮。"

信德接茬儿说："这枪也真叫绝了，把枪套顶在枪把上头，就能当长火使。要是别上一把，就不用背骑枪了。不知咱源顺什么时候才能使上这玩意儿。我有点等不及了，手都痒痒了。"

大家聊得正起劲，王五走了进来。五德刚要从炕上往下跳，王五给止住了。王五上炕后装了一袋烟打开了话匣子："走镖，得有真家伙，可光靠好枪也不行。就拿前几天的事说吧，你们哥儿五个要没有一马三箭的真功夫，那就镇不住千里飞，言不了和。走镖的不但要有武功，还要有文功，文韬武略都少不了。

"我让你们打马不打人，就是为了留有余地好言和。走镖的都知道《孙子兵法》上所说的'不战而屈人之兵'。不打言和是上策，速战速和是中策，打一场恶战是下策。速战就是为了言和，在江湖上，走镖的不能和黑道上的朋友执气，得想办法执手。"

说到这里，王五的话戛然而止，抽了几口烟后，慢慢地吐出了几个字："官逼民反呀！"明天咱们穿大青山北上，奔武川。过了武川，可就真是蒙古地界了，看不见种地的，也没有官府。蒙古人都实诚，不来虚的，是好兄弟，为人办事实打实，说一是一说二是二。大盛魁在蒙古地界把买卖做开了，就靠实诚二字。天理良心，对实诚人得更实诚，不能来半点虚的。"

过了大青山后，义德、信德发现大盛魁的人蒙古话说得比自个儿都溜，师傅王五的蒙古话也不差。过了索朗克尔，就是外蒙的地界了，有时走上一天也碰不见一个人，倒能碰上一队队的黄羊。智德正走在王五身边，说了声："师傅，我的长火该开荤了，得多打几只，要不然可真对不住这条好枪。"

王五摇了摇头说："草原上的规矩，不打怀仔的母儿，长生天有好生之德，咱们也不能乱杀生，打两只够吃就行了。想练枪，也不能打了不吃，那是暴殄天物。"

义德接声说："檀营官学的佟老夫子有句口头禅，'仁者不为也'。"一提到"仁"字，王五顿时沉重了起来，想起了谭嗣同常挂在嘴边的一句话："有仁者必为之事，有仁者不为之事。"

为了探究"仁"，他著了《仁学》一书。谭嗣同是"求仁得仁了"，绝命诗有云："我自横刀向天笑，去留肝胆两昆仑。"去者是康有为，流亡了海外；留者是王五，可叹自己在镖路上为衣食奔波，真是愧对死者。但自己有生之年还能做些什么，却又一无所知。

望着南飞的大雁，王五不由得唱起了苏武牧羊曲。"苏武、苏武，留胡节不辱，雪地又冰天，穷愁十九年……"

歌声悲怆，引起了五德的乡思。除了乡思之外，刚刚入世的毛头小伙子怎能理解这万般愁绪呢？小哥儿五个正做着京城镖梦，可王五的梦已经醒了，梦醒了路还得向前走，有生之年还想在力所能及的范围内干点什么。

如果有机会、有可能，还想接过谭嗣同的书和剑。仁人就是志士；志士就是仁人。有仁者必为之事；有仁者不为之事。诸事纷繁，王五的思绪很乱。

"师傅！您看。"仁德一嗓子把王五的思绪打断了，抬头一看，库伦已在望中。王五的思绪也就由想干什么、该干什么、能干什么，回到了就要干什么之中。

进了库伦城，王五先奔办事大臣衙门呈上理藩院的引单。办事大臣荣铨亲临现场，看着一包包的棉布、茶叶从驼背上卸下来，开包后取出夹在其中的饷银。清点之后司员们签了单，给理藩院办了回执。

荣大人笑咪咪地说："王镖头辛苦了，我送源顺二十匹二毛子马、二十峰骆驼，算是酬劳。再从守备营调六箱子弹给你，每箱五百发，都是俄造。好好在库伦歇几天，就住在我衙门里吧。"

王五拱手说："天寒了，怕遇上雪。大盛魁的商队后天就走，源顺也就搭帮回去了。荣铨笑了："王镖头跟我到后堂，还有事要絮叨絮叨。"

王五奔了后堂，五德和师兄、师叔们到厢房休息。丁差先端上浓香的奶茶，紧接着大盘肉、大坛酒就摆上了桌子。源顺的镖师们甩开腮帮子足吃足喝。

义德不由得发出了赞叹："荣大人真是外场，出手就大方，二十峰骆驼、二十匹二毛子马、三千发子弹。这吃喝也真实在，一点虚的都没有。要是跟荣大人当差，准没亏吃，就是咱们没这个福命。"

小师叔一听就笑了："这个荣大人可是会算账的主儿，马、骆驼、子弹，都是从衙门中拨出来的，赏咱们虽说大方，可是他一个铜子儿也没花，这叫私事公办。咱们在库伦的吃喝，也全都记在了衙门的账上，你撑破了肚皮，他也不心疼。"

礼德听到这儿不由得问道："荣大人办事是化私为公，可是收点饷银时可挺认真，包包亲自过目。"小师叔连连摇手，放下了筷子，把碗中的老白干一口干了，说："你们要想弄明白，我得从头说。

"这个荣大人原是内务府帮办大臣，银子搂海了，太监们看着都红眼。可是老佛爷挺向着他，真不知道他有什么邪招，能把太后拍晕了。

"有一次他酒后吐真言，侃了起来，对桌上的人说：老佛爷好伺候，那是个悟透了的人。您明白，没有不偷嘴的猫，猫吃鱼，吃多少也不腻，您说过：'看着哪只猫顺眼，就放着他偷鱼吃。我装没瞧见。

"'猫见了鱼就叨咕，可不能叨我的真玩意儿。'老佛爷的真玩意儿是什么？是权。戊戌年上了菜市口的主儿，就是犯了老佛爷的忌。我不犯老佛爷的忌。

"大公主就不明白这个道理，在老佛爷面前告内务府的状。太后听了一笑说：'奴才坑主子点银毛，不算没良心，只要对主子有忠心就行了。我心里有数，内务府的人没有吃里扒外的，更没人打我的主意。可看着他们就红眼的人太多了，你别听外面的胡言乱语。'"

听到这儿仁德就不解了："太后那么护着他，内务府是阔衙门，办事大臣是冷板凳，他放着肥得流油的差事不干，跑到库伦来干什么？"

小师叔端起了酒杯喝了一口说："这你就不明白了，树大招风，财大招祸。看着他就红眼的人太多了，他也犯毛，想出去避避风。原打算接广东的粤海关，不知道哪炷香没烧好，给他放了个库伦办事大臣，发到外蒙来了。这下子他可慌了架子，紧着往库伦倒腾银子。"

智德觉得纳闷，脱口问道："办事大臣也就干一任，荣大人往库伦倒腾银子干什么？"小师叔笑了："银子存在家里他不放心，怕成了和珅。存在银号里他也不放心，怕被查出来闹个底儿掉。存到东交民巷的外国银行，怕洋人翻脸不认账，落个哑巴吃黄莲，有苦说不出来。把京里的银子倒腾到库伦来守着他才放心。他在克鲁伦河、色楞格河两岸买地建庄子，办马场，还在恰克图贸易圈子里合股开洋行。

"要把京里的银子弄到库伦来，也得有个运法。理藩院给外蒙各衙门的饷银全由咱们源顺代运，荣大人的私银也就混在饷银中照方抓药。一路之上有理藩院的引单，税关、路卡、厘金局，谁也不会查源顺的镖车，可以说是万无一失。"

信德乐了，说："我这才明白了，荣大人大碗酒、大盘肉地招待咱们，是事出有因。看来普天之下，还真没有白吃白喝的美事。凭这点我就给他来个不吃白不吃、不喝白不喝。”

小师叔把杯中的酒干了，说：“明白了就好，你没事到屯守营看看那些兵吃什么、喝什么就更明白了。说是马、步各一营，我看顶多也就是马、步各一哨，总计也就二百多号人，剩下的都吃了空额。乌苏里台将军也是一样，就剩下了个空架子，没有几个兵了，更没有能打仗的兵了。

“要在外蒙当兵吃粮，可就苦死了。年轻的没人干，都是年过四十的在营里混口饭吃。好在荣大人不出操、不阅兵，衙门有兵站岗，出门时有马队护卫就行了，充充样子吓唬吓唬老百姓。”

智德喝高了点，指着后堂对小师叔说：“他姓荣的吃空额就是坑皇上，一年能坑多少银子？喝兵血是最缺德的事，他就不怕天理报应？”

小师叔乐了，说：“缺德缺大发了，就不怕天理报应，也不怕天打五雷轰。去年他又想出了一个邪主意，说库伦这趟苦差也不能白当，还得想法子捞一笔。凡有扎萨克袭爵，就敲竹杠，拖着不给办。老扎萨克谁没有一群儿子，他这一拖，银子可就来了，哪个儿子送的银子多，他就给办袭爵。弄得家家闹窝里反，兄弟成仇，叔侄反目……”

小师叔说得正起劲，王五回来了。坐下来后一言不发，端起大碗酒就喝，没几口就给喝了个见底，跟着又给满上了。看来是有事闷在心里，小师叔凑过去问道：“不顺？”

王五放下酒碗说：“事没有什么不顺的，听他这人说话，真是气死人。大清的气数真该尽了，外蒙交给这号人，非落到老毛子手里不可。依塞上之地谋行大事，是没戏了。”说罢，王五一仰头，把大碗酒给干了。

五德知道师傅从不喝大酒，更不喝急酒，连干两大碗，心里准是不痛快到家了。于是也就不再说什么，低下头去大口吃肉，吃完后回到南屋上炕睡觉。

两天后商队离开了库伦。回望这座塞上首府，王五是万般情思涌上心头。源顺在北道上起家，本想变法大业也依托塞上之地，可是塞上之地已有易主之忧。俄人心怀叵测，荣铨却是开门揖盗、为政贪墨，闹得王公含怒、民众含怨。一旦风云有变，后果不堪设想。

眼前的大漠、孤烟，长河、古道，落日、晓月，炊火、牧歌，奶茶、奶酒，王五太熟悉、太亲切了。可是这一切又都和变法大业一样，变得模糊了。在模糊、悲怆之中，王五又唱起了苏武牧羊曲。

歌声悲怆，路途颇顺。大盛魁的商队要去四子王旗，到了巴音花就和源顺兵分两路。王五率队单挑，穿阴山奔包头，然后和大盛魁在绥远会合，一块儿回张家口。

跨过阴山后，进入了所谓的太平地界，就是闭着眼，王五也能摸进包头。这天早上上路不久，迎面过来一队骆驼。王五不由得一愣，心想，北上的驼队应在磕头岭过夜，起得再早，也不能在这儿碰上。大冬天半夜里就上路，太邪门了。

王五不由得举起了望远镜，仔细观察了起来。这一看心里更是一惊，南归的驼队有半空的，北上的驼队要是半空可就邪了。这队骆驼不但有半空的，还有全空的。凭直觉，来者不善。

王五赶紧把大烟袋高举过头，这是有非常之变的信号。小师叔对五德说："抄家伙！有真格的了。"说着，把腰刀拔出来插到了背后，给骑枪上了顶膛火，并打开了左轮手枪的保险。五德也跟着照方抓药，做好了战斗准备。

两队进入了一箭之地，按规矩各靠左右，互相让道。王五迎上前去拱手说："掌柜的早呀！"来者打头的也抱拳道："镖头从哪下来呀？"王五刚要答话，见"掌柜的"一扬手，袖中的飞镖直奔面门而来。王五闪过，来了个鞍侧藏身，就见一条丈八蛇矛从马鞍上划过。出手真毒，可以说是镖到、矛到。

王五的反应更快，哪能容"掌柜的"抽矛换招。左手把长矛攥住了，右手拔出左轮，把这个"掌柜的"给撂了。"掌柜的"中弹落马时又一扬手，飞镖直奔王五咽喉而来，王五用左轮手枪给打掉了。

这时，腰刀、长矛的撞击声，左轮、手冲子的射击声响成了一片。虽系遭遇战，可是双方都有准备，所以打得异常激烈。骆驼成了射击的掩体，一箭之地恰在左轮和手冲子的有效射程之内，所以都发挥了威力。

前膛装药的手冲子响了一响后，也就成了废物。"掌柜的"手下的人虽然腰间都揣了四把手冲子，可是刹那之间都成了废物。源顺的人是清一水的俄造左轮手枪，响了七枪后能装弹再打。开战后三分钟之内，可以说是胜负已定了。

"掌柜的"手下的人扔下骆驼逃活命去了，逃命者完全暴露在俄造骑枪的射程之内，但王五下令停止射击。从背后射杀没有反抗能力的人，和猎取不食用的黄羊一样，是取乐。

源顺的人开始收拾战场，镖师们没有受重伤的，但挂彩的可不少。手冲子一打一大片，要是没有骆驼挡着，后果也是不堪设想。骆驼成了掩体，被打得真惨，让人看了心疼。

五德这回可见了真格的，腰刀、左轮全玩儿上了真的，玩儿得可不轻松。仁德的帽子被打飞了，脑门上让火药烧焦了一片。要不是头低得快，没准就成了双眼瞎。信德的肩膀让铁砂子捎上了，好在穿的是老羊皮袄，板厚，没有被打破，只受了场虚惊。最惨是礼德了，腮帮子让飞刀划了个口子，真悬呀，躲得再慢一点，就破了相，说媳妇也就难了。

义德在奔绥远的路上被枪子儿捎了耳朵，智德挨了一枪，要不是枪子儿打在了荷包上，两块大洋给挡住了，小命也就不保了。现在是哥儿五个谁都没落下，全见识了啥叫真格的。看来镖路上的水深，真不是好蹚的，这趟镖是跟着师傅，要是单挑，准出不了三合镇，更别说扛过这两场大劫了。

五德一边收拾骆驼，一边议论起刚才的一幕，小师叔对他们说："这个掌柜的手够黑的，可太急了点，下手早了，要是两队并行时下手，弄不好咱们就吃了大亏。他最失算的一招是上道早了，从磕头岭到这儿，说什么也得是晌午。再说了，也没有拉着空骆驼北上的。咱们五爷闯荡了这么多年，眼里可不揉沙子。好好学吧，够你们学半辈子的。"

王五指挥着源顺的人，对伤者进行了力所能及的抢救。对五德说："多喊几嗓子，让他们来收局。"有人要把遗下的骆驼全都拉走，王五摇了摇手说："给他们留下吧。"默默地率镖队又上路了。

受伤的骆驼发出了阵阵哀鸣，呦呦之声回荡在初冬干冷的霜晨，使人心憷心碎。镖路漫漫，镖旗展展。王五的脸上丝毫没有胜利者的喜悦与豪情，连苏武牧羊曲也唱不出了。

4

进了包头城后，镖队忙着卸货、装货。顺着官道奔北京能走大车，一辆大车装的货，少说也能顶四峰骆驼。留下骆驼换上骡马还能一举两得，骡马到了北京后有价，好出手。源顺在绥远是大车换骆驼，在包头是骆驼换大车，把买卖做活了。

镖车离开了包头之后，就上了前往托克托的官道。天公不做美，鹅毛大雪一个劲儿地下个没完。在旧堡岭下，看见路上停着十几辆大车，可挽车的骡马都不见了。车边上的人迎了上来，像是遇到了救星。

见面后一问才知道，这十几辆大车都是宣武门外茂源货栈的，一个时辰之前，他们遇到了劫匪，劫匪把他们净了身，见车上拉的都是口蘑，就连声骂“晦气！”这玩意儿在北京有价，在这儿也就是上好的马料。气恼之下，挥刀砍断了挽绳，把骡马都给抢走了。现在早进了二道沟，回老巢去了。

王五二话没说，指挥着源顺的人把拉套的骡马都给卸了下来，帮着茂源的人套上了车。茂源的李掌柜激动得说不出话来，嘴动了好几下，才蹦出了几个字：“我得给您送块匾。”

王五拉着李掌柜的手说：“别说咱们还是北京城中的近邻，不管是谁在这节骨眼儿碰上了都是缘分。您被净了身，又被抢去了牲口，我能看着您冻死在这儿？好歹想法子把这些口蘑拉回北京，这玩意儿到了北京就是银子。”

冰天雪地里，道儿本来就不好走，源顺、茂源的大车又都没有拉套的牲口，车队行进得很慢。好歹到了绥远，李掌柜到大盛魁支了银子，配齐了骡马。稍事休整之后，合队回到张家口。源顺、茂源一块儿绕过三合镇，回到北京。

对于源顺来说，这趟镖走得可真不容易。虽说进项不小，风险也真不小。茂源这趟买卖可真是由舅舅家赔到姥姥家了，人是好歹回来了。口蘑在年底是上市的好时候，甭管赚多赚少，换回了银子好过年。

李掌柜把柜上的事全交给了二掌柜，亲自到琉璃厂定了一块匾，托人恳请王翰林给题字。王老先生听说了事情的始末因由之后说：“字我题，润笔不可收。我王绮湘是湖南人，三湘人士谁不知道大刀王五是条顶天立地的汉子，我佩服他。

“甲午时安维峻上疏弹劾李鸿章误国、李连英干政，并恳请太后归政，被发往军台效力，王镖头怕二李在路上加害，亲率八名镖师护送安先生到张家口。

“戊戌时冒着灭门之祸，收殓了谭嗣同，并千里护灵归葬。真是侠风义骨，给他题匾若是收银子，辱煞斯文了。”

言罢，提起如椽的大笔，写下了“重义解骖”四个大字。墨浓、势兀、气稳、力均、韵平，可以说是风神、风蕴、风骨俱佳。金匾刻成之后，茂源上上下下全店出动，一路之上敲锣打鼓，把匾送到了源顺镖局。

王五连连拱手说：“不敢当！不敢当！您过奖了。这件事谁碰上，也得这么办。”李掌柜抱拳鞠躬道：“王翰林说了，这块匾非您莫能当。我得给您挂上，还得放几挂响鞭。”说完之后，紧紧地拉住了王五的手。

这时候，有两个人抬着一块匾，分开了围着看热闹的人挤了进来。见了王五趴在地下就磕头，口呼：“王镖头！我俩给您送匾来了。”王五一愣，赶紧把二人扶起来，一看，是双刀杨和关刀李。

二人站起来后对王五说：“要没有您，我俩可就死二回了。这话得从头说起。在宣化和您分手之后，我们哥儿俩是有家难回，走投无路。好在身上有您给的十两银子，还不愁吃喝。就在宣化找了地方先避避风，也好打听一下卧虎山的消息。才过了半个多月，宣化城中就传开了，说官兵把卧虎山给荡平了。我俩半信半疑，托人到三合镇一打听，回信说这是千真万确。我俩就悄悄地回去了。

“到家后才知道，笑面虎到镇里掏了我俩好几回，惊动了团练所。卧虎山说这是他们的家事，叫团练所别管。团练所也急了，说再敢下山来掏人，就不客气了。马团总托宣化城的董魁元弄了四十多支长短火，打算和卧虎山对着干了。

“过了几天之后，卧虎山的人跑了下来，镇里的人才知道山寨里头火拼了。笑面虎要打三合镇，大小喽啰都吓坏了。二寨主要跟他裂锅，说‘打源顺就伤了元气。三合镇今非昔比，有四十多支长短火，打三合镇是找不自在，弄不好就把弟兄们白送了’。

“笑面虎冲二寨主一笑，二寨主不由得向后退了三步，说：‘要打三合镇也得缓缓……’下面的话还没说出来，笑面虎的飞刀就出了手。二寨主倒在了地上，可还没断气。笑面虎走了过去，摸了摸他的胸口说：‘快！赶紧把锅烧开了，我要……’这话还没落音，就听哗啦一声，喽兵们全反了，亮出了家伙，把笑面虎围了起来。用刀指着他，眼珠子都快瞪出来了。

“笑面虎笑不出来了。

“笑面虎被捆到了聚义厅，有说给他开膛的，有说给他剖肚的。最后定了下来，给他点天灯。喽兵们用牛耳尖刀从笑面虎身上剜下七块肉，往肉坑里倒上了豆油，在他身上点起了七盏灯。然后把财物一分，飞鸟各投林。

“团练所得知这个消息后，就集队奔了卧虎山。进了聚义厅，见七盏天灯全都亮着，笑面虎还没咽气，看来这小子还挺能挺的。马团总就报了官，双峰口的巡检司赶来后，砍了笑面虎的头，到宣化总兵衙门去报功。

“我俩回家后，到团练所把事全招了。马团总说：‘本应把你俩送官，可是人家王镖头都饶了你们，我也就放你们一马。以后多学点儿好，多干点儿善事赎赎罪。王镖头可真是个宽厚仁义之人，你俩得给他送块匾。'我俩就请教塾的文先生给您题了'宽厚仁义'四个字，就是这块匾。您要不把我俩带走，准落到了笑面虎手里，想到这儿真是脊梁发麻，腿肚子转筋。

"我俩到北京来了，可知道自己不是走镖的料儿，也知道镖局不收我们这样的人。来您这儿就是为了把匾给您挂上，表表心意。当着众人把心里的话说出来，让北京城里的人也知道知道三合镇的这出。我俩打算在北京先做点小买卖，跑跑庙会，混口饭吃，混出点样儿来后再回去。"

王五听了后点了点头，说："这是条路，北京的庙会少说也有十几档子，就拿外城来说吧，有火神庙、江南城隍庙、报国寺……还有南横街的小东岳庙。我可得告诉你们一声，到哪儿混饭吃也得先拜码头。"

听到这儿，双刀杨和关刀李齐声说："我俩明白，您就放心吧。经了这一劫，还能再招事？都改邪归正了，要脱胎换骨，重新做人。我俩连名都改了，改成杨柄仁、李宗义了。"

王五笑了，说："柄仁、宗义，好！在北京奔饭辙也不容易，好好干，有事就来找我，在庙会上混，可千万不能和嘎杂子搭帮，那些人是成事不足、败事有余，弄不出个名堂来。"

"您放心，这话我们一定记住。我俩在小东岳庙租了间房，安了个窝。自己不打头，帮人补补场子，还是要双刀、耍关刀。可学乖了，不招事，开口先说：'初学乍练，师傅们多指点，老少爷们多帮衬。'哪儿能再干那不知尺寸的事，长记性了。"

送走了两起来客，王五看着这两块匾发起愁来。不挂吧，失了人家的面子，挂在这儿吧，又觉得……三思之后，只能长叹一声。人生在世，该干的事、想干的事多了，能干的事可不多，非要干的事也不少。想来想去，越想越困惑。

年底了，镖局里清闲了。镖师们大多是山东、河北人，先后回家过年。腊月、正月是镖局歇冬的日子，按规矩，没出师的没有歇冬的长假。王五还是破了例，让五德回檀营过年。临走时一人给了十两银子，回家时好带点儿年货。

五德前脚走了，双刀杨和关刀李就闯了进来，慌慌张张地说："小东岳庙里出事了，这事可不小。"双刀杨平常说话挺溜，议起事来一套一套的滔滔不绝，可是一着急就结巴，犯上口吃说不出下句。关刀李把话接了过来说："您是在教的人，这事还得从根上说起。南横街和牛街一向不对付。信大教的和信小教的在小东岳庙里总不和。说白了就是摆摊时难免要争个地盘，都想占个好地界。

"前天不知道为什么就闹了起来，牛街的回回兴师问罪，说南横街的人辱教。南横街的人也不是善茬儿，说回回该到清真寺去练摊儿，小东岳庙是太上老君的地盘。说翻了后就要动手，刚拉开架子悟通道长赶来了，凭着老面子给压了下来。

"这个老道的说词是诸教同源导人向善，只要交了摊银，谁来都欢迎。这事本应了了，可是昨天又较起了真来，在三清殿前立了生死文书，约定七天后在陶然亭东岗子上见个高低。不敢来的以后就别在小东岳庙露面，敢来的打死认命。

"道长劝不住了，就报了官。兵马司说：'等他们打完了再去验尸，按尸顶命。甭管是南横街的还是牛街的，就等着顶命吧。'我俩跟算命的赵铁嘴一打听才知道，官府对械斗的事是事前不制止，事后按尸顶命。顶命的可不是挑事的，都是屈死鬼。先讹好了证人证物，没爹的孩子也就成了杀人正凶。

"今儿一早，南横街的人就堵了我俩的被窝，说到时候我俩去壮壮声势，不用我们动手。双刀和关刀一亮相，就长了南横街的威风，灭了牛街的锐气。要是连面都不露，那就不仗义了，也别在小东岳庙混了。

"我俩心里跟明镜似的，初来乍到，人地两生。事儿出来了之后，正凶准扣在头上，成了顶命的屈死鬼。想到这儿，三十六计走为上策，就卷铺盖上您这儿来了。"

王五听了后点点头，说："你俩走对了，我这儿的人全回家过年去了，大炕都空着，你们先住下，在小东岳庙就别露面了。南横街的人、牛街的人我全认识，下午就去劝劝他们……"

正说着，牛街的人就照直进来了，双刀杨和关刀李赶紧退了出去。牛街的人告知了事情的始末由来之后，直言说道："辱教这口气不能咽下去，天下回回是一家，到时候王镖头尽管下手，杀了几个有几个顶命的、应差的，都安排好了……"

王五冒着北风，顶着大雪，奔走于牛街、南横街之间。磨破了鞋底，说破了嘴。动之以情、晓之以理、明之以害、导之以道，把事儿给摆平了。

腊月二十三这天一大早，牛街、南横街的头面人物带着两条街上的民众，扶老携幼有好几百人，一路之上鼓乐齐鸣，来到了源顺镖局，在大门前列队，放了十好几挂千响大鞭，把一块“德容感化”的金匾恭恭敬敬地挂在了大厅里。两街的耆老拉着王五说：“王镖头，您可是功德无量呀，要没有您，这个坎儿我们真过不去了。谁家的孩子不是娘身上掉下来的肉呀……”

王五连连拱手说：“万事和为贵，牛街和南横街打今儿就是一条街了，大家联手合力，不但要把庙会办好，还要让街面上繁荣起来……”

正说着悟通道长也赶来了，口呼：“善哉！善哉！大善无形、大德无涯、大行无阻、大道无埂，上善之人，可谐天、地、人。上善之人，王镖头之谓也。”

王五退步施礼，连说：“折煞！折煞！”这时，舞狮、高跷、小车、五虎棍、开路五档子会先后赶来了，在源顺大门前开练。锣鼓喧天，街坊们都过来凑热闹，行人驻足围观。王五忙前忙后地应酬着，忙了小一个时辰。

送走了客人后，王五刚回到上房，双刀杨和关刀李就进来了，兴冲冲地对王五说：“在您这儿躲了这几天，这才把心放了下来，我俩也该回小东岳庙了。您要不出面把事儿摆平了，这事儿准闹出人命来，屈死鬼可就多了。送出去顶命的不是孤儿寡母，就是没爹没娘的孩儿，到菜市口挨一刀，连个收尸的也没有，纸钱都没人给烧。

“今年的庙会一定热闹，从正月初一到十八都排满了。您可得去逛逛。您要不去，大伙儿准不答应，不能扫众人的兴。我俩回去后就把话放出去，说您应了。跟您交个实底吧，大红绸子都给您备好了……”

5

正月过去了，义德没盼来魂牵梦绕的妹妹，随着一声“起镖”，跟着王五奔了河南。镖路漫漫，镖旗展展，一路顺风地到了开封，诸事毕后，踏上了归程。

打开封回北京的途中，源顺的镖车和会友的镖车在河北固城碰上了。王五和焦林鹏抱拳互道“顺风!”一同北上。会友的分号、外柜遍布大半个中国，又有李鸿章这个大门槛当誉东，可以说是路子野、消息通。并马同行之后，焦林鹏小声说：“时局不稳，义和团从山东进了直隶，一路之上烧了不少教堂，打的旗号是扶清灭洋，官府对这些人是听之任之，我看有点不对劲儿。”

王五听了后说：“山东的事儿我清楚，德国人修胶济铁路，由青岛到济南。铁路沿线三十里都划成他们的地界，任意开矿。耕地、宅地、坟地由着性地占。这还不说，又到处闹教案。

“在巨野教案中，山东巡抚李秉衡因保护教民不力被革职，为了向教会赔罪，不但叫老百姓出银子盖教堂，还抓了、杀了不少仇教的人。把胶州湾租给德国九十九年，这都是你们的誉东李鸿章一手办的。

“曹州教案闹得更凶，为了向洋人赔罪，不但地方官被革职了，连地保也被革了差。愣叫当地人赔银子九千两，建起了五亩地的大教堂。还惩办了不少老乡，杀头的就有十几个，都是些本本分分的庄稼人。

“经过这两次教案，当官的都服了洋人。教民见官不跪，打官司不用审——准赢。洋教士叫县太爷干什么，比府里、省里的公文都灵，办得那叫快，愣都不打。从前老百姓是仇洋仇教，现在是仇官，当官的成了洋人的狗，狗比它主人下口都狠。”

焦林鹏听到这儿叹了口气：“我们的誉东躲到广东去了，天高皇帝远，当他的两广总督。现在办事要是抬出李中堂，那是准砸。自从签了马关条约，他是屎克郎滚屎球，越滚越臭。”

老哥儿俩聊着聊着，已经到了涿州的南关。正要下马过巡检司的道卡，就听一阵铜锣震耳，好几百号人围了上来，头上包着红巾，手持大刀、长矛，胸前的号坎上是义和团三个字。两杆大旗上都是斗大的字——扶清灭洋。大旗之下站立着一条大汉，看来是领队的魁首。王五翻身下马，抱拳施礼道：“大师兄辛苦了，车上的货都有路引……”

大师兄把头一摇说：“我不管有没有路引，我是专查洋货、烧洋货。你们身上的洋枪我全没收了。凡是带洋枪的人就有通洋鬼子之嫌。本团是扶清灭洋，要杀尽洋鬼子，凡是带洋字的东西一概不留。”

五德一听就急了，礼德蹦上来说：“杀洋鬼子也得有个杀法，就凭长矛、大刀？还得靠洋枪。‘以子之矛，攻子之盾’，用洋枪打洋人。”

大师兄火了，把眼睛一瞪，手一挥说：“这小子反了，准是个信洋教的二毛子。把他给我捆了，送总坛口。”话还没落音，就听哗啦一声，十几个义和团把礼德围在中间，前心后心顶着十来条长矛，两把大刀架到了他的脖子上。

王五一看这个阵势，赶紧抢上一步拱手施礼，说："小徒无知，还望恕罪。大师兄要收洋枪，我们就交。用洋枪打洋人，比起大刀、长矛来还是麻利点儿……"

"住口！我们义和团吞了符、念了咒，都是金刚之身，刀枪不入，洋枪子儿沾不了身。你以为我是贪你们的几杆破洋枪，我看着这玩意儿就恶心，摸了更晦气。

"我看你像个打头的，还知点好歹，识相就把这晦气玩意儿都给我敛到一块儿，我饶你这徒儿不死。不然的话，送到总坛口，和二毛子一起过热堂。"

王五一挥手，源顺的人都交了枪。这位大师兄指着焦林鹏说："你还磨蹭什么？是想什么咒念？还要调什么幺子？"说到这儿，这位大师兄喊了声："上堂！"十几条长矛把焦林鹏围了起来。看这阵势，会友的人也都交了枪。

枪都被集中到了一块儿，大师兄一声令下："砸！"十几条壮汉抡起了大锤，不一会儿就把源顺、会友的长短火砸了个稀巴烂。五德看着这个心痛，特别是会友的那些自来得，烧蓝亮得能照人，怪不得又管这种枪叫大镜面呢。信德动了心，眼珠四面直转。王五看出来他要玩儿邪的了，用目光严厉地制止了这个小毛头。怕他起了童心，抢了枪就跑。

枪被砸完了之后，大师兄宣布说："走镖随你们的便，我们不管。带洋枪可犯了义和团的规矩，念你们是初犯，下不为例。要是再别上洋枪犯到了我的手里，就别怪不给面子了。总坛口一过热堂，不死也得脱层皮……"

大师兄的话还没训完，就听见一声"报！"紧接着几个包着红巾的小兄弟押着一个小伙子来到了大师兄的面前。小兄弟们喝令他跪下听审，并出示了证物——一把左轮手枪。

大师兄拔出了腰刀，把刀一掂说："今儿这把刀可要见血了。"说罢，就把刀搁在了这小伙子的肩膀上，拍了两下说："想死想活？要留条小命就快招，是不是信洋教的二毛子？"

小伙子一听就蹦了起来，跳着脚骂道："我恨的就是二毛子，你把我当成二毛子，真是瞎了眼。""你不是二毛子，也不是走镖的，干嘛身上有洋枪？""那不是洋枪，是南关高记铁铺造的。不信你看，上面还锻着'高记'二字。"

大师兄验明正身之后，郑重宣布："这枪不是洋枪，是高家造的，放行！"这个小伙子收起了高造左轮，向大师兄一抱拳就走了。这时大师兄才转过身来对王五、焦林鹏说：“看见没有，规矩定了下来就按规矩办。不是洋人造的，没有洋字，就不没收。跟人家学着点儿，也长长中国人的威风。再说了，走镖得靠真本事，遇上真格的就一刀一枪地对着干，靠长火、短火撑着，不露脸，也跌份。”言罢，撇嘴、挥手，示意源顺和会友的人上路。

镖车进城之后，见城里到处都是义和团。王五、焦林鹏一行下榻人和客栈。掌柜的侯三爷迎呼道：“二位镖头可真不容易，道上这么乱，是怎么过来的？别的地方我不知道，城关这一卡就不好过。车上只要有洋货，连货带车一块儿烧。我看呀，这官道是没人敢走了。”

王五接话道：“我是打河南过来的，义和团是打山东来的。您说说，这涿州的义和团是怎么回事？”“这我得从头给您说，义和团是打山东过来的，是叫巡抚袁世凯给逼出来的。山东待不了就奔了直隶。”

“刚开始时是十几个人一队，多的也就是二三十人。头上蒙着红巾，腰上扎着红带子，有扛着长矛的，有挎着腰刀的。后来是越聚越多，一路之上把教堂和卢汉铁路的车站都给烧了，车站都是刚盖起来的新房，还没用过。

“义和团在涿州城外聚了有上万人，城守尉和知州一合计，赶紧关了城门。就在这时候，朝廷派军机大臣刚毅、顺天府尹赵舒翘到涿州来视察。刚大人、赵大人说义和团是义民，官府就打开城门把他们放了进来。

“义和团进城后在官道上设卡查洋货，在城里挨家挨户地查二毛子。二毛子脸上也没写字，义和团人地两生谁也不认识，这不是胡闹嘛。查来查去，一天三遍，弄得家家不宁，户户不安。

“刚大人、赵大人走后没几天，端王爷就来了。王爷的排场可大了，神机营马队蹚起来的尘土，让北关外都看不见人。您猜王爷干什么来了，端王爷是来看北门外的高记铁铺有没有洋匠和洋机器，

“因由是王府侍卫要换洋枪，王爷不干，说堂堂大清国的郡王府，哪能用洋人的淫巧之物。有人劝他用张之洞汉阳兵工厂造的长短枪，汉阳造是国货。

“端王爷听了后连连摇头，长叹一声道：‘张之洞虽说是两榜进士，正途出身，可是他的汉阳造也不能用，他厂里有不少洋匠、洋机器。’

“后来不知听谁说了，涿州城关的高记铁铺能造金眼毛瑟和左轮手枪，铁铺里也没有洋匠和洋机器，一时心血来潮，就亲临涿州来看个究竟。一看高记铁铺里真的没有洋匠和洋机器，高兴了，出手就赏了二车银子。高

家没处放，都堆到了炕头上，一直摞到了屋顶。

“临走时选了二十条金眼毛瑟、二十把左轮，试枪时没有哑炮，王爷挑起了大拇指，连声说好。谁也想不到的是还认了高掌柜的儿子当干儿子，说这小子将来一定有出息，叫高家造快炮。

“这快炮是什么？谁也不知道，也没听说高家造出了什么快炮，高记左轮可成了抢手货，这几天来买枪的人挤破了门。我听巡防营的赵把总说：‘高家的枪响是能响，响不了几响就软了口，打不了多远就掉子儿。’”

王五听了后长嘘了口气，什么也没说。焦林鹏问道：“义和团的大师兄说吞了符、念了咒之后，就成了金刚之身，能刀枪不入，也不怕枪子儿，这是怎么回事？”

侯掌柜一听就乐了，说：“驻防营的旗人，有不少人暗中加入了义和团。刚大人、赵大人来视察时，义和团演了刀枪不入。还当着两位大人的面排成一排，让洋枪对着面打，枪响之后，个个都没伤着半毫。”

“刚大人连呼‘天助大清，天助大清！’后来还是赵把总给泄了老底。开枪的兵都是暗中加入了义和团的人，枪里压的子弹都卸了弹头，扣扳机后枪口出火，可没弹头飞出来，听听响。哄着两位大人看热闹，比哄孩子都容易，真是一哄就晕菜了。

“两位大人回京后奏明了太后，听说京城里也打开了城门，把义和团放了进去。内外城都住满了，连皇城里也有了坛口。”

焦林鹏听了后也没再说话，二位镖头都挺郁闷。第二天一早，镖车就出了涿州北门。路过关厢时，果然道边上有个高记铁铺，铁铺外搭满了棚子，看样子有上百号人干得正欢。

五德进了高记铁铺，一人买了一把左轮。高造的短火枪管里没有膛线，准星还正。近距离内能使，总比飞刀、飞镖好用，一箭之地还能把人撂倒，远了可就难说了。这枪一看就知道口软，可又有什么法子。义和团收枪时没真搜身，五德的腰上还有六十发子弹，是正牌货。好歹弄上把枪，心里才踏实。

镖车到了卢沟桥，王五真是一惊，设在拱极城关厢的巡检司、税务司都不见了，有七八百号义和团守在桥头检查过往行人和车辆。王五上前拱手施礼道：“路上已查了多次，镖车上绝无洋货，要是有，哪儿能过得来。”

王五的话还没落音，就被打断了：“少废话，你们走镖的都用洋枪，不是二毛子也是私通洋鬼子。要不是，哪来的洋枪？”

说话的这位是个二师兄，向后一招手，就过来了几十个义和团，个个手持大刀。二师兄指着镖车对他们说："好好查查，别漏下什么，看看有夹带没有。庄王爷、端王爷有令，不能把二毛子放进城来，城里的二毛子，有一个拿一个。"

五德一看，赶紧迎上来说："我们过涿州时，在城关的高记铁铺买了短火，高记是端王爷亲验过的，没有洋匠，也没有洋机器。"一边说着，一边掏出了高造，双手呈上。

二师兄接过来验明正身后，说了声："没错，有高记的字样。再过几天高掌柜就把快炮造好了，用这玩意儿来轰西什库教堂和东交民巷。"

五德听到这儿赶紧接话说："高记铁铺正急着赶活，上百号人忙个不停。再过几天快炮准能造出来，您就瞧好吧。"二师兄听了后一挥手说："走吧！"

镖车进广安门时倒没费什么事，步军统领衙门的巡兵把守着城门。瓮城之中也住了不少义和团，看来还设了坛口。进城一看，北京乱得比涿州也差不到哪儿去。

回到源顺后，王五一直闷闷不乐。刚吃完晚饭，双刀杨、关刀李就来了。二人均头包红巾、腰系红带，不用问，准是参加了义和团。

进屋后没等王五问，小哥儿俩就打开了话匣子，把这些日子北京城中发生的事说了个没完："朝廷说义和团是义民，太后懿旨，命庄亲王、协办大学士刚毅统管各团。拨下了两万担仓米为口粮，前天还赏银十万两。我俩一看这阵势，昨天也投了义和团。街面上一乱，反正也没人赶庙会、没人逛庙会了。先跟着义和团混吧。

"在旗的人也有不少参加了义和团，甘军、神机营、虎枪营的兵暗中入团的可不少，当官的不管不问。前三门外的嘎杂子都包上了红巾、系上了红腰带，这些人不拜坛口，自个儿单练、单挑，可不是善茬儿。"

王五默默听着，双刀杨滔滔不绝，说了个没完。关刀李好容易才插上话茬儿："听天津来的人说，那儿也乱了，三不管的混混儿全都加入了义和团。义和团和租界里的洋鬼子已经接了火，这仗没法打。您想呀，租界里的洋兵使的是洋枪、洋炮，不用开炮，一排洋枪打过来，义和团就倒下一大片。洋兵还有一种带架子的枪，叫什么机关枪。能打连发，枪子儿飞过来时比雨点还密。

"三不管的混混儿混吃混喝时跟着闹腾，一有空子就捞把邪的。碰上玩儿命的事儿就在后头喊，把别人煽呼起来后，就脚底下抹油——溜啦。

山东过来的义和团都是庄稼人，心眼实，冒着枪子儿愣上。

“这些人是有家难回，铁了心和洋鬼子磕了。前面的倒下了，后面的又填上去，可就是冲不到洋鬼子跟前。要是能拼上长矛、大刀，早把洋鬼子砍成八段、捅成马蜂窝了。

“听说天津的义和团都归张德诚管，他是总坛口的大师兄。这个张德诚能耐可大了，不但刀枪不入，还能呼风唤雨，撒豆成兵。”

双刀杨、关刀李白话够了之后，王五缓缓地开了口：“天津的混混儿、北京的嘎杂子，都不是正道上的人，和他们远着点儿。你俩既然参加了义和团，就好好干，现在北京城中内九、外七、皇城四，哪儿都是义和团。少说也有十几万，可知道他们都想干点什么？”

“这我们哥儿俩可说不清，听说各坛口都听庄王爷、端王爷的。甘军的董大帅，成了义和团的大师兄，各坛口也都听董大帅的号令。他手下的回兵挺向着义和团，比荣禄的武卫军强多了。”

双刀杨、关刀李告辞时，王五叮嘱说：“可不许和嘎杂子们混在一块儿，来歪的、邪的，早晚得自己吃亏，害人就是害己。”

第二天一早，仁德进屋回禀王五说：“师傅，有个天津静海口音的人，非要见您，我问他有什么事，他说见了您才能说。”“那就请他进来。”

来人进屋后对王五拱手道：“久闻王镖头大名，今日登门求教。在下是张德诚，由天津来，恳请王镖头出山，共兴灭洋大业。”

王五听了后不由得一愣，猛地想起了昨天晚上双刀杨和关刀李提到过，天津义和团的总坛口有个大师兄叫张德诚。于是抱拳还礼说：“久闻大名，如雷贯耳。不知大驾光临，有何见教？”

张德诚直言道：“真人面前不说假话，在下是天津义和团总坛口的大师兄。王镖头若能赴天津，扫荡租界内的洋妖、洋魔，在下愿以大师兄相让，各坛口一律唯王镖头之命是从。”

王五正色道：“灭洋大计当广结各路人马，王五愿赴天津助大师兄一臂之力。可是有言在先，切不可再言‘相让’二字。”言罢，指天明誓，执张德诚之手说：“天人共鉴！天人共鉴！”

誓罢，王五对张德诚说：“现在局势是一日三变，各坛口不可一日无主。大师兄立即赶回天津，我安排一下，明日即前往。”

张德诚走后王五深思起来，此行诸事难卜，源顺的同仁多有家室之累，五德还是孩子，父母盼着他们能有个出息。三思之后宣布：“现在镖路是不通了，聚在京中也没事干。上半年咱们没少挣银子，现在就把下半年的份银给分了，大家都回乡去看看，等镖路通了后再回来。”

诸同仁一想也是这个理，只是觉得提前半年拿了份银心里有点过意不去。王五劝大家说：“银子是挣来的，挣银子就是为了花。趁着路还通，大家就别耽搁了，明天就启程吧。”

大家走后，王五对五德说：“回檀营后先歇几天，要没什么事也别老闲着，就到宣化府给董爷帮帮忙。带上我这封信，他看了后准给你们派点儿差事。”

五德启程之后，王五只身去了天津。到了天津之后，协助张德诚整顿各坛口，清除了混进来的混混儿，组建了一支精兵——灭洋敢死队，并对敢死队进行了突击培训，只练三招。第一招是劈头一刀，洋鬼子横枪招架，收刀由枪下直刺咽喉。第二招是洋鬼子一枪刺来，侧身闪过，借势使招，左手抓住护枪木，来个“一臂托天”，右手刀直刺敌小腹。第三招是洋鬼子一枪刺来，侧身闪过，手中刀顺着枪管削鬼子的手指，枪一松手，反刃上挑，就给开了膛。这三招简而明，动起手来干净利落。只要临阵不慌，准能旗开得胜，张德诚称之为灭洋三绝。

练了一天后，敢死队的弟兄们都说真是练溜了，闭着眼睛凭这三招，都能干掉三个洋鬼子，都等不及了，急着要上阵让手中刀开开洋荤，见见鬼血。

王五说：“不可！洋兵不傻，哪能和咱们打交手仗。凭着洋枪、洋炮，咱们靠不上去，所以不能摆开阵势打，得夜袭、偷袭，乘其不备，一跃而出，逼洋鬼子打交手仗。让洋炮没法使，洋枪拉不开栓。咱们得抓住战机，不能愣干。”

机不可失，第二天战机就来了。联军两千多人，在西摩尔的率领下由天津租界乘火车北上，企图强行进入北京，解东交民巷和西什库之围。甘军和义和团拆毁铁道，使联军进退失据，被困于廊坊火车站。

入夜了，联军感到恐怖。凭直觉，清算的时刻不可遏止地要到来了。西摩尔下令点起了一堆堆的火，把黑夜照得亮如白昼，以防夜袭。只要能熬过这一夜，天亮后就强行突围，顺着铁路徒步退回天津租界。

可是天人共怒，入夜后狂风骤起，惊雷、闪电、暴雨并至。王五率领敢死队借风势、雨势从天而降，在雷惊闪电之中，挥起大刀向联军头上砍去。人吼马嘶，刀光血影，鬼哭狼嚎。

天亮了，三百多名洋鬼子横尸廊坊火车站。王五的腿肚子挨了一枪，子弹穿了过去，没伤着筋骨。张德诚要送王五回天津养伤。王五拍着胸口说：“没事！我心里高兴。入道以来，江湖上都管我叫大刀王五，可我这把刀没干出什么名堂来。

“昨夜一战，我这把刀开了洋荤，沾了鬼血，为中国人争了口气，我也不枉称大刀王五了，对得起这把刀，对得起国人，对得起祖宗了。中国人手中的刀，要没开过洋荤，没沾过鬼血，就不是刀。”

言罢，刚要迈步，就是个踉跄，差点趴下。时值六月，伤口极易化脓感染，张德诚把王五安排在运河边上的小王庄养伤。这个村子临河，四周芦苇环绕，便于隐避。

这种安排并非多虑，张德诚刚接到报告，大沽口失守了。总兵罗荣光拒绝了八国联军的最后通谍，率孤军迎击联军的舰队。血战七小时，击沉敌舰六艘，弹尽之后，联军的陆战队蜂拥而至，罗荣光挥刀砍了好几个。联军见他戴着红顶子，知道他就是“炮台的司令官”，齐声高呼：“捉活的!”罗荣光横刀大笑，点响了最后一桶火药，与联军同归于尽。

攻陷大沽口炮台之后，联军舰队溯海河而上。悬挂着米字旗、星条旗、三色旗、太阳旗的军舰列阵天津城下，大口径的舰炮，对城区进行疯狂的炮击。

张德诚急率静海的义和团五千余人回救天津，留下鲁承斌、孙达仁照看王五。这个滨水小村四面都是泽地，可以说是个世外桃源。村里的人不知外间的战乱，依旧享受着田园之乐。

洞中才数日，世上已千年。王五养伤的半个月里，天津乱了、北京乱了、中国乱了，义和团被利用了，被出卖了。八国联军占领了北京，慈禧、光绪逃往西安。当王五得知这些消息后，愣住了，震惊了。

人总得面对现实，愣住了、震惊了之后，就是清醒。三个人合计了一下，决定鲁承斌和王五回北京，孙达仁回静海打听张德诚的下落。王五年过五十，养伤的半个月里又没有刮胡子，看上去可真像个老爷子了。鲁承斌在村里弄到了一辆驴车，车上装满了北京城中急需的粮食，一路之上顺利地通过了联军的哨卡，回到了北京。

一进家门王五就愣了，源顺的大院中，住满了避难的人。常言道：“小乱奔城，大乱奔乡。”城里城外全乱了，避难的人也就乱了方寸，失了主张。百思之后，得出了结论——投王五，到源顺镖局去避难。凭他的声名，还能镇不住、罩不住？在这种思想的指导下，前后有上百口人躲进了源顺镖局。

王五虽说不在，内掌柜王章氏对来投奔的人是来者不拒。说来也怪，八国联军在北京烧、杀、抢、掠、奸、淫、洗、劫，上至王公贵胄，下到平民百姓，可以说是在劫难逃，可源顺在大劫之中成了块福地，联军没有来洗劫，嘎杂子也没来骚扰。避难的人见王五回来了，高兴极了，更有了主心骨。

王五回到源顺之后闭门不出，按照回北京时的打算，安顿一下诸事他就远走塞上另谋发展。孙达仁要是找到了张德诚，就把这一计划告知，凡在北京、天津待不下去的团兄团弟，一起北上，在托克托相聚。

可没想到家里住了这么多避难的人，这些人有的是房被联军烧了无家可归，有的是住所被联军占了有家难回。自个儿要是一走，这一百多口老老小小可怎么办？既不能同奔托克托，也不能回归故里。

正百思不知计之所出，突然双刀杨和关刀李跑了进来，神色十分紧张。见了王五之后说："来了好几回了，都没能见到您，就觉得太蹊跷了，准是有事。昨天，天津跑过来一群混混，都是花鞋大辫子，在小东岳庙里住了下来。听他们一说，才知道都参加过义和团，风一紧不敢在天津待了，到北京来躲事。这些人根基不正，什么损招、阴招、邪招都使得出来，他们跟我俩打听源顺在哪条街上，我俩多了个心眼，说北京叫源顺的字号多了，你们找的是哪家呀？

"一个缺心眼的脱口而出：源顺镖局呗，王五这老小子可把我们害苦了，他是哪棵葱，敢跑到天津来充老大，把我们从义和团中清了出来。清出来倒好，虽说当时栽了面，可没跟着他去打廊坊，要是去了，小命就悬了。

"没想到联军在天津闹清查，还说我们是义和团，我们就撒丫子跑到北京来了。王五在廊坊砍了好几百洋兵，联军把他恨疯了。我们的打算是先找到王五这老小子，然后到官面上报案，找联军领赏，最不济也能把自个儿解脱出来。

"我们哥儿俩听了后倒吸了一口凉气，说：'是有个源顺镖局，在安定门外的北苑，离这儿远着哪。你们先进前门，然后出安定门，顺着官道一直向北，就到了北苑。镇西头有个马圈，源顺镖局在马圈的后面。这位王镖头可不是好惹的，你们找到他也没用，弄不好就得吃大亏。

"这小子挺实诚，说：'我们可不傻，不惊动他。把点踩出来后，再到官府去报案。'吃过晌午饭这帮混混就走了，从这儿奔北苑，少说明儿才能回来，我俩就来给您报个信，您还是快走吧，现在官面上的人都是狗，整天摇着尾巴讨洋人的好。您要是落在了官府的手里，也就是落到了洋鬼子的手里，那可就完了。

"您快拿个主意，三十六计，走为上策。这小东岳庙，我俩也住不了啦。这帮混混可不是善茬儿，从北苑回来后，能不找我们的麻烦吗。下午我俩就搬到报国寺去住，躲着点这群混混儿。"

王五听了之后说：“你俩先搬到报国寺去住，这是个好主意。你俩的心意我领了。为我搪了这一膀子，咱们就是患难之交，可以说是生死与共了。在报国寺安顿下来后，先别往我这儿跑。等诸事定弦之后，我派人给你们送个信。等五德从檀营回来，你们小哥儿几个还得互相帮衬、互相拉补……”

双刀杨急了，结结巴巴地说：“等……等什么呀！跑吧！这帮混混儿明天下午就能从北苑折回来……”关刀李也说：“您是走遍天下的人，到哪儿不能躲躲，还等什么呀？把混混儿等回来，可就麻烦了。”

王五站起来，拉着双刀杨、关刀李的手说：“我心里有数，这几天不让你们来，是怕给你们招事，等我安顿妥之后，准给你们捎个信儿，这几天你们就在报国寺待着，兵慌马乱的，别到处乱跑。见了根基不正的人，躲着点儿。我听说这些日子嘎杂子们折腾得挺厉害，有个叫康小八的净玩儿邪的。”

“您在家里都听说康小八了，这缺德玩意儿……”王五做了个手势，打断了小哥儿俩的话：“不说这小子了，你俩快回去取行李，往报国寺搬吧。走时别声张，最好能不惊动邻居。”

双刀扬、关刀李走后，王五陷入了沉思之中。现在若是出走塞上，易如反掌。到宣化府投董魁元，也能暂避一时。可自个儿走后，联军一定会迁怒住在源顺的一百多号男女老少，弄不好就会血腥屠杀。官面上的人说不定也会把这些人扣为人质，戴枷示众，出告示说王五什么时候投案自首，什么时候再放这些人。想来想去，决定不走。王五做的事由王五来顶，不能连累众人。只能步谭嗣同之后，求仁得仁，舍生取义。

官面上的人比双刀杨、关刀李想得还要快。这几个混混儿也不是好糊弄的，出了小东岳庙后没直接奔北苑，沿着大街一路打听，很快就把源顺给打听出来了。双刀杨、关刀李刚离开源顺，他们就到了，围着院子转了三圈，觉得里面有不少人，又不敢跟人打听，怕惊动了王五，就跑到五城练勇公所报了案。

练勇立即包围了源顺镖局，王五从容对捕头拱手说：“官爷明鉴，天津廊坊一战均是王五一人所为，和住在源顺的一百多口男女老少无关。这些人都是我到了天津之后才住进来的，是来避乱的。一人做事一人当，我跟官爷到案，恳请官爷高抬贵手，不要为难这老老小小，他们是老实人，手无缚鸡之力，谁都和天津的事无关，更没有参加过廊坊之战。”

捕头冲王五挑了个大拇哥，说：“好样的，够条汉子。您放心吧，包在我身上。这院里的人全没事，该干嘛就干嘛，踏下心来过日子。”王五说了声："谢啦!"伸出双手带上了铁铐。

捕头转过身来问这群混混儿："你们都认识他?""那还用说，他教我们练刀，练的是灭洋三招，在廊坊砍了好几百洋兵，都是我们亲身所历、亲眼所见。""好！我这就把王五押到联军那儿去，你们把这话再说一遍，就等着领赏吧。"

王五被押到西河沿的德国兵营，混混儿以"证人"的身份一同前往。一个上尉军法官开庭问案，一个少尉中国话说得挺溜，坐在公案旁，看来是个翻译官。

王五直言不讳，声称廊坊之战系自己指挥，并亲自率敢死队发动夜袭。军法官问混混儿："你们可认识他?"混混儿齐声回答说："那还用说，在天津时，他教我们练刀，练灭洋三招，在廊坊砍了好几百个洋兵。"

军法官站了起来，宣读了一遍。翻译官看来是懒得全文翻译了，只说了一句："立即执行枪决。"王五被押走了，混混儿看着王五的背影，似乎还想说点儿什么。

翻译官不耐烦地指着这群混混儿说："跪下!"混混儿以为是跪下领赏，于是喜笑颜开，齐刷刷地跪到了地上，口呼："谢洋大人赏!"翻译官愣了，和军法官说了一通洋文，军法官皱了皱眉头，拔出了腰间的自来得，向混混们扫去。翻译官也拔出了腰间的左轮，在倒地后还没断气的身上补了两枪。

王五被押到了御河桥边上的刑场上，御河桥是义和团进攻东交民巷使馆区的桥头堡。八国联军在这里设刑场，其意是祭奠所谓的英灵。

人都有个肉体上的躯壳，主宰着这个躯壳的是灵魂，躯壳可以是行尸走肉，也可以是杀人机器，还可能成为更可怕的祸世恶魔。混混儿的躯壳与灵魂在自来得的扫射下一同消失了，高尚的灵魂在炽热的躯壳消失之后，会长存于天地之间——长存于活着的人的心里。

刑场上行刑的人站着；被行刑的人倒下了。站着的人手在发抖、腿在打颤，即将倒下的人笑得是那么的坦然。杀人的利器——带血的刺刀、灼热的枪口对着这一笑，立即变成了无用的废钢烂铁。

王五仰望着苍穹。蓝天、白云是那么的高远；天堂、宇宙是那么的近贴。王五爽然大笑，高呼："复生（谭嗣同的号)，我来了！咱们还一块儿干。"

落日的余晖像血一样红，映得御河桥下的流水比血还要赤。双刀杨、关刀李抬着王五的遗体背对着落日向东走去，明天升起的太阳会更赤、更热、更炽——血债必须用血来偿还。

6

五德回到檀营后果然没有什么事，看来密云这时还是块净土。和家人团聚几天之后，毛头小伙子哪里闲得住，就相约一齐到宣化去投董爷。

董魁元看了王五的信后，沉默了会儿，才缓缓地对五德说："你们走后，京城可大乱了。听跑出来的客商们说，义和团围攻西什库教堂和东交民巷里的使馆，打了这么多天也没有打下来。后来才知道，炮轰时外火器营光往大炮里装火药，不装炮子儿，放着听响儿玩。

"荣禄的武卫军更有邪行的，把克虏伯的山炮标尺抬高三寸，炮弹从东交民巷上头飞过，全落到了前三门外的护城河里。有几发打偏了，落到了西河沿的票号里，把这帮银耗子炸惨了，这也是天理报应，他们聚在一起正谋划着发国难财，乘乱横捞一把，没想到炮弹从天而降……"

听到这儿，五德不放心了。齐声说："北京这么乱，您安排我们回去一趟吧。"董魁元摇了摇头："我王老弟在信中说，让我给你们哥儿五个找点儿事，年轻人不能总是闲着。现在南道是不通了，北京不能再去。北道上还是平安无事，由绥远奔山西的买卖，做起来还是有赚头。你们就跟着跑跑腿、押押车。"

五德听了后齐声说："我们的长火、短火过涿州时全让义和团给砸了。没法子，一人又弄了把高记铁铺的土造左轮，这玩意儿……"说着，仁德把腰间的高造掏了出来，双手递给了董爷。

董魁元接过来掂了掂，说："这玩意儿重点儿，还能对付着使，就是打不太远，多打几发后就软口。这样吧，还是枪换枪，你们把高造留下，我给你们换成俄造的，把长火、短火都配齐了，上道时还是腰里硬、胳臂壮。"

五德可乐了，蹦着到后院去换枪。董爷一个人呆呆地坐着，心事重重，眉宇不展。王五信上是这样写的：

魁元兄大鉴：

弟已决定赴天津与义和团共赴国难，实是前途未卜，死生难料。知其不可为而为之，仁者求仁，不问所归。五德年少，尚不经事。若从弟赴此危地，心不忍也。去年吾兄荐五德于弟，今日弟将五德托付于兄。

京城之中必有大乱，大乱必生大变。望兄节制五德，切不可回京，亦不可赴天津。大乱、大变之后如能相见，当详告此行之初衷。

临行草草，不能尽言，若弟福浅，不能与兄再共盏，即以此信为诀别。

弟正谊顿首

董魁元三思之后，深知王五此行凶多吉少。况且天津已经失陷，联军正在向北京推进。局势发展到这一步，王五确实是死生难料了，为了不负他临行的恳托，唯有尽快把五德打发到远离京津地区的绥远去。主意定下来后，第二天就安排五德启程了。

五德奔了绥远，慈禧太后和光绪皇帝却狼狈万状地逃到了宣化。在宣化只停了一天，就起驾前往大同，紧接着又从大同传来了消息，太后和皇上到了太原。

从北京传来的消息更糟，联军攻陷了北京之后，沿卢汉铁路南下，占领了保定、正定。由正定西行，开到了娘子关。和守关的晋军发生了激战，看样子是准备攻占太原。

得知这一消息后，董魁元大吃一惊。太原即将成为交战之所，山西的买卖不能再做，也不能让五德赴战乱之地。小乱存银，大乱存货，赶紧派人追上五德，把货押回了宣化。

五德把货押回宣化后，正忙着卸车，双刀杨和关刀李就闯进了来远货栈。见了五德后失声痛哭，告知了王五已壮烈殉国。五德听了后焚香立誓，要为师傅报仇。

董魁元在王五的灵牌前上了一炷香，抱拳施礼，一躬到地道："天神共鉴，王老弟在天之灵得安。天神佑之，生者为死者报仇。"誓罢，又一躬到地。起身后对小哥儿几个说："我老了，干不了什么。有用得着我的地方，尽管说。"

双刀杨和关刀李是由檀营来的。这哥儿俩草草安葬了王五之后，就到檀营去找五德，共谋为王五报仇。得知五德去了宣化，就追了下来。哥儿七个合计了三天，把大计定了下来，就一同向董爷来辞行。

董魁元拿出了王五的信说："这封信当时我没给你们看，现在你们得好好看看。遵师之命，礼也；为师报仇，义也。礼义之间，舍礼取义。想让我帮你们做什么你们就直说。”

小哥儿几个齐声说：“帮我们准备两大车宣化老白干，要净流的，酒越烈越好。”董魁元听了后点点头，说：“老白干里有几坛加黄磷，开坛就着火的。再混上几坛子火药，要碰坛就炸的。”

哥儿七个一听全楞了，董爷看着他们语重情深地说：“我混了这么多年，你们想干什么我还能不知道。你们要为师傅报仇，我不拦你们。我可有言在先，你们得活着回来。我还要带着你们去给我王老弟上坟。你们要不活着回来，我可有负王正谊之嘱，也对不住你们的父母，我这话你们要记住。为师傅报仇要一稳、二准、三狠。稳、准、狠这三个字不能忘。”

双刀杨、关刀李离开北京之后，西河沿的德国兵营出了件怪事。全团上下一千多号人全都拉稀，一天得跑小十趟厕所。军医进行了检查，既没有发生食物中毒，也没有发现传染性疾病。可是个个都闹腹泻，泻得都没有人形了。

常言道，好汉子经不住三泡稀，洋人也是一样。一个炮兵团，就让拉稀给拉垮了。德军总部派来了医疗队，对所有的食品进行了检查，对兵营内水井的水也进行了化验，结果均是“未见异常”。

这个炮兵团，是从德皇近卫军中选调出的劲旅，有着光辉的战史，在对法国、俄国、丹麦的战争中，都立过赫赫战功。德军统帅瓦德西觉得太蹊跷了，亲自前往视察营务。

团长威廉上校在陪同瓦德西视察的过程中，两次立正敬礼：“报告元帅阁下，我需要暂时离开，请您容许。”说完后转身就向厕所跑。第二次报告时，瓦德西皱了皱眉头，问道：“上校，你的军营到底发生了什么问题，你这样慌忙。你应该给我一个明确的答复……”

元帅的话还没有说完，上校已经窜了一裤子的稀。雪白的军裤上，大粪汁渗透而下，又酸又臭。元帅只得中断了视察。

西方人讲究社会调查，走访了相关人士。一个江湖郎中献策说：“白酒能杀暑气，又能暖腹驱寒，更能调节水土不服。可找些烈性的白酒，让士兵们服用。”

时值战乱，四郊的烧锅哪儿敢往城里送酒。于是瓦德西命令各城门守军，如发现有运酒的车辆进城，立即按合理的价格收购，火速送到西河沿炮兵团驻地。

小哥儿七个赶着两辆大车刚到东便门，就被守门的联军给扣下了，连车带人一同送到了西河沿的德国兵营。医官打开了一坛进行了化验，得出的结论是完全符合饮用标准，只是酒精的度数太高，饮用时要严格控制数量。

两车酒均被卸下，军需官颇有礼貌地付了钱，并通过翻译表示：“欢迎你们再次把酒送到这里来，至于价格嘛，还可以进一步协商。”

小哥儿七个接过银子赶着车走了，军需官指挥着士兵们把卸下来的酒按营、连进行分配。军医官制止了这一行动，态度坚决地说：“我的职责告诉我，必须逐坛进行检查、化验，我要对瓦德西元帅负责。请把酒集中到库房来。”

两车宣化老白干入库后，后勤兵在军官的带领下逐坛开封。当打开靠里边的一坛时，白酒突然燃烧了起来。开坛的士兵一慌，酒坛子打了个粉碎。刹那间地面上就是一片火，把附近的酒坛子也给点着了，火药坛子也就响了。

食品库紧挨着弹药库，库中存放着大量的炸药，是准备装榴弹用的。食品库的燃烧爆炸，引爆了弹药库中的炸药，爆炸时升起的蘑菇云，内外城全都看得见。

在场的人无一例外，全员见了上帝。爆炸事件也就无法进行调查了。但瓦德西心里有数，近卫军的炮兵有着良好的素质，内务管理的水平很高，爆炸事件一定是外因引起的。

这几天北京城都传遍了，火神爷显灵，给联军的火药库点了。说得有鼻子有眼，爆炸时火神爷坐在云端之上，洋鬼子见了后吓得直磕头、许愿。火神爷不理，令旗一挥，弹药库就响了，这是天怒、神怒，洋鬼子在北京待不住了。

小哥儿七个离开了西河沿就奔了报国寺，没敢去源顺，怕给师娘招事。在寺中安顿下来后，双刀杨、关刀李到牛街、南横街走动了一下，找熟人打听打听消息。过得着的小哥儿们小声说道：“我们南横街的小爷们想给王镖头报仇，想来想去想出了一个邪主意。

“南河沿德国兵营的菜都是由广安门进的。哥儿几个就通过牙行，把这买卖包了下来。天天往菜上浇巴豆泡的水，特别是黄瓜，浇上巴豆泡的水后，更透着鲜灵。洋鬼子爱吃生的、鲜的，天天吃巴豆水浇过的黄瓜，能不跑肚吗？鬼子兵又吃上了发出来的绿豆芽、黄豆芽，每天都让送一车去，也是凉拌着生吃，发豆芽的水是用巴豆泡过了的，吃完豆芽之后，可就窜上稀了。

“趁着往兵营里送菜，又往井里扔了两麻包巴豆。麻包里装着石头，扔下去就沉底了。巴豆这玩意儿泻肚，可没有毒。洋大夫化验不出来，鬼子天天喝巴豆泡的水，一天得跑上小十趟茅房，人都拉得没形了。这团鬼兵昨天打东车站上车，回国去了，回国前还遭了一劫，火神爷把他们的弹药库给点了。”

听到这儿双刀杨乐了，说：“鬼子拉稀，不是药王爷显灵，是南横街的小爷们干的。火药库被点了，也不是火神爷显灵。中国人是好欺负的吗？有能人。”

中国人不是好欺负的。没过两天，驻在陶然亭的日本兵也出事了。陶然亭的水边上驻的是骑兵，这些鬼子把同仁堂的鹿场给抢了，把鹿全宰了吃肉，鹿场也就变成了他们的马场。城里没地儿放马，日本兵就把广安门外御马场的干草都给拉进城来，堆在马场里，像座小山。城区中驻扎的联军，都到这儿来领马草，牛街的小爷们就打上了这个马场的主意。

干哪行通哪行，牛街的小爷们宰牛，就在牛身上打主意。找了几头公牛，给牛角上套上了铁尖刀，牛背上驮了煤油桶，牛尾上捆了棉丝，棉丝用煤油浸了，趁着没有月亮的黑夜，把牛赶到了陶然亭。

同仁堂的鹿场，是一道篱笆圈起来的。把牛蒙上眼睛后，拉到正对着草山的位置，就把公牛尾巴上的棉丝给点着了。公牛疼痛难忍，就犯起了牛性，一个劲儿地向前冲，一直冲到草山上，把干草全给点着了，刹那间火光冲天，照亮了半个南城。草山后头的军马可就惊了圈，全蹦到了水洼子里。

军马都会浮水，可是陶然亭水浅泥深。马跳到水里浮不起来，全陷入了淤泥之中，活活地沉了下去。日本兵驾着小船拼命往出赶，连拉带拽，也没弄出来几匹。

双刀杨、关刀李和牛街的小爷们挺铁，也参加了这次行动。按照约定，五德埋伏在鹿场对面的坟地里，负责阻击冲出来追击的联军。没想到大火一起，这些日本兵根本没敢追击。

军马场的草山有好几丈，点着了后火苗子蹿得比广安门的城楼都高。南城的老百姓都说：“火神爷又显灵了。”小孩都唱儿歌：“大火上房，鬼兵开膛。”“大火照城楼，刀砍鬼兵头。”

联军总部接到了军马草料全部被烧毁的报告后，十分震惊。瓦德西很是不解，问值班参谋：“骑兵为什么不驻在城外？草料为什么集中到城里？这种做法违反了军人最基本的常识。”

值班参谋苦笑了一下回答说：“怕遭到袭击，北京城四郊没有安全的地方。”瓦德西目光严厉，盯着这个参谋说：“北京城里就安全吗？这两场大火说明了城里更不安全，你和我的生命也不安全。”

说完之后，瓦德西瘫倒在沙发上。这个联军统帅太累了，只能闭目养神。半晌，长长地出了口气，像是对值班参谋说，又像是自言自语：“无论欧洲或日本，均无能力统治这世界上的四分之一生灵。故瓜分一事，实属下策。马场之火也不必查了，最明智的选择是尽快地找出体面地结束这场战争的方法，离开中国。”

想走，也不是那么容易。特别是走得还要体面、实惠。可是瓦德西办到了，在慈禧太后和李鸿章的配合下，八国联军带着一份《辛丑条约》“体面”、“实惠”地离开了北京。

八国联军没有打眼，选对了代理人——大清国的慈禧太后。这位老佛爷对外的准则是“量中华之物力，结友邦之欢心”，“吾家天下，宁赠友邦，不予家奴”。对内的准则是“谁叫我一时不痛快，我叫他一辈子不痛快”，“谁一句话惹了我，我杀他一家子”。而且说到做到，连愣都不打。

八国联军也选对了李鸿章这个代理人——大清国洋务派的领军人物，新建陆海军的统帅。他一手缔造的淮军和北洋水师是大清的兵魂，可是他对“大清兵魂”的评价是“以剿内寇尚属可用，以抗外侮实未敢信”。李鸿章临终遗疏所表述的全部内容，可归纳为两点——对外绝不开战；对内坚决镇压。

八国联军撤出了北京，撤出的原因是联军彻底明白了，撤出北京比留在北京要体面得多，实惠得多。慈禧回来了，慈禧也彻底明白了，联军之所以同意她回来，是只有她才能全部兑现《辛丑条约》的条款。

“两宫回銮”之后，北京城中依然是百业萧条，可就忙坏了营造厂、木材厂、砖瓦厂、小细作、裱糊铺、油漆作、家具铺。整个北京城成了一个大工地，拉料的大车相望于道，枢纽路口经常堵车。堵车后车把式就甩震天鞭开道，报名号喝令对方让道。要是两个大门坎相遇，老百姓可就有乐呵看了。

五德可没心看街上的乐呵。王五一走，源顺也就散了。人去房空，可正厅里又添了一块匾，匾上刻着四个斗大的金字——忠义千秋。

正厅里悬挂的四块匾，依次是“重义解骖”、“宽厚仁义”、“德容感化”、“忠义千秋”。这四块匾是王五一生所走过的路，他和谭嗣同是殊途同归。求仁得仁，重义守义，竭忠尽忠。不论在九天还是九泉，相逢时可以拥抱了。

二、横　刀

7

源顺散了，五德就得另找饭辙。自知不是平地抠烙饼的料儿，还得有个投靠。到宣化府去再投董魁元，虽说是条道，可太没面子了。合计了一下，哥儿五个决定留下来，在北京闯闯。

五德在北京撞大运，双刀杨、关刀李是大运来了城墙也挡不住——馅饼由天上掉到了炕头上，捡起来往嘴里一送，还是热的。

三合镇的孟老财在骡马市大街有处宅子，离湖广会馆不远，是所坐北朝南、临街的三进四合院。庚子年这么一乱，把孟老财乱怕了，不敢再回来住。他找到了双刀杨和关刀李，想把宅子改成会馆，在三合镇圈点儿人气、当个人望。

双刀杨脑瓜灵，连个愣都没打，更没有结巴，跟连珠炮似地说："这可是件好事，南屋临街，就当门面房，开个大茶馆，照着二荤铺办。二门以里的房就当客房，凡是三合镇的人来了，就住进去。以茶馆养会馆，您也就不用再掏银子了。这个茶馆就叫三合轩，给三合镇挣点面子。"

孟老财听了后连连点头，说："好！好！就这么办。我再给你俩点儿银子，把房见见新，体面点儿，让三合镇也风光风光。"

万事大吉之后，双刀杨和关刀李把五德找了过来。哥儿五个一瞧，齐声说："够份儿！"五间门面房正对着骡马市大街，上悬金匾——三合会馆，两柱的楹联是：

三合轩、三合会馆，迎三合人。
八方财、八方气运，临八方客。

智德问："这联是谁写的？"双刀杨笑了："写得俗点儿，你别挑眼。是孟老财让镇中塾师写的。"

仁德接茬儿问道："给源顺的'宽厚仁义'也是他写的？"双刀杨点点头。"三合镇就一所私塾，教几个蒙童识几个字，别说进京赶考的举人了，连个秀才也没有出过。做买卖的人不少，至多跑跑宣化、张家口，能闯北京的人可不多。后院的房全空着，你们哥儿五个明天就搬过来，聚点人气儿，凑个热闹。”

北京的大茶馆有好几种，二荤铺是茶、饭、酒全卖。卖的方法也挺独特。早上备有早点，喝早茶的主儿可以先喝茶后吃早点，也可以先吃早点后喝茶。坐到快晌午了，茶喝够了想吃点什么自个儿买去，买回来交柜上给做。

谱儿大的主儿不愿意动地儿，也可以叫茶倌去买，鸡、鸭、鱼、肉随您点。茶倌快去快回，回来后交您过目，给您报价。然后交到柜上，叫“炒来菜儿”。柜上备的佐料算一荤，客人买来的算一荤，两荤加到一块儿，就是二荤铺。

二荤铺做不出什么上档次的美食，客人想吃什么就买什么，比起饭馆来可就实惠多了，便宜多了。久而久之，客人进门时就把“一荤”提溜来了，一早交到柜上，图个两方便。至于酒，柜上有，客人也可以自打自带。总之，一切都是主随客便，张罗到家。一句话，就是“随您便，您怎么都行”。

开二荤铺得有不少人手，可五德不是干这行的料儿，再说了，旗营出来的小爷，也掉不起这个价儿，跌不起这个份儿。反正三合轩里空房也多，双刀杨和关刀李的盛情也难却，就一起住了进来。用市面上的话来说就是“住闲”——自个儿有事时忙自个儿的去，没事时愿意搭把手就搭把手。五德向外跑得挺欢，三合轩里也真搭不上什么手。

三合轩开张后就火了起来，在宣武门外闹出了点名气。双刀杨、关刀李也就成了杨掌柜、李掌柜，也算是人物了。这天一早，会友镖局的大掌柜孙一廷和老镖头焦林鹏一块儿进了三合轩，这二位可是响当当的人物，在街面上是有头有脸的主儿。杨掌柜、李掌柜跑前跑后地忙乎了起来。

从杨掌柜的嘴里，焦林鹏得知五德都在北京找营生，于是对孙一廷说：“这五个人都有点儿习武的家世，是走镖的料儿。能有一马三箭的功夫，现在可不多了，这哥儿五个玩儿得都挺溜。论起新家伙，长火、短火也都会使，是拿俄造骑枪、左轮练出来的，挺有准。王正谊调教出来的徒弟，都有谱有样，遇事能顶一气。”

孙一廷笑了，会意地点了点头。焦林鹏就对杨掌柜说：“等哥儿五个回来后说一声，有日子没见了，有空到会友去找我聊聊。”

晚上五德都回来了，听了这个信儿，乐得都合不上嘴了。进会友，那可是好饭碗。第二天一早，哥儿五个就奔了粮食店街。一进会友的门，焦林鹏恰坐在前柜，五德见了之后，齐刷刷地抢上前给老前辈行礼。

焦老镖师见了五德之后挺高兴，说："走！一块儿去喝个早茶。"在友仁轩坐定之后，话就入了正题。焦林鹏直言道："我和五爷虽然没穿过一个号坎儿，可也是过得着的交情，跟你们小哥儿几个就不见外。听杨掌柜说，西河沿的德国兵营是你们哥儿几个给炸的。我以茶代酒，敬你们一杯，我王老弟收徒时，可真是长了眼。

"客气话就不说了，你们哥儿五个都想在北京找个营生，习武练功之人，从前的正道是考武举，要能中了武进士，也就算有了功名，能光宗耀祖了。

"现在朝廷行新政，废了武科举，办了武备学堂。凭你们的身子骨儿，只要肚子里有点笔墨，就到保定去考北洋武备学堂，将来在新军中也就算是正途出身。有檀营的家世，都是在旗之人，祖上要是有些根基，不妨去挑禁军。要能考上个队官，也就是有了功名，在旗营之中可以说是正途了。

"不能考武备学堂，也不能挑禁军的，就到会友来跟我干。进镖局对于习武练功之人来说，也是条正道。你们哥儿五个好好合计合计，定下弦来后，就告诉我一声。过会儿我还得接个老客，咱们就聊到这儿。"

焦老前辈的这番话，使五德茅塞顿开，回到三合轩一合计，大计也就定了下来。义德念过几天私塾，又进过随营官学，笔下的字也说得过去，决定去保定考北洋武备学堂。智德是镶黄旗出身，祖上袭过轻车都尉，虽然已经五世恩尽了，可有点阀阅，系有根基之士，就打定了主意去仰山洼挑禁军。仁德、礼德、信德一块儿定下了弦，投会友，跟着老焦头儿干。

大计定下来后就行大事，当天晚上，双刀杨、关刀李在三合轩摆了一桌，下帖子把焦林鹏恭请了过来。这桌酒有双重意思：一是定下五德和焦林鹏的师徒名份；二是给义德、智德饯行。

第二天一早，义德就奔东车站登上了开往保定的早车，智德出安定门奔了仰山洼，仁德、礼德、信德一块儿到粮食店街入了会友。

8

1860 年的第二次鸦片战争之后，签订了《北京条约》，清廷称之为"同治中兴"。1900 年的八国联军战争之后，签订了《辛丑条约》，清廷又称之为"光绪中兴"。从皇统上来讲，只要大清能延续下去，仍是爱新觉罗氏的家天下，当然可以称之为中兴了。

可是中兴难兴，北京城中百业萧条。六十多万旗籍人口是皇统的根本，可只关半数钱粮。最大的花主儿不景气，北京的市面上、街面上也就景气不了。旗门的下层沦为了城市贫民，嘎杂子的队伍不断地扩大。北京城外农民的日子更难过，以一言蔽之，就是“官逼民反”。《辛丑条约》的赔款连本带息高达九亿八千多万两白银。甭管各省怎么分担，羊毛还得出在羊身上。条约附款中的“教案赔款，直接由所在地的农民承担”，在这种形势下，大乱虽过，小乱难止。

小乱不止之世，也就是镖行兴盛之时，所以会友镖局的买卖颇为红火。冀中的官道上，本是太平之区，如今要是没有镖局的保驾，商人就不敢上路。北京的内外城是天子脚下的首善之区，不请个镖师坐店，商家就不敢下板营业。

墙高院深的宅门，也得从镖局请个护院的，吃饭睡觉才觉得安生。就连户部银库的库丁，上班下班也得坐镖局的班车，怕被嘎杂子敲了竹杠、绑了票。总之，保镖这行走红了，哪儿都要找个保镖的。

五德虽说拜了焦林鹏为师，可是从会友来讲，三德进门不是收徒，是招了新伙计。伙计来了就得接活儿，大掌柜孙一廷知道，三德的马上功夫好，在平道上才能使得上，就让哥儿仨跟着焦林鹏一块儿走南道。

南道主要是河北、河南，老焦头就是闭着眼，也能把官道上的沟沟坎坎说个一清二楚。黑白两道上的朋友都门儿清，不但知名知底，而且说得上话。有焦爷出面，南道可以说是平蹚。

三德跟着焦林鹏走过两趟河南淮阳，保的是药镖，一路之上可以说是平安无事。可是好景不长，会友的镖接二连三地在南道上被劫了。

八大镖局一通气，彼此彼此。看来南道上是乱了，谁的镖旗也不认。南道的买卖最多，要是封了路，镖局这碗饭也就别吃了。在南道上被劫时，生脸朋友谁都不认，言行做派也不像道上的人，可都自称是奉了宋寨主之命，留下买命钱。

孙一廷发下帖子，请各局的镖头到会友一聚，共商对策。也是无巧不成书，各位镖头刚刚坐定，还没有议事，宋寨主的信差就找上门来，直言要孙大掌柜出来说话。孙一廷说：“来得正好，请进来一块儿见见面。”

这位信差可真有点儿谱儿，颇有下战书的气派。登堂、落座后开言道：“奉宋大寨主之命，和各位镖头打个招呼。有饭大家吃，镖道上的这碗饭，半劈不为过。今儿八大镖局的人全在，我就把话挑明了。认了半劈，咱们就是朋友。不认半劈，也就交不上朋友。前几档子，宋寨主给各位镖头留着面子，各位镖头要不想交宋寨主这个朋友，这个面子也就不留了。”

孙一廷据案问道：“宋寨主所说的半劈，不知怎么个劈法？”“我们宋寨主是痛快人，不来虚的，讲的就是实在。客套的话就不说了，南道上一总受香火，北京的镖局一总敬香火。”

听到这儿焦林鹏接了话：“南道上的朋友可不少，各路当家的我全认识。宋寨主是后来居上，在下尚未谋面。不过在下冒昧问一句，南道上的朋友是否都归在了宋寨主麾下？宋寨主一总受香火，南道上的朋友是否都认可？”

焦林鹏的一席话把“信差”说得一愣，可是很快又镇定了下来。把脑袋一晃嘴一撇说：“吃生米的哪儿都有，遇见吃生米的各位镖头就不用客气，替我们宋寨主管教管教。要是连个吃生米的都对付不了，也就不用去走镖了。”

孙一廷这时发话了：“且不说镖行的规矩是交朋友不敬香火，宋寨主要是想在南道上一统江山，且不说水旱两路的当家的认头不认头，首先得先清清吃生米的。吃生米的不除，镖局就是想一总敬香火也难敬吧。”

“信差”听了孙大掌柜的话也毫不示弱，说：“北京城中有八大镖局，走南道的镖局可多了。且不说北京城外的镖局，北京城内的镖局也未必就全都唯孙大掌柜马首是瞻。要说一统江山，谁都说不上。

“我们宋寨主只管他的梁山，就来个梁山对八大镖局的君子协定。八大镖局以外的，梁山一概不认，来个杀人越货，越货杀人。凡是八大局的货，见旗放行。

“各位镖头要是觉得划得来，就出这个数。我们宋寨主是一口价，诸位镖头都是外场人，也别打价还价。要是行，咱们这朋友就交上了，要不行，我调头就走，咱们南道上见。”

说罢，伸出了一巴掌。焦林鹏笑了，问道：“您这一巴掌是多少？”信差向四周扫了一眼，说：“不多！五万两。”

孙一廷微微一笑：“送客！”信差一愣，只得转身离去。

信差走了之后，八大镖局的八大掌柜一合计，认为南道只能先封镖。然后再组成联军，除掉这个宋寨主。出征前得知己知彼，先把梁山的底儿弄清了。

要弄清梁山的底儿，还得找道儿上的朋友。和南道上的朋友打交道，非焦林鹏莫属。八大镖局的八大掌柜，众口一声都推荐焦林鹏打头阵，先闹清梁山的底，再统率八家联军和梁山一决雌雄，重新打通京南的镖路。

焦林鹏带着礼德前往冀中，一路之上和各路当家的串了串门儿，不但把宋大寨主打听了个底儿掉，而且把他的下步棋都打听出来了。

这位寨主姓宋名锡朋，以梁山好汉宋江自居。手下的各“山头”都号称梁山，仿一百〇八将全有个绰号。宋大寨主自称呼天雨十面王，是冀州宋家庄人，后去东北投了马鞑子。

庚子时不知道怎么到了北京，干上了义和团。八国联军攻进北京后，他带着一帮弟兄跑了出来。靠着十来条长火、短火，就在冀中拉起了杆子。

大旗一竖，许多在白洋淀里以捕鱼、打野鸭子为业的人就投了他。原因是捞到的鱼、打下了野鸭子都是往北京走的货，八国联军占领北京后生路断了，在走投无路的情况下，就跟了宋锡朋上了“梁山”。

宋大寨主手下有多少弟兄，谁也说不清。“梁山”不占山、不扎寨，散而为民，聚而为寇，算起来少说也有一千多号人。可大多是跟着起哄的，能算得上是铁杆的，也就百八十号人。

宋锡朋有点儿真功夫，特别是飞檐走壁的轻功，而且双手会使洋枪。手下的弟兄没什么真功夫，也没什么真家伙。从北京带出来的十几支长短枪，差不多都打空了，有枪无子弹。可都会使抬枪和手冲子，飞鱼叉是他们的绝活。鱼叉飞不了多远，要是面对面地飞过来也好躲。

声势闹大了后宋大寨主想称霸冀中，可有山有寨的人谁也不买他的账，但也犯不上和他执气。闹得太欢了后，把官面上的人也给惊动了，巡防营清剿了几次，都扑了空，也就不管了。

在旱路上闹不出什么真局面之后，这些人就打上了水路的主意，他们本来就会使船，在水路上能聚能散，能进能退。不想做案时，就在水面上捕鱼、湖滩上打野鸭子。

宋锡朋的底儿摸清了，焦林鹏也犯愁了。他要在陆路上顶着干，那好办。他要是不接战，在水面上捕鱼、打野鸭子，那是一点儿辙也没有。想来想去，也没有想出什么主意来，只好先回北京，再聚到一块儿定个对策。

焦林鹏还没有回到北京，水路上可就出了大事。由于八大镖局在南道上封镖了，中小镖局更不敢蹚这浑水，十面王在京南的官道上没的可劫，总不能在家门口堵着赶集老乡劫吧，可千余人不能总闲着，就到水路上横捞了一把。

太平天国据有扬州后，京杭大运河就断了航。清廷的漕粮改为海运，大运河的山东段首先淤塞不通了。可是河北地区以白洋淀为中心的水网，还能连通北京、天津、保定等地区。会友受理了一桩大买卖，是押“皇纲”。凡是解往朝廷的税银，民间就称之为“皇纲”。所走的镖路是水道，从保定到天津，由直隶藩台衙门接镖验收，雇主是盐法道。

“皇纲”由保定上船可直达天津，当四条镖船走到下西河时，遇到了税务司的巡检拦河检查。这批“检察官”身穿号坎，上书“税务司”，喝令镖船停船接受检查。

领头的镖师赶紧迎上去出示路引、镖单以及盐法道衙门的公文。可是“检察官”们声称要查查镖船上有没有夹带私货。打头的镖师连忙答道：“皇纲上都有道台衙门的封条，您可照单点箱。小号的镖规也不许有夹带……”

言未毕，“检察官”已强行登船。上船后镖师们发现来者不是官是匪，在船上就打了起来。镖师们借助六响炮（左轮手枪）、盒子炮（自来得手枪）的威力，出手就把“检察官”们撂倒了。可是镖船正航行在狭窄的河道上，根本无法调头，前头又出现了拦河索，也不可能冲过去，可以说是进退失据。

镖师们正不知所措，两岸庄稼地里的抬杆响了，砂飞如雨。这种抬杆的枪筒是又粗又长，里面灌满了火药和粗砂粒，是打野鸭子用的，本地人称之为砂枪。虽说是砂枪，打到人身上也是“不死也得脱层皮”。镖师们被压得抬不起头来，只好猫在船舱里听响。

砂枪刚一停火，手冲子的又响了。“检察官”们手持单刀和鱼叉冲上船来，和镖师打了交手仗。六响炮、盒子炮、手冲子的射击声，单刀、鱼叉的磕碰声连成了一片。

寡不敌众，恶虎难敌群狼。船上正打得血肉横飞，船下的“水鬼”把一只镖船推到了岸边。船上的“皇纲”被抢去了两千多两。

手冲子不能着水。“检察官”们是游着泳、举着手冲子爬上镖船的。响过一响之后，手冲子就报了废，镖师们的六响炮、盒子炮这时可不留情面了。“检察官”们虽然抢去了两千多两银子，可也付出了血的代价。

战场上平静了下来，双方都在调整部署，准备新的一场血斗。河面上的镖船首尾相接连成了一线，这种队形是免去了首尾之虞，把火力集中到两舷。也防止对方攻其一船，把落单的劫到岸边。

镖船刚调整、部署完毕，两岸的砂枪又响了。响过之后，没有动静了。这太反常了，可不是好兆头，看来是准备打一场持久战。道上的朋友向来是速战速决，速抢速撤。

镖师们正在纳闷儿，“检察官”们突然扑了上来，没有喊杀声，也没有用手冲子射击，是一场光天化日之下的袭击。袭击没有得逞，单刀、鱼叉对左轮、自来得，成功的机率太低了，流血的代价付出得太高了。

烈日当头，骄阳灼人，战场上出现了可怕的寂静。镖师们心里跟明镜似的，下步棋只有两招——火攻与夜攻。

进行火攻，太容易了，准能得手。可是镖船被烧沉了，银箱也就跟着沉了，打捞银箱可是件难事。进行夜攻，得耗到天黑之后。耗这么长的时间，对“检察官”不利。夜战，对镖师不利。

对镖师最有利的打法，是在火攻、夜攻之前结束战斗。登陆反击，无疑会成为被砂枪猎杀的“野鸭子”，只能保船待援。在对手实施火攻、夜攻之前，得到援兵才能结束这场战斗。唯一的选择是派人突围出去报官。

说是“突围”，不如说是“潜出”。镖师中有水中的高手，成功地潜出了包围。巡防营得到报告之后，派来了一哨马队解除了对镖船的围困，“检察官”们扔下号坎，四散而逃。

战后清点，押船的镖师战死了四个。活着的一个不落，全都挂了彩。如果抬杆里灌的不是粗砂子而是铁钉子，镖船上也就没有活人了。这场恶战，是会友开业以来最大的流血事件。

被抢去的两千多两白银，当然是按合同如数赔偿，南道上的旱路封镖了，水路也只能封镖了。会友都不敢再走南道，南道上的镖旗也就倒了。

9

焦林鹏回到北京后，八大镖局再次聚于会友，一致认为宋锡朋非除不可，可是除掉这个十面王，也不是件容易事。他一不占山，二不扎寨，上哪儿找他去？不除掉宋锡朋，道上的朋友也就会把镖局看小了，久而久之，都会照方抓药，镖车也就甭出北京了。于是决定八大镖局组成联军，进剿这个十面王。

大计定下来后，每家出二十人。孙大掌柜自认会友多出十人，总计一百七十人。都是背着长火、别着短火的双枪将。由焦林鹏领队，各局的镖头都表示愿听号令。

三德当然是跟着师傅前往，会友也真下了大本，选的都是硬手。三十号人，全配上了俄造的7.62骑枪和德造的自来得。三德本来就有从董魁元那儿换来的俄造左轮，现在成了三枪将。腰前别着左轮，腰后插着自来得，肩上倒背着骑枪，那叫神气。

八大镖局的联军，在火力上少说也能顶两个连。宋锡朋要是化整为零，命各溜子回归本村，该捕鱼的捕鱼，该打野鸭子的打野鸭子，联军肯定是白来转一圈灰溜溜地回北京去。可是这位十面王看上了联军的洋枪，想叫梁山的弟兄也玩儿上洋造。于是他把各路精兵都集中了起来，打算和联军决战。一战打垮联军，一者可夺取洋枪，二者可树声威。凭实力和声威，让有山有寨的也归于旗下。到那时候，北京的镖局还不每年孝敬五万两香火银？

大计定下来后，就布下了一个十面埋伏阵。这阵是大阵套小阵、小阵连大阵。联军只要进了阵，就成了瓮中鳖，插翅也难逃。联军要是不敢破阵，那就从哪儿来回哪儿去。回去也别闲着，凑五万两银子，一总敬香火。

各路当家的心里都有数，谁能眼睁睁地看着十面王凭实力和声威一统江山？于是通过各种途径给焦林鹏“掏耳朵”。十面埋伏阵刚布好，联军就知道了个一清二楚。

焦林鹏心里更有数，凭这位老镖头的阅历，小数、大数都清楚，小账、大账都会算。镖局不是官兵，不是来剿匪的。只要把“梁山”打散了就行，不但不结死过节，对各溜子还得留条交朋友的路。

宋寨主设了十面埋伏阵，当然得打，不打干嘛来了。怎么打？怎么破阵？焦林鹏心里早就有了大底托着、大盘装着、大碗盛着。

十面王尽顾了让联军进他的十面埋伏阵，他来个瓮中捉鳖，没想到联军从阵后发动袭击，一夜之间把他的“瓮”砸了个稀巴烂。大阵全乱了，小阵全散了。各溜子打道回府，该捕鱼的捕鱼，该打野鸭子的打野鸭子。闲得没处出手，就卖干鱼、风鸭，反正得自找营生，奔个饭辙。

打破了十面埋伏阵后，联军见好就收，立即班师回京。冀州知府在巡防营校场设宴犒劳八家联军，以乡绅的名义，每家都给送了块匾。

联军凯旋，镖威大振，南道畅通。

刚过了一个多月，会友镖局接到了冀州府的密信，说找到了宋锡朋的下落，约会友派人去会剿，务必生擒宋犯以绝后患。

焦林鹏率领一支四十多人的马队，驰向了冀州。到了城关后分别住进北门外的两家客栈。老焦头只身到府衙拜见了这位四品正堂。知府屏退了左右的闲杂之人，悄声告诉了焦林鹏：“巡防营已调去会剿景廷宾，官兵在夜间开拔，营盘里演的是空城计。府衙的马、步捕快，恐不足制服宋犯。”

说罢，向焦林鹏拱手，态度十分恳切。站在旁边的张捕头说：“宋犯藏在西岭岩前的庆安书院，这座书院已废弃，只有两进小院。前门临官道，后门正对着山沟。怕惊动了里面的人，所以没敢太靠近，更没敢打发人进院看看，坐桩的盯了有二十多天，估计里面藏着头十号人。”

焦林鹏点头表示赞许，紧接着又问道：“怎么盯上的?”“他们外出采购时露了相，书院里没有水井，吃的是官道边上路井里的水，从每天打几桶水，就算出他们有几个人。早上一开院门，准有一个看院的出来打水。”

老焦挑了个大拇哥，说：“行！你带我上那儿转转去，弄辆骡车从书院前的官道走一趟，不能调头。坐在井台上喝口水倒行，喝完水照直蹚下去。”

张捕头点点头，表示明白，就陪着走了一趟。回来后老焦头胸有成竹地说：“这书院不大，可是没进去过，夜里去掏人的主意就不能打。生摸进去弄不好要吃大亏，还得白天动手。”张捕头表示赞同，二人就制定了方案，并进行了具体的部署。

天还没亮，冀州府的马、步捕快就把庆安书院团团围住。坐桩的报告说：“人都在里面。”天大亮后，张捕头、焦镖头坐着骡车来了。骡车停下来时，正好碰上看院的出来打水。

张捕头借着讨水喝，就和看院的絮叨起来了。没说上几句话，就把看院的问掉了底。看院的见势不妙，刚想撒腿就跑，张捕头就把他铐上了。

看院的全招了。算上他，这庙里一共有九个人，那八个人还在睡觉。院里没有暗道，出事时，打算往山里跑。张捕头笑了，一挥手，铜锣就响了。马、步捕快齐声呐喊，杀声三起，就是书院的后门没声。就在这当口，书院房顶上传来了枪声，紧接着后门开了，七个人夺门而出，顺着山沟就往山里跑，没跑出多远，几条绊腿索一拉，就都给放倒了。没费什么事，全让捕快们给拿住了。

这七个人当中，没有宋锡朋，不用说，宋犯还藏在书院里。进院搜查可有点风险，宋犯在暗处，他又是个会轻功的神枪手，不好对付。焦林鹏把三德叫了过来，小声合计了一会儿，三德点头表示明白，掉头走了。

小哥儿仨各显身手，仁德翻墙入院前先“投石问路”，礼德来了个

"以帽代首"，信德是"飞衣替身"。进入院内后各自转了三圈，也不见宋犯的身影。于是打开了院门。

焦林鹏示意张捕头传令，让院墙外的马、步捕快加强警戒，然后和张捕头一齐进入庙内。他们身后跟着四个步班的捕快，个个都挎着腰刀，手里提着单打一或六响炮。张捕头的七星枪张着机头，虽说有二十多年的捕快生涯，面对着宋锡朋这样的高手，还是显得有点紧张。

三德见师傅进来了，没有迎上来，而是把目光和枪口指向了焦林鹏的前方和左右方向。老镖头一笑，从这一笑中可以看出，他对这三个徒弟很满意。

庆安书院里静悄悄的，明伦堂匾额上落着两只野鸽子，咕咕叫个没完，还直扑棱翅膀，焦镖头和张捕头相视一笑，张捕头就走进了厨房，指挥着几个捕快扛出了两捆烧饭用的麦秸，往上淋了点水，把厨房里的干辣椒面全倒了上去。然后抬到大堂门口，点起了火。

淋过水的麦秸不好烧着，升起了浓浓的青烟，干辣椒面混在烟里把人呛得鼻涕眼泪全下来了，张捕头挥手叫几个捕快隐藏起来，自已和老焦头也闪身在配房的门框后面。三德早就找好了隐避处，自来得的机头全张开了。

一切就序，焦林鹏高声喊道："宋寨主，出来吧！现在到了好汉做事好汉当的时候了。"话刚落声，就见大堂的金匾后面蹿出了一个人，来了个飞身侧翻，顺着前檐上了屋顶。

仁德照着他的脚跟后面打了两枪，警告他停下来。宋犯回手就是两枪，这两枪是"听声回子"。打得可真是够准的，仁德要不是藏身窗侧，就被撂倒了。

宋犯翻过房脊后就没声了。他打算从房后檐落地后蹿墙而出，没想到脚没沾地，焦林鹏就给了他一个夫子三拱手，把他结结实实地放倒在了地上。礼德、信德蹿了过来，把这位寨主捆了个结结实实。

这时捕头们全围了上来，问道："您二位怎么知道这小子藏在大堂金匾后面？看他的个头可不小，能藏进去一定是会缩骨，有点儿邪门儿。"

张捕头笑了："这小子趴在匾后面，正好压了鸽子窝。老鸽子回来喂食，见仔被人压了，当然急了。是个活物就知道护仔，所以站在匾上直扑棱翅膀，咕咕个没完。"

焦林鹏对三德说："你们得记住，禽鸟鸣，必有所惊。要是飞鸟不回巢，直扑棱翅膀，它的窝一定是被占了。宋锡朋不会飞，当然出不了这个院子，占鸽巢的也就准是他了。张捕头这招也真绝，生把这个宋寨主熏了出来。这小子会缩骨，轻功也不错，可惜的就是太邪了。”

宋锡朋被押到府衙收监，牢头怕出事，给这位十面王钉了两副死囚的铁镣、铁铐。知府设宴道劳，席间恳切地对焦林鹏说：“不烦二客了，有件事还得请各位镖头帮忙。”

焦林鹏起身拱手道：“大人有什么吩咐，在下全力以赴。”知府示意大家都坐下，然后举杯说：“烦镖头们再辛苦一趟，把宋犯解到保定的臬台衙门。现在冀州城里没有兵，这个祸世魔王的党羽甚广，若来劫狱，甚是不好对付。把他解走了，冀州也就得安了。但其党羽若是在半路上劫囚车，也是一件麻烦事，只能请焦镖头出个高招。”

焦林鹏沉默了片刻，拱手答道：“大人如此信赖，在下无不效力之理。把宋犯解到保定，确实不太好办。大人把这件事交下来，就得听在下的安排。”

第二天一早，宋犯就起解，囚车停在府衙前。四名牢子给宋犯带上了嘴嚼子，钉入了木笼囚车。然后拧断了一只大红公鸡的脖子，往宋犯的头上、脸上、身上淋满了鸡血，这招叫作破邪，怕宋犯用妖术逃脱。

一切妥当之后，十名捕快押着囚车直奔保定。时值酷热，宋犯的囚车上支了一把遮太阳的破伞，每过村镇时，捕快们都讨碗凉水给宋犯灌下去，怕这位十面王中暑死在半道上，无法向臬台衙门交差。

囚车行至一个前不着村后不着店的地界，道旁突然窜出一伙蒙面强人，拦住了去路。为首的一个高声喊道：“想活命的留下宋寨主!”

捕快们丢下囚车，沿着官道掉头就跑。蒙面强人打开了囚车，背起宋犯钻进了庄稼地，一口气跑了二里多路见没人追，才把宋犯放了下来，打开了铁镣、铁铐，松了嘴嚼子。这位“十面王”已经奄奄一息，根本说不出话来。

为首的低头一看，惊呼：“上当了！这不是宋寨主。”可是已经晚了，锣声大做，冀州府的马、步捕快围了过来。为首的抽出了腰刀，大吼一声：“拼了!”就冲了上去。也就在这一刹那，他胸部中了两枪，倒下了。这个为首的，就是到会友下战书的信差。

这一切都是焦林鹏安排的调包计，“明修栈道，暗度陈仓”。囚车中的死囚，是个采花的淫贼，做案手段是先奸后杀，罪行令人发指，依据《惩办盗匪条例》，被判处了“斩立决”。行刑前就让他扮了宋锡朋，多活了两天。这两天活得也真不容易，受的是想死都死不成的罪。

真正的宋锡朋当天晚上就被灌了一碗迷魂汤，装进了骡车中，三匹大走骡蹽开了四蹄连夜就奔了保定。当这位十面王醒过来时，已身在臬台衙门的死牢里。

焦林鹏回到北京后半个多月，得到了宋锡朋的消息，他阳寿未绝，竟然没有被处“斩立决”。保定的直隶臬台衙门呈文刑部，请求“待秋审后定谳”。看来还打算在宋案上做些文章，想在御前请功。

“秋审定谳”的案件呈到御前时，老佛爷也无心阅档，对大总管李连英说：“小李子，挑稀奇的给我念叨念叨。”李连英打开案卷一翻，躬着身子奏道：“有个叫宋锡朋的，这个人的案子挺邪行……”听着听着，老佛爷突然乐了，说：“传旨！把他给我解来，我倒想看看这小子是什么长相，有多大能耐。”

太后要看看宋锡朋的消息传出后，八大镖局全傻了眼。谁都知道，回銮之后老佛爷年事已高，办事全无章法，近来更是方寸多变，喜怒无常。要是一时高兴，就能把这位十面王给赦了，说不定还能赏他个官当，叫什么“戴罪立功”。这对镖行来说，真是后果不堪设想。

10

“是福不是祸，是祸躲不过”。焦林鹏气得整天喝闷酒，这天晚上越想越不痛快，就和三德一块儿奔了三合轩。焦镖头是稀客，三德是铁哥们儿，杨掌柜、李掌柜忙着摆酒上菜。都说要好好聚聚，来个一醉方休。

大家坐定之后，刚要动筷子，就听见马靴踏地之声由远而近。紧跟着踢马刺一碰，推门进来了。来者是个新军军官，黄色的料子军装，宽板武装带。军帽上有顶子、翎子，那叫神气。

两位掌柜的赶紧站起来相迎，大伙一打量，可愣了，来者正是义德，三德一下子扑了上去。入座之后，义德站了起来，打了个立正，向焦林鹏敬了个标准的军礼，说：“我代表智德共同向老前辈致敬，没您指点迷津，我们哥儿俩不会有今天。”

焦林鹏摆手道：“可别这么说，路是自己选的，自己走的。能在营盘里出人头地，全得凭真能耐。真能耐不光是底厚有根基，还得跟上趟。跟上趟就是两个字——行时。跟大伙说说，你们哥儿俩近来怎样？”

义德坐定之后说：“考上武备学堂后，分到骑兵速成科。考试全合格，我就提前毕业了，被派到北洋二镇当队官。智德挑上了禁军，被保送到武备学堂。上月和我在保定碰上了，他是带饷、带衔来进修的，学的是炮兵。学成之后，加官晋级是没跑，混得准比我强。”

听到这儿信德问道：“你这队官带多少兵？一月能关多少银子？”“新军的队官相当于绿营的哨官，带一百多号人，月饷五十八两。”三德一听全愣了，简直不敢相信自己的耳朵。管吃管穿，一月还能关五十八两，上哪儿找这美差去呀。

仁德这个大哥最心疼智德，他小时候没吃过什么苦，怕他去禁军中顶不住，于是打听道：“这带饷进修是怎么回事？”“说白了就是上学时一个子儿不少给。新军的炮兵队官是六十四两，禁军的饷少说也要高出三成多。拿着小一百两银子上学，是件美事。”

听到这儿，三德全都不吭声了。会友的份银在八大镖局中居榜首，还没有听说过哪个老镖头份银过了十两。能拿个七八两，就是有份儿的主，年终分红，再好的年头也没到过六十两，能有个二三十两就知足了。

双刀杨嘴快：“你们哥儿俩可真发了，发得比上崇文门关当差还快。早知如此，我也不干这掌柜的了。咱是没根基不能去挑禁军，跟你去考讲武堂没准能蒙上，我好歹也读过两年私塾，帮人贩过马……”

关刀李听了后把头一摇：“就凭你那身子骨，别说提前毕业了，非落个考试不及格，给开了回家不可。还是当咱们的掌柜的吧，我认命，挺知足。”

说到这儿，大伙儿全笑了。义德叹了口气，对双刀杨说：“你是光看见了贼吃肉，没看见贼挨打。干新军，也不是什么好差事，管的那叫严。平常不许出营门，要不是这样，我早回北京来看你们了。就是不来看你们，也得回来谢谢焦老前辈。这次是借着出差，把事办完了，挤出了点时间，就从西苑跑来了。”

焦林鹏这时接话：“你从保定到北京来，办的是什么差事？”“苦差事，解犯人。有个叫宋锡朋的，自称为呼天雨十面王，叫冀州府给拿住了，解到了保定的臬台衙门。不知是怎么回事，太后一道懿旨要看看这块料。臬台怕半道上出事，就请马标派兵押送，我们标统知道我在镖行干过，就把这苦差事派给我了。”

三德听到这儿都蹦了起来：“宋锡朋是你解来的？”“他现在在哪儿？”“太后见了他吗？是杀，还是给他个官当？要是让这块料戴罪立功，镖局可就惨了。”

“这我得从头说。”义德举杯喝了一口酒，就打开了话匣子：“宋锡朋没有多大能耐，可是声名闹得不小。我在保定就听说过他，而且越传越邪。说他潜入了省城之后，入夜后换上了夜行服，抬腿就上了房，到总督衙门、布政使衙门、臬台衙门的印房走了一圈，把三家的大印全给换了。还留下了字条——‘换印者，呼天雨十面王宋锡朋’。

“第二天早上，三大宪全傻了眼，聚在一块儿合计了起来，议来议去都认为这件事不能声张。于是来个哑吧吃黄莲——苦在心里。约定了对姓宋的不管不问，由着他折腾。可是会友镖局不长眼，把姓宋的给拿住了，这不是给自个儿找麻烦吗。

“标统把押解这小子的差事交给了我，我心里也没底儿，怕半道上出事。想来想去，就借了一辆四轮洋马车，车厢里拉上了窗帘，把姓宋的捆了个结实，往里一塞。带上了两个班的弟兄，把他解到了西苑的护军营，交到了侍卫处。

“原以为这就交差了，没想到人家说：‘等着吧，太后什么时候想看看他，谁知道？看完了之后是杀、是放，还是给他个官当当，让他戴罪立功，这都说不定。也没准让你们把这块料还弄回保定去，就地正法。就等吧。’等着就等着不说，还不把姓宋的收下，叫我们看着他，说：‘不奉懿旨，不敢擅办。’

“没法子，就在西苑护军营里看着这块料吧。闲来无事，我就和他聊了起来。原以为他是条汉子，没想到没说上几句话就露了馅。开口就没个谱、缺个序，再往下说就不搭调了。

“气人的事还在后头，昨天侍卫处传下话来，说明儿早朝后，太后要见见这块料，叫我们给他洗澡、剃头、换衣裳。不能头发胡子老长，身上臭哄哄的。要招了太后不痛快，可是吃不了兜着走。没法子，谁叫人家是宫里的人呢，就照着办吧。

“我带了几个弟兄把他拉到了海淀镇，洗澡、剃头、换衣裳，溜溜忙了一下午，才把事办妥了。这小子肆态了，说：‘洗个热水澡真舒服，浑身上下搓了个干干净净。’我听了这个气呀，你肆态了，我可麻烦了。澡堂子能让他进去吗？我是连吓带求，掌柜的才松了口：‘您就开个单间吧，他要是进了池堂非把别人都吓跑了，这池子水我也别要了。’

“开单间就开单间吧，我叫当兵的把剃头的给找来了，又到故衣铺给他买了一身衣裳，到鞋铺买了双鞋。这趟差才算办完了，我忙了一下午，这块料倒卖起乖来。

“我得吓唬吓唬这小子，拿他开开心：‘凡是千刀万剐的，都要先洗澡。再说了，剐你的时候太后得看着剐，割一刀撒一把盐，这叫生腌活人。你身上要是臭哄哄的，怎么能成。听刑部的人说，剐上三天才能让挨刀的人断气，这是规矩，不能坏了。’

“听到这儿，这小子就瘫了，脸色变得又灰又绿看起来挺吓人。大概是魂已进了阴曹地府，阳气也就泄了。

“今儿一早儿，侍卫处叫把宋犯押到东宫门外候旨。快晌午了，来了四名侍卫、两名太监，太监拉着老公嗓喊了一声：‘太后懿旨，宣宋犯进殿。’这小子听了后一动也不动，侍卫就把他提溜了起来。可一松手他又瘫在了地上，把两个太监急得直跺脚，四个侍卫只好把他抬了进去。

“不一会儿，四名侍卫又把这块料给抬了出来。往地下一扔，对我说：‘从哪儿来的就把他弄回哪儿去。’我问：‘太后是怎么说的？’一个侍卫说：‘太后一看就扫兴了，说了声快把这块料弄走，别在这儿膈应我。’

“宋锡朋瘫在地上，活像条断了脊梁的赖皮狗，一动也不动。我摸摸他的鼻子，觉得有出气有进气，额头上也热乎乎的，没死。又摸了摸他的脉跳得挺平，于是就踢了他一脚。没想到他开口说话了：‘您别踢我，不知怎么了，我的下半身不听使唤，站不起来。您踢我也没用。’

“这块料真瘫了，我也就放心了。回到西苑兵营后，把一切手续都办妥了，就赶到城里，和大家见一面。明儿一早就把他押回保定交差，到了保定后该杀该剐，就是臬台衙门的事了。”

听义德这么一说，会友的人也就放下了心，席间立刻活跃了起来。双刀杨说：“你这官要是再大点，我可就要去投奔了。我打听打听，队里司务长的月饷是多少？”

义德放下了酒杯说：“司务长是二十两，排长也是二十两，正目是五两一钱，副目是四两八钱，正兵是四两五钱，副兵是四两二钱。当兵的虽比旗营、绿营关的多，可也发不了。吃的苦可比旗营、绿营大多了。

“司务长要是会搂，比我拿的可不少。能当司务长，标里头得有人，肥水不流外人田。要是能在标里当上军需官，那可就真发了。在标里当军需官协里准有人。”

听到这儿双刀杨有点急了，结结巴巴地说：“我还没去投奔你，你就往标里、协里推。这样吧，你当了标统后，我就去投你，你给我个司务长当就成了。我这身子骨，你给我个队官我也干不了。天天早上出操，非把我累趴下不可。"

大伙听了都乐了，义德嘘了口气说："出操是便宜了你，不知哪天就开出去打仗，弄不好就落个马革裹尸而还。不打仗也免不了出差，谁知道会摊上什么苦差事、恶差事！碰上倒霉的差事，丢官是小事，真有把小命赔进去的。"

义德的一席话，把双刀杨说明白了。连声说：'得！得！看来我还得当我的掌柜的。没有个好身子骨，顶不住这套军装。没有点儿福命，更镇不住枪子儿。我这个人身子骨薄，福命也浅，就在厨房里混吧。我这就到灶上练练，再炒俩拿手的菜。"

杨掌柜转身就奔了后灶，转眼工夫就端出了一盘火爆腰花、一盘溜肝尖。大家一尝，都夸好。老焦头说："行！杨掌柜是练出来了，行行出状元，凭这手艺，三合轩准能火起来。"

双刀杨听了挺高兴，给每人的杯里都斟满了酒，然后举杯说："我这双刀杨，以后就别叫了。改叫双勺杨吧，不是我吹，这俩菜我是同时炒的，两个灶眼儿上一块儿练活儿。"大家听到这儿，都举杯敬双勺杨，大号也就定了下来。

快终席了，义德站起来举杯道："我再敬焦老前辈一杯。"焦林鹏举杯一饮而尽，说："听你这么一说，我总算是一块石头落了地。明儿一早你就赶回西苑，把宋犯解回保定。到了保定后赶紧到臬台衙门销差，交人时得讨个手续。"

义德听了后点点头说："您的话我一定记得，要是能出城，我这就回西苑去，现在城门早就关了，明儿我就赶个早庙，上头炷香，第一个出城。"

双勺杨听义德明儿一早就走，连忙问道："下次回北京是什么时候?""京汉铁路快要通车了，以后我就能常来常往。早车赶来，中午在你这儿吃双勺，晚饭能赶回营房吃。"三德一听全乐了，齐声说："下次你回来时得叫上智德，咱哥儿五个该好好聚聚了，今儿是四缺一，下次可得五魁手。"

焦林鹏听了京汉铁路快要通车了的消息可没乐，自个儿给自个儿倒了杯酒，陷入了沉思之中。

第二天西直门一开，义德第一个出了城，催马直奔西苑。进屋后见王排长和弟兄们睡得正熟，宋锡朋不见了。义德的脑袋嗡的一声就炸了，一把揪起了王排长喝道："人呢?"王排长不慌不忙地说："昨天晚上收拾停当了之后，我就把这块活肉关到马车里，一早上好走。马车反锁着门，比屋里严实多了。”

义德转身就奔了马车，见一块活肉歪在车厢角。打开车门后伸手一推，这块活肉就倒了下来，倒时仰面朝天。义德一看就傻了眼，这块活肉不是宋锡朋。这时王排长也赶来了，吓得上牙打下牙，一句话都说不出来。

义德愣了一会儿，断然下令：“集队！马上开拔。”

两班骑兵护卫着一辆四轮马车，驰出了西苑护军营。在奔向保定的途中，走到一个靠近村镇的地段，义德下令停车，打开车门看了一眼，然后宣布：“宋犯已经死了，这么热的天拉着死尸非生蛆不可。说罢拔出腰间的配刀，把“宋锡朋”的脑袋砍了下来，装进了一个油布口袋之中，扎死了袋子口，放到了一个木盒里，无头尸腔子就扔到了大道边上的庄稼地里，然后驱车上道。

一行人在酷暑中走了三天，眼看就要到保定的北关厢，王排长沉不住气了，硬着头皮问义德：“到了臬台衙门怎么说？”“记住，宋犯一上道就断了气，酷暑之中带着死尸不方便，就砍下头来当凭证，想不到他脑袋捂成了臭肉。要不这样说，你得掉脑袋，我也跑不了。”

进了保定城后，直奔臬台衙门销差。臬台大人很是恼火，可是新军不归他管，义德办的是“客差”。臬台来拜访统制，商议结案之法。恰统制进京述职，参议官出面接待了这位臬台。议出的结果是出告示宣布宋犯已就地正法。义德处置失当，擅权越职，革去队官，降为正目，留军效力。

好在标统对义德的印象不错，知道他是个文武全才，就没叫他下棚去当兵，留在了标本部干点儿杂务。

好事不出门，恶事传千里。智德在讲武堂也听到了义德被革职的消息，就趁着放假的日子前来表示慰问。小哥儿俩找了个酒馆喝几盅，义德悄悄地把宋案说了个一清二楚。智德安慰了他几句，话还没说完义德就把他的话给拦住了：“这几天我们就要去会剿景廷宾，你抽工夫得跑趟北京，和大伙儿说一声，这块活肉可不是善茬儿，我怕他对会友下黑手。”

智德点头说：“你放心，火车已经通了，我下午就走，明儿赶回来，你的话一定带到。和景廷宾开战，你得小心点儿，这个主儿可不是好对付的。”

智德到京后，当然还是三合轩一聚。大家无限感慨，双勺杨说：“看来当官也不容易，义德这一开拔，不知道什么时候才能回来。听说景廷宾是武举出身，文武全才，用兵如神。亏了我没跟他去吃粮。看来我就是要双勺的命，我这就到灶上去抓弄俩菜。”

一转眼，双勺杨一手端着酱爆肉丁、一手托着炒肉片赶回来了。智德尝了连声夸好，站起来先给焦林鹏满了一杯酒，又给大家也全满上了。焦老镖头举杯说：“这杯酒，就祝义德平安吧。丢官是小事，平安为大。”

大伙举杯叫了声“干!”焦林鹏把杯中酒一饮而尽，然后打开了话匣子：“我真小瞧了宋锡朋，这小子行。听义德说他的腿没知觉了，我就觉得蹊跷。可是城门已经关了，也不能说让他回去，只好提醒他一早就走，路上小心点儿，到臬台衙门交差时讨个手续。

“看来这个宋锡朋是不落空的人，那个排长把他当成了是带气的活肉，往马车中一关，这块活肉可真活了。在营房里做掉个当兵的，扒下军装自个儿穿上，给死鬼穿上了自个儿的衣裳歪在车厢里去当宋锡朋。

“这招可真绝，是一箭双雕。好在义德是当差的料，没吭声，躲过了这场大祸。要是在护军营里就炸了，那可就不是丢官了，弄不好脑袋就搬家了。

“姓宋的跑了，他要成不了精，成不了气候，也倒没什么麻烦，别往心里去。听见喇喇蛄叫唤，还能不种庄稼了？多留点儿心眼儿就行了，吃镖行这碗饭，睡觉时都得睁着半只眼睛。”

第二天一早，智德赶回了保定。义德已经开拔了，军情比预料的要紧急。景廷宾振臂一呼，应者万人，公举他为龙团大元帅，竖起了扫清灭洋的大旗，很快就发展到了三四万人。

进入“匪”界后，义德先找人来了解情况，这一打听才知道，朝廷摊派教案赔款，把老百姓给逼急了。威县鱼堤村的法国教堂，本未受什么损失，可也趁机敲一笔狠的，愣叫邻近十村的人出三千两银子，重修教堂。威县是个穷地方，别说三千两，三百两也不好凑。可是县太爷不顾老百姓的死活，挨家挨户强行摊派。老百姓走投无路就反了。教堂里的神甫想跑没跑出去，被抓了回来，祭了反清灭洋的大旗。

义德听了后长叹一声。这时收队号响了，这是停止前进、全体集合的号令。全标集合后，标统陪着一个骑白马的高官来到方阵前，看样子要检阅全标。这个高官摆了摆手，示意免阅。义德看了出来，这个高官是武备学堂的教务长段祺瑞。他是留德出身，在德国学的是炮兵。

标统在行军桌上打开了地图，段祺瑞看了后点了点头，表示“可以”。队伍又前进了，标统对义德说：“段教务长调到本协任协统，随我标察看匪情，你别的事甭管，段协统的安全唯你是问。”

义德立正敬礼：“标下明白！”

行军中途，突然一声锣响，几十个火药包从路两旁的庄稼地里投掷出来。一个火药包正好扔在了段祺瑞的马前，直冒青烟。义德一脚把火药包给踢飞了，回手把段祺瑞从马上拉了下来，按倒在地上。

火药包炸了，段祺瑞坐骑的马头被炸飞了半个。他要是还坐在马背上，死得比白马还要惨。硝烟过后，扔炸药包的人消失得无影无踪。标统跑步赶过来向段祺瑞道惊。段拍着义德的肩膀说：“我得谢谢你。”义德立正答道：“学生应报师恩！”

段祺瑞愣住了：“你是武备学堂的？”“学生是武备学堂骑兵速成科甲班一期。”段祺瑞不解了：“你怎么是个兵目？”义德没有回答，低下了头。标统在旁边做了简明的解释。

段祺瑞听了后皱了皱眉头，说：“这不是处理失当，而是处理得当，该表彰。这些庸官朽贵！”说到这儿段祺瑞的话止住了，对标统说：“传我的命令，立即官复原职，调任晋升为协本部警卫营管带。”

景廷宾率部顺利地突出了重围，化整为零，消失得无影无踪。进剿的新军在“匪”区转了几个圈子，也就宣布大获全胜，班师凯旋。

11

回到保定后，智德在悦宾堂给义德接风。见面后，义德见智德也穿着管带制服。原来是老佛爷七十寿辰，加恩两镇禁军。凡居上三旗的官佐一律见人加一级。

两位管带可以说是人逢喜事精神爽。一个是因祸得福，一个是馅饼掉到了炕头上。于是相约下月请假省亲，先回北京到三合轩聚聚，然后回檀营风光风光。

步兵管带的月饷是二百四十两，炮兵管带是二百六十两，回檀营固然是衣锦还乡，到北京更是痛快痛快。其实，真正的心思是腰里有了银子，小哥儿俩都想成个家了。

智德在檀营有个青梅竹马的小情人，家就住在斜对门。义德在小东岳庙灯市上是英雄救美人，那姑娘可真招人喜欢，一声“哥！”就让五尺高的汉子乱了方寸。

当初穷小子的饭辙还不知道上哪儿找，想娶媳妇，那是难如上青天。现在是鸟枪换炮了，登门提亲可有了底气。

打东车站下车后，小哥俩直奔三合轩，晚上会友的三德都过来了，五德聚于一桌。双勺露了一手，八个炒菜上得那叫快。大伙一夸，关刀李急了，说："等会我也露一手，我这关刀李也该改改了，叫大杖李。我的擀面杖在北京城中可以说是镇了、盖了，等喝完了酒，就瞧好吧。吃了我擀出来的面，能三天不饿，那叫筋道。我这根擀面杖，有齐眉棍长，可比齐眉棍粗得多了，一下子能擀出十多斤面。

"咱哥儿七个有两年没聚到一块儿了，能聚到一块儿不容易。先喝酒，我得乘着三分醉，擀出的面才有劲。有人给我擀出的面起了个雅号，叫醉面。"言罢，给大伙儿的杯子都斟满了，自个儿举杯一饮而尽。

几杯酒下肚之后，当官的二德发现会友的三德酒兴都不算高。铁路一通，大宗货运都走了铁道。八大镖局的联军虽然打败了宋锡朋，可是白打了。南道镖路就剩下铁路卸下的散货，当地的小镖局、镖户地熟人灵，把短途买卖接去了七八成。

京张路也要通车了，北道镖眼看着就要没活儿了，堂堂的会友镖局，只好在城里给人护院、坐店、坐夜，给户部库丁赶班车。别说闹不出什么前程，也闹不出什么局面，也就落下两个字——"维持"。

当官的二德心里也有数，自个儿是赶上这趟车了。时下，混了个北洋武备学堂出身，在新军中也就当个排长，每月能关二十多两。没进过武备学堂的，只能当个兵目，月饷也不比镖局的份银多，而且说开拔就开拔，说打仗就打仗，也不是好干的。现在虽说已混成了管带，可也给哥儿们帮不上什么忙。人家打光棍，也就别提自个儿要娶媳妇。于是话题一转，又说到了三合轩。

义德说："铁路通了后，保定到北京坐直达车，也就一个多时辰。驻保定的新军都想来玩玩，以后军中的哥儿们来了，可要麻烦两位掌柜了。吃保定新军这帮人，也能火一把。"

大杖李一听可高兴了，说："后院的房，大半都空着，军中的哥儿们来逛北京，多多益善。"说完后站了起来："我这酒喝得有三分醉劲儿了，该抡擀面杖了。"转身就奔了后灶。

不一会儿，七碗炸酱面就端了出来。大杖李高声喊道："吃碗面压压酒，好接着喝。"礼德见面端了上来，就直言道："我吃完这碗面可就先走一步了，护院的行当是晚上的活儿。”

礼德走后，哥儿六个吃了这压酒的面又喝了两杯。仁德、信德也起身告辞。仁德说：“明儿一早得到珠市口去坐店，药铺开门早。”信德说：“给库丁赶班车的活儿，可不能误了时辰。”

会友的三德走后，义德拿出了一张二百两的银票交给了二位掌柜，说：“替我们哥儿俩做东，没事儿多把哥儿三个叫过来喝两杯。这三合轩就是咱哥儿七个的家了。你们哥儿俩能把三合轩办好、办火，咱哥儿七个就有个聚的地方，也就算有个家。”

言罢，哥儿四个举杯，叫了声“干!”

第二天一早，义德、智德就奔了檀营。马是会友帮着备下的，是两匹二毛子马，挺有个样儿。“思家心切马蹄疾”，转眼就到了密云的城关。在檀营大门外，碰上了一队娶亲的正出营门。两位管带的马从迎亲的队伍旁驰过，进了营门奔了家门。

义德正在和家人唠叨，智德他娘慌慌张张地跑了进来：“出事了，你赶紧把智德追回来，要出人命!”

义德蹦了起来问道：“往哪儿追?”“顺着官道往西，智德他追小菊姑娘去了，人家已经嫁了出去……”义德跳上马就追出了营门，一抖缰绳，顺着官道就追了有十多里，见智德迎面狂奔而来，马鞍前头横趴着小菊。后面有几匹马拼命地追，还有一个举着马刀的。

义德一下子就明白了，拔出枪来向天鸣枪示警，高声喝道：“哪儿来的土匪?敢在官道上打劫!”这嗓子像声霹雷，追赶智德的人停了下来。可是举着马刀的那个，从义德身边疾驰而过。义德回身照他的马屁股上就是一枪，马倒了，人被掀翻在道旁，义德下马将其擒住。

这时后面的人赶到了，下马后齐声说：“大人，我们不是打劫的，我们被强盗打了劫。从檀营迎亲回家，半道上闯出个强盗来，把新娘子抢走了。您抓的这个就是新郎官，您快放了他。求求您，和我们一块儿去追吧，把新娘子救回来。”

义德心里跟明镜似的，可是得装糊涂。大声喝道：“我就知道这小子举着刀向我冲来，我鸣枪示警他夺路而逃，不是歹人是什么?你们也不是什么好东西，要不然干嘛跟着他跑?都老实点儿!跟我到衙门里见官，在大堂上说个明白。”

这帮人你看看我，我看看你，谁都没有动地方。义德又高声喝道：

“再不走，我的枪子儿可不认人。”说着，往他们脚前打了两枪。这些人才跟着义德，向密云县城走去。

这招真高，从这儿到县衙门，得小二十里。到大堂上一折腾，结案时非闹到天黑不可。智德不管是跑还是藏，早把事情办停妥了。

到了县衙门，义德昂首而入，喝令站门的说：“让你们县太爷快出来，就说本管带在他的管界内拿到了持刀行凶的歹人。”

县太爷不敢怠慢，赶紧在公案旁设坐，请义德就座，并敬上香茶。新郎官一行跪在大堂下候审。义德把原由始末说了一遍，新郎官也把前前后后说了一遍。县太爷赔着笑脸说：“愚民无知，冲撞了管带，还望恕罪。”

言罢，厉声喝斥新郎官一行说：“遇了劫匪，当到巡检司报案，自有捕快班缉拿匪徒。你们纵马举刀在官道上嚣张，管带休说是将你的坐骑打死了，就是把你击毙，也是咎由自取。还不快向管带大人赔礼。”

新郎官一行口呼：“小民无知，冒犯了管带大人……”义德摆手道：“罢啦，你们都站起来。”然后和颜悦色地对新郎官说：“你媳妇被强盗抢跑了，马又被我打死了。我给你四十两银子，一是赔你一匹马，二是帮你找补找补。”说实在的，义德心里真是有点同情这个新郎官了。

新郎官一行人口呼：“谢管带大人！”义德摆手说：“别谢我，先谢谢你们的县太爷。跟他好好说说，这强盗是怎么抢的新媳妇，县里也好通缉他，说不定还能帮你把媳妇找回来。”

听义德这么一说，新郎官一行人七嘴八舌地报上了案情：

“这强盗可不得了，骑的是一匹黑马，是抱月狮子乌，在谱的名马。”“不！这强盗骑的是红马，是在谱的赤炭火龙驹。”“哪是红马呀！是蒙古枣骝马，鬃尾，四蹄是黑的，身上的毛油紫油紫的。”

县太爷一听就火了，把惊堂木一拍：“先别说他骑的是什么马，这个强盗长的怎样？”“是个白镜子。”“不！是个黄脸膛。”“我可看得是一清二楚，是个红脸关公。”听到这儿县太爷又火了，拍了一下惊堂木：“先不说他长的是什么样，说说他是怎么把新娘子劫走的。”

“这个强盗是飞骑从天而降，把新娘子从花轿中给劫走了，等我们醒过劲了，轿子里已经空了。怎么劫走的我也说不清，就看见……”

“就看见了什么？”县太爷拍着惊堂木追问。“我就看见强盗的马，在官道上蹚起一股黄烟，连背影都没看清楚。烟是黄的，他骑的大概也是黄膘马……”

县太爷这回可真火了，把惊堂木狠狠地拍了两下，骂道：“废物！都是废物。看不清、说不明白，还在大堂上废话。愿意报案，就到巡检司去报吧。退堂!”

说罢，站起来向义德拱手说：“请管带大人到后堂休息片刻……” 义德也站起来抱拳示意，说：“不打扰了。”转身把四十两银票塞到了新郎官手里，径直走下了大堂。

智德从花轿中把小菊拉到马背上，双足一点镫，马如驾风，顺着官道狂奔而逸。这时就见小菊睁开了眼睛，叫了声：“哥！我进了花轿，可没拜堂，还是你的人，我可得进你们家的祖坟。”说完之后，大口的血就喷了出来。

智德明白了，小菊准是上轿前吞了大烟土。她那该死的老爸是个大烟鬼，把她卖了换大烟抽。武备学堂中有军医科，智德知道西医对中毒还是有些解救的法子，于是打马狂奔，直驰南关外的天主教堂，教堂办了个博爱医院。

智德冲进医院后，高呼救人！希尔医生翻开小菊的眼睛一看，说：“晚了！瞳孔已经放大了，一点反应都没有。”智德低头一看，小菊面如黄蜡，伸手一摸脉门，脉已经没了，手冰凉冰凉的。智德瘫倒在了地上。

希尔医生叹了口气：“医生的天职是拯救人，病人已经走了，医生也就没有什么职责可言了。对于服毒的病人，按照法律的规定医生应通知官方，可是贵国的法律并不完善，很容易造成更不愉快、更可怕的悲剧。所以我不打算通知官方，因为我很了解中国，能大体上知道死者不幸的遭遇，她虽然是个异教徒，可是我很同情你们。”

智德厚殓了小菊，将棺柩停放在南关外的观音庵里。

三天后，义德、智德悄悄地离开了檀营。归途上哥儿俩都挺沉闷。临行前义德又到仁德、礼德、信德家里看了看，说实在的，光景都不算好，于是每家留下三十两银子，表表心意。智德的麻烦可大了，新郎官虽说认了头，没回檀营找麻烦，小菊的老爹可不是善类，一下子摆不平，就先拖着吧，可把智德兜里的银子掏了个精光。

回到北京后，智德坐晚车就回了保定。义德留了下来，他有事要办，这事还得求双勺杨帮忙，他地熟人灵。再说了，现在人家可是杨掌柜，在骡马市大街也是个有头有脸的人。

义德话没开口，可脸先红了。双勺杨哈哈大笑：“甭说了，我明白，这叫有口难言。男子汉大丈夫，怕什么！男大当婚，女大当嫁。你说吧，只要我能帮得上，出力那是一百一。”

这话得从头说起，五德投了源顺算是游鱼得水，年底时，王五放了哥儿五个的假，破个例都回家过年。人走了，可还惦念正月十五的花灯，早就听人说了正月十五闹花灯，牛街、南横街一带格外红火，小东岳庙更是火树银花，整整要放五天的灯。十五是正日子，十四演灯，十六、十七、十八算是余庆。

五德一过十五就回来了，十八这天晚上也到灯会上凑个热闹，说要赶最后一趟车，压个大轴。这个大轴还真压上了。双刀杨把源顺的大号一报，台底下就鼓起掌来，一个劲儿地叫好。五德演了五马破曹、五鼠闹东京，最后又加了出五福临门。福、禄、寿、喜、财，跳得那叫起劲。跟斗都是蹦起来的空翻，台下叫好声连成了一片。

五德是赶来凑热闹的，上台时没上妆画脸。大红绸子带在胸前打了个十字，就算是着装了。演完了把大红绸子带一解，往台下一跳，想的是再找别的乐呵去，可是被看热闹的围了起来。不少小伙子都想和五德交个朋友，拉他们去喝酒。

东拉西拽，就把哥儿五个拉散了。义德被两个小伙子拉到一个酒摊上，一人来了一个整碗，外带两荤、两素——猪头肉、羊头肉、五香花生米、五香豆腐干。又到对面摊上，端了三碗羊霜肠、三盘炸灌肠。哥儿仨是酒逢知己，越喝越起劲。

正举杯叫干，想一人再添一个整碗，一个十三四岁的小姑娘突然跑了过来，一把揪住了义德的胳臂大声说：“哥，你跑到这儿喝酒，这几个坏家伙一直追着我说下流话，还动手动脚。”

义德愣住了，这个小姑娘提高了嗓门喊道：“告诉你们！我哥是源顺镖局的，你们找死就来过几招。”几个坏家伙掉头就跑，一眨眼，就消失在人群中了。

这时，义德才有点明白了。小姑娘撒着娇对他说：“哥！要不碰上你，他们就把我欺负了。你在台上翻的跟斗可真绝了，露了脸，亮了相，他们想欺负我，我正没处跑，一抬头看见了你，就认了你这个哥哥，把他们吓跑了。”

义德这时才真明白过来，说：“小姑娘，你怎么一个人来逛庙会，回去时黑灯瞎火的……”“我是和我爹一块儿来的，挤散了，找不着他了。”“那你爹准急坏了，我赶紧送你回家吧。”

小姑娘点点头，爽快地答应了。义德向两个小伙子拱手一礼说：“改日我做东，到源顺一聚。我得送这个姑娘回去，他家里的人正着大急呢。”

小姑娘领着义德出了庙门，拐进了一个胡同。在胡同里又拐了两个弯，走到一个小门前停了下来，冲义德一吐舌头说：“到家了，跟你说实话吧，我是借着到二婶家串门儿，偷着跑去看灯的，得赶紧回去。今儿就认了你这个哥哥，我叫刘凤莲，这院里的人都管我叫二妞。得空我到源顺找你，告诉我你叫什么?”

义德愣住了，可愣也没打地说：“我叫关义德。”小姑娘冲这个新认的哥哥一笑，撒腿跑进了院里。小姑娘进了门，义德呆呆地站在门口没动。他脑海里翻动着那双水汪汪的大眼睛，笑盈盈的一对小酒窝，耳边盈回着甜蜜、柔情的一声“哥!”

义德结结巴巴把事说清楚了。

双勺是受人之托忠人之事，一早就奔了小东岳庙。义德和大杖在三合轩等信儿，哥儿俩沏上一壶小叶双熏，就聊了起来。

大杖叹了口气：“镖局这碗饭也不是好吃的，走镖是累点儿，可这活儿不多了。仁德的差事是坐店，一人罩着三家，饭馆儿上板儿晚，药铺开门早，绸布店事多，不容易呀!

“你别看仁德穿得那么体面，那是行头。人说坐店的‘冬穿皮，夏穿绸，春秋穿出个精神头’。不知底的以为镖师腰包可硬了，其实是腰里硬——别着手枪。腰包软——掏不出几个银毫。

“坐店的难呀！腰里的短火，啥时也不能亮出来。闹事的嘎杂子怕拳头，可不怕手枪。你要亮出来，他就拍着心口说：‘有种的往这儿打，不敢打是妹子养的。’这些人心里有底，一没偷，二没抢，三没犯法，别说坐店的，就是官面上的人敢给他一枪?”

听到这儿义德有些不解了，说：“那干嘛不报官?”大杖摇了摇头：“店家要是报了官，刑房师爷可就乐了，弄不好能把店家吃关了张。官司打得顺，嘎杂子至多也就判个立于店门前带枷示众，以儆效尤。要是示众三个月，店家可就惨了。得天天好酒好肉地供着押差的牢子，街兵、巡兵也赶来凑热闹。店家明白了，赶紧花钱疏通路子，给改判个三天。

“三天后嘎杂子登门‘致谢’，这一谢麻烦可大了。进门后号啕大哭，号得比死了亲娘都伤心，口口声声说：‘您行行好吧，再托托人情把我送进去，我蹲班房有牢饭吃，您把我弄了出来，我上哪儿吃饭去呀?没法子，就在您这儿添双筷子吧。”

义德叹了口气，问道："护院的活儿总比坐店强吧，起码没有这么多恶心事。"大杖摇了摇头，说："不见得，宅门里的事多。老爷、太太、少爷、小姐都不是好伺候的。再说了，阴阳颠倒，还整天熬人。

"礼德这碗饭吃得也不容易。信德给库丁赶班车，早送晚接，披星戴月，完活儿后还得各店溜溜，给坐店的壮壮声势。也真不是什么清闲活儿……"

快晌午了，大杖李刚要去后灶擀面，双勺杨就回来了，兴冲冲地对义德说："大喜！大喜！这事办得那叫顺。你说的那条胡同里住着我的一个熟人，都管他叫绢花刘，我和他一提，这个绢花刘就乐了，说：'这姑娘小名叫二妞，现在正在西屋里帮我那口子做花，你过去借着买花瞧瞧她。'我过去一瞧，和你说的一模一样，那叫招人爱，可人疼。回到北屋后，绢花刘说你就在这儿赌好吧，她是我叔伯哥的闺女。我这就到对门去和他爹娘说一声。

"绢花刘过去不一会儿就回来了，跟我说了两个字：'应了。'我是光棍儿，不能做大媒，绢花刘可有主意，说：'都不是外人，我就一手托两家了。论起辈分来，我可是叔丈人。'事就这么定了，下午你过去一趟，见见老泰山、老泰水……"

大媒说得顺，喜事办得更顺。小门小户的招了个新军管带当女婿，那还能不高兴。就在三合轩摆的桌，男家的客都是会友的人，女家的客来得可挺全，七大姑、八大姨、小三叔、小二舅，该到的全到了，那叫热闹。

梦中人成了夫妻，小两口甭提多高兴了。喜事办完了之后，义德就要带着媳妇回保定。丈母娘舍不得闺女，非叫多住几天，让女婿带着媳妇在内外城多逛逛，别到了保定后北京什么样儿都说不清，让人笑话。义德觉得也是这个理。再说了，自个儿也想在北京逛逛，就听了丈母娘的。

12

这天在庆和楼听完了戏后，小两口就奔了珠市口，义德想去看看仁德，看看一人罩三家是怎么个罩法。

同盛居就在珠市口的西南角，刚到门口，就听见前堂里乱成了一片，吃饭的直向外溜。十来个嘎杂子正在拍桌子、敲板凳，要叫十桌酒席，一总送到陶然亭，哥儿们要在那儿好好聚聚。

仁德拱手道："小字号是会友，这十桌酒席一时也备不齐，这儿太乱了，先到小号坐坐，粮食店街离这儿不远，会友镖局是广交各路朋友。"

一个嘎杂子走了上来，拍着胸脯说："爷儿们哪儿全去，上南北衙门的大堂，愣也不打。就是膈应会友，不愿意去沾晦气。"

"那您就先喝了这碗茶，这茶后味儿足。"说着，义德端起茶碗，运气、发功，把茶碗捏碎了。这个嘎杂子也拿起了一个茶碗，嘿嘿一笑："爷没练过这硬功，可知道摔。"说完了就把茶碗瓿了个粉碎。

另一个嘎杂子抢了上来，说："别拿会友吓唬人，会友不是衙门口儿，就是姓孙的、姓焦的来了，又能怎样？我们一没偷、二没抢、三没犯法，催席来了。按饭庄的规矩，席送到了爷结账，给赏钱。快点儿吧，押着十桌席跟我们走。送到地方，爷也给你几个赏钱，保镖的也不白跑路，爷是个开面儿的人。"

仁德急了，拍拍腰间的板带，说："各位要是非不给会友这个面子，那也没法子，这儿离粮食店街也不远，动起手来，各位也不太方便吧，柜上总有十几号人候着。"

"哟呵！想调人了。知道我们是哪儿的吗？我们是康八爷的人。你能调十几号，我出门一招手，就是几十号。跟你交个实底吧，爷是软硬都不吃。这十桌席是叫定了，你要是个明白人，就赶紧摆上一桌，爷吃了后要是顺气，这十桌就不定了。你要不开面，爷更不开面。只要一挥手，这同盛居可就得被碰个稀八烂。大主意你快拿，爷可没工夫耗了。"

仁德这时可真是没咒念了，要把心一横，出手先把这个王八蛋给撂倒了，然后再使出旋风腿，能扫倒几个就扫倒几个，可是又担心一动手，这同盛居可就真要被碰个稀巴烂，权衡再三还是拿不定主意。

"怎么了？尿啦！"仁德一回头，发现十几个嘎杂子已把他围在了中间，靠得都挺近，这时动手非吃亏不可，于是向后一纵身，蹿出了包围圈。嘎杂子们见势不妙，布了一个半月阵，逼了上来。

这时就听一声大喝："放肆！"紧跟着义德大踏步地走了进来。嘎杂子们一愣，见来者身穿黄呢子军装，军帽上有顶子、翎子，一看就知道来头可大了。走起路来军靴上的踢马刺发出了刺耳的金属碰击声，走到了为首的嘎杂子面前，抬手就赏了两个耳刮子。

这两个耳刮子打得可真狠，嘴角和鼻子都流下了血来。接着又摘下了武装带上的马鞭子，照着嘎杂子们没头没脸地抽了起来，嘴里不停地骂道："浑蛋！敢到这儿闹事，知道这同盛居是谁开的吗？想上执法营务处的，在门外候着去，再多喊几嗓子，看能叫来几个。有多少我收多少，不怕死的，有多少我砍多少。”说着，飞起一脚就把靠门的一个给踹了出去。剩下的呼啦一声，夺门而逃。

掌柜的千恩万谢，仁德说：“您就别谢了，这是我二弟。”这时老东家也赶来了，在雅座里摆了一桌，非要义德赏个脸，说：“您要能隔三差两地到我这儿来坐坐，可给我帮了大忙……”

正说着，信和堂的二掌柜跑了进来，对仁德说：“您快过去看看吧，来了个浑小子……”仁德站起来就跟着二掌柜走了，义德也跟了出去，站在信和堂门外想看个究竟。

就见一个身大力不亏的壮汉，提溜着两个麻袋站在柜台前大吵大闹，说：“信和堂不能这样坑人，跑外的让我把这两麻袋药材送到柜上，每袋给我二十两银子。我从上方山赶着驴走了三天，没想到信和堂不认账了。这不是麻子敲门——坑人到家，麻子跳井——坑人到底吗？要不收下这两麻袋药材我就不走，在信和堂过夜了。”说着就跳到了柜台上盘腿一坐，当起了弥勒佛。

老掌柜急得直跺脚，高声说道：“有话慢慢说，你先下来。”弥勒佛听了后得意地一笑，说：“让我下来，行！把四十两银子拿来，我转身就走，少半钱银子，我就看上信和堂的风水了，就在这儿修行，什么时候圆寂成佛，什么时候走。”

仁德打量了弥勒佛两眼，从他的言语、打扮上来看，是个初学乍练的。口音也不是城里人，门口拴着头毛驴，两麻袋“草药”真是打乡下驮来的。跟这种人先礼后兵也没用，于是趁弥勒佛不备，出手就把他从柜台上扔了下来。

弥勒佛被扔到地上之后，就“死了”。仁德把他带来的两麻袋“草药”拴到了驴背上，举起鞭子，照着驴屁股上就狠抽了起来。小毛驴被抽得呃啊呃啊地乱叫。这时就见弥勒佛从信和堂中蹦了出来，口里大声喊道：“谁抽我的驴！”仁德把缰绳一松，毛驴子蹚开四蹄就跑了。弥勒佛上气不接下气地追了下去，一边跑一边喊：“那是我的驴！”追上毛驴后牵着缰绳向西走了下去，连头也没回。

仁德见弥勒佛走远了，才转身。见义德站在信和堂的门口，两人相视一笑，也只能一笑。回到雅间后，酒菜都摆了上来，老东家、大掌柜、二掌柜，全到齐了。信和堂的大掌柜、二掌柜提溜着两坛人参高粱白也赶了过来。大伙儿都是一个意思，希望义德没事儿时来店里坐坐。异口同声地说：“您往这儿一坐，就给我们壮了门面……”

聊得正起劲，信德来了，每天晚上信德把定车座的库丁送回家后，照例到同盛居坐坐。从柜上来讲，这是派的活儿。有人来晃悠晃悠，意在显示会友的人可不是单挑，坐店的人“不孤”。从自个儿来讲，同盛居的晚饭总比柜上的要强。吃完饭还给沏上一壶酽茶，哥儿俩是一边喝一边聊，挺解乏。

同盛居的老东家是河北徐水人，世居北旺乡，家道殷实，够得上个财主。两个儿子都在北京经商，大儿子是粮行，二儿子是油行。买卖做大了后，在保定、天津设了分号。老东家好喝两口儿，是个美食家，就守着这同盛居。同盛居火了后就在通州设了个分号，本来嘛，“一京二卫三通州”，论起街面上的繁荣，保定虽说是省城，可真比不上通州。

老东家是个外场人，想交义德这个朋友，当然是一个劲儿地劝酒。义德也是个爽快人，直言道：“我要是在北京驻防，天天晚上往您这儿一坐，赶都赶不走，比我信德兄弟来的都要勤。”

老东家当然知道在哥哥面前得夸夸弟弟，拍着信德的肩膀说：“你这个弟弟可是个勤快人，赶完了班车，得到我这儿坐坐，帮着撑撑场面。晚上吃饭的人多，哥儿俩坐店，透着镇场，有事也好有个呼应。”

话题转到了信德身上后，大伙儿也就问起了库丁的事。都说库丁非官非吏，连个差人都算不上，干嘛不腿儿着，摆的谱儿可不小，坐镖局的班车上工下工。信德听了后说，要想把这事儿弄个明白，得听我从头说：“户部银库看得那叫严，外贼休想打它的主意，家贼可就难防了。家贼就是库丁，按照大库的章程，库丁得换上库衣才能进库，换库衣时得脱个精光。离库时脱下库衣，光着身子拍着手，双脚并起跳过十二条横放着的扁担，没下出蛋来，下班回家。凡是下了蛋的，二话不说，就地正法。”

听到这儿义德就接了话茬儿：“你先等等，库丁是男人，怎么会下蛋?”这一问席间的人全笑了。信德举杯咂了一口接着说道：“下蛋就是从嘴里、耳朵里、肛门里掉出银子来。可是道高一尺，魔高一丈，一些有真功夫的库丁，一年仍可以从三眼里带出几百两甚至上千两银子。这种真功夫不好练，发功之后浑身上下就带了磁，能把银子吸住。库丁是贱役，一年能有这么大的外快，嘎杂子们怎能不眼红，就捣上了库丁的麻烦。

“库丁上班可不能误了时辰，赶不上换库衣就能丢了差事。嘎杂子们就在半道出幺蛾子，什么阴招全有。坐我车的就遇到过这么一件事，一个嘎杂子手捧着一个罐子，往这库丁身上一撞，罐子就碎了。一把就把他拉住了，高喊道：‘你别想跑！这罐子里是吉林老参汤，是给我老娘灌下去救命的药，你得赔我十两银子，少半个子儿都不行。’这个库丁怕误了换库衣的时辰，只好破财消灾，给了这个无赖十两银子，然后一路小跑地奔了户部大库。

“吃了这一亏，就长记性了。上班下班都坐我赶的车，这也是破财消灾。给库丁赶班车，也得有个道道儿，就是车不能停下来。车只要一停下来，就是日本船——满完（丸）。不但误了坐车的时辰，捣麻烦的也就讹上赶车的了。遇上碰瓷的车不能停，出手要快，放倒了这小子后赶上车就跑。要真打起来，就全靠这玩意儿了。”

说着，信德从腰上解下一条鞭子，这条鞭子是把短、绳粗、梢长，在手里掂了掂，一扬手，灯台上的蜡烛就灭了。大伙扭头一看，蜡烛还立在灯台上。义德挑起了大拇哥说：“行，打灭了烛光，又不碰倒蜡烛。”

信德叹了口气说：“练这手儿是逼出来的，没有打飞了帽子不伤头皮、打灭了洋烟卷不碰鼻子的功夫，赶不了班车。嘎杂子们想拦车闹事，全凭这把鞭子给镇住。”

老东家伸手把鞭子从信德手中接了过来，说：“我得好好看看这玩意儿，我想叫给我赶车的赵四拜你为师，你收不收这个徒弟？这小子比你小两岁，人挺实诚，也有眼力见儿。”

“我这岁数哪能收徒呀，他要想学我就教他，他叫我一声哥，我叫他一声弟，多好。可要鞭子这手儿用处不大，说白了是幌子功、架子活儿。我打明儿起，也就用不上了。”

听了这话义德一愣：“怎么打明儿起就用不上了？”信德长叹了一声：“银库由大清银行接管了，以后不用银子用现洋。库丁也都裁撤了，我打明儿起就不用赶班车了，孙大掌柜让我去张家口分号。在张家口干，累点儿，可省心。”

仁德把杯中酒一饮而尽，说：“在北京干，也轻松不到哪儿去，可烦心着呢。我看这店是没法儿坐了，在北京街面上晃的，都是旗门大爷。现在朝廷关半数钱粮，旗门的人掉了底子。不走正道的就往嘎杂子群里归。打庚子年起，北京城里就闹康小八。嘎杂子们进门就声称是康八爷的人，软、硬都不吃，里、面全没有。”

一提起康小八，老东家气得直跺脚。义德劝道：“您跟这块料儿生什么气呀，多行不义必自毙。他要是犯在我们手里，只要验明了正身，审都不用审，送执法处就地正法。”老东家连声说：“好！好！就盼着这一天了，我每天上炷香，求老天爷睁睁眼。”

第二天一早，义德小两口回保定。信德到柜上报到，本想收拾收拾就奔张家口，没想到孙大掌柜改了主意，派了个想不到的差事——捉拿康小八。

老孙头把信德叫到内柜，屋里只有两个人，就打开了话匣子：“张家口的事儿先搁搁，不忙着走。北京有事儿还得你来办。昨天八家又碰了头，都认为走镖的活儿不多了，还得靠护院和坐店。康小八这么一搅，坐店快没法儿坐了。

“坐店讲究的是镇住，镇住之后再化解，开导。不战而屈人之兵，是镖局的立世之道。康小八这伙人是无法、无天、无情、无理。宋锡朋就不是道上的人，康小八更不是道上的人。盗亦有道，所以咱们镖局才能和道上打交道。”

说到这儿，老孙头装了一袋烟，点上了火，深深地吸上了一口，说道：“《水浒传》中的好汉要是还有，准能跟咱们交上朋友，康小八就不同了，这家伙无恶不做。昨天又犯了大案，这案子太邪，真是缺德到了家。

“鲜鱼口里有家剃头铺叫悦来，只有一间门脸儿，所有的活儿由掌柜的一人盯。我是悦来的老主顾了。昨天悦来可出大事了，闹了血案。这个掌柜的人是好人，就是嘴爱唠叨，一边给客人刮脸，一边和候着的熟人闲聊。说着说着二人就骂起康小八来。

“刮脸的客人完活儿后，站了起来说：‘您二位认识康小八吗？’掌柜的说：‘正经人谁认得这东西。’这个刮脸的客人嘿嘿一乐：‘你们既然不认得他老人家，我也不叫你们当糊涂鬼，叫你们见识见识，我就是康八爷。’此言一出，把掌柜的和聊天的吓了个半死，跪在地上求饶。康小八冲他们一笑，说：‘明白了，也晚了，就去当个明白鬼吧。’说完了就掏出枪，把他俩都打了个脑袋开花。

“康小八带上了帽子往外走时，回头对另一个候着理发的人说：‘算你走运，这两个浑蛋骂我时你没搭腔，回去给八爷传个话，关照一声，想多活的就避避康八爷的字讳。’说完了后扬长而去。”

听到这儿信德真是火了，气呼呼地说：“光天化日之下就敢杀人，五城兵马司是干什么吃的！”老孙头叹了一口气：“兵马司只知道有个康小八，前三门外到处闹康八爷。可是康小八住在哪儿？长的什么样？说话是什么口音？谁也说不出来。兵马司的指挥使说了：‘镖局要能拿住康小八，有赏。要是人手不够，练勇随时出面助阵。’”

听到这儿信德说：“我明白了，五城练勇挎着口腰刀，吓唬老百姓还行。捉拿康小八，为民除害，得靠咱们镖局了。听说康小八的两把左轮是趁着庚子之乱从英国公使馆中偷出来的，叫什么蓝钢造。枪上的烧蓝亮得能照人，原是英国国王送给光绪爷的。庚子这么一乱，送不进去了，不知怎么就落到了康小八手里。”

老孙头叹了口气：“洋枪这东西是好，可看落在了谁手里。落在了八国联军手中，就祸害中国人。落到了康小八手里，也就到处作孽。昨天公议了，八家各出两个人，先想办法把康小八的底打听清楚了，再想办法拿他。但不能打草惊蛇，拿住了这个祸害之后，非剐了他不可。”

八家十六个人，正好是两桌，在三合轩聚齐，由会友做东。饭桌上合计出了三条路子：一是泄底老乡亲，康小八是京东康家庄人，到他老家来个顺藤摸瓜。二是凡恶必淫，和八大胡同的臭靴、茶壶打听打听，准能得出点蛛丝马迹。三是嘎杂子群里，有蓝钢左轮的主儿，就准是康小八。找到了枪，也就找到了人。

主意定下来后，兵分三路进行暗访。奔康家庄的一路最顺，可是收获不多。凑总起来，康小八这块料儿头十岁就父母双亡，他叔把他接到北京去了。是高是矮，是胖是瘦，村里人也就说不清了。

问起长相，都说长得不黑不白，不俊不丑。五官没什么出众的，也没什么离格的。从小打起架来就不要命，出手黑透了，比他大的孩子都怕他。脑袋上长着三个旋儿，正应了“一旋横、两旋拧、三旋打架不要命”的说词。

前几年他婶回来了，说他把他叔给杀了。这小子在外头闹出了声名，早不沾家了。这天不知道动了什么念头，又窜了回来。他叔骂他净干坏事，说要给他报官。他嘿嘿一笑说：“我就知道你这老东西早晚会坏事，上道去吧！早死少受罪，早死早托生。”说着拔出了洋枪，就把老头子给撂了。他婶是个哑吧，算是捡了条命，前年就去世了。

和八大胡同的臭靴、茶壶们一打听，都是谈虎色变，低声说道：“可不能招事，前天八爷到了春满楼，正赶上板带刘、歪嘴张当班。板带刘有个毛病，跟人说话时爱拍板带。久而久之，大家都管他叫板带刘。

“这回是板带刘命该绝了，他和八爷说话时也拍了拍板带。康八爷能吃这个吗？拔出了蓝钢造就顶上了他的脑袋，说：‘在康八爷面前拍板带，就是阳寿尽了。’板带刘吓得跪在地上直磕响头，康八爷拍拍他的脑门：

‘你这奔儿头不小，又光又亮，我不能亏了他。’说着连开了两枪，生把脑壳炸去了大半。红的、白的溅了一地。

“歪嘴张吓瘫了，口眼歪斜。半边脸变了形，半边手脚不听使唤。大夫说是吓中风了，我看是把魂吓飞了。要不就是板带刘走时，把歪嘴张的魂也带走了一半。这两个人平常就不大对付，上道时也得拉个垫背的。

“兵马司来验尸，歪嘴张的嘴本来就歪，这么一吓，简直是歪到了耳朵边上。哈啦子顺着嘴角往下流，什么话也说不出来。用手比划了个八字，跟着就挑了个大拇哥。看他这德性，兵马司的吏目调头就走了。”

两条道都堵了，就剩下第三条了——往嘎杂子堆里混。各镖局在庚子时都进了不少高记左轮，别上这玩意儿在嘎杂子群中亮亮家伙，没准儿就能引出蓝钢左轮来。

混进嘎杂子堆里，说起来容易办起来难，嘎杂子都在地面上混，不但彼此认识，而且知根知底，能说出三代履历，叫得出小名来。外来户要想扎进去，还能扎到康小八的地盘上，可不是件容易事。

姜是老的辣，老焦头出了个高招。镖师们大多是河北、山东人，虽说在北京混了多年，要不是诚心说官话，可以说是乡音犹存，开口就不是京腔。在嘎杂子们眼里，就是“老赶”。

欺生之道是“老赶好欺，鞑子好骗，蛮子少惹”。和鞑子动手，准吃亏。和蛮子打官司，准输。鞑子是手中有刀，蛮子是笔下有刀。刀笔师爷，凭七寸笔管就送你进大牢。欺负老赶，是十拿九稳。论动手，落单的绝打不过结伙的；论打官司，拿着状子找不着衙门。

镖师们把褡裢往肩上一搭，往茶馆、酒馆一坐，在嘎杂子们眼里就是“老赶”，准找上来开涮。甭管是来硬的还是来软的，准出招。出招就接招，只要过了招，就能“交上”。

主意定下来后，信德就扛着褡裢泡够了茶馆奔酒馆。这天在南线阁的回头居大酒缸刚坐定，几个嘎杂子就凑了过来说：“从哪儿来呀？人生地不熟可得多交几个朋友。”“在家靠父母，出门靠朋友，我们哥儿几个可都是街面上的人。”说着就在信德桌子边上坐了下来，向小二一挥手：“好酒、好菜，敞开上。”

小二说了声：“您就瞧好吧！”调头就奔了后厨。信德把桌子一拍，叫了声“回来！”小二一转身，冲着信德说：“您还添点儿什么？”信德说：“酒和菜都不添了，就是告诉你一声。这几位朋友我都不认识，他们在这儿坐我不管，结账时可各结各的，你可得记清楚了。”

说完了后，信德举起了杯子，品起酒来。店小二一愣，嘎杂子们也一愣。店小二转身溜了，嘎杂子把上衣一撩，腰上露出了枪把，枪用红布包着。“这玩意儿你认识吧，它叫你破费破费。”

信德也把上衣一撩，腰上清清楚楚地露出了一把左轮手枪。嘎杂子们又愣住了，互相交换了一下眼神，想开溜。信德放下上衣，说：“这玩意儿咬人也不咬人，就看怎么玩儿了。用红布包着的就不咬人，咬不了人的玩意儿，就别带在身上。能咬人的玩意儿，朋友还没玩儿过吧。”

听到这儿，嘎杂子们火了：“别说你这土造货，蓝钢造的洋货，咱哥儿们也见过。锃亮的烧蓝，都照出人影儿。”

“别小瞧我腰上的货，那可是涿州的高造，也不缺名少姓。枪不是洋货，咱不吹牛。枪子儿可是真正的洋货，从来没哑过火。”

一听枪子儿是真正的洋货，嘎杂子们一下子就兴奋了起来：“你能弄到洋枪子儿?”“那还用说，保定新军中有铁哥儿们。”“英国蓝钢造多少银子一颗?”“你这一开口，我就知道你是外行，洋枪子儿得讲口径、型号，也就是长短、粗细，还得说洋枪字码儿。枪子儿要是不对号，就使不了。尤其是手枪，差一点儿都不行，大了进不去，小了顶不上。”

几个嘎杂子又互相交换了一下目光，说：“朋友！今儿我们哥们儿请客，咱们好好聚聚，这叫千里有缘来相会，人家说不打不成交，咱们是没打就成交了。朋友咱是交定了……”

信德笑了笑：“都是出来闯荡的人，谁也不缺心眼儿，办事得知根知底，要不然，被人卖了还帮人数钱。”“朋友放心，咱们是一手交钱、一手交货，谁也卖不了谁。”

信德又笑了，说：“不怕朋友不爱听，宁跟明白人打一架，不跟糊涂人说句话。您连买什么样的枪子儿都不知道，怎么一手交钱、一手交货?”

嘎杂子们无言以对。

信德一看火候已经差不多了，该收网了，于是直言道：“买卖不成仁义在，要想成交得两放心。买枪子儿卖枪子儿，不是娶媳妇嫁闺女，倒不用问个门儿清，还得找个门当户对的。

“朋友要想把事办成，得一手托两家。我赚的是银子，你要的是子弹，这是硬对硬的活儿。枪子儿要是买错了，拿回去是废物，朋友也不好交待，这玩意儿可没有退货的。这点儿规矩朋友就是不知道，也听得明白。

“要想两全其美，你们哥儿几个把蓝钢造拿来，我看了就知道它打什么子儿。我把枪子儿弄回来咱们找个地方验，然后一手交钱一手交货。我这人实诚吧？仗义吧？办什么事，出什么主意，都调个个儿想想。”

嘎杂子们点点头，说：“明天这时候您在这儿听信，咱们开个单间好说话。我们先走一步。”嘎杂子们走了，信德慢条斯理地品起小酒来，酒足饭饱之后，在牛街北口找了个客栈住了下来。

第二天准时到了回头居大酒缸，开了个单间，要了四碟小菜品起了小酒。不一会儿几个嘎杂子就来了，进门后直接了当，掏出了蓝钢左轮。

信德接过来一瞧，是 0.9 的口径，公牛牌，弹槽是 2 号的。看过了之后叹了口气，说：“这枪可真是好枪，玩这种枪的主儿都够份儿。就是子弹不好找，我得回趟保定。给我个准数，到底要多少货。”“你弄得来多少，我们就买多少，绝不打愣。价也听你的，你出了口，我们绝不打价。”

“好！是爽快朋友，我明天一早就奔东车站，坐七点的那趟车回保定。五天后咱们还是这时候，在这儿见。”

第二天早上，信德在东车站买了张去保定的火车票，下来后就直奔新军第二协。见了义德后说明了来意，并告知有条尾巴跟着。义德说：“这好办，你就好好在我这儿歇两天，没事儿去逛逛大佛寺，溜溜大街，后天我把子弹给你弄来，回北京后你就收网。”

信德笑了：“子弹好弄，东交民巷的洋行里给钱就卖。这帮土鳖不知道这条道。你帮我弄十来发就行了，我得做点手脚，你以为康小八会买子弹，这帮人黑透了。我离开南线阁的大酒缸时，他们暗中盯着我，我住的客栈是‘熟店’，我进去就没出来，可是信已经传到了。我上火车时有尾巴，我的尾巴也有尾巴。只要能盯住我的尾巴，回北京后就能摸到康小八的老巢。

“至于怎么收网，还难说。现在看来，到北京后我得把尾巴甩了，凭这帮人这么黑，知道我身上有子弹，准在半夜里来杀人越货。把我跟丢了后，他们就会去找康小八报信。康小八为了得到子弹，到时候就得去南线阁的大酒缸。戏还得唱下去，弄不好得唱两出。”

归京的火车上，信德略施小计。车到丰台时，停车七分钟，车快开时，信德突然跳了下去，尾巴当然也追着跳了下去。信德跳了下去后，从前头车厢又上来了，追下去的尾巴就给甩在站台上了。尾巴的尾巴跟着尾巴，坐下趟车回到北京。一直跟到崇文门外的花市，尾巴进了灶君庙。看来，老窝就在这儿。

第二天，灶君庙里走出了三批人，总共十三个。均取道不同的路线，奔了南线阁。第二批启程的人进了回头客大酒缸。第一批、第三批启程的人都没有进门，分布在门外望风。进门的三个人，直入信德的雅座。

见面后互相抱拳，道了声“辛苦!”信德从褡裢里掏出两发子弹，说：“验货吧，入槽后要是严丝合缝，就出广安门找个没人的地方放两枪。你要就买20发，验完后就一手交钱一手交货，我在这儿候着。要多买，得换个地方交货。”

接过子弹后，三个人掉头就走了，不到半个时辰，就回来了，对信德说：“是真玩意儿，上哪儿点货？你有多少我买多少，就按这个价。”说着，做了个手势。信德点头，表示同意这个价，说着把褡裢往肩上一搭：“点货的地儿在六里桥，您就跟我走吧。”

“我跟您走倒行，您得把腰上的短火交给我，我先替你收着。”“江湖上的规矩是腰里硬永不离腰，再说了，您腰上的两把短火干嘛不交给我？”“跟你说实在的，我腰上的短火是空膛。你要是腰里硬永不离腰，就把你褡裢里剩下的十八发子弹给我，我得给枪装上子儿。咱们就扯平了，全都能放心。”

信德想了想说：“行！头回打交道，心里都得有个底。这十八发子弹我先给你，六里桥点货后一总算账。”说着，信德就从褡裢里摸出剩下的十八发子弹。在手中掂了掂，一总交了出去。

“够朋友！我装上枪子儿，咱们再走。”

装完枪子儿后，四个人一块儿奔了六里桥。过了六里桥，信德就下了官道。在土路上走了有小一里，路边有一个小茶棚，坐着两个喝茶的人。棚子外头还有一个人正在烧水，信德说：“货就在这儿。”

进了茶棚后，坐着喝茶的从麻包中取出一个箱子，信德说：“这儿清静，您就在这儿点货，数不差，一手交钱一手交货，您带的银票是哪个庄子的？也交给我们验验吧。”

“银票的事好说，就是广安门聚源号的。验货点数后咱哥儿俩坐这儿喝茶，您派人去兑现，取出了现银后到这儿送个信，咱们就在这儿钱货两清。我这个主意稳妥吧，谁都放心。您就先亮货吧。”

“我听您的。”说完了后信德向两个喝茶的一努嘴，这哥儿俩就打开了箱子。满当当，金亮亮，一共四百发。信德指着箱子说：“您点个数吧，打个整，试子儿的两发算我的。”

“我得先试试能不能入槽……”话还没说完，两把蓝钢左轮就亮了出来："让你们仨当个明白鬼吧。我康八爷是花钱买子弹的主儿？上路去吧，下辈子出来混时，多留个心眼儿。"

话还没落音，康小八就扣动了扳机。枪没响，康小八往后退了一步，还没等转身，信德从后背抽出来的自来得就把他顶住了。两个喝茶的和棚外的烧水的，也都亮出了自来得。

信德笑着对康小八说："你这块料儿真是土得掉了渣儿，我给你的十八发子弹全响不了，都去了后屁股火。我腰前的这把高造也响不了，你非要收，我就给你。这是哄你玩儿，我手中的这把自来得，可响得了。你跑出去五十丈，也能把你撂倒。"

康小八也笑了，说："康八爷出门，会只带两个人吗？你赶紧把手中的破货收起来……"说到这儿，信德可真笑了："我知道，你从灶君庙出来时，带着十二个人，分三批奔的南线阁。那九块料儿，现在都在兵马司的地牢里等你。"

"康八爷的人可有的是，你看！"信德并没有朝着康小八手指的方向看，而是闪身躲过了两把飞刀，一个箭步把康小八踹趴下了，擒住后给捆了个结结实实。那两名跟班早被制服了，老老实实地跪在了地上。

信德把康小八提溜了起来，仔细端详了一下这位声镇京城的康八爷。说来也怪，康小八的个头儿不高不矮是个中等身材。身条不胖不瘦，块头不大不小，脸盘不方不圆，面色不黑不白。再盯上几眼，只能说腰不长，腿不短，手不大，脚不小。从五官上打量，真是眼睛不大不小，鼻子不高不低，嘴不噘不瘪，眉毛不粗不细，耳朵不煽不顺。要想说说他的长相，就是一个字"难！"要非问他有什么特征，一句话，"这块料最大的特征就是没有特征"。

康小八一行十三人，正合十三太保之数，被悄悄地押进了兵马司。五城练勇齐出动，两千多号人前呼后拥，把十三太保解到了巡城御史衙门。队前是三百名骑勇开道，后面是十三辆大车。康八爷就是牛，犯了案也是首犯，坐的是头辆车。后面的十二辆车上都是从犯，每辆车有六个练勇押车，两个用明晃晃的腰刀夹着囚犯的脖子，四个跨在车四角，都双手擎着腰刀。

车上的囚犯都穿着白背心，上面用黑字标着名字，名字用红笔打了个"×"。车下护卫的练勇双排双队，把囚车夹在了中间。别说拦路劫囚了，就是只耗子，也别想钻上车去。尾车之后是五百名洋枪队，肩上都扛着汉阳造。一路之上，队前头鸣锣开道，队后击鼓助威。

看热闹的是人山人海，可以说是立观者如潮，追观者如涌。街兵在路旁巡查、弹压。康小八一行在万安、万全中被解到巡城御史衙门后，再次验明正身，办了呈文，又被解到刑部。刑部按照《惩办盗匪条例》批交了京城执法营务处。

一个营的执法队在菜市口布下了法场。执法总办升帐临案，法案两旁罗列着二十名身穿一身红的刽子手，个个腆胸叠肚面带杀气。康小八被押了上来，面不改色，立而不跪。

刀斧手在他后腿上踢了一脚，给他踹趴下了。总办问道："你可是康小八?"康小八仰首答道："不错！正是康八爷。脑袋掉了碗口大的疤，活儿干得麻利点儿，康八年的魂儿也就不缠着你。"

总办听了后笑了，这一笑把康小八给笑毛了："本总办白天杀人不眨眼，夜里也不做梦。杀过多少也记不清了，可从来没见过恶鬼现形，今儿倒想开开眼。你想痛快，晚啦！我非叫你痛快不了。按照《大清律》你是剐罪。"

康小八被架了下去，京城执法营务处的刽子手，都是砍人脑袋的高手，一刀下去身首异处，绝对是干净利落。可没剐过人。总办大人下令行刑，就七手八脚地把康小八扒光了。往刀上喷了口凉水，又往康小八胸口上喷了口凉水，拍拍他的胸脯，喊了声："骨力点儿，上道啦!"

割了几刀，康小八连吭都没吭一声。刽子手低头一看，屎尿全流了出来，康小八已经没气了。于是胡乱砍了几刀。千刀万剐也就改成了大卸八块。

那十二名从犯，早就把魂儿吓飞了。总办大人把斩令往地下一扔，十二颗人头也就落了地。十三颗人头都码到了一辆囚车上。由菜市口拉到了前门外的五牌楼，挂在法杠上示众。

顷刻之间，前三门外秩序井然，三五成群的嘎杂子消失得无影无踪。街谈巷议都是怎么拿康小八、怎么剐康小八。不少商户在门口放起了爆竹，仿佛从此就天下太平了。

拿住了康小八，朝廷论功行赏。兵马司的指挥使、副指挥使都荣升上差。会友对信德也得表示表示，柜上奖了他二十两银子。老孙头对他说："张家口你就甭去了，那儿用不下这么多人。眼下有件大事，你和仁德、礼德都得一块儿上。

13

孙大掌柜说的眼下大事，是给慈禧太后祝寿。光绪三十四年，老佛爷恰好是年高七十有三。常言道："七十三、八十四，阎王不请自己去。"臣民虽然整天高呼"万寿无疆"，老佛爷心里多少还是有数。自个儿是肉胎凡身，别说万寿无疆了，要是能过了七十三这个坎儿，就还有望奔八十四。

肉胎的老佛爷，只能讨好泥胎的老佛爷，下诏让顺天府大办香会。所有的香会均取道颐和园北宫门，到妙峰山进香、为太后祈福、增寿。太后届时登北宫门阅会，只要看上了，就赏一面黄旗，封为皇会。

诏书颁布后，顺天府二十四州县就忙了起来。能在御前亮会、御前受封，走会的都认为是千载难逢的机会。镖局有走会的传统，在押镖的过程中更是遇山进香、见庙拜佛。

会友镖局有好几档子会，五虎棍、开路两档子可以说是誉满京城，名镇京畿。可这两档子会都和增寿无关，老佛爷未必喜欢。

孙大掌柜正计不知所出，老焦头却想出了个好主意。他知道礼德在宅门里护院，这个活儿看起来清闲，可耗人，礼德这个人心静，就整天在垂花门外的西跨院练剑。练剑是养气、养神，剑走八方、剑带八风，若八个人同时舞剑，岂不就可以称之为八仙祝寿剑？

这招一出，孙大掌柜可乐坏了。拍着焦林鹏的肩膀说："你可为会友又立了一功，就凭这剑名，准能把黄旗扛回来，立立镖威，振振镖风。"

会友可是出人的地方，两位老镖头一合计，八仙的人选就定了下来。由礼德领剑，饰吕洞宾，仁德饰汉钟离，信德饰何仙姑，张果老、李铁拐、韩湘子、曹国舅、蓝采和也都挨个儿对上了号。

习武的人，对剑都有些底蕴。老焦头的话说得也明白："就练个架子活儿，是哄着玩儿，让外行看着好就行了。"

四月初一这一天，风和日丽。内务府、顺天府会商后定下来的香会，依次通过北宫门，首先是开路，然后是中幡、杠箱、五虎棍、跨鼓、花钹、高跷、秧歌、什不闲、耍坛子、耍狮子、小车……

对于这些老玩意儿，慈禧并不感兴趣，时而闭目养神。当二总管崔玉贵躬着身子奏道“下档子是八仙祝寿剑”时，老佛爷立即为之一振，精神头儿就上来了。看来“祝寿”二字，真是一针强烈的兴奋剂。

年过七十，老眼昏花。慈禧手搭凉篷，直着眼往下瞧。李连英赶紧双手把望远镜呈上，老佛爷没接过来，身子向前倾了倾说：“传旨，让他们上来。”

礼德一行八人登上了北宫门，老佛爷满面春风地说：“名起得好，你们演的也好，都说‘八仙过海各显其能’。显能耐干什么？还是祝寿好，好好再演一次，我爱瞧。”

会友给八仙置备的行头，可以说是费尽了心思。胸前背后都绣着凸起的大寿桃，从任何角度看，都能看见万寿无疆的飘带。

礼德双剑一摆，八仙翩翩起舞。剑功融入舞功，剑势宛如游龙，剑招招来翔鹤，剑风化为剑凤。老佛爷心花怒放，李连英赶紧示意别收，多演一会儿。礼德会意，又重头走了一趟。

快终场时，八仙齐声三呼：“万寿无疆!”跟着就打起了连翻，一连九个童子拜观音。老佛爷飘飘然了，仿佛已经驾祥云披紫雾，端坐在莲台之上，可与天地比寿，享人间之永年。

于是传旨，赐会友黄旗一面，为御前皇会。八仙均赏六品顶戴，衔序乾清门侍卫。登上北宫门时是“八仙”，步出北宫门时成了“八侍卫”。翎顶大帽，官威俨然。礼德手擎黄旗，大有皇家镖师的风度、风范。

会友真是风光了，不但扛上了黄旗，成了皇会，而且在御前受封，出了八名乾清门侍卫，可以说是皇家的“御镖师”了。

从妙峰山回来后，当然是三合轩一聚。双勺、大杖给三德道喜。三德都乐了，苦笑着说：“除了混了套行头之外，明天我们哥儿仨是该干嘛还干嘛去。这个喜就别道了，乐呵乐呵是真的。柜上对我们意思意思，一人给了十两银子，今儿晚上咱们外头来一顿，吃点儿新鲜的。”

在丰泽园坐下之后，好酒、好菜点了一大桌，酒过三巡菜过五味之后，话题又转到六品侍卫翎顶大帽上。双勺说：“这套行头可得收好了，将来准有用得着的时候，穿着这玩意儿能跟兵马司指挥使、巡城御史、大兴、宛平的县太爷平起平坐。打官司时可用得着。”

说到这儿哥儿几个全笑了，大杖说：“打官司不是好事，这行头还是不用为好。要用也得换个地方，接亲、送亲时有功名的就穿着官服，给婚家壮壮门面。以后甭管谁娶媳妇，你们哥儿仨都得跑一趟，这风光可不能少了。北京城的人就认翎子和顶子，义德的事儿办得多顺，多体面。”

双勺给大伙儿的酒都满上了，自个儿举杯一饮而尽，说：“义德是有官运有艳福，智德是有官运没艳福，就晚了一步。咱哥儿几个是……官运、财运先不说，老天爷总得给条路，让咱们把媳妇娶进门来吧，老大不小的了，不能老打光棍。”

双勺的话是实话，可是弄得大家都挺郁闷。是该安个家了，回老家说个媳妇，好办。可是人都出来了，不混壮了回去也没意思。在北京城娶个媳妇，可不是件容易事，京城米贵……

沉默了一会儿，大杖李开了腔：“我看还得回家娶媳妇，街面上的人管我叫李掌柜，可是我心里有数儿，这三合轩不是我的，三合会馆更不是我的，是人家孟老财的，我俩这个掌柜的就是看房的，人家什么时候来收房……”

又是一阵沉默，信德把杯中酒一饮而尽，说：“咱哥儿们不是能人，也不是屃人，还怕娶不上媳妇？有缘就别落空，没缘也别紧奔，媳妇不是饭辙……”

这话把大伙儿全逗乐了，仁德说：“我是悟出点道儿来了，要想娶媳妇，得先存下银子。凭镖局的月份，攒不出个媳妇来，得多想点儿辙。出去走镖是累点儿，只要看得准，来回带点儿货，总能变成银子，孙大掌柜是个明白人，只要不出格，他不管。”

礼德这时接了话：“给宅门护院，这辈子就得打光棍了。白天睡觉，晚上入值。别说娶不上媳妇，就是娶上了，弄不好也得戴绿帽子，还不如不要。”

听到这儿，仁德长嘘了一口气。说：“那你就找找孙大掌柜，给你换个差事，树挪死，人挪活。实在不行，就上南道上走镖。京汉路是通车了，可一离开铁路，就不是太平地界，还得靠咱们。铁路边上的东西两道，会友的镖旗是平蹚，走镖也就是‘遛弯’。”

礼德没吭声，就听双勺大声喊道：“酒壶、菜盘都得见底。咱哥们儿不能糟了银子，也不能亏了肚子……”话是这么说，可是舌头已经发直了。

礼德一直在宅门中护院，一个人占着一个东跨院。吃饭时和门房、账房、跑外的、管事的是一桌。衣服也不用自个儿洗，到时候老妈子就把该换上的衣服送过来，把换下来的拿去洗。一句话，吃、穿有人管。

宅主人世增官居太常寺正卿，隶满洲正白旗，是同文馆出身，出使过法国、德国。世增虽然不事帖括之学，可是旧学的功底很深。亦好诗、词、歌、赋，琴、棋、书、画，是个传统的士大夫。在八旗诸公中，又是个通晓西学之士，出任过几任驻欧美诸国的公使。归国后任太常寺卿，制定了许多改革礼仪以应对世界潮流的方案，是个新派人物。

礼德在御前受封为六品顶戴、衔序乾清门侍卫之后，世府下人一律不再以镖头呼之，均称之为兆大人。吃饭也改为和教馆的龚先生、做幕的江先生一桌用餐。用餐地点在西院的厢房，下人们也就统呼三人为西院的爷，意在说三人有西宾之尊。

刚开始时礼德挺拘谨，没想到龚先生也是个好剑道之人，没几天就成了知己。慨叹时总说自己没福命，若是和礼德一起去演八仙祝寿剑，说不定也能附骥尾而腾升。

江先生也颇为感慨，认为以幕僚入仕，多为八品。若无殊功，实不敢望一跃而有六品前程。御前受封，虽不能和科举正途相比，也高出捐班、保举之侪，系登堂入室之仕。

两位先生的高论，弄得礼德不知道说什么是好。搜尽枯肠之后，从评书先生那儿找来句话："折煞！折煞！"

这天世增下朝后就把西院的爷请到书房，直言道："上谕已经下来了，朝廷外放我到云南任布政使。近来滇省和法国的交涉甚多，我出使过法国，算是通晓些外交，只能遵命驱驰，为君解忧了。

"这几天就要动身，由天津乘英国海轮到香港，由香港改乘法国海轮到海防，然后乘坐滇越铁路的客车赴昆明。虽说是万里云南，可是无车马之劳，三位若是愿意同行，就做好动身的准备。"

西院的爷一听全乐了，大人外放是个机会，说不定就是自己的出头之日，于是均表示愿随前往。

礼德向大家辞行，当然是三合轩一聚。把老焦头也给请来了，想听听老爷子的见教。

席间大家频频举杯祝礼德旅途风顺，鹏程万里。连干了三杯之后，老焦头放下了筷子，长嘘了一声，说："仕途和镖路都是多风波之地，可人总得往前闯，老在北京扎堆儿也不是个事儿，人就得有聚有散。义德、智德在保定就混得不错。

"铁路通了后走镖的营生是难了，有了银行、邮局之后，谁还来找镖局解款、送信？这么多家镖局全挤在城里坐店、护院，道儿是越来越窄了。咱们不能一条路走到黑，有了路子就不能放过。没找着别的道儿，该怎么干就怎么干。

“当一天和尚撞一天钟是混事儿，钟点准、撞得响是本份，谁也不能说什么。”说罢，自个儿给自个儿满上了酒，一饮而尽。这杯酒对这位已经名成业就的老镖头来说，真是一杯苦酒了。

双勺到灶上抓弄了一个火爆腰花、一个溜肝尖，一手一个端了上来，扯着嗓子来了声：“尝尝我的手艺，火爆腰花趁热吃才脆香。”

这嗓子打破了沉闷，大家都拿起了筷子趁热吃。酒过三巡、菜过五味之后，礼德站起来举杯道：“师傅的话我记住，咱哥儿几个有聚有别。别说是万里云南，就是天涯海角，最后也得叶落归根，再聚到一块儿。这杯酒我祝师傅百年可期，也祝哥儿几个心想事成。”

礼德可真是心想事成，一路之上想的就是能和义德、智德一样，弄个管带当当，没想到世大人到了昆明一接印，就委了他一个藩库守护营的管带。

会操时云贵总督李经曦拍着他的肩膀说：“听世大人说，你是乾清门侍卫出身。说实在的，管带有点委屈你了。扩新军时，给你提个标统。我心里有数，老太后调教出来的人，都合矩中规。”

李经曦的话，可说得礼德心里没数了。散操后就把龚先生、江先生请到碧鸡坊的滇魁轩吃汽锅鸡，想借着饭桌好好聊聊。

三杯酒下肚之后，礼德就直言而问。龚先生笑了：“这正是世大人的高明之处，反正你是太后亲封的六品侍卫，把头衔往外一亮，不但总督对你另眼相看，对世大人也得礼敬几分。能带上御前侍卫到云南来，当然是太后的亲信。你老弟标统的前途是定了下来，将来我二人都要靠你拉一把了。”

江先生把杯中酒一饮而尽，也打开了话匣子：“李经曦是李中堂的大公子，可云贵不是淮军的地盘，他又是只身赴任，拉上你这个御前侍卫，于内于外都是一箭双雕，你老弟真是官星高照，用北京人的话来说——大运来了，城墙也挡不住。”

大曲酒滇池春的味儿最厚，汽锅鸡的味儿最醇，西院三位爷在滇魁轩中聊得正起劲儿，就听窗外传来了巡警、街兵的喝斥声，叫站门的快把大门上挂的红招幌给收了，说：“太后、皇上驾崩了，国有大丧，市不见红。”礼德长叹了一声：“市不见红，卖辣椒的该怎么办？”

两宫归天，国有大丧。昆明“市不见红”，北京闹得更欢。上上下下都得为太后、皇上戴孝。不许有丝竹之声，也就是说得停止一切娱乐活动。饭馆里不许划拳闹酒……大清门前挂上了半旗，以示举国哀悼。

为防不测之变，在保定集训的禁军星夜开回了北京。智德的山炮营从前门东车站一下火车，立即就开到了景山。十二门克虏伯的八六山炮，架到了北京城的制高点——万春亭的两侧。炮口调好了射击角，分别指向东边的锡拉胡同和西边的旃檀寺。

智德被召到了后海北岸的摄政王府，摄政王载沣是大行皇帝光绪的胞弟，当今皇帝宣统的生父，行监国摄政之责。这次在九思堂召见二镇禁军军官，可以说是御前军事会议了。

进了九思堂后，智德发现禁军的军官已经坐满了屋子，还有站着的。官都比自个儿大，正不知所措，不知谁喊了一声“立正!”全体军官对着主座肃然敬立。载沣走了进来，在主位落座之后，示意大家就座，智德也就侧身站到了墙角。

统制、协统开始报告军情。一镇司令部已由南苑开到了永定门外的燕墩，步兵控制了外城七门，马标开进了天坛，炮标在西便门待命。二镇司令部由仰山洼开到了地坛，步兵控制了内城九门，马标开进皇城，第二协和镇本部的机枪营、步炮营包围了旃檀寺。炮标在德胜门外正黄旗校场待命。

载沣点点头，表示满意。紧接着又问：“景山上的炮队……”二镇统制官瑞泰立正报告：“镇本部直属山炮营已在景山就位，炮口锁住了锡拉胡同和旃檀寺。”

载沣站了起来：“管带来了吗?”智德立正报告：“山炮营管带玉智德听命。”说罢，大踏步地走到载沣跟前，行了个标准的军礼。

这位摄政王从头到脚把智德打量了一番，问道：“履历?”“回王爷！隶镶黄旗满洲，祖上从龙入关，世袭轻车都尉。乾隆年间移防密云檀营……”

对智德的回答，载沣很满意。和二位统制又说了几句话，然后宣布说：“今夜之举，事关国之安危，不可有任何疏漏。”在场军官齐声回答：“明白!”载沣一挥手：“各归本部待命，不得有误。”

军官们按照级别依序退出，智德刚要转身，就听摄政王高声说：“炮兵管带玉智德留下。”智德以跑步的姿势来到载沣跟前，再次立正、敬礼。

载沣站了起来，把手搭在智德的肩膀上说：“这是我的兵符，从来没用过。现在分符于你，合符后，按我的手令开炮。要多备炮弹。”

“回禀王爷，备了三个基数的炮弹。对两个打击目标进行了多角度的观测，不论是白天还是夜晚，均可进行准确的轰击。足可把两个目标毁灭三次。”

载沣点了点头，说：“好好干，杀袁世凯是大行皇帝的遗诏。他要敢恃兵拒捕，叫他死不存尸。两镇对一标，诛这逆贼如探囊取物……”

载沣的话还没有说完，王府侍卫进屋禀报：“步军统领、护军统领、亲军营统领、火器营统领已到，在值房候见。”“叫他们进来。”侍卫转身退去，载沣对智德说：“回去等我的命令，人不可离炮半步，明白吗？”

智德立正敬礼，高声回答：“明白！”

四位旗营的统领进了九思堂后，不一会儿就出来了。互相拱手登车时，均面带喜悦之色。这时一辆骡车驶入了王府的角门，长使立即迎了上去，掀开车帘，把张之洞扶了下来。

张之洞是年过七旬的老臣，又是久抚一方的重臣。在湖广总督任上编练了湖北新军，号称自强军。创办了汉阳钢铁厂、兵工厂，生产的七九式步、骑枪是新军的制式装备，人称之为“汉阳造”。其言其行有举足轻重之势，颇能影响朝野。载沣迎出了九思堂，对这位元老可以说是礼待有加。

张之洞与袁世凯是官场上的政敌，诛袁虽说是奉德宗皇帝的遗诏，系堂堂正正之举，可是也希望获得张之洞的支持。令这位摄政王再也想不到的是，张之洞只说了一句话：“国有大故，不宜诛戮重臣。”

这一夜，九思堂的灯没灭。锡拉胡同袁世凯的书房，白米斜街张之洞的书房，灯都没灭。第二天一早，载沣发了两道上谕：一是袁世凯患足疾，实难任职，恩准回籍养病，即行开缺。二是练兵处模范标并入禁军，由二镇炮兵管带玉智德接任标统。

上谕任命标统，可以说是破天荒之事。智德走马上任之时排场可大了。禁军的马队后拥，模范标的马队前导。智德驰入旃檀寺后，在演兵场检阅了全标，顺利地接下了标统的关防、印信。然后全标开往仰山洼，归入二镇序列。

模范标是袁世凯小站练兵时的起家部队，练兵处成立之后以之为示范军，故有模范标之称。驻扎在皇城内的旃檀寺，其功效是供参观检阅。

这支部队和袁世凯的渊源甚深，摄政王载沣所担心的“恃兵拒捕”，就是怕袁世凯困兽犹斗，假模范标铤而走险。所以出动重兵包围了模范标的驻地旃檀寺和袁世凯在锡拉胡同的住所，并做好了炮击的准备。其实，袁世凯的住宅并无卫队守护，旃檀寺也就是营房和操场，根本没有防守工事，完全是小题大做。

智德在旃檀寺接印之时，袁世凯青衣小帽只带了一个小跟班，悄悄地从前门外的东车站，登上了京汉线的列车，回河南彰德的老家，去养“足疾”。

袁世凯开缺，智德接管了模范标。从表面上来看一切均很顺利，可是智德心里有数，模范标虽然编入了禁军，可是全标上下是清一色的彰德兵，是袁世凯的小同乡。

管带、队官、排长均是北洋武备学堂出身，是段祺瑞的学生。袁与段早在小站练兵时就结成了死党，若对模范标进行清洗，怕激怒北洋六镇，弄不好就会发生兵变。所以只能暂且求安，诸事行怀柔之策。

说实在的，智德这个标统当得可不开心。且不说全标就他一人名隶旗籍，以北洋武备学堂的学历而言，他这个标统也只能和队官是同期。

上峰也不断地告诫他，稳住了模范标，也就稳住了北洋六镇，模范标生变，六镇必乱。在这种情况下，智德对全标上下都是睁一只眼闭一只眼，当好好先生。在人事上只能是外甥打灯笼——照舅（旧）。

仰山洼僻在北郊，远离南城。智德很少去三合轩聚，一年也就是去个两三回。去时也都穿着便衣，若穿着标统制服，哥儿几个可要来投奔了。来了真是不好安排，在旗的人没法在模范标混。双勺、大杖也不行，外来户当司务长，清官都没法当。上下一夹攻，丢官是轻的。可是这话又不好出口，说出来人也不信。难呀！

这天智德有例行公事，去了趟陆军部。事办完了后把马弁打发了回去，脱了军上衣，换了件大褂就奔了三合轩。小半年没在一块儿聚聚了，见面后大家都挺亲热。在三合轩前后转上一圈，不用问，这买卖是挺火的。

三杯酒下肚之后，得知会友的日子不好过，可以说是举步维艰。仁德长叹了一声，不胜地感慨：“朝廷的新政以警政为先，街头巷尾到处都是巡警阁子。巡警跟步军统领衙门的巡兵不一样，巡兵只管缉拿匪类，巡警是看街狗，没有他不管的，可管也不能白管，没事时得意思意思，有事时得孝敬孝敬。

“有了巡警之后，坐店的更难了。嘎杂子上门闹事，坐店的出来一挡，嘎杂子就来个恶人先告状，跑去叫巡警。要是店家平时没意思意思，巡警来了后向着谁可就难说了。

“吃过亏后店家也就明白了。干脆把坐店的给辞了，用这份儿银子去孝敬巡警。有事时叫一声，巡警拎着哭丧棒就来了。一物降一物，嘎杂子见巡警来了，腿快的就撒了丫子，腿慢的就挨上两棒子。

“有的巡警更邪，管界内哪家商号要是没打点，就打发嘎杂子去上门闹事，事出来后商家可就惨了。可着内外城，大小商铺还有几家有坐店的？坐店的都改成了坐夜，上板后在店里值更，防偷。”

听了仁德的话，智德不知道说什么是好。突然想起了上午听陆军部的人说：“陆军部是个穷衙门，没有多大油水。不像人家巡警部，上上下下都是阔差事，下头肥得流油，能苦了上头？”现在是明白了，陆军部的人是叫他平常就意思意思，免得到了该孝敬时，提着猪头找不到庙门。

智德站起来给大伙儿把酒都添满了，说了声“干！”除了“干！”之外，似乎找不到话说了。

14

老焦头应声举杯，但没有干，喝了一口后，放下了酒杯，缓缓地说道：“镖局的正差是走镖，还得在正差上打主意。津浦路北段还没有通车，山东的镖路还能吃上几年，咱们得活动活动。

“泰山东岳开庙时设擂台，强龙不压地头蛇，咱们不去打擂，在台下演演擂，亮亮相，树树镖威，想办法找点儿山东、苏北的买卖，别在这条道上倒了旗。

“现在都玩儿长火、短火了，可是一马三箭的功夫还是招人，你们哥儿俩把这功夫捡起来再练练。到日子在东岳庙前露一手儿，让朋友们见识见识，会友有能人。”

提起打擂、演擂、过擂，小哥儿几个都不太明白，焦林鹏把杯中酒一饮而尽，从头说了起来：“名山古刹举行庙会之时，武林高手往往摆开擂台，以武会友。地方上的土豪、土棍摆下擂台的用意是震慑四方、称霸江湖。镖局碰上以武会友的高手，当然希望一举夺魁，风光风光，即便是败在高手之下，也可增长见识，仍不失以武会友的初衷。

“对土豪、土棍摆下的擂台，如走镖时、敬香时碰上了，则送上过擂的帖子。打擂就有个输赢，不打是不敢打，或是你不配我一打。在土豪、土棍眼里，镖局不打擂也不过擂是瞧不起他，不把他当个人物，送上过擂的帖子，则表示交个朋友。

“过擂的打着镖旗、会旗从台下经过时，擂主到台前抱拳向下一礼，台下的镖头、会首也拱手向上一礼。台上一礼是表示自己不接擂，台下一礼是表示自己不打擂。不接擂、不打擂当然是朋友。一场打擂的公案就结了，两边都觉得挺露脸、挺风光。过擂这法子很妥当，久而久之，镖局碰上擂台都不打，送上过擂的帖子——交个朋友。

“不打擂光过擂也没意思。过擂时边走边练，叫演擂。演擂面上是献丑了，请您多指点，实下里是露一手，让人见识见识。遇到台下演擂，擂主也到台前一礼，台下也还上一礼，互表礼敬和受益。

“到泰山进香是件盛事，红火的镖局不说年年去，也得隔年去。庚子后会友就没去过，要再不去，就显得没咱们这一号了。孙大掌柜掂量了掂量，今年说什么也得走一趟。这是求个风光，也是找饭辙，不能让人把会友给忘了。”

言罢，一声长叹。长叹比长嘘有声、也有力，看来老镖头对进香、过擂还是挺有底气。

镖队上路的这天，孙大掌柜亲自上香、喊镖。他拉着老焦头的手说：“此行就是为了振振镖威，扬扬镖旗，让人知道知道。路上得排场点儿，别苦了大伙儿。里里外外都得聚点人气儿。”

会友进香的镖队可真是有派有份儿。前有黄旗开道，意在显示是御前受封的皇会。黄旗之后是两面大旗，上首是“泰山进香”，下首是“会友镖局”。两面大旗之下，是七位翎顶辉煌的六品武官，均系乾清门侍卫。

八仙之中，礼德上了云南，剩下的七仙，全部换上了行头，官衣、官帽、官靴，俨然朝廷命官。七仙之后是两辆大车，一辆载着巨鼓，一辆载着巨镲。敲打起来震耳欲聋，声闻十里。

鼓、镲之后是一队武夫，个个端坐在高头大马之上，肩披红绸进香带，策骑而行。实可谓英姿飒爽，气宇轩昂。一路之上观者如潮，男女老少竞相尾随，地方人士有接有送。沿途之中口碑相传，皆有御镖局之称，镖师衔序乾清门侍卫，当然就是皇家的保镖。会友真是镖旗高展，镖威大振。

一进济南城，焦林鹏不由得感由衷来。庚子之后山东的元气大伤，济南分号也就关了。要是在庚子之前，分号一定会出城迎接，现在是只能自己找个落脚之处了。可是不管怎么说，得在城中转上两圈亮亮相。现在正是游春的时节，干脆到趵突泉、大明湖去凑个热闹，让全济南的人都知道知道，京城的会友镖局来了。

在济南城中一转悠，也真是招了风、聚了气。街谈巷议，都是会友镖局可真是发了。众口一词，都说是御前镖师、皇家的保镖，甚至传言说侍卫处的差事由会友包了下来。买官的人竟然来托路子，想补个肥缺。

为了到泰安时有样有谱，会友一行在济南歇了三天。为的是让大伙儿剃头、理发、洗澡、换衣裳，让马也卧卧槽、缓缓劲儿，上香过擂时，人马都透着精神。

初次到济南府的仁德、信德，当然是忙着逛街遛市，还挤工夫去了趟千佛山，上了炷香。焦林鹏拜访了一下同行，回来后细心的人可就看出来了，这位老镖头脸上的喜庆劲儿不见了，可也没跟大伙儿说什么。

小哥儿俩一路之上颇知爱惜马力。在东岳庙前演一马三箭，可是件露脸的事。能不能马到成功，虽不能说三分在人、七分在马，可马也不能撤火。马到成功之时，说不定就是出头之日。

一进泰安城，仁德、信德就觉得有点不太对劲儿。原想的是万人朝山进香，车水马龙，人山人海。可是眼前所见和所想的根本不是一回事儿。东岳庙的庙市冷冷清清，庙前广场上倒是搭了一座擂台，擂主是济南的鲁义镖局，镇擂的几位镖头和会友的老人都认识，打头的叫赵连达，和焦林鹏挺熟。

鲁义和会友是想到一块儿去了，都想借着打擂、过擂、演擂造造声势，树树镖威，招揽些买卖。难兄难弟相见之后，只有苦笑。

按说镖局主擂可真不多，都是过擂、演擂。可是庚子之乱时，山东的武林人士大多参加了义和团，开到天津、北京和八国联军决一死战，没回来几个。回来后武林这碗饭也没法吃了，不是客走他乡就是上了梁山。一晃快十年了，泰山东岳庙前就没设过擂台，这回是泰安地面上的朋友恳请，鲁义才出来主擂。

到泰山来进香的人也一年比一年少，庙市变得越来越不景气。地方人士想借着设擂振兴一下泰安的市面，鲁义也想借着设擂展展镖旗，就把主擂的事应了下来。可是山东这几年不是涝就是旱，年成一年不如一年。

从前老百姓来进香是求个风调雨顺、五谷丰登、六畜兴旺。可年年烧香，佛爷年年调屁股，东岳大帝、碧霞元君就是不显灵。想第二年来还愿，都没有这个福命。进香的人也就越来越少了。

这些年出了不少气迷心，说是舍身明志，以求大法，愣从扇子崖上跳了下去，扇子崖成了舍身崖。今年泰安镇的张总兵出了告示，还派兵看着，不许愚民舍身。布告上说："身者受之于天地父母……"活得好好的人，谁愿意去死呀？这不是没活路了嘛，就求个来世了。

了解到这些，会友的人也高兴不起来了。看这擂台，搭得可不错，地方上还真出了点儿血。可就没看见打擂的、过擂的、演擂的，会友是第一家。按规矩，甭管是干嘛来的，都得先给东岳大帝、碧霞元君上香许愿。焦林鹏带着会友的人先去进香。凭镖师们的身子骨，一早起来先拜东岳庙，然后上山拜碧霞元君祠，下午就下山了。焦镖头、赵镖头凑在一块儿一合计，明天就开练吧，说什么也得造造声势，圆圆场子。

真没想到，第二天一早泰安镇的张总兵大驾光临。排场可真不小，摆着二品大员的全套仪仗，鸣锣喝道，前呼后拥，有两营兵相随。焦镖头、赵镖头赶紧上前迎接，把张总兵让到擂台之上就座。

张总兵是武进士出身，年近耳顺，已经快到了致仕之年。在擂台上落座之后无限感慨，说："庚子前在兖州镇，听说泰安东岳庙开庙之时，设擂以武会友，总想前来看看，可是军务在身，不敢擅离本镇。调任泰安镇后，东岳庙一直没设过擂台。我心里有数，八国联军之役，山东元气大伤，至今难以恢复。

"今天带着两营弟兄们来，可以说是倾营出动了。一来给擂台壮壮声势，二来也让弟兄们长长见识，开开眼界。时下朝廷编练新军，裁撤绿营，我这个总兵快成千总了。再撤，就成了管带。

"我老了，致仕就致仕吧。可弟兄们怎么办？我想开了，既然顶不住，早裁比晚裁强。早裁了趁着年轻，还能谋点营生，晚裁可就更惨了。说是回乡务农，当兵的回到老家哪儿有地种？弄不好就要化兵为匪。

"当兵吃粮，就是给皇上当保镖。不能当兵吃粮，习武练功的人还能干什么？就给民间保镖吧，这还是条正道。我把他们带来，就是让这些营混子看看你们的真功夫，也学着点儿。二位镖头可要好好露一手。"

张总兵说的，都是肺腑之言。可是焦头、赵头无言以对，只能抱拳拱手，齐声说："遵命。"

都不是外人，鲁义和会友也就别递帖、过擂了，痛痛快快地开练。给当兵的看，别来花活，上场就是仁德、信德的一马三箭。

两匹枣骝马势如疾风闪电，直奔靶子而去。到了一箭之地时，正首开弓一箭，侧身鞍下藏身一箭，拨马回头望月又是一箭，三箭皆中靶心。一千多号弟兄齐声叫好、呐喊，十面进军鼓擂得震天响。

张总兵站了起来，高声喊道："马枪伺候！"两名马弁递上了两支德造的七九骑枪。仁德、信德接过来后一抖丝缰，马如离弦之箭，一马三枪，枪枪皆中靶心。

张总兵连呼："好样的！好样的！国之干城！国之干城！本镇，""本镇"二字出口后，张总兵把下面的话给咽了回去，长长地嘘了一口气。嘘是无声，比叹要沉重得多、沉闷得多、沉痛得多。

仁德、信德驰回擂台前滚鞍下马，立于阶下，张总兵双手搭在他俩肩上，又是一声长嘘，然后缓缓地说："本镇有爱才之心，可无爱才之力了。这两条德枪，是新军中都没有的双排十发，是中兴煤矿公司送给我的。我把它送给你俩，算留个念想吧，也算给好枪找个好归宿。"

小哥儿俩抱拳施礼，齐声说："谢镇台大人！"张总兵挥了挥手，仁德和信德也就黯然离去。

归京途中，会友的镖队是卷着旗子背着鼓，一路疾行。泰山进香所获，也就是仁德、信德一人捞了一条德造骑枪，蓝钢锃亮，真招人爱。大伙儿都替小哥儿俩叹惜："要不是正赶上裁撤绿营，小哥儿俩就时转运来了。"

过了卢沟桥，焦林鹏发话了："会友的镖队可不能这样进广安门。别说胳臂没折，就是折了也得藏在袖口里。拿出点样儿，摆出点份儿，得有个朝山进香载福而归的样儿。也得有过擂、演擂大振镖威的气势。再说了，仁德和信德好歹也捞了两条好枪，这枪可不一般，是会友的风光。"

锣鼓响了，黄旗招展。泰山进香，载福而归。仁德、信德骑着枣骝驹，擎着系着大红花的骑枪走在最前头。镖队进了广安门直奔粮食店街，孙大掌柜率留京的人在南口接镖，放了好儿挂钢鞭，那叫脆。仁德、信德被围了起来，像是凯旋的英雄。

留京的小哥儿们赶过来看枪，拉开枪栓可真一愣，双排弹夹，能压十发，一条能顶两条用，能使上这枪，还不乐蹦了。从前别说没见过，连听说也没听说过。仁德、信德可高兴不起来，往炕上一躺，两眼望着屋顶发呆。

此时，孙大掌柜和老焦头也正坐在内柜发呆。一个是一锅子一锅子地抽烟，一个是一杯一杯地喝茶。好一会儿，老焦头放下了茶杯缓缓地说道："一路之上我就琢磨，从前走镖的不兴办货，是叫货主放心，各赚各的钱。现在可没这么多规矩了，八仙过海，各显其能。咱们也办点儿货，把镖局和货栈合起来办。"

孙大掌柜放下了烟袋，端起茶杯润了润嗓子："这事儿我早想过。走北道的镖时，心眼儿活动的就往往带回匹好马，到骡马市一出手，保准赚。这事我没管过，本来嘛，走北道那么苦，就网开一面吧。要不然，谁还跑北道。现在咱们爽得大干一场……”

老焦头端详着杯里的茶，静静地听着。孙大掌柜把话说完了后，老焦头长叹了一声：“这事我比你门儿清，从口外回来带上一两匹好马，到骡马市好出手，那是挣走镖的钱、吃走镖的饭，捎带手赚个仨瓜俩枣儿，好知足。

“要是正经地干了骡马行，可就不同了。宣化的董魁元，那可是贩张北马的老手。他都说近来的买卖可不好做，买骡马的大户是军爷，现在新军都讲究骑洋马，至少也是二毛子马。大户没了，要把几百匹骡马赶到市上去卖，那可就压在手里了。弄不好能把骡马市的价给压下来。

“再说了，走镖是没本的买卖，凭的是人。正经办货可就得下本了，柜上哪儿有那么多的银子？凭银子咱们可不是货栈的个儿。凭人的真不能和凭银子的抢饭碗。”

又是一阵沉默，孙大掌柜连抽了两锅子之后，站了起来说：“我做东，咱哥儿俩喝两盅去，算我给你道劳。就上对面合义轩，那儿的小烧可真不错。”

老焦头、老孙头说“干”时，三合轩中也正举杯说“干”！双勺、大杖给小哥儿俩洗尘。双勺说：“你们哥儿俩这趟可真没白跑，这两条好枪在北京城中也是盖了帽儿的真玩意儿，镇啦！”

大杖往四个杯子中斟满了酒，举杯道：“在泰山东岳大帝和娘娘跟前许了愿，准能心想事成。人家都说泰安的东岳庙比朝阳门外的东岳庙灵，要不然，上香许愿的干嘛都往泰山跑？

“张镇台把这么好的枪送给了你们哥儿俩，说不定什么时候又想起了你俩来，一高兴，就能委个管带。能带上一营兵，就算有了出头之日，是个人物了。有能耐的人早晚有机遇，不像我俩，只能耍炒勺，抡擀面杖。”

仁德笑了，说：“我看这耍炒勺、抡擀面杖的活儿挺好，保镖这营生没活儿干时急心，有活儿干时悬心。你想呀，天下太平路不拾遗，谁会当冤大头给镖局白送钱？”

信德这时接了茬儿：“奔官儿当，我看没戏。官身不由己，你说当管带就是出头之日，可管带之上还有标统、协统、统制。我看管带也是马尾拴豆腐，提不起来。再说了，新军讲出身，得进过武备学堂。禁军不但讲出身，还得论家世，得是上三旗，祖上还得有点功名才能混得开、立得住。

“我们哥儿俩是考武备学堂没戏、挑禁军没门儿，好事都不沾边儿。天上掉不下馅饼来，老丈人也不会白把闺女给你送到炕头上……”

15

这顿酒，仁德、信德都喝高了。喝高了时说话都实在，酒醒后就更清醒了。第二天一早，仁德回同盛居坐店，信德有了新差事，给宅门护院。孙大掌柜对他说：“世大人放了云南藩台，全家都去了昆明，礼德也跟着去了。宅子由瑞大人住了。

“瑞大人和世大人是同文馆的同学，在俄国、德国、日本、美国都当过钦差。回国后任外务部侍郎。这些日子保安寺街也不消停，闹飞贼夜人。花匠是世大人家的老人，就提起了会友，瑞大人说那就还请会友镖局派人过来吧。你没干过护院的差事，我得好好跟你交代交代。

“进入宅门后对府上的女眷一律要回避，特别是小姐和姨太太。白天无事不入内宅，在前跨院的客房里睡觉养神，下更后太太、小姐们的住室关门、闭户、下帘子，这时护院的才能进入垂花门。在内宅走路只能走院子中间，不能靠近门窗，这是规矩。和女人相遇，即便是丫头、老妈子，也不能争道或并行，要赶快转身侧目，让她们先过去，特别是遇到了小姐、姨太太……

“礼德和花匠老李处得挺好，老李现在是瑞府上的管家，你去了后大小事都听他的。瑞大人是个新派人物，回避宅主这条就免了。平揖相见，有个礼数就行了。在宅门中得多留个心眼儿，接人待物近不得远不得，就记住俩字——恭谨。”

信德到瑞宅上任，李管家把他引进东跨院，说：“礼德原先就住在这儿，这两间房挺宽敞，院子也不小。吃饭时咱们在一桌……”

话还没说完，就听见一声“小姐到！”信德一愣，还没有醒过劲儿来，小姐已经推门进来了。李管家赶紧迎呼道：“小姐您上这儿干什么？有事就叫我一声。”

按照宅门的规矩，信德赶紧垂下了眼皮。这时就听见一声“接招！”信德闪身躲过。没想到小姐又连进三招，出手是一招比一招狠。

信德纵身跳到了院中，小姐笑着跟了出来，说：“行！不是花架子。

还受过名师指点，有点儿真功夫，看样子你还见过战阵。”

这时信德才把小姐看了个一清二楚——身穿西装，头戴礼帽，足登革履，手中提着一根文明棍。刚才的三招，使的就是这玩意儿。

已经过了三招，也就别垂着眼皮了。信德抱拳道：“小姐过奖了，我是檀营出身，拜王正谊和焦林鹏为师，在镖道上已经混了几年……”

“接着！”小姐突然把文明棍扔了过来，信德伸手接住。就在这一刹那，小姐向后一纵，亮出了两把左轮手枪。枪出得真快，利落得实出信德意外。

信德在枪口之下，又一抱拳道：“请小姐把枪收起来，镖局的人身上都有短火，可是备而不用。备是以示威慑，要是用上了……”

“你放心，我走不了火。把你的短火亮出来让我看看。”说着，小姐收起了双枪。信德把身上的俄造左轮和德造自来得亮了出来，倒过枪把递了过去。

小姐把枪接了过来，左右打量了两眼，说：“你这两把枪都不错，我以为你别的是手冲子。你有好枪，我这两把就自个儿留着了。你的武功有两下，不知枪法怎么样，跟我到后花园试试枪去。”

信德又是一愣，说：“镖局的规矩，不长灯下帘子，护院的不进内宅。”这时李管家发话了：“小姐叫你去，你就去吧。我也跟着去看看。”

进了后花园，小姐突然转身就是两枪，打飞了摆在石桌上的两块靶砖。李管家对信德说：“小姐这两天没事儿，天天练枪。弹不虚发，真是练出来了。”

“看你的了！”小姐一边收枪一边说。看样子小姐很得意。信德一转身，背后的自来得就抽了出来。响了两枪，树上的青苹果就掉下了两个。

“好枪法！”小姐挑起了大拇哥。目光中充满了赞许之情：“回国后我爹总是说北京太乱，不叫我出去。有了你这个保镖，我要好好出去逛逛了。什么东单、王府井、东四、西四、鼓楼、什刹海，我都得去走走。白塔寺、护国寺、隆福寺……的庙会，也不能落下。城外好玩儿的地方像二闸、高粱桥、草桥、碧云寺、卧佛寺、八大处……也得逛全了。”

小姐说完后转身走了，信德可真傻了眼。来的时候孙大掌柜给他定了那么多的规矩，看来都没法子遵守。想了想后，就对李管家说：“您看这样好不好，我把这些事儿跟柜上回一声，看孙大掌柜怎么说。我看……”

李管家打断了信德的话：“你不用回去和孙大掌柜说什么，瑞大人是个开通人、活泛人，我给你交个实底吧，这个家小姐说了算。夫人早故，姨太太没生育，自认为前世有罪，一心念佛，什么事都不管。

“小姐是大人的掌上明珠，要月亮不给星星。大人成天在衙门里忙，应酬太多。家里的事儿一概不问，凡事都由刘妈做主。

“刚才喊一嗓子小姐到的就是刘妈，那可是个好人。小姐是她带大的，你和她有缘，她喊这一嗓子，就是给你送个信，她知道小姐来看你，可不是善茬儿。

“你也别往心里去，小姐就是任性，可心眼儿挺好，谁看大的像谁。小姐是孩子脾气，总也长不大，好哄。你别看她给了你一个下马威，那是想看看你的能耐，不会为难你。回去什么都别说，明天就来上任。我和礼德的交情没的说，你是他的老弟，我还能给你指瞎道?”

听了李管家的话，信德也就放心了，本来嘛，来时孙大掌柜就说过：“宅门里的事都听李管家的。”

第二天一早，信德就前往瑞府到差。刚把行李安置妥当了，小姐就进来了，说：“带我上庆和楼听戏去。”信德一听就愣了，说：“上午哪儿都不开戏，下午和晚上才有。可是……”“可是什么?”“我直说了，您可别生气，庆和楼茶园不设坤座，不许太太、小姐们进去。”

小姐转身就走了，看着她的背影，信德才松了口气。可不一会儿，小姐就回来了。演了出大变活人，身穿蓝绸子大褂，礼服呢的马褂，脚下是千层底的锦云缎子鞋。帽子底下拖着一条大辫子，手里拿着一个精制的青铜如意。俨然是个贵公子。

见了信德后把青铜如意往袖子里一揣，说了声：“走吧！先到街上逛逛，逛够了吃丰泽园，下午去听庆和楼。”信德有点不知所措了，看来拦是拦不住的，行程都定了，只好抬腿跟着走吧。一出大门，见一辆洋马车正在候着。瑞府属新派，已经革了骡车的命，大人上衙门，小姐、姨太太出门，都坐洋马车。

按规矩，官家出行的骡车，都是前有“引马”后有“顶马”。引马又称“谒班”，所司是举着官帖通报“客到”。顶马又称“跟班”，随从、保镖之侪是跟班。西式大马车上街后，谒班就坐在车把式的后面或旁边（引座），跟班就座在车厢后的倒座（顶座）上，或跨在车厢的四角。信德掂量掂量，就座到了车后的顶座上，小姐以命令的口气说：“上车！我有话要问你。”信德上了车，关上了门。

“先到大栅栏逛逛，在车上也别闲着，你和我说说这西皮、二黄。柏林的话剧，维也纳的歌剧，圣彼得堡的芭蕾舞我都看过。西皮调、二黄腔光听说过，你再给我讲讲，省得下午听戏时闹不明白。”

信德对戏知道得确实不多，抖抖家底儿，把生、旦、净、末、丑说了说，又扯上了大花脸、小花脸、武生、花旦、青衣。再加上名角郝兰田、张胜奎、梅巧伶、刘赶三、余紫云、程长庚、谭鑫培、杨月楼……说实在的，这些玩意儿多半是听来的，实是一知半解。可小姐听得挺认真。

马车停到了大栅栏的街口，小姐吩咐赶车的田二说：“下午到庆和楼来接。”说完就径直走了进去。信德赶紧跟在了后面，心想准是去瑞蚨祥选衣料，要不就去大有金店挑首饰……可是小姐都是过门未入。

信德心里正纳闷儿，小姐走进了升泰照相馆，和柜台里的伙计连说带比划，最后就听这个伙计说：“您要的东西得上洋行里去买。”出了照相馆后小姐显得挺扫兴，就奔了丰泽园。

坐下后跑堂的过来报菜单，小姐说了声“不用!”就点了干㸆鱼翅、葱烧大乌参、芙蓉鸡片、油爆肚仁、鸡茸菜心、烩乌鱼蛋，最后又找补了一个酱汁活鱼。堂倌躬着身子问：“上什么酒?”“到了山东馆，就来壶即墨老黄酒吧。”

走进丰泽园时，信德的方寸就乱了。这顿饭怎么吃?怎么坐?真是拿不定主意。于礼、于序，总不能和小姐坐一桌吧。不坐一桌又怎么办?心里没数，就好发愣。犯起愣来，两眼就发直。

这时小姐发话了：“你发什么愣?还不快坐下。”信德又是一愣，和小姐坐个对脸，这当然不行，于是在小姐下首坐了下来。这顿饭信德吃得挺拘谨，甚至可以说是受洋罪。小姐是一边吃一边问，说了个没完。问的全是戏里的事，信德只好对付着支应。

即墨老黄酒浓醇厚重，后劲儿大。小姐又喝得猛了点儿，脸上有点挂相了。面颊显得格外红润，可以说是白中透粉、粉中透白，宛如桃花笑东风。信德是想看又不敢看，好容易吃完了这顿饭，从珠市口就奔了庆和楼。

到了庆和楼，戏已经开了。坐下之后茶房先送上手巾把儿，摆上四小碟——花生、瓜子、干果、点心，倒上了茶，退了下去。

小姐看得挺入神，信德可一直注意着四面。觉得隔桌可有点儿不对劲了，几个秧子是真是假先不说，腰上都系着黄带子。看样儿来头不小，一个个交头接耳眉来眼去，都是冲着小姐来的。

信德的心悬了起来，小姐虽然穿着男装，是不是露了馅儿?这几个坏小子是不是把她当成相公了?捉摸来捉摸去还是走为上策。于是悄悄地对小姐说："咱们还是走吧，北边坐着的那些人可不是善类。"

小姐微微一撇嘴说："你要害怕就先走，这大轴戏我是非看不可。看完杨小楼的大闹天宫，我再教训教训这几个浑蛋，我也来个大闹庆和楼。"

"那可不行，这地方水深着哪。鱼龙混杂，弄不好就招事儿。""我什么事儿都知道，动手时狠着点儿，速战速走。教训完了这几个浑蛋就奔东交民巷，我还要到洋行买底板，好去什刹海照荷花……"

大轴戏开演了，秧子们又跺脚又叫好，喊得挺欢。坐过店的信德心里清楚，这叫自个儿给自个儿上弦，待会儿抽起疯来才有邪劲儿。

大轴戏一散，小姐刚要起身，几个秧子就围了上来，个个儿都是眼邪心不正，透着一肚子的坏水儿。为首的一个阴阳怪气地说："小兄弟，跟我们走吧，不管你是长沟的还是长把儿的，我们哥儿们都看上了。开没开过苞都没关系，反正……"

狗嘴里的脏话还没说完，小姐一转身，就听见两声惨叫。信德在旁边是看了个一清二楚，这一转身，小姐袖口里的青铜如意就横扫了出来，一个秧子头上挨了一下，一个秧子正打在嘴唇上。头上挨了一下的开了瓢，打在嘴唇上的一个更惨了，少说门牙也被打掉了两对，弄不好就成了兔子嘴——分了三瓣。

信德飞起了旋风腿，踹倒了站在后面架秧子的嘎杂子，护着小姐冲出了庆和楼。小姐跳上了停在门口的马车，信德见马车边上停着十来辆骡车，急中生智，在骡子屁股上都拍了个铁沙掌，骡子惊了，飞驰而去。

信德这时也跳上了马车，车把式田二把鞭子一扬，就奔了东交民巷。信德坐稳后一看，小姐是面不改色，怡然悠然，和没事人一样。信德心里真服了，可想起来又有点儿害怕，于是对小姐说："您下手也忒重点儿，这两个坏小子后半辈子大概老实了。"

"不狠行吗！光狠也不行。你知道来东交民巷干嘛？一是买底板，二是甩尾巴。你的铁沙掌拍得真漂亮，这么多的车全跑了，咱们也就来个浑水摸鱼。"

信德回头一看，一辆跟上来的车也没有。于是对小姐说："您放心！没跟上来的。"正说着，马车就进了东交民巷。

晚上信德躺在炕上怎么也睡不着，总想着小姐这人真邪……

没想到的是第二天早上，小姐见了他的第一句话就是："昨天吓着你了吧，今儿准不敢和我再出去了。"

信德一听就火了："这话得我跟您说，走镖的什么没见过。长火、短火、飞镖、飞刀、单刀、长枪……”“呵！还挺有见识，经过的场面不少。那我问你，你见过炸弹吗？玩过这玩意儿吗？告诉你，我在圣彼得堡有个好朋友，就是玩儿炸弹的。他爷爷是十二月党人，他是无政府主义者，我帮他藏过两箱炸弹，还一块儿扔过一回……”

信德听愣了，小姐见他直呆呆的，又笑了，说：“跟你说这些你也不懂，我问你，今儿上哪儿转转？”

信德直摇脑袋：“怕您穿着女装招事，没想到您穿上男装更招事。这年头是正不压邪，就看谁更邪了。我看您还是穿上洋装戴上礼帽吧，好以邪压邪。官面上的人、街面上的人见了沾洋的就发怵，不敢捣麻烦了。”

小姐听到这儿乐了，说：“你的鬼心眼儿还真不少，那我就给你也找套洋装当行头。”说完小姐转身就走了。

不一会儿小姐就回来了，拿了一套洋行头。礼帽、领带样样俱全，是老爷的。信德一看可就吓坏了，结结巴巴地说：“这洋装我不敢穿，也不会穿，您还是拿回去吧……”

小姐把眼一瞪，说：“瞧把你吓的这模样，穿好了到上房来见我。”说完转身又走了。

信德在刘妈的帮助下，把行头穿戴整齐了，然后硬着头皮到了上房来见小姐。小姐笑了，说：“行！像个洋绅士，就跟我去骑马吧。出广安门，奔卢沟桥。”

出了广安门就是奔卢沟桥的官道，这条道修得宽敞，可是往来的车马、行人也多，根本跑不起来，一路之上只能小跑，算是遛马了。进了拱极城，人马稍事休息，就沿着永定河大堤放马飞驰。信德心里有数，自个儿不是架秧子，是哄孩子，所以跟在小姐马后，落着两箭多地，好让她抖份、撒欢。

这时就见大堤上有几个骡驮正横穿而过，小姐赶紧勒缰，马的前蹄腾起，在空中转了半圈，好歹算没和骡驮横着撞上。信德在后面可真吓了一跳。小姐跳下马来，要问个究竟。

信德赶到后勒马一看，横穿大堤的骡子都蒙着眼睛，堤下停着一只渡船。信德恍然大悟，这是避开卢沟桥头的税卡，在悄悄偷渡。骡子晕水不上船，只好给它罩上了双眼。

小姐指着从堤下赶上来的人兴师问罪。这拉骡子的知道来者不善，善者不来，这俩“洋人”准不是善茬儿，正慌了架子，不知道说什么是好，信德却乐了，原来拉骡子的是仁德。

一场风波化为乌有，仁德说：“我把骡子赶到马连道，就完活儿了。今晚在同盛居摆一桌，给小姐压惊赔个不是，不知小姐能不能赏脸。”没想到的是，小姐一口就应了下来。说：“忙你的去吧，我们顺着大堤回卢沟桥，晚上同盛居见。”

同盛居在北京有点名气，其特征是“杂”。同盛二字一语破的，凡是别家饭馆的风味菜、招牌菜，只要物美价廉能叫座，同盛居就信手拈来，为我所用。砂锅居的砂锅白肉、砂锅下水，天兴居、会仙居的炒肝，广和居的炒腰花、江豆腐，鼎和居的炸小丸子，义盛居的四喜丸子，同和居的三不沾，福兴居的烹爆鱼、清蒸鸡，万兴居的醋熘肉片，东兴居的黄焖肉……同盛居的菜单上都有，而且价让三分。

仁德的面子，几位掌勺的当然卖劲儿。菜端上来后小姐挨盘品尝，连声夸好，直说下次请客就认定同盛居了。对于刚上市的柳浪庄莲花白，小姐也连声夸好，连干了三大杯，有点喝高了。又提起了骡子渡河的事，笑着对仁德说：“你真笨，要是我就不让骡子上船过河，目标太大，容易招事。在河两边搭两个棚子，错上个一里地，装成打鱼的。”

听到这儿，信德又是一惊。小姐可真不是孩子，水深着哪，可不是好蹚的。小姐看着信德的样子又乐了，说：“你这个人挺可爱，心里想着什么脸上就挂了出来。告诉你吧，我可不是革命党，可革命党的那一套我全知道。革命党在南边闹得挺欢，还组织了什么女子铁血暗杀团。在日本时我有个老师，教我日语和诗文，她是广东人，在南洋长大的，说话办事有满不吝的劲儿。老头子怕她是革命党，把她礼而送之了。其实我早知道，她是个不折不扣的革命党。手枪和炸弹玩儿得都挺溜，我和她名为师生，实是铁姐妹。”

一提到革命党，仁德、信德都有点儿吃惊，到处抓革命党，怎么宦门小姐也和革命党混在一块儿了。小姐见他俩满脸困惑，把杯中的莲花白一饮而尽说：“咱们不管什么革命党不革命党，一人再干三杯。”说着又给自己满上了，一饮而尽。

听到这儿，信德更没底儿了。别说当革命党，私通革命党都是要杀头的。前些日子有个姓汪的革命党要刺杀摄政王，让巡警部给拿住了。想到这儿就脱口问道：“有个要刺杀摄政王的革命党……”

“那人叫汪兆铭，现在可是个风云人物，国内外没有不知道他的。被判了个终身监禁，关在法部的模范监狱里。听说住的是优待号，说不定什么时候，由阶下囚就成了座上客。我在日本时可没少见过革命党，孙中山、黄兴、孙其美、秋瑾，秋瑾是个女的，人称鉴湖女侠，我的那个老师就听她的。

“她们玩儿手枪、玩儿炸弹，我玩儿起来也不比她们差。说起来我比她们机灵，秋瑾成了烈士，我可不当烈士……来！咱们再干一杯。”

小姐可真喝高了，信德把她扶上了车，回到保安寺街一下车，刘妈正在门房等着，她把小姐扶回了后院。

第二天上午，有十点多钟了，小姐还没有出来。信德心想，今天该消停了。正准备在小院里练练拳，活动活动身子，好吃中午饭，没想到小姐一阵风似地跑了出来，长裙垂地，坦胸露臂，俨然是东交民巷中跑出来的洋妞儿。

信德愣住了，小姐兴冲冲地说：“我想通了，同盛居的菜好，是聚了各家的拿手菜，往起一凑，拼成了一桌菜。真论厨艺准比不上本家。从今儿起，我要把内外城各家饭馆的拿手菜、品牌菜都吃一遍，然后品出个名次来。将来和人说起时，也不枉到过北京。”

小姐说话向来是说一不二，再说陪着吃饭又是件美事，信德也就抱着何乐而不为的态度——悉听尊便了。

小姐昨晚上对同和居的三不沾挺感兴趣，又听说西四牌楼的同和居位居八大居之首，上车后就吩咐田二把车赶到西四牌楼。

在雅间坐定之后，小姐吩咐跑堂的：“我是品味儿来的，拿手的、叫座的尽管上，有什么好酒也尽管上。”跑堂的见这一对男女洋人就是一愣，听这口气更是不敢怠慢，赶紧上了一壶应时的四消酒，为的是去去暑气。紧接着潘鱼、扒散丹、扒爆龙须、油爆双脆、糟熘鱼片、兰花银耳、贵妃鸡、金鱼鸭掌、粉皮辣鱼就端了上来，最后上的是三不沾。

小姐品尝着三不沾，觉得真是色泽金黄，鲜美可口，香甜不腻，不沾盘、不沾筷、不沾口，于是直言问跑堂的：“这三不沾是怎么做的？”跑堂的毕恭毕敬地回答：“就三样，鸡蛋黄、绿豆粉、白糖，汇起来一炒。这菜讲的就是配料和火候……”

小姐一边吃一边点头，放下筷子后端起酒杯就喝了一口四消酒。酒一入口眉头就皱了起来，说：“这酒不怎的，我想喝点儿开胃的。”跑堂的躬着身子说：“开胃的有，您得等等，是信远斋的冰镇酸梅汤。可还没打回来，道儿远！在宣武门外琉璃厂。”

不一会儿，跑堂的端着两小碗冰镇酸梅汤跑了上来，小姐一饮而尽后连呼“够味！够味！好爽！好爽！”催着跑堂的再上。

连喝了三碗后兴犹未尽，让跑堂的再上三碗。跑堂的下去后跟着就跑了回来，连说："您多担待！天热，各桌都点了这酸梅汤，小桶里已经见底了。您下次来时招呼一声，一定给您留着。"

小姐饮性大发后，食兴就没了。驱车直奔宣武门外的琉璃厂，进了信远斋，连喝了九小碗。觉得心旷神怡，暑气全消。

从信远斋出来后，又逛了东西琉璃厂，在字画店、古玩店中转了一圈后，走进了海王村花园，吃了两碗刨冰。吃刨冰的时候听人说，什刹海会贤堂已经开始卖四冰碗了。言下之意，这四冰碗一定是好东西，于是决定明天一早奔会贤堂。

初夏的时节，什刹海水面上是田田的荷叶、乍放的荷花。水空的雨燕、水面的白鹅、水底的游鱼，交汇成一幅立体的画境。漫步在湖滨，实可谓人在画中游。

饭点还没到，信德陪着小姐沿着湖滨在柳荫下散步。良辰美景，爽心悦目。眼前的境，是引起了小姐的忆境，还是产生了幻境，不知何时，玉臂就挎住了信德，头不时地依在他的身上。信德也产生了奇迹，无师自通，入境会意，腰板挺直，文明棍一挟，颇有西方绅士的气派。

这对男女，这样派头，在什刹海边上一遛达，真是吸引人的眼球，回头率也是百分之百。信德怕人瞧他，眼光更不敢和人对视，所以昂首抬头望天，其意是你爱怎么瞧就怎么瞧，反正我也看不见你，眼不见为净，也就不往心里去了。

小姐满不吝惯了，别人怎么看她，早就没有什么反应了。再说，她两眼盯着雨燕、白鹅、游鱼、荷花……颇有应接不暇之感，所以谁也没有注意到一辆骡车从他们身后驰过。

驰过的骡车上跨辕子的就是仁德，他帮马连道的茶庄去给广化寺送茶叶。没活儿可接时他就帮着送送货，多少也能挣点儿。仁德从后面一眼就认出了这二位，本来嘛，北京城中这个打扮、这个派头儿的人能有几个，所以驱车而过，别搅了良辰美景。

遛够了后饭点也就到了，在会贤堂的雅座上小姐品尝了各种湖鲜，当然少不了四冰碗。四鲜、四干全点了。四鲜是冰镇西瓜瓤、水蜜桃、杨梅、鲜藕，四干是冰镇莲子、杏干、核桃仁、菱角。

会贤堂前廊后厦，本来就清爽通敞，再加上八冰碗的功效，信德和小姐如游清凉世界。吃完饭后小姐本想到后海和积水潭一游，可是烈日当头，也就只好作罢，决定明天早点儿出来，沿着湖岸好好转上一圈。

第二天一早，瑞府上的马车就在银锭桥上停了下来。小姐和信德跳下了马车，顺着后海北岸就奔了广化寺。寺僧见来了两个“洋人”，有点儿慌了架子，不知如何是好。好在小姐对逛庙不感兴趣，转了一圈就出来了，寺僧目送两个“洋人”出了庙门，才松了一口气。

再往前走，就是摄政王府了，五开间的王府大门，正对着后海。汪兆铭就是在府东面的小石板桥下安置炸弹行刺载沣的。小姐对这个案件的发生地点很感兴趣，来回来去地看了半天，然后对信德说：“真是个书呆子，不是摄政王命大，是汪兆铭太笨，要是换上了个机灵点儿的……”

信德赶紧动了动胳膊肘，戳了小姐两下，说：“您可小声点儿，前面就是王府大门了，这地方官面上的人可多了，明的、暗的都有……”

小姐一笑，把酥胸一挺，和信德挽得更紧了，说：“你放心吧，咱们是洋人。”这对“洋人”经过摄政王府的大门时，站门的侍卫、护门的巡兵都多看了几眼。小姐故意停下来，往信德肩上一依，然后从王府门前仰首而过。

过了德胜桥就到了积水潭，潭北岸净业寺前的荷花已经盛开。花朵都是白的，白花、绿叶相映，雅意盎然。“净业白莲”入诗入画，是著名的消夏之地。

小姐要入寺喝茶，信德指着前面的小土山说：“那上面就是镇水观音庵，里面有尼姑卖茶。”小姐一听“尼姑”二字，顿时产生了兴趣，加快了步子，沿着石阶一级一级地往上登。

小姐穿的是高跟鞋，信德怕她把脚崴了，一直紧贴着身子，挽着她。没想到刚一进寺门，就听见一声尖叫，尼姑们四散而逃，躲进屋中关门、闭户，再也不肯出来。

茶没喝成，尼姑也没能看个究竟。小姐扫兴了，掉头就走。穿着高跟鞋下台阶，比上台阶可难得多。信德挎着小姐的胳膊挽着她的腰，生怕她滑下来，要是出了事，回去可不好交代。

走了这么多的路，小姐确实累了，一回到德胜桥，信德就叫了一条船，一直划到银锭桥，下船后就是烤肉季，这是小姐早上就看上了的饭庄子。为了凑时令之趣，店家搭成临湖水榭。榭中设水座，客人在三面荷花之中进食，颇有境中之境。

小姐此时已是饥肠辘辘，落座后先喝了三杯莲心龙井解渴，跟着就催着上菜。水榭中的客人都是文吃，用不着自己烤。不一会儿，大盘的烤肉就端了上来，还上了手抓羊肉、东坡羊肉、炸羊尾、扒三白、他似蜜。他似蜜是慈禧太后赐名的宫廷御膳，用嫩羊肉里脊片加糖醋汁熘成，色泽红亮，香气扑鼻，入口甜、酸、嫩、滑。清醇之中有厚重，厚重之中有清醇，颇能引发酒兴。

小姐问跑堂的：“有什么好酒？”跑堂的信口答道：“天热，衡水老白干性烈，最能杀暑气。”小姐愣也没打地说：“挺好！吃得这么实在，就喝点实在的，上一壶衡水老白干吧。”信德刚想拦，跑堂的一声“是了您呐！”就没影儿了。

腹空，酒烈，喝得又急。小姐可真喝高了，出临湖水榭时，是挽不走、扶不动，信德只好把她抱上了马车。说实在的，信德也喝高了点儿，但头脑还清醒，知道抱的是小姐。

小姐的脸盈着笑，笑得是那么的可爱。面颊中红透着粉，粉透着红，润中透着艳，艳中透着润。两个酒窝不时的微微一动，不知醉梦之中是进入了何乡、何境。

突然，小姐两手抱住了信德的脖子，丰硕欲出的乳房紧紧地压在了他的心口上，信德的心在剧烈地跳动，振幅和小姐的乳房已经颤动到了一起，热血仿佛已经流到了一起，但不知是谁穿透了谁。

小姐两条白润的玉臂把信德抱得越来越紧，炽红、炽热的脸蛋紧紧地贴在了他的脖子上，蓬松的头发撩得信德有些不自持了。要说信德是坐怀不乱，不乱的也只能是身，他的心乱极了。

一声振天鞭响，车停了下来，信德完全清醒了，把小姐平放在座椅上，下车去找刘妈。刘妈赶来后，什么话也没说，但从她的脸上，信德已经有所预感了。

入夜后信德翻来覆去地怎么也睡不着。果不出所料，第二天一早，他就被刘妈给传了去。刘妈向他宣布：“从今儿起，小姐每天上午到庆王府给格格们上课，教日语、英语，中午在府中教格格们、福晋们西餐、日餐的用餐礼仪。庆王府可是有规矩的地方，你该穿什么就穿什么，该坐哪儿就座哪儿，我的话你可明白？”

信德当然明白，回屋后就换上了本色之装，小姐上车时也是宅门中的淑女打扮，老田头一扬鞭，甩了个半响，这是启程的信号。信德坐到了车后的顶座上，顶座是给保镖、跟班预备的。车到了庆王府没停在大门外，而是进入了西边的车门，驶入了内宅。

小姐下车后，被接车的丫头们迎进垂花门。老田头和信德被带到车号，这是车把式、跟车的休息的地方。信德心里很明白，在庆王府中是不能随便走动的。就在这儿忍着吧，好在桌上摆着一个大茶壶，渴不着。

都过了饭点儿，才进来一个站门的对他俩说："到东厢房吃饭去，以后到了饭点儿就去，不用等着叫。"信德和老田头一前一后跟着这个站门的进了东厢房。

屋里放着一个长条木案，上面摆着大盆的两样面蒸的花卷、大盆的熬小白菜、大盆的熬萝卜，还有一大盆咸菜。吃饭的人有二三十个，都是马号、工房、水房、花房的人。看来王府的下人们吃的实在不咋的，真还赶不上会友，会友多少有点荤腥儿，猪头肉、羊头肉、猪羊下水还是少不了的。

这些日子把信德吃馋了，端着大碗有点儿咽不下去。老田头斜了他一眼说："往上走容易，往下走难。所以人得走当中的道儿。该坐哪儿、该在哪儿吃饭都有个定数。守着序，守着份儿，也就是守着饭碗。我这个人知命、认命、本分。"

听了老田头的话，信德突然想了起来。这些天他陪着小姐到处吃馆子，就没注意到老田头在哪儿吃的饭。他今天明白了，别看这老爷子不言不语的，可有他自个儿的道道。

小姐天天早上准时奔庆王府，吃过中午饭才回来，到家都小三点了。在庆王府和格格、福晋们一块儿，准没有什么肆态的。回家后就进屋睡上一觉，不再出去折腾了。

这天小姐准时到了庆王府，进了垂花门不久就出来了。站门的到车号门口喊了一嗓子："瑞府上的小姐上车啦！"老田头和信德赶紧跑了出来，从小姐的脸上来看，准是有事。上车后老田头一扬鞭子，两匹洋马蹚开四蹄，不到半个时辰，就回到了保安寺街。

刘妈见小姐这么早就回来了，吃了一惊。小姐说："武昌的革命党起事了，张之洞练的两镇自强军全反了。一夜之间攻占了武昌，又占领了汉口、汉阳。泊在江面上的海军第二舰队也跟着反了。

"庆王爷说：'这两天事多，上学的事就先停停吧。'七格格送我出垂花门时小声说：'阿玛叫我们把随身的用品和细软收拾好，先到天津租界里住些日子。'庆王爷都想溜了，咱们家也准备准备吧，免得到时候抓瞎。"

晚上瑞大人回来了，把老李传了进去。从上房出来后，老李对信德说："年底这房就到了租期，大人打算把房退了。小姐和庆王府的格格们一块儿去天津，我看咱们也就是这三个月的干头儿了。"

这两天小姐哪儿也没去，整天和刘妈忙着收拾东西。老爷更忙了，每天都在外面应酬。信德可真是乱了方寸，总想看见小姐，可是见到了小姐后又不知道说些什么。小姐好像也想和自己说些什么，可一直又没说。

天刚过晌午，瑞大人就回来了，把小姐叫到了书房。不一会儿就听见小姐用洋文打电话，电话里又说又笑。紧接着老田头被传了进去，大人亲自吩咐道："明天一早把车准备好，小姐要去西苑。路上不能晚点、不能出事。"

吃中午饭时，老李对大家说："摄政王要在西苑检阅禁军，各国公使和武官都应邀参加阅兵式。洋人上哪儿都好带着夫人、小姐。大人去时也就带上了小姐，帮着应酬应酬，和夫人、小姐们周旋周旋。"

第二天早上上车时，小姐打扮得可真是光彩照人。洋裙一束，腰被衬得更细，胸被衬得更隆。真是"头戴小洋帽，身披粉红纱。见人面带笑，人见人爱她"。大人没和小姐一块儿走，在车门口和小姐说了几句话，就先到衙门里去聚齐。

小姐上车后，老田头鞭梢一甩，两匹洋马蹚开四蹄就向东下去了。信德坐在车厢后面的顶座上正纳闷儿，车就进了东交民巷，在美国公使馆门口停了下来。一个迎出来的洋军官，长得挺帅，举手敬礼，示意小姐不必下车。

在他的指引下，老田头把车赶进了公使馆，停在了一所绿荫环绕的小楼前。一位洋太太从楼里跑了出来，和小姐拥抱，然后把迎导他们进来的青年军官介绍给了小姐："这是我的侄子，杰克上尉。"

让信德再也想不到的是，这个洋军官一躬身，拉起小姐的手轻轻地亲了一下。信德不知所措，他保镖的职责是不容许有这种事情发生的，可是小姐微笑着双手提起了裙子，双膝略弯，看样子是还了一个洋礼，然后就开心地聊了起来，他们说的是洋话，信德一句也听不懂。

从小姐的手势来看，是催着他们上车。洋太太大笑了起来，走向了草坪旁停着的一辆马车。洋军官快步走到了车旁，打开了车门，把右手放在胸前鞠了个半躬，伸左手请小姐上车。

小姐向老田头示意，车跟在后面，抬脚就登上了车。小姐登车时这个坏小子不落空，伸手托了小姐的胳膊一把。

老田头扬鞭，车紧跟在小姐的后面。信德坐在车箱后面的顶座上，前面的车根本看不见。他心里特别不是滋味，说是惘然若失，可是根本就没有得。越想心里越乱，越想心里越气。

车到了西苑兵营，演兵场上已是冠盖如云。检阅台旁边搭起了两座观礼台，东边是外宾台，西边是内宾台。外务部的堂官、司官都在外宾台上忙乎。

信德跟在小姐后头向东台走去，瑞大人迎下台来。先向洋太太拱手，后躬着身子，拉起洋太太的手亲了一下，洋太太也双手提裙还了一礼。

信德在心里长叹了一声，不光有坏小子，也有坏老头。看来人一沾洋就得变坏，男人一变坏就千方百计地占女人的便宜，可女人变坏图的是什么？八大胡同的婊子图钱，太太、小姐们可不缺钱，图嘛？难道是图个……

信德不敢再想下去，小姐虽然不属于他，但小姐是第一个倒在他怀里的女人，用身体的温馨、炽热点燃了他的心。“心有灵犀一点通”，但信德被点燃的心却不灵，不通，变得空空落落。

瑞大人导着洋太太、洋军官登上了外宾台。小姐挥手示意，叫信德止于台下。这下子可真是掏空了他的心，信德像丢了魂似地回到了马车旁，坐到了顶座上。看来真是这个理，“该坐在哪儿就得坐在哪儿。”

老田头坐在引座上，和外务部尚书宝大人的跟班聊得正起劲儿：“你们小姐可真行，公使在西山养病，她把太太拉来了。宝大人在摄政王面前立了军令状，西苑阅兵时各国公使一个不缺。公使不能来，公使夫人来了，宝大人的面子也就圆上了。不瞒你老哥说，宝大人追着瑞大人问了好几回，就怕小姐……”

老田头磕了一下烟袋锅，长叹了一声，说：“我家小姐没有说不上话的人，没有办不成的事。只要她想说、想办。”

老田头的话还没有落音，阅兵号就吹响了，摄政王载沣在检阅台上升座。这位皇上的生父不但监国摄政，还兼行陆海军大元帅之责。这次检阅禁军，是禁军首次在公众面前露面，意在向南方的革命党显示朝廷的军威，同时也向国际上显示，爱新觉罗氏剑柄紧握，可诛叛平逆。

禁军的模范标第一个通过检阅台，全标三千号人列成三个方阵接受检阅。队列刀斩斧齐，军靴踏地，声如鼙鼓，由远而近，逼人、震人、慑人、撼人。

智德手擎指挥刀走在全标最前头，阳光照射在刀刃上发出了刺眼的光。身后是十六名四列仪仗兵，那叫威风。通过检阅台时，智德喊了声“敬礼！”这一嗓子如同一声霹雷，紧接着转刀背向右一撇，这刀撇得那叫帅，在阳光下划出了一道白光。外宾台、内宾台上同时响起了掌声。

信德看呆了，心想亮刀的要是我，小姐的芳心也就入怀了。模范标通过之后，马标、炮标依次向前推进。辎重、工兵、通信、军医、军乐紧步其后。

阅兵一结束，标统们就被中外记者包围了起来，所提出的问题都很尖刻：“禁军是在操场上成军的，能和在战场上成军的部队一战吗？”“禁军的薪饷高于其他新军，这会不会造成不满情绪？”“禁军会开往湖北作战吗？”“禁军官兵有信心平定南方的叛乱吗？”

最使智德恼火的问题是：“听说你的模范标原属北洋军序列，在非常情况下，特别是非常之变中，你可以指挥这支军队吗？说得再具体一点，在非常之变中，这支部队效忠于谁？”

智德刚要发作，可是看了看这位黄毛蓝眼的洋记者，只好把火气压了下去，庄重地回答：“全国的军队，不论是旗营、绿营、各省的新军、中央的禁军，均系国家干城，效忠于朝廷。在任何非常之中，模范标都会听从我的指挥，毫不动摇地开往前线讨逆平叛。”

说完了之后，智德命令随身的号兵吹响了出发号，马标、炮标的两个标统立即效法，也吹响了出发号，中外记者们只好散去。

智德跳上高头铁青马后，回身命令道：“跑步！跟上。”看来他一刻也不想在这个阅兵场上再停留，他的心理防线被打垮了。

信德目送着智德的背影发呆，以至小姐回到车上他都没发现。老田头在他头上打了个亮鞭，他才跳到了顶座上。

从西苑阅兵回来后，小姐天天往东交民巷跑，不是美国公使馆，就是六国饭店。只要一进门就示意老田头把车赶回去，回家时天都挺晚了。有时能到下半夜才回来，都是那个坏小子赶着双人马车送回来的，听门房的赵四说：“下车前都得亲个嘴儿。”

信德的魂儿飞了，整天躺在床上两眼望着屋顶，一声不吭。李管家劝也没用。这天瑞大人回来的早，李管家到上房回事，下来后就直奔了东跨院。对信德说：“糟了！世大人为大清尽节了，礼德的下落不明。我看是，”下面的话李管家咽了回去。

信德一翻身就爬了起来：“您说清楚点儿，礼德怎么了？”“礼德没有准信儿。九九重阳节那天，昆明新军起事，云贵总督李经曦跑了，世大人叫变兵包围在藩台衙门里。变兵的头儿是个姓蔡的，拉着世大人和他们一块儿干，当什么民政长。世大人被逼得无路可走了，就写了遗疏托法国领事转外务部，替他上奏朝廷。遗疏送出来后他就上吊了。礼德没什么准信儿，他心眼儿活动，不至于干傻事。”

信德听了后长叹一声，又躺下了。

第二天早上，刘妈突然来到东跨院，急急忙忙地对信德说：“你赶紧奔卢沟桥，把小姐追回来。他和那个美国坏小子到永定河大堤上跑马去了。就说大人回来了，叫她赶紧回家。”

信德飞身上马，就驰向了卢沟桥。刚上大堤就见小姐迎面跑来了，好像挺不高兴。坏小子在后面一边追一边喊，小姐见了信德用马鞭向后一指，说：“把他截住。”

信德一夹双镫，就迎了上去。马鬃立了起来，马尾跑成了一条线。说时迟，那时快，两马刚要相错，信德一把就拉住了杰克的马缰。两匹飞驰的马前蹄同时仰起，朝天嘶鸣，两名骑士同时摔下马来。

信德站起来后，冲杰克招手，说：“起来!”杰克从他的表情上完全可以看出，这是对自己的挑战。爬起来后抖抖身子，就做好了接招的准备。

信德大吼一声，劈面就是一掌，杰克闪身躲过，谁知这掌是虚的，实的是掌下的黑虎掏心。这一拳可是实的，实实在在地把杰克打趴下了。

信德再次向杰克招手：“起来！起来！你小子有种就爬起来。”杰克艰难地站了起来，还没站稳，猛地一头撞去，把信德撞出一丈多远。

信德趴在了地上，杰克用汉语喊道：“一、二、三、四、五……”六还没喊出口，信德翻身跃起，一个飞燕倒蹬腿，狠狠地踹在了杰克的肩头，把杰克踢了个仰面朝天。这时小姐赶来了，下马扶起杰克，两个笑了。这一笑，可把信德笑糊涂了。

小姐把信德介绍给了杰克，说：“他是我的保镖。”杰克冲信德挑起了大拇哥，说：“厉害！厉害!”信德翻身上马对小姐说：“刘妈让我把你追回来，大人有急事找你。”然后一抖丝缰沿着永定河大堤向卢沟桥跑去。

说来也巧，刘妈说大人回来了，还没到晌午，大人果真回来了，进门就找小姐，这时小姐正好从卢沟桥赶了回来。原来今儿早上大人一到外务部，上谕就下来了，钦命大人为驻美公使。

大人赶到摄政王府谢恩，载沣拉着他的手说：“你赶紧赴美，首要之事是不能叫美国政府承认中华民国。要是美国人带了这个头儿，各国跟着一承认，孙文可就座大了。只要列强不承认中华民国，孙文就是乱臣贼子，诸事尚且可办。你也别在京耽搁了，明天就启程。”

小姐听后大喜，立即打电话告诉了杰克，杰克听了后说：“上帝是仁慈的，他不愿意你生气，更不愿意咱们分离，就做出了这样的安排。”原来永定河大堤上小姐拨马而回，就是得知了杰克要护送他叔叔回国的消息。

瑞大人赴美上任，杰克的叔叔老杰克病愈回国述职。两位公使乘坐花旗号海轮“殊途同归”。杰克是一箭双雕，回国后按序可晋升为少校；横渡太平洋的航行中，小姐这朵名花会水到渠成地属于杰克少校。

保安寺街风去楼空，信德在无限怅惘之中回到了会友。他的事孙大掌柜也听说了，可没有责备他。只说了一句“这样也好，早走早消停，要不然”，下面的话还没说出来，就改为“要不然就耽误你去大栅栏值夜了”。

16

原来，会友把廊房头条、珠宝市街、大栅栏一带商户坐夜的活儿一总包了下来。别小瞧这几条“街”，虽然也就是几条胡同，可北京城中的老字号——同仁堂、瑞蚨祥、内连升、大有金店、启明珠宝店……都在里边。

这几条胡同的东口都在前门大街，西口在南新街。每天晚上戏园子散戏之后，会友值夜的就把这几条胡同东、西口上的铁栅栏门都给关上，形成一个封闭的街区。大商号店内有坐夜的，街上有巡逻的，胡同口有把门的，三者联防，有事时互相呼应，飞贼确实是望而生畏，没插上双翅，难再做案。

由于固定岗和巡逻岗都设在夜间，所以“坐夜”也就改成了“值夜”，一字之改，内容全新。信德到差之后，被分到廊房头条和富贵一块儿看东口的栅栏，巡胡同的东段。这个差事的钟点儿有点儿怪，对面的广和楼散戏之后，才能关栅栏门，因为掌柜的们免不了要陪客人在广和楼听戏，总不能把雇主关在外头。

信德晚上值夜、白天睡觉，下午没事儿好到东河沿的空地上活动活动筋骨，练练拳脚。值夜的活儿不累人可乏人，人一乏就懒，白天整天没事儿，总不能老躺着睡大觉吧。

这天刚到东河沿，就见一队禁军向东车站开去，奇怪的是肩上都带着黑纱。这队禁军刚过去，又来了一队巡警，警服是一身黑，可胸前都戴着一朵白花，也向东车站开去。信德不由得一愣，军警戴孝，准是出了什么大事，于是也就奔了东车站，想弄个明白。

到了车站门口，信德一惊。一个用松枝搭成的素牌楼有两丈多高，上面撒满了白花。横悬“浩气长存”的金匾，上首是“忠烈可风”、下首是“志士何待”的竖联。

禁军、巡警分列两旁，洋乐队鼓号齐鸣。信德跟站上的人一打听，说是接灵。云南藩台殉国了，灵柩经安南运了回来。朝廷要举行国葬，以慰忠魂，以树楷模……

正说着，接灵的礼炮响了，禁军行举枪礼，巡警行举手礼。黑漆棺木在护灵队的拱卫下，缓缓而出。棺两边是各部、院、寺的接灵官员，棺后是号啕大哭的女眷，棺下首扶灵的是一个年轻的军官，穿着标统制服。这个标统正是礼德。

灵柩从牌楼下经过后就上了灵车，送灵的、接灵的、护灵的各自上车、上马，驶向了嘉兴寺。巡警断绝了交通，沿途布满了步军统领衙门的巡兵。灵车经过时，军警都举枪、举手敬礼。

信德转身就奔了三合轩，把礼德回来的消息告诉了大家。哥儿几个听了后松了一口气，甭管怎么说，能回来就好，平安就是福。

第二天下午，礼德拎着皮箱来到了三合轩，晚上哥儿几个聚到了一块儿。礼德虽说是回来了，可也高兴不起来，长叹了一声说：“世大人太想不开，蔡将军根本没为难他的意思，只是派兵把他保护了起来，怕巡防营的乱兵把他劫走。

“世大人当过驻法公使，是个法国通。在云南的两年跟法国人办外交，几件难缠的事儿都快刀斩乱麻，出手就给了啦。蔡将军是真心想拉他一块儿干。”

说到这儿礼德给自个儿斟满了一杯酒，无限感慨地说：“九九起事时，我正带兵驻在玉溪，接到蔡将军派人送来的信，就往昆明赶。没想到世大人走得真急。他的遗疏送到法国领事馆后，领事立即驱车而至。可是送信的人一走，他就寻了短见，这样白白地死了，也只能说是寻了短见。”

言罢，举杯一饮而尽，又是一声长叹：“蔡将军当然不会为难太太，世大人和法国领事在巴黎时就是旧交，在昆明这两年走得挺近乎。念故人之情和蔡将军商议了一下，就把世大人的灵柩由滇越铁路运到海防，由海防上轮船到了天津。我也就一路护送着太太扶灵而归。”

双匀问礼德下步怎么走，礼德苦笑着说：“我要留下，蔡将军总会给我安排个差事，而且当面向我表达了这个意思。可是世大人上任时，是我保着他到的昆明。我若不保着太太扶灵而归，于情于理都说不过去。既然回来了，云南的路也就不想了。

“世大人还要举行国葬，我还得忙一阵子。太太的娘家弟弟是南顶的快马杨三，昨儿下午一完事儿，就把太太接走了。凭杨家的底子，可以说是衣食无忧，可是连个孩子也没落下，太太是孤身一人。等忙过这阵子，我再到各衙门中走动走动，谋个差事。”

17

信德晚饭后要值夜，所以先走了一步。一进廊房头条，就觉得眼前一片黑，怎么家家户户都关灯上板了？离关栅栏门的时候还早着哪，他照例先到大有金店坐坐，喝碗茶。会友为大有坐店、坐夜可有年头了，在大有坐夜的是老姚头，他一坐就是二十多年，对金店这点事儿是门儿清。

“老姚头”是大伙对他的尊称，也是戏称。姚老爷子好叹人心不古，评说世事时总爱摇头。“姚”、“摇”同音，“老姚头”和“老摇头”也就合二为一了。老姚头人和气，到哪儿都是好人缘儿。看见信德穿得单薄，就把挂在墙上的老羊皮袄往他身上一披，说：“我坐在屋里穿不着，挂着也是白挂。你披上，天凉了巡街时挡挡风。记着点儿，明天把长皮坎肩穿上，那才是值夜的正经穿戴，又防寒又利落。”

信德把皮袄往身上一披说：“您发话，我就记着，明儿晚上就把羊皮坎肩穿来。我想问问您，这几天廊房头条是怎么了，商家关灯上板的时辰是一天比一天早。”

老姚头摇了摇头，叹了口气说：“时局不稳，街面上太乱。就拿大有来说吧，即便老东家敢开夜市，有人敢来买吗？首饰楼、珠宝店、银庄、票号都是这个理。早点儿关灯上板儿，求个安宁。戏园子不怕人抢，敢唱到半夜……”

正说着，大有的厨房送来了驴肉火烧，吃完夜宵就该上值了，这是惯例。信德把吃剩下的两个往怀里一揣，刚要出门，老姚头就把他叫住了，说：“今儿进货太多，明儿要打总往东交民巷存，眼看着天下大乱了，革命党可不是善茬儿，说不定真能打到北京来。

“小乱奔城，大乱奔乡，谁知道这乱是大乱还是小乱。现在的人是有乱就往东交民巷里跑，往天津租界里跑。大有过了明天，真东西也就空了，我也就省心了。今儿晚上你巡街时，多往这儿照两眼，我心里怎么这么不踏实。”

听了老姚头的话，信德也有了点儿预感。背着这七九骑枪值夜，是镇唬镇唬，今晚弄不好要玩儿真的，得准备准备，顺手就把双排十发压满了弹夹，把随身的自来得给留下了，说：“您的左轮没这玩意儿好使。”

老姚头笑着摇了摇头：“这俄造的七星枪，我还真使顺了手。再说了，要是使上了短火，那可就……”下面的话没说出来，信德心里明白，坐夜的要是使上了短火，那真是火烧上房了。

信德抬脚刚要迈门坎，又转了回来，把皮袄扔给了老姚头，说：“我不冷，披着它也不像个值夜的，今夜里您留着它有用场。”说罢，两人会意地笑了。

真和老姚头说的一样，金店、古玩店、珠宝店老早就上了板、关了灯，广和楼的大戏可照唱不误，看灯晚儿的一点不少。散戏后该回来睡觉的也就回来了，该到八大胡同眠花睡柳的也就去了。信德关上了栅栏对同班的富贵说：“你盯着点儿，要有生脸人叫门，得盘问清了。我到大有金店转个外圈，老姚头一个人在那儿单薄点。”

镖局的人带着长火、短火，也就是图个腰里硬、胳臂壮。枪是个镇物，最好是不亮也不使。玩得漂亮的主儿，是把事办完了还不听响。信德倒背着长火，把飞抓暗拎在袖口里。

大有金店的后身在西河沿，正对着护城河。现在的时令是河上快要结冰了，水凉刺骨，蹚水过河是没戏。大有的后墙有一丈多高，墙头上还插着玻璃茬子，想从墙头上翻过来可没那么容易。干镖局这行的人全知道，漏子就出在最不该出的地方。所以信德沿着西夹道，先奔了大有的后墙。

前三门外的护城河，本来就没多深。入秋后只要西便门的水闸不放水，可以说护城河就是条臭水沟，也就丈八宽。信德发现大有的后墙根边上，顺着一条碗口粗的长竹竿，凭这条长竹竿，飞过河来爬上墙去是白玩儿。这条竹竿顺在墙边上，看来是上墙时没用它。再看看这条竹竿，粗头还是湿漉漉的，沾着不少泥。准是刚用它飞过河，人已经翻过了后墙。

信德心里一惊，手中的飞抓就飞上了墙头。反钩上了后，抓住了绳子就爬了上去。落地后直奔内库房，“老姚头”这时正坐在屋门里库门外坐夜。

到了内库房后见“老姚头”还坐在那儿，信德提溜到嗓子眼儿的心才放了下来。反身立在暗处，静观好戏。不一会儿，一个黑影蹿到了屋门外，弓着身子摘下了背后的小弩。信德掂了掂手中的飞抓，对准了这个黑影。

这时就听廊子角上传来一声："朋友，省支毒箭吧！"这是老姚头的声音，黑影纵身而起。与此同时，老姚头的飞套罩在了他的头上，信德的飞抓抓住了他的脚跟。一起收绳，就把这小子拉了过来，捆了个结结实实。

这时老姚头对信德说了声"谢啦！"就把这小子弄进了屋去。打开灯一看，是个生面歹人，老姚头又用锁二门的铁链给这小子加了一道脚镣。都弄妥当了，信德问老姚头："您怎么知道他这箭上有毒？"老姚头一笑："这小号玩意儿，凭的就是毒性。""那您干嘛喊一嗓子？""这小子不纵身往上蹿，我的飞套怎么把他罩住。"信德冲老姚头挑了个大拇哥，说："我是服您了。"

"这歹人来了就直奔这儿，准是有人给他指路。"老姚头指着自己的替身说，"我要是还坐在这老地方，他这毒弩可就送我上道了。内库里的东西也就全归了他。"

二掌柜董兴和住在柜上，老姚头就把他叫醒了。董兴和愣呆呆地说："先别张声，是官了还是私了，我做不了主。等天亮给老东家、大掌柜送个信去，咱们就听喝吧。知道的人越少越好。"

老姚头点头说："您的意思我明白，这件事就是我和东口值夜的信德两人知道，我已经嘱咐过他了，别跟人说。直到现在，就是咱三个人知道。"

天还没大亮，二掌柜就去给老东家、大掌柜报信。直到九点钟，店里都下板接客了，大掌柜才来，可没见二掌柜的影儿。老姚头一五一十的，把昨天夜里的事向大掌柜说了一遍，大掌柜一听可真愣了，直呆呆地说："董兴和就没给我去送信，老东家让我遇事替他做主，这件事我可真不敢拿主意了。东西没丢没少，我得谢谢您，甭管老东家怎么说，我先从柜上给二位一人拿一百两银子，我想老东家来了，也亏不了二位。"说着就叫账房开了银票，塞到了老姚头的手里。

老姚头说："您是不是先看看这个飞贼……"大掌柜摇了摇头："我先不和他见面，一切等老东家来了再说。"

老东家来了后，老姚头引着他和大掌柜进屋一看，这个飞贼已经没气了。老姚头长叹一声："忒黑了！这小子是成不成都是个死……"老东家愣了一会儿才开口说："姚镖头，黑道上的事儿您明白，这事儿我听您的。”

老姚头摇了摇头说：“要是报官，拿不着董兴和可就麻烦了，他既然和黑道上的人已经勾上了，他在暗处，您在明处，防不胜防。不过报官也有报官的好处，他办事这么损，黑道上的人也会找他算账，非除掉他不可。”

“不报官，按照黑道上的规矩这事儿是两不欠，就算是没有。您可得想好了，和董兴和家里头怎么交待，大活人没了，他上哪儿咱们不知道，说不定就躲到了老家。”

老东家和大掌柜还没有打定主意，东车站的人就找上了门来，说二掌柜死在了候车室的西墙角，手里还攥着一张去天津的火车票。看来是打算上头趟早车，可还没来得及上，就死在了西墙角的候车椅子上……”

案中有案，老东家和大掌柜可真慌了架子。老姚头说：“要报案得马上就报，太久了，和官面上的人就不好说了。”

老东家沉思了一会儿说：“这案子报了也没法儿破，还能招来更邪的事儿。我以德报怨，把董兴和收殓了停到法华寺，把这个死鬼也弄到法华寺，和董兴和停到一块儿。请和尚念上三天的经，超度超度他们。”

把董兴和收殓了送到法华寺去停灵，这事儿好办。把屋里这个死鬼弄去，还是件麻烦事儿。大掌拒直给老姚头作揖，说：“您得帮忙帮到家。人说送佛送到西天，咱们送死鬼也得送到法华寺。”

老姚头想了想，说：“到棺材铺买两口棺材，一大一小，小的装到大的里头拉回来，再派人到东车站把董兴和抬回来。两个死鬼拉出去时，车上盖个大吉祥罩，这不就结了嘛。”

老东家听了后连连点头说：“姚镖头，这事儿也就麻烦您二位了，客气的话就不说了。您二位打今儿起，也就算是大有的人了，每月柜上给开十两银子的份钱。我这就叫人拿两个金避邪来，二两一个的，您二位带上避邪气。两个死鬼送走后，我请法师来净净院子，给二位送两匹大红绸，算是送个吉祥。以后咱们就是一家人了。有大有金店就有二位，今儿晚上本应摆酒给二位道劳，可是这事儿不便张扬。”

说到这儿，老东家回过头去对大掌柜说：“你到账房拿二十两银子，让两位镖头今儿晚上自己找个地方乐呵乐呵。”

在老姚头策划下，两个死鬼顺顺当当地送到了法华寺，停灵的事儿办妥当了后，老姚头带着信德到大殿里上了三炷香。出了法华寺后，又奔了城隍庙又上了三炷香。佛、道两教都拜到了，诸事大吉。

折腾了一宿一天，别说老姚头了，就是信德也觉得乏了，得找个地方肆态肆态了。为了图个吉利，就去了鸿运楼。坐定之后当然是酒是酒、菜是菜，信德甩开腮帮子足吃足喝。先不说身上一下子揣上了一百两银票，以后每月还能再拿十两的份银，比柜上关的还多。信德的心里真是美滋滋的。

老姚头却对着酒杯发呆，脸上找不到半点高兴的样子。信德干了三杯之后，老姚头给拦住了，说："你可别高兴得太早了，这事儿水太深，咱俩是蹚进去了。大有让咱别张声，可咱是会友的人。瞒官不瞒私，瞒外不瞒内，明儿一早得跟孙大掌柜把事说明白了。看来大有金店是不能待了，得想法走。

"谁知道这两个死鬼之后，还出不出第三个、第四个。要走还得走远点儿，会友的分号只剩下张家口和正定了。要挪窝就奔分号。可也不能马上就走，得听孙大掌柜的安排。没走前事事都得多留个心眼儿。"

听完了老姚头的话，信德算是明白了大半。心里掂量掂量，又觉得没有什么大不了的。把杯中酒一饮而尽说："走镖的人怕什么？兵来将挡，就凭我腰里的两把硬火，谁打我的主意，就是阳寿尽了。"

老姚头听了后直摇头，说："我知道你腰前别着七星枪，腰后揣着自来得。来打你主意的人也不是傻子，要记住，以后天天晚上就是昨儿晚上。今儿晚上咱们是酒足饭饱了，走时把茶也喝足了，打今儿晚上起，大有送来的东西不能吃。

"明儿我买个要着玩的白耗子，替咱们尝膳。反正天冷搁不坏，咱们吃隔天的，水是我打来自个儿在火上烧开的，你可放心喝。但愿我是多疑多虑，水太深了，事太邪了，不得不防呀，吃镖局这碗饭，可不是容易的。今儿晚上咱俩是人困马乏，可是这一宿得睁大了眼睛。"

信德点头表示明白，老姚头摇了摇头，叹了口气："这世道，难呀！"

天亮后下值回到柜上，孙大掌柜听完了事情的前前后后也觉得水太深、事太邪，想了想后说："动换动换也好，可不能马上就动换，得等到下月，我来个大换盘子，把这事儿稳稳当当地给办了。这些日子你俩白天多睡点儿觉，夜里好精神点儿，我在暗中加个人，专盯着大有。"

不用孙大掌柜办，老东家快刀斩乱麻，当天就把各种真货全送进了东交民巷。三天之后店关了，房子倒给了永增军装局。全店三十多号人，上至大掌柜，下至打杂的，一律发三个月的份银，散伙！

老东家打发人给老姚头和信德送来六十两银子，两匹大红绸子。六十两银子正好是俩人三个月的份银，这也算是言而有信吧。

孙大掌柜得知后，挑起了大拇哥，说："厉害！有手段。人老宝刀不老，姜还是老的辣。大有关了门，会友放了心。"

大有关门散伙，老姚头松了一口气。叫上了信德说："咱爷儿俩这回该好好聚聚了，这档子浑水我把你拉了进来，心里过意不去。这回好了，无事一身轻。大有换成了永增，我还坐夜，你还看你的东口，没事儿照样来我这儿坐坐。今儿晌午得干一坛衡水老白干。"

酒喝多了，就想找人唠叨唠叨，和老姚头分手后，信德就奔了三合轩。见了二位掌柜的和礼德，把这邪事儿的前前后后又说了一遍，哥儿仨听了后异口同声："镖局这碗饭可不是好吃的。那天夜里要是失了手，老姚头的命也就没了，会友就是当了裤子，也赔不上十分之一。准得关张。"

双勺说："明儿晚上你早点儿来，把仁德也叫上，咱哥儿五个好好聚聚。你摊上了这档子事儿，也没白摊。好歹落下了个避邪，怎么说是二两金子，拿出来让大家开开眼。"

信德从脖子上把避邪摘了下来，双勺用手掂了掂，又翻来覆去地看了看成色，摇着脑袋说："我看怎么有点……"下面的话还没有说出来，就让大杖给接了过去："真金软，一咬一个牙印。是真是假，咬一口就知道了。"

信德张口就咬了避邪一口，这一口可把他硌惨了，差点儿把槽牙给硌了下来。大伙儿全笑了，信德捂着腮帮子说："老姚头说大有的浑水太深，我看也真是不浅。不知道这避邪是谁玩儿的假。是老东家？还是老东家也让人给玩儿了？大有就这点儿德行，这叫邪招邪、邪玩儿邪，看谁玩儿得更邪。老东家把大有关了真是圣明，孙大掌柜没白夸他。"

说完了大有的邪事儿，话题又转到了世大人的身上。双勺说："世大人也邪，上哪门子的吊？就想落个好发送？"

礼德叹了口气："十八行省独立了大半，三大宪中能为大清尽节的只有世大人一人。我原以为朝廷得风风光光地旌表这个忠臣，给他找个佳城。没想到灵柩往嘉兴寺一扔，就没人管了。亏了快马杨三把这个姐姐给接走了，要不然太太就惨了。

"灵柩没人管，太太没人管，我这个扶灵北归的人更没人管。跑遍了大小衙门，就是进了大门也进不了二门，别说登堂入室了。主事的没见着，看门的可没少见，个个都会给人脸子看。"

信德听了之后不胜感慨，说："看来当官的这碗饭也不是好吃的，怎么说你是个当过标统的人，总不能回会友走镖吧。再说了，会友这么不景气，添人加筷子也难呀。我看你跑趟仰山洼，那儿离北苑不远，智德在禁军中要能帮你找个差事，甭管官大官小，就先干着。既然已经走上了当官这条路，就往前闯吧。”

礼德点点头说：“就这样吧，明天我就跑一趟，早点儿走，天黑前好能赶到，别来个半夜叫门。”“明儿早上我到柜上给你弄匹马，标统大人总不能腿儿着去呀。”

礼德听了这话苦笑了一下：“我这标统早就没了，扶灵北归的戏演完了后，哪个衙门还认我这个标统。东车站的这一出，是白唱了，说是‘忠烈可风，志士何待’，大清上哪儿找志士去呀！明儿一早就去听听智德怎么说。”

18

哥儿俩见面之后，不胜感慨，智德说：“营里不是说话的地方，我伙房里也做不出像样的东西，咱们北苑找个饭馆儿，好好儿喝上两杯。”

在雅间坐定之后，跑堂的看是标统大人到了，菜上得那叫快。不用问，就开了一坛上好的老汾酒，一开坛醇香四溢。智德举杯说：“这杯酒是我给你接风，也算是你给我送行。”

听了这话礼德就愣了，智德冲他一笑：“你的事儿我知道十之八九，云南九九重阳起事，世大人殇国，你扶灵北归，报纸上说了个一清二楚。东车站迎灵之后，把世大人棺柩往嘉兴寺一扔就没人管了，这事儿我也听说了。本想进城看看你，好好在三合轩聚聚，可是这些日子一律不准假。可从明儿起，一放就是半个月。”

听到这儿礼德又愣了，智德长叹一声：“武昌起事后，朝廷任命袁世凯为湖广总督、钦差大臣。他拥兵不进，奏请调禁军南下，一举荡平湖北乱党。廷议分成两派，一派主张二镇禁军系根本中的根本，拱卫京师，切不可南下。一派主张禁军出征，给革命党点儿颜色看看，也镇唬镇唬袁世凯。摄政王举棋不定，所以两镇禁军都集中在营中待命，任何人不许外出。

“山西独立、山东中立、东三省成立了保安会，北方也开乱了，隆裕皇太后更是乱了方寸，慌了架子。袁世凯说什么她听什么。”

智德说到这儿，礼德不解了，说：“摄政王可是太后的小叔子，不听家里人的倒听姓袁的，真是邪门儿。”智德叹了口气：“摄政王和庆亲王不对付，又和内廷大总管小德张闹得挺僵，这两块料儿都是太后跟前的红人，袁世凯就把他们买通了……于是一道懿旨，摄政王免去了监国摄政之责，退归藩邸，袁世凯出任了内阁总理大臣。

“袁世凯还没有到京，就电令两镇禁军先行放假半个月，安排好行前诸事，然后出师南征，一镇沿津浦线进攻南京，二镇沿京汉线进攻武昌。禁军全是从旗营中选进来的，跟你交个实底，两者是半斤对八两，都不能打仗。

“从明天开始放假，今天就乱了营。当官的请调、请长假、告病、告老、请求放假回乡守孝，说什么的都有。当兵的乱了套，岗没人站，伙房的灶也没人烧了，都说当兵是为了吃粮领饷，打仗咱可不去。

“我这一标，原是北洋军模范标，是袁世凯亲兵中的亲兵，后调到练兵处当教导标，叫惯了模范标也就一直叫了下来。摄政王为了安抚北洋六镇，全标官兵一个没动，我当了个光杆儿标统。禁军全乱了，就是模范标没乱。只有我心里有数，袁世凯当了总理大臣，模范标能乱吗？都等着论功行赏、加官晋级。”

说到这儿，智德两眼端详着酒杯，发起呆来。礼德问道：“下一步你打算怎么走？”智德把杯中酒一饮而尽说：“明天我回檀营看看，小菊的灵柩还停在关厢的观音庵，总得入土为安吧。办完这事儿后要还来得及，就到三合轩住两天，和大家好好聚聚。要来不及了，就等南征回来再去。你都给我带个好儿。”

酒好、菜好，就是心气儿不成，想喝一个一醉解千愁，都没有这个心思。第二天一早哥儿俩就分头上路，智德奔檀营，礼德回三合轩。

礼德的马是一路小跑，打算赶回三合轩吃午饭。眼看就到家门口了，在前门却被北洋三镇的警卫标给拦住了。掉头绕道吧，后面的路也不通了。巡警、巡兵把往北去的路全给堵死了。进退失据，只好坐在棋盘街等了，两个时辰过去了，还是不放行人通过。

快掌灯了，突然鼓号齐鸣，一营骑兵压着碎步驰了过来，骑兵之后是一辆六匹马拉的四轮大马车，前面的引座上坐着四名马弁，后面的顶座上也坐着四名马弁，车厢两边的登车板上，各跨着四名马弁，十六名马弁的腰上都插着出了匣的自来得。车后是一营步兵跑步紧随，军靴踏在马路上，震得大地发出了颤响。

这时礼德才知道，袁世凯进京了，各部、院、寺的堂官全到东车站迎接，前门一带就封了街。巡警、巡兵都站到了路边上，三镇的大兵在马路上布了一条警戒线。那阵势，比西太后出宫都要威风。

回到了三合轩，礼德真是人困马乏。双勺说："别跟霜打了似的，该吃就吃，该喝就喝，我先抓弄两个菜去。"一转眼，爆羊肉和熘肝尖就端了上来，大杖又摆上了一碟五香花生米、一碟卤豆腐干。酒也温热了，哥儿仨举杯开喝。

两杯下肚之后，双勺叹了口气："你走这两天，仁德碰上了晦气。同盛居的老东家不知道听了什么风，说北京城早晚得有一乱，把同盛居搬到了通州，和分号合了。两个少东家也把买卖迁到了保定。同盛居的差事没了，老孙头让他和信德一块儿去守东口的栅栏门。别的不说，吃惯了同盛居，会友的大锅饭咽得下去吗？

"看来这三百六十行，就是饭馆儿火。不愿意在北京开，就到通州开。我们哥儿俩没别的能耐，就对付着耍炒勺、抡擀面杖吧。等智德从檀营回来，总得来住几天，咱们好好聚聚。禁军南征正在用人之际，穿上这七个扣的军装，就不能怕打仗，不打仗上哪儿升官去呀。你又到过南方，是有见识的主儿，我看你就跟着他一块儿去撞大运吧。运来了城墙都挡不住，再弄个标统当当不是跟玩儿似的。"

礼德苦笑了一下："天上掉下来的是虚的，地上长出来的是实的。我这六品侍卫是虚的，凭这六品侍卫，我跟着世大人到了昆明后，一步就当了守库营的管带。全营官兵都是本地人，而且都是来者不善的老兵痞。我心里有数，到了短刀要九时，这营兵就是我的要命鬼。

"李总督以为我真是什么御前侍卫出身，委了我一个新军标统。新军标统大多是日本士官学校毕业的，还有留德的。管带、队官、排长都是云南讲武堂出身。我这个外秧是虚透了，也就是个庙里的佛，没事儿时有人给你烧香。

"九九重阳起事时我在玉溪，闻信后立即把三个管带找来，想议议我们怎么办，这哥儿仨对我说：'不用议了，我们已经派人去昆明了。你现在走，我们也不拦着。可一条枪、一个兵你也不能带走。'就在这时候，蔡将军派人来接我。手令写的简而明，'火速带骑兵赶赴昆明。'

"这道命令给我解了围，要不然我可就悬了，就是匹马单枪地走，也未必走得成。到了昆明后我才知道，蔡将军是想让我劝世大人弃清投民国。可是我赶到昆明时，世大人已经走了。”

大杖听到这儿嘘了口气，说：“没想到当官也这么不容易，也这么悬。你说说，智德现在是不是也悬了……”

礼德沉默了一会儿，放下了手中的酒杯说：“模范标是袁世凯亲兵中的亲兵，当官的是清一色的小站练兵处出身，当兵的都是河南口音。智德这个标统是光杆儿司令，他又是镶黄旗满洲，到哪儿都像个旗门中的爷。羊群里出骆驼，这兵他能带得了吗？模范标圈在禁军中时，能认他这个标统，袁世凯当了总理大臣，模范标还能认他？我看智德是泥菩萨过江——自身难保。

“什么叫亲兵，就是自个儿练出来、带出来的铁血子弟兵，是土里长出来的。我和智德的标统都是天上掉下来的，在阅兵场上是八面威风的带兵官，动真格的时……”下面的话礼德没有说出来，把杯中的酒一饮而尽，可没有叫声“干！”

听礼德这么说，大杖更急了：“这话你和他说了吗？”礼德苦笑了一下：“都是带过兵的，他跟我一样，门儿清。等他从檀营回来，再和他聊聊。我看袁世凯绝不会让他当这个模范标的标统了，为了安抚两镇禁军，大概会来个明升暗降，调到协里、镇里当个副佐。

“袁世凯可不是大清的忠臣，说他是曹操是好听的。我看当不了曹操，得当王莽。智德对大清可是忠心耿耿，他在袁世凯手下……”下面的话礼德又没有说出来，看着酒杯发呆了。

半个月后，智德穿着便衣，扛着行李卷，腿儿着走进三合轩。别的先不说，五德聚齐了四个，双勺、大杖又是一阵忙活。三杯酒下肚之后，智德打开了话匣子：“在檀营这些日子事事不顺。好容易把事儿办妥了，昨天才赶回仰山洼。一进营门，就觉得不对劲儿，空了！见辕门上贴着张布告：‘查玉智德擅离职守，贻误军机。革除军籍，永不再役。’下面的款是统制官冯国璋。

“我在营里转了一圈儿，才找到一个留守的文书。这个人和我还说得来，没事儿时就在一块儿下棋。见了我后说：‘您走了的第二天，命令就下来了，全标调回旃檀寺，负责拱卫锡拉胡同的官邸。新来的标统见您不在就乐了，说这回我省事了，提笔写了张布告，叫我贴在辕门上。把您的办公室翻了个底朝天，把有用的东西全带走了。

“‘我被留下来处理善后，明天也该归队了。新来的标统可不是个善茬儿，您不在倒好，要是和他碰上，弄不好就是麻烦。要是闹僵了，他什么事儿都干得出来。

“‘您走了这半个月，二镇禁军全乱了。当官的有路子的就调走了，有钱的就不干了。当兵的都回家了，本来嘛，都是旗门中的人，回家也有钱粮吃。听说要南征，能回来吗？禁军空了营，从河南调来的兵就补上了，告病、造退的一律批准，还发遣散费。不归队的士兵没人问，归队后又想走了也发遣散费。袁宫保可真高，半个月里二镇禁军就姓袁了，北洋六镇变成了北洋八镇。

“‘您剩下的东西我收拾了一下，全在这儿。明天一早我和这几个弟兄一块儿回旃檀寺，您就跟我们一块儿进城吧。’天也黑了，我只好将就一宿。第二天一早，搭上他们的骡车就奔了安定门。

“在车上，这个文书又跟我聊了起来：‘听说南征，我有点儿发怵，枪子儿不长眼。要是把我开了，我就回家当个村塾……’”

听到这儿，大伙儿也就顺话接话，说犯不上去南征。

仁德、礼德、信德也都有日子没回檀营了，全想听听家中的近况，智德叹了口气说：“檀营混得比京旗还惨，京旗好歹有半数钱粮，檀营常常连半数都关不下来。

“我这趟回去，把这些年的积蓄都换成了银票，为的是把诸事安排安排，小菊总不能老停着，得入土为安。可我也不能把她埋在乱葬岗子上吧。进我家的坟地得有个进法儿，难呀！

“她那个抽大烟的爹，见了我眼都红了。好歹知道我是禁军的标统，才没拉着我去见官。开口就跟我要了天价，要不给就进京城找摄政王告御状，告我个劫喜轿抢新娘，逼死了他闺女。还要强行娶尸，葬入自家坟地。

“我还能说什么？他漫天要价，我只能就地还钱。事都办妥了，我身上的银票也就空了。空了也好，要还存在仰山洼，那可就喂恶狗了。”

话说到这儿，气氛开始沉闷了起来。五德是一块儿从檀营出来的，义德、礼德、智德都是混起来了的人。可是礼德、智德都栽了，栽得都挺惨。就剩下义德了，他正在南边和革命党作战。是福是祸，只有老天知道。仁德、信德一直在会友干，会友不景气，下一步怎么走法，也是没有定数。仁德想着法子挣钱，就是为早点儿娶上媳妇。信德在瑞府上这么一折腾，方寸真是乱了，该干嘛自个儿也说不清。

沉默了一会儿，双勺说话了：“开二荤铺是撑不着也饿不着，有我们哥儿俩支着这三合轩，这三合轩就是大伙儿落脚的地方。别的不敢说，饭有的吃、房有的住，抓弄俩菜喝壶酒是手拿把攥。‘人走时运马走膘，骆驼单走罗锅桥。’就往前蹚吧。”

智德往前闯的路子就是去了趟摄政王府。免去监国摄政之责后，载沣退归藩邸，成了家居王爷。听了智德的话，愣了好一会儿才慢慢地开口说：“原以为他的北洋六镇我指挥不动，我的两镇禁军他也指挥不动。没想到……”

说到这儿，载沣两眼发直，不说话了，呆呆地望着手中的如意，长嘘了一声：“现在我也没有地方安排你，北京城里都满了，外省全反了。涛贝勒在西山给老王爷守孝，你们都是学陆军的，你就先到那儿歇上几天，北京城不是你们待的地方，你们待在城里，他就不放心。”

礼德找了趟快马杨三，杨三爷外场，快人快语，说：“我杨三就是个败家的，只会花不会挣。你保着我姐姐去了云南，又保着她回来了。听我姐姐说你要是留下，姓蔡的也不会亏了你。你重情重义，我也不能像大清那样无情无义。

“你怎么说也是太后亲封的六品侍卫，又当过新军的标统，到哪儿说也是个爷字辈儿的，得有一份。事儿我这儿没有你干的，在别处我也帮不了你。你明天就搬过来，别的不敢说，茶有的喝，酒有的喝，咱哥儿俩就就个伴儿。

“衙门里的事儿你比我熟，没事儿时帮我跑跑我姐夫国葬的事儿。杨家不敢说不缺银子，好马、好车、好骡子还不缺，你上哪儿都别腿儿着，咱可不能倒了行市。”

礼德的呈文刚送上去，袁世凯就批了“隆重国葬”四个字，并以隆裕皇太后的名义颁发诰命，策封遗孀为一品夫人。礼德又穿上了标统的行头，再次演出了一场扶棺之戏。

这出戏演得更邪，从嘉兴寺起灵时鸣放礼炮，灵车前是三镇的一营马队开道，车侧是内城总厅的武装巡警护灵，灵车后有一营步军统领衙门的巡兵殿后。一路之上，中西鼓乐吹打得震耳。送灵的车马拉了小一条街，各衙门的堂官差不多来齐了。

国葬的大队出了西直门直奔白石桥，到了白石桥后，开道的、护灵的、送灵的把灵车一扔，四散而回，就剩下礼德和快马杨三，跟在灵车后面到了万安村，把世增的棺木草草掩埋了。由于时间太紧，碑都没有来得及刻。

一品夫人抱着诰命哭得死去活来。不知是怎么回事儿，烧纸时世太太把诰命扔到了火堆里。望着燃烧诰命升起的青烟，礼德把标统大礼帽上的翎子、顶子也扔到了火里。

快马杨三笑了，说："我头上是没这玩意儿，要是有，也就一起烧了，免得戴在头上沉甸甸的，我可不想让这玩意儿把我压死。"

19

有门儿的事儿办起来没门儿；没门儿的事儿办起来有门儿。这年西历元月一日，孙中山在南京就任临时大总统。袁世凯红了眼，立即指使冯国璋、段祺瑞、王士珍等北洋将领通电反对共和，声称要"反抗到底"。

袁世凯的这招儿还真灵，北洋军将领联名通电反对共和，要效法世增"反抗到底"。南京临时政府也就做了全面的让步，在南北议和中表示：只要清帝退位，袁世凯赞成共和，恪守临时约法，孙中山亦退位，由袁世凯出任临时大总统。

西历二月十二日，隆裕皇太后颁布退位诏书。次日，袁世凯宣布赞成共和。南京临时政府的专使乘专列沿津浦线北上，到北京迎接袁世凯到南京就任临时大总统。

专使莅京这天早上，天还没有亮，驻扎在北京的北洋三镇就在前门地区布了岗。一名副官敲开了会友镖局的门，很有礼貌地把一百块大洋放到柜台上，对坐内柜的说："有劳贵局派两个高手，帮我们把大清门的匾摘下来，把袁大总统手书的中华门新匾挂上，现在搭架子来不及了。"说罢又连声道劳。

坐内柜的赶紧禀报了孙大掌柜，这时仁德、信德正好下值夜，孙大掌柜就把这差事派到他俩的头上，并嘱咐说："带上如意钩和绳子，再多想想还得用什么家伙。"

这位副官说："除了如意钩之外，别的家伙都准备好了，车就在门外头停着，镖头们就请吧。"一路之上已经净了街，马车一口气驶到了大清门前。仁德、信德飞出如意钩，顺着绳子爬了上去。没费事就把大清门的匾摘了下来，把中华门的匾挂了上去。

翻身下来后，见一堆人正围着大清门的匾两面瞧。原来匾的正面是大清门三个字，匾的后面是大明门三个字。想来二百多年前摘匾挂匾时，比今儿还要忙。摘下大明门的匾，翻过来刻上大清门三个字，就挂了上去，好迎接顺治皇帝进北京。这块匾一挂就挂了二百六十七年。大伙儿议论纷纷："要说这改朝换代，事儿还真不少。一块匾就折腾了三回，可主事儿的也不怕麻烦。"

大清门变成了中华门，会友的事儿也就算齐活了，于是前恭后踞，踱着回粮食店街。没想到还没走到顺城街，就被巡警拦住了。有了礼德的前车之鉴，哥儿俩拔腿就跑，才没被圈住。从宣武门回到会友后，可真有点儿累了，倒在炕上蒙头大睡。

一觉醒来，太阳都快落山了，刚吃完晚饭，巡警就找上门来派差，说："专使马上就要进京，每家出两人提着灯笼去站街。"仁德、信德正在内柜侃山，这差事就又摊到他俩身上了。

跟着巡警到了段上，一人发了一盏灯笼，红的、白的、黄的都有，红灯笼上都是黑字，白灯笼、黄灯笼上都是红字，写的都是"欢迎"。这灯笼队从火车站沿着东顺城街进了中华门，由中华门顺着长安街到了王府井，一直排到专使们下榻的金鱼胡同那公馆。

时值农历正月，天寒地冻，往当街上一站，不一会儿脚就冻麻了。没法子，只好在原地跳脚，要不动换动换非冻木了不可。有的人冻得受不了啦，想开溜，还没走出几步，就挨上了巡警的哭丧棒。

好容易听到了鼓号声、马蹄声、军靴声，巡警喝令赶紧点灯。这灯一点起来可真壮观，宛如两条彩色的长龙。打着灯笼的人都在跳脚，远远看去实可谓"华灯闪烁"。这时专使的车队驶了过来，巡警轰着大家高呼"欢迎!"并带头高呼"欢迎!"欢迎之声此起彼落——巡警举起了哭丧棒，大家就高呼"欢迎——"巡警的哭丧棒放下，"欢迎"之声也就落了下来。

专使的车队一过，"欢迎"的人四散。仁德、信德如蒙特赦，赶紧奔廊房头条，别耽误了值夜。哥儿俩先到了永增军装局，在老姚头屋里喝了口热茶暖和暖和。永增的夜宵是芝麻烧饼夹油鬼，天天如此。

喝了两碗热茶之后，哥儿俩的肚子还真有点儿饿了。恰好一盘刚烙好的烧饼、一盘刚炸好的油鬼就端了上来。不用客气，油鬼往烧饼里一夹，一人先来两套。

吃完了之后，信德抹抹嘴说："大有天天是烧饼夹驴肉，永增天天是烧饼夹油鬼。这章程不知道是怎么定的。"

老姚头吃完了一套烧饼夹油鬼后正在喝茶，听了信德的话放下手中的茶碗说："给坐夜的上夜宵这是规矩，也吃不上什么新鲜的，常见的也就是烧饼夹羊头肉、夹猪头肉、夹牛羊下水。

“大有、永增都有厨房，能吃个热的。添了巡街的之后，就多备上几份儿，图个人气，店大了不缺这一口。大有的老东家好吃烧饼夹驴肉，永增的老东家好吃烧饼夹油鬼，这章程就这么定了下来。

“说起永增的老东家，可真是个怪人。要说来头儿，那可大了，北洋六镇的军装、军帽、军鞋、枪套、皮带、马鞍、马鞭，他全包了。各镇的军头见面都称兄道弟，各省新军的活儿也没少接。天天晚上都有饭局，他下馆子可真不是为了吃，纯是应酬。

“甭管饭局在哪儿，永增的厨房都把一盘刚出炉的烧饼、一盘刚炸好的油鬼给送过去。有专人专车盯着，烧饼得外焦里嫩，油鬼得是脆的。桌上的菜他都不大动，就跟烧饼油鬼干上了。军头们吃腻了山珍海味，也就都瞟上了送来的烧饼油鬼，端上桌后一哄而上，手慢的主儿可就吃不上了。”

听到这儿，哥儿俩都乐了，信德说：“这老东家在吃上可有点儿抠门儿。”老姚头摇了摇头：“不是抠门儿，是好这一口儿。接人待物，出手可大方。昨天你们走了后，他来了，坐在这儿和我聊了一会儿。还看了看我腰上的短火，说过两天给咱们弄几把自来得。当着我的面儿对大掌柜发了话，让给咱们一人发一套冬天的军大衣，还嘱咐帽子、手套也别缺了。可别发大头皮鞋，发半筒的毡靴，穿起来暖和，走起道来没声儿，蹿房越脊时也轻巧。”

仁德、信德齐声问道：“什么时候发？”“今儿一早大掌柜就叫人送了过来，我都收到柜子里了，你们哥儿俩先挑。”

穿戴整齐了之后，仁德、信德你瞧瞧我，我瞧瞧你。老姚头看着他俩乐了：“真像俩大兵。”俩“大兵”吃饱了、喝足了、穿暖和了就上了岗，往东口一站挺精神。

广和楼的戏还没散，永增老东家的骡车就进了街口。信德一时兴起喊了声“敬礼！”车停了下来，老东家跳下车来拍了拍他的肩膀，说：“有个样儿，好好干！”

说着接过枪来一瞧，挑了个大拇哥：“好枪！双排十发，克虏伯的真货！哪儿弄来的？”信德挺胸答道：“春天时泰山东岳庙设擂，我们哥儿俩演了一马三箭。泰安镇的张总兵来观擂，奖了我们哥儿俩一人一条。”

“呵！泰安镇能有这样的好枪，准是中兴煤矿的德国人送他的。能有一马三箭的真功夫，再配上这样的好枪，遇事能顶一气。你俩在这儿一站，我可就放心了。”

老东家上车走了，广和楼的大戏也散了。仁德关上了铁栅栏门，进了避风阁。信德倒背着骑枪，围着永增军装局绕了一圈。

自从专使到京之后，会友的人都没得着什么好信。商家的人异口同声：“大总统要是去了南京，大小衙门跟着一走，北京的买卖就没法做了。”

这话在理，商家的买卖没法做了，镖局的买卖还有法做吗？会友的人真有点儿乐不起来了。仁德、信德想得开，车到山前必有路。是福盼不来，是祸愁不去。眼下总比礼德、智德哥儿俩强，好歹还有个营生。

别看礼德没了营生，到底是在云南当过标统，真是瘦死的骆驼比马大。世大人的事忙完了之后，他又搬回了三合轩，对大伙儿说：“我在云南混了这两年多，存下了两千多两银子。要说回檀营过小日子，也活得下去。皇上退位，钱粮没了，檀营的人全往外跑。我家里头也没有什么人了，回去干什么？想在北京奔奔。

“这两千两银子来个半儿劈，一半交你们哥儿俩，我总不能老在三合轩白吃白喝吧。剩下的一半儿跟仁德学，存到珠市口的汇通银号吃点儿利息，每月得俩零花钱。这事儿就这么定了，你们哥儿俩要是不收，就是不想让我住在这儿，我就搬回快马杨三家。”

礼德把话说到这儿，双勺也就把银票接了过来，说：“这钱我先拿着，柜上用得着就用，用不着就存着。咱们哥儿几个谁有个急事，就用来顶一把。别的话我不敢说，只要这三合轩开着门，咱哥儿几个就不会没住处、没饭吃、没酒喝。

“你一时找不着差事也不要紧，东边不亮西边亮，大运没来就先忍着，大运来了城墙也挡不住。没事儿多出门走走，机遇！机遇得遇上，坐在家里等不来。”

二月二十九号这天晚上，仁德、信德吃完了烧饼夹油鬼就遛到了东口，等着广和楼散戏，好关栅栏门。戏还没有散，就听见东面传来了炮声。紧跟着大火冲天而起，看火势是从东四牌楼那边烧过来的。

哥儿俩正不知如何是好，永增的老东家坐着骡车回来了。见了他俩连声说：“快关上铁门，乱兵要是敢往里闯，你们别怕，开枪就打，出了事儿我顶着。三镇的兵全是曹三的，我明儿找他去算账，他这兵是怎么带的？

“我回去就叫人给你们送两把自来得来，挎上这玩意儿就像个当官的，少说也是个排长，能镇住乱兵。”

老东家走后，永增就派人送来了两把自来得，每把配着十个弹夹。皮带、枪套都是全新的，往军大衣外一挎，真有个样儿。这时大火已经烧到了东河沿，前门大街东边火光冲天，乱成了一片。

仁德、信德一合计，要镇住乱兵要有个当官的样儿，得摆出智德、礼德的谱儿来，说话不但底气粗，还得是官腔。镇不住时出枪要快，顶上脑门再开训。

主意打定之后，仁德往栅栏外一站，信德躲在暗处撑着。不一会儿几个乱兵来了。仁德大摇大摆地迎了上去，喝问：“哪标的？不怕上军法处！”乱兵愣了一下，见来者穿着新军大衣，足蹬半筒军靴，看样是有点儿来头儿。于是停下了脚步：“长官……”

“少废话！我问你是哪标的！”

“报告长官，三镇二协，第四标……”“你们来干什么？”“想发点小财，长官说了，天亮前归队就没事儿。”“我看你们是找死，这是陆军部的军装局。到这儿找便宜，不是屁股痒了，就是脖子痒了。”

几个乱兵见势头不对，掉头就跑了。这拨刚走，下拨又来了。这回乱兵有十几个，为首的是个小排长，长得贼眉鼠眼，尖嘴猴腮。几句话之后突然反问：“你是哪部分的？”

仁德拍拍挎在武装带前的自来得：“陆军部卫队营的，奉命来保护军装局。”“你看你的军装局，我进去干我的，不进军装局的大门，你管不着。别在这儿挡横！”说完之后，这个小排长也拍了拍腰上的枪套：“我这玩意儿只认朋友。”

话还没落声，仁德的自来得就顶上了他的脑门。这时信德从栅栏中推门而出。高声喝道：“谁在这儿闹事，处长有令，擅闯者就地正法！”说着，也亮出了自来得。

两把自来得一顶，这家伙傻了眼，后面的乱兵也愣了。信德用自来得敲着他的脑袋说：“现在走还来得及，要是处长出来，专毙你这不长眼的。把你崩了，曹三也不会给你拔创。记住点儿！留着脑袋才有财发。”

信德的这句话，让这个小排长明白了，向后把手一挥，说了声“撤！”

乱兵走了，仁德松了口气，说：“我扣着扳机的手指头都出了汗，他们人多，我的大机头一直张着，扫出去就是连发。”信德把枪收入匣中，说：“我的大机头也张着，可不能扫，两梭子扫出去，眼前的事儿是了啦，可以后的事儿，说不定就麻烦了，虽说永增家给顶着，我看还是不出人命好。”

话还没说完，一群乱兵就拥了上来。真是来者不善、善者不来，抢来的东西有背着的有扛着的，手里的枪都横着，看来有小三十人。

仁德、信德这时是想退进栅栏门里也来不及了。乱兵到了跟前就要往里闯，说：“别拦我们，长官放话了，今晚上是放抢……”仁德拍拍自来得说：“我不拦你们，可这玩意儿不干……”

话还没落音，乱兵们往后退了几步，拉枪栓的声音响成一片。这时就听一声“敬礼!”这嗓子是信德喊的，像个霹雷，乱兵被镇住了。

仁德回头一看，老姚头出来了，披着一件呢子军大衣，手里提着根马鞭子，谱儿可大了。走到乱兵面前，二话不说，没头没脸地就抽，乱兵们掉头就跑。

乱兵们跑了，老姚头说：“撤进来吧，在外面是顶不住了。我搬来块牌子，是账房李先生现写的，就挂上当个挡横吧。挡得住挡不住可就难说了。”哥儿俩接过来一看，是“陆军部军装局”。

挂好了“挡横”之后，老姚头说：“人不能再露面了，乱兵不爬栅栏咱们不管，要是往上爬，就给他脑袋上、脚底下飞个冷子儿，能不真打就不真打。咱仨都得站在暗处，你一开枪这群丘八手中的家伙也不是吃素的，抢红了眼，就管不住手了。”

正说着，东边又来了一伙乱兵，看来不下五十多人，扛着大包，拎着小包，乱哄哄的。走到栅栏前看了看，停住了，指着刚挂好的“挡横”议论了起来。一个小军官往里探了探头说：“咱们是叨肥羊的，犯不上撞这铁门。”

说罢一挥手，领着乱兵向南去了。没走了几步，迎面来了十几个乱兵，两伙是一个营的，都认识，就合计了起来。南边折回来的一伙说：“前头几个胡同口都有铁栅栏门，进不去。天快亮了，该回营了，不能再往南去，还是掉头吧。”

路过“陆军部军装局”时，一个乱兵往里打了两枪，见没有动静，胆子就壮了起来，骂了声：“妈八子，老子全不吝，打墙是动土、动土也是打墙，进去瞧瞧。”说着，把肩上扛着的大包扔了下来，要翻铁栅栏。

仁德在暗处看得一清二楚，对准了他的脚前就是一枪。子弹恰巧撞到了铁栏杆上，互碰了两下，火星乱冒，吓得这小子一个倒仰就摔在了地上。后面的人以为他中弹了，呼啦一声掉头就跑，这小子爬了起来，捡起大包往东追了下去。

老姚头看着他们的背影说："别看这伙乱兵人多，可都吃饱了，再抢我看他们也扛不动了。来的要是空着肚子的五六十只饿狼，可就麻烦了。"

话刚落音，麻烦就来了。打东边下来了二十几个乱兵，有的背着小包，有的还空着手。一边走一边骂："老子今儿真他妈的晦气，抢了这么多家，也没见什么值钱的东西。""你他妈的带着我们抢茶馆，能抢出值钱的玩意儿来吗？""抢了皮货店，你说皮筒子不值钱，叫大伙儿都给扔了。这倒好，天都快亮了，我还空着手。"

这伙乱兵来到了铁栅栏门前，看着"陆军部军装局"的牌子指手画脚地说："看来这地方还没有人过过手，咱们就拿它开刀。"另一个说："抢军装局，你找死呀？咱们又不缺穿的。""我他爹的抢账房，军装局里还能没现大洋！""就干这一票，抢完就回东岳庙。""怎么抢法？""先礼后兵，得有个老总的谱儿，叫他们开门。""军装局也就有几个站岗的兵，吓唬吓唬小绺儿行，咱哥儿们可见过阵势。"

这话一落音，立即传来了枪托碰铁栅栏的撞击声。为首的兵痞扯着嗓子喊道："奶奶的！快开门！老总要来检查检查。"仁德掂了掂手中的骑枪，对准了这小子的脑袋，枪口抬高了半分，扣动了扳机。

枪子儿从这小子的头上飞过，捎上了他的帽子，把这位"老总"吓了一个屁蹲儿。爬起来后拉开了枪栓，往栅栏里连开了三枪。

信德从侧面描准了这位"老总"的脚，枪口前移了半分，就扣动了扳机。这枪打低了点儿，擦上了他的大头皮鞋，把鞋带打开了。

这小子一下后退了十几步，高声吼道："给我打！"二十几条步枪全开了火，打得铁栅栏火星乱飞。枪声停下来后，乱兵们你瞧瞧我、我看看你，还是没人敢上。

鞋带被打开了的"老总"，一边系鞋带一边骂："我×你奶奶，扒你的皮……"突然，一把抓过来一个小兵狠狠地说："你给我上，爬过去打开这铁门，你不去我先毙了你。你去了算是首功……"

小兵哀求道："我没枪，也不会打枪，干不了……"话还没说完，就挨了两个大耳光。紧接着就是拉枪栓的声音："你去！我们掩护你。你不去！先让你脑袋开花。你再敢说个不字，我就崩了你。"

说完之后，狠狠地照这个小兵屁股上踹了一脚。小兵哆哩哆嗦地走向了栅拦，没敢往上爬，趴到了地上，仗着身子瘦小，从栅拦底下爬了进去。

老姚头在暗中听得清清楚楚，也看得清清楚楚。这小兵爬进来后还没站起来，飞抓就轻轻地落到了他的棉袄上，猛地一拉，就把他收了过来。这个小兵高喊：“爷爷饶命！爷爷饶命！”栅栏外的乱兵火了，二十几条枪又同时开了火，气焰十分嚣张。

为首的“老总”破口大骂：“爷爷今天是吃定了这一口，几个戳大岗的还想当挡横……”老姚头一挥手，仁德的自来得往他们头上扫了两梭子，信德的自来得往他们脚下扫了两梭子。自来得打连发时声像机关枪，乱兵们四散了。

天快亮时，又过了几茬儿乱兵，这些“老总”都是扛着大包提着小包的“归山虎”，有两批想闯进来，可是接火后就退了出去，奔东撒了丫子。

这一夜，会友镖局创造了奇迹，凭着五十多条人枪，居然把乱兵挡在了栅栏门之外。廊房头条正对着五牌楼，首当兵冲。永增的老东家在三层楼上看得清清楚楚，连声说：“明儿一早先给会友挂大红绸子，还得请人写块匾。”又对身边的大掌柜说：“东口的老少爷们，可是好样的。别看只有仨人，都是条汉子。有勇有谋，永增家可不能亏待了人家。”

天大亮了，陆军检阅使姜桂题的四营马队从南苑开进了永定门，分成几路擎着大令巡街，碰上了扛着大包提着小箱的乱兵，大令一举就地正法。从永定门到前门，一路之上就砍了十几个，人头都挂到了五牌楼上。

这时老姚头才定下神来，“审问”飞抓收过来的小兵。这孩子哆嗦成了一团，颤微微地说：“我没枪，也没抢过东西，什么坏事都没干。我是炮营的，昨天下午管带命令把九门山炮全架到了东岳庙西边的空场上，说接到了命令就开炮。

“天黑了后，九门山炮对着朝阳门南侧就开了火，本想轰开个豁子，可是几排炮弹打上去后，一点儿戏也没有，急得管带直跺脚。这时协里传来了命令，说不用轰了。朝阳门让驻在东城海运仓的十四标给打开了。

“管带一听立即传令收队，骑上马带上我们就往朝阳门跑。当官的马快，进城后我就跑丢了，心里挺害怕。碰上一伙人，看着有点儿眼熟。一问是一个标的，就跟上了他们。我真是什么都没抢，什么坏事都没干。”

听到这儿，老姚头摇了摇头：“你现在要回营去，准当替死鬼，人头也就挂在了朝阳门上。”小兵吓哭了，直给老姚头磕头，说：“您得救救我！”

老姚头在屋里来回来去地走了两趟，对信德说：“你找套衣服给他换上，这军装他是不能穿了。永增要是能把他留下就留下，不留下就让他到柜上先住几天，我去找孙大掌柜说，等消停了再打发他回老家，现在可不能走。”

老姚头一开口，永增的老东家就应了下来，连个愣也没打。说：“救人一命，胜造七级浮屠。我听您的，就让他留下来。您一飞抓把他抓了进来，这就是缘分。人算永增的，您先带带他，过些日子怎么安排，听大掌柜的。”

老姚头回来一说，仁德、信德都乐了，说：“事儿全了啦，咱们得赶紧回粮食店街。”老姚头说：“放心吧，有孙大掌柜坐镇，啥事儿都扛得过去。”

仨人一进会友的大门，见一大群人正围着孙大掌柜道谢。永增的大掌柜正往会友的大门上挂大红绸子。礼德也在柜上，见了仁德、信德，一块石头才算落了地。说：“双勺、大杖不放心，叫我过来看看。”哥儿仨也就一块儿回了三合轩。

这一夜，三合轩也没能躲过去，乱兵闯进来两回。第一拨还算善茬儿。礼德穿着标统制服往上一迎，乱兵们立正、敬礼，掉头就跑。第二拨可够恶的，把大门踹破了一拥而入。见了礼德后，哗啦一声全拉开了枪栓。礼德心里有数，当兵的拉开枪栓是心里没底，要是有底就不会拉开枪栓。于是迈着官步迎了上去，对着为首的抬手就是两个大耳光，狠狠地骂了声“滚!”乱兵们转身全跑了。

双勺吓出了一身冷汗，说：“行！当过标统的就是有标统的范儿，有标统的威，不用亮家伙，就把乱兵全镇住了。”

礼德苦笑了一下，说：“乱兵们拉开枪栓，是他们心里没数，我要是亮出自来得，他们就知道我心里也没数，我两把自来得镇不住他们，非出大事不可……”

话还没说完，大杖从外边回来了，说：“湖广会馆门口砍了七个，都是街面上的嘎杂子。天亮了后乱兵们丢下大包小包，溜之大吉。不长眼的就去拔橛，落了个就地正法。常在门口晃的二柱子捡了个箱子，里面是空的，他看箱子还有个样儿，扛起来就往家跑，还没到胡同口就碰上了大令，二话没问就给砍了。”

听到这儿双勺叹了口气：“要说二柱子，还真算不上‘嘎’，也说不上‘杂’。为了个空箱子，脑袋就搬了家，这真是命。”大杖也叹了口气：“你要说二柱子冤，比二柱子冤的人可多了。听人说珠市口烧了个精光……”

大杖的话刚说了个半截，仁德就蹦了起来：“你说什么？再说一遍。”“我听人说珠市口烧了个精光。”

仁德坐了下来，两眼发直，礼德愣了一下，哥儿俩就一块奔了珠市口。信德猛地想起，仁德攒下的钱都存在珠市口的汇通银号，礼德的一千两银子是昨天上午才存进去的。于是跟在他俩身后，也奔了珠市口。

珠市口只剩下一片瓦砾。仁德傻了眼，他存钱的汇通银号踪影全无。同盛居的老东家可真是洪福齐天，火神爷点化了他，上月就搬到了通州。汇通银号没了，火神爷干嘛不点化点化我们哥儿俩，银子别往汇通存。

礼德的钱是从云南带回来的，仁德的钱可是汗珠子落地摔八瓣——苦挣出来的，苦省出来的。这些年贪黑起早地干，挤出工夫来拉骡子、撑渡船、赶大车，一个子儿一个子儿地攒，舍不得吃舍不得喝，能省就省，怎么一夜之间全让火神爷给收走了？

礼德也傻了眼，所幸的是银子没全让火神爷收走，还留下了一半。看他俩发呆，信德也不知道说什么好。这时传来了洋号、洋鼓声，一队洋兵开了过来，打着米字旗、星条旗、三色旗、太阳旗……个个脸上都洋洋得意，透着一股横劲儿。

马蹄声、军靴声刺耳惊心。站在瓦砾上的人们仿佛明白了什么，纷纷转身离去，仁德、礼德、信德也默默地走了。

20

回到三合轩，双勺、大杖已把午饭安排好了。双勺说：“今儿中午准没人来，咱哥儿五个好好喝两杯。都是自家人，就实在点儿，来一个什锦火锅，在猪身上、羊身上找齐，有什么涮什么。”

大杖打开了一坛衡水老白干，那叫冲、那叫香。两杯酒下肚之后，双勺举杯说：“这场乱子可不小，大乱平安就是福。这三合轩要是没有礼德顶着，那可就惨了，不烧也得抢。

“有三合轩在，大伙儿也就有个落脚的地方。钱是人挣的，人没事儿什么都好办。再说了，汇通银号是烧了，没准儿过些日子就能盖起来。只要手里的银票还存着，汇通一开张就能兑回来。”

仁德没吭声，礼德苦笑了一下，举杯一饮而尽说：“你这话对，人平安就是福，钱是人挣的。五尺高的汉子，到哪儿也能抠出烙饼来。”说罢，给自个儿满上了酒，又给大家都满上了，叫了一声“干!”

酒生豪情，再说哥儿五个都是练家，是见识过、闯荡过的人，这点事儿还是经得住的。连干了几杯后，礼德有点儿喝高了，觉得烧膛，把上衣一脱说："我想开了，这年头儿还得凭枪。我和智德虽说混上了标统，可是兵不是自个儿练出来的、带出来的，仗又没打过，所以都栽了。要想不栽，就得从头儿来。"

听到这儿大杖接了话茬儿："二十多岁的人，虽说不怕从头来，可你总不能去当大兵吧，还得想辙。我看不行你就回云南，你在那儿当过管带、标统，还能有几个熟人，那个姓蔡的督军……"

大杖的话还没有落音，快马杨三就闯了进来。三爷是外场人，三教九流、五行八作都能见面熟，见面就能交上朋友。别看三合轩没来过几趟，和双勺已经称上了"当家子"，说："八百年前咱哥儿俩准是一家，要不怎能这么投缘。"

进门后闻见酒香，杨三爷就乐了，说："我是来巧了，别的不说，先干三杯。"双勺要去抓弄几个菜，杨三爷给拦住了，说："别把我当外人，这什锦火锅挺好的。大灾、大难之后咱哥儿几个都好好的，就是有福有缘。

"不瞒你们说，昨儿夜里一把大火，把我在东四牌楼的饽饽铺、首饰楼、油盐店、盒子铺、针线铺、绸缎庄，全烧了个精光。今儿一早掌柜的们就过来报丧，我一听就乐了，说：'烧得好呀，早烧你们就早点儿去自谋营生。你们吃杨家没三四代也有两三代了，反正从我接手起，你们是月月亏、年年亏，我没见过一个子儿。乱兵抢了，大火烧了，就是你们跟杨家的缘分尽了，自个儿的福分也尽了，去另找活路吧。'

"可是这些人坐着还不走，我就下了逐客令，说：'西城是块福地，乱兵根本没过来，我这宅子是保住了，我的马圈子可在宣武门外的陶然亭。我得去看看，要是马让乱兵抢走了，我这快马杨三也就别当了。'

"这时首饰楼的掌柜的开了口，说：'老东家和您对我们都没的说，现在是房烧了、东西抢了，可我们一家老小也不能去喝西北风呀。您就体念体念我们，把这地皮……'

"听到这儿，我算明白了。对这几块料儿说：'我杨三一点儿都不傻，是没工夫和你们执气，也犯不上和你们执气。把话说白了吧，这房是乱兵烧的还是你们烧的我不知道，这货是乱兵抢走了还是你们给倒腾出去了我也不知道。现在你们合起来找我，是算计起地皮来了，这叫算尽则亡。我说怎么一个不落、比领赏还齐呢。你们不开口要，杨三爷一高兴没准儿就赏给你们了。开口这么一要，我就是把这块地皮捐给善堂也不给你们。捐给了善堂人说我积德，我体念了你们，你们一出门就笑我是傻子。傻子我当到头儿了，你们吃杨家、坑杨家也到头儿了。两山一摞给我出去，再说可就更没好听的了。'”

说到这儿，快马杨三把杯中酒一饮而尽，说：“行！这酒还真有劲儿。我把这群黑心的东西轰出去了后，上马就奔了陶然亭。一到陶然亭我真乐了。乱兵根本没到这地方来，我的马、骡子、车，不缺不少。

“往回走路过三合轩，就进来看看，大伙儿都好我就放心了。我是赶上什么就吃什么，这什锦火锅的汤口好、佐料好，就是这口儿了。衡水老白干儿可得给我再开一坛，马没丢，我心里高兴。”

说完了之后，杨三爷起身，把大伙儿的酒都给满上了，举杯说道：“干了这杯酒，我想说点儿正事儿。”在座的听了后同时站起来举杯，共道了声：“干！”重新落座之后，杨三爷打开了话匣子：“杨家从康熙年间起，吃的就是内务府这碗饭。说开了，就是坑皇上。现在皇上退位了，没的可坑了，我杨三也得重新找辙。我这个人没能耐，就会跑马赛车。这行不兴家，败家是没的说，我把这个家败得差不多了。

“下步该怎么走，我心里一点谱儿也没有。跟哥儿几个交的时间不长，可知心，我杨三会看人。这么说吧，谁要是想出了个道道、看出了个名堂，就给我指指，愿意和我摽在一起干，是看得起我。

“瘦死的骆驼比马大，现在干点儿事儿，我杨三还能出点儿银子。就凭我这败家相儿，十年以后可就难说了。都说三十年河东、三十年河西，杨家吃皇上、坑皇上有二百多年了，这回散了，是大清的气数尽了，我看也是杨家的福分尽了。

“就跟我今儿早上骂那帮掌柜的一样，缘分尽了、福分尽了就得另找活路。这儿散了，那儿摆。人总得扑腾扑腾。今儿我赶上吃什锦火锅，就是咱们一锅烩了。‘什’是十全十美；‘锦’是锦上添花。人家是借花献佛，今儿我是借桌敬酒了。”

说完了后，杨三爷又给大家全斟满了酒，叫了一声“干！”干完之后，双勺站起来给大伙都满上了，举杯道：“三爷这么说，是真拿我们当朋友。真朋友说真话、办真事，我代表我们哥儿五个说句掏心窝子的话：咱们烩成一锅了，从今以后有福同享有难同当。没说的，一块儿向前闯吧。”

大伙儿全站了起来，齐胸碰杯，然后举杯叫了声“干！”干了之后，谁也没说出个道道来，可是都觉得有了点底气，有了点儿冲劲儿。这顿火锅吃得确实是热火、热闹、热烈、热腾，哥儿几个也就热到一块儿去了。

客人们走后，双勺还有点儿兴犹未尽。大杖叹了口气说：“杨三爷糟，也能糟十年。要是不糟，关起门来过小日子，他孙子也吃不完。咱哥儿俩就不同了，街面上、市面上的人真是高看了咱俩，管咱们叫声‘掌柜的’，那是不知咱俩的底，这三合轩是孟老财的，咱俩是看房的，哪天孟老财来收房……”下面的话大杖没说出来。

双勺确实是喝高了点儿，拍着胸脯说：“那又有什么关系？凭我的炒勺、你的擀面杖，到哪儿都要得起来。租上几间门脸房，就是当当响、呱呱叫的掌柜的。混好了人就得叫声‘杨爷！’‘李爷！’”

礼德虽说也喝高了点儿，可他心里比谁都清楚，官场如戏场，可是自己既然穿上了这套标统行头，改行也就难了，自己想改行别人也不收。快马杨三说得明白：“事儿我这儿没你干的，在别处也帮你找不着。”这话说白了，就是哪儿都“不缺爷”。在三合轩待着，也就是有房住、有饭吃、有酒喝。可是梁园虽好，不是久恋之所。火神爷把存在汇通的银子给收走了，就是不让他在三合轩躲清静，还得另找辙，往前奔。

仁德、信德晚上还得值夜，散了之后就回粮食店街睡了一觉。晚上一进永增的值房，老姚头就把门关上了，低声说：“听二掌柜说，今儿中午老东家和曹三通上了电话，三爷苦笑着说：你老哥就别再骂我了，我让袁大总统骂了个狗血喷头。

“‘北京不乱一回，总统就得南下就职。总统一走，大小衙门就得跟着走。你们做买卖的人可就惨了。没想到这一乱，就乱出了圈，中国银行、直隶官银号、交通银行、制币厂、京汉路局、张京路局都给抢了，光制币厂就给抢走了九百多万两。这些地方都有卫队，可乱子一起也全没落下，是乱兵抢的还是自个儿抢的，只有老天爷知道。

“‘这笔账要是算在了我的头上，我真冤死了。你那儿没事儿，没抢也没烧，就是你积德积来的、上辈子修来的。乱大发了也好，各国公使不干了，洋兵出来巡街，南京派来的专使也就打了退堂鼓，同意总统在北京就职、南京的衙门和参议会都迁过来。

“‘你就好好做你的买卖吧，火烧旺地，在北京地盘上混，哪儿也别去，准能发财。我得回保定避避风了，等风头过后，请老哥吃东兴楼。’

“老东家放下电话后，出去转了一圈，回来后说：‘前门大街东边全烧没了，珠市口烧得更惨。就咱们这片保住了，这是会友的功劳。叫我在正阳楼定了八桌，明儿中午摆酒谢会友，上上下下全去坐席，一个都别落下。”

正说着，二掌柜进来了，说：“三位全在这儿，我也就不包红包了。老东家说了，昨儿夜里的枪子儿可是硬碰硬、实打实，能顶住不容易，不能亏待了你们。让我一人送一百两，就跟我到账房领银子吧。”

一百两银子揣到怀里有六斤多重，沉甸甸的。腰上沉甸甸的，心里就踏实了。仁德说：“这一百两银子我得先给礼德五十两，我拉着他把银子存入汇通银号吃利息，把他变成了穷光蛋，人手里总得有几个零花钱才成。”

信德笑了，说：“杨三爷走后，你到后面帮着收拾时，双勺就把礼德存在柜上的银子拿了出来，一定要还给他。你想，礼德能收吗。最后双勺和大杖都急了，说：‘这银子你要不拿走，就是把三合轩当成了客店，没拿我们哥儿俩当朋友，把我们哥儿俩看扁了。’

“这话都出来了，礼德才松了口：‘这银子我要是拿回了屋里，连个放的地方都没有，存在柜上我放心，每月初一我支十两零花钱，这样总行吧。’

“双勺点了点头，说：‘你要是想花钱运动运动，不愿意和快马杨三开口，我们哥儿几个再帮你凑凑，不知道这个数得有多少？’

“礼德笑了，是苦笑：‘官场之上我比你们清楚，用银子买个官儿当，都是按进项定价。别说什么肥缺，就是买个标统当，咱哥儿几个把裤子都给卖了，也凑不上这个数。

“‘我是想通了，也看明白了，别说买来的官不能当，就是天上再掉下馅饼来，我也不想接着了。要向前奔，就一步一个脚印地向前走。我已经报考了陆军测绘学堂的速成科，过几天就放榜。要是考上了就上学去，讨个正途出身。以后甭管到哪儿，千万别提我那个标统了，就当没这回事儿，前清的标统和六品侍卫一样，一笔勾销了。’”

听完了这话，仁德算是明白了，挑了个大拇哥，说：“够条汉子。”

一晃半个月过去了，陆军测绘学堂速成科放榜了，礼德榜上有名。哥儿几个给他饯行，老焦头和快马杨三也来了。双勺一下子就抓弄了八个热菜，杨三爷吃哪盘就夸哪盘，老焦头也频频点头，说：“够味儿！”

三杯酒下肚之后，这位老镖头说话了：“礼德选的这条路对，什么事都得抢先。这测绘原来都得请洋人干，你这一去就占了个首科。北洋武备学堂的首科，没有不发的。别说标统了，协统、镇台早当上了。六镇的军头，多半是北洋武备的首科。”

快马杨三接茬儿说：“我要不是过井了，也就去考保定军官学校的骑兵科。玩儿马我可是行家，有人劝我去上海赛马，赌一把。我主意还没拿定，和洋人打交道我是找不着门儿，别让鬼子给卖了还帮着数钱。”

听了快马杨三的话，老焦头放下了酒杯，说：“会友红火时，在上海设过分号，我也去过两趟。租界里的水太深，难蹚！先不说洋人不好对付，巡捕房、青帮、红帮、斧头帮、苏北帮、宁波帮……都给我闹糊涂了。分不清哪儿是哪儿。

“赛马赌输赢，不是凭本事、凭实力，是该输时输，该赢时赢，全是耍下注的、坑下注的。上海的码头可不是好闯的，人管上海叫上海滩，弄不好就真瘫在这地界上。庚子这么一乱，上海分号也就关了。就是不碰上这一乱，我看也得关，谁到那儿也玩儿不转。”

听完了老焦头的话，快马杨三似有所悟，长嘘了一声道：“到了南边的地界，咱们是人生地不熟。天津租界里还没开赛马场。我要去天津玩，可是首家。天津巡警道杨以德和我虽说出了五服，交情多少还有点儿，他捐这个道台时，老爷子帮过忙，我到天津还不是两眼一抹黑。”

这时饺子端了上来，常言道“上马饺子下马面”，给礼德饯行，当然要吃饺子。“饺子压酒，交情深久。”这也是在论的。

吃完饺子后，快马杨三亲自赶着四轮马车把礼德送到了南苑，分手时拍着他的肩膀说：“两年好忍，一晃就过去。营盘中的学兵虽说苦点儿，可出来就是人上人。”

礼德笑了：“放心吧！我是檀营出身，在营盘中长大的。在镖局、新军中又都干过，这点儿苦吃得了。你可得多保重，老焦头的话回去好好想想。我看上海是不能去，天津去不去两可。要去也得多留几个心眼儿，存个后手。”

杨三点头表示明白，就驱车回到西皇城根，进了家门时已经掌灯了。晚上躺在床上，翻来覆去怎么也睡不着。心里总想着北京城中有我快马杨三这一号，谁都知道三爷是玩儿马的。洋人能把玩儿马当饭吃，我怎么就不成?!

想来想去，把心一横，就闯天津这个码头了。钱财、房产该是我的就是我的，要不该是我的，我也守不住。该是我的玩儿赛马场也玩儿不丢，没准还能翻上几翻。主意打定之后就打起了呼噜，第二天一早就奔了东车站，登上了开往天津的火车。

杨三爷打呼噜时，仁德、信德正在老姚头屋里吃烧饼夹油鬼。礼德这么一走，哥儿俩刚踏实下来的心又不踏实了。老姚头看出了他俩的心事，叫小兵先到东口守着，别误了关栅栏门。水烧开了后，就沏了一壶茉莉高碎，要和小哥儿俩好好唠叨唠叨。

谁都知道酒后话多，老姚头爱喝茶，茶后话也多：“‘狼走遍天下吃肉，狗走遍天下吃屎。’这话不好听。‘就看贼吃肉，不看贼挨打’，这话中肯。你们哥儿五个一块儿投会友，智德、礼德有大起大落，义德在南边打仗，什么时候能回来还不知道。

“你们哥儿俩守着会友，也就是守着个‘安’字。论武功，你们哥儿五个都行。那哥儿仨，肚子里有点儿文墨。你们哥儿俩差就差在这一点上了。考军官学校都没戏，就死了心吧。礼德出来时，小三十了，从排长干起，也不见得就怎么顺。

“会友是火不了，也歇不了。孙大掌柜这个人我佩服，他就是掌舵的料儿。你看他什么时候着过急、上过火。门门道道全装在心里，往柜上一坐，就能安居平五路。远的不说，把这片值夜的活儿一总包了下来，总号这五十多号人全有了着落。

“张家口分号、正定分号现在全撑得下去，要觉得这值夜的活儿太憋闷，出去溜达溜达也行。我老了不想动换了，就在永增这儿忍了。每天晚上、早上两套烧饼夹油鬼，一壶酽茶，挺好。”

老姚头的话，像是安心丸，小哥儿俩的心又塌实了下来。茶也喝足了，话也说明白了，仁德、信德就奔东口把小兵换了回来。不一会儿，永增老东家的骡车回来了。老东家挑开车帘说：“明儿早上到老姚头那儿吃早点，我给你们带回点儿好吃的。”

前门一开，廊房头条的栅栏也就跟着开了。仁德、信德一进老姚头的屋，真乐了。一整只烧鸡，少说也有五六斤重，准是用九斤黄烧出来的。一盘刚烙好的热烧饼、一盘刚炸好的油鬼已经摆好了。

老姚头说：“昨儿晚上是拱卫军统领段芝贵做东，四个压桌的菜，整鸡、整鸭、整鹅、整个后肘，都没人动。散席时老东家说：‘你们吃了我的烧饼夹油鬼，这四个压桌的菜我得带回去，慰劳、慰劳为我值夜的镖头。’咱们东口分了这只烧鸡。别愣着了，动手吧，足够咱四个人吃的。”

21

吃完烧鸡回到了粮食店街，仁德、信德倒在炕上就睡。常人的谋生之道是早出晚归，吃会友这碗饭是晚出早归。一觉还没睡醒，哥儿俩就被叫了起来，同盛居的两个少东家和大掌柜全来了，从这三个人的脸上来看，是出了大事。

少东家见了仁德，一把拉住了他的手，放声痛哭。大掌柜在旁边说："您想哭就哭吧，哭出了痛快，您哭完了，我再跟镖头们从头儿说。"

少东家止住了眼泪后，大掌柜就从头儿说了起来："老东家平常最信王半仙的话，说来也怪，这个半仙的话有时还真灵。不知道他是怎么算出来的，说珠市口风水不好，有火光之难，得避避，才能人财两安。

"这时店房的租期也满了，房主看同盛居的买卖火，要加房钱，开口就要了个大价。老东家一生气，二话没说，就把房给退了，把字号搬到通州，跟分号合了。

"通州分号在西关，西关镇比城里还热闹。从京号过来的厨子手艺又高，没几天同盛居就红遍了通州。人人都知道，进了同盛居就吃遍了北京城。老东家念叨着要给王半仙送匾，他的话又应验了。珠市口烧了个精光，同盛居搬到通州后真是越办越有起色。

"匾还没刻好，同盛居就出了大事。就在三天前的夜里，一伙蒙面歹人绑了老东家和孙少爷的票。留下了一封信，开了个天价。说七天不赎就撕票，这个价邪到家了，就是砸锅卖铁，也凑不上一半儿。

"同盛居的同仁们一商量，留下二掌柜先支应着，大掌柜就奔保定去找少东家。少东家也没了主意，想起了会友镖局，就一块儿来了。"

老焦头、老姚头听了信儿之后也过来了。两位老镖头一到，就让大掌柜把绑票的经过再说一遍，说得详细些。大掌柜又原原本本地说了一遍，听完之后老哥儿俩一致认为：

绑匪蒙面，阴阳怪调地说话，很可能就是本乡本土的歹人，怕把他的声听出来才出怪声、拉怪腔，让人对不上他这一号。

追找细软花了不少的时间，把同盛居的内柜、后库、住房都翻了个底掉。由此来看，原来是"砸明火"，因没找到什么东西，才临时改为绑票。

离开同盛居时已是下半夜，即便有车接应，天亮前也走不了多远，只能是就近存票。由此来看，绑票的大概是当地的“土造”。

会友的事不论大小，最后还得孙大掌柜一锤定音。老孙头认为会友和同盛居有多年的交情，少东家上门求救，虽说事出在通州，可是于情于义会友得把事给扛下来。仁德在同盛居坐店多年，这事就交给他办。

老姚头让仁德去通州时，把小兵带上，跟着历练历练，他打着保票说：“这孩子挺机灵，遇事能当个帮手，跟我这些日子，飞抓、飞刀都学会了，自来得、左轮玩儿得也挺溜，永增的老东家说了：‘会友有事就让他跟着去见识见识，经经场面。’”

吃午饭时大伙儿在饭桌上又合计了一下，一致认为两位少东家不能在通州露面，好在火车已经通了，打东车站上车，半个多小时就能到通州西关。大掌柜得回去，回去之后怎么说，老焦头详详细细地交代了一遍。

仁德、小兵和大掌柜一块儿去通州，他俩可不能在同盛居露面。到了通州后住在哪儿，怎么联系，在饭桌上都定了下来。老焦头还不放心，吃完饭后把仁德叫进屋里，又交代了半天。

下午大掌柜就回到了通州，特意在同盛居的门口、大厅、柜台前头多露了几面。第二天一早，果然就有人找上门来。来者是个半熟脸，这块料儿总在西关地界上混，可总没混出个人样来。好吃、好喝、好赌，整天提着笼子架着鸟，泡过茶馆歪酒馆，隔三岔两地到同盛居吃个风味菜，打打牙祭。见了掌柜的、跑堂的就装老主顾，充个场面上的人。

这块料儿和大掌柜一见面，就说：“遛鸟回来的路上遇见了一个生面人。他托我给同盛居捎封信来，咱们是老主顾了，您的事我能不管吗。我刚想问他是谁，他把信往我手中一塞，转身就走了。我就照直奔同盛居来了。”

说着，就把信交给了大掌柜。大掌柜打开一瞧，就把信扔到了一边儿，长叹了一声说：“别说延期一天加二成，就是不加也凑不上这个数。保定我是去了一趟，可两位少东家全没见着，一个去了洛阳，一个去了淮阳。就是见着了也没用。保定的买卖不景气，柜上根本没有现金。

“老家的房产、地产，不是说卖就有人要。能多宽限些日子，还能卖出点价来，越急着卖，买主越压价。要知道卖了是去赎票，买主能不黑一把吗？等不及了就撕票，那是鸡飞蛋打。我想绑票的没那么傻。我现在是一点儿辙也没有，就是一个字——等。

“同盛居是火，可是房是租的，四十多号人的开销可不小。入项大，出项也大，跟你说实话吧，也就是过了个流水，想抽出五百块钱都没戏。你要再见了那位，就把这话带给他。”

听了大掌柜的话，这块料儿的脸上显得挺不高兴，说：“他是个生面人，把信塞到我手上转身就走了。要知道是这事儿，我把信往地下一扔，接着遛我的鸟去，这事儿沾上就说不清，我可真是晦气。”

仁德暗中盯上了这块料儿。此人生活很规律，每天早上遛鸟，遛过鸟后上茶馆侃大山，把大掌柜的话原封不动地陈说两遍，一连两天都是这样。这块料儿在茶馆演讲时，有个身穿灰大褂、头顶灰礼帽、鼻梁子上架着一副墨镜的客人，独自坐在靠窗户的地方品茶、吸烟，仿佛和周围的人都不相关。

仁德心里明白，这个“客人”是“听鸟叫的”。给大掌柜捎信的这块料，是个游手闲杂。受香火的人是谁？“票”存在哪儿？他全不知道。只是按照“舌人”指定的地点“遛嗓子”。这号人有的是图俩小钱儿，有的是多管闲事充个人物，好叫街面上、市面上的人另眼相看。对这两种人都不能惊动。

两天后，同盛居接到了一封扔进来的信。信中要少东家出面，同时责令大掌柜先付五百大洋权当老东家的生活费，否则饿死活该。仁德认为可以交这笔钱，先稳住绑匪。

二掌柜按照指定的时间到了接头地点，干等了半天，就是没人来收款。见太阳已偏西，只好起身离去。快进西关镇时，迎面走过来两个人，见到二掌柜后亲亲热热地打招呼。二掌柜还没醒过劲儿来，手中的提包就被“接”了过去。另一个人的大褂里凸出了枪口，命令说：“不许回头，照直回去，回头就叫你脑袋开花。”

二掌柜照直回了同盛居，仁德和小兵跟在两个“受香火的”后头，盯住了。“受香火的”进了西门，仁德的心里也就明白了大半，这是黑道上惯用的“切尾巴”之计。

时下虽说已是民国，城门的管理上还是承袭清朝的旧制，到了时辰就得关城门，不到时辰绝不能开。对任何人都是一样，否则就会冲撞了城隍爷。城隍爷一怒之下，就会放出恶鬼附在违时辰出入城门的人身上做怪。因为关城门之前，是阳官主门政，关城门之后，是阴官主门政。阳官是县太爷，阴官是城隍爷。按时辰分，该人走时人走，该鬼走时鬼走，不能侵越。

若遇非常之事，非违时开城门不可，得先上香、鸣炮、升伞，然后才能开城门，放行人通过。利用关城门来切尾巴，这招最灵。

仁德让小兵留在西门外盯着，自个儿跟着“受香火的”进了城。他俩在西门里买了些酒肉，就进了西悦轩茶馆。仁德就在西门里的老槐树下坐了下来，盯着西悦轩的大门。

关城门的时辰快到了，两个“受香火的”从西悦轩中窜了出来，仁德慢条丝理地从老槐树后站了起来。三个人在城门关上之前，同时出了城。

小兵在后面盯上了这俩人，就听他们一边走一边说：“这一天也真够折腾的，到小凤家后先来个酒足饭饱。然后你辛苦一趟，过去看看，明儿早上我再过去一趟。这上半夜是我的，下半夜是你的，‘单练！’喝酒时来点荤的，我可有点等不及了……”说着两人就进了一家“暗门子”。

仁德叫小兵在外面盯着，自个儿到西关电话所给孙大掌柜用暗语打了个电话。老孙头听了挺高兴，说：“盯住了，别惊动。你俩太单薄。信德带着人坐火车赶去……”

头八点，信德一行八人就到了。哥儿俩一合计，认为两个“受香火的”有分工，一个酒足饭饱后“先辛苦一趟，过去看看”。看谁去？准是看看存票的地方。只要跟上了“先辛苦一趟”这个人，就能找到老东家和孙少爷。等到“明儿早上再过去一趟”的主儿到了，就收大网。

哥儿十个把“小凤家”围了三道圈，就等着“先辛苦一趟”的出来。隔着墙就能听见男人拍洋钱的声音，和女人淫荡的笑声。看来两个受香火的正在迫不及待地“双练”。快十点了，受香火的出来了一个，仁德带着五个人，跟在了他的后面。信德哥儿四个，继续盯着小凤家。

六个人盯在他后面，这小子全然不知，径直奔了西关南村，进了村头的一所小院中。仁德飞身上房，见这小子进屋后就把三十块大洋往炕上一扔，说：“这活儿不赖吧，三人看一个老头子。我可跟你们把话说清楚了，不许喝酒。要是出了事，按规矩办。人得看紧了，可也别把老东西整趴下，到时候没法验票。”

训完话后，又到囚屋验明了正身。然后回小凤家，看来下半夜要“单练”。

仁德、信德商量了一下，认为西关南村可以收网了，先救出老东家。天亮后等上半夜“单练”的来视察时，一进门就给拿下。上半夜“单练”的一离开小凤家，就进去把下半夜单练的掏出被窝。两人分着审，这案也就真相大白了。现在先不惊动小凤家。

仁德带着哥儿五个飞身进院后，没费事就把三个看票的制服了。打开了囚屋后，救出了老东家，可是屋里没有孙少爷。分别进行审讯后的口供相同：

“孙少爷由‘受香火的’带走了，下落不清，大概在三河县。原想把老东家也弄走，可怕天亮了后不方便，临时改变了主意，来个就地存票。两名受香火的，每天一大早总有一个人过来看一趟。昨儿晚上二头来了，一人给了十块大洋，明儿早上大头准来。”

“捉贼得有赃，捉奸得捉双。”现在把两个受香火的从小凤家抓出来，那是易如反掌。可是抓出来又怎样，证据不足。只能等大头送上门来，当场擒获，来个人赃俱在。于是告诫三个看票的，只要抓住受香火的大头，就立即释放他们，绝不一同送官。

天亮后，大头果然前来视察。用暗号叫开门后，问看票的：“老头子怎么样，可别给折腾大发了……”看票的回答说：“没事!”大头觉得这哥儿仨有点儿不对劲儿，突然大声说：“老乡，真对不住！我走错门了。”

刚要转身，仁德的自来得就顶住了他的脑袋，左手下了他的土造左轮。这时信德把二头从小凤家掏了出来，两人的口供也相同：“孙少爷在三河县。”

大头、二头不但口供相同，所求也相同——私了。一口应下来的是：送回孙少爷，那天夜里抢去的东西也一律归还，五百块大洋还有四百多块，一总归还。从此以后河水不犯井水，就当没这回事儿。”

仁德想了想，觉得事情也只能如此，要是经官，别的先不说，剩下的四百多块大洋也就成了犒劳费。于是就拍板儿做了主。让富贵、德柱两人护送老东家回北京，哥儿八个就奔了三河县。

同盛居的二掌柜早备下了三辆骡车，大走骡蹚开四蹄，头晌午就到了双旗镇。大头赔着笑脸说：“接人时您给我留点儿面儿……”仁德点了点头。大头引着仁德走进了一家豆腐房，孙少爷正在后院逗猫玩儿，见了仁德就扑了上来，大声喊道：“您可来了，我爷爷和我爹……”

孙少爷回到北京，同盛居的老少三代算是团聚了。老东家拉着仁德的手说：“我真不知道该怎样谢您。我是命中该有这一劫，躲一刀就得挨一枪。躲了珠市口的大火，摊上了……您是我命中的救星、福星。”

“这北京我也不想待了，离通州太近，明儿一早我就奔保定。还得麻烦您送我上火车，下车后我先去大佛寺上香，一是谢谢老佛爷，二是给大伙儿都求个福祉，求个平安。”

第二天火车快开时，少东家往仁德手上塞了一个红包。车开了后仁德打开一瞧，是一张四百两的银票。再加上永增家送的一百两，手里又有了五百多两银子。回到粮食店街，直截了当向孙大掌柜请假，要回檀营娶媳妇。

老孙头叫柜上给仁德备了套骡车，还嘱咐说辕骡、套骡都得配齐了。临走时塞给他一张一百两的银票，说是会友给开的奖银。信德把大有送的一整匹大红绸子放到了车上，让仁德拿去当彩礼。

孙大掌柜给了仁德半个月的假，可十二天头上他就赶着车把媳妇拉了回来。三合轩张灯结彩，鞭炮齐鸣，把小两口儿接进了新房。喜事虽说是在檀营办的，可会友的同仁也要表示表示，三合轩里也得热闹热闹。

老孙头、老焦头、老姚头全来了。三合轩里摆了整八桌。让人想不到的是新媳妇前前后后地忙乎了起来，别说汉人家的姑娘，就是满人家的姑娘也没有这个胆。真还得说蒙古姑娘满不吝，在马背上长大的才有这个气派，不但招呼客人，而且指挥一切，俨然是三合轩中的当家大嫂。

老焦头心里有数。五德都是属虎的，老大仁德是正月虎，老五信德是腊月虎。大哥和小弟，整差十一个月。双勺也是属虎的，是三月的生日。就是大杖小点儿，是属兔的。这个新媳妇进门就挑起了大梁，三个小叔子和店里的伙计都听她的，真是能拿得起来的主儿。才三天就服众，没点儿能耐可不行。光有能耐也不行，还得有做派，办事正、行得公。

新媳妇过来敬酒时，老焦头就发了话：“当了大嫂，可就得给小叔子张罗张罗……”老焦头的话还没说完，双勺、大杖就接了茬儿，信德把头一低，没吭声。

新媳妇可真不含糊，一口应了下来说：“您就放心吧，慢了三个月，快了一个月，就让您喝上喜酒。”双勺借着酒劲儿，抢上一步说：“给大嫂请安，小弟可谢啦!”

大嫂说得到做得到，不到两个月，两个檀营的姑娘就娶进了三合轩。双勺、大杖的屋里都有了内掌柜，妯娌仨都是勤快人，把三合轩打理得井井有条。

男人有没有女人疼，明眼的人扫一眼就知道。现在双勺、大杖哥儿俩出门，可真有“掌柜的”的样儿了。信德也借了光，三个嫂子都疼这个小弟。老姚头这回不摇头了，点着头说：“信德这小子有福命，可是总借哥哥们的光也不行，得自个儿……”下面的话老姚头没说出来，又不由自主地摇起了头。

22

仁德、信德的差事是晚出早归。虽说黑白颠倒，可是占上了两个字——稳当。自个儿觉得稳当就知足，知足者常乐。就拿老姚头说吧，他虽然老摇头，可是摇头时十有八九是乐呵呵的。知足者常乐是他的处世之道，也是他的口头禅。仁德爱和老爷子一边喝茶一边唠叨，知足者常乐这句话也就挂到了他的嘴边上，信仰上了姚子哲学。

甭管老姚头是摇头还是点头，一转眼两年就过去了。这两年会友的上上下下虽说还消停，官面上可真不消停，先是什么政府北迁、参议院北迁，后又是什么八百罗汉闹京城。

国会参、众两院新当选的议员，号称八百罗汉。八百罗汉的月薪是八百块大洋，八百罗汉揣着八百块大洋一折腾，北京街面上红火了起来。最火的要数饭馆、旅馆、戏园子、澡堂子，但再火也火不过八大胡同。“繁荣娼盛”，真忙、真发的是驴子、婊子。

八大胡同繁荣娼盛，仁德、信德就得守着东口的栅栏门多站会儿。广和楼散戏后，意犹未尽的主儿就穿过廊房头条奔八大胡同。戴着议员徽章的人，都是神圣不可侵犯，叫什么“国民代言人”，巡警、巡兵都来个兔儿举爪——立正敬礼。值夜的可更犯不上招惹这些爷，见了躲着点儿、绕着点儿就行了。

这两天戴议员徽章的人少了，仁德、信德挺纳闷。晚上吃烧饼夹油鬼时就问起了老姚头。老姚头长长地嘘了口气，摇着头说：“这些戴徽章的人，大半是国民党，头儿叫宋教仁，要组成什么责任内阁。说白了，就是什么事都得听总理的，这总理由他当。你想，袁大总统能干吗？

“前两个多月，这个宋教仁在上海火车站让人刺杀了。国民党说袁大总统是主谋，在南边起事宣布独立，闹什么‘二次革命’。袁大总统和外国人借了笔钱当军费，和南边动了武，南边打败了。看来国民党要没好果子吃，所以戴徽章的人少了。听说过些日子还要把袁大总统选成正式大总统，国民党的人不干，弄不好就有一乱。”

听说又要有一乱，信德有点儿沉不住气了，说：“可别又闹什么兵变，咱爷儿们可真经不住这么折腾了。”

老姚头摇了摇头说："哪能呀，这些人手里没兵，在南边的兵也都打散了。现在是光能说不能练。我说的一乱，也就是国会开会时扯着嗓子吵，扯着嗓子喊。"仁德、信德听了后说："您这么说，我们哥儿俩就放心了。"

老姚头又喝了两口酽茶，然后放下了杯子，定下了大政方针："甭管是'说'还是'练'，那是他们的事，咱们不跟着掺和。守本守分，知足常乐。"仁德、信德点点头说："我们哥儿俩听您的。"

下夜值后仁德、信德回到粮食店街，进门后就见孙大掌柜正和一个中校对付。这个人官儿不大说话挺牛，拍着皮包说："我可是奉了袁大总统的手令！"老孙头直赔笑脸："别说大总统的金口玉言，就是您发了话，只要办得了，会友也不打愣儿。"

这个中校大人把皮包往柜台上一摔，说："中华门的匾你们挂得上去，天安门的匾怎么就挂不上去？把那块满汉合文的匾摘下来，把大总统手书的新匾挂上去，是你们会友露脸的事儿……"

孙大掌柜站起来抱拳施礼道："您多包涵吧，别误了国家的大事。这活儿得搭架子，得找棚铺、架子铺，会友真是办不了。要是能办，这正是露脸的时候……"

这个中校抓起了皮包，骂了声"废物！"气冲冲地踹门走了。老孙头叹了口气，对仁德、信德说："天安门有多高？中华门有多高？差远了。这小子瞪着眼说：'大总统要登天安门阅兵，阅兵后还要到天坛祭天，这换匾的事不能耽误。'说话那个牛劲儿，当了正式大总统就这么牛，要是当了皇上还不牛上天去。"

仁德听到这儿乐了，说："要真当了皇上，可就牛不起来了。皇上要是还能牛，哪还能有总统？皇上要能牛，大清门也就变不成中华门了。天安门这么折腾，不是好兆……"

正说着，老焦头走了进来。老爷子在会友算得上是泰斗了，坐夜、巡夜的差事当然不劳大驾。会友没有二掌柜，就在柜上帮老孙头支应支应。老爷子每天早上都到天坛西墙外练功，回来后还没坐定就说："今儿早上我是开了眼，听人说大汽车这玩意儿跑得快，可没见过。从天坛往回走时，路过高升架子铺，见门口围着一堆人，我以为架子铺出了事，跟人一打听，是围着看大汽车。我活了这么大的岁数，还没有见过大汽车，刚要挤进去瞧瞧，就见从高升门里出来了几个丘八，为首的有个谱儿，看来官不小。见人围着他的汽车，掏出枪来往天上就打了两枪，把看热闹、瞧新鲜的人都给吓跑了。

“他们全跑了，我看了个门儿清。大汽车这玩意儿是个大脑袋，身子是个没盖的长方盒子。当兵的跳上了盒子，把高升家的掌柜的、打头儿的也给弄了上去。那个当官儿的打开了车脑袋的门儿，就钻了进去。这时就听轰的一声，长方盒子的下面冒出了一股黑烟，挺呛人。大汽车跟箭头似地就飞了出去，转眼就没影了。

“我想架子铺准是出了大事，跟侯七怎么说也是个老熟人，就进去看看吧。见了管账的才知道，袁大总统明天要登天安门阅兵，阅兵后到天坛祭天，让高升家到天安门搭架子换匾，得把旧的摘下来，把袁大总统手书的新匾挂上去，十万火急，今儿非办妥不可。

“天安门那么高，我看够呛，有侯七忙的。不过看那架势，这皇差他不应也不行。明儿咱们就看热闹吧，打天安门奔天坛，正好从前门大街过。”

柜上没什么事，听完了新闻后，信德倒在炕上就睡了。晚上见了老姚头才知道，明儿袁大总统可真忙，早上在太和殿举行就职典礼，典礼后开记者招待会。中午设午宴宴请中外来宾，下午登天安门阅兵，阅兵后去天坛祭天。真是连轴转了。

信德笑了：“当大总统可真够累的，他也奔六十的人了，别累趴下。”老姚头摇了摇头说：“当上了正式大总统，邪劲儿就更大了。邪劲儿来了比抽了大烟、吸了白面都邪。别说连轴转，就是转连了轴也顶得住。

“他顶得住，可永增家上上下下都真要累趴下了。为了阅兵，军帽、军装、军靴都得一水儿新。永增家是没黑天、没白天地赶活儿，可真是转连了轴。今儿晚上东口关门得晚点儿，跟着忙乎的人可多了。”

晚上倒没什么人跟着忙乎，早上可真热闹，一批又一批的人从前门奔北去，看天安门的阅兵。仁德、信德下了值夜，回粮食店街吃完午饭后，就听见天安门方向传来了“万岁！万岁！万万岁”的声音，喊得那叫齐。反正也下值了，就上天安门看个门儿清吧。

没想到刚走到棋盘街，就叫巡警给拦住了。跟人一打听，是过去的就过去了，没过去的就不让过去了，怕看热闹的人太多了，闹乱子。

哥儿俩被阻在棋盘街什么也看不见，就听见军靴踏在石板地上的撞击声，和扯破嗓子的万岁声。一个上了岁数的老爷子说：“天安门前的石板地可有年头儿了，打着铁掌的蹄子这么狠跺，非给震碎了不可。”

另一位老爷子接茬儿说：“打上铁蹄还吝这个，人家坟头上都敢踢三脚。”“您说什么？人家坟头上他都敢踢三脚，他不怕自家的祖坟让人给骂崩了？”“袁大总统给这号人的祖坟上都打了三道铁箍，骂不崩。”“这袁大总统也邪行，皇上退位了他出来充什么万岁。‘千年王八万年龟’，就不怕戴上绿帽子……”

“您两位老哥嗓门小点儿，这话要让看街狗听见，准得挨上哭丧棒。狗都护主，谁养的向着谁……”话还没说完，这个老头子头上就挨了两棒子，捂着脑袋跑了。

仁德、信德见这阵势，也就躲躲吧，掉过头往回走，没到珠市口又让巡警给拦住了，把过路的都轰到旁边，圈住了不让走，说等大总统的仪仗过来时，都齐声喊“万岁”，谁也不准溜。

圈住了，溜不了，只好往马路沿子上一坐——等啦。生忍了两个多钟头。

突然，前门方向又传来了万岁声，黑狗子抡着哭丧棒喊道：“快起来！快起来！喊万岁！喊万岁！”一边喊一边转过身去，向大总统的仪仗举手敬礼。

仁德、信德这个气呀，这时四周响起了“万岁”之声。就跟着喊吧，“万岁”变成了“万碎”。在“万碎”声中，警察总监吴炳湘、步军统领江朝宗引导着离奇古怪的仪仗队，奔天坛而去。翊立使们穿着不古不今、不军不民、不中不洋、不武不文的大礼服，拱卫着八抬大彩轿缓缓而行，彩轿上的云龙那叫花哨，想必大总统正端坐其中，正心诚意地以待天命。

祭天的队伍过完之后，仁德、信德才恢复了自由。哥儿俩奔了三合轩，一进门见礼德和双勺、大杖喝得正起劲儿。添人赶紧添杯子，先叫上两声“干！”

一晃就是两年，哥儿五个聚到一块儿话可就多了。礼德告诉大伙儿说毕业了，分到哪儿还不知道。有大门坎儿的能混个上尉，没路子的也就是个少尉。校长让他明天早上八点钟，准时到帽儿胡同步军统领衙门送上一封信。

仁德问道：“让你送信，可知道信中说的是什么？”双勺说：“要是推荐信就好了，你在步军统领衙门当差，我们哥儿几个也就有依靠了。”

礼德摇了摇头说：“不知道，校长让送就送吧，别误了钟点就能了差。”

第二天一早，礼德就奔了帽儿胡同，中午时就回来了，说：“江军门荐我到经界局，明天就到差。”大伙一听全乐了，说：“能在北京有个差事，那可不容易，义德被发了出去，这么多年都没回来过。”

经界局就在陆军部后身的府学胡同，晚上礼德回来时穿着灰呢子军装，肩上扛着两杠二花——中校。双勺拍着他的肩膀说：“你就是当官儿的命，昨天还说有大门坎儿能混个上尉，你到差就是中校，看来这门坎儿来头儿可大了。将来的前程，不可限量。”

说完转身到灶上大显身手，再转身回来时六个热菜就齐了。大杖端上了四个凉菜，开了坛礼贤老窖，哥儿五个得好好庆祝庆祝，祝礼德步步高升。

三杯酒下肚后，大伙儿看出礼德并不怎么高兴。问其故，礼德苦笑了一下：“我想的是实实在在，一步一步地走。平地高升，不见得是好事。”

双勺听了直摇头，说：“你是正途出身，又是首科毕业生，必有大用。当个中校，总比当个少尉强。差着四级哪，一步一步地走，少说也得奔上十年。这叫机遇，我们哥儿俩要不是遇见孟老财，从摆饭摊儿练起，那可就惨了，说不定现在还在路边上卖大饼。”

大杖也接话说：“这话在理，天门有路就得走，不走是傻子。你跳了这四级，再过几年就能混上个少将。可别小瞧了这少将，戴着民国顶子，叫什么叠羽冲天冠，那才叫威风呢。回檀营转上一圈，才叫光宗耀祖。

“那时再说娶媳妇，保媒的人得排队，你可别挑花了眼。挑花了眼也没关系，定定神再挑，可别找洋小姐。洋小姐太邪，招惹不起，把你弄得神魂颠倒，她跟没事人一样，今儿还往你怀里扎，明儿就……”

下面的话还没有说出来，仁德、双勺就在桌底下踢了他一脚。大杖才知道失了言，赶紧转移了话题：“这几天快马杨三没准儿就回来，杨三爷现在成了洋三爷，西服、礼帽、皮鞋，还拎着文明棍。抽的烟叫什么哈瓦那牌儿，味儿可香了，香得发邪。他在天津办的赛马场就要开业了，开业时还要请咱哥儿几个坐在看台上当嘉宾。”

听到这儿礼德接话说：“过几天我得去趟天津，接蔡将军。袁大总统免去了他云南督军之职调京任经界局督办。要能挤出点工夫来，就去看看杨三爷，来个公私两便。

“蔡将军已经离开昆明，乘滇越铁路到了海防，由海防坐轮船到香港。在香港的英国医院看看喉疾，再乘海轮北上。我到天津接他，在云南时他是我的顶头上司，一晃三年没见了。”

双勺一听就乐了，说：“老上司成了新上司，蔡督办不提拔你提拔谁。真是官运来了城墙也挡不住，我先敬你一杯壮壮行色，到天津后来个旗开得胜。”

礼德在经界局的差事，是副官处的副官。此次天津之行，副官长让他带上四名勤务兵，并嘱咐说：“督办下船后免不了就有应酬，你可要安排好了。白天忙，晚上就往处里打个电话汇报一下工作，我好放心，当副官的不光腿勤，更得嘴勤，上通下达，我这话你可明白？”

副官长的话礼德明白极了，心里也不痛快极了，也可以说膈应极了。按照军界的规矩，礼德只能说声“明白！”明白二字刚出口，就听门外一嗓子：“段统领到！”副官处里呼啦一声，全站了起来，个个儿立正、挺胸、敬礼。

段芝贵进来后示意大家坐下，可没人就座。副官长向前一步，给礼德做了介绍。礼德举手敬礼，段芝贵拍着他的肩膀说：“听江朝宗说你前清时当过御前侍卫，在云南时干过新军的标统，有履历，好好干，将来在拱卫军给你个团长。从现在起，你就是拱卫军的中校团副，记上名，拿双饷。”

礼德再次立正敬礼：“谢统领栽培。”段芝贵笑了：“有事就向你们处长报告，你给皇上当过侍卫，他给总统当过军需，摽到一起干，前途远大呀。”礼德挺胸回答：“统领过誉了。”

紧接着段芝贵向大家宣布：“外交部瑞次长兼任经界局帮办。瑞帮办在前清时当过驻美公使，办外交是老手了。文兼武职，为的是协调边疆的涉外事务，有事要多向帮办请示。一会儿瑞帮办就到，全体列队迎接。”

列队毕，帮办的大驾也就到了。下车时跟着一名副官、两名马弁，段芝贵迎了上去，瑞帮办紧三步抢上来，说：“来迟一步！来迟一步！”

礼德打量了一下这位帮办，虽然穿着笔挺的中将军装，手上还带着雪白的手套，可是从走路的姿态来看，是一位旧官场中的文人。

段芝贵侧身请帮办先行，帮办侧身请统领先行。二人互视一笑，并肩进入了正厅。段芝贵向在场的官佐宣布：“我是奉大总统之命，陪瑞帮办来上任的。总统上午在太和殿宣誓就任正式大总统，下午美国就带头宣布承认了中华民国，瑞次长功不可没。瑞次长兼任了经界局的帮办，大家要唯马首是瞻。现在请帮办训话。”

瑞帮办的话简而明，“唯大总统之命是从”。言罢，副官长引导着帮办、统领走进了办公室，敬茶之后段芝贵起身告辞说：“参、陆两部有个联席会议，我得参加。下午陆海军管束办事处成立，我也得到场。蔡督办兼任办事员，可别小瞧这个办事员，清一色的上将军衔。参、陆、海三部的总长均列名办事员中。”

瑞帮办站了起来，说：“陆总长约见了英国公使朱尔典，我得陪同。咱们就一起走吧。”副官长引导着二人步出了办公室，向停在门口的马车走去。

统领、帮办离开后，副官处的同僚们就把礼德围了起来，表示祝贺。七嘴八舌地说：“拱卫军的饷可高，这经界局是有衔无兵的穷机关。从拱卫军中调来时，谁都不愿意来。定下了见人加一级后，生把大伙儿弄过来了。”“中校团副再往上走就是上校团长，干个实缺比这副官强多了。”“能回拱卫军，还能当团长……”

礼德不知道说什么是好，这时副官长回来了，才给他解了围。副官长见了礼德后，好像想起了什么，拍着脑袋说：“蔡督办到京后先住外交部招待所，你到天津后和巡警道杨以德联系，他会帮着你安排。”

到了天津后礼德才知道，杨道台把什么事都安排好了。接船时警察打出横幅，上书“恭迎蔡将军莅津”，还派出了西乐队在码头上列队，船一靠岸就鼓号齐鸣。

直到旅客走得差不多了，蔡锷才走下船来。真是轻装简从，随身只带了一名副官。二人均穿便服，与一般旅客无异。礼德跑步向前，立正、敬礼、报告：“中校副官兆礼德奉命前来迎接督办……”

四目相视，蔡锷笑了，和礼德亲切握手，说：“三年多没见，近况如何？”礼德简明地做了回答。蔡锷点头说：“很好，你是学测绘的，到经界局是学有所用。以后我要多倚靠了。”

下榻国民饭店后才片刻，杨以德来拜访，紧接着法国领事查理也来了。杨以德和这位领事很熟，见面后说：“今晚我做东，咱们起士林一聚。”

查理领事说：“我来迟一步，你捷足先登，今晚就让你做东了。明天我请你们参加法租界赛马场的开业典礼。蔡将军、杨道台都是马上高手，剪彩后可首先试马，一驰为快。”

蔡锷说：“很高兴接受您的邀请，我在日本留学时学的就是骑兵科，而且是个好学生。”杨以德说：“我在毅军当过马队管带，咱们赛马场上见。”查理领事说：“很惭愧，我是个业余的骑马爱好者，不过在赛马场上也不会示弱。”三人都笑了，起士林晚宴的气氛很是融洽。

第二天，礼德跟着蔡将军一登上赛马场的主席台就愣住了。眼前的杨三爷确实是洋三爷、洋董事长，从做派上来看，可以称之为洋大人了。杨三见了礼德也是一愣，说了声：“行呀，又抖了起来，今儿晚上到我家聚聚，不邀外客，咱哥儿俩闭门独乐。”

剪彩仪式结束后，查理领事立即走到主席台宣布：“今天，我们荣幸地邀请到了一位尊敬的客人，骑兵科出身的陆军上将蔡锷将军行开场仪，首位试马。”

主席台下响起了一片欢呼声，蔡锷此时是箭在弦上不得不发，于是站起来拱手说：“恭敬不如从命！”

一匹乌黑油亮的纯种马，四蹄如白雪，脑门上有一块白。这马在谱儿，叫“四蹄踏雪”、“乌骓抱月”。蔡锷穿着灰军装，披着红披风，戴着白手套来到马前。没翻身上马，而是照马屁股上轻击一鞭，马向前跑去，驰出一箭地后，蔡锷飞起追上，双手按住马的臀部，蹿上马鞍。全场叫好声雷动，飞起追上的过程中，红披风像大鹏展翅，亦如翔鹤腾起。

蔡锷端坐到马鞍上之后，这匹舶来的纯种马被激怒了，前蹄骤然腾起，发出了一声嘶鸣，后蹄双蹶，前后三返。蔡锷随势就鞍，稳如泰山，全场响起了一片惊呼声。蔡锷猛地夹鞍、踢刺、扣镫、勒缰，这匹狂狷不驯之马领教了背上的骑士是何许人也，按照抖缰的指令纵蹄飞奔，蔡锷稳坐在马背上如驾风驰电。红披风、马尾巴、地面形成了三道平行线。

全场掌声、欢呼声连成了一片。蔡锷纵马环场飞驰了三圈后，收缰、松镫，飞鞍下马。此时，这匹烈马发出了一声长嘶，这声长嘶舒而缓，是对骑士表示礼敬。

一群金发女郎举着鲜花奔向了蔡锷，献花、拥抱、亲吻。杨以德笑眯眯地看着蔡锷，查理领事也眯眯地笑了，说：“我看得出，你忌妒他了。”

杨以德哈哈大笑：“他刚三十出头，我已年逾知命。老头子还能和小伙子争风？我们中国有句俗话叫树大招风，‘木秀于林，风必折之’。你是个中国通，对这句话一定明白。”

两个都笑了，杨以德笑得挺深邃，查理笑得挺神秘。看来，道台和领事都很理解对方，可以说是心领神会。

傍晚，礼德独自到法租界的爱庐赴宴。进门后眼前一亮，草坪、喷泉、剪松拱托着一座三层洋楼，二楼顶上半是阳台，落地式的大玻璃窗中已是华灯闪烁，并传出了醉人的音乐声。

步入正厅后，屋顶的吊灯流光呈异，走在地毯上脚感呈异，空气中弥漫着的馨香呈异……使人觉得步入了异地异境。所不异者，杨三爽朗的笑声："咱哥儿俩今儿晚上不来虚的，不吃那些洋玩意儿，实实在在地喝上两杯老白干儿。我真想三合轩了，还是双勺有手艺，他要在这儿，抓弄几个菜准镇了、盖了，对咱哥儿俩的口味。"

礼德笑了："我在北京就听说杨三爷变成了洋三爷。这一进门，就给镇住了。在云南的三年里，见过不少洋宅子，都跟你比不了。租界里的开销可吓人，你得悠着点儿，别花秃噜了。"

杨三也乐了："在真人面前不说假话，想说假话也说不成。赛马场的地皮，是用东四地皮顶的，打了个平手。还真得谢谢那些乱兵，不给烧了个精光，我上哪儿把地皮收回来。

"这所宅子是拿西皇城根、李广桥的房子换来的。北京我是无家可回了，就剩下陶然亭的马圈。马圈里有两排房子，马圈外有所四合院。马全赶来了，骡子这儿没用。那几头顿河马和蒙古野驴配出来的紫骝骡，我舍不得卖。卖也卖不出价来，都让看马圈的老张头使着，找点儿活儿拉，补补家用。

"我姐也到天津来了，她在法国待了几年，法国话说得挺溜，在云南时就和查理领事挺熟。到天津来了之后，在法租界里就有了她这一号。听说你当了中校，她可高兴了。待会儿她出来时，你可别提我卖房子的事儿。我告诉她把两所房子都租了出去，赚几个房钱。"

话刚落音，世太太就走了进来。礼德起身相迎，世太太说："你们哥儿俩这么好，你就管我叫姐吧。不见外就这么叫。"

杨三接话说："姐发话了，你要不听就该挨打了。你要不叫姐，就是不认我这个哥。"杨家姐弟把话说到这儿，礼德也就爽爽快快地叫了声"姐!"

姐笑了，说："有了差事，娶媳妇没有?""这两年我在陆军测绘学堂读速成科，根本出不了营房，上哪儿娶媳妇呀。""那姐可要给你张罗张罗，说说你要找个什么样的?""您瞧着好就行，可有一条，得是我养得起的。"

说到这儿，快马杨三的嘴比马快："有我这个哥哥给你撑着，你看上了就娶，别含糊。我这院子的后楼还空着，有你的房住。"

说着，杨三把礼德拉到了阳台上，指着花圃后的一栋小洋楼说："二层，上下各七间，比前楼也差不了哪儿去。你要娶了个洋小姐，就让她住在后楼上，我姐也好有个伴儿。我媳妇走了后，家里真冷清了点儿。"

"那你就续一房。""不行，我得等我闺女出阁后再续。这孩子心重，和她妈感情深，不能叫她觉得……再说了，男人也不能送旧就迎新，演出大劈棺。

“虽说不孝有三无后为大，可再过十年我抱儿子也不晚。我这个人信命，命中要有儿子，不在乎早晚。命中要是无子，娶了八房也是白搭。”

礼德点了点头，心里挑了个大拇哥。

第二天早上，礼德护卫着蔡督办登上了火车。在前门车站下车时，只有副官长在站台上恭迎，引导着督办下榻外交部招待所。

礼德向副官长销差，副官长说：“明儿早上你接督办到衙门上任，以后督办的事就归你了。”礼德愣了一下，说：“督办从云南带了个副官来，这个人我认识，在讲武堂时就跟着督办当副官，是湖南的小同乡，叫赵宏达。我在督办手下当标统时，不驻在昆明，不是什么近人。”

副官长点了点头：“你说的话有道理，事在人为，能不能成为督办的近人，可关乎你的前程，好自为之吧。桥给你搭上了，过河后怎么走，就是你的事了。随身副官当然不能硬派，你既然和赵宏达认识，这事就好办。这小子能成为咱们的人，你就立了一功。”

蔡锷上任时，瑞帮办在前厅恭迎，举行了一个简短的仪式。副官长把督办导入办公室后，帮办就起身告辞，说：“外交部还有几件要事要办，我就先走一步了。”

说罢，转身吩咐副官长：“督办的一切事宜你都要安排好。到总统府报到，然后拜见副总统、总理，会晤一下参谋部、陆军部、海军部的同仁，文职各部也得去走走，行客拜坐客是官场上的通例。”

说到这儿，帮办又转过头来看着督办说：“如此安排，蔡公认为是否得当？”蔡锷首肯：“极佳。”这时督办目视着副官长说：“照此安排吧。”副官长挺胸答道：“是。”

下午，副官长就把督办近几天的日程都给安排好了。叫礼德送赵宏达呈督办过目，蔡锷在“日程”之上批了个“可”字。

按照日程的安排，礼德跟着忙了好几天。甭管到哪儿，进去一会儿就出来了，就是到司法部拜访梁启超时坐了有小两个钟点。晚上总统大公子袁克定在东兴楼宴请了蔡督办，做陪的只有梁总长一人。从东兴楼出来后，三人又进了对面的袁家老宅，出来时已经挺晚了。

第二天早上，赵宏达告诉礼德：“今儿晚上袁大公子做东，在会贤堂摆桌，请了参谋部次长陈宧、陆军部次长徐树铮、海军总长刘冠雄、拱卫军统领段芝贵、警察总监吴炳湘、步军统领江朝宗、陆军巡阅使姜桂题、军政执法总长雷万春、陆军训练总监陈文运……

“参谋总长是副总统黎元洪的兼职，陆军总长是总理段祺瑞的兼职，那当然请不动。其余的要员都请来了，真是给足了督办的面子。”礼德听了说：“这个消息很重要，我立即转告副官长。”说完两人全笑了。

会贤堂接风之后，蔡督办天天晚上有饭局，足足折腾了小一个月。消停之后，在西棉花胡同租了房子，搬出了外交部招待所，把夫人也由昆明接了来。

礼德到西棉花胡同去了一趟，一进蔡公馆的大门就是一愣，远的不说，和快马杨三的宅子相比就差远了。二进四合院，还不怎么符格局。就是门前的两棵老槐树，干伟叶茂，傲然兀立。

经界局说是个特任机关，可是只有一个空架子，连开署经费也没有拨下来。除了副官处的十几号人外，其余各处都空着，不但有衙无官，连站岗的兵也是步军统领衙门派来的。带岗的是个准尉，没精打采地往门口一站，见了有车出入就举手敬个礼。

站岗的没精打采，副官处的人更没精打采。在这冷衙门里当差别说前程了，连吃顿馆子都得自己掏腰包，外快连想都甭想。要不是拿着段统领的一份儿饷，非掉了底子不可。摊上这倒霉的差事，不知哪天是个头儿。

副官长愁眉苦脸地对礼德说：“督办和段统领现在是莫逆之交。整天在一块儿吃、喝、玩、乐，总统的老宅成了俱乐部，大公子隔三差两就在那儿和他们一聚。吃完了还把戏班子叫进去唱堂会。这些日子又在小汤山行宫里包了房，没事儿就去泡温泉。督办有这个福分，咱可没有，许给你的团长，许给我的少将，我看是泡汤了。”

说完后长叹一声，对礼德说：“老弟，全靠你了。多和那个赵宏达热乎热乎，我这话你可明白？”礼德只能说了声“明白”。

副官长拍拍脑门儿：“你明白我可糊涂了，总统不放心，才把督办从云南调到北京，来了后又对他这么热乎，听说还特批了一笔安家费。可经界局的开署费却一直没拨下来，成了一座空衙门，还听说要晋督办为参谋总长，不叫黎元洪兼任了。”

说到这儿，礼德接了话茬儿：“我也听赵宏达说了，大公子把这个消息告诉督办之后，督办一连干了三杯，大公子拍着督办的肩膀说：‘放心吧，总统金口玉言，你就等着接印。不过这事也不能急，得先和副总统疏通好了。参谋部位列陆军部之上，参谋总长就是民国的首席军人。’”

听到这儿，副官长的眼睛一亮，一下子站了起来，走到礼德跟前说："咱们哥儿几个全靠你了，可得和赵宏达拉紧了。我这个副官长是近不到边上，说不上话，干坐冷板凳。督办去参谋本部时，能把咱们都带过去就好了。真要是当了参谋总长的少将副官长，见了督军、师长也是称兄道弟。今儿晚上我做东，你想办法把宏达请来好好聚聚。"礼德摇了摇头说："督办晚上都有应酬，他哪儿能分身呀。"

副官长拍拍脑门儿长叹一声："人就怕不忙，像我似的，整天往这儿一坐，混得想巴结赵宏达都巴结不上。现在全靠你了，你姓兆，他姓赵。'兆'、'赵'同音，八百年前没准就是一家，得拉紧点儿。

"今儿晚上咱们就去同和居，好好喝上几杯。吃、喝、嫖、赌、抽，我这个人不嫖、不赌、不抽，说白了是嫖不起、赌不起、抽不起。剩下的就是吃、喝了。鱼翅席不敢吃，鸡、鸭、鱼、肉还能吃得上，老白干儿也喝得上。

"人说我大肚子一挺，要不是肩上扛着两杠三花，准说我是大厨子。这几个小兄弟背后管我叫'伙夫肚'，我也不恼。本来嘛，我姓霍。'霍'、'伙'也同音，叫'老霍'还是'老伙'都没什么关系。

"我对这小哥儿几个说，别笑我这伙夫肚，没十年工夫，你还吃不出来。这叫心宽体胖，不是人人都有这个福分、都能这么富态。"

礼德听到这儿接了话："有您这福分，才能有您这福相。看您的相貌，可真和袁大总统有点儿像。就是比总统高点儿、魁梧点儿。"

副官长叹了口气，拍着脑门儿说："你算说对了，跟你说实话吧，段统领就是看上了这一点，才把我从少校军需提升为上校副官。"

礼德真是丈二的和尚摸不着头脑了，长得像袁世凯就给两杠三星扛？三思之后，突然恍然大悟。能当个替身！可是大总统是"新华宫之囚"，这个替身也用不上，不能老白养着，就发到经界局来当"副官长"。本意是物尽其用，用这块料看着蔡将军，真是打了眼，非落个"竹竿当横梁——一压就弯，一压就折"。

听完了副官长的"坦白交代"，礼德心里有了底儿，于是胸有成竹地说："宏达不过是小兄弟，明天把他叫过来，您说上哪儿聚聚。"

老伙大喜过望，说："不是叫过来，是请过来。湖南人爱吃辣，这样吧，就在湖广会馆定一桌，摆在风雨怀人馆，以成'风雨故人来'之典。我和宏达也就成旧交了。明儿晚上大家都去，算是饭团。事就这么定了。"

说完了之后，副官长就向全处人员下达了通知。几个尉级小军官叹了几口气说："这顿饭可真绝，他请客大伙儿掏钱。他要是天天定一桌，咱们非当裤子不可。"

湖广会馆定的这一桌，可真够个谱儿。开宴时先摆了四个镇桌的整货，入座后上的是紫竹脱袍、霸王别姬、三仙下山、五禽上树……道道菜都有个出处，能说出点道道儿来。酒喝的是浏阳老窖，开坛醇香四溢。

副官长是酒不醉人人自醉，不管别人是真是假，自个儿扎扎实实地连干了三杯。赵宏达紧接着连敬了三杯，老伙高兴了，拍着他的肩膀说："这就叫酒逢知己千杯少，老哥和老弟就是有缘。"

赵宏达又给老伙满上了酒，说："我和处座一见面就觉得三生有幸，是遇见了知己、遇上了恩上，以后全仗处座栽培、提拔……"

"处座"和"老弟"越喝越近，处座就发话了："你要再叫我处座就是见外了，打今儿起得改改口，叫老哥……""那就唯老哥之命是从，唯老哥马首是瞻。""什么是从、是瞻，是捆在一块儿干。有福同享、有官同当、有酒同喝……"

副官长已经喝高了，舌头短了，下面的话接不上来了。嘴里噜噜着，舌头打着卷儿说："有什么好都是咱哥儿俩的，一块儿干……"

盛宴终须散，再喝下去副官长非喝出事来不可。赵宏达说："我把督办送到得月楼，见陈次长、段统领、江统领、李师长……也都在，花酒已经摆好了。姑娘们也都入了席，就叫马夫把车赶到这儿来了。我先送您回家，督办呀，明儿早上见了。"

副官长哈哈大笑："督办美了，他睡个风流觉，这车我先坐坐，借借督办的福。我跟段统领这么多年，也没有坐过他的车。今儿晚上我坐了督办的车，也就是督办的人了，和老弟是一屉。督办当了参谋总长，我就是少将副官处长，一个大金豆……"

礼德和赵宏达把老伙架上了车，二人相视一笑，从这一笑中，心里都更有数了。

副官长走后，几个小尉官骂道："'有什么都是咱俩的，一块儿干'。有老婆也是俩人的，一块儿干。""这点德行真叫人恶心，从前给段统领拍马，现在又给蔡督办溜须，真不知道是哪头热了，我看连个热屁也吃不上。""账结了，这四个镇桌的整货都打包带走，不带走可就亏到姥姥家去了。"

望着驶去的马车，礼德感到轻松了许多。湖广会馆离三合轩没几步，就奔了三合轩，想和双勺、大杖好好聊聊。双勺见了礼德，以略带责备的口气说："你这倒好，上了趟天津就没信儿了。杨三爷怎样？也不回来说说。"

礼德长叹了一声："官身不由己呀，这一个多月真把我忙晕乎了。今儿才算妥当了，能消停消停。哥儿几个凑到一块儿喝壶小酒，舒心。鱼翅席、海鲜宴、整坛的名酒，捏着鼻子陪人喝，吃着也没味儿、喝着也没味儿。什么叫应酬？应酬就是倒胃。今儿晚我没喝几杯，可就觉得喝高了。酒逢知己千杯少，话不投机半句多……"

听礼德这么说，双勺、大杖也就明白了，把话题转到快马杨三身上。双勺说："我也有耳闻，杨三把西皇城根、李广桥的房子都给卖了，真是不留后路。"

礼德喝了口酽茶，长嘘了一声："我觉得他有点晕乎了，租界里的水太深，不好蹚。沾洋的我就怵一头，见了洋房、洋人、洋小姐，就觉得没底儿。"

说到这儿，礼德突然想起了信德，又长嘘了一口气："瑞琦从美国回来了，当了外交部次长，还兼经界局帮办。他那个小姐可不是善主儿，我怕信德再和她碰上。"

大杖摇了摇头说："碰上也是白碰上，信德还能再犯傻？他心里该有数了……"双勺把杯中茶一饮而尽："再碰上就动真的，不动真的才是真傻了，男的还能怵女的？"

礼德苦笑了一下："什么是真的，只有咱哥们儿是真的。沾洋的能有几样是真的？数来数去，只有洋枪是真的，推弹上膛扣扳机，把人就撂了。洋钱是真的，拍出来事就齐了、了啦。

"最不真的就是洋女人了，中国女人变成了洋妞，也得躲着点儿。世大人是办洋务的出身，当过驻法公使，到云南来当藩台，就是为了办洋务，他和法国领事馆上上下下都挺熟。我那时也神气，到处都说我是皇上跟前的御前侍卫，当上新军标统之后，就围上了一群洋妞。世大人走时，蔡将军还给了我不小的面子，这些洋妞可不认人了。"

说到这儿，礼德的话戛然而止，陷入了沉思之中。双勺的脑子快，明白了。礼德和信德是一对儿苦瓜。大杖还没有明白，就追问了一句："蔡将军还给你面子，洋妞能把你怎样？"双勺在桌底下踢了他一脚，大杖看着礼德的沉思之态，才明白了。

23

酒桌上大杖的明白，是被踢明白了，听明白了。此时，正在值夜的信德是彻底地明白了。他和仁德吃烧饼夹油鬼时，老姚头告诉他们："昨儿早上把国民党的党部给封了，议员全遣散了，遣散费每人才二百元。老东家说袁大总统真会算计，该花钱时绝不省着，议员月薪八百块大洋。能省着时也绝不多花，二百块钱就把八百罗汉给打发了。八百罗汉这么一散，我看市面上得消停消停，做买卖的进项得减点儿。"

仁德顺口答道："哪儿能呀，东边不亮西边亮，从前在前三门外晃的都是黄带子、红带子。民国了，是戴徽章的八百罗汉，现在是三年河东三年河西，不知道过几天谁晃出来糟银子。"

信德把茶喝干了，站了起来说："不糟行吗？不是好来的就得糟出去。不糟哪有八大胡同？吃完了、喝足了就走吧。今儿没准儿能早点儿关栅栏门，他们消停消停，咱们也安生安生。"

果然，不一会儿广和楼的戏就散了。散戏时也没有进来多少人，小哥儿俩也就把栅栏门给关了。刚上好锁，就从西口传来了一阵欢笑声。一对洋男女又说又笑，闹得挺欢。

这时候还在街上折腾，有点儿邪。仁德、信德就迎了上去。就见从西边过来了一辆双人马车，车上坐着一对洋男女，搂着抱着又亲又啃。男的是个军官，光顾搂着女的亲了，把缰绳扔到了一边。马一步一步地向前溜达。

突然，这个洋军官不知道是发了什么疯，抄起马棒照马屁股上击了一棍。马车从哥儿俩身边驰过，照直奔了东口。到了栅栏前，洋军官跳下车来，用马棒不停地敲打着栅栏门，高呼"开门"。信德赶紧跑了过去，这小子用马棒指着他的鼻子说："哨兵不该擅离哨位，你这是失职行为，应该受到惩罚。"

没想到这小子中国话说得这么溜，就是带上了点儿洋腔。会说中国话不懂中国的礼，真不是玩意儿。信德火了，用手推开马棒。四目对视时，这个洋军官突然笑了，收起了马棒说："我们认识，你是瑞小姐的保镖，和我在永定河的大堤上打过架，你挺厉害。

“这回不用打了，我已经和瑞小姐定婚了。我的母亲是虔诚的基督徒，瑞小姐受洗之后我们就结婚，你一定会为我们高兴。你忠于职守，一定也很爱瑞小姐，在永定河大堤上打我时，出手才那么狠。”

信德不由得抬头往车上看了一眼，见小姐正端坐在靠背厢上抽烟，跷着二郎腿，既平静又平和，仿佛根本没有看到眼前正在发生的一切。

信德打开了栅栏门，洋军官跳上了马车，一抖缰绳，喊了声“拜拜!”马蹄声越来越远了。马蹄声碎，马蹄声咽，马蹄声消失了。

仁德这时溜达过来了，骂着关上了栅栏门：“这小子真不是东西，滚就滚吧，干嘛还喊声‘拜拜!’想叫咱们拜拜他。”信德没吭声，仁德说什么他根本没有听见。他顿悟了，可不是成佛，而是彻底地明白了，明白得很彻底。

仁德关好门后，见信德还在发呆，于是叹了口气，说：“和这洋玩意儿生什么气，就当他是牲口，没调教过，听不懂吆喝……”

信德还是没接茬儿，缓缓地嘘出了一口长气：“回去和大嫂说说，帮我在檀营说一个，只要人好就行。”

仁德下夜值后一进三合轩，真是喜出望外，智德来了。双勺说他是昨儿晚上到的西直门，被关在了城外，今儿早上一开城门，就照直来了。从双勺、大杖的脸色来看，智德准是有事儿，而且不是什么高兴的事儿。

一晃两年多没见面了，哥儿俩正在絮叨，礼德、信德也进来了，是双勺打发人给叫回来的。现在是五德只缺义德了，他带兵驻在河南。

人齐了后，智德正式宣布：“我已看破红尘，决定出家。父母早走了，小菊也永安了，世事已无牵挂。在老王爷享殿边上住了这三年，可不消停，听的、见的都让人心灰意冷。现在袁世凯要当皇上，两位贝勒爷都奔了天津，我也犯不上守在那里了。

“西峰寺看庙的走了，老方丈请我去帮着照看照看。我说：‘要去也行，我可就不回来了，您得收我为徒。’我和老方丈交往也有三年多了，彼此早就心照不宣，这么一说破，他也就答应了。对我说：‘不急着落发，多想想未毕之俗务，免得……’

“我说：‘您放心吧，我是万缘俱灭、万爱俱歇、万念俱绝，就是有几个铁哥们儿有点儿舍不得，我回趟城跟他们道个别，再见面就是僧俗异道，叫声施主了。’”

说罢，智德把帽子一摘，露出了光头，拍拍脑门儿说：“我铁了心，大家什么都不要说，谁也别劝我，劝我也不听。今儿咱们好好聚聚，我是该吃就吃，该喝就喝，酒肉穿肠过，佛祖心中留。明儿回去就顶香受戒，皈依空门，世缘也就归于无。”

智德说完了之后，大家沉寂了一会儿，双勺站了起来说：“这话一早儿我俩就听了一遍，劝也没少劝，急也没少急。该劝的话都说了，急也急过了。我的恩人王五爷有句话，‘君子不夺人之志’。我这就去抓弄几个菜，咱们来个一醉方休。”

双勺奔了后灶，大杖端上了六个凉菜，开了一坛老汾酒。不一会儿，双勺的八个热菜全齐了，哥儿六个开喝。智德首先举杯说：“看着三合轩挺红火，会友也说得过去，我也就放心了。义德、礼德哥儿俩是军界中的人，我也在军界混过，军界的事咱全明白，我也就不说了。就道一声万事如意。

“万事如意比什么都强，你看着不好，我看着好，你看着不平，我看着平。万事万物由心所主，心意如意，也就是万事如意。”说完之后，举杯一饮而尽。

大伙儿忙着添酒，忙着找话说，可是这顿饭不但乐不起来，也热闹不起来。好酒、好菜全齐了，好情、好绪在桌上可找不来。这顿饭不是生离死别，可也是僧俗两界了。

仁德、信德都说明儿找辆车送智德回北安河，智德连连摇手说：“送是害我，出家焉有家人相送之理。”双勺说：“家人不送，咱们是朋友，朋友送送，有什么关系。”

智德拱手示天：“念、恋、缘，俱绝俱灭，所存于心而难去者，和哥儿几个的情也、义也。家何足当道？双亲早逝，几个叔叔费尽心思，把我五世恩尽之后的承差给挤了。他们几个又拼命相争，结果是鸡飞蛋打，承差也没了。子不能承，弟又焉能及。家道中衰后，女家悔婚，小菊她……”

说到此处，智德突然打住了，念了声“阿弥陀佛！”这声阿弥陀佛，也就斩断了世缘。

智德出家之后，礼德的情绪挺低落，整天坐在办公室里听老伙的三句话，一是“督办这两天有什么吩咐”，二是“把宏达请来聚聚”，三是“你可得拉紧了，督办到参谋本部时可得把咱哥们儿带上”。

回答的话也只有三句。一是“督办应酬都应酬不过来，还能吩咐咱们什么事”，二是“宏达忙都忙不过来，哪有工夫和咱们聚聚”，三是“那还用说，处座扛上了一个金豆，可别忘了给我的两杠上加一个花”。

不知道是什么事，督办和帮办同时驾临。副官处可忙坏了，前前后后地张罗。可是督办的脸色一直不好看，老伙低声下气地问赵宏达是怎么回事，有不到的地方可要靠老弟担待着了。

赵宏达叹了口气，说：“督办不是冲你，这些日子家里闹翻了天。夫人到总统府去告御状，又到外交部找帮办评理，您想呀，事闹到了这份儿上，督办的脸能好看吗？换了谁也笑不出来了。”

“到底是为什么？你跟我说说，我要是能帮上……”“我说了您可别跟别人说，还不是为了小凤仙……”

副官长听了后拍着脑门儿说：“不好办，不好办，清官难断家务事。段统领家里的事就难缠，他娶的是姐儿俩，先娶了大姐，三十好几了也没生孩子。大姐做主，又把小妹娶了过来，姐儿俩差着小二十，可是过门后亲姐儿俩就干上了……”

赵宏达笑了，说：“那您得帮着摆平了呀。”老伙叹了口气：“遇见这事儿，躲全躲不及，姐俩都不是善茬儿，更不是善主儿。段统领成天在外头应酬，也是在外头找清净，他那家没法待。”

“听您这么说，督办和统领是难兄难弟了，怪不得一见如故，没几天就成了铁哥们儿。这事还亏了段统领，夫人坐在武官处不走。段统领是连劝带哄，好歹算是把夫人送上了车。

“段统领劝督办把夫人送回老家去，督办苦笑着说：‘她能走吗？千错万错我不该给她接来，现在是请神容易送神难。’最后还是段统领有主意，叫帮办想想办法。督办和帮办就都到局里来了……”

正说着，督办和帮办走了出来。从两人的脸色上来看，事是安排妥了。上车时督办拱手致谢，帮办连声说：“小事，小事，就叫小女陪夫人游游富士山吧。”

三天后，礼德神秘地对副官长说：“宏达跟我说了，帮办小姐陪着督办夫人到日本转转，同行的还有好几位夫人，段统领的姨夫人也是一个。这一趟是帮办安排的，由日本教育大臣的夫人发出邀请，名义上是到日本考察女子教育。”

老伙听了之后连声说：“好主意！好主意！她们这一走，段公馆、蔡公馆算是消停了。这事了啦，督办也就舒心了。你得想法把宏达约出来聚聚，拉紧点儿。咱们还是到湖广会馆定一桌，我做东，办个饭团。那儿的湖南菜、浏阳老窖都不错。”

副官长的话还没有说完，屋里的人就走空了。礼德小声说："算了吧，经界局连发了两个月的半饷，要不是段统领恩典，咱们可真要饿肚皮了，就别聚了。"

老伙有点儿急了，捶着礼德的肩膀说："我说你怎么这样不明白，就因为快饿肚皮了，才要另找饭辙。不跟着督办去参谋本部在这儿守空房，拿半饷都没戏。我告诉你个实底吧，这经界局就是为安置督办才设的。督办当了参谋总长，经界局准裁撤。咱们和督办捆在一起，才有出路。

"去不了参谋部就得回家养老，三个月的遣散费够花几天？再说了，遣散时发不发遣散费都难说。八百罗汉一人给了二百块大洋，到咱们遣散时，没准儿二十块钱就给打发了。"

礼德听了后真不知道说什么是好，只得苦笑着说："处座去问问段统领，看看下步有什么安排。"老伙这回不拍脑门儿了，拍着大腿说："你真糊涂，我找段统领去，不是找骂挨吗！我看你还是多找找宏达吧，全都看你老弟的了。段统领和蔡督办哪边有云彩能下雨，我真不知道。"

礼德见老伙说出了真话，就又进了一步说："袁大总统到底要干什么？要用蔡督办就用，不用开缺也行，挂起来也行，段总理都给挂起来了，到南苑团河去养病，对蔡督办干嘛费这么大的事？弄得咱哥儿几个进也不是退也不是，连您也不知道哪块云彩有雨了。"

副官长长嘘了一口气，说："你呀！你呀！白去了一趟云南，白当了标统，连这点儿事都不知道。云南的两个师都是精兵，论装备绝不比北洋差，下这么大的本儿，原是准备对付法国人的。这两师的军官都是讲武堂出身，是蔡督办的学生。辛亥后又都成了蔡督办的部下，都是铁杆儿。

"就你是个外秧，让人家给轰回来了。你进了陆军测绘学校速成科，出来后顶多是个上尉，段统领出手就给你一个中校副官，又许给你一个上校团长。哪能白给你呀！有用你的地方。"

礼德想笑，可是忍住了。学着老伙用手拍着脑门儿说："我有什么用？""你的用处就是看着蔡督办，摸清虚实。蔡督办要是能用，就大用，云南的两个师也就姓袁了。有这两个师镇着，两广、四川、贵州、湖南都能没事儿。

"蔡督办大用了，咱哥儿几个要能拉住宏达，也就跟着蔡督办荣升了。要不用，就让蔡督办和四川督军尹昌衡去凑个伴儿吧。那所四合院中关着一个和关着两个是一个样。可总统又不敢，云南的两个师要是一反，西南可就乱了。

“北洋的几个师，对西边是鞭长莫及。还得留着对付孙中山、黄兴，别看他们跑到日本去了，死党可多了，袁大总统敢出门吗？总统府就是他的大牢，出不去。这是自个儿关着自个儿，自个儿给自个儿判了个终身监禁。

“现在袁大总统又想当皇上，对蔡督办是用还是不用，他更拿不定主意了。他拿不定主意了，咱们也就难了。蔡督办要是不用，咱们也就没用了，拱卫军中缺你还是缺我？”

说到这儿，老伙连长嘘一声都嘘不出来了。沉默了一会儿，说：“难呀！咱们根本见不着督办，上哪儿摸他的虚实去。就这么一个宏达，想和他聚聚都难。”

礼德接茬儿说：“段统领整天和督办在一块儿听大戏、喝花酒、上六国饭店、逛万牲园……我看是莫逆之交了。用不用蔡督办，他心里有数，不关咱们什么事儿。”

听了礼德的话，老伙松了口气。说：“段统领心里有数就好，我就盼着督办大用，早点儿当上参谋总长。最好能把咱哥儿俩放出去带兵，你当个团长，我当个旅长，也好威风威风。当这副官长真憋气，就管着这十来号人，还管不住，我刚说要聚聚就都跑了。全都跑了也好，咱哥儿俩能好好聊聊。我跟你交实底，今儿晚上得好好喝上一壶。”

礼德爽爽快快地说：“处座说上哪儿，我做东，客不外请，接着聊，来个酒逢知己千杯少，喝个一醉方休。”老伙爽爽快快地站了起来，说：“好，就去灶温吧。那儿的菜是经济实惠，味醇可口。”

副官长交了实底，可是他心中一点儿底也没有；蔡将军得了实底，心中就更有底了。没底的忙呵，有底的也不能闲着。最苦的就是礼德了，两头儿都得跟着忙，忙得连上趟三合轩的工夫都没有。

这天，仁德找到经界局来，礼德才知道信德要娶媳妇了，姑娘是檀营东门外烧锅刘的独生女。迎娶的日子已经定了下来，就在下月初七。

听到这儿，礼德打开了文件柜，取出了一个小箱子，里面是满满的两千块大洋。对仁德说：“拿去帮着老小把事儿给办了。办事儿时讲实的不来虚的，人家既然是独生女，就更得实点儿。”

仁德看着这一箱白花花的大洋，有点儿犯愣了。说：“小家小户的，就是排场点儿、实在点儿，也用不了这么多呀。你自个儿也得留着点儿。你的媳妇可不好找，你上了军官学校属洋派的了，女家得有点儿门户……”

礼德苦笑了一下："我还找什么媳妇，袁世凯要当皇上，和日本人签了二十一条。政局这么乱，穿着这灰皮不是什么好事儿……"

仁德把头一摇："他当他的皇上，不关咱们什么事儿。天桥的花子帮，搞了什么乞丐请愿团，八大胡同的婊子，弄了个什么妓女请愿团，都上书劝进。我说这事儿也真邪，真是邪人招邪事儿，邪事儿找邪人，都邪到一块儿去了。

"听永增家跑外的说，制币厂这两天正加班加点地干，铸什么洪宪龙洋。姓袁的登基那天，不但要大赦天下，还要大赏天下，每人都给一块龙洋。

"干镖局的不跟着掺和什么帝制，他要把大洋送上门来，也犯不上不收。你们穿军装的可就麻烦点儿了，到时候可别犯傻，能溜就溜，能躲就躲，不能溜、不能躲就随大溜儿。"

听到这儿，礼德只好转移了话题，说："这些日子我忙得脚丫子朝天，帮不上忙了，你和大嫂就多辛苦吧。今儿是二十九了，离初七还有八天。我再忙，初七也赶过去，这喜酒得喝。"

初七那天快晌午了，礼德还没过来。仁德可沉不住气了，跑到经界局一看，可真傻了眼。门口的牌子变成了筹安全，站岗的变成了警察。上前一打听，黑狗子挺横："我是帮你看人的?！我们来时就没有见到过经界局的人，听说都解到步军统领衙门去了。"

仁德一听就急了："跟您打听打听，这经界局出了什么事儿?""什么事儿？能有好事儿吗？有好事儿还能把牌子换了，人也解走了。现在在里面主事的是杨会长……"

话还没落音，就听见一声"敬礼!"黑狗子把仁德往边上一推，立正、挺胸，来了个兔子举爪。仁德转身一看，一辆四轮马车驶了进来，车里坐着一个穿大褂的，看起来是个文人，挺面善。

仁德赔了个笑脸，说："刚才进去的就是杨会长吧。您行行方便，让我进去问问……"黑狗子把眼一瞪："我说你这个人怎么这么不懂事，还想进去问问杨会长。也不撒泡尿照照自个儿，配吗？要问到步军统领衙门的大牢里去问。"

礼德这时还真在步军统领衙门的大牢里。前天段芝贵把副官长传了过去，回来时心事重重，说："段统领发话了，让咱们收拾收拾，明天一早有车来接，都回拱卫军当差。"

几个小尉官听了后，欢天喜地，如蒙大赦，只有礼德心里有数。可他现在还不能跑，蔡将军还没上船，他得拖些时候。

第二天一早，副官长就催着大家快收拾收拾。自个儿把经界局的关防、印信、上行章、下行章都集中了起来，装到了一个小箱子里，剩下来的公函纸、公函封也都装进了箱子。箱子刚装好就闯进了一排步军统领衙门的执法队，把副官处的人一个不留，都押上了车，解到了帽儿胡同。

一进军法处，副官长就把小箱子往公案上一拍："给我收好了，少了一件东西唯你是问。"值班的文案看了看捕单，打开小箱子瞧了瞧，然后客客气气地说："请二位长官把手枪交给我保存吧，这是规矩。"

交了枪之后，副官长和礼德被押进了军官反省室。副官长往硬板床上一坐，一言不发。礼德往硬板床上一躺，沉寂了一会儿问道："处座，这是怎么回事？"

老伙叹了口气："都进了班房，你就别叫我处座了。现在说了也没什么关系了。蔡督办下落不明，是在东交民巷里还是进了天津租界，谁也说不清。有人说他没准儿在西山躲清净，那么多的消遥宫，上哪儿找去。

"段统领把我传去问个子丑寅卯，我也是急不择言，直言说：'蔡督办没上过几回衙门，我根本见不着他，您整天跟他在一块儿，他下落不明，您问我，我问谁去呀？这是副官处的记录，他不是跟您在一块儿，就是和陈次长、江统领、雷总长、姜检阅使……

"段统领把记录接过来一翻，问我说：'你这账本是怎么记的？'我说：'隔三差两的我就叫兆礼德把赵宏达拉过来聚聚，饭桌上就把这两天蔡督办都上哪去了给套了出来。有公事时副官处就派兆礼德带着四个马弁过去帮帮场，公事完了，他们回来跟我报告，您看看一天没落，一清二楚。'

"段统领看着天花板不说话，好一会儿才又开了口：'回去收拾收拾，明天归队，有车去接你们。蔡督办的事跟谁也别再说，闭上嘴。'从脸色上来看，他挺不高兴。我伸手要拿回记录，段统领说：'先放我这儿吧，我好好看看。'没想到今儿一早，就把咱们弄到这儿来了。"

礼德真是哭笑不得，从硬板床上坐了起来，问道："处座，您账本上是怎么写的呀？""你怎么还叫我处座，咱哥儿俩是患难与共了，真是有福同享有罪同受。我那账本上记得明明白白、清清楚楚，不外是喝花酒、打麻将、推牌九、上清吟班、泡清泉池、洗温泉、听广和楼、去六国饭店跳舞、到畅观楼吃西餐，还到西山尼姑庵去躲清净……"

礼德听到这儿长叹一声，又躺到了硬板床上。连声说："完了！完了！

咱哥儿俩是完了，弄不好这儿辈子就出不去了。你这账本不是给段统领添堵吗？亏了他给留了下来，要不然非灭了咱们不可。账本留下了还怕咱们嘴不严实，再到处乱说。我看这一关，少说几个月，多则几年。弄不好就在这儿养老了。”

老伙听到这儿，从硬板床上站了起来。先拍秃脑门儿，后拍大腿，口呼：“我怎么这么糊涂呀！完了，完了，全完了！鸡飞蛋打，连人都赔了进来。”

仁德回到三合轩后对大伙儿说：“礼德有急事被派到河南去了，得两三个月才能回来。”等喜事办完之后，才和大伙儿说了实话。哥儿几个全傻了，仁德叹了口气：“这事儿全怪我，他把一箱子大洋全给了我，这不是有预感要出事儿吗？我好糊涂，这钱也没花完，咱们就用来打点、打点，托托门子。”

信德听了后说：“这事儿得让老焦头出面，步军统领衙门有他好几个徒弟，这事儿好打听。”

老焦头一出面，事儿就打听得一清二楚。带队去经界局抓人的是他的徒弟李勇三，勇三说：“这事儿挺邪，捕单上写的是‘设局聚赌’。您说说，现在军队里上上下下有不赌的吗？就拿我们军法处说，哪天晚上不摆几桌，别说不当班的，就是当班的也得修修竹城。

“我一看这十几号人，全是当官的，为首的一个是个上校，挺有个派头，就多了个心眼，不但没铐人，连枪也没下。押回军法处交给了当值的文案，就销了差。我回去查查底单，看这案子是怎么交下来的。”

第二天一早，李勇三就来了，对老焦头说：“这案子不太好放人，是拱卫军统领段芝贵亲自给军法处长打了电话，说这哥儿几个‘设局聚赌，触犯军规。尽行拘拿，收监思过。何时释放，听候通知’。您想呀，虽说就是让他们‘思过’，可没有段统领的通知，谁敢放人。最怕的事儿是段统领把这事儿给忘了，那就关着吧，一年半载、三年两载的也不新鲜。”

仁德、信德可真急了，托李勇三想想法子。勇三直摇头，说：“要办这事儿，得走段统领的路子。他一个电话这事儿就了啦，没他的通知，借我们处长点胆儿，他也不敢放人。段统领一恼，他这个军法处长也就别当了。

“礼德是老焦头的徒弟，也就是我的师兄。我回去托托人，把他们由‘反省室’换到‘优待号’。住进优待号，吃的、喝的、穿的随便送，就是出不了院门。不缺吃、不缺喝、不缺穿，就在里头忍着吧。也好！这一关，下半辈子都不会再赌了。”

李勇三走后，老焦头和仁德、信德的心里都沉甸甸的。仨人心里都有数儿，礼德从来不赌，更不会设局聚赌，准是事中有事、案中有案。不弄清楚了，不能乱托人，托不对路子可就帮了倒忙，害了礼德。

果不出所料，李勇三带出了话来，礼德说了：“千万不要托路子求门坎，都没有用。他在里头待着没事儿，到时候就出来了，不到时候求谁也白搭。弄不好还能招事儿，添新的麻烦。”

听礼德这么说，大伙儿的心也就放下了一半儿。仁德、信德下了夜值后，轮流到帽儿胡同送饭。李勇三人缘儿好，爱交朋友，有他这么一关照，送饭时从没有受过刁难。优待号的看守们知道，上校、中校犯的是聚赌的事儿，说不定哪天上司一高兴，“思过”就结束了，出狱后就官复原职，所以也乐得在人点儿低时交个朋友，将来有用得着的时候。

礼德和老伙在优待号里，虽不说是享福，可也不受罪。老伙直夸双勺的手艺好，出去后第一件事就是到三合轩谢谢杨掌柜。仁德、信德送饭时，把永增总号看过的旧报纸顺便带上，礼德和老伙没事儿就研究起了隔天新闻。

老伙看着护国军北伐，云南、贵州、广东、广西、四川、湖南、陕南都独立了，就问礼德道：“蔡督办要是带兵打进了北京，你说段统领该怎么办？是跑？还是一块儿干？按说段统领是洪宪十三太保，是护国军指名要惩办的帝制犯。可是，他和蔡督办又是过得着的朋友……”

礼德摇头说：“蔡督办深着哪，一块儿吃、喝、玩、乐是幌子，不稳住十三太保，怎么能脱身。”老伙点点头：“咱们不管段统领，他在天津租界里早就买了宅子，有去处。宏达现在一定发了，他要是进了北京，总得认咱哥儿俩吧。他要认，就好办。我这个人就靠朋友，要没有你这个朋友，在反省室里吃牢饭可不是好受的。

“我那个黑心娘儿们可真绝情，一次也没来过，准是卷包跑了。好在房契、存折、银票全放在办公室里，收拾的时候顺手全揣到了身上。要是存在家里，准叫这臭娘儿们给卷了，闹个人财两空。”

说到这儿，老伙掏出了房契，长叹了一声：“出去后不知道是跟段统领还是跟蔡督办。到现在我还不知道哪头的炕热、哪块云彩能下雨。难呀！要全跟不上，只有靠这所房子吃瓦片了。”

由“吃瓦片”，就说到了家世。老伙的父亲是淮军的帮统，跟着刘铭传到了台湾。甲午时在台南炮台上殉国了，一发重磅开花弹落在了身边，什么都没有留下。时人的挽联是“碧血横飞，浩气长存”。

礼德的父亲是檀营的骁骑校，甲午时出关接应刘坤一的湘军，战死在了牛庄，“马革裹尸”而还。时人的挽联是“马上成仁，马革裹尸”。两家的老爷子都为国捐躯了，可是先烈遗孤却被糊里糊涂地关在大牢里。出去后该干什么，谁也弄不清。

礼德和老伙在优待号中，一待就是小半年。这天李勇三来了，小声说道：“袁世凯死了，黎元洪继任大总统，段祺瑞任国务总理。段芝贵溜到西山去养病，他知道自己是帝制犯，得避避风头。再说了，一朝天子一朝臣，黎元洪当大总统，拱卫军也不能让他带。他这一跑，你们哥儿俩也就没事儿了。”

说没事儿了，可也不那么容易。拘押科拖着不办，说得等江军门上班后，签个手令。江朝宗也是帝制犯，虽说没进租界、没上西山，但来了个以退为进，请病假观望形势在衙门中不露面了。

最后还是李勇三出了个主意，由老焦头出面，摆了两桌，把该请的人都请来了，席间出示了永增军装局老东家和陆军检阅使姜桂题的保释状。拘押科长一看就愣了，立即表示明天就放人。还不断地说：“您要早点儿拿出来这保状，事儿早了啦。”

第二天一上班，拘押科长亲自把老伙的小箱子提溜来了，说：“这里面都是机要公物，您清点一下。”老伙打开看了看，说：“不缺。”拘押科长赔了个笑脸：“这些日子委屈二位了，奉命行事……”

正说着，仁德、信德、大杖、双勺全来了，老伙见了双勺一个劲儿地道谢，非要请大家先到烟袋斜街的鑫园洗澡，然后去吃烤肉季。说：“我和礼德是金兰之好，生死之交，谁要不去就是不给我兆老弟面子。”

老伙这么一说，大伙儿也就跟着他奔了烟袋斜街，在鑫园来了个双套，并叫店家把换下来的两套军装洗净、烫干、熨平。礼德有点不解，老伙意味深长地一笑：“有用场，这军装可不能脱。”

这顿烤肉吃得本来就晚了点儿，再加上一喝酒，午饭也就连上了晚饭。酒足饭饱之后老伙跟大家一起回到三合轩，对双勺、大杖说：“近人不说远话，原来的房子打算租出去，我的吃、住全包给三合轩了。你们要不收钱，就是轰我走。房钱按市价算，饭钱我得加倍给，我这个人能吃，又爱喝口酒，不能让你们赔了，这叫亲兄弟明算账。

“从今儿晚上起，我就不叫杨掌柜、李掌柜了。这么叫太见外。我和礼德是生死之交，我就叫你们杨老弟、李老弟吧。老哥我看上这三合轩了，从今儿起就把这儿当家。”

说完了后又转向了礼德：“咱哥儿俩的差事不能就这么糊里糊涂地没了，还得想想道道。道儿由我想，路由我找，你就瞎着。有我的差事就有你的差事，这事儿就这么定了。明儿早上你陪我回趟丰盛胡同，去收拾收拾。有事儿就清理清理，没事儿我就搬过来。”

第二天早上，老伙和礼德穿上了昨天洗净、烫干、熨平的灰军装。皮鞋锃亮，裤线笔直，武装带一系，就是枪套里是空的，枪叫步军统领衙门给扣下了，走时也没发还。老伙有主意，往枪套里塞了张旧报纸，给撑了起来，从外头看是鼓鼓的。

礼德笑了：“枪我有四把，都是从云南带回来的，两把自来得，一把左轮，都是德国货。这左轮是克虏伯兵工厂的名牌，人见人爱，叫俾斯麦二号。还有一把俄造的左轮，挺有个样儿，口儿也硬，就送你了。全放在我屋的皮箱里，我给你去拿。”

老伙别上了俄造左轮，就带着礼德奔了西四丰盛胡同。才半年，进门后老伙就犯愣了。原来清清净净的小独院，现在是乱七八糟，东西厢房、南房都住满了人。早上正是生火的时候，家家的炉子都在冒青烟，熏得人昏头涨脑。

老伙顾不上这些了，直奔北屋推门。门关着，老伙笑了，对礼德说：“果不出我所料。”

门敲开了，开门的可不是善茬儿。见了老伙和礼德先是一愣，连着后退了两步。可很快又镇定了下来，拍着胸口说：“您把枪掏出来往这儿打，我要皱一皱眉头，就不是爹生娘养的。”

老伙笑了，说：“我就知道是你这小子，我把你毙了，也不是什么大案子，没人替你喊冤叫屈。可我犯不上，犯不上当新闻人物，出这风头。你给我滚！带着这臭娘儿们一块儿滚，这娘儿们我送你了。你要不带着这臭娘儿们一块儿滚，我就把你们送执法处砍了，说你俩是卖白面儿的。”

这时礼德真想乐，觉得老伙够光棍的，办事真是麻利、脆响。环顾了一下这三间大北房，里面空空荡荡的，看来是能卖的全给卖了。这时“伙太太”从床上爬了起来，跪在地上直磕头，说：“你可不能让他给我带走，他是什么人我心里有数儿。他把我带走，准把我卖到八大胡同。”

老伙笑了，笑得很平静："你从八大胡同来，又回八大胡同去，有什么不好。我把你接出来，他把你送回去，看来你和八大胡同是旧情难了。"

"伙太太"从地上爬了起来，说："好！我自己走。到八大胡同自个儿卖自个儿还能讲个价，干嘛等别人卖。"这时礼德一回头，见开门的小子已经没影了。屋里四旮旯都是空的，"伙太太"也没有什么好收拾的，提起一个小箱挟着一个小包就走了。看来今天的结局，她并不意外，甚至可以说是早知道。

人去屋空，老伙长叹了一声："缘分尽了，只能如此。"在屋里转了一圈，除四壁之外别无他物，二人也就悄然离去。对于今天这一幕，老伙可以说是早有准备，甚至也是早就知道。可是回到三合轩后，仍然显得挺沮丧。

晚饭后老伙对礼德直言道："打明儿起得出去走动走动，猫有猫道，狗有狗道，当了丘八就只能在军界里混了。你比我强，是正经的军官学校出身，还是陆军部办的。我是没法改行，你是犯不上改行，这身灰皮还得穿。"

听了老伙的话，礼德心里也挺不是滋味。"你比我强"，所强也就是陆军测绘学堂速成科的出身。可是眼下的路，也只有两条：一条是奔天津投快马杨三，可总觉得杨三爷变成洋三爷后玩儿得太悬了，恐怕靠不住；一条是投会友，重入镖局，可是会友不景气，不好开这个口。想来想去，也找不出第三条道。

在军界里混，真没什么路子，老伙让睛着，就睛着吧。没想到没过几天，还就真睛上了。这天快吃晚饭时，老伙穿着一身新军装、带着上校肩章，兴冲冲地回来了。一进门就对礼德说："齐了，明儿一早咱哥儿俩到京畿卫戍司令部副官处到差。都是原衔原职。"礼德真是丈二的和尚，摸不着头脑了。老伙看他满脸不解的样子，就从头儿说了起来：

"这几天我可没白跑，拱卫军的老人都串了一遍，把政局摸了个门儿清。黎元洪当大总统，段祺瑞当国务总理，这两人不和，闹什么'府院之争'。府就是总统府，院就是国务院。就拿惩办帝制犯来说吧，总统府提出的名单上有段统领，国务院提出的名单上有陈次长。

"最后是两边都退一步，府方不提段统领了，院方也不提陈次长。你想呀，段总理、段统领都是安徽人，官场上的人背后管他们叫老段、小段，老段能不护着小段吗？黎元洪把拱卫军给拆了，从湖北调来一旅九头鸟，都驻进了总统府，叫府卫旅。

“老段就让陆军部组建了京畿卫戍司令部，让小段出任了司令。这个司令部是个空架子，有衙无兵，也没有多少经费，为的就是把拱卫军校级以上军官全收进去，有个安置。让姓黎的知道知道，姓段的是北洋军的老大，北洋的人都是我的人，不能由你说拆就拆。你能拆我就能聚，拱卫军原前姓袁，现在姓段了。

“我得知这个消息后就去找小段，他见了我乐呵呵地说：‘你们俩都是废物，两个废物加起来还是废物，误了我的大事。可你们俩都是实诚人，我就喜欢实诚人。关也关了，关了就不能再罚。就凭你来找我，就是你认我是老长官，我也得认你这个老部下，明天就回副官处，原衔原职，好好干。等将来扩编参战军时，我让你们都出去带兵，弄个团长、旅长的当当。’

“我干嘛还等明天，出了小段的办公室就进了副官处。副官长见了我说：‘我说行就行吧，看你的脸色我就知道——官复原职了。到军需处领军装去，永增军装局刚给送过来。咱们这个司令部是因人设事，北洋军的人气不能散了、援了，上班也就是凑在一起聊聊天，晚上找个地方聚聚。今儿中午我给你接风。’”

说到这儿，老伙打开了皮包，取出了两把手枪、两盒子弹。礼德接过来一看，一把是德国自来得，蓝钢、滚花、快慢机，真是好枪。一把是西班牙的二号左轮，这种枪口径大、有射程、有杀伤力，还是名牌——爵士。礼德掂了掂说：“两把都是好枪，刚发的？”

老伙摇了摇头说：“有衙无兵，上哪儿发枪去呀？我和副官长一说咱哥儿俩的枪让步军统领衙门给扣下了。他立刻就火了，拍着桌子说：‘段司令说了，咱们卫戍司令部就是北京地区的最高军事机关。他步军统领衙门敢扣你们的枪，胆子可不小。’说着就拨通了电话兴师问罪。那边接电话的直说好话赔不是。副官长放下电话后对我说：‘中午这顿饭先免了，咱们改日再聚，你这就去步军统领衙门把枪取回来，跟他们不能客气。’

“我直奔帽儿胡同，一进军法处就看见桌上放着这两把枪。处长满脸堆笑地对我说：‘真不好意思，您二位的枪不好找了。我知道拱卫军的枪是清一水的德造，就拿这两把先顶上吧，您二位的枪要是找到了，再给您送过去。’

“我得拿拿搪，皱了皱眉头显得挺不高兴，说：‘咱们都是军界中的人，枪是有编号的，能随便顶吗？’军法处长赔着笑脸说：‘咱们都在北京地盘上混事，低头不见抬头见。时候也不早了，正在饭口上，咱哥儿俩就交个朋友，去对面合义斋聚聚。”正说着李勇三进来了，把枪和子弹往我皮包里一装，拉着我就奔了合义斋，要了个雅间。

“席间军法处长一个劲儿地套近乎，还请我代他向你道个不是，以后找个机会再一块儿聚聚。”说完后老伙把枪推到礼德面前说：“你先挑。”礼德笑了：“我有三把枪，这两把你就全留下吧。步军统领衙门扣下的两把左轮，都是拱卫军淘汰下来的汉阳造，这回你是赚大发了。”

老伙乐了，说：“你说怪不怪，自打穿上新军的军装，我这武装带上就得挂把手枪。刚开始时别的是巩县造，这一号的左轮是又侉又大，可镇场、唬人。从拱卫军出来到经界局时，我把换下的汉阳造弄过来十几把，按人头一人一把。你说那枪不咋的，我看着比巩县造强多了。这回有了好枪，我得跟你练练，总不能让真家伙当聋子的耳朵。”

礼德说：“真正玩儿枪的主儿，胸前武装带的半套上明别着左轮，是给人看的，后腰上枪口朝上暗揣着自来得，是要人命的。枪手分成三流，一流枪手盯着对手的眼睛，从眼神上做出反应。二流枪手盯着对手的手，从手的移动上看出门道。三流枪手盯着对手的枪套。武装带上的半套左轮就是给三流枪手挂的幌子……”

礼德说得正起劲，老伙听得正入神，内兴居送盒子来了。老伙站起来说：“我路过内兴居时叫了个八珍大全盒，扒鸡、烧鸭、烤鹅、熏鱼、酱肘子、煮白肉、卤下水、小肚全齐了。又要了四坛老汾酒，今儿晚上就不累双勺了。把仁德、信德也叫回来，凑上个六顺居士，来个一醉方休，今儿这一天我真是顺。”

24

老伙顺了，黎元洪、段祺瑞闹得可不顺。府院之争越来越升级。为了对德参战案，在国会里打了起来，闹得比袁世凯选总统时还凶，连骑警都出动了。信德赶上了这场热闹，晚上吃烧饼夹油鬼时和老姚头一说，老姚头听了直摇头：“总统和总理干了起来，处处对了阵可要出乱子，这场乱子还小不了。”

第二天早上，仁德、信德刚打开东口的铁栅栏门，东车站那边就传来了乱呼声，不一会儿就开过来了一队丘八。真邪行！穿着民国军装，个个都留着一条大辫子。走得是不整不齐、稀稀拉拉，一路上骂骂咧咧。

门旗上是斗大的张字，营旗上也都是长官的姓，和戏台上一模一样。仁德数了数共十营，每营也就是三百多号人。沿着前门大街一直往南下去了。

哥儿俩心里正纳闷儿，老姚头也出来瞧过兵的，瞅着这群丘八大爷直摇头，说："歪戴着帽，斜楞着眼。眼斜心不正，拖着大辫子走得哩哩啦啦，跟散兵游勇一样。后队没出东车站，前队快到了珠市口，这哪是行军，是遛大街。但愿是过道的，出永定门就奔南苑。这样的兵要是在城里住了下来，准是祸害。"

老姚头的话还没有落音，从南边过来的人就传过话来，这群辫子兵开进了天坛。老姚头摇了摇头说："这乱子看来是非出不可了，是福盼不来，是祸愁不去，听天由命吧。"

老姚头的头没摇错，刚过中午，从永定门到前门都乱了起来。辫子丘八满街乱窜，首当其害的就是饭馆、酒馆、戏园子，兵大爷是来者不善、善者不来，只要是进了门，就不好打发出去。

快吃晚饭时，段上的巡警来了，说大清复辟了，挨家挨户地让挂龙旗。这可为难了，上哪儿找去呀？还是双勺有主意，立即奔了冥衣铺，还没到门口就看见挤着一大堆人。看来是谁都不傻，全是来糊龙旗的。没法子，挨个儿排队吧。

仁德有民国元年对付三镇兵变的经验，立即在三合轩大门上插上了一面陆军军旗，挂上了一个牌子，上书"京畿卫戍司令部招待所"。晚上，礼德和老伙回来了，大家一合计，觉得是个办法。

老伙找来了几套军装，双勺、大杖和几个伙计都穿上了灰皮。这一招还真灵，辫子兵不进来捣麻烦了，可把吃饭的、喝茶的也吓跑了不少。只有老熟人探头一瞧，就乐了，说："在这儿喝茶、吃饭可就放心了。"

辫子兵在大街上闹了三天，到第四天就看不见了，前门外的商家松了一口气。可是紧接着巡警找上门来，挨家挨户地摊派"劳军费"。原来是警察总监吴炳湘和张勋达成了协议：辫子兵全部集中在天坛闭门休整，吃喝均由地方上供应，还把天桥的戏班子统统"请进"天坛，为丘八大爷"义演"。

段上的巡警来到三合轩，还没进门就先一愣。进门后正好碰上了老伙，"小巡警一身青，不怕别人怕大兵"是在论之说，见了上校大人，当然是先立正敬礼，然后说话。

老伙没等小巡警开口，把肚子一腆，打着官腔说道："三合轩由京畿卫戍司令部包了，副官处的招待所就设在这儿。以后早早晚晚多派人在周围站个岗，要出了事，唯你们是问。"小巡警连声说："一定！一定！您的话我一定带回署里。"说完后立正敬礼，转身就走了。

小巡警走了，老伙和礼德到衙门去点卯。一进副官处，就觉得不对劲儿。不是领饷的日子，人怎么来得这么齐。刚坐定，副官长对大家宣布："张勋宣布清室复辟，黎元洪躲进了日本公使馆，在东交民巷宣布任命老段为国务总理。这叫自个儿打自个儿的脸，谁叫他不知深浅，竟敢在上月免去了老段的职务，叫伍庭芳组阁。现在只能电请副总统冯国璋代行总统的职务，然后通电下野。

"段司令已乘今天的早车赴天津，咱们就静听下文吧，准有好事儿。我今晚也赴天津，你们好好地待着，不到时候不能出来露面。"

大家一听黎元洪下野了，脸上全部乐开了花，七嘴八舌地说："这小子早就该滚蛋，他把咱们拱卫军给拆了，他也没干长。""冯国璋代理了大总统，这回就好了，总统、总理全是咱们北洋的人。""拍马屁的人说黎元洪心眼儿好，是黎菩萨。泥菩萨过江——自身难保，这回是应验了。"

"老段再度出任总理，小段就奔了天津，回来后准有大用。""可眼下北京城中还是张勋的天下……""你真糊涂，辫子兵总共四十营，满编也就二万人。从徐州开到北京的只有十营，全驻在天坛。我听外四区的警官说，也就有三千多人，都是步兵，连挺机关枪都没有。"

"北京警察有两万多人，装备齐全的保安队就有五千多人。步军统领衙门在城内外的驻军有一万多人。再加上驻在南苑的两个师、北苑的一个师、西苑的一个师、通州的一个混成旅，我算了算，民国军警合起来有十几万人，十几万人看着三千辫子兵，把小皇上抬出来闹复辟，那是要傻老张这个大老粗，借着他的浑劲儿解散国会，赶走黎元洪，老段好出山复职，那时的谱儿可就大了——再造民国。"

说到这儿，一位机要副官接了茬儿："我跟大家交个实底吧，老段在马场誓师组织了讨逆军，以曹锟为西路军司令，小段为东路军司令，分两路进攻北京。东路军的先头部队是驻在廊坊的第十六混成旅，顺着铁路正向北京推进，说不定明天就能到达北京。"

这时大家都彻底明白了，处座说"有好事儿"那就好好待着，到该露面时再露面。待着也不能空待着，得好好聚聚，一哄而出奔了砂锅居。

酒足饭饱之后，礼德和老伙回到了三合轩。见了双勺、大杖后一合计，觉得骡马市大街离天坛没多远，得准备准备。

话还没说完街上就乱了，哥儿四个出门一看，辫子兵正乱哄哄地沿着大街由东向西开，看样子是要出广安门。礼德估算了一下，有四营。双勺一听就乐了，说："要是再开出去六营，这乱子不是就闹不起来了吗？"

吃完晚饭后西边传来了枪声，礼德侧耳一听，说："这枪是站在护城河边上往城门楼子上打的。枪声又乱又稀不像是攻城，大概是出城的辫子兵败了回来，闹着要进城。只要广安门的防守营不开城门，这一千多号人闹不出什么事来。"

话还没落音，东边就乱了。人声鼎沸，马嘶狗叫。两个营的辫子兵跑着奔了广安门。打开了城门，把城外溃退下来的四个营接了进来。溃兵一进城，大街上就乱成了一团。天还没黑就开抢了，街上不时传来几声零乱的枪声。

三合轩前插的陆军军旗和悬挂的牌子，起到了威慑作用，辫子兵乱哄哄、骂咧咧地从门前过了好几批，没有上门捣麻烦。

已经下半夜了，街上的乱劲儿缓了下来。三合轩里的人松了口气，正想各自回屋睡觉，突然传来了枪托碰门的声音。饭馆的大门当然经不住枪托碰，最好的办法是在被碰开之前把门打开。

双勺学过唱戏，嗓子亮，一声高呵："谁他爹的碰门，找死呀！"声还没落，就把门打开了。呼啦一声拥进了十几个辫子丘八，这时老伙和礼德从后面走了出来，马靴踏地咔咔响。双勺立正敬礼道："报告长官……"

辫子兵一下子被镇住了，举手敬礼说："弟兄们转了向，跑回天坛，天坛里空了。请长官指条路！"老伙骂道："说你们找死就是找死。讨逆军明天一早就进城，凭你们拖着的大辫子，抓到一律就地正法。"丘八们把抢来的东西往地下一放，你看看我，我看看你，全吓傻了。

一个小军官跨上一步敬了个礼："标下跟长官了。"老伙把眼一瞪："放屁！现在想跟我，晚啦！我管这闲事、招这晦气。"紧跟着又叹了一口气："民国元年时我和你们定武军一块儿攻过南京，你们的李邦统还和我换了兰帖，说什么也算有旧，给你们指条路吧。

"赶紧把辫子剪了，换上便衣想办法混出城去。十几万讨逆军就要进城，凭你们那十营人，往多了说也就是三千，还不够垫马蹄子的，就地正法也经不住几刀砍的。"

小军官听到这儿又立正敬礼说："您是我们的老长官了，我们听您的。

您帮忙给我们找几件便衣，我们把枪给您留下。”说着解下了武装带，连枪套双手呈上。

老伙点点头，把枪从套中抽了出来还给了这个小军官，说：“短火你先带着，说不定还有用的地方。不行时再扔。”这话一出口，小军官又是一个立正敬礼，说了声：“谢长官指点。”说完后回过头去骂道：“还不快把枪交给长官，还等什么！”当兵的都放下了枪，解下了子弹袋。

大杖找来了两把剪子，辫子兵争先恐后地把辫子剪了下来，换上了双勺找来的便衣，提着、背着、扛着抢来的东西一哄而散。那个小军官出门后又转了回来，从怀里掏出手枪交给了老伙。说：“里面只有两发子弹了，真出了事时救不了我的命，倒能要了我的命，就给您留下吧。”

老伙笑了，把手枪接过来一看，是把一号的巩县造，又大又重，换上便衣后身上真是没处可藏。双勺、大杖清点了一下，辫子兵一共扔下了十八条步枪，大半是汉阳造，也有德国的老七九。

老伙说：“赚了，把枪和军装都收到后院，说不定还有二茬上门，咱们照方抓药。还得盯着，不能回屋睡觉。”

双勺说：“我也睡不着，就穿上这小子的官服、别上他的枪在这儿盯吧。这小子还是个上尉，要不打散了能带一百多号人。他这把枪也挺唬人。”

礼德长长地嘘了口气：“今晚咱们的问题不大了，仁德、信德可不好办，准有麻烦。”

仁德、信德可真遇到了麻烦。辫子兵一开抢，永增老东家就传下话来：“对这群丘八别客气，只要有爬栅栏的，有一个撂一个，出了事儿，我王久成担着。”叫老姚头带着小兵把自来得挨着胡同口送，把话也带到，别落下。

西河沿、廊房头条东口又是首当其冲。步军统领衙门关了前三门，把内城的三营辫子兵和外城的七营辫子兵截开了。从天坛开出来的辫子兵原打算进前门去翠花胡同，保卫张勋的公馆，进不了前门就折了回来，在五牌楼散了队——开抢，沿街的商户无一幸免。

和民国元年的变兵不同，这次开抢的是败兵。败兵无营可回了，所以全红了眼，有邪劲儿，敢开枪，是谁也不吝的主儿。可是心里最有数，这身灰皮就剩下今天了，抢了赶紧跑。有的抢时有邪胆，抢不了时调头就跑，绝不碰硬的。

这群辫子兵在天坛住了十来天，前门一带是晃了个熟，知道西河沿、廊房头条、珠宝市街、大栅栏……是最有油水的地方，所以一开抢就奔这儿来了。仁德、信德知道败兵是丧家犬，唬不了也镇不住，只能让枪子儿说话。

一开始就找了个死角，你打不着我，我可打得着你。只要有辫子兵向栅栏里爬，对准他头上就是一枪，跟着脚底下又是一枪。两枪之后，准跑。可是败兵是左一批右一批，这批刚走了下批又来了，把哥儿俩忙了个够呛。

有批辫子兵最邪门儿，不知道是抽了什么疯，三十多条枪对准了栅栏一齐开火，打得火星乱冒。打够了，邪气也下去了，邪火也没了，扛着大包、提溜着小包跑了。

辫子兵抢了一宿，天快亮了才散。这时满街都是剪下来的辫子、脱下来的军装。八点多钟前三门全开了，满大街都是“大令到”的传呼声。最先是京津保军警稽察处的执法队，擎着大令出来巡街。紧接着步军领衙门、宪兵司令部、军政执法处都出来了，就连只有一连卫队的京畿卫戍司令部，也来凑这个热闹，开出了两个排，擎着大令在内外城都转了一圈。这就是“该露面时再露面”。

一时之间，“大令到”的传呼声此起彼落，老百姓听了后狠狠地往地上啐了几口唾沫，骂道：“早干嘛去了，这时候全冒出来了，真是猪鼻眼插大葱——装象。”

辫子兵没放火也没抢机关，可商户都没落下，抢得比三镇兵变时都狠，进了门就是洗劫一空。只有前门大街西边得以幸免，会友镖局守住了栅栏，一家也没被抢。

会友镖局前柜的四壁上，挂满了商家送的功德匾，大门口系满了大红绸、大红花。北京城中的商民对会友可以说是有口皆碑。商界人士在正阳楼摆了十几桌，把会友上上下下全给请了过去，整坛酒、大碗肉，实实在在地谢了一顿。

前门外是明清两朝传统的商业区，有影响的老字号大多开设在这一带。三镇兵变、张勋复辟是民国肇基以来北京城中的两次大动乱，前门大街东边都遭了大劫，西边平安无事。乱后思乱，商家们也开始打自己的主意了。

乡下的地主老财不被抢，那是手里有枪，掌控着乡团、民团。南方许多城市办了商团，广州的商团办得挺火。北京的商家要是都出点儿血，像广州一样也办个商团，说什么也不会两次遭劫。

会友镖局在前门大街路西一带值夜的，也就有四十多人枪，凭这点儿人枪就能保护住这么大的一片。要是以会友为骨干为教头，把各商号年轻的徒弟、伙计们组织起来办个商团，按丁抽兵，平时坐店、值夜，有事时把街口、胡同口的栅栏门一关，不说高枕无忧，也不至于被洗劫得这么惨。

此议一出，商界同仁均表示赞同，总商会议过几次，草定了一个章程，上书市政当局，呈请组建商团。呈文上去后没几天就批了下来，警察总监吴炳湘在商会呈文上批曰：

> 京师乃首善之区，治安良好，秩序井然。步军统领衙门、京师警察厅各司其职，军警官佐克勤职守。商民设团自卫，于时不必、于前无例、于法无据。实系庸人自扰，勿再妄议。

北京的商界办不成商团，会友镖局也就失去了最后一次发展机会。可是没几天，京师警察厅公布了一个《请愿警条例》。这个条例真绝，把雇用警察制度化、章程化，手续简单化、变通化。说白了，就是有钱人都可以雇用警察给自己当保镖，护院、跟车、坐店、坐夜、巡夜……都行。

《请愿警条例》一实施，东安市场、东四商场首先弃镖用警。本来嘛，镖师无执法权，碰上个软硬不吃、横竖不认的主儿，就真拿他没办法。动起手来就是治安案件，巡警来了后一总带到段上。谁是原告、谁是被告可就难说了，官司谁赢谁输，就更难说了。

请愿警就不同了，腰上别着汉阳造、巩县造，手里拎着哭丧棒，嘎杂子要是不识相，就得挨几棍子。打了不但白打，不服就带到段上锁半天。锁人的招可真绝，不叫蹲、不叫坐、不叫跪，只能半蹲着。再横的杠头不用一个时辰，就一个劲儿地告饶，下次见了看街狗是点头带哈腰，真是一次就长记性，下半辈子也不敢唱二进宫。

东安市场、东四商场赶时髦，博王府也跟着凑热闹——弃镖雇警。不说别的，出门时车后的顶座上坐着两个警察，遇事儿了事儿，没事儿时透着有谱儿有派，多风光多体面。

老孙头、老焦头、老姚头只能相对叹气，老姚头摇着头说："这是什么世道，有钱就能雇巡警，过些日子我看就能雇大兵了。车后顶座上坐着两个丘八，那多威风，谁敢挡道碍事，就给他两枪托，打了白打不说，还得给老总赔上点儿酒钱。"

老姚头摇完头也没词儿了，孙大掌柜连抽了两锅子，慢慢地开了腔：“北京城里是没什么戏可唱了。我看还得在两个分号上多想想主意。火车是通了，可下了火车后道上都不太平。镖局的老本行是走镖，还得在几条镖路上多想想办法。

“我心里琢磨着把年轻力壮的往外调调，早点儿领个分号，也给他们个创业的机会。老守在北京不是事儿，得出去独当一面，历练历练。

“从东安市场、博王府几处下来的人，岁数都大了点儿，出去走镖怕力不从心了。说实在的，人家辞了会友，也是看咱们的人岁数都太大了。前门是老地盘儿，老主顾们有面子，也好说话。百年老店都知道这个理儿——衣裳是新的好，人是旧的好。用老人心里踏实。

“我看得调整调整了，新下来的人总不能老在柜上闲着，东不辞伙的规矩只要有会友在，就得守着。把小哥儿几个调出去闯荡闯荡，让下来的人接值夜的差事。”

老姚头这回没摇头，只是叹了口气。老焦头长嘘了一声说：“仁德、信德都是我徒弟，王五爷给打下的根基，全是好样的。差他们去分号，不论是张家口还是石门，我都没话说，这哥儿俩也是独当一面的料儿。”孙大掌柜点了点头说：“那就先和他俩通通气，过两天我再跟他们说。”

事情就这么定了下来，仁德去石家庄，信德去张家口。孙大掌柜说：“不忙着走，先放十天假，把家里安置好了。差出去这月本应发双份儿份儿钱，这些日子柜上太紧，这事儿我记在心上，年底要是能缓过劲来，一总给你们补上。

“你们都跟大刀王五在北道上见识过，镖路上的事儿我就不嘱咐了。凭你俩的阅历，遇事也拿得起撑得住。我就多说一句话：这两年道上的朋友不守规矩的可越来越多了，遇事得存后招儿，不存后招儿准吃亏。”

双勺抓弄了八个拿手菜给仁德、信德饯行，礼德把杯中酒一饮而尽说：“咱们哥儿五个从檀营出来投源顺，一晃就十多年了。就你们哥儿俩还吃镖局这碗饭。吃这碗饭凭的是能耐，没虚的。

“我们哥儿仨到军界里混，智德混得看破了红尘，出家了。我和义德虽然还穿着这身灰皮，可我打心里说，穿着这七个洋钮扣的军装，心里总不踏实。旁人看我们挺神气，神气不神气自个儿心里有数。

“从步军统领衙门出来后，我是有心回会友，可不好意思开这个口，怕让老孙头、老焦头为难。你们哥儿俩虽说去了分号，张家口、石家庄都是上了火车半天就到，一年总能聚上几回。就是义德一直驻防在外，想凑齐了也不容易。

“智德出家后我没有去看他，和你们哥儿俩相比我是个闲人，不是没有工夫，是见了他后不知道说什么是好，他要是叫我一声‘施主’，我可真受不了。僧俗异途心里想着就行了，硬往一块儿凑也难。”

礼德的话使气氛郁闷了起来，老伙打了个圆场，说：“按五行的方位，信德北上、仁德南下都主吉。到了地界后一定是一帆风顺，心想事成。我在张家口、石家庄都有朋友。察哈尔都统公署参谋处的副处长李天成，直隶南路巡防帮统张大魁，和我在保定共过事。别看京畿卫戍司令部是个空架子，咱们段司令可是段总理跟前的大红人。只要有老段在，哪路军头也得买小段的账。买段司令的账我就能说上话，你们哥儿俩到了地界，有事儿就拿着我的片子去找他们，准能帮上忙。”

说着就掏出了名片夹，说：“我的名片你们随便使，这两张是段司令的，到了短刀要九的时候再用。我这个人没别的能耐，就是到哪儿都有朋友，能说上话。”

说罢，给大家把酒都满上了，连叫了三回“干”！酒这东西就是绝，连干三杯之后气氛也就活跃了起来。老伙拍了几下脑门儿对信德说：“光顾喝了，我差点儿忘了大事儿。辫子兵的十八条枪和军装，你全带到张家口，分号能用就用，用不上就卖。那儿的人认七九，这枪虽然重点儿，可杀伤力大，打狼、打黄羊、打大雁时好使。我把枪照给你办好了，路上不会捣麻烦。

“还给你办了个少校副官，用的是经界局的关防。现在经界局姓霍了，全套印章都在我手里。长城以外的地界天高皇帝远，打起大旗来就能当虎皮。谁知道经界局是个什么衙门，没准以为是专管蒙古地界的正管。在直隶地盘上可就不敢用了，弄不好就能招事儿，离北京太近了。”

双勺上桌晚了，酒又喝急了点儿，也就喝高了，拍着自个儿的脑门儿对老伙说：“我也学着你，遇事先拍脑门儿。别说直隶地盘儿，北京城里也是一样。就拿这两次兵乱来说吧，三合轩全免了，不全靠着打起大旗当虎皮吗？

“我看这招在北京也能玩儿。北京的衙门太多、官也太多，谁分得清。再说了，咱也不上陆军部去玩儿。镇住门口的巡警、大兵就行了。就凭这点儿我敬你一杯，祝你早日扛上一个大金豆。”

老伙乐了：“你这话说着了，段总理兼了参战督办，已经编了三个参战师，还要再编几个混成旅。凭这家底儿谁还敢不唯马首是瞻。到时候京畿卫戍司令部可就不是空架子了，段司令就成了名副其实的总司令，别的我不说，加一级还是手拿把攥。

“当个旅长我干不了，当个少将副官长是轻车熟道，到那时我就真把你这个三合轩包下来当招待所，给你和大杖弄个少校、中校当当，玩儿真的不玩儿假的……”

说完了后老伙又一个劲儿地叫“干”！又连干了三杯之后，可真喝大发了，趴在桌子上打起了呼噜。

第二天一早，信德奔西直门火车站乘京张线赴张家口，仁德奔前门东车站乘京汉线赴石家庄。礼德和老伙到衙门点卯，进屋坐定之后老伙是喝茶开侃，礼德照例打开《陆军时报》浏览一遍。

礼德看到第四版，可真吓了一跳，新闻栏中登载着一条消息：

> 驻豫陆军第七师二旅一团前中校副团长关义德，目无礼序殴打长官，本应军法从事，姑念其战功卓著，陆军执法总监决定从恩发落，网开一面，革除本职、兼职，还乡为民。

礼德看完之后，把老伙叫到屋外合计了起来，老伙满打满包地说：“这好办，执法总监的副官刘振东和我没的说，我这就找他去。”

头中午老伙就回来了，对礼德小声说：“事儿打听清楚了，义德也没吃什么苦头，前天就释放了，是让汽车给接走的，去了哪儿可就不知道了。这案子的实情是个花案，二旅一团的团长是旅长的小舅子。这小子长得可有个样儿，有个儿、有块儿、好相貌，可吃、喝、嫖、赌全齐了，就是带不了兵、打不了仗，枪一响准尿裤子，他这个团长是挂名的，团里的事都由副团长担着。义德这个副团长还兼一营营长，深得全团官兵拥戴，和二营长、三营长都是铁哥们儿，一营上上下下都是他的铁杆儿。

“上月一团奉命到豫西剿匪，团长躲了，告假养病，义德带着全团兼程前进，直捣黑牛岭，一举歼灭了过山虎。陆军部传命嘉奖，授予三等虎文章，河南督署奖了三千块大洋，豫西民众送了好几块金匾。义德成了红极一时的新闻人物。

“凯旋回到新乡后，一进家门就给堵上了，没想到奸夫就是团长。义德把他拉出来一顿暴打，肋骨打折了好几根，腿踹断了，下巴打掉了，胳臂扭折了，当场就不醒人事。参谋长赶紧把这位团长送到了东关外的教会医院，小命儿是保住了，人可没形儿了。

“旅长派来执法队要把义德扣起来按军法严办。全团一下子就炸了。一营的副营长用自来得顶住了队长的脑门儿，让他滚。师长知道义德不但是老段的学生，还救过老段的命，授三等虎文章时老段亲自关照过师长，要破格提拔。

“事闹出来了，师长倒有主意，往上一推，把义德押到了北京，交给了陆军执法总监。押送的差事就交给了一营的副营长，这招儿可够高的。陆军执法总监请示了一下老段，事儿就这么定了。”

礼德听了后才一块石头落了地，下一步就是赶快找到义德。可是上哪儿找？北京城这么大，总不能挨门去问吧。老伙说：“只能等，他出来后准去三合轩。是汽车给他接走的，我看是有好事儿，说不定老段对他另有重用。”

礼德点了点头：“你这话在理，中午咱们也别聚了，赶紧回去。”回到三合轩后把义德的事儿一说，双勺认为“今晚准到”。

双勺的话刚落音，门外传来了汽车的喇叭声，跟着义德就走了进来。穿着全新的灰料子军装，肩上是二杠两花，武装带上斜插着两把半套的自来得。胶把乌黑，蓝钢锃亮。脚上登着高筒军靴，亮得能照人。从这身打扮来看，是个响当当的侍卫官。

礼德高兴得蹦了起来，哥儿俩拥抱到了一起。坐定之后，礼德给老伙做了介绍。跟着又带着义德到后院见了嫂子和弟妹。双勺、大杖忙着安排晚上的接风宴。老伙要陪义德到珠市口去洗澡，义德连声说：“不用了，到京后就洗过了，衣、裤、袜全换了，一水儿是新的。”礼德说：“那就先到我屋休息一下，咱哥儿俩好好絮叨絮叨。”

进屋后，两个年轻的中校相顾良久，眼睛有些湿了。义德把事情的前前后后说了一遍，最后是：“段总理得知后派他的副官把我接了出去。这个副官是我同班的同学，说我目前不便再回去带兵，在副官处以原衔补了个副官，领了军装和枪。

“派我去天津看总理在日租界的公馆。说是静静神，收收心，实际上是我也不便马上就在外面露面。批给我一千大洋的特别费，叫我多置几套便装。租界里穿着军装太显眼，也不方便。”

礼德也把哥儿四个的事儿说了说，对于智德归皈了佛门，义德长叹一声，跟着又长嘘了一口气。这时双勺来叫吃饭去，哥儿俩也就奔了前柜。四冷八热已经摆了上来，打开了一坛古北口老白干儿，醇香四溢，义德、礼德的乡情油然而生。

连干了三杯之后礼数已过，大家就闲聊起来，礼德对义德说："你到天津之后有个朋友可以走动走动，他住在法租界。这个人一提你准知道，就是大名鼎鼎的快马杨三，不过现在杨三爷变成了洋三爷。西装革履不说，住的、吃的、用的、喝的、玩的、乐的都是一水儿的洋。早不玩儿骡车了，玩儿上了汽车。天津跑马场就是他的控股，当上了董事长。"

义德把杯中酒一饮而尽，放下酒杯问道："你是怎么认识的这位杨三爷？他可是北京出了名的秧子，会玩、会乐、能糟、能作。跟他走动走动，我可走动不起，人家拔根汗毛比我大腿还粗。"

礼德笑了："快马杨三是世大人的小舅子。这个人是能糟、能作的主儿，可为人实诚、豪爽，爱交朋友，挺讲义气。把朋友的事儿当自个儿的事儿，你有事儿他准管，他有事儿你替我帮帮他。他在天津玩儿得太大发了，我有点儿不放心。"

义德连连摇头说："多虑！多虑！凭杨三的银子，什么事都摆得平。"礼德叹了口气："他现在已经空了，只要赛马场有点儿闪失，也就撑不住了。他这人见过世面，可没经过事儿。租界中华洋杂处，鱼龙相混，可不是好玩儿的。"

这时老伙接了下茬儿："我也想去天津玩儿两天，咱哥儿俩就送义德去到差，也开开眼，见见这位杨三爷，能洋到什么份儿上。"

大伙聊得正起劲儿，快马杨三进到。真是说曹操曹操就到。洋三爷又变成了杨三爷，见了大伙后说："行！看来我这个人就是有口福，到哪儿都能赶上吃喝。"

入座之后，礼德给义德、老伙做了介绍，二人拱手抱拳说："久仰！久仰！"杨三爷笑了："我不说'哪里！哪里！'改成'这里！这里！'咱就在这儿吃、就在这儿喝。"说罢举杯一饮而尽，说："这酒有味儿有劲儿，比白兰地、威士忌、伏特加强多了。"说着连干了三杯，然后放下了酒杯打开了话匣子：

"长话短说，别扫了今日的酒兴。我在天津的跑马场打了水漂，法租界的房子也被封了。我姐出面找了法国领事，算是把后楼给保住了。后楼的后门、后窗都临街，七间二层带地下室。我姐找了家可靠的洋行给租了出去，就留下了二楼东头的三间房我们三口人一人一间。

"我对我这老姐姐说：'祖上留下的家业，让我给糟光了。这后楼是你争回来的，我已经在工部局过户转到你的名下了。孩子就跟你这当姑的过了，也好有个伴儿，我回北京吃陶然亭的马圈子。

“我姐说陶然亭的房子租不出价。后楼每月租出去的进项是四百大洋。生活费一人一百，存上一百，给孩子攒点儿嫁妆。你愿意回北京也好，收收心，别再折腾了。我每月给你寄一百块钱过小日子。闷了就来天津，两头儿跑跑。

“我回到陶然亭一看，我那老叔可真是看家的高手，房子、院子干干净净、整整齐齐，马号里的四匹走骡还是那样膘满肉肥，还添了两头拉套的驴骡。

“老叔对我说：‘你上天津时给我留下的养老钱，我一个子儿也没动。每天早上套上两头骡子赶趟车，从窑台到慈悲庵拉游客。直到现在，北京人看着这四轮洋马车还觉得新鲜，谁都想来坐坐。天好时能跑上好几趟。既遛了骡子又赚了钱。

“‘老大和老二都赶大车，把恒泰营造厂的活儿给包了。拉砖、拉石头时车太沉，就添了两头拉套的驴骡。老三还小，哪儿忙就帮帮，现在是赶车的好手了。’

“我说行呀，比我强，有生财之道了。我只能当家蹲大爷了。我的事儿就说完了，咱们大家接着喝，今天我高兴，得多喝几杯，来个一醉方休。今儿晚上我就住这儿了，明儿早上我请大家过去认认门儿，中午在窑台吃烤肉。”

听杨三爷这么一说，双勺赶紧又到后灶抓弄了两个拿手菜——爆三样、爆羊肉。这俩菜都是快中快。大杖开了一坛山西老汾酒，给大伙儿都满上了。双勺举杯说：“三爷回来了，就是和咱们有缘分，陶然亭离这儿也没多远，三合轩就是您半个家。您一个人我看也犯不上起火了，吃喝就包在我这儿了。”

听到这儿老伙笑了，说：“这个主意好，和我一样，多一个人多一份儿乐呵。不瞒你老弟，咱哥儿俩有点儿像。我的家业是没法儿跟你比，可也让我糟完了，只剩下一所小宅子，是一进的四合院。我现在还混着差事，要混不了啦，也就吃瓦片儿吧。”

快马杨三真乐了，说：“这叫千里有缘来相会，咱哥儿俩的缘分就在三合轩，以后我也拿这儿当家了。不过立夏后还得住陶然亭，那儿靠着水边儿凉快。秋凉后回三合轩过冬，两头儿住着。

“明儿一早上我那儿聚聚，再过些日子天就热了，立夏不吃烤肉是在论之说。窑台老满家的烤肉味儿不错，就是地儿太偏，知道的人不多。要是碰上个能煽呼的主儿，准能让烤肉满、烤肉季、烤肉苑来个三足鼎立。”

老伙听了陶然亭凉快之说，可真高兴了，说："我这个人胖，就怕热，夏天老想找个凉快的地方，人家去西山避暑，我虽说是个闲差，可也是官身，得上衙门点卯。到了夏天真难熬，穿着这七个钮扣的军装，再系上武装带，肚子上长痱子。"

杨三爷听了后说："我这个人也怕热，老张头知道我这个毛病，昨天就把天顺棚铺的人给叫来了，要赶在立夏前在院子里搭上凉棚。我叹了口气说：'我可不是从前的杨三爷了……'

"老张头说：'你放心，搭凉棚不花钱，我给棚铺出了几趟车，工换工。杉篙咱们家有的是，席还存着不少，够使几年的。'今年夏天你老哥到我那儿避暑，准热不着。"

第二天一早，快马杨三就带着大伙去认门儿。夏初的陶然亭，象、景、境均已入时。大而观之，碧波荡漾，绿草如茵，翠柳成荫，荷花满目，玉盖田田。小而观之，"小荷才露尖尖角，早有蜻蜓立上头。"微而观之，"苞子上清水滴滴，叶面上水珠滚来滚去"。

杨三爷的马号就在湖西岸，北边是一所两进的四合院，虽不是磨砖对缝，也是见棱见角的青砖大瓦房。不饰油彩，反倒显得古朴厚重。凉棚下是金鱼缸、石榴树，还有几张竹藤靠椅、躺椅。

老伙走累了，往竹椅上一躺，那叫肆态。拍了拍脑门儿说："这时候当司令，得在太阳底下阅兵。当个闲人，往这儿一躺，这个司令我就不当了。"

大伙儿听了全笑了。双勺说："我要是司令，喊一嗓子'解散！'就进来纳凉，来个两不误。说实在的，立夏后在灶上耍勺，比司令在太阳底下阅兵还难受。"

老张头送上一壶浓酽的茉莉高碎，杨三爷喝了一口后摇了摇头，无限感慨地说："立夏了，该喝……"该喝什么他没有说出来，想必是西湖龙井、洞庭碧螺春、黄山毛峰、天台云雾……

大伙儿都渴了，一壶茶下去得挺快，老张头过来续水，老伙对杨三爷说："安徽会馆中有的是六安瓜片，明儿我去弄两包来，咱哥儿俩立夏后就在这凉棚下避暑了。"

续完水老张头对杨三说："窑台的烤肉我叫老三去定了，茶喝足了后就过去。"杨三说："不忙！大伙儿全来了，也到你那儿去看看，都认识、认识。"

院子南边是个房围子，有小二亩地。两排北房各十一间，东西厢房各五间，老张头一家就住在里面。

大伙儿走进去一瞧，院中有两棵老槐树，树下有石头桌子，还有练功的石锁、石礅，看来老张头是个练家子。

杨三告诉大伙儿说：“老张头原是护院的，跟着他师傅到杨家时才十六岁。他师傅告老还乡时，他留了下来，也就算是我家的人了。他老了，我管他叫老叔，他不答应，我也就这么叫了。”

说着又带大伙儿走到西边的马号前、东边的车棚前看了看，说：“这四轮的洋马车又大又笨，还没兴起来就过时了。卖也没人要，没想到老叔用上了。这辆骡车可是好东西，枣木铜活儿，可是没人认了。

“这双轮小马车是跑车玩儿的，现在都玩儿胶轮的了，铁轮的卖不出去，就扔在了这儿。还有两辆大车，我这老叔也给用上了，他的老大、老二赶大车拉货，他赶着四轮马车拉客，一家人就这么撑了起来，日子过得还不错。”

小三回来催大伙儿快过去，说窑台上已经备齐了。到这儿吃烤肉的大多是练功、遛马的主儿，当然是武吃。老伙第一个脱下了军装，义德、礼德也就效尤了。大家纷纷把一只脚蹬在小凳上，长筷子一挟，头顶天、脚踩地，开烤开喝。

酒香、肉香立即扑鼻而来，这顿烤肉吃得叫爽。四两一碗的酒不兴开场叫“干”，得先给肚里打点底儿。大伙儿开烤、开吃、开喝也就开聊，杨三对义德说：“你到了天津，有事就到法租界找我姐，她法国话说得溜，和法国领事馆上上下下都熟。她有事儿，我叫她到日租界找你。”

义德一口应了下来，说：“天津的事儿我还得好好请教，听说这码头不比上海滩浅。”杨三点点头：“找个清静的地界儿，咱哥儿俩好好聊聊。”

双勺这回肆态了，连声说吃烤肉好，不用到灶上忙乎。武吃比文吃带劲，愿意吃嫩的、吃老的“随您便”。杨三接话说：“陶然亭边上没有饭庄、饭馆儿，连个饭摊儿都没有，就有窑台上老满家的烤肉。都说立夏不吃烤肉，其实吃也没有什么关系。老话不可不听，也不可全听。我这个人就维新，北京城中第一个玩儿上四轮马车。”

双勺听了直摇头，借着酒劲儿说：“你跟不上趟了，就凭你这马圈，玩儿好了准能发财，可你闲着它。要是我，得打打主意。先不说老张头住着的房圈了，那儿的用场大了。就说你这两进四合院吧，把后院租给人避暑，前院开茶馆、饭馆、酒馆，后院六七八三个月准客满，前院也能火上大半年。天一冷就歪冬，歇上个冬四月，好好养养精神。攒足了劲开春后正经练练。哪能枕着金砖受穷，干花天津寄来的月钱。”

杨三听了哈哈大笑：“听你这么说，我的福还没尽。这碗酒咱哥儿俩就干了。我下辈子受穷不受穷，就看老弟的了。我这马圈子就交给你管，赚少了就供我个吃喝，赚多了我可不怕你笑话，等我闺女出了阁，我还要续上一房，给我生个儿子。”

礼德也喝高了，把话接了过来：“我这是第三碗了，别的忙我帮不上，说媳妇就找我大嫂，让她回趟檀营，准能给你找个称心如意的。准保心眼儿好，人又巧，长得还俊。我这话你要不信，就问问双勺、大杖、信德这哥儿仨，他们的媳妇都是我好大嫂给张罗的。”

窑台上飘着酒香、肉香，合着欢声笑语。杨三一再留义德、礼德、老伙多住两天，想和义德好好说说天津。老伙高兴了，拍着脑门儿说：“这可是件好事儿，我就先避暑了，咱哥儿四个好好聊聊，天天吃烤肉，吃腻了算。”

杨三摇了摇头，说：“我那老婶儿可会做饭，别看都是家常菜，吃着让你没够。我知道你非肉不饱，太平桥东口的南盛斋盒子铺，别看只有两间门脸儿，可样儿全，烤的、烧的、酱的、卤的、煮的、熏的全齐了，味儿都不错，杨家是南盛斋的老主顾了，我爷爷就好吃这一口。想吃什么就叫小三跑一趟，跟着就给送来。”

老伙好像想起了什么，掏出了随身的小本用自来水笔写了个条，交给了小三。小三转身就跑了。肉吃足了、酒喝够了，刚想往回走，小三就赶了回来，一手拎着一大包茶叶，是打安徽会馆取来的六安瓜片。杨三爷一见可乐了，说：“回去喝茶，这叫应时。”

在凉棚底下品茶，是件雅事。杨三连饮了三杯，连声夸道：“好茶！好茶！色清、味醇、入口生津。既清胃又提神，喝够了我带你们去溜达溜达。”

老伙说：“天太热，明儿早上再说吧。我想到这柳荫下钓钓鱼，鱼竿都带来了，是洋货，叫甩竿。”说完了后就搬了把藤椅，坐到了柳荫下，开钓。旗开得胜，连钓上了两条大的。

义德在旁边也闲不住了，打上了芦苇丛中野鸭子的主意，对张小三说：“你把小船划过去，惊飞这群野鸭子，等飞起来后，我打正面，你就等着往回捡吧，今儿晚上咱们吃鲜货。”

野鸭子飞起后，义德的两把自来得就开了火，两个十发弹夹打空了之后，张小三从湖面上捡回了十三只。那七发是打虚了还是野鸭子中弹后掉到芦苇丛中找不到了，甭管怎么说，十三只鸭子足够吃了。

老伙接过义德的自来得一掂，连声说好枪！好枪！捷克造，重量轻，比德国的还好使。说罢转身对张小三说：“你再辛苦一趟，能轰出来几只就轰出来几只，我的手也痒痒了。”

第二拨没轰出来多少，老伙单枪开了火，十发弹夹打空后，小三也捡回了四只。礼德愣了，说：“你去了几趟旃檀寺靶场，还真练出了点儿门道。我也不扫三茬了，赶紧回去尝鲜。”

进门后老伙往竹椅子上一躺，颇有所感地说：“有这日子过，七个钮扣的军装穿不穿真无所谓了。”可跟着又长叹一声：“后天还得回去点卯，没法子，这是命，咱哥儿仨就是这个命。”

晚饭桌上的鲜味儿引起了大伙儿的食兴、酒兴，酒足饭饱之后又沏了壶六安瓜片，杨三和义德就聊了起来，老伙、礼德当了旁听生。

杨三爷把这几年在天津的沟沟坎坎都说了一遍，华界、洋界的头面人物都介绍了一番，最后的结论是：“官面上真正主事的不是天津知县，是巡警道杨以德。租界、华界之间有块地盘儿叫三不管，大小混混都以那儿为老营。现在混混们不扎寨了，闹事讹人的花招可越来越多。对三不管得绕着走，那儿的事儿不能招。

“法国领事想把老开西并入法租界，天津各界人士联合起来进行抵制，杨以德从中进行支持，这事儿眼看着就要闹大。法国困在了欧洲战场上，在天津没什么实力，杨以德看准了这点，才出来当人物。

“英租界里住的多是前清的贵胄、民国的下野高官。这些人有的是躲事儿，有的是求东山再起。可也不能小看了他们，都是老谋深算的主儿，把你卖了，你还帮着他数钱。”

“对德宣战后，德租界收回了。有个叫高兴桥的是天津的首富，劝业场、惠中饭店、国民饭店……都是他开的。高兴桥是靠着德国人韩纳根起家，德皇授予他‘冯’的名号，‘冯’是贵族之意。可千万别小瞧了高兴桥，他和杨以德是老铁，在天津没有他办不成的事儿。

“日本借着对德宣战，占了山东不少地盘儿。在租界里也是横行霸道，到哪儿都不是善茬儿。中国和日本早晚还得干起来，碰上这样的恶主儿，想躲也躲不过去。你住在日租界，得多留几个心眼儿。日租界里的兵最多，不但有作战部队，还有宪兵。日本宪兵队就是特务机关，那可是阎王殿，千万不能惹……

“日本现在还占着青岛，骑在中国人头上拉屎。青岛问题不解决，谁也咽不下这口气。日本人可买段祺瑞的账，他的汽车出出入入，不论是兵还是官，见了全敬礼。”

杨三爷的话，义德听得挺上心。老伙晚上又喝高了点儿，听着听着就打起了呼噜。第二天一早，杨三又带着哥儿几个游了禅院、香塚、醉郭墓。午饭后睡了一大觉，起床后老伙说：“我哪儿也不去了，就在这凉棚下肆态够了，这才叫纳福……”

25

两日之聚后义德奔了天津，礼德、老伙到衙门点卯。这两天京畿卫戍司令部可不消停，徐树铮出镇西北的事儿成了热门话题。老伙早有耳闻，可又听说小徐这个人不好伺候，遇事专断独行，对下属挺苛察。他也是在德国学的陆军，老段对这个学弟最为信任。

进门后沏了杯茶，所议还是小徐。这时副官长走了进来，向大家宣布：“徐树铮出任西北筹边使，辖热河、察哈尔、绥远、甘肃、新疆、外蒙、内蒙地区，开署地点一时难定，准备先在张家口设西北筹边使公署驻察哈尔行辕，以成声势。

“段总理手令，先从京畿卫戍司令部的卫队中调两个排，赴张家口为行辕的卫队。凡愿意去张家口的人，每月加三十块大洋的特勤费。西北筹边使正式开署时，见人加一级。先发三百大洋的安置费，以解后顾之忧。张家口物价低，把一块大洋往桌上一扔，一桌酒肉就结了账。我先去考察了，这话一点儿不虚。前天两排卫队就出发了，我出任行辕的参谋长，代行主任之职。愿意跟我走的……”

“参谋长”的话还没有说完，老伙就站起来说：“我和兆礼德愿意跟您走。”

张家口之行，就这么定了下来。礼德的想法是在哪儿都无所谓，去张家口也好，信德在那儿，哥儿俩又聚到了一块儿，遇事还能帮帮他。老伙的想法是开署时见人加一级，满金一个豆就戴上了，这个机会可不能放过。看来满金一个豆比陶然亭更有吸引力。

没几天陆军部的调令就下来了，副官长任行辕的参谋长，副官处跟着走的，原衔改任参谋。一行十几人从西直门上了火车，下午就到了张家口，卫队连的连副戴着少校肩章率领六十多人在车站列队迎接。出站后官兵七十多人骑上了清一水儿的张北马，在张家口大街上转了一圈儿，才回到行辕。

首次会议上参谋长宣布："过几天徐督办就要莅临张家口视察，咱们得造点儿声势。从今儿起，所有官佐的军衔都高挂一级，出门时要带上两个马弁，到哪儿都得摆个谱儿，精神点儿，拿着点劲儿。"

老伙这回真乐了，甭管是真是假，满金一个花先戴上了，礼德也"荣升"上校，挂上了两杠三星。下午哥儿俩就带上了四个"马弁"到会友的张家口分号去看信德。没想到信德昨天奔库伦走镖，二人扑了一个空。回到行辕就得到了好信儿，参谋长在鸿宾楼定了两桌，宴请全体军官。

这顿饭吃得叫"实"，都是大盘、大碗的牛羊肉。张北高粱烧一坛就是五斤，开坛后那叫冲，闻着香喝着柔，还不上头。吃完一结账，大伙儿全乐了，每天一块钱的特勤费，真亏不了肚子，弄不好都会变成"老伙"。

张家口没有多大，像点样儿的饭馆也没有几家，几天后就全转到了、吃齐了。好动的就出去打猎，不好动的就整天打麻将。老伙和礼德来时就做好了打猎的准备，老伙借着"开署"，从陆军部领了两条双排十发的德国七九骑枪，随身带到了张家口。在狩猎场上，这两条骑枪可派上了用场。

打麻将的一玩儿就是一整天，谁赢谁请客。整天不动地儿，吃得又这么实在，眼看着伙夫肚都挺了起来。老伙整天和礼德在马背上打黄羊，伙夫肚倒是消下去了点儿。

大家所盼就是西北筹边使公署早点儿开署办公，都弄个实缺干干。好容易盼来了个准信儿，徐督办就要莅临张家口视察，行辕里上上下下都忙了起来。

两排卫队整天演练队列，为的是到时候充当仪仗队。好在行头不缺，还能有个军容。徐树铮大驾光临这一天，八十人的卫队去了七十多人，在车站上列队，个个都是新军装，新翻毛军靴，新武装带。

十几名军官在仪仗队后列队，一个个军衔可够高的，最小的也是中校，参谋长挂上了中将的满金两星。

察哈尔都统牟纪云也到车站迎接，只带了少数幕僚和几个马弁。徐树铮走下专列时老伙喊了一嗓子"敬礼!"仪仗队立正举枪行注目礼，全体军官行举手礼。

牟都统带着几个幕僚迈着官步迎了上来，握手表示欢迎。然后二人联步走出站台，登上了停在车站门口的四轮大马车。都统公署的副官出示请柬，邀请行辕的全体军官参加中午的欢迎午宴。

欢迎午宴设在督署大堂，牟都统致了几句欢迎词，徐督办站起来客套了几句，宴会就开始了。察哈尔地方军政长官轮流敬酒，所言都是官场上的套话，纯系应酬，寒暄几句。

宴罢，牟都统、徐督办并肩步入二堂。大概是进行“正式会谈”，参谋长率全体军官在厢房候着，不知会谈结束后有何安排。一个小时后，牟、徐二人又并肩步出二堂，徐照直登上了停在督署门口的马车，驶向了火车站。

参谋长率全体军官紧跟在后面，一出督署大门可就傻了眼，马弁们不知道到哪儿去了，马当然也就不会在督署大门外候着。于是一行十余人跑步前往火车站。

老伙跑了没有几步就掉了队，参谋长和几个腿快的追到站台上时，专列已经开了。给徐督办送行的督署参谋长说：“徐督办有要事，已乘专列回京。”

回到行辕后，参谋长垂头丧气，大伙儿情绪也全挺低落。还是老伙会开释，说：“急着回去是一拍即合，事都说妥了。”参谋长苦笑着说：“但愿如此。”

徐树铮走了没几天，小段打来了一个电话。命令参谋长带一个排回去，随他南下执法。参谋长立即招集所有军官开会宣布：“驻在京畿地区，直、鲁、豫地区的第三师、第七师、第八师、第二十六混成旅……已兼程南下，吴佩孚的第三师、冯玉祥的第十六混成旅已攻入湖南，段总理决定在武汉设立大本营，指挥对西南的一战，实行武力统一。段司令出任了前敌执法总监，调我带一个排回去和他一起南下。”

大家纷纷闹着要跟着回去，参谋长说：“愿意回去的我不拦着，回去后有没有差事我可管不了。有差事也是随军南下，得上前线。”说罢向老伙、礼德二人拱手说：“有劳二位留守了。”临上车写了一道手令交给老伙：“兹由上校参谋霍英魁代行参谋长职务，全权处理行辕内外事务。凡留守人员，遵其调遣，受其节制，听其号令，不得有误。”

手令和关防、印章一同当着留守排排长侯七的面交给了老伙。并命令侯七说：“从今天开始，你归霍参谋指挥。”侯七立正敬礼：“唯霍参谋之命是从。”

把参谋长一行人送上火车后，礼德、老伙回到了行辕。进门时就得到了门岗的报告，“有客在门卫室候见”。哥儿俩转身就进了门卫室。

推门一看不由得一惊。老焦头、信德、富贵、大魁、二魁、铁弓全坐在里边。从一行人的脸色来看，可不是来串门儿的。

信德对礼德和老伙说：“长话短说，我昨儿才从库伦回来，今儿一早老焦头就来了。”老爷子出马当然是有大事。

说到这儿，老焦头就把话给接了过来：“珠市口的皖源货栈是咱们的老主顾了。信德这趟库伦，就是给皖源走的茶镖。皖源的张家口分号叫察源货栈，‘茶’、‘察’同音，其意是在察哈尔发茶叶的财。

“秋凉了，正是销茶的好时候。皖源的少东家到张家口来拉拉场子，造造声势。一天晚上有应酬，没回察源过夜，柜上的人也没往心里去。天还没亮赶车的回来了，说车丢了。

“原来少东家是楚云楼会友，车把式知道这一进去不到午夜不会出来，塞外秋寒风硬，车把式也就走进楚云楼边上的小酒馆自寻其乐。三杯酒下肚之后和同桌的酒友谈得甚为投缘，于是互满了几杯，平日海量的车把式竟然酩酊大醉。

“一觉醒来时，同桌的客人不见了。自己的帽子、皮袄也不见了。跑出门一瞧车也没了。赶紧跑进楚云楼去找少东家，可是少东家也不见了。

“察源的大掌柜这时明白了，少东家已经成了‘票’，绑匪玩的这一招是换人不换车。果不出大掌柜所料，天一亮从门缝外塞进来一封信，信封是白纸、黑框、红字，一看就知道是绑匪的‘催命单’。

“‘催命单’中明言相告，少东家安好。叫老东家在一个月内准备好二十万块现大洋，赎人的时间、地点、方式另行通知。不准讨价还价。若是报官，悉听尊便，赎金增至四十万。”

“皖源的老东家找到了孙大掌柜，孙大掌柜一听就犯愁了，这事不能不管，可也真不好管。合计了一下，就把我差来了。临走时对我说：‘张家口官面上有咱们的人，礼德总能帮着扛一膀子。’”

老焦头也是在北道上起家，对口外的事门儿清。和察源的大掌柜通了通气后，一致认为这个票是马匪绑的，呼啸草原的马匪有时也进城绑票，马匪绑票的特点是开价大、赎票时间长。

马匪在荒原草滩上行抢，一旦和商队相遇，车、马、骡子、骆驼及所载的财物均被洗劫一空。进城绑票也是满不吝，绝不小打小闹，总是物色一条“大鱼”。“大鱼”大多不是张家口的土著，“票属”在口内。马匪和票属联系很不方便，票属凑齐巨款赶到张家口也需较长的时间。在茫茫大草原上马匪存票很是方便。内地的阔佬成了“票”，票属根本无法营救，而票也无法自行逃跑。逃跑的结果不是被马匪轻而易举地追回来，就是丧身狼腹。所以马匪存票不怕夜长梦多。从“催命单”开价大、赎票时间长上来看，绑少东家票的准是马匪。马匪都是价真货实的亡命徒，只要成了他们手中的票，只能按价、按时、按指定的地点去赎，绝无讲价和救票的可能。

和马匪办理赎票都是一招。大草原上一望无际，千米之外一目了然。赎票时各出对等的“杆子手”，在后膛枪的射程外列队排开。票属方面派出一人在中间地带验人、交钱；票匪方面派出一人押着“票”在中间地带验钱、交票。

双方验证完毕后，向本阵发出预定的信号，然后票方代表领着“票”，匪方代表扛着钱袋，背对背地走回本阵，入阵后各自扬尘而去。

如果票属方面企图在验票交赎金时强行抢“票”，那么验人的、验钱的和“票”，都会在杆子手的枪下做鬼。原因简而明，双方的杆子手都在后膛枪的射程之外，而“票”和双方的验证人都在后膛枪的射程之内。

老伙听了之后有了个主意，认为重机枪的射程远远超过后膛步枪、骑枪，和张家口驻军借出一挺马克沁式重机枪，必要时再拉出一个连出来助阵。

具体的营救计划是由信德充当票方的验证人、交款人。二十万块大洋得用好几峰骆驼驮到中间地带，骆驼跪下卸货时，就成了掩体。少东家进入掩体之后，信德就立即干掉匪方验钱的，票方阵中隐藏在骡车上的重机枪立即开枪射击。凭马克沁式重机枪的射程和杀伤力，可以轻而易举地消灭匪方的杆子手，二十万块大洋一块也不会少。

老焦头一边抽烟，一边听着老伙的计划。等老伙说完了后，老焦头放下了烟袋，说：“是个道道，我担心马匪出阵验钱的要是个老手，他准会在验钱后先把骆驼拉走，然后再放少东家。这样一来，咱可就要失手。”

老伙说：“那不要紧，爽得等双方的手续全办完了后，均回归到了本阵，重机枪再开始射击。再好的马，驮着整麻袋的大洋也跑不起来，休想逃出重机枪的火力网。”

这时大掌柜说话了：“张家口的大兵可不是什么正牌军，见了大洋准红眼。从绑匪手中夺回来的大洋，万一又让大兵给抢走……”

礼德听到这儿站了起来说：“在云南时标里有个机枪连，我没事儿就去练习。玩马克沁式的重机枪，我可是行家。只要能把枪借出来，再多备儿箱子弹，别说十几个杆子手，就是一二百号人也不够我扫的，根本不用请大兵来。

“别说张家口的丘八，就是侯七手下的人也不能用。我带过兵，大兵见了二十万块大洋，准比土匪还土匪，可不能惹这伙人。只要重机枪能借出来，分号有二十来号人，再加上总号来的，小三十人了，够用。”

老焦头点了点头说：“行！就这么办。重机枪架在骡车的棚子里，引不起马匪的注意。再说马匪也没见过这么地道的真东西，我听说重机枪扫起来跟雨点儿似的……”

老焦头的话还没说完，察源的二掌柜闯了进来说：“有人在宣化北门外，见到了少东家……”

大掌柜一下子站了起来：“你说清楚点儿！”

二掌柜坐了下来开始从头说：“察顺货栈的三掌柜，在宣化北门外看见了咱们柜上的雕花骡车迎面而来，就挑开了车帘，伸出头来打了个招呼，车把式没停车扬鞭疾驰而去。回到张家口后，听说少东家被绑了票，就到咱柜上来报了个信。”大伙听到这个消息之后，纷纷地议论了起来：

“少东家是连人带车一块儿丢的，车到了宣化北门外，人是不是也被弄到了宣化？”“不对！存票都是往蒙古地界存，天高皇帝远，没听说过把票往宣化存的……”“我看是个幌子。来个北实南虚，把咱们全调到宣化耍一趟……”

大伙儿各抒己见，老焦头静静地听着，等说得差不多了才表达了自个儿的看法：“大草原上救票，上哪儿找去，那是大海捞针，马匪用不着来个‘声南走北’。再说了，马匪做案都是南到张家口为止。从张家口往南他们就两眼一抹黑了。

“我看这个案子不是马匪做的，可用的是马匪的招。价开得高，赎期长，把咱们往蒙古地界引。他就稳稳当当地把‘票’存在宣化，至于怎么赎，何时、何地赎，一时也拿不定主意。我看咱们的人就奔宣化，先找车，找到车后顺藤摸瓜。”

听到这儿，大掌柜接了茬儿：“要说找车，这辆车可好找，太照眼了。枣木乌红、铜活锃亮、铁轴高轮，车棚是雕花硬木件，拉车的大青骡高得出号儿，老远就能看见，一眼就能认出来。要是细瞧，车棚上的雕花都和茶有关，是全套的陆羽煮茶图，这辆车是天下无双，别说宣化、张家口，就到了北京也找不出第二辆。”

老焦头乐了：“您这么说就这么办了，察源帮着多找几辆骡车，咱们来个赶着车找车，在宣化城里城外转上几圈儿，碰不见也能听到点儿耳闻。车把式都爱扎堆侃山，这辆车又这么照眼，准能打听出点儿门道来。明儿一早咱们就奔宣化。”

说完后老焦头把目光转向了大掌柜，大掌柜满包满打地说：“别的事儿我还真帮不上忙，这车我包了，您说要几辆？察源柜上就有头十辆，明儿一早我给您备齐了，骡子和车包您满意。”

这时礼德说话了：“我跟着去趟宣化，有事儿帮着应酬应酬。”说完了后转身对老伙说：“你守着行辕不能动，有急事儿时我给你往行辕打电话。这事儿最好不让侯七知道，就说我去了北京有公干。”老伙点头表示明白。

礼德、信德率领富贵、大柱等一行八人，各赶着骡车奔了宣化。礼德、信德转城里，富贵等六人转城关，晚上在董魁元的来远客栈聚齐。

进城转了一圈后，太阳已经偏西，礼德第一个到了来远客栈。一下车眼就一亮，心里也就乐开了花。门口停着一辆大骡车，枣木车身通红，车上的铜活儿锃亮，雕花的硬木车篷，刻的是陆羽煮茶图，拉车的大青骡子骠肥体壮，遍身菊花斑。不用再瞧了，准是察源的那辆。

礼德进店后直奔内柜，老掌柜迎呼道：“您又来看董爷……”礼德直言说明了来意，问起了门口停的大骡车。老掌柜滔滔不绝地说了起来：

“要说这事儿也真邪，这俩赶车的孩子我可熟，家就住在北城根。说起来我和他爷爷还是发小，这两个孩子苦命，父母双亡后就靠着这一辆骡车为生。客也拉、货也拉，不是在我门口搁车候着，就是在鼓楼前搁车候着。前十天吧，他俩碰到了一件邪事儿。一个老财说许愿就得还愿，跟他哥儿俩换了车。

“这事儿看起来是便宜，可是一沾上就傻眼了。这车停在哪儿，也没人敢雇。小哥儿俩现在犯愁了……”礼德听了后说：“您跟小哥儿俩的爷爷是发小，就得帮一把，这哥儿俩可遇上麻烦了。”

礼德把察源的事源源本本地说了一遍，老掌柜叹了口气，说：“干嘛这么损呀，坑不懂事儿的孩子。这样吧，我把他俩叫进来您问个清楚。”

小哥儿俩进屋后从头说了起来：“上月在西门外我俩碰上了这套车，都看呆了，这时赶车的把式拍着大青骡子说：‘看上我的车了，算咱们有缘。你们哥儿俩有福，我们掌柜的老娘生病时在老佛爷前许了愿，只要老娘的病能好，哪个赶车的童男子看上了这套车就换给他。你们哥儿俩看上了这套车，是我们掌柜的吉兆。’

“我们哥儿俩以为他们是逗着玩、说笑话，没想到这个车把式一本正经地说：‘许了愿就得算数，不算数就要遭灾。’说着就把手中的鞭子扔了过来，喊了声‘接着’。车行的规矩是换车先换鞭子，我接住了他扔过来的鞭子，他伸手抢过了我手中的鞭子，说：‘还愣着干什么？这套车是你俩的啦。’

“这时他们从车上扶下一个穿着大氅、戴着礼帽、鼻子上架着一副黑墨镜、嘴上戴着大口罩的人来。还一个劲儿地道喜说：‘掌柜的有福，老东家造化大，刚许上愿，就换成了车……’说着就扶着他们的掌柜的上了我俩的车，赶着向西下去了。”

礼德听到这儿就全明白了，这个掌柜的就是少东家。穿大氅是被捆着，戴黑眼镜是镜片里面涂了墨，罩着大口罩是嘴里塞着毛巾。老财变成“票”后，大多是这种打扮。

礼德对小哥儿俩说：“我说了你俩别害怕，跟你们换车的人是绑票的，车上扶下来的那个人就是‘票’。他们这一招是太损了，把照眼的车换给了你俩，出了事儿就让你们去顶罪。到了官府你俩说得清吗？”

小哥儿俩听到这儿真是害怕了。求礼德说：“您得救救我俩。”礼德说：“放心吧，老天爷长眼，也不能老叫实诚人遭殃……我做主，这套车物归原主。待会儿你们哥儿俩从门口的八套车中，一人挑一套，车的事就算了啦。这回车换车可是实的，不坑人。

“从明天起，我雇你们哥儿俩为我们赶车，拉着我们去找你们原来的车。车份按天算，一天一结。什么时候找到你俩原来的车，咱们就各忙各的去。”

礼德、信德分头在城里城外转了两天之后，信德在鼓楼东街下车吃饭。一下车，赶车的老二就把他拉住了，悄悄地说：“停在饭馆门口的那辆，就是我们原来的车。可是车身上了色，还加了些铁箍，添了个蓝棉布篷。拉车的驴骡还是原来的，我叫一声它准过来。”

信德连忙说：“你可别叫，叫过来就糟了。咱饭也不吃了，在这儿盯了，今天的车份我给双的。”不一会儿，两个醉熏熏的人从饭馆中走了出来，直奔骡车登车而去。

信德暗中跟了下来，顺着通往大同的官道一直跑了二十多里，在一座小庙前停了下来。车上的两个人往庙中搬进了许多食品，还有两大坛子酒。信德在望远镜里看了个清清楚楚，但没见有僧人出来接送。明眼的人当即知晓，这两个人和庙里的僧人是一屉，根本用不着接送。

卸过货后两个人又赶上车，往西走出了半里多地，然后下了官道，进了一个小村子。这个村子也就十来户，在官道上用望远镜就可一目了然。礼德没敢进村子，折回了庙前。

庙的左上首有口井，井边上有棵古槐，树下有张石桌和几个供行人休息的石礅。官道上每隔几里就有口官井，这是明清路政的定制，这座小庙就是依井而建。礼德下车到井里打了桶水，装成要饮饮牲口，借此观察了一番。

井台上的辘辘显然是重新修整过的，为了加固起见，辘辘的两头都加了铁箍。铁箍的材质和小哥儿俩旧车上新加的铁箍完全一样，从手艺上来看，是一匠所为。

小庙不大，前院三间正殿，东西配房各三间。正殿后新接出一个狭长的小院，院内有东西厢房各两间。此时信德心里已经明白，这座新建的小院是存票的“窝”。礼德怕打草惊蛇，稍事停留后就返回了宣化。

和礼德会齐后一商议，哥儿俩都觉得还得请董魁元帮忙，董爷在宣化是要风有风、要雨有雨的主儿。当晚，哥儿俩就拜访了这位老前辈。

董爷爽快地表示：“你们人手不够，口音也不对，不能进那个村子。盯住那辆车的事儿就交给我，我自有安排，保险不会出纰漏。至于那座小庙，还得进去摸摸底儿。我帮你们找俩人一起去，这事儿就齐了。”

第二天早上，礼德又穿上了中校军装，还带上了“太太”和“少爷”，信德和富贵装扮成了随行的马弁。一行人乘坐两辆骡车，就上了奔山西大同的官道。

在庙前停车歇脚时，太太进庙烧香。两个和尚忙着开殿接香客，礼德把一块大洋往桌上一拍，说：“拿去，快点儿上香、上茶。”

“太太”跪在佛前念念有词，看起来还挺虔诚。“少爷”到处乱跑，在殿后木门上踢了一脚，殿后小院里立即传来了恶狗的叫声。“太太”起身喝住儿子，骂了声：“净招人讨厌！”然后按着儿子，一同跪到了佛前。

中校在殿中迈着方步来回溜达，转了几圈后对“太太”说：“心到佛知，快点儿喝完茶好赶路。”这时和尚已在东配房备下了茶水，“太太”、“少爷”喝茶时，中校有些不耐烦了，背着手在院里走来走去。娘儿俩喝完了茶后中校一挥手，驱车上路。

此行顺利地摸清了小庙的底。礼德是学测绘的，脚底下有尺。马靴踏在方砖上声响不同，说明地下有暗道。转了几圈后，暗道的走向也就弄清了，在脑子里已绘出了详图：这条暗道由后院的西厢房顺着大殿内的西墙进入前院。礼德在院中走来走去时，又测出了暗道的去向。这条暗道正对着庙外的水井。

信德借着从水井中打水饮牲口，对这口井进行了仔细的观察。自清末兴邮废驿之后，路政荒废，路井早没人管了，这口井却是井壁、井台、井上的辘轳、辘轳上的绳子全都加固见新，看来这口井还有别的用项。用项就在于北面的井壁，北面井壁是整整齐齐的大方砖，南面就不行了，大多是半头砖砌上的。

回到宣化后一合议，礼德、信德决定用敲山震虎、逼蛇出洞之策，董爷说："行！就这么办。村里的那辆车，我是连车带人都给盯死了。庙里要是没得手，他俩也跑不了。掏出来一定能审出点儿门道。"

三天后的傍晚，六辆骡车拉着二十多个大兵从庙门外经过，乱哄哄地闯进庙来让两个僧人打火做饭，说："老总们饿了，快着点儿！"两个和尚好言相劝："老总再往前赶二十里就是宣化府，西门外旅店、饭店全有。"

丘八大爷恼了，破口骂道："当兵吃粮，走到哪儿就吃到哪儿，进了庙就吃和尚。""甭跟这两个秃驴废话了，先在庙里搜搜，有什么就吃什么，今儿晚上就住这儿了。""这门还锁着，里面是不是藏着小尼姑，有也不要紧，叫出来一块儿开开心。""少跟着秃驴废话，进去瞧瞧。"

话刚落音，就听一声枪托的撞击声，门锁被碰了下来。丘八大爷一拥而入。院中的恶狗见来者人多势众，没敢扑上来，退到院子角汪汪直叫。两个僧人赔着笑脸说："老总们愿意查就查查吧，小寺绝无犯禁的地方。"

大兵们闯进了东西厢房，指着桌上的酒坛子兴师问罪："你们两个秃驴不给老总做饭，在这后院喝酒……""还跟秃驴费什么话，把他这贼窝砸了。""我看这条嚎丧狗还肥，宰了吃肉吧！""叫两个秃驴宰，他不宰咱们就砸。"

两个和尚连连合掌念"阿弥陀佛"。可是枪托的碰物声已经响成了一片。这时藏在暗道中的票匪可真沉不住气了，因为丘八大爷只要把柜子打翻，暗道口就露了出来。

三十六计走为上策，可是舍命不舍财，走时还得把"票"带上。于是少东家又穿上大氅、戴上黑镜和口罩，被两个绑匪夹在中间，由暗道中奔了水井。信德带着六个人正守在井口，三个人手持自来得准备射击，三人手持板砖准备上来一个拍一个。

在庙中丘八大爷的叫骂声中，井里传来了壁砖落水的声音。辘轳上垂入井中的绳子被拉直了，显然有人正顺着绳子往上爬，这个人刚一出井口，信德照着他后脑勺就是一板砖，这小子连吭都没吭一声就倒下了。

这时井下传来了一急促而低沉的声音：“你快往上拉呀!”信德一挥手，二柱摇动了辘辘把，拉上了一个大抬筐，里面坐着一个穿大氅、戴着墨镜和口罩的人。这无疑就是“票”，大柱和富贵把抬筐中的人抱了出来，把拴在辘辘上的绳子又顺了下去。这时井里又爬上来了一个人。

二栓一急，手快了点，板砖拍得又狠了点，就听“咚!”的一声，这小子又从井口掉下去了。掉下去后就没声了。

信德验明了正身之后，抬筐中的人正是少东家。两个和尚被押了出来，见了礼德之后扑倒在地上，磕着响头高呼：“长官饶命!”礼德一审才知道，寺中老僧圆寂之后，两个不肖徒儿就和绑匪勾结上了。

绑匪之所以看中了这座小庙，一是位于官道旁，存票、取票都很方便；二是寺庙本是香火地，又供往来的旅客歇脚喝茶，总有人出出入入，绑匪往来不显眼；三是小庙虽是人来人往之地，但乱中有静，谁也不会想到官道之旁、佛门之内会是存票之所；四是这座小庙不在村、镇之中，四面无邻，不会引起周边人的注意。于是，绑匪出资将小庙略加修整后，又加盖了后院，开通了暗道，成了“肉票拘押所”。平常把“票”关在暗道中的囚室里，每天出来放放风，放风时面壁而坐，就是让“票”在小院里活动，也是坐井观天，除了四壁之外什么也看不见。

两个和尚自称只计日收取“存票钱”，绑票、看票、赎票全是绑匪的事，与自己无关，绑匪的根根底底也全不知道。存票时凭的是信物——两块大洋上打了一个透眼，来存票的人说：“这块大洋够喝一壶茶的吧?”接过大洋来要能对了孔，就开门接票。

和尚根本不知道“票”的来龙去脉，也不知道身份贵贱、赎金是多少，只知道绑匪来存票就有钱花，还能跟着混酒肉吃。

平静下来后，二柱下井把掉下去的给捞了上来，这小子早没气了。被信德拍晕了的也醒了过来，可是傻了，不知是被拍傻了，还是耍花招——装傻。

礼德与信德合计了一下，认为少东家已经救了出来，犯不上再蹚这浑水，来个一走了之。于是把死的抬到庙里，用席一盖，三个活的五花大捆，押上了骡车，直奔宣化西门外的警察分驻所。

信德穿的是上尉军装，进门后就高声骂道：“你们管界内尽是他妈的绑匪，这三个王八蛋是我们处长抓到的。赶紧审个水落石出!”此时所长已经下班，所里只有个当值的警长，赔着笑脸说：“现在城门已经关了，是不是明天一早您亲自送到局里……”

信德把眼一瞪："放屁！替你们抓了绑匪，还替你们看着。这三个王八蛋就交给你了，给我打收条，我回去好交差。告诉你，我们处长由北京回来时要听口供。如有差错唯你是问！"

当值的警长只好打了个收条，信德喝令道："盖印！"警长无奈地说："我们这小小分驻所，哪有印呀，只有个收文的行章。""那就快点儿盖上，天都黑了，我们还要赶路。"

演完这场"官戏"之后，信德驱车和礼德会齐，哥儿俩算是松了心、舒了气。这档子事儿办得漂亮，张家口分号的人全员上了阵，事了啦，也没请大兵，一点麻烦都没留下。礼德说："你们带着少东家连夜赶回张家口，省得老焦头不放心。

"明天一早我还得进宣化城和董爷通通气，道个谢。咱们这一走是消停了，宣化官面上得瞎忙乎一通，董爷心中得有个数。我在宣化待上一天，后天上午坐火车回去，让行辕里的人也不知道这件事。"

信德一行人回到了张家口，一进分号大厅，老焦头就迎了出来，双手挑大拇哥，连声说："漂亮！这事办得真漂亮！孙大掌柜看人真准，说你就是独当一面的料。在张家口地盘上，礼德和老伙打开局面后，你更有个靠山，分号准能火起来。"

信德连声说："过奖了，全靠您坐镇张家口定大计、拿大主意，又有礼德和董爷帮忙，这事才顺顺当当地了啦。"

少东家成了惊弓之鸟，连察源货栈都不敢回了，把大掌柜、二掌柜叫了过来，当面交代了一番，就叫信德带人马上送他回北京。老焦头说："这也好，事了人安，就回北京吧。"

大掌柜、二掌柜一个劲儿地向老焦头和信德道谢，要摆上几桌，请分号的人去坐席，大家好好乐呵乐呵。老焦头直言道："这可不行，黑道上的人吃了大亏，官面上的人也没捞到好，咱们一声张，准有麻烦。少东家回来了，这事就算没有。明白吗？"

大掌柜、二掌柜都愣了，愣了一会儿算明白了，大掌柜向老焦头拱手作了一揖，说："谢谢您指点，我回去就对外放出话来：'少东家和朋友急着奔了大同，是合股开煤矿的事儿。有的股东是洋人，讲办事效率。临走时没回柜上，只打了个电话。接电话的老王耳朵不好，把事儿给耽误了，闹出了天大的笑话。"

老焦头点了点头说："行！不管怎么圆，这件事儿就是压根儿没有。"大掌柜满脸苦笑："事儿是没有，可我心里是十五个吊桶打水——七上八下。我想请您多帮忙，派两个镖头，就住在察源了。”

老焦头笑了：“这你和信德说，他是这儿主事的。”

26

礼德下了火车，就到军运室打了个电话，叫侯七派人来接。和老伙见面后关上了门，把宣化之行说了个大概。老伙说：“事儿了啦就好。会友的事儿了啦，行辕的事儿可麻烦了。

“你走的这几天我心里总不踏实。徐督办来了一趟，一句话都没跟咱们说，走了。参谋长接到段司令的电话，第二天就带着一个排走了。走得这么快，恐怕没有什么好事儿。

“前天我给督署的李天成打了个电话，说上他那儿聊聊去。他说：‘你别来了，今晚我做东，咱们在好运楼聚聚。’见面后三杯酒一下肚，老李就直言而告：‘来了这些日子，你也该明白了。察哈尔的军政当局对你们是不搭不理。段总理发了话，不能不给点面子，来就来吧，开署办公那是没门儿。

“‘新疆、甘肃的督军天高皇帝远，当惯了土皇上。热、察、绥的都统，都是长城外的土混子。甭管土皇上还是土混子，在本地盘儿都是一言九鼎。内外蒙的王公全都是没上过笼头的野马，更是满不吝的主儿。谁愿意给自个儿头上加顶大帽子压着。

“‘徐督办是段总理跟前的第一大红人，是皖系的诸葛亮，这谁全知道。牟都统靠的是曹督军，察哈尔和直隶就隔着一道长城。曹三爷是冯大总统帐下的第一员虎将，是直军的军头。

“‘直皖两系虽然都是北洋出身，可是面和心不和，暗中较着劲儿。你想呀，牟都统能买徐督办的账吗？也就是多少给点面子。督办来了，都统到车站接接，在大堂上吃顿饭，到二堂喝个茶。徐督办想言归正传，牟都统是你说东我说西。这姓徐的也是乖巧人，不招没趣儿。茶喝够了上火车走人。

“‘你整天挂着少将的金牌满街晃，谁不知道行辕里只有两个排的卫队。你们在这儿待着也没人管，徐督办要想开署办公号令西北，得带着两个师来。可两排卫队还调走了一个排，你说你们留在这儿还有什么用？我

跟你直言，是近人不说远话，咱俩在保定时也是老铁。'

“老李跟咱们交了实底，咱们也得打打自个儿的主意。是守？还是走？你回来了就先守着这空衙门，我回趟北京。要是让咱们守也没有什么关系，来的时候冬装全带来了。张家口虽说冷，可有火炕。要是走，就快点儿回去，和姓牟的好离好散。”

老伙打道回北京，一走就是十来天。礼德闲着无事就出去打黄羊。每次出猎必有所获。当兵的全盼着长官出猎，回来好尝尝鲜，换换口味。侯七非要跟着礼德去见识见识，说了好几次，礼德也就只好答应了。

为了这次出猎，侯排长真做了准备，把给徐督办预备的帐逢、行军床、行军桌椅全给带上了。从三个班中选出了十五名射手，每人备下两匹军马。一行十七人纵马出了大境门。

秋高气爽，在蓝天、白云之下，绿草、黄花之上纵马驰骋，真令人心旷神怡。礼德是当过标统的人，一路之上侯七的精心伺候，让这位前清的标统大人都有些受不了。

进入了行猎之地，巧遇一队大雁成人字阵由北往南而来。侯七请礼德试枪，礼德也不推辞，推弹上膛，打了三发，三发均命中。礼德让侯七打，侯七挥手命令弟兄们射击。

一声令下之后，十五条骑枪同时开了火。日式步骑枪“吧——沟儿”的声音在草原上连成一遍。雁阵飞入云端，消失在苍穹之上。

礼德愣了，侯七羞不搭地说：“弟兄们在靶场上打的都是死鞭，还是平射。仰射活动的目标，教官没教过。也没在马上打过靶，都是卧射、跪射、立射，人坐在马上身子不稳……”

礼德默默地听着，等侯七把话全说完了，又问道：“参战军的三个师，都轮流在黄寺集训过。你们这一连是段司令亲自去挑的……”

“您这可说着了，段司令去挑兵的那天正赶上我们团操演队列。全团之中司令就看上我们连了。当天晚上我们就结束了集训，开到户部街来当了卫队连。”

“你们是步兵，怎么变成骑兵了？”“开到张家口后，军需司给配上了清一色的阉马，而且都是训好了的，这种马老实，谁骑都行。在南门外集训了半个月，队列、慢步练得还不错，参谋长来视察时八十四马分成两个方阵，压慢步跑了两趟，参谋长直夸我们副连长会带兵、会练兵。参谋长走时我们副连长跟着走了，把我留了下来……”“你到参战军之前，在哪个部队？”“来参战军之前我在保定侦缉队当班长。三教九流、五行八作的人都打过交道。原说的是让我上情报处，不知怎么就闹了阴错阳差，把我弄到步兵团当了排长。”

正说着，左前方跑来了一群黄羊，礼德举枪射击。这回不等侯七下令，他的十五名射手同时开了火。乘着热闹，侯七也大显身手，一连打了三排子弹。当黄羊逃出了步、骑枪的射程之后，侯七下令清点战利品。

真是令人大失所望，一共猎得了七只黄羊，有五只是礼德的七九骑枪射中的。侯七不知道说什么好了，只会一个劲儿地说：“长官好枪法！”礼德只好给他圆圆面子，说：“德枪口径大，杀伤力大。日枪口径小，杀伤力小，可穿透力大。所以日枪不适合打猎用，在防守战中射击密集冲锋的队伍，效果最佳。”

回到行辕后，留守的士兵大失所望。出猎的士兵也感到疲惫不堪，侯七回到屋中抱头大睡，礼德一个人在屋中望着屋顶发呆。

就在这时候老伙回来了。进门后一语不发，挥手让接他的勤务兵退出去。礼德起身关上门，老伙往炕上一躺，像霜打了，又像晒蔫了。礼德是不问也明白了，准没好事儿。

果不出礼德的料，老伙带回来的消息是“总统冯国璋、总理段祺瑞又闹起了府院之事，结果是一块儿下野了。安福国会选举徐世昌为大总统，老徐最不待见小徐，小徐出国考察去了。

“老段虽然不当总理了，可还是参战督办。皖系的军头们依旧唯其马首是瞻。参战军的三个师还在南苑、黄寺、西苑集训。老徐虽说也没有明令撤销西北筹边使，可小徐一走不但没有了衙门，也没有了长官，咱们成了没家、没爹的孩儿。

“小段到武汉去督战，京畿卫戍司令部的人贩起了大烟土，被警察总监吴炳湘给抄了。好在是抄了货没抓人……”

听到这儿礼德不解了：“警察总监怎么能管军队？老伙长叹一声说：“吴炳湘有个兼衔——京津保军警稽总长。小段的面子这回算丢尽了，一气之下上河南信阳公鸡山养病去了。吴炳湘和小段都是安徽人，是皖系的主要成员，这事儿真不知道是怎么闹的。

“卫戍司令部现在都没人上班了，我去了好几趟才打听出来，原来是这月的经费没发下来，贩卖大烟土也是找饭辙。咱们在张家口的人吃马喂可都是京畿卫戍司令部拨下来的，大河没水小河干……”

听到这儿礼德从炕上站了起来，说：“这话你可不能跟侯七说，你没带过兵，上面有好事能说，上面乱了套可就不能说了。上头乱了底下准跟着乱，别看就这四十多号人，可都不是省油的灯，侯七这小子更不是善主儿。

“他不是当兵的出身，是保定府的侦缉队出身，‘京油子、卫嘴子、保定府的狗腿子’是在论之说。我跟他出去打了次猎，品出他这小子可不是正道上的人，得防着点儿。”

参谋长一走，人减了一半。吃的粮、烧的煤现在还不缺，可月底马上就到了，这月的饷怎么发？不发怎么说？老伙一言不发，拍着脑门儿在屋里走来走去。

这时礼德说出了几条道：“粮饷发不下来是常事，要在本地盘儿上就可以就地筹饷、征粮，只要不弄出民变，上峰不会怪罪。可咱们不行。在别人地盘儿上断了粮饷，不外是认干爹，或改换门庭了，咱们也不行。

“张家口离北京也没多远，整队开拔回北京，归为原建制，这办得到，可是到了北京后向谁销差？小徐出国了，小段养病去了。段司令是大眼界的人，对这四十人枪无所谓。徐督办一向是苛察寡恩，他在陆军部当次长时，谁都怕他。他要怪罪下来……

“在张家口坚持，下月还混得下去。粮、煤要是一断，可一天也待不了。要是整队回京，宜早不宜迟，下月就走。要是坚持，得打坚持的主意。”

老伙一屁股坐到了礼德身边：“你说，怎么才能坚持下去？”

“只要姓牟的不下逐客令，咱们有吃有喝，就在这儿待着，养老啦。姓牟的要是下了逐客令，那可就救了咱们。待着也得人吃马喂，手中得有银子。这一百来匹骡马，现在是白养着，开销可不小。到了月底饷钱不到，咱们就全给卖了。卖也得有个卖法，让分号的人装成北京的大兵来接收，赶到宣化交给董爷，让他帮个忙，手里有了银子，就好坚持下去。”

老伙一听就乐了，说：“真是带过兵的人有见识、有主意，今儿晚上咱们就去分号，和信德絮叨絮叨。”

到了分号和信德一聊，老伙就傻了眼：“现在不是卖马的时候，北方全歪冬了，哪个马贩子把马收来养一冬天？冬天没青草，得搭粮食，一匹马可比一个人吃得多。冬天卖马就是没咒念了，再不卖马就饿废了，拉到汤锅都没有价。

“董爷是仗义，可他也不能白给你养一百来匹马。再说了，帮私不帮公。我看你们趁早走，整队开拔回北京。”

第二天早上老伙刚起床，就听侯七在门外高声喊道：“报告!”老伙说："进来!"侯七进来后打了个立正："报告长官，要断粮了。"老伙一听就急了："你说什么？要断粮了?""参谋长一走供应全减了半，可是人走了马没走，马把人的粮食就给吃光了。"

老伙挥了挥手说："过两天北京就来人，先把马赶走，现在南边打仗车皮太紧张，有人坐的没有拉马的。段司令让咱们听信儿，说不定哪天就回北京，卫戍司令部的职责就是拱卫京师，别的事不管了。你先做好交马的准备。"侯七应了声"是!"敬礼转身退了出来。

三天后，信德穿着上尉军装带着十来个马夫来接马。老伙当着侯七的面对礼德说："你辛苦一趟跟着送送，到京后再催催咱们的饷。又对侯七说："挑两匹好马留下，总得有点儿门面。"

礼德、信德把马赶到了宣化，董魁元有点儿犯愁了，叹了口气说："马既然赶来了，我怎么说也得收下，这时候黄河以北没人买马，得赶到河南去卖才能有个价，可价也高不了。你们等米下锅，我就先支给你们一千块大洋。不说关饷，四十多号人的吃喝，也扛不了多久。你们还得再想点儿法子，早想别的辙。"

礼德走后，老伙是一睡解千愁。睡醒了再睡，睡够了就一人喝闷酒。这天早上，侯七进来报告说："都统公署来了一位少校。"老伙整军装说："请进来。"

少校见了少将之后也不敬礼，自行落座。老伙挥手示意叫侯七退出去。这位少校直言道："张家口的冬天太冷，参谋长也走了，我看您带着这一个排也犯不上在这儿过冬。

"徐督办出国考察，谁知道什么时候回来，这一个排也撑不住门面，你们原属于京畿卫戍司令部的编制，还是回去吧。恕我直言，早走比晚走强，免得挨冻。再说了，南边的战争急，把马都调回北京了，这时候人回去没准儿还能赶上大用。"

老伙真是接不上下茬儿，略加思考之后说："话既然说到了这儿，我们再驻下去也没意思了。我请示一下，再收拾收拾，一接到命令就开拔。回去代我表示一下，牟都统的意思我全明白了，再驻下去也真是没意思了。"

少校起身向老伙敬了个标准军礼，说："长官明白就好，能体谅我更好。以后我去北京，一定去看您。"老伙起来和少校握了握手，拍了一下他的肩膀，目光中流露出了赞许。说了声"将来北京见!"少校又敬了个军礼，转身走了。

少校一出门，老伙就倒在了椅子上，脑袋大了，心里乱了。这小子要早来几天，就全员开拔回北京，现在回去可有点儿麻烦。等礼德回来拿个主意，看来走是得走了。骑兵变成了步兵这也好，有钱买车票了。

27

晚上，老伙一人据案独饮。侯七没喊报告就进来了。进屋后见老伙的武装带挂在一进门的衣架上，顺着就把枪套中的左轮抽了出来，插到了自个儿的皮带上，说："长官这把左轮可真不错，我早就看上了，今儿晚上就送给我吧，这点儿小面子您总会给。再说了，给不给也不由您了，现在是我说了算，您的小命儿就攥在我手里。"

老伙很平静，端起酒杯来又喝了一口，说："这把枪我还真不想送你，你没带它的福命。"侯七笑了："要说貌相您还真是福相，我是尖嘴猴腮的，没法和您比。可是事在人为，现在是我想让您死您就活不了。"

说着，侯七走到了桌前拉过一把椅子，打算坐下。老伙把桌子一拍，说："放肆！这儿有过你的座儿吗？"侯七一抬眼，一把乌黑的自来得正顶在了他的脑门儿上。

老伙喝令："跪下！"侯七的腿软了，刚跪了半截，猛地闪身拔出了插在皮带上的左轮，对准老伙连开了三枪。可是枪没响，侯七傻了，老伙乐了，说："坏小子，我早就知道你不是东西。把这枪挂在门口的衣架上，就是给你预备的，弹仓里没有子弹。"

侯七扔下了左轮，双手下意识地护住了胸口。老伙又喝令道："跪下！我让你跪下。"侯七的腿又软了，刚要往下跪，突然又蹦了起来，尖声厉气地说："外头全是我的人，我叫一声他们就进来。"

老伙又笑了："你叫呀！叫进来你先死。"侯七连连摆着手说："您别开枪，有话好说。我天天看报纸，北京的事门儿清。咱们成了没爹没家的孩子，您和姓兆的把马黑了，我和弟兄们一商量就把枪黑了。上午都统派人来下了逐客令，咱们的缘分也就尽了。今儿晚上咱们各走各的，河水不犯井水。"

老伙把桌子一拍："你把枪卖谁了，跪下说！"侯七一头扎向门外，高喊着"来人！"声未落音，门外闯进来了两个人，下了侯七身后背的自来得，把他擒住了。

拿下侯七的人是礼德、信德。哥儿俩从宣化回到分号后，礼德还不能回行辕，说什么也得等上个头十天。可是总放不下心来，怕老伙镇不住侯七。信德就打发人到行辕转了一圈儿，回来说没有异常。晚上礼德还是不安实，凭直觉要有事儿，决定亲自回行辕看看，信德也就一块儿去了。

到了行辕门口，不但已经撤岗，还关了灯。要说撤岗，时候是差不多了；门卫室关灯可早点儿，这就是异常。哥儿俩翻墙而入，见侯七正从门卫室出来，后面跟随着的两个倒背着骑枪的兵，一边走一边说："姓兆的没回来，这是机会。对付这个伙夫肚，是易如反掌。你们俩在门口守着，我进去后先礼后兵。我不叫你们，你们就别进去，我还得从他嘴里套出点儿实情来……"

信德顺手捡起了门卫室后面的一块砖头，礼德也就效法了。二人悄悄地跟在后面，侯七推门进屋后，信德、礼德手起砖落，一点声儿都没出，就把两个大兵给拍晕了。在门外看了一出老伙镇侯七的好戏，礼德不由得暗挑大拇哥，从前还真把这个老哥看小了。

礼德、信德把侯七捆了个扎实，又把门外两个丘八拉了进来。老伙简而明地把"逐客令"说了一遍。礼德听完可就傻了，说："马卖了好说，钱还在这儿，正好用这笔钱坐车回去。枪全让这小子给卖了，回去可不好交代。人在枪在都好办，空手回去……"

礼德的话还没说完，侯七坐了起来，瞪着贼眼说："告诉你们吧，枪我卖了，钱我给分了，人已经散了。就剩下我们仨人，是盯到晚上关门撤岗后再走，别惊动张家口的都统衙门。

"你们把我解回北京，我是人头落地，你们也没好儿。惊动了张家口官面上的人，你们也是麻烦。姓牟的要是使阴招说咱们是一屉，都给解回北京，就一块儿上天桥挨枪子儿。"

侯七的话真是让哥儿仨全乱了方寸。礼德对老伙说："你看着他，我俩到营房里去看看。要是人已经散了，是一个走法儿，人要是还没散，还是麻烦，得有个散法儿、走法儿。"

老伙点头表示明白。信德、礼德走后，老伙呆坐在桌前，不停地拍脑门儿，这一动作提醒了侯七，猛地一头撞去，把老伙撞晕了。这时拖进屋来的两个大兵也醒了，帮侯七解开绳子跑了。

礼德、信德转了一圈儿，果然是人已经散了。马号里的两匹马已经备好，一匹边上放着箱子和麻袋，大概是侯七的东西。礼德一笑，说："空着的一匹，准是用来驮老伙和我的东西，这小子安排得挺周到。”

哥儿俩回来后一进屋，见老伙一个人坐在桌子前捂着脑袋发呆，侯七和两个丘八全不见了。礼德检查了一下老伙，没什么大事儿。脑袋撞脑袋，也没造成外伤，就是动碰静，给撞晕了。

侯七跑时把老伙撂在桌子上的自来得给顺跑了。礼德说：“你也没吃亏，这小子的自来得让我下了。参战军的枪全是新的，扯平了。这三块料儿跑了也没什么大不了，他们也得躲着官面上的人。”

信德说：“得多防一手儿，缺德玩意儿吃了亏准红眼，什么事儿都干得出来。”老伙拍拍脑门儿说：“甭管怎么说，今儿晚咱们得走，走时我还得留下封公文。”说着提笔写道：

奉命回京，不及面辞。承蒙厚意，不盛感谢。他日返察开署，相处犹长。忆今日别情，当曰得其所哉。

写完了后盖上了关防，以示堂堂正正。礼德笑了：“脑袋小就是不行，侯七撞你这一头，你是毫发无损，不知道这小子现在发懵不发懵。”

信德说：“要走就走吧，到了分号再聊。这三个小子把马都备好了。”

一切收拾停当了，礼德说：“还是天亮了后再走吧，那两个丘八也把自个儿的骑枪给顺跑了。亡命徒要是舍命不舍财，没准儿正在外头埋伏着，天亮了见咱们还没出来，他们也就撤了。”

信德说：“这三块料儿都不认识我，我出去转一圈儿，碰上了就再给一拍砖，让他这辈子都别想再爬起来。”

信德走后老伙说咱俩接着喝。这酒不错，菜也可以。说着，就满上了两杯。礼德喝了一口，把酒杯又放下了：“他们仨对这院子都熟，要是急红了眼，没准儿会摸进来，进来后准奔马号。这屋的灯还得亮着，他们见灯亮着，就知道咱们还没走。他们拼着命回来，不是找咱们玩儿命，是夺财。咱俩得到马号边上猫着去。”

信德围着行辕转了两圈儿，这个大院位于城关，是城乡的过渡地带，黑灯瞎火的不会有人。可是从街角转过来了两个大兵，信德一愣，是巡夜的还是那两个坏小子？一时拿不定主意，于是就迎了上去，主动打招呼说：“老总，走夜道转了向，跟您打听打听。先敬您一支烟。”这两大兵一愣，信德从怀中掏出来的不是烟盒，而是一块包在汗巾里的半头砖，两大兵一人迎面挨了一板砖，全倒下了。

信德取下他俩身上背着的骑枪一看，枪托上打着参战军的印花，没错！就是两个坏小子。信德把他俩拖到道边上，顺到了墙根，背上两条骑枪就返回了行辕。翻身跃墙入院，见老伙屋里的灯还亮着，进屋一看，屋里没有人。信德吃了一惊。在此同时，也就想到了老姚头说“亮灯引人”之计，于是把两条骑枪顺到了暗处，到院中去找礼德和老伙。

刚转到墙后身，就见侯七正扒着后窗户向里看，信德一个箭步就蹿到他身边，用自来得顶住了他的太阳穴，下了这小子的枪。

侯七连声说：“您别开枪，我跟您走，枪一响咱们都没好，我的那两个弟兄也在这院里。”信德喝道：“进屋去！”侯七点头躬身：“我听您的。”

信德的想法是趁他推门进屋时，从脑后给他一板砖，打晕后再用刚才绑他的绳子捆个寒鸭凫水、死马倒拴蹄。

侯七顺着墙根向前走，可是一歪身，就消失了。信德定神一瞧，原来墙里有条废弃了的火道，侯七身材又瘦又小，从这头进那头出去了。

信德在院里转了一圈儿，没有找到侯七。老伙和礼德发现了他，于是哥儿仨一同回到屋里。碰过头后礼德说：“这三个浑蛋都没枪了，今晚是闹不成什么大事，那两个小子是死是活不知道，要是死了还是麻烦，官面上的人准找上门来。侯七这时候准比墨猴还黑，他得趁着天亮前藏起来。”

信德说：“那两个坏丘八死不了，一是我认不准人，下手没敢太狠。二是距离太近，没有冲劲儿。这两块料儿再浑，也不敢空着手再来捣麻烦。除非是让我打傻了，犯起了半吊子，撒上了半疯。

“我倒有个主意，你们哥儿俩穿着军装，现在就从大门骑马驰出去，这三个浑蛋要是还在外头盯着，也追不上马。你们直奔分号的骆驼圈，在那儿睡上一觉。我把这屋好好收拾收拾，让它干干净净、整整齐齐，天亮后一出门，就把皮袄反穿过来回分号。中午时我弄点儿酒菜，咱们在骆驼圈好好儿喝上两壶。”

老伙、礼德走后，信德把屋子收拾整齐了，就开始享用老伙留下的好酒、好菜。天快亮时在院子里查了两圈儿，也没有发现侯七，就从大门溜了出去，走时反手把门关好了，把皮袄反穿了过来。

信德先到顺着两大兵的墙根一看，这两块料儿早没影了。先是后脑勺挨了一板砖，后是前额头挨一板砖，再浑、再糊涂的人，也该被打明白了。让夜风吹醒后，爬起来得给自个儿找条生路，不能再跟着侯七干了。

28

中午时信德来到骆驼圈，哥儿仨得好好喝几杯。眼前的事儿全了啦，一场大变化为乌有。下步该怎么办，老伙、礼德全没了主意。空手回去，实在无法交代。

侯七这时是个输红了眼的赌棍，最后一把能把裤子都押上去，现在是光着屁股露着腚的疯狗。他是保定的地头蛇，准得回保定去，回保定时就得路过北京。光着屁股的人什么事儿都干得出来，走投无路了就许去栽赃，找个衙门告上一状。这个衙门要是和小徐、小段不对付……

二人三思之后，决定不急着回北京，看看政局的发展，听听侯七的下落再说。老伙说到宣化去歪冬，有一千块大洋顶着什么事都好办。在张家口不便再出头露面，遇见督署的人容易造成误会，事大事小可就难说了。

礼德认为宣化也不是什么好地方，去了会造成董爷的多心，认为咱们是要钱来了。不如到石家庄去，在仁德那儿住上一冬。那儿的消息也灵通，有好消息半天就能回到北京。

信德说："这两天咱们哥儿仨就好好聚聚，过几天有趟武川的镖，是总号给应下来的，押的都是洋货。小闹钟、洋瓷碗、洋布、洋糖……"礼德不解了，说："眼看大雪就要封山，走镖可不是时候。再说柜上的人都走了，人手也不够，这活儿是怎么应的?"

信德叹了口气："活儿应下来后货老不到，车皮太紧。听站上的人说，也就是这两天了。接货时咱们一块儿上车站，然后你们南下，我们北上。"

礼德摇了摇头："我有个主意，我们哥儿俩去石家庄也是闲着，不如跟你去趟武川散散心，然后一块儿回北京。"老伙也接茬儿说："这是个好主意，我早听说了，武川的烤羊肉可是好东西……"

事就这么定了下来，等了十天货才到张家口。入了冬走镖可是件辛苦事，好在道上的朋友也歪冬去了，打着会友的镖旗，一路平安地到达了武川。

交镖之后打算在武川歇几天，好好睡睡懒觉，谁知第二天一早就被吵醒了，街上乱哄哄的，又吹号又敲锣。听柜上的人说："要处斩一个叫侯七的，是大青山野狼沟的二当家。"

老伙一听就愣了，拉着礼德到大街上看这场热闹，难道真的会是侯七？沿街贴满了布告，大概的意思是：

> 惯匪侯七呼啸山林，多年以来祸害地方，其罪罄竹难书。近日以来杀人、越货、绑票、奸淫，无恶不做，令人发指，天人共怒。法网恢恢疏而不漏……

老伙笑了，对礼德说："看来是对不上号，准是个同名同姓。"可是挤进法场一瞧，正是分手还不到一个月的侯排长。

侯七五花大绑，口里带着铁嚼子，脖子上插着斩标。这个斩标插得可真邪行，削尖的头儿生插进肉里，血从插口上一个劲儿地往外冒。这招儿可真够狠的，老伙在军中干了小二十年，还没见过这种行刑的恶招。

礼德、老伙都觉得有点不对劲儿，回到货栈后和信德一说，仨人都觉得侯七再坏，落草还不到一个月，也干不出这么多的恶事来。准是恶人自有恶魔，叫野狼沟给交了出去，当过年礼了。所以行刑时给他带上了口嚼子，怕他开口喊冤。这个坏小子横死异乡是自找的，可是四十多条骑枪都落到了野狼沟的手里，这大青山可就不好过了。

处斩侯七时野狼沟的人一定在暗中查验，这些探子得知镖队在武川城里后，一定在回去的路上打劫。这伙惯匪本来就是吃人不吐骨头的饿狼，有了这四十条骑枪后，真是野狼添了翅膀。回去时要想平安过大青山，只能智取，不能力敌。

休整的三天中就放出了信，镖队要奔四子王旗。三天后镖队启程了，打着镖旗喊着镖号出了武川县城，上了奔四子王旗的路。走了一站后在沿河庙歇了。

这趟镖走的是单程，武川交镖后本应直接返回。奔四子王旗是幌子，为的是把"盯道的"稳在武川，来个"回马渡大青山"。掌灯后分号的一行十二人弃驼换马，夜度大青山回绥远；天亮后骆队拔下镖旗回武川的大魁元货栈。这招是三十六计中的瞒天过海，也可以说是暗度陈仓。

总之，这招是步高棋，野狼沟的野狼再饿，也不至于在冬夜下山劫道。夜度大青山的"飞将军"黎明时已经翻过了山梁，到达了南坡。眼看就要出山了，大家才松了一口气。

说实在的，侯七卖到野狼沟的四十条骑枪都是日造。这种枪口径小、穿透力强、射程远，在野战中实为利器。再加上饿狼在暗处，商队在明处，只要碰上了，后果可想而知。

分号一行十二人，虽然都是骑在马上的双枪将，可也不敢掉以轻心。行军中分成了四组，拉成一字长蛇队，每组相隔三百米。这种队形让伏击者不好下手。打蛇头，蛇尾卷上来；打中段，头、尾都能抄上来；打蛇尾，蛇头能反咬一口。在一般的情况下，设伏的都不会动手，怕扎了手。再说分号的一行十二人又没押着驼队，没的可抢，犯不上咬碎了硬骨头硌碎了牙。

太阳升起有一房多高了，出了山口后眼前是一马平川，长蛇队也就聚到了一块儿。边走边聊，只有信德心中闷闷不乐，心里想的是京张线开春后就要变成京绥线，分号的镖路也就是翻大青山北上了，以后再穿大青山可就难了……

心里想着事儿，马也就慢了，信德落在了一行人的后头。这时就听“吧——沟儿”、“吧——沟儿”两枪，在干冷的空气中特别清脆。这两枪打得真叫狠，一枪打在了信德的帽子上，擦着头皮飞了过去。一枪打在了小腿上，穿了一个透眼儿，血一下子就冒了出来。

信德滚鞍下马，调高了标尺，对准了枪声传出的地方开了火。走在前面的人也都翻身下马，一同回身开了火。

礼德和老伙掉了队，原因是老伙闹了跑肚，下马拉了好几回，这时还没出山口，听到了前面传来的枪声，哥儿俩从后坡跃马而上。礼德心急马快，冲到半山腰上就发现了一块巨石下趴着头十个人，正在向山下射击。不用说，准是野狼沟的野狼。

礼德跳下马来，躲在一棵大树后开了火。由于这些人都是趴在地上，所以很不好打。遭到身后的突然袭击，野狼们调转了枪口，把礼德封住了。

就在这时候，巨石的侧面传来了两梭子自来得的扫射声。趴在巨石后面的野狼以为受到了包围，爬起来就跑。“突围”的过程中，也就成了礼德的活靶子。

这两梭子自来得是老伙扫的，他的马慌了一点儿又走了下首，所以冲到了巨石的侧面，情急之下，对准了巨石扫了两梭子。从距离上来说，这两梭子自来得不会造成杀伤，可是把野狼扫晕了头，爬起来就跑。

老伙的骑枪这时也开了火，和礼德形成了夹击火力，野狼四散了。礼德和老伙当然不会追击，顺着半坡驰向了山前。追上了大队时，信德的伤口上已经糊了云南白药，止住了血，正准备上马。

礼德下马问道："能行吗?"信德一笑说："放心吧，别人不知道，你还不知道，日造的枪口径小，穿个眼儿就过去了，用不了半个月就能封口。

"这些野狼是准备劫进山的商人，等了一早上也没等着。快晌午了，碰上咱们出山。动手吧，怕扎手，又不甘心把咱们放过去，一直跟着到了山口。眼看着咱们出了山，为了解恨出气，就打了两枪。"

老伙听了后拍了拍脑门儿，说："你是福命大，这个打冷枪的主儿可不善，他使的要是我手中的德造七九式，你的头皮得见血，腿上这一枪可就不是穿个眼儿了，而是打个大洞。我扶你上马吧，伤腿不能用劲儿。"

信德抬腿上马，就在这一刹那向后一仰，礼德一把把他抓住了。回到绥远后到东关的博爱医院一检查。洋大夫摇了摇头，说："这条腿残废了，用你们中国人的话来说，就是瘸子。走路一瘸一瘸的……我很遗憾，没有力量挽救病人的这条腿。"

信德坐着驼轿回到张家口，果不出洋大夫所说，成了瘸子。孙大掌柜闻信后立即赶到张家口，拉着信德的手说："这事儿全怪我，应了这趟镖。翻大青山的镖路不能再走，你瘸了是我对不起你。分号的事开春再说。你跟我回总号，歇个冬仨月，好好调养调养。"

信德回北京，礼德、老伙也就一块儿回来了。侯七自找了绝路，老伙下火车后就直奔户部街的京畿卫戍司令部。

一进屋，参谋长就拉着他的手说："回来了就好！回来了就好！你们哥儿俩代我受苦了。姓牟的这口气，我一定替你们出，咱们先收拾了曹锟、吴佩孚，我不信姓牟的不到北京来负荆请罪……

"君子报仇不在朝夕，咱们的急事是在南苑的团河行宫设立参战军司令部，老段以参战督办的身份兼任司令，小段、小徐任副司令。小徐还在国外考察欧洲战事，小段就独挑了。

"咱们是原衔、原职到团河到差，警察总监吴炳湘这回挺仗义，知道司令部的卫队全分了，只剩下一个班站岗，派来了一个连的保安队，换上了参战军的军装给咱们壮门面。"

老伙听了后愤愤不平地说："咱们倒运时他充当包青天，派执法队到司令部来抄大烟土……"参谋长摇摇手说："过去的事就不提了，吴总监也许是觉得上次太过了，这回圆圆面子，还送来了两箱子手枪。你就自个儿拿吧，给兆礼德拿两把，他可是双枪将。

"你赶快去领军装，永增军装局刚送来，还没拆包。明天一早京师警察厅派车送咱们去南苑，早点儿来可别误了上车。我还得去趟参谋本部，咱们有话到团河再聊。”

参谋长走了，老伙真不客气，现在可知道了枪是好东西，往皮包里装了四把手枪，又揣了一把，然后去领军装。领时也替礼德领了两套。

老伙兴冲冲地回到了三合轩，进屋后把皮包往桌子上一放，就把礼德吓了一跳。“装的是什么东西，怎么这样重?”老伙笑了：“长话短说，见面后参谋长就把姓牟的骂了一顿，说咱哥儿俩代他受苦了。参战军司令部设在团河，明天一早儿咱们原衔、原职到差。”

说着，老伙打开了皮包，拿出了四把手枪，把腰里的也掏了出来，往桌子上一拍，对礼德说：“这枪看起来和短管自来得差不多，可是没有大机头，不能打连发。你是行家……”

礼德接过来一瞧，说：“这枪是大沽造，结构上和自来得差不多，但没有连发装置，打单发，弹夹中压十发。枪管短，膛线设计得挺个别，射程短点儿，杀伤力极大，打在人身上就是一个大洞。

“大沽造的枪管和膛线都是取自海盗左轮，海盗们在船上进行舱战，射程远了没用。面对面地交了火，要的就是一枪毙命。短管粗膛线，弹头击中物体后剧烈地旋转，打在人身上就是碗口大的一个洞。”

老伙听了后眼都直了，说：“想不到这枪这么邪行，动真格时手里有它可吃不了亏。”礼德点点头说：“是好枪，钢口也行，虽说重点儿，可使起来稳，近战是利器。”“参谋长说你是双枪将，让我给你拿了两把。”“那我就收着。”“明天得带上，让参谋长瞧瞧……”

第二天早上，老伙和礼德穿着新军装，武装带的半套上斜插着大沽造赴团河上任。两天后哥儿俩就一块儿回到了三合轩，双勺一愣，以为又出了什么事。

老伙笑了，说：“差事分到头上，还真是美差，驻永增军装局的督察官。甘肃督军张广建、山西督军阎锡山、绥远都统马福祥……就连东北王张作霖都表示唯段督办马首是瞻。军装的需要量大了，我们哥儿俩的差事就是在永增坐催。”

要说这个督察官，可真是美差。永增下面的十几个分厂，轮流宴请。每天的差事就是吃饭、洗澡、听戏。隔天打个电话向司令部报告一下生产进度，然后按指令向各部队发货。

礼德、老伙真是肆态，三合轩也越来越红火。双勺、大杖可以说是声名在外，成了宣武门外无人不知的大掌柜。

三合轩火的原因谁也没想到，是快马杨三把一日三餐包给了三合轩。杨三爷整天吃三合轩的消息一传出，想和三爷聊聊侃侃的人就聚到了三合轩。

说真格的，三爷是“余威犹可镇四方”。从前想和三爷攀谈都攀不上的人，现在坐在一起称兄道弟。茶酒不分家，慕名而来的人能从北城跩到三合轩，为的就是能和快马杨三一起吃顿饭、喝杯酒，酒足饭饱之后再絮叨絮叨。

三爷上了趟天津，走了有半个多月，三合轩就有点儿冷清了。三爷一回来，三合轩就又热闹了起来。不过这回三爷带回来的消息，让哥儿几个都有点儿不放心。

“都说我杨三在天津混了三年，混成了洋三爷，也混成了穷光蛋。义德才半年就变成了洋二爷，比我可洋得多了。段公馆在日租界，他天天跑到法租界来跳舞，巴黎之夜的妞儿都知道有个关副官。

“在天津这半个多月，我和他见过几面。他这个副官是个闲差，可是也不太好当。和日本人打交道，低头不见抬头见，就是憋气、呕气，堵心、窝心。义德是军人脾气，难呀！这日子不好过。

“天天去跳舞，也是换个心境。哪来的红颜知己呀，还不是捡关副官爱听的说。义德是条汉子，更有汉子的劲儿。要是对舞厅中的妞儿冒了傻气，可就要办傻事儿了。”

双勺不以为然地说：“义德是见识过的人，也闯荡了出来。什么人没见过？什么事没经过？国务总理知道他是好样的，土大兵说他是好长官。要说阅历，咱们谁也比不上他。不说别的，带兵打仗就走遍了半个中国。”

杨三爷叹了口气：“英雄难过美人关，你就记住我这句话。咱哥儿俩都不是英雄，所以也用不着闯美人关。关老爷是英雄，能过五关斩六将，也能闯美人关，连貂蝉这一关都闯了过来。但愿咱们的关二爷别再遇见貂蝉。”

信德回到北京后，孙大掌柜和他拍了胸脯：“有会友，就有你。内柜也要有人管，这事儿是非你莫属。”孙大掌柜这么说，信德心里还是有数。管内柜就是养起来。不辞伙、包养残是镖局的规矩。甭管怎么说，心里也是酸溜溜的。

年底快要到了，会友没有红利。孙大掌柜和账房合计来合计去，每人多发了半个月的份儿钱。老孙头和老焦头相顾无语，一个是一锅子一锅子地抽烟，一个是一碗一碗地喝茶。最后还是老孙头开了口：“我看张家口分号就关了吧，信德瘸了谁还敢再去？早关了还能省几个房租。把骆驼卖了现在卖不出价来，春暖后再卖价钱能高一块，可得多交几个月的房钱，两下一比就扯平了……”老焦头点点头。

快过年了，三合轩可真红火。双勺、大杖忙外，大嫂带着三个弟妹忙内。老伙对礼德说：“董魁元给的一千块大洋，现在就是飞来之财了。会友这么不景气……”礼德笑了，说：“你的意思我明白，但这事儿咱俩办不好，得叫双勺去办。缺什么添什么，对大嫂她们就说是永增家送的。”

三合轩封灶大吉，可是比开张还要忙乎。里里外外红灯高挂，爆竹、焰火一个劲儿地放。仁德从石家庄赶回来过三十，礼德、老伙也把应酬全给推了，老早也就回来了。

老伙拍着肚子对双勺、大杖说：“你们哥儿俩别张罗了，我这肚子快装不下了。过大年有饺子吃就行，都好好歇歇。坐在一块儿聊聊天喝喝茶，絮叨絮叨才真像回家过年了。”

仁德从包里取出一个竹笼，里面装的都是定窑的瓷杯子，有把儿有盖儿，个儿特别大，一人送了四个。老伙接过来一看说：“我这个人是能喝酒，更能喝茶，拿小茶碗喝就觉得不解渴，不爽快。我这就沏一杯，好好清清胃，一会儿好多吃几个饺子。”

说着，老伙就给自个儿沏了一杯又浓又酽的香片。刚喝了两口就放下了杯子说：“我也送你们哥儿俩点儿好东西。我捞了三把大沽造，这枪口硬，杀伤力大。”

说完后回屋取出来两把，一把送给了仁德，一把送给了信德。仁德接过来仔细地看了看，又拉开了枪栓打开了弹夹，挺兴奋地说：“这枪看着像三号的自来得，可打不了连发。保镖的不是打仗的，也不用打连发。揣上它遇事比左轮顶用，是好枪。”

信德接过枪后没吭声，别到了腰上。这时大嫂来叫大家去吃饺子。年夜饭早备齐了，双勺不用再到灶上忙乎。为了喝个痛快，虽是家宴可男女分桌，仁德、礼德、信德、老伙、双勺、大杖哥儿六个开怀畅饮。

虽说同声叫“干”，可心态却是有异。老伙、双勺、大杖这哥儿仨就是两个字——高兴。礼德、仁德也是两个字——清醒。信德难免酒入愁肠，可是眼下也没有什么燃眉之愁，就干上几杯吧。

三杯酒下肚之后，老伙说：“杨三爷是回天津过年去了，他要在这儿准得更热闹……”双勺说：“三爷就是不去天津，也得在陶然亭过年，他老叔、老婶能让这大侄儿到三合轩来过三十吗？咱们也不能请呀。他这趟天津说不定得过了十五才能回来……”

仁德听了后说：“杨三爷要是过了十五才能回来，我就和他见不着了。过了初五我就得回石家庄，有趟奔万寿山万寿宫庙会的镖，全是洋货。十五是庙会的正日子，前五、后五共十天。本来是年前交镖，可是铁路上车皮太紧，都挂了军列……”

初六一早，仁德上火车回石家庄，接镖之后就奔了万寿山万寿宫。这趟镖真是不顺，没走出两站就遇见哄抢的。仁德一看就是地方的“歹人”闹事，于是拔出了大沽造向为首的头上、脚下打了两枪。“歹人”们“好汉不吃眼前亏”，四散而逃。

第二天傍晚，遇见了“真朋友”，从庄稼地里冷不丁地窜出了十几条“好汉”。有的端着火枪，有的手持单刀，拦住了去路。仁德看来者不善，知道要硬碰硬了，于是亮出了大沽造说：“朋友！别伤了和气，我手中的家伙可从来不吃素。”

为首的好汉把嘴一撇说：“一把破枪有什么了不起，我们弟兄手中的土玩意儿也照样喝人血。你要是条汉子就放下手中的短火，跟我练练，赢得了我手中的单刀，我放你过去，赢不了我手中的单刀，那就得罪了。”

狭路相逢勇者胜，好汉说罢劈面就是一刀，紧跟着又连进三刀，这三刀均不是虚招。仁德是连躲带闪，就是不接招。激得“好汉”性起，反手又进一刀。反手刀最易走空，仁德见空进招，用刀背稳、准、平地打在了“好汉”的手腕上，单刀飞出一丈多远。仁德向后一纵退出了见丈之地，双手抱拳道：“失礼了。”

这“好汉”也够条汉子，长哨一声，十几个人顿时撤出了战斗，四散而去。

在石家庄起镖时，碰上两口子带着一个头十岁的男孩叫铁勇，要去万寿宫进香，想搭镖车前往。洋货都装在木箱里，车顶上挺平，仁德就答应了。路上仁德出手就平了两桩路劫，成了小男孩心目中的英雄，非要拜仁德为师。

仁德笑了，说：“你还太小，等到了十六岁时再说。”这个男孩儿就黏上了，老坐在仁德旁边说个没完。仁德下车方便方便时，这小子就用支车棍把仁德的皮袄、皮帽挑起摆成了个假人。方便完了仁德追上了大车，就在这时候一声枪响飞来个冷子，把假人的帽子打飞了，紧接着十几杆沙枪同时开了火。

仁德高喊：“快趴下！”可是这个男孩却站了起来。仁德蹿上车左手把他按倒，右手掏出了大沽造。在此同时仁德的后背上挨了一枪，一颗汉阳造射出的七九冷子儿把他后背前胸穿了个大洞。

噩耗传到会友后，孙大掌柜连夜乘车赶到了石家庄，收殓了仁德之后，将灵柩运回北京停到了龙泉寺。第二天早上，老孙头、老焦头、老姚头一起到三合轩报丧。

晴天霹雳，大嫂一下子就昏了过去。快马杨三闻信后赶来了，说："马圈西边有块地皮，原来是单圈儿马的地方，早不养儿马了，一直空着。我和仁德兄弟一场，就把他埋在那儿吧，想他时就去祭奠祭奠。"

事情就这么定了，陶然亭西的土丘成了仁德的永安之所。入葬后孙大掌柜对大嫂说："镖行的规矩是人走了家小领一半儿份儿钱，直到儿子能顶起来。现在柜上虽说不景气，也一定按规矩办，准按月送过份儿钱来。"

孙大掌柜原打算是信德撑起张家口分号，仁德撑起石家庄分号，现在这哥儿俩是一伤一死。大青山没法过，张家口分号关了。谁能想到仁德能栽在了一马平川的官道上，石家庄分号也没法撑了。两个分号一撤，三十多号人都得回北京，粥少僧多真要揭不开锅了。

想来想去只有去求永增的老东家帮忙。他的十来个厂子全在城外，近来京郊也不太平，撤回来的人要能给永增去看工厂，饭辙也就齐了。

真是车到山前必有路，永增的老东家一口应了下来："不就是三十多号人嘛，都上我这儿来，只要帮我把厂子看好，我亏不了会友的人。"孙大掌柜是一块石头落了地，回到粮食店街就下令把两个分号全给关了。

这天下午皮革厂请老伙、礼德在广和楼听戏，散戏后到珠市口的丰泽园吃晚饭。酒足饭饱出门时碰上了作战处的刘参谋，老伙问道："进展怎样?"刘参谋小声说："湖北完了，吴光新的四个混成旅没放一枪就让王占元给包了。

"原指望先解决了湖北的王占元，镇住河南的赵倜，然后南北夹击保定，端掉曹锟、吴佩孚的老窝。现在看来南北夹击是泡汤了，不过也没有什么关系。咱们是三个师外加两个混成旅对付他一个师一个混成旅。

"第三师再能打，也不能以一挡三，就算他吴佩孚全身是铁，又能打出多少钉，最后还是顶不住。咱们也不主动进攻保定，以逸待劳等吴小鬼找上门来……"

回到三合轩后，老伙和礼德也就鼾然入睡。第二天早上还没起床，就被信德堵了被窝，说："天还没亮，东车站就往外灌大兵，都带着第三师的袖标。这些大兵下车后在前门五牌楼贴布告，通缉皖系十大祸首。第一名就是段祺瑞，还有段芝贵、徐树铮、曾毓隽、吴炳湘……”

老伙拍拍脑门儿问道：“你是亲眼看见的还是听人说的?”“听下值夜的回来说了后，我就奔了东车站。刚走到五牌楼就看见了布告。到东车站一看，第三师的军旗就插在站前的空场上，军乐队吹打得挺欢。

“下车的大兵一队队地向前门里开，我跟到户部街一看，警察厅里驻进了第三师的丘八，门口还插上了第二旅的军旗。京畿卫戍司令部门口换了岗，站岗的带的是第三师的袖标。”

这时街上传来了“号外”、“号外”的叫卖声，双勺出去买了一份，老伙打开一看，头版头条是：

“昨夜第三师奇袭高碑店，生俘皖军中路军司令曲同丰。皖军东路陈文运部不战自溃，驻大名的十一混成旅直捣南苑，接收了团河的参战军司令部，奉军由军粮城向前推进，亦有直抵京师之势……”

老伙把报纸一扔，连声说：“完了！完了!”这时快马杨三推门进来了，急冲冲地说：“你们哥儿俩在三合轩出出入入挺招眼，都这时候了，先到我那儿避避吧，陶然亭僻静，没人去。换了便衣跟我走，车就停在外头。”

礼德摇了摇头：“这时候换上便衣出去，是告诉街面上的人我们哥儿俩栽了，溜了。经界局的证件、袖标我们哥儿俩全存着，关防、印章还在老伙手里，这时就用上了，待会儿大摇大摆地出去，到了陶然亭再换便衣。”

大伙儿觉得礼德说的在理，就照着办了。第三师没有巡街、设卡，杨三赶着骡子拉的四轮小马车顺利地到达了陶然亭。张小三已经把屋子收拾干净，炉子生好了，一推门觉得暖意盎然。

炉子上的水是开的，进门后老伙取出仁德送的茶杯，沏了三杯小叶双熏，对杨三说：“我来时什么都没带，就带上了这四个杯子。是仁德送我的，我送你一个，这杯子使着洒脱，也触物思人。”

一提到仁德，气氛就沉闷了下来，哥儿仨相顾无语，都捧着杯子一个劲儿地喝茶。午饭后张小三赶着大车到三合轩，给老伙、礼德取随身用的东西，没想到信德跟着车来了。

进门后说：“直军把廊房头条的永增总号给封了，城外的十来个厂子也都给封了。还在大门上贴布告说，永增助逆祸国，财产一律充公。还不到晌午，在城外看厂子的人陆续全回来了。说直军进厂后把所有人都轰了出来……”

说完后信德长嘘了一口气：“永增倒了会友也就趴架了。小八十号人上哪儿找饭辙儿去呀?”快马杨三凑到信德身边说：“天无绝人之路，双勺、大杖的三合轩办得这么红火，会友要是撑不住了，你就到我这儿来开饭馆、开茶馆，一年中总得有大半年的买卖。”

“二月底陶然亭就有踏青的，夏天来游的人可就多了。秋天人也不少，菊花开时又能火一阵，能热闹到十月底。我这房子空着也是空着，我这个人干不了什么正经的活儿，坐下开侃还能聚点儿人气儿。”

老伙听了长长地出了一口气，拍着脑门儿说：“你坐下开侃，就能聚点儿人气儿，我这个人就没戏了。脱了这身灰皮谁理我呀。就是回到西四丰盛胡同收房钱，也还靠着这身灰皮。”

杨三接了话茬儿，说：“我这个人会相面，早给你相过了。你就是穿官衣的命，过几天准有转机。说不定有人三顾茅庐请你出山……”老伙苦笑了一下又端起了茶杯。

信德回到粮食店街时已掌灯了，一进门见老孙头、老焦头、老李头、老姚头都还没走，围着桌子正合计着什么，脸色都挺不好看。见信德回来了，孙大掌柜让他坐过来，长长地出了口气说：“事到如今我就把话说明了吧，撑是撑不下去了，看来会友是毁在了我的手里。镖行的规矩是东不辞伙，这是不能坏的，坏了在地底下都没法去见祖师爷，这事儿我干不出来。

“八十多人聚在一起吃这一锅饭，到了没米下锅时再散是死路一条。会友的房和圈地都是租来的，家底儿也就是剩下的大车、骡车和枪了。枪有一半还不是柜上的，是自个儿带来的。张家口分号的枪大多是霍参谋的，要关张这笔账还得跟人家结清了，得有个说法儿。

“账上压柜的钱顶多够撑上一个月，这一个月中的进项也就是值夜、巡夜的钱了，两笔加起来够两个月的开销。我是没辙了，现在散，愿意回家种地的能分一套车，两个分号撤柜时把骆驼、圈地卖了，石家庄的房子是柜上的产，也给卖了，全加起来按份儿、按股儿分，要车的少分点儿。

“会友撤柜之后，值夜的要是能和东家单挑也是好饭辙，巡夜的一时找不到营生就多分点儿，好歹咱们有八十多号人，互相拉扯着往前奔吧。”

说完了后孙大掌柜就一袋一袋地抽闷烟，在场的人也没有接下茬儿的。连抽了三袋之后，孙大掌柜长长地出了一口气，说：“除了散伙之外，我也想不出别的主意了。可散伙也不能这时候散，正兵荒马乱，卖什么也没有价。

“再说了，人过留名雁过留声。眼下这么乱，还得挺挺。保镖之道是‘受人钱财与人消灾’。这时候散对不起老主顾们。民国元年的兵变就是三镇干的，这帮丘八可不是善茬儿。要唱出二进宫，北京城中可有一乱。

“当一天和尚撞一天的钟，当一天保镖保一天平安，咱们要是散也得等时局稳当下来。还得把人凑齐了再公议一下，看看还有没有别的主意。等等也好，要是老天爷给路走，说不定有什么转机。

“咱们一天不散就得撑住这个门面，就是到了散伙的时候也不能散心，从厂子回来的人都先歇两天，然后分成黑白两大班。老姚头就留在柜上吧。”

会友暂时安顿了下来，北京城也暂时安顿了下来，没放一枪直军就控制了北京城中大大小小的衙门，把黎元洪重新推为大总统。老姚头摇着头对信德说：“黎元洪当大总统可不是什么好兆，人管他叫泥菩萨。泥菩萨过江——自身难保，我看太平不了几天。”

信德叹了口气说：“谁知道明天的事儿。”

说不知道明天的事儿，明天就出事儿了，第二天一早三合轩就出了大事儿。孟老财的儿子来了，说把房子卖给了京都市政公所，三天后就要交房，让双勺、大杖立即搬家走人。

真是晴天霹雳，杨掌柜、李掌柜全傻了眼。正不知所措，快马杨三来了，胸脯一拍对双勺、大杖说：“往我那儿搬。”大嫂听了之后，站出来说：“就听三爷的了。”

这时信德也赶了回来，大家一合计事儿就这么定了。事儿定下来之后大嫂当众宣布：“柜上的钱中有一千两银子是老三的，有一千块大洋是老三和霍大哥俩人的，剩下的是历年的结余……”

大嫂的话还没有说完，礼德和老伙同声说：“勾账！勾账！这钱早就让我们哥儿俩给花光了。”双勺、大杖同声说：“我们哥儿俩知道，这钱一直存在柜上……”

礼德挥手说：“别的都不说了，柜上的钱就是东山再起的本儿，得用在刀刃上。到了陶然亭之后还得想办法把三合轩再支起来。三合轩到哪儿我和老伙就跟到哪儿，拿三合轩当家了。”

老伙接茬儿说：“这话说得对，我们哥儿俩拿三合轩当家了。”杨三爷说：“好！我也说两句，我快马杨三没马了，还有几间破房。甭管住还是开茶馆、酒馆、饭馆都行。我也拿三合轩当家了。谁跟我说‘房钱’二字，就是看不起我杨三，嫌我穷了，这三合轩不想收我。”

杨三的话刚落音，市政公所接房的人就来了。为首的人和礼德四目相对，俩人都是一楞。礼德本能地打了个立正：“张教官好！”

这位教官握着礼德的手说：“多年不见，听说你一毕业就飞黄腾达了。现在在哪里得意呀？”礼德把别后过程简述了一遍，老伙在旁边搭茬儿道：“蔡将军出走后，我们哥儿俩一块儿蹲了大狱，可以说是患难之交，也是莫逆之交，现在又一块儿赋闲了。”

张教官听了后说：“你毕业后有人告发我是革命党，在日本留学时参加了孙中山领导的同盟会。袁世凯也把我下了大狱，和你们哥儿俩一样，洪宪醒梦后才出来。后经老同学介绍到了市政公所，现在管着测绘处。”

礼德听了后说：“您在日本学的就是测绘，出掌测绘处是人尽其才。”张教官笑了：“也是混饭吃，你要不嫌我这衙门小，差事小，就过来跟我一块儿干，也是学有所用了。”

礼德一听高兴了，说：“我毕业后一直在外头瞎扑腾，进测绘处才是入了正道，能学所用了。和您能碰上真是我人生的转机……”“那你明天就到差，我也正是在用人之际。”

双勺、大杖一听全乐了，说：“今儿我们哥儿俩再露一手，是迎新也是辞旧，咱们好好聚聚。”说着转身都奔了后灶，不一会儿，六个冷拼、八个热炒就端了上来。大杖开了一坛山西老汾酒，给大伙儿全满上了，举杯说：“这八个热炒是我哥的手艺，喝够了后一人来一碗打卤面压酒，就看我的手艺吧。”

张教官站起来致谢说：“人生就是缘分，千里有缘来相会。我和礼德一别多年，今天邂逅是托了大家的福，这杯酒我敬各位。喝了这杯酒大家就是朋友，今天我是借花献佛，改日我做东。”

老汾酒够醇、菜够厚，可是对于三合轩来说，是最后的晚餐了。明天骡马市大街的三合轩关张了，陶然亭的三合轩什么时候开张？开张后是红火还是冷清？三合轩还能撑得住这个“家”吗？

搬家可够忙的，老张头的三个儿子全出动了，三辆大车跑了一整天，三合轩的全盘人马才搬到了陶然亭。

房是够住的，入住之后双勺、大杖都变成了闲人，闲人忙了受不了，忙人闲了也难受。可是节令不对，只好先歪冬了。杨三和老伙是二仙（闲）得道，整天拉着双勺、大杖喝小酒、侃大山。大嫂和三个弟妹可都没闲着，开始为春天的开张忙乎了起来。

信德瘸着腿走远道不方便，就住在了柜上。礼德到差后有张教官罩着，上任后就当了科长，月薪一百二十块大洋。老师使学生那是不客气，礼德也行，把里里外外的事儿都给扛了下来。事儿一忙也就犯不上天天回陶然亭，就在处里住了。

下班后要是没事儿，就到会友拉着信德去吃小馆，酒入愁肠，信德有些饮少辄醉了。醉了话就多，肚子里有什么就一定要说出来。总之，“会友是没救了”。

这天礼德在珠市口悦宾楼有饭局，应酬完了后溜达到了粮食店后街，一进会友内柜，见信德一人正坐着喝茶，可闻到了一股浓烈的酒味儿，看来是喝高了。

礼德坐下来后，信德两眼直愣愣地看着他，好一会儿才缓缓地说：“这天终于来了，分了。我分了一整份儿，外加一挂车、两头骡子。我打算回檀营，我那口子非要回去，说她爹妈全老了，身边得有个人。回去就回去吧，把烧锅接过来干，也是个营生。

“大嫂娘家爹妈全没了，她决定留下来和双勺、大杖在陶然亭开饭馆，连带着卖茶、卖酒。孙大掌柜也给了她一整份儿，外带会友全套做饭的家什、碗筷。

“给你和老伙一人也分了一整份儿，你俩的十八条枪算是入股，在张家口又帮了我的大忙，帮我的忙就是帮会友的忙。枪股、人力股合起来就分一整份儿吧，你俩不许不要。孙大掌柜说了，要是不要就是瞧不起会友，没把自个儿当成会友的人，是来玩儿票的。

“散就散吧，没有不散的宴席。咱们哥儿五个从檀营出来投了源顺，后来又入了会友。义德、智德在老焦头的点拨下入了军界，你是命该在军界走一圈儿。我和仁德一直在会友，如今仁德走了，会友散了，我回檀营也是叶落归根。

“明天这顿散伙饭你和老伙一定得来吃，吃了这顿饭就算是会友的人。”礼德点点头：“我和老伙明天一定去，而且得早点儿去，和大家好好聚聚聊聊。”

冬天的北京城干冷干冷的，光秃秃的树干直戟苍天。北风吹过，电线杆子开始骂街，干枯的树枝直楞楞地抖动着。

秋末的“小阳春”给人以得过且过之感。冬天的肃杀冻得人清醒了，知道离春暖花开还早着哪。吃过中午饭，礼德和老伙一块儿奔了粮食店街，一进门儿见老少爷儿们已经来得差不多了。老伙有的认识，有的不认识。不认识的一见面也就算认识了，来吃这顿饭的——都是会友的人。

此时此刻，该办的事儿都办了，该说的话也都说过了。大家聚在一块儿，“相顾无言似有言”。老姚头一锅子一锅子地抽烟，一边抽一边摇头。眼看烟荷包就要见底，老爷子长长地嘘了一口气，把吸进去的烟全吐了出来，然后把大烟袋往桌上一放说：“有聚就得有散，该散时就得散。散了之后没准儿还能再聚起来。今儿咱们别像霜打了的样子，该乐就乐，该说就说，该喝就喝。得跟过年三十一样，就当明天是大年初一，开门大吉闯新业。”

老姚头的话一下子振了同仁们的心气儿，大伙儿七嘴八舌地聊了起来。几个爱唱西皮、二黄、梆子的就放开了嗓子开唱，以壮行色，以振声威。二魁和大胜抖起了精神，蹦了出跳加官、跳财神。

刚过四点钟，五味斋的盒子就送来了。大盘肉一摆，大坛酒一开，老少爷儿们全都入座，孙大掌柜举杯说：“喝了这杯酒，大伙就别叫孙大掌柜了，叫我一声老孙头是不见外，是看得起我。”

老孙头一开口，大伙就静了下来。老孙头没有叫“干!”又缓缓地说道：“会友是康熙年间的老字号了，盛宴终有散，都说尽人事听天命，人事咱们尽了，该散就散吧。老姚说得好，‘今儿散了各奔前程，没准儿以后还能聚起来。’

“死守着不散，不是一条路。时下是火车通了，镖路断了。有了邮局，谁还叫镖局捎信。银行划款、邮局汇款多方便，谁还让镖局押银子、逢百抽五去当冤大头。

“现在当官的全有卫队，用不着请镖局护院。有了请愿警，谁还请镖局坐店、坐夜。既然旧道全走不通了，就弃旧图新去闯新路吧。车到山前必有路，大伙儿在一块儿干了这么多年，一说分、一说散，谁心里都难受。可是该散就得散，散伙不散心。

“能进会友的都是条汉子，以后甭管碰到什么事儿，遇到什么沟沟坎坎，就记住我一句话：‘五尺高的汉子能栽跟头可不能跌份儿。只要不跌份儿，爬起来就还是条汉子，是响当当的老爷儿们，是在会友练过的主儿。’

“今儿往后，虽说各奔各的了，可是穷帮穷、富帮富，会友人帮会友人。走到哪儿都得吱唔一声，通通气。谁有了过不去的地方，全得拽一把，别忘了都挂过会友的腰牌，穿过会友的号坎。我的话就说到这儿了，最后再说一句，人散了，心不能散！咱们就——”

这声“干！”刚要出口，义德推门闯了进来，手中还提溜着一个大皮箱。见大伙儿全在，先是一愣，紧跟着大声喊道：“老少爷儿们全在这儿，我关义德在外闯荡了这么多年，现在是投会友来了！”

大伙儿全愣了，信德一把把他拽了过来说：“别着急，慢慢说。”孙大掌柜放下酒杯走了过来，拉着义德的手说：“能赶上吃这顿饭、喝这杯酒的人就是会友的人，就是有缘有分。”

说罢，给义德满了一杯酒，举杯叫“干！”“干！”“干！”“干！”……不知道干了多少杯。干完了最后一杯老白干儿，会友的老少爷儿们各奔前程了。路漫漫，路坎坎，不论走到哪儿，都是在会友练过的主儿。

信德、礼德、义德、老伙带着酒意走出了会友，在这一刹那，都不由自主地回头一望。会友的黑底金匾已经摘了下来，原来挂匾的地方露出了几根枯草在屋檐下颤动。

冬月肃肃，照在地上泛着惨白。寒风习习，地上落叶被吹得四处飘荡。看来，叶落也难以归根。哥儿四个披着冷月、顶着寒风往陶然亭走去。信德的腿不好使，大伙儿也就放慢了脚步。

义德缓缓地说：“日本人在段公馆修建电台，鬼子工头骂工人说：‘中国人都是蠢猪！’罚这个工人向东跪着。我咽不下这口气，把这个小鬼子打了个半死，眼看就没气儿了，于是我就跑到了法租界住进了杨家。看来，日本人也不想把这件事闹起来，所以没有声张。过两天我托人一打听，这个小鬼子在山本医院里又活了过来。

“等风声过后我决定回北京，一下火车就奔了三合轩，见门上挂着京都市政公所测绘处的牌子，我就奔了会友，一进门见老少爷儿们都坐齐了，心想准是有好事儿。在外闯荡了多年，一进会友的门觉得是到了家，于是脱口而出……”

礼德把三合轩的变化前前后后地说了一遍，又把会友的事儿说了说。这时信德叹了口气，说：“再过几天我就要回檀营了，本想套上车奔西山看看智德，可是他要叫声‘施主’咱们受不了，兄弟一场，又怕坏了他的修行。难办呀！想来想去，还是别去了吧。”

大伙儿全没吭声儿，看来是明白了信德的心意。沉默了一会儿，义德开了口：“我是野惯了的人，走镖还行。回檀营不是个事儿，再说二老也都走了，回去干什么？留在陶然亭一块儿干吧，也不是个事儿，我干不来也干不了。

"明儿一早给仁德大哥烧烧纸，然后就出去转转。我是走遍大半个中国的人，看哪儿好，没准儿就留下来，转够了也许就回来。你们放心好了，我愤心难尽，不会出家。"

第二天早上，大伙儿来到仁德的坟前祭酒、上香、烧纸。回来后双勺抓弄了几个菜，给义德接风，三杯酒下肚之后，义德举杯道："和大家全见着了，该说的话也全说了。我打算明儿就走，谁都别去车站送我。哪趟车先来了，我就上哪趟车。奔哪儿去？我也说不上。这酒是给我接风，也是给我送行。"说罢，一饮而尽，接着又给大伙儿满上了杯。

礼德举杯喝了一口，说："我是弃武从文了，身边还有两把自来得和一把左轮，都是好枪。你带上，路上也许用得上。"老伙接茬儿说："经界局的关防、印章我还都留着，把随身的证件、枪照、公文都给你办齐了，再带上几张空白的，有事儿你就用。经界局这个衙开署时人不知道，裁撤了人更不知道。可是人的心里又觉得中华民国应该有个经界局。"

义德点点头说："证件、枪照、公文我全带上，空白的你多给带上几张，不用盖官防，盖上咨行印就行了，我不会到总统府去办事，跟总理的缘分也尽了。

"枪我就不用带了，我的两把自来得和军装全在箱子里，带上五把枪，人非说我是枪贩子不可。"礼德说："你在武装带前斜插着两把自来得太照眼。我这把蓝钢二号左轮是从云南带回来的，是克虏伯的名牌货。穿军装时半套别上，透着有来头儿——这叫人不说话枪说话。"

义德又点点头，表示同意礼德的说法。

一坛衡水老白干儿喝见了底儿，哥儿几个的舌头都有点儿发直了。说来说去最后归为一句话——"出去是散散心，转够了就回来"。快马杨三做了最后的总结："我在天津混了几年，才得出了个道道，是条狗也得在北京打食。待在北京，我心里踏实。"

义德走了，腰里揣的是两把自来得和一把左轮。他是军人，当然要走军人的路。信德瘸着腿，赶着大车和老婆孩子一块儿回檀营了，他想的是守着烧锅过小日子。礼德的测绘学校没白上，总算学有所用、用有所得了。智德在西山的古刹里敲响了晨钟暮鼓，舍今生，求来世。仁德长眠在陶然亭的土岗上，如果九泉有知，能够陶然吗？

双勺、大杖、大嫂在快马杨三的马圈里选了七间南房倒开门，改建成了临湖的北房，重新挂起了三合轩的招牌，卖茶、卖酒、又卖饭。夏天时生意红火，坐无虚席。

快马杨三见三合轩火了，也觉得双勺的话有理，这两进的四合院也不能空着，得想办法租出去。租房的人大多是夏季来避暑的，以北大、师大、中大的师生为多，一放暑假真有些人满为患了。春秋两季来租房的人也不少，大多是些爱清静的人。这两进四合院，也能火上多半年。

老伙这个人没能耐可有福命。整天坐在湖边上钓鱼，钓上了就成为三合轩的美味。这天搬了张藤椅刚坐到湖边上，就跑过来两个警察，先敬礼后说话："您可让我们哥儿俩找苦了，总督察长限我们三天找到您，您上这儿钓鱼来了……"老伙放下鱼竿一问才知道，参谋长当了京师警察厅的督察长，让他出任外四区的督察长，委任状已经下来了。

老伙赶到警察厅谢委，总督察长对他说："黎菩萨也不愿意直系独据北京，所以联皖、奉两系。吴炳湘虽然下野了，在天津租界中没待多久就出任了安徽督军。警察厅是他的老地盘儿，北京的警界认这个老上司，咱们就先混着吧。"

老伙穿上了警官服，肩膀上还是两杠三星——一级警督。所不同的是警察厅不发枪，发了一把英式配刀。老伙不缺枪，就把西班牙左轮别到了武装带上。左挂刀，右别枪，又神气了起来。

老伙这个官不大不小，可是个实缺，在外四区的街面上算得上个人物。陶然亭属于外四区的地盘儿，老伙正好罩着三合轩。

转眼就到了夏天，荷花一开，三合轩的七间大北房人满为患。大嫂想出了个主意，在湖边的柳荫下摆露天茶座。没想到的是茶桌一摆大受欢迎，只要不是吃饭的，都愿意坐在外头。

不论是品茗赏莲，还是把酒临风，均令人心旷神怡，有一种回归大自然的自适。青年人、特别是洋派的情侣们，追求一个自我的小天地，总爱把茶桌置于远离"人尘"之地。

大嫂又想出了一个好办法，准备了一些凉席，任凭这些"洋派"到湖光水影的绿菌之上席地而安，寻觅自适之境。自适与自得是一字之差，但究其真谛，则相距远矣。"适"者"道法自然"；"得"者，"征服自然"。两者是不同层次的认识、不同层次的追求。

红尘、人尘中的不同认识、不同追求，使得陶然亭畔也难于陶然。熙熙、攘攘、戚戚、纷纷，分分相承、缘缘相环。悲林禅院的晨钟暮鼓虽然依旧，北京政坛上却如走马灯一样热闹。

由民国元年到民国十七年，北京政府一共有九位“国家元首”粉墨登场，发生了五十多次内阁剧变。军阀混战，政局混乱。吏治腐败，民不聊生。社会动荡，各阶层均属难安。什刹海边上的清音桌唱得好：

民国万岁（税）喊得欢，一喊就是十七年。国民公仆光说不练，真练的是大帅、督军。先有三镇兵变，后有辫子兵朝天。最强横的是直、奉、皖，逞兵大战。要说民主、民权，国会里边早立案。让“公民团”一围，全傻了眼。剩下民生最悲惨，杀不了穷汉，当不成富汉，手可不能软。

小巡警赛过土地仙，见了小民就瞪眼，见了丘八就腿软，见了当官的就立正，见了阔佬就媚颜：“您多少赏俩，我也过个好年。”见了小绺（偷）笑眯了眼，亲亲热热地叫声：“兄弟你好呀！这月的份儿钱。”见了窑姐不晕也不酸，干干脆脆地叫声：“妹子，这月的体己来个半分。”

总统能轰也能选，是轰？是选？全是枪说了算。总统跟着枪把转，总理忙得滴溜圆，总长脚丫朝了天。组阁时印堂发亮，下野时愁眉苦脸。叹一声天命、人命，说慌也不慌——租界里头最保险。东洋、西洋更妥善，早有公子打前站。

要说得意，八大胡同老沾边，驴子、婊子闹得欢。逐旧迎新一张脸，看你有权还是有钱。要在温柔乡中做温柔梦，可得有点儿色胆。杨梅大疮不认人，不管阔老与穷孙，就算是将军、阁员，招上了就要梅毒升天——把鼻子烂。

抽上大烟不打紧，不顶炝时有白丸。再不过瘾打吗啡，死在北京可有人管。首善之区最行善，巡警心肠要比菩萨软。太平筐一扣，不忍野狗把尸啃。叫过来一对儿讨饭的，给两个窝头算工钱，赶快抬到城外坟地边，那儿的野狗正红眼，是啃是撕不用管。将来你俩成路倒，我也照方抓药——这叫后人送前人。先走后走都一样，早晚就是这一段。

学生上街也好办，不论游行和请愿，警察、大兵不手软。你说什么我不管，动刀动枪是维持治安。谁闹事就抓谁，抓进去往大牢里关。看谁还敢不长眼。你要真是不长眼，老总可敢拉枪栓，出了人命是小菜一盘，反正撂的是罪犯，就地处决是一般。

最可气的是报馆，追踪桃色新闻，气坏了长官。还登什么“实话新篇”，真是给脸不要脸，当轴一怒把脸翻，封了报社，抓了主编，事大事小就算完，看谁还敢来添乱。白水、飘萍一声叹！双双赴黄泉。

不好对付的是洋人，东交民巷可难缠。列强打仗咱不管，干嘛跟着闹参战，也不怕引火烧身。打败了割地赔款，打胜了也没好沾。军费还得拉清单，催着还。府院之争显老段，闹什么参加不参战，总理还要兼督办。不如属个黄花鱼——溜边。少找麻烦。

现大洋当当响，钱能通神，点起来让人发痿。存到海外才安全，要用时向外一拍，您说干嘛？五千元一张票，总统能贿选，总理能买断，总长、总监我来干。小官、小吏、小警察，更是手拿把攥。随行就市，打听清楚了再点钱。别打了眼，受了骗，让人坑个满盘。

官是买的有本钱，为保本就得占，为捞一把就得贪，不占、不贪是傻瓜蛋，多占、多贪是当然。最傻的主儿是上衙门，找贪官去告贪官。状沉大海是造化，为了灭口敢杀人。要说屈死不告状，这话也不尽实然。告状也得长个眼，谁正不受待见，趁他点儿低，就参上一本。清除政敌，青天老爷手可狠，民国法制有威严，该抓就抓，该判就判，该关的就关，该管的就管。不该管的也能管，谁叫他不告老还乡，辞官交权。

最可叹的是孙中山，什么节制资本？什么平均地权？枉称了国父，三民主义难实现。绰号孙大炮，火药点不燃。在碧云寺里停了个玻璃钢棺，五权宪政都白谈。您要到衣冠冢前一泫然，可别泪洒胸前，让人当笑看。笑您是小炮，洋烟卷也点不燃。话说白了——是个穷孙。只能抽袋旱烟，侃侃大山。

不怨天、不怨地，就怨命中无五显——和财神爷无缘。要发财，不用铤而走险。当掮客，倒弄房地产，吃瓦片是最妥善。城门里头种庄稼，旱涝保收，是黄金地段。民国正在清旗产，可别错过这一站。外七、内九、皇城四，看上哪片占哪片。阳宅倒了倒阴宅，坟上风水也得沾，哪的黄土不埋人？万安公墓难万安，入土之后还收钱。要是子孙不孝顺，得叫枯骨再搬迁。坑了活人坑死人，活着难，死也不敢。不活不死是两全，两全之道难上难。

粮老虎比山老虎更狠，倒了老米倒新米，整天吃人。十八层地狱，给他敞着大门。劝他得行行善，别再屯粮抬价饿死人。落个八辈婊子养，翻不了身。唾沫淹了家庙，被骂崩了祖坟。子孙不敢认祖先，脊梁骨怕被戳穿。

民国开化，有国际眼光，教育平等，废了私塾办学堂，越办越有条章。由初小到大学，一律都收现大洋。北京城中书声朗朗，男女学生可真忙。国立大学考不上，私立大学将就上，不论官办和民办，有权有钱就平蹚。最高学府数北大，谁能免试上明堂，章程上写的详。大总统的儿子能保送，比宗室科举还稳当。

八大胡同好风光，靠的是两院一堂。参众两院成国会，一堂就是京师大学堂。要嫌国内的大学土，还得闹点新华章，去留学东洋与西洋，公费、自费乐一场，洋博士归国最吃香，新时代的儒冠（博士、硕士、学士的帽子）满街晃。怕的是毕业就失业，跃了龙门也空欢喜一场。演出了《桃李劫》，心酸了老校长，心碎了爹和娘。三百六十行论坑人，办学是后来居上，您说荒唐不荒唐，哪有这心肠？

白大褂不用坐堂，诊室之中挺豁亮。听诊器一挂，照照 X 光。协和医院真外场，道济医院也堂皇，可都先收现洋，后进病房。衙门口有理没钱别进来，医院的大门更孔方。且不论西医、中医，先说说医德医尚，再论论救死扶伤。再不济找个串街的郎中，开两味草药汤。吃了后顿觉天地玄黄，原来是受骗上当。问一声良心何在，叹一声骗子横蹚——不怕被抓上公堂。要能把四万万同胞全骗光，准能当皇上，可惜洪宪梦一场，黄泉路上好凄凉。

打官司找律师，不如屈死不告状。坑了原告坑被告，有几个把公理申张？过了一堂又一堂，法官、法警可不忙，谁把金条送上，就判他个胜诉——喜洋洋地走出大堂。惊堂木和法棰，其实都是一个样。不如到《水浒传》中找宋江，李逵审案凭天良。可叹的是光棍不斗势力，江湖上正盼着把官当，孙美瑶竹篮打水空一场，到头来命丧中兴煤矿，绑洋票也是白忙，当督办更是梦想。

清音桌前丝竹亮，八角鼓儿响叮当，还有那西皮、二黄，再唱唱梆子腔。古往今来多少事，你来唱罢我登场，入相出将，逢场作戏得上装，别露了本相。唱到这儿，不好再往下唱，为找词搜遍了枯肠。要想混，脸皮厚要赛城墙，心眼儿黑要比狗屎脏。不用学汪汪，看准了下黑口，咬人一口把血淌，咬完还得装装样，装什么可就难讲，他能装我不敢唱，怕秋后算账，也怕没唱完就挨上耳光。摆上个清音桌，图的是安康，唱唱其实也不妨。您要想帮腔，就来个合唱，唱什么可得细思量。您出词我谱曲，清音桌前当戏场。成不了入相出将，就算是闲得发慌，嗓子痒，得出出气，舒舒心，顺顺肠。

什刹海边上的清音桌越摆越多，上茶馆还不如奔清音桌。坐在茶馆里越骂越有气，到清音桌边上一唱，气也就消了大半。再说实的，上茶馆得花几个大子儿，不如买套烧饼油鬼吃。吃饱了去放开嗓子唱，一个子儿不花，还能“出出气、舒舒心、顺顺肠”。直唱到北伐军进了北京，青天白日旗取代了五色旗。政府南迁了，金陵王气升，北京改成了北平。清音桌添了点儿新词、聚了点儿新人，看来还得唱下去。

老伙、礼德没到清音桌去凑热闹。京师警察厅改为北平特别市公安局，京都市政公所改为了北平特别市社会局，老伙、礼德均原职留任。

三、血　刃

29

时值盛夏，又逢星期天，礼德起床后见杨三爷正在天棚下打扫院子，给金鱼缸换水。三爷现在可成了勤快人，一早起来就忙乎着打扫卫生，下午还得来个二遍。

没法子，暑假里房客太多，可以说是人满为患，礼德也过来帮忙。诸事皆毕后，哥儿俩沏上一杯莲茶，在天棚底下的竹躺椅上肆态肆态。话题由冰镇酸梅汤引起了感慨。

快马杨三端详着杯中清碧透绿的莲茶说："你说这世道变了，我看这人也变了。前清时我是家财万贯的秧子，不用人架自个儿就犯晕。现在我可是明白人了，透亮得跟这杯茶似的。

"拿你说吧，在太后面前受过封号，赏衔为六品侍卫，去云南后当过实缺标统。进了民国，也是陆军测绘学堂出身的中校军官，弃武从文还能弄个科长当当。前清新军标统我是知道，一是威风，护兵、马弁一大群，文书、司记一大帮，可以说是一呼百应。二是阔，月俸四百两，合大洋五百多块。现在在外人眼里，怎么说你也是个科长，是民国的荐任官。

"这院子可是咱哥儿俩打扫干净的，这杯茶是自个儿沏的。往这儿一躺从心里觉得挺爽、挺肆态，这就叫变了。现在我的正事儿只有一桩，就是收拾这院子。"

礼德笑了："我的正事儿就是保镖和测绘。当管带、标统、副官、参谋都是瞎混，我不是当军官的料儿。"说到这儿快马杨三接了下茬儿："我总觉得我和马有缘，是骑马赶骡子的料儿。要是早考武备学堂的骑兵科，这缘没准就成了分。现在不行了，可我要去赶大车，不敢说能跟老大、老二比，准比小三子强……"

哥儿俩聊得正起劲儿，老姚头进来了，坐下之后说："我又得到了义德的消息，头绪太多就串起来说吧：他从东车站上车后就奔了河南，把那个团长堵在妓院里给宰了。拉上一营的弟兄连夜开拔，到广东投了孙中山。北伐时和张发奎一块儿打回了河南，当了豫西保安司令。为民除害枪毙了几个土豪劣绅，省政府不干了。义德一气之下上了沈阳，投了张少帅，当了边防旅旅长，九一八事变后把队伍拉上了大兴安岭……"

听到这儿，礼德、杨三一齐挑起了大拇哥，说：“好样的！”老姚头这回没摇头，点着头说：“众口一词，都说是好样的！一会儿焦林鹏、李尧臣也过来了，有事要好好议议。”

话刚落音，两位老镖头雄纠纠、气昂昂地走了进来。老焦头把一张报纸往桌上一放说：“日本人来中国摆擂台，要在北平、天津、南京、上海四处和中国人比武较量。愿意参加的随便报名，然后凭抽签的顺序打擂。”

杨三听到这儿把桌子一拍：“小鬼子设擂，咱们是非打不可。还议什么，老少爷儿们一块儿上。”老姚头摇了摇头说：“打擂不是打架，跟打仗一样，道道深着哪。讲的是斗智斗勇……”

礼德面有羞色，说：“以年龄而论，我正是壮年，责无旁贷。”话刚说到这儿，李尧臣站了起来，直言道：“我们老哥儿几个属我最小，昨天就议定了由我上场。小辈的都是半路出家、半路改行，腰里揣上了短火后，枪法全行，拳法就靠后了。

“我来找你，是想让你给我当个公证人。官面上的事儿你熟，一切手续由你办了。再说会友的人里就出了你一个文武全才，现在的事儿全明白……”

李尧臣被分到南京赛区，礼德、杨三陪同前往。上擂前李镖头胸有成竹地说：“日本人的空手道原叫唐手，前两年才改的名。小鬼子体质不错，有点儿蛮劲，可不善变，不灵活，我自有取胜之道。”

李尧臣一跳上擂台，日本武士见他是个小老头，便挑衅地说：“你还行吗？”李尧臣向他招招手：“来吧，小子，我让你三招。”

让三招是镖行传统的战术，目的是摸摸对手的路数。这个武士被激怒了，猛进三招。李尧臣摸到了，他是力巴拳——打过三拳就没多大劲儿了。趁他发懵，大吼一声：“你下去吧！”猛起一拳，打了个冷不防，这位武士一个倒栽葱跌下了擂台。

李尧臣在东车站下车时，北平各界人士齐聚站台上欢迎，许多学校的童子军吹着鼓号列队致敬。会友的同仁们，在三合轩摆桌庆功。连干了几大杯后大伙儿都喝高了点儿，李尧臣举杯说：“我从十二岁就习武，天天练拳。入道之后走镖是为了谋生，在水心亭开茶馆以武会友还是为了谋生。只有这一拳是为中国人争气，是真正的一拳。”

30

信德回到檀营后，就成了上门女婿，从老丈人手里接过来烧锅以卖酒为业，日子过得挺有起色。清廷定制，军营附近十里之内不许有烧锅，营东村离檀营走小路也就五六里，走大路绕了个圈算有十里，烧酒出锅后先送檀营，剩下的才往县城送。

民国二十一年长城抗战时，密云境内的古北口、南天门、喜峰口等处都展开了激战，二十九军的大刀队获得了喜峰口大捷。可是日军由侧翼包抄过来，二十九军只得从密云地区撤退。

营东村能跑的人全跑了，跑不动的老弱就留了下来，想的是鬼子再恶，还能把我们怎样？架不住我不理你。信德也留了下来，叫孩儿他娘带着孩子走了。他不放心酒窖里的酒，心想酒窖离村这么远，小鬼子又是路过，还能找到酒窖来？

想不到的事就发生了，七个鬼子押着七个二十九军被俘的士兵，不知怎么就走到了酒窖门前。鬼子闻到酒香照直闯了进来，打开坛子就喝。喝醉了后拔出了刺刀，要把被俘的士兵全开了膛。信德一看不能再等了，拔出了大沽造就把这七块料儿送去见了天照大神。

给七个二十九军士兵解开绑绳后，为首的一个班长说："老乡，我们从哪儿栽的从哪儿爬起来。"说着抄起了小鬼子的枪，解下了子弹袋和手榴弹，又对信德说："不管你是干什么的，赶紧走吧，这一路上我是亲眼所见，鬼子是杀红了眼，你是先下了手，要不然……"

信德说："咱们的人都撤了，我看你们还是扒下鬼子的军装穿上。"班长一挥手，七个中国兵就变成了七个鬼子。班长又向信德一抱拳："等我们打回来时，再提着小鬼子的头来谢救命之恩。"

送走了这七个士兵，信德把这七个鬼子拉到一个废窖里埋了。把窖填平了，泼上水，洒上许多马粪。这时就见村里火光冲天，信德撒腿就跑去救火。

进村一瞧，鬼子已经走了。走时把村里跑不动的老老小小都给扔到火里烧死了。火借着风势，风借着火势，整个营东村已化为一片灰烬。信德惊呆了，他不相信眼前的一切，可这一切分明是不可改变的现实了。

怒火在燃烧，热血在沸腾。冷静下来后，心中只有两个字——报仇。这两个字越来越清晰，信德的心也越来越坚定。他把二十多篓子烧酒进行了“特制”，然后加封，再贴上喜字。把窖里养的十几只鸡全给杀了，下锅红烧，红烧好了也进行了“特制”。

信德把经过“特制”的鸡、酒装上大车，赶上了官道，迎着向西推进的日军，寻机报仇。

“风萧萧兮易水寒，壮士一去兮不复还。”信德刚把大车赶上官道，迎面就开来了一个中队的日军。

小鬼子见车上有烧酒、烧鸡，抢过来就要吃，但被中队长喝住了。这个鬼子走到信德跟前，用生硬的中国话说：“你的咪西，大大的咪西。”信德恭顺地点头说：“太君的咪西！太君的咪西！”

这个中队长突然抽出了战刀，架在了信德的脖子上，吼道：“你的先咪西，不咪西死拉、死拉的有。”信德打开了一篓酒，醇香四溢，又提溜过来一只烧鸡，香味撩人食欲。刚要吃，被这个中队长抢了过来。

信德一愣，然后平静地说：“太君的咪西，我的……”中队长摇了摇头：“我的拿，你的咪西。”

这个小鬼子围着大车转了一圈儿，然后拿下一篓酒、一只烧鸡，放到信德面前，说：“你的咪西，快快的咪西。”信德打开了酒坛，扯下了一个鸡腿，一边吃一边喝，脸上露出了得意之色。

鬼子中队长向他挑了一个大拇哥，说：“吆西！你的顶好的，顶好！”说罢向后一挥手，一百多个小鬼子扑了上来，打开酒篓，扯下烧鸡狼吞狗咽，把车上的酒和烧鸡来了个风卷残云。

信德腹中反应了，血往上撞。他一下子站了起来，向着正在整队的小鬼子一阵狂笑：“想开拔呀！晚啦。奔阴曹地府吧，阎王爷收你们这些两条腿的畜牲，去填十八层地狱。”

声还没落，鬼子中队长嚎的一声，冲着信德举起了大和刀。就在这一刹那，身子一歪，口吐鲜血倒了下去。信德又是一阵狂笑，大口的鲜血喷了出来。

可是他没有倒下，直挺挺地僵立了。他的背后是巍屹的长城，面前是一百多个倒在地上的日寇。

信德殉国的消息传到北平，各界人士举行了公祭，礼德和老伙收集他生前用过的物品，埋于陶然亭东岗上，立碑勒石，上书“国魂”二字。

“魂兮归来！”各界人士纷纷到国魂碑前凭吊、祭奠。桃李不言下自成蹊，东岗上留下了一条踏出来的路。路虽不宽，可毕竟是条路，而且是时人走出来的路。

31

不同的人走不同的路。科举仕途之路、经商致富之路、三十亩地一头牛之路、铤而走险之路、呼啸山林之路、升官发财之路、治国安邦之路、舍身求法之路、拼命硬干之路、救亡图存之路、卖国求荣之路、民族振兴之路、腐败死亡之路、苟且求安之路、达人达己之路、损人利己之路、损人损己之路……

每个人都有选择自己脚下之路的权力和自由，但供选择的时间不会太多了。一旦走上了自己所选择的路，是康庄大道、是光明的坦途，是人生的苦海、是地狱的磨难，能勇往直前、迷途知返，也能歧路不归、永劫不复。路在脚下延伸，车到山前必有路。

老伙选择的是仕途之路，一天晚上和礼德闲聊，有不胜感慨之叹，拍拍自己的警官服说："除了穿官衣的差事之外，我什么都干不了。说我是废物，我认头。也想干点儿别的，可没有能耐。就这样混吧，这也是没法子。论武，我上不了阵，带不了兵。论文，我去教个小学也得误人子弟。就只好穿这七个钮扣的衣裳。

"别说有能耐的人瞧不起我，就连我自个儿也瞧不起自个儿，这叫心里有个斤两尺寸，也叫有自知之明。"

礼德摇头表示不同意这种说法："'明'首先是明大义，其次是明事理。在军界里混时，你我干的都不是真正的实缺，说白了就是混个军饷。你到了警界之后，是实打实的督察官了。我看你办事是明大义、通事理。

"具体而言，你对管界内的东北流亡同胞总是多方照顾，对民众之事晓之以理，动之以情，不轻言法。在警界之中可以说是十分难得。"

老伙也摇了摇头，说："民族、民生、民权，都是个分内的事。镖行的人好说'受人钱财，与人消灾'。当警察的领薪、领饷，从前说吃皇粮，其实吃的是老百姓。扪心自问，怎么说也得办点儿正事儿。你的正事儿好说，就是测绘。我的正事儿就多了，办不完。有的能拖，有的不能拖。

"前天东北大学的学生来找我，说义勇军缺少武器，特别是短枪。我想咱俩手中的枪还有几把，你从云南带回来的两把自来得、张勋复辟时收了辫子兵一把巩县造的大号左轮，我从步军统领衙门要回来的一把自来得一把左轮，缴侯七的自来得，你送我的俄造左轮，你手里的两把大沽造，我手里也有一把大沽造，总共有十把短枪，我想一总捐给东北义勇军后援会。”

礼德点头说：“这是个好主意，不过你随身配的那把西班牙左轮不能捐，这把枪挺照眼的，突然没了能招事儿。”“十把枪是个整数，别闹个缺一。就把你从云南带回来的发令枪给我，这枪有个样儿，挺唬人。我往武装带上一别，要有人问起来，我就说换着玩玩儿。”

事儿就这么定了下来。两个多月后得到了回信，收枪的人是义德，他从两把自来得枪身上的云南新军标号上知道枪是礼德的，欣喜之下托人带回了一封信，信是用隐语写的：

诸兄同鉴：

别后匆匆未通音信，收到托人带来的十块大洋甚为欣慰。其中两块滇洋来自万里云南，触物思人，不胜感慨。这十块大洋可派上了用场，均用来买种子，开春后将扩大耕地。广种博收，秋天时定有余粮酿酒，与诸兄一醉。

代向会友同仁问好，愚弟虽然没在会友练过，和会友也是有缘有分。酿出好酒后，定邀会友诸兄一聚，同醉。

弟顿首

义德是东北义勇军的消息早就传开了，“十块大洋”可是个机密。不知是怎么回事儿，这事儿也传了出来。老伙是树大招风的人，平常武装带的半套上总别一把人见人爱的西班牙二号左轮。这枪不是署里发的，北平警官的配枪大多是汉阳造，警士的配枪大多是奉天造，老伙这把西班牙左轮挺照眼。私枪公带，在北平警官中本不足为怪，老伙的枪变成了个大家伙，挺唬势的，还是引了一些人的注意。

警界的人都耳朵长，他和会友的关系大家又都知道，所以很快就和“十块大洋”联系到了一起。有人直言相问，老伙坦然答道：“我老别着这么好的私枪，署里发公枪时怎么也分不到我的头上。我把西班牙左轮换了酒喝，下次发公枪时说什么也会有我一把。

“我手中要是有‘十块大洋’，也早倒腾出去了，等不到今天。你们别跟着瞎传，传出事儿来可害了我。”

有人要看看老伙的大家伙，老伙笑着拔了出来说：“这是一把法国军官的发令枪，看着有个样儿，挺唬人，可打的是纸筒的响弹，中国根本不用这玩意儿，也买不到纸筒响弹，就成了道具。我别着它是在街面上镇唬镇唬。”

大伙儿接过来一看全乐了。这枪的筒子老粗，当个道具都唬不住内行。老伙也笑了，说：“你们的嘴可严实点儿，别在外头信口开河，传出去让街面上的人笑话我不说，也跌了咱警界的份儿。”

礼德也听到老伙捐了“十块大洋”的消息，挺不放心。日本特务这么多，老伙可得小心点儿，于是把发令枪的弹槽进行了改装，能打五发自来得的子弹。弹头进入没有膛线的粗枪管后就开始晃动，能造成极大的杀伤力，可是打不了多远。

改装的活儿在测绘处的修理所就完成了，礼德告诫老伙说：“这枪五米内有准，十米内还能凑合，再远了可就难说了。不过打到人身上，就是饭碗大的一个洞，准没救。”

大嫂听了后也挺不放心，把藏在箱子里的大沽造拿了出来，交给了老伙说：“这枪是你送他的，他走了，你还是别上吧。处处小心点儿，日本浪人到处找茬儿，你是警官，他们不来明的，可会来暗的，来邪的。遇见事儿，这把枪能顶上用。”

老伙点头，把枪收了起来。

三天后老伙在虎坊桥义合斋有个饭局，回来晚了点儿，刚拐过太平桥，从道边的树丛中就蹿出了十来个日本浪人，手持倭刀，拦住了老伙的去路。这些人都穿着中国服装，为首的一个说着生硬的中国话：“我的，已经查清楚了，你们警察里就有我们的人。你把‘十块大洋’送到了满洲国，破坏皇军的王道乐土。我的要割去你的鼻子和耳朵，警告义勇军后援会的人。你的明白？”

老伙拔出了发令枪喝道：“快滚，不滚就撂了你。老子的枪可不吃素。”日本浪人一阵狂笑：“我的知道，你的枪是个道具，只能吓唬中国的老百姓。你的快快跪下，我的要惩罚反满抗日分子。

“我的知道，你的害怕的大大。你的跪下，我的饶你。不割你的鼻子，只割你的一个耳朵，你的明白？你要是合作的大大，就把刀扔过来，然后跪下，双手举起枪，我的给你照张相片，登在黑龙会的报上，我的、你的，朋友的大大，一个耳朵也不割。”

老伙笑了："黑龙会的人，我找了小两年，今儿算碰上了。"说着就解下了配刀，往脚前一扔，浪人们一齐冲过来捡刀。老伙在极近的距离内扣动了"发令枪"的扳机，五个浪人全倒下了。

剩下的掉头就跑，收住脚步后七个人调整成一个半圆阵，躬着腰，双手擎着倭刀围了上来。老伙扔了发令枪抽出了警刀，向浪人们招手："来呀！来呀！咱们过过招，练练刀。"

浪人们直起了腰，嚎了一声"八格压路!"就冲了过来。老伙从身后抽出了大沽造，撂倒了正面的三个，转身又撂倒了右边的一个，另一个的刀砍在老伙的左膀子上，与此同时，老伙的大沽造也让他的脑袋开了花。

老伙回身时，右边刺过来的倭刀捅到了他的肚子上，老伙对着这个浪人胸口就是两枪，两人全倒下了。就在这一刹那，老伙又坐了起来，对准逃跑的背后，连开了三枪。

老伙直挺挺地坐在了地上。

第二天早上，人们发现陶然亭东岸的路旁僵坐着一个警官的尸体，手里紧握着一把大沽造。中国警官握着中国兵工厂造的枪。在他面前歪七扭八地倒着十二具死尸，死尸边上扔着十二把倭刀——大和魂。死者的左胳膊上都刺着一条黑龙，身上没有任何可以标明身份的证件。

陶然亭事件立即轰动了全北平，可是当局严禁各报报道。日本领事馆也没有声张，好像根本没有这回事儿。

北平各界对老伙以公葬之仪葬于国魂碑旁，墓碑上只有两个字——"国殇"。世人称之为双忠坟。来祭奠的人相望于道，双忠坟前的路被踩得越来越宽。

32

"七七事变"爆发了，卢沟桥畔刀光血影，炮声隆隆。礼德得到通知，北平建设局测绘人员调往昆明，参加滇缅公路、滇缅铁路的测绘工作。

快马杨三的女儿正就读于南开大学，学校也要迁往昆明。姑姑不放心侄女，姐弟俩一商量，决定三口人一同去昆明，于是和礼德同行了。

行前杨三爷对老张头、双勺、大杖说："今年暑假不会有人来租房避暑了，要是有人来租，钱多钱少无所谓，别让房子空着。庚子年八国联军进了北京，先占的就是空房。”

七月二十九日，北平沦陷了。陶然亭的满湖荷花依然如旧，可是不见了游人。三合轩冷冷清清，双勺、大杖成了闲人。秋凉了，突然开来了一队日本宪兵，把杨三爷的两进四合院占了，当中队队部。

小鬼子强行进驻后的第一件事，就是捣毁了双忠坟。每天早上到湖边上跑一圈，一路之上嗷嗷怪叫。把遛早的、练功的全吓跑了。一天吹上四遍号，尤其是息灯号，怪瘆人的。

与鬼为邻，谁还敢到三合轩来喝茶、吃饭。双勺、大杖、大嫂三人一合计，这北京城是无法待了。大嫂决定带着一儿一女回檀营，双勺、大杖决定带着家小回三合镇。老张头执意让三个儿子赶车送他们。

张家哥儿仨回来后就傻了眼，马圈也让日本兵占了。里面放了五十多匹军马，老俩口被轰了出来，在南下坡搭了间棚子对付着住着，为的就是等着哥儿仨回来，一块儿回老家。

哥儿仨回来后对老张头说：“檀营也没法待了，密云城关外就驻扎着一个中队的鬼子。大嫂一家跟着双勺、大杖回了三合镇。三合镇的民众自卫团办得可真红火，山里建起了抗日民主政府，和鬼子干上了。

“听说咱们老家也开过来了八路军，鬼子根本不敢进山。三合镇属于冀东抗日根据地，咱们老家属于太行山抗日根据地。回老家去打鬼子，不在这儿受气。”

大嫂、双勺、大杖走了，老张头一家也走了。智德却来到陶然亭，在悲林禅院挂单。老方丈大为欢迎，僧人都跑光了，来了一个能帮他挑水扫院子的，当然是念声阿弥陀佛了。

从此以后，智德每天早上敲响晨钟，开始诵经，晚上打起暮鼓，按时夜课。经声法号绵远悠长，仿佛连通着另一个世界。

陶然亭畔多荒冢，鹦鹉冢、醉郭墓、高君宇墓、石评梅墓、国魂墓、国殇墓。仁德横死在镖路上，归葬于陶然亭。名妓赛金花是个有争议的人，陶然亭亦是她的永宅。

高君宇诗云：

我是火花，
我是宝剑。
我愿生如闪电之耀亮，
我愿死如慧星之迅忽。

国魂、国殇是国人对信德、老伙的公谥。火花、宝剑、耀亮、迅忽，双忠亦可当之。

石评梅的爱恨，香冢中怀才不遇的文稿，醉郭骂遍京城的郁愤，都留在了陶然亭畔。

赛金花的一生太奇了，也太邪了。有人骂她，有人感谢她，也有人恨她。她到底是什么人？如何评价她？对她来说已经毫无意义了。

墓、冢、坟中的人已经进入了永恒的梦乡，不会再醒了，属于另一个世界。如果慈悲禅林的晨钟暮鼓可以超度亡灵，逝者不会再轮回。如果能够感悟生者，整天听着晨钟暮鼓的日本兵就该脱下军装回老家了。

夜深了，鼓声响了，智德开始诵经。他现在是智德禅师，俗名、法号能够合一，是天缘？是佛根？佛门的真谛大悲无度、大爱无涯、大慈无类，但于罗汉而言，则是大恨难消、大愤难平。不论是智德还是智德禅师，京城镖梦早就醒了，但在佛门，他只能修成罗汉果。

鼓声又响了，这是一个暗号，一个黑影从房上轻轻地落到了地上。不知来者是何人，只见两人紧紧地拥抱在了一起。

末代镖师

第二部　横刀跃马

方　彪　著

學苑出版社

图书在版编目（CIP）数据

末代镖师. 第2部，横刀跃马 / 方彪著. —北京：学苑出版社，2015. 7

ISBN 978-7-5077-4805-5

Ⅰ. ①末… Ⅱ. ①方… Ⅲ. ①长篇小说-中国-当代
Ⅳ. ①I247. 5

中国版本图书馆 CIP 数据核字（2015）第 155392 号

出 版 人：孟　白
责任编辑：刘　丰
出版发行：学苑出版社
社　　址：北京市丰台区南方庄 2 号院 1 号楼　100079
网　　址：www. book001. com
电子信箱：xueyuanpress@163. com
经销电话：010-67601101（营销部）、67603091（总编室）
印 刷 厂：北京京华虎彩印刷有限公司
开本尺寸：787×1092　1/16
印　　张：53
字　　数：920 千字
版　　次：2015 年 9 月第 1 版
印　　次：2015 年 9 月第 1 次印刷
定　　价：120. 00 元（全三册）

目录

一、路漫漫——南征北伐

1

关义德走出天津日租界的段公馆大门时，就定下了和老师、总理、总长分道扬镳的大计。原打算的是重操旧业，回北京投会友镖局，没想到一进门，赶上的是会友的散伙宴。用孙大掌柜的话来说："这就是缘分，吃了这顿饭，走遍天涯海角也是会友的人。"

重操旧业是没望了，义德辞别了礼德、信德、老霍、快马杨三等人后，就径直奔了前门外的东车站。上哪去？不知道。干什么？心里也没有个数。只有一个信念——五尺高的汉子得往前闯。

步入售票厅后，在列车时刻表前查找出站的车次，打算哪趟车先发就坐哪趟车离开北京。还没有搞定车次，就听见一声"报告团长"！

义德回头一看，真是吃了一惊，是一营营副耿继忠。他身后站着的两个弟兄是司务张得功、司书赵柄仁。"你们怎么来北京了？"义德的双手抱住了耿继忠的肩膀。

耿继忠的眼睛湿了，低声说："真是关老爷护佑，我来找您，在车站就和您碰上了。这不是说话的地方，咱先得找个清静之处。"

"好！这儿我熟，到东河沿的福兴居找个雅座，有话从头说。"义德转身就把三个弟兄带出了火车站。

在福兴居的雅间坐定之后，耿继忠把事情的前前后后向义德说了一遍。说完了后低声咬着牙道："这个坏种没能把您置于死地，可是贼心不死，非要彻底搞掉一营。可又怕把弟兄们逼急了，跟他豁了，他就设下了这个套。"

"刘营长进了套后，就是浑身是嘴也说不清了。这通匪的罪名可非同一般，按照军法和惩办盗匪条例都是板上钉钉的死罪。

"赵旅长可真滑，他自己不沾手、不沾血，照您案子的方抓药，往上一推。这回更有说辞，就是事关地方，把案子移送给了河南督军署的军法处。

"督署也滑，犯不上掺和第七师的事，就把案子报给了陆军执法总监。明天这趟车就把刘营长解来，我们赶来找您……"

义德把自己在天津租界看守段公馆的事说了一遍，然后长叹一声道：

"我把日本监工打了个半死后，虽说不是通缉犯，也进不了陆军部的大门了。刘营长的事只能靠咱们自己，好在督署的解差不认识咱们，先到悦来旅店住下，一切听我安排。"

第二天早上，义德一行四人站在东车站的三站台上，静候着由郑州开来的6次列车。义德穿着中校呢子军装，武装带上的半套德造俾斯麦左轮特别照眼。在军界里混的人一眼就能看出来，能别上这把枪的人，来头可不小。

耿继忠是个上尉，武装带的半套上斜插着两把捷克自来得，人有个谱儿、枪有个样儿。张得功、赵柄仁都是上士军士长，身后背着德造的硬壳自来得。赵柄仁身上还背着一个军用公文包。

列车进站后旅客们都快走光了，才看见五个身穿陆军执法制服的军人解着一条大汉走下了车。这条汉子紫黑的脸膛，粗眉大眼，双目炯炯，透着一股正气、英气。身上的灰呢子军装虽被摘去了领章、肩章，可是军人气宇犹存。

耿继忠迎上去问道："你们是河南督署的吧？"身穿少校制服的军官看了看耿继忠左臂上的陆军部袖标，停下脚步答道："我们是河南督署军法处的，奉命到陆军执法总监部……"

义德迎上来说："奉陈总监之命，在此恭候了。"少校看了看义德肩上的参谋绥和武装带上的"俾斯麦"，不由得立正敬了个军礼。

义德握手道："陈总监接到赵旅长的电话，就派我们来接站。"这时赵柄仁打开了军用公文包，取出了执法总监部的行单：一式三份，关防、印章赫然醒目。自己先签了收联，请少校签了交联。

耿继忠上前一步说："犯官从现在起就由我们收押了。你们到北京后人生地不熟，这几天街面上挺乱，关外的奉军开来了一个混成旅，驻进了天坛。这些大楂子到处乱晃，步军统领衙门睁着眼睛不管。话说到这儿你们也就该明白了。"

少校点了点头，叫随行人员交出了械具上的钥匙。义德拍了他肩膀一下亲切地问道："赵督军没叫你们给部里的同仁带些问候吗？"

少校一愣，可是马上满脸堆笑地说："我们督帅请陈总监代向部里的各方面表示表示。河南是个穷省，不成敬意。"说着双手递上了一个信封。

义德接过打开一看，是一张一万元的通汇支票，于是也满脸堆笑地说："那我就代陈总监收了，在下是陈总监的侍从参谋林永忠。"说着掏出了一张陆军执法总监陈文运上将的名片，在名片后签下了林永忠代收五个字，把名片交给了少校："回去代陈总监向赵督军问好。公事办完了，在北京多住几天，我们陈总监要备点薄礼托诸位带回去，赵督帅可要笑纳啊。"

说罢回过来去吩咐耿继忠说："你给这几个弟兄找个地方住下，可别委屈了贵客，让陈总监没面子。"

耿继忠带着督署的五位军爷直奔八大胡同，住进了"春满楼"旅店。这家旅店可不一般，从匾名上一看，晓事的也就全明白了。临走时耿继忠对少校说："好好逛逛，天桥、珠市口、大栅栏、王府井……都别落下。过几天我来接你们，到旃檀寺军人俱乐部开开眼，那儿的女招待，可都是洋派的。"

说罢，往柜上扔了二百块大洋，说："可别慢待了，这几位是河南督署的贵客，都是踢得开、叫得响的主儿，伺候好了走时的赏银少不了。"

耿继忠回到悦来旅店后，见到刘冠三开口就叫营长，被义德制止了，说："从现在起都得改口，在外面我就是大掌柜，刘冠三就是二掌柜，你是三掌柜。得功是外柜上的伙计，柄仁是内柜上的伙计。今晚上车时都换上便衣。碰上军警检查，咱们就是陆军部的，外出有特殊的公干，得拿出点派来。

"我从段公馆出来时，各种盖了印章、关防的公文笺可没少拿，空白的官照、通行证也带了不少，别小看这些白纸，一张就把河南督军公署给打发了。"

耿继忠说："我把河南的军爷给稳住了，让这几块料在八大胡同作吧。等他们被逐出烟花巷时，咱们什么事都办妥了。我先到电话局要个长途电话，问问家兄的情况。"说完了转身就要走。

义德高声叫道："回来！电话里头一定要用暗语，得防着监听。""请大掌柜放心，暗语早就定好了。"说罢，耿继忠本能地又打了个立正，敬了个标准的军礼。

望着耿继忠的背影，刘冠三说："要没有继忠带着弟兄们硬顶硬扛，我也就到不了北京，在新乡就被就地正法了。"

义德听了后长叹一声："前年我被解到北京，还不到两年，你又被解到北京。这坏种和他姐夫想的是借刀杀人，看来这第七师是待不下去了。时逢乱世，这二尺半还不能脱。想干点事，手里就得有枪。"

刘冠三蓦地一下站了起来，说："把队伍拉到山西投阎锡山去。老西子和姓张的一向不对付，张敬尧总想凭着第七师的实力谋取山西的地盘。

把队伍拉过黄河，就进了山西地界，急行军也就是一天一夜的时间。

“前年我从北京回去后，以为您有段祺瑞这个靠山、我们有您罩着，这事也就齐了，没想到……”

听到这儿关义德摇了摇头：“张敬尧八面玲珑，跨着直皖两系，段祺瑞和冯国璋都拉他。我这回到了北京才闹明白了，姓赵的和姓张的是表兄弟，姓赵的娶的又是姓张的堂姐，那个坏种管姓赵的叫姐夫，管姓张的该叫……”

刘冠三也摇了摇头，说：“亲套亲，都把我套糊涂了。一句话，都是一个藤上的坏瓜，逼急了大不了是鱼死网破，来个同归于尽，我宰了这窝王八蛋。”

义德站了起来，示意刘冠三小声点。然后坐到了他的边上，小声说：“北洋军是完了，奉张、段皖投了日本人，直系的冯国璋、李纯靠着英国人、美国人。山东的田中玉、山西的阎锡山、河北的曹锟、河南的赵悌也都是半斤八两——不会干好事。

“要想干点正事，上对得起国家、下对得起民众，就得想办法到广东投孙中山，三民主义是救国之道，五权宪法看来可行。”

刘冠三点点头，低声说道：“投孙先生是条光明大道，可是到广东怎么个走法？中间隔着湖北、湖南，总不能飞过去。队伍拉不过去，两胳臂夹一个脑袋倒好过去，过去了又有什么用？耍光杆？咱们可都是带兵的，这八百多号人，全是生死弟兄……”

正说着，耿继忠跑了回来。刚要立正报告，就被刘冠三给拦住了。义德拉了张椅子让他坐下，说：“不着急，慢慢讲。”

耿继忠压低声音说：“报告大掌柜，和家里通上了电话，那坏种上了6次列车，今晚七点就到北京。上车前把后勤处的三万块大洋全给带上了，都是中交票。看来是要在北京大肆活动一下。只带了副官苟任仁，上车时两人全穿着便衣。”

义德笑了：“不是冤家不碰头，这两个小子来了，得好好接待一下，怎么说也是老交情了嘛。这就退房结账，走时换上便衣叫店家帮着叫马车，说是去八大胡同。”

五位“军爷”变成了五位“民爷”，登上了店家叫来的马车。车到前门火车站，义德拍了一块大洋给车把式，就带着一行人下了马车。

京汉线的站台上，挤满了接车的人。6次列车刚一停下，头等车厢里走下了两个五位“民爷”要接的人。这两块料穿得衣冠楚楚，都是爷字辈的打扮，径直走出了火车站，对站外等客的马车喊道："王寡妇斜街，楚云楼。"

义德笑了，对刘冠三说："十分钟后，咱俩也叫辆车奔楚云楼。"说罢转过身来对耿继忠说："买好回新乡的火车票，要今晚十点半钟那趟，二等车厢的。票买好后在正阳楼叫上一桌，多点几个菜，等着我们俩。"

两块料在楚云楼开了房间后，就靠在床上商量起坏主意。苟任仁直言道："前年把姓关的解来时，我原打算是半路上把他干掉，上报时来个'击毙夺枪犯'。没想到姓刘的向旅长请命，拿脑袋担保把姓关的解到执法总监部，旅长依了他。"

"这回他自个被督署解来了，团座只要把钱使到，准能一堂结案。在军法审判庭的西跨院，就地处决。姓关的想救他也晚了，只能收尸了……"

话还没落音，关义德、刘冠三就推门昂首而入。团座一下子就瘫在了床上，苟任仁本能地举起了双手，上牙打下牙地说："冤有主债有头，我是一个当副官的，可没坏过您的事。花团长让我干什么，我想不干行吗？

"您二位放我一条生路，他干的坏事和我无关。钱都在箱子里，我给您去拿。"说着，苟任仁就把两个箱子捧到了刘冠三的面前。

刘冠三没有伸手接箱子，而是趁苟任仁双手捧着箱子，下了他腰上的两把手枪。然后一脚把这小子踢翻在地上，微微一笑说："你这小子人不咋地，身上别的这两把枪可不错，西班牙蓝钢造，还是名牌斗牛士，我早就看上了。

"论玩枪，你差得远。你想趁我双手接过箱子时你出枪，这是穿开裆裤的小胖小想出的主意。"

苟任仁磕头如鸡啄米，刘冠三把两把斗牛士往腰里一插，说："你送我两把好枪，我就赏你个全尸吧。"说着拧住苟任仁的脑袋一转，连声儿都没出，这位副官就断了气。

瘫在床上的花团长已经尿了裤子，像一只躺在地上倒气的赖皮狗。义德冲他一笑说："你也跟他一块儿走吧，黄泉路上好有个照应。"花团长的嘴唇动了几下，突然坐了起来，两眼闪过一道贼光，又阴又冷，又生又险。抬起右手指着关义德说："你、你、你……"

义德这回真笑了起来，对这位花团长说："你是个左撇子，是不是想掏枪？"花团长翻身一滚，果然掏出了枪来，吼道："我叫你先死！"

花团长的枪口抖动得十分厉害，颇像武林人士抖花枪时的"金鸡乱点头”。义德蹲了下来，拍着他的脑袋说：“还等什么？开枪呀。”花团长的手臂向后连退了两下，无疑是用力狠扣扳机，可是枪没有响。这时他的魂已经吓飞了，左手臂不断地向后退，手指不断地扣扳机。枪不响，就一直重复地做着这一动作。

义德伸手把他的枪拿了过来，说：“告诉你吧，你的枪没有上顶膛火，响不了。”义德说些什么，这位花团长大概都不会听到了。即便听到了，也不可能做出反应。

刘冠三走过来，拍拍花团长的头说：“苟副官在等着团座。”随着刘冠三的手腕子一转，花团长的脖子嘎叭一声响，转了一个三百六十度的大弯，就一动也不动了。

义德看了看手中的勃朗宁，自言自语地说道：“1911 年式，美国陆军制式手枪。”说罢，把枪往上衣里一揣，对刘冠三说：“一点儿风也不能透。”刘冠三点了点头。

二人一笑，把两个死鬼抬上了床。然后把公文、证件、军用怀表、打火机等物品搜了个干干净净，没有留下任何可以标明身份的物品。给两个死鬼盖上被子，让他俩“安然入睡”，又仔细地检查了全屋，没有任何漏洞。义德满意地点点头说：“这个奇案就留给京师警察厅破吧。”说罢二人提起小箱子，从后窗户一跃而下，消失在黑暗的胡同之中。

正阳楼的包间里酒菜都上齐了，关义德、刘冠三一进门，耿继忠就站起来迎呼道：“大掌柜、二掌柜辛苦了，火车票已经买好了，晚上十点半开车。”

酒足饭饱之后，一行五人准时从东车站登上了开往汉口的 5 次列车。这时楚云楼可乱成了一团，当班的“茶壶”见两位客人老不出来“翻牌”，以为碰上了“童男子”，就打发姑娘进屋去亮亮相。

小玉、小兰推门进屋后见客人躺在床上蒙头大睡，就娇声嗲气地聊了起来，意在撩撩客人的听觉。小姐儿俩聊了一会儿见客人没有反应，掀开了被子伸手一摸，手一下子就缩了回来，低头一看，尖叫着就往外跑。

“茶壶”、“臭靴”们闻声冲进屋内，见两个客人直挺挺地躺在床上，一个脸煞白、一个脸蜡黄。伸手到鼻子前一试，早没气了。

老龟、老鸨也赶来了，几块料凑在一块合计了起来。这两个死鬼穿得挺体面，可是身上一光如洗，什么都没有留下。怎么死的不知道，什么身份不知道，要是报案，说不清也道不白。

不报案吧，人命关天；报案吧，且不说警察准敲竹杠，小报一登，谁还敢再到楚云楼来。再往坏处想，万一是个嫁祸的套儿……

想来想去，最好的办法是根本没有这回事。于是七手八脚地忙乎了起来，把两个死鬼往大麻袋里一装，乘着夜色弄到了陶然亭。往南大洼里一扔，京城奇案也就化为乌有。

2

第二天下午，火车到了新乡。义德一行五人一下火车，就发现站台上乱成了一团，由山西开来的一个旅正闹着要上车，说是奉陆军部的调令南征，要到汉口集结。军情十万火急，把车上的旅客全轰了下来，又强行挂上了几节货车，逼着站长马上开车。

站长吓得直摇手，结结巴巴地说："长官，这可不行。对面的 20 次还没有开过来，这列车只要一出站，就要迎面撞上……"

关义德和刘冠三交换了一下眼色，赶紧带着大伙离开了这是非之地。

一营的四个连长都穿着便衣在出站口候着，见面后上了马车直奔预先定下的新宾饭店。生死弟兄们见面后的第一句话就是："第七师不能待了，怎么办，听两位大哥的。"

义德站起来宣布说："现在的南北之争，是护法之战。当年袁逆称帝背叛了民国，故蔡将军首义云南兴兵护国。时下，北京政府废弃临时约法，孙中山先生在广州树起了护法的大旗。中华民国是民众之国，得行民主法统，废法就是叛国。

"北洋军中不但第七师不能待了，哪个师也没法干，军人的天职是抗外侮为国干城，平内患除暴安良。北京政府先签亡国灭种的二十一条，后签卖国卖身的中日陆军协定。对外卖国求荣，对内鱼肉民众……

"孙中山先生提出民族、民权、民生之说。对外要废除不平等条约，争国权；对内要实行平均地权，节制资本为民造福。只有三民主义才能救中国！愿意上广东投孙先生的跟我走，不愿意去的也不强求。"

说着，关义德打开了两个小箱子。"这两箱子中交票都是咱们团的军饷，姓花的花心更黑心，全给卷走了。我和刘营长给劫了回来。一箱子用于南征，当军费；一箱子发给不愿意去的弟兄，算是遣散费。"

关义德的话一落音，一连长就站起来说："一连的弟兄没有孬种，都南下护法。刀尖上滚过来的人都知道，没了枪，什么也干不成。回家种地先不说家里有地种没有，世道乱成这样，能安安稳稳地种吗……"

一连长的话还没说完，二连长、三连长、机炮连长都站了起来，一齐说："附议！"

关义德、刘冠三四目相视，露出了赞许的目光。义德站起来郑重宣布："从现在起，咱们的番号就是陆军部南征先遣队。一连是督战队，二连是疆界局测绘队，三连、机炮连是行辕卫队。督署军法处的几块料粘在了八大胡同，咱们三天内出发，绝不会有问题。"

三天后，义德和耿继忠带着四名卫兵出现在新乡火车站的站长办公室。进门后耿继忠把陆军部的公文往站长办公桌上一拍，关义德官腔十足地发了话："本部在新乡集结已毕，奉部令南下到汉口执行军务。烦贵站立即安排车皮，军情十万火急，刻不容缓，如有耽误，军法从事。"

站长捧着陆军部的公文哆哩哆嗦地说："小站不是编组枢纽，调不来车皮。停在站上的几节是驻洛阳的第五师订下来的……"

耿继忠把桌子一拍，指着站长捧在手中的公文喝道："你敢违抗部令，有几个脑袋？第五师怎样！他们来了你拿出部令，我不信他第五师敢放个屁。这部令是段总长亲署的，违者就地正法。"

站长乖乖地调出了四节车皮，列车一声长鸣向汉口驰去。车到汉口站后站台上乱成了一团，太原开来的晋军、保定开来的直军、济南开来的鲁军都挤到了一块，操着不同的口音骂大街。

义德还是轻车走旧道，凭着陆军部的公文在军运处弄到了四节由武昌开往岳阳的车皮。四个连八百多号人挤上了渡轮，在龟山脚下横渡长江，上岸后直奔武昌车站。

进站后看见一队楚军正下车，义德心里很奇怪，湖北督军王占元的部队是南征的主力，怎么往回撤？眼下管不了这么多事，赶紧指挥着自己的部队上车。

第二天一早，火车到了岳阳。车站上冷冷清清，义德到军运处一打听，值班的军官说："曹锟、吴佩孚、王占元通电主张和广东讲和。第十六混成旅在常德宣布自主。

"冯玉祥这小子真绝，一个小旅长，这胆子也忒大了。他在四川敢通电反对袁大总统，在常德又敢宣布自主，这自主和独立也差不了多少。'半斤对七两九，差点就平啦'。冯玉祥这一闹，调去打长沙的楚军就连夜退了回来。汉口火车站堆着的直军、晋军、鲁军，谁爱上就上吧。”

听到这儿，义德急中生智把桌子一拍：“军令如山，军法无情，马二蛋子敢自主，我就把他解回北京。”

说罢，出示了陆军总长段祺瑞、执法总监陈文运的手令，说：“先遣队的主要职责就是督战，凡敢抗令者立斩。你给我调船，我这就去常德，我倒要见识见识这个冯玉祥。”

军运处主任是个少校，可年近五十，干了三十多年的军务。冲义德哂尔一笑，拖着官腔官调道：“你老弟真是胆识过人，豪气慑人。总长、总监选将有慧眼呀。船在码头上停着几条，您要是现在就上船，我这就下调令。”

少校先生拿起了电话：“接军运码头。”义德高声说：“要快！兵贵神速。”下达完调令之后，义德向这位主任拱手道：“谢啦！”

少校摇摇头，又哂尔一笑：“老弟！请到岳阳楼的四号码头登船。我在这儿候着，您要是能回来，我立即调车皮，就怕……”

义德也笑了：“就怕什么?”“就怕出了北京城，手令不如手枪好使。第十六混成旅有小一万人，冯玉祥可不是省油的灯。”说着，少校先生又打开手令看了看。看时手抖了一下，但马上又平静了下来。对义德说：“弟兄们还没有吃饭吧，我安排一下，吃过午饭后再上船……”一边说着，一边就向后屋走。

义德拍了这个少校的肩膀一下说：“看出来了，是黑盖红也没有什么关系，你老兄即然知道手枪比手令管用，现在手枪可就在我的手里，我的手枪可从不吃素，也不认人。

“这年头是多一事不如少一事，劳而无功的事可不能干。我看吃饭的事就免了，别把老命给赔上。我给您指条生路，就当我们没来过，总长、总监的‘手令’你也没见过。我们上船后你上报就说第十六混成旅的一个加强营强行登船去了常德。

“你们王督军也是明白人，不会和冯旅长较真，也就不会怪罪你这个军运主任。”说完后义德拍了拍武装带上的“俾斯麦”，少校先生连连点头表示明白，赔着笑脸说：“您的军务忙，这吃饭就免了。我送您上船，这账全记在冯玉祥身上。”

到了四号码头，刘冠三忙着指挥部队登船。义德站在岳阳楼前，望着水天一色的洞庭湖，“先天下之忧而忧，后天下之乐而乐”的情怀油然而兴，不由得脱口吟道：

为国干城胆气豪，除暴安良刀出鞘。
何日九州成一统，要向列强讨公道。

常德武庙的西配殿里，第十六混成旅旅长冯玉祥正给关义德一行接风。连干了几杯老白酒后，冯玉祥长叹一声："前天，大总统冯国璋突然调一旅精兵为护卫，乘火车沿津浦线南下。名为巡视江南防务，实则意在回到南京的老地盘，摆脱京津地区参战军的控制，然后宣布与广东言和。

"冯大总统一离京，直系的直隶督军曹锟、湖北督军王占元、江西督军陈光远、江苏督军李纯就通电主和。我的防区与湘军犬牙交错，早暗中达成了停火协议。在武力统一与和平统一之间，我支持和平统一。宣布自主，是表示第十六混成旅绝不再打内战。

"对孙中山先生的三民主义、五权宪法、建国方略早是想往已久，若能行之，全国民众甚幸。走向和平统一的第一步，是南北共同遵守临时约法。可是昨天政局突变，冯大总统的专列在蚌埠被皖军倪嗣冲部所阻，折回了北京。段总理率全体阁员到火车站迎接，见面后甚洽。冯、段达成了新的协议后，督军、师长们又纷纷主张武力统一。

"第七师师长张敬尧被任命为湖南督军，已由河南挥师南下。吴光新率参战军新编成的四个混成旅紧随第七师南下。战事已是不可避免。

"第十六混成旅在这种形势下难有所为，对老弟赴广东之举我是由衷的敬佩。在张敬尧到达之前，十六旅和湘军的停火协议尚可维持。老弟由我的防区进入湘军程潜部的防区，按预定的路线走，不会有任何问题。

"今晚的接风，也就算是送行了。到广州后如能见到孙中山先生，一定要替我致意，就说冯玉祥是三民主义的信徒……"

终席之时，义德请冯玉祥题字留念。冯哈哈大笑："人说我的诗是丘八诗、字是丘八字。今日是丘八对丘八，也算是遇了知音。"说罢，挥毫泼墨成一联：

铁肩担道义，和平统一中国。
军刀著春秋，炎黄子孙崛起。

书罢，将如椽大笔递给了义德，说："也给我留个念想吧。"

义德接过了笔，拱手道了声献丑。乘着几分酒意，浓墨重笔，大书：

生是男儿志不挠，南征路上遇英曹。
九州山河一统日，军刀向洋论真刀。

冯玉祥读罢连声叫好，双手抱住义德的肩头，说：“能成此诗，真军人也！”

3

关义德率所部按照冯玉祥的安排，顺利地进入了湘军的防区，程潜代表广东政府表示欢迎。部队到达韶关时，孙中山先生派参军叶廷前来迎接。令义德感到意外的是部队到达广州的当天，孙中山先生即检阅了全营官兵。

孙先生握着义德的手说：“河南地处北洋军的腹地，可是革命志士层出不迭。三个月前樊钟秀部冲破层层险阻到达了广州，今日又目睹了你所率的八百健儿。中州大地确实是地灵人杰。”

在阅兵场上当即宣布，部队的番号为总统府警卫军二团，关义德为上校团长，刘冠三为中校副团长，耿继忠为少校团副。四个连长均晋升为营长，全团进驻总统府。

警卫军一团团长系参军叶廷的兼职，第二天早上，侍卫长马骧、一团团长叶廷陪着义德在总统府内外转了一圈。多年的军人生涯，义德形成了思危的心理，直言对侍卫长说：“总统府的四角应加盖四个角堡，最好是上下两层的暗堡。各配备两挺轻机枪，以便形成上下交叉的火力。西北角的水塔和中轴线上的共和楼是制高点，可各配一挺重机枪，其火力可控制周边地区并封锁进入总统府的通道。我团机炮营的两门六零炮，架在共和楼的顶上……”

马侍卫长对义德所言不断地点头，连声说：“就这么办吧，最好今天下午各火力点的配备就能到位。库房里有许多麻袋，一会儿我陪你领出来……”

叶廷看义德脸上有些困惑，长叹了一声说：“二团的弟兄们由河南转战到了广州，本应好好休整些日子，可是近来局势不稳，可能有突发之变。近人不说远话，关团长只能多辛苦了……”

叶廷的话还没有说完，马骧就拉住二人的手说：“孙先生的安危，全靠二位团长了。海军各舰已做好了应变的准备。警卫军的两个团，实际上是两个加强营。一团的弟兄们都是广东人，地熟人灵，就担任外围的警戒，二团的弟兄们都是北方人，初来乍到，人地两生，就负责总统府内的守备吧。两团同心，这一千多人枪……”

麻包装上沙土是最好的掩体，下午四点多钟各火力点的配备全部到位。马侍卫长和两位团长对每个战位进行了巡视，均感到很满意。叶廷拍着架在共和楼顶上的六零炮说：“但愿它只用在北伐的战场上。”马骧苦笑了一下，什么也没有说。

入夜了，孙中山先生亲自登上了共和楼，和义德握手道：“拜托了！”义德立正答道：“誓与总统府共存亡！”

孙中山摇了摇头，严肃地说：“不！革命需要同志们。面对着强敌不做不必要的牺牲，海军开进珠江口后，你们就撤到船上。”

凭着军人的直觉，义德感到今晚必然要有一场恶战，于是本能地伸手拔出了背后的大刀。这把刀跟着他南征北战，打遍了大半个中国。刀刚出鞘，夜空中传来了刺耳的撕裂声。

义德对这种声音太熟悉了，这是大口径山炮远距离射击所形成的“声哨”，而且这发炮弹是对准了总统府打来的。

面对着大口径的远射炮，战刀太苍白了。就在义德收刀的刹那，炮弹落在了共和楼前的空地上，把喷水池炸飞了。但第二发炮弹没有紧接着飞来。一分多钟后，第二发炮弹落在了西北角的水塔旁，把水塔的钢架子轰歪了。

关义德明白了，这门远距离射击的大口径山炮，正按照观测点的通报调整标尺，第三发炮弹将准确地落在共和楼上。自己的火力配备完全失败了。

紧急转移共和楼顶上的重机枪和六零炮，已经来不及了。就在这时，停泊在珠江口外海琛舰的前主炮响了，远距离轰击总统府的山炮没能射出第三发炮弹，看来是被舰炮打掉了。

刚松了一口气，总统府大门前的通道上就开来了三辆装甲汽车，后面跟着一个步兵团。义德果断地命令，六零炮对准第一辆装甲汽车打拦头弹，意在破坏它的发动机。

六零炮响了，第一发炮弹落在了第一辆装甲汽车的顶上。六零炮的威力有限，未能造成太大的破坏。装甲汽车上的重机枪射击塔对准共和楼开了火。

紧接着第二发、第三发炮弹，落在了第二辆装甲汽车的左侧，车身一歪，无疑是车被打爆了。第三辆装甲汽车未能及时刹车，撞到了第二辆装甲汽车的尾部。追尾后第二辆装甲汽车左侧车轮陷入路旁的水沟中，右侧车轮转起了空轮。

第三辆装甲汽车猛地倒车，企图从第二辆车的右侧冲过，由于道儿窄，挤到了一块儿，被迫停了下来，看来是别上了，卡得挺死。

第一辆装甲汽车这时已撞开了总统府的大门，冲到了共和楼前。车上的一挺重机枪、两挺轻机枪对准了一楼、二楼的窗口疯狂地开了火，三条火龙把守军压得抬不起头来。

两辆别在一起卡死了的装甲汽车，这时也调整了部署，充当了机关枪的射击阵地。车上的两挺重机枪、四挺轻机枪对准了共和楼的四层、五层进行火力封锁。只有三楼的窗口是死角，有一挺轻机枪还在对外射击。

跟在装甲汽车后面的步兵一拥而上，像潮水一样涌进了总统府的大门。步兵一到，第一辆装甲汽车像中了邪一样，向后猛一倒车，然后开足马力冲向了共和楼的台阶，企图把楼门撞开。

就在这千钧一发的时刻，三楼的一个窗口把一桶汽油对准了装甲汽车的顶上倒了下来。装甲汽车变成了一个火球，调头向总统府的大门外逃去。

火球从顺着通道冲上来的步兵身上轧过，撞出了一条火胡同，一直撞到了别在一起卡死了的两辆装甲汽车上，三辆车同时爆炸了。

失去了装甲汽车火力支援的步兵，顿时成了共和楼上轻、重机枪的靶子，像潮水一样地退了下来。可是双方的兵力对比毕竟是一个团对一个营，叛军很快就调整了部署，把所有的轻、重机枪都调到了共和楼对面的建筑物里，组成了强大的火力网，压制住了共和楼上的火力点。

这时，叛军的步兵以多路分进为队形，再次攻进了总统府的大门。出乎交战双方意料之外的是，被轰歪了的水塔上，突然轻、重机枪全响了。

水塔歪斜的角度，形成了一个理想的射击角。一挺重机枪、两起轻机枪所形成的交叉火力，正好覆盖了共和楼前的叛军。在突然的致命打击下，进攻者乱了阵脚，又一次像潮水一样地退下了。

夜幕下死静死静的，这是决战前的寂静了。义德和冠三合计了一下，决定调整部署，以便充分发挥步枪的射击效果，同时也便于大刀队进行突击。

刚部署完毕，总统府西侧街道上枪声响成一片，叶廷兴冲冲地跑到了共和楼对义德说："关团长，一团已经打开了一条通道，并守住了街侧路口的阵地。孙先生在侍卫排的保护下转移了出去，估计现在已经登上了永丰舰。二团赶紧退出战斗，向西侧的街区转进……"

叶廷的话还没有落音，叛军突然从总统府前的民房里一跃而出，用猛、突、速的进攻战术冲进了总统府。刘冠三果断地说："我带着大刀队把这群浑蛋压下去，你们先撤！"

说罢，抽出了背后的大刀，大吼一声："大刀队跟我上！"在一线待命的大刀队齐声喊："杀！"跟着副团长冲了上去。

共和楼前杀声震耳，刀枪的碰击声、呐喊声、吼叫声连成了一片。刀光血影，战斗异常惨烈。白刃格斗中，双方很难脱离接触，叶廷急得直跺脚，对义德说："关团长！得想办法让部队先撤下来。"

义德坚决地说："叶团长！你先撤。不把叛军压下去，部队不可能撤出战斗。"

共和楼前的厮杀正胜负难分，叛军的背后传来了隆隆的舰炮声，而且越来越近。小口径的速射炮也开了火，叛军怕被抄了后路，不顾一切地撤出了战斗。

叶廷再次向义德高喊："撤！"在撤往江岸的途中，义德命令耿继忠率全体轻机枪射手组成后卫队，掩护大刀队撤退。

叶廷坚决地说："不用！我下了死命令，二团登上永丰舰之前，一团的后卫部队和两侧的阻击部队不后撤半步，一定要确保二团全员登舰，一个伤员也不许丢下。"

义德恳切地说："孙先生身边不能没人，这儿的事就交给我了……"叶廷坚决地说："孙先生身边有马侍卫长，二团不全员登舰，我不能撤！"

正说着，大刀队撤了下来。一营长张绍武背着一个伤员走在前头。义德一愣，就迎了上去，叶廷也跟了上去。

一营长背的这个伤员是副团长刘冠三，营副谭大魁见了义德后喊了一声："报告团长，刘副团长不行了，中了两枪……"

叶廷高声喊道："快登舰！舰上有军医。"转过身来后对义德和耿继忠说："抢救伤员要紧，你们赶紧登舰，这儿的事就交给我了。"

军医检查了刘冠三的两处枪伤后，摇了摇头说："打一针强心针，这个伤员或许能说出几句话，交代一下后事。”一针打下去后，刘冠三睁开了眼睛，拉住了关义德、耿继忠的手说：“跟着中山先生，是条正道。以后八百多名弟兄，就全靠你们俩了。我死在舰上，就是和大海有缘，就按照海军的军规、军仪海葬吧。”说完了后，就闭上了眼睛，松开了手。

耿继忠扑到刘冠三的身上放声大哭。义德把他扶了起来，说：“军人不哭、不落泪。”可是，自己的热泪却夺眶而出。

军医官用一张白布单覆盖了刘冠三。叶廷对着这位英勇牺牲的副团长敬了一个标准的军礼，然后转过身来对义德说：“刘副团长是陆军的殉国英雄，应该按陆军的军规、军仪进行安葬，这件事就交给我吧。”

这时孙中山先生在林舰长的陪同下走了进来，向刘冠三的遗体深深地鞠了三躬。然后郑重地对林舰长说：“要安排好陆军弟兄们，尽量满足他们的要求。”

林舰长面有难色，立正敬礼道：“永丰舰是条八百多吨的小舰，一千多名陆军弟兄们登舰后实难安排。就是饮水，也解决不了。”

叶廷立即打了一个立正，斩钉截铁地说：“一团的弟兄都是广东人，地熟人灵，可在天亮前找一个适当的地点登陆，上岸后设法避开陈逆的队伍，潜师进入许崇智军长的防区。”

义德听了后也打了一个立正：“报告总统，警卫军是一个整体，二团愿随一团行动。”中山先生用赞许的目光看了看两位团长，又看了看舰长，林舰长低头不语。

孙中山先生缓缓地说：“有什么建议就说吧。”

林舰长立正敬礼道：“报告总统，包老先生的民生轮已由香港起程，估计天亮后可与我舰会合。在天亮前一团可以在长滩登陆，那里的海岸很曲折，离许部较近，陈逆没有多少部队防守。登陆后一团可潜师进入许军长的防区，如与陈逆的部队遭遇，也可强行突进许军长的防区。

“二团可转移到民生轮上，该船排水量有七千多吨，系客货两用船，包老先生总会有办法安置这八百多号陆军弟兄。”孙中山点点头，表示同意。

永丰舰驶出虎门之后，即在长滩靠岸。叶廷率一团官兵开始登陆，部队全部上岸之后，海军和二团举行了一个简单、庄重的军仪，目送刘冠三的遗体上岸。孙中山先生向着刘冠三的遗体，深深地鞠了一躬。

叶廷亲自护卫着刘冠三的遗体离舰，和义德握手道别时，又敬了个军礼说：“请放心，我以军人的名誉保证，刘副团长的遗体将按照陆军的军规、军仪隆重礼葬。”

义德立正还了一个标准的军礼，说：“同志不言谢！”

大家站在甲板上目送着一团的背影，一个海军参谋向林舰长递上了刚译出来的电报。林舰长看了后精神一振，大声禀告道：“报告总统，包老先生在民生轮上，孙科同志也在民生轮上。孙科同志从檀香山刚回到香港，接到陈逆叛乱的消息后就和包老先生一同登上了民生轮。按现在的航速，明早七时我舰可与民生轮并舷。”

在珠江口外的海面上，永丰舰和民生轮并舷了。包老先生年事已高，孙中山执意登上了民生轮，马骧、义德紧随其后。

见面后包老先生执孙中山的手说：“逸仙受惊了，此次上海之行，即便没有陈逆之变，我也要在广州停船。一来要和你谈谈港、省两地的大事，二来民生轮上载有海外同胞捐送的物资……”

中山先生道：“危难之中见深情。”听到“见深情”这三个字孙科愤然道：“您让我从檀香山赶回来，原是应段祺瑞之子段宏业之邀，与张作霖之子张学良、卢嘉川之子卢小川到杭州一聚，共商组织反直同盟。可我登上民生轮之前接到段宏业的急电，说什么‘家母身体欠安，得尽床前之孝’，不能来了，‘他日改在天津一聚’，时间还得由他定，真是乘人之危，高抬身价，叫我登门拜谒。”

孙中山先生很平静，说：“段宏业不到杭州，你和张学良、卢小川亦可一聚，反直同盟系重要之事。直系魁首冯国璋、曹锟和广西督军陆荣廷、云南督军唐继尧有呼应之趋，我则与奉张联手……”

义德听了后郑重言道：“报告总统，关义德深知段宏业之为人，实不堪与谋大事。张学良、卢小川均多次到过天津。卢公子系纨绔子弟，有捧坤角之癖，在风月场上尽显风头。张学良颇有军人气概，我曾随段宏业到滦州检阅过他的独立混成旅。

“人全说东北军都是喝大碴子长大的——清一色的老奉天，可是张学良旅的炮兵团长是安徽人，骑兵营长是宁夏人，三个步兵团长只有一个是东北人，旅部的参谋长是浙江人。全旅官兵均听由北大请来的教授讲述您的三民主义……”

孙科听到这儿感到很惊讶：“东北军也知道三民主义，我会晤这位少帅也就不虚此行了。你既然对他这么了解，就和我一起赴杭州。”

听到这里，孙中山点了点头说：“关义德同志可与你同行。”说罢，转过身来对义德说：“我和林舰长商议过，一团上岸之后，二团仍然难于留在舰上。民生轮的航线系取道广州赴上海，就烦包老先生通知船长，在杭州湾停船靠岸。你的队伍可随孙科同志一起上岸，略事休整后取道江苏、安徽，返回豫西，设法和樊钟秀的建国军会合，或西入陕西，和于右任的靖国军会合。

“如两部均联系不上，你就设法在河南打开一个独立的局面。我给卢督军写一封亲笔信，请他协助你北返河南。”

说罢，孙中山提笔写了一道手谕：

兹委任关义德同志为建国军第一混成旅少将旅长，率部北返。在敌后展开活动的过程中，可便宜行事。

孙文手启

义德立正，双手接过。孙先生执其手说：“民生轮上侨胞所捐送的物资，全数拨给你。任重道远，以后就凭自己闯了。回到河南后地熟人灵，事在人为。于右任同志、樊钟秀同志能在陕西、河南立足，我相信你也行。

“你们都打开局面后，就能形成南北呼应之势，夹击盘踞在长江流域、黄河流域的北洋军。这些穷兵黩武之侪，均是袁世凯的余孽。”

义德立正挺胸敬礼：“绝不辜负先生的信任。”这时包老先生站了起来言道：“北返的最佳途径是由宁波乘英国的怡和轮、美国的花旗轮进入长江，溯江西上。江苏督军李纯、江西督军陈光远、湖北督军王占元见了挂米字旗、星条旗的外轮，绝不敢上船检查。

“船过武汉、沙市之后，找个小码头上岸。由鄂西山区进入豫西山区。鄂豫交界的山区多由地方势力所控制，打出过境客军的旗号，就不会和土皇帝发生冲突……”

孙中山听了后首肯，义德立正敬礼道：“谢包老先生点拨。”包兆隆长叹一声：“国家如此，只能如此。你到宁波后休整一下队伍，上外轮的事由我安排。”

义德从随身公文包中取出了盖有陆军部关防、印信的空白公文，双手递给了包兆隆，说：“定外轮时或许用得上，就说我们是陆军部疆界局的测绘营，奉命实测长江北岸湖北段……”

包兆隆见了“公文”后连声说：“太好了！外国人最讲手续，有了这纸公文，雇花旗公司轮船的事就板上钉钉了。”

诸事定下来后孙先生和大家道别，握手时义德说了一声：“总统多保重!”中山先生坚定地说：“大家请放心，只要海军坚持在珠江口一带游弋，就会给陈逆造成压力，给许部的续集、滇军的驰援争取到时间……”

目送中山先生回到永丰舰之后，义德和海外华侨后援会的干事们办理了领取军用物资的手续。一看明细表，真是一愣：

捷克式轻机枪 AN－4 式六十挺
意大利式手提机关枪 NS 式八十挺
德造自来得手枪 K1912 式一千把
八零迫击炮 GSI 式三门
六零迫击炮 CNK－1 式六门
通讯电话器材十箱（旅级配制）
医疗器械、药品十二箱（旅级配制）
军装三千套、军靴三千双

耿继忠乐得嘴都合不上了，高声喊道：“真是鸟枪换炮了!”

孙科没见过张学良，在民生轮上不断地向义德询问这位少帅的性格和爱好。义德不假思索地回答道：“年少气豪，为人直爽。胸有大志，愿交四海之友。是东北讲武堂的优等毕业生，颇有军人素质。身为少帅，不为少东，但终是少帅。豪爽之中难免有冲动之举，称之为好争胜亦可，为人仗义疏财，也可以说是挥金如土。”

孙科长叹一声：“国人称我与段宏业、张学良、卢小川为‘四公子’。于才姑且不论，于财我对张学良是避之三舍。

“此次‘四公子’会议变成了‘三公子’会议，我和卢小川见过两面，和张学良系初会。若能组成反直三角同盟也就不虚此行了。到杭州后……”

义德直言道：“卢嘉川是皖系的中坚分子，段宏业不来，卢小川恐怕也就言虚不言实了。直奉矛盾很深，张学良为人坦诚，虚实之际，言实不言虚。”

孙科听了不断地点头，最后长长地嘘了一口气，说：“不论奉系还是皖系，均是凭枪说话的军阀。和军阀打交道，讲的是实力、实利。陈逆之变，让我难言实了。”

义德、孙科的话皆言中了。三公子相见之后，卢小川只言情场风月，不谈政坛风云，拉着孙科、张学良游西湖品龙井茶，吃楼外楼，听越女清音，兴致勃勃地说：“游遍杭州，走马观花得十天半月。入微入韵，一个月也难得真境，真境之中首属花境，老成如杜工部，也知道‘越女天下白’……我叫副官处安排了日程，两位老哥慢慢地品吧。”

张学良则直言，只要广东、浙江出师北伐，奉军就入关直取北京、天津，然后沿京汉、津浦铁路南下。

孙科的处境甚是尴尬，此时陈炯明已经完全控制了广州，孙中山被迫回到了上海，发表宣言，指责“南北军阀，系一丘之貉”。孙科即借赴俄留学为名，亦回上海。

张学良表示要在杭州一带好好玩玩，多饱饱眼福、口福。用意是和卢小川多接触接触，希冀达成夹击直军的协议。

义德的“第一混成旅”一直在宁波候船，驻在城东的一所兵营里。张学良表示要看看这支远征军，“替家父表表心意”。

卢小川不想和奉军达成具体的军事协议，借故没有陪同前往，叫副官处派车把张学良、关义德送到了宁波，住进了东海宾馆。

义德以最高的军仪接待了张学良，检阅了部队之后，进行了实弹射击。耿继忠是炮兵出身，用在永丰舰上领到的 CNK－1 式六零炮大显身手，三发全部命中。

张学良拍着他的肩膀说：“好样的！将来中国有了炮兵学院，你准是射击课程的教官。”义德在旁边说：“少帅旅里的炮兵团，才是真正的炮兵。野炮、山炮、迫击炮俱全。”张学良笑了：“就没有这样的神炮手。”

这时值星营长前来报告：“全团集合完毕。”义德请张学良训话。这位少帅摆了摆手说：“免！弟兄们辛苦了半天，就早点休息吧。大块肉、大碗酒我没准备，就一人发两块钱，算是犒劳。下午没事，你陪我去雪窦寺一游，好轻松轻松。”

轻装简从，是张学良的一贯作风。在奉天、北京、天津等地外出，大多是自己开车。如无公事，连副官也不带。此次游雪窦寺，亦只有副官张万青相随。

张学良和义德边走边聊，虽是并肩，义德有意识地后少帅半步。快到山门了，游寺的、进香的络绎不绝。张学良回头对跟在身后的副官说：“入乡随俗，既入释门之地，就得敬佛、礼佛，你去安排一下，替我上炷香。”张万青跑步进入了雪窦寺，找知客去上香。

步入山门时，义德突然横空跃起，双手接住了两只由前方甩来的飞镖。可是不见刺客，只见义德冲向一个挎着竹篮的妇人。这个妇人突然回头，用一柄匕首猛刺过来，义德闪身躲过。

这时枪响了，这个“妇人”前胸中了两弹，倒下了。义德扯下了“她”的头饰，原来是一条壮汉，开枪的人是张学良。

此时游客、香客惊呼四散，张万青从山门里冲了出来，张学良示意他收枪。三人拉开了距离，成三点面，离开了雪窦寺前的香道，驱车回宁波。

警察署长、镇守使赶到东海宾馆告罪，张学良平静地一笑说：“刺客已被击毙，此事不必声张，也不必向杭州报告，免得打扰卢督帅。”

署长、镇守使走后，义德接到包老先生的电报：“花旗公司远东号客货两用轮已从香港起程，赴湖北宜昌港。现航行在舟山海域，明日中午可抵宁波，做好登轮准备。”

张学良得知后对义德说：“你们上船，我也上船，我已叫张万青买好了由宁波开往天津的船票，法轮马塞号下午四点开船。”

说罢，取出一个大皮包，里面是五万元的中交票。对义德说：“你收着，路上用得着。遇上了困难，能打我的旗号就打我的旗号。我的这几张对外使用的名片，或许能用上。这两张是对内使用的名片，跟奉军打交道时用。”

说完后，从上衣内掏出一把勃朗宁：“这把枪是比利时卡尔兵工厂造，1913 年式。别看枪小，准确性极强，杀伤力极大。刺客就是被它击毙的，这把枪就送给你留个念想。你的相救之恩我不言报，你我都是军人，就共报国家吧。”

义德立正敬礼，双手把枪接过。

第二天下午卢小川赶到了宁波，此时张学良、关义德均已在海轮之上。远东号驶进长江口后，经镇江、南京、安庆到达了武汉，在汉口码头停船后又溯江西上。

4

船过沙市后义德突然听到舱口传来了争吵声：“镇帅有令，全船缉拿做案的小绺。逐舱逐个细搜，不得有遗漏。”“你敢闯陆军部的包舱，长了几个脑袋?”“两条膀子上夹着一个脑袋，可手里的家伙不吃素。”“你手里的家伙不吃素，我手里的家伙也开过荤。” “过了沙市就是我们的地盘……”“到哪也得听陆军部的，镇守使一边站着去。先递上手本……”这是值星连长李保国的声音，嗓门提得挺高，有意让舱内听到。

“你不提陆巡捕还好，这陆巡捕的包舱我是查定了。”“你敢?”“你看我敢不敢。在归州镇的防区内，还没有我胡副官不敢查的地方!”“你敢闯陆军部的包舱，进去后就别想出来，我下你的枪，解你去执法总监部。”

“这可不是汉口租界，谁的地盘谁是爷。我这玩意儿可不认得陆巡捕。”说到这儿，都不动口了，手都伸向了枪把。

李保国手扶枪把一闪身，说：“请!”胡副官向后一挥手：“走!”就踏上了舱口的斜梯，伸头向下一看，真是倒吸了口凉气。十来把蓝光锃亮的自来得，都张着机头。

这位副官愣住了，往下走没有这个胆，退回来又晚了。可是羞刀难入鞘，贼眼一转冲李保国皮笑肉不笑地呲了呲牙：“都是军务在身，你我也犯不上伤了和气，就请陆巡捕派员去见见我们镇帅……”

此时镇守使大人的专舱里，一个军士长正上气不接下气地说：“报告镇帅，胡副官要查陆巡捕的包舱，进去了，出不来了。准是被扣了，我走在后面……”

镇帅一听就蹦了起来：“你说什么?陆巡捕在船上把胡尧给扣了?这浑蛋欺人太甚，这可不在租界里，老子不怵他。你说说他在船上有多少人?”

他在船上有多少人我不知道，包舱梯口下面就有十来个，都亮着张着机头的自来得。为首的一个穿着灰呢子军装，是个上尉，武装带上别着一把左轮，说话挺狂。”

听到这儿，五姨太把眼一瞪：“什么?陆巡捕的人穿灰呢子军装?你是凉药吃多了?傻啦!陆巡捕的人戴法国盔，穿黄咔叽制服。”

“回五姨太话，为首的那个上尉口口声声说是陆巡捕的包舱，不让我们查。胡副官就跟他顶上了牛……”

“糊涂!不是陆巡捕，是陆军部。往陆军部包舱里闯，那不是自找倒霉嘛。”

听到这儿，镇帅一屁股坐在了沙发上，拍着自己秃得发亮的脑门说：“真他妈的晦气，这趟出来是冲了五方佛、犯了太岁神。上武昌，白跑了一趟。到汉口，姓陆的不买账、不给我脸，租界里的事也没有头绪。花了三千多块大洋买了块镶钻石的瑞士表，原打算是送个见面礼，可是捧着猪头进不了庙门。上船后就不明不白地丢了。”说到这儿，镇帅拍着大腿狠狠地骂道：“在我的地盘里敢偷我的表，我毙了他。来人！给我，”下面的话戛然而止，镇帅往沙发上一仰，不说话了，一个劲地拍自个儿的秃脑门。

“我说呀，你是让那个陆巡捕给气晕了。找不到庙门，可半路上遇见了神仙。陆军部的人就在船上……”

“我说老五，真有你的，我怎么就没想到。陆军部的人在哪儿？我去拜客。”

军士长打了个立正：“回镇帅话，后舱全叫他们包了，看来人不少。军装都是灰咔叽布的，脚底下是翻毛军靴。枪是一水的自来得……”

“少废话，前头带路。”刚要起驾，胡副官耷拉着脑袋走了进来。镇帅一见就火了，骂道：“真浑蛋！你叫胡尧，简直是胡闹。怎么回来的？”

“就听见一声‘处座到’！从舱里走出一个上校。我看他肩上带着陆军部的袖标，就明白了。在汉口我是叫那个陆巡捕气糊涂了，就把‘陆军部’听成了‘陆巡捕’。

“这个上校挺局气，没为难我。还说：‘能在船上相遇，就是缘分。行客拜坐客，我得去见见你们镇帅。’叫我回来先回一声，说他一会儿就到。”

听到这五姨太乐了，推了镇帅一把说：“还等什么？赶紧去拜客，我陪你去。”在中舱的通道上，“镇帅”和“处座”相遇了。胡尧喊了一声：“赖镇守使到！”李保国也喊了一声：“关处长到！”

赖镇守使抱拳道：“得罪！得罪！”关处长拱手说：“冒犯！冒犯！”然后同声共道：“哪里！哪里！”紧接着互报姓名：“归州镇守使赖启新。”“陆军部军务司二处处长关义德。”下面自然是齐声“久仰！久仰！”然后握手互道辛苦。镇帅又一拱手：“早知道关处长在船上，定尽地主之谊……”处座又一抱拳：“奉部令重测闽江口航道，归途顺便查看一下长江武汉上游段……”

“欢迎！欢迎！在归州镇防区内，有事尽管找我……”

镇帅的话还没有落音，船长气冲冲地走了过来，指着赖镇守使的鼻子说：“我抗议，你太无理了。竟敢命令你的士兵搜查美利坚合众国外交官的房间。我要通过公使馆和中国政府进行严正的交涉，要求惩处你这无知的军人……”

镇帅面对着黄头发蓝眼睛的船长，不知所措了。还是五姨太乖巧，冲着船长嫣然一笑，说了声：“对不起，请船长先生原谅。这是一场误会，既然是误会，就让它过去吧……”

船长气犹未消，愤愤不平地指着镇帅说：“你的士兵在我的船上进行了搜查，中国古话说‘家贼难防’，‘做贼的喊捉贼’。你的怀表丢了，完全可能是你的士兵所为。我也要叫我的船员，对你的士兵进行检查。这叫来而不往非礼也，请你马上命令你的士兵列队集合，接受检查。”

五姨太连声说：“完全可以！完全可以！”义德皱了皱眉头，上前一步说：“我看这样吧，赖镇守使可以命令士兵集合，列队互查。”

互查的结果太意外了，镶着钻石的瑞士怀表从胡副官身上搜了出来。镇帅勃然大怒，狠狠地打了胡尧一个耳光喝令道：“拉到外面毙了，扔到江里喂鱼。”两个马弁扑了上来，架起这位副官就往舱外走。

胡尧抓住了舱口的门柱，高声喊：“冤枉！”义德又皱了皱眉头，上前一步喊了声：“且慢！”并出手示意两个马弁停止行动。然后缓缓地开了口：“镇帅息怒，此事有些蹊跷。是否权将胡副官交军法处审问一下，再行定夺。

“黑道上的小绺什么招都使得出来，脱不了身时，就把赃物转移到执法军警的身上。这样的事小弟亲眼见过，这是第三次了。”

镇帅怒色顿解，长长地嘘了口气道：“老弟既然发话了，老哥就照着办。”说完后一挥手：“先把这小子放了。”两个马弁一松手，胡副官就瘫在了地上。镇帅狠狠地踢了这位副官一脚，说：“还不快过去谢谢关处长。”

胡尧扑到了义德脚下，口呼：“大恩不言报，下辈子我……”义德正色道：“军人不言来世，今生以身报效国家。”说罢，示意李保国把这位副官扶了起来。

看着这一幕，洋船长哂尔一笑：“中国之大，真是无奇不有，就是没有法律。”义德皱了皱眉头，退了一步。五姨太向前一步，倩影扭动，身子转了一个半圆，眸子流韵，嫽然媚然，双手前挥道：“我郑重宣布，一切不愉快已经过去，今晚我做东，在船上举行一个舞会。”

言罢，向义德半躬：“您是首席内宾。”向船长半躬：“您是首席外宾。”船长连声说：“No！No！用中国的话来说，我是半主半客。不论是主还是客，我都会为夫人效劳，安排好今晚的一切。我请夫人现在就到中央大厅，进行具体的指导。”

船长的话一落音，五姨太就挽着他的胳臂走了。赖镇帅对义德说：“麻烦事都了啦，咱哥俩也该好好喝两盅去了。”

镇帅和处座是相见恨晚，一壶黄鹤楼老酒很快就见了底。“酒逢知己千杯少”，又上了一壶。义德给赖镇守使满上了杯，然后举杯道：“不瞒老哥说，此次实测闽江口航道是个幌子，测出来航道淤堵又有什么用？要疏浚谁掏钱？谁又有这闲钱？测绘营的人都是老油条了，测绘报告简而明。虽有淤堵，利用好潮汐尚可航行。

“小弟对测绘是一窍不通，此行带队外出，是另有使命——摸摸李督军的虚实。福建这地盘难呀，与广东为邻，不好处。海军南下后，广东腰杆可变硬了，和广西、云贵呼应一气，又和湖南联起手来。

“段总理怕福建变成第二个湖南，这点李督帅心里跟明镜似的，让我借着实测闽江口，看看沿江炮台的防务。姓李的要是真和广东对着干，最怕的就是海军载着粤军袭击福州。

“沿江炮台我全看了，都是聋子的耳朵——虚设。不打，说是炮台，要是打，炮响得了响不了可就难说了。炮弹还是光绪年间的存货，有的还是同治年间的。响不了倒没关系，弄不好没准发生膛炸。”

说到这儿，义德靠近了镇帅的耳朵小声说：“李督帅是高人，不得罪广东。可借着广东，一个劲地向中央要钱。”

镇帅听了后哈哈大笑：“谁都不是傻子，我们王督帅也是一样，能和湖南真打吗？赔自己的老本。对四川也是一样，摆摆架子、拉拉枪栓就行了。真要有事时，来个保境安民，联省自治。老弟到湖北来察看长江水道，不会也有特殊的使命吧。”

义德也哈哈大笑：“于公没有，于私可有。借着这幌子多报些费用。近人不说远话，上岸后我倒有些特殊使命。取道豫西奔洛阳，沿途测绘、核实一下地图，探探道。”

话到这儿，义德压低了嗓门，镇帅把耳朵凑了过来。“行非常之策时，由河南出奇兵攻取陕西、四川……”镇帅挑了个大拇指连声说：“高！高！”义德晃着脑袋说：“这是徐次长面示我的，跟你老哥说了，这话可不能传六耳。”

一提起徐次长来，镇帅的脸就沉了下来：“都说小徐是盛气凌人，这回我可领教了。他赴长沙督战，我赶到武昌行营晋见，禀帖刚递上去，一个副官出来就给回了：‘挡驾！’说完调头就走，把我干在门口了。别说杯热茶了，连客厅的板凳都没坐上。”

言罢，镇帅自满了一杯，一饮而尽。义德又把酒杯给他斟满了，然后缓缓言道：“徐次长是新派人，在德国学的陆军。你使用禀帖，就不对路了。小徐可是不能得罪的人，见段总长，不用回，直入书房。段府上上下下都是恭而敬之，没有不避道的。

“陆军部是个人都知道，小徐是老段的灵魂。得罪了老段不要紧，可别得罪小徐。小徐点了头，老段准没事，老段点了头，小徐要是一摇头，老段准收回成命。司长、局长们不怵段总长，都怵徐次长。”

镇帅听入了神，也听傻了眼，长长地叹了口气说：“我这禀帖是不是得罪了小徐？”义德把头一摇，直言道：“不怕你老哥不爱听，小徐向来是两眼朝天，凡人不理。别说你这镇守使了，一省督军，他也不放在眼里。

“他整天周旋的是东三省巡阅使张作霖、直鲁豫巡阅使曹锟、苏皖赣巡阅使李纯。王督帅虽然兼了两湖巡阅使，可湖南还没有打下来，他这个巡阅使也就是个幌子。”

说到这儿义德神秘地一笑：“老段的舅子吴光新带着四个混成旅驻在武汉三镇，王占元在小徐眼里也没有多大分量。”

赖镇守使看着酒杯直发呆，愣了一会儿后把杯子举了起来，可紧跟着又放下了，自言自语地说：“武力统一、联省自治都没有我的事，可也别小瞧了我这镇守使。县官不如现管，把着这大烟土出川的通道，一年的进项可不少。”

“那你找徐次长干什么？爱看他的脸子？”

这位镇帅叹了口气：“我的防区地接川豫两省，天水镇守使孔华清兼任了陕甘川边防督办，还加了中将衔，也称起了督帅。我这不是也想弄个鄂川豫边防督办干干嘛。银子我不缺，可告老还乡时不能还是个少将、只能让人叫声镇帅呀。”

“我说老哥，听小弟一声劝，这年头多来点实的，树大招风，我看这虚的就算了。加个边防督办的衔，肩上多扛一个星，地盘不加大，兵不加多，还得破费上不少银子，犯不上。”

镇帅摇了摇头：“孔华清和我相比，只能说是个后辈，娃娃都能办的事，我老头子怎么不能办？”

“老哥要是问到这儿，我得从头说。我对孔华清这个人是门儿清。他从日本留学回来后，在陆军部里只是个科长。可是有来头、有根基，警察总监吴炳湘是他舅舅，甘肃督军张广建是他表哥。吴、张都是老段跟前的一等大红人，在皖系里是叫得响、踢得开的人物。

“外放旅长时，段总长当着他舅舅和表哥的面许下了愿，平了四川就是四川督军，平了陕西就是陕西督军。现在他手下有两个旅，一个炮兵团、一个骑兵团、一个独立团，还有什么工兵营、辎重营、通讯营、卫生营，加起来小三万人。

“在天水有自己的发电厂、制革厂、被服厂，他的兵工厂不但能造子弹、炮弹，还能生产迫击炮。我跟着小徐去视察过，真是粮草充实兵强马壮。”

镇帅举杯一饮而尽，给自己的酒添满了，把义德的酒也给添满了，拍着胸口说：“姓赖的在真人面前不说假话，在真佛面前烧香得来实的。你老弟只知其一不知其二，孔华清有了三省边防督办的加衔后，甘肃、陕西、四川三省的通行证都能签发，西北的大烟土源源不断地流了出来，发大发啦。我看了真是眼红，要能弄个边防督办的加衔……”

义德正色道：“老哥，你这话只能在这儿说，要是传到陆军部同人们的耳朵里，你这督办的加衔就不好办了。弄不好就会招来大麻烦，来个五马分肥，都要让你上香火……”

镇帅一愣，酒也吓醒了。可是一言出口驷马难追，只好顺风使舵，借坡推车。爽得把上衣一脱，连汗衬都解开了，指着心口对义德说：“跟你老弟，我是掏心窝子，能不说实话吗？此言不传六耳。事该怎么办，陆军部上上下下怎么打点，我就全交给老弟了。

“该花的钱你就替我花，该拜的佛你就替我拜，该烧的香你就替我烧。咱哥儿俩还分什么彼此，我的事就是你的事，你的事也就是我的事，有事不说是见外，不够朋友。”

义德顺话接话：“小弟眼下就有一件事要请老哥帮忙。上岸后就要进山，这么多仪器总得要用二三百匹骡马来驮。”

镇帅一挥手，连说：“小事一桩！小事一桩！上岸后你休整三天，两天内我一定把三百匹骡马给你备齐，耽误不了你的行程。”

“不怕老哥笑话，单据上还得让后勤处多开点，虚上几成，让小弟赚几个酒钱。”“咱哥俩还用提钱吗？这三百匹骡马老哥送了。单据上开多少随你的便，就算犒劳你手下的弟兄了。”

“那我就代表弟兄们谢了，大哥的事我回去就办。老段的脾气是高兴时什么都好办，不高兴时送上支票也白搭，把脸一沉说：‘转会计司入账，有钱就再多送点来。’

“还有件事老哥可得在意，小徐从长沙回来时，准在吴光新那儿停下，你可别去招事。这个人不好对付，真摸不准他的脾气。弄不好就适得其反。再说了，你老往吴光新那儿跑，事传到王占元的耳朵里……”

镇帅听了不断地点头，义德又压低了嗓门说：“肖耀南是王占元手下第一员大将，这位肖师长可不是省油的灯，他和吴佩孚已经搭上了。吴的加衔是直鲁豫巡阅副使，可在衡阳按兵不动，通电主和。这是在要价，将来的两湖巡阅恐怕非他莫属，湖北督军是姓肖还是姓王也难说，你老兄也得早点打主意，这年头可不能一棵树上吊死。”

镇帅简直听呆了，拉着义德的手说：“下船后多休整几天，镇署的直属营开出去巡县了，你的部队正好住他们的营房。

“咱哥儿俩得多唠唠，不瞒你老弟，我就怕上面不稳，趁着还有这个局面，弄个三省边防督办的加衔，赶紧把‘货’弄出去，免得夜长梦多。”

晚上的舞会在餐厅举行，餐厅布置成舞厅后，不但灯火辉煌，流光四溢，而且颇有舞韵舞致。令义德想不到的是，居然还有一个六人组成的小型乐队和穿着入时的十几名“舞伴”。

当五姨太挽着赖镇守使步入大厅时，乐队奏了一个短拍的欢迎曲。船长站起来宣布：“我以远东号船长的名义告知全体来宾，赖镇守使和夫人为大家举行的舞会现在开始。”

来宾们站起来鼓掌，五姨太提起裙子行了一个三向的坤礼，然后盈步走上乐台，再次提裙向全体来宾致意说：“在这美好的时刻，我和我的大令向尊贵的女士们、先生们表示欢迎。”

令义德更想不到的是，这位“镇帅”举手行了一个三向军礼。看来这个地道的“土造”经过五姨太的“改造”后，也沾上了三分洋气，多少懂得了点洋规矩、洋礼仪。

镇帅礼罢，五姨太双眸的流韵转向了戴维船长，嫣然一笑说：“对船长先生鼎力促成舞会的召开表示感谢。”戴维欠身半躬致意。五姨太又转身面向义德，再次嫣然一笑说：“对关处长的光临表示诚挚的欢迎。”义德也欠身表示致意。

这时船长向乐队一挥手，管乐齐鸣。乐声一起，镇帅和五姨太首先步入舞池。五姨太的倩姿轻步，给镇帅的笨躯拙步进行了有效的补充。跳了两圈之后，二人收步。镇帅欠身半躬后伸手示意：“请女士们、先生们尽兴吧！”

义德在天津租界里参加过各种舞会，在远东号举行的舞会，完全符合欧洲贵族家庭舞会的程序，看来镇帅是叫五姨太“调教”出来了，开始“欧化”了，不过“欧化”只限于在跳舞的领域内。

五姨太走向了义德，提裙半礼，义德半躬示敬。二人合掌入场，随着悠扬的乐曲，翩翩起舞。不论是探戈还是华尔兹，跳得均是无可争议的舞中之王、舞中之后。

曲终，侍者捧上了香槟酒，戴维船长走过来和义德碰杯说：“上校先生，我真有些忌妒你了。今天我才知道，中国军人在跳舞场上的进步，比在练兵场上的进步要快得多。”

义德严肃地回答：“凡是和你有共同观点的人，将来都会惊奇地发现或惊愕地领教，中国军人在战场上的进步。不过这种进步不是练兵场上学来的，是战场上练出来的、逼出来的。”

戴维船长哈哈大笑：“上校先生，我是个中国通，更是中国人的朋友，也是中国的女婿。我的太太就是包老先生的女儿。对你的使命我知道得一清二楚，对你的为人我更是敬佩。

“你是个真正的军人，很了不起。我衷心地希望也真切地相信，美国人对中国军人在战场上的进步，是惊奇地发现，不是惊愕地领教。同时我也诚挚地希望，在不久的将来，在公众场合见面时，我能称你为关义德将军。”

义德恍然大悟，举手敬礼说：“我表示衷心的感谢。”戴维半躬还礼说：“心有灵犀一点通，我们应该连干三杯。”

五姨太凑了过来说：“有什么高兴的事，要连干三杯？”

戴维侧身将杯举在胸前说：“第一杯愿夫人永远年轻，第二杯愿镇守使官运亨通。”五姨太笑了，双眸一闪，目韵流情，连声说：“谢谢！谢谢！”

戴维正身，将酒杯高举过头：“第三杯酒，我要衷心地祝上校先生心想事成。”说罢，和义德碰杯，叫了声：“干！”两人举杯一饮而尽。

戴维的眼里充满了神秘；义德的眼里充满了自信。

天明上岸后，义德的部队住进了直属营的营房。时近中午，胡副官带着酒肉前来劳军。见了义德后立正敬礼，再次恳谢救命之恩。义德和这位副官握手道：“以后诸事，还要仰仗胡副官多帮忙。我就借花献佛，用你老弟送来的酒肉，招待你老弟了。”

说罢，对李保国说：“替我陪胡副官多喝几杯。”胡尧上前一步，挺胸敬礼：“报告处座，我们镇帅今晚在迎宾楼为您洗尘……”

“好！届时我一定前往。”“到时候我来接您……”“恭敬不如从命，我就听安排了。”

司务进来报告说：“酒已经摆好了。”李保国拉着胡尧就走，说：“咱哥儿俩来个一醉方休。”

连干了三壶西陵峡大曲之后，胡副官真喝高了，直着舌头说：“我跟姓赖的快二十年了，十六岁就给他当勤务兵，要不是你们关处长相救，我现在不知道在哪个江叉子里喂鱼呢。这老东西翻脸不认人……

“他缺德缺大发了，娶了五个老婆，别说儿子了，连个黄毛丫头也没给他生出来。就又要了第六个，就是五姨太，这小妖精原是汉口春明女中的校花，姓赖的花了四万多块大洋才把她弄到手。

“我们大太太可是个好人，整天吃斋念佛。前四个姨太太也还说得过去，这小妖精进了门后，生把大太太气死了。她在家里作就作吧，衙门里的事没有不掺和的，我这个副官可就难了……”

李保国又给胡副官满上了一杯，说：“尧兄，你跟了镇帅这么多年，不是团长也该是个营长了，怎么还是个上尉副官？”

听到这儿，胡尧摇着脑袋说：“团长就别提了，归州镇守使下辖两个团，一个独立营，一个警卫连，一个骑兵连。两个团长他全兼了，剩下五个营长他五个舅子一人一个。五姨太的弟弟是六舅子，营长是排不上了，就把骑兵连、警卫连的连长全兼了。这个小毛头才二十岁，就挂上了少校肩章。连枪都不会打，就知道泡妞……”

李保国连声说：“满上！满上！不跟这浪小子执气，他连枪都不会打，镇帅跟前的事还不都靠你。”胡尧把脑袋摇了三摇，说：“五姨太这娘们没长毛就比猴还精，比狐狸还臊。大事、小事都得她说了算，五位营长也好，五位舅爷也好，都得靠边站。去年四营长抽大烟不过瘾，改抽白面了。没几个月，就生把自个儿抽死了。”

“五姨太这下可乐了，把四营裁了，把直属营调到二团，直属营的空额让他弟弟吃了。别看这小子不会打枪，可吃起空额来有邪胆。把警卫连、骑兵连一合，合时各留下一个排。剩下的四个排又都吃了空额，若大的镇署，就剩下六十来个兵撑着。”

“我镇帅的家底也就剩下了一千五百多人枪，一个营也就三百来人。直属营没了，营房空了，你们正好驻了进来。二团四营驻在城关，冒着两个营的番号。姓赖的这点家底，早晚让五姨太造光了。”

李保国又给胡尧满上一杯，说：“这叫一个愿意打，一个愿意挨。家底造空了，你们镇帅都不心疼？”胡尧听到这儿，摇着脑袋说了声：“该！”然后抄起酒壶说：“我得给老弟满上，你是有福之人呀，跟对了人，关处长可是个人物。

“前天一下船，五姨太就要了个北京的加急长途。他表哥在陆军部当个小官，这个狐狸精是想打听打听你们处座的来头。说来也巧，电话半个多小时就接通了，他表哥在电话里连声说：‘认识！认识！关义德可有来头，救过段总长的命，是头等亲信，头等红人。管着天津租界里的公馆，去年我跟车到天津送货，就是他收的。’”

“五姨太这个乐呀！也该着她在老东西面前露脸，要是往常，别说北京的长途了，武汉的长途没准接上一天。归州到沙市、沙市到武汉只有一条电话线。镇署没有专用线，打电话要从电话局转。架了一条由电话局到直属营再到镇属的军用线，这条线后来又接到了四营。可是打起电话来有时还不如传令兵的腿快。”说完之后，胡尧连脑袋也没摇趴在桌子上就打起了呼噜。

义德接到李保国的报告真是出了一身冷汗，立即命令电话排对镇署和四营的电话进入二十四小时的监听。同时命令侦察排派出便衣对镇署、四营“坐桩”，全体官兵进入二级战前状态。

晚饭前胡副官带着四名卫兵押着一乘滑杆来接义德，客随主便，也就只得欣然坐上滑杆赴宴。李保国带上四名卫兵跟在滑杆后面，一起奔了迎宾楼。

此时耿继忠军派出了三十名硬手，都是揣着两把自来得的双枪将，以不同的装扮埋伏在迎宾楼内外。手提机关枪排也已经进入一级战备，随时准备冲向迎宾楼。

镇帅和五姨太要给真佛上香，当然不会邀请外客。包间里只有三人，所言系不传八耳的机密。有要事相商，自然是小杯品饮，三杯酒下肚之后，言归正传。

镇帅直言和湖北督军王占元系表亲，督署方面咨呈陆军部是不成问题。义德听了连连摇头，说：“这话可不能告诉陆军部的人，更不能让吴光新知道。咨文也不能由督署呈，任命三省边防督办更不能由湖北督军出面举荐。

“你想呀！四川的省政不统一，重庆、成都对着干，可都和湖北不太对付。河南和湖北是面和心不和。这些军头能买王督军的账吗？

“吴光新是南征军的前敌总指挥，加湖南检阅使衔，他要是出面保举你，三省的军头都给面子，老段当然会在咨文上批个‘记勋司备档呈国务院’。然后再以国务总理的身份批个‘内阁照准’，呈大总统加委。

“总统明令委任后，印铸局颁发关防、印信，这关防、印信得由陆军部备案后转发。老哥要烧香，得先拜吴光新这座佛。但上香时得悠着点，所言只说告老还乡时图个体面，回到许昌也能算是本省大吏……

“至于陆军部的经办人员，也得打点打点。批下来压着不办是常事，你还能找总长去告司长吗。况且政局多变、南北逞兵，北边是直、奉、皖三系暗斗，都不消停。给吴光新上香的事，您得自己去办。陆军部那边的事，就交给小弟了。京官穷，人穷志短，说好打发也好打发，说不好打发，一群恶狼也不好喂。”

说到这儿镇帅喊了声：“副官！”胡尧应声而上，后面跟着两名护兵，手里都提着箱子。打开箱子里面是十万块中交票。

镇帅开言道：“这可不是送给你的，是托老弟在陆军部上上下下打点打点。”说完不等义德开口，向胡副官一挥手，说：“交给关处长的随从。”

这时五姨太又向义德嫣然一笑：“等关处长公务忙完之后，我可得到北京玩玩、长长见识。”义德应声答道：“当尽地主之谊，届时不论下榻北京饭店还是六国饭店，我都预定好房间，再到火车站恭迎。”

镇帅听到这儿发话了：“我说老弟，贱内的北京之行，你可得多费心，帮老哥安排好了。拜夫人、串小姐、游说少奶奶，她都是内行。可是到了北京后人地两生，遇事你要多指点。”

“老段的夫人是袁大总统的义女，处世之道甚为规谨，从不见客。小徐的夫人是个新派人物，为人甚是灵活，经常出入各种社交场合。嫂夫人到京后我先安排个巧遇，然后……”

镇帅哈哈大笑：“然后就看我们老五大显身手了。”

酒过三巡菜过五味，话题转到取道鄂豫山区赴洛阳的行程上。镇帅把杯中酒一饮而尽，说：“老弟！我得告诫告诫你。从这往北走，顺着大道二十多里就是磕头岭，一夫当关万夫莫开。过了磕头岭，就是山里的边界了。

“天高皇帝远，官、绅、匪各有各的盘子。你走你的道，测你的路，最好谁也别惊动，尽快地赶到洛阳。

“你的兵有个样，土棍们不敢轻易打你的主意。你沿途散出风来是过路的客军，大小土棍们就不会捣你的麻烦了。强龙不压地头蛇，地头蛇见了强龙也得敬几分。要记住的是千万别发生误会，以为你来打他们的主意。”

义德拱手道：“谢老哥指点。小弟在福建耽搁久了，再拖下去有点不好交待，只要骡马备齐了，我就即日起程。”

镇帅有点喝高了，酒后吐真言：“你老弟急着回去，老五更盼着你早点回到北京，她好找你去。三百匹骡马已备齐了，明早我就派人给你送过去。”

义德起身抱拳一礼：“谢老哥了。”说罢又转身对五姨太说：“回到北京后，第一件事就是安排嫂夫人的行程。”

五姨太娇娇滴滴地说：“到了北京，我得好好谢谢你，事成之后大令进京谢委，总统、总理那儿不说了，陆军部、参谋部也都要烦你安排好。海军部也别落下，泊于宜昌的长江上游舰队，也免不了有用得着的时候。”

五姨太的话，让赖镇守使有些飘飘然了，笑眯眯地望着杯中酒，印堂真的发亮了。

第二天一早，义德即令军需官到街上购买了大批的布鞋、麻绳、麻袋等物品。时近中午，胡副官赶来了三百多匹骡马。交接手续办完后，李保国拉着“胡大哥”喝两杯。胡尧把脑袋一摇说：“咱哥俩是得多喝两杯，你们这一开拔，不知哪天才能再见面。”

一壶老白酒下肚之后，胡尧又摇着头打开了话匣子：“常言道‘女怕嫁错郎，男怕进错行。’咱哥俩都是穿二尺半的。你没走眼，跟对了主，才二十多岁，就是上尉了。我三十好几，也是个上尉。你别的左轮是地道的洋造，枪身上的烧蓝锃亮，枪把上的胶木乌黑，人不说话枪就抬人。我别的左轮是地道的国货——汉阳造。个大不说了，枪套上还露出个木把，让人看了就不提气。陆军部的人——牛。我这老哥和你这老弟真是没法比了。”

李保国又给胡尧满上了一杯：“大哥，枪这玩意儿就是个行头——用来唬人。要是福人，穿一辈子二尺半也没真用过。在陆军部里混，总得发套好行头吧。这枪你要喜欢，咱哥俩就换着带了。”

说着，就把枪套从武装带上退了下来，双手递了过去。这回胡尧可真把头摇了起来，连声说：“这可不行！这可不行！你回北京后遇上验枪，怎么交代呀？弄不好就砸了饭碗。”

我回去就说：“失足掉到了闽江里，人被救了上来，枪沉到水里，找不着了，再领一把。你这汉阳造虽侉点，可口还行，黑道上的朋友认这枪。新枪领下来后，就把这支出手换点酒喝。”

话说到这儿，胡尧就把枪套从武装带上退了下来，李保国接过来后拔出一看，说："行！这枪挺新，煮黑也够深。枪口看样还没啃过，顶多试了两发。枪把不是枣木就是核桃木，紫黑紫黑的挺中看。就是型号老点，得是'清造'。"

说罢，二人均把枪别在了武装带上。换枪的朋友，胜过换帖的朋友。连击了三掌、连干了三杯后，胡尧有点喝高了，把话题又转到了枪上："湖北守着汉阳兵工厂，不愁没有好枪。去年督署换械时，把老枪都调给了民防团。镇署到汉阳兵工厂领枪时五姨太的弟弟是带队的，私下里一嘀咕，就把这玩意儿都给领了回来。看来'清造'左轮，是让归州镇给清了底。领到手后我试了两枪，别看枪型老，口可挺硬。"

李保国顺话接话："这枪没事时别着重点，有事时顶得住。口硬、口径也大，有人还专喜欢这种枪，管它叫'老将'。"

胡尧把杯中酒又给干了，拍着武装带上的西班牙造说："当官的别着'洋将'还是'老将'本来就是个配搭。当兵的可不行，步兵就是步兵，骑兵就是骑兵。你说邪行不邪行，归州镇的步兵都背着骑枪。

"这两年，军头们都不养骑兵了，汉阳兵工厂的骑枪就压在了库里。六舅爷是有邪胆的主儿，拍板做主，把压在库里的骑枪都给领了回来，这小子拿了多少二屋里的钱我不知道，可归州镇的步兵也就只能背骑枪了。"

"你们镇帅没准想把步兵都改为骑兵，好加强在防区的快速反应……"李保国的话还没有说完，胡尧已经头、手并摇了："就一个骑兵连，他还吃了空额。兵裁了，湖北人不认马，正愁着二百多匹战马没法出手，就顺水人情送给你们处长了。

"连镇署的马匹也没留，全赶过来了，我们镇帅早就不骑马了，出入全坐滑杆。他一坐滑杆，舅爷们也就跟着坐上了滑杆。马成了废物，白养。长官不骑马，马弁也就变成了腿儿着的护兵。"

李保国把两杯酒都给满上了，说："没有马怎么能成，有紧急军情时可就要误事。""归州镇没有军情。守住江卡子，收过境的大烟'税'就行了，烟贩子是黑运，我们镇帅是黑收。黑对黑，两头都黑透了。透了就好办事——量斤提成，安全护送出境。

"运大烟都是走水道，就连驻守磕头岭的一个连也给撤了，山里的事就全不管了。县太爷也有主意，乡里的田赋、杂税全包给土棍们去收，自己当大东家。二东家怎么做，大东家全不过问。

"土棍们也明白，他在乡里称霸没人管，要是打进县城，省里的大兵一定会开来剿匪。不把乡里的赋税准时送到县署，县太爷就要喝西北风。

保安队、警察队也就要想办法对付他。包下赋税准时送到县里，就能两相全、两相安。”

李保国连连摇头说：“那怎么能成？镇帅能管的地方也就太小了。”胡尧连头也没摇，只长叹了一声：“就这点兵，没法再分驻。镇署下面的四个营一营驻万源，二营驻长寿，三营驻绥顺。

“原来直属营就驻在这儿，四营长抽死了，全营就都裁了。直属营顶了两个番号，驻到了西关，这就空了下来。由一营、二营、三营的驻地到镇署，都得走上三四天，镇帅从不去巡视，听说空额都吃邪了，一个连也就有七八十人，全营不过二百多人。就是四营，还能有三百多人枪。”

李保国拍了拍汉阳造的木把说：“枪是本，兵是根。靠收大烟‘税’撑着，也不能坏了根本呀。”

胡尧真是欲叹无声，长长地嘘了口气：“沾上了大烟，也就抽上了大烟。不怕老兄笑话，我们这上下一千多号人，都是双枪兵。早上不出操，起床后先开抽，瘾大的能抽上三丸，一丸抽三回，恨不得把烟灰都给冲汤喝了。

“管抽一丸叫上顶膛火，抽三丸叫压三发。镇帅的烟瘾最大，一起床得先抽十丸，绰号‘自来得’。四营长一起来先抽上七丸，叫‘七星枪’，手下的三个连长两个是‘六响炮’，一个是‘五子橹子’。别小瞧这五子橹子，他的烟瘾比七星枪还大，一口气抽五个特号的大烟泡，要是称称重量，能追上‘自来得’。”

李保国好奇地问：“镇帅的烟瘾这么大，五姨太是什么型号的家伙？”胡副官乐了：“那臊狐狸可精明，她是一口不沾，也不让他弟弟沾。整天盯着那个宝贝蛋。可是母老虎也有打盹的时候，她弟弟还是抽上了，抽得还挺邪。说什么‘练妞前点一泡，又提神又涩精，阳枪不倒’。自称是三枪将，舔着脸说：‘手枪玩得不如烟枪，烟枪玩得不如阳枪。脐下阳枪扫遍花阵无敌手，直杀得白牡丹的玉体变成粉牡丹，粉牡丹变成红牡丹……’下面的话更牙碜，我就别学了。”

说到这儿，胡尧自己抄起了酒壶，壶干了。李保国连忙又上了一壶。这位副官连声说：“这叫酒逢知己千杯不醉。今儿咱哥俩喝个痛快，明天你们一开拔，谁知道什么时候才能再相见。”

李保国把话接了过来：“镇帅进京谢委，你还能不跟着跑一趟？”胡尧又把杯中酒一饮而尽：“难说！难说！美差都是舅子们的活儿，这好事恐怕就轮不上我了。”

“那也没关系，千里有缘来相会。没准哪天，咱哥儿俩又碰上了。”李保国一边说着，一边又给胡尧满上了酒。“你这句话说得对，要不是小绺偷了姓赖的钻石表，咱哥儿俩哪能碰上。下船后各走各的路了。

“我们镇帅是铁公鸡、琉璃猫、瓷仙鹤，要不是有求于你们处长，他才不会这么大方。处座是有福之人，这三百来匹骡马本来是想着出手的，五姨太发了话：‘多加草料，得喂出膘来，才能卖个好价钱。’

“关处长真是有福之人不用忙呀。好马得好汉骑，跨下赤兔马是关云长关老爷。铁乌骓可是匹好马，跟着我们镇帅，糟蹋了。归了你们处座，是好马遇良主……”

说到这儿，门外传来了战马的嘶鸣和一阵阵叫好声。李保国、胡尧走出来一瞧，是义德正在试马。铁乌骓可不是省油的灯，连蹿带跳，义德在它背上是稳如泰山。

跑了两圈后，铁乌骓来了个连环腿——前蹄三仰，后蹄三踹。义德随势就势，前压后坐，来了个“宝塔镇三江，水涌塔不动”。铁乌骓服了。低头一声鼻鸣，表示认主。

义德下马时，胡尧跑步上前，立正敬礼：“报告处座，今晚我们镇帅在迎宾楼给您饯行。”义德笑着回答道：“替我好好谢谢你们镇守使，这三百多匹骡马可真是及时雨，帮了我的大忙……”

话还没有落音，送干粮的挑夫就到了。有五十多担，全是面饼之类的便宜携带的行军食品。义德再次表示了感谢。

胡尧走后，李保国立即向义德报告了这位副官所提供的情报。义德即命令侦察排派员前往磕头岭，晚饭前侦察员回来了，报告说：“磕头岭距驻地约十二公里，两山夹峙中有一条通道。中段系石级路，阶距约五十厘米，行者需手脚并用，当地的老百姓称之为磕头岭。岭前地势开阔，逾岭即进入山区。”

听完报告后义德哂尔一笑，耿继忠在旁边说：“为了万无一失，现在就派一个机枪排占领磕头岭。”义德点头表示同意，即起身赴宴。

晚宴乃是三人小聚，席间五姨太对进京后的诸事询之甚详，表示希望多结识一些社会名流。“大令”谢委后还要到天津、北戴河一游。

镇帅笑呵呵地说：“老五呀，办完正事再说玩。”义德也笑了，说：“早说了，我好早安排。明天一开拔途中不好联系。”

镇帅点头道：“言之有理，言之有理。进山后电话、电报全不通。县里的邮件能走上一个多月。再联系就得等你回到北京了。明天你出发的时间得晚点，老哥送送你，早了我起不来，就定在十点吧。”

义德连声说：“不送！不送！别扰了老哥的早觉。咱哥儿俩争取早点儿在北京见。”五姨太这时娇声嗲气地说了：“我用私房钱定了一千个糯米粽子，一斤一个。明早送过来，算是一点心意，犒劳犒劳弟兄们。”

义德拱手道：“恭敬不如从命，我就代弟兄们谢了。”

盛宴终须散，密谈总有结。义德回到驻地后即命令电话排长：“今夜双岗值班，监听电话时得把耳朵竖起来。凡有长途接到镇署，立刻把我叫醒。”

天未启明，义德和五姨太同时被叫醒了。归州电话局把北京的加急长途接到了镇署。表哥在电话里焦急地对五姨太说：“昨天我到西苑公干，见测绘营还驻在那里。一打听，全营都没出过北京。

“又到处一打听，关义德在四个多月前把两个日本工程监理打了个半死，一走了之后下落不明。段总长气了个半死，连骂了几声浑蛋后，也就不了了之，没有追究。他现在带兵到了归州，我看有诈……”

五姨太一听就火了，破口大骂：“这么重要的消息，你怎么不早点把电话打过来。”“我要的就是加急长途，从北京的京汉路总机房接到了汉口，往归州接就不通了，说是卡在了沙市，我在电话机旁守了一夜。”

义德立即下令全军进入战前状态待命，不一会，镇署通往四营的电话接通了。镇帅气急败坏地下命令：“全营紧急集合，跑步前往磕头岭。给我守住，没我的命令，任何人不许放过去。”

四营长睡意朦胧地说：“姐夫！这是干嘛。弟兄们还没上顶膛火，哪能跑得了这小三十里路。等一人压上三发后再出发吧，赶啰什么？”

“放屁！都这时候了还想再抽几泡，马上集合出发。我派手枪排去检查，见到没走的、抽烟的，立即就地处决，你也是一样！”

义德放下电话后即下达了三道命令。

一、骑兵通讯班立即前往磕头岭传达命令：用十二挺轻机枪组成火力网，控制中段石级。把试图登岭的镇军压制到岭前开阔地。

二、一营在磕头岭下，分为左右两翼进行埋伏。二营尾随镇署四营之后前进，但要拉开距离，不令其发现。任务是将试图登岭之镇军合围，迫其缴械。

三、镇军距磕头岭 14.5 公里，我军距磕头岭 12.9 公里。务必在镇军到达之前，完成上述部署。

此时四营的驻地乱成了一团，“七星枪”拔出了七星枪，喝令“六响炮”、“五子橹子”立即整队出发。哥儿仨一听齐声说道：“兄弟们睡了一夜，都没上‘顶膛火’，这时候奔磕头岭，就是枪口顶着脑门也是白搭。”

“七星枪”急了，指着三个连长破口大骂：“浑蛋！怎么这样糊涂。一会手枪排就到，见了没走的、抽烟的就地处决。要想活命的，先把队伍拉出去。”

三块料恍然大悟，整队出发了。看着全营都开拔了之后，“七星枪”揣上了烟枪，坐上了滑杆，慢悠悠地上了路。没走出去四五里，见道旁有个小茶馆正在下板，于是落杆进店要了一壶酽茶，掏出了七发“子弹”，开始上“顶膛火”。

跟在后面的二营等不及了，带队的耿继忠一挥手，队伍就从茶馆门口超了过去。耿继忠带着一个班走进了茶馆，见四营长正倒在躺椅上吞云吐雾。就向这位舅爷一拱手说：“奉镇帅之命，前来增援四营。”

七星枪长长地嘘了口气，道了声“辛苦！”然后长长地抽了一大口，欠着身子说：“队伍就在前面你们快追吧，我抽完了就跟上去。”

耿继忠愣了一下，说：“我们等等您，还是一起走吧。”“七星枪”示意耿坐下喝茶，也就是表示同意了这一建议。

耿继忠坐下喝了两碗茶，“七星枪”也压好了七发“子弹”。“顶膛火”把精气神顶了上来，猛一挥手，说了声：“上路！”坐上滑杆就追了下来。

二营为了和镇署四营保持一定的距离，正停在路边上等着耿继忠。“七星枪”看见二营后，在滑杆上喊道：“弟兄们加把劲，到了磕头岭后镇帅有赏！”

又追了三四里后，见镇署四营的官兵横躺竖卧、东倒西歪在路旁，都正忙着上“顶膛火”。七星枪见了后大喊了一声：“弟兄们加把劲，压上这发就赶路吧，先到磕头岭的有赏。”双枪兵没有什么反应，汉阳造扔在一边，握着烟枪抽得有滋有味。

耿继忠见此，一声令下，二营一枪未发就缴了双枪兵的械。这时七星枪才明白过来，对耿继忠说：“有什么事，等弟兄们抽完了再说。”说完之后往滑杆上一躺，长叹了一声：“就是天塌下来了，我也要压上三发再去顶。”

耿继忠笑了："全营三百多条骑枪都挺新，我就代收了。你整队回镇署，听你们镇帅的处置。天塌不了，天塌了你也顶不住，在下失陪了。"

耿继忠派骑兵向义德报告，已缴了镇署四营的械。然后整队向磕头岭进发，去和一营会合。

此时镇署的内宅里，镇帅和五姨太吵得正欢。五姨太是明白人，主张收拾细软一走了之，先上船避风，诸事等姓关的走了后再说。姓关的走后，就当他没来过，犯不上叫四营去守磕头岭……

镇帅不认头，不服输，认为只要守住了磕头岭，姓关的就得回来求。我叫他把十万块钱、三百匹骡马全吐出来，然后放他一条生路。

正各执己见，"七星枪"回来了，耷拉着脑袋说："失手了，全营的弟兄都被缴了枪……"镇帅狠狠地抽了他两个耳光，连声骂："废物！废物！"然后一屁股坐在了虎皮帅椅上发呆，半晌才缓过劲来，蹦起来对胡尧说："快去告诉老五收拾东西上船。"

胡尧转身就奔了后楼，镇帅高声吼道："还愣着什么！快备马。"护兵们还是愣着不动。镇帅火了，拔出了手枪，顶着"马弁"的脑门说："给老子备马去！"

"马弁"也急了，说："哪还有马啊！腿儿着走吧。"镇帅一下子又倒在了虎皮帅椅上。这时胡尧惊慌失措地跑了回来，上气不接下气地说："报告镇帅，五姨太和他弟弟带着手枪排已经上船跑了，存折和细软也全带走了，后楼上全空了。"

镇帅一听猛地拔出了手枪往桌子上一拍，狂吼道："追！给我追！追上了就地正法！"一边吼着一边推弹上膛，勃郎宁的保险张开了。

可是紧接着又发呆了，像泄了气的皮球一样倒在了帅椅上，侍从在左右的副官、文书、护兵们你看看我，我看看你，就也发呆了。"七星枪"这时才明白过来，偷偷地溜了。

胡副官刚想跟着溜，就听门外一声高喝，像个晴天霹雷："建国军第一混成旅旅长关义德到！"镇帅一愣，脸色变得煞白，双手缓缓地举了起来。在场的副官、文书、卫兵也跟着缓缓地举起双手。

在踢马刺的碰击声中，义德大踏步地走了进来，抱拳拱手道："赖镇守使受惊，关义德冒犯了。于公而言你我是道不同不相谋，各为酬其志，也就各用其方、各显其术。系两股道上跑的车，分道扬镳，兵戎相见，理所当然。

"于私而言，你我有三日之谊，老哥、老弟叫得挺亲，杯盏之间甚有缘分。现在公事已经办完了，小弟是来向老哥辞行的。君子赠人以言，义德自认不是小人，所以就向老哥直言几句，也算是对三日之谊的一个交代：

“鄂豫川边防督办的事不要办了，孔华清能以天水镇守使兼任陕甘川边防督办，不但凭内线，更凭的是实力。拥兵三万，大有威镇陇南、虎视川陕之势。

“三省军头多有借重之处，四川拨出三县，陕西拨出两县，划入他的防区，看起来是成全他这个三省边防督办的名分，实际上是这些县的匪患难平，陕督、川督鞭长莫及，把包袱甩给了这位督办，还做了顺水人情。

“军人以枪为本，以兵为根，凭人枪说话。归州镇的编制是下辖二团、一营、二连，还有几个直属队，满编实员，总得有四五千人枪。可是上下都吃空额，只剩下了一千五百多人枪，四川、河南能买你的账吗？

“即便陆军部的关节打通了，委任状下来了，也只能是树大招风，官大招祸。小弟再进一言，不但三省边防督办的事不要办了，归州镇守使也不要再干了。

“现在湖北的局势异常复杂，吴光新、肖耀南都在打王占元的主意。内外夹攻，我看王督帅的处境实不乐观。

“若湖北政局有变，老哥的一千多人枪不但帮不了老表的忙，亦难自保。来接任的要是个带兵官，恐怕老哥很难平安交印，非被扣下追缴所获不可。不但面子上不好看，弄不好……”下面的话义德没有说出来，可是镇帅已经明白——弄不好就是人财两空，被扔到长江里去喂鱼。

话说完了之后，义德拱手道：“老哥多多保重，诸事好自为之。与人为善，自求多福。”镇帅颤颤微微地向前走了几步，嘴唇动了两下终于蹦出了四个字：“谢谢老弟！”

这时义德已经转身走了。

回到驻地，部队已经集合完毕，正准备出发。义德正要翻身上马，就见一个小老板急急忙忙地跑了进来，连连鞠躬说：“小店得罪！长官海涵！小店人手少，这一千个粽子赶了一宿，还是来迟了。”

义德猛想起昨晚五姨太说，早上送一千个粽子来犒劳犒劳弟兄们，于是脱口问道：“付钱了吗？”“小店孝敬！小店孝敬！昨天，商会传下话来，镇署命小店包一千个一斤的粽子劳军，早上十点送来。来迟了一步，长官海涵。”

义德掏出了二百块中交票，说：“够了吗？”老板愣了一下，紧跟着连鞠大躬："小店孝敬！小店不敢收！"李保国把钱接了过来，塞到了老板手里："长官给你，你就拿着。"

小老板真的愣了，嘴动了好几下才说出："长官！这粽子也不值二百块呀！"这时李保国已转身走了，义德跨上了铁乌骓，挥手道："出发！"

号兵吹响了嘹亮的军号，军靴踏在古老的青石板道上格外响。这响声来自历史的深处，它的未来又在何方？军靴和古老青石板的撞击，是文明承载历史？是历史传承文明？是文明养育了军靴？是军靴践踏了文明？是军靴踏出了历史？是历史埋葬了军靴？

登上了磕头岭，义德勒马回首南望。长江浩浩东去，归州古城沉浸在迷濛之中。"江山千古，红尘难旧。"离开了这座古城，脚下就有新路吗？

5

进入山区后，义德令部队以一面大旗为先导，上书"过境"二字。官、绅、匪的盘子谁也不侵。一路之上不拉夫，不征粮，现金购物出价公道。顺利地通过了湖北山区，进入了河南。到达了豫西之后，获悉樊钟秀已移师入晋。

义德召开了军事会议，意在统一军官们的认识，以决定下步的策略。耿继忠首先发言："我是炮兵出身，玩儿的炮差不多都是太原造。接炮、修炮，多次到过山西，不说走遍了全省，也差不了哪去。阎老西自民元以来以晋人的父母官自居，标榜'晋人治晋，乡人自治'。

"山西全省实行了一套保甲法，军、政、警、绅连为一体，盘根错节。休说是外省的军队，就是外省的人也很难在山西立足。

"铁路都是窄轨的，京汉线上的火车开不进正太线。

"太原兵工厂、汉阳兵工厂、沈阳兵工厂并称为三巨头。凭着兵工的家底，晋军的实力可不弱，光独立炮兵团就有六个，在军事上打这个土皇帝的主意，我看难。

"晋南人口稠密，县政发达，通讯快捷。不但通邮，而且通电报、电话。从豫北潜师入山西，也不是件容易的事。

"晋中盆地是阎锡山的大本营，公路贯通各县。山西的民团有个特点，虽说是绅办，可是在县署的掌控之下，听调听宣。可以说是针插不进来，水泼不进去。

“晋北是寒苦之地，晋绥连成一体后，晋北的实力大大加强了。晋绥联防的主体是骑兵，不论是山区还是平地，机动性都很强。别说我军难于穿过晋南、晋中到达晋北，就是进入了晋北也很难立足。”

耿继忠的结论是：“到山西去和樊钟秀会合，不是条路，不知道樊司令是怎么想的，会打起了阎老西的主意。”

继耿继忠之后，义德也发表了自己的意见：“山西是四塞之地。东面是太行山，西面是吕梁山，北面是恒山，南面是中条山。从军事上来说，是入难出更难。

“阎锡山保境安民的政策，使山西自成一个天地。非有大变，这个天地就能成一统。我们没有力量打破这个‘小一统’。

“自民元以来，山西所宣所行就是‘保境安民’。晋军不出省作战，与四邻求安。省境之中亦无战乱，我部若是进入山西难免师出无名，树不起旗号来。‘名不正则言不顺，言不顺则事不成。’

“孙先生在永丰舰上有训令，如果和樊部联系不上，可西进陕西，和于右任部的靖国军会合。我部现在只能执行西进的命令。

“陕西自民元以来就没有平静过，北洋军的势力和国民党的势力在斗争中几起几落，陕督在其位的时间都不长。靖国军义旗一举，全省震动，应之者四起。乱中取胜，其道在兹。”

义德言罢，军官们没有不同的意见，西进的方针就定了下来。西进的过程十分顺利，在陕东的义兴镇，义德率部和靖国军会师了。

于右任握住了义德的手激动不已，在镇外的关帝庙里，二人彻夜长谈。义德首先汇报了北返的过程，于右任不断地点头表示赞许。瞻前顾后，两人定下了第一混成旅的原则大计。

于右任语重情长地说：“我有肺腑之言。虽说败军之将不可言勇，但败军之将有失败的教训，前车之覆，后车之鉴。靖国军在陕西之失，你若鉴之，可为建国军在河南之成。元末老儒朱升说明太祖朱元璋‘广积粮、高筑墙、缓称王’，这三句话你一定要牢记，义旗一举，闻风来聚者鱼龙混杂，并非都是从义之士。招兵易，兵聚之后人人都有一张嘴，一天得吃三顿饭。在征粮的过程中，就难免有扰民之举。

“兵多将广之后，打下几座县城并不是难事，但攻城易，守城难。县城失守之后，省里一定会派出大部队来收复。据守是下策，得而复失，甚是影响士气。

“被迫撤出县城时，部队往往失控，投机者会趁乱抢掠一番，造成极坏的影响。堂堂国民革命之师，在民众的心目中也就变成了流寇。

“山区的县城易守难攻，但这种县城守住了也发挥不了什么作用。地区商业中心、对山外贸易中心的地位俱失，成为了一座死城。城中的饥民更是沉重的包袱，不管有失初衷，管又实无此力。”

义德把于右任的话一一记在了记事本上，于右任摇头表示大可不必。勤务兵进来上茶，二人以茶代酒，提提精神，话题也就由现实转移到历史上。

于右任看了看义德武装带上两把斜插着的半套自来得，又下意识地捋了捋自己的胡子，说：“你是武备学堂出身的行伍之士，军人之道重在行。我是个不入流的文人，好以史观今。

“于时下而言，朱洪武之成、李自成之失可鉴。具体到下一步的行动，广积粮就是广筹饷。但不论积粮还是筹饷，均不能扰民，得另开粮源、饷源。高筑墙是建立自己的势力范围，也就是建立自己稳定的可控地盘。缓称王可以理解为在积累实力的过程中不急着树大旗，树大招风。即便控制了几个县之后，在旗号上也不必形成统一，应懂得韬晦。”

义德放下了记事本说：“请于同志放心，‘广积粮，高筑墙，缓称王’这三句话，我不但记在了本子上，更记在了心里，是我今后行动的九字秘诀。对下一步的行动，总司令还有什么指示？”

于右任连连摇手：“谈不上指示，有了稳定的可控制区域后，对界内的土匪要剿抚兼之，以剿为主，坚决杜绝匪患。

“对于各种地方势力，要一打一拉。打是树之以威，拉是动之以情。地方势力与地方民众有千丝万缕的联系，盘根错节，实难分清。除、用之择，既然难除，就采取拉过来为我所用的方针吧。

“用之道在于控制，对于县太爷可以让他在县城里当庙里的神，照受香火。城外的事就不让他管了，具体的方法甚多。统而言之，就是控制、利用的问题。

“留着县署使省里觉得金瓯未缺，对其他的事，也就不闻不问了。于县太爷而言，关起城门来仍是一县之主，在县城里犹可说了算，多少还能有些进项，也就愿意维持这个局面。苟延一天是一天。

“在这种情况下，就能对县城充分加以利用。把控制区所余贩出去，把控制区所需贩进来。在贩出贩进的过程中，不但军需、民需都得到了解决，而且还能从中获利，添置一些军火，用来扩充队伍。”

由“扩充队伍”，话题就转移到对地方势力和占山为王的匪股如何进行招抚、如何改编的话题上。于右任表示：“对山大王不能手软，受抚后一定要毁寨下山。

“对于地方势力，可接受其不出境作战的要求。但不容许他再和其他政治、军事势力往还、结盟，要进行有实效的控制。地方势力一般说来野心都不大，在大多数的情况下，均是志在‘保境’。

“只要不侵犯他的根本利益，他能和强龙暂安。强龙不压地头蛇，就是不侵犯地头蛇的根本利益，不使矛盾激化。

“最能使矛盾激化的是，对‘就抚’的队伍进行整编，不论是地方势力还是山大王，都怕被‘吃掉’，对于可与推心置腹者，就保留他的原班人马。对于难于驾驭的可实行釜底抽薪。让老二取代老大，是最稳妥的方法。在取代的过程中，队伍自然会产生分化。在分化的过程中注意培养从义之士。使队伍信仰化，成为党军……”

义德对信仰化甚感兴趣，正想就这个问题进一步请教，可是庙门口乱了起来，紧接着闯进来了一伙人，为首的不顾站门卫兵阻拦，竟然推门进了屋。

来者不善，善者不来。多年的军人生涯使义德感到这是非常之变。来者气势汹汹，已无军规、军纪可言，进屋后不论是什么姿势，手离武装带上的枪套都很近。枪套里不论是什么枪，保险在上顶膛火时已被撞开，机头都张着。

一等枪手看着对手的眼睛，从眼神之变中做出反应；二等枪手看着对手的手，从手的位置上做出反应；三等枪手看着对手的枪套，对手的手伸向枪套时才做出反应。这是大刀王五所传，并在铁血的实战中得到了证实。

闯进来的人见到义德后就是一愣，在行军灯的照射下，久闯江湖的人一眼就可以看出，站在他面前的这条汉子是一名久历戎行的军人，在刀尖上、弹雨中跌打出来的。

他虽然背着手，可是腰间的两把自来得的大小机头全张着。玩枪的人全知道，手不按在枪把上的枪手，是最可怕的枪手。

于右任很平静，缓缓地发了话：“退下！到门外喊过报告再进来。这是军规、军礼。”

为首的一个没有退下，而是上前了一步，义德也向前一步。四目相对，义德的目光犀利、冷峻，可又安和、沉稳，有大将临敌的气度，当然也就会不战而屈人之兵。

这时门外传来了一声高喝："报告！李保国奉命来到。"声未落，军靴踏地声、踢马刺互碰的金属撞击声刺人耳鼓。

堵在门口的人情不自禁地闪出了一条路。李保国的后面跟着六名卫兵，都提着手提机关枪。虽然枪口都向下，可是保险全张着。

闯进来的人愣住了，回头向门外一看，院子里站着三十几个卫兵，左手举着火把，右手提着自来得。

见此阵势，为首的一个打了一个立正，说："不知司令正在会客，遵命退下，明天再来禀报军务。"说完之后，调头就要跑。

义德喝道："回来！这伙人就像被施了定身法一样，都愣住不动了。义德坐了下来问道："你在外面布置了多少人？"

为首的一个听了这话先是一惊，可是紧接着就是一阵狂笑："看来你还不糊涂，这些年的咸盐没白吃。我在这小庙四周布置了一个营，是个加强营，有小六百人。

"你在义兴镇里的队伍，全叫我包围了。我们是一个支队，两千多号人。端你们这八百多号人，是三对一包啦！

"你要是晓事的就识点相，把广州押来的现大洋交出来，你三我七按人头分，分完后飞鸟各投林，来个好离好散，善始善终。

"闹什么革命？讲什么三民主义？这年头有枪有钱，就是活神仙。你要是不识相，就别怪我不客气。辛辛苦苦地从广东赶来，当个他乡之鬼。"

说罢，拍拍自己武装带上的自来得，摇着脑袋撇着嘴说："谁手中的家伙都不是吃素的，我'关中虎'手中的硬火只认朋友。"

义德站了起来，拱手道："久闻！久闻！失敬！失敬！"关中虎把头一仰，抱拳道："知道就好！知道就好！"可话音还没落，关中虎就傻了眼。他武装带上斜插的两把自来得，全到了义德的手里。他那一伙人，也全被下了枪。只有站在门口的一个，飞身窜了出去。看来这小子轻功不错，还有点真功夫。

这时于右任站起来说："郎三，你号称关中虎，可真是一条喂不饱的狼。到底是露出了本来面目，告诉你吧，广州一块现洋也没解到，你中了我的稳君计。"

关中虎的脸变白了，紧接着又变黄了。结结巴巴地说："总司令，看在我从义的分上……"于右任挥了挥手："把他押下去！"

就在这时，山门外枪声大作。可是弹道都挺高，看来是虚张声势、显示一下火力。关中虎脸上露出了得意之笑："总司令，还是听我的吧。事已至此，犯不上两败俱伤。

"骡驮上那么多的箱子，又沉又重，不是现大洋是什么。咱们还是分了散伙吧。来个半儿劈也行，五五开，两不亏。你怕回广州后不好交待，罪名由我担着。"

于右任高声喝道："败类！"遂即下令："都给我押下去。"在李保国的指挥下，卫兵们把这伙败类捆了个结结实实，押到了后殿里。

回到前殿。李保国向义德报告："镇中发现了许多异常，耿旅副命令我带人接您回去。"于右任问道："你带来了多少人？"报告总司令："一个警卫排，总计三十一人，六挺手提机关枪，其余都是短枪。"

于右任点点头，对义德说："加上我的警卫排，一共有六十多人，对叛军是一比十。怎么打，由你指挥，我就负责守山门。"说着，于右任从腰里拔出了两把左轮，自言自语地说："辛亥之后，这两把枪还没有用过，今晚是再试锋芒。"

义德严肃地说："请总司令到耳房休息，那里是个死角，安全些，外面的事就交给我吧。"于右任摇头一笑："同盟会的老会员，都会使手枪，都会扔炸弹。论枪法，我可不后人。山门如有失，关旅长就唯我是问。"

义德爬上了殿顶，环顾了一下四周的地势。这座关帝庙建于镇外的空旷之所，从四面都可以发动进攻，对于防守者来说，十分不利。

守军有六十多人，除六挺手提机关枪外，都是短枪。叛军有六百多人，系一个加强营，实力相差悬殊。可是守军也有自己的优势，六十多人，均是训练有素的卫兵，大多是双枪将。进攻者虽然人多势众，可是群龙无首，系虚张声势的乌合之众。

义德把六挺手提机关枪部署在前殿、后殿、东西配殿的制高点上，目的不是压制叛军的火力，而是支援固守院墙的短枪兵。

刚布置就绪，叛军就在喊杀声中冲了过来，在距院墙一百米的地方，遇到了自来得的扫射，像潮水一样地退了下去。退到距院墙三百多米以外的安全地带，指手画脚地破口大骂。

义德一声令下，制高点上的六挺手提机关枪同时开了火。骂街的丘八吃了大亏，被扫倒了一大片。捡了条小命的，趴在地下不敢吭声了。

战场之上死静死静的，义德觉得很不正常。正打算派侦察兵潜出，李保国跑步前来报告："关中虎一伙干掉了哨兵，从后殿的北檐下跑了。"

李保国的话还没有落音，庙外传来了关中虎的喊话声：“于总司令、关旅长！你们听着，镇里的部队已经全部被我们解决。现大洋都在我们手里。你们投降吧，投降后发遣散费，让你们回广东。”

听到了关中虎的喊话，义德吃了定心丸。骡驮上什么都有，就是没有现大洋。况且，耿继忠是个真正的军人，既然发现了异常，派李保国带警卫排来接自己，他就更会部署好镇内的战斗，对付两营散兵游勇是游刃有余。只要能守住这座关帝庙，增援的部队很快就会到。

见庙里没有动静，关中虎就组织了第二次进攻。这次冲锋是有组织的四路并进，采用的战术是散兵突击。守军的火力被大大地分散了，进攻者的轻机枪、步枪充分发挥了远距离射击的优势。殿顶上的六挺手提机关枪，受到了火力封锁，发挥不了多大的作用。

借着夜幕为掩护，叛军推进到了山门外。几个会轻功的从墙头上蹿了进来，院内发生了混战。卫兵们凭借着短枪的优势，在近战中大显身手，把蹿入院中的几个叛军消灭了。

叛军停止了进攻，义德抓紧时间调整战斗部署。鉴于关帝庙的院墙还很完整，把制高点上的手提机关枪调了下来，全部的人枪均用来固守院墙。并由李保国带着两挺手提机关枪组成一个机动小组，专门对付蹿墙而入的叛军突击队。

关中虎这时也在做战斗部署，企图借着夜色把突击队运动到墙根底下，突破的重点是山门两侧。

战斗打响后，叛军以喊杀声做佯攻，吸引守军的注意力，突击队很快就运动到了庙墙外。可是刚爬上院墙，就中弹栽了下来。

吃亏后关中虎心生一计，命令突击队用步枪挑着帽子、上衣在墙头上乱晃。这种战术极大地消耗了守军的子弹。义德只好下令停止射击，等叛军逾墙进院后再开火。

这是一场名副其实的超级近战，叛军的突击队攻入了院内。守军固守着固定的点，在暗处。叛军在明处乱窜，守军只要发现了活动目标，就从不同的点进行射击。

叛军的几个悍兵不知怎么滚到了山门前，打开了山门，门外的大部队蜂拥而至。李保国用手提机关枪对准了叛兵扫了两梭子，把山门给封住了。再换弹夹时卡了壳，叛兵又冲了进来。

在正殿中守株待兔的关义德和于右任，同时开了火。义德身上有四把自来得，不用换弹夹连扫了四梭子。于右任的两把左轮也是弹不虚发，撂倒了三个。

这时李保国的手提机关枪又响了，山门被重新封住。

叛军又停止了进攻，关中虎和一营长关中豹合计了起来。关中豹见部队损失严重，不想打了。关中虎把眼一瞪说："该拼上点血本时就得拼，只有打下来这小庙，才能活捉于右任、关义德，逼着他们命令镇里的部队把现大洋交出来……"

一提起现大洋，关中豹像是打了吗啡，把自来得往武装带上一插说："不打了，火攻。把这座小庙点了，姓于的、姓关的不举着手出来，就得烧死在里面。"

关中虎听了后挑起了大拇指，下达了火攻令。敌我一墙之隔，叛军把浸透了煤油的衣物、棉被从墙外扔了进来。在熊熊大火中，守军失去了隐避和凭托。

叛军趁着火势，据院墙为工事。借着火光，把院内看了个一清二楚。守军只能退守殿内，但是西配殿已被点燃了。眼看小庙变成了火海，唯一的选择就是突围，可是此时突围已是太晚了，甚至是不可能了。

就在这千钧一发的时刻，叛军的背后响起了冲锋号，机枪、步枪的射击声连成了一片。关中虎见势不妙，上马夺路而逃，关中豹紧随其后。反应慢的傻丘八，当场被俘。

于右任、关义德整理了一下军装，步出了关帝庙。耿继忠跑步迎上来报告道："总司令受惊，职部来迟。"紧接着又向义德报告："李保国带着警卫排出发后，侦察排报告说义兴镇正处于不明番号部队的包围之中。我即下令部队进入临战状态，并扣押了镇中不明身份的人。这些人身藏短枪，自称是一支队的，穿着便衣来逛逛，是想开开心。

"这时值星官报告说，镇外开来了一个连，自称是总部的卫队，奉于总司令之命来参观内务。我即令老二连接待，当这伙人进入驻地后，二连在机枪连的协助下，把这伙人下了枪。

"刚刚处理完了这批不速之客，镇口的老三连就和往里闯的部队交上了火。由于我军早有准备，两挺重机枪、四十多挺轻机枪已进入射击阵地。火力之猛，超出了进攻者的意料，把他们打得丢盔弃甲、狼狈而退。

"这时就听镇外喊叫声连成一片，一个粗嗓门高声喊道：'弟兄们！现大洋当当响，谁先冲进去有分成。现大洋不认人，先抢出来的拿一半……'

"这伙亡命徒听了后，就像吞了符合了咒。真是铜气熏心，邪气也就贯身，趁着天黑了下来，顶着机枪又冲了进来。在近战中吃了手枪连的大亏，又退了出去。

“两次进攻均失败后，战场上沉寂了下来。我趁战斗的间歇，押着俘虏参观了库房。打开了箱子让这伙财迷心窍看清楚了，箱子里装的是迫击炮和炮弹。并当着这伙人的面把迫击炮全架了起来，对准了镇口外，然后把这些亡命徒全部释放了。这伙人一出镇，镇外头就乱了。对准了乱声最高的地方，我打了八发六零炮。然后吹响了冲锋号，率一连、二连从正面压了上去。

“包围义兴镇的不明番号的部队四散了，我立即命令二连回镇加强戒备，率一连和手提机枪连赶来了。”于右任走下了台阶，握着耿继忠的手说：“好样的！是个真正的军人。”

紧接着于右任又是一声长叹：“我这个总司令，现在可成了名副其实的光杆司令。还差点就把你们也给连累了。靖国军举起义旗之后，一时之间从者甚重，虚成声势。附于旗下者良莠皆有，没想到……”

义德接言道：“总司令也不能这么说，靖国军在关中举起了义旗，与广东南北呼应。对于全国革命形势的发展，起到了推波助澜的作用。

“能在孤悬之地造成声势，实为难中之难。况且巧妇难为无米之炊，无兵、无械、无饷，对于附于旗下者，虽知从义与投机相混，可是驾驭难，处置也就更难了。”

于右任显得很激动，拉着义德的手说：“这次兵变，是一次惨痛的教训，凡我同志皆应深思。我党是革命的党，可从未建立起一支革命的军队。

“辛亥所依靠的是新军起义，护国、护法两役所依靠的是南方军人。我这次回陕西重举义旗，所依靠的是民元旧部，又收编了许多地方势力和草莽之士，其结果是虚张义旗，空为司令。如果不是你们赶到，我这个总司令的结局，一定是让关中虎解到西安，当归附新主的见面礼。我决定回广州，听候处分。”

在义兴镇的聚兴居，关义德、耿继忠给于右任饯行。席间的气氛自然很沉重。干了一杯老白酒，于右任长长地嘘了一口气：“长话短说，我有三件事最放心不下。

“一是你们今后的去向，综合起来分析，于时下而言，陕西不易立足，还是到豫西发展为宜。二是今后的联系要设立机关，我在广州的联络机关是珠江路九十八号，化名是固汉统，给我去信就寄到这里。”

听到这儿义德不解了，说："由报纸上得到的消息是滇军驱逐了陈逆，孙先生已回广州主政。那里是咱们的天下，干吗还暗设机关？"

于右任笑了，"你若从河南利用邮局把信寄到广州，上书共和路五十六号中国国民党中央党部于右任收，信能寄得到吗？你们有了固定的势力范围之后，也要设立机关。信中要用暗语，以防邮局中的缉查人员……

"三是有了稳定的控制地区后，如何团结民众的问题。孙先生提出了耕者有其田的口号，但没有实行的机会。退而言之，一些同志提出了二五减租、分半减息，但也没有实行过。你们有了稳定的控制区域后，如具备了一定的条件，不妨试行一下。"

义德、继忠点头表示牢记。于右任举杯说："孙先生有言：'革命尚未成功，同志仍须努力。'干了这杯酒，咱们虽然是北南异地，但共同奋斗。他日相见，再饮庆功酒。"

送走了于右任后，义德、继忠开始研究下一步的行动。耿继忠直言说："这伙变兵从整体上来说是乌合之众，但从个体上来讲都是亡命徒。他们只是被打散了，随时有重聚起来的可能。聚起来后就会打咱们的主意。没有现大洋，枪炮抢到手也能变成现大洋。"

义德表示同意，说："咱们有八百多人，可有两千多条长短枪，再加上机枪和迫击炮，火力在一个加强团之上。但现在不能马上招兵，先实行双枪制，每人配长枪、短枪各一只。长官要以身作则，配上三只短枪。把马匹腾出来，组建一个骑兵连，加强部队的机动性。

"剩下的物资，二百多匹骡子也是满载，行动起来十分不便。我看此地不可再留，今夜就转移。回豫西后是地熟人灵，就以兴元、辉城、封城、归德、强武为活动区域。先设法控制住局面，再谋求发展。"

说罢，义德果断地下达了命令："部队今晚十时出发，潜师行军，天明前务必到达符山。"李保国跑步去传达命令，义德和耿继忠对着于右任留下的军用地图陷入了深思。

耿继忠缓缓言道："于总司令的靖国军失败之因甚多，最根本的原因是没有自己的队伍。由于求速心切，收编了不少地方势力和山大王。这些人都是见风使舵，投机革命。

"教训太深了，按枪人合一说，咱们的队伍能扩编三倍多。招兵可要慎重，手上没老茧的可不能招。散兵游勇也最好不收……"

听着耿继忠的话，义德陷入了更深的沉思之中。五县地区在地图上的位置甚明，到了五县地区，如何扩大队伍，心中可真没底了。在一般军人的心目中，当兵就是为了吃粮领饷。能有卫国保民之志者，是军界的精英。当兵是为了革命，是为了实行三民主义，这样的兵上哪儿招去？招不到这样的兵，又何言革命？义德盯着杯中的苦茗，发愣了。

6

经过七天的行军，队伍到达了夹山地区，已经接近了五县的中心地带。队伍正行进在山沟的官道上，半山腰突然传来了“军爷救命”的呼喊声。

义德举起望远镜，见六七个蓬头垢面的人一边呼救一边向队伍奔来。义德用马鞭一指，对身边的李保国说：“你带骑兵班上去看看。”

李保国一挥手，警卫排的骑兵就跟着他迎着呼救声催马而上。到了跟前，呼救的人趴在地上高声大喊：“军爷救命呀！”

这时在后面追赶的人也到了。打头的一个穿着一身黑，头上戴着一顶法国盔，后面跟着七八个人，也是这个打扮。打头的大大咧咧地走了过来说了声：“弟兄们好哇！”冲在最前面的骑兵班班长翻身下马，把他挡住了。

“法国盔”一愣，看了看面前的这个“弟兄”，身穿灰咔叽军装，脚下是翻毛皮靴，背上背着骑枪，前肩上挎着自来得。于是赶紧改了口：“老总从哪来？”

“老总”没理他，自来得却抽了出来。法国盔后退了一步，叫了一声：“军爷！辛苦。”说着，横枪抱拳算是一礼。

“军爷”没搭话，军爷身后传来了踢马刺的碰击声。“法国盔”又是一愣，来者身穿灰呢子军装，足蹬高筒马靴，武装带上斜插着两把自来得。不用问，来头小不了。

“法国盔”赶紧退了一步，枪口冲地，鞠了一躬：“长官辛苦！长官辛苦！”李保国打量了一下眼前的这块料。穿着一身黑可不是警服，手里拎着一挺手提机关枪，腰间横扎着宽板带。长满了横肉的脸上斜棱着三角眼，秃脑袋上歪顶着一顶硬壳帽，时髦的人称之为“法国盔”。

四目相对，“法国盔”的三角眼一转，邪主意也就来了。李保国从上到下又把“法国盔”打量了打量，主心骨也就定了。于是发问道：“你是干什么的?”

“法国盔”退后了两步，把头一扬：“这话得我问，长官是过路的军爷，我是本山的护矿队。您是行客我是坐客……”

趴在地上磕头的人这时都躲到了李保国的身后，指着“法国盔”大声喊道：“军爷别信他，这伙人比土匪还坏，把我们从山东骗来……”

“住口！再说我崩了你。”说着，“法国盔”端起了手提机关枪。李保国向前走了一步，“法国盔”把枪口压了下来，冲着自己的脚面。梗着脖子撇着嘴说：“长官听我一句劝，他们几个是土匪。您过您的道，办您的公干，别误了您的事，这几个人就交给我了。”

李保国又把“法国盔”从头到脚打量了两遍，这回可把这块料打量毛了，身不由己地向后退了三步。再抬头一看，“长官”身后的“军爷”都亮出了自来得，而且大小机头都张开了。

李保国冲“法国盔”一笑：“我要不听你劝呢?”“哪……哪能呀！长官是个明白人，强龙不压地头蛇，好鞋不踩臭狗屎……”

“我要是不明白……”“您要是真不明白，就得问问它了，这玩意儿叫手提机关枪，太原造，仿意大利的，双排五十发。”

李保国哈哈大笑：“这玩意儿倒挺唬人，我看在它的面子上，就听你一句劝。不过你也得外场外场，跟我意思意思。”

“那一定！那一定！可真不好意思，身上只有这点，您就……”说着，“法国盔”就往衣襟里掏。“就十块，压兜的……”

大洋没交到李保国的手里，挺唬人的玩意儿却到了李保国的手里。“法国盔”被踢出了一丈多远，李保国掂了掂这挺手提机关枪，自言自语地说：“枪挺新，就是重点。”

“法国盔”身后面的“法国盔”都挺乖巧，把枪一扔，全跪在了地上，口呼“军爷饶命!”

义德对呼救的人进行了询问，耿继忠对“法国盔”进行了审问，得出的结果是翻过两道山梁，岭下有条黑狼沟，沟里有条坑道，出煤挺多，煤质也挺好。

山外的流民聚了上百号人，就挖起煤来。离黑狼沟四十多里有个石门寨，三当家的叫“阴到底”、二当家的叫“底就阴”、大当家到叫“没底阴”。三阴一合计，就把开矿的全给端了。然后到山东、陕西骗了许多饥民来开矿，被骗来的人蒙着眼睛带进山来，打开眼罩后，就被钉上脚镣下坑挖煤。煤出坑后由他们的人赶着大车拉到沟口，再雇车运到山外销售。

沟里的人不出沟，沟外的人不进沟。进了沟后就别想再出沟。三年来骗来了有几千号人，“三阴”比沟里的野狼还狠，拿人不当人。

被骗来的人戴着脚镣干活还不给吃饱，干不了几个月就被折腾得没人形了。到了挖不动煤时，就扔出去喂狼。黑狼沟里的狼是越来越多，越来越肥。一到晚上围着工棚嚎个不停，“没底阴”说这是他养的狼兵，不跑的还能多活几天，跑出去的是去喂狼。早晚都得喂狼，就看选哪条路了。

“没底阴”的喽兵有百十多号人，都身穿一身青，头带法国盔。以乌金换黄金发了之后，全换上了新硬火，是清一水的巩县造，还有十几挺从太原兵工厂弄来的手提机关枪，打头的一人一挺。

“没底阴”的老巢在石门寨，进寨口是个山洞，洞高也就三尺多，有四五丈长。这个洞口叫地口，地口到头就是个大山洞，号称“聚义厅”，这个大山洞能装下几百人。地口边上有个大石球，石球的垫石一撤，石球就把地口给堵了。

“聚义厅”的后门叫天口，通向到山顶的石阶道。山顶四周都是绝壁。山顶上有水道，收集雨水。水都存在十口大缸里，水是石门寨的命根子。十口大缸要是见了底，就得到二十多里外去背水。

“没底阴”的黑心钱都存在石门寨，他管“聚义厅”叫通天洞。石门寨有十个人守着，这十个人号称十孩儿，都是“没底阴”的死党。

除暴安良，责无旁贷，救民水火，义不容辞。义德决定立即端掉这个令人发指的魔窟。正在和耿继忠商议行动方案，得到了后卫排的报告，有五十多辆大车，从山外正沿着官道赶过来。

义德立即下达了命令：“把这五十多辆大车全扣下，赶车的一个也不许跑了。”回过头来后对侦察排长说：“下步棋就看你的了。”侦察排长立正敬礼：“一定完成任务。”

侦察兵变成了车把式，五十多辆大车一直赶到了“护矿队”的伙房。时值中午，夜班的、白班的都正挤在一起吃饭。一枪未发，这伙“法国盔”就全当了俘虏。

李保国带着骑兵连扬长而入，在大厅前下马。站门的两个“法国盔”迎了上来：“弟兄们是……”李保国抬手就狠狠地赏了这两块料四记耳光：“‘弟兄’也是你们叫的吗？”

一打就明白，这两块料捂着腮帮子看了看李保国，军装、军帽、军靴都有个样，人更有个谱，不用问准是有分的主儿。立刻鞠了一躬，赔着笑脸说：“长官来了，您有什么吩咐？”

“这还像句人说的话，你们主事的在哪儿？我们团长马上就到，快点准备准备。”

这时“没底阴”从里屋跑了出来，连连向李保国拱手说：“不知长官来了，失迎！失迎！”李保国一屁股坐在了太师椅上，把脚跷到了八仙桌上说：“我们长官马上就到，看你这模样像个主事儿的，主事儿的人都懂事，该干什么就不用我说了吧。”

“明白！明白！长官率队途经小矿，应尽地主之谊，尽力接待，不知长官的队伍有多少人？”“刚夸你是个懂事儿的人，怎么就犯起糊涂来了。队伍有多少人，是你该问的吗？”

“没底阴”这时真是没底了，来者不善，善者不来。别说马上就要到的长官了，眼下这位军爷可就不好对付。

于是又赔了个笑脸：“长官还没有吃饭吧，我这就去安排。”说完后转身就要溜。李保国高声喝道：“回来！”“没底阴”只好转过身来，垂手而立，脸上的笑容很是勉强。

李保国把脚从八仙桌上放了下来，端坐在太师椅上，双手扶着大腿发了话：“给你交个实底吧，我们长官是督署直属二团的甄团长。奉督帅之令巡视豫西，途经此地。

“虽说是途经，可是行前奉了口谕，叫你意思意思。别以为这深山老林里你就能当土皇帝，天外有天，人外有人。督署虽说远在开封，耳朵可长着哪。该孝敬土地的孝敬土地，该孝敬城隍的孝敬城隍。

“可别忘了，城隍爷上头还有玉皇大帝，还有西天佛祖。这话你该听明白了吧，你要是早孝敬了，这事什么都好说。现在嘛，晚了点。晚了也没有什么关系，就得加点码，多出点血。一会儿团座到了，你识点相……

“没底阴”多少知道了点底，所以连声说“明白！一会甄团长到了，还得靠您美言几句。我这就让人去给您上两条‘小黄鱼’，当酒菜……”

“没底阴”的话还没有说完，就听门外一声断喝：“甄团长到！”这一嗓子像一声晴天霹雳，把“没底阴”吓了一哆嗦。想迎上去又没敢，就以半躬的姿势，在原地敬候了。

关义德、耿继忠披着黑呢子大氅走了进来，身后是二十几个护兵，个个都倒背着骑枪，武装带上斜插着张着机头的自来得。侍从在身边的四名军士长，武装带上都斜插着两把张着机头的自来得，肩后背着鬼头刀。

一见这阵势，“没底阴”倒吸了口凉气。这口凉气阴得真是没底了。李保国立正敬礼：“部下已经明示了长官的……”义德挥了挥手，示意李保国处理门外的事。

李保国退下后“没底阴”凑上一步说：“刚才的那位军爷已经吩咐清了。”耿继忠接言道：“能一次清最好。”

说着，指了指四名背着鬼头刀的军士长：“这四位是督帅的卫士，行前督帅明示，叫你用一百万大洋买条小命。够不上这个数，由他们把你解到开封，到了开封，可就得公事公办了。”

“没底阴”结结巴巴地说：“长官！实在拿不出这个数，求您二位在督帅面前帮着打打价。别说‘一次清了’，就是凑，也凑不出这个数，把价打下来后……”

“放肆！”义德拍了桌子一下，这下虽然拍得不重，可是“没底阴”的腿一软就跪下了。“你胆子可不小，敢和督帅打价，督帅是言出不回，言出法随，言出刀至。”

耿继忠走到“没底阴”跟前，伸手抬起了他的下巴说：“明白人就别干糊涂事了，带我们到石门寨看看，一切好说。你要是不去也没关系，把你解到开封，我们算交差了。

“矿上这么多人，先不说缺名少姓的，就是‘阴到底’和‘底就阴’这两块料，也会抢着把我们带到石门寨。你好好想想，我们还得到外面看看。”

当耿继忠再次走进大厅时，“没底阴”扑了过来，跪在脚下说：“副座，我听您的。您可得救救我，我这个人是‘受人滴水恩，必拿涌泉报’。”耿继忠点了点头。

“没底阴”压低了嗓门说：“去石门寨时您少带点人，多带上骡驮。”耿继忠会意地笑了，示意“没底阴”不要再说下去。

此时义德正指挥着一连的弟兄们把矿坑中的劳工解救出来。由于脚镣都是钉死的，开起来还真有点麻烦。听完了耿继忠的汇报之后，义德果断地向李保国下达了命令。

一、由李保国率骑兵排押解“没底阴”前往石门寨。

二、由二连抽调一个加强排，押六十驮骡驮前往石门寨，行前带上足够的水。

三、调八零迫击炮一门，携带两个基数的炮弹。并配备一个轻机枪班、一个手提机关枪班前往石门寨，但和前队保持足够的距离。

四、由耿副旅长指挥前往石门寨的行动。

李保国传达命令。一切布置妥当后，耿继忠命两名卫兵把“没底阴”押了过来，小声对李保国说：“把这阴家伙夹在骑兵排中间，防着点。一定要活着把他押到石门寨。”李保国答道：“明白。”

去石门寨的路只能通行单骑，队伍拉得挺长。“没底阴”前头是骑兵排的王排长，后头紧跟着严班副，被夹在了中间。严班副的自来得不但张着机头，而且从枪套中抽了出来，插在了武装带上。

李保国紧跟在严班副的后面，为了防止意外，自来得也上了顶膛火，插在了武装带上。队伍开出了三十多里后，进入了险道。一边是悬崖，一边是峭壁，队伍行进得很慢。

时值中午，春阳和暖，当兵的都解开了领扣。“没底阴”也脱下了红呢子大氅横在鞍前，回过头去向李保国大声喊道：“长官！路太险，下马走吧。”

李保国看了看前面的路，又望了望身侧的悬崖深谷，向骑兵排的王排长一挥手，喊了声：“下马！”

就在骑兵们翻身下马之际，就听见一声马嘶，“没底阴”连人带马摔下了悬崖。严班副愣了，李保国也愣了。伸头向下一看，只见红呢大氅在空中缓缓飘落。

大伙也都探头向崖底看，这时就听见耿继忠在后面大声命令道：“骑兵排继续前进！火速抵达石门寨，控制地口。”喊罢，拔出了自来得，回过头去向天空放了三枪，向身后的步兵发布了命令：“全体搜索右侧崖壁。”这时严班副惊呼，他插在护鞍垫上的马枪没了。李保国才发现崖壁虽峭，可是布满了蔓生植物，洞、缝、隙、漏星罗棋布，于是赶紧跑到耿继忠的马前报告。

耿继忠挥手打断了他的话：“我在后面的角度看得很清楚，你一挥手下令下马，‘没底阴’就把大氅往马头上一盖，翻身离鞍时来了个兔儿双蹬腿，把马踹了下去。自己借劲蹿出去时，顺了严大庆插在马鞍垫上的骑枪，地遁了。

“这儿的地形很复杂，这个阴种又小又瘦，钻了地洞后确实不好找。这儿的地洞可能连着后梁，现在全排就地进行搜索，等后队赶上后全速赶往石门寨，以防‘没底阴’从后梁抄近道先进了通天洞。”

后队赶到后，机炮连的刘连副向耿继忠报告说：“奉命带来了三个到过石门寨的喽啰，让他们当向导……”耿继忠即命令部队以最快的速度向石门寨前进，同时小声对李保国说：“留下几个人蹲坑，以防阴家伙躲了起来。他要钻了出来，一定要抓活的。”

部队以急行军的速度又翻过了一道梁，前进了三千多米后，山道上发现了两具死尸。带路的喽兵认识，前头的一具是三寨主“阴到底”，后面的一具是二寨主“底就阴”。

从血迹上来看，两人可以说是同时中弹。“阴到底”的后背中了两枪，是自来得打的。“底就阴”的手中还握着一把自来得，弹夹中少了两发子弹。无疑是“底就阴”枪杀了“阴到底”。

“底就阴”也挨了两枪，是七九式骑枪打的。由此可以断定，“底就阴”从背后击毙了“阴到底”后，“没底阴”从背后用顺来的骑枪撂倒了“底就阴”。石门寨的“三阴”，现在只剩下“没底阴”了。

李保国下令部队全速赶往石门寨，在距通天洞约三百米时，洞顶上扫过来一梭子机关枪。弹道很高，目的是警示。枪响之后，有十来个人同时喊话：“请耿团长上前，我们大当家的有话说。”

耿继忠拍马驰到地口前，就见“没底阴”立于十余丈高的绝壁之上，发出了一阵阴笑，笑得令人毛骨悚然。

笑罢上前一步，向下一拱手道：“得罪了，贵军大老远的赶来，可这顿午饭我压根就没打算请。趁着老阳还没歪，赶紧收队下山，免得天黑了道上不好走，再出点差错。”

李保国怒不可遏，抄起马枪，对准了“没底阴”的脑壳，枪口抬高半丝，扣动了扳机。枪响之后，“没底阴”的礼帽被打飞了。这一枪让“没底阴”知了点底，向下又一拱手道：“长官好枪法，二拇指真有准，扣扳机时二拇指要不抬高半丝，我的脑壳可就开了花。”

说到这儿，“没底阴”举起了手中的手提机关枪，摇着秃脑袋说：“我手中的这玩意儿也不是吃素的，我的二拇指更有准，要真跟小长官过不去，一个短点射，您的胸口就成了马蜂窝。可咱们都是明白人，明白人不干糊涂事。二拇指有准，心里头更有数。”

这时耿继忠接话了：“大当家的自称是明白人，明白人就好办事。说说眼下的道道，这事是怎么了法？别玩得太邪了。”

“没底阴”又是一阵阴笑：“邪不邪先不说，不玩出点邪的，人能叫我‘没底阴’吗！耿副团长可要明白，此一时彼一时。一个时辰前，我是您的阶下囚，现在嘛，我是山中仙，石门一关，有吃有喝。

“贵军可就不行了，先不说吃，下山打趟水，来回得六十多里，挑上山来后，一桶也就剩下了半桶。五年前镇署开来了一个营。三天后灰溜溜地走了。

“您来时我就关照了，少带人多带骡驮。您是个一点就透的人，还真照办了。可是人也好，骡驮也好，全用不上了。话说到这，您也该明白了。怎么办先好好想想。

“我是个外场人，总不能叫您白跑一趟，快晌午了，我先回洞喝壶茶润润嗓子，好吃中午饭。饭后我得睡一觉，睡醒后咱们接着聊。我睡觉时您可别闲着，好好掂量掂量，开价时得有点尺寸。”

“没底阴”扯着嗓子喊的时间可不短，真有点口干舌燥了。回到通天洞后往虎皮交椅上一坐，一边喝着新摘下来的信阳毛峰，一边撇着嘴乐。

心里想着这真是天意，纵身一跃时随手顺了条骑枪。快到通天洞了前面冒出了老三、老二，老二出黑手干掉了老三，我这老大出手撂了老二，可就是替天行道了。看来石门三阴是“阴到底”斗不过“底就阴”，“底就阴”还得折在我“没底阴”的手上。甭管姓耿的开什么价，我都来个就地还钱。交货时得想个万安万全的阴招，让他人财两空。煤矿是完了，这石门寨也犯不上守了。六十多驮骡驮到手后，得把真货转移出去。怎么走法可得巧安排，还得使个阴招……

正想得出神，通天洞的上口传来了隆隆的爆炸声，一个喽兵慌慌张张地跑了进来，上气不接下气地说：“完了！完了！”一边说着一边用手指着上洞口补充道：“水！水全没了！”

“没底阴”的头嗡的一声，差点炸了。抄起帅案上的手提机关枪就冲出了上洞口。睁大了眼睛一看，真是全完了。

“没底阴”的底真是没了，愣呆呆地一动也不动，像是泥捏出来的土胎。一个小喽啰结结巴巴地说：“不知从哪飞来的，像是长了眼睛。全掉到了十口大缸上，都炸成了十八瓣，一滴水也没剩下。”

小喽啰说什么，“没底阴”根本没有听见，他心里正想着只有他才想得出、干得出的事。

回到聚义厅，“没底阴”就集合了十孩儿宣布：“现在是‘短刀要九’的时候了，石门寨的存亡全靠哥儿几个。”说着“没底阴”抄起了手提机关枪说：“咱们手里有枪，这通天洞里有的是‘真货’，我跟大伙交个实底，闯过这一关，就是躺着花，这辈子也花不完，缺的就是水。”

说到这儿，“没底阴”把手提机关枪放到了帅案上：“入了道，靠的是枪，可光靠枪也不行，更得靠‘情义’二字。

“现在咱们是有难同当的时候了，要闯过这道坎，就得有水同喝。”说完，又抄起了手提机关枪：“现在咱们就一齐去伙房，把壶里、锅里、罐里能喝的水全都集中起来，滴水不许私喝。谁要是敢私喝，可别怪我翻脸不认人。”

十一个人一齐到了伙房，把能喝的水，包括一盆洗菜水都集中到了一个大坛子里，这个大坛子太神圣了。它就是大伙的生命；这个大坛子又太可怕了……

“十孩儿”都看着大坛子发愣，“没底阴”大声喊道：“发什么愣呀！抬到聚义厅去。可得小心点，要是失了手，我开膛取他的心。稳稳当当地抬到了帅案上，分钱时我多赏他一千块大洋。”

郝发财、任财发哥儿俩你看看我，我看看你，挽起了袖子，扎紧了裤腰带，小心翼翼地把大坛子抬到了聚义厅，轻轻地放到了帅案上。然后长长地嘘了一口气，提到了嗓子眼的心，这才放下来。

“没底阴”在大坛子前摆下了十一个一样大的饭碗后，抄起手提机关枪郑重地宣布：“都听清楚了，什么时候喝水、喝多少，都得听我的，谁要是敢乱来，我这挺手提机关枪可不认人……”

话还没说完，“没底阴”的手提机关枪就真不认人了。一梭子扫过去，把站成一排、瞪着眼睛、盯着大坛子的十孩儿全给撂倒了。

“没底阴”还不放心，提着手提机关枪来回查验了两趟，见没有出气的了，才长长地嘘了口气，把手提机关枪往帅案上一放，稳稳当当地坐到了虎皮交椅上，嘿嘿阴笑了几声：

“我说弟兄们，别怪我心黑手狠，这是你们上辈子欠我的，这辈子你们是来以身还账的。再说了，渴死的罪不好受，不如死个痛快，还能落个早死早托生，投胎转世时还能抢个好人家。

“过了这一坎后，我好好祭奠祭奠哥儿几个。多烧点纸钱，在那边就敞开花……”“没底阴”的话还没有说完，一个身中三枪的喽兵突然坐了起来，手里的自来得大小机头都张着，把“没底阴”给顶住了。

“没底阴”的脸一下子变得煞白，举起了双手，哆哩哆嗦地说：“兄弟！有话好说。这水、这大洋，咱哥俩半儿劈，你先把枪放下……”

“你害怕了，用不着。我不打死你，没有那么便宜的事，你得渴死。你想想，这顶门石你一个人搬得开吗？你叫‘没底阴’，今我就抄你的底，让你见识见识我这‘抄底阴’。”

说着，就扣动了扳机。一梭子全打在了盛水的大坛子上，坛子被打飞了，水流了一地。“没底阴”先是一愣，紧接着就扑了过去，像狗一样地趴在了地上，企图喝上几口。可是帅案的地势高，水四散而流，一口也没能喝上。

“没底阴”呆呆地看着“抄底阴”，“抄底阴”脸上露出了一丝微笑，慢慢地闭上了眼睛。“没底阴”不由得后退了一步，头发根立了起来。可是，猛地又大吼一声，从靴子里拔出了匕首，冲向了“抄底阴”：“我喝你的血！”

“没底阴”给“抄底阴”来了个大开膛，把五脏六腑都给掏了出来，可是“抄底阴”的脸上，仍然带着一丝微笑。“没底阴”瘫在了地上。

这时山下传来了齐整的喊话声：“请大当家的出来说话。”“没底阴”藏身于大树后，看着喊话的士兵，心里跟明镜似的。这时候不露面，是上策中的上策。

耿继忠下令吹响了出发号，队伍趁着刚过午的太阳下山了。“没底阴”的心里比明镜还透亮，在通天洞地口堵着他的人，少说也有一个排。

即便一个人也没有，他也没有可能从地口爬出去，这是“没底”还是“抄底”，真是说不清了。一想到只要几天不下雨，就得渴死在通天洞里，时逢春旱，别说几天不下雨了，个把月不下雨也是常事，“没底阴”可真凉到了底。

凉到了底，可阴到不了底。“没底阴”开始捉摸怎么能活着离开通天洞。

耿继忠和“没底阴”阵前对话时，王连副已把一门八零迫击炮运动到了通天洞侧面的柱头山上。通天洞和柱头山中间隔着一道山沟，两山顶部距离不足一千米。

站在柱头山顶上，用望远镜、炮兵观测镜均可以清楚地看到通天洞天口外的小平台上摆着的十口大缸，从射击角度来讲，可以说是极佳。于是，王连副果断地下达了射击的命令。

十发炮弹从天而降，彻底地摧毁了“九天仙井”。炮击效果得到观测兵的证实以后，耿继忠命令士兵喊话：“请大当家的出来说话！”意在摸摸“没底阴”的“底”。

“没底阴”选择了缄默。虽说主动权已经转移，可是拿下石门寨仍然是个难题。最稳妥的是“困”，但难免夜长梦多。而且水的供应，也会给部队造成十分沉重的压力。

耿继忠决定给李保国留下一个排，轻机枪班也跟着留下，其余的人马暂时撤回，听候义德的下步安排。

行前告诫李保国："通天洞里最多也就是十一个人，几杆步枪就能把他们封死在地口里。怕的是匪股之间有联系，来个内外夹攻。'阴到底'、'底就阴'死了。'没底阴'困在通天洞里，出现内外夹击的可能性极小，但也不能排除。把机枪班留下，就是防备这种非常之变。六挺轻机枪的射击阵地，是背向通天洞。"耿继忠率队出发后，李保国对通天洞进行了进一步的观察。

后山是百丈绝壁，没有攀登的可能。通往石门寨只有山前的一条路，耿继忠正走在这条路上。要想封住这条路，三挺轻机枪就足够了。

前山西侧均是三十多丈高的峭壁，东侧的峭壁可以说是神斧劈出来的大镜面，高约十余丈。"没底阴"若是缒岩而下，不是说没有可能。

李保国在东侧的岩壁下布置了双岗，一个双人流动哨、一个双人固定哨，并架起了两挺轻机枪。在地口布下了三道手榴弹阵，只要有人钻出来，一准把手榴弹碰响。又在地口两侧布置了十名射击手，可以说是万无一失。

入夜后，一轮明月升起。林中不时传来猫头鹰的叫声，野狼的夜嚎也是此起彼落，让人听了直发瘆。

好容易天快亮了，东方呈现出鱼肚白。可是岩壁上突然冒出了一团黑气，又像是黑云，旋转而下，越转越大。转到地面上之后，向哨兵缓缓而来。

两个哨兵紧张极了，一个说："是不是通天洞里有妖精，这团黑气就是妖气。"另一个说："你可别吓唬我，要是有妖精现身，也得是三更半夜。再恶的妖精，也不敢在日头底下作怪。"

"你说的在理，神鬼都怕恶人，别说妖精了。枪能镇邪，我倒要见识见识这个妖精是公的还是母的""行！你有种我也不含糊，咱哥儿俩一块儿上。"

说着，两个哨兵一同上了刺刀，把子弹也推上了膛。看来真要同妖精动动真格的了，这时黑气在地面上渐渐散开了。

小哥俩冲上去一瞧，这团黑气原来是一团山里的土蜂，正围着一个赤身裸体的人乱蜇。这个男人翻滚了两下后，就不动了，土蜂也就散了。

这群土蜂少说也有上万只，飞起来后黑压压的一片。在朝阳的斜射下，如同一团黑气，又像是一团黑云。

小哥儿俩愣了，一个就地监视，一个跑步前去报告。李保国赶了来，见一个裸体男人趴在地上，一动不动，有几个土蜂围着他打转转。

李保国伸手在这个人鼻子上试了试，已经没气了，于是把他翻了过来看个究竟。这个光腚猴原来是“没底阴”。虽说一丝不挂，可是背着一个用裤子改装成的“包”。解下来一看，有一百多条“小黄鱼”，二十多块现大洋，一把自来得。

“没底阴”为什么一丝不挂？又是怎么从通天洞顶上下来的？为什么招惹了土蜂？李保国亮出了两把自来得，猫着腰向岩壁走去。

在距地面两米高的地方，发现了一条从岩顶垂下来的绳子。这条绳子老粗老粗，不是麻的，是用破布编成的。

在距粗绳不远的地面上，有一个从岩壁上掉下来的巨型蜂巢。准是“没底阴”缒岩时给蹬下来的，失足一蹬，正踩在了蜂窝上，被活活蜇死了。

李保国回过头来命令两个哨兵：“就地隐藏，再从绳子上下来人，要抓活的。抓不成活的，一定要击毙，绝不能叫跑了。我去调人来增援你们。”

李保国调来了八名射手，扎扎实实地把这条绳子给封死了。在射手们的身后布置了两挺轻机枪，以防突发事件。选派了两名通讯兵跑步下山，向旅部报告。通讯兵在半路上就和关义德、耿继忠碰上了。报告了发现“没底阴”的过程后，两位旅长也觉得太蹊跷。命令部队以急行军的速度，赶往石门寨。

到了石门寨后，义德进行了全面的侦察。通天洞既高且陡，山顶部的面积不大，可以说是“一柱”之地。原计划是炸开通天洞的地口，如爆破失败，就实施攀岩作业。为此，调来了四门六零迫击炮、二十挺轻机枪，组成强大的火力网，封锁岩顶部，确保突击队安全攀岩。

十二名攀岩突击队员，均是冠云山中的药户出身，借助于抓山钩、定身锤、歇身蹬等专用设备，可以爬上十余丈高的峭壁。

现在从岩顶上放下一条老粗老粗的绳子，匪首“没底阴”赤身裸体地缒岩而下，真是令人费解。以关、耿二人的经验阅力来判断，通天洞中一定是发生了非常之事。

十之八九是火拼，火拼的结果有两种可能，一是十孩儿放逐了“没底阴”，二是“没底阴”做掉了十孩儿。

由“没底阴”身携一百多条“小黄鱼”来看，第二种结果的可能性居多。所令人不解的是，这位大当家的为什么一丝不挂地缒岩而下。

两位旅长用望远镜对老粗绳由下而上地进行了观察，得出的结论是，上端系于岩顶临壁处唯一的一株古树之上。古树四周均是裸岩，不大可能有设伏人员。老机炮连的司测员，用炮兵观测镜监测出的结果和两位旅长完全相同。

义德下令用八挺轻机枪组成火力网，并调动二十名狙击手进入了射击位，以确保古树上所系的粗绳不遭到突然的破坏。一切都就序之后，李保国临阵请战，要带领突击队攀岩。

事出突然，义德不由得一愣，一愣之后很是犹豫。李保国立正报告：“您忘了，我是架子铺的学徒出身。开封重修铁塔时，是我登的顶。”

义德笑了，一挥手，李保国率领十二名突击队员循绳而上。借助于脚下抓山钩的蹬力，攀岩很是迅速。李保国爬上壁顶后翻身一滚，占领了一个有利的射击位。一抖手提机关枪，可是没有发现射击目标。

这时，十二名突击队员也紧跟着爬了上来，集合后分为四个战斗小组，直扑通天洞的天口。进洞后李保国就是一惊，地上横躺竖卧着十名一丝不挂的死尸。

其中一具死尸还被开膛破腹。心、肝、肺、肠……都被掏了出来，扔了一地。突击队员们都是见过战阵的老兵，见到这场面也愣住了，心里直发瘆。

李保国愣了一下，突然明白了“没底阴”一丝不挂地缒岩而下之因。他和这十个死鬼的衣裤都被撕成了细条，编成了系在古树上的粗绳。

帅案上的大水坛子被打飞了，扔在虎皮帅椅上的手提机关枪打空了弹夹。不用说，为了争水匪徒们火拼了，“没底阴”先下手为强，一梭子把这十个喽兵全都给干掉了。然后又扒了他们的衣裤，编成一条粗绳子缒岩而下。

突击队在洞内、洞顶上查看了一遍后，没发现一个活人。李保国指挥着士兵们费了很大的气力，才把巨石从洞口移开。

这时李保国彻底明白了，“没底阴”干掉十孩儿后，不可能一个人把巨石移开，只能编条粗绳子逃生。

可是这个惯匪清楚地知道，不论是由地口爬出，还是从岩顶缒壁而下，不被发现的可能性均可以说是零。只有利用黎明前的逆光为掩护，才有可能侥幸逃生。

突击队员们从地口爬出来后，李保国向义德报告了洞中的一切。最后的结果是“缒岩壁时一脚把蜂窝蹬了下来，活活地被土蜂蜇死，这真是天理报应”。

关义德、耿继忠进入通天洞后，内外巡视了一番，清理洞中物品时，真是大吃一惊。共有大洋八十六箱，每箱五千块，总计四十三万块。

青铜器、玉器不计其数，都装在大小不同的木箱之中。义德吩咐不要开箱，免得坏了包装造成运输困难。说罢长叹一声：“我原以为‘没底阴’只是个矿匪，把坑里的矿工全营救出来后，才知道他还是个盗墓贼，用枪逼着被骗来的矿工去盗挖古墓，有不少人被埋在了盗洞之中。被盗出来的古物下落不明，没想到也都弄到这来了。前天我开口一百万大洋，是诈他一下，看来这通天洞中的存货，可不止一百万。”

这时李保国赶过来报告：“又发现了手提机关枪一百零八挺，自来得和左轮各一百零八把，都是油封未动的新枪。”

耿继忠笑了：“看来这个盗墓贼还要在通天洞里排座次，一百零八将都封个名头，到时候一人来一挺手提机关枪、一把自来得、一把左轮。用道上的话来说就是‘胳臂硬、后腰硬、前腰硬’。可是天理昭昭，人算不如天算，如此做案天地不容。”

李保国接言道：“通天洞虽险，只是个死地。守是守死，攻是无路出击。从军事上来讲，价值不大。可是贼匪一旦据以为穴，其祸之烈……”

义德点了点头，流露出了赞许的目光，说：“这个通天洞阴气太大，邪气太重，是个祸世之所。各种物资清理完毕后，把下洞的洞口炸掉。以免‘没底阴’二世、三世，再用来祸世。”

全部物资运出通天洞后，一声巨响，工兵炸塌了地口。骡驮全用上了，骑兵的坐骑全部变成驮骑，还剩下许多物资。所遗都是或大或小的木箱，系从古墓中盗出来的文物。

义德对李保国说：“你再辛苦一夜，带着警卫排把这些文物看管好，说不定其中就有国宝。要是丢失了国宝，就成了历史的罪人。骡驮明天返回接你们时，大小木箱都得在驮位固定好。”李保国立正回答：“明白!”

太阳下山前，队伍回到了野狼沟矿。一进“金门厅”，老三连的周连长就赶进来报告。看他乐得都合不上嘴了，义德知道准有好事。“报告旅长，发了！发大发了。这回咱们是一个真正的旅了，老天爷有眼。”

耿继忠一听蹦了起来：“你快说!”“被救出来的矿工对我说：‘西沟有个上洞，煤已经挖空了。是个干坑，里面藏了许多木箱子……’我带着人打开一看，真是乐晕了，长箱子里是三千多条上着油封的步枪。太原造、汉阳造、巩县造都有。

“方箱子里是巩县造的仿自来得，没有大机头，不能打连发。可能压上十发子弹，我试了试，钢料还不错，没有软口的。点了一下数，总共有一千把。

还清出了一千多把大砍刀，用料都不错，是夹钢锻出来的。咱们现在是不缺枪不缺钱，树起大旗来招兵，满满当当的一个旅。有福之人不用忙，‘没底阴’是狼叼来敬虎了。”

晚饭后，义德和耿继忠彻夜长谈。有兴奋也有忧虑，天上掉下大肉饼来，可是如何把这个肉饼消化掉，又是一个难题。

现在需要的是扩充队伍的时间，耿继忠认为：“略而计之，现有的武器可装备三个步兵团、二营大刀队。大刀队都配上手枪，在白刃战中是一支可怕的突击力量。

“八零炮、六零炮编成一个炮营，轻重机枪合起来编成一个机枪营，虽然都亏点，以后慢慢添置。马匹和骑枪基本上可够一个骑兵营。矿工们都有挖洞的本事，能进行坑道作业，可以编上一个工兵营，骡驮子编上一个辎重营，警卫排扩编为警卫连，一排大刀队，一排手提机关枪，一排骑兵。从广州带来的通讯器材、医疗器材可编成直属队，但还要招募一些业务人才……”

义德点头表示同意，点着了一支香烟，长长地吸了一口，无限感慨地说：“从新乡拉出来的部队只是一个加强营，加在一起也就是八百多个弟兄。现在是有械缺兵。

“解救出来的矿工有小两千人，全编入部队当中，也就是一个加强团，一个团要是带着一个旅的装备活动，也就成了运输队。

“时下只能利用黑狼沟这个驻地，把煤矿当营盘，行换东不换伙之计。对内每人先发三十块大洋，愿意往家捎帮着寄回去。提高伙食标准，不但吃饱还要吃好。对外一切照旧，该怎么做买卖就怎么做买卖。

“稳住阵脚后，再想方设法地扩大队伍。各级长官分批分期，通过各种渠道去招自己的兵，一定要保证兵源的素质……”

义德和耿继忠彻夜长谈。李保国布置好了哨位，和排副分了个上下夜后也就鼾然入睡。两个在东翼值班的哨兵有一个是新兵，白天见了光腚死尸后，晚上有点发毛，老觉得远处几个赤身露体的光腚死尸在游魂。跟他一岗的是个老兵，干过大刀队，动过真格的，于是就吹起牛来：“告诉你吧，冤有头债有主。我是一手提着鬼头刀，一手拎着人脑袋走过来的人。要是有鬼，也是找我来索命的。再说了，山上那十个光腚鬼要是出来作祟，也得找被蜇死的那个光腚。”

说着，就回头向“埋”着“没底阴”的地方一指。这一回头，可把两个丘八大爷吓坏了，“没底阴”直挺挺地坐在地上，在月光的映照下，可以说是一清二楚。

新丘八被吓坏了，变成泥捏的，一动也不动。老丘八也愣住了，连推弹上膛也不敢，生怕拉枪栓的声响把“没底阴”的鬼魂惊动过来。

二人目不转睛地看着，就见“没底阴”光着腚慢慢地站了起来，一步一步地向东下岗走去。一直目送着这个“鬼”消失在丛林之中，还是不敢动换，怕把鬼魂招回来。

直到查岗的排副在他们身后低声严厉地喝道：“入定了?!”二人才猛醒过来，神秘地小声说：“报告排副！有鬼，‘没底阴’现形了。先坐起来，后来慢慢地向那边走了。”

“放屁！神鬼怕恶人。穿着军装就避邪，‘没底阴’敢现形，让他过来，我倒要见识见识。”说着排副抽出了自来得，向埋“没底阴”的地方走过去，用手电一照，死尸不见了。

埋“没底阴”时，由于没有铁铲，挖不了土。就找了些枯草败叶往他身上一盖，算是给“埋”了。现在死尸没了，是诈尸？还是有人盗尸？

排副听说过诈尸的事，可不太信。要是有人盗尸，“没底阴”得被背着走、抬着走，也不会是先坐起来后，又慢慢地站起来往东下岗方向走。

无论是诈尸还是盗尸，均不是件小事。要是“没底阴”还阳了，跑下山去，那可就麻烦了，说不定……于是立刻叫醒了李保国。李保国一听就急了，下令：“快追！”

这时，“没底阴”消失的方向传来了阵阵狼嚎声，从频率上来判断，像是两批恶狼在对峙，在警告对方。

李保国带上了五名士兵就追了下去。这段路是下坡道，也比较平缓，一会就追出了小三里地。狼嚎的声音更近了，在月光下，清楚地看到了两群恶狼为争食“没底阴”的尸体正在互相撕咬。

李保国打开手电一照，恶狼四散而逃。走过去一看，“没底阴”被狼的利爪剖开了肚皮，五脏六腑都给叼了出来，散了一地。

李保国恍然大悟，入夜后“没底阴”蜂毒渐散，被“埋”了的死尸也就还阳了。走出了近三里路后，碰上了恶狼。先是死于蜂蜇，后又死于狼口。死了二茬，可是个奇迹。这也是恶贯满盈的报应吧。

这个大阴人要是躲过了狼口，逃下了山去，不知哪方又会遭殃。还阳后又死于狼口，这是天意，是这个祸世之人应有的归宿。李保国向士兵们一挥手，调头走了。

饿狼又窜了回来，尽情享受这美味大餐。天地之间，狼对人是“一视同仁”——吃之，不管这个人是有人味还是没人味。

7

半年后，黑狼沟的矿区里神不知鬼不觉地出现了一个满编旅，总兵额近七千人。具体编制基本上和耿继忠的“略而计之”相合，就是多了一个野炮营。

全营十门野炮，均是9.2公分的口径，系清一水的“矿造”。黑狼沟煤矿有个“修造厂”，其功用是保养矿上的升降机、传送机等设备，这些设备都是焦作矿淘汰下来的。

“修造厂”的家底也就是三台车床、两台铣床、一台刨床、两台立钻和一座化铁炉。再有就是会抡大锤的锻工，一千多把大砍刀就是他们打造出来的。

耿继忠是炮兵出身，上过陆军部军学司的传习所。在“修造厂”后院发现了几根直径9.2公分的无缝钢管，是“没底阴”弄来的，他要干什么就无从知晓了。耿继忠见过的日式野炮，就是9.2公分的口径，脑袋一热，就动了造炮的念头。

可是耿副旅长毕竟是耿副旅长，脑袋一热后就冷静了下来，知道日式野炮不可能在“修造厂”中造出来。回想起在姜桂题的武毅军实习时，见过左宗棠征西时用过的霰弹炮。这种炮俗称“开花炮”，是从德国购入的，专用来对付步兵、骑兵。老机炮连的刘连副，在武毅军时就是霰弹炮的炮长。二人一合计：“开干！就造霰弹炮。”义德虽然不是炮兵出身，在武备学堂上学时也见过霰弹炮，对造炮计划全力支持。

忙乎了三个多月后，滑膛霰弹炮真造了出来。没有炮镜，不好定标尺，就用步枪的原理制造了三点成一线的瞄准器。拉出来一试，还真行，射程有一千五百米，在一千米内对步兵、骑兵有巨大的杀伤力，尤其是对付集团冲锋的大部队。

义德乐了，拍着“野炮”说：“从外形上看，还真像日造的九二野炮，能唬人，在平地上作战，也能顶一气。要能搞到十门真正的八二山炮，咱们就是名副其实的混成旅了。”

继忠满打满包地说：“太原兵工厂出的八二山炮，是仿日式，有钱就能买。这半年来扩充了兵员又添了不少轻、重机枪和迫击炮，现大洋花得差不多了，可‘小黄鱼’和那么多箱子的文物都还没动，我看该动动了。”

义德点点头说：“这些东西是取之无道，可咱们用之得有道，特别是那些文物，得委托行家里手办，凡国宝只能卖给国人，外国人开价再高也不能卖。身为军人，不能愧对祖宗……”

耿继忠接话道：“十门山炮，也就是一百条‘小黄鱼’，还不用马上动用箱子里的文物……”

“报告旅长，我这个野炮营营长可得为野炮营的弟兄们说几句。”这一嗓子把关义德、耿继忠全给逗笑了，说话的人是老机炮连的连副、即将上任的野炮营营长刘盛魁。义德说：“好！爱兵如子，还没上任就心疼上自个儿的兵了。”

刘盛魁说：“真正的野炮能打十几千米，炮兵根本看不见交战的对手。我的‘野炮’也就打上一千多米，作战时同一线的步兵在一个战壕……”

义德笑着打断了刘盛魁的话：“下面的话我替你说吧，‘得给你的弟兄们都配上一把自来得，一个炮位上还要配备一两挺手提机关枪’。”

刘盛魁打了个立正：“谢旅长！”“你别忙着谢我，我还给你的弟兄们再配上一把大刀，碰上敢垫着上、敢拼命的，你的野炮营就得当步兵突击营。”“旅长放心，什么时候都尿（suī）不了。”

这时军需处处长过来报告：“五座县城里的‘棋子’都已到位，城外的大镇子里也有安排……”义德点点头：“在行动之前，要一切就绪。这些‘棋子’不但要把买卖做好，也要收集情报，当好联络站。

“你这个军需处长和情报处长、通讯处长是三合一，在山货出山、埠货进山的过程中，三位一体化。但要记住！这一切都要暗中进行。”军需处处长回答：“明白！”

试炮回来后，关义德、耿继忠进一步研究了总体行动的规划。七千多人总不能都挤在这黑狼沟，且不说目标太大，粮食供应都成问题。

按照原定方针，应尽速把五县变成实际控制区。如何定五县，确实要制订一个周密的作战计划。铁的原则是不战而屈人之兵。

三天后完整的作战方案制订了出来，义德对每个实施细节都觉得很满意，信心十足地对耿继忠说：“诸葛亮安居定五路，咱们来个举旆定五县。”

首先要解决的是兴元县，该县外接强武、辉城两县，内连绥和、归德两县。更重要的是黑狼沟在兴元县辖区之中，煤矿易东之后，没有不透风的墙，县太爷有了耳闻后，派出了文职吏员前来打探虚实。虚实之际大概各得其半，所以不敢有下一步的举措。

兴元县安安稳稳地被拿下，矿区就成了真正的大本营。中心开花，四周结果，满盘棋就走活了。按照作战计划，义德带一个骑兵连进城拜访县太爷。行前，义德改变了主意，决定匹马单枪地走一趟。

耿继忠认为不妥，说：“万一这个县太爷来点邪的……”义德笑了：“人被逼急了才铤而走险，被逼得走投无路时才来邪的。我单人匹马去会会这个一县之长，给他指条坦途。这个人再糊涂，也不会跟我来邪的。再说了，咱们的底跟他亮了一半，借点胆，他也不敢来邪的。”

义德胯下铁乌骓，身穿灰呢子军装，肩上架着黑披风，放马直行。武装带上没有挂着手枪、指挥刀，可是威仪、威度慑人。城门、署门的军警不但没有阻拦，均立正举手敬礼。

下马步上大堂的石阶时，知县慌忙迎出。二人拱手互礼，分宾主落座。知县连声呼：“上茶！”义德缓缓言道：“本军进驻贵县已有半年，一直无缘相见。”

知县欠身说：“早欲前往……只是一时……”义德哈哈大笑：“贵县不必客气，行客拜坐客，古今一礼，中外皆同。关某是来迟了。

“来迟也是事出有因，等贵县摸清本军虚实之后，也好胸有成竹。今日相见，望有赐教，关某也就不虚此行了。”

知县站了起来，连声说：“不敢！不敢！鄙县地土狭小，尽是穷山恶水，恐误贵军前程。身为东道主，多有不到之处。不知贵军进入鄙县，有何打算？”

义德正颜正色地答道：“国家多事之秋，正是军人报效之时，本军暂借贵县栖身，欲大有为也。自进驻贵县以来公买公卖，自认无扰民之举，贵县理应心知。”

知县连连点头说：“贵军从不扰民，乡人有口皆碑。只是贵军进驻鄙县不见镇署、督署公文，这使区区县署十分为难，对道署、省署不好交代。所以一直没有上报，但受命为百里之长，治土有责，不上报有失职之过，为难呀！”

义德作色道：“贵县不必为难，既然职之所系，就应秉公办理。呈文镇署、督署：‘有不明番号的部队，兵员甚众，据初步查核系一混成旅。进驻县界后盘踞黑狼沟一带，望督署下辖两师省军，由不同方向进行合围，一举消灭。县署已号下民房、备齐粮草，一切军需物品尽行安排妥当，恭候省军莅临。’”

知县听到这儿，连声说：“不会！不会！小县虽愚，也不会引火烧身。所虑是镇署、督署……区区芝麻官，难呀！”

义德笑了：“利害之际，各有权衡之道。本军虽说只有一个混成旅，可也有七千之众。进驻贵县后粮饷一直自行解决，无扰民之举，也没向你这一县之长开过口。

“阁下若把省军迎来，二客只能烦一主，还望早做准备。从开封到豫西有一千多里，以省军的行军速度得走上小一个月。由黑狼沟到县城，骑兵朝发夕至。本军从贵县提取粮饷，一定在省军到达之前。先来后到之序，近者先登。

“再说了，河南是四战之地。赵督帅非直、非皖，想引奉张为外援，不但远水救不了近渴，还惹得直、皖两系均不青睐。山东、安徽不是善邻，湖北、直隶有觊觎之心。督署对于豫西，不但是鞭长莫及，也难免是爱莫能助。

“陕西是个乱省，与之为邻，难免有池鱼之忧。至于镇署的三个团，能把三秦之地的乱兵、窜匪挡住，不到河南来添乱，已是疲于奔命了，对于贵县是鞭短莫及，纵然厚爱也是难助。远亲不如近邻，和贵县最近的就是本军了。”

这一席话把知县说愣了神，也说傻了眼，真把这个一县之长说明白了。不由自主地站了起来，走到义德面前恭恭敬敬地鞠了一躬：“您这番指点让我彻底明白了，黑狼沟的矿尽管开，至于用什么名义，还是不招眼、不刺激为好。”

义德笑了：“贵县明白就好，乌金取之于斯地，也就要惠之于斯民。矿上不但要多招些饥民以工代赈，而且帮助贵县维持四乡治安。今后贵县管好城里的事，应付一下省里就行了。至于名号嘛，就叫兴盛矿业公司，手续该怎么办就怎么办。

“县保安队和警察既然不出城，人械皆可缩编。此举也可节省一些开支，剩余的枪械暂交本军保存，若城里有非常之事，贵县招呼一声，部队随之即到。”

知县连连点头说：“一定照办！一定照办！”义德听后站起来对知县说：“本军已在南门外列队，贵县可和我一同登上城楼检阅，这也是礼敬地方的军礼、军仪。”

知县跟在义德后面战战兢兢地登上了南门，往下一看，真是眼发花、腿发软、手发抖。义德指着列队从城下通过的部队说：“这是一团和野炮营……”

十门崭新的大炮，门门都由六匹骡子拉着。后面跟着一千多号人，蹚起的尘土像是一条黄龙。知县倒吸了口凉气，躬着身子对义德说：“贵军是仁义之师，贵军是仁义之师……”

这时一团长登上了南门，向义德报告军务。义德对知县说：“县城四周是一团的防区，有事可以和赵团长联系。原则上就是八个字，‘保境安民，各得其所’。”

知县听了后连声说：“极是！极是！这八个字于吾心有戚戚焉。保境安民之说古已有之，各得其所是破的之矢。鄙县与贵军各得其所，岂不两者皆安。值此乱世能行此道，小县乡人之福也。”

兴元县之事不胫而走，义德的宏论传至邻县辉城后，县长颇为所动，慨叹道：“原以为省里的督署是大东家，道里的镇署是二东家。事一说破我是恍然大悟，大东家是鞭长莫及，远亲不如近邻，远水解不了近渴，二东家是鞭短莫及，近水解不了近渴。

“真正的东家是新来的坐地虎，黑狼沟可不是善茬儿。与其等人家找上门，不如登人家的门。先通款，后说话。”

师爷在旁进言：“恕我直言，就是卖身也得讲个价。附黑狼沟已是定局，怎么附法，可有文章。能战方能言附，依我愚见先不急着通款，赶紧传四乡的团练、勇丁进城，造成声势。然后再通过别的渠道给黑狼沟吹吹风。

“咱们县不同于兴元县，县民甚夥，亦有尚武精神，各乡团练均具有一定的规模，乡兵、勇丁强悍好斗……”

经师爷这么一白话，知县也感到“此言有理”，于是就照办了。四乡八镇的团练、民勇应招进城，把文庙、武庙、钟楼、鼓楼……住得满满的。

早上开城门前四门同时击鼓，团练、民勇登城呐喊，晚上关城门前再次击鼓呐喊，两次呐喊可以说是声传十里，乡、里、村、镇皆闻其声。

掌灯后在四门高悬巨灯，上书“保境安民，各得其所”八个大字，赫然醒目。得到安插在县城之中的“棋子”报告后，义德、继忠相对一笑，调整了战斗部署。

知县是以动造势，图的是谈判桌上多加几张牌。对于造势者，义德认为有两种对策。一是不闻不问，令其自消；二是以势压势，令其就范。于时下而言，当然得行以势压势之道了。

知县是瘾君子，晚上不睡早上不起，时近中午，方临案办公，所以整个早上，县署前都是静悄悄的。可是忽有三发炮弹从天而降，不歪不偏，正正稳稳地落在了大门前的空场上，旗杆、辕门、影壁都给炸飞了。

知县从睡梦中被惊醒，坐在大烟榻上发呆。刚要站起来发话传保安队长，保安队长就慌慌张张地跑了进来报告说：“不好了！不好了！四门外全开来了军队。南门外架起了五门大炮……”

保安队队长的话还没说完，又是一声巨响，震得门窗跟着乱颤。刚站起来的县太爷，一屁股坐在床上愣住了。保安队队长不知道说什么是好，也就站在床边陪着发愣。

这时警察局局长连蹿带蹦地闯了进来，满脸都是土，头上的帽子早不翼而飞了。见了知县上气不接下气地说：“又开炮了，一炮就把南门城楼给掀飞了，好在开炮前先喊了话，叫迎面的弟兄们闪开。我跑得慢点……”

知县瘫在了烟榻上。此时义德在南门外的高地上，正嘉奖两位营长，连声说：“漂亮！打得漂亮！”迫击炮营的孙营长笑了，说：“双保险，既进行了实步测量，又进行了远距离观测，能不准嘛。”

野炮营的刘营长立正答道：“我可不是双保险，心里还真没底。把五门‘野炮’推进到距南门五百米内的射击阵地，同时开火，霰弹的气浪生把城楼掀飞了。要是碰上坚固的工事，可就难说了。弄不好是让工事里的守军听响，有惊无险。”

义德点了点头：“看来太原兵工厂的八二山炮，咱们还得想办法买。没有像样的真家伙，这混成旅还是虚名……”

话还没有落音，南门城楼的废墟上立起了一块牌子，上书“免战”二字。明眼人一看就知道，这块牌子是知县的衔牌，平常立在大堂上，出巡时衙役高擎着走在轿子前头。

义德笑了，对大家说："县太爷要'免战'，咱们就抽根烟等等，看看下出怎么演。"一包烟还没有分完，城门里就传出了鼓乐声，知县率城中官绅缓缓而出，队前打着一幅横标，上书"保境安民，各得其所"。

见了义德，县太爷连连拱手："误会！误会！失迎！失迎！县署招四乡团练、民勇进城，是担心贵军到来之前，发生不测之变。贵军既然已经到达县城，团练、民勇也就可以返乡务农了。城中的各界人士备下了薄酒，恭迎贵军进城。"

义德正颜正色地对知县说："贵县是百里之长，一城之主。打着这'保境安民，各得其所'的标幅，可知其中的真谛吗？"知县连声说："知道！知道！这八个字是至理明言，也是时下至道，余将董道而不惑。"

在县署大堂落座之后，不待义德开口，知县把大道理小道理说得一清二楚，比义德在兴元县所讲的还要精辟透彻，最后的结论是贵军光临，实是辉城百里民众之幸，有什么具体安排，尽管明示。

义德答道："贵县是通晓之士，所言更是确确信信，办起事来自然是顺理成章。贵县是二团的防区，具体事宜可以跟岳团长接洽。"

二团长应声而起，对知县说："凡属进城团练、勇丁所持之械，一律交我团保管。城里的保安队和警察，比照兴元县办理。"知县连声答道："一定照办！一定照办！"

送走义德和岳团长之后，这位县太爷突然想起今天尚未吞云吐雾，于是烟瘾大发，一下子瘫在了椅子上。"三班衙役"一拥而上，把知县架回二堂，连抽了三个大泡之后，才缓了过来。

站堂的上来禀报："殷师爷等了半天，要上来回事。"县太爷长长地出了口气："他还来回什么事，我的事全让他给坏了，他要是懂点事，还会来回事？！"

殷师爷不会来事儿，强武县的县太爷可会来事儿，亲自带着慰问品来到黑狼沟，恳请仁义之师进驻强武。对这位会来事儿的百里之长，义德坦然问道："军人都是快性子、直性子，鄙军进驻贵县，可有什么当务之急要办理？"

知县亦坦然答道："在真人面前不说假话，豫西虽位中原之地，可是实系穷山恶水之区。别说中央了，就是督署、镇署也是鞭长莫及。

"前清时是'天高皇帝远，本县说了算'。现在的形势是'县知事，知而难事'。地方上的土豪、土棍、土绅割据乡里，县政不行。强武之虞就在别家围子。

“别氏盘踞于这个土围子之中，已有三百多年，俨然土皇帝，历明、清到民国皆称霸于强武。其祸之烈，甚于山中草寇……贵军若能吊民伐罪为强武民众除害，实是福泽乡里，利惠百世。”

义德笑了：“对于别家围子，早有所闻。昔日是闻于民、闻于绅，今日是闻于官。民、绅、官同怨，所言一定属实。吊民伐罪是古之仁人，除暴安良系军人所司。”

听到这里，知县起身拱手道：“强武民众甚幸，强武民众甚幸！”

别家围子据多条山路汇入平原的要冲，名为围子实系山货集散之重镇，亦是市货进山之汇所。有货栈十余家，茶楼、酒肆、客店、车店甚夥。其商业繁荣远胜县城。

端掉别家围子，从军事上来说真是块硬骨头。“棋子”和侦察连的情报基本相同，土围子墙高三丈八尺，宽二丈九尺，系三合土夯筑而成，夯筑时熬糯米灌浆，形成了硬中软、软中硬的整体结构。

这种结构的防御工事，不但矿造“野炮”对其无能为力，八零迫击炮也难于直接摧毁。别老太爷十分狂妄，不但拒绝谈判，还放出话来说：“小三百年了，别家怵过谁？崇祯年间的李闯王、嘉庆年间的白莲教、同治年间的捻子、民国元年的白狼，都得从别家围子绕着走。现在是乱世，有枪就是王。先不说这土围子还没人爬上来过，就凭别家的五百条硬火，有敢爬的吗?!”

义德和耿继忠亲临别家围子察看地形，炮兵出身的耿继忠得出的结论是：“以土围子的厚度、高度来计算，八零迫击炮很难轰出一个缺口。即便轰出一个缺口，也很容易就被两侧的火力所封锁。只能用‘野炮’和轻、重机关枪组成强大的火力网，封锁住一面城墙，然后大刀队架云梯扑上去，强行登城。”

义德摇了摇头说：“土围的高度近四丈，也就是12米，和四层楼房差不多。梯子根本够不到顶，还得甩如意钩，难度太大，部队的损失也小不了。

“我听耆老们说，这土围子是分多次筑成的。每遇一次大乱，高度、厚度就都加筑一次。最后一次是民国元年，现在可以说是十分完好。白狼的两万大军过豫西时，别家土围子一点账也不买。白狼恼了，兵临城下兴师问罪。来时带有四架巨木制成的云梯，陈于城下，意在不战而屈人之兵。别家视而不见，白狼只能下令攻城。

“云梯笨重，行动迟缓。在向前推进的过程中城上一枪不发。等云梯抵达城下时，土围子上突然扔下了大大小小的火雷罐。四架云梯中有三架还没竖起来就被炸毁。有一架竖了起来，敢死队蜂拥而上，兵员过于密集都成了活靶子。

“最后的结果是，这架竖起来的云梯被城上扔下来的一个巨大的火雷罐炸飞了。白狼部队损失惨重，只好从别家围子绕了过去。

“此城的功效可以说是不战而屈人之兵，别老太爷敢于拒绝谈判，是他心里有底。三百年来，还没有人打破过别家围子。”

耿继忠听了后，表情变得十分沉重，说：“不打别家围子，就树不起军威，难以号令五县，甚至已经归顺的兴元、辉城也会发生反复。”

义德点头表示同意，又点燃了一支香烟，重重地吸了两口，说：“别家围子要打，而且一定要漂漂亮亮地打下来，还不能让部队遭受损失。

“咱们的工兵营除了修理连外，其余的两个连都是挖煤的、盗墓的，可以说是坑道兵。别家围子建在黄土地上，用坑道推进之策可以直抵城中。咱们脚下的这个土岗，就是天然的眼障，在岗后开洞出土，围子上看不见。

“把野炮营调过来在岗子上设置炮位，制造紧张气氛，选派二百名射手进入狙击阵地。围子墙上有人露头就打冷枪，施加心理压力。用不了三天坑道推进作业就可以完成。围子中的棋子进行接应，来个中心开花。”

义德的话刚落音，“情报处长”前来报告敌情：

“别家围子的团练分为云、龙、狮、虎、豹五营，每营一百多号人。云字营的营总是别老太爷的长孙别永琪，龙字营的营总是二少爷别天器，狮字营的营总是大小姐别天娇，绰号双枪别大姑，手中的两把自来得说打左眼不打右眼，说打灯芯绝碰不上灯盘。虎字营的营总是二小姐别天财之子祝霸天，人称豫西虎。豹字营的营总是别老太爷的二弟别万顺，人称下山虎。

“虎字营的战斗力最强，驻守南门。别老太爷特别看重祝霸天，认为这个外孙子有胆有识，能独当一面。

“云、龙、狮、虎、豹都是别家围子的土著，团勇、团丁平时务农、经商，战时鸣锣而集。现在围子中又开来了小三百人，都是来帮忙的，分驻在关帝庙、义学之中。”

耿继忠听到这儿，再次举起望远镜观察了别家围子上的垛口。然后对身边的值班参谋说：“狙击手要尽速到位，围子上的垛口齐胸高，头部和头部以下部位均系狙击部位。‘野炮营’也要尽快拉上土岗子上来亮亮相，充充大个儿。”

下午，“野炮”和狙击手均已到位，岗后的工兵也开始进行坑道作业。虎字营驻守的南门，和野炮营对峙。祝霸天在望远镜中看得两眼发直、两腿发软、两手发抖、一心发颤。正想下城去面见姥爷禀报军情，一个冷子儿飞来，把这位营总打了个脑袋开花，虎字营立刻乱了阵脚。

别老太爷得到报告之后，一屁股坐在了太师椅上，说了句“传营总议事”之后，像是入了定。直到四位营总赶来后，才发现老太爷嘴眼歪斜，哈喇子顺着嘴角直流，左边的手脚全动不了啦，说出的话来谁也听不懂。

营总们七手八脚地把别老太爷抬进后宅，医生赶来一看，不用诊脉就知道中风了，而且是重度中风。别老太爷挥着手叫众人都退出去，只留下云字营的总管别永琪。

众人退出去后，别老太爷指着床前的砖地，说了些谁都听不懂的话。别永琪急得直跺脚，别老太爷急得直捯气。最后还是跟班的跑了进来，把笔塞到了别老太爷的手里。

别老太爷的手颤抖得吓人，哆哩哆嗦地写了几行字，可谁也看不出写的是什么。眼看着一张纸就画满了，小跟班又铺上了一张。别老太爷在纸上写了两个大字——刨地。手一松，就断了气。

别永琪也顾不上老太爷的后事了，一边指挥着家人掀开方砖就开刨，一边指挥着亲勇、亲丁关上大门、二门，没有他的命令谁也不许放进来，敢往里闯的就毙了他。派小跟班去传达密令，云字营从北门上撤下来，集中到别府四周布防。

别府上下正忙得脚丫子朝天，就听街门外一阵大乱，原来是镇守东门的龙字营营总别天器带着人闯了进来。守二门的刚要挡横，别二爷抡开大巴掌就赏了这小子两个耳光，手中的自来得顶住了他的脑门。

守二门的亲勇一看不好，哗啦一声都拉开了枪栓。跟在别天器后面的也都不是善茬，全亮出了家伙，云字营和龙字营对上了阵。

这时别永琪上气不接下气地跑了出来，别天器一见这个大侄子就红了眼，两把自来得的大小机头一张，喊了声：“给我上！”别永琪向后退了一步，两把左轮就亮了出来，把别天器给顶住了。

这时二门外传来了一声“大小姐到！”别永琪、别天器都是一愣。别大姑缓步走到他们跟前，慢条斯理地说：“把枪给我收起来！”

别永琪先收起了两把左轮，说：“我听大姑的。”别天器也收起了两把自来得，说：“我听大姐的。”“你们听我的就好，听我的就是明白人。”

说着，别大姑一转身，红披风跟着一闪。别永琪的两把左轮插到了这位大小姐的腰带上，别天器的两把自来得攥在了这位大小姐的手里。

大小姐双枪一挥，指着亲属、亲丁们说：“不管是云字营的还是龙字营的，都给我退到二门外去。”说罢对别天器、别永琪说：“你俩跟我进去。”

一进内宅，叔侄俩就傻了眼。狮字营已经从后门开了进来，而且控制了挖掘现场。叔侄俩傻了眼后又急了眼，别天器大吼一声：“别欺人太甚，谁的家伙也不是吃素的！”

说着，伸手就往武装带上模枪。当手碰到了空枪套时，下面的话就咽了回去，手也垂了下来。别永琪比他二叔要乖巧，拉着长声说：“大姑！我爷爷临终有遗言。”

下面的话还没说出来，就听见一声“大姐呀！你可得给我做主！”原来是二小姐别天财带着虎字营闯了进来。虎字营的人一律身穿重孝，眼睛都瞪圆了，长短枪的机头全张着。

二小姐身后站着她的二儿子、三儿子，哥俩手中都提着手提机关枪。还没等姐姐、哥哥、侄子开口，二小姐就发话了：“今儿这个事就这么定了。别说我们家老大把命都给搭上了，就是没有这回事，儿分家女有份……”

宏论还没有发完，二老爷别万顺带着豹字营冲了进来，一手提着鬼头刀，一手挥着自来得高声喝道：“祖上传下来的，姓别的全有份。永琪、天器，你们怕什么？有我在，外姓人休想。‘嫁出去的女，泼出去的水’谁要是不听我的，别怪我这把刀不认她，要代我大哥行别家的家法……”

二老爷说得正起劲，二小姐一挥手，两挺手提机关枪就开了火。两梭子扫了过去，把二老爷和他身后的勇丁都打成了筛子底。

大小姐大喊一声：“还愣着干什么！把豹字营压出去！”说罢把自来得扔给了别天器，把左轮甩给了别永琪。

叔侄俩接枪后大喊一声：“给我上！”云、龙、狮、虎像一窝蜂似地扑了过去，豹字营被打得尸横血流，没有站着的人了。

大小姐下令清点战场，不料别永琪突然大吼一声：“姓别的给我上！”云字营、龙字营的几挺轻机枪就横扫了过去。

狮字营、虎字营措手不及，被打得四散。可是在两位姑奶奶的指挥下，很快就稳住了阵脚，反扑了上来。云、龙、狮、虎在别家大院里混战成一团。

此时驻在关帝庙、义学中的“勤王”乡勇也由两路扑向了别家大院。见大院里打得正起劲，就来了个坐山观虎斗。

这时大小姐大喊了一声：“都别打了！看看门外谁来了。”云、龙、狮、虎这才明白过来，调整枪口向着“勤王”乡勇开了火。

这可是一场恶斗，别家大院内外，喊杀声，长短枪的射击声，刺刀、大砍刀的碰击声乱成了一团。四门的守军纷纷下城赶来增援自己的人，在别家大院外又开辟了第二战场。

义德、继忠在土岗子上听见围子里枪声乱成一片，就知道准是发生了内讧。此时工兵营长跑上土岗子报告：“坑道已经挖通了。”

义德下令手提机关枪连和大刀营组成突击队，从坑道进城占领城楼，打开城门。其余的队伍由四门快速突击，目标都是别家大院。

突击队顺利地完成了任务，大部队进了别家围子的四门之后，别家大院内外还打得正起劲。听见四门同时吹响的冲锋号，如梦方醒。可是一切都晚了。此时最明智的选择，也是唯一的选择，就是投降。

义德进入别家大院后真是吃了一惊，这个久经战阵的职业军人发瘆了。最令人感到恐怖的是挖掘现场，死尸和五十两一个的大元宝纠拥在了一起。

抱着大元宝到另一个世界的死者遗容，真令人震憾。惊喜与惊悸交织在一起，构成最可怕的一幕，令人毛骨悚然。义德长叹了一声，不由得闭上了眼睛。

就在这一刹那，义德退后了一步，拔出了武装带上的左轮。军人的铁血生涯，使他觉得眼前有个人缓缓地站了起来。

睁眼定睛一看，是个身披白素氅的女人从血泊中站了起来，她的胸前插着一柄飞刀，手里抱着一锭元宝，两眼发着又生、又冷、又狠、又恨、又阴、又贪的凶光。

所有的人都愣住了，李保国抢上了一步，这个女人抬起手来冲他一指，说：“不许你动我的元宝。”可是怀中的元宝落了地。这个久经沙场、出生入死的警卫连连长，不由得后退了一步，手中的两把自来得张开了大机头。

这个女人又缓缓地倒下了，在倒下的一瞬间，又从地上抱取了一个大元宝，这个女人就是别二小姐别天财，人称“白瓷仙姑”，又称“白骨银瓶”。

义德捡起地上的一个元宝，翻过来一看。底部铸有“大顺永昌”的年号，看罢长叹一声：“命也！”李保国不解其意，义德解释说：“明末李闯王攻破洛阳，收福王府巨财均铸成五十两一个的元宝，以充军饷。解往西安的途中遇非常之变，巨饷下落不明，不意三百年后……”

李保国惊呆了，也乐呆了，连声说：“老天有眼！老天有眼！”耿继忠接言道：“山炮营是真没问题了，还得弄十门真正的野炮，编个野炮营。再来个汽车营……咳！干脆编一个甲种师，下辖两旅、两直属团、五个直属营。”

义德听了后笑了，“还要扩建煤矿，添置些机械设备。来个寓工于兵，寓兵于工。互相轮换，为工时挣工钱，要比饷高。也可听其自选，愿为兵者为兵，原为工者为工。”

这时三团长前来报告：“共缴枪八百六十多条，四门的地下室里搜出了两千多个火雷罐，均系火药、炸药混装，爆炸威力相当强。”

耿继忠听了后倒吸了口凉气，说：“亏了没强攻，就凭这两千多个火雷罐，非把攻城部队炸惨了不可。”

话还没落音，三团副赶过来报告：“被俘的乡勇、乡丁有小八百人，打开地牢后，里面关着有二十七人。不知如何处置？”

义德果断地说：“被俘的勇、丁一律释放。改别家围子为汇通镇，对镇内的商民一律保护，令其照常营业，以通利便民。团练所改为汇通镇民众自治所，选派有能力的军官、军士管理所务，使之成为真正的利民机关。

“对地牢中的人查清身份后区别对待，无罪者立即释放，有罪者慎重处理，也可交县署按国法审治。”

平定了别家围子后，绥和、归德两县的县知事相约一同来到兴盛煤矿，登门求见。义德以客礼接待了这两位百里之长。

绥和的县太爷直言道：“豫西系穷乡僻壤，又远离省城。督署鞭长莫及，镇署面对陕西的乱民悍匪，有防不胜防之虞。对于绥和均是爱莫能助。今日前来是敦请贵军选派精锐之师，进驻鄙县以靖匪患，并以乡政相烦。县署将削减保安队和警察，省下的饷械聊补贵部之需。”

归德县的县太爷长叹一声说：“小县之地，系‘更是深山更深处’。匪据险扎寨，民亦据险自保。民乎？匪乎？难分难辨。督署、镇署有闻不问，县署是无可奈何。身为父母官，真是惭愧！惭愧！

“贵军若是能够进驻归德，乡民甚幸！乡民甚幸！土人必迎于道接于里。贵军进驻之时，县里的保安队和警察也就不必再尸位素餐了……”

送走了两位县太爷之后，耿继忠笑了，对义德说：“不战而屈人之兵之策，今日奏效了。”义德摆手：“绥和、归德的匪患百年难靖，县太爷是把包袱扔给了咱们。不清除匪患，何言不战而屈人之兵。”

耿继忠满有信心地说：“我到绥和剿过匪，匪股不大但据山守寨，进剿部队对之无可奈何，那时我是炮排的排长。

“六零炮对山寨石垒工事的摧毁力不大，带的炮弹也不多，三门集中起来使用，打下来了一个最险峻的山寨，起到了杀猴给鸡看的作用。正欲传檄定诸寨，全团被师里调了回去。

“这次我重进绥和，六零炮、八零炮配合使用，再多带些炮弹，集中力量摧毁最为嚣张的几个大寨之后，其余小寨也就不战而定了。”

议定之后耿继忠率两个步兵营、两个迫击炮连进入绥和。乡人为向导，奇兵从天而降。顺利地摧毁了几个险山恶寨，众小寨可以说是不待传檄而纳款。

义德率队进入归德后，没有急于行动，而是以不同的身份进行了明察暗访。从官、绅、商、民、匪的口中获悉，地盘最大、来头也最大的要数章家山庄了。章家执归德之牛耳，系历明、清两朝不衰的望族。

庄主章豫才系河南的宿儒，正途举人出身，世人以地望呼之，尊称其为章归德。以章家山庄为盟主，周边十八村组成了联防，旗号是“联村自治，保境安民”。自治委员会由十八村公举的委员组成，章豫才这个会长也是公举的。

地方势力所组成的机构大多叫“团练公所”或叫“民防局”，称自治委员会的还是首次听说，章家山庄的来历、旗号、名号均引起了义德极大的兴趣。于是，轻装简从造访了章豫才。

义德是文人打扮，长衫布履甚为潇洒。手中折扇系于右任所书的岳阳楼记。宾主相见后拱手施礼，章豫才道：“关旅长之名如雷贯耳，山野皆知、村民尽晓，今日屈尊光临寒舍，定有见教。豫才不才，洗耳恭听。”

义德连声说：“哪里！哪里！身为军人，难为国家干城。借贵方之地暂安，实是惭愧。主客相处之道若为水火，难免两败俱伤。若总是泾渭，亦难免均失其利。谋共存互利之道，也就是‘保境安民，各得其所’。所求、所冀，也就是主客暂安。”

章豫才点头一笑：“关旅长所为所行，绝非山中之客。暂安二字，确实系一语破的。乡人土著所求在一个‘安’字，旅长所求在安字前加了一个‘暂’字。

“飞龙不是池中之物，只是待风云之变。时下九州板荡，大变将至。能有暂安之道，实系幸甚之事。于贵旅而言，得韬兵蓄势以待发，于乡人而言，可得一时之休养生息。豫才不才，愿行两利两安之道。”

义德拱手道：“不敢以飞龙自居，待风云之变系实。于时下而言，实是求山中暂安一时，暂安不是苟安，亦是于暂安之中谋求发展。

“于己而言，是砺兵待发。于地方而言，聊尽军人除暴安良之责。军人之责于国是抵抗外侮，于民是除暴安良。但民国的军人多是以暴易暴，所以良者难安，总生活在此暴彼暴之下。鄙军不敢侈言使良者得安，但可以做到不侵民、不扰民，公买公卖，互通有无，两利双全。”

章豫才听到此处站了起来，向义德拱手，正颜正色地说：“贵军若能够如此，实可谓名实相副的建国军第一混成旅。”

此言一出，义德真是一愣。章豫才笑了，说：“足下手中的折扇，泄了天机。于右任所书的岳阳楼记，在下怎能不认识。‘先天下之忧而忧，后天下之乐而乐’是我二人追随孙先生的初衷。

“关旅长只知我是前清一举子，还不知我这个举子还是同盟会的老会员，系袁世凯、张镇芳多次下令通缉的革命党。”

义德豁然悟、肃然敬，于是直言道：“章同志何不早说？”

“孔夫子有言：‘听其言而观其行。’我于关同志是早观其行，今始听其言。言行合一、行言合一，真同志也。”

义德大喜过望，言道：“既以义德为真同志，望明言指教，共同携手，以度时艰。”章豫才长叹一声：“袁逆窃国之后，孙先生有二次革命、护国护法之举，可是终难再振兴。

“广州政府名为一帜，实系寄人篱下……我回归桑梓一是养疴，二是探索中国农村应行之道。但两者均是甚无成果，老病之躯，也就只能求安了。

“时下所务是以自治为名，为乡人办些实事，亦是以求身家自安。归德匪患古来难禁。故明太祖朱元璋厉行山禁。明中叶以后人口日增，山禁难行，于是改行置县治民之策。

“但山区一县有平原数县之大，县署处处鞭长莫及。清季之乱使山大王坐大，更使山民难安。所以山区民众结寨自保形成地方势力，既抗匪也抗官。”

义德听到此处笑了，接言道："也可抗不速之客。"章豫才点头首肯："不速之客就是进山剿匪的军队，民元以来，不论是镇军还是省军，入山后均是剿匪不足扰民有余。

"所以山区民众结寨自保，实不敢有劳官军进剿。十八村民众自治会成立后，实行联防，以武力对抗山大王，可以说是令贼匪望境止步。"

听到此处，义德不由得问道："联村自治的功用绝不止抗匪，自治以后如何处理与县署的关系？"

"对于县署实行自治，表现在两方面。首先是统一交纳田赋，各家各户应交的田赋，由民众自治会收齐后通知县署来验收。此举可使乡人免于进城完粮时受狡吏欺压，被迫多交出二成、甚至三成的粮食。

"从外人来讲，民寨、匪寨确难区分。从县署角度来讲，心账甚明，完粮者为民寨，抗粮者为匪寨。从民众角度来讲，抢掠者为匪寨，不抢不掠者为民寨。

"退而次之的自治表现是，自行了断民事官司。以十八村民众自治会为例，设立公议庭，乡人有民事纠纷，由公议庭仲裁，公议委员由各村选举产生。

"开庭仲裁时当事人所在村的委员要回避，此举意在使乡人免于进城打官司时受狡吏愚弄，一场官司打下来，闹得倾家荡产，而输赢全由贿银而定。"

讲完对县署实行自治的两个方面后，章豫才进行了总结："能武力自保，才能实行自治。十八村联防区域内，不敢说是乐土，所求者，趋之于净土。言'趋'者，努力之方向也。"

章豫才所言，义德颇为所动。沉默良久后，缓缓言道："孙先生提出耕者有其田，若能行之，庶几大同。时下不可骤行，有些关心农村建设的同志提出二五减租、分半减息之说，但囿于时、囿于势，也就有其说无其行。十八村联防区域内若能行之，岂不是三民主义之初成。"

此言一出章豫才沉默良久，呆呆地看着杯中的苦茗。苦中孕清，清中孕苦。究"清"和"苦"，并不是哲理、思想、理念，而是人生的一种境界，是从"欲"中开释出来、摆脱出来的升华。

能进入这种境界、实现这种升华的人，往往不但出离了污泥，又出离了红尘。沉默良久之后，章豫才放下了且清且透的苦茗，言道："耕者有其田之地，是人间的乐土。吾国人口以农为主，若能行此道，吾民也就可享大同了。

“但大道之行天下为公，当今之世，自袁逆窃国之后，窃省、窃道、窃县者不可胜数。窃国者侯，公器尚且窃之，岂能以田公于天下。‘男’字上为田下为力。有力者方能耕田，有力者方能保田，有力者方能掠田。有力耕田者众，有力保田者寡，有力掠田者更寡。在功利之道上、权力之道上，众不敌寡。”

说到这里，章豫才又沉默了。对沉默之因，义德不全悉也是半悉。退而次之，就问起了二五减租、分半减息。

章豫才直言答道：“豫西之地多穷山恶水，地租难逾三成。归德乡人完租之术甚简，将所获分为三大堆，东取其一，佃取其二，然后东家从自己堆中取出若干，一般是二三成，返还佃户，称之为‘年补’。地租之获，也就是二五之数。如有高出，亦属有限。

“以归德而言，山民古风犹存，甚重乡谊宗义。放债之行，为人所不齿，出言相借，是‘看得起你’。双方不会言及利息，告贷者还贷之时，用不同方式表示谢意。发贷者落个体面、仗义罢了。分半减息之说，是多余之谈了。”

义德听到此处，不由得一振。连声说：“世外桃源！世外桃源！”言罢，眉宇间流露出了向往之情，亦可谓溢于言表。

与义德不同，章豫才脸上露出了一丝苦笑，笑得比哭还难看，低头看着杯中苦涩的新茶，清透的茶水已经快见了底。

好一会儿才摇了摇头，但一句话也没说。是不想说，说不出来，不知说什么是好，还是说了也没用，总之，沉默之后还是选择了沉默。

义德在章家山庄住了三天，与章豫才长谈了三天，从章家山庄回到兴盛煤矿后，情绪不高。耿继忠不解其因，认为五县已定，正可大有作为。

义德长嘘道：“中国农村之变革，得待非常之变、借非常之力、由非常之人行之。凭一旅精兵，可轻而易举地控制五县，但治理五县，恐非你我军人可为。

“所为也就是除暴，消灭几个民众所患的山大王，除掉几个民众所恶的地方土棍。安良实是无此势、无此能、无此力。时下能务之事也就是把兴盛煤矿办好，闯王所遗之金也要用好。

“不招风，不露芒，等待广东北伐之师。五县之中韬潜七千人，已成极限。若是再行增加兵员，后勤供应将成困难，不扰民也要累民、劳民，难称仁义之师。今后的方针是增械不增兵。山炮、迫击炮、轻重机关枪、手提机关枪是添置的重点。文职人员、后勤人员、技术人员也都要配枪，并接受基本的军事训练。

“强兵之道是士兵军士长化，军士长军官化，提高整体素质。一旦时机到来，我们这一旅人就能扩编成一个师，甚至扩编成一个军。”

耿继忠点头表示明白。

8

义德率部在山中韬晦，中国政坛上却是烽烟四起，先后爆发了直皖战争和两次直奉战争。首都北京频频易主。总统可以捧上去，也可以轰下来。最后还得是“枪”说了算。总理像走马灯一样，来回乱转，谁也干不了几天。

1925 年孙中山先生逝世，义德率全旅官兵举行了遥祭，宣誓继承先总理的遗志。1927 年广东国民政府出师北伐，冯玉祥率西北军各部在内蒙五原誓师，于右任代表国民党中央参加了誓师大会。会后，西北军挥师南下，兵锋直指西安，以解救困守城中的杨虎城、李虎城部队。

于右任通过“机关”的渠道，让冯玉祥和关义德建立了直接的联系，制订了会师西安的作战部署。

位于河套地区黄河北岸的五原，距西安有一千余公里。无铁路、公路可以利用，途中尽是人烟稀少的地区，大部队行军，不论是“携粮随队”还是“就地征粮”均有困难。

西北军的士气虽然很高，但征程异常艰苦。且不说西安城下的决战，一千多公里的长途行军也会使部队疲于奔命。

陕西、河南建立了同盟，陕军无东向之忧。又有川军、甘军为后援，可倾全力围攻西安。杨虎城、李虎城奋力守城。攻守双方的斗志均属正盛，解西安之围绝非小部队能奏效。

第一混成旅的任务是阻断豫军西进援陕。乘机西进与西北军夹击西安地区的陕军。对于一支只有七千余人的部队来说，这是一个十分艰巨的任务。一旦暴露战略意图后，就会受到东西两个方向的夹击。豫陕两省之间的通道虽多，但均属狭谷险关，一旦遭到夹击，就有丧师之虞。

关义德、耿继忠全面分析了形势之后，均认为只能兵走险道，出奇制胜。具体的部署是兵分两路，前路军潜师出豫西关，进陕东峡，穿三原，绕过潼关，直抵西安城下。后路军的任务是掩护前路军，阻击由洛阳方面西进的援陕军。

义德认为前路军若能顺利地由豫西进入陕东，战略意图就基本完成。陕军主力在围攻西安，潼关以西的防务十分空虚。

豫军的战略意图是守境，不会追击向西安挺进的部队。即便追也不可能追上，只是装装样子而已。

耿继忠驻防过潼关，对陕东十分熟悉，自己对豫西了如指掌。由耿继忠率主力西进解西安之围，自己率偏师断后，对付由洛阳西进的援陕军。

达成共识后，义德果断地下达了命令：

一、一团、二团、三团，山炮营、迫击炮营、机枪营、骑兵营组成前路军，由副旅长耿继忠率领，潜师豫陕通道直扑西安。行军途中避免接触，进抵西安地区后，直接听从冯总司令的指挥。

二、直属营、大刀一营、大刀二营、工兵营、野炮营、旅部警卫连组成后路军，由旅长关义德率领，阻击由洛阳出发的援陕军，确保前路军的安全西进。

三、两路军均逾潼关之后，缩短行军距离，相机会师。

四、作战意图系解西安之围，一切作战行动均须服从上述作战目的，行军途中发生战斗，以确保部队通过为限，不扩大战果。

前路军是在天亮前出发的，出发后一小时，耿继忠写了一道手令：“骑兵营一连、机枪营三连火速归入后路军编制。”两位连长拿着手令回来时，后路军正准备出发。

义德见了耿继忠的手令笑了，对两位连长说：“稍事休息，随后路军出发。”日上三竿，后路军吹着军号由兴盛矿业公司出发了。“野炮营”、工兵营的骡马拉出了二里多地，目的是造成声势，以掩护前路军潜师挺进。

驻洛阳的豫军第一师，前身系清廷的第八混成协。师长霍鼎钧是军界的元戎了，宦海浮沉，老谋深算，谁也打不了他的主意。

得知义德率部在豫西山区“韬晦”，只是微微一笑：“山中无老虎，猴子称大王。他不出山，我不进山，岂不两全。”

接到督署西进援陕的命令后，他按兵不动，对参谋长说："虎不离山，帅不离案。我不出城门，洛阳王就当稳了。豫督、陕督、晋督、鄂督这四位高邻，对我都得另眼相看。这叫以不变应万变，以静制动。我要是出去转悠转悠，说不定就有个磕磕绊绊，弄不好就叫人给算计了。"

得到义德率队离开了黑狼沟、向西进发意在解西安之围的情报后，他又笑着对参谋长说："姓关的在山里修行了这几年，没成精，蹦了出来，这是件好事。他在山里真坐大了，弄不好就会打我的主意。

"这小子和国民革命军勾上了，要去解西安之围，挺好！败了，我堵他的后路。胜了，这小子也就不回来了。他这一走，兴盛煤矿公司可就归我了。"

参谋长摇了摇头，说："他在山里没修成精，可是比山里的猴都精，兴元县署报告说：'兴盛煤矿公司已转入美国公司名下……"

听到这儿，这个洛阳王长叹了一声，往帅椅上一仰，不说话了。参谋长赔了个笑脸说："客走主安，姓关的这一走，怎么说都是件好事。但豫、陕两省督军的面子，总得应付应付吧。"

洛阳王拍了拍秃脑门，"我这个人外场，谁的面子都给，你这就下一道命令，让三旅跟在姓关的后面'送客'。陕军要是迎头痛击，三旅就在后面断他的归路。

"可得给我记住！北面留下个大缺口，让这小子往山西跑。陕军要是没有阻击部队，就把姓关的一直送到省境，放上几声送行炮，也就了事啦。"

三旅旅长陈大兴可不是省油的灯，接到命令后打起了小算盘。九九归一，就为两个字——为我。送客的差事不能白跑，说什么也得捞上点实惠，最大的实惠就是那十门野炮。要是能弄到手，我这旅长也就变成混成旅的旅长了。弄好了还能兼上个镇守使，军政合一，就是一路诸侯了。姓霍的不下本，我可得下点本。可眼下还不知道姓关的走哪条道。

义德的行军部署是佯走临西关通路，入夜后突然回师进入青石峡。青石峡的东口驻有镇署的一个连，其任务是防止陕西的乱民悍匪进入豫西。西口尚未发现陕军，峡中两山峙立，地形十分险峻，过于陡峭的山体使得部队不好设伏，即便预先进入了伏击阵地，也不便于出击。

再三考虑之后，义德下达了命令：

一、大刀一营今夜袭击青石峡东口的驻军，务求全部缴械，不使一人漏网。

二、大刀一营占领青石峡东隘后，骑兵连以急行军的速度通过青石峡，占领该峡西隘。机枪连一排随骑兵连行动。

三、直属营一连、二连进入青石峡后，为两翼警戒部队。三连与机枪连二排、三排混编为断后部队。

四、"野炮营"、工兵营、大刀二营、警卫连，以行军速度通过青石峡。

五、上述作战任务在三天之内完成。

李保国接过了作战命令，对三天的期限有些不解。义德指着军用地图对他说："豫军不会沿着青石峡真追，即便真追也没关系。青石峡特殊的地形，决定了追击部也就是和我军保持后卫接触，用行话来说就是送客。

"陕军可就不同了，在获悉我军进入青石峡后，如有可能，一定会在西隘堵击。由潼关赶到青石峡西隘，步兵急行军的速度要五天多，骑兵要三天多，我军在三天内通过青石峡，是万安万全的。

"骑兵连一天半之后将占领青石峡西口，潼关以西没有陕军的正规部队。三天以后豫军如果还跟在咱们后头送客，就在青石峡西隘狠狠地教训一下这位洛阳王。"

当晚，大刀一营成功地解决了青石峡东口的守备连。这群丘八大爷在睡梦中被惊醒后，没有进行任何抵抗。就是不见了连长和连副，在连部当值的是司务长。

这个伙头官喝得酩酊大醉，被下了枪酒也没醒。这时桌子上的电话响了，大刀营的高营长命令他接电话，只许说"没有任何情况"。

这个醉鬼抄起话筒问道："三更半夜打什么电话？新来的长官说了，只许说没有任何情况。"说罢，把话筒一扔，趴在桌子上又打起了呼噜。

高营长只好拿起了话筒，打来电话的人官腔挺大："叫那个新来的来接电话！"高营长急不择言："职部奉命来增援……"

电话那边问道："你们是三旅的吧？"高营长顺水推舟，答道："三旅一团，奉命来增援……""辛苦！辛苦！代我向团长问个好，明天聚聚。"说着电话就挂了。

打来电话的人正是三旅旅长陈大兴，这小子真滑，觉得电话有点不对头，就要了个花招。放下电话后往椅子上一靠，对参谋长说："果不出我所料，姓关的玩了个明修栈道暗度陈仓。他现在已经把青石峡东口的守备连给端了，这条行军路线选得可真绝。除非预先埋伏，追击部队可不能从两翼超过他。我就敲锣打鼓地送他一路，出西峡口时有好戏瞧。”说罢，就要通了潼关的电话。和陕军东路总指挥通过电话后，即率全旅赶往青石峡东隘。

此时义德已经到达了青石峡守备连的驻地，听了高营长的报告后显得很平静，说：“过早暴露了也没关系，把豫军、陕军都吸引到了青石峡，前路军就安全了。”

说罢，转过身来命令李保国：“你带警卫连的骑兵排追上骑兵连。传达我的命令：全速前进，占领青石峡西隘，准备迎击陕军。把警卫连的轻机枪全带上。”

后路军进入青石峡三个多小时后，陈大兴旅的一团就赶到了青石峡的东隘口。旅长滑，一团长牛大魁可憨，人称“一根筋”。副团长马平原可精，不是好糊弄的主儿，人称“鬼难拿”。牛马搭帮，而且是结义弟兄。在战场上“你救过我的命，我也救过你的命”，不是“换帖之交”，是“换命之交”。哥儿俩互补，一团打起仗来有邪劲，敢剑走直道；也有灵劲，能剑走偏锋。

一进青石峡，“一根筋”就下令追击，命令部队“接上火”。“鬼难拿”给拦住了，对一营长说：“拉开三千米以上的距离，火力不接触，人也不见面。咱们是一路好送，有什么事，到西隘口再说。”

两天的行军中，“鬼难拿”都下令吹起床号、午休号、晚休号、就寝号。义德也是如此，两军可以说是互相打个招呼，行相安之道。这种“相安”也使义德感到“不安”，阅历和直觉都告诉他，这是大战之前的平静。

第三天早上，义德下令不吹号，提前两个小时出发，以急行军的速度向西隘口前进。殿后部队进入战前状态，留下号兵仍准时吹响“起床号”。下达完命令之后，义德翻身上马，带领卫士班向西隘口驰去。

刚一下马，李保国就迎了上来报告：“有一个骑兵团，正以急行军的速度向青石峡西隘前进，骑兵背后有步兵，人数不明，大约也是一个团。十八挺轻机枪业已进入阻击阵地……”

义德催马登上了峡口的北峰，举起望远镜一看。西边骑兵蹚起的尘土像是一条黄龙，滚滚而来。东边追击的步兵和后卫部队还有三千多米，看来双方玩的是一个把戏。

西进的豫军、东进的陕军，会师地点就在青石峡西隘。豫军虽然有一个旅，可是在峡谷中展开不了兵力。投入作战的部队也就是一个营，在一线发起攻击的至多是一个半连。

青石峡西隘口面对着平原，正是骑兵用武之地，但是西隘口宽不足百米，也就是说骑兵的攻击面也就是一百多米。平原上虽然能展开兵力，但攻击面系折扇形，进攻部队最后还是要汇集在峡口外一百多米的阻击阵地上。

在一百多米的扇轴阵地上，十八挺轻机枪可充分发挥火力。突进的骑兵团，不可能有炮兵相随，马刀对机枪造不成致命的威胁。只要守住了扇轴阵地，“野炮营”就能冲出西隘口，野炮营投入战斗后，战局就会大变。霰弹对骑兵来说，是最可怕的杀伤利器。

但对后路军来说，最可怕的是骑兵后的步兵。一旦步兵赶到，不怕这些长途奔袭的部队投入攻击，最怕的是步兵在骑兵后翼构筑防御阵地，由进攻转入阵地防守。

速战速决是后路军的唯一出路，要实现这一战役部署就要击溃骑兵后的步兵，而击溃的方法只能是伏击、偷袭。

权衡利害之后，义德下达了命令：

一、由工兵营接替直属营担任后卫队，阻击尾随我军之敌，警卫连的手提机枪排、大刀排划归工兵营指挥。

二、直属营、大刀一营、大刀二营、骑兵连组成挺进军，直属营营长王定一为指挥，由“野炮营”两侧坡地超越“野炮营”，以奔袭的速度通过青石峡西隘口，迂回至敌骑兵团之后，偷袭驰援骑兵团的步兵，阻止敌军骑兵、步兵会合。

三、“野炮营”全速突进，冲出西隘口。进入射击阵地后，立即开炮轰击来犯之敌。

工兵营进入了阻击阵地，“野炮营”沿着峡底官道向外冲，挺进军顺着沟侧坡地向外冲。令义德想不到的是，工兵营的阻击战首先打响了。守军居高临下，使用了别家围子缴获的“火雷罐”。这土玩意儿发挥了想象不到的威力。隆隆的爆炸声在峡谷中回荡，对于工兵营来说是“振奋”，对于“野炮营”来说，是“震撼”。

感到属于自己的时间已经不多了，早一秒钟冲出峡口，就多了一分生存的希望，驭手们挥动着长鞭，抽打着挽炮的骡马，炮手们在车后拼命地推。

刘营长随着第一门“野炮”冲出了山口，对准了一千多米外滚滚黄烟的龙头，就是三炮。霰弹对于骑兵具有极大的杀伤力，骑阵之中响起了调整队形的军号，黄烟四散了。

散开了不是溃退了，长驱奔袭的一字长蛇阵，变成了倒人字形的两翼包抄。站在北峰顶上的义德，不用望远镜就可以看得清清楚楚。

散开了是骑兵团长犯的最大的一个错误。以骑兵的速度，一千多米的距离就是一刹那。骑兵的马刀砍到了炮兵头上时，战斗也就结束了。

调整队形的军号给野炮营赢得了九分钟的时间，全部冲出了峡口，并布成了一个半月形的炮阵，开始进行轰击。

最后一门冲出的“野炮”，在距骑兵不到二百米的地方打响了第一炮。掩护“野炮”的两挺机关枪也开了火，才把骑兵压下去。

义德吓出了一身冷汗，耿继忠要不把轻机枪连调到后路军来，炮手的头上不可避免地要挨上马刀。义德对于炮营凸形的半月阵，感到十分满意。炮位之间的距离不过十余米，霰弹在千米外可以形成弹幕，也可在千米内形成弹雨。

骑兵难以突破弹幕，更难驰骋于弹雨之中，被打得人仰马翻，停止了进攻。站在北峰顶上的关义德，可以清楚地看到骑兵团正在对队形进行大调整，其战术是以大凹半月对小凸半月，进行散兵冲击，以减少伤亡。

峡口前的炮声暂息，峡口后的喊杀声、轻重机枪的射击声、火雷罐的爆炸声响成了一片，可是豫军的突击冲锋都被阻击在阵地之前，未能逾雷池半步。一团长长叹一声，下令停止进攻。

命令刚一下达，旅部副官长阎旺带着一排的执法队来到了前沿阵地。铁青着脸对一团长说：“奉旅座手令前来督战。”说罢，双手递上手令。一团长打开一看：

兹委任副官长阎旺为前敌执法官，代行旅长监督一团全体官兵，一举攻占青石峡西隘，夺取敌军野炮。部队有进无退，临阵退却者杀！畏缩不进者杀！抗命不遵者杀！弃职逃跑者杀……

一团长看罢，脸色变得十分难看。指着从攻击阵地上抬下来的伤兵说：“你看见没有？”阎旺绷着脸，昂着脑袋道：“兄弟是来督战的，伤员之事也就无力过问了。”

说罢，一挥手。三十多名执法队同时抽出了鬼头刀擎在胸前。执法队的左臂上都带着一个白袖标，上书黑字“执法”，黑白分明，甚是刺目。擎在胸前的鬼头刀闪着瘆人的寒光，更是刺目。

“兄弟军务在身，凡事只能按旅座手令行事。请牛团长下令吧，一股作气拿下西隘口。没有二鼓、三鼓。”

一团长的脸色气得变成了紫茄子色儿，但很快又变青了。目中露出了凶光，脸上充满了杀气。指着副官长吼道：“这不是旅部，枪子可不长眼，炸弹更不认人。你要想见见血，就带着督战队跟着一块上。要没这个胆，就找一个地方蹲着去，少在这碍眼碍事。把老子惹急了，先一枪崩了你，然后告诉你姐夫，说你中弹阵亡了，叫你姐姐来收尸。”

前敌执法官的脸一下子变得煞白，紧跟着又变得蜡黄，耷拉下来了脑袋。马副团长给了这位副官长一个台阶：“总攻就要开始了，副官长还是到后面休息吧。”

副官长去找地方休息，牛团长和马副团长相顾无语。“一根筋”一个劲地抽烟，“鬼难拿”用树枝在地上来回来去地画。

这时，山前的炮声停了。“鬼难拿”把树枝往地上一摔说：“看来陕军也啃不动了，咱们调整一下部署，等山前再发动攻击时，来一次突击。正面佯攻，两翼实攻。”

“一根筋”苦笑着摇了摇头，笑得比哭还难看：“甭管佯攻还是实攻，姓关的都是居高临下。在这窄长的山沟里，大部队展不开。队形越密集损失就越大，散兵前进，对守军构不成威胁，让人家打活靶子。

“你看这地形，山口两侧的南北两峰上，只要各有一个加强连，大小部队无论什么队形都休想通过。山口正面的阻击阵地凹进两峰之间，宽度也就是六十多米，放一个加强排就足够了。

“不清除两翼的火力点，根本接近不了山口的主阵地。师部的山炮营、迫击炮营都没跟出来，师长的意图很明显，就是送客。可是旅长打上了十门野炮的主意。

“就凭步兵团的火力，根本无法拿下南北两峰，要是能拿下南北两峰，就是往沟里扔石头也能解决山口的主阵地。不控制南北两峰，即便拿下了主阵地，部队也难以通过……”

“鬼难拿”长叹一声：“旅长打上了这十门野炮的主意，就该早进入青石峡设伏。可是他让姓关的给耍了，这‘明修栈道暗度陈仓’之计可真厉害。要不是陕军动了真格的，咱们只能‘送客’了。其实，‘送客’是件好事……”

话还没说完，前山的野炮又响了起来。“一根筋”把牙一咬，下达了命令：“一营、二营梯队层进，仰攻南北两峰。三营伺机中央突破，拿下主阵地。全团官兵有进无退！”

此时，义德站在北峰上看得清清楚楚。山前是一个骑兵团，山后是一个步兵团，自己处于被夹击之中。在青石峡尾随西进的陕军虽有一个旅，但囿于地形限制，不可能展开兵力。

山口外的骑兵对于山口前一百多米长的半月形阵地，展开兵力也起不到作用。扇面再宽，最后的攻击点还是扇轴。

此时此刻，所惧所怕不是敌军的进攻，是敌军转入防御，打一场持久战。对于后路军来说，唯一的出路是打一场击溃战。只要击溃了山口外的陕军，也就甩掉了山后追击的豫军。完成了战略意图，同时也进入了新的作战区域。

现在山前山后都发起了攻击，义德松了一口气。但心又提到了嗓子眼，山后吹响了冲锋号，三个营扑了上来。山前的冲锋号吹得更响，一千多匹战马蹚起的黄尘遮天蔽日。这次进攻的队形是散兵突进，很显然，吃一堑长一智。

这时，电话排排长气喘嘘嘘地跑上来报告：“野炮营、工兵营的电话接通了。”义德拿起话筒向野炮营下达了命令：“放弃一千二百米线的弹幕，在防守阵地前八百米外形成弹雨。”向工兵营下达了命令：“两峰进行佯阻，将攻击主阵地的敌军放进来……”

“一根筋”给一营、二营的任务本来就是佯攻，两营发起进攻时，都是冲锋号吹得震天响，与喊杀声连成一片，其兵锋大有排山倒海之势，可是遇到阻击后就卧倒在地，调高了步枪的标尺，与守军远距离互射。

担任中央突破的三营，以为守军已被佯攻的火力所吸引。不吹号，不喊杀声，悄悄地扑了上来。整个战术是“咬人的狗不汪汪，汪汪的狗不咬人”。

当三营突入凹进的主阵地后，遇到了三面火力的射击。九挺轻机枪组成了交叉的火力网，令进攻者感到恐怖的火雷罐从天而降。峡沟里血肉横飞，鬼哭狼嚎。

“鬼难拿”放下了望远镜，长叹一声：“三营完了！”“一根筋”急了，一挥手，命令号兵吹号“收队！”

号声还没有停，旅参谋长带着一连执法队出现在前沿，出示旅长的手令："贻误军情，指挥不利者杀！"副官长站在参谋长的身边，脸上露出了得意的阴笑，笑得又生又冷，带着一股幸灾乐祸的邪气。

一团长脑门上的青筋蹦了出来，眼睛瞪圆了，白眼球里充满了血丝。脸色比庙里的鬼还要难看，青中透绿，绿中透蓝，看起来真瘆人。

参谋长上前一步，把手搭在一团长肩上说："老弟！穿了这么多年的二尺半，这时可要明白。""一根筋"咬了咬牙，脑门上的青筋差点蹦出头皮。手扶在枪把上，斩钉截铁地说："我这时比什么时候都明白！"四目相视，参谋长更明白了。

从主攻阵地上退下来的三营，收队完毕后跑步前来向团长报到。见到团长身后有一个多连的督战队后，全愣了，不但脚步停了下来，而且本能地退后了一步。退后一步对军人来说，比向前一步更可怕。

三营长向前报告，他身边四个卫兵手里的自来得大小机头全张着，身后警卫班的弟兄，枪全横在手里，两挺手提机关枪、一挺轻机枪的保险全撞开了。

全营的官兵都红了眼，个个都像凶神恶煞，手里的枪成45°角指着地。行伍出身的参谋长太明白了，三营被逼疯了，就像一个干透了的火药罐，只要碰出半点火星，准爆炸。

于是，转身向督战队一挥手，擎在胸前的鬼头刀全收了起来。然后走上前一步，对三营长说："辛苦了！"

三营长报告的内容，牛团长根本没听见。两眼直盯着南北两峰的主阵地，两手按住了武装带上斜插着的两把自来得，看来要犯一根筋。

马副团长可听得清清楚楚了，向前两步，走到三营长跟前说："带弟兄们去休息吧。"

这时，山前的炮声夹着轻机枪、手提机关枪的扫射声连成了一片。参谋长举起了望远镜，向南北两峰和夹在两峰之间的隘口主阵地看了好一会儿，默默地放下了望远镜。

站在他身边的副官长不识好歹，凑过来说道："参座……"参谋长瞪了他一眼，小声喝道："一团的人都急了眼、红了眼，这可不是旅部……"副官长不吭声了。

山前的炮声也停了下来，战场上死静死静的。参谋长坐在一块大石头上一根又一根地抽烟，抽着抽着猛地把烟头往地下一摔，站起来对一团长说："你就地监视敌军的行动，姓关的要是把山前的陕军摆平了，就会撤离青石峡西隘，你就趁机压过去。

“山前的陕军要是顶得住，你们一团也就得硬盯。硬盯可不是硬打。我回旅部向旅长报告，从二团、三团抽精兵组成突击队，从山脊上潜行，由两侧偷袭南北峰。偷袭不行就强行突击，一旦占领了南北两峰，主阵地不攻自破。”

说罢，参谋长向身后的督战队一挥手：“撤!”副官长犹豫了一下，见参谋长已经上马走了，只好翻身上马追了过去，跟在参谋长马后，一边走一边暗暗地捉摸。

这时，山口前、山口后都停止了进攻。义德陷入了沉思之中。山下的两支进攻的部队，都是久战的疲师，已经没有多大战斗力了。

可是久疲之师的后面均有枕戈待发的援兵。停止进攻就是等待后援部队，后路军的生路就是在敌军援兵到达之前结束战斗。

一直跟在后面追击的豫军，已是屡屡受挫的败北之师，但利令智昏，要送最后一程，希冀搂上一把，既能得点实惠，又好向上司交差。得打一次反击，给这群败兵点颜色看看，叫其“留步!”

山口前的骑兵，是一支进攻型的部队，不但好斗，而且能斗，但愿这个骑兵团长再犯一次错误——发动一次进攻。这次进攻之后，他的骑兵团就失去了再作战的能力。

骑兵后面的步兵，是最可怕的劲敌，而且具体兵力不详。从行军速度来推算，天黑前不可能赶到青石峡前隘并投入战斗。按照正常的情况，今晚挺进军将对敌步兵实施打击，阻止其和骑兵会师。

击溃了骑兵团最后一次进攻后，工兵营即可放弃青石峡西隘的阵地。想到这里，义德毅然向李保国下达了命令：“天黑后，对主阵地前的敌人进行反击，迫使其撤出进攻阵地，和我军脱离接触。”

李保国接到命令后，面有难色。立正报告道：“正面之敌已撤出进攻阵地，和我军脱离了接触。但不是退却，是在部署新的进攻。

“青石峡中的一旅豫军成一字长蛇阵，展不开兵力，我军以一个营的兵力进行反攻，也起不到实效，反而会粘上脱不了身。”

义德听了后点点头，举起望远镜对北峰以东的山头、沟谷进行了逐一观察。在沟北侧距北峰三千多米山腰处，发现了一座石坝。

这座石坝位于观察镜的死角，只能在北峰顶上，也就是在义德的脚下，才能进入望远镜中。义德心中一动，立即命令身边的李保国道：“你带一个爆破班，火速占领这座石坝。”

李保国立正报告说：“这座石坝由我军控制的山脊可以到达，由豫军控制的峡沟根本无法上去。坝里是人工湖……”

义德听到这心中一振，立即下达命令：“炸坝。”此时，参谋长和副官长正策马东行，两人的肚子里都正在打着自己的小九九。走着走着，副官长勒住了马。对参谋长说：“参座！我这有一道旅长的手令。”参谋长接过来一看：

一团长牛大魁临阵不前，指挥失当。将兵无方，一误再误。拥兵不进，屡失战机。

依军法就地撤职，解往督署军法处听候查办。由副官长阎旺暂行代理团长之职，全团官兵一体听其调遣，遵其命令。如有抗令不从者，杀！

参谋长看过手令后先是一愣，后又是一笑，缓缓言道：“旅长手令交给了老弟，老弟就勇挑重担相机行事吧。我得赶回旅部，向旅长报告军情，以部署……”

参谋长带着四个马弁放马驰向旅部，副官长带着督战队折了回来。走了二里多路后，心里觉得越来越没底，像十五个吊桶打水，七上八下，闹个没完。

这时小九九打的是“一根筋”要是拿下了青石峡西隘，我这个督战官自然有一份功劳，要是没拿下来，正好出示旅长手令，把他解往开封。

心里没底的是，如果“一根筋”抗命怎么把他拿下；“一根筋”遵命，这仗又怎么打法？正想得入神，听见一声巨响。这位副官长一愣，以为山口前又打响了。没走几步就听见一声：“报告副官长！脚底下发水了。”

猛低头，马的四蹄已在一尺多深的水里。这时有人高喊：“山水下来啦！”又猛一抬头，“飞流直下三千尺”，转眼间水高到了马肚子。

这位副官长虽然衔序中校，已有六年的军旅生涯，可是一直在洛阳城里转悠，可以说很少出城门，山水突至，不但乱了方寸，而且失了主张。

督战队乱成了一团，慌张之中有人顺着水跑，有人逆着水跑。副官长吓得把眼一闭，双手抱住了马脖子，“听马由命”了。

别看这位副官长马骑得不怎地，坐下的枣骝驹可有几分龙性。在水里又蹿又蹦，又泅又跳，生把这位副官长驮出了险境。上岸之后惊魂初定，回首一看，身后的峡谷已变成了一个湖。

往前一看，身前的峡谷里升起了一面白旗，是汗衫改制而成的。副官长正不知所措，就被一团的士兵从马上给扯了下来。

副官长“听马由命”时，一团的两位团长也慌了架子。就见“鬼难拿”突然把军装一脱，把白汗衫从身上扒了下来，对警卫排长说：“快！找个大树枝子，就拿这汗衫当白旗，越快越好，赶紧树起来。”

警卫排长愣了，“一根筋”也愣了。“鬼难拿”推了警卫排长一把：“晚了咱们就全完了，快！”警卫排长抓起汗衫就往外跑。

“鬼难拿”回过头来对“一根筋”说：“峡口前的炮声停了，咱们这儿发大水，后路断了。人家在南北两峰顶上看得一清二楚，只要调过一门野炮，向东一开火，这不到一百米宽的山沟里，还能有活人吗？除了挂白旗还能有别的路？”

“一根筋”没吭声，这时警卫排长把副官长押了过来，并把从他身上的三防公文袋里搜出的“手令”，双手递给了正要犯一根筋的“一根筋”，说：“团长！您看看，这白旗咱们能不挂吗？”

一团长看完“手令”之后，脸全气白了。冷笑了一声，对副官长说：“你想把我押到军法处是去不成了，你上哪儿也由不了你啦。你别害怕，一时半会儿你还死不了。

“你从水里爬上来，我这就把你送回去。你要是阳寿不该绝，没准还能游回去。见了你姐夫说一声，他不仁，就别怪我不义了。”

副官长高呼：“牛大哥饶命！我不会游泳！”两个卫兵可不听这些，架起他就奔湖边去了。“咚！”的一声，把这位舅爷扔进了水里。

原来的进攻阵地和防守阵地都响起了欢迎号。义德握着牛团长的手，郑重地说：“你的队伍从即刻起编入建国军第一混成旅序列，番号是四团。全体官兵一律原衔原职。

“现在的当务之急是救护伤员，卫生排、担架排我都带来了。归你指挥，一切由你安排。”义德的话还没有落音，两个排长上前一步，齐刷刷地敬礼：“奉命到四团报到，听候团长指令。”

“一根筋”先是一愣，紧跟着上前一步，握住了两位排长的手，激动万分地说：“太感谢了！拜托了！”言罢，转身立正向义德敬礼：“谢旅长！四团全体官兵请战，愿当兵锋……”

义德再次握住了牛团长的手，亲切地说：“四团太累了，先就地休整。山前还有一战，战斗一结束，全团立即随队出发，目标是解西安之围。”

峡口后的诸事刚刚妥定，峡口前的战斗就打响了。这是一场无后顾之忧的战斗，义德亲临炮兵阵地指挥。

骑兵在两千米外蹚起了万丈黄尘，滚滚黄尘渐渐地形成了一个凹形的半月阵，大有遮天卷地之势。突然，黄尘之中冲出了三支铁骑，像硬弩射出的三支利箭，直刺炮兵阵地。

其速其势，让人感到“开弓没有回头箭”这七个可怕的字。开弓的箭不会回头，只有目标。成为箭的目标，也就是更可怕的两个字——死亡。

刹那间，“野炮”、轻机枪、手提机关枪都吐出了火舌。可是铁骑全无畏惧，迎着钢铁组成的弹雨扑了上来。一千多米的距离对于骑兵来说只是瞬间、刹那，甚至可以说是“开阖之际”。

马到刀到，身首异处，血肉飞溅。但生钢、铸铁所组成的弹雨更可怕。骑士落马了，被弹片击中，肠子已经流了出来的战马，竟然冲到了炮阵前，甚至一头撞到“野炮”上。

面对着这种场面，久经战阵的关义德也感到震惊、震憾，甚至震慑。这位骑兵出身的混成旅旅长，这时明白了，战马上阵前被注射了兴奋剂，充当了肉体坦克。

但肉体坦克终归不是钢铁坦克，在十门“野炮”、一个机枪连组成的火网之下，肉体坦克的血很快就流尽了，战斗也就结束了。

清扫战场的过程中，令职业军人也感到恐怖。战后怕比战前怕更刻骨铭心。幸运地活了下来，使幸运者陷入了深度的沉思之中。但穿上了二尺半，也就只能在铁、火、血的道路上走下去。

军人不怕流血。可是，为什么流血？为谁流血？一腔碧血何时流？军人不流泪。可是，为什么不流泪？是没有泪？还是有泪不能流？有泪无处流？

血是热的，泪也是热的，但心更热。火热的心把血和泪凝合在了一起。血该怎么流，泪该怎么流，只有心知道。

骑兵团四散了，侥幸逃生的士兵趁着开始低垂的夜幕，消失在黑暗之中。他们生怕战马的嘶鸣又招来新的灾难，大多弃马而逃。

熟悉战马的骑兵连长吹响了集合号，悠长的号声在夜空中传得很远很远，失去了主人的战马听到号声后，均向发出号声的地点跑来，结集成一排横队。一共有三百多匹。

是对号声太熟悉了，来寻求归宿？还是来恪尽为马的使命？只有马知。

义德的眼有些模糊了，对身边的骑兵连长说：“好好善待这些战马吧！”骑兵连长愣呆呆地像是入了定，他即便顿悟了，但能破壁吗？只有佛知。

急驰的马蹄声由远而近，一声响亮的“报告旅长！”使义德又变成了现实中的军人，接过骑兵通讯兵双手递上军册，打开一看：

旅长钧鉴：

职部潜入敌后，业已完成袭击敌增援步兵的任务。援军是川军田祖尧部二旅一团的两个营，系前队。该敌系双枪兵，袭击很顺利，全部被缴械。

对战俘进行审问后得知，后队系一个营和团部直属队。预计明晨职部可与敌军后队接触，现就地待命。

挺进军指挥王定一

义德的脸上露出了笑容，对身边的刘营长下达了命令：“你再辛苦一趟，带上三门‘野炮’连夜急行军，去和挺进军会合，务必在天亮前赶到。

“从云层和气温变化来看，明晨会有大雾。趁着大雾在大道上拦击川军，用炮击的方式将其击溃。记住！是击溃战。缴械时要善待战俘。”

清晨果然是大雾弥漫，侦察骑兵报告：“敌军约两个营的步兵一百多匹骡马，四乘滑杆距我军约两千米。”

刘营长笑了，说：“真是天助、人助，准时到了。”随即向炮长下达了命令：“不被敌军发现不开炮，开炮后火力要猛，打出威风。”

下达完了命令后，又对直属营、大刀营的三位营长说：“我的大炮是近距离开火，步兵吹冲锋号是振振军威。炮击不停止步兵不能冲锋，霰弹可不分敌我。”

正说着，太阳出来了，雾气散了。大家都清楚地看到，八百多米外的大路上，开来了一支军队，大旗上是“援陕军”三个斗大的字。

“野炮”响了，冲锋号也响了。每炮打了五发霰弹之后，刘营长下令停止炮击。在喊杀声中，步兵冲了上去。可是官兵们都惊呆了，一千多号川军都滚到了路边上，趴在地上，高举着双手。枪都扔在一边，士兵们收枪之后开始对战俘搜身，怕身上藏有短枪、匕首之类的武器。无一例外地从川军官兵身上搜出了一杆大烟枪。

一个小兵摆弄起从军官身上搜出来的高级烟枪，这个少校可真急了，一把抢了回来说："干啥子？老子的手枪都给你了，这烟枪你弄它什么？弄坏了要老子的命啊！"

打开骡驮上的物品，真是令人想不到。行军帐、行军床、行军桌、行军椅、行军小灶、行军茶炉……最引人注目的是烟锅、烟灯、烟枪。什么材质的都有，可以说是五花八门，令人眼花缭乱。

团长的私人用品就有十几驮，副团长、参谋长、军需处长的用品也少不了多少。四乘滑杆分属于四个团级长官。每乘滑杆都配有遮阳、遮雨、遮风的篷、帐、毡，附有水壶、茶壶、酒壶、食盒、食袋、食囊之类的物品。滑杆由四名士兵轮流抬着，附属物品由几名士兵轮着挑，寸步不离滑杆左右。坐在滑杆上的人有所需，招呼一声就可满足所需。

骡驮上还驮着几箱现大洋，共三万块，是东进的军饷和打下青石峡西隘口的赏金。三位营长共同加封后，交警卫班看管，等候旅部派人来接收。

被俘的川军官兵们对自己的命运似乎并不关心，都倒在地上点燃了烟灯，烧上了烟泡，掏出了烟枪开抽。

刘营长走到一个连长身边问起了军务，这个上尉军官对着烟枪猛吸了几口，打了个哈欠说："啥子急什么？要杀要剐也不能让我当个瘾鬼啊。"

义德赶来后，特地见了见被俘的团长，直言道："四川是天府之国、四塞之地，东守夔门、北守剑门即自成一统，犯不上出川作战。再说了，以川军之富，出川作战也吃不了北方的苦。保境安民之道，回四川是上策。"

这个团长给义德打了一个立正，直挺挺地敬了一个军礼："长官明示，长官圣明！如能平安回到四川，一定供奉长官的长生牌位。"

义德笑了："回潼关后，把我的话转告你们旅长。""一定！一定！回潼关后，我保证我们旅长率队回四川，旅长是我九舅。再说了，贵军大炮可不是能挡的。我捡了条小命，还能叫我九舅再来送命？我老娘最疼我九舅，我老娘是田督办的大姨子，我九舅娶的是田督办堂妹，我娶的是田督办的表侄女，我岳母的嫂子是田督办的……"

义德苦笑了一下，舅爷套舅爷，姻亲连姻亲，把这位混成旅旅长给绕糊涂了。不想写《田氏外戚传》，也就无意进行研究、讨论，于是，对这位双枪团团长说："趁着天还早，就上路吧。省得贵旅长不放心。"

四乘滑杆忽悠忽悠地上了路。上面坐着四位过足了烟瘾的大烟官。后面跟着一千多名身揣着大烟枪的徒手兵。义德真是欲叹无声，望着双枪兵的背影，一点胜利者的喜悦也没有。

直到李保国前来报告“四团长求见!”义德才回到现实之中。四团长详细地报告了部队的统计数字，义德听了后点点头说：“四团的伤亡确实不小，特别是三营。为了保持战斗力，需要尽快补充。

“枪械、骡马由旅部拨给，兵员可在沿途招募。但要注意素质，宁缺勿滥。现在当务之急是安排好伤员，凡负伤者不论轻重先由旅部发给十块大洋，作为抚恤。

“部队要行军，不可能携带这么多伤员。缴获川军的物资甚多，可与地方上的善堂联系一下，共同组织一个伤兵收容站。四团的伤员最多，这件事就交给你来办。川军、豫军留下的伤员也要收容，一视同仁。

“地方上不平静，轻伤员的枪可以不收。但不许带枪外出，严禁有扰民之举。留下一个排给收容站当卫队，要保护好伤兵们的安全。

“我已通知军需处，先拨给你一万块大洋办收容站。部队转移时，这个收容站可编为四团的卫生连。

“川军的六零炮、轻重机关枪、短枪全拨给你。川造步枪你要看得上，也可领一批。四团要有口软的老枪，换下来。”

四团长简直不敢相信自己的耳朵，嘴动了几下，终于说出了：“我牛大魁这辈子跟旅长是跟定了!”四团长的话还没有落音，跟在他身后的三个营长同时立正敬礼：“这辈子跟旅长是跟定了。”

军人不流泪，可是三营长的眼睛湿了，向前一步说：“三营不是孬种，跟着旅长不怕打硬仗。”义德双手扶在三营长的肩上说：“三营是好样的。”

四团长请义德给全团训话，义德摆了摆手说：“弟兄们太累了，安排好食宿，就地扎营休息三天。三天后开拔，直取潼关。”

李保国不解了，兵贵神速。休整三天岂不失去战机？义德笑了：“双枪兵走不快，咱们现在开拔非走到他们前头不可。咱们休整三天，给潼关的川军留下点时间。这些四川佬待在城里，围攻西安的陕军就以为他们的东大门很安全。”

李保国恍然大悟，跑步到各营传达了旅长的命令。三天后，全旅浩浩荡荡地扑向了潼关。距城还有十华里，潼关的绅商两界在接官亭备下茶酒、面点，欢迎第一混成旅进城。

令人想不到的是，双枪团长还留下几大坛子泸州大曲，都是老窖的陈货，托商会会长转交给义德。义德笑了：“除了大烟土外，都是好东西。我就说声‘谢了!’”

部队进城后即得到令人振奋的消息，耿继忠率前路军绕过了潼关，直扑西安城下，和由五原长驱南下的西北军两面夹击，解了西安之围。总司令冯玉祥业已到达西安，即日将赴潼关。

9

义德激动不已，常德一别已有数载，想不到能在潼关相见。为了表达思念之情，义德在潼关西门外举行了盛大的欢迎仪式。冯玉祥检阅了第一混成旅。阅兵时对参谋长刘吉说："士别三日当刮目相看，这支部队我在湖南常德相见时，只是区区八百人的一个加强营。现在是名副其实的混成旅，从装备上来看，恐怕已超过一个满编师。"

刘参谋长点点头："关义德在陈逆发动叛乱时，有救驾之功，保着孙总理登上了中山舰。建国军第一混成旅的番号，是孙先生亲下的手令。旅长区区，实系有根基之人。观其所行，亦不是池中之物，不好掌控呀。"

阅兵结束后，冯玉祥和关义德闭门长谈。冯推心置腹地说："数年之间，中国政局突变，于时下而言，北伐大势已定，直系败局已定。吴佩孚的十八省讨贼联军，名实均已不存。

"奉军虽拥兵据地，但难再和北伐军抗衡。孙先生所缔造的国民革命军，现编为四个集团军。第一集团军系由广东出发的中央军；第二集团军就是咱们的西北军；第三集团军是阎锡山的晋军；第四集团军是广西的桂军。

"四个集团军的总兵力，对奉军有压倒的优势，而且士气高涨。但从整体的战略上来考虑，还是希望奉军能放弃关内的占领区，退回到山海关以东地区。

"中央则承认奉军在东三省的军政体系，达到全国军令、政令的统一。避免列强，特别是日本从中染指，借内战来分裂中国。

"所以四个集团军均承认奉军在东北的地位，奉军只要降下五色国旗，升起青天白日满地红的国旗，通电归于国民政府领导之下，中国就统一了。"

义德听了后不断地点头，进而言道："我奉孙中山先生之命，护送孙科同志到杭州参加四公子会议，段宏业借故未来，张学良准时到达了。此人给我的印象是正直豪爽，为人磊落，颇有军人的使命感、责任感，是个爱国将领。

“这位少帅绝不会同日本人联手，干出负民负国的事来。我陪他游览过杭州、宁波，他检阅过我的部队。分手时送了我五万块钱做军费，还给了我一张类似名片的联络卡，系用于奉军内部。”

听到这儿，冯玉祥为之一振，连声说：“太好了！太好了！我修书一封，你设法用最稳妥的方式交到这位少帅的手中。如有机会，你可以我私人代表的身份和他会晤，进一步表明和平统一的愿望。”

说着，冯玉祥站了起来直奔书桌，提笔给张学良写了封亲笔信，交给了义德，说：“接到我的通知后，你就设法亲自交给他。”

义德双手接了过来收入了公文包中。这时副官进屋上茶，冯玉祥亲自给义德倒上了一杯，笑着说：“前清的官场是端茶送客，咱们国民革命军反其道行之，上茶是要长谈。”

义德欠身接茶道：“总司令有什么训示，义德恭听了。”冯玉祥叹了一口气：“南口大战后，我率部退往西北，只保住了甘肃的地盘。甘肃是个穷省，一下子进入这么多部队，真是苦了老百姓。

“从五原出发时，就是粮饷不济，长途跋涉了一千多公里，可以说是人困马乏。西安之围虽解，饱经战乱的陕西也是民力已尽。要是再向地方摊派，无异于杀鸡取卵。”

说到此处，冯玉祥低头不语了。良久，又缓缓言道：“让从五原出发的部队东进郑州，士兵连鞋都没有。总不能光着脚去和第一集团军会师。只好让你的第一混成旅再辛苦一趟，东向返旆开往郑州。

“过伊水时洛阳守军不出城拦击，就不要惊动这个土皇上。我命令韩复榘的十四师在西安想办法收购上一万多双军鞋，三天后出发，去收拾霍鼎钧这个老军阀。

“第一混成旅要以急行军的速度，抢在第一集团军之前占领郑州，但进城的时间要掌握好，不要和从信阳撤退的奉军发生正面冲突。”

义德欠身说：“明白！四团和几个独立营明天就出发，为前队，耿副旅长到达后休整两天为后队。霍鼎钧老奸巨滑，不会出城阻击，向洛阳方向派出警戒部队就行了。”

冯玉祥不胜感慨地言道：“第一混成旅进入郑州时，得拿出点做派，显示显示咱们西北军的军威、军仪、军纪。时下，各旅、各师都几成‘花子兵’。能拿出来亮亮相的部队，也就是你的第一混成旅了。”

听到这里，义德正颜正色地说："时下军旅繁兴，甘肃、陕西都是穷省。总司令不忍过度取于民，实是仁者之心，令义德感动。

"第一混成旅打下别家围子时，缴获了一批五十两一个的大元宝，是明末李闯王留下的。这批元宝存于我部工兵营的骡驮中。打下石门寨时，缴获了不少文物，系土匪盗墓所得，亦存于工兵营。总司令派军需官去接收，可解咱们西北军一时之急……"

冯玉祥站了起来，握着义德的手，激动得说不出话来。

第一混成旅距洛阳还有十余里，霍鼎钧派他的参谋长王树斌来迎接。见面后义德就是一愣，这位参谋长的帽徽上悬着青天白日的党徽，左臂上戴着青天白日的袖标。握手时一口一个"关同志"。

原来，这个洛阳王已通电易帜，归于国民革命军的编制，出任了四十八师中将师长，兼洛阳卫戍司令。委任令是蒋总司令亲自下达的，霍已奉命就职。并由杨永泰介绍参加了国民党，同时出任了洛阳市党部主任。

义德真是欲叹无声，欲笑难笑，欲语难言。王参谋长此时发出了热情的邀请："霍司令一再训令兄弟，无论如何要请'关同志'进城小住两天、好好聚聚。"

义德考虑到耿继忠即将率队到达，和老谋深算的洛阳王打交道，他还是欠缺经验，于是命令四团长牛大魁率队先行开赴郑州，自己率骑兵连进城，会会这个老军阀。

刚要过洛阳桥，耿继忠派骑兵通讯员送来了冯玉祥的加密手令，义德打开一看：

义德吾弟：

形势有变，恐生不测。相机扣押霍鼎钧，占领洛阳城。如遇反抗，就地处决。

兄玉祥草

霍鼎钧在兴洛楼设宴款待义德。宾主相见后，这位洛阳王握着义德的手说："相见恨晚！相见恨晚！你老弟见外了，咱哥儿俩要是早点联起手来，三民主义的大旗早在河南树起来了。"

义德言道："哪里！哪里！革命不分先后，凡属我党成员，尽为革命同志。霍同志可不要见外喽！以后小弟要在河南地界上混，还要仰仗老哥多帮忙。后天小弟的后队就要到，想在洛阳休整两天，开往郑州会师时，好有点模样，别风尘仆仆的。”

霍鼎钧举杯道：“这还用说，后队得多休整几天才好。咱哥儿俩好好聚聚。后队开来后，就驻在龙门吧，那儿的兵营正好空着。”

义德拱手道：“能驻龙门真是太好了，小弟也好好游游伊阙，瞻礼一下石窟。还要到香山凭吊一下白乐天，将来退归林下时，也聚九老而结诗社。”

霍鼎钧举杯叫“干”后，拍着义德的肩膀说：“关老弟所言，与吾心有戚戚焉。告老时若是结社香山，老哥可就给你打前站了。你要是游龙门，我可是个好向导。不瞒你说，我也是半个书家，多年以来一直临龙门神品。今天就先给你写一个一笔虎，算是见面礼。”说罢离席，浓墨重笔，悬肘写了一个“虎”字。收笔时吩咐副官道：“裱好后给关旅长送去。”

耿继忠率后队到达洛阳后，部队驻进了龙门。当天下午，两位旅长进城拜会了霍鼎钧。互相客套了几句后，义德拱手道：“行客烦坐客，以‘礼’不以‘礼’。前一个礼是‘礼节’，后一个礼是‘礼物’。最高之军礼，也就是阅兵了。今日拜谒，意在请司令到龙门检阅一下第一混成旅。”霍鼎钧哈哈大笑，连连说：“检阅可不敢当，到龙门去看看老弟的部队，我倒是真有此意。听说老弟不但兵强马壮、器械精良，而且将兵有道、治军有方，我得让四十八师营团级以上的军官去开开眼，长长见识。”

伊水前宽阔的岸边，第一混成旅的一团、骑兵营、山炮营列队等待检阅。“洛阳王”登上了临时搭成的检阅台，在帅位上就座，颇有些大将的风度。

他手下的两个旅长、六个团长、四个独立营长也依次就座。义德向李保国一挥手，这位阅兵典礼官就正步走上检阅台，向霍鼎钧立正敬礼，高声报告：“受阅部队准备就绪，请霍司令官……”

李保国的话还没有落音，霍司令官和他所带来开开眼的军官们都傻了眼，也都真长了见识——全部被站在身后侍从的士兵解除了武装。

在检阅台下休息的副官、参谋、护兵、马弁们也都被缴了械。在手提机关枪连的枪口下，这些人十分清楚，如果反抗，准被打成筛子底，打成马蜂窝。

义德对洛阳王和他的军官们宣布：“奉冯总司令手令，接管洛阳城防。请各位上霍师长来时乘坐的三辆汽车，到潼关休息……”

参谋长王树斌走到义德身边小声说：“关同志，我要提醒你。我师归入国民革命军序列，是蒋总司令在南昌亲自下的手令。并亲自训示我，不要过早暴露，等北伐军临近洛阳时，再行易帜。”

义德坦然一笑：“你我都是军人，以服从命令为天职。此举我是奉冯总司令的命令，有什么话，你可到潼关和冯总司令直接说。兄弟鲁莽，多有得罪。”

霍鼎钧来阅兵时，坐的是一辆黑色的别克牌轿车。随行的警卫，乘坐了两辆卡车。这三辆车正好把该上车的人全装下。

骑兵营押着三辆汽车刚要起程，就见通往潼关的大道上尘土飞扬，开来了几辆汽车，汽车后是一个骑兵团。汽车和骑兵之间已经拉开了一段距离。

李保国带领警卫班迎了上去，汽车上下来几位军官，为首的一个是十四师师长韩复榘。义德上前道辛苦，两人互相敬礼、握手。韩复榘出示了冯玉祥的手令，义德打开一看：

义德吾弟：

十万火急！第一混成旅尽速随刘参谋长开往郑州，洛阳所遗军务交十四师接管。到达郑州后诸事听从刘参谋长安排。

兄玉祥手启

这时刘吉从第二辆汽车上走了下来，义德迎上前去敬礼。刘吉握着他的手说：“关旅长辛苦了！赶紧集合队伍向郑州前进，具体军务咱们在路上说。”

第一混成旅以急行军的速度开往郑州，十四师进驻了洛阳。韩复榘向霍鼎钧先敬礼后握手，道了一声：“司令受惊，不必介意。第一混成旅和四十八师发生了误会，误会过去了，大家还是好同志、好弟兄。

“复榘受命为洛阳卫戍副司令，辅佐司令。现在洛阳城中已恢复正常。第一混成旅的部队均已撤出城区，司令部也一切就序，请司令回城主持军务。”

“洛阳王”回到司令部之后，真是“高衙依旧，人事已非”。除了身边的几个马弁之外，全都是生面孔。久经官场的霍司令当然知趣，向韩副司令拱手道：“韩师长辛苦了，能者多劳、能者任劳。司令部的大事、小事都拜托了。需要我出面的事，就打个招呼。没有什么具体的事，老哥就倚老卖老，多歇歇了。”

韩复榘点了点头，笑着说：“明天要宴请洛阳各界人士，还望司令抽时间出来主持一下。司令德高望重，洛阳的绅商两界对霍老将军是信之敬之……”

此时义德正坐在刘吉的汽车上，往郑州行进，这位参谋长说话十分客气：“本应让关旅长在洛阳休息几天，可是军情不等人。奉军的三十万大军，从装备上来说都是精锐之师，特别是炮兵、骑兵，居全国榜首。

“京汉、京奉、津浦三条铁路均在奉军的控制之下。日本人一贯支持奉系，张作霖又是满不吝的胡子出身。从总体战局来讲，奉军是在收缩兵力，可是张发魁在漯河却吃了大苦头。

“这位北伐名将想给奉军施加点压力，促其尽快地撤往黄河以北地区。没想到姓张的不认姓张的，张学良亲赴前线给他布置了一个口袋阵。

“三个炮兵团从西、北、东三方面同时射击，把张发魁打惨了，后撤的过程中奉军的骑兵进行了追击，张发魁退到驻马店才稳住阵脚。”

义德听了后很平静地说道：“战略后撤的部队，最忌有追兵尾其后，保持后卫接触。奉军的战略是京汉、津浦两线同时收缩兵力，不是溃退。

“张学良又是个心高气盛的少帅，张发魁不给他留面子，也就导致了姓张的不认姓张的。津浦线上的奉军没有向南反攻，说明了奉军收缩兵力退守关东的战略并没有改变。”

刘吉听了不断地点头，给义德递过一支香烟，并点上了火。然后缓缓言道：“冯总司令的意思是第一混成旅距郑州二十公里即停止前进，关旅长设法和张学良取得直接联系，争取在张发魁之前进驻郑州。控制这个交通枢纽的战备意义十分重大……”

部队距郑州二十公里即停止了前进，山炮营、“野炮营”进入了射击阵地。义德只身一人进入了郑州，在京汉铁路局招待所秘密会见了张学良，并交递了冯玉祥的亲笔书信。

见面后张学良十分激动，拍着义德的肩膀连声说：“当拭目相看！当拭目相看！”

言及政局，张学良慨然直言：“中国不能打内战了，再打下去，即有被列强瓜分的危险。奉军真正的敌人不是北伐军，而是盘踞在东北的日本关东军。

“日本人狼子野心，东三省路人皆知。漯河一战不是反攻，是确保收缩兵力实行战略后撤的无奈之举。不教训一下张发魁，他老保持着后卫接触，不利于我军战略转移。

“张发魁退回驻马店休整，双方有了一百多公里的缓冲地带，奉军就可以体体面面地撤出郑州。退出前一定会通知第一混成旅来接防，以避免防务出现真空，地方上的黑恶势力趁火打劫。你进城后的首要任务是保护好京汉铁路修造厂和黄河铁路桥。”

义德站起来立正答道：“请少帅放心！”张学良示意他坐下，叫副官打开了地图，指着正太铁路说：“阎锡山的晋军已开出娘子关，向石家庄推进。

“这个老滑头的行军速度很缓慢，他客气我也客气，石家庄就交给晋军。晋军在京汉铁路西侧行动有地理上的优势，你可率部由京汉铁路东侧直赴保定。

“第一混成旅一过青龙河，保定的奉军就交防北撤。把保定交给你，我就可以平平稳稳地退出北京。回到奉天后，一定力劝家父易帜，实现国家的统一。

“你把我的话带给冯总司令，并请他转告蒋总司令、阎总司令、李总司令，东三省永远是中国的一部分，奉军官兵不会让日本人分裂中国的阴谋得逞。”

临别，张学良握着义德的手说：“下次见面时，咱们一定会穿着统一的军装，胸章上是统一的番号——国防军。内战该结束了，枪口应该对外。

“直奉两系是宿敌，但吴佩孚这个人我敬重。他奉行三不主义。一是不借外债；二是不进租界；三是不签卖国条约。从‘百战愧无国际功’之叹上来看，这个秀才丘八够个中国军人。”

奉军在张学良的指挥下，一夜之间撤出了漯河阵地，利用京汉铁路的列车，全军撤到了黄河以北，按照预先的约定，第一混成旅开进了郑州，并接管了黄河铁路桥。

冯玉祥率第二集团军总部及直属部队进入了郑州，见到义德之后，拍着这位旅长的肩膀说：“老弟立下了平定中原第一功。蒋总司令和行政院的孙科院长后天就要到达郑州，第一混成旅要做好迎接的准备。阅兵时好好亮亮相，树树咱们西北军的军威。”

义德立正回答：“明白！”

阅兵在东门外大校场举行，第一混成旅一万余人全员接受了检阅。骑兵营、“野炮营”、山炮营、迫击炮营、机枪营、工兵营、辎重营、通讯营、卫生营依次通过了检阅台。后面紧接着的是四个装备精良的步兵团。

义德立于建国军第一混成旅的军旗之下，抽出了指挥刀。随着刀光一闪，全旅一万多人齐声高呼：“打倒列强除军阀，戮力国民革命。”连喊了三遍之后，迈着正步通过了检阅台。

蒋介石矜持地站立在检阅台上，对陪着他阅兵的冯玉祥说：“大哥！这支部队在操场上的功夫不错，装备也是一流的，从火力上来说，超过了师级编制。不知在战场上有何建树？”

冯玉祥笑了：“这支部队可是有着光荣的历史，民国八年时在关义德的率领下，以一个加强营的兵力，从北洋第七师中拉了出来。由河南穿过湖北到达湖南，我的第十六混成旅当时正驻防常德，从我的防区中进入了湘军的防区，到达了广州。

“一到广州就赶上了陈逆叛乱，全营官兵血战总统府，保护着孙中山先生登上了永丰舰。在永丰舰上先总理亲下手令，任命关义德为建国军第一混成旅少将旅长，护送孙科同志赴杭州参加四公子会议。后辗转回到河南，发展革命力量……”

蒋介石听了后脸上显得很不自然，孙科显得很激动，连声说：“怪不得我看他脸熟，是永丰舰上的老同志了，我们一起赴杭州……”

蒋介石没再吭声，孙科明白了。关义德保护着孙中山登上永丰舰时，蒋介石正在宁波省亲，奉命赶到永丰舰时，义德已离舰赴杭州。在永丰舰上，蒋介石和吴忠信的军衔一样，都是上校参谋。

阅兵结束后，蒋介石、冯玉祥、孙科接见了第一混成旅营以上的校级军官。蒋介石对关义德说：“很好！很好！建国军时代已经结束了，我以国民革命军总司令的名义，任命你为国民革命军第一混成旅旅长。”侍从副官立即送上纸笔，蒋介石下了一道手令，对秘书长杨永泰说：“这件事就交到军政部，让何应钦办吧。”

冯玉祥皱了皱眉头，但没说什么。刘吉即示意掌司仪的副官长宣布：“接见到此结束！”冯玉祥随言道：“时间不早了，该去参加郑州地方人士的欢迎午宴了。”

宴罢归来，蒋介石、孙科都有些累了。孙科乘着酒兴对蒋说：“关义德是个人才，当初应该把他留在广东。寻根溯源，第一混成旅系第一集团军的建制……”

蒋介石笑了："也好！也好！在外多闯荡闯荡，吃点苦头，就明白了。冯玉祥手下的将领，是清一色的第十六混成旅的班底……"

孙科会意地笑了，蒋介石也笑了，笑得很得意，仰着头对孙科说："孙院长多辛苦，今晚请关义德吃顿饭，好好叙叙旧。"

刘吉在午宴后回到第二集团军司令部，一边喝酽茶解酒，一边捉摸着阅兵场上、午宴桌上的所见所闻。这时副官处的值班副官进来报告："孙院长送来了请柬，今晚宴请第一混成旅的关旅长……"

刘吉一愣，自言自语地说："真快呀！"说罢，放下茶杯陷入了沉思之中。过了一会，大喊了一声："副官！给第一混成旅的耿副旅长打个电话，今晚我做东，请他和四位团长过来叙叙，好好喝几杯。"

副官应声而去，刘吉又端起茶杯，往沙发上一靠，笑了。笑得也很得意。

第二天一早，蒋介石、孙科乘飞机前往太原，会晤阎锡山。冯玉祥、刘吉在黄河铁桥给义德饯行。冯玉祥拍着义德的肩膀说："关老弟再辛苦一趟，潜师直赴保定。"

说罢，出示了一道手令。义德打开一看：

> 兹委任第一混成旅旅长关义德为第二集团军先遣部队总指挥，兼任保定卫戍司令。全力巩固保定城防，确保后续部队顺利进入北京。
>
> 冯玉祥

这道手令是刘吉所书，但系冯玉祥亲署，并亲自交给了关义德。义德看过手令之后，表情很平静，举手敬礼。冯玉祥握住了他的右手又拍了他肩膀一下。刘吉握着他的左手，说："能者多劳，保定城防至关重要。只有确保保定，才能顺利进入北京。"

河北省境内的奉军，均已收缩到京汉铁路沿线，铁路东侧完全是真空地带。第一混成旅顺利地抵达青龙河南岸，正准备过河，保定奉军的通讯参谋前来联络。

告知驻守石家庄的奉军已登上火车，沿铁路北撤。四小时后保定驻军也将乘火车撤往北京。届时京汉线上的全部车头、车皮均将撤到保定以北。

晋军已进入石家庄西郊，正太路的窄轨机车不可能进入京汉线，晋军只能从石家庄沿铁路步行向北推进。

第一混成旅进入保定后，义德是旧地重游，难免有些感慨。巡视了一下城防之后，就回到了司令部。下马时突然有人上前高喊："老同学还认识我吗?"义德下马一看，是十多年没有见过的齐燮元。

太突然了，齐燮元从北洋武备学堂毕业后，一帆风顺，一直升任到江苏督军，成了南京王。后在内外交困中被赶下了台，当了寓翁，也就是家蹲大爷。两人相见之后，同声说："久违！久违！思念！思念!"

进入司令部后，宾主寒暄了几句，齐燮元就把话转入了正题。原来是虎落平川犬相欺，齐公馆先是被奉军"借住"，奉军开走了，清苑县的保安队又开了进来，声称是来接收逆产。

堂堂的齐督帅，昔日人称南京王，竟然受制于一个小小的县保安队队长。真是天壤之别，今昔难比。无奈之下，只好到卫戍司令部鸣冤。在大门口见到了义德后，一眼就认了出来。现在是"依仗老同学出面来主持公道了"。

义德听了后直言道："卫戍司令部有维持治安之责，也就是保护国民的公权、私权。不论是奉军的'借住'，还是县保安队的'接收'，均属侵犯国民的正当权利。

"确定住宅是否系逆产，首先要看宅主是否有叛国行为。而且要由检察厅起诉，由法院做出裁定。县保安队所为，显然是逾权的违法行为。作为卫戍司令，当然要保护国民的权益。"

齐燮元听了后起身致谢，可是紧接着又苦笑了起来。长叹了一声，对义德说："你是强龙，县保安队是地头蛇。贵部一旦调防走了，这些地头蛇……"

义德听了后也苦笑了起来，不知道说什么是好，觉得很尴尬。还是齐燮元打破了这个尴尬局面，向前移动了一下身躯说："老同学，你看这样好不好。今晚我出面做东，把县长、警察局长、保安队长、绅商两界的名流都给请来。

"届时，你给个面子去坐坐，喝上两杯，算是与地方人士联谊。地头蛇们看我能请得动强龙，我这宅子的事也就不显山不露水地了啦。"说罢，站起来一躬致谢。

义德笑得更苦了，只好点点头。晚上到鸿宾楼应酬了一下，保定的官、绅、商皆受宠若惊。齐燮元满面春风，在酒宴桌上出尽了风头、露尽了脸。

宴罢，齐燮元走进家门时，见县保安队的官兵正忙着向外搬。为首的队副还赶过来敬了个礼，道了声"打扰!"

义德回到司令部，即得到西门守军的报告：“晋军有一个加强团的兵力，正沿着京汉铁路西侧向北急行军，未与我军进行联络。”

紧接着又得到东门守军的报告：“十四师的先头部队，已到达东门外。大部队没有停下，以急行军的速度一直向北前进。有后勤供应部队停了下来要求补充食品、调换骡马，还要求……”义德当即通知军需处：“尽量给予满足。”

第二天一早，东门守军报告：“十四师师长韩复榘来了！”义德即赶到东门，见面后未及互道辛苦，韩即急急忙忙地说：“想办法给我弄一辆汽车，我的车打不着火了。”说着掏出了一封急电，系总司令冯玉祥签发。义德打开一看：

> 奉军于六月三日夜，全部退出北京。四日晨，张作霖的专列在沈阳皇姑屯遇到爆炸装置的袭击。专列损失严重，张作霖本人生死不明。
>
> 国民政府已明令改北京为北平特别市，任命何其巩为市长，何已就职理事。现北平城防为前京畿保安总队负责……

义德请韩复榘进城休息休息，韩连声说：“不了！不了！你叫人给我弄壶茶来，汽车一到我就往北平赶。咱们就在东门坐坐，我有话要跟你说：‘张作霖要是被炸死，东三省准有大乱。北伐军要是进，保定是前进阵地，要是退，保定是后卫阵地……’”

此时，韩复榘的警卫连长也正催着李保国弄壶水喝，并告知：“别沏茶！凉开水最好。”水喝到嘴里，这位连长长长地出了口气说：“我说你们在保定停下来干什么？你们要是不停下来，现在早到北平了。也用不着我们这么奔命了。”

李保国笑了：“不瞒你说，我们在保定已经歇了三天。这是刘参谋长安排的。进京的头功，只有你们十四师才有份儿。我们轮不上，让歇就歇吧。总得有个看城门、打开水的。”

“得！得！你老弟是有福之人不用忙。不奔命，脚上也打不了泡。站着说话不腰痛，坐着说话还嫌椅子硌屁股。抢头功是当官的事，我落了个水饱，还得赶路……”

平汉铁路两侧，两支“国民革命军”都在急行军。商震率领的第三集团军先遣队直扑西直门；韩复榘率领的第二集团军先遣队直扑广安门。守卫城门的保安队当然是开门迎接。

进城之后，两支部队都不客气，即行接管了各城门的防务，在正阳门前互不相让，轻重机枪都架了起来，对上了阵。

何其巩出任了北平特别市市长之后，第一件事就是摆平这场即将爆发的冲突。论地位，何先生是中国大学的校长，乃教育界的名流，论资历，系党国元老，虽不热衷于从政，可是德高望重，有泰斗之尊。

商震系陆军大学出身，有儒将之誉。韩复榘虽系行伍出身，可爱附庸风雅，礼敬斯文。何校长、何市长到达正阳门后，商军头、韩军头也就各退了一步。均挥手示意士兵收枪，表示："唯何先生之命是从，一切听市府安排。"

于是，商震的部队驻进北苑，韩复榘的部队驻进南苑，城防仍由保安总队负责。何其巩当面表示："这种安排，市府立即上报南京。我也会以个人名义告知在郑州的汉章、在太原的百川。"

第二天，沿津浦线两侧北伐的第一集团军占领了天津，第四集团军占领了滦州、唐山。第四集团军的白崇禧部开到了北平，把司令部设在香山碧云寺。第一集团军的何成濬部进抵宛平，把司令部设在丰台，何成濬还出任了北平公安局局长。

张学良在沈阳宣布接任东三省保安司令，在就职典礼上升起了青天白日旗，表示拥护中央。消息一经广播，全国沸腾了。各地张灯结彩，欢庆统一。

民国肇基，亿万民众翘首望治，喜庆庶几可获自由、民主，能为共和国的堂堂正正之公民。不意袁逆窃国，段逆毁法，张勋复辟……。军阀混战，官僚乱政，政客舞弊……。内战迭起，污吏横行，奸商相庆……。哀鸿遍野，生灵涂炭，民不聊生……。武力割据，兵锋内向，外敌觊觎……。

悠悠苍天！岂何人哉？悠悠苍天！岂何理哉？悠悠苍天！民何从哉？十六年的动乱终于过去了，国家由分裂走上了统一。在新的政党、新的政府、新的主义、新的纲领、新的法律之下，将会获得新生。

四万万民众、四万万生灵，载歌载舞，共贺太平。在"打倒列强、打倒列强，除军阀、除军阀，戮力国民革命、戮力国民革命"的歌声中，四个集团军的总司令蒋介石、冯玉祥、阎锡山、李宗仁齐聚北平，在香山碧云寺祭奠孙中山先生。在灵前宣布：

"北伐大业，已经完成。中国实现了军令、政令的统一。凡我同志应按先总理所著建国大纲，致力于经济建设，改善民众生活。将秋海棠叶的版图，建设成三民主义的乐园。大道之行，天下为公……”

四万万国民、四万万生灵，一致认为：“全国统一了，军政时代已经过去。庞大的军队造成了财政上的巨大压力。军队不该集团化，应国家化，一切武装力量属于吾国吾民。”

在民众的呼声中，“国民政府”召开了“全国军队编遣会议”，成立了“编遣委员会”。所谓“编”，就是编入军政部统一序列。由“中央”统一指挥，统一饷械，由中央财政按核定的编制、份额统一拨款。全国军队拟缩编为六十个师。所谓遣，就是“就地解散复员为民”。“编”、“遣”之际，天壤之别。如何“编”？如何“遣”？四个集团军的分歧可就大了。会上、会下，幕前、幕后，集团军内、集团军外，乱成了一团，打成了一片。

不论是老军阀还是新军阀，都是凭枪吃饭，凭枪说话。有多少枪端多大碗，有多少枪，说话时有多大嗓门。“编”当然是多多益善；“遣”无异于与虎谋皮。可是该“编”的还是要“编”，该“遣”的还是要“遣”。

第二集团军中，最忙的人就是刘吉了。第十六混成旅时代，他就是参谋长，到了第二集团军时代，他还是参谋长，时下，又兼任了第二集团军的“编遣委员会”主任。

这天，刘主任亲自打电话把义德请到了他的办公室。一进门就迎上去热情地握手说：“从保定回来后，忙得一直没能见面。一见面就谈编遣的事，真有点不好意思开口。”

说到这儿，刘吉递上一支香烟，并帮义德点上了火。然后长长地叹了口气：“第一混成旅是功勋部队，你老弟是中山舰上的老同志，我报上去的方案是扩编为师。

“没想到咱们第二集团军的方案被军委会退了回来。全国编六十个师，咱们报上了十四个，可是只批下来了七个。冯总司令已去电力争，难呀。

“咱们都是穿二尺半的人，脱下这身军装还能干什么？新的序列中根本没有混成旅的编制，冯先生和我说了：‘第一混成旅的编制是保不住了，人可不能散。’

“我再三考虑，再四地想主意，只好把第一混成旅改称为河南省保安总队，暂吃地方财政。下辖的团改为支队，直属营改为大队。化整为零，分驻到各专区，由你出任保安总队司令。

“可是行政院不同意，明令省保安处之外不能另设独立的指挥机关，以确保各级行政长官对保安队的领导。

“保安处的名号虽然不响，可系全省保安队的行政管理机关。有你老弟在上面罩着，第一混成旅的编制虽不存，但是分存于各专区。这副担子也不轻啊，而且是非关义德谁也担不起来……”

这时，义德心里透亮得跟明镜一样。第一混成旅是被拆了，各团、各独立营都被分编为专区的保安支队、保安大队。所谓“暂吃地方财政”，就是“端谁的碗受谁管”。

省府保安处，不是指挥机关，是省府的一个职能部门，对全省保安队只能实施业务上的管理和领导。对保安队无指挥权，下达指令均需由省长下达到专员、专员下达到县长，由地方行政长官通知所属的保安队执行。

义德默默地看着手中点燃的香烟，香烟燃尽了，“刘主任”的话也说完了。这时，第二十六混成旅旅长门致忠走了进来。三人互打招呼后，义德说了声：“告辞。”

刘吉拉住了他的手说：“要和团长、营长们说清楚，这是保全第一混成旅的权宜之计，也是唯一可行的方法。现在中央一个劲地发布训令，严察严禁‘明裁暗不裁，明遣暗不遣’。各团、各营得尽快开到新的驻地去。全国刚刚统一，得给中央这个面子，不能对着干。再说了，要是硬撑、硬顶，也有悖于民意，让新闻界的那些无冕的帝王连登上几篇，就狼狈了。

“等编遣工作结束后，冯先生总会有办法，第一混成旅绝对散不了。时下只能退一步，好日后进两步。至于耿副旅长，一时还真不好安排。只好委屈他先到总部参谋处，任训练科科长。你先给他吹吹风，免得命令到了时觉得太突然，转不过弯来。”

第一混成旅的“遣散”工作十分迅速，三天后，这支一万多人的部队就消失了。直属营是最后开拔的，送走了李保国后，义德就接到了新任河南省主席韩复榘的请柬。当晚在兴豫楼小酌。

义德走进包间时，刘吉、门致忠已先到了。三人正在寒暄，韩复榘走了进来。一进门就连声说：“来迟！来迟！开席后我自罚三杯。”

酒过三巡菜过五味后，刘吉举杯道：“韩老弟有些话不大好说，我比你们都大几岁，算是老哥了，就替他说了吧。

“咱们西北军现在是僧多粥少，冯先生把关旅长、门旅长都交给了韩老弟。军人在省政府能干什么？就只有保安处处长这一缺。都是混成旅的旅长，这处长由谁来干，可真为难了他这个省主席。

"最后还是我替他拿了主意，这正处长由省主席兼了。关旅长、门旅长同任副处长。关旅长、门旅长要是给我这个面子，就干了这杯酒，明天一早高高兴兴地一块到保安处上任。"

刘吉的话一落音，韩复榘就给关义德、门致忠都满上了酒，举杯叫了声："干!"两位旅长此时也只能把这杯苦酒咽了下去。

四人把酒干了后，刘吉对韩复榘说："省保安处的正副处长都是简任职，得报行政院任命。韩老弟就快上呈文吧。"

呈文送到行政院，孙科看了后皱了皱眉头，沉思了一下，提笔批了几行字：

> 关义德同志系党国精英，战功卓著。先总理在永丰舰上亲下手令，任命为第一混成旅旅长。不宜出任河南省保安处副处长，可调南京任职。咨军事委员会朱厅长培德，明令发表关义德同志为军事参议院战略参议官，作为临时性的安排。日后再行调任实际工作，此咨可同时行文军政部，请何部长备案。

办完关义德的咨文后，"孙院长"把"韩省长"的呈文压了下来。韩复榘的呈文没下文，关义德被任命为军事参议院战略参议官的新闻却见诸了《中央日报》。

在天津租界里当一品员外爷的齐燮元，指着《中央日报》对四姨太说："我这个老同学走中央路线，到南京另谋高就去了？还是找个地方挂名，养老去了？"四姨太笑了："要是另谋高就，就到军事委员会任职。再不济也去参谋部、军政部、军令部。混到军事参议院当个战略参议官，不是养老是干什么？"

齐燮元放下了报纸，长长地嘘了一口气："我这个老同学可挺仗义，要没有他这个卫戍司令，咱们保定的宅子就保不住了。他要是能给我再帮个忙，在南京弄个挂名差事，顾问、参议、委员什么都行，心里不是就踏实了嘛。"

四姨太把嘴一撇，说："你要是早听我的，把房产都置在租界里，还用舍着老脸，找一个小少将来壮门面吗？"

齐燮元听了后不说话了，四姨太点上了一支香烟，打开了话匣子："你那个老同学，连个混成旅旅长都没保住，还能再给你帮个忙？到了南京，你是两眼一抹黑，提着猪头也找不到庙门。进了庙门，也不知道哪座佛有灵验。南京的心思就死了吧。”

齐燮元听到这儿，又把报纸抄了起来，对四姨太说：“你看看吧，租界里也不是万安万全之地，巡捕房敲了王占元家的竹杠。头上不顶着官帽，不找个有来头的靠山……”

四姨太长长地吸了一口香烟，然后又从鼻子里给吐了出来，说：“官帽要顶，还要顶个实实在在的，靠山要找，一定要找个硬硬梆梆的，不用舍近求远，这两件事在家门口就都能办了。”

齐燮元连连摇头：“国府迁到了南京，河北省省会迁到了保定。还住在天津的人，不是躲事的，就是养老的，找这些人能办什么事，也就是凑上四个人，打桌麻将。”

“谁叫你找躲事的、养老的，得找真佛。川琦联队长、吉野司令官你可全认识。特务机关长太次郎当初是你的顾问。舍近求远，干吗老想着南京？”

刘吉看了《中央日报》后，心里乐开了花，立刻拨通了省政府的电话，对韩复榘说：“韩老弟，孙阿斗给咱们帮了大忙。他把姓关的弄到南京，第一混成旅的人该怎么想？准说：‘老旅长不管咱们了，到南京去另谋高就了。’他的万把弟兄也就顺顺当当地归了你。

“赶紧委任耿继忠为省保安处副处长，晋升少将。不用报行政院，该说了算时就得说了算。让小耿知道知道，韩主席是棵大树，不但能在树下乘凉，还能当个靠山。

“姓关的走时你要出面宴请，还要让各界人士做东给他送行。声势越大越好，把脸给足了，要见报，让南京觉得他是咱们西北军的人。

“让第一混成旅的人觉得姓关的不念旧情走了，韩主席对他可不薄。让本党的这位老同志，到哪也不好混，里外不是人。”

听到这儿，韩复榘哈哈大笑：“谢老哥指点。”刘吉又嘱咐道：“小耿没什么城府，你通过他把第一混成旅的人给拢住。那可是硬梆硬的一个师。你的十四师不用招兵添械，就能编成一个军。

“番号我正在军政部给你活动，财政厅这回得真出点血。军长兼省主席，这才是真正的一路侯。此话不传六耳……”

于右任看了《中央日报》后，长唏了一声对秘书说：“给我接军政部，找何应钦。”秘书拨通了电话，对方回答说：“何部长不在。”

于右任把报纸往办公桌上一放，说：“找刘次长。”对方回答说：“刘次长也不在。”

于右任猛地站了起来，可是紧跟着又坐下了，看着办公桌上的《中央日报》，愣呆呆地直出神。

张学良看了《中央日报》后，立刻叫副官接通了和义德的长途电话。义德听是少帅要和他说话，一把抓紧了听筒。

张学良在电话里直言道：“没有到养老的岁数，南京也不是养老的地方，还是到我这来吧，有用武之地。你别挂机，我在电话里放一段唱片，你听了后就明白了。”

电话里传来了童子军的歌声，后来变成了男生部、女生部的合唱：

枪口对外，齐步向前，不伤老百姓，不打自己人。我们是铁的队伍，我们是铁的心。恢复中华民族，誓做自由人。

张学良的电话还没有挂机，韩复榘就得知了电话的内容。这位省主席迫不急待地把电话内容告知了刘吉。

刘主任听了后连声说：“太好了！太好了！姓关的准去沈阳。他这一走，不但开封回不来了，南京也去不了啦。他要是到南京当京官，弄不好还有些麻烦，一是旧部对他还抱有希望，二是一旦发迹……这回你我省心了，这件事你马上报告冯先生。”

韩复榘笑了，笑得十分得意。亲自拨通了电话，向冯玉祥做了报告。放下电话后，不知又想起了什么，笑得更得意了。

义德虽系河南保安处副处长，但尚未“接任理事”，所以也没有“卸任事宜”。在办公桌上放了一纸辞呈，就挂冠而去。本欲第二天就乘火车离开开封，无奈没有买到车票，只好又待了一天。

当登上了开往徐州的119次列车，正忙着找座位时，就听见一声：“报告旅长！”义德猛一抬头，见李保国带着直属营的侦察排排长赵大勇、通讯排排长徐承志挤了过来。

三人都跑得汗流满面，说起话来上气不接下气。义德在惊异、惊喜中脱口而出：“你们怎么来了？”“接到保安处的通知……”

此时，韩复榘已经接到火车站稽察室的电话，放下电话后就拨通了和刘吉的专线。还没等韩复榘开口，刘吉就笑呵呵地问道：“姓关的走了？”

“关副处长走了，上车前我还给他派了一个副官，两个警卫。副官就是他的老部下，直属营营长李保国，警卫嘛，是李保国从直属营中选拔的两个中尉。我行的是调虎离山、调狗追主之计。虎离了山，狗出了窝，想回来，没戏了。”

“我说韩老弟，你这招棋走得真是高。当初姓关的就是靠一个加强营起家，李保国带两个死党一走，直属营可就真归了你，调到省府来当警卫营吧。这个营的枪械、兵员可都是一流的。”

“不瞒老哥说，我早就看上了这一营。三个步兵连、一个机炮连、好几个直属排，全营千多号人，从火力上来讲，超过了一个步兵团。”

“你这算的是小账，要是算笔大账你可赚海了。李保国一走，第一混成旅的人怎么想、怎么说？‘老旅长对人也是三六九，连个信都不给咱们，带着亲兵亲将奔了东北。’”

“老哥让我把直属营调到开封来当警卫营，这步棋是高上高，走绝了——第一混成旅的人铁了心跟我了。”

“把你的十四师扩编成军，南京方面还要加加温，财政厅要是库银太紧，你就向冯先生开口，要姓关的献的元宝。这小子要是会花这笔银子，凭他在南京的根基，军长早当上了。元宝要是花光了，要姓关的献的古董也行，打点上差时，古董比元宝还好用……

“姓关的就是没有花这笔银子的命，要是没有他在潼关献宝，咱们西北军就困死在西安了。‘救驾之功不赏’的道理，他都没有弄明白，还想在军界混。在郑州时蒋总司令亲下手令，任命他为国民革命军第一混成旅旅长，冯先生的脸色都变了。要是寻根溯源，姓关的是从广东出来的，还真属第一集团军的建制。

“姓关的要是去了南京，我心里还要有些顾忌。他奔了东北，是你我的福分。你把他打发走时送了多少仪程？”

“姓关的是散财童子，我韩复榘可会过日子。南京方面该花多少钱我不打愣，该省的钱我是一个子也不花，不当冤大头。他走他的，我当不知道。中了我调虎离山、调狗追主之计的三块料，找张学良去报差旅费吧。”

电话里传来了刘吉、韩复榘的笑声，笑得得意极了，仿佛天地万物、万灵，尽入彀中。

二、刀灿灿——向鬼子头上砍去

10

义德一行三人到达沈阳时，万家灯火已明。车站系俄式建筑，其规制胜过北平的东车站。在邻近车站的盛京客栈住了下来，第二天一早，义德就到帅府谒见张学良。

见面后少帅很是激动，拍着义德的肩膀说："郑州分手时，我就说了：'再见面时，咱们一定穿着统一的军装……'现在全国军装的式样虽然还没有统一，可是帽徽统一了，全系青天白日。

"你若再晚十分钟来，就见不着了。我要到南京参加国防会议。我不知道参加过多少军事会议，可是第一次参加国防会议，内争、内斗终于停止了。国防提到了日程之上，军人承担起了真正的使命……"

听到这里，义德也很激动，不由得脱口而出："北伐大业已经完成，全国统一了。国民革命军也应改称为国防军，军人名副其实地成为了国家干城。"

"说得好！全国军队均改称为国防军，我一定把你这个意见带到国防会议上。飞机马上就要起飞，不能多说了。你的工作我已经安排，暂先出任军训处处长，负责东北军的整训工作。你带来的人也都编入军训处。"

"我只带来了三个弟兄，他们得到了我来沈阳的消息后，追到了车站。这三个人，一个是直属营的营长，剩下的两个一个是电话排排长，一个是侦察排排长。"

"强将手下无弱兵，追你到火车站，也就是跟你跟定了，准是人才，我均加衔一级使用。以你的资历，早该是中将了。将级军官的晋升要上报中央，你就先以原衔任职吧。"

说到这儿，张学良回过头吩咐值星副官："安排关处长一行四人到招待所住下，每人发六个月的军饷，算是差旅费和安家费。到军需处多领几套军装，把手枪都给配上，东北军就得别沈阳造的驳壳。"

说完后又对义德说："我开会这段时间，你好好休息休息，在沈阳逛逛。等我从南京回来，有你忙的。我用人也狠着哪，一个月内你得拿出整训的通盘计划。"

义德是蒙古族人，系科尔沁部。祖上从龙入关，在镶黄旗下吃粮领饷二百多年。镶黄旗是太祖、太宗的亲旗，沈阳是龙兴之地，游沈阳当然首先要去凭吊一下努尔哈赤、皇太极的陵墓，再参观一下故宫。

沈水滔滔，浑河浩浩，上下五千年，纵横八万里，谁是英雄？成吉思汗、忽必烈、朱元璋、朱棣、努尔哈赤、皇太极？可是“大业已赴东逝水，今朝天骄又为谁？”

义德的思古之情正在困惘，现实之况却无情地压了过来。一个中队的日本兵迎面而来，见到道旁有四名中国军人，就把胸挺了起来，梗着脖子撇着嘴，头昂得更高了，军靴踏得更响了。

领队的大尉扯着嗓子嚎了一声，一百多号日本兵就放开了破锣嗓子唱了起来。唱的是什么，义德不知道，作为军人，感到了屈辱——异国军队正践踏着祖国的土地。

李保国狠狠地往地上啐了一口：“呸！”义德一回头，见这个年轻的中校双手扶在枪把上，眉毛立了起来，眼睛瞪圆了，上牙咬着下唇。

赵大勇咬着牙骂道：“东北是什么地方，还是不是中国的？日本军队凭什么……”“凭什么？凭咱们窝囊，不出这口恶气，我徐承志誓不为人，死不闭眼……”

义德看了看这三个部下，在沉重之中又感到了一丝欣慰。整理了一下军装、军帽，正颜正色地说：“记住！我们今天忍辱，是为了明天雪耻。国仇不报，国耻不雪，是军人的奇耻大辱，生愧对国人，死也无颜葬入祖坟，没脸见列祖列宗。”

李保国、赵大勇、徐承志挺胸立正答道：“记住了！身为军人，站着是为了雪国耻，倒下了也是为了雪国耻。宁为玉碎，不为瓦全。”

义德把双手扶在李保国肩上，语重情长地说：“身为军人不怕玉碎，但不求玉碎。这点你们也要牢记。国仇未报，军人的使命也就没有完成。为国干城，站着要顶天立地，不偷生。倒下得粉身碎骨，但要值得。”

李保国立正答道：“明白！”

晚上，义德有个饭局，下帖子的是东三省宪兵司令齐恩铭中将。时近五点，副官开车来接客。穿过了两条街道之后，义德不由得一愣，仿佛来到了天津的日租界。

日本的株式会社、料理、茶艺馆、艺妓馆、同乡会……相望于道。和服晃动，木屐声盈耳不绝。

汽车在建国饭店门口停了下来，义德登上台阶时，身后的马弁高呼：“关将军到!”齐恩铭闻声迎了出来，义德举手敬礼：“齐司令好。”“早就听小六子说过你，你是镖局出身，我也是镖局出身……”齐恩铭拉着义德的手，一边说一边步入了包间。

宾主落座之后，齐恩铭直言道：“今儿晚上我不请外客，就和你老弟唠叨唠叨。”言罢一挥手，酒菜就摆了上来。菜十分丰盛，酒是陈年的凌川老窖，开坛后醇香四溢。

齐恩铭举杯道：“咱哥俩都穿过镖局的号坎，挂过镖局的腰牌，现在又都穿着这身二尺半。先大帅是胡子出身，东北军里干过胡子的人可不少。东三省的胡子可有顶天立地的汉子，劫富济贫，替天行道。

“东北军里干过镖局的人可没几个，我是保过镖也当过胡子。我当胡子时专劫老毛子，后来又劫小鬼子，谁让他们赖着不走。劫出了点名气，就和我大哥一块受招安了，那是光绪年间的事了。

“我大哥当了东三省巡阅使后，我也就当了东三省宪兵司令。宪兵这差事管的就是杂，管兵、管民、管匪、管贼……”

说着，举杯一饮而尽：“我最该管的事，可就管不了。窝囊呀!”言罢，又满上了一杯。一仰头，就给干了。义德连声说：“司令慢饮。”

齐恩铭哈哈大笑：“你怕我喝醉了？交个实底，我年轻时不知道什么是醉，现在老了，也有二斤的量。今儿晚上我可不想喝这么多，我有话要跟你说。”

义德听了正言道：“司令是老前辈，有话尽管吩咐。”“要想听我掏心窝子的话，你得先改改嘴，不许叫我司令，得管我叫老哥。”

“恭敬不如从命，老哥有话要对小弟说，义德就聆听教诲了。”“近人不说远话，老哥就直来直往。”说着，齐恩铭把杯中酒都给满上了，举杯叫了志“干!”

干过之后齐司令就打开了话匣子：“东北军分三大块，士官出身、讲武堂出身、陆大（绿林大学）出身。士官出身的喝过洋墨水，军衔高，但大多是参谋序列。讲武堂出身的是‘奉天造’，自认是正根。‘陆大’出身的能打，可狗肉上不了台盘，不吃香了。这三伙人谁也不服谁，可都服张大帅。

“我和张大帅是磕头换帖的把兄弟，是过命的交情。我救过他的命，他也救过我的命。我打民国四年就干宪兵司令，夙的怕横的，横的怕不要命的。

“我这条老命，不知道捡回了几次。跟谁磕，也是赚了。我手里的两把自来得，比城隍庙里判官的勾命笔还灵，点了谁的名，阎王爷准收他。

“我就不怕那些带尖的、带刺的、带钩的、带套的、带链的、带环的，敢犯军规，轻者军棍候着，重者就地正法。可是珠怕黄，人怕老。我酒量虽然没降多少，精神头可差多了。干这宪兵司令，心有余，力不足。”

义德笑了：“可不能这么说，我看老哥是老当益壮、老骥伏枥。”“打住！打住！我的老弟们都爱这么说。于学忠这个人，不知道你认识不认识。我管他叫孝侯老弟，这位老弟给我的宽心话是曹孟德诗云：‘老骥伏枥，志在千里。烈士暮年，壮心未已。’这几句话，我现在也背下来了。”

齐恩铭的话，把义德逗乐了。把酒都给满上之后，说：“小弟久闻于孝侯之名，只是无缘谋面……”“跟你直说吧，于学忠这个人，在东北是个外秧。小六子挺看重他，三伙子人也都跟他混得不错，有个人缘。

“我这老哥把你们哥俩比了比，于老弟是打散了后带着一师人投过来的。关老弟是小六子请来的，你救过我这大侄子的命，在南京也有根基……”

齐恩铭的话，义德听出了点音。于是赶紧添酒劝饮，想把话给岔乎过去，说：“我也看得出，老哥的酒量没减多少，精神头也不差，小弟初来乍到，逢事老哥都得指点。少帅到南京开会去了，上飞机前和小弟交待了几句，让义德任东三省的军训处处长，这副担子可不轻……”

听到“担子不轻”这四个字，齐恩铭长叹一声：“我知道担子不轻，才不能说撂挑子就撂挑子，得找个能挑起来的人接过来。小六子太嫩了，三伙人都捧他这个少帅，就因为他嫩。人心难测呀！

“宪兵司令，得哪伙也不沾，才能秉公办事，才能镇得住。我老了，帮不了小六子什么了。前年，小鬼子在皇姑屯炸死了张大帅。杀人偿命，可是我大哥就这么白死了，真是窝囊到家了。”

听到这儿，义德压低了嗓门问道：“日本人炸死了张大帅，老哥手里可有什么证据？”“还用什么证据，除了小日本，谁敢干这事？谁能干这事？小六子是国仇家仇集于一身，可我帮不上他。

“日本人现在是骑在咱们脖子上拉屎，依着我，就拼个你死我活。趁着我还能抡得动大刀，先劈他几个……”

正说着，就听见饭店门外一阵大乱。齐恩铭问跑堂的：“谁在外面闹事？”“回司令话，几个日本浪人借酒撒疯，追一个奉天女中的学生，这姑娘躲了进来。这伙王八蛋就在大门口闹个没完，向站门的要人……”

跑堂的话还没说完，齐恩铭把酒杯往地下一摔，甩了个粉碎，破口大骂："两条腿的畜牲干不出人事，我劈了他。"说着，站起来就向外走。

义德知道齐老哥喝高了点，赶紧抢在了前头。一出饭店大门，就见两个日本浪人正指手画脚地大喊大叫，把站门的高高举了起来，正要往下摔。

义德抢上一步，喝道："住手!"两个浪人一惊，放下了站门的向义德走来。齐恩铭一个箭步抢了上去，把义德推开："这是我的地盘，这事由我管。"

两个浪人大概练过相扑，有个儿有块儿。一个晃着脑袋，一个摇着膀子，拉开了架式。可是目光落在了齐恩铭的宪兵制服上之后，先是一愣，看了看他肩上的两颗将星，不由得后退了两步。

互相交换了一下目光，又神气了起来，发出了一阵狂笑。晃着脑袋的拍着胸口、挑着大拇指说："我的，大日本的国民。大大的！大大的！你的，中国的大官，小小的！小小的！你的，小老头的不行……"

说着双手并出，企图利用身高的优势，抓住齐恩铭的肩膀，把"小老头"提溜起来。

"小老头"来了个"晃荡乾坤"，晃着脑袋的脑袋被晃晕了，双手抓了个空。"小老头"侧身飞起一脚，正踢着晃着脑袋的小腹下。只听一声怪嚎，晃着脑袋的在地上直打滚。

摇着膀子的大吼一声就扑了上来，"小老头"不慌不忙地又一侧身，使了个"迎风送客"，就把摇着膀子的送出去了一丈多远，摔在了地上，着着实实地来了个狗吃屎，爬不起来了。

齐恩铭哈哈大笑："小鬼子，跟你齐爷爷过招，回去修三世再来吧。"义德不由得脱口而出："齐司令的太极之功，真是出神入化了……"

齐恩铭摇了摇手，连声说："谈不上，谈不上!"

齐恩铭的话还没有落音，就听一阵木屐响，一伙日本浪人嚎叫着冲了过来。这时，在后厅喝酒的几个马弁冲了出来，迎了上去。

强将手下无弱兵，几个马弁乘着酒劲大展丘八拳和旋风腿，转眼之间，十几个浪人全被放倒了。齐恩铭一挥手："回去喝酒!"

关义德、齐恩铭都是身经百战的军人，肩上的将星对于军人来说是荣誉、是尊严，但更是责任。将军本应不言而肃、不怒而威、不发而行、不行而慑，将军的荣誉、尊严、责任，竟然要用拳脚来维护，对于将军而言是身辱、国辱。此时此刻，两位将军不但酒兴全无，而且相对无言。

沉默了一会，还是齐恩铭先打破了沉闷。把杯中酒一饮而尽道："关老弟，别往心里去，这种事在东三省是家常便饭。我老了，不行了。就是没老，也给小六子帮不上什么忙。

"我的那点能耐，全靠着腰里揣的两把自来得、背上背着鬼头刀。说实在的，也就是当个大刀营营长的料。

"当年，我打山东渡海来闯关东。一下船，就遇见了先大帅，我们老哥俩是不打不成交，我把我大哥手下的几个弟兄都给打趴下了。我也就入了伙，当了胡子。

"当梁山好汉，我行。当这东三省宪兵司令，我是心有余力不足。先是俄老毛子、日本鬼子一块闹事。现在老毛子消停了，小鬼子闹得更邪了。两蹄兽不通人性，不砍上几个，就镇不住他们的野性、邪行。

"今天的事让我碰上了，碰上了又能怎样？你全看见了，皇姑屯事件我管不了，我大哥白死了。两蹄兽在门口闹事，我也不能绳之以法。我这个宪兵司令还有什么当头，还有脸当吗？"

说罢，齐恩铭抄起了酒壶，打开了壶盖，一口气喝了个见底。趴在了饭桌上，打起了呼噜。

义德回到招待所后，端坐在书桌前，展纸提笔，开始疾书东三省国防要略。

既然是要略，当然是简而明。义德明确指出：

甲午以来，日本亡我之心不死。近日披露的田中奏折声称："欲征服中国，必先征服满蒙。欲征服世界，必先征服中国。"

此折不是日本首相田中义一的个人意见，而是日本军政首脑及财团代表在东方会议上的一致结论，系日本的既定国策。而且，此策、此折正在付诸实行。

非我欲与日本为敌，而是日本欲亡我而后已。不甘为亡国奴之国人，皆应挺身而起。军政当局，应有通盘之计划。义德身为军人，谨呈如下：

海防

吾国海岸线长达万余里，发展海军，御敌于外洋之说系纸上谈兵。且不言财力，时不我与。自明代备倭，即以炮台为务。清代沿之，于珠江口、闽江口、长江口、海河口……及滨海战略要地，均筑有炮台。但自道光朝的鸦片战争，直至光绪朝的八国联军之役，沿海炮台均未能拒敌舰，亦未能阻敌登陆。

时下，舰队的机动性加强，舰炮对岸炮，于势系以动制静，炮台处处被动，甚至可以说是舰炮的固定之靶。在没有制空权的情况下，炮台更是轰炸机的固定之靶。

日本海军完全有能力在我沿海任何地区登陆。在没有制海权、制空权的情况下，固守海防要塞是下策中的下策。建议立即停止修整各地的海防要塞，移其资金发展炮兵。

炮兵

吾国有一百多万陆军，但绝大部分系步兵。在即将到来的对日战争中，不可能拒敌于国门之外。为了充分发挥数量有限的炮兵战斗力，又使其不蒙受损失，选择的作战地区要在日本海军舰炮的射程之外，也要在日本空军不能充分发挥威力的地区。

炮兵的作战原则是集中使用，形成局部优势。保持高度的机动性，火速投入战斗，火速退出战斗。

重型野炮、重型山炮有巨大的威力，但在使用上也受到运输条件、地形、地貌的限制。添置的费用更是昂贵。我军炮兵的发展，应以中型山炮、轻重迫击炮为主，特别是重迫击炮，充分利用其威力大、操作简便、射速高的特点。既能节省资金，又可形成机动性很强的突击力量，便于集中使用后迅速转移。

战车

欧战之中，英、法、德等国均大量使用了装甲战车。履带式的战车称之为坦克。战后，坦克成为装甲战车的发展方向，由于钢铁产量的限制，日本坦克均系轻型，约八吨，装甲的厚度亦系轻甲。但速度高，灵活性很强。

日本坦克的设计理念，系用于中国战场。对手系没有反装甲武器的中国步兵。囿于经济实力，中国陆军不可能装甲化，以坦克对坦克。生产简装防战车炮，也就成了最佳的选择。

以中型山炮、重型迫击炮实施攻击，可以摧毁日本的轻型坦克，但命中率一定很低。在日军坦克的必经之地设置防坦克坑、沟、壕，使“活乌龟”变成“死乌龟”后再实施攻击，可以取得良好的战果。

空军

欧战结束之后，各国争相发展空军。日本凭借其经济、技术，已成为航空大国。以朝鲜、台湾为基地，在我国东部地区有绝对的制空权。

以空制海、以空制陆说在军事理论界甚有影响，很多国家的扩军方向均是优先发展空军。战机的造价比战舰要低廉，还可以在流水线上成批生产。

建立一支具有综合作战能力的海军，旷日持久。欧美诸国的海军，皆有数百年的建军史。以日本而言，其发展近、现代海军的时间也超过了半个世纪。各国空军的历史，均不足二十年。吾国发展空军，虽不能后来居上，亦可相差无几。

日本现役作战飞机有两千余架，吾国全力以赴，亦可达到此数。值得注意的是日本有自己的飞机制造业，战时可迅速补充。战端一开，吾国海岸线必将受到日本的封锁。购进欧美各国的飞机，将异常困难。

日、俄是宿敌，时下关系也紧张。苏联的现役作战飞机有四千余架，居世界之首，其飞机生产能力亦十分可观。从战时能得到补充的角度来考虑，从苏联购买飞机亦属良策。

时下，购买飞机是件易事。训练飞行员却有一定难度，应尽速动员体学兼优的青年参加空军，培养出大批高水平、高素质的飞行员。

在未来的战争中，我空军只能集中使用，形成局部优势。其战术亦应以突袭战为主，切不可以在万里长空中拼消耗。从各方面来讲，战争爆发后我空军的补充均是十分困难的，我国的工业条件，又不可能自行生产战机。

避免损失绝不是避免作战，甲午之失的主要原因之一，就是李鸿章避战保舰。只有消灭了敌人，才能保全自己。用尽可能小的损失，取得尽可能大的胜利。

枪械

时下，欧美各国的陆军正在更新枪械，自动步枪开始取代传统的步枪。轻、重机枪在步兵中的数量不断增加。

步兵武器自动化大大提高了单兵的冲击力、杀伤力。连、排单位即能形成火力网。但自动枪械消耗的弹药极高，步兵很难随身携带。故自动枪械只适于机械化、摩托化的步兵。

日军步兵尚未装备自动步枪，但轻、重机枪的数量在激增。

日式轻、重机枪均比较笨重，其九二式重机枪的重量超过了轻型迫击炮，行动十分不便。

我军更新枪械，应以半自动步枪为主。一个基数的子弹，单兵可随身携带。增加机关枪的数量，亦应以轻机枪为主。重机枪的火力虽强、射程虽远，但只适于固定的射击阵地，或装载于战车之上。在未来的战争中，我国步兵只能以机动、灵活、突击取胜。

编制

我国自清末组建新军，即模仿日军编制，以师团为最大的单位。编遣会议上军政部规定陆军师级单位分为甲、乙、丙三种，能达标成为甲种师的数量不多。从武器配备上来看，中国四个甲种师的火力尚不足于日军的一个师团。

日军的师团从装备上来讲，在战役中是独当一面的单位。中国陆军的师级单位，难于在战役中独当一面。在战斗行动中，师级单位又显得过大。故中国陆军应以旅为独立战斗单位，在战役中组成独当一面的集团军。

集团军下辖若干旅，和若干炮兵、装甲战车兵、骑兵、通讯兵、辎重兵、工程兵、卫生兵等单位，以形成独当一面的战役能力。

集团军的编制便于集中火力、集中兵员、集中后勤保障能力，应对大规模的战役，以弥补我军在火力、装备、后勤补给上的劣势。以消除师级作战中出现的难于应对的问题。

以上所呈系要略，详呈见附件。附件所呈如有不明之处，愿面禀详析。

写完要略及有关附件之后，已时近中午。午饭之后义德即鼾然入睡。一觉醒来，已是万家灯火之时。叫上了小哥儿仨，在附近找了个小馆准备喝一壶关东老白干解解乏。

菜没端上来，跑堂的送上了晚报。义德打开一看，最醒目的报道是日本驻沈阳领事馆、驻南京公使馆分别向东北当局和外交部发出照会，抗议中国宪兵在建国饭店门前无故殴打日本侨民。

照会详述了“殴打”细节及过程，并要求惩处肇事的中国军人，并对日本侨民进行物质上和精神上的赔偿。

真是欲叹无声。义德打开了第二版，震惊了。

中央社南京讯：

东三省宪兵司令齐恩铭中将年事已高，身体欠佳，近日多次上书张学良副总司令，表示倦勤，欲返鲁回籍，颐养天年。

张副总司令和各方面协调之后，军政部奉军事委员会委员长中调十六号令，调任齐恩铭中将为济南绥靖公署中将总参议。

绥署主任韩复榘上将已致电齐恩铭将军，希望元戎前辈早日莅鲁，共谋山东军政大计，为桑梓民众服务。老骥归枥，定能有所作为。亦符齐将军多年以来欲返乡之念。

义德放下了报纸，不但欲叹无声，而且欲哭无泪、欲诉无语。五尺男儿，堂堂将军，刀欲横，血欲洒，疆场何在?!

本想去拜谒一下齐恩铭，可是见面后真不知道说什么是好，于是闭门提笔，开始了“教导旅建设方案”的规划构思。一个多星期后，“方案”已成，连同“要略”，交副官处呈送少帅。

由报纸上来看，张学良已经返回沈阳。三天后，义德接到了面谈的通知，提前到达了副官处的休息室，等候召见。没想到的是，和齐恩铭走了个碰面。

齐恩铭穿的是山东老乡的衣装，从外表上来看，就是个闯关东的老汉。义德立正敬礼，然后双手握着齐恩铭的手，道了声：“齐老前辈……”

齐恩铭紧紧地握着义德的手，眼睛有些湿了，说：“我这没用的老头子走了，小六子我就托付给你了。我在东三省混了大半辈子，好事、坏事，善事、恶事，都干过。东北老乡骂几声也好，夸几句也好，都没什么关系。

“扪心自问，就是有一件事对得起东北的老少爷们。我什么都卖过，金沙、人参、山菇、虎骨……就没卖过良心，没卖过国。

“我走了，东三省的男女老少，有三千多万口。男的都够个爷儿们，女的也都是好娘儿们，就是山里的胡子，够条汉子的也不少。我就全托付给你了!”

说罢，深深地向义德鞠了一躬。义德挺身、立正、敬礼：“请老前辈放心!”

义德和张学良见面后，心情都很沉重。这位少帅直言道：“齐司令鼎力推荐你，接替他任东三省宪兵司令。论资历、阅历，你可以说是最佳的人选。

“可是此时此刻，我让你出任宪兵司令，是把你置于火上。齐司令和家父是八拜之交的铁血兄弟，互有救命之恩。士官系、奉天讲武堂系、‘绿大’系都服他。

“齐老爷子为人处世一身正气，一正压百邪，在东三省地盘上镇得住。在执法的过程中，老爷子多次和日本人发生冲突，关东军对他是恨之入骨。此次建国饭店事件，日本人故意将其扩大化。闹到南京的目的，就是逼我把他调开。

“你若接他的任，内部的佞小会出些难题，关东军准给你一个下马威。你初来乍到，人生地不熟，难免就棘手了。

“我想找个士官系的日本通出任宪兵司令，缓和一下当前的气氛。这也是中央的意见，外交部、军政部、中央宪兵司令部均有这种看法。”

说到此处，张学良点了一支香烟，也递给义德一支，然后长长地嘘了口气：“没想到的是南京方面也太急了，为了平息日本人，第二天就把调动的消息在《中央日报》上公布了。

“齐司令的面子、我的面子、中国人的面子都丢尽了。齐老爷子是我的三叔，不说是把我抱大的，也是看着我长大的。今晚上咱们一块去看看他，老爷子和你是心交啊……”

副官进来上茶，义德要起身告辞。张学良示意他坐下，说：“官场之上端茶送客，是前清的规矩了，我让副官上茶，是想和你长谈。此次到南京参加国防会议，中央和地方的军政长官齐聚一堂，讨论国防大计，实系民国历史上的首次。中国统一了，抗外侮提到了日程之上……”

提到国防会议，张学良兴奋了起来。可是紧跟着又是一声长叹：“九边都不太平啊！甘肃和外蒙，新疆和英、俄，西藏的局势更是复杂。云南和英缅也很紧张。真正的火药库，是咱们东北。

“东北的问题最后谈，按照你‘要略’的顺序，先谈谈海防。国防会议上也谈到了发展海军，欧美的观点是‘敌国的军港是我国海军的第一道防线’。

“此论不适于中国，现在万里海疆有海无防，建立一支强大的舰队，是二十年以后的事。你的炮兵理论我很感兴趣。以炮制海、以炮制坦克，你不妨结合在一起谈谈。”

义德刚要把话步入正题，一位中校女医官走了进来，送上了应按时服下的胃药。刚要转身退下，张学良把她叫住了："刘秘书不在，你帮他做一下我们的谈话记录。"

义德整理了一下思路说道："炮兵制海论，在我国是由段祺瑞提出的，段氏留德时学习的是炮兵。他认为甲午之失，失在李鸿章重海轻陆。若用购买铁甲战舰的巨资用来发展炮兵，可拒日本海陆军于国门之外。

"具体的方案是修筑从鸭绿江口到北昆河口的海防铁路，用装甲列车载重型平射炮，并配置迫击炮、重机枪组成活动要塞，既可打击海上敌舰，又可打击登陆的海军陆战队。

"此议是否可行姑且不论，发展炮兵的费用确实大大低于发展海军。况且训练海军需十年之功，训练炮兵数月即可。日本人已是箭在弦上，我当与之争分夺秒。

"用有限的军费迅速建立起一支炮兵部队，只能用重迫击炮代替昂贵的野炮、山炮。迫击炮的射程有限，不可能在海岸线上轰击敌舰，只能诱敌登陆，在有利于我军的地区进行决战。

"迫击炮的射击速度高，爆炸威力也不小，操作简便、运动灵活，可以利用地形、地貌迅速投入战斗、撤出战斗。我国陆军已装备了轻型迫击炮，轻型迫击炮编入步兵，不可视之为独立的炮兵。

"今后应大力发展中型、重型迫击炮，利用其机动性强的特点，运动到敌侧、敌后发动突然攻击。"

张学良听得十分入神，不断地点头。啜了一口酽茶后放下了杯子，问道："日本在沈阳的驻屯军有十几辆坦克，二十几辆装甲汽车，经常开出来耀武扬威。我想听听你以炮兵制装甲兵的高论。"

"欧战中，各国对付坦克的方法是集中重型火炮，进行饱和式轰击。并在正面阵地上挖掘防坦克壕，使其无法前进。在转向的过程中，用平射炮进行摧毁。

"战后，各国都在研究防战车炮，这种炮也叫反坦克炮，发射初速极高的破甲弹，可从正面穿透坦克的钢甲。进口反坦克炮和破甲弹的费用十分惊人，在财力上不是可行之道。

"日本坦克均是轻型轻甲，其设计理念是对付没有反坦克能力的中国步兵。日式坦克装甲薄、火炮口径小、射程近、车身高、履带窄、行动灵活。针对日军坦克的上述特点，我国兵工厂也可设计出专门对付日军坦克的反坦克炮。这种炮应体积小，运动性强，操作简单，可以随同步兵作战，最好是多用……”

听到此处，张学良很兴奋，回过头去对女医官说：“记录下来，尽速安排陈厂长和关处长见面，如能挤出时间，我也参加。”

说罢，对义德说：“防战车多用火炮设计出来后，一定要成批生产。并要报请兵工总署，向其他兵工厂转送图纸和工艺。争取在短时间内能装备到团级作战单位，五年内装备到营级，甚至连级。叫日本人的‘乌龟壳’尝尝厉害。

“在防战车多用火炮未能大批生产之前，可在师级作战单位组建防战车多用炮营。从关东军的配备上来看，联队级尚未有直辖的装甲战车编制……”

从关东军的编制，话题也就转移到中国陆军的编制。张学良放下了手中的茶杯，站起来绕室一周。然后正颜正色地对义德说：“你的军团战役说，我完全同意。编遣会议直到现在还未能达成共识，是废旅存师，还是废师存旅，我的意见是师辖旅的编制一定要废弃，至于名称嘛，实是无所谓。

“编遣会议上争得那么厉害，使我产生了一个新的想法。练兵之道求质不求量。成立一个教导营，让每一个战士都能达到上士班长的水准，班长达到连长水准，排长达到营长水准，连长达到团长水准。全面战争爆发时，一个教导营立即可以扩编成一个旅或一个师。

“你以一个加强营起家，在实战中发展成一个一万余人的混成旅。我想让你再实验一次，训练出一个教导营，然后在三个月的时间里，把教导营扩编为一个旅或一个师。

“中国和日本，早晚得有一战。有限的财力，只能添械，不能再扩大兵员。国防建设上，该花钱的地方太多了。你对空军的建军思想、作战思想，我完全同意。

“咱们东北空军，有二百多架飞机。但机型太老了，有的已经不能升空作战。进行全面更新，又没有如此的财力。

“广东空军也很可观，中央在杭州办了航校，投入了巨额经费，打算尽快把空军办起来。国防会议上，决定成立航空总署，统一领导空军的建设。

“日本的现役作战飞机有两千多架，中国要是全力以赴，中央和地方均对空军优先发展，可在较短的时间里赶上日本。可虑的是中国尚不可能自己制造飞机，一旦全面战争爆发，战机的补充确实是个难题。

“在中东路事件中，东北和苏联是闹臭了。中央和苏联的关系还算正常，新疆和苏联走得挺热乎。战时从苏联购进战机，还是可能的。”

说到此处，张学良似乎想起了什么，突然站了起来喊道：“关义德!”义德应声立正，响亮地答了一声“到!”

“今晚我做东，把兵工厂的陈厂长、民生公司的宋董事长请过来和你认识认识，你们好好谈谈武器装备的生产，特别是防战车多用火炮。赴宴前你还有一个任务，把齐司令替我请来。

“我这老叔生气了，只有你还有这个面子。宋董事长和齐司令是打出来、骂出来的交情，你打他的招牌也行。老爷子来了，听你们说造炮打日本，准高兴。从东北的局势上来看……”

少帅的话还没有说完，窗外传来了坦克的轰鸣，并夹杂着刺耳的军号声。副官连忙要关窗户，张学良挥手示意，让他退下。然后和义德一齐走到了窗前。

关东军的十几辆坦克正从帅府门前通过，坦克后面是二十几辆装甲汽车，装甲汽车后面是一队骑兵。

义德被激怒了，张学良却很平静。义德顿悟了，“大将临敌，处之以静”。是兵书所言，亦是为将之道。

重新落座以后，张学良苦笑了一下：“本想和你谈谈东北的局势，你已目睹，就节约点时间吧。”义德挺胸，答了声：“明白。”

晚宴前，张学良改变了主意，亲自开车和义德一块去接齐恩铭。一见面，这位少帅立正敬礼，说道：“三叔好！小六子来接您。陈厂长和宋董事长都在山东饭店等您。样枪出来了，是半自动，针对小鬼子的三八式出的图纸……”

一听样枪出来了，齐老爷子就乐了：“你怎么能让陈厂长等我，他是个忙人。宋大中这老小子，原来和我一样是个满不吝，跟陈厂长交往后，变得斯文了，说什么他平生服的人，就是陈博士。他服陈博士，我也服陈博士……”

齐司令边说边走，上了张学良的汽车。进了山东饭店后，陈修和已在雅间恭候。见了齐恩铭，抢上前来握手说：“少帅知道您爱吃山东菜，就把饭局定在了这儿……”

齐恩铭摆了摆手：“吃什么都行，可得有好酒。先说正事，让我看看你的样枪。”“枪就在这，您先坐下喝杯茶……”

齐恩铭没有落座，抄起了样枪，拉开了枪栓，道了声：“抢栓！脆亮。腕子的劲儿、耳朵的声儿，我就定了星，不比小鬼子的三八式差。”

说着，又做了个瞄准射击的动作：“三点成一线，不打偏。”看了看枪口：“打七九的子儿，膛线有劲，打上小鬼子的脑袋准能开花。弹槽长点，双排能压十发，顶上自来得了，就是不能连发，扫上一梭子。”

陈修和解释说：“这种枪从设计到使用的材料，全部是‘国造’。生产流程也没出过沈阳兵工厂的大门，可以说是完全自主。不如人意的地方是钢材的质量还有待于提高，打连发容易软口。我国步兵行军不是车载，使用全自动枪，子弹的供应会发生问题。”

齐恩铭听了后长叹一声：“一句话，就是咱们太穷，造不出也玩儿不起全自动步枪。”此言一出，气氛一下子就沉闷了起来。张学良把话接了过来说：“三叔放心，今天造不出，明天一定造得出。今天玩不起，明天一定玩得起。”

“这话我爱听，人活着就得争口气。不能老让人骑在脖子上拉屎，得多想点主意。我敬重陈厂长，就因为他是个办实事的人，把轻机枪、六零炮、山炮都造了出来。要是能造出坦克车来，我就开着这铁玩意儿上街，也围着日本兵营转几圈，跟小鬼子斗斗气。”

说到这，齐恩铭好像想起了什么，连拍了几下脑门，又长长地叹了口气，说：“老了！老了！没用了。我连汽车都开不了，还能开坦克？我要能开坦克，就和小鬼子硬碰硬地撞了。这把老骨头，撞了也够本……”

张学良赶紧又把话接了过来说：“三叔！对付小鬼子的破坦克，还用硬撞？关处长有主意，生产防战车炮，用破甲弹把乌龟壳炸飞了。”

听到这儿，齐恩铭兴奋了起来：“那还等什么？快干吧。”说罢转身对义德说：“这防战车炮，是什么东西？你出的主意，你就和我说说，让我也明白明白。”

义德笑了，说：“有陈厂长在，怎敢班门弄斧。我早就听说过，陈厂长是兵工专家，在欧洲留学、工作了多年。主持沈阳兵工厂后，多有建树。生产出的仿奥山炮，在设计上有许多改进。其性能不但超出了太原造、汉阳造，也超过了日式山炮。”

陈修和连声说道：“过奖、过奖，沈阳造的山炮，就是在炮架上有所改进，操作起来更简便了。制造炮筒的钢材，还是靠进口……”

齐恩铭坐到了陈修和、关义德的对面，说：“先不说山炮了，这防战车炮可是好东西，关老弟，你先说说吧。”

义德转身目向齐恩铭道："老前辈发话了，我就恭敬不如从命，妄言几句，说说愚见。欧美各国的防战车炮，设计标准都是对付三十吨以上的重型坦克。日本坦克只有七八吨重，其设计理念是对付我国没有反坦克能力的步兵。我国设计防战车炮，也就以其人之道还制其人之身，能摧毁日式坦克也就成了。口径不必过大，炮筒也不必太长。所以在设计过程中，不能照搬欧美的标准。可以考虑使用步兵炮的炮架，也就是说，防战车炮能跟随步兵一起运动。

"所谓多用，就是具有防战车炮的破甲能力，同时也可以当步兵平射炮和小型山炮使用，用来轰毁工事、杀伤步兵。为了能达到多用的要求，要在炮架、炮身上多做些文章。有些中小型山炮能分成几部分，由骡马驮载。我国设计的防战车多用炮，应能分成若干部分后，士兵们能背负行军或抬着行军，穿越炮车不能行驶的地形……"

义德的话还没说完，齐恩铭就连声说："好主意！好主意！"陈修和也说："关处长所言，对我很有启发。在设计过程中一是针对日本坦克；二是多用；三是可迅速分卸拼装。"

听到这儿，张学良站了起来，郑重地说："设计、生产防战车多用炮，要迅速启动。在人力、物力上，我都全力支持……"

张学良的话还没说完，就听站门的副官喊了一声："宋董事长到！"声未落，走进了一位西装革履的欧洲绅士，向大家拱手道："来迟！来迟！开席后自罚三杯。"

齐恩铭站了起来："我说宋老转，你这是上哪儿充大尾巴狼坐殿去了，让大伙都等你。""上火车站接美国客人，车晚点了……"

"你和小鬼子、老毛子都绝了，干嘛又拉上了大鼻子？告诉你，来者不善，善者不来，是来的都不是善茬儿……"

义德觉得这位宋董事长挺眼熟，可是又想不起来到底是谁。就听张学良介绍说："这是东北著名的实业家，民生公司董事长宋大中先生。"

义德向前一步，张学良又介绍说："这是东三省军训处新任处长，关义德将军。"宋、关两人握手，四目相对，都惊呆了。

宋董事长就是当年威震冀中，劫皇纲，让八大镖局敬香的宋锡朋。

入席后，关义德和宋锡朋都无限感慨，一晃就二十多年了，真是天下太大了，天下也太小了。山不转水转，人更转。

义德给宋锡朋满上了酒，问道："西苑一别……"齐恩铭把话接了过来，说：“他在关里那点事，不知道和我说过多少遍。自称是直隶水陆两路的总寨主，当过义和团，打过八国联军，劫过皇纲，进宫见过西太后。巧施金蝉脱壳之计，从侍卫营中跑了。说得比茶馆里说评书的都邪乎。

“他到了东三省后的事，我告诉你吧。先当胡子，和老毛子、小鬼子都交过手，还有点种。后来开金矿，发邪了。再后来就进城办了十几个工厂，成了民生公司的董事长，人都说他是东三省的首富。

“整天说‘发展民生，实业救国’。还说什么‘行三民主义，当以民生主义为基础……’现在是往这一坐，人模狗样，人五人六的。”

齐恩铭的话，把大伙全逗乐了。义德举杯敬宋锡朋说：“行三民主义，咱们是殊途同归……”

听了义德的话，张学良激动了，站起来举杯说：“中国人脚下的路，有千条万条。百川归海最后只有一条。就是殊途同归，复兴华夏，救我中国。”

大家都站了起来，把酒杯高举过头，同声说：“复兴华夏，救我中国。”然后一饮而尽。

重新落座之后，齐恩铭突然想了起来，向跑堂的一挥手：“上大杯子！”大杯子摆上来后，这位老爷子满上了三杯，推到宋董事长的面前：“我说老转，你叫宋锡朋也好，叫宋大中也好，那是你的弯弯绕。这三杯酒可别想糊弄过去，先干了再说。”

宋大中笑了：“我的老底，可没瞒过大哥。叫我宋锡朋、宋大中全行。当初，您把我赶得在林子里乱转。后来我和老毛子交火时，您又出手救了我。我这条命都是您给的，今儿的酒可得放我一马。

“说实在的，我忙得连中午饭都没吃，这三杯酒小一斤，一口气让我干了，我也就晕乎了，我还有正事要向少帅说。”

“你有什么正事呀！吃完了是跳舞去、打台球去还是打麻将去？喝晕了，怕牌桌上输钱？输点就输点吧，破财消灾。免得被绑了票，还得我去救票。我这宪兵……”

齐恩铭的话突然打住了。大家全明白，可是一时又找不出话来转个弯，还是宋老转来得快：“大哥！我可真有正事，先说给您听听：“一是小鬼子占了旅顺和大连，咱们既无军港又无商港。美国人对在葫芦岛修建军商两用港表示愿意提供技术上的帮助，可是要现钱。二是修南满铁路的并行线，把小鬼子挤黄了。美国银行愿意贷款，就是利息还没谈妥。三是我的民生牌汽车，购进美国福特汽车公司的设备，就能成批生产。将来还能生产装甲车、坦克车。您说这三件事，哪件不是正事?”

齐恩铭把桌子一拍，说：“行，你这弯弯绕，是绕到正道上来了，干上正事了。这三杯酒，我替你干了。”说罢，一口气把三杯酒喝了个见底。

张学良赶紧吩咐上菜，连声说：“三叔得压压酒。”齐恩铭摆着手说：“我再干三杯也没事。”说着，自个儿满了一杯又给干了。然后倒过杯子向大伙示意，转过身来对陈修和说：“你造的防战车炮还得小，要像我的自来得一样，我就一手提着一门，上日本兵营把小鬼子的乌龟壳全给掀了……”

菜上来后，齐老爷子胡乱地吃了几口，趴在桌子上就打起了呼噜。张学良叹了口气说：“我三叔心里憋气，酒又喝急了。”说罢，吩咐副官：“开个房间，把齐司令扶过去睡觉。派专人伺候着，记住！齐司令醒了后不许叫司令，叫‘齐将军’或叫‘老爷子’。给齐公馆打个电话，说今晚上听戏，老爷子不回去睡了。”

齐恩铭被扶到床上，呼声如雷。张学良把饭桌变成了会议桌，对宋大中说：“建港、修铁路的事头绪太多，明天再谈，今晚上先说说你的民生汽车。”

宋大中把杯中酒一饮而尽：“我的民生汽车，请了一位在美国福特公司干过多年的徐兴华工程师主事。样车出来了十辆，五辆货车，五辆客货两用车。

“西方人把货车叫卡车，把客货两用车叫皮卡。皮卡就是前厢两排座，坐六个人，后厢拉货，敞天。我坐上皮卡出去跑了一天，行话叫‘磨合’。

“不是我吹牛，民生汽车在柏油马路上跑，不如进口车，在荒郊、野岭、土路上跑，比进口车强，行话叫‘越野性能高’。中国没有多少柏油路。我的民生车，叫‘适合中国路况’。

“民用就不用说了，军用民生车可是首选。一是价格低于进口车；二是便于维修保养；三是便于改装成不同用途的专用车辆；四是装上钢板，就是民生式装甲车。

“我和老毛子的护路队斗了多年，对俄国人的底是门儿清。他们把水冷重机枪架在四轮马车上，和骑兵一起作战。这玩意儿的俄国名卷舌头绕口，我们就管它叫‘马拉基司’。意思是‘马拉着机枪不用司机’。

“老毛子的连级作战单位，都有‘马拉基司’。骑兵到哪儿，这玩意就能到哪儿，步兵就更不用说了。有‘马拉基司’跟着作战，就壮了骑兵、步兵的胆。

“‘马拉基司’是枪、车、马一体。能进、能退，能守、能攻。要是把机关枪、迫击炮、防战车多用炮装在民生车上，比老毛子的‘马拉基司’就强多了。

“运动起来机动灵活，速战、速退、速转移，不打小鬼子的正面，专打侧面，还能抄后路。因地制宜，在车上开火也行，把车载武器搬下来开火也行……”

张学良全神贯注地听着，不断地点头，宋大中说完后，冲陈修和一笑：“我这是在孔圣人面前卖三字经，还得请陈厂长多指教。”

陈修和放下了烟斗，缓缓言道：“欧战时俄国军队也使用过‘马拉基司’，我见过照片。和‘马拉基司’相比，民生车的机动性更强了。

“我考虑的是装甲问题，我国的工业水平，不可能生产坦克。民生汽车成批生产之后，越野性能高，可用其底盘和发动机生产装甲车。

“短时期内，我国也不大可能生产出防弹钢板。也就是说，生产可用于正面作战的装甲车也不太现实。民生车用于作战时，可安装上进口的轻型防弹钢板，以防御步枪、机枪。

“中国‘马拉基司’的功效，在于机动、突击、袭击，一般情况下，不用于正面攻击。其装甲不可能防御火炮。日军的装甲车配备有一挺重机枪、两挺轻机枪，其装甲可防御正面射来的小型迫击炮弹……”

说到火炮，话题又转回了防战车多用炮。义德认为：“日军坦克炮虽然口径小、炮筒短，但车身高，炮塔不但能三百六十度射击，而且转动起来很灵活。

“口径小、炮筒短是其劣势。车身高则优劣兼之，其优是射域宽阔，其劣是易受到攻击。优劣合之，就形成了炮塔转动灵活的优势。

“从侧面、后面对日军坦克进行攻击，它的反应极快。我国设计的防战车多用炮，其射程若能在日军坦克炮之上，就能打它个无法还手。

“我在天津段公馆时，参观过日本兵营，见识过日式坦克。陪同我参观的少佐是个中国通，牛皮吹得天花乱坠。当我问到坦克炮的射程时，这位少佐脱口而出：‘三千六百米。’

“我笑了，说：‘本人不是炮兵出身，可是个职业军人。以常识来推断，这门炮的射程也就一千多米’，牛皮大将无言以对，说：‘坦克的速度在国际上是先进的……’

“我哂尔道：中国兵法有云，‘三十六计走为上策’。想来贵军设计坦克时，就是有先见之明。三千六百米，正应六六三十六计之说。速度上先进，正是‘走为上策’。”

陈修和听了后不断地点头，说：“日军坦克炮受到车身重量、车身长度的限制，不可能大口径、大长度。为了能够三百六十度转动射击，只能进一步缩小炮筒的口径和长度。防战车炮系正面射击的火炮，为了保证灵活性，口径和长度虽然也受限制，但其射程完全可以超过日军的坦克炮……”

夜已深，但大家仍有话犹未尽之意。张学良只好宣布：“今晚暂且说到这里吧，明晚我要宴请一下美国客人，虽系礼仪性的接风，请大家都来参加，目的是联络一下感情。

“美国客人来了，没有声张的必要。宴会就在帅府后楼。请宋夫人姐妹、陈夫人都来参加，气氛活跃点……”

11

美国客人到达之前，东北军的高级将领已齐聚帅府。张学良亲自把义德向大家做了介绍，最后说道：“军训处即将开署办公，对关处长的工作，大家要全力支持。”

在欢迎的掌声中，王以哲第一个走上前和义德握手：“前天我去看望齐司令，老爷子对你很是赞誉。东北军上上下下都知道，齐司令说话从不拐弯，该骂就骂，该夸就夸。他对我说：‘关义德这个人，保镖是块料，是大刀王五调教出来的。带兵更是块料，小六子和我夸他，我也夸他。我老头子混了一辈子，看人从没打过眼。’”

义德诚恳地说：“齐老前辈过奖了。”话还没落音，美国客人到了。大家起身欢迎，宋大中一一进行了介绍，介绍到义德时，两个拥抱了，原来这个客人是戴维船长。

戴维拉着义德的手说：“我在船上说的话没有错，‘我们再见面时，我可以称你为关将军’。说说你是怎么完成中山先生给你的任务的？”

义德简述了别后所历，戴维听了后哈哈大笑：“我陪美国经济界赴华考察团游洛阳龙门时，就听说豫西山区有个‘土匪’，在山里办了一个煤矿，规模很大，没想到这个‘土匪’就是你。

“现在好了，中国统一了。发展民生，实业救国。我看到了中国的希望和曙光。我的岳父是孙逸仙博士的好朋友，他们虽然都做古了，他们的理想开始由蓝图付诸实践……”

张学良很兴奋，拉着戴维和义德照了一张相，说：“缘分二字，在你们身上可是千真万确。我给‘缘分’做个新的诠释吧，‘缘’就是能走到一起，‘分’就是走到一起后能做好分内的事。”

开宴后气氛很是活跃，宾主谈笑风生，频频举杯敬酒。酒、菜均系中西合璧，酒过三巡、菜过五味之后，与宴者都喝高了几分。张学良乘着酒兴宣布：“舞会开始！”

首先步入舞池的是张学良和夫人于风至，紧接着戴维和夫人包嫚、宋大中和夫人毕洁清、陈修和和夫人赵晓明也步入了舞池。

宋大中从义德身边走过时，示意义德向左看，还做了个携同女士步入舞池的动作。义德一扭头，见三位女士正在交谈，其中一位的目光正好和自己相遇。

义德蓦然想起，这位穿着旗袍的小姐，不是少帅的女医官嘛，于是向前半躬，发出了邀请。女医官点头微笑，两人步入了舞池。

乐声、舞步，归于两个字——和谐。在熙熙融融的旋律中，义德一时却找不出话来说。找话之际，开言道：“在帅府初次见面时，小姐穿的是军装，换上了旗袍，差点没认出来。”

“帅府中初次见面，我充当了临时的记录员，有缘听到您的高论。您对坦克、炮兵、空军的见解，让我耳目一新。后来又听少帅和我姐夫说了您的经历……”

“您的姐夫是……”“我姐夫就是宋大中。”“我和宋先生是千里有缘来相聚。按少帅的话来说，缘分就是能走到一起，走到一起后能做好分内的事。在领兵上，我不是大将。在实业上，宋先生、陈厂长可是真正的大匠……”

曲终，侍者送上了香槟酒。陈修和举杯道：“毕医官是我的学妹，都是柏林大学出身。我是工学院毕业的，她是医学院毕业的。”

陈夫人赵晓明接言道：“洁嫄可是好大夫，真正的全科医师，是我们家的健康之神。”

这时，张学良走了过来说：“明天交通委员会就要和戴维一行进入实质性的谈判，我得参加。陈厂长要是有时间，就陪关处长在厂里转转，能否也搞个方案，特别是近期项目。看看能否和戴维先生进行合作，请毕医官替我参加，做一下记录。”

陈修和欣然答道：“关处长有丰富的实战经验，对武器性能的评价系第一手资料，到厂里看看，对我来说是良多受益。明天一早我就派车去接关处长和毕医官。”

在陈修和的陪同下，义德在厂里转了一圈。边看边说道：“我到过太原兵工厂、巩县兵工厂，今日所见，使我大开眼界。对武器怎么制造出来，我是外行，对武器性能的改进提出点意见，还能说出点皮毛……”

陈修和听了后很高兴，说：“那就到枪榴弹的实验场看看打靶。靶场在北郊，咱们在车上谈吧。”

上车后义德问道：“枪榴弹投入批量生产了吗？”陈修和摇了摇头说：“仍在试验阶段。从理论上来说，用七九步枪发射的枪榴弹射程可达一千多米，完全可以弥补我军轻型迫击炮的不足。而枪榴弹的机动性、灵活性，又远在迫击炮之上。

“日军的掷弹筒，精准射程只有一百多米，是针对我军设计的。士兵投掷手榴弹，充其量也就是五十多米。在这种情况下，掷弹筒就可以在近战中发挥巨大的威力。

“我厂设计、制造的枪榴弹，要既能对付轻型迫击炮，也能对付掷弹筒。连级作战单位如果能配备上十个枪榴弹发射筒……”

义德接言道：“我在保定驻防时，发现直隶省图书馆中藏有大批从保定军校接收来的欧战资料。这些资料我全看过，对枪榴弹的记载，给我留下了十分深刻的印象。

“步兵从正面阵地突击，或迂回到侧面、后面袭击时，以迅雷不及掩耳的速度发射大量的枪榴弹，能获得意想不到的战果。从战例上来讲，一次成功的偷袭，使一个炮兵团失去了战斗力。

“我军若能装备射程在千米以上、威力在手榴弹以上的枪榴弹，不但可弥补炮兵之不足，还可以形成机动、灵活的突击火力。枪榴弹所不好克服的缺点就是准确性太低。”

听到这儿，陈修和叹了口气：“枪榴弹是穷人的武器，用它准确地摧毁一个目标就太难了。在实战中，受风速的影响很大。我正考虑制订一个系数表……”

义德听了后很是兴奋：“这个系数表太好了，最好能编成口诀，让士兵能简而易行。日军九二式重机枪的火力虽强，但枪体十分笨重，按照你的系数表，不论是齐射还是单射，它是躲不过三发枪榴弹的……”

进入靶场后，专业的试手不论是单人射击还是三人齐射，命中率都很高。义德接过了一个发射筒，套在了七九步枪的枪管上，拍了拍说：“这真是穷国的利器。”然后对准了靶子，以不同的仰角打了三发，靶子被摧毁了。

放下枪后，义德向陈修和挑了个大拇指，连声说：“太好了！太好了！真了不起。能否再加大一下装药量？”

陈修和信心十足地说：“行！正在研制威力相当于六零迫击炮的枪榴弹。你和毕医官先休息一下，我安排试射架。”

说罢，陈修和向后一挥手，试射架就抬了上来。这位厂长亲自调整了架上五支七九步枪的射击仰角，又检查了一个个套在枪管上的发射管，然后下令装弹。

义德走了过来，关切地问道：“带得动吗？”陈修和轻叹了一声：“装药的配量和引爆系统还有待于完善改进。既要保证射程和爆炸威力，又要保证射手的安全，为了防止发生意外，现在只能在试射架上实验。”说罢，示意义德和毕医官退离试射区。

义德和毕医官站在侧面的一个土坡上，陈修和下达了试射令。先以不同仰角打了五个单射，五发榴弹均在八百米至一千二百米的距离之间爆炸，爆炸的弹道呈一条直线。枪榴弹的速度系亚声速，在空气中的啸声十分清晰。久经战阵的义德，闭着眼睛也能知晓每发的弹落点。

射毕，义德和毕医官同时鼓掌，向陈修和招手表示祝贺。陈修和又亲自调整了五支七九步枪的射击仰角，五枪齐射，打出了一个梅花阵。在场的所有人员都欢呼了起来，义德仰天一啸：“打得好！再来一个。”

陈修和示意实验员调枪装弹，再打一个梅花阵。哨声响后，信号旗一挥，义德感觉到一发枪榴弹正在向自己飞来。于是飞身一跃，把毕医官压倒在身下。

一声巨响后，毕洁嫄觉得一股热血从脖子上正流到胸前。她爬起来后，见义德满头、满脸都是污血，趴在地上一动不动了。这个女医官惊呆了，扑了上去。

义德醒过来时，已躺在陆军医院的病床上。第一个进入他眼帘的人是毕洁嫄。这个女医官的眼里闪动着晶莹的泪花，也传递着内心深处的真情。两人的手不知不觉地就握到了一起，是谁先伸出的，自己也不知道。

电话响了，副官拿起话筒说了声：“齐公馆。”话刚落音，就本能地打了个立正。然后转身对齐恩铭说：“老爷子，少帅电话。”

齐恩铭接过话筒：“小六子，找我有什么事？”从老爷子的表情上来看，是越听越高兴，不等小六子把话说完，就大包大揽地说：“这事交给我，你就放心吧。愿立军令状。不成？没个不成！”

放下话筒后，齐恩铭兴冲冲地对副官说：“快给我接军训处的电话，找关处长。”电话接通后，这位老爷子扯着大嗓门喊道：“关老弟，给你道喜了。今晚上我请你吃饭，客不外邀，就咱哥儿俩，我有话跟你说。”

挂上话筒后，齐恩铭转身吩咐副官说：“告诉厨房，今晚上多弄几个菜，我要好好喝几杯。有客给我挡了，有饭局给我推了。今晚上我们哥儿俩好好絮叨絮叨，不邀外客。”

晚上，义德准时来到齐公馆。一进小饭厅，齐恩铭就连声道：“大喜！大喜！”老爷子那个高兴劲儿，义德真有些丈二的和尚——摸不着头脑了。

落座上茶之后，齐恩铭直言道：“老哥做主，给你定了一门亲。这姑娘你也认识——就是毕医官。人家可是留德的博士，虽说年过三十了，人品、相貌没得挑。

“你救了她一命，这姑娘说了，非关义德不嫁。小六子让我做大媒，我就把这门婚事拍板定了下来。这是缘分，也是你老弟的福分。

“从前说‘女子无才就是德’，这话过景了，现在讲的是德才兼备、才貌双全。你老弟真是福大命大，挨了一炮子儿，换回了一个媳妇。

“毕医官的医道真了不起，抱着你的脑袋缝了一个多钟头，连疤瘌都没给你留下。说实在的，军人也怕破相。媳妇给丈夫缝脑袋，能不上心嘛！”

听到这儿，义德笑了：“老哥给我定的这门亲，我是一百个乐意。可您说毕医官说‘非关义德不嫁’，这话我就有点不信了，您做得了我的主，人家姑娘……”

“怎么！还信不过我老哥。只要你说一声‘非毕洁嫄不娶’，女家这个主我也就做了。义德笑了：‘不怕老哥笑话，我说一百声都行。’”

齐恩铭哈哈大笑：“男人娶媳妇，比什么都急。我这保大媒的，比新郎官还急。”说着，要通了宋大中的电话：“我说宋董事长，你这老小子听准了。小六子让我给你小姨子和关义德保大媒，我一开口，我这关老弟说‘非毕洁嫄不娶’。你还不快过来，把这定亲酒喝了。”

放下电话筒，齐恩铭就催厨房快上菜。义德笑了：“不忙，客人还没到。”齐老爷子听了哈哈大笑：“媳妇还没娶进门，就向着一担挑了。这老小子和我住斜对门，你还怕菜凉了。”

齐恩铭的话还没落音，宋大中就推门进来了。见了义德后没话找话说，连声道：“来迟！”齐恩铭指着这位董事长说：“你的腿挺快，来得一点也不迟。今儿晚上我是又做东又做媒，你俩都得先敬我三杯。”

宋大中听了直摇手：“我说老哥，空肚子酒您先喝了六杯，这大媒还能做吗？”“你怕我喝醉了？告诉你吧，我办事麻利快，咱哥儿仨干完六杯，这事就全定下了。剩下的事，就让小六子去张罗。”

菜上齐了后，开了一坛陈年的凌川老窖，醇香四溢。环室之中，充满了酒韵、酒情、酒意。齐恩铭举杯道：“今儿把二位老弟请来，不光是保大媒，也说说心里话。

“先从宋老弟说起，你这老小子和我是打出来、骂出来的交情。你当胡子、开金矿、办实业，恶事、善事都干过，就没干过缺德事。把事都扯平了，才能有今天。

“出来闯荡的人，不恶行吗！但心不能恶，得有点斤两。上对得起天，下对得起地，夹在天地中间，还得对得起人。特别是摽着干、跟着干的老少爷儿们、平头弟兄。

“实业救国，你是走了条正道，干得也挺欢。我现在是居家养老了。就是还干着，也给你帮不上什么忙。你的铁路、港口要是能修好，帮着小六子把日本人挤出去，东三省的人都得供你的长生牌位。”

宋大中笑了：“铁路、港口哪能是我的，是国家的、东三省民众的。人人都能入股，入了股就有股权。您手头不用的钱，我看就可以入股。”

齐恩铭听着听着不耐烦了：“你那套洋玩意儿我听不懂，也不想闹明白，你要能把小鬼子挤回老家去，我扒了裤子入你的股都行。咱们先干了这杯酒，我祝你实业救国，大开鸿运。”

宋大中站起来举杯道：“办什么事都是天知、地知、人知，不但东三省的人知道，全国的人都知道。老哥的话我是记住了，托您的福，我把这杯酒干了。”

三人举杯，一饮而尽。放下了酒杯，齐恩铭又言道：“我和关老弟没打过、也没骂过，可是相识恨晚。听小六子说，你在段祺瑞、孙中山跟前都有一号。愣把一个加强营带成了一个万把多人的混成旅，是个人物。你的为人处世，有耳闻也有目睹。

“实业救国，得有戳腰杆的。你帮着小六子把兵练好，就给实业救国戳了腰杆。小鬼子可不是善茬，‘文事得有武备’，说书先生都知道这个理儿。”

说到这儿，齐恩铭拍了拍腰间的皮带。可是紧接着长叹了一声：“现在不是揣着两把自来得就能闯天下的年月了。跟小鬼子干，得有飞机、大炮、坦克，你们哥儿俩得摽在一起干。咱哥儿仨干了这第二杯酒，我祝两位老弟一帆风顺，马到成功。”

宋大中、关义德站了起来举杯说：“谨遵老哥教诲。”齐恩铭示意二人坐下，正颜正色地说道：“我大哥临终前把小六子托付给了我，他这个少帅可不是打出来、闯出来的。人太顺了也不是件好事，小六子是胸中气盛，腹中少谋，没有什么大城府，更不会弯弯绕。

“他不放我回山东，让我在奉天养老，好尽尽孝心，我就多住些时日吧。耍大刀、玩自来得我是行家，新玩意儿都不行。我就把小六子托付给二位了，他这个人是个好人，大事小事都不糊涂，可是遇事沉不住气，也少主意，就凭一股子气。

“别看他爹没读过书，更没喝过洋墨水，可是有大帅的城府、大帅的气度。泰山崩了，面不会改色。肠子都炸出来了，愣没吭一声。该交待什么后事交待什么后事……”

说到这儿，齐恩铭的眼睛湿了。举起了酒杯一饮而尽。关义德、宋大中也举杯一饮而尽。第三杯酒干了后，席间就沉寂了下来。此时厨差端上了一盘火爆腰花。宋大中连声对义德说：“趁热吃、趁热吃，这是齐公馆的拿手菜，我就爱这一口。”

话题一转，沉闷也就过去了。齐老爷子接言道：“陈厂长也爱吃这盘菜，他现在在葫芦岛和交通部的特派员搞什么测港，后天才能回来。这桌饭就‘三缺一’了，凑不成‘四喜’也没关系，这喜事还得办。

“陈博士是个实在人，关老弟受伤后呈文小六子请求处分。小六子会办事，把呈文退了回去，在文后批了几个字：

小过已过，未成大祸。
变祸为喜，天造地设。
学兄保媒，妹嫁义德。

“博士对博士，陈修和更会办事。把小六子的批文当面交给了毕医官。甭管喝了多少洋墨水，姑娘家还是姑娘家。毕医官看了小六子的批文后脸一红、眼睛湿了。

“关老弟，我告诉你。三十好几的老姑娘脸一红、眼一湿，那是真动心了。比你当众说一百句‘非毕洁嫄不娶’要难得多。

“小六子得到陈修和的回信后，可慌了。在电话里对我说：‘三叔，男家大媒就是您了，这事只能成功。’我说你就放心吧，没个不成。男大当婚女大当嫁，关义德、毕洁嫄的缘分，是老天爷定的，老天爷成就的。

“要不然，那发枪榴弹怎么打飞了？穿二尺半的，谁没从炮弹坑里爬出来过。姑娘家可就不行了，英雄救美，美人能不动心吗！这发跑偏的臭弹，就定了你们俩的终身。咱哥儿仨得为陈厂长干一杯，一是谢他，二是祝他多造出点真正的硬货，好跟小鬼子碰碰……”

干了这第四杯酒后，齐恩铭有点喝高了，撩起上衣对义德说：“三年前，小鬼子打我的黑枪。我命不该绝，有老天护佑着。拉到沈阳陆军医院时，毕医官给我用洋机器一照，说没伤着内脏，也没碰着肋骨、脊梁骨。用大夹子把弹头夹出来了……”

义德低头一看，齐恩铭的左肋有个疤。这位老爷子用手一划说：“从两根肋骨之间打进去，擦着脊梁骨边上过去，愣没碰上。

“要是碰上别的大夫，这子弹也就取不出了。要取，也得给我大开膛，毕医官有绝的，一把超号的大夹子，生把子弹头夹了出来。

“我是不伤筋不动骨，也没落下什么麻烦，在医院里歇了一个月，该干嘛就干嘛了。为了谢毕医官，不！从今改口我就叫弟妹了，咱们干上这第五杯。”

干完了第五杯酒后，宋大中催着上拔丝山药，要给齐老爷子压压酒。义德也随声称赞道道菜都好，得多吃点，意在把齐恩铭的酒兴转移到食兴上去。

齐恩铭挥手道：“这菜呀，一般般，也就是还吃得过。你今儿是有兴头，吃嘛嘛香。我说了，干完六杯酒，这事也就全定了下来。现在是五杯酒全下肚了，我的大媒保完了，该说的话也都说了。

“这第六杯酒，我就祝你们小两口早生贵子。我这个人说话直，我说关老弟！你是老光棍娶老姑娘，别再耽搁了，早点抱个大胖小子。”

说罢，齐恩铭举杯叫“干！”关义德、宋大中也欠身举杯，碰杯后三人均一饮而尽。宋大中示意送菜的撤酒，怕齐老爷子喝过了。

齐恩铭哈哈大笑：“我的酒量是今不如昔，可是也不至于这么㞞。六是顺，七是起，八是发，九是久，不喝个十全十美，对得起小两口吗？”

义德接言道："老哥为我要喝个十全十美，那就听小弟一句话，换小杯子，先吃点菜再慢慢喝，边喝边聊，不叫'干'!"

换上小杯子后，齐恩铭的话更多了。千言万语，就是一个意思——练兵、造炮、筑路、建港，把小鬼子挤出东三省。最后的总结是："靠中央、靠美国人，靠谁都靠不住，得靠自个儿。小六子太嫩了，你们哥儿俩得多帮帮他。"

喝了个十全十美后，副官把齐恩铭扶回卧室，宋大中邀请义德道："到舍下喝杯茶。"

在宋公馆的小客厅里，连襟二人促膝长谈。弹指二十年过去了，昔日未到而立的"毛头小伙子"于今都是年逾不惑的老成之士。在世人眼里，哥儿俩都是事业有成之人，可是二十多年浮沉，于心路而言，始终是"路漫漫其修远兮，吾将上下而求索"。

在求索的过程中，殊途异道的人又走到了一起，这是西苑兵营时做梦也想不到的。感慨之余，姐夫与妹夫的话题自然地转到了家常上。

宋大中直言道："今儿晚上就见见你嫂子吧，洁嫄在她姐姐面前可没少夸你……"正说着，宋太太走了进来，宋大中介绍说："这是我的义德老弟，现在该是咱们的妹夫了。少帅指媒，陈厂长、齐老爷子保媒，在齐公馆刚喝完定亲酒。"

义德起身相迎时叫了声："大嫂!"紧跟着又补了声："大姐!"由"大嫂"变成"大姐"，这一字之差名分就定了下来，这桩婚事也就板上钉钉了。

"大姨子"和"妹夫"寒暄了几句之后，就起身告退，说："我到厨房，安排些晚点。"义德直言道："在齐公馆吃的晚饭，已是酒足饭饱。"

宋大中笑了："内人对点心很是拿手，你就等着吧。咱哥儿俩聊上半宿，总得垫补垫补。内人在日本学过家政，"说到这儿，宋大中也突然改了口："你大姐的厨艺可是融汇贯通。"由"内人"到"你大姐"，话题也就转到毕氏姐妹的家世上。

言谈话语之中，义德得知毕老先生系山东济南人，光绪年的举人，进京会试屡屡不遇，遂弃仕途，执教于历山书院。

清廷改书院为学堂后，受聘为山东客籍学堂中文教习，在济南教育界颇有些名气。时人称之为"通古知今，体用并举"。系科举出身的新派人士。

受江浙影响，山东也准备办女子学堂。可是女教师难求，于是决定选派有学识的淑女，到日本修师范速成科。毕老先生的长女毕洁清符合条件，遂东渡扶桑，成为了早期的留日女生。

东三省建省后，在奉天设立中学堂。经友人推荐，毕老先生举家出关到沈阳执教。毕洁清学成归国时，已是民国时期。恰逢东三省的女子教育初创，各校争聘教师。毕大小姐为了侍奉父母，就选择了奉天女中，教授国文、生物、家政。

宋大中成为实业家后，对沈阳各校多有捐款，也就成了女中的校董。在同人们的说合下，和毕洁清女士结为伉俪。

毕家二小姐留学德国，三小姐留学美国，都是公费生。三小姐长得漂亮，人也机敏。嫁给了一个美国同学，现为花旗银行北平分行经理。英文名字叫泰勒，中文名字鲁淑，意在是山东的女婿。在三小姐的影响下，饮食起居十分华化。这个中美合璧的家庭，生有一儿一女。

毕家的二老均已仙逝。宋大中、毕洁清只有一女，叫宋欣，在美国留学。

说完了家世之后，宋大中又谈起了婚事："少帅对你们的婚事早有玉成之意，制造接触的机会，是想水到渠成。齐大哥来电话时，我刚放下少帅的电话，他可真是急性子人，和我说：帅府招待所的德庐拨给你当宿舍，屋内屋外、床上床下由于夫人安排，让你就等着当新郎官。

"我原打算是你们结婚后，哪也别去，她们姐儿俩舍不得分开，这楼的三层全空着，就当你们的新房了。少帅的盛情难辞，就听他安排吧。可这三楼，我也得收拾出来。你们两头住着，她们姐儿俩、咱们哥儿俩没事时也好絮叨絮叨……"

义德是恭敬不如从命，一切均听张学良、宋大中、齐恩铭安排了。婚礼在帅府礼堂举行，大院内张灯结彩，值勤的卫队连官兵都披红挂花，一派喜庆。礼堂正中悬挂着孙中山先生遗像和手书的对联："革命尚未成功，同志仍须努力。"

按照少帅夫人于凤至的安排，洁媛身穿法式婚纱，义德着将军礼服。女童子军先导，男童子军尾随。二人从红地毯上步入礼堂时，军乐队奏响了《结婚曲》，全体来宾起立鼓掌。

关家的亲朋都在北平，毕家的亲朋均在济南。双方的家长皆已仙逝。齐恩铭以大哥的身份、陈修和以学长的身份，充当了主婚人，张学良以长官的身份，充当了证婚人。

来宾有二百多人，以沈阳军政两界的人士为主。张家、齐家的男女老少，可以说是全员出动。司仪的话还没说完，齐恩铭就抢上主席台宣布婚礼开始，陈修和、张学良的致词都是简而明，中心内容是祝愿夫妻二人百年好合、同舟共济，复兴中华。

典仪结束后婚宴开始，新郎、新娘逐桌敬酒后，齐恩铭、陈修和也以大哥、学长的身份挨桌表示了谢意，齐老爷子喝酒太实在了，桌桌干。虽然是小杯子，可是十多杯酒下肚后，舌头有些发直了。走到主席台上举杯喊道："在座的高朋贵友，听我齐恩铭说一句。我和先大帅起家时靠的是大刀，打天下时靠的是自来得。腰上别的两把硬火，不管是德国造还是捷克造，都是洋货。现在大刀、自来得都不行了，撑不了台面。

"我关老弟会玩山炮、野炮，他抱上的大胖小子得开飞机、驾坦克、指挥巡洋舰。这些真玩意儿、硬玩意儿得是陈厂长儿子造的，陆海空一齐拉出来，谁来捣麻烦就比划比划。小鬼子的窝囊气我是受够了，也不想受了……"

按照少帅的安排，义德夫妻到北戴河度蜜月。下榻之地，就是帅府设在西山的别墅。背山面海的法式小洋楼，三面都是落地玻璃窗。

凭东轩，沙滩、碧浪、蓝天、白云、海鸥、远帆……尽收眼底。倚西窗，青山欲滴，松涛稷稷，流水淙淙，雀鸟相鸣。开南户，小院谧谧，叠蔓绕廊，庭花吐芳，紫罗兰争开斗艳。

庭院舒适、宁静、温馨，妻子庄雅、贤淑、美貌。二十多年的戎马生涯，在刀丛中奔波了大半生，义德此时此刻才领略到"和美"二字。环境太和谐了，生活太美好了。可以说是"无憾"，又可以说是"焉求"。

午睡醒后，义德与洁嫄联步到海滨游泳。晴空万里，海天一色。层层海浪，徐徐拍打着沙滩，平和、柔和。躺在金黄色的沙滩上，沐浴着阳光、海浪、海风，使人觉得造物主太宽厚、太仁慈了，大自然太慷慨、太洒脱了。

可是义德很快就发现，同游者大多是金发、碧眼的西洋人，和留着卫生胡、穿着和服、拖着木屐的东洋人。在中国的避暑胜地，中国人却少得可怜。一种沉重的失落感油然而生，义德觉得十分孤独。

毕洁嫄一定也是有了这种感受，第二天午觉醒来，表示想在小院里度清幽。义德附议说："海边上确实太乱了，使人如入异国，有一种压抑感。"

在一楼的环廊里，洁媛沏了一壶洞庭碧螺春，夫妻二人均打开了需要阅读的书，进入了茶境、书境。

凝神之中正入微入境，一阵刺耳的轰响从天而降。三架机翼上涂着红膏药的战斗机，从别墅上空掠过。在海空上转了一个弯，又回旋而至。

这回飞得更低了，义德把书狠狠地向桌子上一摔，站了起来，咬着牙说了一声："挑衅！"洁媛也站了起来，把书放到了桌上，什么话也没说。

义德看的书是《空军制胜论》，洁媛看的书是《空军医生必读》。

在北戴河度蜜月，当然要到山海关、老龙头一游。山海关是万里长城的东尽头，在老龙头和大海拥抱。长城从沙漠深处逾戈壁、度险山、跨高原，风尘万里来到了大海之滨，把巨首探入海中。

中国古有百川归海之说。"万里长城万里长，长城内外是故乡。"如果说长城是中国龙，这条龙不但面向大海，而且"龙头"探入大海之中，要归海。只是这条龙的身躯太重了，戏浪太平洋还需蕴足精力。

可是时不我待。1900 年八国联军的舰炮猛轰老龙头上的镇海楼，摧毁了这座不设防的古建筑。入侵者的心态不言而喻，试图摧毁龙的精神。

三十年过去了，中国人仍然未能重修老龙头、再建镇海楼。站在镇海楼的废墟上，义德真是百感丛生。游弋在中国领海中的军舰，都挂着太阳旗、米字旗、星条旗，中国的万里海疆，有海无防。

可是义德的心里仍然激荡着"东临碣石，以观沧海"的豪情、"老骥伏枥，志在千里"的锐气，更激荡着重振明成祖七下西洋的壮举，因为他是一名中国军人，他的妻子也是一名中国军人，中国军人就要背靠着长城，面向着大海——戏浪太平洋。

中国人修长城，不是一代一朝，各族人民一起修了两千多年。在修长城的过程中耗尽了国力，也筑就了国魂。长城是中国龙，也是中国的精神。

义德是中华民国的缔造者孙中山先生亲自任命的将军，他知道自己肩上背负的责任与使命。这副担子太重了，但他不会被压弯腰，永远挺着胸接受挑战。敢于亮剑、敢于血刃。倒在横刀的征途上是军人的归宿，但他坚信，会有人接过他的担子，万里长城永不倒！

义德的心中翻江倒海，荡气回肠，但已不是豪情而是积愤。不愤不起，起又何方?！毕洁媛挽着他的臂，两人深沉地面对着太平洋。

12

号外！号外！在老龙头海滨叫卖的报童向义德鞠了一躬，递上一份号外。洁嫄把报钱塞到了他的手里，小男孩又鞠了一躬，转身跑了，义德打开报纸一看，赫然一惊：

第二届中央执行委员会扩大会议，在北平中南海怀仁堂举行。发表了汪精卫、阎锡山、冯玉祥等三十人联名宣言，决定在北平设立中央党部，另组国民政府。推定阎锡山、冯玉祥、汪精卫、邹鲁、李宗仁、张学良、唐绍仪七人为国民政府委员，推定阎锡山为国府主席……

义德一下子明白了，编遣会议上的暗争，已转化为明斗，四个集团军的总司令——蒋介石、冯玉祥、阎锡山、李宗仁撕破了脸。下一步就是兵戎相见了。刚刚完成的统一大业，眼看就要化为乌有。

张学良会怎么办？这位据有东三省、拥兵五十万的少帅，此时可是举足轻重。可叹的是不管张学良站在哪一边，新的内战都是箭在弦上，甚至可以说是潜师已发。说不定明天的"号外"就是这场内争的战况了。

回到西山别墅后，义德很是沉闷。一连三日闭门不出，强制阅读《空军制胜论》。可是"号外"送上门来，果不出所料，阎锡山的晋军、冯玉祥的西北军沿平汉津浦铁路向南推进，蒋介石也不示弱，亲自到徐州督战，中原大战全面爆发了。

躲在上海租界里的"银行家"、"证卷商"们乘机大发国难财。卖出、买进，多头、单头。翻手为云覆手为雨，金融市场一片混乱。

"躲进小院难一统"，义德和洁嫄商量了一下，决定提前结束蜜月，返回沈阳。虽说"位卑未敢忘国忧"，可是到了沈阳后又能做什么，义德也是全然不知。见到张学良时，本能地立正敬礼："报告少帅，关义德销假归队……"

张学良笑了，示意义德坐下，说："我就知道你会提前归队，这场中原大战，搅了你们的蜜月，以后再补吧。说说你对时局的看法。"

义德断然回答："息兵，维护统一。"

张学良点点头："前年我断然易帜，就是为了维护国家的统一。有限的国防实力，不能再消耗于内战之中。我决定通电拥护南京，也不打北平，更不打太原，谋求用和平的手段，停止这场战争。"

听到这儿义德心里一亮，蓦地站了起来，说："请少帅明示！"张学良也站了起来，走到义德跟前，缓缓言道："孙子兵法有云，'不战而屈人之兵'。以战止战，实为下策。以势止战，兵不血刃，方为良谋。

"东北军以重兵入关，迅雷不及掩耳地接管平津地区。所谓的重兵就是'十则围之'，以十对一。迫使冯、阎在平汉、津浦两线北段的驻军放弃抵抗，听候编遣。诸事和平解决，达到息兵的目的。

义德情不自禁地脱口而出："太好了！"

张学良在沙发上坐了下来，示意义德也坐下，长叹一声道："诸事和平解决，也实非易事。于学忠是直系的旧人，和平津地区的驻军有些老关系，可充分利用他的影响。

"此次进关部队，一律实行大旅的编制，由若干旅组成一个军团。让于孝侯以第一军团长的身份，率队接管平津两市。对不进行抵抗的部队实行只编不遣，保留其原建制。和平接管平津之后，黄河以北的广大地区自然也就会息兵了。"

义德听了后不断地点头，急切地问道："拥护南京的通电何时发？还是早发为好。"张学良摇了摇头，说："太早了不行，冯、阎的部队尚集中在黄河以北地区。得等他们渡过黄河后，和蒋先生的中央军接上火，后方真正空了之后，我军才能出奇制胜，达到不战而屈人之兵的目的。"

张学良所言，义德为之一动。齐老爷子说这位少帅太嫩了，看来是多虑了。于是脱口而出："少帅所言极是。"

张学良摇了摇头，说："姜还是老的辣，这是齐司令的主意。"义德又为之一动，少帅真是太实了，没有什么城府。交朋友，是真朋友。动心眼，是嫩了点。可是肝胆照人。

张学良觉得义德有些困惑，于是进一步言道："维护中央的大计定下来后，为了能尽速息兵，我本主张立即通电全国。齐老爷子给拦了下来，说：'急什么！火候还不到。'"

义德对张学良的坦诚、齐恩铭的老成，真是折服了，遂直言道："齐老爷子说自己'只会抡大刀，耍自来得，也就是个大刀营营长的料'，这话是太自谦了。他的阅历真是太深了，是谋兵、谋国之才。"

张学良点点头，无限感慨地说：“老爷子是道深，可是人太直。家父遇难之后，不但日本人对他是除之而后快，南京也讨厌他。东三省的军政长官，对他这个宪兵司令更是难容，我只好……”

说到此处，张学良也就转移了话题：“东北军这次入关，留下王以哲旅驻守沈阳的北大营。你的任务是率一个加强营，到吉林接于学忠的防，唱一出空城计。

“东三省的军营，属吉林老盘营的设施最全、地势也好，背靠着长白山，有险可依。此次入关行动，日本关东军当然尽知，但尽知不能让其尽晓。你率一个加强营进驻老盘营后，要撑起一个大旅的门面，不能让小鬼子摸清咱们的底。

“我拨给你的加强营，是一个配备有野炮、山炮、轻重迫击炮、工兵、通讯兵、骑兵的教导营。你对全营官兵高标准训练，在非常之变中，这个教导营立即就能扩编成一个大旅。军械、经费你做个规划。毕医官也随你去老盘营，等经费下来，在那儿办个军医培训班。争取做到营有军医、连有医助。你让她也做个全面的规划，分列一下需要购买的医用器械、设备。

“于学忠部已潜师开往山海关，你可以大张旗鼓地进驻老盘营。先把空城计唱好，唬住关东军。通电发出后，我会进驻北平，你有事多和王以哲联系。他在北大营是实，你在老盘营是虚。虚虚实实、互相配合。”

民国十九年（1930 年）九月十八日，张学良在沈阳发出通电，“拥护中央”。东北军挥师入关，向平津推进。同日，阎锡山通电撤出北平，返回太原。于学忠率第一军团进入平津，就任平津卫戍司令。

东北军、中央军两面夹击，津浦线的战局骤变。冯玉祥到泰山“养病”，阎锡山到大连“养病”，中原大战宣告结束。张学良以中华民国陆海空军副总司令的名义，在北平顺承王府设立行营，统管东北、华北军政，并全权处理中原大战遗留的事宜。

东三省的军政长官弹冠相庆，纷纷运动上峰，争先恐后地进关任职。义德的“军训大纲”、毕洁媛的“军医培训班规划”已经送到了顺承王府，可是不见批文，所需的军械、经费更是找不到庙门。无奈之下，只好去向齐恩铭讨教。齐老爷子叹了口气：“小六子帮了蒋介石的大忙，还换了兰帖，结为异姓兄弟。姓蒋的这个大哥可太不仗义，把华北这个烂摊子扔给咱们的少帅了。

“别的先不说，入关后收编了那么多部队，都得养着。可是中央不掏腰包，他这个副总司令是赔本赚吆喝。你找他要饷、要械，他是罗锅子上山——前（钱）紧。你就有多少水和多少泥，有多少钱办多少事吧。对付着把空城计唱圆了，就是好活儿。

“东北军前两次进关，都没得上好。事不过三，这第三次进关，不知道会有什么麻烦。弄不好把老本就全赔了。

“我叫小六子当个和事老，留着冯玉祥、阎锡山，快去快回来，得把家看好。他走后就把我的话全忘了，大谋不大用。不知道姓蒋的给他灌了什么迷魂汤，办事哪能顾前不顾后，小鬼子可不是善茬，关东军是条吃不饱的野狼……”

说到这儿，气氛沉闷了下来。齐恩铭走到刀架前，取下了一把大砍刀双手捧到义德面前，说：“这把刀跟了我多年，扪心自问，我没有对不起这刀，可也配不上这刀。这刀你收下吧。”

义德双手接刀，把刀高举过头。

义德回到老盘营后，只能认认真真地唱空城计了。诸葛亮的空城计好唱，吓跑了司马懿后，蹬上四轮车一走了之。空营计可就不好唱了，明明是一个加强营，硬要撑起一个混成旅。关东军可不是傻子，得实打实地对付。

义德命令通迅排长徐承志全面检查一下和沈阳的电话、电报线路。徐排长愣也没打就回答说：“有线电报是宣统年间架设的，不但和民用线路混用，有的地段还和老毛子的铁路线路混用，使用的‘密码’不知道是什么时候排定的，大概早成明码了，根本无保密可言。电话也是一样，地方上的电话局、铁路上的通讯段对军用电话的内容可以说是一清二楚。”

义德皱了皱眉头，说：“只有就势施计了，在电话、电报里设空营计，你迅速制定出一个方案。”

徐承志刚退下，赵大勇就上来报告近来关东军谍报人员的动向，迫不及待地请示义德说：“近来营区周围出现了一些可疑之人，周二魁和他的小组已经锁定了一个具体目标。此人一口天津话，自称是来收山货的老客，整天拉着一头骡子围着营区转，晚上在茶馆、酒馆里和一些不三不四的二流子嘀嘀咕咕。

“五组的人给他下套，交上了朋友。这小子表示想和大营做点买卖，让周二魁想办法给他介绍一个当军需官的朋友。”义德哂尔一笑：“你就将计就计，会会这位老客。”

第二天晚上，赵大勇兴冲冲地向义德报告：“这小子上钩了，他天津口音挺重，可是脑门上有带硬壳的圈印，走起道来是个外罗圈，我看这小子是个日本种的中国通，是关东军的谍报人员，我就把该说的话全说了。”

老盘营周边的村镇均贴出四十七混成旅的布告：“营后山地区即将进行联合军事演习，鹰首岩系炮兵轰击的目标，即日封山，切勿入内。封山范围由……”

布告贴出后最忙的人就属李保国了，按照野炮、山炮、重型迫击炮弹的威力，在鹰首岩上设置了许多爆炸点。这些爆炸点有的用电线连接，有的用导火索连接，可在远程控制下引爆。

一切就序后，向义德做了报告。义德听了后点点头说：“咱们的全部家当就是一门野炮、两门山炮、两门重迫击炮、四门轻迫击炮，而且只配备了两个基数的炮弹。‘演习’时也打几发，装装样子，传传弹道的啸声。全仗着你的‘装置’了，得炸出一个炮兵团的声势来。”

诸事皆备后，天津老客果然准时接受了“邀请”，拉着骡子登上了鹰首岩侧面的双峰山观看演习。义德接到赵大勇的这一报告后，向李保国下达了准时炮击的命令。

野炮、山炮、重迫击炮的炮弹，以不同的弹道划过长空，发出了刺耳的啸声。鹰首岩上浓烟翻滚，“炮击”的命中率很高。义德在望远镜中进行了观测，觉得天衣无缝，对李保国的“装置”很满意。

“炮击”刚结束，赵大勇就慌慌张张地跑了进来报告说：“糟了！半路上杀出一伙程咬金，双峰山的猎户把‘天津老客’捆了个四马倒拴蹄，用扁担抬下了双峰山，正向大营走来，五组的人没暴露。”

赵大勇的话还没说完，值班室就打来了电话。值班参谋报告说：“双峰山上的老百姓抓住了一个日本探子，解到大营来了。现在正在门卫室。”

义德叹了口气：“咱们的大谋也不能大用了。”

审讯室里，“天津老客”用浓重的天津话亮明了自己的身份：“本人是天皇陛下的武士，关东军少佐犬养太次郎。”

李保国蔑视地一笑：“这就不劳你声明了，你的证件、军刀、手枪、望远镜、照相机、绘图板完全证实了你的身份，也证实了你的间谍罪行。交代你乔装潜入我防区、窃取我军演习实况过程吧。”

“我抗议，我在中国生活了多年，穿便服旅行是我的权利，也是对中国人表示友好和亲善。记录贵军演习的实况，是我的个人爱好，也是为了和贵军进行交流。

“你们的愚民对我进行了无理的殴打、捆绑，你作为一名军人，又对我进行了无理的扣压。这是对大日本皇军的污辱，我命令你，立即解开捆绑我的绳子，恢复我的自由。否则，你将承担严重的后果。”

李保国笑了：“死马倒拴蹄，一定很不好受，这是你咎由自取。至于自由，当你从事间谍活动时，就应该明白，你一定会失去自由，并承担严重的后果。”

“八嘎压路!”犬养吼叫了起来，嚎叫声音比烫猪还难听。紧接着说了一大通日本话，谁也听不懂，审讯无法再进行下去。

这时义德走了进来，命令说：“放开他。”

解开捆绳后，犬养从地上爬了起来。“八嘎压路！我抗议。”

义德哂尔一笑，平静地看着这位皇军少佐。当犬养的目光和义德相遇时，他慌乱、惊恐地向后退了两步，紧跟着又本能地打了个立正，鞠了一个大躬。

义德从上到下把犬养打量了两眼，然后开言道：“多年不见，你长进了，出息了。由工兵少尉变成了间谍少佐，升得真快呀。你的武功不行，刀法也不咋的。大概还是靠你那几句从三不管混混儿那学来的津腔，改行了。

“山不转水转，真是冤家路窄。天津段公馆的电台修好后，你走时可撂下了话：‘再和我过手要是输了，就剖腹自杀，向天皇谢罪。’今儿是不是比划比划?”

犬养低头不语，义德笑道：“在天津时，你和我比刀法、比枪法、比拳法、比摔跤，比什么输什么。‘士不见三日，必拭目相看’。你官升得这么快，功夫长进得一定也很快，就别客气了。你出来当探子，还带着刀，刀法一定不寻常，就先比刀吧。”

说罢，义德向李保国一挥手：“把他的刀还他，把齐老爷子送我的刀拿来，我和这小子过过招。”中华魂要斗斗武士道。

齐恩铭送给义德的刀，是一把传统的大砍刀，刀上锻有“中华魂”三个字。赠刀时言：“你是大刀王五的徒弟，不辱师门，才对得起这把刀，配得上这把刀。我老了，这把刀该换主了。”

犬养的刀，是一把传统的日式倭刀。刀上锻有‘大和魂’三个字。倭刀是标明武士身份的刀，魂归靖国神社，是武士的追求。

犬养从地上捡起了他的“大和魂”，先是一振，后是一愣，紧跟着就发呆了。呆过之后，突然直起腰来，两眼放出了又凶、又生、又阴、又冷的贼光。

义德向犬养招招手，说：“我是主，你是客。我先让你三招，进招吧。”说罢，义德封了个中门，身稳、刀稳，稳如泰山。

犬养刀出鞘，“大和魂”在他的手中直抖。四目相对，犬养突然大吼一声，其声之凄厉，像是冬夜的饿狼。可是高高举起的刀没有劈下来，他的腹部哆哆颤动，出刀前运的气，全都泄了。

义德微微一笑，说：“重来！重来！第二招我不封中门，你尽管中路进招。”

犬养蓦地大嚎一声，紧跟着又是一嗓子：“八嘎压路!”可是高高举起的刀又没劈下来。他的腹部几鼓几瘪，看来气是运不上去了。《刀法》有云：“气运至，刀方可出。”这第二招，在犬腹之中就断了气。

义德蔑尔一笑，说：“你改行当间谍了，来不了明的，看来不能面对面地出招了。这也不要紧，我转过身去，你从背后下手吧。”

说罢，义德转过身去。双手擎刀于胸前，意在返身回招。

犬养望着义德铁塔般的厚背，觉得他眼前屹立的是一座山——是巍耸的华山。他要撼山，可是腹中的气怎么也运不起来，更提不上去。《刀法》有云：“气断于中，刀不可出。”“刀不可出”，但也不可回了。

犬养一声干嚎，其声之厉、其声之凄、其声之颤，像是受了伤的饿狼断气前的最后一哮，让人听了发瘆，有点毛骨悚然。在厉、凄、颤的合音中，他的刀高高举起了，猛地用刀尖狠狠地向义德刺去。

义德闪身转躯，犬养的刀刺空了，不容他收刀，义德的刀背在他手上一磕，犬养的“大和魂”飞了。抬腿一脚，正踹在这条恶狼的小腹上，就听“哇!”的一声，犬养捂着肚子，痛得在地上乱滚。

义德端坐在大木椅上，等着犬养爬起来。可是这小子在地上滚够了之后，却坐在了地上，不知是意在表示“踦踞而坐”，还是腿软了站不起来。

义德冲他笑了笑说：“你的官白升了，一点长进也没有。还想比点什么?”犬养不吭声，坐在地上呼哧呼哧地喘气。

义德遂言道：“你的路，有两条。一是按照你的誓言，剖腹自杀，以谢天皇。二是把你交给关东军，同时附上刚才给你拍的照片。怎么处置你，我就不管了。我心里有数，你心里更有数，这叫借刀杀人。在武士道的信条中，不成功则成仁。你辱国、辱身，当然没有剖腹自杀的资格。”

犬养的脸色惨白，白得吓人。可是紧接着额头又崩起了青筋，脸色红得发紫。青筋平复后，脸色又变得腊黄腊黄。三变之后，缓缓地开了口：“请允许我剖腹自杀，死时给我点尊严。”说完后，爬了起来，向义德深深地一躬：“拜托了！请给我一些白布、白毛巾。”义德示意李保国，满足犬养的要求。

犬养用白布把自己包装了一番，捡起了摔在地上的“大和魂”。向东跪下，手里垫上两条白毛巾，然后握住刀身高呼了一声：“天皇陛下万岁！”闭上了两眼，双手举刀，向自己的肚子上划去。

就听当啷一声，“大和魂”扔在了地上，犬养站了起来，向后连退了三步：“不！不！我不能死。”紧接着向义德连鞠了三个九十度的大躬：“关将军，请你给我第三条道路。”

义德笑了：“路是自己走的，不是人给的。我这个人不想多事，更不想和关东军发生不愉快。咱们也是老朋友了，你要想参观我的演习，早打一声招呼，用不着偷偷摸摸。你照的照片很好，多洗几张，也送我一套。

“中国人有句话，明人不做暗事，我这个人喜欢直来直往。第三条路太简单了，就是今天的事根本没有发生，以后互相关照就行了。”

犬养又连鞠了三个九十度的大躬，正颜正色地说了声“谢谢！”

李保国的任务是“礼送”犬养出防区，义德嘱咐他说：“你没白忙，该照的照片犬养都照了，该带走的照片、资料都烦他带走。证据、资料归档保存，咱们的大谋还是大用了。释放这条狗时，得让他觉得……”

李保国会意地一笑，说了声：“明白。”

“礼送”走了犬养之后，空营计还得接着唱。一个营顶一个旅，站岗、巡逻、值班、出操、喊号、出勤……把官兵们的日程也就排满了。

这些日常事务，李保国也就全权处理了。义德成了闲人，整天对着军用地图发呆。“呆”过之后在办公室里走来走去，一根接一根地抽烟。

中国何止是有海无防，还是有国无防，有空无军。列强依据不平等条约，其军事力量已深入中国内地。战端一开，欧战的打法毫无借鉴的价值，根本不可能有一条防线。

以东北地区而言，日俄战争以后，大连、旅顺成了日本的军港。南满铁路沿线，均在关东军的控制之下，如同一把利剑，深入到辽宁、吉林两省。驻在朝鲜的日军，可随时跨过鸭绿江。

根据辛丑条约，日本在山海关、秦皇岛、天津、北平的铁路沿线也都有驻军。一旦战端一开，山海关以西地区并不是东三省的战略后方，北宁铁路会轻而易举地被日军切断。关内、关外的联系，只能从山区潜越长城，到达密云、延庆、怀柔地区。

中东路事件解决之后，中苏关系虽然已经恢复了正常。苏联在远东的战略系保卫外蒙，外蒙在法律上说仍属于中国，但已完全在苏军的控制之下。日军只要不触动内、外蒙分界线这条神经，中日之战中苏联就会保持中立。苏联也并不是黑龙江省驻军的战略后方。

从全国局势上来讲，甲午之后万里海疆有海无防，甚至可以说是有海无军。平津门户大沽口炮台在签订辛丑条约之前已被拆除，而且“不得重设”。长江口的吴淞炮台、沿江的江阴炮台、湖口炮台都是同治、光绪年间修建的，火炮虽是克虏伯造，均系早就该退役的“老太爷”，有的还是前膛炮，堪称“老祖”了。

中国有空无军，这些炮台在战争中也就是敌方轰炸机的死靶子。日舰可溯长江直到湖北宜昌的西陵峡口，一旦据有宜昌，日军飞机就可飞临重庆上空……

义德绕室彷徨之后，又在中国地图前停了下来。四万万同胞生于斯、长于斯，国难当头，军人的天职是守于斯、战于斯。这仗如何打法？心里又一点底儿也没有。

身为将军，虽在暗室之中，亦是赧颜。赧颜之际，义德忽然想到，要是到南京出任了军事参议院的战略参议官，此时又当如何？参谋部、军令部中的高参们，此时又制订出了什么计划？

义德正对着地图沉思，电话铃响了，拿起话筒，是宋大中打来的：“二弟，齐老爷子让我陪他去看看你，我们后天到。话多了，见面后再说吧。”

几个月没见面，齐恩铭好像变了一个人。人生之悲，莫过于心死，晚饭桌上，三杯酒下肚之后，义德明白了，齐老爷子的心，已经死了。酒入愁肠，虽是小杯子，就有些“三碗不过岗了”。

宋大中在旁边劝道：“大哥有什么话就说，就咱们老哥儿仨，说出来就痛快了，别憋在心里。”齐恩铭把第四杯酒一饮而尽，惨然一笑，笑得让人心酸。笑罢，直言道："我出门前，把副官、卫兵全打发到王以哲那儿去了。跟着我养老，误了前程。我到你这儿看看，住几天。再到哈尔滨马占山那儿看看，住几天。算是跟大伙儿辞个行，和东北道个别。然后由营口坐船回山东老家，叶落归根。"

义德听了后不由得一愣："少帅不是让您在东北颐养天年嘛，我看一动不如一静。"

齐恩铭摇了摇头："此事我意已决。"宋大中也进言道："您就在东北再住些日子，我跟您一块移居北平。洁如和泰勒，都劝我到平津发展实业。再说少帅开府北平后，东北的重心也就进关了。"

齐恩铭又摇了摇头："你那洋连襟的话，可听可不听，大主意还得自己拿。小六子开府北平，我才从营口坐船回山东。绕过北平，图个眼不见心不烦。这小子在北平是忘乎所以，笨人下棋死不顾家。

"整天在北京饭店、六国饭店跳舞，和美国人、英国人混在一块儿。他那个洋顾问，叫什么纳瑞，我看不是好东西。美国人不是傻子，跟你做买卖赚钱行，帮你对付日本人，甭想。

"我打电话去告诫他，这小子说：'三叔，您老人家放心吧。外交部正催着各国使馆迁南京。趁着公使们还在北平，我多陪他们跳跳舞、听听京戏，好拉上关系。跳舞、听戏都是正事。等我忙过这阵子，把您也接到北平来。'我的话还没说完，他那边已经挂上了。

"后来，又听说他在北平闹花花事。报纸上都登了出来：'赵四风流朱五狂，翩翩胡蝶正当行。'这还不说，到北平才几个月，就抽上了大烟，抽大烟还不过瘾，又打上了吗啡。黑道上的人都知道'吃喝嫖赌我不抽'，他可好，又抽又打，弄得都没人形了。

"小六子这么散德行，我到北平去还有什么意思。现在就不接我的电话了，我到顺承王府去找他，还不给我来个'给三叔挡驾'！别自讨没趣了。

"我大哥临走时，把小六子托付给了我。该做的事我做了，该说的话我说了，我大哥在天明鉴，也不会再怪我。二位老弟都比我小，也都是有用的人，拿定主意，该干什么就干什么，别把自己耽误了。

"我虽说没用了，可是阎王不要命，小鬼不来传。回山东养老，也就成了正事。该走就得走，图个两清静。我的话全说完了，二位老弟也别劝我，什么事我都想得开，咱们喝酒，找点高兴的话说，提提神，图个痛快。"

高兴的话可真难找，关义德和宋大中只好拉拉家常、扯扯闲篇。话没少说，可是神没提起来，酒兴也没激起来，眼看着饭桌上就要冷场。这时毕洁嫄端上了一盘拌凉菜，对齐恩铭说："大哥，这凉菜的配方是跟我姐学的，您压压酒。"

齐老爷子把手一挥："我说毕医官，你老叫我少喝酒。没想到这些日子我想多喝也喝不了啦，没喝几杯就上头。这凉菜爽口，我多吃点压压酒。今儿真是乏了，吃完饭我早点睡，明天早上还得烦你这大医官给我检查身体。"

毕洁嫄笑了，说："老爷子，我可改嘴管您叫大哥了，您还管我叫医官，我现在也不是什么医官，连个上班的地方也没有，跟您一样，赋闲在家。"

义德赶紧示意这话不能再说下去，可是再说下去也没关系了——齐恩铭已经趴在饭桌上打起了呼噜。

李保国带着两名副官准备把齐恩铭扶到客房，义德嘱咐道："派人盯着点儿，老爷子醒了上壶酽茶。"此时，关义德和宋大中已坐在书房里，一人手中端着一杯酽茶，不是品饮，是深味。

义德看着茶杯发呆，宋大中放下了杯子缓缓言道："实业救国这条路，我不能说是走到了尽头，可真有点走不动了。日本举国一致，凭借着国力、国势在中国市场上倾销。中国是一盘散沙，形不成一个拳头。"

下面的话宋大中没有说出来，义德心里已经明白了。苦笑了一下说："你和美国人谈的合作项目，有何进展？"宋大中摇了摇头："少帅开府北平后，东北的事全搁浅了。戴维也回天津了，准备到北平和张学良直接谈。"

"陈厂长的项目有眉目了没有？"义德迫不及待地追问。宋大中又摇了摇头："兵工可是实打实，资金不到账上，什么事也办不了。对日常的生产，陈修和已经有些巧妇难为无米之炊了。

"我的民生牌汽车，在设计上就是军民两用。陈厂长原准备用它的底盘，装配四种用途的装甲车，有装火炮的主战车，有装轻重机枪的突击车，有指挥车，有无线电通讯车。小六子看了图纸后挺高兴，可是到了北平后，一个大子儿也没拨下来。首批生产出来的八十辆，只能全部投放市场了。我把一辆双排座的客货两用车喷上了军绿漆，送给你当指挥车，存个念想吧。这辆车明天就到。"

听到这儿，义德放下了茶杯："车开来后，拉上齐老爷子出去兜兜风，他要是有兴致，咱们就上山打猎，想办法把他留住。他这个说一不二、当惯了司令的人，回到乡下去当老百姓，行吗？家人能和他一块儿走吗？”

宋大中长叹一声：“我和齐恩铭是生死之交，他现在还能有多大能耐，我是门儿清。凭他的阅历，大事上知斤两，心里头有个定盘星。居家琐事，这位老爷子是油瓶倒了不知道扶，出门票子揣多了准数不清。

“再说了，他出门也不带钱，有副官提包跟着。他口口声声从营口渡海回山东，现在营口根本没有轮船，还能雇小木船过海？他敢坐，也没人敢应这活儿呀。齐公馆里有几个副官、一个排的卫兵，他全给打发了。离了副官，他出门能找不到北。

“他家的排场挺大，可就是个架子。他老伴会理家，日子还过得去。几个孩子都在北平上学，儿子起个名叫齐一，可就没生出齐二。齐一在辅仁大学读书，几个妹妹也都上大学了，有一个是学医的，和洁嫄走得挺近乎。

“他老伴在北平地安门外白米斜街置了所四合院，一路三进，还说得过去。上月老伴去了北平，是为儿子的婚事。齐一要娶察哈尔阚都统的二小姐，这位二小姐也是学医的，在北平读医学院。

“庙里的佛有人给上香，家里的老爷子没人待见。齐老爷子的儿女全躲着他，所以跑到北平去上学。

“其实，我这位大哥根本不问家务，尽忙公事。可忙不出好来，弄得里外不是人。老帅走了后，少帅虽说还敬着他，可是少帅手下的人就不愿意再供着这位老太爷了。他一向满不吝，也得罪了不少人，换个地方养老挺好。

“老伴、儿女都在北平。过些日子齐一办婚事，我借此把他送到北平去。北平是养老的地方，关上门过日子，也就没气生了。沈阳人多嘴杂吹什么风的都有，闹得他心烦。

“东北已成是非之地，我也是树大招风，想换换地方，往平津发展。那儿没人认识我，能不显山不露水地干些实事。我北平的宅子在地安门里黄化门，离齐家不远。关内的事也不少，今冬我打算在北平过，也算避避寒。没事时能多陪陪齐大哥。你就放心吧。”

义德舒了口气，又叹了口气。

宋大中笑了：“你的心思我明白，齐老爷子能关上门过日子了，你可不行，我也不行。还得听齐大哥的，‘拿定主义，该干什么就干什么，别把自己耽误了’。”

义德点点头。

齐恩铭猎兴大发，一连三天，都一早就座上宋大中送给义德的指挥车进山。说是打猎，不如说是过枪瘾。陈修和送给义德的新婚礼物，是一支德国名牌猎枪。打开花弹，威力极大，杀伤面也极大。半自动，七连发，是专门猎熊的利器。齐恩铭夸好，义德就转送给了这位老爷子。

想不到的是，齐老爷子以腰间的两把捷克造的自来得回赠。义德一愣，心想枪不离人、人不离枪，这是怎么回事？难道齐大哥……

看着义德的满脸困惑，齐恩铭苦笑道："没别的意思，给好枪找个好主。在家养老了，别委屈了这两把好枪。宝剑送英雄，枪也一样。再说了，这两把自来得是我的心爱之物，也给你留个念想。"

说着，把手中的狙击步枪也递了过来："这枪也是德国货，陈博士送给我了，你拿去用吧。在我手里也委屈了它。"

言罢，齐恩铭双手搭在义德肩上说："关老弟，从今儿以后，我就用你送我的猎枪打四蹄兽了。我们老家的狗熊，最能祸害庄稼。一只下山，一宿就能毁上二亩地。狗熊掰棒子可是真的，我回去收拾这祸害。打两蹄兽，可就看你的了。"

义德立正言道："穿上二尺半，就得为老百姓打两蹄兽，尽军人的天职。求仁得仁！"

听到这儿，齐恩铭大笑了起来："我说关老弟，求仁得仁是件难事。我混了一辈子，也说不上求仁得仁，只能说交了几个过得着的朋友，你们哥儿俩就是我过得着、信得过的朋友。

"该说的话，全跟你们哥儿俩说了，该托咐的事，也都托咐了，我现在是无官一身轻，无事一身轻。就差……就差什么我也说不清了，就差大仁大义了吧。"

说到这儿，齐恩铭举枪挥手："今儿天好，我兴致也好，乘着早上凉快，上山！早去早回。"

猎罢归来，齐老爷子倦了，靠在客房的沙发上闭目养神。宋大中悄悄地走了进来，说："大哥，马占山派副官接您来了。"

齐恩铭打了个哈欠："还怕我找不到哈尔滨？他来接我也好，你就回沈阳忙你的去。他的人在哪儿？"

宋大中向门口喊了一声："进来吧！"马占山的两个副官应声而入，立正敬礼："奉马主席之命，前来迎接齐司令。"

"放屁！你记着，管我叫齐老头子，叫老不死的也行。"

齐恩铭火了，副官愣了。宋大中在旁边搭话说："以后就改口叫老爷子，也和哈尔滨的弟兄们都打声招呼。"副官立正答道："是！"

13

齐恩铭北上哈尔滨，宋大中南返沈阳。义德送走二人之后，又进入了沉闷之中。一连多日，闷闷不乐。时近中秋，满月入户，可是愁人难寐。台历上正翻到民国二十年（1931 年）九月十八日。

义德不由得长叹一声。去年这时候，在沈阳和张学良道别。原以为东北军此行入关，会有一个新局面，没想到少帅开府北平后，诸事无成。自己留守老盘营的重任，也变成了养老的差事。

长叹之后，望月凝思。此情、此景、此境，真令人百感交集。这时门外一声“报告!”义德本能地喊了声“进来!”

值班参谋进来报告说：“和帅府留守处、北大营的例行电话全不通了。沈阳各机关的电话、电报也都接不通。哈尔滨和沈阳也联系不上，省保安司令部刚才来电话向咱们询问。”

义德一愣：“赶紧和齐公馆、宋公馆联系，问问是怎么回事。”“所有的电话都打不进沈阳。”义德蓦地站了起来：“命令通讯排，想尽一切办法和沈阳联系上。立即给我接通哈尔滨，我要和马占山主席通电话。”

电话很快就接通了，马占山沉重地说：“关东军正在进攻北大营，沈阳市的重要机关均被占领，电话、电报均被切断。这个消息是苏联驻沈阳领事馆的无线电台发给哈尔滨领事馆的，我刚从哈尔滨领事馆得到。我给北平去了电报，少帅还没回复。”

停了一会儿，义德又问道：“齐老爷子还在你那儿吗?”“昨天早车走的，现在应该早到家了，沈阳这一乱，他是赶上了。沈阳、北平一有消息，我立即通知你。”

放下电话后，义德立即命令值班参谋：“各连、各排，进入战前状态。”接到命令后，李保国跑步赶来，请示战前的准备工作。义德叹了口气：“和沈阳、北平都联系不上，为了防止地方惊恐，咱们只能内紧外松，一切照旧，权充一个旅。我在指挥室等待命令，外面的军务你全权处理。”

直到九月十九日上午十时二十四分，义德才接到由马占山转来的电报。电报是由张学良签发的：

静处！此次事件由中央解决，省府不参与交涉。各部队未接到命令之前，不得擅自行动。

放下电报，义德就接到马占山打来的电话："关旅长，你那儿的情况齐司令都和我说了。百闻不如一见，齐司令这么一说，我心里就有底了。你是兵强马壮，大主意得自己拿。"

义德心里明白，日本的特务早已渗透到铁路沿线，随时可以对电话进行偷听。马占山不敢明说'你那儿一个营可顶不住'，用反语告诫早打主意，免得被吃掉。

放下电话，义德沉思了起来。自己的任务是在老盘营唱空城计，在没有接到新的命令之前，应该把这出戏认认真真地唱下去。但得有一个前提，就是中央能够把发生在沈阳的九一八事变摆平，关东军不向老盘营发动进攻。

关东军是条吃不饱的饿狼，中央不可能把这事摆平。为了扩大战果，关东军一定会对老盘营下手。实行偷袭的可能性很大，空城计根本不可能再唱下去。

想到这儿，义德急电马占山转北平。请少帅明示老盘营的任务，并提出了撤往黑龙江和马占山部会合的请求。电报系加急加密，签发后，义德守候在电讯室，坐等回音。

下午四时三十二分，望儿山方向传来了隆隆的爆炸声。电讯室的电话响了，李保国报告："日空军两个飞行中队，空袭了望儿山我'炮兵团'驻地，设施被炸毁。"

义德放下电话，即命令骑兵连火速驰往望儿山，目的是把戏唱圆了。李保国的报告让义德一惊、一振、一叹，惊的是日军的行动太快了，振的是空营计唱得很成功，叹的是北平仍无回电。

晚七时二十六分，北平仍无回电。义德心里跟明镜似的，北平顺承王府里的张学良，已经乱了方寸。不能再坐等命令了，明天上午日军突袭的目标，很可能就是老盘营本部。

为了使日军取消这次空袭，义德命令晚九时各连、排打着火把，携带着物资大张旗鼓地撤离老盘营。在撤离的过程中明走暗归来回折腾，闹得声势极大。折腾了一宿后，部队人不知鬼不觉地返回营房，除了值班人员和对空监视人员外，均合衣而卧，抱枪而眠。

义德此举的目的有二，一是制造假相，给日谍提供错误情报，让日军指挥部取消这次空袭。二是把营区中的重要物资转移出去，即便日机空袭，也不会造成太大的损失。

为了来个双保险，义德命令通讯排接通哈尔滨的电话。电话接通之后，义德有气无力地说："占山兄，我的炮团全完了，被炸飞了。没法子，只好把老盘营里的部队全疏散了出去。现在大营里只有我和警卫营的弟兄了。明天我把炮连、机枪连也疏散出去，留下一个步兵连站岗就行了。"

马占山会意说："义德兄，你的炮团太可惜了。部队都疏散出去了，你守着空营干什么？不行就到我这来吧，添上万把多号弟兄吃饭，我还养得起。"

"马兄的厚爱我心领了，再等等命令。"放下电话后，义德笑了，但笑得很苦，苦到什么程度，唯有心知，和马占山说的话，只有"留下一个步兵连站岗就行了"是句真话，"炮连、机枪连也疏散出去"是告诉马占山炮连、机枪连明天潜往黑龙江，和他的部队会合。

义德刚放下电话，李保国就进来报告："一组从铁路调度室获得准确的消息，日军尚未沿铁路北上。"

李保国的话还没有说完，译电员递上了马占山的密电：

> 王以哲旅已撤出北大营，放弃了沈阳，正向锦州方面转进，日军尾随其后，但未发生激战。旅顺日军已经出动，向锦州推进。锦州情况不明，山海关情况亦不明。日军一旦北上，老盘营势不可守，望关兄早做准备，相机撤离。

看完电报之后，义德果断地下达了命令：

> 李保国率领骑兵连、炮兵连、机枪连潜师撤往哈尔滨，向黑龙江省保安司令部报到。警卫排、侦察排、通讯排、工兵排、步兵连留守老盘营。

李保国挺胸立正："请容许我留下！"义德坚定地回答："立即执行命令！"

毕洁嫄跟随李保国一起撤往哈尔滨，关义德独据老盘营唱空营计。此时，即便日军仍没有识破空营计，再唱下去也没有什么意义了，可是在未接到新的命令之前，却是不能战、不能守、不能走。

不能战是无力战，不能守是无力守。不战、不守只能走。何时走？怎么走？一直困扰着义德。三天以来，这位身经百战的将军整天对着军用地图沉思，拿不定主意。

正在举棋难定，宋大中来了。十余天未见，如隔三秋。二人拥抱、执手，宋大中第一句话就是“齐大哥死得好惨”。言罢，热泪夺眶而出。

交谈之中义德获悉，“九一八”晚上，宋大中正在花旗银行沈阳办事处的别墅里，准备和泰勒进行实质性的谈判，这位洋妹夫是应大姐夫之邀来沈阳的。关东军炮击北大营的战斗一打响，宋大中立即要驱车回城。泰勒劝阻道：“我先派人去探探虚实。”

没想到的是，道路均被日军封锁。挂着美国国旗的汽车也受到有礼貌的阻拦，只好折回。直到第二天下午，日军完全控制了沈阳城，交通才得到了恢复。

进城打听消息的人回来说：“宋公馆的大门被日军封了，四周遍布岗哨。齐公馆被大火烧了，听齐公馆逃出来的人说：‘炮声一响，一伙不明身份的人就冲进了齐公馆，齐老爷子抄起一支德国猎枪就迎了上去，把这伙人撂倒了十几个。’

“这伙人用日本话骂了一阵后，又进行了第二次攻击。这回被打得更惨，齐老爷子弹不虚发。这杆猎枪也神了，跟小炮一样，一枪打出去能放倒好几个。就听老爷子高声喊道：‘小鬼子，来吧！我齐恩铭不打四蹄兽了，还专打你们这群两蹄兽。’这伙人嚎着‘八嘎压路！’可是没人敢再上。就拉来了一车汽油，放起火来，生把齐老爷子烧死了。这还不算完，把齐老爷子的遗体又扔到了火堆里，围着火堆跳东洋舞，唱嚎丧歌。举着清酒瓶子撒酒疯，还往老爷子的身上撒尿……

“拉汽油的车挂着关东军的牌子，这伙两蹄兽准是特务队。”

泰勒认为宋大中进入沈阳城区是自投罗网，不如和他一起去北平。可是通往锦州的铁路、公路均被日军切断，泰勒决定在别墅中休息几天，再定行止。

此时此刻，宋大中心里跟明镜似的。关东军这只吃不饱的饿狼，已张开了血盆大口。连齐恩铭这个致仕养老的人都不放过去，又焉能不对民生公司下手。

三思之后，宋大中把民生公司的公章、印鉴和自己的私章都交给了泰勒，委托这个洋连襟用各种经济手段，对付日军抢占宋氏的私产。并签署了十几份空白文件，以求合法地将全部财产转移到花旗银行名下。

对泰勒交代完了后，宋大中仗着地熟人灵，在道上朋友的帮助下，绕过沈阳市区来到了老盘营。

和义德说完沈阳城中的情况后，宋大中两眼发直，双手握拳，咬着牙说道："洁清她落到了关东军手里，没好！我要和小鬼子合作，我就是汉奸！"

义德蓦地一下从沙发上站了起来，大步走到办公桌前，下达了命令：

火速派出两组得力的谍报员，潜入沈阳。弄清日军对沈阳的占领状况和军事部署。并设法和宋公馆取得联系，将夫人转移出沈阳，可直接去北平或哈尔滨，也可来老盘营。相机行动，不得有失。

宋大中走后，泰勒就忙了起来。花旗银行沈阳分理处的各个部室均进入了紧张的运作。民生公司所有的存款转到了毕洁如的名下，而且划到了北平分理处。在沈阳的不动产，全部以各种形式抵押给了花旗银行，而且是资不抵债，欠款高达近千万美元。

花旗银行也不是唯一的债权人，也就是说民生公司的不动产在法律上已属于美国海军工程部。原因系葫芦岛港的设计、勘测、钻探、施工均由民生公司转包给了美国海军……

三角债在合同上、法律上可以说是天衣无缝。泰勒还不放心，又通知各部室进行了全面的复核。一切就序之后，静等着关东军找上门来。

花旗银行沈阳分理处忙，关东军特务机关长龟田寿一更忙。先是忙着网罗沈阳"各界名流"组织维持会。维持会成立之后迫不及待地又"公举"各界代表组成市民会议。市民会议选举了"社会各界知名人士"兆辛柏为市长，兆市长莅任后的第一件事就是任命白维仁为沈阳市警察局局长，第二件事就是创办了《奉天新报》。

不订自到，《奉天新报》的创刊号由专差送进了花旗银行沈阳分理处的信箱。泰勒打开一看，一版上赫然入目的是"兆市长辛柏"、"白局长维仁"的就职演说和个人简历。

二人的"就职演说"又臭又长，泰勒当然不屑一看。"个人简历"倒是引起了这位中国通的好奇，于是扫了一眼。兆辛柏的过人之处是"负笈亲邦（日本），获帝国大学法学博士"，白维仁的过人之处是"曾任南满铁路稽察课主任，多年以来一直服务于亲邦的警务事业”。

泰勒哂尔一笑，放下了手中的《奉天新报》对副理赵月轩说：“你们赵氏和兆氏是否同源同祖?”赵月轩摇了摇头：“不知有此说。”“无此说就好，否则就要同室操戈了。这位兆市长是学法律的，你也是学法律的，用中国话来说，就对质公堂吧。”

赵副理苦笑了一下，摇了摇头说：“在中国，一向是权比法大，凭枪说话。此时此刻更是如此，用‘法’来保住民生公司，是一种设想。关东军连沈阳城都敢抢，对民生公司更不会手软……

赵月轩的话还没有说完，营业部主任慌慌张张地跑了进来说：“警察局来人了，为首的一个人自称是局长。出示了公文，要冻结民生公司在花旗银行的存款。”

泰勒听了后严肃地宣布：“你正式通知这位局长，民生公司在花旗银行根本没有存款。即便有存款，警方也无权冻结，得由法院行使这项权力。本行只有接到法院的书面通知后，才会依法执行。遗憾的是民生公司的户下系空额，只能在收到新的存款后，才有可能执行法院的这一通知。”

泰勒的话，被马靴踏地的震响打断了。紧接着就听见一嗓子“白局长到!”的干吼。声还未落，闯进了一伙人，为首的身穿警监服，袖标上的三道金线，显示出他是个一级警监。

泰勒站了起来，迎上前去，指着屋门说：“出去！请你立即出去!”四目相对，白维仁不由得一愣，命令他出去的人是个黄头发、蓝眼睛的洋人。对于这个突然出现的洋人，真是丈二的和尚摸不清头脑。白警监止步，整理了一下嗓子，矜持地宣布：“本人系沈阳市警察局局长，前来执行公务，要立即冻结民生公司在贵行的全部存款，请按公文的要求执行。”

泰勒篾然一笑，把两手一摊，说：“很遗憾，我只能正式通知局长先生，民生公司在本行根本没有存款。门就在你的身后，转身即可离去，恕不送。”

白维仁的右手移向武装带上的枪套，可是很快地止住了。把嘴狠狠地撇了一下，两眼望着天花板，背着手拖着长声说：“本局长的行动，事先已征求了关东军司令部的意见，并获得了本庄繁司令官的首肯。花旗银行要对自己的行为负责，必须出示民生公司无存款的书面材料。”

泰勒坐到了办公桌后的转椅上，昂首宣布：“花旗银行系美利坚合众国的国家银行，其工作程序以有关国际法为准则。只接受符合法律规则程序的文件，也就是说在获得法院开庭审理的通知之前，不会接受军方、警方的要求，也不会与军方、警方进行法律程序之外的合作。”

白维仁的右手又移向了武装带上的枪套，而且按住了枪柄。两眼露出了杀气，把泰勒上下打量了两番。这是他惯用的精神战——把对手看毛了。

可是泰勒半靠在办公桌后的转椅上，点上了一支雪茄烟，吐出了一个又一个的烟圈，两眼微闭，像是在养神。

白维仁的右手抓住了枪柄，下一步就是出枪了。枪子可不认人，乌黑的枪口对着谁，就是死神在对谁微笑、招手。但泰勒是在闭目养神，白局长的右手是按住了枪柄还是抓住了枪柄，他全然不知，更不会被白局长的瘆人目光给看毛了，尽管这目光又凶、又阴、又狠，即便是在盛夏也会让人感到脊梁骨发凉。

白维仁的右手紧紧地攥住了枪柄，心里暗暗地咬牙：“我白维仁不能白为人，得……”想到这猛地咬牙抬头。就在这一刹那，他的目光正好落在了泰勒身后悬挂的星条旗上。

泰勒办公室后壁上，当当正正地悬挂着一面美利坚合众国的国旗。在星条旗下，泰勒正闭目养神。这位美国公民所希冀的是，他睁开眼睛时“白局长”已从视野中消失了，而且再也不会回来。

第二天早上，沈阳法院接到了花旗银行沈阳分理处的正式申请，要求冻结民生公司的全部资产，并将其转移到花旗银行的名下。申请的副件上罗列了全部文件，无可置疑地证明了这一要求的合法性。

新任沈阳市法院院长汪作人，系京师法政学堂出身，和市长兆辛柏有同窗之谊。所不同者，兆辛柏有“负笈亲邦”的经历，汪作人毕业后，就出任了奉天高级审判厅的推事（法官）。官场沉浮，总不如意。后因卷入弊案，丢了官。依恃法政学堂首届的资历，挂牌当起了律师。九一八事变后，被龟田寿一网罗成“司法界知名人士”，被市民会议公举为法院院长。和兆辛柏、白维仁相比，可以说是“实乏根基”。履新后接到了这桩棘手的涉外案件，立即前往兆辛柏的私邸，向老同学请示。

兆辛柏以“最高地方长官”的身份，接见了这位老同学。为了显示自己的“根基”，会晤时不但在日式客厅，而且身穿和服。夫人和子也露了一面，敬茶后迈着碎步退去。

见这阵势，汪作人也就执下属之礼了，直言请示花旗银行的案子如何了结。万万没想到的是，兆辛柏摇着脑袋说：“司法独立，行政长官对这个案子就不便过问了。”

封了汪作人的嘴后，兆辛柏就谈起了往事。最后的结论是“燕市重游非浪语”，“与作人兄共勉之，共勉之”。言罢，端茶送客。

汪作人只好起身告辞，兆辛柏送至楼梯口。汪曰“市长留步!”兆也就“恕不远送了”。不知是再次显示“根基”，还是成了习惯，汪作人下楼时兆辛柏深深地鞠了一躬，说了声：“三央达啦！(日语“再见”)”

送走了汪作人后，兆辛柏甚为得意。心想，真是“六月的债，还得快”。姓汪的不知深浅，就职典礼上不把我兆某人当上司，称我为“首席嘉宾”。这回我叫他一弯到底，去吃苦头吧。得意之余，情不自禁地唱起了自编、自演、自欣、自赏、自吹、自擂的西皮二黄。

演得正起劲，白维仁推门进来了，兆辛柏和白维仁都是有“根基”之人。其根是均与“亲邦”有旧；其基是均出自龟田寿一之门。常言道：“秦桧还有仨哥儿们。”若问起兆市长的哥儿们，则只有白局长；问起白局长的哥儿们，则只有兆市长。二人见面后，就听白维仁一声长叹：

“一个小时前，羽田少佐陪同泰勒去了宋大中的家，这个美国佬可真牛，下车时少佐亲自给他打开了车门，用英文说了几句，看手势是让他自己进院上楼。我的人刚要跟进去，羽田挥手给止住了。看来……”

听到这儿，兆辛柏蓦地一下站了起来，急呼家人“更衣!”说罢，即脱掉了和服，换上了“公务服（伪官员的正装)”。白维仁一愣：“这么晚还换什么正装?”“去见龟田大佐。”“太晚了吧。”“没关系，大佐习惯于夜里在私邸办公。”“我看还是打个电话约一下，这两天他脾气不好……”

兆辛柏拨通了龟田的电话，得到的回答是：“明天下午到我办公室来谈。”

白维仁起身告辞，兆辛柏看着刚脱下来的和服发呆。当奴才的心里都有个数，不能和主子同侪同装。这套和服只能在汪作人之辈面前穿，没想到的是……

此时此刻，龟田也在发呆，他刚受到本庄繁大将严厉的训斥：“作为一名帝国军人，你太不成熟了。从政治上来讲，中国政府已将满洲事变提交到了国联。国联即将进行调查、讨论，此时刺激美国，只能造成美国对中国提案的支持。

“从经济上来讲，帝国的石油全部由美国输入。美国的废旧钢铁每年输入日本达数百万吨，没有这些钢铁为原料，日本的工厂就要停产。不必要地刺激美国，就会造成美国对日本的‘限制’。减少石油、废旧钢铁出口的数量，严重地影响圣战大业。

“美国没有直接在中国划分势力范围，它的国策是‘门户开放、机会均等’，满洲是日本的势力范围，我们要让美国人觉得，日本的行动不会侵犯美国的在华利益，在满洲，日本也会尊重它们的既得利益。以换取它们对满洲事件的不干涉、不谴责、不制裁。

“田中首相给天皇陛下的奏折说得很清楚，‘欲要征服中国，必先征服满蒙。欲要征服世界，必先征服中国’。我们已经迈出了第一步，你的任务就是确保这一步的顺利进行。

“具体到花旗银行提出的要求，你应该找到一个妥善的办法，既保障帝国的利益，又不刺激美国政府……”

汪作人由市长官邸回到院长官邸后，先是发呆后是长嘘。郁气始散后，绕室徘徊。转够了之后，又坐到沙发上发呆。动静转和之中，奇谋由心而生，由本而兴。于是挑灯疾书，通宵不寐，把案卷扎扎实实地做牢了。又恐卷宗过长，在天亮前又赶出了一个“摘由”：

> 现已查明，民生公司法人宋大中早年系杀人越货之惯匪，罪行罄竹难书。案卷确凿（见附件一），一直未能归案审理。
>
> 宋犯积巨资后投机实业，民生公司的全部底金系犯罪所获的血腥资金。开业后宋犯恶性难改，仍然暗中从事抢劫、绑票、贩卖鸦片等罪恶勾当（见附件二）。
>
> 经东兴道警察局侦破后，该道检察厅已向法院提起公诉。东兴道法院立案后对宋犯进行了通缉，凡能将其擒获归案者奖大洋一万元。并行文沈阳、长春、哈尔滨等地法院，宋犯的全部财产均系犯罪所获，应予没收。
>
> 花旗银行要求冻结民生公司资产的申请，后于东兴道法院的移文，按照时序法则，民生公司资产的法律归属权应首属东兴道的受害民众，特别是直接受害人。
>
> 现向东兴道法院申请赔偿的直接受害人，已有三百陆拾玖人之夥（见附件三）……

早上八时整，汪作人已在接待室里恭候龟田的接见。十点多钟，这位大佐才“莅衙理事”。看过沈阳法院呈送的急件后，立即接见了汪作人，对这位院长表示满意，说：“汪院长不愧是司法界的名流，沈阳市民甚有知人之明，才公举了阁下为院长。东兴道的民众，特别是那些直接受害人，更会对院长先生表示感谢。中国人好说‘有治人无治法’，‘言出法随’，我现在可以理解了，是汪院长让我产生了顿悟。按照这个思路，和花旗银行玩弄一下法律游戏，阁下一定会有精彩的表演，我静等着看出好戏了。只不过这出戏不要公演，有演员就行了，不要有观众。”

说罢，龟田发出了一阵狂笑。

兆辛柏、白维仁可有点笑不出来了。和汪作人在联席会议上见面时，干笑了两声后，兆辛柏打着官腔说：“老同学，咱们都是学法律的。你当过多年的法官，法官就是法官，比我在亲邦研习了多年的法律，更能‘言出法随’。”

白维仁走上一步说：“兆市长的话入木三分呀。‘言出法随！言出法随！’以后我们警察局要遇见什么棘手的事，可就要移送给汪院长了，您名作人，更会做人呀。”

面对着市长和局长的统一战线，院长只能赔着笑脸连声道：“哪里！哪里！全仗着兆市长通盘安排，白局长鼎力相助……”

这时就听见一嗓子“龟田大佐到！”兆市长、白局长、汪院长一起转过了身，迎了上去。恭恭敬敬地鞠躬，齐声说：“请大佐指导、训示。”

龟田寿一点了点头，从表情上来看，对市长、局长、院长的工作还算满意。伸手示意诸职官入座，开始了训话：

“花旗银行的问题，已获得法律上的解决。但这只是第一步。这一步的迈出，使泰勒这个美国人认识到，法律是由强者制定、强者解释、强者执行。大日本帝国在满洲的土地上，是不可置疑的强者。这一步的迈出，也使宋大中认识到，在满洲的土地上，和大日本帝国进行无条件的合作，是他唯一的出路，不可能有其他的选择。宋大中是有影响的人，只要他变得明智了，就不和他玩弄法律游戏，也就是说不追究他的过去，可以‘屈法从恩，吞舟是漏’。共建王道乐土。

“现在泰勒已在关东军宪兵的保护之下，登上了由大连开往天津的海轮。对于这一消息，兆市长要亲自前往宋公馆告知毕洁清女士。对民生公司在花旗银行全部存款划到了北平、并存入了她的美籍妹妹毕洁如的名下，表示理解。对于她们姐妹的私人联系，关东军愿意提供方便，在邮电暂时不通的情况下，她的电函可经大连—天津—北平这一渠道送达。

“还须明确告知毕洁清女士，宋大中先生现在去向不明，关东军欢迎他随时回到沈阳，共同把民生公司办好。宋先生若是滞留在东北军控制下的地区，希望他保护好哈尔滨等地的民生公司所属企业。这些企业是谋求共荣、共建王道乐土的本金。并进一步告知毕洁清女士，泰勒先生到达天津、北平之后，如有电函，关东军将立即送到宋公馆。”说罢，龟田寿一微微一笑，笑得很得意。

此时此刻，泰勒的脸上可难挂笑容。他正乘坐英国的怡和轮横渡渤海湾。海天一色，晴空万里，但极目所至，尽是悬挂着太阳旗的军舰。红白两色，十分刺目。“星条旗在哪里?!”

航行到秦皇岛海域时，对面驶来了一艘悬挂着米字旗的军舰。怡和号立即拉响了汽笛，一连三声，表示致意。这艘英国军舰汽笛长鸣，示以回礼。汽笛声在海空回荡，“日不落的大不列颠王国”仿佛余烈犹存。泰勒心中又是一声长叹：“星条旗在哪里?”

在天津下船后，泰勒首先拜防了美军在平津地区的最高司令官卡特准将，气愤地诉说了在沈阳的遭遇，认为美国“门户开放、机会均等”的对华政策，已受到日本的挑战。并十分感慨地说：“在由大连到天津的航行过程中，看见有十几艘之多的日本军舰在渤海湾游弋。黄昏时在秦皇岛附近，遇到了一艘悬挂着米字旗的英国军舰，‘日不落帝国’之说尚可追踪觅迹。遗憾的是……”

泰勒的话被打断了，卡特双手一摊说：“我替你把这句话说完：遗憾的是在整个航行的过程中，你没有看到一艘悬挂着星条旗的军舰。原因很简单，美利坚合众国的远东舰队，已停止了在渤海的例行巡逻。

“停止例行巡逻的原因更简单，美国在东北地区没有什么经济利益，没有必要在渤海湾显示自己的军事存在。更没必要在这个敏感的时候，为了显示自己的存在而向日本海军发出错误的信号。现在远东舰队均泊于上海附近，在黄浦江上你可以看见悬挂着星条旗的军舰，这是我们向日本海军发出的正确信号。”

泰勒不解了：“美国门户开放、机会均等的对华政策，难道不包括东北地区?”

卡特笑了：“九一八事变之后，即将和日本关东军发生对抗的应是苏联在远东的驻军，以海参崴为基地的苏联海军，才应该向日本显示自己的军事存在。可是这个赤色帝国并没有这么做，表现得很低调。”

泰勒听了后摇了摇头：“只有在政治上、军事上均显示出自己的力量，日本才会尊重美国门户开放、利益均沾的对华政策……”

泰勒的话还没有说完，又被卡特打断了。只不过这次打断泰勒的讲话，卡特是苦笑着打断的，显得挺无奈：“华尔街只希望尽快地从大危机、大萧条中摆脱出来。至于把石油和废旧钢铁卖给谁，那是无所谓的，中国和日本是一视同仁。

“在华尔街的心目中，日本是个大顾客，中国是个小顾客。对于‘满洲事变’美国不应因小失大。由于美国的废旧钢铁大量出口到日本，日本海军的吨位数迅速增长。照此下去，十年以后夏威夷以西的太平洋，将是日本海军的天下。上海附近的黄浦江上，大概不会再有悬挂着星条旗的美国军舰。”

卡特的话使泰勒十分震惊，回到北平后立即到东交民巷拜会了美利坚合众国驻平总领事威尔逊。两人在哥伦比亚大学系同班同学，老同学相见之后，威尔逊直言道：“东北地区，可以说是没有美国的直接利益。对于九一八事变，欧美各国的反应均很谨慎、很低调。如果苏联和日本因九一八事变发生对抗，从西方国家整体利益上来讲，那是件好事。可惜的是在漫长的中苏边境上，内外蒙的分界线上，日苏军队都表现得很克制。

“宋大中先生的利益和美国无直接关系，美国不会介入。从领事辖区上来看，东北地区属于北平领事管辖区，可是我不可能对宋先生有所帮助，尽管你已经提出了这种要求。于公于私，我只能表示遗憾。出于同学的友谊，我还要告诫你：止步吧，现在已经有些过了，再往前走，将会更不愉快。”

泰勒遗憾地离开了美国领事馆，利用北平—天津—大连的渠道，给毕洁清发了一封电报：

> 天气开始冷了，如有可能就到北平来过冬吧。洁如已经把屋子收拾好了，现在来还能赶上北平的小阳春。

此时电报的实意系用暗语表示：“无能为力了，赶快脱身。”

泰勒的电报由大连转到沈阳后，羽田少佐亲自送到宋公馆，当面交给了毕洁清。并诚恳地表示：“龟田大佐对宋先生很是敬重，只要夫人能促成宋先生回到沈阳，一切不愉快也就结束了。这也是关东军司令部的意思，系本庄繁司令官的明示。宋大中先生回到沈阳后，夫人如愿意到北平过冬，关东军可以提供方便。宋先生去向不明，沈阳各界人士均很关心，在宋先生回到沈阳之前，夫人也就是宋先生的代表，希望夫人能明智地选择自己的前程。夫人若能和宋先生取得联系，关东军愿意提供方便。”

告辞时羽田半躬说："夫人在日本受过良好的教育，应该对大东亚的共荣、对满洲王道乐土的建设尽一份力量，尽快地促成宋先生回到沈阳。在宋先生尚未回来的情况下，应以民生公司法人代表的身份——也就是民生公司董事长、总经理代表的身份，和关东军进行全面的合作。"

羽田走后不久，楼道里响起了木屐声。毕洁清在日本生活了多年，可以判断出来者是一男一女。声音越来越近，已经到屋门口。紧接着就是一嗓子："兆市长到!"声未落，兆辛柏身穿和服，和妻子田中和子并肩走了进来。

进门后一齐躬身，和子很有礼貌地表示："我在奉天女子学堂当过旁听生，专程来看望毕老师……"

兆辛柏半躬言道："虽然和夫人是第一次见面，但和宋先生可是旧交了。听说先生去向不明，心中很是挂念。受沈阳各界人士委托，前来看望。并告知夫人，昨日工商界人士举行联席会议，一致公举宋先生为总商会会长，已在市政府呈文备案。在宋先生未回沈阳莅任之前，得烦夫人暂行代理会长之责。夫人在亲邦受过多年的教育，系女中英才，完全可以胜任这一职责。"

兆辛柏的话刚落音，和子就接言道："这套和服，是学生为老师缝制的。既渗透着师生之谊，又象征着日满一体的精神。老师在公众场所穿上这套和服，就进一步显示了共荣之道。建设满洲的王道乐土，是师生的共同愿望。"

言罢，又深深地一躬。

毕洁清听了后平静地回答说："中国女人、日本女人均赋有东方的传统，对丈夫十分尊重。在没有得到丈夫同意之前，不会接受别人的任何安排。

"你认为是我的学生，我就姑且称你为和子小姐吧。你如果身穿中国的旗袍，我还是会考虑收下你这套和服。你不穿中国的旗袍，我为什么要穿上日本的和服呢?"

和子又是深深地鞠了一躬："老师说得极是，只是学生还没有学会做旗袍，等到学会之后，一定穿着亲自做的旗袍来看老师。"

毕洁清点了点头："我在日本学习过家政，对缝制和服很是内行。物尽其用，这套和服你就送给正需要的人吧。汪作人的夫人对你亲自缝制的和服一定很感兴趣。你管我叫老师，就按照老师的话办吧。"

和子无言以对。

甭管是夫唱妇随，还是妇唱夫随，现在夫人败下阵来，丈夫就只好独挑了。兆辛柏挺胸、昂首，身高一下子长了三寸。整理了一下思路拖着官腔说："市政府已经做出了决定，宋大中先生被公举为商会会长的消息明天见报。工商界要举行庆祝活动。"

毕洁清淡淡地一笑："那就是市政府的事了。"

兆辛柏携和子走后，白维仁就找上门来。在楼门口大声喊道："家里有人吗！跟嫂子回一声，就说白维仁给嫂子请安来了。"

说书先生有句口头禅："焦不离孟、孟不看焦，忠义一线连。"兆辛柏和白维仁是"一根毒藤上俩劣瓜，坏水流到一块去了"。本来商量好了，兆唱红脸，白唱黑脸，可白维仁嘴里答应着心里就打上了小九九。"九九归一"，就是两个字——"为我"。

宋大中要真是回到沈阳，凭他的根基在日本人面前可是有个价。你唱红脸充好人，叫我唱黑脸当恶人。我呀！得改改戏路子。大主意定了下来后，白维仁就"给嫂子请安来了"。

见没人迎出来，自己就径直走了进去。见了毕洁清，开口就叫"大嫂!"紧接着连愣也不打，瞎话编得那叫溜。"我和宋大哥交往多年了，一直没过来给嫂子请安，您可别挑眼。我这个人是狗肉上不了大台盘，总想出息了之后再来见您这个文化人。"

说到这儿白维仁长叹一声："混到现在，也没出息起来。眼下宋大哥去向不明，我这个当老弟的再不来见嫂子，可有点说不过去了。我来就是跟您说句实话。宋大哥不回来，门口的宪兵队就不会撤走。小弟我是急在心里，可是没法子……"

白维仁一边唾沫星子横飞地瞎编乱侃，一边偷眼斜视着毕洁清。"眼斜心不正"是在论之说，此时这个衣冠禽兽的黑心之中，又升起一股邪念。"心邪眼更斜"，嘴里滔滔不绝地说个没完，贼眼从上到下、从下到上地打量着眼前的"大嫂"。几度上下之后，就从外到里、从里到外地窥视起来，进入了"意淫"状况。

意淫之中，更加语无伦次。毕洁清一直在闭目养神，也可以说是"闭静"了。起身告辞时，白维仁立正敬礼："请大嫂放心，警察局的弟兄不会再进院骚扰。宪兵队的人，我去和龟田大佐说。"

一提到龟田大佐，白维仁突然打了个立正，鞠了一个九十度的大躬。礼毕之后，目光又落到了毕洁清身上，从外向里、从里向外地窥视起来。

回到了局长官邸，白维仁夜不能寐。躺在床上，两眼直愣愣地看着屋顶的天花板。大概是产生了幻觉，又进入了意淫状态。当从幻境中清醒过来时，新的邪念、恶念又升腾了起来，心里暗暗地打起了算盘。

论门第，宋大中也是提不起来的主儿。他在关内要是有三十亩地一头牛，说什么也不会来闯关东，更不会上山当胡子。他在黑道上发了就转上了白道，有宪兵司令齐恩铭和少帅张学良罩着，东三省地盘上不但平蹚，可以说是要风有风、要雨有雨。现在他栽了，他栽了我的运就来了。

我现在是堂堂的警察局长，上头有日本人罩着。这时候不来点歪的、邪的、狠的、毒的，我白维仁可真是"白为人"了。

就拿女人来说吧，别说是中国娘儿们了，俄国的、日本的、韩国的全都玩儿过。啃生桃、品鲜桃、吮蜜桃，有多少筐了？真是记不住了。可一见着毕洁清才知道，洋的、土的都白啃了，白品了，白吮了。

那做派、那风度，不是书香门第的闺秀，没上过东京的女子大学还真拿不出来。他宋大中凭什么娶毕洁清，凭他是民生公司的董事长。可是现在倒了过来，要能娶了毕洁清，也就当上了民生公司的董事长。

日本人急于稳定辽宁的形势，是由于吉林、黑龙江、热河三省还在东北军的控制之下。辽宁政治、军事、工商、文教界有影响的人士要能和关东军共存共荣，共建王道乐土，也就给黑龙江、吉林、热河三省提供了一个样板。

河本大佐和一些少壮派军人，为了出口恶气，在九一八的夜里干掉了齐恩铭，被本庄繁司令官斥为"愚蠢"。对这样的军界泰斗，即便他坚决不合作，也要礼送出境。被礼送之后，有口也说不清，到哪也没脸再见人。

宋大中下落不明，有人说九一八的晚上他在北大营有饭局，让一发炮弹给报销了。有人说他跟着王以哲突出了日军的包围，撤到了关内。反正是活不见人死不见尸。

让毕洁清代理民生公司的董事长和商会会长，是龟田的意思。先"代理"、后宣布宋大中"失踪"，民生公司也就姓毕了。宋大中和毕洁清只有一个女儿，叫宋欣，正在美国留学。要是我白维仁娶上毕洁清……

越想越兴奋，白维仁失眠了。早上昏昏沉沉地到了警察局，进门后第一件事就是点上大烟灯连抽了三个大泡，然后才开始办公。这三个大烟泡，都有药丸子大，得用特制的大烟枪抽。

白维仁是个三枪将，裤兜里揣只勃郎宁手枪，办公桌的抽屉里有把德国驳壳枪，办公室的套间里珍藏着一杆精美的大烟枪。这杆大烟枪不说是价值连城，也可以说是货值万贯。翡翠嘴、象牙杆、赤金锅都有出处，翡翠是缅甸老坑的货，象牙是安南雄象，邪行的是得活象取牙，赤金是漠河所产，含金量高可不软。

这杆烟枪的主人原是茂源山货栈的东家沈大魁，让白维仁看上了后，沈大魁就落了个"通匪"的罪名，人被"就地正法"，财产"一律充公"。

用白维仁的话来说："有我想不到的事，没有我办不到的事。我要有了办不到的事，就'白为人'了。"

烟瘾过足了之后，'白为人'的精神头就足了，邪思邪念就更足了。脑子里跟过电影一样，毒谋毒计一个接着一个。

宋大中要是跟着王以哲撤到了关内，就不可能再回到沈阳。短时期内，毕洁清也不可能得到他的可靠消息。可是龟田一旦确认宋大中已随王以哲撤往关内，一定会把汪作人的"法律程序"堂而皇之地公布，并立即执行——民生公司的财产一律没收。这时虽说可以轻而易举地得到毕洁清，可是不在那所花园洋楼中的毕洁清可就差了点味儿。

最好的办法是让宋大中"死见尸"。制造一具宋大中的"死尸"，对于"白为人"来说是一点也不费事。可是要让龟田能相信，就有一定的难度。要让毕洁清能相信，就不太可能了，她是一名东京女子大学毕业的生物教师。

要"不见尸"也能宣告宋大中的死亡，得下点功夫。汪作人会玩"法律程序"，我白维仁可不"白为人"，会玩更邪的。

三天后，《锦州新报》上登载了一则消息：

> 大凌河公路桥管理所的护路夫李天祺，在值班时目睹了可怕的一幕。从沈阳溃退西撤的王以哲旅，行至大桥之上时。从车上拉下了一个绅士着装的人，王以哲怒气冲冲地吼道："宋大中！我给你最后一个机会，要能把'助饷'弄来，你还有条活路。老子的手提机关枪从不认人。"
>
> 说罢，王以哲从卫士手中接过一挺手提机关枪，推弹上膛，把枪口对准了宋大中。令人想不到的是宋大中纵身跳下了大桥，想从水道逃生。
>
> 无奈河水太浅，根本不可能潜游。王以哲气急败坏，开枪向宋大中扫去。身边的卫士也跟着开了枪，十几只驳壳枪、手提机关枪

一齐吐出了火舌，宋大中不知身中了多少枪，桥下的流水为之泛赤。直到打空了弹夹，王以哲才愤愤登车，率残部向西撤退。

王部从桥上撤净之后，李天祺才悄悄地下河，把宋大中的尸体拖了上来。真是惨不忍睹，天灵盖被子弹炸飞了，全身上下被打成了马蜂窝。

李天祺在沈阳当过清道夫，知道宋大中是何许人也。于是将其遗体厝于河岸，并以草席掩之。打算连夜赶制一口薄棺，殓后送到沈阳。一是善行善举定有善阴，二是宋家定会有所报答。

可是命中无五显，第二天早上李天祺和几位工友抬着薄棺来收殓时，宋大中的遗体不知是被村里的野狗还是山中的饿狼所食，仅剩下一具支离不全的白骨。

"悠悠苍天，岂何人哉？悠悠苍天，岂何人哉？"满洲的著名实业家、慈善家竟落得如此结局。王以哲的酷行，令人发指。为救满洲民众于水火，关东军将士挺身而出，遂有九一八之举……

继《锦州新报》之后，《沈阳新报》又登载了一则消息：

读罢《锦州新报》关于宋大中先生的噩耗之后，可以说是全满洲皆悲，举关东尽愤。发指之余，将宋先生遇难之前由布之于世，以披露王以哲之罪行。

"九一八"那天晚上，王以哲在北大营设饭局。宋大中先生接到请柬之后，本打算借故推辞，可是慑于王恶淫威难测，只得硬着头皮前往赴宴。

席间，王以哲出示少帅张学良的手令，向宋大中索要巨额"助饷"。宋先生表示如此数额，实难从命。王恶听罢一阵狂笑："这是敬酒不吃吃罚酒，来人！送宋董事长到禁闭室中清醒一夜。明儿一早本旅长再听回话。"

入夜后，亲邦对北大营采取了行动。王部在撤离北大营之前，把宋先生当成"肉票"，押上车随着败军西去。

宋大中先生系社会贤达，可以说是岩穴知名之士。王以哲竟敢假张学良之威，冒世人之共愤，行此下作之事，实可谓天理不容、天将灭之。可惜者，亲邦的断然行动若能提前一日，满洲有口皆碑的实业家、慈善家即可免遭此厄……

看罢《锦州新报》、《沈阳新报》之后，龟田寿一的脸上露出了笑容，笑得既阴险又神秘。这一笑，可把“白为人”给笑毛了。

笑罢之后龟田问道：“宋大中要是跟随王以哲撤到了关内，或是回到了沈阳，你将如何处置?”“白为人”愣都没打地回答说：“宋大中已被王以哲杀害，这个人若是以后再出现，不论在何地，均是王以哲制造出来的骗子，企图冒领民生公司的股份。”

龟田点了点头，意味深长地说：“以后关东军的合作对象是毕洁清，她在日本受过教育。”

“白为人”半躬接话：“宋大中被王以哲杀害了，民生公司董事长、沈阳市商会会长的职务，理所当然地由毕洁清来接替。毕洁清不但要接替宋大中的职务，还要为宋大中报仇。”

龟田微笑着点了点头：“这些事就由你来办吧。”

“白为人”蓦地一下站了起来，向龟田鞠了一个九十度的深躬，激动得说不出话来。嘴唇动了几下后，终于蹦出了一句连龟田也想不到的话——“誓效犬马之劳”。

龟田抬起右手轻轻地拍了一下“白为人”的肩头，说：“努力吧。”“白为人”又鞠了一个九十度的深躬，向后退了三步，转身离去。

“白为人”的身影消失了后，龟田看了看自己白得刺目的手套，皱了皱眉头。然后左手轻轻地退下了右手的手套，向窗外扔去。

人逢喜事精神爽，“白为人”回到警察局后连大烟也没抽，就在办公室里召开了紧急会议，十万火急地约见了《沈阳新报》、《日满共荣报》、《满洲时报》、《东亚快讯》……的主笔、记者。时近中午才“公事谈毕”，“白为人”拱手说：“有劳诸位了，已在大和饭店备下薄酒，请大家赏光。”

“民之喉舌”、“无冕之王”们一拥而出，直奔警察局对面的大和饭店。“白为人”看着这群人的背影，撇了撇嘴。

撇嘴的过程中，不由得打了一个哈欠。“白为人”这时突然想起，忙了一上午还没有“进餐”。于是鼻涕、眼泪一齐流了下来，瘫倒在办公桌后的转椅上。椅子一偏转，“白为人”差点倒下来。侍从警佐赶紧把局长大人扶进了办公室的套间。

一连三个大泡后“白为人”缓过劲来，对烟榻边上侍立的警佐说：“快！让财务包‘红包’，主笔送一等的，记者送二等的，别弄乱了。”

会没白开，饭没白吃，红包更没白送。第二天早上，“白为人”打开办公桌上的报纸就乐了。《沈阳新报》头版上赫然入目的是“血案”二字，副标题是“为宋大中先生讨公道”；《日满共荣报》的大标题是“天理何在?”副标题是“为大东亚共荣的英灵”；《满洲时报》的大标题是“王以哲是凶手”，副标题是“索还血债慰逝者”；《东亚快讯》的大标题是“案中有案”，副标题是“真凶是谁?”

排在后头的报纸，“白为人”已经无心看了，赶紧到套间中“进餐”。三个大泡抽干了后，精神头来了、坏主意也就齐了。第二步就是给宋大中举行隆重的追悼会，并提出向王以哲讨还血债的口号，把张学良也给牵扯进来……

毕洁清要是在大会上“控诉王以哲、张学良对宋大中的迫害，并要求缉凶归案”，龟田一定会给我记上一大功。但此事不能操之过急，办不到的事就先不办。

在追悼会上可以宣布：“宋大中先生的夫人毕洁清女士痛不欲生，身体状况处于重症监护之中，医生力阻其出席追悼会。毕女士委托专访记者代宣代诉，揭露血案的前因及王凶灭绝人性的暴行。”

这时安排几个“记者”代宣代诉，最好是女记者以毕洁清干姐妹的身份进行“控诉”，效果会更好。

总商会成立大会上，也可以照方抓药了。但事不过三，民生公司重组大会上可不能来个“再而三”，得另想主意。

坐到了办公桌后的转椅上，“白为人”身子转了三圈，脑袋也跟着转了三圈，可万全之计就是想不出来。顾此失彼，顾彼失此。真是难！难！难！

一旦进行重组，日资甭管注入多少，都会造成实际上的“控股”。兆辛柏明确表示：“市政府要参加对民生公司的管理。”汪作人在联席会议上也直言说：“民生公司重组的过程中，存在着复杂的法律程序。”

粥少僧多固然是不好分，粥多僧少食量大，分起来更是难上加难。最好的办法是把大小和尚都给稳住，先不分。

可是夜长梦多，毕洁清在日本待了有好几年，龟田是个老光棍。女的是个日本通，男的是个中国通。龟田说：“关东军以后的合作对象是毕洁清。”龟田要是打上了毕洁清的主意，“白维仁”只能是“白为人”了。

想到这儿“白为人”猛地站了起来，可是紧跟着又坐了下去。转椅转了三圈后又站了起来，真是坐立不安了。和龟田争夺毕洁清、争夺民生公司，“白为人”可没有这个胆量。没有贼胆可有贼心，贼心不死就有阴主意。

“白为人”的阴主意全用在了毕洁清的身上了。面对着“白为人”，毕洁清已打定了主意——临难不苟免。

“白为人”整天打毕洁清的主意，打民生公司的算盘，想晕乎了、忙糊涂了。可是未能“登堂入室”，也就是“在街门口转悠”。转悠够了，刚回到办公室电话就响了。

“白为人”示意侍从的警佐接电话，电话里传来了一个急促的声音：“报告局座，府上着火了，火不大已经被扑灭，可是太太、老妈子、拉包月的全找不着了……”

获悉家宅失火、太太不知去向的消息后，“白为人”一点也不着急。他心里想的是火烧旺地，这把火一烧，我的财运就来了。没收了那么多“逆产”，我这“无房户”总该堂而皇之地分一所了吧。这对我的辛柏老哥来说，是举手之劳，只要市长大人下个条子就行了。要是能把齐恩铭的宅子分给我，可就和毕洁清成了近邻……

“白为人”正在想入非非，电话里的声音更急促了：“宪兵队的小野曹长来了，是奉松井少佐的命令来保护现场。您赶紧回来看看吧。”

放下电话后，“白为人”的心里很得意。宪兵队来保护现场，日本人可真够给我面子的，说什么也要回去接待接待，于是驱车回府。

下车后，“白为人”看见区警察署长、分驻所所长、消防队队长都在“火灾现场”。这些属下警官见局长回来了，齐刷刷地敬礼。正准备报告事件过程，松井少佐也赶来了。

松井下车后就认定：“这一定是反满分子所为，要追查到底。”宪兵队给定了性、下了结论。警察署长、分驻所长立即下达了总动员令，然后陪着少佐和局长视察了“火灾现场”。

火灾是由于车棚子所存的过冬干柴引起的，由于车棚子在封闭的跨院之中，所以火势没有延及到别的院子。说白了，就是干柴烧光了火也就自动熄灭了。

视察完了“火灾现场”之后，署长鞠着半躬说：“还得烦局长清点一下府上的物品，怕……”“白为人”挥了挥手：“不必了。”

可是松井却挺认真，逐屋进行了视察，一间也没有落下。巡视完毕之后宣布说：“案情大大的复杂。”

少佐说案情复杂，署长、所长当然是异口同声地附和。就见松井向小野一挥手，这位曹长以跑步的姿势赶了过来。松井和他说了几句，“白为人”对日语是半通，能听个“大概齐”。

这位少佐所言的大意是：“你留下，凡发现涉案人员一律带到宪兵队。”小野听了后立正敬礼，松井调头就走了。

局长、署长、所长一字排开，半躬目送松井登车离去。松井的车拐过十字路口后，“白为人”才转身向自己的汽车走去。

这时就听见一声“白局长!”紧跟着就见一个掌柜着装的矮胖子从马路对面跑了过来，点头带哈腰地和“白为人”说个没完。他身边跟着一个小伙子，显得挺紧张。掌柜着装的人一边说一边指着这个小伙子，小伙子不断地点头，看来是表示同意。

这个掌柜着装的人，是东顺煤铺的大掌柜，他身边的小伙子，是东顺的伙计，名叫周正刚。东顺煤铺每月准时给白公馆送煤，周正刚是柜上的学徒出身，算是老人了。三年来给白府送煤的差事一直归他管，和太太、老妈子、拉包月的都挺熟。

今儿早上是周正刚给白公馆送煤的日子，他把送煤的板车停到了白府门口，顺手一推街门，门就开了。于是喊了一声：“送煤来了!”就把一筐筐的煤都卸到了厨房后身。

卸完了后去找人点个筐数签个单，可是这两进院子里就是没人。洋车停在院里，太太、做饭的吴妈、拉包月的丁二魁都不在。反正是熟地方、熟人，就先等等吧。周正刚一屁股就座到了台阶上，先肆态肆态。

刚一坐定，猛想起来时的道上左轮胎就气不足，拉起来挺费劲，于是站起来就奔了街门口，要看个究竟。低头一看左轮胎全瘪了，准是破带了。没法子，去补带吧，推上车就奔了隔街的兴盛车铺。

恰赶上车铺的活儿排上了队，等了有小一个钟头才补上车胎。回到白公馆时见有消防车在灭火，门口站着不少警察抡着哭丧棒驱赶看热闹的闲人。见这阵势周正刚一时没了主意，就跑回柜上报告了掌柜的：“东家的宅子……”

东顺煤铺的东家就是“白为人”，掌柜的立即拨通了电话向东家报告。接电话的警佐说：“局座正在回去的道上。”掌柜的放下电话拉上周正刚就奔了白公馆。

在马路对面就看见白公馆的门口站着十来个日本宪兵，个个横端着上了刺刀的三八大盖枪，怪瘆人的。这时就见“白为人”从汽车上走了下来。刚想过去，又看见松井带着几个宪兵从一辆军车上下来，“白为人”迎了上去。掌柜的再不长眼睛，也不敢这时候上前说话，就在马路对面等着吧。

直等到松井上车扬尘而去，“白为人”也要登上汽车离开，掌柜的才大喊了一声“白局长!”带着周正刚一齐赶了过来，和东家说了个一五一十。

掌柜的话还没说完，小野就拔出了王八盒子说：“你的，嫌疑犯的大大，宪兵队的开路。”曹长一发话，几个日本宪兵就扑了上来，不容分说把掌柜的和周正刚一齐铐了起来，扔上汽车。掌柜的高喊：“东家救命。”

“白为人”一点反应都没有，登上汽车绝尘而去。

两个嫌疑犯被押到宪兵队后，按照松井定下的规矩，“先咪西咪西。”掌柜的见宪兵提来了四大瓶子“清酒”，就吓傻了。鞠着大躬说：“太君！我不会喝酒。”

小野一陈狂笑：“不会喝的不行。他的嫌疑比你大，先咪西，你的看着点，然后咪西。统统的咪西!”

周正刚仰面朝天，被夹在了刑凳上。一大瓶子“清酒”，得有小十斤。一个宪兵狂笑着说：“你的咪西，快快的张开嘴。”周正刚把眼一闭，紧紧地咬住了牙关。

小野走了过来，拍了拍周正刚的脸说：“咬牙的没用。”说着，就捏住了周正刚的鼻子。然后开始数数：“一、二、三、四……”周正刚的脸被憋成了紫茄子，嘴被迫张开了。

两瓶子凉水灌下去之后，周正刚的肚子鼓得像个大皮球。小野太次郎一挥手，一个宪兵用脚在周正刚的肚子上一踩，水带着血从口中喷了出来。

掌柜的瘫在了地上，可是也没有避过这一劫。当两名嫌疑犯清醒过来后，分别被提到审讯室“过堂”。三审之后，“口供”完全一样。松井把“口供”呈报给了龟田，龟田的回答是：“我对失火并不感兴趣，只想知道白维仁的妻子和佣人现在何处?”

龟田想知道的事，不但小野不知道、松井不知道，“白为人”也不知道。一问三不知，龟田恼了。宪兵、警察一齐出动，把沈阳城翻了个底朝天。

“白为人”对太太的去向，确实不知。松井调阅警察局的户籍、社会局的档案、房产局的底凭、税务局的历资、卫生局的疫卡，又和有关的机关、当事人进行核对，总结成一份系统的材料上报给了龟田。

白维仁之妻系王淑惠，山东登州海阳镇人。幼年随父王柄钧到奉天经商。王柄钧经营纺织业，其鲁元货栈属中产之资。

王淑惠十八岁时与奉天警察厅巡长白维仁结婚，证婚人系一级警司张安国、丝行同业公会理事冯仁启，结婚地点系东兴饭庄。

王柄钧于昭和三年返回山东，投资枣庄矿业。行前将东华门后街10号住宅（即失火之所）过户给王淑惠。

王淑惠信仰佛教，系居士林理事，慈心善会常务理事。

白维仁之女佣系吴玉珍、车夫系丁二魁。

吴、丁是母子关系，山东潍县大有村人，随夫丁大顺闯关东。丁大顺病故后吴玉珍母子流落街头，被王淑惠收容。

吴玉珍亦信仰佛教，参与居士林诵经活动。丁二魁没有参加过佛事活动，上过宏仁寺举办的识字班。

……

龟田边看边皱眉头，并不断地摇脑袋。这时值班参谋太羽一郎进来报告说："大佐，开会的时间到了。"

龟田放下了卷宗："兆辛柏来了吗?""他是第一个到达的。""让他到我办公室来。"

兆辛柏走进龟田的办公室后鞠躬示敬，龟田直身相迎。彼此客套了几句之后，也就书归正传。话题落到了"白为人"的太太——王淑惠身上。

龟田关切地说："太太下落不明，白局长一定着急。兆市长可要体谅下属……"

兆辛柏神秘地一笑，说："白局长的太太无儿无女，虽未出家但一心事佛。向善之心、向善之行世人皆知。遭此意外甚是蹊跷。"

龟田意味深长地说："不孝有三，无后为大。白局长年逾不惑……"

虽说"焦向着孟，孟向着焦"，此时兆辛柏也只好明言道："白局长的外家、外室甚多，东华门后街的宅子也就是虚置……"龟田听了后点点头。

点头是明白了，此时的"白为人"可是一个劲地摇头，越摇头越糊涂。心里暗暗地骂道，原以为是火烧旺地，没想到这场火没烧起来。这个臭娘们要是让黑道上的给绑了票，也没什么关系，要是给撕了票，那是成全我了——堂堂正正地娶毕洁清了。

就怕的是这个臭娘儿们跑了，她要是跑回山东老家，那也没有什么大不了的。可是往大连、山海关的路全不通，想回也回不了。就怕的是这个臭娘们往北跑到了哈尔滨。她和马占山的妹妹马占春都是居士林的理事，一块儿办过慈心善会。姓马的在黑龙江树起了抗日的大旗，她要是跟着一掺和，我白维仁的日子可不好过了，弄不好真“白为人”了。

想到这儿，“白为人”可真毛了。翻来覆去，一宿都没合上眼。早上起来后晕头涨脑的，为了提神，一连抽了六个大泡。可是心里还是直嘀咕，就是静不下心来。

真是怕什么就来什么，“白为人”抽了六个大泡后还乱心，就打开了收音机，想听段麻寡妇开店、纺棉花、拿苍蝇……来岔乎岔乎，可是传来的声音是：

> 黑龙江广播电台，义勇军之声开始广播。今日的最新消息是，在沈阳投敌，出任伪警察局长的白维仁之妻王淑惠，业已潜出沈阳到达了哈尔滨。
>
> 王女士到达哈尔滨后第一件事，就是参加了东北民众抗日救亡会，并出任了妇女部常务理事。第二件事是向法院提出申请，要求判决终止与白逆的夫妻关系。法院受理了这一案件，并在白逆缺席的情况下宣布最终的审理，当庭宣布：判决王淑惠与白维仁离婚，白维仁无权上诉。
>
> 本台现在直播王淑惠女士的告沈阳民众书，请大家继续收听。

“白为人”瘫在了办公椅上，紧接着收音机中传来了一个熟悉的声音，这声音让“白为人”心惊肉跳，可是又不得不听。

> ……一个女人，失身于民族败类，可以说是集悔恨、悲愤于一身。身辱不可追，国仇不可不报。报国仇也就是雪身辱，雪身辱也就是报国仇。
>
> 白逆在沈阳沦陷之前已做出许多坑害民众、坑害社会的事，沈阳沦陷之后投敌叛国为虎作伥，成为了国家、民族的罪人，这是一条永劫不复的不归之路。

所庆幸的是我没有孩子，否则的话，子孙亦蒙此奇耻大辱。子难言其父，孙难言其祖。白维仁的祖先九泉有知，在天之灵也不会认这个家门败类。白氏族人也一定不会容许这个败类归葬祖坟。

死无葬身之地，白维仁之谓也。

在此，我也要正告那些和白维仁一起投敌叛国的大小汉奸。认贼作父，虽然获得了一时的荣华富贵，但终将逃脱不了国法的惩罚。即使侥幸身逃国法之诛，也会被钉在历史的耻辱柱上示众。

秦桧无后，世人共鉴。

在此，我也要对沈阳城中的老街坊们说一声：城虽陷，国犹存。甘当亡国奴的人是亡国奴；不甘当亡国奴的人是中华好儿女。宁为玉碎，不为瓦全。身陷敌后，不乞求瓦全，也不追求玉碎，斗争的路正长，每个人脚下都有自己的路。四万万同胞的同归之路，就是中华民族的复兴之路。

淑惠系女人，身已失、身已辱，不死并不是贪生，是为了雪耻，雪身耻、雪家耻、雪国耻。

虽已皈依佛门，值此巨变，遇此国难，恨心、愤心难消，恨心、愤心应存。不求成佛，但求为金刚、为罗汉。

女子之身，亦有三升碧血。我佛有知，白山黑水有灵，松辽大地同鉴。雪耻之道，不成功则成仁。成功之日，日诵经超度天下众生，亦求自度。成仁之时，三升碧血自有洒处。在黑土地上，复仇的种子生根、发芽、开花。

有花必有果。自由之花开遍大地，胜利之果——实我中华、振我中华、兴我中华。

王淑惠的《告沈阳民众书》后，播放了岳飞的《满江红》：

靖康耻，犹未雪。臣子恨，何时灭？驾长车，踏破贺兰山缺。壮志饥餐胡虏肉，笑谈渴饮匈奴血。待从头收拾旧山河，朝天阙。

慷慨、苍凉、悲壮；激烈、愤发、奋进。

继岳飞的《满江红》之后，又播送了苏武的《牧羊曲》：

苏武！苏武！留胡节不辱。雪地又冰天，穷愁十九年。渴饮雪，饥吞毡，牧羊北海边。

心存我社稷，旌落犹未还。历尽难中难，心如铁石坚。慕雁又南飞，信我终归汉……

苍悲、苍凉、苍劲；坚毅、坚定、坚韧。

“白为人”两眼发直，呆若木鸡，坐在办公桌后一动也不动。收音机里又开始重新播送王淑惠的《告沈阳民众书》、岳飞的《满江红》、苏武的《牧羊曲》。

整个警察局都凝滞了，办公室里无人说话，楼道里头无人走动。警官、警佐、警长、警士都一声也不吭。

宪兵队驻警察局督察室把这种“异常”报告给了松井，松井立即把这种“异常”报告给了龟田。龟田也两眼发直、呆若木鸡，坐在办公桌后一动也不动。松井俯身在他耳边说了几句，龟田缓缓言道：“无声比有声更可怕。”

直到楼道里传来了一嗓子干嚎：“龟田大佐到！兆市长到！”“白为人”才灵魂归壳，奔向房门口以九十度的深鞠躬迎候。

龟田把双手扶在他的肩膀头上说：“振作起来！抗日反满分子烧了你的家，把你的太太绑架到了哈尔滨残忍地杀害了，还用她的名义诋毁你。此仇不共戴天，君子有仇必报、有恩必报。今晚我在大和饭店摆酒，对你表示慰问。家被烧了没有关系，关东军司令决定把齐恩铭的房子分配给你。这座宅子已经修葺一新，作为警察局长，应该有一所和身份相符的官邸。”

此时，“白为人”的灵魂不但已经归壳，而且肮脏的灵魂和肮脏的躯壳完全凝铸为一体。挺胸、立正、昂首答道：“不忘大佐再造之恩，誓为亲邦肝脑涂地。”

龟田笑了，笑得很勉强。

言罢，“白为人”转身命令全体警官、警佐、警长、警士集合，请大佐训话。

龟田向兆辛柏微躬道：“请市长训话。”兆辛柏连连半躬说：“哪里！

哪里！请大佐训话。”

大佐、市长分别训话之后。在“白为人”的带领下，全体警官、警佐、警长、警士高呼：“日满友谊万岁！大东亚共荣万岁！”

龟田登车时，“白为人”抢上一步打开了车门，侧身半躬示敬，送大佐上车。龟田上车后呆呆地看着自己的双手，缓缓地摘下了雪白的手套，向窗外扔去。

义德派出的两个别动组潜入沈阳之后，见宋公馆处于日本宪兵和伪警察的双重控制之下，别说是“潜入”，连接近的可能性也没有。实行强攻救人，从火力配备上、实力对比上又根本没有可能。空手返回，那可不是军人所为。情急之下，决定“绑票”。原准备把兆辛柏的日本老婆绑到老盘营，用“交换人质”的方式换回宋大中的太太。

对兆辛柏的住所进行全方位的侦察之后，真是叫别动组犯难了。兆逆可会选地方，“市长官邸”东邻日本宪兵队，西邻保安总队。名为“官邸”，实系黑龙会的机关。

“官邸”是一座三层楼房，一楼、二楼驻有黑龙会的行动处，兆辛柏和他的日本太太住在三楼。院中放养着十几条日本狼狗，生人进院的后果不堪设想。

对沈阳城中的一号汉奸不好下手，就拿二号汉奸开刀。对“白为人”的住所进行监控之后，发现有点不对劲。“局长官邸”并没有警卫人员，只有一辆东洋车出入。拉车的是个小伙子，坐车的是个三十多岁的妇女。上街买菜的是个年近四十的老妈子，从她买菜的数量上来看，这院里也就只有三个人。经过再三的核实，这所宅子确实是“局长官邸”，坐着洋车进出的就是局长太太。

伪保安总队穿的是东北军库存的灰军装，在胳臂上带了个白袖章，上面用墨笔写了“日满亲善”四个字。别动组摇身一变，就成了“保安总队”，顺利地搞到了一辆汽车，然后进入了“局长官邸”。把太太、老妈子、拉车的一块请到了车上。趁着中午吃饭时间城门口没有当官的带岗，打了个手势晃了一下“证件”就混出了城门。

出城之后下了公路，顺着土路一直向北开，几经周折后回到老盘营。两个组长向义德报告了沈阳城中的形势和“绑票”的经过，在边上旁听的宋大中一下子站了起来，说：“王淑惠在哪儿？快把她放了，别捆坏了。她可是个好人，是个真正的慈善家。她是我太太的学生，是我家的常客。”

两个组长愣住了，义德听了也是一愣。宋大中催促道：“王淑惠在哪儿？快带我去见她。”

宋大中见两个组长还在犯愣，进一步解释说：“九一八之前，白维仁就是个头顶上生疮、脚底下流脓的坏警棍，老百姓都管他叫‘白为人’。王淑惠可是个好人，他们名为夫妻，早已经各过各的。‘白为人’死活不放王淑惠回山东，是还惦念着王家的财产。王淑惠想在法律上来个了断，可是‘白为人’在法院有人，就是拖着不给办……”

两个组长这时才彻底地明白了，赶紧跑去向王淑惠道歉。王淑惠向他俩深深地鞠了一躬说：“您二位是我的恩人。”

从王淑惠的口中得知，泰勒去看过毕洁清。日本宪兵和伪警察把宋公馆围了个水泄不通，飞鸟难入，打的是什么主意，谁也说不清。王淑惠未能见到泰勒，听花旗银行的人说：“日本人对毕洁清还是挺客气，看来泰勒的话是有分量的。不看僧面看佛面，关东军得顾及日美的关系……”

14

听到了毕洁清的消息之后，宋大中的心也就放下了一半。和义德一合计，一致认为关东军是条吃不饱的饿狼，既然发动了九一八事变，绝无中途罢手之理。

从军事上来讲，日军正沿北宁铁路向西推进，业已占领了绥中，和据守山海关的何柱国旅隔长城对峙。在未解决后顾之忧前，日军不大可能进攻长城各口。一定会挥师东进，沿南满铁路、北满铁路进攻吉林、黑龙江两省。

吉林唱的是空营计，只要日军不来进攻，这出戏能唱多久就唱多久。义德认为：“唱一天就给黑龙江的布防争取了一天的时间。”

宋大中苦笑着摇了摇头：“我在北满和俄老毛子干了那么多年，对黑龙江的事是门儿清。马占山的兵都是保安队，别看番号上有几个旅，可一旅顶多也就是五千号人，还没有重武器。别说山炮、野炮了，迫击炮、重机枪也没有多少。

“要是和小鬼子拉开阵势打，那是武大郎和武二郎比个，差着号哪。我看哈尔滨是守不住。把队伍拉上山，虽说是条路，可眼下大雪就要封山，进山的队伍往哪儿住？吃什么？”

义德听了后长叹一声：“军人守土有责，我在老盘营能唱一天空营计就唱一天。你和王淑惠一块儿到哈尔滨，她急着走，自有她的安排，我也不放心李保国他们这几百号弟兄。洁娘想办个战地医训班，不知道是否有了眉目，时不我予，此事可要抓紧。有许多话在电话、电报里都不能说。你到哈尔滨后和马主席当面谈谈，看看他有什么通盘计划。”宋大中点了点头，第二天早上，就和王淑惠一齐奔了哈尔滨。

哈尔滨对于宋大中来说，是地熟人灵。军界、政界、商界，都有老熟人、老朋友，教育界、文化界也都说得上话，可是转了三天，诸事不得要领。从街面上、市面上来看，民众的抗日热情十分高涨，颇有万众一心、众志成城之势。可是一谈到实际性的问题，从省长兼保安司令马占山起，均是计不知所出。在宋大中再三的追问下，马占山长长地嘘了口气，说：“作为省长有亲民之义，舍民是失职，作为保安司令有守土之责，失地是失义。失职、失义之人罪莫大焉。

“不失职、不失义又将奈何?!只有一死以谢国人。死了也是白死，齐司令是条汉子。小鬼子进哈尔滨时，我不想效法这位老哥。可是除了一死、一走之外，实在找不出第三条路。

“能拖一天就拖一天吧。义德仁兄问我有何通盘计划，我只能说他的空营计能唱一天，我就能在哈尔滨待一天。要说马占山能守住哈尔滨，他关义德会相信吗!”说罢，马占山就入定了，连嘘一声都嘘不出来了。

就在马占山入定的时候，王淑惠在马占山的妹妹马占春的陪同下，在黑龙江广播电台发表了《告沈阳民众书》。毕洁清端坐在收音机旁，表情静穆、肃穆。黑龙江广播电台义勇军之声的节目系连续广播，整个上午她都没有离开收音机。和王淑惠的《告沈阳民众书》、岳飞的《满江红》、苏武的《牧羊曲》凝铸成了一体。

下午，毕洁清一直坐在书桌前用工笔小楷书写着什么。“九一八”那天是星期日，按照宋公馆的规矩，全体佣人均在休假。事变发生后宋宅被日军包围，佣人们无法返回。只有冯妈家不在沈阳，也就成了毕洁清唯一的“伴”。

冯妈可以外出购买生活用品，但外出时有两名伪警察跟随，禁止和外界联系，遇见熟人也不许说话。

冯妈见太太一下午都没离开书桌，晚饭后又坐了回去，真有些不解了，怕太太累着，于是劝道：“大晚上还写什么？明儿再说吧。”

毕洁清平和地一笑：“练练字，能静神。”

直到旭日临窗，毕洁清才合砚收笔，安然入睡了。但刚睡着，就被外面的爆竹声给惊醒了。这时，冯妈推门进来说：

“您说气人不气人，早上起来我出门买菜，路过齐公馆时就见门口乱哄哄的。大门上高挂着两盏大红灯，大门边上挂着块金匾，三个大金字闪闪发亮，匾上还顶着大红绸带、大红花，一看就知道是新挂上去的。我不识字，向跟班的警察一打听，这两个黑狗子说：

“‘一朝天子一朝臣，齐公馆变成白公馆了。这宅子原是张大帅送给齐司令的，现在日本人当家，把齐宅赏给了我们白局长，能住上齐恩铭的宅子，他这辈子可真没“白为人”。’

“我一听差点把鼻子给气歪了，齐司令是什么人！干了亏心事的，见了他就得腿肚子转筋。这个姓白的眼斜心不正，敢住齐公馆，非折了阳寿。

“我买菜回来时，这个姓白的正在门口放爆竹，千响的大红鞭不知道放了多少挂。他想把齐司令的魂给崩走，别说放爆竹了，就是放大炮也是白搭。齐老爷子可不是好惹的，活着的时候一跺脚东三省跟着乱颤，虎死余威在……”

毕洁清点了点头。

“白为人”忙了一上午，草草地吃完中午饭后，就驱车前往市政府去参加王淑惠的“追悼会”。追悼会由兆辛柏主持，沈阳市的各界名流与会共祭。

会上，市府秘书长贾炎郑重宣布，王以哲的残部旨在破坏大东亚共荣，破坏满洲王道乐土的建设，潜入白公馆越货、纵火、行凶，残忍地杀害了白局长的夫人王淑惠女士。王逆余部所行所为，天人共怒。为了掩盖令人发指的罪行，又制造了谎言，声称王女士到达了哈尔滨，并在广播电台发表了讲话。意在诋毁白局长的名誉，进而达到混淆视听、制造混乱的目的，挑唆不明真相之人敌视亲邦……

贾炎宣讲之后，“各界代表”纷纷谴责王逆余部之暴行，并要求缉凶以平民愤。

最后的节目是“白为人”登台进行控诉，顿足捶胸放声痛哭，干嚎之声如雷贯耳。兆辛柏亲加抚劝，“白为人”止住了哭声，指天发誓必报杀妻之仇、焚家之恨。信誓旦旦地重申，士为知己而用，士为知己而死，为了日满的大业，“白为人”休说是丧妻、丧家，九死亦不悔。

说到此，又是声泪俱下。台下的“记者”们争先恐后地抢镜头，选择最佳的角度对白局长进行拍照。兆辛柏招手示意“记者”们上台拍照，这一下子可乱了套。十几名“记者”把“白为人”围了起来，镁光灯乱闪。

有一个“记者”的镁光灯由于连续抢用，造成了炸泡，一声巨响，升起了一股白烟。台下的人误认为有人向台上扔炸弹，四散逃生。不知是什么人还喊了一嗓子“有刺客!”

兆辛柏的卫队长一听“有刺客”，掏出了王八盒子对着屋顶打了两枪，拉着市长大人从旁门跑了。

听到枪声，“白为人”惊呼“抓刺客!”拔出了手枪也向屋顶放了两枪，跟在兆辛柏的屁股后面窜了出去。

“各界名流”大乱，纷纷夺路而逃。可是刚到市府大门口，就被执行警戒的日本宪兵用三八枪给顶了回来。小野曹长的“昭和式”张着大机头，指着名流们命令道：“统统的回去！回到大礼堂按原位坐定。”然后，毫不客气地进行了“甄别”。

坐在主席台上的高官，都跟着兆辛柏的后面溜走了，现在正聚在市长的办公室里，惊魂初定，庆幸着大难不死。

“白为人”拍着武装带上的“大和橹子”说：“要不是我跟着放了两枪，把这个刺客给镇住了，这个亡命徒准还得扔出第二颗炸弹。”

局长大人的话还没落音，松井就走了进来。这位少佐的身后紧跟着小野曹长和几名宪兵，宪兵的枪都上着刺刀，杀气腾腾地瞪着眼睛。松井进门就宣布：“奉龟田大佐的命令，前来调查、核实一下会场上的情况。”

兆辛柏自然是首当其冲，他的卫队长也难逃干系。可市长先生是东京帝大的法学博士，松井少佐也就礼敬斯文了。卫队长是兆辛柏的外甥，有一半日本血统，其父荒木纠夫有些门第，松井也就不看僧面看佛面了。

“白为人”是追悼会上的“苦主”，身为警察局长当然要挺身而出镇慑刺客，往屋顶上打了两枪，系职责所系。

其余的高官均表示事出突然，紧跟市长、局长之后，“子趋亦趋”。

松井调查、核实之后未做任何表示，转身就走了。高官们你看看我、我看看你，把目光均集中到了兆辛柏身上，可是市长大人面无表情，仰首望着天花板，品味着雪茄烟。

在台底下与会的“社会名流”、抢上台来拍照的“记者”可都是在劫难逃了。不分男女一律搜身，可是均未发现“身藏犯禁之物”。调查、核实的结果是把连抢镜头、造成镁光灯爆炸的“记者”清了出来。

这位“记者”已吓得面无人色，小野拍着他的肩膀说：“你的，害怕的不要。宪兵队的开路，酒大大的咪西，两大瓶子的咪西。”

听了小野的话，这位“记者”连连鞠躬说：“我的请客，太君的咪西。”话还没说完，小野一挥手，“记者”先生被两个宪兵架了出去。

“在劫难逃”，降临到了这位“无冕帝王”的身上。

宪兵队撤离后，兆市长的汽车首先开出了市政府的大门，第二辆是白局长的车，第三辆是汪院长的车。第四辆是……

见此，被拘禁在大礼堂中的“社会名流”才醒过劲来，一拥而出，夺门而去。此时一轮满月当空，深秋的冷月让这些人觉得又阴又寒。

“白为人”回到局长新邸之后，倒在烟榻就开始吞云吐雾。折腾了一整天一泡未进。抽不上烟比喝不上水都熬人。真是太乏了、太倦了，烟抽得也太猛了。疲惫和兴奋促交在一起，就产生了幻觉。

朦朦胧胧之中，觉得齐恩铭横端着双筒猎枪从月亮上走了下来，缓缓地降落在庭院中央，然后推弹上膛，径直而入。

“白为人”一翻身就从烟榻上滚了下来，跪在地上高呼：“齐司令饶命!”齐恩铭没有开枪，而是微笑着说：“跟我走吧，十八层地狱之中就缺你了。”

这一嗓子“齐司令饶命!”把当班的警佐、站门的警士、做饭的厨子、收拾屋子的老妈子都给叫了起来。齐声问道：“您看见了什么?”

“白为人”挥手示意众人退出。众人刚走，“白为人”觉得齐恩铭就又回来了，微笑着说：“你怎么还赖在这儿呀，跟我走吧。该去哪儿就得去哪儿，十八层地狱中就缺你了。”

齐恩铭是来了走、走了来，笑得一次比一次瘆人，一直到鸡叫才消停。折腾了一整天，夜里又一宿没合眼，“白为人”可真有点挺不住了，看来齐恩铭的宅子是不能再住了，阴气太大、邪气太大。

昏昏沉沉地爬起来后，驱车就回了警察局。进了办公室后第一件事就是给自己来点“还魂丹”——连抽了九个大泡。

还魂后坐在办公桌后开始捉摸。齐恩铭的宅子是阴气太大、邪气太大，虽说生是恶人、死是恶鬼，可我“白为人”也不能怵了活人还怵死人。斗齐恩铭这个恶鬼，“白为人”是从心里发颤、从骨子里发瘆、从苦胆里头冒凉气。

想来想去，还是超度超度这个恶鬼吧。请宏仁寺的和尚来念经，念上七七四十九天。老佛爷法力无边，还不把这个恶鬼度个投胎转世。七七四十九天后，本局长再回官邸。

主意定下来后，就把请僧念经的事交给秘书去办理。临走时还发话说："别亏了和尚，多给点香钱。"

在"白为人"的心目中，现实世界是"钱能通神"，另一个世界钱也是万能的，可以"破财消灾"。请和尚念经，和尚就代表了另一个世界，所以得"多给点香钱"。要是"亏了和尚"，和尚在老佛爷面前……

秘书走后，"白为人"打开了刚送进来的报纸。首先映入眼帘的是白局长的照片，标题是《喜迁新居》，照得还真不错，大红灯笼之下，顶红泛金的版面上，白局长身系大红绶带，那气派、那劲头。

"白为人"露出了满足的微笑。

打开了第二份报纸之后，首先映入眼帘的也是白局长的照片，标题是《丧妻之痛》。白局长臂系黑纱，胸前挂着白花，正在灵堂之上失声痛哭。

"白为人"愣了。

愣了一会之后，"白为人"连忙打开了第三份、第四份报纸，都是大同小异。当打开第五份报纸时，"白为人"气晕了，两组照片同登在一版之中。

"白为人"大吼一声："来人!"值班的警佐应声而入。"你立即通知行动科，把这家报纸给我封了。"值班的警佐答了一声"是!"双手接过了报纸，低头一看，结结巴巴地说："局座，这家报纸是《满洲快讯》，是东京《环球新闻》的分社……"

"白为人"瘫倒在了椅子上。

在椅子上瘫够了之后，"白为人"渐渐地醒过劲来，把办公桌上的所有报纸往字纸筐里一扔，自言自语地说："听见蝲蝲蛄叫，还就不种地了。"言罢，驱车前往市政府。

进了兆辛柏的办公室，"白为人"直言道："宋大中的追悼会，是龟田大佐定下来的，说什么也得开。"

兆辛柏苦笑着答道："明天再开会，还有人来吗？再说了，毕洁清要是不出席，可就没了'哭主'，这出戏怎么唱？我看先拖拖吧……"

"这事可不能再拖，追悼会一开，宋大中的死是板上钉钉了。毕洁清就名正言顺地代行商会会长，她一个妇道人家好控制。我和她现在住近邻了，由我来对付她，老哥就放心吧。女人的特点是接受既成事实，只要把事做‘实’了她就会就范。名门淑女、留学生也是一样。以后我是步步皆实，对女人，就得使用对付女人的方法，来点实的。”

兆辛柏微笑着点了点头：“那就好，这追悼会何时开，怎么开，都请谁出席，可就都由你老弟安排了。”

“明天就开，各界名流一个不请。晚上找几个信得过的‘记者’在大和饭店好好吃上一顿。一人发一个超号的大红包，这事就齐了。”

兆辛柏又微笑着点了点头：“你老弟就全面安排吧。”

在“白为人”的安排下，宋大中追悼会的专访隔天就见报了。照片均是从不同角度对主席台拍照的，内容大同小异，文同序异。

系追悼会由兆辛柏市长主持，贾炎秘书长致悼词。警察局长白维仁、法院院长汪作人、社会局局长向世仁、教育局局长庄济仁……先后发言。宋大中先生遗孀毕洁清女士身体状况一直不稳定，医生力劝不可出席追悼会。毕女士委托执友钱庸女士代为宣读祭文。文章落墨凄切、凄真，悲凉、悲愤，实可谓血泪凝合而成……

各报的专题报道，有明确的分工。《锦州新报》仍是重在揭示王逆的罪行；《沈阳新报》旨在颂扬宋大中先生的业迹；《日满友谊》报道了毕洁清留日多年，定能发扬民生公司的合作精神，为大东亚的共荣、为满洲王道乐土的建设做出贡献；《新新女报》情浓意深地抒发了对毕洁清的抚慰与关切……

“安排”得不但“全面”，而且天衣无缝。

龟田、兆辛柏、“白为人”都在看报纸。

龟田看了后皱了皱眉头，可紧跟着又笑了；兆辛柏看后笑了，随即又长嘘了一口气；“白为人”看后得意地笑了，在转椅上转了一圈后，笑得更得意。

“白为人”的这一圈没白转，转出了一个更新的“全面安排”——把事做得更实。

市政府的《政府公告》中发表了一则消息。

> 据总商会呈文，该会会长宋大中先生不幸惨遭王逆以哲杀害之后，全体理事一致公举宋会长大中先生的夫人毕洁清女士暂行代理会长之职。

此时此刻，毕洁清的心态、心志既洁又清。自己的面前有两条路：一条是出任伪商会会长；一条是死。她从来没有考虑过出任伪商会会长；对于死，扎扎实实地进行了安排。

王淑惠的声音，毕洁清太熟悉了。龟田、“白为人”制造了她的“死”，目的是否认她的《告沈阳民众书》。

泰勒明确地告诉了毕洁清，宋大中已离开了沈阳。他不可能取道大连、山海关去北平，只能北上，到老盘营、哈尔滨。如能脱险，按里程计算，早该到哈尔滨了。关东军制造了他被王以哲杀害了的谎言，很有可能是他已被日伪所杀害。要用谎言来掩盖这笔血债，以骗取沈阳工商界进行合作。

若是宋大中侥幸脱险，业已顺利地到达了哈尔滨，因顾及自己而不敢有所做为，甚至不敢抛头露面……

想到这里，毕洁清必死的决心更加坚定了。因为她知道，龟田对于不肯合作的人，是能够杀害一定要杀害，对于已经脱险了的人，也要制造谎言，来抵消他们在沈阳民众中的影响。

拒绝出任伪商会会长，就是选择了死。如果“死”由龟田、“白为人”来安排，将会死得不明不白。只有明明白白的死，才能死得不辱节、不辱贞，才能叫日伪无法制造谎言，才能让宋大中无顾妻之忧，有为妻报仇之恨。

在龟田、“白为人”魔掌的控制之下，要想死得明明白白也不是一件容易的事，不但要扎扎实实地安排，还要巧妙地安排。

总商会的呈文在《政府公告》中发表之后，各报均进行了转载。毕洁清明确地认识到，时不我予，最后的时刻已经到了。

对“白为人”来说，用来对付女人的最阴险的伎俩、最无耻的行径、最卑劣的手段都已经安排好了，而且即将做实了。

对于毕洁清来说，“白为人”做实了，她也就永劫不复了。不但辱身、辱节，就是死也会死得不明不白。

“白为人”准备好了“断魂香”、闪光灯、照相机。这是他对付女人的利器，面对着利器，这个色魔笑了，笑得很得意。他仿佛看见了毕洁清的玉体、玉照，下流、下作，就可以迫使这个高傲的女人就范。

第一步是乖乖地出任总商会的会长，并把宋大中在民生公司的股份过户到毕氏名下。第二步是乖乖地嫁给我白维仁，娶了毕洁清，我可就不“白为人”了。

婚礼前一定要大力宣传，宋大中、王淑惠都是被王以哲所杀害。白局长、“毕会长”能走到一起，是建立在同仇、同恨、同愤的基础之上。更是建立在大东亚共荣圈之内，在满洲的王道乐土之上。是天皇陛下的大恩、大德……

龟田大佐对这桩婚事一定很满意，说不定本庄繁司令官会亲自莅临，要是大将为证婚人……

“白为人”飘飘然了，又由现境之中步入幻境之中——天皇下旨召见，本庄繁大将亲自陪同前往东京。在军乐声中下了飞机，登上了四匹白马驾挽的礼车直向皇宫驶去，在二重桥下车，赞礼官迎了上来，侧身前引步上了金阶。在一座乌黑的大理石门前停了下来，赞礼官半躬示意——请独自入内。“白为人”一躬还礼，趋步而入。此时听见一个熟悉的声音——“十八层地狱中就缺你了”。抬头一看，齐恩铭正端坐在天皇的御座之上。

“白为人”的头发一下子炸了起来，一股阴气直冲五脏六腑，脊梁骨一麻，裤子就湿了。裤子湿了，也就彻底醒了。觉得浑身上下冷冰冰、阴森森。掐了一下大腿，还知道痛。于是高喊：“来人!”

值班的警佐、警士应声而入，进屋后见“白为人”两眼发直，面色蜡黄，比死尸还要难看。于是齐声呼道：“局座!”“白为人”挥了挥手，示意众人退出，就座在沙发上入定了。

不知是“惊魂初定”还是“定后魂归”，“白为人”听见窗外传来了岳飞的《满江红》，紧接着又传来了苏武的《牧羊曲》。自以为是又产生了幻觉，于是又高呼“来人!”警佐、警士们一拥而入，但歌声更清晰了。“白为人”一抬头，见街对面宋公馆三楼阳台上正燃烧着熊熊的火炬。《满江红》、《牧羊曲》和燃烧着的火炬拥抱在了一起。

这声、这光，让“白为人”震惊、震憾、震抖、震颤。“白为人”瘫了，可紧跟着又蹦了起来，冲向了马路对面的宋公馆。随身的警佐、警士们紧步其后。一进门，就见当班的警察正在楼门口交头接耳，说个没完。

“白为人”盛怒之下，抬手就狠狠地赏了带班的一记耳光，破口骂道：“浑蛋！还不快上去看看。”带班的捂着腮帮子说：“您前天就发下话来，没您的命令，谁也不许进入楼门半步……”

“放屁！这是什么时候！楼里出了什么事?”“白为人”伸手就推楼门，可是大铁门紧紧地关着。

“给我砸，快把门碰开。”“白为人”指着紧紧关闭着的楼门狂吼。在场的警官、警佐、警士一拥而上，冲着铁门一通狂踢乱踹。

“废物！用枪托砸。”“前天您把步枪队给调走了，我们都是手枪队的人。”“妈了八子！我管你是步枪队的还是手枪队的，从窗户爬进去。”

窗户也都紧紧地关闭着。宋公馆的这座三层楼，是钢筋水泥建筑，全部门窗均由美国进口，系联邦保险公司设计的A级安全品，具有防盗、防火、防枪击、防撞击、防切割的功能。

“白为人”围着楼转了一圈，可真傻了眼。可是突然眼睛又一亮：“快！给消防队打电话，火速调一辆救火车来，从三楼阳台上……”

不一会，打电话的警官跑了回来结结巴巴地说：“报告局座，消防队说所有的救火车都叫宪兵队给征用了，去当油罐车，给进攻山海关、九门口的板垣师团送汽油。”

“宪兵队的人哪去了？”“您跟松井少佐说，宋太太已出任总商会会长，公馆得恢复正常，以便接待工商界的人士，宪兵队的人前天就撤了。”

“白为人”愣了，站在楼门口发呆。突然大吼一声“给我打！”说着就拔出了武装带上的王八盒子，照着大铁门扫去。

大铁门是防弹钢板所制，子弹打上后都反弹了过来。一发弹在了“白为人”的左眼上，污血夺眶而出。在场的警官、警佐、警士们慌了架子，有的高喊“局座！”有的向天鸣枪，有的抬起“白为人”就向门外跑。

这时三楼阳台的扬声器里，传来了一个平静、平稳、平和而又坚定、坚强、坚毅的声音：

同胞们！我是宋大中的妻子毕洁清。在此诀别之际，郑重宣读《毕洁清告沈阳同胞书》。

同胞们！沈阳现在已经沦为日寇的野蹄之下，但我们不是亡国奴，不甘为亡国奴之人，永远不会沦为亡国奴。

我是一个弱女子，无力高歌着岳武穆的《满江红》去和日寇拼个你死我活，也不可能吟着苏武的《牧羊曲》，等待着“归汉阙”。身陷魔掌之中，我只能选择死。如果苟活下去，不但失节辱身，还会走上永劫不复之路。

我选择了死，选择了明明白白、清清楚楚、堂堂正正地死。在我临终之前，要明确地告诉沈阳的父老乡亲，我的丈夫宋大中是王以哲旅长的挚友，多年以来情同手足。九一八那天晚上，他不在北大营，而是在花旗银行的别墅里，和泰勒先生共商振兴东北经济的大计。王以哲在北大营设鸿门宴并杀害了宋大中的各种报道，纯系日寇、日伪编造的谎言。

我和王淑惠是师生，更是好友。对她的声音我太熟悉了。王以哲部属绑架并杀害了王淑惠，也是日寇、日伪编造的谎言。我可以断言，王淑惠现在哈尔滨，正投身于抗日救国的洪流之中。

我也郑重地声明，毕洁清从来没有出任过伪商会会长。我选择了死，不仅是以死明志、以死全节，也是以死昭告天下，以免日寇、日伪再编造谎言。

同胞们，中国人不甘为亡国奴，更不会沦为亡国奴。四万万同胞的血肉之躯，就是中华民族新的长城。中国不乏男儿，“壮志饥餐日虏肉，笑谈渴饮倭奴血”绝不是虚语。

日寇屯兵于长城各口，狼子野心昭然。关内兵民枕戈待旦，吉林、黑龙江的义军旌旗招展。是男人拿起枪，是女人送丈夫、送兄弟、送儿子上战场。只要万众一心，定能驱逐日寇，复我家园。

在此诀别之际，我要说：“大中，我走了，清清白白地走了。你现在是国仇、家恨凝为一身，雪国耻就是报妻仇。不荡平日寇复我金瓯，我在九泉之下死不瞑目，你也枉为男人。

如果你已被日寇、日伪所杀害，我这就去找你。咱们夫妻在另一个世界也要做鬼雄，也要向不共戴天的仇敌索命，要索还血债。

同胞们！在黑暗中要看到光明，在深夜里要确信黎明。在血雨腥风里心中的歌是岳飞的《满江红》、苏武的《牧羊曲》。

同胞们！永别了。坚持！坚持！奋起！奋起！永别了！不论是九天还是九泉，我将笑看东三省大地上的义勇军，驱逐倭寇，复我河山。

当青天白日满地红的国旗，重新飘扬在沈阳上空时，我将在另一个世界与诸君同庆、同歌、同沸、同欢。

同胞们！我最后还要说一声……

毕洁清的声音，突然被机关枪的扫射声给打断了。松井带着一队宪兵，乘坐摩托车冲进了宋公馆。五挺“歪把子”对着三楼的阳台疯狂扫射。可是枪声一停，毕洁清的《告沈阳同胞书》又开始在夜空中激荡。每句话都是投枪、匕首、利剑，直向松井刺去。

松井像只受了伤的恶狼，拔出了象征着大和魂的战刀干嚎着、狂舞着。面对着熊熊燃烧的火炬，面对着毕洁清平静、平稳、平和而又坚定、坚强、坚毅的声音，“大和魂”太苍白了。

松井连嚎了几声，所有的机枪、步枪、手枪都吐出了火舌，一齐向三楼的阳台射击。可是扬声器位于一个死角，射击一停止，毕洁清的《告沈阳同胞书》就又激荡在夜空之中。

松井的两眼泛着血丝、血红的眼珠子都要瞪出来了。对着三楼的阳台又是几声长嚎。可是熊熊的火炬更明更亮了，毕洁清的声音更清晰了。突然松井转过身去，一把把小野揪了过来，对着院中的一棵老树指手画脚地说了几句。

小野先是一愣，可是紧跟着挺胸立正，“咳!”了一声，就指挥着几个宪兵解下了绑腿，结成了一根“长绳”，然后爬上了老树。爬到了比三楼阳台略高的枝干上，系上了“长绳”，借助于“长绳”向三楼阳台悠去。小野平安地落到了阳台上，第二个悠过去的宪兵撞到了阳台的水泥栏杆上，一声惨叫，一个倒栽葱摔到了一楼石头台阶上，一动也不动了。

第三个悠过去的宪兵刚落到三楼的阳台上，熊熊的烈火就燃烧了起来，火焰窜出了几丈高，又红又亮，无疑是点燃了汽油与煤油的混合液。刹时间三楼的阳台上就是一片火海。

松井呆了，就见从阳台上跳下了两个“火人”。一个摔到了楼前的水泥路上，成了一堆火。一个摔到了水泥路旁的松墙上，从松墙上又跳了下来。松井还没反应过来，就被“火人”紧紧地抱住。这位少佐急中生智，来了个就地十八滚，把火给压灭了。

从领章上的上士军阶来看，这个“火人”就是小野。他已经没气了，可是仍然紧紧地抱着松井。被人称为“公牛”的鸠山大尉费了很大的牛劲，才把小野和松井分开。松井恢复自由之后，怒不可遏，狂吼道：“八嘎压路!”对准小野狠狠地踢了一脚。

一脚还不解气，又踢了第二脚。这脚正踢在小野武装带上，把手雷踢炸了。一声巨响，松井和前来劝阻的鸠山都给炸飞了，一齐去见天照大神。

在一旁静观的龟田，默默地向熊熊的大火鞠了一躬，悄悄地转身离开了宋公馆。

松井、鸠山、小野为天皇陛下“玉碎”，魂归靖国神社。龟田向关东军宪兵司令东条英机中将呈上了辞呈，引咎请求处分。“白为人”住院疗伤，摘去了左眼球。宋公馆事件的善后，也就由兆辛柏独木撑天了。

兆辛柏办事老道，只在沈阳市政府公报中发了一则简讯：

> 昨夜王以哲残部袭击了宋公馆，总商会代理会长毕洁清惨遭杀害。行凶越货后暴徒们纵火灭迹。斯时关东军宪兵队赶到，全歼了这股余匪。
>
> 痛定思痛，头脑更清醒了。我们只能毅然决然地在关东大地上建立一个新的国家，才能让广大民众享受王道乐土，才能实现大东亚的共存共荣。这个国家就是满洲国……

本庄繁看到这则公报时点了点头，东条英机看到这条公报时露出了微笑。东条英机退回了龟田的辞呈。本庄繁亲自接见了兆辛柏、白维仁，拍着二人的肩膀说：“好好干吧，满洲国的开国大典上，你们一定会荣获建国勋章。”

15

毕洁清壮烈殉国的消息传到哈尔滨后，马占山下令降半旗致哀，各界人士在松花江畔，联合举行了隆重的追悼会。

宋大中辞谢了社会活动，对于记者更是避而不见。他不会枉为男人，此时此刻绝不来虚的，要办实事。宋大中不是军人，是个商人。他这个商人是从枪林弹雨中滚出来的，几次从死人堆里爬出来的，心似铁、意如钢。

宋大中心里跟明镜似的。从军事上来讲，固守哈尔滨完全没有可能。只能尽快地处理掉民生公司在黑龙江地区的资产，把工厂、仓库、商店、房产、地产都变成现大洋，把现大洋变成枪支弹药。

宋大中心里跟明镜似的，哈尔滨的有钱人心里也跟明镜似的。日军一旦进入哈尔滨，将把民生公司的资产“统统没收”，绝不会承认现在签下的过户文书，就是拿现大洋到松花江上打水漂，也不会去买即将被没收的“逆产”。宋大中的努力，丝毫没有结果。工商界的头面人物不是避而不见，就是见面后一声长叹，说一句：“别说账上没有现钱，就是兜里也没有现钱。”

马占山得知后，长长地嘘了口气："宋兄也不必再奔走了，你现在就是白送，这群买卖人也不会收，怕将来日本人找上门来捣麻烦。

"南京是指不上了，北平更是没咒念。义德老弟的空营计，也唱不了几天了。我把部队集中了起来，找有利的地形和小鬼子痛痛快快地干上几仗，把子弹打完了，也就尽责了，算是对国人的交待。

"这几仗打完之后，只有撤到苏联去。私下里一联系，老毛子表示只能按国际法办事，入境后要解除武装。看来俄国人是不想得罪日本人。"

话说到这儿，宋大中和马占山相对无语。沉默了一会儿后，马占山缓缓地言道："宋兄把我这儿的情况转告给关义德，让他心里也有个底，好有个通盘安排。这本密码本，你带到老盘营交给关老弟。使上一两回，小鬼子的本事再大也破译不了。电话里什么正事都不能说了，电话局、电报局里都有汉奸。"

宋大中正准备回老盘营，波德烈夫找上了门来。见面后直言道："朋友和敌人都不是永恒的，能找到共同的利益，就能成为朋友。我们过去斗了这么多年，就是没有共同的利益。在我要消灭你的时候，齐恩铭把你救了出去。从此以后，我们走上了不同的道路。

"你的变化我很清楚，我的变化，你大概不知道。在和布尔什维克的战争中，我们被打败了。我流亡到了东北，入境前我把存留的装备藏到了内蒙和外蒙的边界上，这些武器足足可以武装三千多人。

"我现在和布尔什维克讲和了，拿着苏联的护照，是合法的苏侨。这些武器对我来说是没用了，对你来说是急需的。我想用武器来交换你的工厂和附属的不动产，但交换方式应是公开的、合法的。

"斯大林不想在远东和日本人对峙，苏联尊重日本在东北的利益，日本也就必然会尊重苏联在东北的利益。我公开、合法地获得你的工厂后，日本人只能承认既成事实。

"这是武器的清单……"

宋大中接过清单后详细地看了一遍，然后说了两个字——"成交"。

波德烈夫笑了："这笔交易看起来很不公平，可仍然是双赢。从现在看是你赢得少，我赢得多。从将来看，也许你是最大的赢家。"

宋大中哂尔一笑："用我们中国人的话来说，你这是乘人之危，很不绅士。这对你们俄国人来说，是一向如此，是本来的面目。我既然说了'成交'，自然有我的道理。正题之外，我很好奇，你和布尔什维克是血海深仇，是怎么和解的？"

波德烈夫耸了耸肩，把两手一摊，说："我很现实，既然推翻不了俄国的赤色政权，我就和布尔什维克合作了。斯大林也很现实，对过去没能杀掉、现在没有必要杀掉的人，也就不杀了。不但不杀了，还可以利用一下。就是这么简单。

"说得更深入一些，斯大林为了苏联在东北的利益，需要我这样的人。我为了自己在东北的生存和发展，也需要斯大林。于是我们就'成交'了。既然成交，当然都有自己的道理。在我和斯大林的交易中，我认为我是大赢家。"

听到这儿，宋大中突然蹦出了两句俄语："聂特！聂特！（不！不是！）大赢家到了最后，很可能就是大输家，而且输得很惨。听了你的观点之后，你和布尔什维克之间的输赢，我是没有多大的兴趣了。我们之间的交易，就按照商人的方式方法完成吧。你和我，现在都是商人。"

商人对商人，谁也别想诓谁。当波德烈夫和李保国照单清点、移交了这批武器之后，宋大中就返回了老盘营。

宋大中一下车，关义德就迎了上去，二人执手良久，可是无语。千言万语，从何说起。

半个多月没见面，宋大中变了一个人，黑了、瘦了，笑容消失了，显得深沉、沉闷，但目光更加坚定、坚毅。

义德说了声"节哀"。宋大中平静地说："放心吧，我要是倒下了，那还能算是男人吗！作为实业家的宋大中已经死了，活着的宋大中，是为了报仇而活着，国仇、家仇，国恨、家恨。为国雪耻，就是为妻报仇。"

坐定之后，宋大中转达了马占山的"通盘计划"。言罢沉默了一会儿，然后缓缓地言道："南京指望国联，我看是指望不上。北平没有了主意，对马占山连个电示都没有。凭他那三旅保安队，加起来也到不了两万人。打几仗也就是对国人有个交代。

"去苏联，我是坚决不去。老毛子无情无义，'白匪'、'赤匪'都是一样。我和李保国去提货时，拜访了博王爷。姜还是老的辣，这位王爷对时局看得可真清楚。"

宋大中的话，关义德有些丈二的和尚——摸不着头脑了。宋大中把波德烈夫的话前前后后说了一遍，关义德听了后为之一振，说："有了三千多人的装备，也就有了底气。东蒙是博王爷的地盘，他这个盟长可是有影响的人物。你说姜还是老的辣，我想听听他的见解。"

宋大中点上了一只烟，就打开了话匣子："我和博王爷是老交情了。我和老毛子斗，不管是吃了亏还是占了便宜，都得到他地盘上去休整。他是好吃、好喝、好招待。这老爷子说得好，'老毛子和小鬼子是一路货，甭想交上朋友，只能对着干。

"'他和你来交朋友，是黄鼠狼给鸡拜年——没存好心眼。你跟他们交上了火，他们才腾不出手来打我们的主意。'

"齐司令和博王爷走得挺近乎，张大帅说得好，'有博王爷撑着，我对蒙古地界放心。'三年前，他害了慢性盲肠炎，可折腾惨了。到沈阳来就医，是洁嫄给动的手术。从此以后，口口声声称洁嫄为'活菩萨'。

"拜访王爷时，我把洁嫄给带去了。他非让洁嫄留下多住几天，说：'战地救护训练班在哈尔滨办不成，就到我们蒙古地界来办，早晚用得上。'我就把洁嫄给留下了。

"他那儿有个教堂，里面有个叫拜尔的德国医生。论学历是洁嫄的老学长了，老拜尔也劝洁嫄留下，和他一起办个医院，以解蒙人就医之难。

"博王爷告诉了我一个重要的消息，肃亲王有个小格格，名字叫金碧辉。从小让巡警部的日本顾问川岛带到了东京，认川岛为父，起了个日本名字叫川岛芳子。这个女人在日本的背景很深，是个大清的复辟狂。后来嫁给了卓王爷的世子，可没过多久就弃夫跑了，又去了日本。

"前几天跑去劝博王爷，开门见山：'大清对蒙古诸部可不薄，知恩图报。现在外蒙成了苏联的地盘，行共产主义，王公喇嘛都成了阶下囚。满蒙一家，咱们内蒙得另打主意。

"'外蒙投了俄国人，赤化了。日俄战争后，日本在东北占了上风。时下，满洲已经是日本人的地盘，识时务者为俊杰，要想能在大草原上立足，只能投日本人。

"'宣统皇上已到了大连，在关东军的支持下，马上就要光复大清。王爷在东蒙地界上是德高望重，要能联合各旗的王公上表劝进，可就是中兴第一功臣。日本人对王爷也就得另眼相看……'

"听到这儿博王爷火了，指着金碧辉骂道：'你认了个日本爹，叫川岛芳子了。看来你更名改姓还不过瘾，还要帮着溥仪去认日本爹，当儿皇上。大清江山不是认爹认来的，是一刀一枪打下来的。清太祖努尔哈赤没有你们这样的子孙。要当儿皇上得先改姓，认石敬瑭、刘豫当老祖，然后再去认日本爹。

"'告诉你，我们蒙古人都是顶天立地的汉子。成吉思汗的子孙生是人

杰，死是鬼雄。我就知道大中华民国——汉、满、蒙、回、藏五族共和。大清早亡了，认日本爹也认不回来。’

“博王爷把川岛芳子骂了个狗血喷头，可是她贼心还是不死。逐个拜访了各旗的王公，要组织什么安国军，拥戴宣统帝复位。宣称‘皇帝陛下重登龙庭，上劝进表的就是开国元勋。封册一到手，日本人也得表示礼敬，地盘也就保了下来。

“‘日本人可不是好惹的，别说对着干，就是招不待见，也准没好果子吃，弄不好就是家破人亡。再说了，对着干也没有这个实力呀，想保住领地的，就是一条路——听皇上的，跟日本人走。’

“川岛芳子这么一煽惑，还真有动心的。想上表劝进，讨个皇封，当不了顶门杠也是个幌子，世爵和领地就保了下来。”

听到这儿，义德长叹了一声：“我们蒙古人是成吉思汗的后人，蒙古汉子立于世，凭的是长矛、弯刀、硬弓，凭的是尊严和血性。现在外蒙投了苏俄，把民族的传统全给葬送了。

“内蒙面临着日本的侵略，关东军绝不会放过东三省的蒙区。肯定要政治、军事双管齐下。可是东蒙的王公是一盘散沙，保住领地的希冀是与狼共处。”

说到这儿，义德也点了支烟，默默地抽了起来。宋大中的烟抽完了，猛地站了起来说：“把队伍拉上长白山，是死路一条。日本的朝鲜驻屯军和关东军能两面夹击。我对东三省的蒙区很熟悉，进可向全线出击，退可上兴安岭。”

义德点了点头，说：“我虽说是科尔沁部的人，可是祖上乾隆年间就从铁岭移防到京东密云的檀营了。你在北满、南满铁路沿线，和小鬼子、老毛子斗了十几年，所依托的就是东三省的蒙区，地熟人灵，比我心里有数。

“可是此一时彼一时，当年你斗的是俄国人、日本人的铁路守备队，打了就跑，一进蒙区，就消失在大草原之中。时下，我们要斗的是关东军。这只吃不饱的饿狼对蒙区是志在必得。

“关东军有好几个装甲汽车联队，一望无际的大草原是装甲汽车兵的用武之地。机动性和火力，均远胜过传统的骑兵。关东军的航空兵有几百架飞机，用空军来控制草原可以说是事半功倍。和关东军在大草原上对抗，不可能用传统的战术。

“退而求其次，以兴安岭的林区为大本营，以草原和平原为进击区，在军事上是可行的。但大部队很难在林区长期立足。虽说背靠苏联，但老毛子可不是咱们的兵站。

“斯大林在政治上的首务是清除国内的异己，军事上的重点放在欧洲。在远东地区采取的是守势，不想和日本发生对抗。马占山的大部队撤进苏境后要解除武装，老毛子也不会给咱们的小部队提供庇护和补给的方便。

“把队伍拉到蒙区后，政治上首先要取得王公们的合作。军事上如何打法，我心里还真是没数。不管怎么说，得和小鬼子先打个硬仗，让草原上的人们都知道，咱们是抗日的队伍。”

宋大中点了点头说：“军事上你是行家，统兵作战，全听你的。可有一件不好处理的事，李保国的主力驻在哈尔滨。现在就撤往蒙区，人家会说咱们避战。打响了之后，也就只能随马占山撤往苏联了。”

义德沉默了一会，说：“李保国现在率队撤往蒙区，显然不妥。马占山还要打几个硬仗，咱们不能给他撤火。现在走，也无法和哈尔滨的民众交代。

“到马占山退往苏境时，李保国的任务也就完成了。那时候再和咱们会合，退往蒙区。你和博王爷有旧交，就给咱们立足蒙区打下了基础。

“你还得赶紧回去，我担心李保国留下的骑兵连看不住这批装备。现在已有不少打散了的东北军进入了蒙区，要和他们联合起来。招兵扩军要告知博王爷，所行一定让他放心。

“这位老盟长要是扛起大旗抗日，咱们就编在他的旗下，当个马前卒——打头阵。你还得再去趟哈尔滨，把咱们的打算告诉马占山。

“至于老盘营的空城计，我是能唱一天就唱一天。唱不下去时，就对外放出消息说全旅拉上了长白山，让小鬼子北进时有后顾之忧。于学忠走时留下了不少炸药，我撤退之时会把铁路桥、公路桥都给炸掉。

“只是炸桥的时间不好掌握，早了会造成混乱，晚了又怕日军的别动队抢先占领主要的桥梁。行动前我会用新密码告知马主席，也会用旧密码拍个‘明码电报’，把上长白山演得更真一点。

“日本把注意力放到了铁路南侧，我带着这三百多弟兄就在铁路北侧干上几仗，以破坏铁路、公路运输，也算是对正面战场的支援。马主席的队伍撤往苏联时，我的队伍就进入蒙区。下一步如何走，只能是摸着石头过河了。”

“国联”在日内瓦讨论中国东北问题，关东军加速了军事行动。强盗的逻辑是谁抢到手就是谁的，西方列强一向是承认既成事实。

辽宁、吉林的保安部队各自为战，打散了的部队有的就转移到了老盘营。义德心里有数，这些散兵游勇中免不了有混进来的日本特务，接待时就表示说：“我的部伍已经拉上了长白山，关东军全力进攻黑龙江地区时，我杀出山来和马司令的部队来个两面夹击。

“现在营房全空着，你们住进来略事休整，赶紧向哈尔滨方向转移。老盘营无险可守，只能放弃。弃老盘营不是避战，是保存实力。等小鬼子北上之后，我从长白山中杀出来，在背后狠狠地捅上一刀，让关东军顾前顾不了后。

“诸葛亮唱的是空城计，我关义德唱的是空营计。九一八的第二天，小鬼子就空袭了我的炮兵团。从那时候起，我的队伍转移到了长白山区。老盘营是座空营，小鬼子再来炸也没什么关系。

“弟兄们在这儿休整得注意防空，警报一响立即疏散。睡觉可不能脱衣服，得睁着半只眼。不想往哈尔滨转移的就跟我上长白山，上山时得多背些粮食……”

关东军北进指挥所情报科科长是个老手，把有关老盘营的情报汇总之后，没有立即上报。先后派出了三批谍报人员混入老盘营进行核实。核实无误还不放心，又和截获的电报、电话进行了印证，得到了确属无误的结论，才把这份情报用 A 字 001 号机密档，呈送了关东军新任参谋长东条英机中将。

东条英机笑了，笑得很得意。对作战处长说：“派遣一支精悍的特种部队奇袭老盘营，让长白山上的那支军队失去指挥……”

此时，义德也笑了，笑得也很得意。

三天后，通往老盘营的公路上，行进着一个营的“东北军”。清一色的灰军装，肩上扛着沈阳造的七九步枪和沈阳造的仿捷克式轻机枪。

可是这支部队每个人的腰里都暗揣着两把日本王八盒子和八枚日式无柄手榴弹，是一支武装到了牙齿的特种部队。这个加强大队有六百多人，大队长就是犬养中佐。

犬养因获得老盘营炮兵团的驻地有功，由少佐晋升为中佐。现在直扑老盘营，要一举捣毁旅指挥部，让长白山上的部队失去指挥，成为群龙无首的散兵游勇。

义德在老盘营只有一个步兵连、一个通信排、一个工兵排、一个侦察排，加起来也就三百多人。以三百多人的混合作战部队对付六百多人的特种部队，实可谓未战之前，胜负已定。

犬养穿着灰呢子校官服，骑在一匹铁青马上走在队尾。面色骄横、得意、自信。行进中不时地撇撇嘴，目光中充满了藐视、哂视、蔑视。心态、姿态上洋溢着胜利者的喜悦、征服者的满足。

突然，一声巨响，在四百多米的公路段上，爆炸的烟尘升起了十几米高，行进在公路之上的特种部队“玉碎”了。犬养走在队尾，也许是天照大神的护佐，坐下的战马被炸死了，可是这位皇军中佐却完整地保存了下来。借着硝烟弥漫，犬养爬起来就跑。

身后传来了“捉活的!”的追杀声，犬养心惊肉跳，狂奔中脚底下一绊，结结实实地摔了一个狗吃屎。这跤摔得真狠，不但把他摔晕了，也摔得爬不起来了。

这时就听见一个熟悉的声音：“别慌！爬起来，我的战刀不砍还没有爬起来的对手。”这声音让犬养魂飞胆破，一抬头，见关义德正站在面前。

犬养爬了起来后，四目相视，不由一连后退了三步。定下神来后，犬养又后退了两步，猛地抽出了腰间的“大和魂”，大吼了一声。这一嗓子，像是饿狼临死前最后一声嚎叫，既短促又凄厉。

义德笑了，向犬养招了招手，说：“进招吧。”犬养封了个中门，打着天津的混混腔说：“今儿可不是昨儿，谁死谁活可两说着。”

义德笑得更平和了：“听你这口气，你是长进了。是投了名师，得了真传，还是访了高人，入道了。你想露两手，我就让你三招，进刀吧。”

说着，义德抽出了背后的“中华魂”，封了个三阳开泰，独断乾坤。三门晃动，犬养可就毛了爪。慌乱之下，连进了三刀。三刀走空了，犬养的底气也就泄尽了。

义德哂尔一笑：“听你的口气，我原以为有了多大的长进，没想到还是从三不管混混那儿学来的一套——嘴上的功夫。可也不能埋没了你，刀上多少有了点长进，这些日子你也没白练，就接我三招吧。”

这三招可把犬养砍慌了架子，砍晕了头，砍得气喘吁吁。义德突然大吼一声，由中天门猛进一刀。声势、刀势如泰山压顶，犬养不敢正面接刀，侧身转架——打算开溜。

没想到这一刀是虚的，乘着犬养侧身之际，转手回刀，刀背狠狠地磕在这条饿狼的腕子上，“大和魂”飞了。

让义德也没有想到的是，犬养直挺挺地跪在了地上口呼：“我投降，关将军饶命!”呼罢，犬养解下武装带，连枪带套一齐扔了过来，表示彻底解除武装。

也就在这一刹那，这条绝望的饿狼猛地从马靴里拔出了匕首，狠狠地向义德的小腹刺去。这招够阴、够损、也够烂。义德轻轻地闪过，抬脚就把匕首踢飞了。由于用力过猛，犬养完全失控了，着着实实地摔了一个狗吃屎。义德喝道：“起来!”

犬养突然爬了起来，厉声吼道：“我是军人！我是武士！拿刀来，让我尊严地去死!”义德这回可真笑了，说：“你不是军人，也不是武士，是人渣、是败类、是下三烂。”

义德说什么，犬养根本没有听见，只是声嘶力竭地吼个没完。士兵们都围过来看热闹，这条赖皮狗犯了“人来疯”，越吼越起劲。吼着吼着往地下一滚，就窜了出去，跳进了路边上的水泽里。

水不深，犬养向前跑了两步，突然就沉了下去。越挣扎沉得就越快，眼看着就陷到了脖子。义德走了过去，见这位皇军中佐使劲地仰着脖子，嘴还露在水面上，一张一张地，似乎在呼救，或是有临终的遗言。

义德回过头喊道：“把他弄上来。”

一个士兵向淤泥面上伸出了枪托。犬养挣出了一只手，与此同时，他的头沉入了泥水之中，在臭水面上，留下了几个气泡。

犬养没有选择死，可是污泥浊水成了他躯壳最后的归宿。其实，他的灵魂比污泥浊水还要脏，还要烂。

清扫完了战场，义德可真乐得合不上嘴了。共缴获了五百多支步枪、五十多挺轻机枪、一千多把王八盒子。这个特种兵大队可真是武装到了牙齿，其战斗序列是十人一小组，每小组配备一挺轻机枪，每人配备一支步枪、两把手枪。进行奇袭、突袭、偷袭时，火力的强猛超过了一个步兵团。要不是通讯排截获了日本间谍的电话，侦察排从线人中得到了确切的情报，犬养真没准就得手了。

一回到作战指挥室，义德就得到了侦察排长的报告：“火车站、兴隆客店、人和酒馆全部顺利收网，而且成功‘换把’，已向关东军长春前进指挥所发出了密语电话，报告犬养大队偷袭成功。

“现在矶谷旅团的川琦联队已乘火车出发，正点通过浑江大桥的时间是十四点五十八分，届时工兵排将引爆大桥。十五时整，兴河大桥、长沟大桥、清水大桥、同川大桥将全部被炸毁。”

义德看了看手表，离爆炸的时间还有十五分钟，就点燃了一支香烟，静候佳音。十八分钟后，通讯排接到铁路线上路点的报告：“浑河大桥准时爆破，川琦联队的军列从三十多米高的路桥上翻到了河床里……”

紧接着，兴河大桥、长沟大桥、清水大桥、同川大桥被成功炸毁的消息先后传来。义德兴奋得站了起来，下达了命令：“吹集合号，全营集合。”

此时先后转移到老盘营的部队有一千余人，都是被打散了的留守部队、保安部队，再加上要求参军的抗日义勇队，总计有两千人。先后编成了四个营，有不少徒手兵。犬养送来了一千五百多条长短枪，让许多徒手兵变成了双枪将。

部队集合完毕后，吹着嘹亮的军号浩浩荡荡地向长白山进发。

与此同时，东条英机正坐在指挥所里发呆，一支接一支地抽烟。连抽了好几支后，突然站了起来，向值班参谋发布了命令：

> 急电川岛师团、矶谷旅团、东乡旅团停止向北推进，暂时中止进攻哈尔滨的计划。部队分三路进入长白山地区，合围进入山区的东北军残部，务求全歼。
>
> 全歼流窜到长白山地区的老盘营部队后，川岛师团为中路，矶谷旅团为右路，东乡旅团为左路，继续执行进攻哈尔滨的作战方案。
>
> 第三骑兵联队暂归右路军序列，由矶谷旅团长指挥。

令东条英机想不到的是，义德率部队到达预定的地点后就停止前进，换上了事先存在该处的铁路警察服装，乘着夜色越过了北满铁路，向蒙区急行军。

当接近蒙区时，又换上了灰色的军装，打起了青天白日满地红的国旗。一连攻克了五座刚刚建立了伪政府的县城。东三省的民众为之一振，抗日的热潮再度高涨。哈尔滨的《黑龙江日报》发表了社论——《敌人没有后方》。

东条英机先是震惊了，后是惊呆了。三思之后，选择了引咎辞职。辞呈递上去后大本营颇给面子，批文是“回国后另行任用”。天皇加恩，东条回到东京后不几天，就出任了陆军省军务局局长，“掌枢密之事，系近御之臣”。

16

义德率部到达科尔沁时，博王爷拉着他的手说：“离开家乡小二百年了，草原上的奶茶香，可是人更亲。明天给你开个欢迎大会……”

义德连声说：“不可！不可！兵势在敛不在张，首要之务是把各旗扎萨克和民众团结起来。要消除彼此间的蒂梗，形成一个整体。在此基础上建立统一的指挥机构。大敌当前，不能各自为政、各自为战。”

听了义德的话，博王爷长叹了一声：“元以后蒙古分为鞑靼、瓦剌、乌良哈三部，三部又分成多部。清廷标榜满蒙一家，可实行的是分而治之。各部各自为政，外蒙由乌苏里台将军掌控，西蒙由伊犁将军掌控，青海的和硕特部由西宁办事大臣掌控。内蒙诸部更分散，分别由各地的驻防将军、都统掌控。五百多年了，从来没有统一。

“民国政体系汉、满、蒙、回、藏五族共和，可是对蒙区、藏区的管理依然是承清之旧，以致外蒙失之于苏俄。日本对东蒙何止是虎视，恨不得马上一口吞下去。

“川岛芳子来游说以后，本庄繁这个中国通又派来过特使，对各旗扎萨克逐个登门拜访，表示关东军尊重各旗王公的历史地位，也不会改变现行的行政建制，东蒙诸部只要脱离中华民国，就是满洲国的成员，就能和日本共存共荣。

“这么一煽惑，还真有动心的。外蒙的前车之鉴，就是引狼入室。老毛子是条狼，小鬼子是条更饿的狼，怕烧香引鬼，拿不定主意，正在观望的人真有不少。

“有奶就是娘，兵强我就傍，也是一些人的信条，认为打不过、抗不住，就不如早点儿服个软。五百多年了，谁也没能把蒙古地界吞下。小鬼子只要不变更咱们的名号、不改变行政建制，就犯不上跟它抗，来个以柔克刚、先保住地盘。”

听到这儿，义德激动地说：“我虽说离开家乡小二百年了，可是科尔沁草原是我的根，我是成吉思汗的子孙。这次回来，为的就是保乡卫国、保家卫国。皮之不存，毛将焉附？国不存，何有乡？何有家？日本人来了，我率部先和关东军干上一仗，算我对父老乡亲们表表心意。也是告慰列祖列宗，告慰先可汗的在天之灵，成吉思汗的子孙，永远是顶天立地的汉子。”

博王爷的眼睛湿了，在马背上凭弯刀、硬弓立世的人是不落泪的，有眼泪也得横回去，有眼泪也得落在心里。这位老王爷紧紧地拉住了义德的双手，说：“好样的，说得对。皮之不存，毛将焉附。没有国，何有乡？没有国，何有家？家国一体，家乡连根。

“咱们蒙古人都不是孬种，你跟关东军开了仗，大伙跟着你上。科尔沁草原，可不是小鬼子遛洋马的地方。”

义德率部在大草原上整训。马占山在哈尔滨的黑龙江省保安司令部里，可有点乱了方寸。对参谋长张关东说：“我原以为有关义德扛了这一膀子，关东军在一个月内不会向北推进，没想到小鬼子是心太黑、太急，腿比马驹子还快。

“关义德炸桥，我也炸桥。小鬼子一上桥，我就叫这些狗日的去找川琦。”张关东苦笑着摇了摇头，说：“关义德这手果真厉害，可小鬼子也不是傻子。川琦吃了大亏，还有步他后尘的吗？在军列到达前，一定会派别动队占领整个大桥和两岸的桥头阵地。”

听到这儿，马占山猛地把桌子一拍：“传我的命令，所有的公路桥、铁路桥立即炸毁，在桥两侧埋设地雷。各专区、各县的抗日义勇队向綦江大桥集结，组成多道的纵深防线，实行多方位多角度的火力支援，形成綦江防御体系，坚决固守。”

綦江保卫战打响了，激烈、壮烈、惨烈，三天后，日军凭借着飞机、大炮、坦克车、装甲车，全面突破马占山的防御体系。

马占山又组织了长岭保卫战、东山保卫战。战斗打得更加激烈、壮烈、惨烈，可是弹尽粮绝了，只能退入苏联境内，先行解除武装，然后以难民的身份取道西伯利亚大铁路，回到新疆。

解除武装，对于军人来说，无疑是耻辱。是英雄是懦夫、是战士是逃兵，任凭后人评说。后人对项羽有截然不同的两种评价，一说的代表来自宋代的李清照，这位在靖康之难中饱经兵灾战火的女词人认为：

生当做人杰，死亦为鬼雄。
至今思项羽，不肯过江东。

唐代的诗人杜牧另有见解，这位大才子认为：

胜败兵家事不期，包羞忍耻是男儿。
江东子弟多才俊，卷土重来未可知。

马占山的通盘计划，关义德、宋大中不但是早知，甚至可以说是预知，可是消息传来之后，二人还是很沉闷，苦笑了一下，相对无语。义德的一支烟抽完了，长嘘了一口气："留得青山在，不怕没柴烧。他尽力了，他手下两万多弟兄，也尽力了。项羽不肯过江东，感人、憾人。拿破仑在滑铁卢交出了佩剑，也有他的道理。但那是争雄的战争……

"至于马占山，就看他下一步怎么走吧。他才四十多岁的人，离盖棺论定还早着呢。我现在最担心的是李保国，和他带的几百号弟兄。"

宋大中点了点头，说："君子报仇，不逞一时之愤，可要有最后的结果，要看着仇人倒下。纵不能看着仇人倒下，也要斗到最后，倒下时要让仇人发抖。

"至于李保国，我对他的印像不错，是条汉子，也挺机敏，危机之时乱不了方寸，不会选错了道。"

义德点了点头。这时就听门外喊了一声"报告!"是侦察排排长赵大勇的声音。义德回了声"进来!"赵大勇推门进来报告说："沈阳兵工厂的线人提供了可靠的消息，九一八晚上关东军抢去的八十多辆民生牌汽车，全在厂里改装成了轻型装甲车。

"有两种型号，A 型安装了一挺重机枪、两挺轻机枪。B 型没有安装固定的枪位，在车顶部和四角都设置了射击孔，四挺轻机枪可同时向不同的方向射击。

"这批装甲车出厂后即开到敖汗，和先期到达的中村骑兵联队、山本骑兵联队会合。这批装甲车后面未发现运油车。"

听到这儿，宋大中为之一振，露出了兴奋之情，对义德说："太好了，民生车的越野性强，但耗油量也大。原设计满箱后行程四百公里，那是空车磨合时验证出来的。安装上钢甲之后在土路上行进，估计只能走上三百公里，开到敖汗之后，汽油也就快干了，不可能投入作战。

"这几天准有运油车到达，咱们打个伏击。只要打掉了运油车，装甲车就是废物，在敖汗趴着吧。这伏击怎么个打法……"

义德笑了："打林城县时，日本兵乘汽车跑了，咱们缴获了二百多套小鬼子的军装，这回就派上了用场，这出好戏就由赵大勇和徐承志演吧。”

六辆红色的消防车正行进在开往敖汗的土路上，迎面开来了一个中队的关东军，后面还跟着三十多辆大车。走在前面的军曹挥动着小旗，示意消防车停下来。

消防车上的伪警察立即停车，为首的警官跳下车来还没来得及说话，就挨了两个重重的大耳光。一个大尉走了过来，指着车上的伪警察说：“统统的下来！统统的检查！你们的良心大大的坏了。”

伪警察们乖乖地下了车，排了一列纵队。为首的警官举手敬礼：“太君的不要误会，我们奉命从沈阳用消防车向敖汗运送汽油。”说着双手呈上货单、运单、通行证。

大尉接过来详细地核查了一遍，挑了个大拇哥说：“吆西！你的顶好的没有。”伪警官鞠了个半躬说：“太君，我们可以走了吗？敖汗急等汽油用，不能耽误。”

大尉把脑袋一摇，说：“开路的不行，我的有赏，统统的三宾的给。”伪警官愣了。还没有醒过劲来，大尉的王八盒子已经对准了他的脑袋，并下了他的枪。

伪警官可吓坏了，结结巴巴地说：“太君可以核实，千万不要误会，这是我的证件。”“大尉”把证件接过来一看，又抬手狠狠地抽了他两个耳光，指着他的脑门骂道：“打得就是你这个汉奸坯子……”

伪警察们恍然大悟，没等战士们动手，就交了枪。为首的警察突然大声喊道：“你们是义勇军吧，我们跟着你们干了……”

六辆消防车顺利地进入敖汗县城，一直开到装甲车边上进行输油。装甲车驾驶员忙着打开油箱，接上管子往里灌。当前六辆装甲车差不多灌满了箱时，赵大勇一声号令，六辆消防车上的“伪警察”同时开枪撂倒了小鬼子的驾驶员，呼啦一声全都跳上了装甲车，夺路而去，与此同时，六辆消防车全爆炸了。

排队等候加油的装甲车有的被炸飞了，有的起了火，有的倒车向后逃，有的挂挡向前冲，慌乱中有的撞到了一起，在平地上翻了车。

赵大勇率六辆装甲车跑出了十多公里后，回头眺望县城，只见火光冲天。到达预定的地点后，一直在路旁电线杆子上监听日伪军电话的徐承志抢了上来说：“小鬼子向邻近的各县下达了命令，围堵你们抢来的这六辆装甲车。”

赵大勇笑了：“原计划是劫车抢汽油，可没想到运汽油的是消防车。我带来拉汽油的车上没有油桶，正不知如何解决这个问题，消防车上的伪警察反正了。机不可失，我就干了这一票，这杵子可赚大发了。小鬼子下令各县的保安队截我，咱们就来个将计就计，这出戏怎么演，可就看你的了。”

徐承志信心十足地说：“这出好戏，你就瞧着看吧。”说完后就接通了电话，以敖汗指挥所的名义，向顺兴县伪保安队和凤城县的伪保安队下达了命令：

沈阳运送汽油的逆警控制了六辆装甲车后，正向双旗镇方向流窜。在中途已改穿我保安队的军装，意在冲入镇中炸毁粮库。

粮库的守备兵力不足，接到此令后全队出动，火速赶往双旗镇，务必将逆警阻截于粮库之外，予以全歼。

挂机之后，又接通了双旗镇粮库，向守备队下达了命令：

有两股逆匪，正向双旗镇行进，意在冲入镇中炸毁粮库。这两股逆匪均身穿我保安队的制服，粮库守备队要用全部火力阻止他们接近粮库，坚守待援。

挂机之后徐承志把敖汗、顺兴、凤城、双旗镇的线路均做了手脚，谁打都是占线，根本无法接通。

完活儿之后徐承志满打满地说：“走吧，我也开开眼，过过坐装甲车的瘾。赵大勇半信半疑，二二呼呼地问道：“伪保安队可不全是傻子。你的命令他们信吗？要打电话一核实……”

徐承志笑了：“伪保安队的狗子们不傻，可是当奴才的全怕主子。我监听了这么多天，把小鬼子下达命令的密码呼号全掌握了，奴才接到主子的命令就去执行吧。即便有打愣的想核实，我在线路上加了‘小料’，电话甭想打通。”

赵大勇听了后也就放心了，拍拍徐承志的肩膀说：“今晚上双旗镇准热闹，可惜咱们没眼福去瞧了。就当回汽车阶层，在大草原上兜兜风。”

夜幕降下来了，皓月当空，装甲车行驶在大草原上，颇为稳当。此时双旗镇里可乱成了一团，演了出三军混战。顺兴县伪保安队和凤城县的伪保安队一碰面就接上了火，粮库的守备队不分青红皂白，四挺歪把子机枪也同时开了火，不偏不向，一边两挺，扫个不停。

天亮了，弹夹、弹带、弹箱也都打空了，三军混战只能停火。停火后也就真相大白了，三位军头全傻眼了。

赶来增援的吉川少佐急红了眼，更不分青红皂白，对三位军头也是不偏不向，抡起大巴掌——“统统的三宾的给”。

天亮了，赵大勇、徐承志的装甲车瘾也过得差不多了。两人一合计，昨儿这一天玩儿得太开心了。知己知彼，自个儿太开心了，小鬼子可就太窝心了。连打人三拳，就得防人三脚。

驻在敖汗的两个骑兵联队，都是关东军的精锐，一定会进行疯狂的报复。把这六辆装甲车开回去，太招眼了，简直是给关东军指示进攻目标。

好在这六辆装甲车都是 B 型的，每辆车上都配备有四挺歪把子。把车一扔，扛上机枪一走了之，可是又有点舍不得。这时装甲车开进了一个大草甸子，丰草足有三尺多高。

草甸子上有不少干沟，沟深都超不过两米，赵大勇的眼睛一亮，大主意就定了下来——把六辆装甲车都开进沟里，不走到沟边，在远处根本看不见。徐承志认为“是个高招”，二人立即指挥车上的人下车，就近找了条既便于隐蔽又便于出击的有利地形，让六辆装甲车从大草甸子上“消失了”。

回到“大本营”后，两位排长向义德报告了出击行动的全过程，义德感到十分满意。宋大中可坐不住了，忙着备马要去看看他的“民生车”。

在赵大勇的带领下，关义德、宋大中见到了隐藏在草甸干沟里的六辆装甲车。宋大中抚摸着车身，真是百感交集。

曾几何时，他的强国梦、强军梦、强民梦是多少美好，他的家庭是多么的幸福，可是美好的一切现在已经化为乌有。有的是国仇家恨，他活着的唯一动力是雪国耻、报妻仇。

义德是镖界泰斗大刀王五亲手调教出来的镖师，是中国第一所近代军官学校——北洋武备学堂培养出来的职业军人。他转战过大半个中国，为了理想和信念，从珠江来到了松花江。肩上的将星是荣誉更是责任，成吉思汗的子孙是家世更是尊严。背上“中华魂”的战刀就要无愧于国人。面对着民生牌汽车改装成的装甲车，关义德也是百感交集。

真正的汉子什么时候都不会被压弯腰；真正的军人什么时候都能挺起胸。宋大中不会“枉为男人”，关义德也要对得起身上穿的二尺半。

中国男人种出了棉花，中国女人纺出了布，做成了军装穿在中国军人的身上。“中国军人”从民国元年（1912年）到民国十九年（1931年）却打了十九年的内战，闹了十九年的内讧。

在内战、内讧中，关义德成为一名将军，将军的尊严在沈阳建国饭店的门前却受到日本浪人的挑战，中国将军的尊严竟然要靠拳脚来维护。“九一八”是中国军人的耻辱，“九一八”也是中国军人的新生，从“九一八”起，中国军人关义德的枪口对外了——堂堂正正地对准了日本侵略者。

大草甸子上水丰草深，真有些“天苍苍、野茫茫，风吹草低见牛羊”的诗境画境。蓝天、白云、绿草，白云把蓝天衬得更加高远，绿草把大地铺得更广垠。

蓝天、白云之下，茫茫大地之上，关义德、宋大中准备迎接一场恶战。因为他们是中国军人、中国男人——他们的躯壳是铁，躯壳里的中华魂是钢，比铁还硬、比钢还强的是他们的信念和意志。

关义德是久经战阵的军人，宋大中在刀尖上闯了二十多年。“夜听风声而知兵，晓看晨雾而明战。”他们感到大草甸子上的风都将是血腥的。

因为他们清楚地看到，白云里钻出了一架飞机，机翼上贴着一副红膏药。义德大喊了一声：“就地卧倒！”声音刚落飞机就俯冲了下来。这是一架侦察机，在大草甸子上转了一圈后，就向敖汗县飞去。

此时、此刻、此地，关义德已制定出一个具体的作战方案。因为他清清楚楚地知道，明天的大草甸子上，将有一场恶战。宋大中也意识到了这一点，信心十足地说：“我的六辆民生车，明天就派上了用场……”

部队刚刚进入伏击阵地隐蔽好，日军的侦察机就飞到了大草甸子上空。义德心里一惊，“好险啊！”要是行动没有提前，就暴露了目标。亏了宋大中昨晚强调说：“关东军在东北驻了小三十年了，地熟人灵出了不少中国通。吃了大亏后急红了眼，就敢玩儿邪的，来个半夜里出发，天一亮就穿过大草甸子。”

举起了望远镜，义德清楚地看见了两队骑兵在齐头并进，中间相隔一千多米。日军的制式武器“三八大盖”、“歪把子”的有效射程都是一千多米，齐头并进的两队骑兵，在火力上可以互相支援。

宋大中的六辆“民生车”的隐蔽地，恰在两队骑兵之间。距左队约400米，距右队约900米。开火后是左右同时出击，还是六辆战车猛扑一路，现在已经无法进行联系。

小鬼子的两队骑兵都是四骑并进，而且跟得挺紧，系行军队形。伏击部队设了十几个火力点，每个火力点配备四挺轻机枪。打响后骑兵要是向火力点猛扑，那将是一场步兵对骑兵的血斗。只要拼上了马刀，步兵就处于很不利的地位。

步兵对骑兵的优势，只有短短的两三分钟。手榴弹扔出去后如果还不能把骑兵挡住，步兵的脑袋也就挨上了马刀。

打响后小鬼子要是向战车猛扑，各个火力点可就形成了交叉火力网。战车可不怕马刀，在火力点的配合下，骑兵的大亏是吃定了。可是小鬼子不会那么蠢，很可能会避开战车……

想到这儿，义德不由得又举起了望远镜，一是怕小鬼子提前发现了“民生车”，二是不知道宋大中如何出击。可是宋大中还是没有动静，大草甸子上静悄悄的。

当鬼子的骑兵已有一半通过了“民生车”的隐蔽点时，六辆“民生车”像离弦的利剑，射向了左队。400米的距离，对于疾驰的装甲车来说只能用“刹那间”来形容，甚至用“不及反应”来形容。

中村大佐还没醒过劲来，他的骑兵已经和装甲车拼上了马刀。六辆战车把一千多骑兵切割成了七段。战车上的射击孔同时吐出了火舌。

骑在高头洋马上的日本武士，有的被战车撞飞了，有的被机枪扫倒了，有的避之不及，让战车从身上轧了过去。六辆“民生车”把一千多名成密集队形的骑兵冲了个七零八落。宋大中亲自驾着战车，在日军骑兵中横冲直撞，把小鬼子撞得马仰人翻，武士道精神踪影全无。

中村是参加过日俄战争的老军人，有丰富的战斗经验。醒过劲来后，立即吹号改变了队形，骑兵四散了。

左路骑兵四散了，山本指挥的右路骑兵却冲到了“民生车”前。右路骑兵是以散兵队形发出的攻击，目的是分散战车的火力。两路骑兵均以散兵队形作战。六辆“民生车”也就形成了六个“战区”。

有的“战区”和义德布置的火力点能形成互相支援的火力网，有的形成了死角。宋大中多次和老毛子的装甲车交过手，深知战车的威力就在于机动，绝不能成为“乌龟壳”。

日军采取散兵式作战，宋大中则进行旋转式冲击，最大限度地发挥B

型“民生车”四角均有射击孔的优势，扩大火力覆盖面。

日军见啃不动“民生车”，就把进攻的矛头指向了火力点。战车只有六辆，火力点有十几个，显然有些顾此失彼，也就形成了车自为战的局面。

落了单的“民生车”，其弱点就暴露了出来。宋大中指挥车的油箱被打漏了，在行进中“嘎!”的一声停了下来。

另一辆被打爆了轮胎，开不动了。赶来救援的一辆后轮陷入了水坑中，打起了空转，越打陷得越深。车身后倾侧歪，甭想再动换了。

六辆“民生车”有三辆抛了锚，小鬼子可乐晕了，认为报仇的机会到了。两个联队长一合计，下令改变队形。放弃了对火力点的分割进攻，又把矛头指向了战车。

趁小鬼子调整队形之际，义德也调整了部署。三辆抛锚的战车大体上形成了一个等边“三角形”。彼此的距离在800米到1100米之间，火力上可相互支援。

三辆机动的“民生车”一帮一，打外援。看准了机会就来个等边线上的直角出击——中心开花。火力点也都运动到了“三角形”的外侧，和机动的民生车形成了“一帮三”、“三护一”。

敌我双方都进行了新的部署，新的恶战打响了。显而易见，急于消灭“民生车”彻底扭转战局的指导思想，让日军指挥官犯了致命的错误，把骑兵置于战车和火力点的交叉火力网之下。

骑兵的目标本来就大，在发起冲锋之后又受到不同方向、不同角度的阻击，被压在火力网之下，进退不得。山本恼羞成怒，一怒之下下令“只许前进不许后退”。

军人以服从为天职，武士以战死为荣誉，是日军的信条，更是军规、军纪、军律、军法。士兵们清楚地知道，军令如山，军法无情，军人无权选择生死。宋大中的指挥车抛在了凸起的岗地上，成了日军主要的攻击目标。马嘶人吼，气势汹汹，恨不得一口吞下这辆“民生车”。

出发前宋大中带上了一挺手提机关枪，装满了十个弹夹。车抛了锚，驾驶员也就成了射击手。宋大中专打进入200米射程的目标，在他的准确射击下，日军付出了惨痛的代价。

宋大中心里跟明镜似的，小鬼子虽然疯了，也不会疯到冲上来抡刀砍战车的程度。只要冲进50米以内的距离，就会投掷手榴弹。单个的手榴弹是啃不动钢板的，怕的是在更近的距离内，投掷成捆的手榴弹。

日军的战马都是高头大马，可骑手都是小个的“地排子”。有一个输红了眼的亡命徒趴在马背上，借着高低不平的草丛为掩护，竟然冲到了距宋大中的“民生车”只有50多米的地方，正身投出了一颗手榴弹。手榴弹在距“民生车”十多米的地方爆炸了，与此同时，宋大中的手提机关枪给这个小鬼子的胸口上穿了七八个洞。

让“民生车”中的人都想不到的是，“咚!”的一声，一个重物撞到了车身上，更让车中的人想不到的是，这个重物是亡命徒的战马。

义德在望远镜里看得清清楚楚，只有他这个骑兵出身的人才明白，这匹战马注射了吗啡，跑疯了，跑晕了，完全失控了。

山本在望远镜里也看得清清楚楚，放下望远镜后立正鞠了一躬，然后精心选拔了十二匹大和战马、十二名大和武士，每名武士身上装备了二十枚无柄手榴弹。战马和武士均注射了一针大剂量的吗啡。

注射之后药力发作，战马嘶鸣，四蹄乱踢，武士们高呼“天皇陛下万岁!”然后唱起了圣战进行曲。山本为了进一步激励士气，拿出了一瓶烈性的关东烧酒，扯着叫驴嗓子喊道：

> 勇士们！你们是大和民族的精英，是天皇陛下的军人，肩负着圣战的重任。征服满蒙！征服中国！征服世界！八宏一宇，胜利在此一举。绚丽璀璨的樱花就要怒放了。
>
> 你们是天皇陛下的骄傲，向前看吧。你们从四个方向冲向那三辆抛了锚的装甲车，把它彻底消灭掉。你们将载入帝国的史册，成为帝国军人的楷模，成为帝国的军魂，都喝上一口壮行酒吧，去拥抱胜利。

说着，山本走到一个“肉弹”跟前，拍着他的肩膀说：“你是真正的武士，天照大神护佑着你。光荣属于你，喝一口吧，天皇陛下在等候着你胜利的消息。”

不知道是吗啡的“药力”，还是大佐先生演说的“功力”，这名“肉弹”接过酒瓶子一仰头，喝了个底干。然后打了个立正：“誓死效忠天皇陛下，请大佐放心!”

山本又拍了他的肩膀一下，说：“好样的!”“肉弹”挺胸立正，高呼：“为天皇陛下玉碎!”

大概是吗啡的“药力”、大佐演说的“功力”、关东烧的“酒力”三者凝成了一股邪力，“肉弹”神志错乱了，在高呼“为天皇陛下玉碎”的同时，也就提前拉响了手榴弹。

一声巨响，山本大佐和他精心选拔的十二名神风队员，魂归靖国神社，一起去见天照大神。在场的日军全惊呆了，这时从白云中钻出了一架日军侦察飞机，俯冲下来后投下了一个小降落伞。对空联络参谋打开了空投下来的联络箱，取出了文件。中村大佐打开一看：

部队正全力北上，以尽快控制与苏联接壤的地区。在乌苏里江、黑龙江、额尔古纳河地区，均发现马占山残部的活动。这些不肯撤入苏境的逆匪，系极端危险分子，不可任其嚣张，必须在最短的时间内给予消灭。

北上的部队不可能分兵西进，据航空兵侦察报告，敖包旗、吉岭镇、通源镇方向均有大批科尔沁部的骑兵向你部运动。为了避免受到三方的夹击，立即退出战斗，反回敖汗待命。

命令是关东军新任参谋长吉野签发的，中村看罢后立即吹响了联络号，命令全军撤出战斗。

夕阳西下，泛出了浓重的血红。朔风吹过，扑面的是血腥。大草甸子上横卧着战死者的躯体，水流为赤。保国御侮的英雄；毙命于异国的侵略者。如果有另一个世界，一定会有九重天和十八层地狱之分。

在现实世界里，这场血斗还会进行下去，是一年、十年，还是更长的时间？企图把别人变成奴隶的人，不愿做奴隶的人，都会付出血的代价。

正准备清扫战场，博王爷带领着大队科尔沁骑兵赶来了。见了义德后翻身下马，紧三步赶了上来，拉住了义德的手说：“我来迟了！我来迟了！这仗在我的地界上，可你替我打了……”

义德平静地说：“老王爷言过了，我关义德是军人，守土抗侮是天职，这仗只要是在中国的地界上，就该归我打。流血是应该，捐躯是本分，马革裹尸是归宿。”

博王爷激动得说不出话来，嘴唇动了好几下，终于迸出了发自心灵深处的肺腑之言：“下一仗，就看我的了！”

在博王爷的带领下，科尔沁的骑士以最隆重的军仪、最尊敬的礼仪，最虔诚的宗教典仪、最崇敬的民俗祭仪，埋葬了为保卫科尔沁草原而捐躯的义勇军战士。

清点战场的结果是日军留下了八百多具尸体，义德的部队也死伤过半。伤员都被博王爷安排在牧民的毡包中，此时此刻，最忙的人就是毕洁娘和拜尔大夫了，三天三夜没合眼。

义德的心情很沉闷，这一仗打的是伏击战，还有六辆“民生车”助阵，结果是部队死伤过半，弹药几乎消耗殆尽。部队如何休整？下一仗如何打法？思前想后，也拿不出一个方案，只好命令侦察排对敖汗地区的日军进行全方位的侦察，部队先休整后整编。

宋大中的“民生车”比预想的损坏要严重得多，“董事长”忙着组织修理。博王爷拍了胸脯：“找汽油的事就归我了，这玩意儿还得让它跑起来，和小鬼子接上火后用得着。”

敖汗的日军大伤元气，忙着修工事、挖战壕、筑堡垒，主要兵员均进入了防御阵地。多方面进行观察分析，近期不会有大的出击行动，需要补充兵员，进行整训后才能投入战斗。

敌我双方都进入了战后调整阶段，草原上又恢复了平静。白天的画面是蓝天、白云，牛羊遍野。晚上的境景是夕阳、篝火，奶茶飘香。博王爷最乐观，认为大草甸子上这一仗，把小鬼子打惨了、打怕了、打屃了，不说这辈子就蔫了，也得接上几年。

宋大中的观点是，不论是老毛子还是小鬼子，都不敢离开铁路线。关东军的胃口大，但也没有能耐吞下科尔沁草原。鬼子来了就打一仗，鬼子不来，只要有机会就打一次出击。

义德有着三十年的军旅生涯，是枪林弹雨中淬砺出来的将军。将军的高度、角度，使他对于这场战争有更深层次上的认识。直觉在告诉他、告诫他，下一场血斗即将来临，而且会更加惨烈。关东军发动“九一八”事变，就是实施“田中奏折”的第一步。这场战争不同于以往，绝不是规模战、局部战。

作为中国军人他不但亮刀，而且已经血刃。可是如何把这场战争进行下去，如何赢得这场只能胜不能败的战争，他又全然不知。亮刀、血刃只是尽军人之责，尽男人之义。

此时此刻，在关东军作战指挥室里，吉野正对着地图深思熟虑。从他带有满足的微笑中可以看出，一个新的作战方案即将执行。陆军省和军令部兑现了他出任关东军参谋长时的承诺，国内的四个甲种师团调入关东军的序列。现在这四个师团已部署到了苏联边界。苏军的边境守备部队对马占山余部的态度很坚决——进入苏联境内就必须解除武装，也就是说小股的义勇军也不可能以苏联的领土为庇护所，更不可能为出击阵地。现在他也要兑现对天皇陛下、对大本营的承诺，三个月内平定抗日的军事行动，成立“满洲国”。

关东军司令官本庄繁大将已批准了他的“旋风”作战计划，对着地图再次核实之后，吉野向军令科下达了命令：

鉴于马占山余部已无力为害，在苏联边境没有必要再保持强大的机动兵力、后备兵力。中村师团、太羽师团、小川混成旅团、东乡混成旅团以及北上指挥所直属的各装甲战车联队、坦克联队、汽车运输联队、摩托车突击联队组成征蒙军团，一举荡平东蒙地区的一切反抗。

进攻战术系牛刀杀鸡，造成震憾、恐怖。以泰山压顶的威慑，迫使各盟、旗、部放弃抵抗。对于放弃抵抗者不予侵犯，尊重其固有的政治格局与经济利益。对于敢于抵抗者，要彻底地消灭，勿使漏网。以树军威、兵威，以儆效尤。

进攻序列以坦克车、装甲军为横阵向前推进，后翼两侧部署强大的车载步兵。日前进速度必须在一百公里以上，力求达到二百公里。在半个月内完成军事行动，一个月内完成绥靖行动。

此时东蒙地区正处在混乱之中，于上层而言，无论其意识形态如何、政治倾向如何，均不相信日军会对蒙区直接进行军事占领。

“旋风”作战计划的突然实施，整个东蒙地区震惊了。以博王爷为代表的主流派主张坚决进行抵抗，可是队伍还没有集中，指挥机关也未及建立，关东军的坦克车、装甲车和汽车化、摩托化的步兵不但冲了过来，而且冲了过去。

在长龙岭阵地上，博王爷联合各旗的武装力量进行了最后的抵抗。把宋大中“换”来的俄式装备，悉数用上了。从地形上来讲，长龙岭从龙头到龙尾有三十多里，头、尾都处在草原泽地之中，只有龙腹有个缓坡，约二里宽，便于机械化部队通行。博王爷看准了这一点，紧急布置了长龙岭决战。

宋大中利用从老盘营带出来的炸药，制造了一千八百多个“炸雷”。可以居高临下投掷出去，也可以利用坡度滚下去。这一千八百多个“炸雷”，均置于龙腹的主阵地上。

由于日军的封锁，博王爷只搞到了少量的汽油，刚刚装满两辆“民生车”的油箱。在搞汽油的过程中，意外地搞到了两车煤油。用这两车煤油混合上羊油、牛油、豆油、菜籽油，博王爷制造了好几千“火球”，也置于龙腹的主阵地上，信心十足地对宋大中说：“你炸我烧，咱们就在长龙岭上出口恶气，叫小鬼子知道知道——马王爷三只眼，得罪就要扒层皮。”

义德反复对长龙岭进行观察后，对博王爷反复强调：一是日军的机动性很强，车载步兵完全有能力从龙头、龙尾进行大迂回。二是长龙岭长达三十余里，轻装步兵完全可以从龙腹主阵地两侧进行突破。三是在龙腹主阵地吃了大亏后，会集中炮兵进行报复，完全有能力对二里多的主阵地进行饱和轰击。

最后的结论是长龙岭阻击战只能速战速撤，给日军以沉重打击后，立即撤退，绝不能扩大战果，更不能进行反击、追击。

博王爷点头表示同意，说：“你是行家，怎么打，我全听你的。”

日军的坦克和装甲车，开战以来在大草原上横冲直撞，可以说没遇见过敌手。把作战视为行军，把行军视为出巡，把出巡视为兜风，仿佛大草原已被征服。

“上帝让谁灭亡，必先让他发狂。”闯到龙腹主阵地前的坦克车、装甲车混合编队，突然遇“炸雷”的袭击。“炸雷”有从头上扔下来的，有从地上滚下来的，其爆炸威力之大，足以叫日军的混合编队车毁人亡。轰轰的巨响，熊熊的烈火，让不可一世的钢铁劲旅现了原形——不是无敌，是没有碰上敌手。现在，真正的敌手要讨还血债。

混合编队后的车载步兵赶紧停止前进，可是火球已经顺着斜坡滚到了汽车下。有的驾驶员倒车，有的打轮急转，慌乱中撞到了一起。车上的步兵见势不妙，纷纷往车下跳。跳下车后，有的向前冲，有的向后跑，有的试图就地隐蔽，乱成了一团。

在主阵地右侧担任警戒的敖汗部骑士，再也按捺不住了，纵马扬刀杀下了长龙岭。刹那间，鬼头刀就砍到了鬼子的头上。刀光血影，鬼叫狼嚎，“鬼”头乱滚——血债用同物来偿还了。

也就是刹那间，赶来归入征蒙军团的宫本骑兵联队，从出击部队的右翼突上了长龙岭，在三十里的防线上打开了一个缺口。敖汗旗的骑士拼死回头救援，企图夺回右侧阵地。骑兵对骑兵，马刀对马刀。长龙岭前钢铁的碰击声、喊杀声、马嘶声连成了一片。

突破口两侧的守军也不顾一切地压了下去，力图用手榴弹、“火球”把突破口给封住，骑兵和步兵混战成一团。鬼子的骑兵借助于马高的优势，举刀往步兵头上砍。中国的步兵则拉响了手榴弹往鬼子的马背上扔。骑兵和步兵的动作几乎是同时完成。

烈！烈！烈！

正杀得难解难分，日军的炮兵部队和陆军航空兵投入了战斗。对长龙岭进行饱和炮击后，又进行饱和的轰炸。浓烟翻滚，烈火弥漫……

长龙岭阵地不复存在了。

长龙岭上没来得及修筑工事，就连简单的掩体也没有，根本不可能固守。日军炮兵一开始轰击，义德即果断地下令：“放弃长龙岭！”博王爷急了，大声吼道：“放弃了长龙岭，太早了点。咱们还能往哪儿退？”

义德没有回答，和宋大中架起博王爷就冲出了大帐。跑出了才五十多米，一发炮弹就把大帐给炸飞了。这是一发重型山炮射出的爆破弹，气浪把三个人全给掀倒了。

关义德、宋大中爬起来后，架起博王爷从岭后滚了下来。还没有站稳脚跟，一架双翼日军战斗机就俯冲了下来，对准待命的马群投下了四颗炸弹。

这个空中恶棍太猖狂了，俯冲下来时飞得又低又稳，距地面也就50米。乘着它还没有拉起来，义德抄起一挺轻机枪就是一梭子。这梭子稳、准、狠地打在了飞机的发动机上。就听“轰！”的一声，飞机在空中就爆炸了。

马群被惊散了，宋大中的两辆民生车却安然无恙，义德把博王爷塞进车里，指挥着周围的人跳上了车，沿着一条干沟冲了出去。

一回到王府，博王爷就下令把府中能够移动的东西全部搬到辕门外的空场上，让属下民众各取所需，然后把整座王府烧掉。

梅林吓得结结巴巴地说：“这王府传了有小三百年了……”

博王爷断然回答说：“烧！这座王府是我的家，但更是科尔沁的尊严，不能让小鬼子践踏。”

熊熊的烈火在夜空中燃烧了起来，映红了半边天。烈火象征着不屈、象征着战斗、象征着胜利。

举起了火炬、握紧了钢刀，全身的热血在沸腾。不愿做奴隶的人们正面对铁、火、血的洗礼。不愿做奴隶的人们心里也最明白，不做奴隶的代价是铁、火、血。

17

在色鲁科河转弯处的一座喇嘛庙里，关义德、宋大中、博王爷相对无语。从长龙岭撤下来的人还不足二百，有一半是挂了彩的伤号。从王府跟出来的人大多是非战斗人员，男女老少均有。这支队伍确实难以再投入战斗，下一步又将如何？

首要之务当然是安排伤员，正在一筹莫展的时候，毕洁娫和拜尔医生带着十多辆大车赶来了。把全部重伤员转移到了教堂后院的储物屋里，把轻伤员安置到了教堂附近的农、牧民家里。

关义德舒了一口气，宋大中的眉宇略展，博王爷直言道："我是没咒念了，打鬼子可不只是东三省的事。关东军这条吃不饱的饿狼，吞下了关外后就得打关内的主意。

"我想到热河、察哈尔看看，那儿的扎萨克们都有什么打算。我和汤玉麟是老熟人，他是热河省主席，又兼五十三军军长，小鬼子下一站就打到了他的地盘。

"我也想到北平去问问张少帅，他到底打什么主意。要问不出个子丑寅卯，我就上南京，问问林主席、蒋委员长、汪院长，中央还要不要东三省了。

"我这个人没什么见识，到了关内是两眼一抹黑，想请宋老弟陪我走一趟。"

宋大中点头，表示允诺。

博王爷又把目光转向了义德，说："关将军，你是军人，是官身，可都到这时候了，也该自己拿个主意了。"

义德很低沉，缓缓言道："我是军人，守土有责。直到现在，我没接到任何命令。这二百来个弟兄，是我从老盘营中带出来的。进一步把他们安排妥当之后，不外乎两条路：一是把队伍拉进关去，到了北平后听少帅发落；一是从哪儿跌倒的从哪儿爬起来，接着干。总之，作为军官，什么时候都不能弃兵。”

博王爷听了后挑了个大拇哥，说：“好样的！这座庙里，我存了些家当，黄的、白的都有。怎么用，你比我心里有数。我们走了后，你能撑就撑，不行的时候……”

宋大中接言道：“我和老毛子、小鬼子斗了这么多年，打法是看准了就干一票，绝不拉开阵势打。搪不住时就化整为零，再不行就化零为民，把枪藏起来，该种地就种地、该放羊就放羊、该做买卖就做买卖，到了该出手时就出手。

“这地界是蒙汉杂处，汉人是垦户、蒙人是牧户，二百多号人也好安排。办货栈、开大车店也是个主意，我和老毛子、小鬼子斗，打到哪儿，就把货栈、大车店开到哪儿。这两种买卖人来人往，用道上的话就是‘外柜’，用你们军人的话就是‘机关’。”

听到这儿，拜尔医生眼睛一亮，说：“我不懂军事，可知道正义和人道，知道什么叫野蛮，什么叫文明，更知道区分罪恶和善良。我的教堂也就是你们的‘外柜’和‘机关’。

“教堂有不少土地，招了许多闯关东的农民为垦户。关将军的士兵，变成教堂的垦户就很安全。我已经为关将军的夫人办了德国护照，她现在的公开身份是德国侨民，是教会诊所的医生，是利玛大夫。”

关义德点了点头，说：“关东军集中了绝对优势的兵力，在军事上已经控制了东蒙地区。不论是把队伍拉到关内还是接着干，都得有一个缓冲的时间，至少要等伤号恢复健康之后，过早的行动是不现实的，也会把隐藏起来的伤号暴露给敌人。我在河南山区韬晦过，知道什么叫潜师。”

宋大中站了起来，拉着义德的手说：“这我就放心了，我这一走少则三个月，多则半年。等我回来时，伤号也就好利落了，关内的情况我也就摸清了，下一步也就能定下来。

“我是国仇家恨，和小鬼子不共戴天。怎么干，确实是只有两条。不外是把队伍拉到关内或就在这东三省和小鬼子磕了。走哪条，等我回来后再说。这二百来号弟兄，都是跟着咱们出生入死的，得保存下来。你就先‘潜师’，留得青山在，不怕没柴烧。”

汤玉麟原名汤二虎，绿林出身，是张作霖的把兄弟。张作霖当上了东北王，汤二虎有了靠山，就把热河抢了过来。东三省也就变成了东四省，汤二虎也就变成了汤玉麟，身兼省主席和军长两职，人称之为热河王。

博王爷和汤二虎是老相识，宋大中和汤二虎旧交也挺深。两人到了承德，汤主席、汤军长当然是待若上宾。

二虎在避暑山庄如意馆设宴接风，三杯酒下肚之后，这位热河王就交了实底。直言不讳地说："王以哲撤到了关内，马占山撤到了苏联。王以哲在北大营也就是虚晃了一枪，全旅一万多号人完整无缺，撤到关内后当上了军长。

"马占山在黑龙江和日本人硬碰硬地干了几仗，队伍打得差不多了才撤到苏联，取道新疆回来了。他的徒手兵让盛世才给收编了，他光杆到南京报到，'中央'还能再给他一个省长、再给他一个保安司令？做梦去吧。

"军事参议院的参议官，军政部、军令部、参谋部的部副，由他挑。他不挑，老蒋可是高人，明令发表他为国府主席林森的武官长。

"当参议、当部副还有张办公桌，桌子后头还有张椅子，这回倒好，连桌子、椅子都不用给了。有大使来交递国书，他往林主席身边一站，就齐了。多风光、多体面。

"我的占山老弟差点气背过了气，到杭州养病去了。后来我听人说，他不是装病，是真气病了。上海有家烟厂，一开张卖的就是马占山牌的香烟。现在这家烟厂也跟着他一块倒运——关张了。

"日本人一时半会儿的还不会打山海关，占了东蒙后准直扑热河。我的热河王是当不了几天了，都说抗战，可都是老西拉胡琴——自顾自。小鬼子打到了谁的地盘上，由谁来抗。

"热河省的地盘我搬不走，这个省主席我也不要了。五十三军上上下下都是我的亲兵亲将，除了我谁也指挥不动。不等关东军进城，我就开拔。

"中国的地盘大了，有奶就是娘，有枪就是王。热河王我当不成了，到哪也能占块地皮、蹭块地皮。有枪杆子还能没钱花、没饭吃？"

说到此处，汤二虎给博王爷、宋大中满上了酒，自己也满上了一杯，举杯一饮而尽。然后对博王爷说："你老哥就想不开，和小鬼子较什么劲。你们蒙古地界也大了，外蒙跟了老毛子还有内蒙，东蒙让小鬼子占了还有西蒙。要是我，带上人马、赶上牛羊就往西撤。凭你的实力，到哪儿还能没放羊的地方。有羊吃的就有人吃的，行政院也好，省政府也好，又能说什么？"

博王爷没吭声，汤二虎转过身来又对宋大中说："你老弟可真是犯了糊涂，你是商人，时髦的话就是实业家、资本家，本来就没地盘，做的是买卖赚的是钱，谁来了不是一样？

“这几天我忒忙，公私物资都得打包装车。这行宫里的物件只要能搬得走的，我是一马带上。民国元年闹什么熊希龄盗宝案，熊希龄的热河都统（省长）当不成了，可当上了国务总理。这内幕我是知道——他盗出去的东西给袁大总统送去了好几车。

“晚上我有公事，就不陪老哥、老弟了。你们好好在这行宫里玩玩转转，看上了什么就别客气，都这时候了，不拿白不拿，不拿还留给日本人？

“熊希龄是盗宝，我是堂而皇之地运宝。为了国家文物的安全，把宝物运到后方，以免落到小鬼子的手里。这批文物我当然也不能独吞，北平、南京……”

道不同不相谋，第二天一早，博王爷和宋大中就奔了张家口。到了张家口后由察哈尔部的达王爷先融，拜访了察哈尔省主席兼二十九军军长宋哲元。

由于系初次见面，尽管有达王爷引见，也难免官场上的客套。言归正传之后，宋哲元长叹一声：“察省地处战略要冲，张家口自古就是兵家必争之地。日寇占领了东北，从战略上来讲，很有可能避开山海关的天险，取道东蒙地区由东向西进攻张家口、天镇，然后由北向南推进，进攻冀北、晋北，使平津背腹受敌。

“张家口地区的防务是有兵无械。二十九军名为下辖四师，可是兵员也就有两万多人。休说战车和大炮了，有些士兵的制式装备是一把大刀和八颗手榴弹。血肉之躯难敌装甲战车，日军的坦克要是从大草原上长驱直入，后果实在不堪设想。

“从赤峰起飞的关东军航空兵，近来频频闯入张家口上空。中国是有空无军，日机与其说是侦察，不如说是挑衅。从省府低空飞过，驾驶员的面目都能看得一清二楚。公然撒下许多传单，鼓吹大东亚共荣，煽动内蒙独立。”

话到此处，达王爷正颜正色地打断了宋哲元的话，说：“请主席放心，察哈尔部对认敌附逆的败类一定共诛、共讨。不但维护省政的统一，更要维护全国的统一，在中央的领导下，共兴五族共和的大业。

“科尔沁部敢向日本鬼子开枪，我察哈尔部也都是硬汉子。二十九军抗战，我们蒙古人绝不袖手旁观。和小鬼子拼马刀，谁也不是孬种。”

宋哲元听了后显得很激动，话题也就转到了军事上。长叹了一声说："上月军令部、参谋部来了两位中将部副，带领着十几个参谋，都是欧美名牌军校出身。到察哈尔来视察指导防务，结合国际形势，讲得头头是道。察看了二十九军的装备之后，就都不吭声了。

"我认为是个机会，向军令部、参谋部递了个呈文，请求依据防务需要补充炮兵和防战车武器，请两位部副转呈。两位部副苦笑着摇了摇头，说：'二十九军属于北平分军会序列，呈文可递到北平行辕直接报送张副总司令。'听了这话，我心里凉了半截，九一八之后张汉卿自顾不暇，还能有财力顾及二十九军？连军饷都不发了。

"我虽然身兼省主席，也很难就地筹饷。察哈尔在建制上是省级，财政收入不及富省的一个专区。正常情况下一个专区只能养活一个保安团，察省却要养活一个军。

"二十九军虽然无械无饷，可是既然是国家的军队，当然是守土有责。一旦日军西进，战略上要有个通盘计划，具体而言，也就是如何与冀北、晋北的驻军相策应。

"送走了两位部副，我就派参谋长带着作战处长到北平向张副总司令请示，已经去了半个多月了。连张副总司令的面也没见着。汉卿虽然以陆海空三军副总司令的名义开府北平，我看是……"

下面的话宋哲元没说出来，博王爷、宋大中已经心知肚明，辞别了宋哲元之后，即乘京张线南下，赴北平面见少帅。

在前门车站下车后，二人直奔副总司令的行辕——顺承王府。到副官处报上了名号，没想到却坐了冷板凳。值勤的副官是个生脸上尉，连茶都不给上。宋大中恼了，冲这小子大声吼道："告诉你的副官长，就说宋大中来了，要见少帅。"

这小子嘿嘿一笑："口气倒不小，要见少帅，上下都得通上气，怎么说也得这个数吧。"说着，就伸出了两个手指头。

宋大中一愣，跟着就明白了过来。凑近了小声说："您这两指头是二十块大洋还是二百块大洋？"这小子把嘴一撇说："都不是，是两千块。就这个价。"

宋大中笑了："您要现金还是支票？""都行。""好！我就都给，一边给一个，就凑个两千块吧。"

这小子还没明白过来，宋大中抬手就赏了他两个耳光子。这两个耳光子把上尉副官打明白了，把少将副官长也给打出来了。

见了宋大中，副官长于汉忠紧三步赶了过来，连声说："真想不到！真想不到！我以为您……"说着，亲自把博王爷和宋大中导进了小客厅。这是张学良会见亲信、亲属的地方。

落座后，上尉副官把茶端了上来，然后侍立在旁。于汉忠挥手叫他退下，无限感慨地说："能来到北平就好！能来到北平就好！这一劫就算躲了过去。

"先在奉天会馆住下，那里是咱的东北同乡会，住在那儿的都没外人。西院里新建了所哈尔飞大剧院，北平首屈一指。看电影、听京戏都不用出门。会馆里的餐厅办得也不错，中餐部都是奉天味的山东菜，西餐部用的是白俄厨子，比沈阳大地餐厅都强，是地道的俄国菜。

"今儿晚上我替少帅给您二位接风，咱们来点新鲜的，吃北平的谭家菜。那的蚝油紫鲍、红烧鲨翅做得别有风味，在沈阳可吃不着。"

听到这儿，宋大中把这位副官长的话给拦住了，直言道："赶紧安排我见少帅。"于汉忠愣了一下说："少帅在协和医院就医，不见客。"宋大中火了："我也不见?!"

"怎么能不见您，只是现在不是时候，再等上几天。"宋大中以命令的口气斩钉截铁地说："你现在就带我到协和医院。"

于汉忠长叹一声："近人不说远话，我就跟您交个实底吧。少帅不见客，是他不能见客。他现在正在协和医院戒毒，手上脚上都绑着安全带，躺在床上连吼带叫。那声让人听了发瘆，关着病房的门，楼梯口都听得见。门口由于夫人和赵四小姐把着，我们都进不去。"

听了副官长的话，博王爷、宋大中无言了。沉默了一会儿，于汉忠长嘘了一声说："少帅戒毒，少说也得十天半个月。本来他就瘦得没样了，这一折腾，恐怕……

"您二位能到北平来，也真不容易，就好好歇歇。您二位来了，东北的老人也就齐了。大事跟我说也没用，小事就别客气，今儿我能给办了的，就绝不等到明儿。"

博王爷、宋大中下榻奉天会馆后，东北的老人纷纷前来看望。王以哲、黄显声、周福成、陈修和、于学忠等人轮流做东。情虽真挚，可是席间却热不起来。想说的话太多了，能说的话可不多。

东北军政圈子的饭局轮过来了后，博王爷又开始忙着应酬居平蒙古王公的圈子。宋大中也就看望了齐恩铭遗霜，老嫂子身体硬朗，持家有道。

女儿已经升入了协和医学院，儿子在读辅仁大学，儿媳读北平医学院。全家人的信念是——打回老家去。

宋大中在悲凉之中又感到一丝欣慰，觉得中国还有望。只要向前闯，脚下就能有路。条条大道通罗马，中国人脚下条条大路汇合到一起，就一定能收复东三省。

可是和泰勒一见面，宋大中的心又凉了大半。这位洋连襟不胜感慨地说："1905 年美国提出了门户开放、机会均等、利益均沾的对华政策，是基于中国的领土、主权依然存在，美国也就表示尊重。二十多年以来，西方国家承认这一政策，也是由于中国开放了，各国能均等、均沾地享有在华的权益。

"中国的领土、主权一旦遭到破坏，开放、均等、均沾也就不存在了。为了均等、均沾的利益，美国不会和日本单独对抗。其他的国家也这么想，所以也就没有国家和日本对抗了。

"不对抗的原因很简单，东三省本来就是日本的势力范围，别国的利益微不足道。日本的强盗行径对西方各国影响不大，也就抱着多一事不如少一事的原则了。

"南京希冀'国联'来主持正义，未免太幼稚了。西方人的观点是'借钱只能借给能偿还本钱和利息的人'。'拔刀相助，只能帮助正在挺胸而斗的人'。具体来解释，两个决斗的人正打得难解难分，选择了对自己有利的一方拔刀相助，也就是选择了共同的利益、共同的胜利。

"中国政府不抵抗，西方各国当然不会拔刀相助。指望西方国家来评理，西方各国的理就是要求日本尊重共同的利益，在东三省也能开放、均等、均沾。

"但西方各国也很清楚，强盗已经抢到手的东西，还能和路旁的人分享吗？提出在东三省也要开放、均等、均沾的要求，是告诫日本人，'到此为止吧，不要到我的势力范围妨碍我的利益'。

"中国民众要抵抗，是不现实的，最明智的选择是静观其变，德国人的口味太大了，导致了第一次世界大战。日本人的口味，很可能导致第二次世界大战，不过短时期还不会。"

最后的结论是劝宋大中说："虎口脱险来到北平，就先安顿下来吧。赶紧把关义德、毕洁嫄接到北平来，他们夫妻的处境太危险了。

"对你来说，平津地区也不是稳妥的投资之地。不过这是后话，并不是燃眉之急。我的妻子对你在平津地区的动产和不动产，均进行了妥善的安排。你现在需要做的事，是赶紧让她们姐妹在北平团聚。

“你的夫人很可敬，但毕洁嫄没有必要变成毕洁清。这是我和洁如的希望，也是你应该做的事。”

宋大中应该做的事太多了，忙忙碌碌地在北平等了半个多月，也未能见到少帅。这天又有饭局，做东的是副官长于汉忠。在顺承王府的二殿里摆了整二十桌，入席后大伙都觉得有点不对劲，就见这位副官长眉宇间心事重重，强打精神赔着笑脸，笑得太勉强了，比哭还难看。

快终席时，黄显声站了起来，说：“请大家肃静！于副官长奉少帅口谕，向大家宣布几条重要事项。”

大家静了下来，就见于汉忠站了起来沉重地宣布：“少帅已经辞去了本职和各兼职，赴欧洲就医。东北军各旅合编成的六个军仍属北平军分会序列。

“少帅的专列昨天已经开出，现已到达上海，并登上了开往意大利的皇后号海轮。不和大家面辞，是防止发生混乱。”

于汉忠的话说完了之后，与宴的人默默地离开了顺承王府。看来这个消息并不突然，都有心理准备。回到奉天会馆后，博王爷、宋大中相对无语。沉默了好一会儿，博王爷缓缓说道：“就是见到了张少帅，他也说不出个子丑寅卯。明天咱们就去南京，林主席、蒋委员长、汪院长我都登门求见，他们不说出个子丑寅卯，我非问出个子丑寅卯来不可。”

行前，宋大中把博王爷的行程函告了蒙藏事务委员会，委员长伍忠信派秘书长伍祖荫到火车站迎接，过江后下榻金陵饭店。

下午，伍忠信亲自到饭店拜访，并设晚宴招待。席间，伍委员长表示本应到车站迎接，恰巧班禅大师到京，实难分身，并进一步言道：“教下一家，蒙藏均信仰黄教。此次班禅活佛在南京要长住一段时间，王爷有机会和活佛探讨一下黄教的真谛了。

“忠信自从到蒙藏事务委员会任职后，才开始敬读佛教的经典，对于密宗实可谓未到门墙。黄教在喇嘛教中信众最广，影响也最大。王爷广种福田，有护法之誉。蒙藏均信仰黄教，可是信奉之道上亦多异。藏地系政教合一……”

伍忠信滔滔不绝地说个没完，简直让博王爷插不上嘴，只好直言打断了伍委员长的宏论说：“此行进京，实是为抗日而来。希望委员长能尽速安排一下，我想代表东三省三千万民众、代表东蒙的同胞面见蒋委员长、汪院长，呈上抗日大计。也想当面聆听教诲，弄清个子丑寅卯，中央到底还要不要东三省?"

伍忠信一边听着一边皱眉头，等博王爷把话说完了，也直言道："蒋委员长不在南京，正在江西前线指挥剿共。攘外必先安内，乃国之大计，亦是明亡之鉴。

"汪院长亦不在南京，正在广州养病。现已有复康之趋，不日将归京视事。王爷车船之劳已甚，到了首都后先休息休息。生活上的事，我已关照了祖荫，一切由他安排，王爷有事尽管吩咐。

"今晚王爷早点休息，明天上午班禅佛爷有个法会，我一早派车去接您。活佛听说您也来了挺高兴，让我安排早点儿见面。"

一连半个多月，博王爷天天围着班禅转。对于这种安排，却之不恭，只好跟着瞎忙乎。直到班禅到杭州休养，博王爷才得到休息，把老爷子真累得够呛。

刚歇上两天，伍忠信又登门拜访，说："中央要任命班禅为西陲宣化使，开府西宁。青海和硕特部态度如何尚且不知，林主席想听听您的意见，明天上午我陪您晋见。"

林森位居国民政府主席，系国家元首。可是谁都知道，林主席是个牌位，所司之务，也就是接受外国驻华公使的国书。

晋见地点就在国府的小礼堂，寒暄了几句之后，林森表示："在此多事之际，中央对王爷十分仰仗。蒙藏同教，青海地近西藏，亦有不少蒙人世居海西。班禅出任西陲宣化使，开府西宁，可要有劳王爷以副使的身份先行。这也是班禅大师的意思。"

言罢，一个八人的小型乐队即奏响了国歌。在场的人均起身肃立。国歌毕，文官长送上了简任状，上书"仪同特任"，印铸局长送上关防、印章，赞礼官宣布"礼毕"。

西陲宣化使位同各省的主席，系特任官。副使位同各省的副主席，系简任官，"仪同特任"也就是副职署理正职。

此时，林森已转身离去。伍忠信对博王爷说："军政部刘次长明天到西宁视察军务，王爷就同机前往吧。祖荫把一切均安排好了。

"此行王爷可是重任在肩，给班禅活佛打前站关乎西藏的安危。抗战的后方不能起火，王爷到了西宁可要协调好各方面的关系。青海省主席马步芳在西北五马之中是匹野马……"

博王爷在西宁机场一下飞机，见蒙藏事务委员会驻西宁办事处的秘书甘仁在机场迎接，声称：“主任到兰州公干，您有什么事就对我说。”

上车后甘秘书打开天窗说亮话：“西陲宣化使公署的经费尚未拨下来，连个办公的地方也没有。王爷在南京也忙累了，就到塔尔寺休息休息，静静心。”

下车后知客出来迎接，甘仁遂对博王爷说：“您的事知客都会安排，我还要去见土登活佛，就不陪了。”

知客把博王爷、宋大中引入客房，说了几句佛门的待客之话，就转身离去。这时司机提着博王爷、宋大中的随身行李走了进来，见了博王爷后，抢上两步悄悄地说：“我也是科尔沁人，您的事我全知道。今天早上出车时我听主任对甘秘书说：‘你到机场去接博王爷，把他送到塔尔寺交给知客就行了。他老糊涂了，地盘也没了，属民也打散了，剩下了光杆一人还跑到南京，要面见蒋委员长、汪院长，要弄清个子丑寅卯，问问中央还要不要东三省。真是不知道自个儿能吃几碗干饭。

“‘他到南京时，赶上班禅也正好到南京，不能让活佛落单，就抓了他个官差。戏也演完了，国联调察团要来南京，伍委员长怕这个老糊涂不知深浅，找调察团闹事，就把他诓到西宁来了。

“‘班禅的西陲宣化使就是个虚衔。一山不容二虎，马步芳能让他在西宁开署？你把他送到塔尔寺就一走了之，他要长住，听其自便，一时半会儿还交得出饭钱。他要走，也不拦，也不提供方便。他要是跑回南京，那就是找不自在，问他个擅离职守。他要是气晕了在塔尔寺出家当喇嘛，那是最好不过。’我把我听见的话全告诉了您，您可别生气。我是敬重您，才跟您交个实底。甘秘书在车上等着我，我还得赶紧回去。”

司机转身就走了，博王爷真气晕了。

宋大中费了九牛二虎之力，想方设法才弄到了两张机票，乘中航一周一次的班机飞到了绥远。一下飞机，宋大中和博王爷全愣了。就见一架机翼上贴着红膏药的日本军用飞机俯冲了下来，超低空在机场上绕了三个圈，然后撒下了许多红红绿绿的传单。

把传单捡起来一瞧，差点把博王爷的鼻子给气歪了。是德王鼓吹内蒙独立的传单，连国旗都定下了——蓝天红日。

蓝是蒙古族的圣色，旗左角上贴上了红膏药，这不是让小鬼子骑在头上吗？博王爷怒不可遏，决定去找德王兴师问罪。

再也想不到的是，德王正在机场出口恭候他。见面后不容分说，就把博王爷拉上了汽车，开到了德王府的驻绥远办事处。

进门后博王爷把传单往桌子上一拍，指着德王说：“铁证如山，你还有什么说辞吗？你是货真价实的蒙奸，把列祖列宗都给卖了，该下十八层地狱。”

德王笑了：“您老哥先坐下喝杯茶，有什么话喘口气再说。我把您接来，就是听您骂我的，您骂够了我再说。不过我先声明，我不是蒙‘奸’是蒙‘坚’——坚决、坚定、坚韧地为内蒙独立而奋斗。”

“你干什么都行，我管不了，也犯不上管。就是有两件事不行，一是勾结日本人，二是闹独立。这两件事其实也就是一件事。你勾结日本人是为了闹独立；闹独立就得勾结日本人。

“闹独立有什么好？外蒙倒是独立了，把宗教都给独立没了。现在又闹着文字改革，要把圣祖成吉思汗制定的蒙文给废了，用俄文字母弄什么拼音文字。

“老毛子在外蒙驻了好几个师，不下十几万人。全外蒙的人加起来也不过六十多万人。这叫独立吗？这叫引狼入室。你要是把日本人引来，内蒙会更惨！”

德王站起来给博王爷续上杯茶，说：“您老哥也骂得差不多了，您的意思我也听明白了，您现在该让我说几句了。”

“好！你就说。可得说人话，说实话。”

“我说的都是肺腑之言，跟您不来半点虚的。这没外人，我就跟您来个实对实、真对真，把话说完了、说尽了、道空了。”

博王爷点了点头，说：“我就洗耳恭听了。”

德王站了起来，把椅子移到了博王爷的身边，说：“我的话长，您爱听不爱听都得容我把话说完。”

博王爷又点了点头：“只要你说的是真话，是实话，再长我也听你把话说完。”

德王坐定后，把两个杯子里的茶都给续满了。饮了饮嗓子，就展开了宏论：“日本人是只狼，而且是只吃不饱的饿狼。俄国人的地盘世界第一大，别说西伯利亚空着，就是海参崴也没人，可还要在外蒙插一脚。这是狼子野心，狼的本性。

“小日本有多大，是个岛国。要粮食没粮食，要矿产没矿产，它能不打别人的主意吗？算计美国人、英国人，它还没这个能耐。老太太吃柿子，拣软的捏。征服世界是假，霸占满蒙是真。小鬼子黑心肠，我能不知道？

“我不是引狼入室，我是引狼借势。利用关东军，对付蒋介石、傅作义。前两年我提出撤销热河、察哈尔、绥远三省的建制，成立内蒙自治政府。姓蒋的在我的呈文上批示：‘断然不可，自治须在三省政府的领导下进行。’现在我是看准了时机，热河让日本人给占了，并入了满洲国，就先不管它。日军全线进攻长城各口，驻张家口的二十九军主力去增援喜峰口去了，抡着大刀，还打了个大捷，一仗打下来就砍了两千多。可是杯水车薪，古北口、冷口都让日军打了下来。日军现在是已攻占了多伦，下一步就是张家口了。

“驻绥远的三十五军，守是好手。守涿州一战成名，姓傅的混了个上将军长。到了绥远他可没咒念了，日军由东向西推进，一路之上都是平地，就凭他的三十五军，能挡得住日本人的飞机、坦克、装甲车？百灵庙都让日军给占了，兵临绥远可就不是虚语了。

“要真等日军打下张家口、绥远来，我在日本人的面前也就没价了。这时候树大旗宣布独立，是千载难逢的机会。复兴圣祖成吉思汗的大业在此一举。”

“放屁！”博王爷狠狠地把桌子一拍，茶杯都给震倒了。然后站了起来愤怒地指着德王的鼻子说：“我不许你玷污圣祖，成吉思汗的大业是华戎一统的大元——系堂堂正正的中华统绪。甭管汉、满、蒙、回、藏哪族人当皇帝，都是中华统绪的承袭。

“你独立，独立个屁。看你那国旗就叫人恶心。让日本人把红膏药往蓝天上一贴。这大草原上的蓝天就是小日本的了。我要是傅作义，现在就把你抓起来，也不用解到太原、南京，就在绥远进行公审，定你个叛国罪。”

“打住！打住！内蒙还没有建国，我叛的是哪门子国？”说着，德王也站了起来。指着博王爷说：“你认中华民国，国民政府认你吗？你在科尔沁和日本人硬磕时，蒋介石、张学良、傅作义谁管过你。

“你地盘没了，人也打散了。先跑到承德，后又跑到张家口、北平，最后跑到南京，要面见蒋委员长、汪院长，问个子丑寅卯，问问中央还要不要东三省了，到了南京后让伍忠信给耍了。你不是什么西陲宣化副使吗，不在西宁开署办公干吗跑到绥远来？

“我跟你交个实底吧，你一到承德，就让黑龙会的人给盯上了，你是怎么让伍忠信给耍的黑龙会的人是一清二楚。你在南京被耍了，在西宁又被耍了，再糊涂的人也该明白了。

“黑龙会的人本想结果了你，是我把你保了下来。我告诉你，别看绥远现在还挂着中国的国旗，黑龙会让谁三十去见阎王，他准活不到初一。您放明白点儿，也识相点儿，饭得一口一口地吃，独立也得一步一步地走。树起了大旗，我就脱离了中华民国，为蒙古帝国的大业立了基。我不是投靠日本人，是利用日本人。现在我在小鬼子面前装孙子，明天我就是爷爷，是万岁爷。”

“放屁！”博王爷大吼了一声。紧跟着呼啦一声就闯进了三十五军的执法队，背上插着明晃晃的鬼头刀，手里的驳壳枪都张着机头。

为首的一个少校军官走到博王爷跟前立正敬礼，高声说：“奉傅主席之命，接您到省政府，宋大中先生已先期到达。”

在省政府的会客室里，博王爷见到了傅作义和先期到达的宋大中。

傅作义迎上前和博王爷握手，说：“您在飞机场的出口被德王强行接走了，宋先生就赶到省府告知了我。九一八后，我对东三省的局势很是关心，对您和宋先生的事也很清楚，我对您二位的作为和人格都很尊重。能够在绥远相会，实是件幸事。”

坐定之后，博王爷长叹一声：“蒙人不幸，出此败类贻害中华。”傅作义连忙说：“不能这么说，汉人之中的败类就是汉奸，蒙人之中的败类就是蒙奸，满人之中的败类就是满奸，回、藏亦然。

“五族之中均难免有败类，败类祸国就群起讨之、逐之吧。对冥顽不化者，诛之可也、宜也。东三省的溥仪就是满奸，兆辛柏、白维仁就是汉奸，出个把蒙奸也无足为怪，王爷不必往心里去。

“南京、西宁的事，宋先生全跟我说了。我劝王爷也不必再去南京，就先在绥远休息休息，有什么打算从长计议。明天我就要到北平去参加何应钦召开的华北最高军事会议。

“东北军的六位军长、二十九军的宋军长、四十三军的商军长、中央军的徐庭瑶、关麟征、黄杰等人均与会。陆军大学校长杨杰也从南京赶到了北平，他可是战略、战术专家。

“从北平回来后，我把中央的通盘计划告知二位，斯时再商定个绥远方案。德王勾结黑龙会的特务甚为嚣张，对他绳之以法，得上报中央，批文一直没有下来。

“王爷和宋先生就先住在省府的招待所，有事外出让副官处派车。绥远也开办了几家新式企业，宋先生可以去指导指导。”

博王爷恳切地对傅作义说："东北的汉人多流亡到了平津，蒙人多流亡到了归绥。傅主席在会上若能提出个方案，把这些人收编组训后成立义勇军，打回老家去……"

傅作义苦笑了一下，说："九一八之后，我就以三十五军军长的身份向军政部打过报告，又以绥远省政府主席的身份向内务部打过报告，回文均是'断然不可'。

"三十五军的兵额已满，在编的士兵都领不到军饷，我这个军长虽然身兼省主席，可也难于就地筹饷，绥远太穷了。甭管以什么名义收编东蒙过来的人，总得给饭吃吧，小米饭、土豆得管饱。"

说到此处，傅作义没有再往下说，博王爷、宋大中也全明白了。

华北最高军事会议还没开完，日军就攻破了望京楼、南天门、石城寨，直逼平津。何应钦代表北平军分会与梅津美治郎签订何梅协定，秦德纯代表察哈尔省军政当局与土肥源签订了秦土协定。根据这两个协定，中央军、东北军和国民党的党部撤出冀察两省和平津两市。日军驻守"长城线"，划冀东、察东为非武装地区，中国军队不得驻防，只许保留保安队和警察。日军可以随时用飞机和其他方法进行视察。

傅作义回到绥远后闭门不出，德王喜出望外，汉奸、蒙奸弹冠相庆。博王爷和宋大中悄悄地离开了绥远，取道包头、五原，到达了乌拉特后旗。此地远僻西北，心力交瘁的博王爷病倒了。

临终前一句话也没说，艰难地抬起了右手，直挺挺地指向东方，两眼直愣愣地睁着——死不瞑目。

18

这天，毕洁嫄正坐在诊室里，护士引进了一个病人。这人黑脸膛上坑坑点点的尽是大麻子，说话的声音沙哑，眼眉粗短，头剃得光光。身上穿着土布对襟褂，肩上搭着褡裢。两肩前端，腰有点弯。

经过问诊、听诊、望诊之后，毕洁嫄认为这个病人只是嗓子充血，充血的原因不明，很可能是受了异物的刺激。于是开了些消炎的药物，并嘱咐他在饮食的过程中注意保护嗓子。

这个病人起身离去，可是走到门口却止步了，转身回来又坐到了就诊的椅子上，小声说："毕大夫，我有点话要跟您说，您别害怕，也别声张。今天的事是天知、地知、你知、我知，还有关义德能知道，其他的人一律不能让他们知道。就是赵大勇、徐承志也先不让他们知道。"

毕洁嫄愣了，像是丈二的和尚——摸不着头脑。这时就听见一声："嫄嫄，你不认识我了，我成功了。我是宋大中，是你的大姐夫。"

毕洁嫄惊呆了，惊得说不出话来。大姐夫是个黄白镜子，眉毛又粗又长，好带眼镜。平常是秀郎镜，出门时带茶色镜。大背头、大鬓角、小胡子，说起话来声音洪亮，走路时昂首阔步，臂下挟着文明棍，完全是个西方绅士的气派。

仔细端详，鼻子、眼睛、嘴全是老样子，这时宋大中捋起了袖子，露出了左腕上的一颗红痣笑着说："这回信了吧。从今以后，我就不叫宋大中了，叫戴正铭，也不是你的大姐夫，是你远房的大表哥。你赶紧安排我和义德见面，我们哥儿俩凑到一块儿再详说。"

义德和宋大中见面之后，两人的手紧紧地握到了一起，相顾无语。语到无声胜有声，坚毅、坚定、坚韧的目光，已把两颗赤诚、赤热、赤烈的心紧紧地连到了一起。海可枯、石可烂，坚不可摧、赤不可变。

良久，义德才缓缓地问道："这是怎么回事？"

宋大中很平静，把别后的过程简而明地叙说了一遍。最后的结论是："我对国民政府，对当轴的要员已不抱任何幻想。不但心寒了，而且心碎了。

"我在北平时，已对泰勒、洁如做了承诺，一定要把你们送回北平。你是军人，军人就得带兵，回到关内才能有所作为。我是胡子、马达子，和小鬼子斗法，招多了。明的不行我来暗的，可东三省认识我的人太多了。日本人说宋大中死了，宋大中就消失了。

"我用炒热了的黑豆把脸烫成了黑麻子，喝碳粉哑嗓子变了声。现在我的名字是戴正铭，至于身份，根据需要再定吧。

"我的下一步是潜回沈阳，亲手干掉白维仁，让鬼子一刻也不得安生。我这个人一向主张干实事，现在的实事不是高呼把小鬼子赶过鸭绿江，是让这些两蹄兽知道，东三省不是他们的乐土，东北人不会屈服，欠下的血债要用血来偿还。"

义德再次握住了宋大中的手，说："我跟你一起干。我回到关内，或许能再带上兵，但带兵干什么？是到江西去剿共，还是帮助新军阀争地盘、打内战？我到沈阳来就是少帅说的：‘枪口对外，齐步向前，不伤老百姓，不打自己人。’我关义德今生今世，枪口不会再对内！”

这时毕洁媛以不可改变的口气说：“我已经做出了决定，不去北平。因为战场在东北，请尊重我的选择。”

义德露出了赞许的目光，说：“我尊重你的选择，你也是军人，在没有完成使命之前，是不会离开战场的。”

宋大中点点头，说：“我接受你们的选择，不过有一个条件。为了对得起洁清的在天之灵，也不负洁如的嘱托，你我要共同保护好洁媛。这种保护不仅是丈夫保护妻子，姐夫保护妻妹，更是中国男人保护中国女人。”

义德点了点头。脸上呈现出的是庄重、庄严、庄静，这是军人的承诺、将军的承诺，更是中国男人的承诺。

宋大中看了看义德，目光中充满了信任，说：“洁媛不能去沈阳，那里认识她的人太多。”“我也不能离开，教堂里有几个重伤员，还需要我照顾。作为一个军医，什么时候都不能离开伤员。”

义德看了看宋大中，目光已经宣布了生死与共，说：“大哥以后的公开身份是沈阳蒙源货栈的大掌柜，我是二掌柜，赵大勇是三掌柜，东家是拜尔的教堂。

“货栈附有大车店，侦察排的三十几号弟兄全都就位了，而且获得了合法的身份。前往沈阳的路上也开了几家大车店，形成了一条地下交通线。洁媛的诊室是一个联络点，护士小张是自己人。

“咱们现在还不能前往沈阳，得去汗镇。这事已经万事俱备，就缺一个司机。你回来了，不但戏码排好了，角儿也齐了。”

这几天汗镇的街上张灯结彩，可是老百姓都愁眉不展，商户们更是提心吊胆。不知道从哪儿窜出了这么多的丘八大爷，穿的这叫花哨，灰的、绿的、黄的、黑的全有。最邪行的是还有一伙人，穿的是二十多年前的大清军装，头上还有顶子。

甭管穿的是什么军装，左胳臂上都戴了个白袖标，上书三个字——安国军。明眼明事的人一看就知道，灰、绿、黄、黑的大兵服是杂八凑。头上有顶子的大清军装，听说是呼伦贝尔盟大衙门清库底时清出来的。

穿着杂八凑军装的大兵更是杂八凑，一个个歪戴着帽、斜瞪着眼，敞胸露怀，趿拉着鞋。就差提溜着裤子、拎着鸟笼子了。

打昨儿起，杂八凑大兵都有些兵形了，也不满街遛达了。一早起来就集中在镇东门外的老校场上，"一二一！一二一！"地练了起来，队走得不咋的，号可喊得山响。

义德和宋大中在镇东头的永兴客店住了下来，二人均是掌柜的打扮。推开了窗户，就能看见杂八凑大兵的操练场景。

义德笑道："我原以为川岛芳子能闹出点名堂，没想到她暗中组建的勤王之师比乌合之众还要乌合之众。就凭这些人，还能挺进冀北、复辟大清？"

宋大中叹了口气："绥东、察东、冀北、冀东都划为非武装区，冀东的殷汝耕宣布'脱离中华民国'，成立了'防共自治政府'。

冀北有相当的地区被王英的土匪武装所控制，这些乌合之众闯进冀北，虽成不了什么大事，但也能造成混乱。日军就能乘乱捞上一把，又制造出什么事件来。"

这时赵大勇进来报告说："汗镇附近未发现日军，和电话里监听到的情况完全相符。日军的态度是对于安国军不予支持也不予制止。这群乌合之众进入冀北后要是能闹腾起来，就寻找借口，挑起事端，制造冀北事件，趁乱进攻北平。如果闹腾不起来，就听任这些人自生自灭。"

义德对赵大勇的分析表示满意，说："日本策略是对中国分而食之，已经制造出一个'满洲国'，下一步是打算制造出一个'华北国'，并不想复辟大清。

"川岛芳子是个复辟狂，总想着中兴已经成为历史的大清。在这点上她和日本的具体侵略计划并不合拍。

"但她的行动能制造混乱，从总体上来讲对日本的侵略行动有利，所以日本人不会制止她。我们要制止她，不能让她这个败类给满、蒙民众的脸上抹黑。"

言罢，又对赵大勇说："没有新的情况，就按原定计划实施。"赵大勇答了声"是！"立正转身刚要离去，义德又把他叫了回来，说："又忘了，你是三掌柜。"

赵大勇走后，义德对宋大中说："川岛芳子选择汗镇这个地方组建安国军进扰冀北，其原因有三：从历史上说，汗镇是清太祖努尔哈赤和东蒙诸部的会盟之所，意在重温旧梦。从地理上说，汗镇地处冀、蒙、辽交会之地，是个很有利的出击之所。从居民构成上来说，汗镇系汉、满、蒙三族杂处之区，行政系统混乱，便于她树大旗。同时汗镇也是交通枢纽之地，商贸繁荣，人口密集。

“现在溥仪这个败类，已由伪满洲国的执政变成了康德皇帝。川岛芳子是伪宫廷的女官长，她会利用这个身份来对东蒙各部发号施令，也会利用卓王府的关系进行煽动。

“我们制止了她窜扰冀北的行动，不但对抗日的大局有利，对汉、蒙、满三族民众的团结也有利。”

听到此处，宋大中站了起来，指着窗户外面说：“趁着这些杂八凑还在操练，咱俩出去再转转，指挥打仗你比我在行，‘踩点子’、‘观风’我可比你在行。”

在镇里转了一圈后，汗镇果然是名不虚传，是个实实在在的“中心”。快到饭口的时候，宋大中说：“咱哥儿俩找个小酒馆坐坐，这钟点人多，一壶老白干、几碟下酒的小菜，慢慢喝，准能听见点什么。道上的人叫‘听风’，听风就得上茶馆、酒馆，饭馆不行，一开吃，就把嘴给堵上了。”

果如宋大中所言，坐定之后不用打听，各种消息就源源而至。一个大嗓门的说：“这安国军总司令您猜是谁，是前清肃亲王的格格。认了日本人川岛当干爹，起了个日本名叫川岛芳子。后来嫁了卓王爷的世子，满洲、蒙古、日本，她全沾上了。现在又当了康德皇帝的女官长，还出任了安国军总司令。”

一个小嗓门的说：“您压点声，这年头就得少说话，碰上有来头的人就躲着点。可我就不明白了，这安国军到底要干嘛？说是正牌的大兵，不像。说是土匪，可也没开抢，也没玩出什么太邪的来。这两天不满街晃了，整天扯着叫驴嗓子，在东门外操练，这‘一二一’还能当饭吃？”

一个嗓门不大不小的开了腔，一出言就透着有来头：“这你们就不明白了，安国军的实底是要中兴大清。川岛芳子又叫金碧辉，是正支的爱新觉罗氏，龙子龙孙。她到咱们汗镇来是看上了这儿的风水，在东门搭了检阅台、在七盘山上搭了祭台，要招集东蒙各部，先阅兵盟誓，后登台遥祭太祖努尔哈赤、太宗皇太极，然后挥兵进关，打下北平之后，保着康德皇帝回銮……”

大嗓门的一听就乐了：“别做她的美梦了，东蒙的扎萨克可不姓爱新觉罗，姓孛尔只斤。要祭也祭成吉思汗，要能打下北平，人家中兴大元。”

这时，一个拖长腔的接了话：“中兴大清、中兴大元都和我没关系，我就知道姓爱新觉罗的、姓孛尔只斤的别说给人打短了，上街要饭的都有。安国军整天敲着铜锣满街招兵，就是招官我都不去。”

一个嘴快的话茬儿来得更快：“要是有个没儿子的老财招上门女婿，你准去。可没这好事，热馅饼还能从天上掉到炕头上？挥兵入关打北平，别把小命赔上。前些日子古北口、喜峰口、冷口打得吃紧，二十九军的大刀队，一宿就在喜峰口砍了好几千小鬼子。”

小嗓门的急了：“你小声点！川岛芳子这娘儿们可有日本爹。”

大嗓门的嗓门更大了：“她有日本爹，那日本关东军干吗不出来给她扛一把？听说安国军明天一早就要在东门外举行誓师大会，先定盟，后上七盘山祭祖，咱们就等着看热闹吧。

“这帮杂八凑，人都管他们叫三奸队，全是汉奸、满奸、蒙奸。好男不当兵，好铁不打钉。到安国军混饭吃的人，没有正道上的。”

小嗓门一听可吓坏了：“您可小声点，这要让街上的杂八凑听见，您说他们是三奸队，全是汉奸、满奸、蒙奸，我们大家伙都得跟着吃瓜络。”

小嗓门的话还没说完，就被身后的一双大手抓住了衣领。他本来就身材矮小，又是个瘦干儿狼，身后的人使劲一提溜，脚就跟着离了地。紧接着又是重重地往下一摔，高声唱道：“绑了！”

说话的人头戴顶子，身穿大清兵服，熊腰虎背，狗头狼眼。简单说来就是长得大块头、小脑壳，两只眼小，眼光发生，透着一股恶、一股浑。

小嗓门扯着尖嗓子高喊：“老总！您听错了，我没说您是三奸队……”

小嗓门被两个头戴顶子的安国军大兵架了出去。这时拖长腔的说话了：“这是命，在劫难逃。这顿臭揍准轻不了，弄不好得趴上半个月的炕。”

没人接他的下腔。

第二天一早，安国军的铜锣就敲响了，这回不是吆喝着招兵，是轰人。不分男女老少，见人就往东门外的老校场轰。大嗓门这会儿是眼尖耳朵灵，一闪身就进了路边的茶馆。

一进门，站门的王二就对他说：“都什么时候了，您还往外跑，我们掌柜的刚被逮走。两个戴顶子的大兵进门后把捐簿往桌上一摊，掌柜的直说好话：‘您二位也是汗镇的人，穿上官衣了总得照顾照顾乡亲们……’

“没想到这两块料说翻脸就翻脸，把眼一瞪说：‘你是敬酒不吃吃罚酒，去见识见识吧，开了眼后准加倍地捐。说完后一拧胳臂，就把掌柜的架走了，这一去我看是准没好果子吃。”

王二的话还没有说完，又闯进来几个杂八凑。进门后不容分说，一人先是一枪托，然后向门外一指：“老老实实地奔老校场，要想溜，老子的枪子儿不认人。”

大嗓门和王二乖乖地奔了老校场，规规矩矩地往指定的地点一站，抬头往检阅台上看了看，东蒙各旗有头有脸的，差不多全坐在上头。

汗镇有头有脸的人全坐在台下头，王二找了找，掌柜的耷拉着脑袋，坐在最后一排，跟霜打了似的，不用问，准是没得好脸、没给好气、更没给好果子吃。

王二还没捉摸出个道道来，就听见鼓乐齐鸣，洋喇叭吹得这叫响。一队安国军从老校场外开了进来，帅旗之下，川岛芳子骑着高头大马，穿着日本的将军服，带着金线参谋绶，肩上是三颗星——大将。

她身边簇拥着二百多号头戴顶子的“大清兵”，看起来不伦不类，可是个个挺胸腆肚，晃着膀子走得那叫神气，比戏台上的武丑还要牛。

“川岛大将”在检阅台前下马，在武丑们前导后卫下登上了检阅台。手中的令旗一展，两千多号杂八凑喊着“一二一”！“一二一”！依次向前推进，接受了检阅。

阅兵结束后开始训话，由于风大，站在后面的大嗓门和王二什么都没听见，两人就小声聊了起来。大嗓门对王二说：“看这阵势，你们掌柜的可得出点儿血了。”王二叹了口气：“在这汗镇做买卖的，我看谁也跑不了。别说不出，少出都没门儿。”

话刚说到这儿，不知道发了什么邪，阅兵台上冷不丁地一嗓子“祭旗!”把大嗓门都给吓了一跳。听声得是二百多号人同时喊出来的。

大嗓门抬头一看，差点把魂吓飞了。小嗓门被五花大绑地推了出来，站在旁边的“大块头小脑壳”，一脚就把他踹倒在安国军的大旗前，手起刀落，血溅起了有好几尺高，脑袋就给砍了下来。

大嗓门把眼一闭，一泡热尿就全撒在了裤裆里。这时又是一嗓子“祭祖!”瘆得人脊梁骨直发麻，大嗓门情不自禁地又睁开了眼。就见小嗓门的脑袋已经被放在了一个大盘子里，摆在一方大供案上，由四个戴顶子大清兵缓缓地抬起，走到了队伍最前面。

这时，“一二一”！“一二一”！的口令又喊了起来，两千多号安国军迈着“正步”向七盘山进发了。队伍均上路之后，川岛大将向阅兵台上的头面人物一拱手，说了声：“请吧!”

这些头面人物你看看我、我看看你，依次走下阅兵台，然后翻身上马，跟在队伍后面缓缓而行。川岛芳子这时也翻身上马——来了个大将督后阵。

被轰来的汗镇老乡，这时如蒙特赦，开始散去。王二走到掌柜的面前一看，可把他吓坏了，掌柜的愣呆呆地坐在小板凳上一动也不动，像是泥捏的。手里捧着一张纸，王二拿过来一看，也愣了——是一张捐款通知单，如不按时、按数交纳，全店上下一律拉去当挑夫，随安国军开往冀北。王二也入定了，变成了泥捏的。

“大块头小脑壳”在祭祖队伍的最前头走得正起劲。刀劈小嗓门时，他溅了一脸一身的血。他把满脸的血污当成了风光与荣耀，提着带血的鬼头刀得意洋洋。殊不知此时此刻，鬼头的命运已经降临到了他的头上。眼见快到七盘山底下了，突然从山后转过了两辆装甲车，车上挂着膏药旗。说时迟、那时快，风光劲还在兴头上，装甲车已拦住“大块头小脑壳”的去路。车门一开，跳下了一个日军少佐。

“大块头小脑壳”一惊，赶紧把手中的鬼头刀往地下一扔，紧三步抢上前，趋身口呼：“给太君请安!”趁着他猫腰探身，“少佐”手起刀落，大块头和小脑壳就分了家。小脑壳从脖子上落地之后，生狼眼还瞪了三瞪。

与此同时，两辆装甲车上的八挺歪把子机枪同时开了火。杂八凑四散而逃，只恨少生了两条腿，两蹄兽说什么也没有四蹄兽跑得快。

督后阵的“大将”川岛芳子，此时跑得比谁都快。大洋马蹿出了一溜烟，冲出了轻机枪的射程，连汗镇也没敢回，从此以后再也没有在东三省露面。

刀劈小脑壳的“少佐”正是赵大勇，义德和宋大中从装甲车中下来之后，在七盘山下树起了一面大旗，上书四个大字——抗日救国。

归途中，赵大勇的目光总是从不同的角度注视着宋大中。宋大中从反光镜中也注视到了赵大勇，于是把袖子卷得更高了，明显地露出了左胳臂上的红痣。赵大勇明白了，转过身去看了义德一眼，四目相对后，三个人全明白了。义德、宋大中都暗暗地挑了个大拇哥：“真不愧是侦察排长出身，眼毒，揉不进沙子。”赵大勇心里也挑了个大拇哥：“姜还是老的辣，在我眼皮底下玩了这么多天。”

“民生车到达了预定的地点后，义德下令彻底地进行隐蔽。宋大中恋恋不舍地拍了拍车身，仿佛有千言万语还没有说完，义德冲他一笑说：“你的民生车，就改名叫抗战车吧。”宋大中点了点头。

这时赵大勇走了过来，向他打了个立正，敬了个标准的军礼：“我能叫您一声老前辈吗?”宋大中笑了，说：“好样的，后生可畏。”

仨人进屋后，赵大勇随手就关上了门，紧紧地握住了宋大中的手，问道：“这是怎么回事?”宋大中平静地回答说：“抗战的需要，报仇的需要。沈阳认识我的人太多了，为了潜回沈阳干掉白维仁，我只能如此。”

赵大勇又打了个立正，敬了个标准的军礼，说：“到沈阳后怎么干，我全听您的。”宋大中摇了摇头：“军事上关义德是行家，道儿上的玩法我是行家，搞侦察你是行家，三个臭皮匠，赛过诸葛亮。

“这次潜入沈阳，我是两眼一抹黑，旧的关系一概不能利用，得从头做起。九一八以前，我开的是民生公司。现在开的是货栈、大车店。

“九一八以前，关义德是将军，你是上尉军官，现在是商人，是掌柜的，也得从头来。虽然说咱们不指着做买卖赚钱，可假戏得真唱，要不准露馅儿。我在道儿上混的时候也开过店，干什么就得吆喝什么。

“从今天起，咱们的称呼就得改嘴。人前人后都一样，我不是宋大中了，是戴正铭。你眼毒，把我认了出来，我心里真有点没底了。”

赵大勇笑了：“不是我眼毒，是您教我开过汽车。您的习惯性动作，我能不记得吗。您开车前的第一个动作是卷袖子，您卷袖子时我就看见了您左胳臂上的红痣。”

听到此处宋大中心里一惊：“要是被别人看破，可就麻烦了。我得赶快把这颗红痣点掉，大意失荆州，咱们进了沈阳城后，一点漏子也不能出。”

义德也笑了，说：“进了沈阳城后，咱们逢事都得听戴大掌柜的。

宋大中听到“戴大掌柜”这三个字，突然作色道：“我要能活到抗战胜利那一天，就举行个招待会，复名叫宋大中。”

进了沈阳城，把蒙源货栈安排妥当了之后，义德和戴正铭就在城里转了一圈。见警察局戒备森严，门口四个岗，楼门口两个岗，沿着院墙还有流动哨，很难混进去。

齐公馆的大门紧紧地关着，看来齐老爷子虎死余威在，还真把“白为人”给镇住了。斜对面的宋公馆，变成了日本宪兵队。戴正铭看着这一切，脸上的表情很平静。

回到蒙源货栈后，戴正铭问关义德：“你对迫击炮在行不在行？”

“我虽然不是炮兵出身，玩儿迫击炮可是好手。不论是六零还是八零，着弹点差不了两米，不打个正着也准能蹭上。”义德十分自信地回答。

“这就好办了，咱们有一门六零炮存放在三号点，想办法弄进沈阳来，年三十的晚上，趁着家家户户放爆竹的乱劲儿，炮击警察局。炸不死白为人，也能振奋民气。”

六零炮被分拆之后，顺利地运进了沈阳，可是只有七发炮弹。义德检查了一下，有两发是红屁股的燃烧弹。

戴正铭选定了一个炮位，在镜明湖边上。义德反复观察之后，认为十分理想。借着破冰钓鱼，把各种数据全弄清了，并进行了多次测算，可保万无一失。

镜湖的西岸是早市，赶市的在湖边上盖了不少小房，戴正铭租下了一所小院，堆满了年货当库房。小院的后屁股就在湖里。义德看了后就说了两个字：“稳当。”

赵大勇对“白为人”进行了跟踪，确认了他住在警察局里。年关将近，这个坏瓜忙了个不停，该拜谒的、该送礼的，他一家也没落下。

三十晚上吃团圆饭时，他才醉熏熏地离开了春满楼，为了良宵不虚度，把宜春院的头牌水仙姑娘给带回了警察局，陪他“值夜”。

此时，小院里万事皆备，就等着迎灶王爷回宫的吉时。吉时一到，沈阳城中的爆竹、烟花响成了一片。义德的七发炮弹，也就趁着热闹飞了出去。

两发燃烧弹打在了警察局的楼顶上，燃起了熊熊的烈火。五发爆破弹一发打到楼门口，两发打在了三楼上，两发打在了二楼上。“白为人”的办公室在三楼，一发炮弹正好破窗而入掉到了他的办公桌上。

此时的白维仁，正在办公室套间的烟榻上吞云吐雾，水仙姑娘已在旁边的席梦思床上“就位”，静等着白局长加了双料后共度良宵。

炮声一响，水仙姑娘从床上跳下来就往门外跑。和冲上三楼救驾的警佐撞了个满怀，可把这个警佐给吓坏了，调头就往楼下跑。水仙姑娘不知道着了什么邪，不顾一切地追了下去，蹿到了这个警佐的背上，一黑一白，演了出猪八戒背娘子的闹戏。

“白为人”确实是老道，往烟榻底下一钻，当了缩头乌龟。正在二楼办公室值夜的关东军督导官南云少佐，被一块弹皮击中了头部，当场毙命。

关义德、宋大中相顾一笑，笑得挺开心、挺轻松。把六零炮往冰窟窿里一扔，回到房里热炕上喝起了小酒。

大年初一，沈阳全城戒严。关东军的专家检查了现场之后，得出的结论是警察局遭到了炮击，使用的炮弹系沈阳兵工厂制造的 AH－Z 型六零弹。“白为人”根据这一结论，上书关东军司令本庄繁大将，认为炮击系驻沈阳的七四九旅所为。证据有三条：一是只有该旅才有这种装备。二是该旅驻扎在沈阳城区。三是该旅和警察发生过冲突。

本庄繁对“白为人”的上书“留中不发”，没有任何表示。宪兵队长龟田心里有数，七四九旅和警察的过节再大，也不敢炮击警察局。

沈阳的老百姓欢欣鼓舞，在黑夜中又看到了光明、看到了希望。

本庄繁“留中不发”，龟田也不究不问，“白为人”心里可没数了。咬了七四九旅一口，可是没咬动。其实，这七炮是谁打的，他心里一点底也没有。

挨着过一遍，王以哲的人都撤到了关内，马占山的人退到了苏联，“抗联”闹得挺欢，可是都在黑龙江、吉林，要说是七四九旅干的，又没有直接的证据，日本人也不认头。

想来想去，突然一惊，准是齐恩铭的人干的。宪兵司令部有个直属的炮营，下辖一个六零炮连、一个八零炮连。炮营的人都是齐恩铭的死党，他们在暗处，我在明处，要是过几天再飞来几炮……

三思之后，“白为人”把办公室搬到了地下室里，并给龟田打了个报告。龟田认为“可对原宪兵司令部的人进行调查”。

见到批文之后，“白为人”是一喜一忧。喜的是日本人认了头；忧的是动齐恩铭的人，弄不好这个恶鬼又要来找麻烦。

缺德事做多了的人，往往是不怕活人怕死人。“白为人”对于齐恩铭，是活着的时候怕、死了更怕。想来想去，还是多超度超度这个恶鬼，让他快点转世投胎。

心诚则灵，为了度齐恩铭，“白为人”每隔三天去一次西郊的静云禅寺，亲自上香磕头。没想到的是，回回和汪作人碰上，于是白局长和汪院长就在佛前结缘，成了好友。

俩人一块儿抽了一签，均是“二人同心，其利断金。二人同进，其利不尽。二人同拜，诸佛厚爱”。

从此以后，白局长和汪院长总是联步进殿上香，来早了的，在山门里等着。每次前来，警察都是先清庙后清殿——把进香的人赶出庙，把和尚驱到寺后藏经阁，然后局长和院长肩并肩地进殿上香磕头，嘴里还念念有词。

获悉这种情况之后，戴正铭制订了一个新的计划。

“白为人”到哪儿都是官威十足，汽车踏板上站着四个挎盒子炮的警士，司机边上还坐着一个侍从的警佐。汪作人以文人自居，自封为名士派，到哪儿都不带警卫。来静云禅寺上香，连跟班都不带。说白了，有“白为人”这个大警卫，他还能不放心吗？

这天，正是“白为人”、“枉作人”上香的日子，戴正铭的部署也就全部到位了。一辆骡车把“枉作人”的汽车挡了下来，司机被请上骡车装入麻包，车把式扬鞭而去。赵大勇登上汽车变成了司机，戴正铭迅速地给“枉作人”的下巴、胳臂进行了脱臼，然后给他腰上安装了一个由四颗无柄手榴弹改装成的爆炸装置，启动后一分半钟爆炸，并把一封信塞入院长大人的上衣口袋里。

一切就序了，戴正铭对“枉作人”宣布：“到了静云禅寺你就下车，登上石阶到山门里去找‘白为人’，把口袋里的信交给他。你不许出声、不许回头，出声回头，我就一枪崩了你。‘白为人’见到信后，你也就没事了。”

戴正铭的测算是由下车到走进山门约一分钟，“枉作人”说不出话来，手也抬不起来，见了“白为人”只能“啊哦”个没完。“白为人”一时也闹不明白，在“啊哦”声中，炸弹也就响了。

车行至静云禅寺门前，“白为人”的车已停在那里。“枉作人”下车后没出声、也没回头，老老实实地登上了石阶。这石阶有十来蹬。快到尽头时院长大人一脚踩空了，滚了下来。“白为人”的两个侍从警士赶紧抢上去扶，刚把“枉作人”拉起来，他身上的四颗手榴弹就爆炸了，停在旁边的汽车也被引爆了。

赵大勇听见爆炸声后，一踩油门，汽车迅速消失在公路之上。

“白为人”是二进宫了，听见爆炸声就地卧倒。趴得太猛了，鼻子磕到了广目天王的脚上，摔了个满脸血污，瘫在地上动不了啦。侍从的警佐、警士以为他中了弹片，乱成了一团。

救护车赶来后，把局长大人拉到了东亚医院。抬到急救室后一检查，才发现“白为人”除了鼻子磕破之外，一切完好。

鬼门关前走一遭，“白为人”又还阳了。三思之后，对静云禅寺大修了一番。给诸佛均重塑金身，大小僧人一个不落，都有布施。

逢人就说：“心诚则灵。”可别以为白局长真出了点血，所有的款项均由各分局、各派出所分摊。羊毛出在羊身上，管段的警察则挨门挨户地加收一笔“善款”，连拉洋车的也没放过。

静云禅寺事件之后，“白为人”深居简出，非有要务，绝不在公众场合露面。赵大勇多方侦察，均找不到下手的机会。

半年后，机会终于来了。伪满洲国的总理大臣郑孝胥要到沈阳、锦州、大连巡视，随行的高官有内务大臣、陆军大臣、外交大臣、警察总监、税务督办……，帝室御用挂狄村少将、陆军督导官宫本少将、关东军副参谋长中岛少将。

“真是来者不善，善者不来。”对于这些“上差”的接待工作、保卫工作，均不能掉以轻心，兆辛柏和“白为人”为此召开了多次会议，进行了部署。

最后确定下来的方案是巡视团下车后，即行参加在车站广场举行的欢迎大会。大会主席台分三排，第一排就座的是巡视团的成员，第二排就座的是沈阳市政府下属的各局局长，第三排就座的是沈阳市各界的名流。

欢迎大会开始后，首先由市长兆辛柏致欢迎词，然后由小学生献花……

方案详而细，由“白为人”呈报给了龟田，龟田又呈报了驻屯军司令宫琦少将。宫琦在方案上批了个“可”字，“白为人”就忙了起来。

在车站广场上搭主席台，车站周边的几条街上都搭了彩牌楼，安装了扩音器……

“白为人”忙，关义德、戴正铭、赵大勇也没闲着。陈修和到德国鲁尔兵工厂考察时，厂长冯·威廉送给他一支带有观测镜和消声器的 KO－1 型狙击步枪，是该厂刚定型尚未批量生产的产品。齐恩铭见了后连声夸好，说：“用这玩意儿打狗熊是万无一失。熊瞎子顺着枪声扑，这枪无声。”陈修和也就慷慨相送，后来齐恩铭又把这支枪送给了关义德。战场之上，这条枪大显身手。可惜的是，只剩下了五发子弹。

戴正铭信心十足地说：“这条枪我使过，是好枪，百发百中不成问题。就剩下五发子弹，‘白为人’是摊不上了，就让这小子多活几天。”

射击位就选择在正对主席台的一个楼顶上，“白为人”在那儿安装了两个大型扩音器。欢迎大会开始前，戴正铭、赵大勇穿着电业局的工坎，借口检查扩音器径直登上了楼顶。

义德带着十几个人，以不同的身份分布在楼下打接应。主要的任务是不能让日伪人员再上楼检查扩音器。

巡视团在军警的簇拥下走出了车站，在车站广场上待命已久的沈阳市大中小学生、市府下属的公务员，在一声号令下全体起立高呼“欢迎!”此时扩音器里的欢迎曲也奏响了，震耳欲聋。

位列第三排的“名流”首先登上主席台，侧身鼓掌。紧跟着，位列第二排的局级官员也登上了主席台，侧身鼓掌，意在恭迎位列第一排的高官登上主席台就座。

高官们正准备登上主席台，这时杀出了一个程咬金——多田中将。

多田是关东军的元老，现任第三师团长，原不准备出席欢迎仪式，一时心血来潮，匆匆赶到了火车站，可还是来晚了。赶来的原因是他听说郑孝胥是个大收藏家，所藏尽是价值连城的稀世珍宝，想去结识，然后意思意思。

他到达时，巡视团的高官们正准备登上主席台，在第一排就座。狄村、宫本、中岛三位少将见老长官来了，一齐立正，齐刷刷地敬礼。然后一一握手，寒暄了起来。

兆辛柏见多田来了，受宠若惊，赶紧把郑孝胥一行介绍给多田，多田和这些人一一握手后，又向郑孝胥表达了仰慕之意。兆辛柏就充当了总理大臣和中将师团长之间的临时翻译。

多田有意，郑孝胥知意，两人就多聊了几句。其他的高官们也就只能在主席台下立而聆听。

欢迎曲奏响之后，本应在主席台上第一排就座的人均未出现，在射击位上的戴正铭可沉不住气了。心想，准是发生了纰漏，可是，这次机会不能就这么放弃。

情急之下，退而求其次，向主席台上第二排侧身鼓掌的局级日伪官员开了火。五发子弹射出之后，主席台的第二排上倒下了五个人。

这五个人是沈阳宪兵队长亀田大佐、沈阳驻屯军参谋长河本大佐、沈阳警察局局长“白为人”警监、沈阳警察局督导官小原中佐、中村少佐。

车站广场上军乐队奏得正欢，扩音器里的欢迎曲震耳欲聋，别说狙击步枪上装有消声器，就是没有消声器也不会被发现——因为根本听不到枪声。

戴正铭、赵大勇顺利地撤离了，主席台上可乱成了一团。兆辛柏吓得说不出话来，完全失去了发号施令的指挥能力。还是关东军副参谋长中岛少将有主意，一把拉住多田退进了候车室，宫本、狄村也跟了进去。

四名将军回到了专列之上就下令开车，把总理大臣一行扔在了车站广场。专列到了苏家屯站后停了下来，四名将军一齐去了第三师团的司令部。进了作战室后，多田即下达了命令：“摩步联队立即开往沈阳。”

主席台上乱够了之后，在现场值勤的警官把亀田、河本、白维仁、小原、中村送到了兴亚医院。抬进急诊室时，亀田、河东、小原、中村已是四具死尸，医生验证后即盖上了白布单送往太平间。白维仁却发生了奇迹，不但开口说了话，还从急救台上坐了起来，吓得护士赶紧往后退，医生把他按倒在急救台上。兴亚医院的医生均是日本人，白维仁是最后一个被抬上急救台抢救的，没事儿的医生均聚了过来，要看个究竟。

白维仁的警监服上沾满了污血，胸口上有一个被烧焦了的弹洞，也是血迹斑斑。医生检查弹洞时，奇迹发生了，弹洞里是一把比利时兵工厂的名牌手枪——大威力勃郎宁。

原来如此——白维仁的警服里暗藏的这把手枪救了他。狙击步枪的子弹正打在枪柄上，枪柄里是子弹夹，枪柄、子弹夹均由蓝钢制造，里面压有双排子弹共十三发。

狙击步枪子弹的威力很大，穿过了枪柄、子弹夹和两排子弹，能量被整个手枪所吸收，故未能穿透后枪柄。整个手枪像是一把铁锤，在“白为人”的胸口上猛击了一下，留下了三十多公分见方的皮下淤血。“白为人”被震昏了、吓昏了。警监服上的污血，是他倒在了龟田的背上。龟田被子弹射穿，血流到了“白为人”胸口的弹洞上。

医生检查了一下白维仁的内脏，觉得没有什么大问题，就把他送到病房，进行观察。

郑孝胥一行被晾在了车站广场上，受了一场虚惊，上上下下均异常恼怒。一气之下，终止了巡视返回了新京。

兆辛柏、“白为人”知道势已难辞其咎，只好上了辞呈。其意在以退问路，也算是先避避风头。

“白为人”是命中该有一劫。辞呈上了两天就坐不住了，过足了烟瘾，吃饱了午饭，就去拜访新任宪兵队长左滕太郎。这位队长原是龟田的副手，军衔是中佐，伪官吏们背后都管他叫“折腾太狼”，其为人可想而知。

“太狼”君这两天气正不顺，原以为龟田殉国、自个儿就可以顺理成章地“扶正”，没想到命令下来后是“以原衔署理队长”，这不言而明，只能破案立功后才能“扶正”。

破案的唯一线索，是弹道专家确定了五颗弹头均系德国 KO－1 型狙击步枪所用的制式子弹。这种枪刚刚装备了德军特种部队，也就是说，王以哲、马占山余部不可能有，“抗联”更不可能有。

在中国能有这种枪的人，推而论之只能是军统了。“太狼”从未和军统打过交道，别说来龙去脉了，就是组织形式、活动方式也一无所知。对于破案，更是无从下手，比大海捞针还要难。想“折腾”也折腾不起来，于是狼性大发，见人就想咬一口。

生了一上午闷气后，中午一人喝起了闷酒。酒入愁肠，焉有不醉之理。恰好“白为人”前来拜访，“太狼”见人就想咬一口，见了“白为人”当然也不例外，指着“白为人”说：“你的，咪西，大大的咪西!”

“白为人”赔着笑脸说：“队长喝吧，我已经吃过午饭了，小川医生也让我戒酒。”

“太狼”把眼一瞪说：“你的咪西的不是酒，是水，凉水的大大咪西。”

说完之后，“太狼”用日本话吼了几嗓子。两个宪兵扑了上来，“白为人”高呼：“队长！你误会了。”

“太狼”狠狠地骂道：“你的，良心的大大的坏了。炮击警察局南云死了，你的，一点事情的没有。静云禅寺事件，汪作人死了，你的，一点事情的没有。车站广场事件，龟田、河本、小原、中村统统死了，你的，一点事情的也没有。你的良心的大大的坏了。”

骂完之后，向两个宪兵一挥手，两个宪兵同时立正，“咳!”的一声，架起“白为人”就走了。

“太狼”的规矩是伸一个手指灌一瓶子凉水，依此类推，一把掌就是五瓶。以“白为人”的身子骨，两瓶子都经不住。其实，“太狼”也没打算灌他五瓶子凉水，挥手是拉出去，挥手后伸出了两个手指头，两个宪兵转身太猛了，没看见两个手指的信号，误认为是灌一把掌——五瓶。

“白为人”被架出去后，“太狼”的气消了大半，酒也醒了大半。喝了一杯浓茶之后，头脑也就开始清醒了。这时一个宪兵进来报告说：“白维仁没气儿了!”

“太狼”赶到刑讯室一看，白维仁鼻子里、嘴里都喷出了鲜血，脸色却连一点血丝都没有，白得吓人。刑讯室里又阴又冷，“太狼”也就完全清醒了。二反投唐，把“白为人”又送进了兴亚医院。

在兴亚医院里，白维仁又创造了奇迹，居然还阳了。可是元气大伤，瘦得三分不像人、七分倒像鬼。雪上加霜，就在这时候，他和兆辛柏的辞呈都批了下来。

所幸的是关东军司令官本庄繁大将对二人优抚有加，安排兆辛柏赴日考察民政，“白为人”赴日考察警政。二人诚惶诚恐地上书谢恩，然后悄然上路。到达日本后兴亚会出面接待，考察是虚，也就是暂安了下来。

兆辛柏有个日本老婆，又有个博士头衔，多少还能聚点人气、有点交游，“白为人”可就惨了，只能借酒消愁，寻妓求娱。

虽说度日如年，可是一晃就是两年多，兆辛柏、白维仁时转运来了。本庄繁回日本向天皇述职，二人忝列衣冠，到机场迎接，并呈上了考察心得。

本庄繁连看也没看，就说了声“很好”。然后转过身去对侍从副官说：“通知张大臣，兆辛柏任满洲国立法院副院长，白维仁嘛，就仍任沈阳警察局局长。”

兆辛柏直飞新京履新，白维仁直飞沈阳官复原职。接印之后，白维仁驱车到静云禅寺，磕了三个头、上了三炷香，在佛前求了个签。打开一看：

三阳开泰喜相逢，官运财运展大鹏。
新车新马驰新邸，桃花依旧笑东风。

“白为人”看罢真是乐晕了，连呼“今生今世没白为人!”回到警察局后，心里美滋滋的。在办公室里摇着脑袋转圈，自言自语道：“三阳开泰，自有吉星相照。齐恩铭这个恶鬼即便还没有转世投胎，也得避我七分。”

虽说是自言自语，也壮了自个儿的胆。第二天“白为人”就重新入住了齐公馆。真是佛爷有灵，一觉睡到大天亮，“白为人”连个梦也没做。

日上三竿，白局长的第一件“要务”就是“升榻”——在烟榻上一躺，点灯开抽。这两年官没升，烟瘾可见长。不要六响炮了，玩儿自来得——一口气抽十个大烟泡。

白局长是会保养的人，一个泡只抽三口。两个警佐小三年没侍从了，手生了，忙得团团转。十个大烟泡抽完了，精神头儿也就来了，“白为人”心潮起伏，浮想联翩，心里盘算着：“官运财运展大鹏”，有官当就能搂钱，甭管怎么搂，都是轻车熟道。新车、新马、新邸就不用说了，“桃花依旧笑东风”是何所指？琢磨来琢磨去，也想不出个头绪来。久思生幻是在论之说，再加上一梭子“自来得”扫出来的“精神头儿”，也就邪人生邪心，邪心生邪念，邪念导致邪幻。

令人发指的是，“白为人”的邪幻竟然是毕洁清的玉体。淫念、淫幻刚入淫境，门就开了，齐恩铭穿着中将大礼服威风凛凛地走了进来，后面跟着的是城隍庙里的判官，左手托着生死簿，右手提着勾命笔，两边站着黑无常、白无常和一群牛头马面。

就听齐恩铭大喝一声：“给我拿下，用铜锤击碎这厮的脑壳。”

判官答了一声“得令!”就勾了生死簿，牛头马面一拥而上。一个赤角牛头跨上一步说：“我来结果这厮。”说罢，就高高地举起了索命铜锤。

“白为人”缩成了一团，双手紧紧地抱住了脑袋，闭上眼睛。就觉得头顶上“轰!”的一声，紧接着又是“轰!”的一声，重重地挨了两锤。

两锤之后就不见动静了，“白为人”慢慢地睁开眼睛一看，跟前的牛头、马面全没了，齐恩铭也不见了。抬头向窗外望去，秋阳和熙，蓝天灿烂。伸手摸摸脑袋——完整无缺。这时才感觉到裤裆里湿乎乎的，低头一看，明白了——一泡热尿，全尿到了裤子里。

又定了定神，刚想喊“来人!”就见几个侍从警士慌慌张张地跑了进来，上气不接下气地说：“报告局长！一颗掉到了三楼顶上，一颗掉到了三楼的阳台上。”

“白为人”把眼一瞪：“说清楚点！掉下来的是什么东西？”

“报告局长！是炸弹，两颗都是炸弹。”

关东军的兵工专家、弹道专家对现场进行了全面检查，得出了一致的结论。“炸弹”系日军制式装备——大正三型无柄手榴弹。不可思议的是，两颗手榴弹均是由高空垂直下落。

关东军的专家们无法解释，“白为人”可慌了架子。连忙从齐公馆又搬回了警察局，坐在办公桌后越想越生气——这老佛爷可真不仗义，静云禅寺白修了，香白烧了。齐恩铭这个恶鬼，竟然敢在白天显形。不知道是吓晕了、气晕了、恨晕了，还是吓透了、气透了、恨透了，“白为人”得出来的结论是“信则有，不信则无”。齐恩铭的阴魂不散，就是老超度他，受香火受出瘾来了，舍不得走了。从今以后，不给他上半炷香。没吃没喝，他就得自谋生路——转世投胎去了。至于老佛爷，也打发他走人——我“白为人”从今以后改信天照大神——信日本教准灵。

主意定下来后，就“临案理事”。打开卷宗一看，真是心里发慌、脊梁骨发凉，这两年多在日本，真是身在福中不知福。

接他任的向世仁，不明不白地死在了局长办公室。督导官大平、田中外出时汽车被炸飞了。社会局局长起床时家人才发现，他的脑袋没了。商会会长被割去了耳朵，说什么不敢再干了。兴亚会的副会长挨了黑枪，被打断了脊椎骨成了高位截瘫……

“白为人”不敢再往下看了。他的前任引咎辞职，辞呈上去就批了下来，可是还没来得及交任就突然中风不语了。不但口眼歪斜，而且半身弹弦子——高度偏瘫。本应来接任的“苟认人”，抽完大烟后突然七窍出血，还没有送到医院就断了气。死后全身发紫，系中毒身亡。后查明系烟枪中被下了剧毒，不知何人所为，至今也没有任何线索。

“白为人”把卷宗一扔，瘫在了椅子上。这时他算明白了，官复原职可不是什么可喜的事。可有官总得当，没大烟抽受不了，没官当比没烟抽还难受。想到这儿把心一横——“上炕带刀子，豁着干了”。

大政定下来后，把胸一挺，头一仰，桌子一拍，喊了声“来人!”值班的警官应声而入。“白为人”摆出了一副胸有成竹的架势说：“记录，所有积案必须限期侦破。对于昨天发生的恶性案件，应投入所有警力，进行拉网式排查……”

沈阳市的伪警察倾巢出动，闹得全城鸡犬不宁。折腾了三天后，毫无所获。“白为人”像是泄了气的皮球，只好变了策略，变进攻为防守，集中力量保卫警察局——也就是保护自身的安全。

具体而言，“白为人”的策略是深居简出。“深居”就是把整个警察局大院变成一座“乌龟壳”，设置了立体的三防体系——空中、地面、地下，层层设防，休说是特工潜入，就是小部队强攻，也能拒之于院外。

“简出”就是尽量避免外出，场面上的应酬，均由副局长、秘书长代行，非亲临不可的“要务”，则乘坐装甲车前往。

“白为人”乘坐的装甲车，是B型的“民生车”。对于这种车的性能，戴正铭太熟悉了。徐承志入伍前在兵工厂当过技工，在讲武堂附设的通讯器材速成班培训了两年，毕业后成了电话排的排副，在工程上不说门儿清，也是个实干家。二人就在“白为人”乘坐的B型车上打了主意。戴正铭长叹一声说：“风筝挂手榴弹这一招，看来是有些欠妥，原打算杀杀白为人新官上任的邪气，没想到这小子缩进了乌龟壳，倒不好下手了。”

徐承志信心十足地说：“没关系，姓白的只要出来，咱们就有法子。他自从坐上了B型民生车后，就不带警卫车了。咱们的炸药用光了，手榴弹啃不动装甲车，只能在车轮子上打打主意，只要车一翻……”

戴正铭恍然大悟，拍着徐承志的肩膀说：“有主意了，有主意了。”

半个月后，一个别车轮的装置制造出来了。只要“白为人”外出，就是死期到了。“白为人”虽说深居简出，可是躲得了初一，躲不了十五。

一晃三个月过去了，赵大勇得到了确切的情报，“白为人”要去警佐训练所参加一期学员的毕业典礼。是日典礼甚为隆重，“白为人”也甚为风光，归途上得意洋洋。心想，段祺瑞以北洋武备学堂起家，蒋介石凭黄埔军校得天下，我白维仁总不能总白为人吧。第二期警佐训练班我还得亲兼主任，让秘书兼教育长。

只要警佐训练班一期一期地办下去，沈阳警察局早晚都得是我的学生。将来说不定在北洋系、黄埔系之外，还能出个警佐系。想到这儿，心里真是美滋滋的，仿佛警佐系已成了大气候，自己俨然是政坛领袖、军界魁首了。

“白为人”行将进入幻境之际，就听“轰!”的一声，装甲车在公路上翻了个底盘朝天，紧跟着又滚到了路边的土沟里。在翻滚的过程中，装甲车的油箱漏了，汽油流了一车。“白为人”被卡在了椅子底下，动换不得。

车上的司机、警官、警佐、警士争先恐后地跳了出来后，才发现“局座”还卡在车里。于是一齐喊着号子抬车，试图把车正过来，好让“局座”恢复自由。

不折腾还好，一折腾把发动机给弄响了，马达一转起来，车里的汽油也就着了火。“白为人”命不该绝，这时车里的汽油已经不多了。可是他的左脚、左腿、左肋、左臂、左手，一直到左脖梗子都浸上了残油，被卡在椅子底下烧烤活人。

“白为人”厉声嚎叫，声儿比生猪煺毛都难听。慌乱之中不知是谁得到了上天的启示——以尿灭火。于是警官、警佐、警士们纷纷解开警裤的风纪扣，对准了白局长使尽全身的气力撒了一泡尿。

不知道是尿的功效还是汽油烧尽了，总之，火熄灭了，“白为人”得救了。虽说有大面积的烧伤，可是兴亚医院里有的是好药。两个月后“白为人”出院时，从左脚一直到左脖梗子全是大疤瘌。

所幸的是白局长意志坚强，有超人之毅力，虽被卡在椅子底下动换不得，可是拼命地梗起脖子向上仰，火烧脖颈直冒油，脸却保住了——没破相。这不能不说是个奇迹，是天照大神护佑下的奇迹。

三个月后，白局长坐在办公桌后是气宇轩昂，穿着高领的汗衫，戴着雪白手套，仍不失警监的威仪，颇具长官的风度。可是下定了决心，说什么也不出警察局的大门了。公余所事，就是跪在天照大神龛前祈祷。

“白为人”不出警察局的大门如同进山修“道”，重在养“性”。养成狗性之后，方能体悟狗道。可是“洞中才数日，世上已千年”。弹指六年过去了，1937 年 7 月 7 日，卢沟桥畔吹响了民族解放的进军号，全面抗日战争爆发了。

“地无分南北，人无分老幼”，“母亲唤儿打东洋，妻子送郎上战场”。此时此刻，狗性已成、狗道已悟的“白为人”，真有些坐不住了。凭直觉已意识到，末日之劫临近了。另一个世界要向他索命，现实世界要向他讨还血债。

改信了日本教后，天照大神会保佑吗？躲在乌龟壳里不出来，就能躲过人间的劫数了吗？常言有“在劫在数，在劫不在数”之说。屡逢劫难又均能呈祥，是命大，属在劫不在数。常言又有“天数齐了”、“天数尽了”，这天数又怎么算？城隍庙里有个天地算盘，上书“千算万算，不如阎王一算”。

想到这儿，“白为人”的脊梁骨发凉，眼前又晃动起了牛头、马面。此时就听见一声“齐司令到！”牛头、马面分列到了两旁。齐恩铭披着黑呢大氅，身边侍立着黑脸判官，身后紧跟着一群黑无常，黑压压的一大片。

黑脸判官喊了声“升堂！”牛头、马面齐声呼道：“威——武——”齐恩铭居中落座，一下子就变成了城隍爷。

“白为人”腿一软，就跪了下来。这一跪，就从楼梯上滚了下来。身边侍从的警官、警佐、警士，一齐高喊“局座！”

局座摔了个鼻青脸肿，被架起来后第一句话就是：“通知下去，各分局、各派出所集资修城隍庙。”

城隍庙还没有修好，第二期警佐训练班又要毕业了。秘书长请示毕业典礼如何安排，“白为人”沉思了一下说：“就在局本部大礼堂举行毕业典礼，毕业典礼之后搞个聚餐，要丰盛。”

毕业典礼如期举行，在军乐声中，“白为人”向学员们逐个颁发了毕业证书，并亲切握手。事毕，学员代表上台讲话，主旨系厚报主任栽培之恩。

代表讲话的过程中，“白为人”发现坐在一排的一个学员有“异常”表现——右手几次伸入警服内，似乎是在摸什么。“白为人”毛了，右手也伸入警服内，悄悄地打开了德国 GA－2 型自动手枪的保险。

就在这一刹那，这个学员又把手伸入了警服内，并掏出了……

“白为人”先下手为强，掏出自动手枪一扣扳机，24 发子弹就射向了这个学员。与此同时高喊：“有刺客！抓刺客!”“白为人”身后侍立的四名警卫见主子向台下开了火，不分青、红、皂、白，掏出自来得也就向下扫。井上、东平两名督导官也晕了头，拔出了王八盒向着台下就是两梭子。

第二期警佐训练班的日本教官松本一郎头脑还清楚，站起来大吼一声：“开枪的不要!”

此时，台下就座的二百多名学员可惨了，死的、伤的、往门外跑的、往椅子底下钻的都有，还有几个跪在地上举起了双手，高呼：“抗联爷爷饶命!”

松本挺身而出，要为自己的学生讨个“公道”。当场搞清了真相：被“白为人”打成了马蜂窝的学员，掏出的不是手枪，是一个黑皮包，里面装的是上“白为人”的万言书，所言系强化沈阳治安的十大措施。

小警佐上书局长大人，心里总有点嘀咕。拿不准时间、地点，但又怕失去这次机会，所以几次欲呈又止。最后才下了决心，没想到的是决心刚下，胸口上就被“恩师”给穿了十几个洞。

来参加毕业典礼的警佐死伤近半，这件事当然是盖不住了。法务大臣、内务大臣派出了联合调查组，“白为人”可慌了架子，好在“有钱能使鬼推磨”，打点到了后，两位大臣派出的专员都网开了一面，宣布“白维仁开缺，到新京听候处置”。

到了新京后，也就不了了之。对“白为人”的处置是进兴亚院所办的警政研习科“深造”。

“白为人”和兆辛柏在日本“深造”了两年多，好容易熬到了出头之日。没想到的是，兆辛柏到新京蹲了冷衙门，“白为人”真出了血、真破了财才求了个消灾，也到了新京。老弟比老哥混得还惨——继续深造。

难兄难弟重逢之后不胜感慨，哥儿俩除了借酒消愁之外，别无良策。“白为人”不拜西天佛祖，不拜天照大神，改换门庭，悄悄地到了广福观，在太上老君面前上了三炷香，行了三叩大礼，求了个签。

恭恭敬敬、虔虔诚诚地打开一看，只有四句：

东留不宜，西行大吉。
辽水无情，桑干养颐。

“白为人”向兆辛柏出示了这个签，兆院长看罢喜上心头，可是不动声色，长叹了一声说：“‘东留不宜’，所言甚明，满洲国你是没法待了。‘辽水无情’，是老君的警示。你想呀，且不说抗联非要置你于死地，沈阳的警界恐怕也要对你不利。‘西行大吉’是你只能到关内去混，具体所示甚明，就是‘桑干养颐’。桑干所指是北平，养颐是只有在北平才能终老天年。

“上月十四号中华民国临时政府在北平成立，北平复名北京。由王克敏出任国府主席，又挂起了民国元年的五色国旗。四天后亲邦正式给予承认，派前文相平生八郎任总顾问。大达茂雄、西井耕一均是顾问团的成员，这个阵容可非同一般，都是政坛上重量级的人物。”

“白为人”苦笑了一下，说：“到了关内，我是两眼一抹黑。咱们的根可在满洲国，什么时候也不能断根呀。”

兆辛柏老成练达地摇了摇头：“树挪死，人挪活。咱们是人不是树，再说了，树也能移植移栽。‘辽水无情’是警示，你要不西行恐怕不止人祸，天灾也难免。人祸难防，天灾不可防。”

“白为人”两眼发直，像是入了定。半晌才缓过劲儿来，斩钉截铁地说：“我听兆兄的，按老君的警示办。可是西行也得有西行的走法，总不能弃职吧。”

兆辛柏笑了：“不但不能弃职，还得荣任新职。人走了，根还得留在满洲国，靠山还是关东军。只是人走根留要上下打点，这些费用……”

“白为人”站了起来，拍着胸脯说：“兆兄尽管运作，一切费用由小弟包了。”

警佐训练班毕业典礼事件之后，沈阳的伪警察们情绪低落，骂起“白为人”来，没有不咬牙切齿的。可是时隔不到两个月，《沈阳日报》上登出了一条爆炸性的新闻，东亚新闻社昨日讯：

> 满洲帝国特命全权大使兆辛柏博士，于今日上午九时在北京中南海怀仁堂向中华民国临时政府主席王克敏交递国书。
>
> 随从兆大使交递国书的有驻华大使馆武官白维仁少将，参赞庄雅仁以及使馆的全体外交官。
>
> 交递国书的仪式上，军乐队首先奏中华民国的国歌，然后奏满洲帝国的国歌。兆大使在白武官的陪同下递上了国书，王主席双手接过，含笑言道：“中满两国永结盟好，大使先生的莅任一定能进一步繁荣大东亚共荣圈，为黄种人的崛起做出贡献。”
>
> 兆大使答道：“奉康德皇帝谕旨出任驻贵国的大使，当为满中友谊竭尽全力。促进日、满、中三国共存共荣的大业进一步的发展。”
>
> 出席交递国书仪式的还有大日本帝国驻华顾问团总顾问平生，顾问西进、大达诸君。
>
> 仪式告毕之后，王克敏主席设宴招待了兆大使一行，席间宾主甚欢，频频举杯共祝东亚大业早成。
>
> 宴毕，王主席请兆大使向皇帝陛下致意，希望陛下方便时访华。兆大使对王主席邀请表示感谢，并希望王主席在方便时访问满洲帝国。

伪警察们看到这则新闻后气得蹦了起来，就听一个粗嗓门的骂道：“狗日的躲过了沈阳躲不过北平，初一、十五也就差半个月。”

19

此时此刻，关义德和戴正铭也看到了这则新闻。义德放下报纸说：“常言道，躲得了初一，躲不过十五，‘白为人’跑到了北平，关内的抗战志士也绝不会放过他。

“你的老家在冀中，我的老家在冀东。现在的形势是地无分南北、人无分老幼，皆有守土抗日之责。地熟人灵，我看咱们可以打回老家去。”

听了义德的话，戴正铭为之一振，激动地说道：“我们老家现在已成抗日根据地，东北军的吕正操部七七事变后发出了通电，誓与华北共存亡，拒绝执行撤退的命令，在冀中与八路军合作组织了抗战政权，和小鬼子磕了。”

“我们老家也建立了抗日根据地，以盘山为中心，地跨燕山南北。长城以外，是伪满洲国的地盘，进了长城就是游击区，再往前走上十来里，就是抗日根据地了。

“八路军有几个正规团，系冀热辽挺进军，正准备打出长城。县大队、区小队、武工队守土抗战，各村的民兵组成联防。我看咱们可以把队伍先拉到冀东，然后再做下一步的打算。”

戴正铭点了点头：“把队伍拉进关去是条路，冀东、冀中都行。可我得先去一趟北平，除掉白为人……”

听了戴正铭的话，关义德亦为之一振，说：“在沈阳我是两眼一抹黑，干不了什么事。到了北平可是如鱼得水，能给你帮上忙。”

说到这儿，关义德、戴正铭一齐站了起来，击掌说：“把队伍拉到冀东，投八路。咱哥儿俩到北平，干掉白为人。可是在走之前，要再震沈阳，给鬼子留下点念想。”

此时此刻，戴正铭只说了一句话：“回北平，宰了‘白为人’。故都光复之日，我复名宋大中。”

此时此刻，关义德的脑海里呈现出莽莽燕山、巍巍长城、奔腾的潮白河，仿佛纵马驰骋在古北口的雄关古道上，魂萦梦绕的故乡——檀营已在望中；也呈现出内九、外七、皇城四的故都二十座城门：东四、西四、鼓楼前，东单、西单、王府井，前门、大栅栏、珠市口……商如海，人如潮；更清晰地呈现出阔别了多年的亲人、朋友。

心中只有一个信念——打回北平去！以血还血，以牙还牙。不续京城镖梦，再著故都春秋。

汽笛一声长鸣，由沈阳开往北平的火车缓缓地离开了站台送走了戴正铭，义德和徐承志互相点了点头，随着送行的人群向出站口走去。

站前广场上遍悬日本的膏药旗和伪满洲国的五色旗，宣传车的扩音器里传出了一个浪女人的嗲声，让人作呕：“康德皇帝陛下上谕：授予驻防沈阳的七四九旅一团上校团长吴天理二级虎文勋章，以表彰该团在大兴安岭林区剿灭抗匪的赫赫战迹，这也是我全体沈阳市民的荣誉。皇帝陛下在上谕中还真诚地向天皇陛下的武士——英勇的关东军将士表示感谢。在这次日满联军的会剿行动中，亲邦的军人发扬了大和民族克敌制胜的无畏精神……”

义德哂尔一笑，徐承志狠狠地向地上啐了一口。义德平静地说：“欠债者还钱。”徐承志信心十足地说：“两桌酒席都备好了，不但要结账，还要加上利息。两桌一块儿开，城里城外有个乐儿，吃不了就得兜着走。”

义德点了点头，说：“一切都要精心安排，不能慢待了客人。”

一连三天，大东亚戏院的门前异常热闹。这座沈阳市最大的戏院，被伪商会会长钱任乾包了下来慰劳皇军，悬灯结彩锣鼓喧天。院门两侧放满了“各界名流”送来的巨型花篮，绸带上书写着“同文、同种、同心；共存、共建、共荣”之类的汉奸时调。

一连三天，大东亚的总经理佟尚乾忧心重重。银子跟流水似地往外淌，包银却未见一文。先不说班子的戏钱，姓钱的要是翻着白眼不给包银，我姓佟的就瞪着红眼不给戏钱。可是上千号人的烟、酒、茶、糖、干鲜水果，还有什么烧鸡、红肠得连吃带拿地供着，少了一样都不行。

第一天的来客是左木师团长、本田混成旅团长、松井宪兵队长……这都是关东军驻沈阳的顶级人物。为了保障这伙人的安全，宪兵、警察在戏院门口布岗，如临大敌。第二天、第三天的来客，就是联队长级的大佐坐首席了。宪兵也不来护驾了，戏院门口只有几个维持治安的警察，可是钱任乾不敢有半点怠慢，心里跟明镜似的。阎王好见，判官难搪，小鬼更难缠。

左木是个老师团长，衔序中将，是陆军的元戎，关东军司令见了他也得礼让三分。将军阁下往一排的包厢里一坐，就镇了场。联队长以下的官兵都规规矩矩地挺直了腰板，正襟危坐，老老实实、认认真真地听戏。

第二天就不行了，山中无老虎，猴子称大王。阎王爷不在，小鬼闹翻了天。哪是来听戏呀，简直是散德性来了。连吃带唱，连呼带叫，喝醉了的就站起来敲着酒瓶子唱嚎歌，那声儿比报丧都难听。唱着唱着，有的就哭了起来，哭得比死了老娘都伤心。

钱任乾心里捏着一把汗，生怕闹出乱子来。板着脸对佟尚乾说：“你是场面上的人，不用我说心里也有数，这节骨眼儿上，喝的、吃的不能少，也不能次……”

佟尚乾底气都断了，说话的声也变了：“这开销可真吓人，戏院的规矩是一天一结。您看……”钱任乾把眼一瞪，说：“事办得漂亮，皇军司令部自然赏你；事办砸了，宪兵队自然找你。这点小账还用算吗！”

第三天可真乱了套，台下比台上唱得还欢。羽田大佐提前退席了，酒井中佐成了第一嘉宾。听其名观其形，酒井可不是善茬儿。大概是练过相扑，身高有两米，膀大腰圆。可是没脖子，麦斗大的脑袋直接安到了肩上，让人瞧了发瘆。

让人更发瘆的是酒糟鼻子又平又扁又大，鼻子下的大嘴赛过蛤蟆。鼻子和嘴贴得特别近，中间却留了一撮小卫生胡。两只眼睛挺小，目光又生、又阴、又沉，可瞪起来又挺圆，像是在大平脸上镶了两个小孩玩的玻璃球，两道又粗又长的眉毛顶在玻璃球上。请来马戏团里专给小丑化妆的高手，也设计不出这副尊容——“三分不像人，七分倒像鬼”。

酒井成了第一嘉宾后，一屁股就座到了钱任乾的旁边，用熊掌般的大手，拍着这位商会会长说：“你的，商会会长的干活，发财的大大。酒的，大大的有，大大的上……”

钱任乾看着酒井的尊容倒吸了口凉气，赔着笑脸点着头说：“一定！一定！”酒井把麦斗脑袋一扬，挥手示意上酒，并示意钱任乾亲自去催。

钱会长一点脾气也没有。站起来哈着腰鞠了一躬，一溜小跑就去找佟尚乾。再也没想到的是佟总经理活不见人死不见尸，气得会长大人跳着脚破口大骂，要“送这个不识相的进宪兵队，过热堂……”

就在这短刀要九的时刻，来了救星。日满酒业株式会社敲着锣打着鼓给皇军送酒来了。钱任乾喜出望外，心想：“这真是吉人自有天相，天照大神显灵了。”于是紧三步迎了上去，鞠了一个标准的“大和躬”。

没想到的是带队的日本浪人却不给面子，“八嘎！”“八嘎！”地把这位商会会长骂了个狗血喷头。钱任乾赔着笑脸鞠着大躬，点头哈腰地往里让。

带队的日本浪人也就露出了笑容，拍拍钱任乾的肩膀说：“你的顶好！”然后示意说：“快快的！快快的！”这时钱会长才恍然大悟，回过头去高声喊道：“快去叫人！往里搬……”

一箱箱旭日牌白酒刚一搬进演出厅，喝得醉熏熏的日本兵就顾不上“礼数”了，争先恐后地抢过来碰掉瓶盖就往嘴里灌，反应快的还往怀里揣上两瓶。抬到前排主宾席前的旭日牌白酒、东瀛牌清酒有十好几箱，全放到了舞台前的乐池里。

酒井一看可就乐了，连声说“吆西！”然后站起来到乐池中拿了一瓶旭日牌的白酒，打开瓶盖后拍着钱任乾的肩膀说：“你的，顶好！顶好！大大的好！朋友的大大。”说罢，哈哈大笑了起来。看着酒井的笑脸，钱任乾吓得往后退了两步。这副尊容也太瘆人了——大嘴和大鼻子连成了一体；嘴岔要没有腮帮子挡着，得撇到后脖子；小眼睛滴溜滴溜地乱转，转到哪方，哪方就要遭殃，转到谁身上，谁就要走煞运。

定下了神后，钱任乾硬着头皮赔着笑脸说道：“太君的咪西。”酒井把麦斗脑袋一摇说：“你的咪西，大大的咪西！”钱任乾连连摆手：“我的不会，我的不会。”酒井把大平脸一沉说：“不会的不行！”说罢一手捏住这位会长的脖子，一手把一整瓶旭日牌的白酒全灌入了他的肚子里。

灌完酒后酒井一松手，钱任乾踉踉跄跄地向后连退了三步。看着这位会长的狼狈相，酒井把瓶子一扔扯着驴嗓子叫了声“干！”然后发出了一阵狂笑，双手挑着大拇指，连声说“顶好的！顶好……”

“顶好！”的声还没落，酒井就笑不出来了。就见钱任乾向前一扑，嘴里喷出了一团火，变成了一个火人，与此同时，乐池里燃起了熊熊大火。

酒井反身一跃，就跳出了前排的包厢。可是晚了，两个收票口的大门已被大火封住，两条火龙从大门冲出，正顺势向他扑来。

这位中佐一转身，见士兵们正冲向六个太平门。门虽没有冲开，人却挤成一堆。酒井中佐毕竟是训练有素的帝国军官，遇变不惊，临危不乱，从椅子背上纵身一跃而起，就蹿到了士兵们的脑袋上，踩着人头、肩头，跳到了太平门半圆形的顶台上。

半圆形的顶台，是为悬挂可移动的遮光绒帘所置。稍有些知识的人都知道，顶台看起来有厚度，承重能力却十分有限。酒井跳上后立足未稳，一位少佐也紧步其后，踩着人头、肩头要蹿上来。这位天皇陛下的中佐连愣都没打，抽刀就向天皇陛下的少佐砍去。少佐的头落到了顶台上，腔子倒到了大火里。酒井溅了一身血，收刀封了个正门，准备再砍第二个。

砍了少佐，砍了上尉砍中尉……大日本帝国的军官、军士、士兵纷纷成了酒井的刀下鬼。杀红了眼的酒井砍下的最后一颗人头，是个娃娃脸的列兵。与此同时，这座血腥可怖的半圆形顶台，轰隆塌了下去。

酒井葬身火海。酒井和他的刀下鬼均魂归靖国神社，成了为天皇陛下殉身的武士。天照大神若是有灵，灵佑何人？

一连三天，东岭镇也是热闹异常。伪商会、兴亚会、日满亲善会的常务理事、理事、干事一齐出动，挨家挨户的“劝捐”。刚挂匾还没营业的奎元煤栈也未能幸免。

“三会”的“三事”们一行十余人，打着日本的膏药旗、伪满洲国的五色旗进了奎元号的大门，真是来者不善、善者不来。为首的当然是“三会”的常务理事。伪商会的常务理事是长袍马褂，是真是假多少还像个“掌柜的”；兴亚会的常务理事不知道从哪儿弄来了一身“满洲国”公务员的制服，来了个“忝列衣冠”；日满亲善会的常务理事最邪行，头顶日军的“战斗帽”、脚踩日军的“战斗靴”，上身穿着对襟褂子，下身穿着缅裆裤。

他们进门后径自登堂入室，上房中还真没有这么多椅子，干事们只好侍立两旁。这时义德迈着方步从后柜走出，向来者扫了一眼。三位常务理事有点坐不住了，赶紧从主宾席上站了起来让座。义德缓缓地坐到了主人的坐席上，从容开言道：“诸位光临，想必是有公干，小号洗耳恭听了。”

话音刚落，伪商会的常务理事开言道：“在商言商，奎元号金匾上已经披上了大红绸子，看来是吉时一到即行开张。以乌金换黄金，金满金门呀。我们一是前来贺个早礼，二是前来化个小缘。七四九旅的一团驻防东岭镇多年，乡人视之为子弟兵。此次进山剿匪有功，团长荣获二级虎文勋章。镇中的父老乡亲于情于礼都要表示表示，贵宝号……”

常务理事的话还没说完，侍立在身后的干事就把捐簿递了上来。让“三会”的“三事”们想不到的是，义德把手一挥说：“不必了！”然后缓缓言道：“本人和汪旅长是世交，更是挚友，吴团长立了功，我的脸上也光彩，表示表示、慰劳慰劳，于公于私都是奎元号分内之事。怎么办，我心中自有分晓。现在吴团长还在长春，可也不能亏了弟兄们，生猪、烧酒，该送的我昨天已派人送了过去，刘团副带兵多年，也是一团的老长官了，会把弟兄们照顾好。再说了，远亲不如近邻，我的煤场就在一团的营墙外，奎元号说什么也不会亏了这千把号弟兄。”

“三会”的“三事”们你看看我，我看看你，正不知如何是好，这时就听门外响起了一声“报告”，跟着走进了一个少校军官，黄呢子军装黑马靴，武装带上别着盒子炮，透着精神、威风。

就见这位少校走到义德跟前打了个立正，敬了个标准的军礼，双手递上了大红请柬，然后毕恭毕敬地说：“明晚的东兴楼，您可务必要到……”

义德点了点头：“带黄副官先到后柜休息，我这儿正有点儿公事，这几个客人……”

话还没落音，“三会”的“三事”们纷纷站了起来，一躬退一步地说：“您忙！您忙！”然后调过屁股一溜烟地跑了。

此时此刻，一团的营房一派喜气洋洋。各连都在忙着杀猪烧肉、和面蒸馒头。士兵们聚在一起侃大山，就等着大碗酒、大碗肉往肚子里装了。

一个上士班长拍着官腔说：“我六年前就跟着团长剿抗匪，那时他才是个连长。这两年来他真是越打越精了，成了福将。这次进山，就是咱们团没吃大亏，咱哥们都全须全尾儿的回来了，全托团长的福。”

在旁边唱奉天大鼓的准尉排副本是自娱自乐，听到这儿有点儿不份，接话茬说：“你要能托上团长的福，早当上连长了。老吴家祖坟上有这棵蒿子，团长授了虎文勋章，是康德皇帝颁诏，军政大臣张宏景亲自给戴上的。本庄繁大将拍着团长的肩膀说‘好样的’。

“团长没回来，是在长春有要公。得活动活动，回来时没准三花换一星——升少将啦。朝中有人好做官，咱们团长的根可硬，军政部、关东军司令部都有线，到哪都能说上话，有人护着有人疼。没根没线的，吃不上热屁……”

排副的话还没说完，当兵的全站了起来。原来是连长进来了。连长左手拎着烧酒瓶子，右手举着一个猪蹄。身后跟着司务长，司务长两手都拿着烧酒瓶子，从走路的姿势来看，全有点醉了。

连长进门后大声宣布：“今儿是放假的最后一天，弟兄们别亏了肚子，大碗猪肉炖粉条足吃，大碗的老白干足喝。打明儿起，可就得紧紧弓弦。军政部、参谋部都要派员来视察，来的人官小不了……”说罢转身一挥手，酒肉全端了上来。当兵的一拥而上，甩开腮帮子足吃足喝。

此时此刻，东山岭岗子上的日军驻地，联队长小矶大佐正在一个人喝闷酒。小矶的“别号”是“小鸡”，意在说他小肚鸡肠。虽然位列大佐，可没有将门出身、武士出身的军官身上的“城府”与“豪气”。原因是“门第”低下，是北海道的养鸡户。

这本是日军内部的门第歧视，久而久之也就传到了伪军之中，并盛传这位联队长上溯五世，都是卖烧鸡的。而且买卖越做越小，由店商到摊商，由摊商到行商，推着小车沿街叫卖小而瘦的童子鸡，还专门给人“小分量”。于是，小矶也就成了“小鸡”，由“口碑”成为“确案”。

小矶确实是小肚鸡肠，对人多疑，对事多虑。在大兴安岭吃了抗联的亏，受到上司的训斥后想诿过于一团。可是一团长确实有些根基，人又乖巧，八面玲珑，处处逢凶化吉，遇难呈祥。不但队伍没受什么损失，还捞了不少的“战功”。相比之下，小矶联队可真成了“小鸡联队”。气恼之下，这位联队长就认定了一团上上下下都“里通抗联”，可又拿不出证据。闹到了关东军司令部，反讨了个没趣。

吴天理在新京受勋时，关东军司令官本庄繁大将还称他为“好样的”，小矶被气疯了，回到东岭镇的驻地就把一团当成了“假想敌”。联队下属的山炮中队、重迫击炮中队的十几门火炮，居高临下炮口全对准了四千米外的目标，也就是一团在东岭镇驻地的营房。一旦获得了“证据”，立即采取“断然措施”，如遇反抗，“即予消灭”。

酒入愁肠，三杯即醉。日本清酒的度数虽低，可是后劲大，小矶这时已经喝得两眼发红了。可是又开了一瓶，看样子非喝个天昏地暗方休。

就在这时刻，一发八八迫击炮的炮弹落在了他的屋门口，值星的小野曹长被炸飞了。第二发落到了他的屋后，稍有些军事常识的人都该知道，第三发炮弹将稳稳准准地落在他的屋顶上。

小矶真成了“小鸡”，一下子就“飞”了出去。其速度比奓着翅膀扑食的野雉都快。可是第三发炮弹并没有落到他屋顶上，恰好不偏不歪地落到了饭厅的餐桌上。正在围桌就餐的“天皇武士”被炸惨了。

十八发炮弹都落在营房之中，小矶喝红了眼先不说，这时可真是急红了眼、气红了眼。炮击一停止，值星参谋跑步前来报告：“据炮兵观测哨、步兵观测哨报告，炮击来自东岭镇方向，更确切地说是由七四九旅一团的营房中发射的。”

小矶听了后连愣都没打，即令“还击!”六门九六山炮，九门八八重迫击炮同时开了火。正在营房中足吃足喝的伪军们，被炸得鬼哭狼嚎，抱头逃窜。炮击还没有结束，小矶已经率领骑兵、步兵冲出营房，杀向东岭镇。

东岭镇营房中的伪军四散，机灵点的都明白，赶快远走高飞才是条生路。不蔫不傻的也悟出了点门道，先躲躲才是万安万全之策。只有呆、傻、痴、蔫的才坐等天命。就在这时，团长吴天理回来了。一进营门就傻了眼，由于库房里存了不少黄色炸药，他以为是TNT被引爆了，于是直奔弹药库，四个手持手提机关枪的马弁紧跟其后。

进了营房后不见一人，凡是值钱的东西、能带走的东西全不见了。只有六十多箱黄色炸药还整整齐齐地码放在一起。吴天理抄起桌上的电话，不论怎么摇机把也听不见半点声音。气恼之下，摔了话筒转身就走。

刚一转身，就见小矶带着一队日军闯了进来。于是赶紧迎了上去，先立正敬礼，后伸手握手。

小矶一看吴天理就红了眼，他胸前的大红勋带和虎文勋章更让小肚冒火、鸡肠生烟，抽出战刀就向吴天理的头上劈去。一声惨叫，这个“好样的”倒在血泊之中。他身后的四名马弁出于本能的自卫反应，也就同时开了火。

四挺手提机关枪扫出的弹雨，把小矶打成了筛子底，他身后的鬼子也被扫倒了一大片。库房外的日军蜂拥而入，一个不长眼的曹长向马弁投出了一颗手榴弹，轰的一声巨响，六十多箱TNT都被引爆了，整个库房都飞上了天。库房内外两百多名鬼子，都魂归靖国神社，去见天照大神。一团的营区浓烟滚滚，火光冲天。

此时此刻，关义德一行早已经坐在运煤车上，远离了东岭镇。张翰兴奋不已地说："我在墙根底下一听，知道里面酒闹得正欢。就到大门外点着了那挂万头铁激鞭，超号的嘛雷子、二踢脚一响，别说醉鬼了，就连我都没听见迫击炮的出膛声。就是只有十八发炮弹，要是能有一个基数……"

义德摇了摇头："偷袭行动要速战、速撤。即便有一个基数的炮弹，也不可能全用上。爆竹的火药味和迫击炮出膛的火药味可不一样，烟也不一样，行家分得出来。撤前把这门迫击炮埋在了地沟里，上面又堆上了一车煤，就是为了不留任何马脚。此事除了参战人员外，在内部也要暂时保密，让鬼子、伪军去斗吧……"

按照预先的安排，义德一行顺利地到达了库伦旗的"兵站"。先期一天到达的徐承志汇报了火烧东亚大戏院的全过程：

"运进乐池的十几箱烧酒，都经过了'特制'，加入了以黄磷为主的化学药品，遇火立即燃烧。在接近人体温度时，也会自燃。"

"按照预定的方案，乐池里的'酒'首先由一个特定的装置引燃，堵住鬼子们从舞台上逃生的可能。与此同时，两个收票口同时推倒了两箱二十四瓶装的"清酒"，并点燃里面装的高纯度酒精。两条火龙顺着演出大厅的坡面直下，刹时整个大厅成了火海。六个太平门均从外边封死，里面的鬼子也就让火神爷给收走了。"

负责"兵站"工作的王宏，也汇报了进关的准备工作和留守人员的安置工作：

"十七个'兵站'不是撤点就是'歪冬'，由老、弱、病、残的弟兄们留守。进关弟兄们的家属大多也安排在这些点来'歪冬'。和各个'兵站'的联络暗号、联络信物都规定好了。咱们打出山海关，把小鬼子赶过鸭绿江时，这些'兵站'全用得上……

"坚壁了小五年的两辆民生车全保养好了，并准备了足够的汽油。进关的弟兄全是骑兵，清一水的双枪将。备用子弹、手榴弹配备了五个基数，由骡子驮着随队前进。日军、伪军的军装各备了一套。国军的灰军装也备了一套，进关后咱们总不能穿着狼皮、狗皮去见父老乡亲吧……"

义德对各项工作都很满意，向大家宣布说："明夜穿着'狼皮'潜师出发，由库伦旗经敖汉旗、喀喇沁旗，取道宣化到滦平。避开古北口由燕东关进长城，直抵密云城下。设法进行奇袭，一举拿下这座京东重镇。

"咱们的启程炮放得响，可以说是再震沈阳。进关后若能一举拿下密云，那可是威震京东了。只要进了长城就好办，中央已任命西北军的鹿钟麟为河北省主席兼冀察战区司令。东北军的吕正操部通电全国誓与华北人民共存亡，和八路军合作开创了冀中抗日根据地。

“平型关大捷后，一一五师一部在副师长聂荣臻的率领下，以五台山为中心建立了晋冀太行山抗日根据地，并派出热察辽挺进军，建立了以燕山为中心的冀东抗日根据地。

“华北的抗日形势大好，咱们的队伍越过长城后说不定就能和友军会师。即便联系不上挺进军，还能潜师到冀中白洋淀地区去找吕正操……”

关义德对华北抗日形势十分乐观，关东军司令本庄繁可正在发愁。按照大本营的训令，两个师团、三个混成旅团的兵力应该在前两个月进关归入华北方面军的建制。可是抗联不但没被消灭，而且活动范围不断地扩大。经多次电请，大本营勉强同意进关部队暂缓三个月进关，再发动一次对抗联的会剿，务求达到全歼，实现长治久安。

可是两个多月的会剿，有的部队扑了空，有的部队吃了亏。只好全部撤回原驻地，休整后再执行西进策略，增援华北、华东战场。突发的沈阳事件，打乱了休整后西进的方略。

本庄繁正在绕室彷徨，计不知所出，副参谋长荻村进来报告说：“情报部汇总各方面上报的资料，认为沈阳事件有三种可能：

“一是苏联特工控制下的抗日组织所为，旨在牵制我军在张鼓峰、诺门坎的进攻性部署。二是重庆特工控制下的抗日组织所为，旨在破坏满洲国的治安，防止关东军西进增援华北、华东战场，保持对华作战中的攻势。三是抗联所为，旨在对我军的会剿进行报复。

“如果是第三种可能，那是最可怕的。事件本身就说明了抗联不但存在，而且还很壮大，有能力在我军设防的中心城市发动有效的攻击……”

本庄繁坐了下来，一言不发，呆呆地盯着东三省的地图。半晌，才抬起了头，有气无力地对荻村说：“电请大本营，额尔古纳河、黑龙江、乌苏里江的防务均有紧张之趋。苏联的远东驻军数量、装备均不断地提高，已对我沿边部队形成进逼性的态势。为了稳定战略后方，必须在满洲保持强大的威慑兵力。在这种形势下，关东军西调的方略应暂缓执行……”

末代镖师

第三部　血刃北平

方　彪　著

學苑出版社

图书在版编目（CIP）数据

末代镖师．第3部，血刃北平／方彪著．—北京：
学苑出版社，2015.7
ISBN 978-7-5077-4805-5

Ⅰ．①末… Ⅱ．①方… Ⅲ．①长篇小说-中国-当代
Ⅳ．①I247．5

中国版本图书馆CIP数据核字（2015）第155396号

出版人：孟　白
责任编辑：刘　丰
出版发行：学苑出版社
社　　址：北京市丰台区南方庄2号院1号楼　100079
网　　址：www.book001.com
电子信箱：xueyuanpress@163.com
经销电话：010-67601101（营销部）、67603091（总编室）
印刷厂：北京京华虎彩印刷有限公司
开本尺寸：787×1092　1/16
印　　张：53
字　　数：920千字
版　　次：2015年9月第1版
印　　次：2015年9月第1次印刷
定　　价：120.00元（全三册）

目 录

一、刀走回锋

1

东蒙大草原的黎明让人震撼，旭日从地平线上升起，血红血红的。饥鹰在天空盘旋，枯枝在晨风中颤动，虽然小草已经泛出了一丝浅绿，可是仍然使人感到霜晨的肃杀。

东蒙大草原是成吉思汗的龙兴之地，可是铁木真的子孙现在只能披着“狼皮”潜师行军。民生车上贴着的膏药旗深深地刺痛了义德的心，如果没有这场战争，中华大地上也许已经奔驰着上万辆民生车。中国人现在只能“化犁铸剑”，只有剑在手才能生存下去，才能不当亡国奴。

令义德欣慰的是，长城内外、黄河两岸、大江南北抗日的战旗飞扬。“母亲唤儿打东洋，妻子送郎上战场”。身为军人，敌来我挡是天职，克敌制胜是本分，为国捐躯是归宿。遂在马背上吟道：

男儿横刀抗倭澜，血刃血溅敌胆寒。
关东本是不屈地，白山黑水赤县天。
草原大漠闻鼙鼓，扑面杀尘起狼烟。
挥戈支天谁人事？塞马北风我心丹。

吟罢一声长嘘，六年前为了抗日来到了关东，六年后为了抗日又离开了关东。在关东大地上，女杰毕洁清自焚殉国，博王爷焚家抗战。有侵略的地方就有反抗，壮！壮！壮！有奴役的地方就有烈火，燃！燃！燃！今天潜师入长城，明天威威武武地打出山海关，把青天白日满地红的国旗，重新升起在鸭绿江边。

午间饮马休整时，徐承志前来报告：“通过对沿途日伪电话的监听，可以确切地判断，在我军后面有一个小队的日军、一个连的伪军，押送两门九二步兵炮、一千条步枪到长城隘口青云岭交接。并拉回一千名战俘。

“战俘在沈阳北长沟火车站和驻哈尔滨的七三一部队交接。令人不解的是七三一部队一再强调，‘要提供足够的食物和合格的饮用水，让战俘健康地到达长沟火车站’，鬼子怎么会有这种善心……”

说罢，徐承志指着路边上的电话线杆子说：“这条线路基本上和咱们的行军路线重合，在青云岭下的镇东堡和华北日军连线。咱们的行军路线是接近青云岭时避开镇东堡，由岭北的夹石沟越长城……”

义德听了报告后沉思了起来，日本军队是支野蛮的兽军，对战俘的政策是“不叛即杀”，甚至是不俘即杀，认为对战俘的看管是“不必要的麻烦”。对战俘如此关心、善心，实是令人费解，无疑是包藏着不可告人的阴险目的。

拜尔大夫说过，长春医学院的一些日籍教授在哈尔滨的七三一部队兼职，兼职者大多是研究细菌和微生物的，这位老博士忧心忡忡地说：“我最担心的是日本人在搞细菌战……”

想到这儿义德蓦地站了起来，果断地下达了命令：“一、继续对日伪电话进行监听。二、派出骑兵侦察员扩大侦察范围，以确定我军四周是否还有其他日伪军在活动。”

骑兵侦察员出发后，义德和徐承志、张翰打开了军用地图研究了起来。现在的位置处于草原腹地，侦察核实后如果附近确实只有这一支日伪军，将其全歼是有把握的，但义德所虑是对这支特殊部队的任务还没完全掌握，最重要的是它和青云岭日军的联络方式。

“我们不但要全歼这支特殊部队，还要救出一千多个遇难的战友，不能让他们落到七三一部队的手里去当试验品。我设想两个方案，一是立即消灭这支特殊部队，打着他的番号到青云岭下的镇东堡进行‘交接’，乘机救出这一千多号被俘的弟兄。这个方案是歼敌易、营救难。

“二是在这支特殊日伪军的归途上打伏击，救出被俘的战友。看起来是简而易行，可是大草原上难于近距离出击，兽性的日军很可能用战俘当掩体，甚至用战俘当防弹墙。”义德说罢，看了看徐承志和张翰，目光是征求他们的意见。

徐承志把握十足地说：“这条电话线没有分路，鬼子的联络信号和呼语我已全部掌握。三天以来他们和沈阳的七三一部队办事处联系了三次，和镇东堡日军只联系了一次，是通知到达的时间……”

听到这儿张翰为之一振，说：“到镇东堡侦察是我去的，这个镇不太大，驻有一个中队的伪军，一个小队的日军。日军系步骑混编，有一个骑兵班……”

义德亦为之一振，说：“你选几个精兵再去一趟，摸清这一千多号弟兄是怎么关押的，到时候来个里应外合，绝不能出纰漏，更不能失手。”

张翰出发后义德对徐承志说："你的日语虽然说得溜，但话多必有失。和鬼子接上头后，得下手立即下手。三十多个鬼子来个麻利快，干净彻底。开火时火力要猛，让小鬼子们没有还手的机会。"

徐承志点头表示"明白!"

奇袭镇东堡、救出一千多个被俘的弟兄是明天的事，今儿下午得先消灭这一个小队的鬼子、一个连的伪军。而且一定全歼全俘，不能有漏网的，才能保证明天的营救行动顺利完成。

徐承志下令全体人员把"狼皮"穿好，不能叫小鬼子从望远镜中看出破绽。然后把两辆民生战车横向排开，以便八挺轻机枪能同时射击。三百多名骑兵分左右两队做好出击的准备，实施两翼包抄。

一切布置完毕后，从望远镜里已经看见一队从东向西行进的部队。走在最前面的是一小队日军，后面是两门九二步兵炮，都由两头骡子拉着。炮车后面是二十多辆胶轮大车，车上均盖着防雨布。车后是一个中队的伪军，一个个歪带着帽、大背着步枪，没精打采地往前挪。

徐承志放下望远镜后，即下令通迅兵用旗语和日军进行联系。一个下士站到了民生车顶上，挥动着通讯旗发出了指令："你们是哪一部分？立即停止前进，请回答。"

对方停止了前进，一个通讯兵站到了炮车上，挥动起联络旗："我们是特字05分队，按本部119号训令，前往青云岭镇东堡执行特殊任务。你们是哪一部分，立即停止前进，请回答。"

徐承志下令用旗语回答："我们是蒙疆第十六混成旅直属大队，在执行巡字第17号训令……"

双方的通讯兵发出了同样的旗语："敬礼！请按原序列行军。"两支队伍进入了二百米的距离，越来越近了，徐承志打开了装甲车的顶盖，露出了上半身。行进在炮车边上的日军小队长立即止步立正，向"少佐"敬了一个标准的军礼。

与此同时，民生战车上的八挺轻机枪同时向鬼子开了火。两翼的骑兵也向伪军包抄过去，形成了合围。

战斗太迅速了，三十多个鬼子得到了应有的报应——去见天照大神。一百多号伪军跪在地上举起了双手。只有两个不识好歹，窜入草柯子之中夺路而逃。

义德向徐承志挥手示意不要开枪："让他们跑出一千米再处置，一个死的、一个活的。"徐承志点头表示明白，接过身边一个小战士的三八式步枪，把标尺调到一千米，目测着狂逃者的背影，距离一到就听“吧沟!”一声，狂逃者一个狗吃屎就栽倒了。

徐承志回过头来把枪交还了这个战士，用手一指：“把那小子给我套回来，要活的!”小战士说了声：“您就瞧好吧!”跃马而出。刹时就追上了这个狂奔的伪军，一抖捆绳就把他套住了，放慢了马速拖了回来。

拖到民生战车前时，这个伪军已经快散架了。义德低头一看，穿着呢子军装，蹬着高筒马靴，是个连长。徐承志笑了，喝令这个伪军站起来再跑，“不跑我就毙了你!”

说着，就向他脚旁打了两枪。这位连长一下子站了起来，可是立即又扑倒在地上，口呼：“长官饶命，我再也不敢跑了……”

徐承志点了点头：“不敢跑了就办点正事，把你的队伍集合起来。”伪军连长从地上爬起来后，一瘸一拐地向前走了几步，从上衣袋里掏出了一个铜哨，吹了几声。跪在地上的伪军们纷纷爬了起来，以排为单位，排成了三列横队。

这时，几个战士把被徐承志撂倒的拖了回来。这块料是个日军准尉，是这个连的联络官。平常特别注意“威仪”，军装笔挺，马靴锃亮，手套白得刺目，脸刮得又白又青，鼻子上架着副秀郎镜，看起来挺斯文，甚至可以说有几分绅士的气度。可是为人阴损，缺德的事都干遍了，全连上下没有不恨他的，往地下“啐!”一口，就知道说的是这料。

这块料现在是后背让三八枪穿了个大洞，胸前一片污血，垂死挣扎时啃了满嘴泥。秀郎镜早已不知去向，露出了真容——塌鼻梁子。背靠黄土脸朝天，两蹄沾满了烂泥、两爪紧抓着两束枯草，使人联想到“救命的稻草”之说。

从年龄上来看，这块料本应该是个在校的学生，小白脸上还有几分孩子气。大概是有些家世、有些根基，入伍后就成了准尉联络官，也就走上了这条不归之路。

伪军连长也真乖巧，会来事儿，抢上一步说：“在请长官训话之前，我先和弟兄们说几句掏心窝子的话。大家都看见了，跑就死了这份儿心吧，我刘汉卿被套了回来，捡了条小命。这块料就没这命了，等着喂狼吧。

“长官是大仁大义，连我这个当连长的都格外开恩，给了条生路，弟兄们就铁了心跟着长官干吧。咱们改邪归正，图个活着有脸回家见父母，死了也能归葬祖坟。”

说罢，转身敬礼：“刘汉卿代表全连，请长官训话。”

义德示意徐承志讲讲。徐承志把头上的日本战斗帽往地上一摔，说：“这行头我还用得着，待会儿再戴。大道理我就不说了，抗日救国不是发财的路，盖不上房子置不了地。图个啥？你们连长说得好：‘图个活着有脸回家见父母，死了也能归葬祖坟。’

“愿意一块儿进关打鬼子的，就摽在一起一块儿干。想回老家种地的，就发盘缠还乡。再去投鬼子当汉奸的也没有什么关系，后会有期，总账一块儿算……”

徐承志的话刚一落音，就听队列里有人响亮地喊了声“报告!”紧跟着走出一个小伙子，向徐承志立正、敬礼说：“长官，我是翻译。鬼子的文件，电话通讯代号、呼号、序列通号全在我这皮包里。按预定的程序，今晚还要联络。”

徐承志接过了皮包，握着这个小伙子的手说：“你立功了，叫什么名字？”

小伙子立正答道：“郑新诚。”义德走了上来，拍着他的肩膀说：“路是自己走出来的，从今天起，你开始走上正道。我诚心诚意地欢迎你参加我们的队伍。咱们一块儿打进长城，还要一块儿打出山海关，光复全东北。

“听你的口音是吉林人，吉林光复之时我一定亲自送你回家，对你的父母说：‘你们的儿子是好样的，他是个顶天立地的中国男人。’”

郑新诚的眼睛湿了，激动得说不出话来。

有了郑新诚，徐承志的棋走得可以说是顺中顺，诸事安排得天衣无缝。第二天上午，部队准时到达了镇东堡的北门。鬼子小队长山田率两个步兵班迎了出来，列队北门外布二列横队，军仪、军序、军礼均是合范中规。

此时，郑新诚已由翻译官荣升了“小队长”，坐在了第一辆装甲车上。装甲车后是打着五色旗的满洲国骑兵队，看样子是一个加强连，骑兵之后是两辆炮车和二十几辆满载的大车，有一个连的步兵押车。督后阵的是“关东军”的一个骑兵小队。这种安排是避免假日军和真日军过早接触，露出马脚。一行浩浩荡荡地直驰镇东堡，在日军横队前停了下来。

郑新诚第一个跳下了装甲车，跟在他身后的是佩有参谋绶的少佐——徐承志。山田和郑新诚的军阶、官阶均等，两人同时举手敬礼，然后互相握手。

礼罢，郑新诚把徐承志介绍给山田说：“七三一部队联络官大岛少佐。”山田立正敬礼：“少佐阁下辛苦了，请到营房稍事休息。”徐承志摇了摇头：“不必了，军务当先，还是先看看战俘，然后进行交接。”

山田立正敬礼，答了一声“哈依!”郑新诚一转身打开了装甲车的车门，对山田说：“请上车带路。”山田一猫腰就钻进了车门，觉得脑袋轰的一声，就不省人事了。郑新诚关好车门后，顺手就下了这位小队长的王八盒子。

两辆装甲车首先驰入了镇东堡的北门——进入了长城。后面的骑兵一拥而入，进堡后立即两翼包抄，控制了有利地形。郑新诚、徐承志走下了装甲车，后面跟着一个“翻译官”。

北门内的空场上，一小队伪军列三路横队恭迎。伪军中队长迎了上来，立正、敬礼，并自报家门：“镇东堡守备中队队长王德顺……”徐承志叽哩哇啦地说了通日本话，“翻译官”指着王德顺说：“太君很不高兴，你的兵都上哪儿了，怎么不出来迎接？赶紧全体集合，太君要训话。”

王德顺转身命令身后的小队长：“跑步前往，通知二小队、三小队到北门集合。”然后又转过身来鞠着躬对“翻译官”说：“您帮忙，问问太君还有什么训示。二小队、三小队都没闲着，一千多号战俘得有人看……”

“翻译官”点头哈腰地和徐承志说了一通，徐承志哈哈大笑，拍着王德顺的肩头说了几句，最后一句话是“吆西!”然后又向他的肩头轻捶了一拳。王德顺受宠若惊，把目光转向了翻译官。

翻译官也笑了，说：“你走运，太君说你这个人还不错，让你进装甲车里，和堡外的山田小队长通无线电话。”

王德顺立正敬礼，转身就往装甲车里钻。

让所有人都想不到的是，山田从车门中窜出来，像一头受伤的公牛，一头把王德顺撞了个四脚朝天。并抽出了战刀吼道：“你的良心的坏了，死啦死啦的有!”说着举起战刀就向王德顺劈去。

站在车旁的少佐，不慌不忙地拔出了大和橹子，对准了山田就是两枪。山田倒下了，战刀摔出了一丈多远。王德顺爬了起来，惊呆了、吓傻了，直挺挺地一戳，嘴里不断地重复“太君！太君!”

列队欢迎的三十多个伪军，更是惊呆了、吓傻了，不明不白地就让包抄两翼的骑兵缴了械。

山田上了装甲车后，在北门外列队的两个班鬼子兵失去了指挥，成了列队欢迎的仪仗兵。最后一辆大车进了堡门后，堡里传来了两声枪响。两位曹长觉得有点蹊跷，带着队伍就冲进堡来。

刚一进城门，四梭子驳壳枪子弹就扫了过来，二十多号人被撂倒了大半。剩下的调头就往回跑，刚一出城门洞，全被堵在北门外的两挺轻机枪扫倒了。

此时，前来听训的两个小队赶到了，王德顺也明白了过来，抢上前下令缴械。然后转过身向徐承志立正敬礼："谢谢长官救命之恩……"

一千多名被俘的弟兄全被解救出来后，欢呼声雷动。大伙正忙着清理战场，安排被解救出的弟兄，义德突然想起了什么，走到徐承志身边问道："骑兵班的鬼子是怎么解决的？"

徐承志听了后一跺脚，说："糟了！这班鬼子准是跑了。"说罢，跳上民生战车顺着公路就追了下来。

鬼子的骑兵班是新组建的，没接受过正规训练。山田怕在关东军面前露怯，所以命令骑兵班长说："全员整理内务，准备长官巡视。没有命令不许外出！"

山田的目的是扬长避短，把骑兵班封在南门外的"马号"里，不参加对关东军的接待活动。直接原因是这个班的马不是北海道军马场培育的标准军马，是就地征集的马匹，兵员也是由步兵中抽调的，以一言蔽之就是"狗肉上不了台盘，摆不上宴桌"。

军令如山，听到镇北门的枪声后骑兵班长小原正不知所措，但枪声很快就停了下来，按照军规，此时只能"待命"。

小原正急得在"马号"里团团转，在镇里开西药房的三木慌慌张张地跑了进来。听了三木的报告后，小原真是傻了眼。三木的西药店是特高课的情报站，此时也顾不得什么"特工条例"了，三木拿出"特工证"命令小原立即和他一齐冲出去："只要有一个能活着冲出去，就要把这个消息报告军部。"

小原的骑兵班是鞍不配马，马不配鞍。鞍是"制式"，马是"杂凑"。跑起来更是人、马、鞍不合不济。跑出了没几里路，就得进行休整。休整了两次之后，三木明白了过来，这个骑兵班可不是护驾的"皇军武士"，而是要命的"拖累鬼"。

三木权衡再三，决定把"拖累鬼"变成"替死鬼"。于是策马和小原并行，指着路旁的一座坡缓的小山说："翻过这座山，就是第 711 号情报点，我去联系一下。你们把速度放慢些，事毕之后我全速追上你们。"

三木策马上山后，消失在丛林之中。小原一行放慢了骑速沿着大道边走边休整。可总不见三木追上来，心里也明白了过来，准备效法三木找个易于骑兵通过的小山暂避一时。可是时运不济，路两边都是骑兵难于行进的石岩，正在左右张望，徐承志的民生战车就追了上来。

小原不知好歹，抽出战刀大吼一声就冲向了民生车。其结果可想而知，连人带马都被撞飞了。小原的部下可比他聪明得多，有的沿着公路打马狂奔，有的弃马攀岩逃生。其结果亦是可想而知——逃不出民生战车的火力网。

全歼了鬼子的骑兵班之后，徐承志才松了一口气，下令返回镇东堡。再也想不到的是清理鬼子骑兵的驻地时，发现了三木换下来的和服、木屐。骑兵班有十一个人，十二匹马，马均不存，可以断定三木是骑着马和骑兵班一起逃跑的。

徐承志返回镇东堡前清理战场时，共击毙了日军十一人，缴获三八式步枪十一支，可以判定三木没有被击毙——跑了。三木跑了，义德潜师奇袭密云的计划，也就失去了实施的可能。镇东堡虽然得手了，可是日军的指挥部很快就会得到这一消息。只有迅速地撤出镇东堡，出奇制胜地出现在日军想象不到的地区，才能死中求生。

徐承志深思后做出判断，三木很难在12小时内和日军指挥机关取得联系，日军指挥机关获得镇东堡的消息后，也很难在24小时内完成合围的部署。也就是说，在36小时内镇东堡是安全的，以镇东堡为前进基地，可以插入任何地区。把鬼子吸引到镇东堡来，更有利于我军挺进日伪想象不到的地区。

徐承志报告了这一想法后，义德笑了。拍着他的肩膀说："和我想到一块儿去了，只是你把日伪军估计得过高了。即便是三木在12小时内向日军指挥部报告了镇东堡的消息，日军也不可能在72小时内完成对镇东堡的合围。原因很简单：

"一是镇东堡的地理位置所决定的，群山环围，只有一条公路把这个古镇和外界相连，进攻者只能顺着这条公路实行夹击，不可能合围。不论是关东军还是华北方面军，对这座古镇都是鞭长莫及，进行夹击得从几百里外调兵遣将。

"二是日军战线拉得过长，处处进攻，处处兵力不足，处处设防，处处防务薄弱。虽然广设'据点'，但据点中的兵力只能防守，无力出击。结果是大小据点变成了大小包袱。背着包袱也就更无力出击了。

"三是日军不敢夜间行军，白天行军也不敢长驱直入，怕遭伏击。作战条令明确规定‘进入战斗区域，凡沿公路、大道前进，必须先行派出精悍部队对敌军可能设伏的地区进行搜索，并占领两翼制高点后，主力部队方能通过’。

“日本军人都很固执，对作战条令严格执行。对镇东堡实行长途奔袭、夜间偷袭的可能性从理论上来说可以排除，但实战中兵不厌诈，日军也使用过长途奔袭、甚至夜袭的战术。所以我们不能放松警戒，还要扩大侦察范围。因为镇东堡一战，关东军和华北方面军都丢了脸，为了找回面子，一定会实行两面夹击。

“我们在镇东堡敲锣打鼓地休整三天，然后实行新的作战方案。三天中的主要工作是整编，被俘的两连伪军任其选择去留。营救出来的弟兄，是清一色的南方人。日军把他们弄到东北，不走京汉、京奉铁路，并由七三一部队接收，一定具有险恶的用心。

“这一千多号弟兄，咱们一定得带上，他们人地两生，口音又不对。如果掉了队，难逃日寇魔掌。从装备上来说，咱们现在是人枪扯平了。够得上一个加强团，为了壮大声势，可编成一个旅。正式番号得由军政部定，就先自称第一挺进旅吧。”

三天后的夜晚，月黑风高。关义德、徐承志和张翰执手话别。义德语重情长地说：“你要胜利完成任务，也要带着这五十多个弟兄活着回来见我。军人不怕死，但只有活着才能杀鬼子，记住！为了杀鬼子，不能放过任何一个活下来的机会。”

张翰立正、敬礼：“明白。”

大队人马潜师出发了，张翰还得再撑一天。留在镇东堡负责“接待”由长城内外前来夹击的日军。一夜平静地过去了，初春时节在长城沿线趴一宿可不是好受的。可是天亮后还不能睡上一觉，得在镇里四处转悠，装门面。

凭军人的直觉，特别是侦察兵的直觉，张翰判定今晚绝不是“平安夜”。天一黑，五十多名勇士兵分两路进入了战斗阵地。这是一场特殊的战斗，南北两路的夹击之敌，均是混编联队的建制。

所谓的“混编联队”，有双重含义。一是为了加强机动性配备有骑兵，为了增强火力，不但步兵增加了掷弹筒的数量，而且配备了轻装炮兵。二是这个联队是临时组成的，下属的各大队、中队，甚至小队，均是从其他部队借调出来的。战前才开了“碰头会”，可以说是“兵不识将，将不识兵”。

天黑后不久就下起了鹅毛大雪。初春下这么大的雪，对于张翰的小分队来说，是“天佑”；对于鬼子的混编联队来说，是“天怒”，是上天行将进行惩罚的先兆。

华北日军“特遣混编联队”队长矢野归一大佐是冒险家，逢事就赌一把。他的信条是“冒险即成功，成功即冒险”。见天降大雪，即下令“跑步前进!”要赶在关东军前面抢个头功。

关东军的“特遣混编联队”队长是亘鹿丸二，人称之为“横路完二”。亘鹿是将门出身，自许是个“中国通”。手里有一部《汉语成语宝典》，没事时就背两条，然后到处引用。为人又横又鲁。见天降大雪，喜出望外高呼道：“雪夜取蔡州！唐朝的名将李朔就是在风雪之夜拿下蔡州的。这是天皇护佑，也是天照大神的启示。真正的男子汉们！立功的时候到了，全速前进!”

“归一”的战术是偷袭，“完二”的战术是飞夺。“归一”的部署是步兵在前，骑兵在后。步兵得手后骑兵再压下去，长驱斩将夺关。“完二”的部署是骑兵在前，步兵在后。骑兵得手后，步兵从两翼包抄下去，左右合围，一举歼敌。概而言之“归一”的指导思想是“巧取”；“完二”的指导思想是“豪夺”。

张翰的指导思想是“乱中取胜”，让志在巧取的“归一”、志在豪夺的“完二”，在镇东堡内见个高低。

通往镇东堡的南北公路上都布满了拉雷，镇东的北门、南门内外，更是拉雷密布。张翰下令把“归一”的步兵放进城来，然后拉响了南门外公路上的地雷，把试图压上来的骑兵炸了个马仰人翻。骑兵遇袭后以为进城的步兵失了手，大队长小川少佐还真有点团队精神，拼命一搏要进城救援。步兵听见身后的爆炸声认为后路被断，守军要“关门打狗”，于是调过头来要冲出城门。

“归一”的骑兵和步兵在南门会师了。南门内外的拉雷也就全响了。骑兵有点邪劲，不顾一切地冲进了城。步兵也有点歪胆，拼死进行阻击，在南门里展开了巷战。

巷战中，步兵的掷弹筒充分发挥了近战的威力，竟然把骑兵压出了城去。骑兵退出城后，鬼子的炮兵就向南门里开了火，誓为玉碎的步兵报仇。

“完二”听到城里已经炮声隆隆，大为恼火。关东军一向以老大哥自居，可是小兄弟竟然敢先下手为强抢了头功。盛怒之下抽出了战刀，高声喊道：“天皇陛下的勇士，前进！”

跟在他坐骑后面的骑兵大队长丰田少佐也抽出了战刀，声嘶力竭地大吼一声：“男子汉立功的时候到了！”

“完二”、丰田率领着关东军铁骑不顾一切地冲了上去，抢占了镇东堡的北门。紧跟在骑兵后面的步兵，一进北门就分为两翼包抄了过去。

“完二”真不愧是将门出身，跃马冲在最前头，武士出身的丰田也不甘示弱，扬刀紧跟其后。刚冲到十字街，一颗炮弹落在了他俩中间，“将种”和“武裔”玉碎了。

冲进北门的步兵还没有完全通过城门，北门内外的拉雷全响了。骑兵失去了指挥，又受到正面炮火的压制，乱成了一团。听到身后的爆炸声，认为后路已断，于是分头向左右冲去，强行突围，正好和从北门左右两翼包抄过来的步兵迎头相撞，大雪之中混战成了一团。骑兵的目标大，在巷战中吃了大亏，于是纷纷弃马，利用地形、地物各自为战。

此时，“归一”的炮兵延伸了射击，把炮火覆盖了全城，打光了一个基数的炮弹才停止射击。重整队形后骑兵大队在前，两个步兵大队在后，迎着漫天的大雪杀进了南门。

“归一”给骑兵的任务是迅速占领北门，和城外的关东军取得联系。给步兵的任务是紧跟骑兵之后占领中心大街，然后向东西两侧推进，占领全城。

此时，“完二”的后卫步兵大队赶到了镇东堡的北门外。见城内火光冲天，喊杀声连成一片，大队长吉田羽郎少佐当机立断，率部队冲入了城中。一进南门，就和“归一”的骑兵接上了火。

吉田的后续中队还没有进城，进城的部队就被“归一”的骑兵压了出来。混战中吉田被马刀削掉了一只耳朵，这时炮兵大队赶到了。大队长松井少佐和吉田是好友，见吉田被砍掉了一只耳朵，又气又急。气恼之下乱了方寸，不分青红皂白，下令炮兵对南门进行轰击。刚登上南门城楼的骑兵少佐小川，第一个就被炮弹炸飞了。

雪越下越大，风越刮越猛。镇东堡城中的巷战也越打越激烈，参战的部队完全失去了控制，别说大队长找不到中队长、中队长找不到小队长，就是班长也找不到自己的士兵。求生的本能怕被杀，怕被杀的人则逢人就杀。

天怒、人怒，杀声四起。杀！杀！杀！直杀到大雪停了，太阳出来了，杀声也就停止了。古镇中太可怕了，日本军人以杀人为业、以杀人为乐、以杀人为荣，但都惊呆了、愣住了，直挺挺地僵立着。

白雪；红血。天降白雪象征着纯洁、纯情、纯正。人流的红血象征着生命，象征着赤诚、赤烈、赤热。此时此刻，白雪上泛着红血，红血上盖着白雪。

天降白雪，是为了人间的丰收。日本军人的红血，是为什么而流？

“归一”默默地走到“完二”的尸体前，行了个标准的军礼。脱下了黄呢军大衣，盖在了这具血肉模糊的遗骸之上。然后转过身去，面向东方跪了下来，切腹自杀了。没有喊“天皇陛下万岁!”也没有喊“大东亚圣战万岁!”

“归一”切腹自杀的地点，正面对长城。归一终于九九归一，横尸长城之下，丸二也终于走完脚下的路。不论是将门之种还是武士之裔均毙命于长城之下，只能有“完二”之叹了。再过几天富士山下的樱花就要盛开了，盛开了也就凋零了。

燕山之巅，长城两侧的青松屹立了已逾千年，阅尽沧桑，依然挺拔。大雪之后，会更加青翠、更加俊秀。

“欲将轻骑逐，大雪满弓刀。”即景生情，义德口吟着这千古名句，率部潜师直扑密云。此时心中挂念的是张翰是否能全师撤出镇东堡，赵鼎诚是否能在密云布置就绪。

张翰原名张汉，赵鼎诚原名赵大勇，都是侦察兵出身，胆大心细，有我无敌。在沈阳转入地下活动时，怕引起日伪的注意，张汉改名为张翰，赵大勇改为赵鼎诚。

距密云县城还有十公里，义德和赵鼎诚在预定的地点见面了。赵鼎诚报告了最新的军情：“今天上午十点，一列由北平开来的军列抵达密云。两个大队的鬼子下车后开进了密云城。现在密云城中的日伪军总兵力超过二千五百人。县政府下辖的保安队、警察武装还不算在内……”

听了赵鼎诚的报告，义德沉思了起来。对于密云城他太熟悉了，密云县城分为新旧两城。旧城在西，建于明洪武十一年（1378 年），呈正方形，设东、南、西三门，周长有四千八百多米，城高十米。

新城在东，建于明万历四年（1576 年），呈正方形，设东、西、南三门，周长三千五百多米，城高十米。新旧两城衔接处，有段八十米长的街道，称之为夹城，直通新旧两城的东西大街。

城外有五米宽、六米深的护城河，把新旧两城紧紧地包围起来，形成了一个完整的防御体系。原以为城中的日伪军也就是千余人，现在增至了近三千人，不但强攻无可能，偷袭也有了困难。

攻进城中的部队，很可能被粘住，战斗打成胶着状态。密云县城至北平只有65公里，而且有火车相通，由通州至古北口的铁路从城关经过。密云火车站是公路、铁路交汇之所，虽不是编组站，可是中转站。

原计划夜间袭入并占领全城，天亮后立即撤出。形势变了，这个计划只能放弃。原因很简单，即便偷袭成功，部队突入了城区，也不可能消灭城中的日伪军并占领全城。很有可能是打进去容易退出来难。古北口的日军乘坐火车在一小时内能赶到增援，北平的日军也能利用铁路在两个小时内赶到增援，驰援的敌军一旦赶到，攻入城中的部队后果不堪设想。

最明智的选择，是放弃袭占密云。

赵鼎诚听了义德的决定后长嘘了一声说："弟兄们已经潜入了城内，准备里应外合夺取城门……"

义德听了后为之一振，说："好！我就知道你的点子多。这盘好棋还要下，只是棋路子得变变。城里的弟兄们不会白忙，有大显身手的机会。"

入夜后奇兵从天而降，把密云县城团团围住。城外的机枪射击声连成了一片，防守旧城的伪军团长苟啸天登城一看，火把、灯球把护城河的水都给映红了，喊杀声震耳欲聋。这位上校"团座"吓得瘫在了城楼上。

随身的几个马弁可真不掇，架起团长就往城下跑。说起来姓苟的命不该绝，刚跑下城楼一炮就打了过来，一连三炮，发发命中，城楼被彻底轰平了。

防守新城的日军联队长东平一郎大佐是炮兵出身，一听就知道攻城的火炮是九二步兵炮，于是不慌不忙地坐到了太师椅上，对参谋长犬养一郎说："命令部队登城防守，密云城墙很厚，九二步兵炮很难将其摧毁。至于你我吗，我可以负责任地告诉你：'你很安全。'九二步兵炮是平射炮，是近战的利器，但它的炮弹不可能飞过城墙，打到司令部来。"

东平的话还没落音，一发八六迫击炮的炮弹不偏不歪地落在了这位大佐的屋顶上，房子被炸塌了半间。东平蹿了出去，犬养钻到了桌子底下。

炮击日军司令部的炮手是在镇东堡"起义"的伪军连长王德顺，他和东平一样，也是炮兵出身。为了控制长城隘口的通道，日军给镇东堡的守备部队配备了一门八六迫击炮。现在王德顺和这门迫击炮正大显身手。

炮打得这么准，不只是王德顺是玩儿炮的行家里手，赵鼎诚的工作也是做到了家——早绘制好了密云县城详图，而且准确地标出了日伪军政指挥机关距城墙的米数。有了这张地图，王德顺炮炮打得顺，伪军团部、伪县政府、警察局、新民会、保安大队，也都挨了炮弹。

伪县长的亲家是新民会会长，外甥是警察局局长。炮弹从天而降后都弃职而逃，躲到了县长的私宅商议对策。议来议去得出的结论是逃出城去已无可能，在衙门里守着是等死，只有先找个地方躲起来。

这短刀要九的时候，谁家能收呀？即便有熟人肯收，破城之时还是在劫在数，准被缉拿归案。不愁吃不愁穿的日子，在家待着多好，干嘛舍钱财托人情，弄了个县长来当。想到这儿伪县长是老泪纵横，仰天长叹："死矣！死矣！"

"您死了也不冤，人过了六十就够本儿。我可是亏大发了，冤死了。我说二舅呀，您干嘛把我拉来当这个警察局长。按《惩办汉奸条例》，警察局长可是必办的缺，您要给我个教育局长……"

"你是个窝囊废，我还不知道。什么局长我也不打算给你。你那不知好歹的老爹，缠着我没完，非要这个警察局长不可……"

"都别闹了，早干什么去了？现在只有一条路，到开元寺去投悟通方丈。破城之后，混在僧人之中。现在就得想个法子把头给剃了……"

"挑水的田二就会剃头。""快！快！把他叫来。"伪县长从椅子上跳了起来，也顾不上一县之主的尊严了，三步并成两步，亲自到下房去敦请田二。

警察局局长如同刑场逢赦，追在他二舅后头也奔了下屋。田二是个实在人，没有推辞，也没有要价，抄起剃头刀，就把三个脑袋刮了个又光又亮。警察局局长正忙着换便衣，宪兵队长小野闯了进来，身后跟着十几个荷枪实弹的日本宪兵。

小野一挥手，宪兵就把这三块料围在了中间。带队的曹长还用王八盒子顶住了警察局局长的后腰，下了他的枪。

这时小野正式宣布："你们的良心通通的坏了，擅离职守，死啦死啦的有！"

警察局局长一屁股瘫在了地上，起不来了。小野却笑了，胡噜着他又光又亮的脑袋说："刚剃的，当和尚不行的干活。快快的戴上帽子，开路的干活！"

被押出大门后，三块料都愣了。县太爷的官轿和全套仪仗——开路的静街锣、引路的大红伞、"肃静回避"牌、"密云县正堂"的官牌……一样不缺。这套玩意儿是清代的遗物，辛亥革命后遇有传统的活动还“请”出来使用，祈雨、祭河神、祀谷神、打春牛时都免不了用用，平时存放在县府二堂的厢房里。

民国的县长“遵民俗，重传统”，也就回归成前清的县太爷。一旦“县太爷”出巡，四乡八镇的香会也赶来凑热闹，图个官民同乐。

这火上房的时刻，摆出这全套仪仗干什么？“县太爷”还在发愣，宪兵队长发话了：“你的！快快的上轿。巡街的干活，安定民心。”说罢，回过头来指着警察局局长、新民会会长说：“你们的，统统的、统统的，巡街!”

这时，曹长递上了刚从警察局局长武装带上缴下的手枪。宪兵队长说了声：“吆西！枪的给。”把枪还给了这位局长，拍了拍他的肩膀说：“当和尚的不行，害怕的不要，巡城的顶好!”

惊魂初定的警察局局长才发现，大街边上还备了十几乘“滑竿”，均是县府二堂议事的太师椅，系局长们的专座。现在两边捆上了竹竿子，也就成了“滑竿”。

社会局局长、卫生局局长、建设局局长、教育局局长、税务局局长、商会会长等人已被拘到了县长官邸的大门外，宪兵队长指着“滑竿”一挥手，说了声：“通通的！通通的!”这时，就是缺心眼的主儿也明白了。一个个乖乖地上了“滑竿”。宪兵队长突然狂笑了起来，高声喊道：“大大的好!”然后上了最后一乘“滑竿”，喝令：“开路!”

静街锣响了，巡街的仪仗在警察队、保安队的护卫下缓缓起程。这时就见“县太爷”从轿子中跳了出来，掉头往家里跑，一边跑一边喊：“救火！快救火！我们家着火了!”

宪兵队长一抬头，见县长官邸中已是火光冲天。县太爷刚要上台阶，队长一挥手，两个宪兵扑了上来，把这个一县之长架了起来，又塞入轿子里。

静街锣又响了，巡城的大队人马上了路。警察局长回头一看，县长官邸已是一片火海。“姑舅亲、辈辈亲，砸断了骨头连着筋。”于是舅甥之情动于衷，跳下了“滑竿”追上了轿子，一掀轿帘可就傻了眼，他二舅已经没气了。

刚大叫“救人!”一发迫击炮弹落在了轿子前，开道的保安队四散了。队后督阵的宪兵队长拔出了王八盒子，站在“滑竿”上高呼：“继续前进!”声还没落音，第二发炮弹就把他掀了下来，抬“滑竿”的、坐“滑竿”的、押“滑竿”的都四散了。

新民会会长从“滑竿”上摔下来后，就没能爬起来。“黄鼠狼专咬病鸭子”，一个夺路而逃的警察又在他腰上踩了一脚。不知道是腰被摔折了还是被踩折了，向前爬了两步就再也动不了啦。警察局局长昏头涨脑地跑到了十字街，见县府、警察局、税务局、被服厂、东大库全都着起了大火，刚要掉头往回跑，一根烧着的木椽子掉了下来，正好砸在了他的头上。

日军司令部的有线电话全都不通了。联队长东平守着无线电发报机来回打转，犬养把他拉回了指挥室，关上门后小声说：“密云的城墙过长，全面防守有一定困难。必要时可以放弃城墙，退守核心城区。”

东平摇了摇头：“步兵平射炮要是进了城……”话还没落音，又是一发迫击炮弹落在了他的司令部里。东平跳了起来：“还击！还击！命令炮兵还击！”

鬼子炮兵大队的山炮、迫击炮，疯狂地、无目标地向城外猛射。隆隆的炮声，使东平感到了一丝自信。这时作战参谋呈上了一纸电文，东平一下子站了起来命令道：“念！”

“固守，援兵已从清河火车站登车，经西直门、德胜门、东直门、通州驰援……”

东平如同刑场上的死囚见到了特赦令，一屁股坐到了沙发上对作战参谋挥手示意说：“命令部队做好出击准备，内外夹攻歼敌于密云城下。”

言罢，露出了得意的笑容，仿佛又成了密云的主宰者。东平笑了，但他笑得太早了一点。此时义德在密云火车站的站台上也笑了，握着火车司机马宏达的手说：“要完成任务，也要活着回来。”

马宏达信心十足地说：“您就瞎好吧，这条线路我跑熟了，就是闭着眼睛，也能让这个火车头和小鬼子驰援的军列在三号桥上迎头相撞。”

在清河火车站登上火车驰援密云的部队，是清河军校的教导大队。治安军总司令齐燮元兼任这所军官学校校长之后，要对华北治安军团以下的军官进行轮训。首批受训的营、连、排级军官有八百多人，再加上各级教官，教导大队的总人数有一千多人。装备精良，火力远远超过了一个步兵团。

军列到达东直门火车站后停了下来。华北日军司令部的作战处处长石原大佐，带领着司令部警卫大队二中队登上了军列。教导大队的队长由副校长汪大魁亲兼，官阶系少将。

汪大魁见了石原，抢先举手敬礼。石原还算给面子，慢半拍举手还礼。然后毫不客气地对汪大魁说：“请你命令第一节车厢里的部队下车，这节车厢必须由皇军乘坐。司令部的警卫二中队准备进入第一节车厢。”

汪大魁连愣也没打，就执行了石原的命令。伪军下车日军上车，在东直门火车站折腾了有二十分钟。开车前石原对站长说：“我再重复一遍，请通知沿途各站，所有车次停开，给本车让路。”

石原的特别军列由东直门火车站发出后经通州、顺义、怀柔到达了密云境内的三号桥，一声巨响，在三号桥上跟迎面开来的火车迎头相撞。

撞车的巨震引起了车载弹药的爆炸，坐在第一节车厢中的石原首当其冲，魂归靖国神社去见天照大神。

石原魂归靖国神社，东平可魂不守舍了。连电北平：“急！急！急！”一连三电，司令部均不复电。东平坐不住了，又在指挥室里转来转去。这时值班参谋推门报告：“北平急电！”

东平蓦地停了下来：“念！”“驰援部队已过怀柔，迅速做好夹击准备。”这位大佐整理了一下军装，脖子一仰，一下子高了二寸，向值班参谋发布命令：“从各部抽调兵力，组成一个突击大队，在东门集结……”

东平的命令还没有发布完，通讯参谋慌慌张张地从译电室跑了进来，上气不接下气地喊了声：“报告！北平急电。”

东平转身命令道：“念！”“驰援部队在三号桥玉碎，石原大佐殉国。古北口援军已经出发，正沿通古线北上，预计一小时内可到达。固守密云，报效天皇陛下。”

东平一屁股倒到了沙发上，他心里跟明镜似的，古北口的驻军大多加入了奔袭镇东堡的混编联队，即便现在悉数赴密云，也是杯水车薪。“固守密云”的结果，只能是“报效天皇”了。

按照北平的指令，古北口驻军“悉数北上，解密云之围”。古北口原驻有一个步兵大队、一个骑兵大队、两个炮兵中队、一个宪兵中队。骑兵、炮兵被抽调去奔袭镇东堡，带队的就是“归一”大佐，现在已经切腹自杀向天皇谢罪。留守的迟田中佐接到驰援密云的命令后犹豫再三。不去是抗命，去是送死。

由一个宪兵中队留守，不如放弃。可是古北口是通古铁路的终点站，是连接华北、东北、蒙疆的战略要地，没有明令“放弃”，绝不能放弃。权衡再三之后，决定放弃整体防御，以宪兵中队固守火车站。

宪兵队长虽然把部队集结到了火车站，可是仍持不同意见。认为宪兵没有配备进攻性武器，三分之一的士兵仅配手枪，根本无法完成固守火车站的任务，不如一起登车去驰援密云。

正在争执不下，站长慌慌张张地跑了过来："太君，不好了，石峡沟火车站来电话，七号桥被炸了……"

听完站长的报告，迟田显得很平静，对身边的值班参谋下达了命令："电告北平，通古铁路七号桥被不明番号的部队破坏，列车无法通过。古北口附近亦出现了番号不明的部队，已与我军发生前哨接触，该部火力很强，进攻态势凶猛，对古北口有必夺之势。驰援密云的行动无法执行……"

值班参谋转身走了，迟田和宪兵队长相顾一笑，然后向传令兵一挥手："命令部队下车返回原防。"

炸毁七号桥，是预定的部署。行动小组出发前义德嘱咐道："七号桥和三号桥不同，密云城被包围，三号桥周边地区已由我军控制，可以漂漂亮亮地实现撞车。七号桥的周边地区仍在日伪军的控制下，很难实现车桥同时炸毁。只要对七号桥实现了成功的爆破，就完成了任务。爆破的目的是阻碍驰援密云的军列通过七号桥。"

接到七号桥被炸毁的消息后，义德十分兴奋，下达了新的作战命令：一、继续对密云的六座城门实行佯攻，佯攻的过程中大量燃放鞭炮，注意节约子弹。二、民生战车立即牵引着两门九二步兵炮分左右两翼出发，摧毁密云城周边十里之内的所有炮楼、据点。

檀营距密云城关三里路，驻有伪军一个中队。该中队强划檀营的西北角为营区，修起了两座三层的炮楼，是首先要拔除的"钉子"。

义德亲自率领一个混编连执行这项任务。到达檀营西北地区后，在夜色中就可以看见两座三层的炮楼，为了扫清射击界，驻守的伪军清除了周边的建筑。这也正好给九二步兵平射炮扫清了射击界。

义德和檀营阔别了二十多年，魂牵梦绕的故乡就在眼前。可是所见是漆黑一片，死沉死沉的。所闻是空寂空寂的，无人声，亦无鸡鸣犬吠。黑、沉、寂笼罩着故乡的热土，更笼罩着义德的心。

在黑暗中，义德默默地举手向檀营敬了一个军礼，然后向已进入射击位的炮兵下达了开火的命令。

"轰！""轰！"两炮，两座炮楼就被轰倒。两座炮楼后面的草料厂也被点着了，熊熊的烈火照亮了夜空，也照亮了伪军的营区。伪军们打起了"白旗"，齐声叫喊："别开炮！我们投降。"

这个连是伪军的运输连，全连配备了五十多辆大车，每辆车都有两头挽骡。把伪军缴械后，混编连押着五十多辆大车向火车站转移。这时草料堆全都燃烧了起来，火光冲天，把整个檀营映得一片火红。义德又向檀营默默地敬了个军礼，他相信这把火唤起了檀营父老的希望，也照亮了檀营父老的心。

义德一回到火车站，徐承志就赶上来报告说："火车站的库房里物资如山，什么都有。咱们用得上的是三千多套军装、军鞋，从领号上来看，是冀北保安队的。石友三部撤退时扔下没带走，都是清一色的'国灰'。"

义德笑了："檀营一战缴获了五十多辆大车。赶紧清点一下，有用的东西全装车带上。到了盘山根据地，给老乡们当见面礼。上山后咱们免不了要麻烦乡亲们。"

布置完了后，义德赶到了"攻城"的前沿阵地，见王德顺轰得正起劲。义德挥了挥手，说："注意节省炮弹，把打击目标集中在新城的日军司令部。撤退时得留下至少三箱炮弹。"

王德顺挺胸答了声"明白!"调整了标尺后把炮口对准了日军司令部就是一炮。这发炮弹正好落在了东平作战室的石阶上，把窗户上的玻璃全给炸飞了。要不是有遮在屏风上的两条军毯挡着，东平不被炸死也得被炸花了。

这位大佐也顾不上军官的威仪了，一个"狗闪"就到了桌子底下。再也想不到的是犬养一个"狗窜"也到了桌子底下，恰好一头撞到了东平的鼻子上。

东平一声长吼，一个"狗蹦"把桌子掀翻了。犬养直起腰来后才发现，东平满脸都是血，跳着脚大骂："八嘎压路!"犬养打了个立正，连声说"对不起！对不起!"

这时通讯参谋慌慌张张地跑了进来报告说："北平急电!"东平回过头来大吼一声："念!"这嗓子吼得太瘆人了，吓得通讯参谋连退了两步，猛一抬头，目光正好和东平相遇，吓得又连退了两步，上牙打下牙，念不出来了。

东平连进三步，举手狠狠地赏了通讯参谋两个"三宾"，把电文抢了过来一看，立刻瘫在了沙发上。犬养接过电文一看，也瘫倒在沙发上。这个通讯参谋被打晕了，也被打活了，从地下捡起电文高声念道：

"通古铁路七号桥已被炸毁，古北口遇到不明番号部队的攻击，司令部决定终止该部南进驰援密云的训令。

“密云守备部队要发扬视死如归的精神，城在人在，与城共存亡。为圣战竭力，为天皇尽忠。发扬武士克敌制胜的精神，固守密云城。

“明天上午天气如果晴朗，将派飞机飞临密云上空助阵，对攻城部队施以毁灭性打击。做好地空联合作战的准备，固守到明天。”

东平和犬养四目相对，默默无语，都入定了。

东平、犬养入定了，密云火车站里可是热气腾腾、喜气洋洋，檀营的老乡赶着大车，送来了三千多张大饼，饼是赶着烙出来的，送到战士们的手上还是热乎乎的。千言万语，最后汇成一句话：“吃饱了好去打鬼子。拿下密云城，和小鬼子先清一笔账。”

饼热，人的心更热。义德捧着烙饼，心潮起伏。他是军人，是和日本侵略者苦战了六年、血战了六年的抗日军人。吃这张饼，他是有资格的，可是又觉得有愧疚——为国干城不能御敌于国门之外，而使乡亲们陷于日寇的铁蹄之下。

袭占密云城，为乡亲们出口恶气，灭灭小鬼子的邪气，长长中国人的威风。这是一个快意的选择，又是一个极富风险的选择。

站在义德旁边的徐承志，把最后一口热饼塞进了嘴里，向义德请战说：“我带队攻进去，在两个小时内结束战斗，天亮前撤出城，向盘山根据地转进。”

义德摇了摇头：“执行预定的作战方案。”表情坚毅、刚毅，语气断然、决然。徐承志立正敬礼，转身去传达义德的命令。

攻城的“火力”更猛了，机关枪的响声连成了一片。又有两发炮弹落在了日军的司令部里，可是东平、犬养都没有反应。

不论是大队长还是参谋来请示训令，东平均是一言不发，犬养的回答是固定的两个字“坚守!”看来联队长和参谋长只有等待明天；可又不知道还有没有明天。

天亮了，四面攻城的机关枪都停止了射击，东平、犬养也就“还阳了”。东平在院子中间昂首望天，犬养命令各门守军派出搜索部队，向城关推进。

搜索部队出城不远，就蹚上了地雷，随着隆隆的爆炸声，又传来了机关枪连成一片的射击声。

搜索队屁滚尿流地退回到城里，东平和犬养又在作战指挥室里入定了。

很快，机关枪的射击声就停了下来。对空观察参谋进来报告：“西南方向上空未发现我机……”东平还是一言不发，犬养挥手示意这位参谋退去。

这时，特务队队长山本进来报告城中的情况，犬养挥手止住了他的报告，说：“我对城区不感兴趣，你立即亲自率领便衣队出城，要得到最新、最确实的情报。”

山本是个在天津日租界中长大的中国通，不但能说一口地道的天津话，对三不管混混儿那套玩意儿也是门儿清。凭着这点能耐，被征招入伍后很快就当上了特务队队长。

犬养命令他亲自出城去侦察，只好硬着头皮换上了便衣，推上了一辆独轮小车出了已被轰平了的城门。城关空无一人，出了城关后山本大吃一惊，地上铺满了厚厚的红纸屑，还弥漫着火药味。不用问，都是爆竹皮。这个中国通恍然大悟，掉头就往城里跑，只听轰的一声，蹚在了地雷上。犬养也就不可能再从他嘴里获得最新、最确实的情报了。

当又有两发迫击炮弹落在了东平的司令部里时，义德已经率领着全旅一千八百多个弟兄撤出了进攻阵地，以急行军的速度向盘山抗日根据地转进，天亮时已走出了四十多里。

义德是个在枪林弹雨中打出来的将军，军人的立身之道是凭实力说话、凭实力办事，具体而言就是凭枪和人。现在又拉起了这支一千八百多人的队伍，还有两辆装甲车、两门步兵平射炮、一门八六迫击炮，这就是抗日的本钱。

镇东堡一战打得漂亮，出奇兵制胜。密云城下这一战虽未能破城，但也撼了敌。在三号桥底下，就收了一千二百多条枪，都是好枪。再加上缴收密云城周边据点的枪，加起来小两千条，五十多辆大车都装满了。进入根据地后招兵买马扩充队伍，真能编一个旅。

此时此刻，义德的心里充满了自信、升起了豪情。队伍扩充完后，再杀出盘山，堂堂正正地攻下密云城，风风光光地回檀营——肚子里的这张热饼不能白吃，得对得起故乡的热土和父老乡亲。

时近中午，徐承志觉得肚子里空了。在密云城下打了一夜，天亮前又抢了个二十里急行军，天亮后又走了小二十里了，该让弟兄们歇歇了。

义德笑着摇了摇头说：“再坚持会儿吧，从兵法而言，咱们应该以营连为单位向盘山转进。打人一拳，防人一脚，小鬼子是会来报复的。可我担心弟兄们都不是本地人，特别是解救出的弟兄都是南方人，口音不对，语言不通，很难独立行动，一旦失去联系，就惨了。”说着义德举起望远镜，看了看正前方：“你看见五公里外的那条拒马河了吧，水虽然不大，可是岸高，要想通过只有一座石桥。

“临水而休是兵家大忌，一旦小鬼子追来用炮火控制了石桥，咱们的队伍就不堪设想。过了桥再走十里平地就进了山区，进山后就安全了。现在你就派骑兵联络官先行，设法和八路军取得联系。”

说罢，义德下令吹响了行军号，振奋一下士气。徐承志在马背上挺胸敬礼，然后拨转马头去传达义德的命令。

行军号吹响了，战士们加快了步伐。义德看见两辆民生战车拖着步兵炮，以四十公里的时速先行了。十分钟后不但通过了石桥，而且分列左右翼，进入了掩护阵地。

放下望远镜后义德的脸上露出了满意的微笑。当步兵、大车队依次通过了石桥之后，断后的骑兵开始过桥。义德是最后一个过桥的，过桥后即命令身边的号兵吹号，通知部队就地休息，然后策马走到徐承志身边说：“把车上的军装、军鞋、食品卸下来分了。把‘狼皮’‘狗皮’都脱下来，全员换装，整整齐齐地开进根据地，让乡亲们看看，有个抗日军人的样。”

全军换上了新军装，上上下下都透着精神。义德穿上了灰呢子军装，领章上是一颗满金将星，高筒马靴锃亮，武装带半套上的勃郎宁手枪瓦蓝。手上带着雪白的手套，握着一根皮制马鞭，军仪、军表，都是个标准的将军。

蓝天、白云之下，仰望着燕山群峰，远眺着不尽的长城，将军的豪情油然而生。豪情出于自信，更出于对国家、对民族的使命感、责任感，出于山崩地坼、海枯石烂也不折不变的赤胆忠心。

义德的遐思，被一声“报告旅长!”所打断。转身一看，刘汉卿直挺挺地敬了个标准的军礼：“您看我像个抗日军人了吗?”

义德笑了，拍着他的肩膀说：“不是像，就是个抗日军人。而且历史会证实，你是个真正的抗日军人。”刘汉卿的眼湿了，激动地说：“我是平谷大峪沟人，这儿离我的家不远了。老爹是个教私塾的先生，我当了伪军后，去信和我脱离了关系。说‘活着不许回家见父母，死了也不许归葬祖坟。’

“今儿我是脱胎换骨，二次做人。脱下了狗皮，穿上了国军的军装，可光穿着‘国灰’也不行呀，怀里还得揣着一张立功的嘉奖令，才有脸回去见父母。望旅长能成全我，有仗打时让我第一个上。”

义德也很激动，握着刘汉卿的手说：“放心吧，立了功后我派专人把嘉奖令送到你家，对你的父母、对大峪沟的乡亲们说：‘刘汉卿是个好样的，是个真正的抗日军人’”

刘汉卿立正敬礼：“谢旅长栽培，我一定雪耻报国，成为一名真正的抗日军人。”义德捶了刘汉卿肩头一拳说：“好样的！回去对你的弟兄们说：‘过去的事都不说了，一笔勾销向前看。穿上国灰就是国军，就是抗日的队伍。刺刀见了鬼子血，就是真正的抗日军人！’”

刘汉卿从军装上衣袋里掏出一个纸条，双手呈上。再次立正敬礼，转身跑步奔了自己的连队。义德打开一看，是工笔小楷写下的家庭地址和父母姓名。义德把纸条重新叠好，收入上衣袋中。一抬头，吃了一惊。十二架飞机从云里钻了出来，机翼上的红膏药一清二楚，成三三制战斗队形，正在向下俯冲。

义德急令号兵吹号，命令部队立即分散，可是号兵不在身边。于是大喊：“就地卧倒！”声没落，飞机上的机关枪就像雨点似的扫了下来。紧接着投下了七十二颗炸弹，民生战车、步兵平射炮和五十多辆大车都被炸毁了。

投弹之后，飞机又转了回来，以超低空的距离，进行了俯冲射。三轮扫射之后，飞机摇摆着机翼，退出了战斗。

飞机摇摆机翼是在向地面部队致意，同时也表示战机撤出战斗。义德举起望远镜向机翼下的地区一看，日军的机械化步兵正直扑而来，两翼的骑兵从左右包抄了过来。

机械化步兵以十辆装甲车为先导，装甲车后的汽车部队，车顶上都架着九二式重机枪、歪把子轻机枪。装甲车为了夺取石桥，已由“一”字横阵变为“人”字阵，正以六十公里的时速向前推进，志在飞夺石桥。

在午餐、换装的过程中遭到空袭，部队乱成了一团。义德只好命令号兵吹号通知部队集合。命令传令兵去向王德顺下达命令：“在日军装甲车通过石桥前将石桥摧毁，并尽可能地摧毁日军的装甲车、汽车……”

让义德一振的是命令还没有下达完，迫击炮就响了。一连三发，均落在了抢上石桥的日军装甲车上，这辆车歪在桥上，车上的鬼子跳了出来。后面的一辆想把它顶下桥去，顶撞的过程中又有两发炮弹落在了桥上。桥塌了，两辆装甲车都掉到了河里。

义德策马冲到了王德顺的身边，指着对岸的日军说：“打得好！打后面的汽车，迫击炮对装甲车的破坏能力有限……”

炮弹掉到了汽车上，造成了巨大的杀伤。鬼子们纷纷跳下了车，成散兵队形就地隐避。可是三箱炮弹很快就打完了，鬼子们爬了起来，准备发动进攻。

义德又举起望远镜看了看，正面的步兵是一个车载的机械化联队，本应配备山炮和轻重迫击炮，可是并没有炮兵随行。

左右两翼各有一个骑兵大队，已经快要推进到拒马河边。顾名思义，拒马河战马难涉，可现在是涸水季节，鬼子的骑兵直扑河岸，看来是打算强行涉水。

义德的心里跟明镜似的，突然的空袭使部队死伤近半，如果鬼子的步兵、骑兵过了河，势必和部队胶着上，很难再脱离接触。只有守住拒马河，坚持到天黑以后再往山里撤。

如果联系上八路军，就能抄鬼子的后路。可是现在还不到三点，得在河岸阵地上坚守三个多小时。义德下令构筑工事——其实也就是在力所能及的情况下找个掩体。

河对岸的鬼子步兵停了下来，并没有急着向河岸运动，正忙着往麻袋里装石土，似乎也要构筑工事。

身经百战的义德一下子明白了。拒马河的水基本上处于静止状态，鬼子是准备“填石为桥”实施强渡。鬼子没有配备炮兵，可有数量可观的重机枪、轻机枪，一旦实施“填石强渡”，完全有能力用弹雨封锁对岸，使“填石”和“强渡”的任务都能顺利完成。

这时，左右两翼的骑兵开始向中央收缩，看来骑兵是放弃了涉水过河的计划。原因是发现了河岸距水面太高，马很难跃上。

步兵、骑兵均集中到了正面的阵地上，鬼子的作战方案无疑是“中央突破”，突破点无疑是刚刚倒塌了的石桥。

这座石桥两端均是坝体，和岸体相连接，中间有一石拱。石拱已塌，掉到河床里的两辆装甲车的顶部均露在水面上，是“填石为桥”良好的底基。

义德放弃了沿河布防的一字阵，在石桥前布了一个口袋阵。鬼子填石过河后也就钻进了口袋阵，集中火力消灭首批鬼子。消灭的办法是近战、白刃战。只有近战、白刃战才能让对岸的机关枪群无法下“弹雨”。义德令部队把小鬼子粘在桥头耗时间，天黑后设法脱离接触，退往山区。

双方都一切就序，可是鬼子迟迟没有发动进攻。义德不解了，日军的《战斗条令》是“日落以前结束战斗”，“原则上不进行夜战”。眼下这场恶战更应早打，速战速决。可是……

义德正在深思，徐承志来到了，后边还跟着七营长华志刚。七营的官兵全是湖南人，有湘军之称。徐承志悄悄地说："旅长，小鬼子不进攻，我看是在等待炮兵或空军。乘这个机会把部队撤下去，只要有半小时的时间，就能脱离接触。我带七营留下固守桥头，打阻击。把全旅的手榴弹都给我留下……"义德摇了摇头，举起了望远镜仔细观察了一会儿说："没发现鬼子的炮兵部队。空军嘛，可能性不大。空袭咱们的飞机回到北平后，很难再返回投入战斗。鬼子的建制和指挥系统都很程序化，僵死得很。凡事逐级报批……"

义德的话还没有落音，十二架日机又从云层中钻了出来，飞得又稳又低。从机身的编号上来看，就是刚刚那十二架。

徐承志高呼："就地卧倒！"华志刚举起手中的轻机枪迎着向他俯冲下来的飞机就是一梭子。这梭子打得稳、准、狠，这架飞机立刻冒了烟，一头栽了下去，不偏不歪地掉到了鬼子的装甲车上。一声巨响，升起了一股浓烟。

剩下的十一架飞机发了疯，机头前的航空机关枪都吐出了火舌。疯狂的扫射之后又轮番俯冲下来投弹。义德布下"口袋阵"是准备打近战、白刃战，所以兵员成密集队形，部队损失惨重。

日机空袭的同时，河对岸的鬼子也开了火。近百挺轻重机枪同时射击，弹如雨下。伺机待发的敢死队扛着麻包一拥而上，很快就把石桥的塌倒口给填平了。突击部队一拥而上，冲过石桥建立了岸头阵地。后续部队蜂拥而至，左右两翼的骑兵也赶了过来，步、骑混杂乱成一团，拥过了"石桥"。

遭到两次空袭之后，兵员大减，根本无力收口进行反击。"口袋"越撑越大，近战、白刃战也就变成了最后的一战，最后的血斗。

刺刀、马刀、机关枪、手榴弹混成一团，华志刚端起轻机枪迎着冲过桥的小鬼子就是一梭子，扫倒了十几个。打空了弹夹后，被十几把刺刀围了起来。鬼子小队长高喊着："要活的！"

华志刚哈哈一阵狂笑："爷爷站着活、站着死，给爷爷垫背去吧！"向鬼子群里投出了一颗手榴弹，拉响了腰上的手榴弹，抱住了冲上来的鬼子小队长，在一声巨响中同归于尽。湘军弟兄们大吼一声，全扑了上来。在超短的距离内，扔出了十几颗手榴弹。弹片四爆，血肉横飞。不求同归于尽，却是视死如归。

义德整理了一下军装，左手攥着一颗手榴弹，右手握着锻有"中华魂”三个字的战刀迎了上去。徐承志带着四个端着手提机关枪的战士冲到了他的前头，扫倒了一片冲上来的鬼子。紧跟着又甩出去了十几颗手榴弹，把正面的鬼子压了下去。

这时就听见一声巨响，拒马河上的水柱溅起了有十几米高，石桥被炸飞了。对岸机枪群的九二式重机枪，向拥在桥头准备过桥的鬼子开了火。桥两岸同时响起了军号声、喊杀声，八路军从天而降，两面夹击。小鬼子抱头逃窜，从拒马河两岸同时向下游突围。太阳旗消失在日落的余辉之中。

2

关义德率领的挺进军第一旅，和李保国率领的八路军热察辽挺进军第一支队会师了。

李保国先立正，后敬礼，然后双手握住了义德的手，说：“老旅长！我来晚了。”义德先是一愣，然后双手抱住了李保国的肩头，说：“怎么是你！”眨了眨眼后又定了定神，和李保国紧紧地拥抱在了一起。

清点战场，义德一千八百多名弟兄中，“能站着的”只有二百六十多人。轻重伤员都向万松寺转移，战地附近的各村均赶来“出担架”，几百名伤员顺利地进了山。

义德亲自带领“能站着的”，埋葬了倒下的战友。在空袭中牺牲的官兵，大多被炸得血肉模糊，无法分辨了。

刘汉卿是中弹阵亡的，胸口被日军的机枪打成了马蜂窝。头皮也被弹片划伤过，军帽上沾满了鲜血。可是眼瞪得挺圆——死不瞑目。他的心事只有义德知道。义德向这位相识只有几天的生死弟兄敬了个军礼，然后摘下了他的军帽郑重地说：“放心地走吧，你是个真正的抗日军人。我一定把这顶军帽，葬入你家的祖坟。”

安葬完了战死的弟兄之后，义德的部队开进了盘山西麓的天成寺休整，李保国接到晋察冀边区司令聂荣臻的复电：

电悉，关义德部在东北地区坚持抗战六年，战功卓著。进关后在镇东堡、密云重创日军，震撼冀北，影响到华北战局。

朱总、彭总对关将军表示敬重，对所部的去留完全尊重该部官兵的选择。如欲归入冀察战区建制，提供行军方便，并派员护送到鹿主席的总部。

关将军愿意赴八路军总部或延安进行考察，表示诚挚的欢迎，妥善安排好行程。若有其他要求，亦尽量给予满足。一定要做好统战工作，待之以诚，尊之以礼。

李保国把聂司令的复电直接交给了义德，说了声："老旅长，我全听您的。"

义德苦笑了一下说："这二百多号弟兄，我就全交给你了。败军之将，无颜见江东父老。我哪儿也不想去，去了和人家说什么？别说八路军总部和延安了，就是到了重庆，又有什么用。我现在放心不下的是留守镇东堡的五十多号弟兄，跟他们约定的是安全撤出来后上盘山抗日根据地，或到密云火车站的檀顺大车店接头，那是我们的联络点。"

李保国听了后满打满包地说："这五十多号弟兄们的下落，您就交给我吧。三天内我一定给您回话。"

义德点了点头，又说："这五十多号弟兄，全是侦察兵。出生入死，见过战阵，都是好样的。有几个从老盘营就跟着我，带队的是张翰。"

一听"张翰"二个字，李保国蓦地站了起来："张翰可是侦察兵的料，九一八事变后他潜入沈阳，把王淑惠绑到了老盘营。虽说是误会，我心里就给他挂了号。有主意，敢做敢为能独当一面。您就放心吧，他准能把弟兄们都给带回来。"

由王淑惠，话题也就转到马占山身上。李保国不胜感慨地说："一晃六年多了。我奉您的命令到哈尔滨向黑龙江省保安司令部报到后，就让他给拴住了。宋大中到哈尔滨时，为了接俄老毛子的军火我们见了一面。

"日军向哈尔滨推进时，几次保卫战我都参加了，部队损失惨重，马主席身边的人也不多了，我真不好意思开口把队伍拉到蒙区。到了日军合围之时，通往蒙区的路全断了，只好跟着马主席一块儿撤往苏联。

"一进入苏联边境，老毛子一点也不客气。把我们全缴了械，马主席几个贴身警卫也不例外。马主席只得识相，主动掏出身上的勃朗宁说：'我这支枪也交你们保存吧。'带队的苏军中校连愣都没打，就把枪给收了。

"缴收完了武器后苏军宣布，我们可以由新疆返回中国，或直接由海参崴乘船到上海回国。我是一天也不想在苏联多待，就选择了由海参崴乘海轮回国。

“在船上我结识一个由苏联回国的老党员，他把我带到了江西苏区，参加了红军。五次反围剿失利后我跟着红军长征，走了二万五千里。

“七七事变爆发了，红军改编成第十八集团军。我被编在一一五师，参加了平型关大战。后随着聂司令开辟了以五台山为中心的晋察冀抗日根据地。随着‘向敌后的敌后’挺进的战略，我们支队由平北推进到了冀东，以盘山为中心建立了抗日根据地。”

义德听完后长嘘了一声，把别后的历程也说了说。最后的结论是：“我和宋大中是生死之交，得潜入北平帮助他除掉‘白为人’。于公于私，这件事都是义不容辞。”

李保国点了点头，十分感慨地说：“民国十七年咱们第一混成旅开到了保定，要不是韩复榘玩阴的，早就进了北平了。七七事变后他一枪不放就放弃了山东。身为地方最高军政长官，不履行守土之责，弃地、弃民，让蒋介石借开会之名把他扣押了，经军法审判判处了死刑。其实，该毙的何止韩复榘一人。

“在保定拦马喊冤的齐燮元，现在成了大汉奸。当了华北伪军的总司令，自称治安总署督办。说起来天下也真小，这位督办的副官就是咱们的老朋友胡尧。”

义德有点发懵，遂问道：“我想不起来了，这个胡尧是……”“在美国花旗公司的轮船上，归州镇守使要毙了他，扔到长江里喂鱼。您出面救了这小子，后来他又和我金兰结拜成了换枪的弟兄。这小子最贪杯，一壶酒下肚，什么事都坦白交待了……”

义德猛地想起了：“这小子好摇头，大伙又都管他叫‘胡摇’。武装带上别着一把枣木把的清造左轮，是个古董。后来和你换了……”

说到这儿，义德和李保国都笑了。李保国接着说：“半年前，这位胡副官到平谷县、蓟县视察军务，返回北平时成了我的俘虏。我请他喝了一顿，就给放了。这小子临走时指天发誓，说是‘身在曹营心在汉，只要有用得着的事，万死不辞。’

“这小子说话还算话，真帮八路军办了几件实事。您要上北平除掉‘白为人’，胡尧是个用得上的人。”

义德点了点头：“真是山不转水转，能和胡尧一起抗日，是缘分。”

“胡尧这小子还真念旧，一个劲儿地和我打听您和耿副旅长。说：‘见了老长官替我问个好，要没有关处长出手相救，我早喂了鱼后投胎了……’”

一提起耿副旅长，义德又是一声长嘘：“开封一别，快十年了。也不知道他……”

李保国接言道：“打平型关前，我在太原火车站遇到了耿副旅长，他正带着七十六军驰援沂口。军情都十万火急，没说上几句话火车要开，就握手道别了。后来听说他在沂口受了伤，成了独臂将军。

“伤好了后就留在重庆，出任了军令部的中将部副，主管二厅的工作。上月还到八路军总部视察过，二厅是情报厅，看来混得有些根基，来头不小。”

义德笑了笑，说：“在重庆混，也不容易。京官好当也难当，何应钦这个部长，可不是好伺候的。

“少帅张学良是个外场人，可就和姓何的不对付。这小子早年留学日本，人都说他是亲日派。西安事变时他想玩邪的，要派飞机空袭西安，把老蒋炸死。是宋子文、宋美龄出面给拦了下来……”

一提到少帅和西安事变，气氛也就沉闷了下来。李保国赶紧转移话题，说：“由沈阳潜师进关，又打了两个恶仗，老旅长太累了，今儿好好休息一下，明儿我陪您游游盘山。”

盘山又称京东第一山。乾隆皇帝有言：“早知有盘山，何必下江南。”泉、石、松为盘山的三绝，以泉清、石奇、松胜冠于华北，驰名全国。

盘山是胜境也是圣地，有七十二峰、七十二寺、七十二泉。峰峰有寺，寺寺据峰，峰峰生泉。青山古寺，相映相隐。大隐大映，大映大隐。山泉淙淙，源清流澄。胜境圣镜，相济相成。

时值孟春，溪流两岸绿柳初柔，桃花含苞，意在闹春。春归何处？白乐天有云：“山寺之中。”

此时此刻，李保国、关义德登上李靖台。不是为了怀古，也不是为了觅诗，是要会会古人，见见来者。会会古人是要接下历史的重任，见见来者是直面未来，无愧后生。

义德手抚台石不胜感慨地说：“李靖是一代名将，生于盛唐之世，佐太宗而定天下。其威名可以说是震中土、慑西域。

“你我是抗日军人，国家兴亡荷于身而扛于肩。我年过知命，老啦！想干的事很多，可是力不从心。拒马河一战，我对不起死去的弟兄。

“虽说咎大，可无法辞职。一是日寇未灭，天职未尽，只能死而后已。二是请辞的呈文往哪儿递？”言罢，长嘘了一声。

李保国亲切地叫了一声："老旅长！拒马河之失不是失于日军的空袭，是您还没有适应敌后的游击战争。

"对密云袭而不占，是正确的方略。如果从密云撤出来后以连排为单位转进盘山，日军出动更多的飞机、更多的快速部队也只能是无功而返。

"您是北洋武备学堂的首科毕业生，是受过正规教育的职业军官。转战过大半个中国，和小鬼子过招，也有六年多的实战经验，可是在新的形势下得有新的打法。以您的阅力和经验，只要适应了华北战场的新形势……"

义德苦笑了一下，什么话也没说。

李保国指了指李靖台下的练兵场说："正在练投掷手榴弹的是二团的三营。我的一支队下辖的三个团，从火力配备上来说还达不到丙种团的标准。不仅没有炮兵，也没有骑兵，更没有专业部队、特种部队。

"解拒马河之围时，我只有两个营的兵力。只能智取不能力敌，从拒马河上流放了一棵枯树，内装着仅有的两箱 TNT 顺流而下，炸毁了石桥。

"鬼子的车载步兵、骑兵都拥到桥头争挤过桥。九二式重机枪不便跟随步兵前进，都扔在了汽车上。我的一个连抄了鬼子的后路，毁了鬼子的汽车，用刚缴获的重机枪狠狠地打了河两岸的鬼子。

"别听拒马河两岸的冲锋号吹得震天响，要真和鬼子拉开阵势打，准把我的两个营也装进去。我粗算了一下，日军出动的总兵力接近两个联队。

"日军拼凑了两个联队的兵力杀向了拒马河，后方就空虚了。我的主力长途奔袭，打掉了日军在顺义的临时机场。那十一架飞机刚一落地，就被一团给解决了。飞机是带不走，全部给炸毁了。

"一团没有连夜撤回根据地，而是以连排为单位深入敌后。有机会就再教训教训小鬼子，找不到战机就先在敌后休整一下，然后再出其不意地集合起来，打个漂亮仗。"

听了李保国的话义德恍然大悟，怪不得日军的飞机一天投入了两次战斗。小鬼子也灵活了，在顺义建立了前进机场。打破了双重序列、双重命令的体制，航空兵接受战地指挥官的直接指挥。于是长叹一声："我的知识过时了，经验过时了，人也过时了。"

李保国赶紧接言说："不是您过时了，而是形势发展得太快了，随时产生新的打法。"

义德点了点头："马占山在黑龙江打的是正规战，我和博王爷在蒙古地界跟小鬼子干的两仗，也可以说是正规仗。打散了川岛芳子的安国军后，潜入了沈阳可以说是‘特工战了’。对于游击战是个门外汉，你的打法我是闻所未闻，听起来是耳目一新。打了大战到敌后去休整……”

李保国笑了，说：“游击战是敌中有我，我中有敌。敌后的敌后，也就是‘后方’。敌军的腹地，往往也是他的软肋。捅上一刀，就是致命的一击。

“您在沈阳打的‘特工战’，就是孙悟空钻到了妖精的肚子大闹一场。潜入北平也是一拼，想要除掉‘白为人’，需钻得更深，不入虎穴焉得虎子。掏狼崽子更得进狼窝。要想打狗，也得钻狗洞。披上狗皮，才能行之有效。”

义德听了似有所悟。

一回天成寺，李保国就接到报告：“特派员到了，在政治部周主任的屋里。”李保国转身对义德说：“下午我得汇报工作，就不陪您了。让人陪您去万松寺，看看在那里养伤的弟兄。”

李保国进了政治部，周主任刚要做介绍，特派员和司令员就拥抱了。特派员就是把李保国从海轮上带到江西苏区的“老党员”，也是李保国入党的介绍人。

“老党员”无限感慨地对李保国说：“你跟着一军团长征去了，我按组织上的安排又回到了上海，后又去了苏联。这次和王明同志一起回到延安，王明同志到武汉主持长江局的工作，组织上让我到华北来看看，华北的形势太复杂了……”

话还没有说完，周主任和司务长把饭端了进来。“老党员”皱了皱眉头：“我是特派员，生活上可不能搞特殊化……”

周主任先是一愣，紧接着又赔了个笑脸，笑得很勉强，说：“您是远道来的客人，都是些盘山的土特产，也是大伙儿的一点心意……”

“边吃边谈！边吃边谈！”“老党员”反客为主，示意李保国入座就餐。坐定之后一打开砂锅盖，醇香四溢。“老党员”又是无限感慨地说：“我在北京上中国大学时，有幸在冀北楼品尝这京东山珍。石窝鸡、岩顶蘑，只是水不正宗，不可能是云中泉。”

说着，就动了筷子。先把两个鸡翅膀给消灭了，又自言自语地说：“就差一瓶法国红葡萄酒，无酒不成宴席呀。”

周主任低头装没听见，李保国接声说：“酒好办，我还存着一瓶高粱烧。”“免！免！高粱烧就免了吧，喝了上头。”

“老党员”以汤代酒，品了一口后连声夸：“鲜、清、醇、厚，又不油不腻，胜冀北楼远矣！看来云中泉诚不可缺。”

说着，又消灭了两个鸡腿，笑着对李保国说：“你这盘山王，可是有福之人呀。石窝鸡、云中泉就由你独享了，岩顶蘑有鲜货有干货，干的不如鲜的，可能长期保存，从这点上来说，干的也是好东西，也算得上美味。”

言罢，举碗以汤代酒，和李保国叫了声“干!”汤足饭饱之后，言归正传，开始听李保国汇报盘山根据地的工作。

李保国打开了地图，特派员给止住了，说：“你是书记、政委、司令员三位一体化，咱们就党的工作、政治工作、军事工作一块儿谈。”

李保国收起了地图，对党、政、军三方面的工作分别进行了汇报。最后汇报了关义德的“第一挺进旅”，并出示了聂司令的电文。

特派员对党工作的指示是“纯洁组织”；对政治工作的指示是“突出政治”；对军事工作的指示是“大胆！大胆！再大胆些”。

对“第一挺进旅”的指示是：“原则上按聂司令的复电办，我要以特派员的身份、老党员的身份、你入党介绍人的身份告诫你。警惕！警惕！再提高警惕。

“关义德这个人太复杂了，和国民党上层的关系太深。我们不把他视为抗战队伍中的异己分子、统一战线中的异己分子，但要对这个败军之将进行长期的考察，弄清他的目的。从拒绝去八路军总部和延安来看，就说明了这个人拒绝和我们合作。

“他潜入北平的动机也十分可疑，并不排除当汉奸的可能。从他和齐燮元的关系来看，这种可能性很大。他潜入北平后，我们不能和他发生组织联系。

“对这个人的利用，要慎重！慎重！再慎重些。在审查中利用，在利用中审查。血的教训！血的教训呀。苏联的肃反工作给我们树立了榜样，斯大林同志、捷尔任斯基同志的指示我们要牢记在心，对异己分子绝不能手软，要残酷斗争、无情打击。关义德这个人就很可能是异己分子。

“组织上相信你，我个人更相信你。我告诫你的话既代表组织，也代表个人。当然，你和他有过长期交往，关系也很深，但那是参加革命以前的事了。自从你在党旗下宣誓那时起，就和旧我一刀两断了，也和关义德一刀两断了。

“最后我要代表组织重申，和关义德不能发生组织上的联系。对他的利用只能通过个人关系进行，以保证组织系统的纯正、纯洁。

“关义德潜入北平之后，尽量少和他进行联系。要布置监控和审查，看他的行动。如发现问题，立即中断联系。

“城工部方面我也会打个招呼，以加强监控工作。不能掉以轻心！绝不能掉以轻心！”

言罢，点燃了一支烟，也递给了李保国一支。长长地吸了一口，亲切地叫了声：“保国同志。”然后十分神秘地说：“共产国际对王明同志十分信任。王明同志在延安下飞机时就郑重声明：‘我回来了，带着马克思列宁主义回来了。’形势复杂呀，可不能站错队。

“斯大林同志对张作霖、张学良父子的印象极坏，关义德和张学良的关系又那么深。我和你是推心置腹，坦诚布公，盘山之行我可以说是专程来看你。我的话你可要三思，要牢记呀。”

特派员匆匆而来，匆匆而去。李保国真有些丈二的和尚——摸不着头脑。不由得又打开聂司令员的复电，认真地看了一遍。觉得简而明，既然特派员原则上同意司令员的指示，就按指示办吧。

特派员明确提示、再三指示，不和关义德发生组织上的关系。关义德本不是党员，不存在组织上的关系。是否把他列入发展对象，是城工部的工作。他要潜入北平，这是件大事。李保国向司令部请示如何安排，潜入后如何联系。

聂司令很快就复电：

> 电悉。宋大中是东北的实业家，其作为可感、可尊。应在各方面与之合作。关义德如约潜入北平，应全力进行安排。对他的具体要求，应在力所能及的范围内给予满足。
>
> 关、宋在北平除掉白维仁的行动，可与协助。关、宋与各方面的关系，特别是与齐燮元之间的关系，可以利用。同意特派员不发生组织关系的意见，具体的联系方法、合作方式，城工部会安排，原则上是待之以诚，尊之以礼。

接到复电之后，李保国的心里算是有了底。可是义德的心里却像十五只吊桶打水——七上八下。一是张翰还没有回来；二是密云火车站的“檀顺大车店”虽然联系上了，宋大中对于潜入北平的安排还没有落定。

义德整日所事，也就是到万松寺帮着医护人员照料伤员。好几百号伤员，全是由出担架的老乡抬上山来的。万松寺里是住得下，可是医疗条件太差，西药奇缺，全靠僧人们采集的草药对付着。

义德看在眼里急在心里，总想着快点赶到北平，通过拜尔医生弄批药来。这天早上正准备去万松寺，门外响起了一声响亮的“报告!”紧跟着张翰推门进来了，后面还跟着李保国。

张翰立正敬礼：“老旅长！我把五十个弟兄全带回来了，一个不缺，都全须全尾儿。”义德双手抓住了他的肩膀，连声说：“好样的！好样的!”

坐定之后，张翰简明扼要地汇报了撤离镇东堡的过程：“天下着鹅毛大雪，伸手不见五指。按预定的方案，镇东堡里的鬼子互相接了火后，我们就撤了出来。

“撤到了一线岭上，我听见堡里的枪炮声连成一片，像是开了锅。不用问，鬼子们打得正欢。可是由北门撤出的二小队，没有赶到预定的集合地点。

“我可和您立下了军令状，一个不少，五十个弟兄活要见人死要见尸。于是定下了第二个集合地点，分兵两路去找。

“吃了大亏的鬼子又发了疯，仗着胆进山清剿。阳差阴错，阴错阳差，在山里转了十来天才胜利会师。全队五十号人集结到一起，我当即决定分头奔密云火车站的“檀顺大车店”。

说到这儿，张翰从怀里掏出了一封信：“这是高掌柜让我交给您的。”

信是用暗语写的：

> 戴掌柜把门面房都租好了，四白落地，全见了新。算定了吉日，就能开张。这一忙乎，累得够戗，身体有些欠安。
>
> 吃了毕大夫的药挺见效。毕大夫从同仁医院下班后，在东单华德大药房义诊。病人不少，哪天也得有小二十。等着看病的人，拿了号就到对面的东和轩喝茶。诊所中的阿司匹林又叫APC，可是好药，是拜尔药厂的正牌货，吃了立竿见影。买时叫哪个名子都成。见了毕大夫的处方还能打折，真没钱就舍药。

义德看完后，“一块石头落了地”，满脸兴奋地对李保国说：“你快安排一下吧，宋大中把一切都准备好了，我可以带二十人进城。送我们进城的车，回来时能带上药品。这回多少能解些燃眉之急，万松寺中的弟兄就少遭些罪。”

李保国一听也乐了："蓟县、平谷的西药房全让小鬼子给看上了，外伤药、消炎药都弄不出来。后勤部正准备派人闯闯北平，这下好了，只要药能提出来，运输没问题。今儿晚上我和您喝两盅，好好聊聊，也该放松放松了。"

特派员怕喝了上头的高粱烧，其实是瓶好酒，开盖以后醇香四溢。菜只有四盘：盐水煮鲜蘑、炒花生仁、五香豆腐丝、炒鸡子儿。压酒的是烙饼卷大葱，还有一碟黄酱。

李保国把酒满上后说："跟您喝酒就不叫'干'！交个实底，这酒也只有一瓶，经不住几声'干'！"司务长给您弄了只鸡，我让送到万松寺去了。他还有点二乎，我说：'你傻呀，老旅长什么没吃过，希罕你这只鸡。进了北平后可就不吃鸡了，得来点高级的。'听我这么说，司务长愣了，反问道：'还有比鸡更好吃的？'"

义德笑了，笑中带着苦和酸。端起小碗喝了一口烧酒，说："把鸡送到万松寺就对了，凭这点，这队伍你就能带好。军官战时要和士兵同甘共苦，关键时喊的不是'给我上！'是'跟我上！'"

李保国举起小碗喝了一大口："老旅长！我是您带出来的，身教重于言教，什么模子铸什么坯子，您就放心吧。再说了，八路中讲的就是官兵一体，干部身先士卒。"

义德点了点头："带兵之道多异，湘军、淮军讲的是乡情，北洋军标榜一个'新'字，自称'北洋新军'，可是没新几天就旧了、就烂了。北伐时称国民革命军，又称'党军'。认为'党化军队无敌于天下'。

"其实，'党'这个字不是什么好字。'党同伐异'、'结党营私'、'大道衰而朋党兴'。孔老夫子有言：'君子群而不党'，志同道合者为群，百姓所趋成众。你这两天常说'群众'二字，这两个字我爱听。

"群众路线是至道，更是哲理。"

说到这儿，义德突然打住了。举起小碗喝了一口，话题一转："我是个带兵的，不敢说爱兵如子，可也没有亏过自己的弟兄，没有把兵往死路上带。

"对从密云撤下来的这些弟兄，我心里总觉得愧疚，跟着我从东北进关的三百多人，没剩下来几个。

"解救出来的一千多号弟兄，大多是四川人、湖南人。死了的不但尸骨难还，我手中连个花名册都没有，文书、档案全让小鬼子的飞机给炸飞了。要是有可能，想办法通知一下死者的家属，他们的亲人是抗日烈士。

四川兵、湖南兵都能打，有点儿‘蛮子’劲。他乡异地，语言又不通。你可要善待这些川军、湘军的弟兄。

“阵前反正的两连弟兄，拒马河一战中也不是孬种，没有㞞了的。两个连长战死了一个。活着的叫王德顺，是炮兵出身，玩迫击炮是高手。在密云城下，在拒马河，都立了功。要不是他反应快不等命令就开了炮，小鬼子的装甲车就冲过了石桥了。”

“人尽其用，别因为他当过伪军连长，就给入了另册。给他弄门迫击炮，准是好样的，他这样的神炮手，是难得的人才，可不能让人才坐了冷板凳。

“战死的叫刘汉卿，平谷人。他父亲是个教书先生，深明大义。听说儿子当了伪军，去信严斥：‘生不许回家见父母；死不准归葬祖坟。’

“拒马河换‘国灰’时，他向我请战，想立功雪耻，当个真正的抗日军人，好回乡见双亲。战死后死不瞑目，他的心思只有我知道，这顶军帽是他的遗物，这张字条是他生前写下的家庭地址。

“给刘汉卿颁个嘉奖令，把这顶军帽葬入他家的祖坟。这两件事是我对死者的承诺，现在只有你来办了。”

李保国双手接过了带血的军帽，郑重地说：“按照晋察冀边区抗日民主政府的《优抚军烈属条例》，刘汉卿自反正之时即为抗日军人，牺牲后当为烈士。立功的嘉奖令和烈士证将由军区司令部、政治部联署，由地方政府送到烈士家中，并在村中举行追悼会。

“这顶军帽我会派人专程送到烈士家乡的区政府，由区长主持归葬刘氏祖坟的葬礼。您就放心吧。”

义德点了点头。

李保国把两碗酒都给满上了，两人举“杯”互碰了一下。义德做了个手势，说：“不许叫‘干!”李保国笑了：“等把鬼子打跑了，我的队伍开进北平时，和您连干三瓶。”

义德也笑了：“胜利酒连干三瓶也不醉，可是眼下我如何潜入北平呢?”

“我已经安排好了。”说罢，李保国举杯，义德也举杯，二人同声叫了声：“干!”

“干!”过之后，李保国拿出两份文件，郑重地对义德说：“这是联系程序，有日常的也有非常的，您和徐承志一人手中一份。简而明，记在脑子里，记住之后烧掉！您进入北平后不忙着行动，先安顿下来，到时候城工部会和您联系。”

3

义德一行二十人胸前戴着新民会的徽章，登上了开往北平的汽车。这辆车是蓟滦行署保安总队的军车，车上有六名治安军护送，为首的是个中尉。

车上的官属义德最大，是蓟滦专区新民会的副会长，其余的人大小也有个头衔，最小的也是个干事。一行人均是奉总会的命令，到北平参加“治安强化运动”的培训。

一路之上顺利通过了多道关卡，并顺利地进入了北平新开的启明门，在崇文门内大街路南的东和轩茶馆门前停了下来。

一行人下车之后，昂首踏上了东和轩的石阶。站门的连呼道：“官爷来了！往里请。”落座之后，茶倌忙着沏茶、上点心。

宋大中来到义德的桌边拱手道：“关会长辛苦！”义德起身相迎：“哪里！哪里！全托戴先生的福，您可要多多关照。”“请放心，您的事就是我的事，全妥了，您就瞧好吧。您先喝茶，今儿晚上我做东，给您引见几位朋友。”

双熵双熏的京味香片，义德可有年头儿没享用了。醇、厚、浓、香，近唇气爽，入口生津，一连喝了三杯。然后低声问道：“我替朋友定的货……”“尽管放心，疑人不托，托人不疑。全包在戴某身上，用完茶了，就赶个饭局吧，饭点可快到了。”

宋大中起身导引着义德出了东和轩，登上了停在门口的汽车。一关上车门，两人的手就紧紧地握在了一起。分别只有两个多月，可是千言万语，万语千言，不知如何说起。

这时，就听开车的小冯亲切地叫了声：“老旅长！您可晒黑了。”宋大中连忙制止道：“记住！叫总经理。”

然后回过头来对义德说：“你现在的身份是华德大药房的总经理，董事长是拜尔大夫。齐一是你的襄理，他媳妇阚莉是诊室大夫。

“华德大药房是德国拜尔药厂的指定经销商，你可得拿出点儿做派来。我现在是瑞典瑞隆洋行的华理，赵鼎诚是公关部主任。徐承志是钟楼影院的副经理，先不忙着上任，得熟悉熟悉北平的情况。

“你带来的人也都找好了‘坑’，各‘点’包月的三轮全安排自己人。和泰马车行的四辆洋马车，鞭杆都抓在自己人手里。

“你的宅子在后海北河沿，和醇亲王府就隔着一个小夹道。厨子、司机、拉包月的全是自己人，老妈子也很可靠，都是知根知底的。可也不能大意……”

正说着，汽车停了下来。宋大中进门后大声喊道：“总经理回来啦!”毕洁媛和一个洋装女郎迎了出来。不等介绍，洋装女郎就叫了一声“二姨父”，然后双手搂住了义德的脖子说：“您的一切我都知道，知道得比您自己都清楚。”

宋大中笑了，说：“别把你二姨夫吓住了，你的事我还没跟他说。咱们先吃饭。”

毕洁媛是先于宋大中和拜尔大夫一起到达北平的，和义德有小半年没见面了。义德此时是一脸风尘，显得老了许多。真是看在眼里疼在心里，吃饭时一个劲儿给义德夹菜。宋欣做了个鬼脸说：“二姨父可真有福气。”

宋大中听了后心里一酸，亲朋好友全知道，毕家姐妹老大最贤惠、老二文静、老三活泼，是三朵花，现在三缺一。男人过了“知命之年”，需要的就是贤惠。现在爱女回到了自己的身边，爱妻却永远地离去了。

女儿失母、丈夫失妻。“泪填九曲黄河溢，恨压三山华岳低。”是家仇，也是国恨。国仇家恨、家恨国仇。为了报仇雪恨，父女在北平相遇了。相遇不是喜相逢，更不是合家欢，是开始新的战斗。

吃完饭后，宋大中、关义德、宋欣一起走进了书房。王妈上茶后就退了出去。宋欣站起来向义德打了一个立正：“军令部二厅少校谍报员宋欣，奉部副耿继忠的命令，向关将军报到……”

义德一惊，本能地回了一个军礼。紧紧地拉住了宋欣的手：“欣欣，你坐下，慢慢地说。”

宋欣哭了，泣不成声。宋大中在旁边把话接了过去：“这孩子在美国得到她母亲的消息后，发誓要报仇。在大使馆武官处的帮助下，进入了美国陆军情报特训班。

“毕业后回国分配在军令部二厅，被派遣到北平，公开身份是她三姨夫泰勒的助理。泰勒现在是美国花旗银行华北部经理。

“我回到北平见到了洁如后，父女相逢。她把咱们的消息上报了重庆，耿部副就指定她当咱俩和重庆之间的联络员……”

这时，宋欣止住了眼泪说：“耿部副的意见是您可以由天津取道香港，飞重庆向军政部报到，回军事参议院任职。也可以暂留北平，以二厅少将特派员的身份潜伏下来。二者由您定。”

义德还没有回答，宋大中就发了话：“你二姨父是带兵的将军，回重庆向军政部报到是理所当然。”

义德摇了摇头，说：“我在拒马河栽了，得在北平爬起来。干点实事、硬事、漂亮事，才对得起死去的弟兄。先干掉‘白为人’，为东三省的同胞出口恶气。

“到重庆我能干什么？去军事参议院当个战略参议官之类的闲差，喝茶养老，愧对战死的弟兄。再说了，按照建制序列我应该向少帅张学良报到。可少帅现在是交蒋委员长‘管制’，我是无‘家’可归的人。

“回重庆去坐冷板凳，不如留在北平。继忠现是部副了，让我选择我就留在北平吧。能干点什么就干点什么。李保国说‘不入虎穴，焉得虎子。掏狼崽子，就得进狼窝。要打狗，也得钻狗洞，披上狗皮才能行之有效。’

“李保国的话我现在有点明白了，他是叫我利用一下胡尧、齐燮元这条线……”

宋欣这时把话接了过去：“耿部副的意思也是这样，他怕您有顾虑，才明确您是以二厅特派员的身份潜伏下来。”

义德笑了：“国共两党合作，都让我留下来。我就把北平当成战场吧。我现在就正式向少校谍报官宋欣报到，请训示。”

三个人全笑了。

义德的脸上虽然笑了，可是心里有点酸溜溜的。“唯有心知”这句话，真是一箭中的，入木七分。

其实，耿继忠也真是尽力而为了，可是力不从心。接到宋欣的报告后，就立即找了立法院院长孙科、监察院院长于右任。两位党国元老一块儿到黄山官邸去见蒋介石。

蒋听完了孙、于二人的话后，连声说：“记得、记得，是个中山舰上的老同志。这个人在郑州时给我的印象很深，他的脚太野了，先跟冯玉祥，后又去投张汉卿。九一八后在外面跑了这么多年，我看心也野了。

“脚野、心野的人就要叫他静下来，还是先回军事参议院吧。叫戴笠调查、调查，看看他还有什么背景，再决定是用还是不用。”

让耿继忠再也想不到的是，戴笠果真找上了门来，说：“沦陷区需要关义德这样的人。”为了挡住军统，耿继忠只得通过何应钦发了一个命令，让主管人事的一厅归档备案，关义德以二厅少将特派员的身份留潜北平。由于工作的特殊性，直接对部副耿继忠负责，宋欣为联络员。

这种安排是无奈，也是对老旅长的一种保护。因为这位部副明白，关义德到了重庆也没有什么好果子吃。要是被戴笠看上，那可是“苦海无边”。

宋欣被派到北平，完全是因为她有泰勒这个三姨父。泰勒又是美军驻平津地区最高长官杰克准将的表弟。其实，宋欣只是个联络员，而这个联络员还是个备而不用的联络员。闲差再加上个闲差，就让她多联络一个二姨父。

于右任得知这一消息之后，仰天一声长叹。然后提笔写下：

自扫竹根培老节，愿携茶具作清欢。

落款是“禹友仁”，用心之深可谓至矣。耿继忠将这副条幅通过香港—天津—北平的线路，交到了宋欣的手里。

义德见到之后，睹墨思人，润砚、展纸、泼墨、挥毫。如椽大笔写下了一首七言绝句：

紫竹有节根不老，雪压青松意列道。
凌烟阁上留姓氏，不如痛饮风雨楼。

落款是“楠枝”。取意“塞马依北风，越鸟巢南枝”。其用心亦可谓至矣。

泰勒要到香港参加花旗、汇丰两大金融寡头的联席会议，然后还要飞重庆去会晤财政部长宋子文。义德就把这幅手迹交给了这个洋连襟，托他转交于右任。

泰勒是个中国通，端详着这幅墨宝不胜感慨，说：“我的中国名字叫‘鲁绪’，我太了解中国了。我们美国人的原则是‘知其不可为而不为’；你们中国人的原则是‘知其不可为而为之’。

“你是个军人，我就不说什么了。宋大中是个商人，他应该明智。最明智的选择，就是迅速把资金转移到租界之中。

“在目前的形势下，中国人只能充分地利用租界，上海租界就比天津租界利用得好。宋大中认为滇缅公路就快通车了，滇缅铁路也在修筑之中，在两年内通车没什么问题，打算把资金转移到西南。这是条路，但不是上策。”

义德摇了摇头：“对于我们中国人来说，这是唯一的选择。我是军人，兵法有云：‘攻其所不能守，守其所不能攻。’

美、英、法在中国的驻军都是象征性的，无法和日本抗争。日本对欧美国家在华利益的尊重，只能是暂时的。租界对于日本来说是俎上之肉、囊中之物。”

泰勒听到这儿之后连连摇头：“你是军人，总是以兵力对比的关系来看待问题。九一八之后有人就告诉我，十年之后，中国沿海地区可能就看不见悬挂着星条旗的军舰了。现在还不到十年，欧美各国的舰队均撤出了中国沿海港口。英、法的防务重点在欧洲，至于美国，它的对华原则是机会均等，利益均沾，并不希望和日本发生对抗。

“正因如此，日本才尊重美国的在华利益。更重要的是，日本需要美国的废旧铁和原油。这种需要不是互利性的需要，是依赖性的需要。所以美国在平、津地区的军事力量不是对日本进行威慑，是‘因为我存在，所以你得尊重我’。象征性的存在就够了。”

听到这儿，义德严肃地说：“美国对中国的政策是不公正、不公平的，是极端自私的。过分的自私，一定会导致对自己的不利。”

泰勒耸了耸肩，表示无奈，说：“我这个人具有两面性，既是‘泰勒’又是鲁婿——山东的女婿，也就是儒门弟子。作为‘鲁婿’，我很想帮中国做点什么，所以我和宋大中先生不但能共事、能合作，还能信赖。因为我们不但有共同的利益，还有超越利益的情感。

“除了送墨宝之外，我很想帮你干点什么。对于大姐夫和二姐夫，我是一视同仁，都很尊重。可是能力有限，因为你不是商人是军人。”

义德也耸了耸肩，说：“你的表兄杰克是个军人，他除了观点上和我比较接近外，又能帮我什么呢？”

“NO！NO！你要这么评价他，也是不公平的。你比我更清楚，军人是执行的机器。从个人对中国的情感来讲，他比我更深。他在中国生活的时间，比在美国生活的时间还长。

“宣统年间，他就是东交民巷的杰克上尉。他的岳父是个旗人，有皇族血统。出任过驻美公使，民国初年当过外交部次长，还兼任过经界局帮办，也是个将军。

“我可以负责任地告诉你，杰克不但是中国人的女婿，更是中国人的朋友。他的儿子杰克·伦敦，我们管他叫小杰克，可以说就是个标准的中国小伙子。可没办法，他长得太像父亲了，黄头发蓝眼睛，又是个标准的‘洋鬼子’。

“杰克的女儿叫华娜，长得又太像母亲了。除了皮肤白一点，鼻子高一点，眼凹一点，可以说是个标准的中国姑娘。”

义德笑了：“白皮肤、高鼻子、凹眼睛，在中国人的眼里就是个标准的‘洋鬼子’。”“请注意！我说的是一点，只是一点点。”

两人全笑了，这时宋欣和一个姑娘并肩走了进来，见他们笑得这么开心，不由得问道：“二姨父、三姨父，你们笑什么？”

泰勒指着宋欣身边的女孩说：“就笑这个‘洋鬼子’。”

义德打量了一下这个身穿着旗袍的女孩，从发型、举止上来看都很淑女，显得文静、清雅，颇有闺秀的风范。

宋欣做了个介绍，说：“这是我的朋友，杰克·华娜；这是我的二姨夫关义德。”

泰勒说还是由我来介绍吧：“我的连襟、欣欣的二姨夫——关义德。你就叫叔叔吧。”

然后站起来把华娜拉到身边，说：“杰克的女儿，我的表侄女。标准的中国姑娘，只是皮肤白了一点，鼻子高一点，眼睛凹一点，有人就管她叫‘洋鬼子’。”

大伙全笑了。义德说：“我倒真想见见那个黄头发、蓝眼睛的标准中国小伙子。”

话还没落声，楼梯就响了起来，听声音来者就是一个军人。义德一抬头，就见一个年轻的美国少校走了进来。

泰勒介绍说：“说曹操，曹操就到了。这是我这儿的常客，杰克之子小杰克。”然后介绍义德说：“关义德将军，关将军是欣欣的二姨夫。”

小杰克立正敬礼，口呼：“二姨父好！”义德站了起来，二人握手。泰勒继续介绍说：“他常上我这儿来，可不是来看我这表叔的，是欣欣的客人。所以不等我发话，就管你叫二姨夫。”“做长辈的挑眼，可得在点儿上。我一登门都先奔您屋。问了安，才去找欣欣。”

大伙又全笑了，欣欣也挺自然。义德端详了一下小杰克，和老杰克简直是一个模子里刻出来的。一口地道的北京话，真是京腔京韵，字正腔圆。要不是黄头发、蓝眼睛、白皮肤，真是标准的“京哥儿”。

送义德一行二十人进城的车，顺利地把药品带回了盘山根据地。创伤药、消炎药立即派上了用场。万松寺中的伤员，康复后重新奔赴抗日前线。

李保国想立即启动A方案，可是城工部不同意，坚持要执行特派员的指示："要长期观察，暂不联系，更不介入。要联系也只限于盘山和华德的单线。"

宋大中虽然以企业家的精干，在北平迅速地安顿了下来，人员均已就位，可是就位后的行动并不顺利。

在沈阳火车站和义德话别时，从车窗里伸出了手，做了个"六"字的手势，意在告诉送行的人，车上一切顺利。也就是说，已分头盯上了"白为人"去北平的死党。到北平下车后只要不跟丢了，就能发现这个坏种的窝，甭管进窝掏还是趁他出窝时下手，都不是件难事。

可是这七块料下车后就进了黑龙会，进去以后就再也没出来。三班倒轮着蹲坑，可是三天不见人影。宋大中认为不能再"蹲"了，再蹲非暴露自己不可。

这时宋大中才认识到，北平的水可深着哪，比沈阳还不好蹚。不但要先稳住自己的阵脚，还要把根扎深了。在沈阳多次都没有干掉"白为人"，就是因为总打外围战。

义德进城之后，利用胡尧、齐燮元这条线提到了议事日程上来了。可是万事俱备，又不能骤然行动，得先打响"华德"的旗号，才能抬出来"关总经理"。

"华德"的董事长是有名的"老拜尔"，拜尔大夫的姓名前冠以"冯"字，其家世自然是门阀贵族。在北平更是有影响的人士——同仁医院的院长，也是辅仁大学的教授。

"华德"的总经理自然也是个有头有脸的人物，日伪当局对"华德"当然要表示礼敬。药房附有一个诊室，同仁医院的大夫下班后、上班前经常有人来义诊，凡是义诊的处方均可以打折取药。"华德"在北平民众之中，声誉可以说是日盛日隆。

宋大中看火候到了，义德也认为是时候了，于是驱车前往治安总署，拜见齐燮元。在副官处递上名片之后，不一会胡尧就蹦了出来，见了义德后先是一愣，紧接着举手敬礼："关处长，您还记得我吗？我是归州镇的胡尧，在长江的花旗轮上，您救了我一命……"

义德上下打量了一下，眼前这个身穿黄呢子军装的治安军上校，虽说发福了，可是老样子没变，就是归州镇的胡副官。

于是伸出手来握了握手，胡尧激动地说：“处座！在归州您是大人大量，放了姓赖的一马，没想到这小子办事真损，先把大伙给稳住了，三天后他偷偷地溜啦，连我都没带。

“新接任的镇守使，把我们就地解散了，我沿江而下，到南京投了齐督帅。风风雨雨的这么多年，没想到在这儿见到了您。您要见督办，一定是有什么事，我这就给您回。您的事办完了，可得给我个面子，我在东兴楼摆一桌……”

义德点了点头说：“我和齐督办是北洋武备的老同学，来叙叙旧。”

“我这就给您去回！”

胡尧转身走了，不一会儿就屁颠屁颠地又蹦了回来，连声说：“督办有请！督办有请！”

刚跨进小会客室的门，齐燮元就迎了上来握住了义德的手说：“老同学！想死我了、想死我了。保定一别已有十年，我从《中央日报》上得知，你调任到南京军事参议院，怎么名片上又是华德大药房的总经理？”

义德长叹一声：“近人不说远话，我不说老同学也明白。咱们都是北洋的旧人，在南京没根。姓冯的、姓蒋的、姓张的我全都跟过，谁也没跟上，也就想开了，走上了从商之路。

“内人是留德出身，学医的，和冯·拜尔出于同一师门。借此在‘华德’混混，不怕老同学笑话，也就是个谋利之人了。”

齐燮元长叹一声：“不能这么说，‘千里为官只为财’不好听，值此乱世没钱是不行。教授、画家、书家、医生、编辑、作家……说得好听，可是谁不是为了钱。猫有猫道、狗有狗道。钟点费、润笔银、诊费、稿费……别说没了，少了也不干。

“你现在经商，挺好。华德大药房名气可不小。嫂夫人是学医的，内人是求医的。咱哥儿俩是没的说，她们姐儿俩也准投缘。

“老荆现在同仁上班，在华德义诊。府上有人要想看医生就打个招呼，随时可到府上一诊。只要不使用器械诊断，就不劳屈尊了。”

“好！好！有弟妹这个留德的大大夫，我是不愁就医难了。德国的药品可是俏货，冯·拜尔是个人物，铁狮子胡同的总医官山下大佐是他的学生，军部上上下下对这个德国佬都高看一眼。”

“拜尔大夫是德国贵族出身，可是为人谦和，乐善好施。医道高深，为人之道高尚。是个中国通，甚有儒学根基。衣、食、住、行，十分华化，也很想在中国办点实事，认为办药厂是济世之道……”

“我说老同学，此道与吾心有戚戚焉。我在天津租界里当寓公时，就想投资发展实业。二返穿上这二尺半后，对办工厂是心有余而力不足了。你老弟是冯·拜尔的总经理，想必是搞实业的行家里手。你们要是办厂，不论办什么厂我都入股。”

说到这儿，齐燮元高喊了一声：“胡副官，打电话在东兴楼给我定一桌，今儿中午我和老同学要好好聚聚，痛痛快快地喝上一壶。”

在东兴楼坐定之后，不知是“酒逢知己千杯少”，还是“酒不醉人人自醉”，一壶酒见底之后，齐燮元跟老同学交了实底。

“说实在的，我在江苏督军任上是发了。可是在天津这十几年，钱跟流水似的都出去了，没剩下几个。没有枪保着，什么都干不成。挨坑、挨骗、挨涮。我在保定的宅子要不是你这老同学出面，也就叫小小的保安队长给强占了。

“现在我有枪了，没人敢再坑我、骗我、涮我，你又有冯·拜尔这块金招牌给撑着，真是没有办不成的事，只有想不到的事。我现在就想办个制药厂、染料厂。

“治安军不穿‘国灰’，为的是区分区分。黄军装就是透着精神，可黄染料不好生产。军服厂、被服厂我都办了，肥水不流外人田，这染料厂我也得办。”

义德举杯说：“办工厂得有枪撑着是真理，肥水不流外人田是至道。怎么办吧，我全听你这个老同学的。”

“好！我要的就是你这句话。要想办事顺，你也得再穿上这二尺半。在我这儿挂个名，当副参谋长。你不用坐班，也不用点卯，穿着军装去办咱们的正事。”

“一穿上军装可就不自由了，官身就得到处应酬，再办工厂有人会说闲话。”

“有我罩着你怕什么？谁爱说什么别管他。咱们不显山不露水，该干什么就干什么。穿虎皮打大旗可不是什么聪明主，真正会玩儿的是穿虎皮办实事。倒了旗与我何干，只赚不赔是好活儿。”

说到这儿，齐燮元举杯一饮而尽：“你明天就到差，要不来就是嫌少将副参谋长小。可是再大了也不好办，再大了就不好分身，也就办不了工厂了。

“胡副官跟了我多年，我的副官就是你的副官。有事跟他别客气，这个人笨点儿，可是实在，只要不犯一根筋，还能了事。你上任的事，今儿下午我就叫胡尧安排好。明儿一早，让他坐着我的车去接你，这事就定了。咱哥儿俩接着喝!”

回到了齐公馆时，已是下午三点多钟，督办大人往沙发上一躺，喊了声“上茶!”四姨太皱了皱眉毛：“大中午的喝什么酒?”

“今儿我高兴，遇见了老同学。就是在保定当过城防司令的关义德，后来上了南京……”“别老说过去了，他现在是干什么的，还能比你大?”

“他明天一到差，就是我的副参谋长了。”“我问今天他是干什么的?”“华德大药房总经理。”“你办事这么痛快，收了他多少银子?”“你就知道钱！钱！钱！我们是老同学，他在保定帮过我大忙，能提钱吗！我送他这个副参谋长，还怕他不来呢。”

“人家不希罕，你干嘛抢着送。现在还用巴结这个小少将吗?”“你可不知道，人家是财神爷，又有冯·拜尔这个靠山。今非昔比，我不说巴结，得近乎近乎。”

“冯·拜尔是干什么的?”“这个德国佬来头可大了。铁狮子胡同的大佐见了他是先敬礼、后握手。少将、中将们是先半躬、后握手。只有多田大将，才是平起平坐。人家是德国贵族，有家世。和日本说话费事时，说不定还要请冯·拜尔帮帮忙。”

“关义德有这个德国佬当靠山，你和他近乎近乎也就行了，干嘛非送他个副参谋长?”

“这你就不知道了，我要借着拜尔这块招牌办药厂、办染料厂。这事只能通过姓关的，虽说是老同学，他要把我坑了、骗了、涮了怎么办?他往租界里一跑、往重庆一跑，我就又吃哑巴亏了。

“给他这个少将副参谋长，就是把他套住，还能绝了重庆的路，往租界里跑嘛，我就能让特高课去对付。这是给孙猴子头上扣个金箍…”

四姨太恍然大悟，嗲声嗲气地说了声：“行呀！还没老糊涂。”督办大人得意了：“我说老四呀，跟你说句实话，小白脸没用。人老精，马老滑，兔子老啦都难拿。”

第二天早上，胡副官坐着督办的车去接义德，那叫威风。前有三轮摩托开道，后有顶车护卫，中间是一辆黑色的别克，汽车踏板上挺立着四名挎着盒子炮的警卫。

义德上车后，胡尧从司机旁的坐位上回过头来说：“督办的烟瘾大，今儿上午就不上衙门了。有事您就吩咐我……”

下车后义德一登上台阶，带岗的排长就喊了一声“敬礼!”一个少校迎了上来，立正敬礼：“警卫营营长江同源奉督办之令，在此迎接参座。”

义德点了点头，道了声：“辛苦了。”胡尧在旁边说：“您有事就派他的差，这小子是我的外甥。”义德伸手和这位营长握了握手，说了声：“年轻有为呀。”

在关副参谋长办公室的门前，一个少校副官正在恭候。见了义德后敬了个标准的军礼：“少校副官胡兴华奉督办之令，在此迎接参座。”还没等义德答话。胡尧就抢了上来说：“这小子是我的侄子，从小跟我长大。”

义德拍了拍这位少校的肩膀说：“强将手下无弱兵，一看就是好样的。”胡尧把话接了过去：“您可别给他好脸，这小子不经夸，登鼻子上脸……”

进屋后，胡尧指着胡兴华说：“您对我有救命之恩，就让这小子好好伺候您……”义德连连摇手说：“那点小事，就别再提了。咱们是旧交在前、新交在后，心里有数就行。让别人都知道咱们是老交情……”

“您放心，我胡尧穿着二尺半混了这么多年，什么该说、什么不该说是一清二楚。您对我的大恩大德，只有您知、我知、这小子也知道，连江同源我都没告诉过，那小子好喝，一壶老白干下肚后，没他不说的，连个屁都存不住。”

义德点点头：“这就对了。”

这时，胡兴华把茶端了上来。胡尧指着他对义德说：“督办公署里的事，全由他办。外面的事，他不行。不是经商办厂的材料，督办的意思是您自己再找几个得力的帮手，在副官处挂个名，以少校的衔忙外面的事。

“接您的汽车和四个卫兵，全拨给您了。司机您还用旧人，也在副官处挂个名，吃个准尉的饷，穿着军装好办事，方便。”

义德笑了：“督办想得真周到。”“您是督办的老同学，近人呀。今晚上督办在翠华楼摆上几桌，把上校以上的军官全请去，给您壮壮门面。

“本想上午在小礼堂给您开个欢迎会，可是人齐不了。这衙门里的人，是有头有脸的都爱抽一口。一早就到班的没有几个。”

听到这儿义德可真笑了。说：“那中午我做东，客不外请，全是近人。你叫上胡兴华、江同源，我叫上徐承志、王宏、赵鼎诚、张翰、郑新诚，这几人是我的帮手，以后也就是你的部下了。让小哥儿几个见见面，打今儿起就是一条船上的人了。”

“别说这小哥儿几个，就是给您跟车的四个卫兵，我都是让兴华亲自选的。全是可靠的弟兄，嘴严。不赌、不嫖，也不贪杯。”

“你让兴华大侄儿放心，我也是带兵的出身，亏不了这四个弟兄。咱们中午我看就上鸿运楼，讨个吉利——大展鸿图。我现在就打个电话，叫张翰、郑新诚这哥儿俩先去订座。”

“恭敬不如从命，我把衙门里的事安排安排，咱们早点走。说实的，我跟您得留着点肚子，晚上还有翠华楼呢。”

“好！我先喝茶清清胃，你安排好了咱就走。”

4

义德一行四人一进鸿运楼，张翰、郑新诚、徐承志、王宏、赵鼎诚就迎了出来。在包间坐定之后，六冷、八热、两砂锅，菜点得这叫实在。山西老汾酒开了两坛，又冲又香。

义德举杯说：“桌上的酒菜实在，在座的人更实在。打今儿起，心往一处想，劲往一处使。我和胡副官晚上还有饭局，得留点量。你们小哥儿几个可别亏了肚子。”

义德的话刚落音，胡尧举杯说：“参座发话了，我就留着点儿量。今儿可是你们小哥儿几个的好日子，我这个人最实在，全是我的部下，在参座面前干了这杯酒，就算是金兰结拜。有福同享、有难同当，我胡尧待人不分亲疏，不分先后，讲的就是一个义字。”

张翰、郑新诚、徐承志、王宏、赵鼎诚赶紧站起来举杯说：“谢副官长栽培！谢胡副官、江营长提携！以后遇事多多指点。甭管忙里还是忙外，都是为督办效力，都是一家子人。上了景阳岗，就是亲兄弟，我们先干为敬。”

“干!”“干!”“干!”不一会儿两坛老汾酒眼看要见底。江同源抄起坛子一摇，大喊了一声：“我就坛子干啦！义德一挥手：“再上两坛!”

胡尧乐了，说：“参座，我说的没错吧。这小子见了酒就没命，就这点儿启子。”

义德笑着说：“没关系，后生们在老辈跟前闹闹酒，是小孩子撒娇。咱哥儿俩也干一杯。”

“参座说干我就干!”胡尧一仰头，一杯酒就倒进了嘴里。“好！干了这杯酒，你就别再管我叫参座了。要不见外，就叫我一声大哥。咱哥儿俩在归州能遇见，在北平又能遇见，就是有缘。有缘就是兄弟。

“从今儿起，你得改嘴。小辈的干了这杯酒就是金兰结拜，咱哥儿俩也是一样。”

“好！我听大哥的。在官面上我管您叫参座。进了家门，我就管您叫大哥。”“行！这叫内外有别，心里有数。你要是听大哥的，咱哥儿俩就再干上一杯，我这大哥就是板上钉钉了。”

胡尧站起来举杯，义德也站起来举杯，两人叫了一声“干！”

“干！”“干！”“干！”可是盛宴终须散。义德一挥手，跑堂的送上结账单，同时也双手呈上了宴席税的税票，躬着身子说：“没办法，沙滩的宪兵队派人在楼下盯着。这些日本人可都不是善茬儿。”

江同源晃着身子站了起来：“跟爷收宴席税，你看这玩意儿是什么。”说着，这位警卫营长掏出了腰上的王八盒子，往桌上一拍。

义德又一挥手，张翰按单、按票付了钱，义德说了声：“不用找了。”跑堂的高喊了一嗓子：“谢赏了您哪。”

胡尧向胡兴华一挥手，小胡自然明白老胡的意思，把枪一收，架着江同源走了。

晚上的翠华楼摆了整十桌，治安总署、治安军司令部、一方面军司令部、清河军校、燕京道司令部的头面人物都到齐了。

一方面军司令门致中和义德算是“老熟人”，编遣时都让韩复榘给“算计了”。见面后无限感慨，门致中握着义德的手连声说：“明天我做东给你接风，咱哥儿俩好好絮叨絮叨。”

齐燮元是山东人，翠华楼是山东馆子兼以南味，这位督办是常客，菜单系亲定的：扒焖鱼肚、葱烧海参、油酥大虾、烩乌鱼蛋、红烧熊掌、通天鱼翅、扒鲍鱼须、干烧鳝段、芙蓉鸡片、丹凤桂鱼、清蒸鸵峰、红烧牛唇、蚝油紫鲍、清水鱼划。六冷是：鸡清、水冻、肚爽、飞龙、地虎、盘蛇。两砂锅是一品汇和白汁鳖翅。以鲁菜为主，辅以苏菜、淮阳菜、粤菜。

陈年的老窖一开坛，醇香四溢，酒浓袭人。“杜府”的老客们嗓子发痒，有点儿急得闹心，迫不及待地盼着一声“干！”

好在督办体贴下情，所言简而明：“关义德和我都是北洋武备一期的，受教时同桌共砚，挨训时一块儿出列。在江苏时，就是我的参谋长。

“现在给我来捧场，是老同学给老同学帮忙。我这老同学根可深，别的先不说，和冯·拜尔的交情是登堂入室……”

听到这儿义德心里直发笑，老拜尔到北平才半年多，声名可真不小，宋大中真能煽惑。紧接着就听齐燮元总结道：“长话短说，今儿晚上的迎新酒，大家各尽酒量。现在就请关副参谋长说几句。”

义德站起来敬了一个圆周礼，四周报以掌声。讲话更是简而明：“义德何德何能，蒙督办抬爱，托在座的诸位洪福，共荣共幸。这杯酒就先干为敬。”

随着一声叫“干!”四周干声雷动，酒囊肉袋张开了大口，“吞三江而尽六合”。美酒、佳肴拼命地往腔子里装。

“干!”“干!”“干!”酒过三巡菜过九味。不等十全十美，督办的烟瘾来了，先撤。上车时对胡尧说：“替我在这儿盯着，酒菜不够尽管添。这十桌全记在税务局长白增禄的账上，别忘了开宴席税的单子。发票和税单派专人送到税务局，要现钱！姓白的要敢打愣，你就抖搂抖搂他。咱们是老虎打食抓大个的下口。”

这位副官长心领神会，左手打开了车门右手敬礼，说了声：“明白!”

齐燮元“蔫撤”，关义德就得“顶桌”。在胡副官长的陪同下，各桌敬了一圈酒，然后来了个“暗溜”。有头有脸的这时候先后退席，缺头少脸的就进来补座。

胡尧是个明白人，干嘛放着河水不洗船。来了个顺水推舟，大声宣布：“‘来晚了的’罚酒三杯。”然后回过头去吩咐跑堂的：“添菜！上酒!”

“山中无老虎，猴子称大王。”胡尧胡摇着脑袋成了“首座”，四周是一派“敬副官长!”

胡兴华、江同源当然不落空，把张翰、郑新诚几个人也给拉来了。此时的张翰、郑新诚哥儿几个已是“少校副官”，穿着黄呢子军装、挎着王八盒子。在胡兴华、江同源的陪同下，“张副官”、“郑副官”挨桌敬了酒。

胡尧乘着酒劲站起来向大家介绍说：“张副官、郑副官哥儿几个别看是初来乍到，可是我们副官处的台柱。‘一个好汉十个帮’，在座的可要多帮衬，干了这杯酒，大伙就是铁哥儿们。”

副官长的话一落音，“干!”就连成一片。在“干!”“干!”“干!”之中，头脑还清醒的只有张翰、郑新诚、胡兴华几个人。

义德打道回府后，在书房中刚坐定，毕洁娘就送来了一杯浓茶，见义德在闭目养神，悄悄地退了出去。一整天都在“应酬”，这种应酬太累人了。

茶的清醇，驱走了酒宴桌上的浊腐。义德看了看悬挂在书桌左侧的条幅：

自扫竹根培老节，愿携茶具作清欢。

心中的信念油然而生，沛然而兴。茶尽之后打开了报纸，首先映入眼帘的是一个刺目的标题——《献机》。往下看：

随着圣战的胜利进行，日本友军两路分进。沿平汉铁路南下的山本师团、渡边师团、寺内师团、中村师团组成中路军。溯长江西进的田中师团、高桥师团、羽田师团、龟田师团组成东路军。两军以箝形攻势，直逼华中重镇武汉。

为了阻挡日本友军的推进，重庆当局炸毁了黄河的花园口大堤，以水为战。此举置万万生灵于不顾，实可谓天人共怒、罄竹难书。黄泛区形成之后，友军的炮兵部队、装甲部队难以通过，进攻武汉的中路军急需空军支援。

东路军溯长江西进的过程中，遇重庆当局的“沉船战术”，以众多的沉船堵塞了航道，使友军的舰队无法鼓棹西进。只有以空军为先导，支援地面部队作战。

在武汉的上空，日本的战机和重庆当局的战机展开了激战，争夺制空权。前线告急，急！急！急！急需飞机！

为了大东亚的共存共荣，新民会、兴亚会、公益会联合发起了献机运动，募资购机献给日本友军，为圣战尽责尽力。

市税务局鼎立支持这一运动，断然采取有效的措施，在全市范围内收取宴席税，税额为席价的三分之一。税务局长白增禄先生对记者表示：“此举非一时的权宜之计，系长期笃行、力行的方针。税务局全体同仁，愿竭尽全力为献机运动做出贡献。

“凡本市餐饮企业，对宴席税的课收应认真执行。对执行不力者、有意不为者，均规之以律、施之以法，绝不姑息养奸。

“亦希望本市全体市民，自觉、自尊、自爱，主动交纳宴席税。非不能也、实不为也之侪，亦应慎之，勿以身试法……”

还没有看完，义德已经是“怒从心头起，恶向胆边生”，嘴里蹦出了一个“杀！”字。

“杀谁？”

义德一抬头，见宋大中走了进来。“杀白增禄。”义德果断地说。

宋大中点了点头：“白增禄不但该杀，而且是非杀不可，还得早杀。他正谋划着把献机运动扩大化，把宴席税的收取范围扩大到其他行业。我看除‘白为人’的事先放放，‘白为人’消失了，无从下手。白增禄蹦得正欢，整天招摇过市，得尽快地除掉这个铁杆汉奸。”

听了宋大中的话，义德从内心深处升起了由衷的敬意。国仇家恨，先国后家。

方案很快就制定了出来，并付诸执行。

时值周末，东亚大饭店灯火辉煌。一辆福特汽车在大门戛然刹住，白增禄匆匆地走下车，只身一人直着眼往里闯，贴身的警卫和司机说了几句话，才慢慢跟上来。

此时，一个穿着和服、留着卫生胡的日本“绅士”正往外走，和白增禄撞了个满怀。白局长连声说：“对不起!”日本“绅士”“八嘎!”“八嘎!”地骂了个没完。贴身的警卫赶了过来刚开口相劝，“绅士”的文明棍就落在了脑袋上。

一连三棍子，警卫的头上留了三个青包。绅士的气也消了，扬长而去。

白增禄急乎乎地对警卫说：“你跟进来干什么，回车上等着去。”警卫无精打采地转身走了。白增禄整理了一下西装，正了正领带，直奔314号客房。

刚到三楼的大厅，一个日军少佐迎了上来：“你的，白增禄的干活?”“正是！正是！您是……”“你的顶好！宴席税大大的好。…”

这位少佐一边夸他，一边用手示意他到大厅休息间坐坐。休息间位于东南角，用屏风隔成了一个相对封闭的小空间。

少佐的官不大，可是再大的狗也怵主子。白增禄只好在休息间坐了下来，赔着笑脸说：“少佐先生有什么事尽管说，我洗耳恭听了。”

两分钟后，少佐离开了休息间。一对情侣走进了休息间，见一个西装革履的人斜躺在双人沙发上，用礼帽盖着脸，看样子是睡着了。于是就退了出来，另寻幽僻之所。

314房间中的“女郎”是应白增禄之约来相会的，左等不来右等不来，一气之下愤然离去——另求新欢。时已下半夜，司机、警卫等急了就去敲314客房的门。

里面没人应，警卫仗着胆子推开了门。见灯开着可空无一人，于是去问当班的茶房。茶房一听就急了：“开了房间没交房钱，溜啦！我可没法交差，你来找他，这房钱就得你交。”

警卫可是横惯了的人，把眼一瞪：“放屁！你知道这房间是谁开的，是税务局的白局长。惹白局长不高兴，加三倍收税钱，先罚你们的宴席税。”

茶房听了一点都不示弱：“还没听说过税务局的人到东亚来收钱，你知道这饭店是谁开的，是犬养太次郎——日本人。

“你跟我到账房把房钱交了，就各走各的道，你要敢跑，送你进宪兵队。”说着一把就揪住了这个警卫，使劲往账房拉。

白增禄的警卫是警察局特勤科派的，官系一等警长。这时只好掏出了证件，没想到的是茶房一点儿也不怕，把眼一瞪说：“就是你们局长来了，也得交房钱。”

事闹大了，惊动了值班经理小野。小野的卫生胡一皱，警卫就把脖子一缩，连退了三步。

小野倒挺明白事理，指着这位一级警长说：“客房钱，你的，必须的给。人的，我的不管。他的带腿，和花花姑娘一起开路了。”

一级警长没办法，只好给白公馆打电话。太太一听就慌了架子，带着管事的、听差的就赶来了。把客房钱交了后，小野说了声：“吆西！事情的没有了，通通的开路。”

管事的外号叫“鬼难拿”，弯弯绕比谁全多，心想准是局长在这儿玩得不尽兴，又去了八大胡同。可嘴里说的是：“太太，咱们还是先回去吧，局长没准现在已经到家了。这是日本人的地方，就别较真了。”

太太一听也是这个理，只得愤愤地打道回府。进门一看，连白增禄的影儿也没有。一气之下上床睡觉，直睡到日上三竿，太阳晒到床头上。

一个上午，白增禄一点消息也没有。直到下午，外二区警察分局打来了电话，叫白公馆派人去山本医院的太平间领尸，白局长心梗死了。

税务局长白增禄是怎么死的，沙滩宪兵队的特高课心里最有数。早上东亚饭店打扫卫生时，发现三楼的休息室里有个人躺在沙发上，可是已经死了。死者正是白增禄。

外二区警察局接到东亚饭店的报警之后，立即通知了宪兵队。宪兵队的人来了，才敢就地验尸。验尸的结果是“死因不详”。

宪兵队把死尸拉到了山本医院用X光一检查，颈椎被折断了。于是到东亚饭店进行调查，把“日本绅士”、“皇军少佐”都给查了出来。此案是案中有案，而且事关“绅士”和“少佐”。

对这种案件最明智的处理方法，是把影响降到最低的程度。于是外二区警察局通知白公馆到山本医院去领尸，白增禄局长的死因系心梗。

市政府发表了一个公告，内容简而明：

本市税务局局长白增禄先生，自任职以后恪尽职守，为官清廉。各界人士交相赞许，有口皆碑。近期笃力于宴席税的征收，积劳成疾。不幸心梗，英年早逝。

为了表彰白增禄局长的生前业迹，市政府决定在嘉兴寺举行公祭。日期另行通知。

另一则公告，更是简而明：

经市政府提名，报请华北政务委员会批准，北平市税务局副局长白继承升任局长。白继承局长现已接任理事。

义德、宋大中看了“公告”之后都笑了。义德不胜感慨地说：“郑新诚是块料，虽没去过日本，可是个真正的日本通。装日本绅士，滴水不漏。”

宋大中点了点头：“后生可畏，后生可嘉呀。王宏在东亚饭店的活儿，干得可真漂亮。连声都没出，就折断了白增禄的脖子。日本人管这手叫空手道，其实原叫唐手，是唐朝时传入日本的。关东的胡子管这手叫拧板，也叫折板，因为板子断了的声，和脖子断了的声差不多，就是大了点。”

话说到这儿，义德打断了宋大中的话：“先不说拧板、折板了。公报上说白增禄的公祭日期另行通知，这是不是还有什么阴谋。”

宋大中摇了摇头：“发动北平的人去公祭白增禄，得费点儿事，不等几天行吗？送花圈的不能总是新民会、兴亚会、公益会吧，不知道哪家倒运，就给强拉上。”

义德听了后接话道：“商会免不了，弄不好也得拉华德。”“不见得，华德的董事长是冯·拜尔。咱们还是看报上的消息吧。”

三天后，公祭白增禄的“实况”就见报了。市政府秘书长主持，市长致悼词。各界代表宣读祭文，最精彩的是新任局长白继承的现场陈词：

余以至诚之心，泣血之悲，告于先局长增禄兄的在天之灵。生者对于逝者，最好的怀念是事死如事生，完成其所未行之志。

增禄兄鞠躬尽瘁，死而后已。其所未竟，宴席税也。增之、扩之，策已定、法已制、律已成而未及行。

兄终弟及，弟承兄之职，定毕兄之志。在旬月之内，完成增之、扩之的大计。以所增税款，购最新式的飞机，献于日本友军，宏圣战大业。

弟生为献机而生，死为献机而死。所以不追兄而去者，亦为献机也。呜呼！兄飨。弟所恨者，不能驾机升空，为一空军健儿。然献机之日，必乘坐飞机翔于蓝天，告兄在天之灵。献机坐机，弟之业、弟之职也，言弟之归亦可。

这篇现场陈词，不文不白，不顺不达。是背诵的还是读诵的，不是现场的目击者，也就说不清了。

张翰在门房看见了报纸，顿时义愤填膺，立即送到了义德的书房，说："白继承要献机坐机，我成全他，这件事您就交给我吧。"

义德接过报纸一看，认真地点了点头，说："这事就交给你和郑新诚办，只许成功。"

义德的公馆有两辆汽车，一辆是宋大中给配备的小道济，一辆是齐燮元给配备的大别克。张翰和郑新诚分别驾着盯白继承的梢，一个上午一个下午，目的是别被发现。

说来也邪行，白继承的汽车是连轴转，把两人累得全够戗。早上八点钟准出家门，不折腾到下半夜绝不回府。可苦了白继承的司机了，车轮子连轴转，人是转连了轴，一天是十八个小时的工作制。这还不说，这缺德玩意儿自个儿到哪是有饭吃、有茶喝，可是不管司机饿不饿、渴不渴。见了司机只有一句话："开快点！"

这么大的邪精神，不是吉林老山参喝出来的，也不是上等大烟土抽出来的，是白面粉顶出来的。白继承一天要抽两包大前门。这四十根烟卷可都是特制的，里面捅进了高纯度的"老白面"。

白继承早上一起床就先来一根，半个小时之后再接一根。邪人、邪瘾也就来了邪精神头儿，车连轴转，人转连了轴。

白局长转连了轴，宴席税也就首先扩大为娱乐税，电影院、戏园子、茶馆……先不说，就连天桥、什刹海、鼓楼后撂地卖艺的也跟着倒了霉。

这天早上白局长出门犯了太岁，到哪儿都不顺。有避而不见的、有软磨硬泡的、有横竖不吃的，折腾了一上午，也没把事捋顺。中午敲上了一顿鸿宾楼，下午有事也就喝了个七分酒。

出了鸿宾楼，驱车就奔了先农坛体育场。原想的这可是板上钉钉的大户，没想到管理处主任是个“鬼难拿”，赔着笑脸说：“还没接到市政府的文件，也没有见到教育局的通知。体育场的财务是只过一道手，实收实交，教育局和市政府是三七开。支出的款项全系财政拨款……”

白局长虽说只喝了七分酒，可是时逢酷暑，天热火大，心急火旺，几句话不顺就打起了官腔，想以势压人。

没想到主任是市长的小舅子，官腔也不小：“先农坛体育场从没跟税务局打过交道，体育亦不是娱乐。从行政角度讲，属于教育；从社会角度讲，属于公益。

“白局长如有什么异议，可报请市政府。下星期朱市长要亲临先农坛，参加第七届中学生运动会。届时白局长不妨也前来，如果市长同意，就把市府的七成提走。

“兄弟位卑人微，不过也有要务在身。第七届中学生运动会是空前的盛会，日本的中学生代表队届时也要莅平，进行几场友谊比赛。铁狮子胡同的军部，对此事也很关心……”

局长和主任，你说你的理，我说我的理，争论个没完。连轴转的司机见车旁边有块树荫，就下车乘乘凉。没想到往树底下一歪，就睡着了。

此时张翰把预先准备好的装置，顺利地放进了后车门里。这个装置很简单，四颗无柄手榴弹固定在一块大磁铁上，拉环固定在一块小磁铁上。大磁铁吸住了车底盘，小磁铁吸住了车门。蹬车板正好把这个装置盖住，可以说是天衣无缝。

局长和主任争来争去，都觉得口干舌燥。主任为了结束这场争论，把脸一绷说：“这月的七成，市政府已经提走。白局长要是非收不可，就到市政府的财务室去取。咱们各有公务，兄弟就不陪了。”

这话就是下逐客令，局长让主任给轰了出来，面子丢尽了。白继承只能站了起来，说了声：“后会有期！”

此时此刻的白继承是忙昏了、累晕了、气急了。出门就直奔了汽车，伸手拉门，躬身往里钻。嘴里也没闲着，喝了声：“开快点，去新民会。”

与此同时，四颗手榴弹响了。白局长被炸飞了。献机坐机，白增禄、白继承兄终弟及，殊途同归。

市长朱琛可是会玩儿的主儿，一则公告，把这事就了结啦。

白继承先生任本市税务局局长之后，恪尽职守，公而忘私，有大禹三过家门而不入之诚。然天道不测，时不假其年。酷热的气候引发汽车油箱的爆炸，白局长继承因公殉职。

本市各界人士同悲共悯，市府同仁同声举哀。市长朱琛呈报华北政务委员会，追赠白继承勋位、勋章。华北政务委员会委员长王克敏明令褒奖，赠白局长继承勋四位，授二等嘉禾勋章。

白增禄、白继承先后归西。税务局局长成了令人望而生畏的“凶缺”。北平全城街谈巷议。市民们“见面捋须”，“目示拔钉”，然后哈哈大笑。

最开心的算是餐饮业了，娱乐业紧步其后。饭馆的食客大增，电影院、戏园子透着红火。撂地卖艺的精神头儿特别足。

最开心的就要属张翰、郑新诚了。打了个电话，把胡兴华、江同源约了出来，还是鸿运楼一聚。

四位少校副官一落座，跑堂的就赶了过来，军爷长、军爷短地叫个没完，说：“长官放心点菜，这宴席税黑不提白不提了。”胡兴华眼毒，一眼就把这个跑堂的认了出来，指着江同源说：“上回来，我这个弟兄把你吓坏了吧。”

“没事！没事！长官和我开了个小玩笑。您四位今儿又来了，就是缘分，就是长官赏鸿运楼的脸。我们这儿的拿手菜是：神仙全鸭、酱扒前脸、红烧海参、酱汁活鱼、砂锅鸡翅、干烧鲫鱼、清蒸八仙、红油大虾、八宝鸡块、红烧狮子头、油焖肉条……”

“行了！行了！是拿手的就上，酒嘛，杏花村老窖先上两坛，今儿我做东，要大坛的。”江同源一口气点了酒、菜。

大伙儿全乐了，说：“你想把我们哥儿仨撑趴下。”“菜吃不完打包，给弟兄们送去。酒嘛，得见底。今儿我高兴。”

这顿饭吃得真实在，酒是酒肉是肉。老酒是二斤半一坛，两坛整五斤。江同源是见了酒就没命，胡兴华抢过了酒坛子说：“二斤打住，剩下的我们哥儿仨一人一斤，今儿高兴，可也不能喝趴下，我可不想背着你回去。”

酒是见了底，菜可全剩下了。江同源从怀里掏出一打大票往桌上一摔，喊了声：“结账！”

跑堂的应声而至，说：“长官！您进门前，这位长官就定了桌，把账结了。”

“胡说，我点的菜，我做东。”

这位长官就是张翰，张翰挥手示意让跑堂的退下，笑着对江同源说：

“今儿可是我打电话聚的人，我聚人让你结账，有这个理吗？”

胡兴华接话说：“就这么办了，改日同源做东。”江同源又从怀里掏出一打大票往桌上一拍：“明天上致美楼，喝武陵春。客不外邀，还是咱哥儿四个。”

胡兴华小声喝道：“把钱收起来，别胡闹了。你准是又出货了，不怕穿了帮。”

“没事！没事！出的是子弹和手榴弹，我上报训练时用了。吃这碗饭、穿这身皮，能搂就搂、能造就造。怕什么，要真穿了帮，我就……”

话还没说完，江同源就趴在了桌子上。胡兴华推了他两下，他却打起了呼噜。

5

天津的华德制药厂筹备处、北平的华德染料厂筹备处都挂起来了牌子。两厂的董事长都是大名鼎鼎的冯·拜尔。此时的冯·拜尔，系德国拜尔集团的驻华总督导。

确定厂址时，齐燮元长叹一声。说：“老同学，咱们是一条船上的人了，这条船可不能出事，苏联人和日本人在张鼓峰对上了，关东军停止西调。台儿庄这一战日本人吃了大亏，德国人出面拉和，建议中日恢复七七事变前的状态。

“东京和重庆都不下马，这仗还得打下去。怎么收场，可就难说了。我看制药厂就建在天津的法租界，染料厂建在清河。

“机械、设备尽量放在制药厂，染料厂办得简单点。我这点心思也是留点后手……”义德点头表示明白，然后缓缓言道：“满洲国的外交部长张燕乡派人拿着名片找上门来，打算入股。”

齐燮元听了先是一愣，后是撇嘴一笑说：“满洲国算哪门子，除了日本外，连德国、意大利都不承认。张燕乡没咒念了，跑到了北平运动王揖唐想当新民会的副会长。

“满洲国还派了个驻华大使，大使姓兆，就是安定门外祠堂村的人。武官姓白，一口奉天话。这两人到我这儿递了名片，我叫李参议官回拜一下，尽个礼数。没想到这两块料连个窝都没有，躲在黑龙会里不敢出来。

“后来才知道，黑龙会和山本医院之间有条暗道。这些人出出入入都走山本医院的大门，真是人不人鬼不鬼。

“前天我听侦缉处的人说，这些人和新民会联手，设了个劳动事务部，专往满洲国贩劳工。骗逃荒的老乡，强抓街上要饭的。打听出来谁是东北进关的，就上门敲竹杠，吓唬说要‘遣返回国’。

“张燕乡这个人成不了什么大气候，可也犯不上得罪他。王胡子真给他个副会长，免不了还得共事。他要入股，就公事公办。给个股东，可不能叫他管理，更不能叫他知底……”

听到这儿，义德接话说：“这个姓张的可不是什么善茬儿，最好不招惹。”齐燮元一声长叹：“能不招惹就不招惹，最好不沾这号人。”

说完了张燕乡的事，齐燮元话题一转说：“这些日子日本人搞外汇管制，手里也不能光存‘黄米’、‘白米’。日本人想控制外汇，说明了美元是好东西，是硬中硬的‘通货’。手里存点儿美元，心里踏实。”

义德笑了，说：“这好办。天津的瑞隆洋行是瑞典皇家的代理商。一手托六家，英、美、法、德、日、意，连苏联都说得上话。瑞隆驻北平办事处就设在东交民巷，和花旗银行关系很近，通过瑞隆弄出的美元最为保险。”

齐燮元一听喜出望外，连声说：“老同学，这事我就交给你办了。能换多少就换多少，多多益善。瑞隆设在法租界，看来大本营得放在法租界。

“可是平常不烧香，进了庙门也找不到真佛。一时之间和瑞隆搭不上桥，就是搭上了桥，也不见得就能登堂入室，办成实事。你能通过瑞隆换美金，一定和瑞隆有点深关系！”

“深关系也说不上，瑞隆的华理叫戴正铭，是个爽快人，也是个办实事的人，和华德大药房有往来，为人挺仗义。”

“那就好！那就好！改日我做东，你设法把戴经理请来聚聚。要办成大事，还得结交这样的人。”

这次关、齐会，真是一举两得。一是弄到了“白为人”的底；二是宋大中以戴华理的身份成了齐公馆的座上客，形成了华德—瑞隆的总体格局。双刃剑出鞘了。

真正的剑客、刀手都是未出招先防招。宋大中得到“白为人”一伙敲东北进关人士竹杠的这一消息后，立刻想到白米斜街的齐家。

没想到的是齐家嫂子可太精明了，房契上的名字写的是儿媳妇阚莉。

阚老爷子当过察哈尔都统，手下的一个营长叫季守信，混成了蒙疆自治军的总司令。

七七事变后，季守信一年有大半年住在北平。在醇王府后身的果子市大街置了所宅子，驻着一个加强排的卫兵，并高悬“总司令”的阀版。

季守信这个人念旧，用他的话来说：“阚都统是我的恩上，我这条小命是齐司令刀下超生。”所以逢年按节还要到白米斜街去给老嫂子问个安，见齐一、阚莉小两口，大侄子、大侄女叫得挺近。自我解嘲地说：“我这个人是块臭豆腐。名臭，可吃着还香。有用得着我的地方，老嫂子就发话，我照办。”

风这么一紧，齐家嫂子可就真发了话。让季守信把白米斜街的房子给买下，免得让“白为人”这伙人给黑了去。

季守信一听就急了：“我说老嫂子，这可不行。我买了您的房，百年之后还有脸去见我二位老哥吗！这样吧，我调一个班在外院的南屋住下，甭管是姓白的还是姓黑的，找上门来就打断他的狗腿。”

齐家嫂子又发话了：“三口人住这三进院子，也发空。我早想换个小院住了，不显山不露水的多好，安安稳稳地过日子，不和姓白的、姓黑的斗气。”

“这气您不斗，我得斗，不斗对不起我两位老哥。这样吧，我让账房给您送十万块储备票过来。您看哪所小房好，就买下来住着，剩下的用来贴补家用。房契您带走，只要季守信有口气，这房子就是阚大侄女的。我给您来看房，就等着姓白的、姓黑的找上门来。”

事情定下来后，齐家乔迁到后海西岸的李广桥，住进了一所一进的四合院，外院、内院、后罩房，挺齐备、挺格局。

季守信接管了白米斜街的齐宅，房不能空着，也就成了金屋藏娇之所。隔三差五来开开心，有时也小住两天。

这天起床后正在上房喝早茶，七八个穿一身黑的人就闯进了院子，拥着一个穿着满洲国少将黄呢子军装、带着雪白手套的人，他身后的一个公鸭嗓高喊了一声：“满洲国驻华武官白维仁少将到。”

这时“白为人”清了清嗓子，郑重地宣布：“按照国际法的准则，奉康德皇帝的诏令，将齐逆的家属引渡回国……”

话音还没落，季守信就从上房迈着方步走了出来，指着“白为人”说：“你小子就是穿上了坎肩，我也认识你……”

“白为人”一愣，后退了三步。然后本能地打了个立正、敬了个举手礼，口呼："季司令好!"季守信向前三步，抬手就赏了他两个耳光。

这两个耳光可真实在，把"白为人"打昏了、打晕了。觉得眼前一黑，紧跟着又是一亮。耳边上响起了一声"威武!"一抬头，见齐恩铭正端坐在城隍庙的大殿之上。左右是牛头马面，身后是判官和黑白无常。

"白为人"腿一软就跪下了，口呼："齐司令饶命！齐司令饶命!"

季守信一把把他揪了起来，又狠狠地赏了两个耳光。说来也怪，这两个大耳光又把"白为人"打清醒了，打明白了。

连连鞠着躬向后退，口呼："误会！误会！得罪！得罪!"然后转过身去就跑。出大门时绊在了门坎上，一个狗吃屎就栽了出去。

爬上了汽车后，直奔朝阳门外的东岳庙。上殿就烧香，一连磕了十八个点地头。心里许愿道："东岳大帝在上，只要您管住齐恩铭，保住我白维仁，金山银山我给您送。今儿下午就到冥衣铺定货，糊好了送来就烧，您睛着收。"

诸事毕后，'白为人'溜进了山本医院，直奔传染病房的独体小楼。走进地下室拐入了暗道，回到了一墙之隔的黑龙会。

此时，"白为人"一伙的一切行动已均在徐承志、王宏的掌控之中。"白为人"每天晚上大多在八大胡同过夜，过夜的方式十分独特。七个死党均好在远东饭店的舞厅、赌坊、酒吧自寻其乐，只要手头有银子，也就开房间度春宵。

情况明了之后，行动方案也就定了下来。对这八块臭肉，同时收网。贼人胆虚，这八块臭肉非公务活动时，一律在街头叫三轮车。这是万安万全之举，是隐避之中的隐避。

这天"公务"毕后，"白为人"奔了八大胡同，七个死党进了远东饭店。进门后兵分三路，二人直入赌坊，二人奔了吧台，三人下了舞池。

十分钟后，一个服务生到吧台，向对饮的两块活臭肉递上了一张名片，说："亀田少佐在404房间，请二位过去一趟。"

两块活臭肉连愣都没打，就奔了404。在门口喊了声报告，然后推门而入。见一个穿着和服的日本绅士，正坐在沙发上看报。刚一发愣，就觉得后脑袋轰的一声，眼一黑——结束了罪恶的一生。

两块死臭肉被抬进了卫生间，对于玩得正起劲的五块活臭肉，如法炮制。卫生间里很快就堆满了七块死臭肉，404客房也就挂出了"请勿打扰"的提示牌。

"白为人"不和七个死党一块儿"夜生活"，一是为了保持等级、尊严、神秘，二是尽量缩小目标，在更深的层次上保护自己的安全。

在街头叫三轮时高声喊道："前门外正阳楼饭庄。"坐上车后又小声吩咐："麻寡妇斜街春满楼。"

一进春满楼，站门的"臭靴"高声喊道："爷来啦！爷往里请。"候差的"茶壶"迎呼道："爷翻哪位姑娘的牌。"

"白为人"挥手示意"茶壶"在前边引路，说："先开房间，沏壶茶，等朋友来了再翻牌点姑娘。"

进屋后"白为人"把小费往桌子上一拍。"茶壶"喊了声"谢赏啦！"转身就出了屋，紧接着一壶浓香的双熏就端了上来。

"白为人"已经在致美斋吃了个酒足饭饱，到春满楼来喝壶酽茶是另有玄机——有"尾巴"也留在了春满楼。

茶喝足了后，"白为人"悄悄地溜出了春满楼的后门，打算到怡红院去度春宵。春满楼的后门在小三条，是个黑灯瞎火的小胡同。在"白为人"看来是行"明进暗出"之道的首选之地。

出了春满楼的后门没走上几步，"白为人"想起了抽烟，打火机一亮，对面走来的人说了声："行个方便，借个火。"

"白为人"还没反应过来，下巴就被卸了，脚也离了地，被扔上了一辆三轮车。放下车帘后，一双跟钳子一样硬的大手就把他控制住了，并低声命令说："动就掐死你。"

三轮车进了陶然亭东边的江南城隍庙，直到西配殿阶下才停了下来。一双大手在他下巴底下托了一下，"白为人"顿觉轻松了许多。

被推进门后"白为人"抬头一看，高悬着"惩恶司"的匾额。公案的灯是绿的，生死册已经摊开，旁边还放着一支朱笔。缺德心虚，腿一软就跪下了，口呼："齐司令饶命！齐司令饶命！您放我还阳，我给府上去当牛做马，伺候太太、少爷、小姐……"

宋大中嘿嘿一笑："别害怕，你现在还没死，这时候就让你死，太便宜了。再说了，死也得让你当个明白鬼。"

听说自个儿还没死，"白为人"可就真活了。连声问道："好汉爷是哪路英雄？有什么事好说。要钱、要枪都有，要是让我办事，您发话，我照办。"

宋大中平静地说："钱我不要，枪也不要，也没有让你办的事。要的是你的命，要向你索还血债。"

"别！别！好汉误会了，北平我是初来乍到，哪路英雄也没得罪。要是有礼数不到的地方，您明示，我补上。”

宋大中哈哈大笑：“说说怎么个补法？”

“好汉要是要钱、要枪，我是暗送。好汉要是不想闯江湖了，想当什么官尽管开口……跟您明说吧，我也不是缺名少姓的，是满洲国驻华大使馆武官白维仁少将。您让我起来，证件就在我的上衣里……”

王宏一脚就把“白为人”又踹趴下了，宋大中向前一步、弯下腰来说：“你认识我吗？”“不敢说认识，有点眼熟。走的地方多了，见的人多了，甭管怎么说，我和您是有缘，千里有缘来相聚嘛。我打满洲国到了北平，人生地不熟，各位好汉要是赏个脸，就摽在一块儿干。”

“你这个武官能干什么？”“猫有猫道，狗有狗道。我这武官嘛，一是往满洲国办劳工；二是遣返入关流民回国；三是和宪兵队一块儿缉拿反满抗日分子；四是……”

“别说了，你连我是谁都不知道，怎么就想跟我摽在一块儿干？你不用打就全招，我也叫你死个明白，我就是宋大中。”

“白为人”一下子瘫在了地下，连跪都跪不住了，一泡热尿也就开了闸。热尿一冲，道道就出来了。趴在地下说：“杀了我，也就是臭块地。留着我，我可有用。”

听“白为人”这么说，在场的人全愣了。就是宋大中笑了：“你有什么用？”“我给您当卧底。日本人有什么动向，我立即报告。”

在场的人全笑了，宋大中扶着惩恶司的公案说：“天理昭昭！天理昭昭！洁清，我要为你报仇了。”

“白为人”被拎出惩恶司时，已经上了装。一身乞丐的单裤单褂，胸口上套了条麻袋。下巴、膀子全给卸了，扔到三轮车上拉到干河桥，往桥下一推。“白为人”就势一滚，脸朝天就“死了”。

宋大中走了过去，低声说：“别装了，你离死还有几个时辰。”言罢，王宏、张翰把仰天“死了”的“白为人”翻了过来，李鼎诚狠狠地照准了他的脊椎就是一脚，“白为人”成了“断了脊梁的赖皮狗”。王宏还不放心，把他又翻了个脸朝天，照准了他的膝盖又是狠狠的两脚。

“白为人”发出了一种奇特的声音，但极其微弱，在呼啸而过的北风中，越来越细微，渐渐地消失了——“白为人”死了。

日上三竿，冬阳直照干河桥。不知道是时辰不对，还是阳寿未尽，“白为人”活了过来。他首先听到的是军靴踏地的声音，这声音他太熟悉了，只有“两蹄兽”才穿这种打了铁掌的军靴。紧跟着又传来了“八嘎压路”的叫骂声，“白为人”心中一振，认为“得救了！得救了！就要得救了！”

可是继而传来的声音是：“快快的！快快的！”“通通的！通通的！”“太君！我们收尸队只拉死人，这人还有气！”“八嘎！通通的、快快的……”

“太君说了，你管有气没气呢？就往车上装吧。这是积德，早死早托生，还能找个好人家。”这声音“白为人”也太熟悉了，曾是他的口头禅。可是现在听起来是太恐怖了。

“白为人”竭尽全力地开合着眼睛，表示自己是个活人。可是“太平筐”还是扣了下来，头顶上一黑，“白为人”的眼睛也就一黑，又“死了”。

早该死的人，就是死不了。“白为人”觉得有个毛乎乎的东西在脸上乱蹭，一股黏乎乎的液体，已经流到了脖子上，睁开眼睛一看，一只大黑狗正张着大嘴闻他，口水直往下淌。

“白为人”突然睁开了眼睛，把大黑狗吓了一跳。往后一耸身子，发出了预警声。“白为人”拼命地开合了几下眼睛，大黑狗调头跑了。

狗不吃活人。

大黑狗跑了，“白为人”发现自己仰面躺在一个土岗子上，四周都是高高低低的坟头，头顶上是蓝天、白云。太阳已开始西斜，泛出了一道道刺目的血红，渐渐地、渐渐地暗了下去，天黑了。

突然，“白为人”觉得脚部剧痛，模模糊糊地看见几只像小狗似的动物，大概是狐狸、獾、黄鼠狼之属，正在争着啃食自己的两脚。

强烈的求生欲望，使“白为人”用生命的最后力量发出了能够发出的声音，小狗似的动物停止了啃食，可是他能够发出的声音越来越微弱了，小狗似的动物也就啃食得越来越欢了。

天亮时，“白为人”已经成了一具白骨。

“白为人”成了一具白骨，在乱葬岗子上并不可怕。远东饭店的服务生打开了404客房时，里面干干净净整整齐齐；推开了卫生间的门后惊呆了，七具赤裸的死尸，横七竖八地堆在里面。面部均被强酸所破坏，无法进行辨认。服务生报告了经理，经理报告了警察局，警察局报告了宪兵队。

特高课的专家、法医、侦探、警犬一齐出动，均是毫无结果。做案的人十分老道，是高手中的高手，没有留下任何线索，更没有留下任何证物。远东饭店的投资人是比亚齐，他曾是意大利驻华外交官，系法西斯党领袖墨索里尼的女婿，现任意大利外交部部长。

投资人显赫，经理也就气粗。对宪兵队表示说：“我不希望这个离奇的案件，影响到远东饭店的声誉。它一定有极深的背景和内幕，但这和远东饭店无关，和意大利也无关。我不想介入，更不想成为新闻人物。远东饭店不应该因这个案件受到伤害，我希望的是，这件事根本没有发生过。它没有发生过，符合共同的利益。”

宪兵队长首肯，警察局长当然照办。可是好事不出门，恶事传千里，北平的四九城街谈巷议，茶馆里的谈资均是远东饭店奇案。

有人说是政治案件，系两股背景极深的势力发生了火拼。有人说是刑事案件，两大毒枭因争夺销售市场与运输通道翻了脸，而两大毒枭均有政治后台，有军事实力的支持。有人说是桃色事件，是最大的花案，凡是与某花魁有过实体接触的人，均是如此结局，这是第一批，还有第二批、第三批。

心里有数的人只有黑龙会了。白维仁和他的七个死党已经一个星期没回来。除了远东饭店的七个裸体死尸外，肯定还有第八个。

心里七上八下的人，就是新民会、兴亚会、公益会了。白维仁和他们失去了联系，虽然自己和某花魁没有发生过实体接触，可是第二批、第三批……

感到恐怖的就是张燕乡和兆辛柏了，外交部长、驻华大使对武官及其七个死党太熟悉了，一闭上眼睛，脑海里就浮现出裸体死尸、裸体恶鬼。死尸爬起来哭，蹦起来笑，恶鬼嚎着丧歌，举着勾魂幡连哭带笑。都在招手：“来吧！来吧！咱们是一个道上的。”

兆辛柏到日本考察外交——泥牛入海无消息。张燕乡到青岛日租界去考察公益——外交部长丢了，新民会副会长也不敢要了。

穿着黑皮的警察、穿着黄皮的治安军，心里多少全明白了点儿——办事要有点儿尺寸，得留后招儿、存后路。

6

张燕乡这么一跑，齐夑元真是痛快极了。兴高采烈地对义德说：“张燕乡这个人办事太不漂亮、办事也太急了，胸无城府。

“满洲国的外交部长，能干吗！没有金刚钻，敢揽磁器活。栽了就得认栽，先得韬晦一下。他可好，急乎乎地跑回北平，想弄个新民会副会长当当。玩儿新民会，他是没有弯肚子，生吞镰刀把。

“想靠兆辛柏、白维仁这两块料给他抬轿子，这两块料是办事的衙役吗？一个跑得比他还快，一个活不见人、死不见尸。远东饭店那七个光腚死鬼，我看姓白的准在数。

“张燕乡跑了好！咱们安安稳稳地办厂子，就怕他这号人来搅，真是个搅屎棍，闻（文）不得舞（武）不得。成事不足，败事有余。”

听到这儿，义德接了话：“本州株式会社的大岛，也找上门来要入股。他倒是明言在先，就想套点美元……”

齐燮元笑了：“我说老同学，你现在可真是个人物了，引无数财东竞折腰。可得悠着点儿，别太好求了。”

义德也笑了：“对大岛这种人，好办的事也不能叫他好求。给他点甜头也不能白给，两个厂子一开工，用本州株式会社的地方也少不了。大岛先亮了底牌才和我开口，这小子乖巧。他乖巧我更乖巧……”

齐燮元听了长叹一声：“和日本人打交道，得存两手。一是用，二是防。难就难在不能不用又不能不防。今年可不消停，德意和英法开了战先不说，日本人和苏联人在诺门坎也打了起来。日本人不是个儿，吃了大亏。

“坦克小、炮也小，打中国人时挺凶，和苏联人一对阵，远了炮够不上，近了炮打不动。老毛子也真抖分，开着小40吨的坦克生把日本人的小坦克撞翻了。

“日本人也真栽，把坦克全藏了起来，装甲部队不敢露面了。我看北进是瞎喊喊。重庆搞了个冬季攻势，傅作义打进了包头。昆仑关一仗，中村旅团长阵亡，中村是板垣师团的主力旅。雁栖崖一仗，被誉为皇军之花的阿部旅团长阵亡，阿部是个老军人，挂着中将衔，兼察边司令官。八路坐大了，一炮就把阿部掀倒，肠子都炸了出来。”

说到这儿，齐燮元眼望着天花板，不说话了。义德接言道：“日本是个岛国，资源不足。煤是从中国抢的，钢铁、石油、橡胶是从美国买的。支撑这场战争，力不从心呀。”

齐燮元点了点头：“从经济上来说，日本人要利用租界，他利用、咱们也利用。法租界的制药厂开工时，不要搞什么庆典，办得低调点。多给大伙点儿实惠，特别是主事的、拿事的。有了甜头儿，就不生外心了。”

义德点了点头。齐燮元又长叹一声：“你忙着办厂，官场上的事可也不能不沾。我看戴华理这个人是块料，拿得起放得下，是好汉护三邻的主儿。厂里的事就让他多担担。

“你腾出身子出来应酬应酬。清河在昌平县的地界上，你在这个县太爷面前得亮亮相，让他知道关义德是何许人也。”

义德笑了：“我还登门去拜访？”

“那不倒了行市、跌了份儿，我安排个场面，让这个七品芝麻官给你递上名片。”说着，齐燮元递过来了一个大红帖子。义德打开一看，上首是“恭请治安总署副参谋长关义德将军莅临”，下首是“燕京道尹商崇禄敬启”。

见义德一脸困惑，齐燮元解释说：“清朝有个顺天府，下辖北京周边地区的二十四州县。民国十八年给裁撤了，不知王克敏是怎么想的，又增设燕京道署，辖区和顺天府大体相同，也就是说燕京道的辖区包着北平市。

“下月六号燕京道开署办公，商崇禄出任道尹。二十多个县的县长、保安队长、警察局长、新民会长都要来听训。晚上商崇禄要宴请这帮土皇上，为了在下属面前壮壮门面，遍北平都发了请柬。

“你就代表我去一趟，跟这帮土造可别客气，开口不是致词是训话，得摆出上司的威风、威仪。我叫小胡去给你当副官，小胡是老胡的侄子，这小子会来事儿，一切由他安排。”

小胡就是胡兴华，按照胡副官的安排，义德坐着齐燮元的平军0001号黑色轿车，以两辆三轮摩托车为先导，后面跟着一辆警卫车，出了治安总署的大门，直奔燕京道公署。

下车后，胡兴华率八名卫兵抢在义德前面进了道尹署的大厅，侍立在门两侧。义德步入大厅时这位胡副官提高了嗓门一声高喝：“关义德将军到！”

义德稳步而进，后面跟着两名少校副官和四名卫兵。两名副官是张翰、郑新诚，四名卫兵是给义德跟车的贴身警卫。

商道尹紧步迎了出来，口呼：“欢迎！欢迎！”义德微微一点头：“恭贺！恭贺！”然后在主宾席就座。紧接着华北政务委员会委员长王克敏的代表李克难、华北新民会会长王揖唐的代表赵大用……先后到场，也在主宾席就座。

这些代表都是“青衣小帽”——身穿公职制服。只有义德身穿黄呢子军装，肩扛将星系参谋绶，身后侍立着两名挎着王八盒子的少校副官，门口还侍立着一名少校副官和十二名背着驳壳枪的卫兵。相形之下，关将军可以说是官威、官仪、官度——八面威风。

开宴前秘书长请道尹致词，商崇禄站起来客套几句，可是官腔十足。

最后的结论是："为北平，为华北的稳定繁荣竭尽全力，为大东亚的圣战，为中日两国的共存共荣竭尽全力。"

说完之后话题一转："现在请齐督办的代表，治安总署参谋长关义德将军训话。大家鼓掌！"道尹首先热烈鼓掌，于是掌声四起。

义德缓缓站了起来，双手示意大家停止鼓掌，然后开始训话：

"本人代表齐督办，参加燕京道成立大会，感到不胜荣幸，对商道尹所言表示附议。治安总署对在座的诸位县长很是借重，在军事时期免不了要打搅地方，还望县署全力以赴，满足军队的需要。

"对各县的保安队，齐督办很是重视。要规范、要整训，要人械一体化。小队长以上的军官，要分批、分期地到清河军校受训，实现正规化。在受训的过程中，升优汰劣……"

训话毕，商道尹首先鼓掌，四座也就跟着再次热烈鼓掌。

王克敏的代表、王揖唐的代表先后站起来简而明地讲了几句，盛宴也就开始了。大执宾把三位少校副官请到东厢房就座，把十二名卫兵让到了外院的南屋。

县里的土皇上到了北平就是土包子，三杯酒下肚之后，土包子们就现了原形，划拳闹酒，大呼小叫。

大厅里是整十桌，东西厢房中各五桌，南屋里坐满了护兵马弁，挤满了二十多桌，几百号人把道署的前院后院塞得人满为患。

众多的客人，多来自北平周边的二十多个县，可以说是你不认识我我不认识你，可十之八九都是横惯了的主儿——老子谁也不怵。酒过三巡菜过五味之后，都喝高了点儿。"有教养的"嗓门高了八度，开吹，开抡。"没教养的"妈长爹短，敲桌子拍板凳。

酒闹得正欢：新交相见恨晚，旧识喜再重逢。东西厢房的串门碰杯，又拥入正厅举杯敬酒。正厅的到东西厢房找熟人，要干上一壶。南屋里的丘八大爷也闹翻了天，怪叫着"就缺个大姑娘！"另一个退而求其次，"小寡妇我也往炕上扛！""大姑娘、小寡妇她妈有没有人要……"

这时灯突然灭了，与此同时，正厅和东西厢房里传来了六声爆炸。南屋不知谁喊了一声："有八路！"盒子炮就抡开了往外扫，子弹跟雨点似的都打在了外垂花门上、北墙上。

东西厢房中的保安队长、警察局长、自卫队长们也不示弱，拔出了手枪就开了火，子弹都打在了内垂花门上、南墙上。

正厅是鬼哭狼嚎，"青衣小帽"、"长袍马褂"、"西服革履"的文人雅士，争先恐后地往桌子底下钻，往椅子底下躲。义德一手按住了商崇禄的头，一手把这位道尹大人塞到了桌子底下，自己往桌边一蹲。

这时突然灯又亮了，胡兴华带着卫兵们冲了进来。义德一把把商崇禄从桌子底下揪了出来，高喊道："商兄！先跟我到治安总署避避吧。"

两个卫兵架起商崇禄就往外冲，义德在副官、卫兵们的簇拥下也出了道署的大门。蹬上汽车后驰回了治安总署。

在办公室落座之后，道尹大人惊魂始定，连声说："谢谢关将军！不！谢谢关老弟。我这条命，可是老弟给捡回来的。"

胡兴华上前进茶，商崇禄喝了一口之后才舒了口气。可是紧接着眉头皱成了一团，脸上愁云密布，身子向前一探，说："我方寸乱了，得请教老弟，该怎么办？"

义德缓缓言道："既来之则安之，下面的事是警察局、城防司令部的事了。沙滩红楼肯定得过问，老哥就在我这儿给田中队长打个电话。"

"对！对！老弟所言极是。"

胡兴华叫通了田中的电话，商崇禄颤微微地拿起了话筒。

这位道尹早年留日，在早稻田大学攻习法律，娶了个日本老婆，说得一口好日语。平时和田中也有些往来，所以田中还算给面子，在电话里说："你在治安总署休息休息就回家吧，所发生的事由宪兵队处理。"

宪兵队处理的方法是出动了一个大队的宪兵，把燕京道署团团包围。活着的解除武装送到了沙滩红楼的地下室拘押，伤了的由警察局送道济医院，死了的送停尸间，等候法医验尸。

腿快的主儿已经跑回了旅馆，可又给抓了回来，天亮后二十多个县的土皇上、土霸王全在宪兵队聚齐了。田中也就驱车前往铁狮子胡同，向多田报告事情的全过程。

最后的结论是："可以说是县保安队士兵干的，也不排除军官的可能。八路军极易混入他们之中，我建议对北平周边各县的保安队……"

多田默默地听着，脸上毫无表情。可是田中意识到，多田对自己的意见并不赞许，于是赶紧结束了报告，说："请司令官阁下训示。"

多田这时才看了田中一眼，说："要动脑子，要有全局观念。马上要进行长沙会战、南昌会战，以给重庆造成压力。以战促和，迫使重庆跟我们合作，然后抽出兵力或北上进攻苏联或南下扫荡英美。

"大本营要从华北抽调四个师团、三个混成旅、五个炮兵联队到华中，支援会战。华北太空虚了，我们对治安军、保安队的政策是在利用中监视，在监视中利用。

“中国有句老话叫‘请神容易送神难’。说到这儿，你应该明白了。”

田中“咳!”了一声，立正、敬礼，转身离去。

拘押在红楼地下室的土皇帝、土霸王，由拘押室请到了会客厅。桌上摆着茶、点、烟、糖，田中和蔼地说：“通通的咪西！大大的咪西！误会的过去了。做案的八路已经抓到，你们大大的好。”

说着，田中双手伸出了大拇指：“大大的好！皇军的大大的信任。枪的没有了，乱了，统统的新的给。”

说着，当官的一人发了一把日军的制式手枪——昭和四年式，俗称王八盒子。士兵们一人发了一把自来得——沈阳造，31年式，俗称盒子炮。

这时胡尧走进来，连声说：“诸位！诸位！奉齐督办之命来接大家。”

土皇帝、土霸王们上了停在宪兵队门口的大汽车，全都给拉到了治安总署。齐燮元向义德拱手道：“不烦二客，还请老同学代劳。”

义德走进宴会厅时，小胡跟在身后喊了一声：“关参谋长到!”土皇帝、土霸王们无精打采地站了起来。义德双手示意：“坐！坐!”

然后开言道：“本人代表齐督办给诸位压惊，长话短说，这事就过去了。最好是当它没有发生过。诸位回防之后，还要竭诚为圣战尽力，以求中日之共荣……”

讲完后胡尧首先带头鼓掌，四周稀拉地应酬了几声。义德举杯说了声：“请!”喝了一口就放下了杯子，说了声“诸君自便”，也就转身离去。

义德走了，胡尧就成了主位，举杯高声说：“诸位！诸位！这事已经过去了，该吃就吃，该喝就喝，可别亏了肚子。过了这村没这店，走出了这大门可无处找补。”

副官长的话简而明，也最实在。土皇帝、土霸王们一下子全明白了过来，甩开腮帮子足吃足喝。大碗酒、大块肉一个劲儿地向腔子里装。

三壶酒干了后，土包子们又都活了，也现了原形。一个拍着昭和式说：“老子赚啦!”另一个骂道：“爷爷赔大发了，德国蓝钢全自动，换了把这玩意儿，亏到姥姥家了。”第三个是高人：“什么赚了亏了，北平不是好玩儿的地方，别在这儿蹚这浑水。吃完赶紧走，再耗着，没准又赶上一场热闹，那可是亏到了老祖家了。”

土皇上、土霸王们回防之后，办事、打仗，都明白多了。干嘛都留条后路、存个后招，跟谁不如跟自个儿——保存实力。老子就是老子，谁也别想在老子头上当爷爷。调老子到清河军校受训，甭想！“有奶才认娘，吃饱了就是狼。勾挂三方来闯荡，靠的全是枪”成了口头禅，更是行动准则。

司令部设在盘山的李保国，从武工队这条线得到了燕京道署爆炸案的报告，也从徐承志、胡兴华这条线上得到了更详细的报告。小胡在中学时就入了党，七七事变后通过他叔叔在治安总署谋取了个差事，潜伏了下来。老胡在从蓟县回城时成了八路军的俘虏，还见到了李保国，是小胡一手安排的。

李保国在盘山时就决定发展徐承志入党，小胡也就成了李保国、徐承志之间的联络人，徐承志的入党介绍人。义德的四个卫兵，确实是胡兴华特意挑选的，两个是党员、两个是可靠群众。为了整体的安全，这条线仍不对关义德、宋大中启动。

义德决定在道尹的宴会上行动之后，徐承志提出了“跳闸方案”。在东北这六年，他把日本人设计的电路线彻底吃透了，安上了一个装置就能让一个地区“跳闸”停电。停电的时间和范围，完全可以预定。

和义德定下的方案是晚八点“跳闸”，停电两分钟。两分钟内，义德、张翰、郑新诚完全可向预定的目标扔出六颗无柄手榴弹，灯一亮就公开撤离。在胡兴华的配合下，撤出行动自然会很顺利，完全可以做到天衣无缝。

这件“天衣”让义德成了商崇禄的“挚友”，昌平县的县长、保安队长、警察局长、新民会会长全知道了关义德是何许人也。

城工部也知道了关义德、宋大中是何许人也。和盘山司令部的敌工科沟通之后，决定执行 B 方案，上报给了边区，聂司令批示：

> 通过一年多的考查，可以确认关义德、宋大中不但是统战对象，而且是合作对象。在抗日战场上，是可靠的同路人。
>
> 通过执行 B 方案，可以进一步扩大合作的范围，利用关、宋和东交民巷的关系，实行更高层次上的合作。合作的方式仍然是待之以诚，尊之以礼。

B 方案可以说是个经济合作的大框架，主要是把炸药、药品、通讯器材等物资通过各种途径潜运到根据地。“实行更高层次上的合作”，其外延和内涵就广泛得多了，可以说是放开手脚，可以在各个领域中共事了。

徐承志、胡兴华均很振奋，打算大干一场。当务之急是控制住清河染料厂。这个染料厂，实际上是个炸药厂和药品转运站，这一切在建厂的过程中已经进行了巧妙的安排。

清河染料厂和清河军校只有一墙之隔，实际上是军校的一个跨院。在外人看来，这个厂子就是军校的一部分。齐燮元兼任校长，这种格局是他精心安排的，既省了地皮钱、厂房钱，同时安全也有保障。

清河军校里已有地下党的组织，而且发展得很迅速，可是有一个很不利的因素，副校长熊秉三是个铁杆汉奸，和铁狮子胡同的关系很深。论学历他是北洋武备学堂的三期，军衔是少将。平常总是一副道貌岸然的样子，军装笔挺，系着武装带，军靴锃亮，踏地格外响。一年四季，总带着雪白的手套，背着昭和式，挎着大和刀。其实，腹中空空，既无指导战争的理论，又无从事战争的经验。一天到晚绷着脸，口头禅是“从严执教、从严管理”。在教员、学员中都很不得人心，背后的官称是“屄三”。屄三到哪儿都带着四个卫兵，卫兵的装备和日本宪兵一样，背着王八盒子挎着四颗无柄手榴弹。背后常有人说：“屄三爷和姨太太上床时，不知道带不带卫兵。四个卫兵是看着‘练’，还是帮着‘练’。”

屄三是块什么料，齐燮元很清楚，可又有些无奈。二人在建厂上是一致的，均是为了经济利益。随着开工日期的临近，熊副校长的手越伸越长。

对付这个铁杆汉奸的方法不外三种，调离最简单，套住最稳妥，除掉最彻底。城工部的意见是除掉。

关义德、宋大中的对策是先给他点儿甜头儿，把他套住，迫使他只能就范。徐承志、胡兴华都认为这头熊又横又野，很难“套住”，弄不好就要挣断了套，坏了大事。对城工部的意见，完全赞同。

除掉熊秉三，胡兴华认为是易如反掌。问题是如何除，不能带来副作用，得制造个疑案，并把宪兵队的侦破引入歧途。

徐承志很快就制订出了一个方案，对日式的无柄手榴弹动一下外科手术，取出导火索，装入一个化学定时器，两小时后即可引爆。如何跟“屄三”卫兵的手榴弹调包，可就全看胡兴华的了。

搞调包，胡兴华认为不劳关义德、宋大中。一是“大将不事雕虫之事”；二是万一失手，后果可就严重了。“不劳”也就“不知”，这是潜伏工作的原则。

对胡兴华的意见，徐承志也是完全赞同。一再叮嘱的是“化学定时器”一启动就无法终止，调包的时间一定要计算好。

最理想的是四个卫兵的手榴弹中，都能有一颗是调包弹。有一颗就够了。调包弹爆炸时，在巨大气浪的震动下，其他三颗调包弹会立即爆炸。

十六颗手榴弹爆炸的威力，足以让屃三爷“坐飞机”魂游东洋。

一切就绪后，机会也来了。一个由王克敏主持的华北军政联席例会，轮到了在治安总署开。熊秉三好和王委员长套近乎，所以每次例会必到。

会后当然是与会者的聚餐，长官是山珍海味，副官是鸡鸭鱼肉，卫兵也得大碗肉、大碗酒地招待招待。时值酷热，进餐时焉有不解武装带之理。只要解下武装带，调包也就水到渠成了。

这次例会上王克敏强调军政一体化，以军辅政，以政统军。王揖唐宣称民众工作有特殊的意义，其成果往往是军政所不能及的。齐燮元也不客气，大讲治乱世得靠铁腕，在此非常时期军事高于一切。

“一人一把号，各吹各的调”，吹得汗流浃背。再加上天气又闷又热，王委员长、王会长也就无心“酒逢知己千杯少”了。一散会就拱手而去。

齐燮元则哈哈大笑：“客走主安！”言罢，把武装带一解，军装一脱，高声喊道：“今儿中午都多喝几杯。”

督办一宽衣，部下全体效仿，都解下了武装带、脱了军装。真是身教重于言教，起到了带头示范的作用。

客人走了，酒宴桌上的空缺自然有人来填补。治安总署的大院内，各档次有头有脸的人都争先恐后地去“补座”。

卫兵们的“地座”，安排在后廊外的几棵老槐树下。丘八大爷们早就把武装带解了，军上衣脱了，光着膀子乘凉静等着开吃开喝。

武装带和军上衣都搭在廊子上。清河军校的黄咔叽军装和宽边武装带，一眼就能区分出来。

开席后卫兵们狼吞虎咽，唯恐亏了肚子。快终席时胡兴华带着几个“伙夫”，挨“堆”添了一盆肉、一坛酒，在添酒添肉的过程中，“调包”也就顺利地完成了。

出乎意料的是，屃三酒足饭饱后跑到义德的办公室开聊。一个劲地夸学长的茶好，连喝了三杯后言归正传，是要往染料厂的关键岗位上塞人。一个劲地说：“这些人都混得没饭辙了，学长可要照顾照顾赏碗饭吃。”

义德可真是为难了，要是应了下来，清河染料厂就姓熊了。不应也不好办，这位副校长耍起了赖熊，坐着不走。

这时可真急坏了胡兴华，赖熊的四个卫兵吃饱喝足后整装完毕，人模狗样地侍立在义德办公室门外。天热，楼道里的门窗全开着，十六颗手榴弹要是响了，义德也就……

副官处和义德的办公室是斜对门，把卫兵叫进副官处休息不合官场上的通例，急得胡兴华在办公室里直打转。这时桌上的电话响了。胡兴华抄起话筒，可是不知道是什么原因，对方没说话就把话筒给挂上了，胡兴华突然灵机一动，提高了嗓门喊道：“请等一等，我立即去请熊校长接电话。”

放下话筒后，就跑进了义德的办公室，喊了声：“报告！”然后对夙三说：“熊校长，您的外线电话，打到了副官处。”

“告诉他，我这就回去。”说罢，起身向义德告辞。出门时又说了一句：“学长可要给穷人多帮忙呀。”

义德起身相送，夙三连声说：“留步！留步！”转身就走了，四个卫兵紧跟其后。

这个电话对于夙三来说，一是他不接也知道是谁打来的，二是他不愿当着副官处的人接这个电话，所以匆匆地走了。

一出治安总署的大门，夙三就钻进了汽车。四个卫兵往蹬车板上一站，开道的警笛就响了，汽车直向德胜门驰去。一路之上车躲人避，连闯了三个红灯，看来熊副校长是真有点儿急事要赶回清河。

德胜门瓮城之中驻有一个小队的日本宪兵，专门检查过往车辆。平常夙三出入城门，只要出示一下证件就成了，这回汽车响着警笛，惊动了小队长吉野太郎。

吉野出来一看，是一部治安军的轿车。车停了可警笛还在响，于是气不打一处来，向身后带班的曹长一挥手，示意检查。宪兵们立即把汽车包围了起来，夙三赶紧掏出了证件，交给了跨在蹬车板上的卫兵。卫兵双手呈给挡在车前的吉野。

这个卫兵肉吃多了，酒喝急了，跨在蹬车板上连颠带甩，胃里乱了。在给吉野呈上证件的同时，酒肉从嘴里喷了出来，给吉野来了一个满脸花。

吉野嚎了一声“八嘎压路！”向后连退了三步，抽出了战刀。就在这时轰的一声，吉野飞了。他身后的曹长反应可真快，立即喊了一嗓子“就地卧倒！”掏出了王八盒子就是一梭子。

这时，架在城门上的歪把子机关枪也响了。子弹像雨点似地飞了下来。曹长趴在地上连扫了三梭子后，站起来一看，愣了。汽车没了，包围汽车的宪兵也没了。

德胜门事件再次震撼了北平。田中气疯了、急疯了。到铁狮子胡同晋见多田，当面呈上了一个绝密方案——对治安军的处置意见。一是消灭解散；二是接管整编；三是强控限用。并明确指出一是上策、二是中策、三是下策。

多田看罢，把绝密方案往办公桌上一放，嘘了口气：“中国有一千多万平方公里的面积，实际面积有两千多万平方公里。日本的兵力可增至两百万，能增至两千万吗？增至两千万，每平方公里也只有一人。”

田中无言以对。停了一会儿，多田缓缓言道：“你应该到前线去看看。”

田中退下后，新任清河军校首席顾问官太羽次郎走了进来，呈上了自己的建校方案。多田扫了一眼说：“错矣！谬矣！清河军校不是培养合格军官的地方。如果走出这个学校大门的都是有军人素质、尚武精神的军官，那是帝国的不幸。

“你应该把这个学校办成俱乐部——日中友协俱乐部。让从这个大门走出去的军官，都能对日本怀有好感。能有一丝好感，就是你的一丝成绩。

“我可以明确地告诉你，有尚武精神的中国人都正在和日本人作战，或是你杀死他，或是他杀死你。”

太羽立正、敬礼，答了声：“明白！”

太羽次郎是真明白还是假明白姑且不论，此时齐燮元也自称明白了。把握十足地对义德说：“我让小胡到清河把底摸清了，闹明白了，原来熊秉三是找死。来受训的都是比土匪还土匪的兵痞，杀人不眨眼睛。

“他对这帮人实行管束，立法惩治。罚跑步、罚站立、关禁闭、打军棍，还弄了两架站笼，问谁想进去试试。两架站笼在操场上一立，把这群土匪都给镇住了。

“他不知道打人一拳要防人一脚，这帮人就跟他玩儿黑的。人外有人天外有天，恶人、阴人、损人是得罪不得呀。这案子邪，太邪了。怎么破，是宪兵队的事。熊秉三走了，对咱们可是好事。

“这个副校长就由你兼了，还兼教务长。让胡尧去兼总务长，老胡也是营混子出身，对付得了这帮兵痞。

“军校的事你就挂个名，凭你北洋武备一期的资历，谁敢不服。杂事都让老胡管，你把染料厂办好就行了。教书先生都知道，‘孺子不可教也’，兵痞、土棍、混混能受训？装装样子给日本人看就行了。”

多田和齐燮元殊途同归，清河军校也就成了清河俱乐部，清河染料厂不显山不显水，办得越来越有起色。爆破药、起爆药，源源不断地运进了根据地，而齐燮元所关心的就是利润，分到了红利，立即换成美元。

在齐督办的心目中，关义德是帮手中的帮手，戴华理是人物中的人物，天津的华德制药厂、清河的华德染料厂可是命根子。

二、刀挺刀潜

7

宋欣的报告，美国陆军情报局平津工作处的通报，先后到达重庆。戴笠认为“均实”，在军统、中统、二厅的联席会议上对何应钦说：“部长高瞻远瞩，用人得当，是进一步表示表示的时候了。”何应钦点了点头，对耿继忠说：“这件事就由你办吧。”

军统想对二厅进行渗透。在建制上二厅是军令部的职能部门，这种渗透也就只能暗中进行。耿继忠对渗透明里暗里均进行抵制，更不愿意军统和北平站合作。和军统合作的人大多没有好果子吃，弄不好就成了替罪羊，特别是“外来户”。关义德、宋大中又是典型的“外来户”。三思之后，低调操办了一下。其结果是致电北平站：

> 电悉，关特派员义德奉命潜伏北平以来，功勋卓著，军令部呈业绩于军委会计勋司，经蒋委员长中正亲批，授予关义德同志二级青天白日勋章，以资表彰。勋章由计勋司转军令部一厅归档，待光复之日亲领。
>
> 宋大中先生多方协助关义德同志的潜伏工作，功勋亦属昭著。由二厅呈报何部长应钦。特聘为简任谍报通讯官，授二级嘉禾勋章，以资嘉奖。聘书、勋章由一厅归档，待光复之日亲领。

义德是孙中山先生的警卫二团团长，陈炯明发动叛乱时杀出了一条血路，保护着孙先生冲出总统府，登上了永丰舰。在永丰舰上，孙先生亲笔手令任命关义德为第一混成旅旅长。

北伐成功后，永丰舰改名为中山舰。凡是中山舰上的“老同志”均授一级青天白日勋章以资表彰殊勋，唯独关义德无名。而且第一混成旅还被取消了番号，旅长成了参议官。

十几年后得到了这枚二级青天白日勋章，是感？是激？唯有心知了。宋大中由“匪”而“商”，对“官”、对“勋”本就不感兴趣。九一八之后陪博王爷到了趟南京，对“国民政府”早已是寒了心、凉了肠子。

义德的表示是淡淡地一笑：“光复之日，我真想回豫西。到何家山庄看看这块三民主义的乐土。村民们要让我落户，我就务农了。”

宋大中也是淡淡地一笑：“我可不想当什么官，光复之日，回沈阳，还生产民生车。”宋欣点了点头：“光复之日，我回美国完成学业……”

可是，光复之日漫漫。在光复之路上，他们只能刃挺于北平，默默地守护着古都。这是命运的安排，也是人生的使命。

红墙黄瓦的紫禁城，青砖灰脊的四合院。蒙辱了，但没有屈服。鼓楼后石记茶馆开书客满，窗户外面站满了“听蹭的”。原因是陈荣荫先生在说《精忠传》。岳飞的帅旗在飘扬，直捣黄龙府的豪情正激励着每一个听众。

钟楼电影院座无虚席，《苏武节》打动了在场的观众。随着影片低吟着“苏武！苏武！留胡节不辱……”坚信着“雁归汉旗展，逐胡复河山”。

徐承志在放完了《苏武节》后，决定亲自去一趟东交民巷的瑞隆洋行。他刚从内线得到消息，川岛芳子从日本回来后又活跃了起来，昨天遍发请柬，聚八旗有影响的人士在太庙一会。给美国陆军驻平津地区的最高长官杰克准将的夫人也下了帖子。这位夫人的父亲是清廷的驻美公使、外务部侍郎，隶正白旗，和摄政王载沣的交往也挺深。

儿子小杰克是个美军少校，系东交民巷兵营的特勤部队营长，女儿是个美军上尉，任职于陆军情报局平津工作处。本人系社会活动家、妇女运动家，是北平很有影响的名流。

在太庙一聚，很可能是故伎重演，套路和章法也玩儿不出什么新的。可是她刚从日本回来，很可能接受了新任务，来个旧瓶装新酒。总之，这个满奸的活动一定会给北平民众造成危害，得想办法阻止她。

想到这儿，徐承志不由得加快了脚步，路过石记茶馆时，看见窗外听蹭的“立座”那么多，心里感到很欣慰。“精忠报国”是这座古城的底蕴。几个汉奸、满奸只不过是跳梁小丑。

在鼓楼前徐承志挤上了环行路电车，心里开始盘算着怎么把川岛芳子的事告诉宋大中。城工部还不同意建立组织上的联系，只能是从个人关系上展开高层次的合作，也就只能采用斩源通流的方式了。

电车一到御河桥站，徐承志就跳了下来，到了瑞隆洋行后，以购买放影设备的名义见到了戴华理。报告完了“太庙一聚”的阴谋之后，又补充说：“这个消息绝对可靠，我们影院跑片子的刘长顺的二弟，就在川岛芳子家当差，请柬是他亲自送到东交民巷杰克家的。”

宋大中听罢之后哂尔一笑：“狗改不了吃屎也好，旧瓶装新醋也好，可臭的、烂的都不能让她再往北平倒。我自有安排，你多带上些人到太庙去看热闹吧，她太庙一聚，我叫她演出《现形记》。你们跟着叫好就行了，这出戏准比钟楼电影院的大片都精彩，可惜的是你们那儿不能放。”

届时，前来一聚者不足发出请柬数的一半，看热闹的人却不少。时值暑假，大多是大学生和中学生。在大殿门口聚齐后，进殿对着清廷诸帝的牌位行了四鞠躬礼。

说来也怪，清太祖努尔哈赤的牌位居中，左昭右穆，到了德宗光绪，恰好把三面墙都给占满了，严丝合缝，再加进一个，甭想。

礼罢，川岛芳子把大家让到开设在二殿的茶馆。就位之后，开始介绍来宾。第一个是醇亲王的代表润天祺先生。

润先生站了起来向大家半躬致意，说：“天气酷热，王爷有些欠安。把在下差来，权当个耳朵。该带回去的一定不会漏下。”

第二个是涛贝勒的代表玉家驹先生，玉先生站了起来，向四周一拱手：“醇王爷欠安，贝勒爷代王爷在妙高台守孝。在下是府中执事，会上所言等爷回来后一定如数禀告。”

第三个是英中堂的代表，应声而起的是个小学生，颇为老成地向前一躬：“祖父体衰，父亲在津未归，接到请柬后奉祖母之命，前来向诸长辈致意。”

……

介绍到杰克夫人时，川岛芳子突然一振，嗓门提了三度：“瑞静女士是京旗的骄傲，是满洲人杰出的代表。不但是著名的社会活动家，还是美军平津地区最高长官杰克将军的夫人……

瑞静站了起来，向大家行了个半躬礼：“承蒙相邀，不胜荣幸，能和大家见面倍感欣慰。”

川岛芳子带头鼓掌，底下也就响起了几声稀疏的掌声。掌声毕，川岛芳子站起来鞠了一个四面躬，脸上露出了和蔼可亲的笑容。说来也怪，川岛芳子平常是雌雄不辨，有时穿军装、有时穿西装、有时穿和服，说话时语音多变，男腔女调让人不好分。可这回穿着合身的旗袍、用标准的旗门语音开了口：“一笔写不出两个旗字，今儿是在旗之人关起门来说话，旗门讲的就是个礼数。

“关起门来说话也就不论爵论序了，老的就是长辈，小的就是晚辈。比自个儿大的是大哥、大姐，比自个儿小的是小弟、小妹。

“今儿把大伙儿全请来了，是要和亲的、热的说说心里话，在大殿上行了礼的，不是太祖、太宗的子孙，也是大清的子民。由辛亥到现在，小三十年了，容易吗？是怎么熬过来的。

“在旗之人和孙中山是不共戴天，无论是南京的国民政府还是跑到了重庆的国民政府，都把姓孙的奉为国父。重庆和日本人磕，八路军也跟日本人拼，那是他们汉人的事。他们骂汉奸也不干咱们的事，咱们是满人、是旗人。

“远近心里分，大清国没完在日本人的手里，完在了孙中山的手里。日本人心里也有数，不论重庆还是延安都是汉人。他们打的是汉人，咱们在旗之人犯不上跟着掺和。

“咱们不跟着掺和，日本人心里也就更有数，也来个远近心里分，得便宜的就是咱们。日本人帮着宣统爷建了满洲国，弄好了再建起一个华北国。两国一合，离大清中兴可就越来越近了。

“大清就是大清，正统就是正统，亡不了。日本人心里有数，欧美对咱们也能理解。眼下的当务之事，就是早点儿表个态，发表个声明。和国民党的重庆、共产党的延安都划清界线，一刀两断。

“旗人就是旗人，满洲就是满洲，大清统绪亿兆年长。眼下是中兴大清的机会，也是捡便宜保身家的机会。不用出汗，也不用流血，发表个声明事儿就齐了。

“同意的就在声明上签个字儿，不同意的也没人拉着拽着，日本宪兵队把账可就给他记上了。‘六月的债还得快’，现在可正是农历六月。该说的话我全说了，签字不签字，大主意可得自己拿。”

言罢，川岛芳子一闪身，指着桌子上的声明说：“按次序来，第一个请醇王爷的代表润天祺先生签字。”

润先生站了起来，结结巴巴地说：“一进门，我就说了‘权当个耳朵’。这声明我带回去，让王爷亲签……”

润先生的话还没有说完，川岛芳子就把他的话给打断了。说话的声是又沉又闷、又阴又冷，虽然是酷夏的气候，让人脊椎骨都觉得发凉发麻：“代表就是全权代表，签吧！”

润先生愣住了，像是泥捏的，一动也不动。刹时间，空气凝住了，仿佛时间也停止了。

这时，就见一个人缓缓地站了起来，字正声清地说：“签字的事先不忙，我有几个问题要请教一下。”说话的人是杰克夫人、京旗的骄傲、满族人的杰出代表，瑞静女士。

“第一个问题是世宗雍正帝有言：‘朕不知有满汉之分，唯知有忠奸之辨。’看来满汉早为一家，至于忠奸之辨，也就是说良莠不齐。汉人之中的败类，就是汉奸。满人之中的败类，就是满奸。得明辨出来。

“第二个问题是高宗乾隆帝亦有言：‘中华统绪延绵不绝，上下五千年纵横三万里。’没有说‘大清统绪亿兆年长’。大清已经成了历史，正因如此，太庙变成了公园。说来也巧，就是溥仪不去当满洲国的康德皇帝，宣统的牌位也进不了太庙。这真是祖宗明示，大清成了历史，历史的一页已经翻了过去，想再翻回来，是白日做梦。溥仪在东北当的是满洲国皇帝，不是大清皇帝。

“第三个问题是二十九军副军长佟麟阁将军是满人。被悬赏通缉的八路军团长白乙化也是满人。满洲国的首任总理大臣郑孝胥却是汉人。请解答。

“第四个问题是请问金碧辉小姐或称之为川岛芳子小姐，你是哪国人?”

这时，不知谁叫了一声“好!”雷鸣似的掌声就响了起来。川岛芳子气急败坏地站了起来，把桌子一拍：“把叫好的、鼓掌的给我轰出去送宪兵队。按次序挨个儿签字。”

声还没落，就站出了一个小伙子，打着一口京腔说：“怎茬儿？要玩儿横的。叫好的、鼓掌的就是咱哥儿们。嘴长在我脸上，我要叫就叫，手长在我腕子上，我想鼓就鼓。”

川岛芳子一愣，打量了一下这个小伙子。高高的个儿，身子骨挺结实，穿着纺绸的裤褂，手里摇着一把折扇。可又是黄头发、蓝眼睛。这……

川岛芳子心一横，甭管这小子是谁，得先把场子镇住。于是高声叫道：“来人！把这小子给我轰出去。让他知道知道马王爷三只眼，敢跟老娘闹事。”

“哟嗬！想动武，好男不跟女斗。把给你戳腰杆的男人叫出来。咱哥儿们想见识见识，跟他过过招。”

冲进来的人是七八个日本兵，可军装上又没有戴领章。为首的一个有小二米，长得猪头、猪脸、猪大耳。可又是五短身材，腿短、胳臂短、脖子短，真是猪腔子配上了猪四蹄。

明眼的人一看就知道，这块料准是练过相扑，可是天照大神造他时弄错了尺码，相扑没练出来。从他身上洗旧了的士官制服来看，退役前大概是个曹长。他身边的几个兵，也就顶多是一米六的个儿，差着三头，像是闹了阴错阳差，老公猪带起了猪娃。

猪头曹长腆着肚子向前走了几步，大有万夫莫敌的气派。黄毛小伙子笑了，转头对川岛芳子说：“咱哥儿们说想见识见识你的男人，你一下子叫出了七八个。哪个是家的？哪个是野的？谁驾辕？谁拉帮套？总得报报名号吧。”

话还没有落音，猪头曹长就抢了上来，小伙子一转身，就闪了过去，让猪头双手抓了个空。然后回过头来招了招手：“出来！出来！到外面练练。别在屋里碰着老少爷儿们。”

猪头曹长干嚎了一声“八嘎压路！”就追了出去。不知道谁喊了一嗓子：“有乐瞧，出去看看！”茶馆里的人一拥而出。胆小的溜之大吉，胆大的想看个子丑寅卯。

小伙子跳到了二殿前的石甬道上，封了个骑马蹲裆式。向猪头又招了招手：“小爷让你三猪头！”说着拍了拍胸口：“往这撞！”

猪头曹长挺会意，也挺听话。把战斗帽往地下一摔，露出了又光又亮的大猪头。好家伙！比麦斗还要壮三圈。又把军上衣一脱，一身横膘，比老种猪都肥。

甬道又直又平，猪头曹长躬身运气，不知道发的是什么功。运气毕大吼了一声：“死啦死啦的有！”就一头冲了过去。两条小短腿捯得那叫快，蹬起了一道白烟。猪头快要撞到了小伙子的胸口上时，就见小伙子往左边一闪，和猪头擦肩而过。

猪头曹长跑出了二百多米，才收住了小短腿。回过头来一看，小伙子又封了个骑马蹲裆式，稳稳当当地跨在了石甬道上。猪头冒出了热气，大汗珠子顺着猪头、猪脸、猪脖子直往下流。

猪头曹长喘着粗气，“八嘎！”“八嘎！”地骂了几声。然后转过了身来，两条小短腿跨在甬道上，也封了个门户，对准了小伙子。用右手在鼻子前、胸口前来回比划，看来是在测试距离。

搞定之后，一声也没吭。只见猪腹三凸三凹，把气运足了，然后冷不丁地冲了出去，像离弦的箭一样，直射小伙子的胸口。

眼看猪头就要撞在小伙子的胸口上，可是他轻轻往右边一闪，又和猪头擦肩而过。这回猪头曹长的两条小短腿，跑出了小三百米才收住脚步。

猪身上下像水洗了一样，连裤裆都湿透了。鼻子和嘴同时出气，呼哧！呼哧！挺吓人。看热闹的直往后退，怕猪精被累趴下时现形，来个就地十八滚。

可是，猪头毕竟是当过曹长的帝国军人，以大和武士自居。喘够了气后又恢复了“尊严”，指着小伙子吼道：“你的，军人的不是。说话的不算，良心的大大的坏了！”

小伙子笑呵呵地说：“这回说话算数，我这两条腿要是离地半步，是小王八。你要不敢撞这第三头，就是小猪崽儿。”

说罢，双手合掌胸前，闭目运气，口呼：“无量佛，善哉！善哉！”然后拍了拍胸口。

猪头曹长也变了招，躬身、收腹、提气，把小猪眼瞪得溜圆。三次目测了距离之后，突然大吼一声，比杀猪刀捅进了猪脖子时嚎声都难听，吓得两边围观的人连退了三步。

这时，就见甬道上窜出了一头野猪。说时迟那时快，这头野猪就狠狠地摔在了石甬道上，扔出了有二丈多。

原来是猪头撞上胸口的刹那，小伙子往地下一蹲，两脚半步也没有离地，猪头曹长就飞了出去。小伙子直起身子捋了捋头上的黄毛，招了招手说：“三头撞完了，小爷不陪着玩了。”

说罢，抽出插在脖子后面的折扇一甩，扬长而去。这个黄毛小伙子，就是小杰克。

四周响起了一片叫好声。猪头曹长被猪娃兵们扶了起来，相可大了。肚皮、胸口都被石甬道划破了。门牙磕掉了三个，满脸满嘴都是血。大概是牙硌破了舌头，猪嘴说的话谁也听不懂。甭管猪娃兵怎样架，猪头曹长一步也不向前走。不用问，准是磕碎了膑骨。

看热闹的人四散了，川岛芳子从茶馆里走了出来，向猪娃兵挥了挥手：“抬！”两个猪娃兵抄起曹长的小短腿一抬，就听见一声惨嚎，吓得四个猪娃兵同时撒了手。

猪头曹长像堆烂肉一样，瘫在了地上。与此同时传来了更瘆人的吼声，大概是“八嘎压路！”四个猪娃兵耷拉下了脑袋，蔫住了。

川岛芳子的脸气成了紫茄子，可紧跟着又变得煞白煞白，让人看了发毛。突然，以手戟天：“不报此仇，誓不为人！”

川岛芳子是不想当人还是不配当人，姑且不论，老天爷给了她张人皮，可她不办人事。“以手戟天”，看来她是要对上苍宣战了。

川岛芳子下“请柬”拘来的人不够半数，大多还是“代表”，徐承志发动来观战的人可不少，以青年学生为主，老少爷儿们也不少。

太庙的一幕很快就传遍了四九城，街谈巷议，茶馆里的话题都是川岛芳子《现形记》，而且越传越邪，越传越荤。

川岛芳子是个能变性、变身、变脸、变声的超级女谍，当然更能变装，出入于大街、小巷、茶馆、酒馆，对《现形记》的多种版本都亲耳聆听过。虽然几度起了杀心，可还是把毒焰压在了心里。杰克将军是不可能动、也动不了。杰克夫人、杰克少爷经常出入北平的各种场合，干掉这母子太容易了，可是主人不同意，“川岛”不同意，“芳子”只好咽下了这口恶气。

更难咽的恶气是杰克小姐是个高手，把“太庙”的全过程都给录了下来、拍了下来，而且制成了拷贝，在天津租界、上海租界里当作新闻片公开上映。

北平的辅仁大学、燕京大学也得到了拷贝，在校园里半公开放映。不但中学生，就是许多北平的市民也找个机会一睹为快。

咽下恶气后露出的笑脸，是最可怕的笑脸。满面笑容的川岛芳子，在东交民巷的六国饭店和杰克夫人“邂逅”了。

穿着旗袍的川岛芳子抢上来，和穿着旗袍的杰克夫人微笑，握手：“下午好，北平的秋天就让人感到舒心，可以一块儿喝杯咖啡吗？”

“完全可以，能在这儿遇到您我很高兴。您是大和饭店、东亚饭店的常客。在六国饭店，我可以以半个主人的身份来接待您。”“怎么是半个主人呢？”“我是这儿的股东，还是理事。”“那我以后一定常到六国饭店来，到这来的原因是太简单了——你和我都穿着旗袍。”“旗袍有外延，更有内涵。它的外延很简单，可以购买，也可以定做，是一种商品。它的内涵太神圣了，是一颗炽热的中国心。”“我很想和您坐下长谈。”“请！我也很愿意。”

在咖啡间坐定之后，长谈开始了。川岛芳子首先发难：“人有时会犯错误，甚至犯可怕的错误，原因是站错了基点。您刚才说穿着旗袍的人都有一颗炽热的中国心，我不敢苟同，我生是大清的人，死是大清的鬼。

“您和我同是满族人，也有着皇家的血脉，为什么不能和我成为同志呢？我不但不理解，甚至感到伤心、孤独、失落、悲哀。”

瑞静听到了这儿点了点头：“您现在说的话，是心里话。正因如此，我更为您感到悲哀。您太压抑了、太无助了。在压抑、无助的过程中，扭曲了自己，也就走上了一条永劫不复之路。

“大清只是中国历史上的一个朝代，上自夏、商、周，下至元、明、清，都只是一个朝代，是中国通史上的一段历程。大清的历程已经结束了，中国的历史将延绵下去。这就是历代帝王庙的御碑上所说的：中华统绪不绝如线。

“您留恋大清，觉得大清在时风光，可是您应该记得，您是以大清肃亲王十四格格的身份去的日本。您在日本的境遇您自己知道，并不因为您是大清的格格，川岛先生就给予您尊重、礼遇。这点我不想再说下去，在川岛先生的眼里，您只是一个中国女人。”

瑞静的话太击中要害了。川岛芳子笑不出来、哭不出来，恨却在胸中燃烧了起来。可悲的是该恨的她没有恨，不该恨的她却恨之入骨。

心中燃烧着恨，脸上的笑容也就消失了。以光复大清为己任的肃王府十四格格，当然认为自己是女强人，在任何场合都不会认输，在这只有两个人对坐的小咖啡间里也是一样。川岛芳子开始反攻：

“我可以明确地告诉您，我恨中国，可也不爱日本。我所爱的是大清，失去了可以夺回来。魔鬼可以利用，我就和魔鬼做戏。有大清，我就是主子，就是人上人。

“我唯一可以利用的就是日本，为了大清的最高利益，我可以跟日本‘做戏’，也可以‘做爱’。‘做戏’、‘做爱’都是手段，为了复辟大清，我在所不惜。”

瑞静摇了摇头：“日本想灭亡中国，并不想帮你复辟大清。你想利用日本人，日本人也想利用你。与魔鬼拥抱的结果不外是两种，或变成魔鬼，或成为魔鬼的夜宵。”

“我就想成为魔鬼。”“魔鬼也会吃掉魔鬼，肃亲王府就是被日本人悄悄地吃掉了。你和魔鬼拥抱的过程中，连祖宅都没有保住。但这并不可怕，可怕的是灵魂也被日本人悄悄地吃掉。”

听到这儿，川岛芳子的眼睛突然一亮，清了清嗓子直言道：“我恨中国，也不爱日本。你爱中国，可为什么又加入了美籍，你不怕灵魂也被悄悄地吃掉?”

瑞静放下了手中的杯子，说：“问得好，你不问我也要告诉你。在法律上我是美国公民，我的身体里流淌的是中国的血。我加入了美国国籍，对中国有利、对美国有利、对我也有利。正因如此，在太庙的一幕你才没有扬言把我送到宪兵队。

“我为什么加入美国国籍，你的心里清楚极了。这并不是我的软肋，国人完全可以理解。我也忠告你。‘中国’和‘国民政府’是两个概念，在世界没有进入大同之前，中国是永存的、不可分的，国民政府只是中国的现行政府。

“现在国民政府在重庆，中国老百姓支持这个政府，是因为‘国府’坚持抗战。中国老百姓也批评这个政府，是因为‘国府’确实有许多问题，在民生、民主、民权、民族方面急待改进，不改进就难以坚持抗战。”

川岛芳子突然哈哈大笑：“你认为我的软肋很多，我可以直接了当告诉你，我的皮厚，像铁甲一样厚，把软肋全遮住了。你以为击中了我的软肋，其实我觉得你幼稚得好笑，浅薄得好笑。你不是真正的天胄、天贵、天骄，就不会产生只有我才能产生的感情和冲动，勇气和信心。”

瑞静也笑了，笑得挺平和、挺自然，从从容容地说：“今儿的机会难得，所以我就多说几句。你太压抑、太孤独了，所以产生了扭曲。在扭曲之中又形成了封闭，进入了极端。幻想出了一个自我，大清的肃格格，能回天的肃格格。

“其实，在大清没有退出历史舞台之前，肃王府已经退出了历史的舞台。成立皇族内阁时，肃亲王被排斥在外。在天胄之中，也只能算是衰宗。天骄、天贵更是乏缘。”

川岛芳子的阳气泄尽，脸煞白煞白的，一点血丝都没有。可是紧跟着又变黄了，蜡黄蜡黄的，让人看了发瘆。狂笑，笑不出来。痛哭，无情哪有泪？沉默，就是默认。

天胄、天骄已被击得粉碎。川岛芳子突然站了起来高喊道：“结账！”

服务生应声走了进来，十分有礼貌地说：“对不起，咖啡间是会员制，您是瑞理事的客人。”弦外之音就是“您没有资格结账，这里本不接待您这样的人”。

说完之后，这个服务生半躬退下。川岛芳子愣了。喊了声“结账！”是她最后的尊严，表示自己是主人——这间咖啡屋中的主人。现在只有把钱收入提包，灰溜溜地离去。

没想到的是瑞静也站了起来，心平气和地说道：“如果您有时间，不妨再多坐一会儿。我刚才的话过于直白，原因是咱们见面的机会不多，能在一个二人小天地中长谈更是不容易。”

川岛芳子不由自主地又坐到了靠背椅上，瑞静喊了一声：“服务生！两杯鲜橙汁，略加冰块。”

加些冰块，是让川岛芳子借此冷饮能平静下来，进行理智的思考。灭其骄狂不是目的，是让这个生活在扭曲中、逆境中的悲愤者清醒下来，停止不可能达到目的的疯狂努力。

加了冰块的鲜橙汁端了上来，服务生半躬退去，新的话题也就由橙汁展开了。瑞静先端起杯子喝了一小口，说："我不知道您对鲜果饮料感不感兴趣，北欧国家以之为高级饮品，到了南美洲各国就是大众饮料了。

"南美洲之地很富足，可是开发尚未完全兴起，待垦的土地太多了。现在亚洲、欧洲战火四起。一些不愿意介入战争的人士，就纷纷移居到美洲。北美的生活水平高，有些长安米贵，南美是旅居者的乐园了……"

川岛芳子静静地听着，脸上开始舒展了，而且渐渐地露出了得意之色。把玩着手中的这杯鲜橙汁，笑了："您劝我离开是非之地，到南美洲旅行。好意我领了，可是您太不了解我了。我渴望战争，盼来了九一八事变，又盼来了七七事变。战争对我来说是福音，是我志酬、志逞的机会，我怎么能放过呢？

"刚才您对我直率，我现在也对您直率。我不会离开北平，在我看来北平就是大清的中兴之地。而且紫气腾升，龙脉复兴。用句时髦语言来说，就是'战斗在北平，胜利在北平'。"

"那您就不怕失败在北平，被埋葬在北平？您最明智的选择是离开，到战争波及不到的地方作壁上观，在'观'的过程中做出正确的决定。大清退出历史的舞台已经快三十年了，您应该接受这个现实。一次欧战结束时，德皇威廉二世宣布退位到荷兰隐居，做木匠活，写回忆录，开始了自己的平民生活。

"溥仪如果能效法老威廉的处世之道到英国去留学，或许已经学有所成了。至少不会成为戴着皇冠的阶下囚，您当过这位康德皇帝的女官长，对他的处境一定很清楚，所以您不认为新京是大清的中兴之地。

"从利用价值来说，您比溥仪要小得多。日本人不帮助溥仪中兴大清，又怎么会帮助您中兴大清呢？您已经把自己封闭了起来，所执之道不会一下子改变。固执地留在北平，于国、于人、于己均是不利。

"日本人一直在物色关内的溥仪，最理想的人选就是蒋介石。因为蒋介石具有军事实力，是头号军人。可是蒋介石选择了抗战，退而求其次，找到了汪精卫。因为他有政治影响，是头号政客。您具有的实力和影响，您自己心里有数。在中兴大清的道路上，您有几个同志、几个同路人？"

川岛芳子的"铁甲"完全被剥光了，浑身上下尽是"软肋"。可是她不肯认输，天胄、天骄、天贵怎么能低下头，不低下头只能发出一阵狂笑，笑得又干、又涩、又短，一点也没有底气，听起来像是干咳、干嗽、干掬气。

笑罢，咬了咬牙，恶狠狠地说："你让我离开北平，就是中国人、美国人都怕我留在北平。正因如此，我要坚决留在北平，'斗'在北平，谁挡我的路、坏我的事，我就叫谁不得好死，绝不手软。"

瑞静笑了，川岛芳子也想笑，可是笑不出来。

8

川岛芳子笑不出来，心里的恨却升腾起来。这几天她要疯了，各种渠道传来的消息，都太可怕了。在日本人的策划下，南京的代表、北平的代表在青岛举行了会谈，决定合并实行"国府还都"。德王蒙疆自治政府的陆军总司令季守信，也赶来与会，并和周佛海签订了协议，"蒙疆自治政府归于中华民国属下，实行高度自治"。

1940 年 3 月 30 日，还都大典在日军占领下的南京举行。汪精卫出任了国府主席，宣布中华民国政府还都于南京。日本外务省立即宣布承认汪记"国府"，并与之建立了外交关系。华北政务委员会在建制上成为汪记"国府"的下辖行政区。在北平组织过"中华民国临时政府"的王克敏下野了，由王揖唐出任华北政务委员会委员长，成为了华北王，统辖华北五省。

新京的"满洲国"，也承认了南京的"中华民国"，不但互派大使，还派友好代表团互访。大清成为历史，川岛芳子的精神支柱倒了，闭门不出多日。

痛定思痛，悟出了一个道道——靠人不如靠自己。自己干就得有经济基础，得想办法弄钱。没钱别说复辟大清，在北平都快撑不住场面了。九一八事变后组建安国军——抓军事。七七事变后打着联谊会的招牌组织特务网——抓政治。悟出了道道后——抓经济。

抓经济的立竿见影之术是"倒贷"——把人送进宪兵队，再把人捞出宪兵队。打上了哪家的主意，哪家就得倾家荡产。

可是倒来倒去，也没有倒出个"金库"来。本来嘛，"大户"不好倒，也倒不动。"小户"好倒，可倒不出多大的油水。正在一筹莫展，一则密报使川岛芳子为之一振。要是把这座超级大金库弄到手，“大事济矣”！

超级大金库就是大汉奸王克敏的收藏。王逆清末时任留日学生监督，民国后任中国银行总裁，三度出任财政总长。还出任过国会的议长，参与过“大借款”。长期和日本财阀勾结，北伐军进入北京后因媚日受到通缉，逃往大连。七七事变后在北平组织伪政权，成为了头号汉奸。

王克敏又是个超级大贪污犯，富可敌国。拥巨资以后以“收藏”古董为“乐”。“收藏”的来源也就是没落的王公贵族，“收藏”的手段是文明抢劫、变相抄家。所以收藏之多，富甲天下。

王克敏宦海沉浮多年，是个人所共知的“财神爷”。直皖战争、两次直奉战争、北伐战争中，他都是首当其冲的人物。战胜者、战败者都打他的主意。战胜者要叫他意思意思——献宝，战败者临退出北京前得横捞上一把，输红了眼的赌徒更是满不吝。

可是，王克敏处乱世之中却总能逢凶化吉。在战乱之中不但稳坐京城，还能毫发无损。圆圆满满地送旧迎新，然后仍然高居要津。此次到青岛“颐养”虽说是以退为进，其实也是一种无奈。他和齐燮元是文武不合，齐督办、齐司令凭枪办事，向来不把政客放在眼里。和继任者王揖唐是别扭了多年，自从七七事变起，两人就争当华北地区的头号汉奸。

最后形成了三足鼎立的局面，能三足鼎立是三人均在铁狮子胡同有支持者、有靠山。王克敏此次“下野”，是和南京执了口气。事后有点后悔，南京的“国府”是虚，北平的华北王是实，瞎争什么。想不到的是刚一“下野”，各方面的脸也就变了。

事已至此，只能是退中求安、退中求进了。先安后进是官场的达道。有钱能使鬼推磨，东山再起当然靠的还是钱。可有时官场之上也不便直接送钱，钱太俗、也太臭。来点品位高的、清雅点的——送古董。

王克敏是收藏家。“收”有术，“藏”也有方。曹操设七十二疑冢，老谋深算的王克敏自有高招妙道。

对于王克敏，川岛芳子是旧恨新仇。旧恨是辛亥革命之后肃亲王善耆借了德华银行八万块钱，以王府为抵押，利滚利、利打利还不起了，被银行告到法院，在法院封门前夕，王克敏以极低的价格一总“收藏了”王府价值连城的文玩、字画、玉器、瓷器、青铜器。新仇是七七事变之后，王克敏又把她拒之于“临时政府”之外。

汪精卫还都南京，王克敏无力与之争，可又不甘为其下属，于是以退为进，以避风为争风，决定离开北平到青岛的日租界“颐养”。人未离开北平，先和铁路预定了两节闷罐车厢。由于车皮太紧张，这位前任委员长等了小两个星期。车皮下来之后就停在了西便门火车站，陆陆续续把历年的“收藏”往闷罐车厢里装。大木箱、小木箱上都捆满了草绳子，进行了防震、防碰包装。

川岛芳子得到王克敏预定闷罐车厢的情报之时，齐燮元、二厅北平站、城工部也都得到了这个消息。二厅早被军统所“渗透”，重庆的戴老板自然也就得到了这个重要的情报。

川岛芳子的计划是巧夺；齐燮元的方案是豪夺；戴老板的指令是暗夺；城工部也制定了整体行动的细则，要完整无损地夺回国宝。

打王克敏的主意的人，数齐燮元气最粗、谱最大，情报来源也最简单——铁路局军运处调控室报上来的。齐督办的处理方式更简单，“车皮可以拨给，由着他往上装，不要惊动。没有我的手令，这两节闷罐子不能开出西便门车站半步”。

命令下达后还不放心，来了个双保险。命令江同源从警卫营中调一个排，悄悄地进驻了西便门火车站。三班倒看着，装上车的东西就不许往下搬。

王公馆装车已毕，按照铁路章程的规定，专定的车皮验箱数后，由货主和车站共同加封。大管家王奉一代表货主王克敏签字加封后，西便门火车站的站长也进行了签字加封。

手续办理完毕后，治安总署的警卫营营长江同源带着卫兵闯进了站长办公室，以缉察处的名义给两节闷罐加了第三道封，并郑重宣布：“没有督办的命令不许出站，违者军法从事。”

悄悄进驻西便门火车站的一个排，这时亮相了，公开布岗，把加了三道封的两节闷罐车厢封锁了起来，任何人不许接近。

三天后，王克敏身穿蓝布大褂，脚下是黑面白边的千层底布鞋，完全是北平市民的打扮，到治安总署求见齐督办。

齐燮元满面春风地在小会客室会晤了这位前任华北王。拱手、握手、落座、上茶之后，王克敏直言道：“在野之人也就是一介庶民，所求在一个安字。欲到青岛当个寓翁，求督办成全。”

齐燮元哈哈大笑：“克翁误会！克翁误会！阁下不来，我也要到府上探望了。西便门火车站之举，完全是为了安全。您是知道的，出了北平的城门就不是什么太平地界，河北、山东的地盘上，更是八路出没。

“克翁是树大招风呀，我不但担心您的宝物上路之后的安全，也担心在西便门火车站里的安全。谁让我还干着这个治安督办哪，职责所系，只能如此！只能如此！等河北、山东治安状况好转之后，我让缉察处启封放行。克翁就静候些日子吧。”

王克敏点了点头：“齐督办言之有理！言之有理！在下谢啦。”齐燮元连连挥手。“岂敢当个‘谢’字，职责所系的无奈之举，还望克翁多多海涵。”

王克敏又点了点头，探身低声说：“没有急事，也就不来打搅齐督办了。青岛崂山上清宫静宜道长催得急呀。我这两个车皮装的都是多年来在北平精心收集的古董，黄的、绿的、蓝的都有，上清宫急着要用，时间不等人。还望督办下个手令，车站好发车。”

“克翁快言快语、快言快语，真是不见外呀。齐某不才，也不怕克翁笑话。官场之上的规矩是见一面分一半，五五开不为过吧。”

“行！”字刚一出口，王克敏又犹豫了起来：“这些古董精心在北平收集了多年，对于督办来说用处不大，对于上清宫来说是少了不行，能否通融一下，齐督办留下的一半上清宫有优购权。”

“克翁的面子，齐某不应驳。可是上清宫的开价……”齐燮元的话还没有说完，王克敏就给接了过去：“督办放心，货卖买家。北平人不稀罕这些古董，上清宫的开价一定会高出北平三成……”

王克敏的话还没有说完，齐燮元就给接了过去：“克翁放心吧！齐某的这一半，就是上清宫的了。”“那我就替静宜道长谢了，督办是成人之美，太上老君一定会赐福赐寿。”

诸事定下来后，齐燮元、王克敏驱车前往西便门火车站。江同源带着一个连的卫兵和十几辆大卡车紧跟其后，进站后启封，一打开闷罐车厢的铁门，就见里面装满了大木箱、小木箱，箱上捆着防震、防碰的草绳子。

王克敏指着大木箱说：“黄的全装在大木箱里，蓝的、绿的放在小木箱里，黑的不多，也放在小木箱里。督办看看是怎么分？”

“不怕克翁笑话，齐某人是个外行，您这黄的、蓝的、绿的、黑的都把我说糊涂了。”

王克敏笑了，是哂尔一笑：“黄的是主体，需要的数量大，所以用大木箱装，蓝的、绿的、黑的为辅，需要的数量小，所以用小木箱装。

“东乡师团长由青岛调任北平时，静宜道长就托他在北平收集旧琉璃瓦，本着修旧用旧的原则，非旧不收、非旧不用，这些琉璃瓦都是百年以上的古董了。

“东乡中将莅临北平之后，听说我收集古董之事还在行，就把这件事托付给我了，我是受人之托忠人之事，不敢有半丝懈怠。

“东乡将军、静宜道长和我私交甚笃，现在是在野之身了，更有工夫忙忙私事。虽说是私事，可也有着公义，重修上清宫是兴亚会所倡，井上会长鼎力支持……”

齐燮元肺都要气炸了，手伸向了武装带上的枪套。可是又退了回来，笑呵呵地说：“克翁可是大善人呀，太上老君在天有灵，也得请你去赴蟠桃会。”

“哪里！哪里！蟠桃盛会哪有在野小民的份儿。下请柬也得是督办在先，督办先行。”言罢，向齐燮元一拱手：“草民告辞了。”

王克敏蹬上汽车后绝尘而去，齐燮元狠狠地向地上啐了一口：“敢耍你爷爷，死催的！”回过头来后对侍立在身边的胡兴华说：“通知侦缉处，把这个王八蛋给我盯死了。查！查！查！查清楚了后来个暗端，让这个王八蛋哑巴吃黄莲。”

北平的齐督办下令查！查！查！可是远在重庆的戴老板已经查清楚了，二厅北平站、军统平津处均得到情报，东乡师团有一个联队驻扎在丰台，联队长内山和王克敏过往甚密。

近来，王克敏以大通公司的名义在丰台车站包了间库房，不断地用各种车辆运去了许多木箱，大小不一，均用草绳子打着十字或井字，意在防震防碰。由此可以断定，箱内的物品系贵重之物。内山的一个步兵小队，担任了库房的警戒。

军统为了捞大鱼，下了大本。对丰台车站的调度室、售票室都下了大工夫，安排了眼线。调度室的情报是大通公司预定了两节闷罐车皮，要求加挂在由北平开往青岛的413次列车上。

售票室得到的情报是，大通公司预购了413次列车的八号软卧包厢，还预定了六张三等车厢的硬座。看来王克敏一行有十人，打算和两节闷罐一齐前往青岛。

情报由设在东交民巷瑞隆洋行的电台，直接发到重庆。军统局的行动处真是犯愁了。军统的机构虽然庞大，可是在河北、山东两省没有可以直接指挥的武装力量。现调时间不容许，即便赶到了也难于立即行动。

戴笠深思之后，立即面见校长，陈述了火急的军情。蒋介石一边听着戴笠的报告，一边点头，说：“可以，可以。此举两得，一可夺回国宝，二可擒获国贼。让军令部向苏鲁战区的于学忠正式下达命令……”

十万火急的电令直接下达到苏鲁战区，内容简而明，但口气严厉：“不惜一切代价夺回国宝；擒获国贼。”电令由军事委员会委员长蒋中正亲署，接到电令后，司令长官于学忠连夜部署了作战行动。

由济南到青岛的胶济铁路，沿线基本上是八路军的游击区，只有潍县以南的地区，在苏鲁战区的控制之下。

潍县、青州日军均驻有联队级的部队。潍县、青州之间都是些小据点。当413次列车行驰在潍县、青州之间时，是下手的好机会。在谭家坊车站劫车最为稳妥，撤离车站后四十多里，即是苏鲁战区凸字形前沿阵地横天岭。

舍不得孩子套不着狼。为了夺回国宝、擒获国贼，只能牛刀杀鸡。于学忠命令413次列车到达谭家坊车站前，一七四师佯攻潍坊、三〇七师佯攻青州，使日军无法出城增援。战区司令部的别动大队和特务营乘机控制谭家坊火车站，执行夺回国宝、擒获国贼的特别任务。

这次行动由战区副参谋长张天奎统一指挥，“国宝不能损失，要完璧归赵；国贼要生擒活捉，押赴重庆按《惩办汉奸条例》处以极刑。只许成功，不许失败。”

苏鲁战区的作战部署电告重庆之后，军令部长徐永昌很满意，立即转呈委员长侍从室。蒋介石看了后点了点头说：“可以，可以。”就把苏鲁战区的部署转给了戴笠。

军统局主任秘书毛人凤看了后，急匆匆地赶到了局长室，对戴笠说：“局座，苏鲁战区可是孤悬在敌后，天高皇帝远。于学忠要是上报说只擒获了王克敏未见国宝……”

戴老板笑了：“苏鲁战区别动大队队长曾琦是咱们的人，平津工作处的沈浩三就坐在413次列车上，他把行动组的人全给带上了。列车到达谭家坊火车站前，他们就动手逮捕王克敏，这头功不能让给苏鲁战区。”

戴局长忙着抢头功，于学忠对整个作战部署又进行了一次核实。核实后进行了两点补充：一是请求八路军的部队进行配合，以牵制日军的报复性扫荡和追击。二是调骑兵团进入横天岭阵地，准备接应别动大队和特务营，必要时实行以出击掩护撤退。

在丰台火车站的站台上，大通公司正忙着把库房中大大小小的木箱子搬入两节闷罐车内。在搬运的过程中，日军一直在旁边进行警戒。搬运完毕后挂锁封铅，413次列车一进站，两节闷罐就挂在了尾部。

这时，一辆小轿车径直开上站台。穿着黑呢子大衣的王克敏和穿着黄呢子军大衣的内山联队长从车里走下来，在站台上握手道别，内山还给王克敏敬了个军礼。

军统的眼线立即用电话告知了北平站，北平站直接用无线电报通知了苏鲁战区。于学忠立即下达了命令，各部按预定方案行动。

别动大队换上了伪军的屎黄军装，赶着六十多辆大车乘着夜色奔了谭家坊火车站。时近中午时，潜伏在候车室、货运场的“特勤”均已到位，等候着行动的命令。

谭家坊火车站驻有一小队铁路警察、一小队伪军。“黑狗”和“黄狗”闹不和，关系紧张。别动大队的大车刚到站门，就被“黑狗”给挡了下来。

带队的曾琦穿的是治安军少校的黄呢子军装，二话不说就赏了带班的“黑狗”两记大耳光。“黑狗”捂着腮帮子就往回跑，曾琦一挥手，大车就拥进了站台。

带班的黑狗是个队副，跑进了日军驻站代表阿部少尉的办公室，结结巴巴地指着门外说：“太君，他们不守纪律，闯进车站。”

阿部是个协调铁路运输的文职军官，听了队副的报告后就到站台上去看个分晓，一出办公室的门就和曾琦碰上了，于是拿出了主子的派头问道：“你的！什么的干活？”

曾琦上前一步：“我的三宾的干活。”说罢，就狠狠地赏了阿部四记大耳光。事出突然，阿部被打傻了，捂着腮帮子愣在了站台上。“黑狗”们见阿部被打傻了，也都愣了。一点没费事，就被解除了武装。

“黄狗”们还没弄明白是怎么回事，枪也被缴了。别动大队顺利地控制了整个车站，并切断了电话联系。这时，特务营把站外的制高点和路口也全部控制住了，等候着运国宝的大车通过。

413 次列车上沈浩三看了看手表，就下达了行动的命令。一路奔列车长办公室，两个日本宪兵还没反应过来脑袋都开了花，两个铁路警察倒乖巧，双手一举，就跪在了地上。

沈浩三带人闯进了八号软卧包厢，见王克敏盖着黑呢子大衣睡得正香，一把就把他揪了起来。揪得太猛，“王克敏”的假发被揪掉了。

沈浩三愣住了，这个“王克敏”是个替身。盛怒之下用手枪顶住了“王克敏”的脑袋喝问：“你这王八蛋找死，真的王克敏哪儿去了？”

“长官好眼力，您一眼就看出我是个假的。真的在天津就下车了，坐日本军舰奔了青岛。”

沈浩三三思之后笑了，给“王克敏”把假发带好，又把黑呢子大衣帮他穿好，对准他胸口就是两抢。然后对行动组的人宣布：“记住！进入包厢时遇到抵抗，击毙了一个穿黑呢子大衣的人，这个人很可能就是王克敏。”

沈浩三的话音刚落，413 次列车就停在了谭家坊的站台上。曾琦带着人冲了上来，沈浩三迎了上去说：“死了，被我打死了。”“老板要的是活的，全须全尾儿，能往法庭上带。”

“先奔挂在后面的闷罐车，弄不好咱们是被耍了。”沈浩三小声对曾琦说。

两人冲到闷罐车前，见车门已经被打开了，士兵们正忙着把大小木箱往大车上搬。沈浩三小声说：“打开看看！”曾琦摇了摇头：“是真是假先装上车，撤回横天岭再说。真的打开了不好再装，假的添堵、添乱。这可不是停留的地方，从青岛、济南起飞的战斗机……”

这时，行动组的人无精打采地把“王克敏”的死尸抬了下来，扔到了大车上。一切就绪，曾琦下令撤出车站。临走时向火车头的锅炉扔了一捆手榴弹，一声巨响，车头报废了。

佯攻青州的三〇七师进展顺利。战斗一打响，日军就全缩到了城垣内，意在凭借古城墙固守。佯攻的部队把冲锋号吹得震天响，“爆竹筒”放得那叫欢，听起来得有上百挺机关枪同时开了火。

也不能光玩儿虚的，八二迫击炮往东门上打了十几发，把鬼子们唬住了。二团乘机收拾火车站、关厢、二里堡等地的伪军驻防点。然后在四门的干道上埋下了地雷，防备撤退时鬼子进行追击。

佯攻潍县的一七四师可真不顺，驻在城中的犬养联队比疯狗还凶。这个“狗养的”陆军大佐命令铁道装甲车大队沿胶济铁路向西推进，确保沿途车站的安全。

铁道装甲车大队机动性很强，火力也很强，是支突击行动的劲旅。幸亏八路军全面配合了苏鲁战区的这次攻击行动，破坏了许多铁路设施。装甲车开出了不到三十里就滑出轨道翻了车，否则准会和断后的警卫营交上火。

让一七四师再也想不到的是，这个“狗养的”亲自带领一个步兵大队向攻城的一团发动了反冲锋。本来是佯攻，城墙下只有一个连装装样子。

“狗养的”冲出城后，一团长只好把两个主力营和直属连全给压了上去，打了一场短兵相接的恶战。手榴弹对手榴弹，刺刀对刺刀。

手榴弹在人群中开花，白刃都变成了血刃，这群“狗养的”才退到城中。城门刚关上，“狗养的”炮兵就向一团的阵地开了火。要不是一团长老道，防的就是这一招，来了个你撤我也撤，迅速退出了接触，准吃了大亏。

师部的炮营很快就测出了“狗养的”炮兵阵地，集中了全营的火力进行报复，才把“狗养的”打哑巴了。崔营长见好就收，立即转移了阵地。果不出所料，炮位刚转移到安全的距离，“狗养的”炮弹就落在了原阵地上，好险！

“狗养的”可真是一条不吃亏的疯狗。

后来才知道，在拼手榴弹的过程中，“狗养的”右手被炸没了两个手指头。一是十指连心，把这条狗疼疯了，二是从此以后再也扣不了扳机了，把这条狗恨疯了，所以狗性大发，咬红了眼。

师长命令一团撤出休整，由二团接防了一团的阵地。这时传来了战区停止佯攻、迅速撤出战斗的命令。师长心里有数，现在撤，“狗养的”一定会发疯追击。于是命令炮兵以分散的炮位，集中火力进行了一次短促突击。与此同时，步兵在后撤的路上布下了纵深的地雷阵。然后，各部队互相掩护依次撤出了进攻阵地、前进阵地。

在谭家坊火车站附近，控制制高点和交通路口的战区特务营营长于效忠没有发现敌人的增援部队，在别动大队撤出五华里后，也就撤离了警戒阵地，步别动大队之后向横天岭转移。

沈浩三这时可真沉不住气了，拉着曾琦和张天奎的联络参谋挨车开了一箱。箱里可真花哨——王致和的酱豆腐和臭豆腐、六必居的八宝酱菜、大顺斋的糖火烧、三会堂的炒红果、东顺斋的干果脯、柳泉居的京味黄酒、礼贤镇的老白干……北京的土特产可以说是应有尽有。

沈浩三、曾琦相互苦笑了一下，笑得比哭还难看，联络参谋傻了眼，愣磕磕地说：“怎么会出这事儿……”沈浩三、曾琦谁也没吭声。

进入横天岭阵地后，曾琦跑步赶到战区副参谋长张天奎的跟前，立正敬礼，然后报告了全过程。张天奎长叹一声：“未能夺回国宝，看看被击毙的国贼吧。”

说着，就走到了“王克敏”的死尸前，哪都没看，就检查了一下右手，然后摇摇头说：“假的！这只手是做饭大厨的手……”站在旁边的沈浩三还是没吭声。

这时于学忠带着战区直属团赶来了，听了张天奎的报告后双眉皱成了一团。长嘘了口气，说：“我多次见到过王克敏。”说着就走到了“王克敏”的死尸前，看了一眼转身就走了。

张天奎紧跟在后面问道：“怎么上报军令部?”于学忠以手戟天：“情报全误，劳师无功。命令全战区进入一级战斗准备，日本人准会进行报复。”

声刚落，九架日军战斗机就出现在横天岭上空。

齐燮元失手，戴笠失手，在“青岛”颐养的王克敏笑了。川岛芳子也笑了，笑得开心极了。她认为这是天意，要物归原主。原主均是大清的贵胄，而肃王府的十四格格，则是众多原主的代表。

对于王克敏的收藏，川岛芳子是早就盯上了，齐督办豪夺、戴局长暗夺，川岛芳子只能巧夺。武林的高手都知道，一巧破千斤。而“巧”就巧在王克敏和川岛芳子都是日本通。

“两巧归一巧”，王克敏之巧在巧计，川岛芳子之巧在巧谋。王克敏游历东洋之时，川岛芳子也正在东京，巧谋正是建立在老谋的基础之上——“泄底老乡亲，知根好端锅”。

王克敏家的一个“老人”，正是川岛芳子在东京时的“老相识”。这个“卧底”一卧就是十多年，对王公馆的事是门儿清，川岛芳子对这个“老相识”的政策是“藏而备用”。

“备用”的原因是王克敏在政坛上是个不倒翁，川岛芳子打不了他的主意。现在是雪旧恨报新仇的时候了，可是她并不想干掉这位前任“委员长”，“留着姓王的当张牌打才是高棋”。

川岛芳子每天早上都要把主要的报纸浏览一遍，今儿早上打开报纸后，看到了一则醒目的新闻，题目是“凭山临海”，下面附有一组王克敏在青岛的照片，均摄于滨海路的别墅内外。

第一张是王克敏站在别墅门前，东向眺望大海。在他身后的山坡上，就是日本海军陆战队的兵营，高悬着膏药旗。这张照片的用意甚明，是这个大汉奸在自我表白：“凭山者，我的靠山就是日本。临海者，面向东瀛，心亦归之。”可谓一箭双雕，既向主子献媚表忠心，也是向齐燮元、王揖唐等人示威。

其他的几张显示了清闲、高雅的生活情调，照片的地域色彩很浓，让人一眼就能看出这是在青岛拍摄的。

其实，这组照片是一箭三雕。第三雕是给重庆看的，把戴笠的注意力吸引到青岛。王克敏再糊涂也会知道，戴老板可不是省油的灯，更不是吃亏的主儿。

川岛芳子对着王克敏的照片哂尔一笑，就打开了归档的资料进行核实，然后驱车直奔颐和园。时值初夏，这位“东洋女间谍头戴浅黄色的草编礼帽，把头发全扣在了帽子里。鼻子上架了一副宽边茶色遮阳镜，身穿白色西服，足蹬黄白两色的气眼皮鞋，俨然“文明大少”。

这个文明大少挎着一个娇小的旗装淑女，正沿着长廊漫步，已经走过了排云门。万寿山浓荫青翠，好鸟乱鸣。昆明湖澄波透影，游鱼绕莲。湖光山色融为一体，入画、入微、入韵。

川岛芳子可无心观景，她不是为了游园而来，而是亲自证实一下，王克敏是否住在排云门西侧的清华轩里。从“老相识”那儿得到的情报是，王克敏以富士株式会社的名义，把清华轩租了下来，打算在颐和园休息。但他只是听说，不是目睹。

从报纸上的这组照片来看，时令有点不对。可均是没有公开发表过的，很可能是利用前年秋天青岛三方会谈时的旧照来当幌子。王克敏要真是没有离开北平，最大的目的是谋求短期内东山再起。要赶在他东山再起之前，实现超级金库易主。

川岛芳子眼观六路，但所观不是湖山真意，是周围的人；耳听八方，所听不是大自然的天籁声，是身后的脚步声。

脚步声越来越近了，可以断定跟在她后面的人，脚下穿的皮鞋是美国陆军的战靴。这个美国佬身高在一米八以上，体重在七十五公斤左右，可是行进的速度又与身高不符，可以断定，他身边一定有个女人。

川岛芳子有意地放慢了速度，把走在背后的美国佬放过去。如其所料，这个人是个美军少校。身穿米黄色丝光咔的夏季军便服，戴着一顶帆船帽。腰间挂着美国陆军的 A—1911 型制式手枪，臂上背着一架军用望远镜。

和他并肩而行的是个身穿燕京大学校服的女生，头上戴着遮阳草帽，眼上罩着深绿色的宽边太阳镜，肩上挎着一架照相机。

川岛芳子拉着旗装淑女的手在长廊上坐了下来，目的是和这位少校拉开一段距离——有距离才便于观察。

这时，从清宴舫方向走过来一对情侣。男的高高的个子，身穿浅灰色的纺绸大褂，足下是网眼黑皮鞋，肩上挎着一架德国蔡司相机。女的身穿乳白色的软缎旗袍，也带着一副大墨镜。

这两对情侣在清华轩门前擦肩而过，川岛芳子已经看了出来——这四块料是一屉。两个女的都带着墨镜不便进行观察，两个男的都双目平视而过，好像根本没有看到对方，这不符合男士携侣的心态——“和对方比比”。

川岛芳子小声对旗装淑女说：“你通知一号，盯住穿燕京大学校服的女生。让二号盯那一对，挑起点事儿找警察去官了，把他们的身份弄清楚，中午在听鹂馆见。”

旗装淑女刚要站起来，川岛芳子就把她给拉住了，小声说：“这四块料也都坐了下来，咱们是遇到了同行，你得出点声儿再走。”

“大令，你等我会儿，我去方便方便。”跟在他们后面的一号、二号立刻明白了，也往公共厕所走去。不一会儿旗装少女回来了，二号叼着烟卷，嘴里哼哼着流行的粉段子沿着长廊溜达了过来。

就在这时候，清华轩的大门打开了，一个身穿和服的老绅士走了出来，后面跟着两个随从，提着鱼竿、水桶、马扎等物品。不用问，是去钓鱼。

川岛芳子一眼就认了出来，这个日本老绅士就是王克敏。燕大的女生起身给少校拍照，老绅士也就被收入胶片里。

“你给我照一张吧!”身着软缎旗袍的女士娇滴滴地对男友说。男友举起了相机“咔”地一声，王克敏从另一个角度被收到胶片里。

这时两个巡逻的园警挎着盒子炮、提溜着警棍走了过来，二号立刻提高了嗓门大声喊道：“你敢用偷来的相机在这照相!”说着就蹿了上去，企图一把抓住穿浅灰色大褂的衣领。这位男士一闪身，二号抓了个空。男士出手就狠狠赏了这小子两个大耳光。

“你偷照相机还敢打人!”“我打的就是你!”话没落音，二号又挨了两个大耳光。两个园警走了过来，二号高喊：“抓贼呀！小偷打人啦。”

两个园警喝道：“怎么回事?”

“他偷了我的照相机，还打我。”二号捂着脸指着“灰大褂”说。“你是干什么的?说!”警察喝问“灰大褂”。

“灰大褂”把脸一扬、手一背，提高了嗓门说：“本人是治安总署的，把这小子给我铐起来送军法处，到我这儿碰瓷来了，找死!”说着掏出了证件，警察接过一看，举手打了个立正。二话没说，就把二号铐了起来。

川岛芳子皱皱眉头，可是紧跟着又笑了，笑得挺得意。拉着旗装少女的手说："这趟颐和园可没白来，一是查清了王克敏的下落，二是对齐燮元可不能掉以轻心，得高看一眼。中午咱们在听鹂馆开个单间，下午好好玩玩，说不定还能有收获。"

午饭、午休后，川岛芳子来了出"大变活人"。走出包间时，前头是个洋装小姐，能镇了哈尔滨，后面跟着一个老妈子，干净利落，一看就是宅门中的女仆，一手提着包，一手拿着个大蒲扇，不时地给小姐扇两下。

主仆二人沿着万寿山西坡的石级，登上了佛香阁。在智慧海前又和少校相遇了。这个美国佬双手前张，上前一步大喊一声："哈罗！小老妈女士，你要会唱老妈开场，到天桥练练准能叫座。"

川岛芳子低下了头，洋装小姐上前一步，说："请尊重一点，仆人也是女性。""NO！NO！我认识她，她不是小老妈，是川岛芳子小姐。"

"您认错了人!""咱哥儿们眼里不揉沙子，在太庙茶馆就给您挂了号。您来逛颐和园，带了几个戳腰杆的男人？那头猪要是来了，还想跟他练练，看看他长进了没有。"小杰克突然换了一口京腔。

洋装小姐抢上一步，大声喊道："尊重！你要再无理，我就要叫警察了。""你这位小姐很可爱，遗憾的是太可笑了。我只是认出了一个老熟人，想攀谈攀谈，警察在场也不会制止吧。"

洋小姐无言以对，小杰克哈哈大笑，又打起了京腔："北平的爷儿们都有个头脸，好男不跟女斗，那群戳腰杆的老猪、小猪要是没来，就改日再练练，咱哥儿们就看上太庙茶馆前的石甬路了，在那儿遛生猪，带劲。"

一回到东西九条的"官邸"，川岛芳子就瘫到了沙发上。她完全被击倒了，情不自愿地认识到，神秘莫测的东洋女间谍根本不存在，她的对手太多了。不只是齐燮元的治安总署，重庆的军统局、二厅，还有东交民巷的美国人。更可怕的是另有一个不可思议的力量，正掌握着这一切。

这时就听门外一声"报告!"一号推门走了进来："那个美军少校和燕大女生，在东宫门外上了一辆吉普车。车号是 AZ—1045，属美国陆军序列，是东交民巷美国兵营的车，那个少校的职务还不清楚……"

川岛芳子挥了挥手，一号退了出去。这个超级女间谍平时很少抽烟，这时一根接一根地抽了个没完。夜深了，又开了一包。不知是夜的功效还是烟的功效，川岛芳子捋出来了一条思路，做出了明确的判断——时间对自己不利。

更不利的是那个"不可思议的力量"正在准备对大网进行收口，这张大网就是天网，天网恢恢，疏而不漏。"吞舟之鱼"，当然是"在网难逃"。

小杰克是个公开的人物，他身边的燕大女学生就是军令部二厅北平站的少校谍报官宋欣。“灰大褂”是徐承志，他身边穿软缎旗袍的小姐是城工部的联络员常缨。

常缨是信德的女儿，她的公开身份系竞业小学的老师。竞业小学开办在龙华寺内，龙华寺是醇王府的家庙，竞业小学的校董就是醇亲王载沣。

在胡兴华、徐承志的安排下，常缨和她的二伯义德相遇相认了。这条线通了之后，也就实现了聂司令员的指示——实现了更高层次上的合作，而且合作得心照不宣，天衣无缝，对付共同的敌人。

眼下的当务之急是夺回国宝。川岛芳子对王克敏知“底”，城工部制定的策略是动中取胜，先要敲山震虎，让川岛芳子行动起来。

颐和园长廊的一幕，徐承志将计就计，亮出了治安总署这张牌。宋欣怕火候还不够，和小杰克又转了回来加了把火。这把火可把川岛芳子给烧毛了，三思之后，果真行动了起来。

王克敏下野后，川岛芳子的“老相识”获得了可靠的消息，古董藏在东便门外二闸的燕龙书屋里。二闸是大运河漕船的调头河段，水阔、河深。运河停航之后，渐成了东郊的游息之所。春日踏青放风筝，夏日观荷赛龙舟。达官显贵们纷纷在滨水之地建别墅。

燕龙书屋是王克敏在清末时置下的别墅，进入三十年代后，由于水源不足，二闸已无往日风韵。别墅大多人去楼空，可仍是民众们的寻幽觅青之所，溜鸟、放鹰之地。时值仲夏荷花盛开，遛早的人多了起来，岸边的大柳树下，也就平添了几处野茶摊。

这天早上时近八点，遛鸟的、放鹰的、遛早的、练功的早课均毕，大多聚在茶摊上喝茶侃大山。就见几辆大车赶了过来，“车把式”跟道边上的人打听：“去燕龙书屋怎么走？”

好事的问道：“燕龙书屋早就没人住了，里头就有个看房的老张头，挺倔。你们上那儿干嘛呀？”“拉酒！把酒窖里存的老黄酒全拉走。”

不到半个时辰，几辆大车都装着黄酒坛从燕龙书屋的大门里赶了出来，路过好事者的身边时，“车把式”还说了声“谢啦！”

好事者可不知道，“车把式”们把大车赶进燕龙书屋后，轻而易举就把老张头捆了个结实。可是老张头没有钥匙，打开“酒窖”的门可费了点事，要不是“三郎头”有真功夫，那把超号的大铁锁真跳不了簧。

打开“酒窖”后，“老黄酒”悉数装上了车。令人发指的是“车把式”顺手就把老张头扔进了酒窖，用超号大铁锁锁上了窖门，其用心是

“免得日后认出咱爷儿们”。

几辆大车从二闸向北，直奔关东店。进了镇后就赶进了兴和大车店，在店中添料饮牲口、给大车加围子，然后走了个穿堂，从后门赶了出来。前门进入是个幌子，要有尾巴也给甩在了兴和大车店。

出了后门“车把式”打了个震天鞭，就奔了王四营乡道口村的肃王坟。震天鞭是个信号，报告川岛芳子“一切顺利”。川岛芳子也就驱车新民会，去参加早九点召开的紧急会议。

会议由新民会秘书长缪斌主持，华北政务委员会委员长、新民会会长王揖唐大谈“政治总动员、社会总动员，开展治安强化运动”。

紧接着治安总署督办、治安军总司令齐燮元大谈“军事总动员、民防总动员，以实力开展治安强化运动”。

川岛芳子是以“社会贤达”的身份与会，故拿出了名士的气派，显得很超然，其实她心里一点也不“超然”，正盘算着“超级大金库”。

早在辛亥之前，她的父亲善耆就在享堂后加盖了一个后院，有七间大北房，三明两暗，从格局上来讲系后罩房。三间正厅的两边侧墙系夹壁墙，钢筋水泥结构，暗门伪装成硬木阁饰，可以说是天衣无缝。原准备把府中的宝物存入，以备非常之变，没想到辛亥革命爆发后，府中的宝物就被王克敏悉数“收藏”了。

此次二闸取宝，可以说是“完璧归肃”。取宝的过程中，川岛芳子一直在观阵、监阵，直到震天鞭报了“一切顺利”的信号，她才跳上汽车赶来开会。

现在川岛芳子想的是如何不让人知道此事，十几个“车把式”全知道，要封住他们的嘴，只有用钱。可这些人都是铜臭熏心的赌徒、酒徒、色鬼，有了钱，隔不了夜。

钱花光了，准打宝物的主意。看来是不能再用了，可又有点舍不得。一是用起来顺手；二是占了一半的人。想来想去还是把心一狠，“舍不得孩子套不住狼”，这些“孩子”到了该舍的时候了。只要有钱，还怕招不来亡命徒。

如何打发这些“车把式”一起上路，还得不显山不露水，川岛芳子已有成竹在胸。今儿晚上开庆功会，酒里下两种药。“先花心，后要命。”喝完酒后一总打发到八大胡同。乐极之后，下半夜这些人就凉了，老鸨们的老招是更不显山露水，往麻袋里一装，扔到南大洼，齐活。

让川岛芳子想不到的是，“车把式”们已经不劳她费心了——永远闭上了嘴。

“车把式”们挺有心机，避开了王四营乡，也没有进道口村，直接把大车赶到了肃王坟。连看坟户也没有惊动，就进了享堂的后院。打开了夹壁墙的暗门刚要卸车，就闯进来一个日军宪兵少佐，后面跟着四个挎王八盒子的宪兵。

宪兵后头是亮着驳壳枪的治安军执法队，为首的是两个少校，都带着执法绶。“车把式”们见了这个战阵心里也是一惊。刚想开口解释，就见宪兵少佐一挥手，治安军执法队就把他们包围了起来，下了枪。

宪兵少佐指着“车把式”们说：“良心的统统坏啦！处理的由你们。”话声一落，执法队一拥而上。个个都给捆了个寒鸦凫水——死马倒拴蹄。

“车把式”们都是一个姿势——肚皮贴地，可脖子仰得挺高。原因是手脚被拢到了一块，拴的是活扣，然后套在脖子上。双脚本能地就要向后收，勒得脖子高高地抬了起来，像是寒鸦凫水。

给捆成寒鸦凫水的人换个地方，只能抬着走。抬时用木杠子穿到两手、两脚的收拢部。跟抬着死马走的方式一样——四蹄收拢到一块儿，穿条杠子上肩扛。

“车把式”可受不了啦，扯着嗓子嚷：“太君！误会啦……”

就见胡兴华上前一步宣布：“北平民众抗日法庭判处你们死刑，立即执行。”徐承志一挥手，“车把式”们都被提溜起来，集中扔进了一个夹壁墙里。

这时就听有人喊：“饶命呀！再也不敢了。”“放我出去，我戴罪立功。”“行行好吧！我上有老下有小呀。”还有一个死硬到底：“二十年后，老子又是一条好汉！”

甭管嚷什么，就听一声金属撞击声，夹壁墙的铁门关上了，声音也就传不出来了。徐承志一笑，向铁门的锁眼里塞进了一条闸盒保险丝。对空着的夹壁墙也是如法炮制。

诸事办妥之后，大车分头人不知鬼不觉地驰离了肃王坟。胡兴华、徐承志是最后撤离的，他们检查了一遍，未发现任何遗留的痕迹，于是欣然离去，先找个小馆填饱肚子去了。

他们离开后也就一个多小时，川岛芳子就赶来了。虽说是紧急会议，可是开得又臭又长。会后当然是共进午餐，川岛芳子连连向缪斌拱手说：“下次下次，下次我做东。”

出了新民会的大门，驱车直奔肃王坟。下车后直入后罩房，可是院内屋内空无一人。川岛芳子一愣，掏出了夹壁墙的钥匙，可是怎么也打不开两个铁门。脑袋嗡地一声——“血压升高手冰凉”，就座到了地上。

川岛芳子毕竟是川岛芳子，很快就从地上爬了起来，驱车驰回官邸。下令所有人员一齐出动，查找“车把式”们的去向。三个小时后，一点消息也没有，“车把式”们从人间蒸发了。

川岛芳子疯了，带上了老猪、小猪，扛着两把二十四磅的大锤，驱车赶回肃王坟，进了后罩房抡锤冲着铁门就砸。猪头曹长还真有点邪劲，一锤下去，一声轰响像个闷雷。没有几锤就惊动了地里干活的“看坟的”。

这个看坟的还真有心眼儿，直接跑回道口村向维持会报案，会长更有心眼儿，认为准是盗墓贼急红了眼，变暗盗为明挖，赶紧打发人到王四营乡的镇公所、警察分驻所报案。同时鸣锣集村丁，扛着扎枪、大刀浩浩荡荡、悠悠晃晃地奔了肃王坟。

会长的心思是，肃格格可不是好惹的，该办的事全办了，您府上的坟被盗，可不能怪我失职。镇长、所长的心思也是一样，带领着警察、自卫团打着旗子喊着号，正步开拔——直奔肃王坟。

老猪、小猪们抡着大锤一通猛砸，屋里人的耳朵都给震懵了，外面的锣声根本听不见。维持会会长带着村丁晃悠到了之后，被“闷雷”给镇住了，来了个“围而不进”。

镇长、所长带着警察队、自卫团赶到后，也在外头二乎起来。还是所长见过世面，穿着官衣也就气粗几分，把驳壳枪一拔，大小机头一张，向后一挥手，三十多个警察也就跟着拉开了枪栓，呼啦一声就冲了进去。

进屋后可就愣了，见“太君”们都脱光了上衣，抡着大铁锤往墙上砸，嘴里喊的不知道是什么。肃格格指手画脚，好像中了邪。见了警察后肃格格大吼一声：“出去！给我出去！”

把所长吓得连退三步，以为是王爷的魂附了格格的体。扭头就往外跑，警察们跟着窜了出来。

镇长老道，阅历也丰富，对所长说：“大白天的闹不出什么邪。可咱们也犯不上再进去，在这时候听喝比什么都好。”所长点头表示赞同，警察、自卫团们也就找个荫凉，消停消停。

外头消停了，可屋里炸了锅。猪头曹长像是合了符、吞了咒，挥汗如雨，运锤如风，就听一声巨响，铁门被砸开了。由于用力过猛，连猪带锤一齐扑进去，猪头撞在水泥墙上，老公猪一下子成了精，变成了“独角大王”。

可是夹壁墙内空空如也。川岛芳子傻了眼，扑向了小猪娃厉声尖吼道："快！快！快！"猪娃愣了，反倒停了下来。

这时就见"独角大王"蹿了上来一把抢过大锤，骑马蹲裆运气、泰山压顶举锤。由于用力过猛，竟然把腰间的裤带撑崩了，军裤掉了下来露出了护蛋的白兜带。可是全然不知，随着一声猪嚎，大铁锤稳、准、狠地落了下来，门被砸开了一半，锤把也折了。"独角大王"向后一仰，口吐白沫不省人事了。

小猪娃抬走了老公猪，把脑袋探入夹壁墙一看，转身就退了三步，说："统统的死啦！统统的死啦！"

"死的要拖出来！死要见尸。"川岛芳子指着半开的铁门，严厉地下达了命令。猪娃们侧身钻进夹壁墙，把"车把式"们都给倒腾了出来。川岛芳子验明正身后，一个不多、一个不少。

突然，川岛芳子发出了一阵凄厉的尖笑，吓得猪娃们调头就往外跑。由于笑声的频率太高，一下子把"独角大王"给震醒了，冷不丁地从地上爬了起来，"咳！"的一声，打了一个立正。

可是川岛芳子却慢慢地倒了下去，瘫在了地上。跑出屋门的猪娃见警察、自卫团都在树荫下乘凉，气不打一处来。一个乖巧点的走了过去，连比划带指，说个没完。镇长明白了，站起来一挥手："小太君说了，让大伙进去看看。"

围在四周等着看热闹的老乡也挤了过来，一齐拥了进去。就见"独角大王"上身赤着，下身只有一只脚套着裤子，浑身上下长着黑乎乎的硬猪鬃，小猪眼比铜铃铛瞪得都圆，正抱着肃格格拖着军裤一步一步地向外走。

胆小的掉头就跑，胆大点的闪到了一边。这时就听老生猪一声大吼："关系的没有！"

此时此刻，胡兴华、徐承志已把国宝移交给了李保国派来的"敌工队"，由这些出没平东的城市游击健儿负责把国宝运到盘山根据地。

在制订行动方案时，就分为两大部分，一是夺宝，二是存宝。夺、存之间，可以说是夺宝易、存宝难。把国宝夺回之后存在何地、如何深藏，确实是个比夺还难于解决的问题。

第一个方案是"大隐隐于市"，把国宝运进城来分藏。第二个方案是把国宝运到东交民巷或天津租界，急需资金时便于把"死物"变成"活物”。第三个方案是把国宝藏于通州的潞河中学，或海淀的燕京大学。这两所学校有教会为护身，日伪尚未能对其实行控制，地处郊区也便于进行转移。第四个方案效法川岛芳子，在通州八里桥的英王坟藏宝。

还有第五种、第六种方案，大家争论不休。义德的意见是夺宝成功之后，立即运送到盘山根据地。“交给李保国，我放心。北平是‘狼窝’，东交民巷、天津租界是‘虎穴’。非我同胞，其心必异。

“目前法西斯德国袭卷了欧洲，法国战败，英国据海峡仅自保，美国是否下水相救，很难说。日本的陆军要北进，海军要南进。

“南进也就是向英、美开战。最后的战争结局姑且不论，英、美在租界中的武装力量只是象征性的存在，日本人占领东交民巷、天津租界是探囊取物。

“为了获得石油、钢铁、橡胶等战争物资，日本尊重英、美的在华利益，也尊重已经战败了的法国维希政府的在华利益，这只是暂时。咱们设在天津法租界的华德制药厂，也是暂时的兴盛……”

义德讲完了之后，宋大中进行了补充：“从经营角度来讲，药厂、染料厂都挺红火，根本无需注入新的资金。就是需要资金，也不能打国宝的主意。我同意夺宝成功后立即向盘山根据地转移，只有交给李保国，才是万安万全之策。”

与会的人均尊重关义德、宋大中的意见，大计就定了下来。李保国派遣了一支精悍的“敌工队”潜入了北平东郊，在城工部的统一安排下，和胡兴华、徐承志在十八里店移交了国宝。

国宝装上了蓟滦专署的卡车，由“保安队”押送向东绝尘而去。徐承志、胡兴华才松了口气。

一个多月后，关义德、宋大中接到了一封盖有十八集团军晋察冀边区冀东军区司令部关防的公函：

关义德、宋大中先生台鉴：

两先生夺回国宝，功在千秋。可慰国人，青史当载。现国宝已平安运抵盘山抗日根据地，由司令部机要处接收，毕业于河北大学历史系的富正文同志任保管组组长，进行了全面清点，现开列分类目录如下：

玉器、漆器共215件

瓷器、陶器共384件

青铜器、金银器、铁器共147件

古今名人字画512轴

端砚、歙砚、易砚97方

珐琅器57件

料器、雕器、内绘器279件

……

以上物品经初步整理后进行了登记，汇有分科目录和个件详目（见附表）。全部资料报晋察冀边区司令部、十八集团军总部存档……

义德看罢长长地出了一口气，对宋大中说：“夺回国宝，义不容辞。如果国宝再失，那是千古罪人。你我现在是责尽身轻了。”

宋大中笑了：“李保国的责任可大了。”

义德长叹一声：“我说责尽身轻，只是对这一件事而言。于使命、于天职，只能是死而后已。就拿李保国来说吧，他以区区一个师的兵力，撑住了盘山抗日根据地，像一柄双刃剑，插进了东北日军、华北日军的接合部上，于北平也就是百里之遥，却能我自岿然。

“给我一个师，我无此能力。从这点上来说，我已经算不上当代军人。现在八路军已经环阵北平，百里之外就是抗日根据地。人称李保国为盘山王，他可不是呼啸山林，而是保住了十几个县的民众免受日寇蹂躏。

“他是我带出来的兵，可是我从心里佩服他。把国宝交给他，我放心了。这封公函，是他的为人准则。对你我而言，于公于私我看都没有必要保存。”

宋大中点了点头。

9

夺回国宝交给了李保国，义德放心了。川岛芳子可处处疑心了。刚叼到嘴里的鸭子就飞了，而且飞得邪行。“车把式”们的死尸一个不少，排除了内部的可能。王克敏没有这种能力。即便有这种能力，也没有必要用这种方法玩儿。齐燮元有这种能力，可干不出这种漂亮事儿。东交民巷的杰克将军，有这种能力，可不会干这种事儿。小杰克蹦了出来，更说明此事与美国人无关。

重庆、延安、日本人都有这种能力。是谁干的？不知道。要是这三者干的，那太可怕了。像是一只小老鼠，三只大猫都蹲在身边看着它，猫捉老鼠从不一口咬死，得好好玩玩。也许都不是，是另一股潜在的力量。这股力量对她也绝不会手软，只是现在还不打算收网。

虽然是盛夏，可是川岛芳子的手脚冰凉，脊梁骨冒寒气。她不敢再往下想了，所有的人都是敌人。上哪里去找同志，哪怕是个同路人。

川岛芳子决定暂时停止活动。一是得重组队伍；二是得辨辨风向。但也不能从北平消失，得由人人恐怖的“东洋女间谍”，变成一个“社会活动家”，把“地下活动经费”，改为教育、卫生的“赞助费”。

华德大药房的诊所也收到了川岛芳子寄来的款子，汇款单上注明：“此款用来接济就诊后无力购药的贫民。”义德把这件事告诉了齐燮元。

齐燮元笑了：“这娘儿们太臭太骚，不能招惹，也不能得罪。她寄钱来，照收。按善款入账了事，装不认识。她要是入股华德药厂，绝对不行，准坏事。

“这娘儿们又臭又骚不说，还太邪。肃王坟上的事闹出来后，我派人到村里暗中打听了一下，不能光听茶馆里的闲篇儿。村里的人听见、看见的多了，和茶馆里说的也差不了哪儿去。

“要说是到自家坟上去取宝，对王爷崽子们也不是什么新鲜事，可干嘛用大铁锤砸门？砸开了铁门后，一个夹壁墙是空的，一个夹壁墙弄出了十来个死尸，还是死了不久的。

“她自个儿让个光着腚的日本男人给抱了出来。那个日本男人有六尺多高，粗腰上长满了黑毛，像口老公猪，把看热闹的都给吓跑了。还有人说的更邪，那口老公猪先把屋里的日本人都给赶了出来……”

义德摇了摇头：“这事太邪门、太离奇，内幕肯定很深。不过从治安角度来讲……”

齐燮元叹了口气，打断了义德的话：“别说治安了。我这个治安总署督办、治安军总司令，把城防部队都给调空了，哪还有精力管这邪事、骚事。邪事由宪兵队管，骚事归警察管。我呀，把城门看住就行了。”

义德严肃地说：“军人嘛，邪事、骚事可以不管。城防空了可不行，职责所系。”

齐燮元无奈地笑了：“铁狮子胡同是‘笨人下棋，死不顾家’。八路军在正太路、同蒲路上发动了百团大战，打进了陉口煤矿，攻占了娘子关。多田慌了架子，一个劲儿地从北平调兵往上填，怕太原有失。他可就不想想，平西、平东的八路也不是省油的灯。要是北平有失，是‘日本船——满丸（完）’。救了正太、同蒲，要是断了平汉、平张、平山，从华北战局来说，是败笔中的败笔——救车丢帅。”

义德听到这儿显得挺关切，说：“八路军发动百团大战，主力一定全集中到了正太、同蒲两侧，留在冀北、冀东的部队人数也就有限了……”

齐燮元摇了摇头：“你不知道，共产党是全民皆兵。村子里的土八路、区小队、县大队，合起来可不是小数。远的先不说，北平附近的铁道线上又驻了几个兵。吓唬老百姓行，保护铁路安全，鬼才信。”

话说到这儿，齐燮元是“坦白交待”了。义德也就把话题转移到了瑞隆洋行。一提到瑞隆，齐督办立即兴奋了起来说：“跟瑞隆打交道，咱们要大方些，给人家点甜头儿。咱们套的是外汇，不要因小失大。”

义德点头，表示明白：“我这就通知戴华理，就按这个价进货。他是个外场人，美元的事也就一定会帮忙。”

齐燮元听到这儿更兴奋了，站起来对义德说：“改日我做东，好好聚聚，在哪儿由你定，我可有好东西，让戴先生品尝品尝。”

说到这儿，这位齐督办露出了神秘和得意的样子。义德也站了起来，凑了过去。齐燮元压低了声音说：“贵州的茅台酒，由重庆飞到香港，由香港运到天津。这酒有来头！”

义德会意地笑了。

义德得到的情报，迅速地递到了城工部和盘山根据地。一个新的作战计划形成了，可以称之为“百人大战”。

为了全面切断正太、同蒲两路，华北地区的八路军主力均向山西集中。平西的几个主力团调到了娘子关，平东的几个主力团调到了大同附近。盘山王李保国手中的机动兵力只有一个团，这个团的任务是监视“蒙疆自治军”。如果季守信增援华北日军，就袭击张家口地区，迫使他回援。

平西根据地的兵力更紧张，可以说都是由县大队撑着唱空城计。对北平附近的铁路打一场袭击战，是不现实的。

李保国用兵一向是出奇制胜，他的豪情是“甘宁百骑劫魏营”。这次制定的作战计划仅是百人大战，可是要炸断北平地区铁路，迫使日军回援北平，以减轻山西战场的压力。

关义德虽然不敢言“廉颇老矣”，可是自认食量不减。对李保国“百人大战”的计划，完全赞同。赋诗咏志：

甘宁百骑劫魏营，吾曹血刃走回锋。
炸断铁路三千里，北平浩浩沐春风。

盘山根据地的“敌工队”一直在平东地区活动，可以说是地熟人灵，游刃有余。京西根据地挺进沙河、清河地区的武工队，已和清河军校中的地下党组织取得了联系，建立了自己的“线”、“点”体系。

“炸断铁路三千里”，绝不是虚语，也不是虚数。在城工部的统一协调下，“敌工队”负责炸毁潮白河大桥，并破坏通古铁路上的其他设施，使平东铁道瘫痪。

“武工队”负责炸毁永定河大桥、清河大桥、沙河大桥并破坏丰沙线上的涵洞，使平汉线、平张线瘫痪。胡兴华、徐承志负责提供炸药，并联系关义德、宋大中。

存放在清河染料厂的炸药，数量没问题，质量上更没问题。武工队可“就近提货”，胡兴华也可给敌工队“送货上门”。

炸毁潮白河大桥，敌工队的信心十足。潜入清河地区的武工队，对炸毁清河大桥、沙河大桥已定下了奇谋。炸毁永定河大桥却是个难题，该桥是“重点防卫”目标，驻有日军两个小队、伪军一个中队。

两侧的桥头堡系钢筋水泥所筑。桥头堡侧前方是两个三层炮楼，形成了一个侧立的正三角形的火力网。六个火力点上各配备有三挺轻机枪。一个探照灯，自备发电机。两个桥头堡均配备一个掷弹筒。

六个火力点可以从各个角度对大桥进行警戒和火力封锁。“袭破”、“强攻”均没有可能，唯一的毁桥方法是实施“暗爆”。可是，任何人都难以携带大量的炸药接近大桥，“暗爆”难以施行。

胡兴华、徐承志、常缨亲自进行了两次侦察，第一次以陪同“关副参谋长”视察宛平县城的防务为名，登上了南门，用望远镜详细地俯视了这座铁路大桥。然后又到了卢沟桥上，以平行的方位再次进行了观察和实测。守桥的伪军属于铁道警备总队系统，巡视只能到此为止。可是义德仍然没有离去，伫立在桥头陷入了深思。

卢沟桥有八百多年的历史，是一座通行人、车的公路桥，距它三百多米处，就是有四十多年历史的铁路桥。三年前的七月七号，全民族抗战的伟业就在卢沟桥上打响了。从此以后，“母亲唤儿打东洋，妻子送郎上战场”。是条汉子、够个爷儿们的主儿，都跟小鬼子磕了。

义德漫步在卢沟桥上，真是无限感慨。从“九一八”事变到现在，九年过去了。他和小鬼子苦斗了九年，血斗了九年。可是今天，只能披着“狗皮”站在卢沟桥上。

路正长，只要还没流尽最后一滴血，就要和小鬼子斗下去，这是义德的一贯信念。此时此刻，这种信念再次油然而生、怦然而冲、滂然而充满了身体的每一个细胞。

这时徐承志悄悄地走了过来说：“得另打主意。”义德点了点头。

第二天，徐承志和常缨乔装成小两口，登上了开往涿州的413次列车，上车时前门火车站检查得很严，列车到达永定河大桥之前乘警、乘务就关闭了所有车窗。

从涿州回来时，车站上检查得更严。列车开上了铁路桥，徐承志发现桥上的固定哨又增加了两个。从前门车站下车时，所有的行李一律打开检查，并详细核对“良民证”。

徐承志和常缨一致认为，客车利用不上，也不能利用。回来后向义德报告了往返的全过程，没想到的是义德已经制定出了一个可行的方案，只欠东风。

清河军校的军官训练即将结业，受训的连排军官要返防。按惯例由校方包下一节客车厢，挂在客车或货车的尾部，把平南、平西地区的学员都送上车拉到保定。此举是“客去主安”，怕这些“军匪”滞留在北平吃、喝、嫖、抽，闹出事来还是校方的责任。

义德给这些“军匪”送过行，目睹过上车时的乱乎，一个个肩扛大包、手提小包，车厢里到处都堆满了行李。这些人来自不同的学员分队，彼此并不认识，趁乱把炸药带上车去是易如反掌。

徐承志的“装置”可以定时，只要和铁路上的内线联系好，列车开上永定河大桥后制造个“脱勾”，这厢军列就在桥上爆炸了。

义德担心的是：“平汉铁路局怎么挂车，不好掌握。要是挂在客车上，弄不好就会祸及无辜，这可是个难题。咱们要多制定几个应急方案……”

义德的话还没落音，常缨就把话接了过去：“二伯，我愿立军令状，保证完成任务，不伤及无辜。”常缨的话刚落音，徐承志就打了个立正：“愿立军令状，保证准时起爆。”

义德拉住了他们俩的手说：“都是好样的！后生可畏。”然后恭恭敬敬地斟了一杯茶，双手高举过头：“信德老弟！二哥以茶代酒告慰你的在天之灵，缨子是个虎种……”

言罢，把茶倒在了地上。缨子的眼睛湿了，徐承志的双手扶住了她的肩头。

万事俱备，在城工部的统筹下各路人马分头行动，在同一时间起爆，炸断平汉、平张、通古三条铁路。任务最艰巨的要数负责炸毁永定河大桥的一路了。

在胡兴华的安排下，“赵连长”、“王连副”扛着大箱子、提着小箱子上了清河军校的卡车，卡车一直开进前门火车站的站台才停下来。

“军匪”们乱哄哄地往挂在175次列车后的“军用专厢”上挤，“赵连长”、“王连副”捷足先登，安置好了自己的四件行李，然后又跳下车来和送行的人说话。

这时司务长带着人来发午餐，真丰盛，一人两瓶老白干、一只烧鸡、一包花生仁、两个馒头。已经上了车的人又争着跳下来领“最后的午餐”。站台上乱成了一团。

“赵连长”、“王连副”也就消失在了人群之中。赵连长就是赵鼎诚，王连副就是王宏，二人大摇大摆地向军人专用出入口走去。

没想到的是在出站口遇到了值勤宪兵的检查，亏了胡兴华考虑周到，二人的证件完备，宪兵也就敬礼放行了。

这时汽笛一声长鸣，175次列车缓缓地开出了前门火车站。“军人专厢”里可开了锅，清河军校虽说已经办成了“军人俱乐部”，可总不如在本地盘肆态，“连长连长半个皇上，排长排长县长不当”。“军匪”们解下武装带、脱了上衣开吃开喝，大呼小叫：“老子又是半个皇上啦！”“给个县长我可当，说不当是当不上。当上了县太爷，先娶房姨太太。”“这些日子可把老子想死啦，到了保定先奔红翠楼……”

在酒瓶子的碰杯声中、粗野淫邪的叫骂声中，“军用车厢”停了下来，喝得正欢的“军爷”们从窗口伸头一看，车正好停在了永定河的大桥上。

“奶奶的咋停车了？”“停车好，找口水喝。”“停在了大桥上！上哪找水去呀？”一个粗嗓门说：“我箱子里有保温壶，谁的提包压了我的箱子？”

说着，这位粗嗓门就把压在他箱子上的提包提了起来：“怎么这么沉？还是热的！”“热的？炸弹！”不知道谁喊了一嗓子。

车厢里立刻就乱了，“军爷”们拥向了车门，车门锁着。连愣都没打，掏出了驳壳枪往门锁上就是一梭子。坐在车窗旁的手也不慢，照着玻璃就开了火。一时之间枪声大起。

守桥的日军发现有车厢脱勾，又听见枪声大起，在小队长的带领下就冲了过来。刚到车厢旁还没有弄清是怎么回事，一声巨响和车厢一块儿飞上了天。

潜入清河、沙河地区的武工队，早盯上了一个日军上尉。这小子是驻站军运室“主任”，官不大，可是很牛。别看整天带着白手套，手可特别黑。武工队给他定了个代号，叫“黑手”。

清河站、沙河站都不是编组站，“黑手”的职务是个闲差。闲来无事，就整天闹事，坐着警务段的巡道车出来兜风。一早从清河出发，中午前由沙河返回。专打铁道两边小贩的主意——见什么“拿”什么。“拿着不顺心”，轻了踢摊、重了掀摊，还要“三宾的给！”手黑透了。

清河军校的“军爷”上卡车奔前门车站的同时，“黑手”也上了警务段的巡道车，刚开出火车站不久，“黑手”就发现铁路边上有一个西瓜摊，于是立即下令停车，带着两个警士走了过去。

到了西瓜摊前，说了声：“吆西！顶好的有。”抽出“大和魂”，就劈了两个大西瓜。一个啃了一口，把脑袋一摇：“通通的不甜，好的有？”

卖瓜的老头指了指摊后面的棚子：“里边的有！”“黑手”听了后连愣都没打，一猫腰就钻了进去，两个警士也跟了进去。

走出棚子时，“黑手”抱着一个大西瓜。两个“警士”一人扛着一个大筐子，里面装的也是西瓜。三人钻进了巡道车，车就开了。

现在的“黑手”是郑新诚，两个警士是武工队员扮的。开车的司机一回头，王八盒子就顶上了他的脑袋。郑新诚命令说：“想活就听话点儿！”司机连声说：“明白！明白！我全听您的。”

巡道车开上了清河大桥，在桥中间停了下来，两个在桥头站岗的伪军立即跑步赶了过来。郑新诚开门下车，两个伪军连忙立正敬礼。一个警士提出一筐西瓜。郑新诚抽出战刀就劈了一个最大的，冲两个伪军说：“你们的，大大的好！一人半个咪西，统统的咪西。”

两个伪军受宠若惊，弯腰低头奔了西瓜。趁着弯腰的空儿，郑新诚飞起一脚就把一个踢下了大桥。另一个愣了，郑新诚乘他发愣，一脚也给踹了下去，转身就上了巡道车。

巡道车一关门，开足了马力冲下了大桥。留在桥上的西瓜筐炸了，大桥由中间断了两节。桥头堡里的伪军小队长赶紧往清河火车站打电话报告，电话占线。又往沙河火车站打电话报告，也占线。

西直门站至沙河站的电话全不通，一律占线，这是徐承志的拿手好戏。

巡道车冲下清河大桥后，高速行驶了一程，前头就出现了一列超挂的运煤车，晚了点，挡住了道。巡道车只能跟在它后面慢慢地行驶。

郑新诚先是一惊，后又是一乐。原计划是巡道车快到沙河大桥时，车上的人跳车，车上了大桥就爆炸。现在遇见挡道的，就来个在大桥上追尾，追尾造成的爆炸威力更大。

运煤的列车上了大桥，郑新诚下令跳车，司机踩了一下油门，跳下了车，巡道车加速追了上去，在大桥中间来了个追尾，爆炸了。运煤车的司机在慌乱中刹了车，车出了轨翻在了大桥上。

爆炸加翻车，沙河大桥在短时期内难以恢复。

沙河大桥报废了，桥头堡里的鬼子可慌了架子，守备队长矢野怕被追究责任死于军法，登上了堡顶向东跪下，自行了结——向天皇谢罪，剖腹自杀了。

此时，潮白河大桥桥头堡中的鬼子闹得正欢，都站在堡顶上、水边上，指手画脚地说个没完。他们盯的目标是哪条小船打鱼打得多，放下胶皮舟划过去“检查的检查，统统的没收!”

这时，看见一条小船上站起一个人，高高地举起了一条大鱼，向岸边的人招手，鬼子的胶皮舟立即划向了这条小船，刚要登船，船就翻了，把胶皮舟也带翻了。

翻了的胶皮舟底朝天，可没有沉，向大桥的桥墩漂去。碰到了桥墩上，炸了！桥墩塌了，铁桥掉下了一节。要想修复桥墩，得等到秋末河干见底。

几乎在同一时间，永定河铁路桥、潮白河铁路桥、沙河铁路桥、清河铁路桥同时被炸断，平汉铁路、平张铁路、通古铁路瘫痪下来。铁狮子胡同的华北日军总司令部震惊了，当晚召开了紧急会议。

作战处处长小林的意见是，三路的瘫痪不是军事上的袭破，是特工的破坏，应由宪兵队和情报处负责。

情报处处长左滕立即反驳，说：“很遗憾，情报处的职责是获取情报、分析情报、上报情报，不是守卫铁路桥。”

宪兵队长田中也愤愤不平地说：“我不得不说明，宪兵的职责是维护纪律，这是连小学生也知道的常识。宪兵部队也没有去守卫铁路桥，对三路的瘫痪不负有责任……”

司令官多田一言不发，参谋长竹内站了起来，脸色铁青。他的资历很老，虽然都序列中将，可是华北方面军的师团长大多是他的晚辈，或当过他的部下。在铁狮子胡同一号，竹内可以说是令行禁止的权威。

参谋长站了起来，宪兵队长赶紧停止了发言。竹内用威严的目光扫了一下小林、左滕、田中，这三个平日骄横的军官都垂下了眼皮。

竹内的话说得很慢，声音也很平和："现在还不是追究责任的时候，真正敢于承担责任的矢野君，已经向天皇谢罪剖腹自杀了。我由衷地敬仰他，也由衷地为他感到悲哀。"

小林、左滕、田中"咳!"的一声，全站了起来，低头、垂目、立正。就在这一刻，会议室的灯突然全部熄灭了，一片漆黑，应急灯立刻亮了。多田走到窗前拉开窗帘一看，万家灯火的北平伸手不见五指。

多田默默地转过身来，回到了司令官的位子上，还没有开口，门外响起了一声"报告!"值班参谋走了进来，立正敬礼："司令官阁下，石景山发电厂遭到不明武装的袭击，配电室被炸毁，北平全城停电……"

第二天早上，两份详细的战报送到了多田和竹内的办公桌上：

军急 A8－15－（1）

八月十四日晚八时三十五分，八路军武工队二十余人伪装成护厂警察，利用运煤列车混入石景山发电厂的厂区。以突然袭击的方式，借助于强劲的火力摧毁发电厂的变电设备。然后炸毁了停靠在站台上的一个火车机头，又夺取了一个火车机头冲出厂区。行驶了两千多米后和另一列运煤列车相撞，现去向不明。

石景山发电厂的损失和修复情况，进一步核实之后再行上报。

军急 A8－15－（2）

八月十四日晚八时四十一分，驻通州东关的治安军约一个连，突然袭击了邻近发电厂，炸毁了锅炉和变电所，设备损失严重，造成通州地区停电。修复情况很不乐观，具体情况核实之后再行上报。

袭击通州发电厂的治安军去向不明。

竹内是个中国通，说得一口流利的汉语，日俄战争中来到了中国，先后驻防大连、沈阳、山海关、天津、北平、青岛、上海等地，常常自豪地对同僚们说："我的军阶是在中国晋升的，勋章是在中国获得的，我的职责是征服中国。”

其实，竹内的志向很明确，也很简单，晋升大将，出任驻华派遣军总司令。可是生不逢时，命不逢时。由于他在中国生活的时间几乎超过了在日本生活的时间，杆虽粗，根却虚了。

此时此刻，这个中国通亲自拨通了铁狮子胡同和治安总署之间的直线电话，向齐夔元通报了军急 A8－15－（2）号战报，目的是打个措手不及。

没想到的是齐夔元愣也没打就回答说：“我可以负责任地向参谋长报告。通州地区根本没有治安军驻防，一一四团上月就调防到石家庄，营房和防务均移交给了通古铁道护路部队。”

竹内放下电话后，命令值班参谋长立即核实。两个小时之后，核实报告送到了他的办公桌上。

核实 B8－15－（1）号

治安军一一四团于七月三号调往石家庄，所遗防务、营房均移交通古铁道护路总队下辖的二支队。

二支队于八月十四日下午驰援潮白河大桥、岐沟关涵洞，防务移交给了通州警备三大队。三大队负责通州的城防，只调出一个小队进驻发电厂。

八月十四日晚八时四十一分，发电厂遭到身穿治安军制服的八路军袭击，损失严重，得手后这股八路军去向不明。

竹内正对着核字 B8－15－（1）号发呆，多田推门进来了，面色沉重，语调低沉地对竹内说：“我引咎的辞呈陆军省已呈报天皇批准，大本营令我立即回东京述职，在新任司令官乙山君莅任之前，暂由竹内君代行司令官的职务。”

说罢，鞠了一个半躬：“拜托了！”竹内愣住了、蔫住了，像泥捏的一样。多田微微一笑，笑得十分特别、十分难解：“共事三年多了，心照不宣，我对你的忠告是：‘太了解中国人的人，又会不了解中国人，原因是对中国的过去太熟悉了，总是一成不变地看待中国。’”

言罢，转身离去。

乙山出任了华北派遣军司令，竹内清醒了，也只能清醒了。人一清醒就开始明白，既然未能坐上铁狮子胡同甲字楼中的虎皮帅椅，就在乙字楼中研究研究中国的现实吧。

多田的“忠告”使他深思：“太了解中国人的人，又会不了解中国人，原因是对中国的过去太熟悉了，总是一成不变地看待中国。”

在研究中国现实的过程中，蒋百里的《国防论》让他震惊、震憾。对于蒋百里，竹内并不陌生。他是竹内的学兄，以第一名的成绩毕业于日本陆军士官学校，获得了象征特殊荣誉的天皇赐剑。

竹内愤怒了，发誓要与蒋百里在战场上相见，并一决雌雄。或生擒蒋百里，夺回天皇赐剑；或从蒋百里的尸体上摘下天皇赐剑，才能雪日本军人的奇耻大辱。

蒋百里于1938年8月11日突然“病逝”，竹内“甚为遗憾”，认为失去了雪耻的机会。现在是“官场失意且读书”。“读书使人明智”之说看来也适用于竹内，他拜读了蒋百里的《国防论》之后，更加清醒了，更加明白了。

《国防论》一书出版于1937年初，斯时七七事变尚未爆发，但书中提出了“抗日持久战”的理论，归纳起来有三点。第一，中国不怕日本鲸吞，只怕蚕食。对日策略不能后退而要主动实施全面抗战，化日军的后方为前方，使其无法消化占领区。第二，主动出击上海方面的日本军队，迫使日本的进攻路线由从北往南，改为沿长江而上的东西路线，充分利用地形，抵消日军的优势。第三，以空间换取时间，进行持久战。通过时间上的消耗，拖垮日军。具体的做法是将日军拖入中国的地理二线，即湖南、四川等地和日军进行相持决战。

最后的结论是抗日战争必须以国民为本，打持久战。“万语千言，只是告诉大家，中国是有办法把日军赶出去的”。

七七事变后，战争已经进行了三年多的时间。中国是主动按照蒋百里的方案打；日本是被迫按照蒋百里的方案打。战争的最后结局也就只能是蒋百里的结论了——“把日军赶出中国”。

竹内手中的《国防论》，是松琦株式会社寄给他的。竹内把书留下了，命令宪兵队对松琦株式会社进行监视。得到的报告是：“这个株式会社是不存在的。”

事隔半个多月之后，竹内又接到了川岛株式会社寄给他的《论持久战》。这本书出版于1938年5月，出版地是延安，作者是毛泽东。

且不说书中的内容，就是书名、地名、作者的姓名，也足以让竹内震惊、震憾。铁狮子胡同高墙、电网、门窗、警卫……日军的飞机、大炮、坦克……均归之于“陷敌于灭顶之灾的汪洋大海”。

与此同时，齐燮元、门致中……就连副官长胡尧，都收到了《国防论》和《论持久战》。齐、门、胡三人的处理方法不谋而合，就是悄悄地把书交给了义德。齐燮元说：“老同学，这两本书你好好研究研究，心里好有个底。”

门致中说：“咱哥儿俩都是西北军的老人，要不是韩复榘这小子办事太损……恶有恶报，他叫蒋委员长给毙了。冯先生对你我还是关照的，总会念旧情。这两本书你好好看看，你是武备学堂出身，比我懂军事。”

胡尧最痛快：“我不懂，您懂。到时候我听您的……”

《国防论》和《论持久战》是精神战中的两颗重磅炸弹，越是“高层”越是震惊、震撼。“川岛株式会社”是二厅北平站开办的，“松琦株式会社”是城工部开办的。两个“幽灵”总在北平日伪高层中游荡，该来时准来，来了就会造成“震惊”、“震撼”。

日伪的“高层”对“幽灵”习以为常，不“限期破案”，也不“一查到底”，因为人需要清醒，更需要明白。只有震惊、震撼之后，才能清醒，才能明白。

10

震惊、震撼；清醒、明白。可是有人不会清醒，有人不会明白。川岛芳子的头脑总在发涨，让她清醒就是一个字——难！王揖唐的头脑总是犯晕，让他明白就是三个字——不容易。

王揖唐的烟瘾大，一天得抽十个大泡，可官瘾更大，取王克敏而代之后，“五脊六兽”不知道该怎么“作”了。今年时逢花甲，当然要办六十大寿。

王氏官居华北政务委员会委员长、新民会会长。委员长、会长要办寿，下属当然忙了起来。警察局带了个头，警捐税加收二成权当寿金。税务局也不甘落后，开辟了新税源，颁布了一个《扩征条例》。

这个《条例》十分简明——“雁过拔毛，见货收钱”。在执行的过程中，上不封顶，而且有提成。提成按级别层层分，第一次提成全部上交为寿金，以后归己。

社会局组织各界人士，成立了“市民祝寿团”。教育局紧步其后，组织了“师生共祝团”。新民会、兴亚会、公益会也凑起了热闹，办了个“联合祝寿团”。

一时之间，北平街头寿气洋洋。办寿的帖子早早就发了出去，机关、团体、学校、商店、社会名流……无一遗漏。

治安总署、治安军司令部、驻防北平的治安军第一方面军司令部，均收到请柬。“恭请全体将校级军官亲临。”

“军爷”是走到哪儿吃到哪儿，走到哪儿拿到哪儿，走到哪儿抢到哪儿。王揖唐再不明白，这点世事他总该明白。办大寿给“军爷”们广下请柬是为了“联谊”，也是缓和一下关系，未敢侈望见到“寿礼”。

王委员长心里有数，把王克敏轰下去，齐爕元、门致中出了不小的力。出了力就得有回报，两位军爷都开了“名单”，推荐了一批县长、县保安队长、警察局长。

没想到的是日本人也开了个“名单”，把新民会、兴亚会、公益会“培训”出来的一批骨干推荐来任职。太上皇下了手谕，王委员长当然是“一体照办”。照办之后的所“余”是狼多肉少，根本没法分。

新民会的秘书长缪斌出了个“高招”，把齐爕元、门致中推荐的人也一律按“名单”任命。委任状发下来后，差点把两位“军爷”的鼻子给气歪了，都是一些无法到差的“匪区”。

所谓的“匪区”，就是抗日根据地。齐爕元有“大将风度”，愣没吭声。门致中到华北政务委员会登门问罪。王揖唐还算“明白”——避而不见。缪斌不知深浅，出来挡横，振振有词地说：“门司令派出部队扫荡了这些土八路，您的人不就能走马上任了嘛。这是一举两得，公私两便……”

门致中越听越有气，抬手就抽了他个大嘴巴，缪秘书长捂着脸高叫：“来人!”不叫还好，一叫门致中抬手又抽了他一个大嘴巴。指着他的鼻子说：“你叫！你叫一声我给你一个大嘴巴。”

缪斌不敢叫了，门致中扬长而去。

缪斌的脸皮最厚，说瞎话从不脸红。说瞎话不脸红，两个大嘴巴可把脸给打红了，一直红到耳根子。打狗还得看主人的面子，秘书长被打，会长当然脸上不光彩。可是王揖唐也有“大吏风度”，愣没吭声。

齐爕元接到请柬后哂尔一笑，对胡尧说：“这事得好好办办，人家六十大寿，咱们要好好捧捧场。”

胡尧听了后可乐了，立正敬礼："请督办放心，这事我就交兴华这小子去办。"

正日子这天，王公馆门前张灯结彩、车水马龙。在门口值勤的警官、警士都披大红绸带，带上绣着个金色的寿字。

三路三进四合院的正房、厢房均腾了出来摆桌，院子里都搭上了天棚。北平各界有头有脸的差不多都到齐了。王揖唐身穿蓝绫绸大褂、紫红色锦锻寿字马褂，已在头进院子的正房落座，静等着大执宾一声"吉时到！寿典开始"。

就在这时候，大门口响起了一嗓子"居首席到!"声未落，闯进来了十六名治安军少校，身穿黄料子军装，足蹬高筒马靴，腰系武装带，手上带着雪白的手套，肩上都背着昭和式——王八盒子。

进门后在正房门前分"八"字排开，齐声跺脚、立正、喊敬礼。这时门外响起了军乐声，又闯进十六名少校，前后各八名，簇拥着一个糟老头缓缓走了进来。

这个老头子太邪行了，身穿民国初年宝石蓝的陆军上将大礼服，头戴叠羽冲天冠，肩披绶带，绶带上戴着一枚日本天皇颁赐的二级旭日勋章。腰上挂着一柄银光闪闪的指挥刀，刀鞘上刻有"孚威将军"四个字。手扶一个龙头手杖，有小两米长。身边侍从着一个上校副官，副官武装带的半套上，斜插着两把王八盒子，鼻梁上架着一副宽边大墨镜，透着一股邪劲儿。

在场的人全愣了。就见这个糟老头径直步入上房，然后用手杖重重地在地板上戳了三戳，开言道："王老弟可好呀，老夫代表齐督办前来祝寿……"

这个糟老头不是别人，正是老牌汉奸居朝中。居朝中是"朝中有人好做官"。论齿，长王揖唐十来岁。论官，瘾比王揖唐大得多，出任过一分钟的总理——冒天下之大不韪，签署院令解散国会。论汉奸的辈分，比王克敏还老，系七七事变后北平第一任维持会会长。

"本是同根生，相煎何太急。"王克敏、王揖唐联手，把这个"老前辈"轰下了台。还是齐燮元念旧，聘为治安总署的首席顾问，时人皆称之为"居首席"。

既为"居首席"，当然是径直走到首桌、首座坐下来。上校副官也毫不客气，自行在居首席的下首坐了个二位。

王揖唐先是皱眉头，后是脸发白，最后是皮笑肉不笑地干咳了几声：

“居老还硬朗?”“硬朗、硬朗，我的命硬着哪，老而不死，方人!”

王揖唐想再笑两声，可笑不出来了。于是在首桌主座就座，向大执宾一挥手，示意一切均免，上菜上酒，早吃早散。

事出突然，大执宾犯愣了。他犯愣，三十多名治安军“少校”可不犯愣，呼啦一声，都在二桌、三桌、四桌坐了下来。不等人让，开吃开喝。

这时“居首席”站了起来，向王揖唐拱了拱手：“老夫是市井草民，人嫌狗不待见。既然来了，就敬委员长一杯，前有车后有辙。老夫之后有克敏老弟，克敏老弟之后有揖唐老弟。这叫夫子趋，亦趋。后继有人，殊途同归。”

言罢举杯，也没有叫“干!”可真把四两的小海杯都给干了，然后转过身来对上校副官说：“老夫得唱两嗓子，唱完了就送我回去。”

再也让人想不到的是，“居首席”唱的是“小寡妇哭坟”。可没唱几句，就上气不接下气了。脸色也变了，音也颤了，眼也直了，哈喇子顺嘴角往下流，看样子要弯回去。上校副官一挥手，两名“少校”架起“首席”就离席而去。

“居首席”一退场，大执宾也不犯愣了。高声宣布：“吉时已到！寿典开始，奏乐!”

侍从在“居首席”边上的上校副官，就是胡兴华。送走了这位首席之后，也就当仁不让——大口吃菜，大碗喝酒。周围的人怎么祝词、怎么敬酒，他全然不与。

两名“少校”把“居首席”架出大门之后，见汽车还停在门口，可是司机不知道跑哪儿去了。不用问，准是抢个座喝酒去了。当然也就犯不上去找，招手叫过一辆洋车，把“居首席”架了上去。

拉洋车的问“上哪儿?”两名“少校”却犯难了。有一个反应快，说：“拉到分局就行，让警察送他回家。”说完调头就往回跑——别亏了肚子。

拉洋车的可倒了霉，只好把“居首席”拉到分局，值班的警官吓了一跳，问清始末之后，知道是摊上了，摊上了就不能再被讹上，得把这块料给送走，可又犯了难了。这个活死人是谁呀?

好歹有一个老警长把他认了出来，穿这身“民国大礼服”的主儿可不是冒牌货，是二十年前威镇北京的步军统领、九门提督、孚威将军居朝中，三年前还当上首任维持会的会长，可是没几天就凉锅贴饼子——溜啦。今儿又冒了出来，到这儿来散德行，“这事儿邪，真邪!”

老警长说邪，一个鼻子尖的闻了出来：“这块料喝多了，满嘴酒气。”

一个眼毒的一眼看了出来："这块料的指挥刀可是真玩意儿，不但料纯工细，还刻着'孚威将军'四个字。"

说着低头一细看，上面的小字是"大总统赐"，下面的小字是"印铸局制"，于是连声说："真货！真货！这把刀可有价。"

一个明白事理的发了话："这块料要是假的倒好了，是真的可有点麻烦，赶紧送走，别死在咱们这儿……"

正日子的居朝中搅局，虽说是齐燮元一手安排，可也是"居老元戎"乐意唱这出，而且唱得很精彩。王揖唐虽说没有当场被气死，可被气晕了。晕乎之中又多喝了几杯，"正日子"就晕乎了过去。

酒醒之后站门的、值勤的回话说："居朝中这个老不死的，让两个'少校'架出了大门后塞上了洋车拉走了，穿着陆军上将的大礼服坐洋车，这洋相可出大了，您就等着瞧好吧，小报上准是头版头条，弄巧了还能有照片……"

说来也巧，居朝中第二天果然上了《小实报》，还附有照片。王揖唐看了后这个乐呀，不但眼角开了，嘴都合不上了。换上了行头，"升坐正堂"准备接客。

"人逢喜事精神爽，客随主便喜气高。""祝酒、敬酒、劝酒、杯杯顺；闹酒、哄酒、骗酒、声声和。"整整一天，老寿星开心极了，有些飘飘然了。

寿庆的第三天是星期天，这种安排是意在与民同乐，方便各界名流、在校师生前来祝寿。可拥进来的不是"社会名流"、"知名贤达"，也不是穿蓝大褂的老师、黑制服的学生，而是一身屎黄色军装的丘八大爷。

站门的、值勤的都慌了架子，知道穿"二尺半"的主儿都是来者不善、善者不来。软硬不吃，拦是拦不住，劝是劝不了，只能够顺毛牵驴，往大棚底下让，先给稳住。

丘八大爷进了门后，可不听大执宾的安排。看哪儿好就往哪儿一坐，落座后摘下大壳帽、解下武装带，先凉快凉快、透透风。有的还脱下翻毛皮鞋，串了脚指头缝，然后大呼上茶，"老子要清清胃，待会儿再往进装"。

大执宾、大管家一合计，这事难办。轰出去，准炸。请出去，准不动。好在时间还不到十点，赶紧上菜，吃完了送客，好接待正差。

菜一盘盘地往上端，大多是盒子铺叫来的熟货，整鸡、整鸭、整个的猪头……真实在，丘八们倒不挑眼，可都瞪了眼——把眼珠子都快努出来了。拍着桌子齐声呐喊："酒！酒！酒！快上酒。老子就是为讨壶寿酒才来的。"

大执宾这回可真是慌了架子，不上酒不行，眼下这一关就过不了，上酒也不行，丘八大爷一喝上酒……

还是大管家有主意——破财消灾。一人发十块现大洋一瓶老白干。桌上的整货提溜着走，到大门口摆“地座”。

大政方针一宣布，可就乱了营。有的喊：“行！老子就认洋钱，到哪儿喝都是一样。”有的喊：“奶奶的！老子不是要饭的，在这儿坐定了，挪挪窝行！拍一百块大洋，老子转身就奔八大胡同，到那儿来点儿荤的……”

正闹个没完，门外又拥进了一批丘八大爷。这批人可是有头有脸的主儿，都身穿黄咔叽布的军官制服，腰横宽板武装带，肩上斜披着大红绶带。进门后齐声高呼：“拜寿喽！”

不知道是怎么回事，刚进门的喊拜寿，坐定了的却擂起鼓来，把大圆桌敲得震天响。擂鼓声、拜寿声连成一片。

大管家急得直跺脚，连声说：“赶紧！赶紧！打发走这伙人。”最后达成协议，一人发二十块大洋，两瓶老白干，一只烧鸡。“咱爷儿们换个地方寻乐去！”

就在等着拿了大洋、白酒、烧鸡走人的时候，事又来了。不知谁喊了一声：“咱爷儿们好歹是穿二尺半、背盒子炮的主儿，来拜寿，总不能老寿星都没见上一面，就给打发了。”

“对！把老寿星给请出来，让大伙见识见识。”

“老寿星又不是大姑娘，干嘛不出来见见咱爷儿们。穿二尺半的生猛，搂不住火，那可得看是对谁。老寿星没事，就放心出来吧！”喊完了就是一阵怪笑。

笑声像是命令，声没落“战鼓”就擂了起来，震耳欲聋。“拜寿喽！”的号子又喊了起来，此起彼落交相呼应。正闹得不可开交，就听一声“委员长到！”这嗓子像个闷雷，一下子静了场。

就见一个身穿蓝绸寿字大褂、红绸寿字马褂的大吏缓步而出，后面簇拥着一大群挎着盒子炮的警官、警士。大执宾向前一步宣呼：“全体来宾三鞠躬。”

下面的话还没有宣呼出来，就被一嗓子干嚎给打断了。就见十几个卫兵，臂上都带着黑纱，胸口上都戴着白花，拥着一个披麻戴孝的中校军官闯了进来。

站在他身边的一个上尉高声吼道：“陆军上将、治安总署首席顾问，居朝中老元戎大孝子前来报丧!”王揖唐愣住了，不知所措。大孝子也真不含糊，趴在地下纳头便拜。

三叩首之后从地上爬了起来，指着王揖唐的鼻子破口大骂“天杀！天杀!”骂罢，把麻衣脱了下来往王揖唐头上一扣，说：“烦老叔和小侄走一趟，到我爹灵前磕个头，上炷香。”

王揖唐可真气疯了，眼也瞪圆了，大吼一声：“来人！把这个王八蛋给我拿下!”

大孝子一点也不示弱，从腰间解下所佩的短剑，高声喝道：“此剑乃天皇陛下所赐，谁敢近前就是犯驾，我就要代天行惩!”

警官、警士们都被镇住了，你看看我，我看看你，没有人敢上前。王揖唐毕竟在日本留学多年，以后又多次“访问”日本，知道这种“天皇剑”类似蒋介石的“中正剑”，是“请”来的，凡请皆“赐”——只要有钱，就能“请”。于是向前一步，指着大孝子骂道：“放屁！你是什么人，敢亵渎天皇陛下!”警官、警士们半信半疑，披黑狗皮的主，最“知尺寸，掂斤两”。

这时不知谁在屋门外喊了一嗓子：“大洋送来啦!”大孝子一挥手：“弟兄们！现大洋是真的。”调头就冲了出去。

一出屋门，果然是洋钱、白酒、烧鸡都送来了。丘八大爷可满不吝——开抢。押车的警察高喊：“一人一份，接次序领!”没领了几份，“发的”和“领的”都打了起来。这时内二区调来了一队“棍警”维持秩序，黄狗和黑狗在院子里就短兵相接了。

黑狗抡着枣木哭丧棒，黄狗解下了腰间的武装带。一个是乱打，一个是乱抽。警察都是见了尿人压不住火的料，和大兵交手，没有几个回合就被打得落花流水。

此时此刻，王揖唐在贴身警官、警士的护卫下退进了后院，关闭了院门，亲自拨通了齐燮元的电话。接电话的是胡尧，这位副官长没等王揖唐开口，就抢了话口：“督办和铃木师团长、河本旅团长去小汤山泡温泉去了。”说完就把电话给挂了。

王揖唐跟着又拨通了沙滩宪兵队的电话，田中听完之后说：“这件事我一定要调查，调察的结果会据实上报。”说完电话就挂了。

田中挂了电话后，立即要通了铁狮子胡同的电话，由于司令官乙山飞南京参加最高军事会议，电话接到了参谋长竹内的办公室。

竹内听完了汇报之后，说：“田中君，你回答得很好。王揖唐与齐燮元精诚团结，对于帝国、对于圣战，并不是件好事。对于他们的冲突，你完全可以不直接介入。可不要忘了请王揖唐吃一顿你家乡的料理，现在铃木正在请齐燮元泡温泉。”

田中会意地笑了，把黑狗打得落花流水的黄狗这时也笑得得意极了，爽得在前院的大棚下坐了下来，开怀畅饮。闹腾了一个上午，肚子里空了，酒又喝急了，都喝高了。有的敲桌子，有的摔板凳，有的唱小戏，有的骂大街。

想上八大胡同的，催着快走，真喝晕了的说：“不急不急，等会儿窑姐就来，咱们就在这儿干……”

真喝高了的不急，王揖唐可真急了。打电话调来了一队警察，厉声下令：“立即把这群混蛋给我驱逐出去！”

带队的警官叫侯天魁，这小子是个“高人”，不长毛比猴都精。受命之后脑瓜一转，计上心头。反正把丘八们从王公馆弄出去就是好活儿，不能“力敌”就来个“智取”。

智取之道实在是“高”，“找”来了粪霸田二狗，赶着粪车直奔委员长官邸。一进门，粪车的大轴就折了，院里洒满了粪稀。喝得晕糊糊的丘八大爷被熏得破口大骂，田二狗调头刚要跑，就被一把揪了回来。

几个大耳刮子一搧，田二狗就全招了：“这事您不能怪我，警察局的侯天魁逼着我干，我不干行吗？他非……”“他现在在哪儿？”“就在对面的二友轩茶馆里，他的一队弟兄也全在那儿……”

丘八大爷蜂拥而出，扑向了二友轩，打得黑狗子们抱头鼠窜，好在地熟人灵，往胡同里一钻，就没影了。

这一仗，把丘八大爷的邪劲打了出来，手持武装带，糊里糊涂地顺着环行路的电车道转了一圈，碰上警察就打，交通警、卫生警、税务警、治安警、户籍警，只要是穿着黑皮，就是一阵暴打。打到了新街口时，酒也就醒得差不多了。

一个明白点事理的出来说了句话：“从这往西不远，就是西直门。出西直门上火车，一站就是清河，咱哥们该收手了……”

一个人明白，就能带上一堆人明白。“明白人”出了西直门就奔了火车站。这群“明白人”还没有回到清河军校，一个不明白的人就给义德打来了电话，这个不明白的人就是王揖唐。

“……关副校长，这件事必须查清处理，给我一个答复，要书面的。”“王委员长，您的口谕我一定转告齐校长。我现在可以给您一个口头答复：

军校有批学员进城休息星期日，他们是否骚扰了府上尚有待核查。不过这批学员已于昨天结束受训，并已经办理了结业手续，他们的行为和军校无关。

“但军校可以提供他们所在部队，委员长可以行文他们所在的部队，提出要求。不过军人都护犊子，这些人又是战场之上杀出来的血性之徒。阎校长就是没处理好和学员之间的关系，才闹出德胜门事件。”说到这儿，义德就戛然而止，把电话挂了。

王揖唐也把电话挂了，莫明其妙地把话筒挂在了笔架上，扶着桌子站了起来说：“快！快！通知警察局，今晚一定要加强警戒……”

院里院外、房前房后全站满了挎着盒子炮的武装警察，王揖唐才上床睡觉。可是翻来覆去，怎么也睡不着，直到天快亮了才进入梦乡，可做的是噩梦。

朦朦胧胧之中，居朝中推门进来了，一直走到床前笑咪咪地说：“王老弟呀！王老弟！咱哥儿俩就是有缘。城隍爷让我在他那儿先住几天，等等你，好一块儿去见阎王爷。”

说罢，对五姨太也是眯眯一笑：“你这个小美人，真可人疼。到时候我也把你带走，让城隍爷把你断给我，你乐意不乐意呀？”

五姨太吓得直哆嗦，颤颤微微地说：“居老元戎，您可不能这么做，只要不把我带走，您让我干什么都行。”“你要开通，我就行个方便，不把你带走，就在这儿……”

王揖唐大喝一声“你敢！”翻身就坐了起来，原来是做了个噩梦，可吓出了一身冷汗。

抬头一看，阳光明媚。五姨太正坐在梳妆台前整理着纤长的秀发，娇艳欲滴，撩人心、勾人魂。王揖唐站了起来，走了过去。

这时就听门外传来了一片嚎声，大管家慌慌张张地跑了进来：“居朝中的几个姨太太都来了，披麻戴孝，闹着要进来报丧。说居朝中前天让警察送回家后，没一个时辰就断了气。口口声声地说：‘老元戎是来祝寿的，委员长得给个说法。’”

王揖唐一听就从床上蹦了起来，指着窗户外头吼道：“让她们滚！到治安总署去找姓齐的……我也要找这个王八蛋算总账。到铁狮子胡同见个分晓。”

说起王揖唐和齐燮元之间的恩怨，得从民国元年算起。王揖唐系段祺瑞的皖系，齐燮元属冯国璋的直系。直皖两系明争暗斗了多年，最终爆发了直皖战争。

在皖系把持内阁的时候，王揖唐没少克扣齐燮元的军饷。直皖战争中直胜皖败，齐燮元率二十五师攻入北京。进城后就抄了王揖唐的家，出了口恶气，也找补回了多年的“损失”。

这是二人的旧恨。长城抗战之后，冀东划为非军事区，成立了防共自治政府，殷汝耕挂牌当了汉奸，齐燮元在冀东地区组织军队，发展实力。七七事变后凭实力说话，原想的是稳稳当当地出任华北地区的头号汉奸，没想到的是王克敏、王揖唐联手先登，组织了所谓的文人政府，把“武夫”齐燮元排斥在外。南京、北平的伪政权合并时，王揖唐又玩了个“绝招”，一脚踢开了王克敏，一手拦住了齐燮元，纵身一跃当了华北王。

简而言之，二人的新仇比旧恨要大。统而言之，王揖唐对齐燮元是大事拆台，小事也耷拉肩膀——写个八行文书、推荐个差事的面子都不给。

王揖唐办大寿，齐燮元要出了居朝中。虽不能说是雪新仇了旧恨，总算是出了口恶气。胡兴华安排的这出戏是有理、有利、有节，王揖唐说不出、恼不了，只能干咽下这口气。

第一天的居朝中“闹寿”是齐燮元出的戏路，由胡兴华现场指挥，小胡酒足饭饱之后戏也演完了，就回到了治安总署。一进副官处，见到老胡已经回来了。老胡见了小胡之后，第一句话就是：“你让姓居的多唱几声，多折腾会儿，干嘛急着把他送回去？”

小胡笑了：“天太热，他穿着那套民国大礼服非中暑不可。要是挺了，咱们的酒也就喝不成了。”“他没当场挺了，我这酒也没喝好。王揖唐可真不是东西，把我让到了大棚下就座。这还不说，菜做得真不咋的，上得还挺慢，小碗鱼翅没煨熟……。”

正说着电话铃响了，胡兴华拿起话筒，是居公馆打来的报丧电话：“老元戎是让警察给送回来的，进屋后连话都没说出来，一个劲地捯气。西医给打了一针强心针，中医开了方子，可是药还没煎好，人就走了……”

胡兴华灵机一动，说：“请府上节哀，督办在小汤山有要公，等督办回来不用府上出面，这口气一定得出……”

听说居朝中死了，老胡连声说：“死早点儿，要是死在王揖唐的寿席上，那才好呢。这帮混蛋真可气，小碗鱼翅没煨熟是硬的，端上来时还凉了，我一气之下站起来就走。转身时就听见一声‘送客了您哪！’阴阳怪气的，意思是‘滚吧！’”

江同源一听就急了，把桌子一拍：“您也太好说话了，要是我……”胡兴华这时把话接了过来：“这口气得出，不能倒了咱们爷儿们的行市。

反正居家也要找姓王的说个分晓，闹个桌底朝天。我看……”

于是大计就定了下来，后天是关门宴，江同源由警卫营抽出二百人去“讨寿酒喝”，乘机大闹一场。胡尧听了后没有摇头，说：“这事得告诉关副座，把军校的‘学员’也开来凑个热闹……”

胡兴华看火候已到，满打满包地说：“小碗面后找补，这口气我替您出，您就瞧好吧。”

当天晚上，胡兴华向义德报告了王公馆寿宴的闹剧，义德点了点头：“这事可以办，但要安排好。事要挑得起来，也要收得了场，我让郑新诚去配合你演这出戏……”

此时，清河军校里的地下党组织接到了常缨的通知，也进行了具体的安排。原则相同，“事要挑得起来，也收得了场”。加上了一条是“要闹到大街上，让老百姓也知道。党员、骨干要发挥作用，控制住局面”。

“丘八拜寿”这出戏演得漂亮，齐燮元、门致中起劲了，要和姓王的斗斗。“马王爷三只眼，穿二尺半的都是骑马的主儿，不服就练练。”

王揖唐蔫了。人都说：“让粪稀把时运都给冲走了，得避上半年的邪气儿。”会长一蔫，新民会也就闹腾不起来了，游行、游园、集会、开会、演讲、演说全趴了架、塌了秧。

刚要梗梗的“公益会”也歇了菜，抱着牌子搬了三次家，就是定不下窝来。窝全没有个准地儿，展开活动就难了。

平常人五人六、吆七喝八的警察，也是情绪低落。让丘八大爷抡着皮带追得满街乱窜，真是威风扫地，一个跟斗栽到了底。街上的小孩儿见了巡逻的警察就齐声拍手：“小巡警，一身青，不怕别人怕大兵。大兵皮带真叫凶，哭丧棒可不顶用。”

最倒霉的人就要数侯天魁了。一车粪稀冲走了委员长的大运，猴精猴精的人，落了个“不长毛比猪还笨”。在二友轩里挨了大兵的几皮带，刚回到局里，就又挨了上司的几个耳光。撤职查办还不说，真下了大狱。关了三个多月，长了一身虱子，可也不审不判。又熬了三个多月，变得都没人形了，被典狱长一脚踢出了牢门。

人情冷暖，世态炎凉。原来在街面上有头有脸的“侯队长”，这时变成了好鞋不踩的“臭狗屎”。常言道“老天有眼，不绝人之路”，可有时老天也“走眼”，给“狗”留了条路，侯天魁这臭狗屎，叫川岛芳子给踩上了。

虽然不能说是“时转运来”，也可以说是“绝路逢生”。应了一句老话：“臭鱼找臭虾，乌龟单找大王八。”

11

得宝失宝之后，川岛芳子蔫了，一度闭门不出，韬光养晦。其实，是重组队伍，窥测方向。具体来说就是得招兵买马，重新建立一套班子。班子未搭全，难以开锣唱戏。踩上了侯天魁这臭狗屎后，这位格格如获至宝，认为通过“侯队长”可以利用北平警察这条线，有点跃跃欲试了。

这年六月，苏德战争爆发。可是，关东军并没有挥师北进，实行日德会师于乌拉尔山的“伟大战略”，而是坐山观虎斗，让德国盟友大失所望。

关东军按兵不动，川岛芳子是明了其因由的。日军在张鼓峰没占到便宜，在诺门坎吃了大亏，损兵折将，对于北进，有点儿发怵，得看看动静，等到德军攻下列宁格勒、莫斯科、斯大林格勒之后，苏联的远东驻军悉数西调驰援，那时再出其不意地发动闪击，捡个大便宜。

再说了，日本也不愿意看到德国称雄世界。现在希特勒已经搞定了南欧、西欧、北欧，如果再轻而易举地拿下苏联的欧洲地区，恐怕欧亚大陆上也难容二虎，并肩称霸东半球是真是假可就难说了。

川岛芳子认为日军不会北进啃苏联这块硬骨头，怕再次硌了牙，很可能乘英、法被德国打得焦头烂额的机会，实行南进，突然闪击英国在亚洲的殖民地，占领香港、缅甸、马来西亚、新加坡、印度。

法国的维希政府已和德国讲和，法属印度支那的驻军不会和日军对抗，也没有能力和日军对抗。日军会开进越南、老挝，完成对西南的合围，完全切断中国的国际交通线，迫使“重庆”变成“南京”。

日军南进的真正对手是美国，可是铁狮子胡同对东交民巷中的美国领事馆、美军兵营都很客气，尊重美国的在华利益和权力。

川岛芳子对这种现象的原因也很清楚，日军要从美国得到支撑这场战争不可缺少的物资——钢铁、石油，不敢刺激这些美国佬。

特高课不便的事，川岛芳子打算代劳。主意定下来后，就驱车铁狮子胡同求见乙山司令官、竹内参谋长。在副官处交涉了半天，才得到竹内参谋长的接见。

见面后竹内开言破的，说：“小姐是中国血统，可是在日本长大的，川岛先生对你有养育之恩。你的日本话说得很好，我的中国话说得也很好。我不会说满文，你大概也不会说满文，我就选择了用中文来和你交谈。我的意思你应该明白了。”

其实，川岛芳子早就明白了，日本人对“重建大清”一点都不感兴趣。和日本人打交道，凭的是“实力”和“能力”，自己没有“实力”，只能显示“能力”。

川岛芳子简而明地显示了自己的“能力”，竹内不断地点头。川岛芳子说完了之后，竹内哈哈大笑：“很好！很好！你所说的一切我完全同意。我们一直用中文来交谈，我现在应该称你为‘金碧辉’小姐了。”

金碧辉起身告辞，竹内喊了一声：“副官！替我送送金小姐。”金碧辉半躬告退，这是中国的常礼。看着“金小姐”的背影，竹内笑了，笑得很令人三思。

这时，门外响起了一声“报告！”宪兵队队长田中走了进来。田中还没有开口，竹内就意味深长地说：“田中君，你上楼梯时应该遇上了川岛芳子小姐，我现在只称她为金碧辉小姐。

“对于金小姐今后的活动，你不予公开的支持，也不承担后果……”

田中立正答道：“明白。”

金碧辉回到官邸之后，立即调兵遣将，开进了东交民巷。侯天魁的小组负责对美国兵营的“蹲坑”、“盯梢”，具体来说，就是对小杰克进行全方位的监控。

这真是阴差阳错，小杰克只是个“小玩闹”，爱兜风、招风，真正的情报官是杰克小姐，侯天魁小组一上岗，就被杰克小姐发现了。情报官当然不动声色，可给侯天魁的人全部留了影、归了档。

老杰克好在三楼的平台上晒太阳。北平的秋天是最令人陶醉的季节，天高云淡，苍穹显得格外高远、高爽。北雁南飞，在蓝天白云之下排成“人”形的雁阵。杰克将军望着南飞的雁阵对杰克少校说：“看来告别北平的时候就要到了，日本人不北进，就一定会南进。我要是日本人也不会北进。

“从军事上来说日军无力北进，更没有能力和德军会师乌拉尔山。横跨苏联的亚洲地区，只有一条西伯利亚铁路。这条铁路穿越冻土、湖区、泽地、湿地……沿途尽是无人区，费时二十多年才勉强通车。

“日军进行战略上的全面进攻，苏军只要破坏了铁路，日军就根本无力解决运输问题。别说打到乌拉尔山，就是走到乌拉尔山都是个难题。

“从经济上说，日军打到哪儿抢到哪儿。北进是抢不到物资的，苏联的产粮区、石油区、重要企业均在欧洲地区，不在乌拉尔以东的西伯利亚大荒原。

“南进可就不同了，石油、铁矿、橡胶、大米……到处都有，可以满足打到哪儿抢到哪儿、打到哪儿吃到哪儿的强盗物欲。

“日军可以迅速占领英国在亚洲的殖民地，控制法属印度支那。可也不会愚蠢到把屁股留给太平洋舰队打。所以首当南进之冲的是美国，太平洋舰队是日军的第一个打击目标。这不是‘秘密’是‘常识’。”

小杰克听了后不安地说：“一旦日本人南进，咱们在北平岂不是现成的俘虏，没跑儿！”老杰克点点头：“要做好撤离的准备。文件、档案要销毁，物资更不能留给日本人。

“小型的轻武器，就送给应该得到的人。这件事就由你和欣欣办吧，你整天和她在一起，她也就不便留在北平。我和军令部二厅联系过，将她调回重庆。

“陆军部已调任我为驻重庆的顾问团副团长，你也到顾问团任职。咱们全家也就鸿雁南飞了，你和欣欣到了重庆后，耿继忠副部长给你们举办婚礼。”

“谢啦！”小杰克脱口而出，他已经分不出英文、中文谁是母语。谢完之后转身就往花旗银行跑，他要和欣欣比翼双飞了。

小杰克虽说是个“小玩闹”，可毕竟是个毕业于西点军校的特种兵少校。一出美国兵营的大门，就发现了侯天魁的小组，等于又浏览了一遍归档的照片。

到花旗银行见到宋欣之后，得知银行也做好了撤离的准备，金库基本上已经空了。军统、二厅为了加强上海、广州、香港、海防等地的力量，把北平的人基本上抽空了。还有一批武器得转移出去，具体工作只好交给关特派员这条线了。

小杰克说：“这批武器都是好货，成箱的美军制式勃朗宁手枪、左轮手枪。美军的无柄手榴弹，比中国的木柄手榴弹威力要大两倍。还有望远镜、地图、炸药、电话机、救急包……

“可这两天不知哪儿来了一组‘土桩子’，竖在了门口。我回去时就开逗，想法把这些人调走。”宋欣肯定地说：“这些人是川岛芳子的狗，新招来的，银行门口也有蹲坑的。”

小杰克走后，宋欣立即通知了义德，义德召集了徐承志、赵鼎诚、王宏、郑新诚等人紧急会商，制定了一个方案。徐承志把这个方案通知了常缨，城工部的各条线全启动了。

小杰克地熟人灵，调狗更是有术。一早起来，开着一辆敞篷的吉普车出了美国兵营。车上有两个大木箱，上面的字母是USA，找了个最招眼的地方一停，在街头拉客的妓女就扭了过来。

“姐儿们”刚扭到车边，一把就给拉了上来，一踩油门吉普车就没影了。头晌午，小杰克开着吉普车回来了，车上的箱子没了，“姐儿们”也不知道上哪儿去了。

下午，杰克少校又开着吉普车冲出了美国兵营，车上有两个麻包，装得鼓鼓的，晚上回来时麻包没影了，可坐着两个“姐儿们”。

侯天魁小组配的是自行车，自行车追吉普车，门儿都没有，热屁都吃不上。一连追了三天，把全组的人都累肿了腿肚子。川岛芳子只能给侯天魁配备了一辆摩托车。于是小杰克驾着吉普车在前，侯天魁开着摩托车在后，在大街上兜起风来。

侯天魁清清楚楚地看见吉普车上放着两个大军用袋，上面印着USA的标码，一个开着一个系着。转眼到了鼓楼前，打轮一转，吉普车就进了鼓楼后的市场，在永盛大酒缸门口停了下来，小杰克一手提溜着一个军用袋，进门坐了下来。

侯天魁也下了摩托车跟了进来，找了个墙角一坐，盯上了。这时就听小杰克高声喊道：“先来四个整的，半斤猪头肉、半斤羊头肉、一只烧鸡，再来一碟花生仁、一碟小枣，我要等仨客人。”

掌柜的忙着上菜、上酒，小杰克一个劲儿地往外望，看样子挺着急。突然，他一个箭步冲出门，把摩托车往吉普车上一扔，就开了出去。

侯天魁出门就追，小杰克回头冲他一招手说：“哥儿们替我提上包，我在银锭桥等你。”说完一拐把，吉普车就没影了。

侯天魁愣了，耷拉着脑袋走回了酒馆，见两个军用袋并放在靠窗户的桌前，桌上的酒和菜已经齐了。

侯天魁打开军用袋往地下一倒，一袋装的是破皮鞋，一袋装的是破裤子。于是一屁股坐在了椅子上，发起了呆。

呆了一会，端起桌上的大碗一仰头，四两酒一口干了。然后把碗往地上狠狠地一摔，抬腿就走。掌柜的追了出去，喊道：“您的酒钱。”

侯天魁调头就冲了过来，抬手狠狠地打了掌柜的两个耳光，紧跟着又是一个扫堂腿，把掌柜的扫趴下了。然后扬长而去，直奔银锭桥。

出了烟袋斜街南口，就见小杰克站在桥当间，摩托车就放在他身边。

侯天魁三步两步就赶了上去。没想到的是还没到桥头，小杰克提起摩托车往桥下一扔，就听“咚！”一声，摩托车就沉了下去。

侯天魁气疯了，刚要扑上去可又停住了。抬头看看小杰克，发怵了。这个头儿、这块头儿，只能智取不能力敌。

什么人有什么坏心眼，什么人使什么阴招。侯天魁向小杰克招手：“来呀！来呀！我陪你玩玩。”说着拉开了架式，分裆、晃膀、颠腿、身子压得挺低，可是就不进招。

小杰克是西点的特科生，学的就是贴身格斗，又和北平、天津的“土混混”耍了多年，玩邪的也在行。冲侯天魁一笑，说：“行，你要把我赢了，我拿吉普车赔你的摩托车。”说着向桥南边一指，“吉普车就停在那儿，你可就赚大发了。你要输了，我也不为难你，我把你也扔下去。你要是水性好，就把摩托车捞上来。要不会水，淹死也是命。”

侯天魁连声说：“一言为定！一言为定！”可是还不进招，把膀子晃得更欢了，身子压得更低了。小杰克也学着他的样子，两人对晃了起来。

晃着晃着，侯天魁来了个“黑狗掏裆，身走下路”，一头就撞了过去，小杰克分腿纵身一跃，稳稳当当地骑在了侯天魁的身上。用力一坐，来了个气下千斤，就听一声尖叫。

小杰克慢慢地站了起来，说：“别装蒜，我没使多大劲。”说着把侯天魁提溜了起来，说：“跳吧，还等我往下扔？”

侯天魁连声说：“别！别！您没把我坐死，可也别把我淹死。我知道，您坐死了我、淹死了我，都不算件事。我算服了您，您有话好说，我照办，要是打个愣儿，下辈子托生个扁毛的。”“够个混混！”小杰克一边说一边冲侯天魁挑了个大拇指。

然后，拍了拍他的肩膀：“没事儿！全过去了。咱哥儿俩谁跟谁呀，不打不成交。我请你吃烤肉，喝上两壶老白干。”

看热闹的人都乐了，有人拍手叫好，喊：“不算数！不算数！得三跤两胜。”小杰克拱手道：“改日。改日。”说罢，拉着侯天魁就进了烤肉季，要了个雅座——单间才好说话。

怎么说的、怎么吃的、怎么喝的，在外面等着看分晓的人就不知道了。不一会儿，就见小杰克架着侯天魁走出了烤肉季，上了停在桥南边的吉普车，后屁股一冒烟，车就没影了。

小杰克开着吉普车直奔东四九条，到“金公馆”门前停了下来，把侯天魁推下了车，就绝尘而去。侯天魁在单间里，真是愣都没打，该交代的、该坦白的，是竹筒倒豆子，哗啦啦一声就清了底。要知道老祖的小名叫什么，准一总说出来。最后表了个态：“我侯天魁认栽，栽在了您手里，其实也不算栽。我就改换门庭，跟您干了。”

小杰克也表了个态：“哥儿们是能弯还能挺，我也算服你了。为了把事办圆了，你得委屈委屈。”侯天魁又是连愣都没打，一口气“喝了”两瓶衡水老白干，大概得睡上两天。

当侯天魁醒过来时，他做梦也没想到的是“金老板”正坐在他的身边，真是受宠若惊。

现在官邸内统一了称谓，一律称川岛芳子为“金老板”或“老板”。其意要模仿戴笠的军统，也要模仿青帮中的黄金荣、杜月笙，搞一个家长制、把头制的共同体。

受宠若惊的侯天魁，当然是再次坦白交代。可话刚说了一半，就又昏了过去。金老板是老道的“东洋女间谍”，侯天魁是在鲁班爷跟前玩儿锛——开抡就露相。

金老板暗暗地乐了，她怕的就是侯天魁的肚子里没“鬼”。没“鬼”就没戏了，有“鬼”就开戏了，演一出“顺线掴鬼”。

小杰克调“狗”有高招，玩得也很开心。“狗”都调走了，也都累坏了，该运走的东西也都运走了，而且运到了安全的地方。杰克一家开始收拾行装，准备“雁南飞”。在南飞之前，小杰克还有一个最后的任务——带着美国大兵好好在北平亮亮相，让日本人觉得美军依然会留驻东交民巷。

这个任务和小杰克的告别北平之游是不谋而合，“说实在的，真舍不得离开北平”也就成了他的口头禅。

为了让侯天魁顺顺当当地喝下两瓶衡水老白干，好把川岛芳子气个半死，小杰克开了个玩笑。郑重其事地宣布：“侯天魁先生，从此时起你就是美国陆军情报局中国部北平处的上尉情报官了。”说着，掏出了一把美国陆军的制式多用刀神秘地说：“这是今后的联络信物，凡是持这样小刀和你打招呼的人，就是我派出的联络员……”

这原本是拿“猴”开涮，小杰克作为笑料告诉了宋欣。宋少校毕竟是训练有素的情报官，立即形成了一个方案——布一个迷魂阵，转移日伪的视线，保护潜伏北平的同志。

金老板要顺藤摸瓜、顺线捉鬼，当然要好生厚待侯天魁。放了半个月假不说，还批给他一笔“特别费”。有假有钱，“猴”也就欢了。这天，逛完了东安市场，兴犹未尽听吉祥。

下午戏，也就是个半场“座”。侯天魁刚坐定，旁边就座下了一个时髦的女郎，眸子一转冲他嫣然一笑。这一笑，就把“猴”笑了个魂不守舍，头就转了过去。四目相对，女郎两眼下垂，打开了小皮包，用胳臂碰了他一下。侯天魁清楚地看到这位女士的小包里放着一把多用小刀——这正是他的联络信物。

“猴”心先是一惊，后又是一动。随着女郎不断地和他贴近，发梢搔得他耳朵直痒，心里又是一热。这时女郎的纤手把一个纸包塞进了他的怀里，又有意地动了几下，然后悄然离去。

侯天魁攥着纸包就追了出来，可是女郎已经不见了。打开纸包一看，真吓了一跳。是一百美金，还附有一张“公文纸”，是接头的时间、地点、方式，看来头绪还真不少，得忙忙。

按照指示，侯天魁在规定的时间里到达了远东饭店。去时换上了西装、穿上了皮鞋，打扮得人模狗样，人五人六。进门后往大厅东北角的沙发上一坐，静等着女郎重现。

很让他失望，一位阔绰的男士在身边坐了下来，和他“对个火”。对过火后一边抽烟，一边用多用小刀修手指甲。修了几下后，把多用小刀重重地往茶几上一放，意在引起注意。

侯天魁点头示意，这位男士也就把小刀收进了裤兜，然后掏出了一个“存物牌”小声对他说：“到寄存处去取。”说完后径直走向电梯。

侯天魁到寄存处凭牌取出了一个包，迫不及待地走到了窗台前，用身体挡了个死角，然后打开了包。里面装的是一架照相机和三角架。相机和三角架的个头都不小，还附有一张纸条，上写四个大字——“密不示人”。

侯天魁是个地道的土造，根本不会玩儿照相机。见这玩意儿又大又着实，心想准是有用的东西，就按照指示藏了起来，没敢让任何人知道。

第二天，侯天魁按规定的时间来到了东亚饭店，在大厅的西南角刚坐定，对面就座下了一个日军少佐，少佐边上坐着一个日本女人，正在用一把多用小刀削苹果。少佐示意他过来，侯天魁紧三步就走了过去，少佐站了起来拍着他肩膀说：“你的，大大的好！”说着就把放在沙发边上的手提包交给了他，然后指着大门的方向说：“快快的开路，重要的大大的。”

侯天魁奔了大门，少校携同夫人上了电梯。这个手提包死沉死沉的，出门后就拎不住了，只好扛在了肩上，没走几步，就扛不动了。在马路边上等了一会儿，才叫了辆三轮车，赶紧回家。

到家后打开一看，全是洋文图纸。图纸上附有一个字条："绝密！保存好。等人来取，来人是个弯脖。凭条取货，见条付货，条上写的是你家的地址。"

侯天魁"猴"眼一转，"猴"脑袋一动，邪点子就出来了。把自个装扮成"糟老头"，相可大了——头戴四块瓦的老头帽，脚下是一双"老头乐"，身穿棉袍、棉裤，还扎上了裤角。对着镜子照了照，又加上了一件棉背心，然后开心地笑了。

"弯脖"进院后，"糟老头"躬着身子迎了出来。腰弯的人把脖子弯的人导入屋内，指着手提包颤颤微微地说："就是这玩意儿。"

"弯脖"把条子往"糟老头"手里一塞，扛起手提包就往外走。"弯脖"一出屋，"糟老头"立即复原成小伙子，推上自行车追了出去。

骑车的盯扛包的，当然是心里有底。拉开了距离，骑一段推一段，一直跟到了辅仁大学。"弯脖"在号房门口大声说："货到了，您帮着收下，劳驾了。"说着掏出了一张纸条。

号房坐班的接过来一看，用手一指东边的楼说："三楼六号，扛进去吧。""弯脖"转身奔了东楼，一口气上了三楼，敲了敲六号房门。

里面传出一声"请进！"侯天魁偷眼往里一看，办公桌后坐着一个"洋老头"，黄头发、蓝眼睛、大鼻子。

"弯脖"进屋时，随手就把屋门关上了。侯天魁侧耳贴门偷听。洋老头说的也是中国话，说什么可就听不清了。直听到"弯脖"转身奔门来了，侯天魁才闪身离开。

"弯脖"下楼后侯天魁一直在后面盯着，由辅仁大学一直盯到大通脚行。见"弯脖"进了门，才转身而去。这时才猛醒，自行车还扔在辅仁大学门口。

二反投唐，赶回了辅仁大学，可自行车没了。急得直跺脚，在校门口转了三圈。这时，突然想了起来，尽顾了盯"弯脖"了，忘了锁车。

车丢了，可是"收获的大大"，这条线算是连上了。将来凭功讨赏，"金老板"准得奖辆汽车。想到这儿，浑身上下也就轻松了。精神头一来，竟然出了定阜街就奔了什刹海，到位居八大堂之首的会贤堂落座。虽说是自请自，可也当了回"爷"。

当完爷后回家睡了一觉，睡得那叫香。第二天早上，"该干嘛还得干嘛"——照着规定的时间、地点去接关系。

到了规定的时间，侯天魁来到了规定的地点杨竹梅斜街十七号，不由得就是一愣，定睛看了看没错，可这是北平第一流的妓院“春满楼”。

站门的“茶壶”迎了上来：“爷！您是……”慌乱之中侯天魁脱口而出：“我去桃花坞。”“啊，是您呀。里边请！里边请！”

侯天魁虽当过“侯队长”，可管片之中却没有妓院。糊里糊涂地进了桃花坞，真有点慌了手脚。可也没有“临事而惧”，连愣都没打，“该干嘛就干嘛”。

“一夜风流数云雨，云停雨霁好个秋。”早上一起床，“姐儿们”把一个信封交给侯天魁，说：“昨天的账有人替你交了，要是不想走，今儿得另给‘茶钱’。我看你是头回……”

侯天魁一边听着“姐儿们”的训导，一边打开了信封。一看就乐了，是一张一百美元的支票，取款地点是东交民巷的花旗银行。还有一个寄存物品领取牌，领取地点是六国饭店。

“公文纸”上的留言是：“立即到东交民巷的花旗银行取款，然后到六国饭店寄存处取‘货’。‘货’到手后与附函一同立即送到顺城街二十五号，请收发室转送山本博士。”

侯天魁虽说比猴还“色”，可是比猴更“精”。此时当然是舍“鱼”而取“熊掌”，抬腿就出了春满楼，直奔东交民巷。

进了花旗银行，把支票往柜台上一交，静等着一百美金到手了。这一百美金挣得也不容易，真要把腿都给跑细了。

好一会儿，营业员才兑出了一百美金。恭恭敬敬地说：“这是一百美元，请查收。我还要恭喜您，您的支票号中奖了，有一份礼品。请您到贵宾室领取。”

在营业员的陪同下，侯天魁来到了贵宾室，领到了一大袋奖品。打开一看，奶粉、罐头、牛肉干、饼干、咖啡、可口可乐……件件都印着USA，是地道的美国货。

于是，扛起大袋子就奔了六国饭店。到寄存处取出存“货”之后，可真犯了愁了——一个手提包就已经又大又沉了，弄出门去都得费点事。可是“猴”心一动，主意就来了，把奖品存到了寄存处，扛起大手提包就出了六国饭店。

下了台阶叫了辆三轮车，直奔顺城街二十五号。下车后可吓了一跳，二十五号是“兴亚院”。兴亚院可不是好玩儿的地方，于是恭恭敬敬地呈上了附函。

附函是英文写的，侯天魁也不知道写的是什么。就见值班的往里打了个电话，说什么他也听不懂。放下电话后，这个值班的就把大手提包收下了。

侯天魁如释重负，立即叫了辆三轮返回了六国饭店，取出了奖品袋。折腾得太累了，往大厅角上的沙发上一靠，得先休息休息。

刚坐定，旁边就座下了一位摩登女郎，打开了小坤包，取出了香烟。自己点了支，递给了侯天魁一支，同时暗中踢了他一下。侯天魁清楚地看到了她的小坤包里，有一把多用小刀。

侯天魁本能地靠了上去，挤在了一起。这位摩登女郎小声对他说："干得不错，上峰要嘉奖你。明天你的假期就结束了，准时回金公馆上班。"说着悄悄地往他怀里塞了一包东西，起身就走了。

侯天魁把塞入怀里的东西装好了后，扛起奖品袋就出了六国饭店。回到家后打开小包一看，是一张联络图，上注"绝密"，让他记在脑子里，记清记熟后，把图烧毁。

侯天魁笑了，把图藏了起来。打开了罐头和牛肉干闻了闻，那叫香。紧跟着又打开了家中的一坛老白干，今儿晚上要来个一醉方休。

侯天魁虽然不是诗仙，亦不知李白系何人，可是已入"独饮无相亲"之境。原打算凭功"讨赏"，现在改变了主意。就凭这张"联络图"，"侯爷"得当一字并肩王。

三杯酒下肚之后，一字并肩王也不想当了，"侯爷"得开山堂自立门户。本来嘛，德国人、日本人都得听我的调遣，凭这张联络图，就来个"勾挂八方来闯荡，有奶就是'娘'，吃饱了就上床。尽了风流好风光，管它荒唐不荒唐。"

嘴里喝着，心里想着，不知不觉就进入了梦乡——重游桃花坞。这回的谱可大了，小姐们恭恭敬敬地请了个"蹲安"，顺势就跪在了他面前。桃花脸通红通红的，往前一贴，葱白似的小手就伸向了……

美！美晕了，美到姥姥家了。小姐们的功夫也真是绝了。晕晕乎乎之中，小姐们却变成了金老板，娇滴滴地说了声"来呀！"双手就勾住了他的脖子，往后一仰。"猴爷"就势就压了上去……

美梦也就醒了，醒了之后也就明白了，还得干点正事——连夜把联络图抄了三份，藏到了不同的地方。一切就绪，就赶到金公馆去上班。

见了老板之后还没开口，老板就关切地说道："看你的气色可不太好，这些日子也没什么事，就再多歇几天……"

这半个多月，把侯天魁忙了个"连轴转"，把金老板忙了个"转连了轴”，盯在侯天魁的后面不敢有半分懈怠。宋欣、徐承志、胡兴华、郑新诚、常缨……全部上阵，各条“线”展开了联合行动。线线通后，也就游刃有余了。玩儿得最邪的还要数小杰克，他把庚子年美军测绘的一些旧图纸，分送了两位收藏爱好者。一位是辅仁大学的格林教授，一位是兴亚院的山本博士。虽说是“物得其所”，可累坏了猴精猴精的“侯爷”。

金老板虽说是累坏了、累晕了，可毕竟是老道的东洋女间谍。觉得侯天魁被灌醉后扔到公馆门口就有些蹊跷，以后发生的一系列事更蹊跷。美国陆军情报局、军统、二厅、城工部都是高手，甭管哪条线牵着这位“侯队长”，这事都太邪。

牌玩儿得如此“幼稚”，只能说是高手出“浅招”——逗你玩。可浅招中准藏有“高招”。金老板好斗，更好奇，决定好好玩儿玩儿，一定要玩儿个水落石出。对侯天魁的政策当然是放长线、钓大鱼了。

小杰克和宋欣，可没工夫再玩儿了。宋欣调回重庆，是老杰克一手安排的。从二厅角度说，泰勒已经离开了北平，到了重庆。杰克一家也要离开北平前去重庆，把宋欣调回重庆，不但是给杰克将军一个面子，也是宋欣在重庆才能发挥更大的作用。

军委会和外交部均已得到确切的消息，杰克准将即将晋升为杰克少将，接替山姆少将的职务，出任美军驻重庆顾问团的团长。山姆少将将回国述职，另有任命。杰克是个中国通，山姆是个日本通，山姆的新职务肯定是针对日本的。

宋欣调回重庆之后，关义德、宋大中在北平也就是个“漂”了。为了稳妥起见，耿继忠叫二厅通知关义德、宋大中“冬眠”，并把这一通知转一厅归档，还写了一封亲笔信，由重庆—香港—天津线转到了北平站，由宋欣交给了二人。

两兄台鉴：

天气早凉，要当心身体，切不可患感冒。北平之气候，甚不适于老人过冬。本欲派人接两兄到南京相聚，无奈海上多风波，也就只得做罢了。

人老了，只能自求多福。颐养天年，是增福之道。买卖不好做，就求个保本。钱赚多了就招眼，财大招祸之说甚有道理。

从气象学上来说，冬寒夏必热。若是酷暑难耐，不妨到西山避暑，碧云寺、卧佛寺，都是好去处，去时也替小弟烧一炷香。

常言道入庙求安，避暑也就是求个暂安，切不可闻诵经之声而生皈依之心。我辈不是忘情之士，更是世事未毕之人。若有时机，弟也打算返平与两兄弟谋些生财之道。

返平之时，当在春天。寒魔已驱，开张就是新春大吉，“买卖兴隆通四海，财源茂盛达三江”诚非虚语，斯时聚于故都，可慰平生。

弟聂三中顿首

信中的“南京”系重庆，“西山”是八路军开辟的抗日根据地。“聂三中”是耿继忠对二厅系统使用的化名。

关义德、宋大中看罢之后，自然明了耿继忠的心意。宋欣意味深长地说：“这封信要收好！”二人全笑了，但笑得有点勉强，使人感觉得出来，但难知其中味。

12

北平的秋天比春天要长些，按农历有“十月赛似小阳春”之说。可是今年的冬天来得特别早，季秋的时令，让人感觉到寒魔已至。

西北风一吹，干冷干冷的。电线杆子开始骂街——这是古都特有的冬声、冬韵，风刮着电线产生的一种共鸣，其声悠长而又凄凉、凄厉，尤其是在夜间，真让人闻之难寐。

这天风过天和，晴空一片蔚蓝。杰克一家抓住了时机到中山公园一游，算是和北平告别。水榭前的湖面上，已是浮冰绿水，绿水浮冰。冰水之间还栖息着几只鸿雁，看来湖水不完全封冻，它们也就不会南飞。可是湖水完全封冻，也就是明天的事了。

眼前的这一切，使宋欣百感丛生。为了报仇，父女二人在北平相遇。可是三年多的时间，父女又不能真正生活在一起。明天她就要离开北平，可是父亲还要留在这个日军铁蹄下的龙潭虎穴。

一起去重庆，是轻而易举的事，可是父亲不愿意走，认为留在北平还能为抗战办些实事。该办的事、能办的事、急着要办的事太多了，执意要留在北平。

小杰克看出了她的心事，再次开导说：“你留在北平已经毫无意义，泰勒先生到达了重庆后，你的身份已经暴露无疑。作为一个情报军官，唯一的正确选择是迅速离开北平。

“宋老伯选择留在北平，是北平需要他。你去重庆，是重庆需要你。我更需要你，今天你和我一同去重庆，明天我和你一起打回北平。北平是我的出生地，也是我的故乡。光复北平是我应负的责任……”

正说着，杰克小姐对着他们举起了相机：“我以大雁为背景给你们照一张，祝你们永远比翼双飞。今天飞往重庆，明天飞回北平。”

宋欣偎依到了杰克的怀里，快门一响，留下了这张永恒的画面。也就在这一刹那，湖中的大雁展翅而起，冲上了云天，排成了“人”字形的雁阵，向南飞去。

小杰克抢过了相机，仰视蓝天追拍了好几张！握着宋欣的手说：“陈纳德组织美国退伍的空军成立了飞虎队，和日本人在天上磕了。我到重庆后就脱下这身军装，组织陆军的飞虎队和日本人在地上磕了。”

说着，就举起了右手：“基督徒不打诓语，军人恪守诺言。”老杰克笑了：“你不用脱下军装，这身军装很快就不会制约你了。”

小杰克把右手举得更高了，大声宣布：“上帝是最公正的，惩恶扬善，惩恶助善……”紧挽着宋欣，在唐花坞前留影一张。杰克小姐支起了三角架，按动了自拍器，全家人在唐花坞也留影一张，然后一同步入花坞。

进门后发现北方中学的学生正在参观室内的菊展，一位老师正在从生物学的角度进行讲解，所言条理性甚强，于是都放慢了脚步，也打算听听。

这时就见一个穿黑呢子大衣的人，官气十足地向正在给学生进行讲解的老师挥了挥手，示意立即停止。不等这位老师把话说完，就抢了上来宣布：“同学们，现在请我们最尊敬的校董金碧辉先生给大家从文学角度对菊花进行剖析。”

说完之后就带头热烈鼓掌，可是师生响应的掌声十分稀疏，这时就见金校董上前一步，向穿黑呢子大衣的人半躬致意，又向学生们鞠了个半躬，然后开言说：“碧辉不才，可是张校长点了我的名，也就只好勉为其难了。

“秋日赏菊，乃是件盛事。自清太祖始，传至于今。陶先生有云：‘采菊东篱下，悠然见南山。种豆南山下，草盛豆苗稀。’这首五言绝句可以说是千古绝唱，诸生一定要背下来……”

老师们都愣了，大点的学生也显示出困惑。可是这位校董还是叨叨有词，絮絮不止，说了个没完。最后的结论是“菊之傲霜，系如大清孤臣之坚贞。沐皇恩三百余载，岂可忘乎！”

讲罢，半躬退了下来。张校长双手高举过头，拼命地鼓掌，可是师生均没有响应的人。这时就见小杰克上前来，向金碧辉鞠了个半躬，说：“金校董，我可以向您的学生说几句话吗？”

金碧辉愣住了，小杰克也就不客气，向学生们行了一个半躬礼，说：“不学无术，误人子弟者，金校董之谓也。我想给‘金校董’改个称谓叫‘金不懂’，什么都不懂，可是装懂。陶渊明生于晋代，当时尚没有格律诗，她却‘造’出了一首五言绝句让大家来背。

“我是个美国人，有中国血统，母亲是中国人。我在北平上过中学，如果没记错的话，陶渊明的诗应是‘结庐在人境，而无车马喧。问君何能尔，心远地自偏，采菊东篱下，悠然见南山……’

“后两句是来自另外的一首诗——‘种豆南山下，草盛豆苗稀。晨兴理荒秽，戴月荷锄归……’”

学生中响起了掌声，张校长把眼一瞪，可是面对着这个黄头发、蓝眼睛的洋人，又不知所措。突然，大吼了一声：“集合！返校！”

学生们没有“集合”，也没有“返校”，四散了。这次秋游是金校董出资买的公园门票、掏的电车钱，既然来了，没有不好好逛逛之理。

杰克一家也就步学生们之后，离开了唐花坞，沿着长廊来到来今雨轩吃午饭。坐定之后，要了一壶醇厚的京味香片，意在先清清胃，好进餐，来今雨轩的苏州大菜和冬菜包驰名北平。

茶刚沏好，就见金校董、张校长带着几个老师走了进来。落座之后金碧辉高呼：“上菜！来个全套。”

初冬的季节，游人很少。来今雨轩的大厅里只有这两桌客人，所以菜上得很快。酒菜上齐了之后杰克一家正准备举杯，金碧辉却端着酒杯走了过来，直言说：“杰克将军、杰克少校，我在美国学过巫术，会望气，也会相面。我可以肯定地说，作为军人你们很无奈，所以连军装也没有穿。”

老杰克好像什么都没有听见，更像是眼前根本不存在这个金碧辉女士。小杰克站了起来，幽默地说：“我们全家都知道北平有句俗语，叫‘好鞋不踩臭狗屎’。我没有学过巫术，可是养过日本的兔子，知道一个真谛——‘兔子的尾巴长不了’。

“如果金女士愿意喝一杯可以奉陪。今儿早上出门时，我没穿好鞋，踩了臭狗屎也无所谓。但只此一杯，这是北平人说的礼数。”

金碧辉坦然一笑，笑得很开心：“杰克少校，你我是同行。我的眼睛很毒，我来敬酒的目的已经达到了，这杯酒也就没有必要喝了。”

小杰克哂尔一笑：“你打眼了，我不是你的同行。我是个职业军人，战斗部队的特种兵。善于单兵格斗，更善于擒拿逃犯。

“我可以认真地、负责任地告诉你，来敬酒很失策。你的目的上帝不会让你达到，中国人更不会让你达到，相反的结果却已经产生了。”

说罢转身，与家人一齐举杯。家人喝酒是不叫“干!”的，情比酒浓，也比酒醇。

金碧辉本能地举着酒杯回到餐桌上，不知是窘迫、尴尬、愤怒，还是发泄，提高了嗓门叫了一声“干!”这声“干!”可真干，又短、又促、又急，一点底气都没有。在干、短、促、急中又充斥着“颤”，而且颤到了姥姥家。

越是没底的人、发颤的人，越想捞一把、赌一把。侯天魁是“捞”来的，现在只能在他身上赌一把。金老板心里有数：“长毛比猴还精的人”，其实是“不长毛比猪还傻”。

侯天魁忙乎了半个月，金老板可比“猴”还忙——忙出了一部“路线图”，比侯天魁手中的联络图还要详细。

有耍“猴”的，有看耍“猴”的。“利巴看热闹，行家看门道”。金老板下了这么大的本，受了这么大的累，图个嘛？图的就是从“猴”蹦中捋出牵“猴”的绳，顺绳摸人。

可是捋来捋去，越捋越没头，摸来摸去，都是丈二的和尚——摸不着头脑。老道的东洋女间谍开始认识到，杰克少校只是个赤臂上阵的急先锋，牵着他的可绝不止一条绳。

“条条大道通罗马”，这些绳又是连着哪儿呢？高手不按游戏规则出牌，高手中的高手出牌没有规则，看来对手是高手中的高手。不接受挑战，不是金老板的性格。接受挑战，不但不知对手的拳路，而且根本不知道对手打的是什么拳。

此时此刻，好斗的金老板，一向主动出击的“东洋女间谍”，不论是剑出直道还是剑走偏锋，都茫然了。“以静制动”是自我解嘲，只能是“招来接招”——接了招才能进招。

既然接了招后才能还招，当然希望对手是“明挑”，最好是“战场之上的特种兵”——杰克少校。但绝不再和这个“京片子”舌战，要斗智不斗勇，用隐身法进行一场“暗战”。即便打得还是“迷宗拳”，也要顺着拳路打出个子丑寅卯。

但金老板的希冀落空了，此时杰克一家除了杰克夫人之外，已经登上了由天津开往香港的费城号海轮，下船后即转飞机直飞重庆。

夫人之所以没有登船，是美军驻天津供应局的约翰上校有急事要到重庆，可是没有买到船票，杰克夫人看他很着急，就把船票让给了他，自己坐下班船前往香港。

此举也是两得。宋大中悄悄地到了天津，目的是和女儿再多待上一天。从谈话中得知华德制药厂的妇女联谊会在三条石办了一个工人识字班，杰克夫人对此很感兴趣，想去看看，同时也想和天津的朋友们聚聚，道个别。

宋大中对亲家的行程也就做了安排。杰克夫人是个公众人物，太引人关注，要是公开走访“联谊会”和“识字班”，一定会引起日伪当局的注意，只能暗中悄悄地去看看。

先易后难，杰克夫人就忙了起来。先看望了各界的朋友，游了天后宫、海河公园……逛劝业场，吃“启士林”、“狗不理”，参加了慧中饭店的晚宴、国民饭店的茶话会。晚饭后，在兴隆旅社换上了华德制药厂的制服，坐上了三轮车奔了三条石，打算听一节课、讲一节课。

“三条石”在租界之外，是所谓的“工业区”，又是三不管、三全管之地，也是混混们的栖身之所，就是一个字“乱”。徐承志、郑新诚恰好都在天津，也就暗中跟了下来，以防发生意外。

这天是十二月七日，戴华理在天兴楼有一个饭局。做东的是天津市社会局局长庄世仁，可是客人全齐了主人没到。等了一会儿，经理来到了包间悄悄地说：“戴华理，您的电话。是庄局长打来的，您到我屋去接吧。”

宋大中拿起话筒后，就听庄局长连声说：“失敬！失敬！把诸位请到了天兴楼，我可去不成了。宪兵队把法租界给封了，只许出不许进。

“我打电话给宫本队长，他在电话里说：‘胜利的大大！帝国的海军袭击了珍珠港，日本已经对美国、英国宣战。日军接管了英租界。

“‘为了防止英国人、美国人逃进法租界，宪兵对法租界实行了封锁，只许出不许进。一会电台就要发表广播，你听了就会明白，胜利的大大。’”

宋大中放下电话后沉思了起来，亲家现在是日伪抓捕的对象，谁逮住了杰克夫人就是头功。天津肯定藏不住，回北平的途中也是麻烦，当机立断，去沈阳！日伪当局说什么也不会想到，杰克夫人会往沈阳跑。

徐承志、郑新诚对沈阳都是地熟人灵，躲进敌后的敌后是最安全的。想到这儿，宋大中立即派王宏前往三条石通知徐承志和郑新诚，并叫赵鼎诚安排好向沈阳转移的工作，这一切都要在两个小时内完成。一定要让亲家坐上九点半钟开往沈阳的251次列车。

汽笛一声长鸣，251次列车缓缓地开出了天津火车站。王宏、赵鼎诚松了一口气，打心眼儿里服了——姜还是老的辣，开往北平、济南、保定的检票口，日本宪兵都设了缉察，只有开往沈阳的检票口，只有一个铁路警察维持秩序，凭票检票上车。

二人走出车站时，扩音器里的正常广播突然中断，奏起了《帝国陆军进行曲》、《帝国海军进行曲》。紧跟着传来了一个急促的声音："大本营公告！大本营公告！日本帝国向美国、英国宣战。山本五十六大将指挥下的联合舰队，胜利地完成了对珍珠港的奇袭，全歼了美国的太平洋舰队……"

在《帝国陆军进行曲》的乐声中，日军迅速占领了天津、北平的美国兵营、英国兵营。军营里空空如也，几个站岗的留守士兵成了"战俘"。

天津的日军，把法租界层层封锁起来。他们断定杰克夫人就隐藏在法租界中，因为她一直住在法租界里的里昂饭店，在蒸发后也没办理退房手续。只要查明了住所，就向法租界当局要求"引渡"。法国巡捕不会保护，也没有力量保护杰克夫人的安全，但会用"法律程序"来拖延"引渡"，权充"保护人"，对于日军在法租界里实行秘密的或半公开的绑架则可不闻不问。对于特高课来说，找到杰克夫人在法租界内的藏身之所，就也可以摆庆功宴了。

特高课、黑龙会、兴亚院一齐上阵，形形色色的人士都登了场。足足折腾了一个多星期，休说是杰克夫人的确切住址，就连消息也没有打听到。

铁狮子胡同对天津很是不满，竹内参谋长这时想到了金碧辉，可又觉得面子不能给得太大，于是叫田中出面，在一次非正式的谈话中向这位东洋女间谍表示："老杰克是个中国通，他到了重庆后即晋升为少将，而且当了美军顾问团的团长。

"他的夫人没和他同行，留在天津忙于社交。七号的晚上从里昂饭店蒸发了，直到现在踪影皆无。要是能找到这个女人，并把她秘密地逮捕，我们同杰克团长做笔交易……”

金碧辉心领神会，立即率全部人马移师天津，在法租界里租下了一所小院，设立了机关，划定了十个区域，每个区中又找出重点户，挨区挨户地进行排查。

金老板心里有数，辛亥之前杰克夫人还是大清的侍郎小姐，在庆王府当过家教，后随福晋、格格们一起移居天津，在法租界的“庆王府”里生活过一段时间。对于定居天津的“旗门”，可以说是“门儿清”。

这位侍郎后来又成了民国新贵，出任过外交部次长、经界局帮办。住在天津租界里的“北洋遗老”，有许多人是他家的故旧。这些人虽说已经当了二十多年的寓公，可多少还有些能量。

三思之后，金老板把重点的排查对象定为“津门八旗”、“北洋遗老”。对重点之中的重点，则自己亲自上门“打草惊蛇”、“引蛇出洞”、“敲山震虎”、“捕虎震山”……只要把杰克夫人弄到手，自己在铁狮子胡同也就有价了。

此事得单干，不能让特高课、黑龙会、兴亚院插手，这些人可不是善茬儿，别说抢功了，冒功也是小菜一盘。

大计定下来后，金老板可以说是废寝忘食、一马当先——先从“津门八旗”入手。甭管认识不认识，进门就套近乎：“人不亲旗还亲。”“祖上好歹是穿着一个号坎儿进的北京，一笔可写不出两个旗字。”“远近可得心里分，什么时候也得向着自家人。”

大多数人知道她是肃王府的十四格格，也知道她又是川岛芳子，更知道来者不善、善者不来。采取的对策是一问三不知，一个劲儿地说：“您喝茶！您喝茶！”

喝茶就是：“送客！”金老板也就只能“起驾！”

对金老板的来头全然不知的人，开始时接待得还挺热情，后来越听越不对劲，也就多了个心眼儿，也是一个劲儿地说：“您喝茶！您喝茶！”

金老板一天跑八家，到哪儿都喝了个“水饱”。气急败坏之后下令“动硬的”、“来邪的”。可是没有狗皮想硬也硬不起来，再说了，就是披上狗皮也有点硬不起来，因为好歹这里还是“法租界”。

一说“来邪的”，侯天魁可就乐了。心里的小算盘是动硬的我没戏，就能玩儿点儿邪的。没想到的是“猴爷”玩儿得可真惨，生把一泡热尿玩儿到了裤裆里。

在“猴爷”的片里，有一户是重点怀疑对象。可是这家就是“牛”，一按门铃，看门的老头子就慢条斯理地走到了街门口。可不开门，隔着铁栅栏挥挥手，示意按铃的赶快走人。你再说什么，他都指指耳朵摇摇手，表示听不见。

这院子静悄悄的，大概就只有他一个人。侯天魁想跳墙进去闹个水落石出，可是墙太高，墙头又都插着玻璃茬子。情急之下，侯天魁装扮成了“耍猴的”。提着铜锣、担着道具连按铃带踢门，把老头子惊动了出来。然后连比划带嚷，表示自己的“猴”从栅栏门跑进了院里，让老头子把门打开，好进去找找。这回老头子发了“善心”，真把门打开了。门一开，侯天魁就挤了进去。

老头子见侯天魁进了门，就把门给撞上了。一声口哨，从屋后面跑出了一条大狼狗，比小驴子还大。“猴爷”吓坏了，调头就往外跑。可是门已经被撞死了，出不去。

于是转过身来求老头子把狗弄走，老头子还是指指耳朵，摇摇手，表示听不见。大狼狗倒没有咬“猴爷”，而是把两个肥硕的大爪搭在了他的肩膀上，轻轻地抓了两下。新棉袄被抓破了，里面的棉花全被掏了出来。

又张开了大嘴露出了锋利的牙齿，吓得“猴爷”闭上了双眼。可是觉得脖子上又痒又麻，睁开眼睛一看，魂都吓飞了。大狼狗的舌头通红通红的，有一尺多长，正在他的脖子上轻轻地舔。

侯天魁把眼一闭，看来只能是“听狗由命”了。大狼狗在他脖子上舔够了，又把舌头转移到他的脸上、鼻子上，舔上没完，并发出了轻微的“唬唬”声。“猴爷”吓得上牙打下牙，两腿直发软。

这时老头子发话了：“听我的，你可别动。你要一动，鼻子可就被咬下来了。”声刚落下，大狼狗就汪汪叫了两声。“猴爷”的一泡热尿，就全撒到了裤裆里。眼前一黑，什么也不知道了。

醒过来时，正躺在铁门外的马路边上，是租界的巡捕用大皮鞋把他踢醒了。他想爬起来，可觉得裤子里硬梆梆的。原来是时值寒冬三九，滴水成冰，他的一泡热尿，在裤子里冻成了冰。

巡捕见他醒了，就又踢了一脚。说：“还不快滚!”说罢扬长而去。侯天魁慢慢地爬了起来，艰难地迈开了双腿，向机关小院走去。

此时，机关小院的租期将满。金老板连累带气，病倒了。侯天魁连吓带冻，发起了高烧。此时此刻，金老板唯一的选择也只能是“打道回北平”了。

回到东四九条的官邸之后，金老板闭门不出。出乎意料的是，田中队长却前来登门探访。见面后先是话寒暄，再是表示关切，三是书归正传，大佐先生拿出一份《重庆日报》，请金老板看看。

金碧辉打开一看，差点把鼻子给气歪了，是一组小杰克和宋欣的结婚照。杰克将军和夫人出席了结婚典礼。不但有小两口的合影，还有老两口的合影、小两口和老两口的全家福。

金老板再三辨认，没有发现问题。先是被气得“手脚冰凉”，后又被气得“五心发烫”，脸色可怕极了，一块发白、一块发红、一块发绿、一块发青。田中觉得不妙，客套了几句告辞而去。

田中回到办公室后电话就响了，是金碧辉打来的，口气既迫切又急切：“我的直觉告诉我，这组照片是假的。是重庆方面精心调制出的作品，意在让我们停止对克杰夫人的追捕行动。我请求您把这张报纸留在我这里三天，我将对它进行全面的、细致的研究，然后写出书面报告……”

“我完全可以满足您的要求，现在就派专人把这张报纸送给您。您需要研究多长的时间就研究多长时间，可得‘完璧归赵’，因为这张报纸已经归档。您的研究报告我将呈送乙山司令官、竹内参谋长……”

放下话筒后，田中笑了。他所以强调要“完璧归赵”，是怕金老板在盛怒之下把这张报纸撕得粉碎，或用剪刀把每一个人都扎成“马蜂窝”。

在田中的心里，这个支那女人就是“疯子”——一个可以利用的疯子。也是个“傻子”——一个尚值得利用的傻子。用北平俚语来说是个“气迷心”，用心理医生的话就是“偏执狂”。

这组照片已经由特高课进行了全面的鉴定，一致认为是“真的”。带给金碧辉看看是有双重的目的，一是看看这位“东洋女间谍”的眼力，以全面评估一下在“疯”、“傻”前提下的利用价值。二是告诉她“收手吧!”因为“法租界”对于日本人来说，尚存在利用的价值，怕她闹得太出格了，影响到对“法租界”的利用。

田中笑了。这个支那女人并不是一个理性的人，而是凭直觉办事的“气迷心”、“偏执狂”，她的“疯”和“傻”，确实是值得利用、可以利用。竹内参谋长真是老道，一言破的、一语定案——我们与其称她为“川岛芳子”小姐，不如称他为“金碧辉”小姐。

半个小时后，一辆三轮摩托车在金公馆门前停了下来。一个宪兵少尉把一份“密函”呈递给了“金碧辉”小姐，“金老板”主动打了收条。

“金小姐”和“金老板”是一个人，可是有双重的身份。“川岛芳子”

是个影子，既是个幻影又是个魔影。

金老板闭门不出、闭门拒客，不容许任何人打扰。她要理性地鉴定、理性地思索、理性地判断。她致命的“弱点”就是“气迷心”、“偏执狂”，这个“弱点”使她失去了一切，变“疯”了、变“傻”了，也使得她对日本军国主义者具有了“值得利用”、“可以利用”的价值。

唐花坞中的巧遇，使她由为教育事业慷慨解囊的“金校董”，还原成了误人子弟的“金不懂”。来今雨轩中的“再相遇”，撩起了她好斗的本能，来了个主动出机。

“面子”没有找回来，可是为了面子露了“里子”。为了面子而露了里子，说明了她并不是一个合格的间谍。她的眼确实是“毒”，把杰克全家收入了她的视网膜，存了“生物胶片”，归了“人体档案”。

她一眼就可以判断——人物是真的。可是她不知道杰克一家都是摄影爱好者、摄影家，杰克的女儿和即将过门的儿媳，都是受过严格训练的军事谍报官。更不知道重庆中美合作所中具有她所不知道、日本人所不具有的高、尖、精的设备，高、尖、精的人才，制造出了她和日本人均无法“破译”的照片。

金老板调整了心态，使自己进入了平和的境界。在平和中鉴定，在平和中思索，在平和中判断。她借助于军用放大镜，对所有照片进行了入微的观察。任何角落、细节、纹理都推敲再三、再四，可是找不出值得质疑的问题，更没有发现破绽和露洞。

“天衣”可以无缝；“人照”更可以无缝。三天后金老板认输，拨通了田中办公室的电话，简而明地说：“大佐阁下，我认输了。在三天的时间里，我没有发现任何问题。

“可是我的感觉和理智仍在打架，凭直觉，我认为杰克夫人就隐藏在天津或是北平。她应该是我们的俘虏，成为和重庆斗法的一个砝码。可理智上我又不得不承认，这组照片是真的。书面报告就不打了，这张报纸我已经封函，派专人送到沙滩，半小时后您就可以收到。”

田中的回答更简单：“辛苦了，好好休息一下吧。”

放下话筒后，田中打开了《工作记录》提笔写道：“这个支那女人虽然是‘气迷心’、‘偏执狂’，可是在平和的状态下还是理智的。她发‘疯’、发‘傻’的时候，更具有使用价值，所以不要妨碍她发‘疯’、发‘傻’。”

值班的秘书对此不理解，田中笑了，说：“要是直白的记录，就是‘复辟大清的渴望使她发疯，发疯的人会干出许多傻事。她发疯、发傻时，对我们来说更具有利用价值。不妨碍她发疯、发傻，是她的目的不可能在发疯、发傻的过程中达到。她对我们的利用价值，却能在发疯、发傻的过程中体现出来。'”

值班秘书恍然大悟，立正答道：“明白了！”金碧辉的命运也就明明确确地定了下来。

金碧辉太累了，需要好好休息一下，可是她自己还没有觉察到。田中却觉察到自己太累了，想好好休息下，换个环境轻松轻松。两个都需要休息的人，却邂逅在他们最不想相遇的地方。

金碧辉自己没有觉察到累，可是第二天一觉睡到日上三竿。起床后接到了一封和《新民日报》一起送来的信，打开一看：

金碧辉女士淑鉴：

承蒙在天津多方关注，不胜感谢，您在法租界忙于大排查，也就无缘相见。其实，我一直住在里昂饭店。只不过换到了四层，以便居高临下，静观您的行动。

您急于找到我，肯定不会是为了把我送到潍坊的集中营。其实，您也无法把我送到潍坊的集中营。法租界的当局和日本人有着更高层次上的合作，这种合作使我安居于里昂饭店，您即便发现了我，也只能是望楼兴叹。

当时我没有请您到里昂饭店做客，是由于您太忙，为时也太早。我在重庆出现了，咱们见面叙叙旧也就提到了日程之上。

政坛上没有永久的朋友，也没有永久的敌人，只有共同的利益。能找到共同的利益就是朋友，反之，就是敌人。对于干咱们这一行的人来说，共同的利益太广泛了。所以朋友就是敌人，敌人就是朋友。

出于某种共同的利益，你我之间可以做一次朋友。我约您于明天下午三点正，在里昂饭店414号房间见面。您去了就会明白许多事情，或许能走上一条新的路。

杰克·瑞静

金老板被逼疯了，可是她又没有条件发疯。从疯狂中冷静下来后，决定赴约。她要领教一下这个对手，这个对手太神通广大了、太可怕了，各种力量都可以调配、可以调动、可以为我所用。

大计定下来后即只身前往天津，准时到达了里昂饭店414号房间，有礼貌地敲了敲门。里面传出了一个女人的声音，“进来”而不是“请进!”

既来之则进之。推门而进后，金老板惊呆了。里面的一男一女也惊呆了，彼此间太熟悉了。男的是北平宪兵队队长田中大佐，女的是东单苏州胡同的“头牌”，白俄之花——别佳女士。

田中大佐穿着睡衣，看起来是午梦方醒。别佳穿着沐衣、戴着沐帽，看起来是沐罢方出。三人正不知所措，屋外又响起了礼貌的敲门声，并传来了一声：“可以进来吗？送咖啡来了。”

金老板恍然大悟，三点正是饭店送咖啡的时间，又被耍了。

田中的官阶虽然只是个大佐，可是在金碧辉的心目中，是个不能得罪的人。此时唯一的选择是以诚相告。于是掏出了“杰克夫人”的来信双手呈上，说了一声：“打扰了!”然后半躬转身离去。

田中看完信后吃了一惊，他平生第一次感到恐怖。身为掌控着特高课的宪兵队长，又被一股无形的力量掌控着。“躲进小楼觅艳境”的心思、心意、心境一下子消失了，田中开始苦苦地思索起来。

太平洋战争闪电似的爆发，日本闪电似的进入了租界。以东交民巷为依托的重庆特工被摧毁了。以平郊武工队为依托的延安特工对城区尚不熟悉，短时期内难以形成点、线、网。

美军的情报系统，只限于观察、收集、分析，具体的活动、行动完全依靠重庆特工。在太平洋战争爆发之前，美军的情报部门已经撤出了平津地区，重庆的特工体系基本上停止了活动。

金碧辉没有这么大的能量、这么大的胆子。如果有证据证明她对宪兵队实行“渗透”，可以马上叫她消失。也可以让她暴尸街头，然后宣布是“重庆”或“延安”干的。

要是竹内参谋长的“警示”，那太可怕了。可是竹内是第一不称“川岛小姐”而改称“金小姐”的人，他可以派出一名亲信军官来执行这一任务，或是让值班参谋打一个电话到414房间，就起到了“警示”的作用，不必绕这么大的一个圈子。

看来和自己打“迷宗拳”的是高手中的高手。他不但有能力掌控我这个宪兵大佐，更有能力调遣金碧辉这个“东洋女间谍”。

金碧辉转身离去后就瘫倒在了大厅的沙发上，心慌意乱，手脚发木，脊椎发凉。她觉得自己是架着橡皮舟横渡太平洋，哪里是岸？岸在何方？

耍自己的人是谁？谁能有这么大的能量？

能够掌控田中、调遣金碧辉的只有城工部。杰克夫人顺利地到达沈阳后，就在比北平要“冷”得多的地方平平安安地歪“冬”了。一切安顿下来后，通过徐承志—常缨—城工部—晋察冀边区—八路军总部—八路军驻重庆办事处的线，把这一消息告知了杰克团长。

重庆方面试图通过一组照片先来“销案”，城工部又加了一把火，让田中、金碧辉觉得这个案子不碰为好，再碰下去只有对自己不利——来个扎扎实实的结案。

“春江水暖鸭先知”，后海北岸的龙华寺前坚冰初破，湖水乍绿，野鸭子就在浮冰绿水间嬉戏了。北平城中的什刹三海成了候鸟的栖息之所，看来，闹市取静、人尘求安是自然界中的真谛。

这时，一辆三轮车在龙华寺门前停了下来，“常老师”把她的二姨扶下了车。“二姨”就是杰克夫人，只是打扮成了“村妇”，“良民证”上的姓名是李淑贞，“李老太太”。

八路军总部指示晋察冀边区，一定要把“李老太太”安全转移到太行山抗日根据地，然后设法由冀南进入豫东，只要能到达卫立煌所部控制下的洛阳，就可以乘飞机直达重庆。

徐承志、郑新诚保护着“李老太太”从沈阳火车站上了132次列车。一路顺风，到达前门火车站后，就把任务移交给了在站台上接车的常缨。

徐承志发现胡兴华也在站台上接人，后面还跟着一名中尉和四名卫兵。原来列车到达山海关时，关副参谋长“视察防务已毕”，就登上了这趟特快回北平。

出站后，徐承志又发现王宏带着一组人，把一切都安排就绪了。常缨和他二姨上了由“大栓”蹬的三轮车。徐、郑二人相顾一笑，心里都明白了，这趟车可不是“千里走单骑”，暗中接应的人多了。这是认识的人，不认识的人更少不了。

徐承志、胡兴华见义德登上前来接站的汽车绝尘而去，也就分头挤上了电车前往后海夹道的“关公馆”销差。

见面后义德拉着二人的手说：“辛苦了。”哥儿俩全笑了，一个说：“歪了个冬仨月。”一个说：“吃饱了就睡，长胖了。”

坐定之后，义德把通盘的计划说了一遍：“按正常情况，每年的清明节醇亲王府、涛贝勒府都要到西山妙高台去给老王爷扫墓。去时是两辆大马车，涛贝勒亲自执鞭以尽孝诚。两辆车上得有小二十人，‘李老太太’就跟着一块儿出城。到了妙高台后，八路军的武工队会巧妙地安排这位老太太到根据地。这是第一方案。

“这个方案最稳妥。第二个方案是应急方案，把‘李老太太’转移到清河……还有两个紧急方案，把这位老太太转移到拜尔大夫家中，或转移到白米斜街的季守信公馆，那儿看门的弟兄都是自己人。

“制定紧急方案，是应对出不了城的非常之变。如果没有意外发生，就执行第一方案。不论执行哪个方案，你们哥儿俩都要再辛苦一趟，把这位老太太护送到根据地，你们和她熟了好沟通。离清明节还有三天，你俩先好好休息休息。”

本来能好好歇上三天，可是金碧辉又闹起了幺蛾子，第二天一大早就到了后海北沿的醇亲王府，口口声声说是来给王爷请安。

载沣只好让人把她让进九思堂，一进门，这位“东洋女间谍”就抢三步上前，双手扶膝请了一个蹲安，口呼：“王爷新春吉祥！”载沣连连挥手道：“坐下说话，坐下说话。”

金碧辉转身半躬，在载沣侧面的硬木圈椅上坐了下来。载沣连呼：“上茶！上茶！”

茶端了上来，载沣抢了个话题说：“清明喝新茶，可是南北道梗，就喝这去年的双煸双熏吧。京味茶虽说南方人不以之为然……”

载沣之意是占上个话题，把她嘴堵住，聊一会儿就端茶送客。金碧辉当然明白，于是把话题接到了她的正道上：“清明的新茶，我已经备好了，可是于礼要首敬先人。老王爷的墓在西山，现在治安不太好，闹八路。

“可是咱们爱新觉罗氏的家风最讲礼数，不去上坟于情于礼都说不过去呀。皇上在长春，臣子得在北平为君解忧。我想和铁狮子胡同说说，派出一支像样的部队保护王爷去上坟，大伙也跟着一块儿去，给老王爷行行礼、烧点纸……”

载沣连连挥手，说：“不妥！不妥！妙高台可不是消停的地方。是什么‘游击区’，天一黑就是八路的地盘。白天八路想去也就去，隔三差五的还去住住。少了是十个八个，穿的是便衣；多了是二三百人，清一水的灰军装。

“什么时候来，什么时候走，谁也不知道。可来了后没有惊动坟墓，也没刁难过看坟户。你调兵保护我去上坟，弄不好可就要坏事。日本兵一走，八路准要变脸。”

说罢，仰天一声长叹："多一事不如少一事，我的宗旨是闭门求安。"

金碧辉转得也快："王爷所言，甚是有理。西山不去了，就在龙华寺好好祭奠祭奠老王爷。把在京的宗室、觉罗都请来，搞个法会。我把乙山司令官送的明前新茶拿来沏一碗先敬老王爷，然后再分胙共享福根福祉……"

载沣摇了摇头，说："我在龙华寺里办了一所竞业小学，是所完小，上学的大多是周围正黄旗的子弟。利用家庙、祠堂来办学是古之传统，老王爷在世时就有此意。

"听说金小姐也办了一所北方中学，你我也可以说是教育界里的人了。读书育人之所，悠悠万事，皆以上课为大，怎能在学校里搞祭祀、搞法会，我看就免了吧，以免打扰学生们上课。"

金碧辉点了点头："王爷所言极是，'悠悠万事，皆以上课为大'，可以说是至理，亦可谓之名言，我一定把王爷的训导，转告北方中学的师生。

"可今年清明的祭祀，说什么也得搞出点响动，别让人说爱新觉罗氏没人了。我看就以您的名义集八旗民众于太庙……"

载沣长叹了一声："现在的太庙，是太庙公园。再说了，强化治安搞得这么严，在家中举办红白喜事都得预先申报，办个堂会、摆个清音桌都得有个手续，即便你有面子在太庙办，可谁又来。

"现在粮价暴涨，房价、煤价节节攀升，许多在旗之人混合面都要吃不上了，哪还能聚人、聚气。若是稀稀拉拉地来了几个人，也撑不住门面。我看不如不搞，各家因地制宜、因时制宜地在家办办。"

说到这儿，又长长地叹了口气："这样吧，金小姐已经来了，就别辜负了对老王爷的一份心意。我叫老四陪同您到龙华寺行个礼，上炷香……"

在旁边侍立的二管事接了话："四爷上学去了。"载沣站了起来，拍着自己的脑门说："真是老糊涂了！老糊涂了！你就替我陪金小姐去一趟龙华寺吧。"

二管事侧身让道说："金小姐，享堂昨天刚收拾好，香烛、供品也都备齐了，我给您引路。"

金碧辉只得起身告辞，载沣送到了九思堂门口。金老板虽是东四九条官邸的"老板"，尺寸、斤两心里还是有数，抢在载沣"不送了"之前，说了声："王爷留步！"

醇亲王府和龙华寺均在后海北沿，相距也就是两箭之地。出了府门之后金老板没上汽车，说想“溜达溜达”，其实是想和二管事套套话，问问长春有没有人来。

侯天魁是有眼力见儿的主，冲司机招招手，自个儿就跟了下来，前后脚进了龙华寺。进入享殿时金老板示意他留下，原因是想和二管事说几句不传六耳的话。

侯天魁打了眼，以为是让他借机在庙里转转，于是贼眉鼠眼地踅摸起来。这时下课铃响了，常缨走出了教室，侯天魁虽说是眼“毒”，可是眼更“色”，跟在常缨后头就走进了二殿的跨院。

这时，“李老太太”正坐在院子里晒太阳。常缨感觉到背后有尾巴，就赶紧叫了声“二姨”，并示意她快进屋。可是猴精猴精的侯天魁，还是和“李老太太”照了一面。

常缨借着转身关门和侯天魁打了个招呼：“您找谁呀？”“来上香，求个吉利。”“这儿改成学校了，您要上香去鸦儿胡同的广化寺吧。”

侯天魁不认识常缨，常缨可认识侯天魁。借着回教员室，就跟了出来。在大殿前看见二管事正陪着金碧辉向外走，立即就拨通了胡兴华的电话，实行第二方案。

放下电话后看见二管事又折了回来，正在给大殿上锁，于是凑了过去问道：“还没到清明，谁就来上香啦？”

“东四九条的金碧辉，她一早就来缠着王爷，说什么要让日本人派兵保护王爷去妙高台上坟，又要在太庙办什么大会，把在旗的人都聚来，显显人气。让皇上在长春也知道知道，北平有人……

“把王爷说烦了，就把她支到这儿来了。这也就是来个‘送客’！上完香赶紧走人。她倒好，和我絮叨个没完，挨着个儿的打听，比天津租界里的包打听问的都邪行。我给她来了个一问三不知，后来干脆说：‘这事您得问王爷去。’这她才走了，没问出个道道来，临走时连香钱都没留下，真是不开面。”

二管事走后，常缨又拨通了徐承志的电话，用暗语通知他实行第二套方案的A计划。徐承志就打着齐恩铭夫人的招牌，把季守信的汽车调了出来，停在了龙化寺后门口。

常缨此时已经变成了阔小姐，“李老太太”也变成了阔太太，悄悄地出了龙华寺的后门。龙华寺的后门斜对着广化寺的大门，阔人前来上香，汽车大多停在龙华寺的后门。

母女俩出门就上了车，汽车直奔西直门火车站。季守信的汽车挂有特别通行证，出西直门时不用停车检查，城门洞的日军、伪军均举枪敬礼。进了火车站后停在了软卧候车室门前，母女下车后在一位“副官”的导引下走了进去。

进入软卧候车室后就进了卫生间，从侧门走出时已换上了铁路制服。然后登上了一辆压道车，驶向了清河站。

此时金碧辉已回到东四九条的“官邸”，侯天魁抢先下车，侧身拉开了后座的车门。金老板下车后“猴爷”屁颠屁颠地跟在后头，一走进办公室立刻报告了他在龙华寺的奇遇。最后的结论是，“她太像了，是不是杰克夫人都先通知宪兵队，抓起来再说”。

没想到的是金老板哼了一声，说：“人说你是长毛比猴还精，我看你是不长毛比猪还笨。龙华寺是什么地方，是王爷的家庙。田中比你精比我也精，精人不干傻事。”

说完了后往沙发上一躺，长叹了一声：“要是杰克夫人在龙华寺里，我拜她当老师。沙滩得请她当顾问，铁狮子胡同准跟她合作，大本营会派专机把她接到东京。你小子可就发啦，要是再弄错了，你的这颗猴头准得搬家。”

说完后点了一支坤烟，长长地吸了一口，“她要真在龙华寺，那是列祖列宗护佑，老王爷显灵，我也不去招惹她了。”这句像是在对侯天魁说，又像是自言自语，说完后就闭目养神了。

金老板闭目养神了，是太累了，也意识到太累了，想休息休息了。听了金老板的话，侯天魁却来神了。可是“发了”和“猴头搬家”之间还得慎之再慎，侯天魁一宿没睡着，想出了一个方案。

侯天魁一宿没睡，李老太却睡了一个安稳觉。母女俩走出清河火车站，就上了胡兴华为他们安排的汽车。汽车在门头村村公所门前停了下来，徐承志、郑新诚正坐在里边喝茶。

虽说才分手两天，可是见面后分外激动。“李老太太”竟然忘了是在中国，在他俩额头上都吻了一下说：“上帝与我们同在。”

这时“武工队”的刘队长走了进来，握着胡兴华和常缨的手说：“你们的任务完成了。”说罢不等二人介绍，就上前一步向“李老太太”敬了个军礼说：“您的学生刘文乃向您报到。”李老太太愣住了，可是突然和刘队长拥抱了，激动地说：“你是燕京大学第一批上西山的学生，我教过你口语，你是语言的天才，高才生。后来你消失了，我听说你上了西山……”

“现在我是晋察冀边区敌工部行动科科长，奉聂司令的命令接您到抗日根据地。从现在起，我对您的安全负责。”

这时一个姑娘上前一步也敬了个军礼。“我也是您的学生，我叫严燕，我是第三批上的西山。从现在起，您的生活由我照顾。”

“李老太太”啊了一声：“上帝太伟大、太可爱了，我给约翰代了半年的课，竟然教出了这么多的好学生。”说着就和严燕拥抱到了一起。

刘文乃看了看表说：“我知道您是个好骑手，您现在上马，一个多小时后就可以进入根据地，今天晚上我保证让您睡个好觉。现在周边都是我们的部队，您很安全。”

“李老太太”很安全了，侯天魁一宿没睡所制定出的方案，却使自己走上了不归之路。自从方案实施起，“猴爷”比耍猴的都要忙，贪黑起早整天围着龙华寺转悠。

这天该着他倒运，转悠到龙华寺的后门时脑子里一闪，想出来了个点子。这门看样子是老关着，我往门前放块小砖头，然后到后海边上坐会儿，半个时辰后回来看看，小砖头要是没了就是有人出了后门。

小砖头就位后，侯天魁就往对面的广化寺门口的石阶上一坐，跟晒太阳的老头子聊了起来，话题还没有展开，就过来了几个小男孩，坐到了龙华寺后门的石台上玩拍洋画，一个孩子顺手就把“猴爷”刚设置好的“机关”扔到了胡同当间。

真是“七岁八岁狗都嫌”。狗还汪汪两声，“猴”是一点办法也没有，于是没精打采地抬起了屁股，往龙华寺的前门遛达。

说“猴爷”不长毛比猪还笨，那是糟踏人。好歹穿过黑色的二尺半，大小当过半任队长。虽说没有受过专业训练，可是多少也知道点儿门道——“坐桩”、“蹲坑”都不能直盯着。

猴精猴精的人就想出了猴精猴精的主意，往后海边上一坐，摆上根渔竿就是钓鱼的。选了个死角，虽说是背对着龙华寺，可鱼篓子边上放了面小镜子，正好对着龙华寺的大门。

这招实在是高，可是坐了小一个时辰，只看见个穿制服的邮差进去送报。一气之下站了起来准备走人，下意识地在湖岸上狠狠地踢了一脚。这脚把脚趾头踢得生疼，可是踢出来了一块石头。

侯天魁低头一看，心中大喜。真是吉人自有天相——这块石头不大不小，要是搁在龙华寺后门，小孩扔不动，里面的人要是使劲一推，门也能打开，真是最理想的“装置”。

于是，放下渔竿扛起石头就向龙华寺的后门跑。真是不巧，一辆汽车停在了龙华寺后门的石台阶下，挡了“猴爷”的道。

“猴爷”也顾不上这不长眼的车了，一弯腰从车边上就钻了过去，还没来得及把手中的石头搬上台阶，就被一只大手抓住了脖领子，提溜了出来。

大手反手往地下一摔，“猴爷”就座了一个“屁蹲”，这时就听一声喝问：“干什么的？”“猴爷”爬起来后抬头一看，这个人穿着一身屎皮黄，是斜纹的咔叽。戴着大沿帽、系着武装带、挎着盒子炮，脚底上是一双翻毛皮鞋，打着裹腿。不用问，来头不小，大概是个护兵。

于是赔了个笑脸说：“兄弟是东四九条金公馆的，和您几位一样，有要公！有要公！”说罢转身就想溜。

“要公”这两个字产生了误会，侯天魁被一把揪了回来，狠狠地挨了两个大耳光。“你要公。我非让你要母不可，弟兄们抽这小子。”

四个卫兵解下了皮带，没头没脸地照着“猴爷”一通乱抽。兔子急了还咬人，“猴爷”被打急了也就铤而走险，一头撞了过去。原想的是夺路而逃，没想到这个护兵还真有两下，闪身飞起一脚，就把“猴爷”踢出一丈多远，爬不起来了。

四位军爷一拥而上连抽带踢，“猴爷”抱着脑袋在地上乱滚，嘴里大喊“饶命”，声比杀猪还要尖。看样子再打下去，非要了“猴”命不可。

可是“猴爷”的阳寿还未尽，救星到了——从广化寺里走出来一个老太太，喝住了四个护兵。为首的一个护兵立正敬礼：“报告太太，这小子钻到汽车底下做手脚，还撞了我一脑袋，想跑……”

胡兴华上前一步，一把从地上揪起了侯天魁厉声喝道：“说！你是干什么的？”

“猴爷”这时变成了“猴精”，连声说：“长官饶命！长官饶命！我全说，我不是坏人。您别打我……”

侯天魁的供词简而明，看上了在龙华寺里教书的一个姑娘，搬了块石头来设个机关，看看她下课后走不走后门，要是走后门，就不在前门等了……

胡兴华盯过侯天魁，扒皮也认识他，于是严厉地喝问：“那姑娘叫什么？”“长官！我不知道，要是知道……”

这时，站在旁边的老太太发话了：“人行得要正，男大当婚女大当嫁，你看上了人家姑娘，就该正经八百地托人打听打听，连叫什么都不知道，人家要不是大姑娘是小媳妇呢？可别再胡来了，歪点子不行，害人害己。

“歪点子刚出就被打成这样，这也是佛祖告诫你。你这样回去让家里人多心疼……”说着这个老太太就从坤包里掏出了两块大洋：“到鼓楼前邵大夫诊所上点药，别再乱打人家女孩的主意了。”

侯天魁连鞠了三个九十度的大躬，接过钱、调过屁股一溜烟似的跑了。

这个老太太就是齐爕元的夫人，老爷“金屋藏娇”，太太“虔心信佛”，春暖花开了到什刹海来走走，敬佛上香、踏青赏花。太太出行，副官当然要护驾，歪打正着碰上了侯天魁。

情况反映上去后，城工部觉得问题严重。通过各条“线”对龙华寺周围进行了反侦察，其结果是除了侯天魁之外，未发现任何盯梢的、蹲坑的、坐桩的。

侯天魁的行动很属异常，从组织上来说既不属于特高课、黑龙会、兴亚院、新民会等日特机关，也不属于伪军警的特务系统，只是“金公馆”的人。金公馆有十几个“外勤”，可是“猴爷”一直独来独往，不时出现在龙华寺周围，在时间上没有规律，不像有统一的安排，更没有接班、交班的更替。

如果金碧辉出现在龙华寺是针对“李老太太”，侯天魁也发现了“李老太太”，肯定会有突击行动。要是放长线钓大鱼，也不会叫一只“猴”单练。

龙华寺是个重要的“点”，在没有闹个水落石出之前，只有暂停使用。解铃还须系铃人，得从侯天魁下手，对这只“猴”进行审查。

这天“猴爷”又来到龙华寺门前钓鱼，刚把家什摆好，他的左右就坐下了两个人，把“猴”夹在了中间。其中一个人亮出了证件，侯天魁一看可傻了眼，是沙滩宪兵队的稽察官。

这人嘿嘿一声阴笑：“你要想活得说真话，有半句假的就得在沙滩地下室里挺尸。这位是三岛股长，他决定你的生死。你们的金老板救不了你，她也不想管这闲事、蹚这浑水。”

这时三岛发话了：“说实话，关系的没有；不说实话，死拉死拉的有。”

侯天魁连连点头：“明白！明白！我全说。”三岛笑了，拍了拍他的肩膀：“吆西！你的顶好。”

猴精猴精的人，干了件傻奸傻奸的事。不但把自己完全交代了，把金老板也给完全交代了。最后的陈情是：“老板不想管了，我只好单练，这个老太太要真是杰克夫人，我就为皇军立了大功……”

三岛听着不断地点头，向他挑了个大拇指：“你的功劳的大大!”侯天魁刚想说句客套话，三岛示意他不要出声，用手往他嘴上一捏，“猴”下巴就耷拉了下来，嘴张得老大，想出声门儿都没有。于是一个劲地点头，表示自己不说话。

三岛在“猴”的耳朵边上小声说：“你的，知道的大大的多，说的大大的多。闭嘴的有，永远的闭嘴。”侯天魁急了，“猴”眼瞪得溜圆，一个劲地摇头。这时突然觉得脑后“嗡!”的一声，两眼一黑，就永远闭上了嘴。

永远闭上了嘴的侯天魁，被人不知鬼不觉地顺到了后海里。龙华寺这个点又开始了正常的运转。

侯天魁蒸发了，金碧辉并不感觉到意外，不但没有声张，也没有寻找。她有一种感觉，这是件好事。她不想利用这个邪人了。邪来邪去，弄不好把自己也邪进去。“用邪招邪”之说，不可不畏。

三、刀向阵门

13

关公馆开门就是后海北沿，和醇亲王府只隔着一条五尺巷，又称为“王府夹道”。后海北岸遍栽垂柳，王府夹道的南口有五株古柳，口碑相传是康熙朝的大学士明珠所植。

每到夏日，绿荫如盖，湖面上是一望无际的荷花。荷风柳韵，入诗入画。常缨就称二伯为“五柳先生”，城工部系统把“五柳先生”当成了义德的代号。

此时“五柳先生”正在书房里看报，头版头条新闻是《公益大益》：

通过三年多的组织建设，北平公益总会不但颇具规模，而且日臻完善。概而言之，内城设六个分会区，外城设五个分会区，分会区下设支会，支会之下设段会、里会。内外城共设一千零九十五个基层公益会。

每会设正、副会长各一人，每三十户设一干事。干事为公益之本，负责具体工作。于时下而言，为大东亚圣战献铜、献木为公益会之首务。

北平系五朝故都，实多古树。且不言天坛、太庙中的古柏，什刹三海环湖地区古柳环生，伐之可也。内四分会的干事们正在进行统计，择其成材者标志之。

略而计之，北平内、外城中可伐的成材古树，总在万株以上。若能皆步内四分会之后先行统计、标识，然后一一砍伐……

头版实在令人不想看了，义德打开了二版，最醒目的标题是《巨人逝矣》：

读者诸君想必都去过万牲园，该园的“门神爷”系身高八尺的巨人。“巨人司收票，敢逃票者稀矣。”此戏言耳，过此公之侧与之比高，实一快也。然此景此观不复存矣。

昨日本报记者获悉，巨人者即张恩诚君。身为“巨人”可是无力赡养妻女，且为债主所逼，“自挂东南枝”，寻了短见。

笔者身材矮小，难与巨人相匹。然玉米面每斤五元八角、小米每斤六元、大米每斤二十二元，比四年前长了六十五倍。就是如此高价，市民也难以买到。每月配给的每人二十斤“混合面”实难下咽，且不说果腹。所虑所忧，系步“巨人”而去……

义德放下了报纸，真是欲叹无声了。门口突然传来了大黑的叫声，大黑是义德家的爱犬，由吴妈喂养，善解人意。犬吠客至，义德就迎出书房。

见大黑叼着一顶日军的“战斗帽”从门外跑了进来，见了主人后把“战斗帽”往跟前一放，趴在了地下并不断地摇尾巴，表示完成了任务，也表示这顶“战斗帽”是战利品，得进行守护。

这时吴妈提溜着菜筐走了进来，反身就把街门关上了。大黑爬了起来，叼起“战斗帽”迎了上去。吴妈放下菜筐拍了拍大黑的头表示嘉奖，笑呵呵地对义德说：“咱们家的大黑可真会办事，您知道这顶狗屎帽是谁的吗，是‘黄三狗’的。”

狗套狗，把义德给说糊涂了。吴妈就从头说了起来：“今儿早上一开街门，就看见‘黄三狗’和一大帮人在大柳树下瞎折腾。个个都戴着‘狗屎帽’，肩上斜披着条白带子，上面贴了个红膏药。‘黄三狗’还穿了一双也不知道哪儿捡来的高筒靴子，又大又笨，走起来踢噜突噜，在那儿指手画脚，吆五喝六。

“这帮人都管他叫‘干屎掌（干事长）’，看他那种神气劲儿真是忘了自个儿姓什么，忘了自个儿是个‘拉皮条’的。这时我听见段二爷正和他们理论，说：“这几棵大柳树不能砍，谁要是给砍了就坏了风水，缺了大德。

“‘黄三狗’把眼一瞪：‘你想积德，行呀！拍票买五棵大树，这五棵就不砍了，我们也省事。没这份儿就家趴着去，当挡横！送你去宪兵队……’段二爷没敢再说，调头就跑了。

“我买菜回来时，一出王府夹道南口，真给我气坏了。都是街里街坊的，哪能这么欺负人呀。‘黄三狗’把交不出铜份的人都给揪了来，在胡同口排成一队，罚站。有十来个人，男女老少全有。满四爷都七十多了，扶着根棍也在那儿罚站。

“是个人就干不出这事儿，得让大黑收拾这块料。我在门里冲大黑做了个手势，它就扑了上去。把前爪搭在了黄三狗的肩膀上一唬噜，黄三狗尖叫了一嗓子就没声了，瘫在了地上装死。

“大黑叼住他的大皮靴就往回拉，拖出了两丈多后，黄三狗还是一动不动。大黑不拖了，一嘴叼起他头上的‘狗屎帽’就跑了回来。

“黄三狗爬起来就跑，没跑几步就摔了一个结结实实的‘狗吃屎’。看热闹的都拍巴掌叫好，罚站的全没影了。他那帮‘干屎（干事）’早不知道跑到哪儿去了。您说咱家的大黑多会办事……”

义德也拍了拍大黑的头，说：“今儿晚上给它点儿好的吃，这狗通人性。黄三狗住哪儿你知道吗?”“就住在糖房大院七号，是个独院，天天拉皮条，胡同里的人又管他叫‘骚三’……”

晚上“骚三”还真挺忙，先安排好了东西厢房的“客人”，又把“干屎”们都传了来“议事”。往上房的太师椅上一坐，还真有点“干屎掌”的范儿。所议之事是怎么才能“把脸给找回来”。

没想到“干屎”们只顾喝茶、抽烟，就不往正题上说。“干屎掌”急了，把脸一沉：“我这可不是茶馆，把诸位请来是议事的，闲话杂事，明儿去二友轩说。”

“干屎掌”沉了脸，“干屎”们也就变了脸。杨二嘎第一个开了腔：“狗给您搅了局，您得从狗身上找回来。狗不会说话，更不会赔礼，您得找狗主人去。”

“这条狗我认识，是关公馆的。”“狗有主就好办了，您好歹是个‘干屎掌’，明儿一早就上关公馆兴师问罪。”“去关府上兴师问罪，这可是个好主意。您敢敲门进去，我们大伙就敢在门外给您站脚助威……”

“关府上的门可不是好敲的，敲响了后吃不了兜着走。说句实话您可别挑眼，去我是去，可站脚不助威……”

关府上的门怎么敲还没有议出来，黄“府”的门就被敲得山响。听声就是来者不善、善者不来。一个嘴损的说：“别是来抓嫖的，我可不能糊里糊涂地进局子。”“放心，咱哥们都戴着‘战斗帽’。”“不是‘放心’是‘放屁’，战斗帽哪儿买不来。”

“放心”和“放屁”还没论定，“骚三”已经硬着头皮打开街门。没想到的是走进来两个日军军官，一个少佐一个中尉。跟着一个翻译官，翻译官穿着治安军的少校军装，看来来头也不小，身后还跟着四名卫兵。

“骚三”先是一愣，后是连连鞠躬：“太君的好！花花姑娘大大的有。”

少佐没有理他，中尉拍了拍他的肩膀说：“花姑娘的有，花花姑娘统统的出来！”

“骚三”又是一愣，鞠着大躬连声说：“太君稍候！太君稍候！”说完之后即窜入厢房，抱拳作揖：“诸位！诸位！日本人来了，要花花姑娘。”

好事被搅了，一个鲁哥不分轻重缓急、青红皂白，抬手就狠狠地抽了“骚三”两个耳光，打得他眼冒金星，两腮立即得了痄腮。

这时卫兵走了进来，抡起皮带见人就打，少说一人也得挨了十几皮带。打够了后把屋子里的人全都轰到了院子中，少佐开始训话了。少佐说什么，谁也听不懂。

只知道最后指着“骚三”说：“三宾的大大的给。”少佐的话刚落音，中尉就走到“骚三”面前，抡起大巴掌狠狠地抽了他四个大嘴巴。这真是雪上加霜，旧伤之上添新伤，“骚三”的鼻子、嘴全给打破了。

兔子急了都咬人，“骚三”虽有“黄三狗”之称，可借点胆也不敢咬太君。于是拿出看家的本事——往地下一躺，死了。

中尉见“骚三”死了，说了声：“吆西！”就掏出了打火机，把他头上的狗毛给点着了。“骚三”一下子蹦了起来，捂着脑袋连声叫：“太君！太君！我的公益会干事长的干活……”

这时翻译官走了上来，又没头没脸地抽了“骚三”几皮带，然后开始翻译太君的训话：“……身为公益会的干事长，不恪尽职守办理公务，竟然从事拉皮条的行当。

“对于献铜、献木，也不肯带头。现在就把这个院子里的铜器全部没收，院子中的两棵大树明天必须立即砍伐……

“凡是公益会的干事，必须立即行动起来，做好带头工作，献出家中的全部铜器、树木。对于嫖娼的人按有伤风化论处，惩以劳役，负责砍伐院中的两棵大树。”

这时四个卫兵已经把屋中的铜盆、铜壶、铜痰桶、铜火锅……都给搜了出来，连铜烟袋锅也没有放过，全部集中到院子当中。

“骚三”突然明白了过来，顿悟了。向少佐连鞠了三个九十度的大躬，说：“太君的放心，明天我一定带头……”少佐笑了：“你的带头，顶好的顶好！”说罢一挥手：“开路！”

太君开路了，院中的人一下子夺门而出，跑了个干干净净。只剩下“骚三”一个人，站在院子中间双手捂着腮帮子发呆。呆了一会，又顿悟了。

我图的是嘛？原想的是这儿的地名好——糖房大院，住进来也就掉进了蜜罐里，就租了个独院开起了暗门子，当皮条客，空手套白狼。这碗饭也不好吃，内软外也软，见人矮三分。

原以为天上掉下馅饼来，没花钱、没托门子，就连桌客都没请就当上了干事长，这回得梗梗脖子拔拔份了，没想到却招来了这场横祸。

这房子、家具都是从马五爷那儿租来的，这月的份儿钱还没交。马爷可不是好惹的主儿，明天可怎么办？我黄三爷可不是一棵树上吊死的主儿，没明儿了，今儿晚上我就走人。

一走了之，明儿早上日本人来也好，不来也好，那是马五爷的事了。献铜、献木由姓马的去顶着。他有份就把日本人摆平了，没份就带个头儿吧，黄爷走了。

“干事长”黄三爷奔了火车站，几个挨了一顿大皮带的“干事”正聚在小酒馆“进门顺”里喝闷酒，商量着怎么脱套。

真是背透了，喝口凉水都得呛住。这“干事”不关钱粮不发饷，连个“委任状”都没有，还得自个儿置个行头去充“爷”，那“战斗帽”谁都知道，是从西单的三岛屋买来的。别说有来头的人了，见过世面的人、明白事理的人，谁都不买账。

你一言我一语，议来议去也明白了。明儿早上把“战斗帽”往柜子里一收，该干嘛就干嘛去，献铜、献木，没咱哥儿们的事了。

有一个是“渐悟”加“顿悟”，说了一句真明白的话：“还等什么明儿早上，我这就把‘狗屎帽’往怀里一揣，出门时往街上一扔。什么‘干屎’、‘稀屎’，爷全不知道。先干了这壶酒，明儿早上还得去奔饭辙，找碗人饭吃。”

在糖房大院惩治“骚三”的“小分队”是义德派出去的，少佐是郑新诚，中尉是王宏，他俩都说得一口好日语，别说唬汉奸，见了真正的日本人也顶得住。翻译官是徐承志。

惩治完“骚三”后徐承志就奔了齐一家，在那里有个碰头会。胡兴华、常缨全在。常缨传达了城工部的最新指示：“一定要尽快搞垮公益会。”

日军在占领区组建了伪政府、伪军、伪警察，还建立了伪民众组织。新民会主要的活动是宣传圣战，鼓吹中日同文同种，共存共荣，号召“反共救国”、“和平建国”。兴亚院在文化领域内进行渗透，从拉拢没有骨气的文人，到掠夺、盗窃文物全干，是夹着文明棍、带着白手套的贼。

“公益会”原准备通过“日中亲善”，搞些“慈善事业”。可是强盗杀人放火惯了，根本装不出“亲善”、“慈善”，所以“公益会”有名无实，没有展开过活动。

在“治安强化”运动中，宪兵队找不到直接的帮手，于是着手把“公益会”变成了“实体”，意在建立起“基层组织”。“公益会”的各级成员大多不是“文人”，可以归之为不同档次的“歹人”、“嘎人”、“坏人”。其上层有些政治、经济背景，中下层多系市面上、胡同里的“串子”。

“串子”们四处乱窜，地熟人灵，活动力、破坏性均很强。从政治、经济地位上来说，这些人很难和日伪结合，但极易被日伪所利用。一旦“公益会”的中下层人员被日伪所利用，会造成极大的危害，所以尽快地搞垮“公益会”，是当务之急。

徐承志向大家汇报了糖房大院刚发生过的一幕，常缨认为干得不显山不露水，值得效法、推广。对“公益会”不是“宣战”、“讨伐”，而是将其迅速搞垮，使日伪的阴谋不能得逞。

常缨向上级汇报之后，城工部制订了一个通盘的计划，通过各线付诸执行。“公益会”的总会是个“架子”，在内外城划分了十一个分会区。分会区是活动的实体，只要把十一个分会长搞掉一半，“公益会”就能“趴架”。

分会区以下的各级组织，其成员的特点是“歹”而“杂”，“两眼只认现大洋”。原因很简单，大多数人“得奔饭辙”。没有立竿见影的实利，“爷不干活儿”。“不见兔子不撒鹰”，“抓了兔子得归放鹰的”，他们和日伪合作没有什么基础。只要今天的目的没达到，明天就找别的路子。投机性很强，一哄而上，一哄而散。对这帮乌合之众，就是让他们“顿悟”，一哄而散。

具体而言又分为甲计划和乙计划。甲计划是针对十一个分会长的，搞掉六个就过了一半。确定了目标以后，又分为甲一到甲六六个方案。乙计划是针对下层的，也分若干方案。

执行过程是先甲后乙。甲计划实施后使一半以上的分会陷于瘫痪，此时再施行乙计划，使剩下的分会陷于混乱。

“公益会”的分会长，有两个人有些经济背景。一个是兴隆货栈的朱经理，一个是茂源公司的杨经理。太平洋战争爆发前都是跑租界倒运“战略物资”的洋鳖，日军进入租界后就改换了门庭，当了“公益会”的分会长。为了向新主子表功捞些资本，干得挺欢。

宋大中对这两个人是“门儿清”，借着齐燮元还想搞美元的机会，把这两块料捅了个“底掉”。督办的眼红了，就打上了二位的主意。

义德又从旁加了把火，说：“朱财发、杨进财两个人行迹恶劣，声名狼藉，为人不齿。怎么收拾都可以，不过还是不声张为好，好歹还是新出任了‘公益会’的分会长。”

齐燮元听了哈哈大笑：“原来我还有些顾及，听你这么一说，我就先让他俩当献财童子，来个破财消灾。要是不识相，就先抄家、后就地正法以平民愤。”

督办定下大计，就由胡尧、胡兴华叔侄来执行了。胡兴华是个线线通的人物，没几天就把朱经理、杨经理“查”了个一清二楚。

这天朱经理、杨经理联名发帖，把“公益会”十一位分会长聚到了什刹前海之滨的会贤堂，商议共同行动的大计。宾主落座后，酒菜立即上满了桌。朱经理站起来举杯言道：“在下与杨兄把诸位请来，就是为了……”

为了什么还没有说出口，就听见一声：“大令到！”紧跟着就闯进了治安军司令部的稽察队。各个都戴着执法绶、挎着盒子炮。为首的执法官满脸杀气，胸前武装带的半套上斜插着两把昭和式王八盒子。

身后立着两名执法士，手擎明晃晃的鬼头刀。就见这位执法官侧步让身，喊了声：“请大令！”一个手举大令的执法尉上前一步口宣：“查朱财发、杨进财二人勾结美、英两敌国，倒卖战略物资破坏圣战……”

大令宣读完毕后，朱会长、杨会长已经瘫在了椅子上，执法官一挥手，执法兵扑上前就把朱犯、杨犯押了出去。

剩下的九名会长都傻了眼，你看看我，我看看你，刚想开溜，站门的就全给拦住了：“哪位爷结账？”

九位爷一块儿瞪了眼：“谁定的桌谁结账，干我个屁事！”没想到站门的眼瞪得更圆：“知道这是哪儿吗？这是满洲国驻北平接待处。到会贤堂来赖账，甭想。”

九位爷想了想，就办了个饭团，把这桌饭分摊了。钱既然花了，饭也不能白扔，就座下来吃吧。虽说酒是酒菜是菜，够丰盛的，可是吃起来堵心、喝起来窝心，还为两位“同僚”揪心。这顿饭是栽面、栽里、栽到了家。

可是此时此刻，朱财发、杨进财已经从舅舅家栽到了姥姥家。面对铁证、铁卷，全招了，不但画了押，而且写了悔过书，表示“交出全部非法所得的动产、不动产，以求免于死罪”。

负责主审的“胡军法监”，也就法外开恩，在二屋办理完了献宝手续后，特许二犯“取保候审”。在“候审”的过程中，二犯均“畏罪潜逃”。稽察处立即下达了一道“通缉令”，算是了结此案。

没想到的是“通缉令”一下，王八爷也跑了。说起八爷来那可是个仗义的主儿，朱财发、杨进财下了大狱，家是被封了、抄了，可人不能“亡”呀。八爷当众拍了胸脯：“甭管怎么说，朱经理、杨经理也是咱们‘公益会’的人，这个保人我当了。”

姓王的仗义，姓朱的、姓杨的可不仗义。撒丫子一跑，把保人搁了进去。这案子事关里通英、美两个敌国，水太深。王八爷想了一宿，第二天早上就没到东悦轩“升帐”喝早茶，从北平消失了。

八爷在“公益会”的十一名分会长中，份最大、牌最亮、名最响，在街面上是踢得开、叫得响的人物。一连三天不到东悦轩“升帐”，别说手下“听点的”，就是“混事的”、“捧人的”、“聚气的”、“沾气的”都明白了——八爷栽了，躲事去了，咱哥儿们也该散了。

果不出所料，三天后就证实了，八爷家让稽察处给封了，大门上还贴了张通缉令。“公益会”的十一名分会长，一下子就跑了三个，罪名都是“勾结英、美，里通敌国，破坏圣战”。

“论资排辈，按份抬人。”下一个栽了的就该轮到钱二爷了。二爷是另一路子的主儿，不招人、也不聚气，就是“聚钱”。甭管到哪儿赌、怎么赌、赌什么，准赢。

钱多了就招事，钱二爷不知道动了哪根筋，就“愿为北平市民办些实事，更愿为圣战贡献一份力量”，欣然出任了“公益会”的分会长。当上了公益会的分会长后就是风光，“不招人”，可有人来捧场，“不聚气”，邪气、歪气就跟上了、傍上了、摽上了。

钱会长接到了一张请柬，恭请大驾到东亚饭店一聚。自从“钱爷”变成“钱会长”后，应酬自然多了，饭局的档次也高了一格。可是到东亚饭店来吃请，还是大姑娘坐轿——头一回。

为此，“钱会长”特意置办了一套行头——皮鞋、礼帽、文明棍。可中段还是马褂、大褂，看起来不伦不类。为了赶时髦，到理发店剃了日式的“卫生胡”。

对着镜子一照，自我感觉良好。脖子一梗胸一挺，身高长了两寸。出门后叫了辆三轮，直奔东亚饭店。

进门时一出示请柬，服务生就迎了上来导入了日式料理间。“钱会长”

真是受宠若惊，还有两位穿着和服的日本朋友也在恭候着。见面后互报姓名，“钱爷”也真会来事，学着日本人连鞠九十度的大躬，然后席榻就座——开吃。

生鱼片、生鸡片、生肉先一个劲地往进装，太阳牌的清酒一股脑地往进灌。“钱会长”本是酒囊饭袋，不但能吃能喝，而且“吃嘛嘛香”。

酒足饭饱之后，乘兴就上了赌桌。开局大吉，赢了个满盘满贯。可是又连输了九局，满了十局后一结账，“钱爷”就和钱没缘了，一局是一万块大洋，就是把媳妇给押上，也凑不满数，还不了赌债。

东亚饭店的赌场向来文明，可是有一套完善的制度，确保赢家、输家的权益。“钱会长”办理完了相关手续后，在各种文件上一一画押按了手印，然后就被移送给了警察分局。

警察分局自然是“照章办事”、“依法处理”——先抄家后封门。“钱会长”被扫地出门后，自然也就无心再到“公益会”理事。

从赌桌上栽的当然要从赌桌上爬起来。再说了，除了赌之外“钱爷”还真没有别的能耐。不知从哪拆兑出了点儿钱，“钱爷”就奔了珠市口的宝局。

在珠市口玩儿钱，“钱爷”是手拿把攥。可是这回邪了，连三盘不开张，输惨了。宝局可不讲文明，一通暴打之后，把“钱爷”光着脚扔了出来。

《小实报》也跟着凑热闹，把“钱爷”光着脚的事登上了头版头条。《小实报》是新民会的机关报，真是大水冲了龙王庙，自家人不认自家人。更是“本是同根生，相煎何太急”。

《小实报》的销量很大，副官处的办公室里也有一份。胡兴华看着报纸笑了，锁定了下一个目标——苟二爷。

“公益会”十一个分会长中，苟二爷是个武混混。真功夫没有，可是有个儿、有块儿、更有个样，长得熊腰虎背、豹头狗眼。具体来说，就是腰粗、背宽、脑袋小、眼睛小，看起来让人发瘆，没动手就叫人发颤。

街面上叫横的、耍胳臂粗的，都怵苟二爷一头。没人敢跟二爷过招，只要把小狗眼一瞪，事就了啦。苟二爷也就成了“狗二爷”，走到哪儿都是黄狗赶鸭子——呱呱叫。

“狗二爷”没有别的嗜好，就是好嫖，只要“狗”出钱来就往八大胡同的“欢喜地”送，看上了一个叫“赛贵妃”的姑娘。

这天进了“欢喜地”刚要伸手翻牌，身后就有人拍了他一下肩膀，说了声："慢着！这姑娘爷包了。""狗爷"回头一看就乐了，这个抢风的中等身材，看着就不起眼。于是话也不说，抬手就是一个嘴巴。没想到的是嘴巴没抽上，"狗"腹上却让人狠狠地捅了一拳。"狗二爷"一声尖叫，就座到了地上。

这位爷冲"狗爷"一笑："起来！不起来就是狗娘养的。""狗爷"没急，揉揉肚子慢慢地站了起来拍拍胸口说："你有种，打得好！知道我是谁吗？我是公益会外二区的苟会长。"

这人一听连连拱手抱拳说："失敬！失敬！原来是苟会长，看来在下是没有打错。"

话一落音，转身就是一个扫堂腿，把"狗爷"踹出了一丈多远，结结实实地摔了一个狗吃屎，爬不起来了。然后慢条斯理地走了过去，踢了踢"狗"腿，说："在下得给苟会长留下点记性。"

说罢一运气，在两条"狗"腿上各踩了一脚。两声"狗"嚎之后，这位爷往地上扔了十块大洋，说："找个接骨的去吧，当个瘸子也没什么大不了，后半辈子长点记性。"

说罢，转身扬长而去。

妓院的行规是嫖客相斗，一不介入、二不报官。带气的、不带气的都抬到江南城隍庙，往积善堂的台阶上一放，事就算了啦。对于苟会长，当然也是照章办理。

被打伤、打死了的人，也是"江湖事，江湖了"。因为官方有个不成文的章程——"不问骚案"。接到报案也就是备案，不会去破案。苟爷虽说已经变成了"苟会长"，大概还是"率由旧章"。

和"狗爷"不同，赵四爷是"公益会"中唯一的"文人"。办过小报、当过主编。后来又跑琉璃厂，倒卖起了古董。玩了不少人，又被人玩了。知道这行水太深，就改行当起了"律师"。可是考不下执照，没法挂牌，只能在暗中包揽讼词，当个黑律师。其实是专走法官的后门，拿断案的分成。

说来也邪，当律师却当发了，房子、车子全齐了。把白的说成了黑的，把黑的说成了白的，害得多少人家破人亡、妻离子散，闹了好几条人命。

鬼使神差，"赵大律师"变成了"赵大会长"，打官司时又多了一手——"破坏大东亚圣战"。恶贯满盈之后也就成了甲计划中的"六号"。在案在数，到了该报的时候。

“四爷”的官称是“赵先生”，既是“文人”，当然有几分“风雅”，吃、喝、嫖、赌之外，所好就是钓鱼。赵会长并不缺鱼吃，钓鱼之乐在于心，是一种心理上的满足。因为赵会长的职业就是在人海中钓鱼，凡是上钩的人和水中被钓上的鱼，殊途同归。

钓鱼的地点赵会长选定在故宫西北角楼下的临水榭，这里十分幽僻，掩映成许多死角，很少有人打搅。凭栏远眺，白塔、景山尽收眼底。俯看御河，芦花瑟瑟，澄水悠悠，千古兴亡尽在其中。“鱼之乐，人之乐；子非我，子非鱼”，是玄机更是真谛。

太公钓鱼，“愿者上钩”。赵会长钓鱼，“机关算尽”。摆好鱼竿，鱼钩上挂好香饵之后，忽闻木屐之声。

回头一看，走来了两名穿着和服的日本人。出于本能，立即起身相迎。这两个日本人颇有绅士的风度，示意赵会长继续钓鱼，然后一左一右坐了下来，把“会长”夹在了中间。

会长一下子明白了，低声说道：“二位也是受人之托，我加倍出个价儿……”“你现在只能当个明白鬼了，我们是除奸团铁血队，受北平人民之托，对你执行死刑。”

赵大律师临危不乱，低声说：“我是否可以上诉？”话还没有落音，两个胳臂就被卸了下来。刚要喊“救命！”下巴就被托掉了，嘴张得老大。

“玩儿的不错，可我们比你会玩儿。你会游泳，可不是好手，只会‘狗刨’。现在你可以往下跳了，自己去执行北平人民的判决。”

“赵大律师”摇了摇头，两眼充满了企生的渴求。这时耳边传来了一个威严的声音：“你无权上诉，这是北平人民对你的最后判决，立即执行。”

说罢，悄悄地把这个“人渣”沉入了水中。执行人就是郑新诚、王宏。后海北沿的戏，在筒子河又演了一出。“侯爷”、“赵爷”殊途同归。所异者，一个是糊涂鬼，一个是明白鬼。

甲计划中的七号是尹大爷，七七事变后他就帮着“白为人”往东三省拐骗劳工。“白为人”蒸发后觉得不妙了，安生了几年。“公益会”实体化，尹爷认为时机来了，出任了分会会长，又重操旧业。

尹大爷是个“瘾大爷”，四九城的“土膏店”（大烟馆）都能平蹚。有“会长”这块招牌之后，在土膏店也“牛”了七分。还真有人“巴结”，给“瘾爷”在“云汇轩”土膏店定了个包间，表示要“孝敬、孝敬”。

酒足饭饱之后，尹会长来到了包间。两杆大烟枪同时上了“顶膛火”，打了好几个“连发”后，也就进入了福、禄、寿、喜、酒、色、财、气的幻境——一队队的劳工上了火车，一包包的大洋往家拉……

这个美梦不会醒了。一个时辰过去了，该上茶走人了，烟倌前来撤灯收枪，尹爷直挺挺地躺在大烟榻上，已经凉了——抽死了。

甲计划顺利完成，原定的六个目标完成了八个。乙计划也就全面展开。乙计划的一号行动开局制胜，干得那叫漂亮。

“公益会”的内四分会有个支会长叫汪大柱，这个人的脑袋特别大，绰号也就成了“汪大头”，在“嘎界”、“混界”有点名气。自认能当个“分会长”，没想到屈就了个“支会长”。

为了拔拔份儿，在德胜门里老字号“北益兴”饭庄对面租了三间门面房，开了“东益兴”。按方位“东益兴”该开在东直门、朝阳门里，跑到北城根来开“东益兴”是招人笑话。殊不知“汪记”的东益兴另有所指，“东”是日本，“益”是“公益会”。门前的楹联是：

中日亲善永结盟好，东亚崛起共创太平。

开张大吉时更邪，门上挂了好几面膏药旗。请来了洋乐队又吹又打，动静可真不小，就是没有几个来贺的人。

“东益兴”是茶馆、酒馆、饭馆、烟馆一体化，进了后柜就是十几张大烟榻——点灯开抽。更邪行的是在烟室里还供了天照大神，挂起了昭和天皇的“御容”，意在震慑来捣麻烦的人，“东益兴”是“汪记”的下属字号，信日本教、认日本爹。

开张后来吃饭的人没有几个，可聚了一大帮公益会的“干屎”、“干屎掌”来喝茶、议事，闹得沸沸扬扬，俨然有“山门”、“堂口”的气派。

汪大头虽说是没赚着钱，可是聚了“人气”，腆着肚子在街上一转，也算是个“人物”。可是租来的房子不交房钱，赊来的柴、米、油、盐、鱼、肉、茶、糖……拖着不结账。债主要是找上门来，“干屎”、“干屎掌”一齐上阵挡横，一个个都是又臭又硬，摆开的架势就能“不战而屈人之兵”。

汪大头的脑袋大，脸也就大。在“段上”、“局里”有几个熟人，多少有点面子。对付这号人得来点实的，不能照抄整治黄三狗的药方。

这天是星期日，“东益兴”的早茶刚散就走进了头十个“皇军”，是清一水的军官，都挎着大和刀、王八盒子，挺神气。为首的是个少佐。还跟着二十多个治安军的军官，屎黄咔叽的军装，武装带上别着驳壳枪，脚底下是翻毛皮靴，把方砖踏得山响，透着牛气、邪气，为首的是两个少校。

这阵势让汪会长一惊一喜，不知是祸还是福。就见少校和少佐叽哩呱啦地说了一大通，少佐笑了，冲汪大头挑了个大拇指说了声“吆西!”

少校拍了拍汪大头的肩膀：“今天你走运，太君要在你这儿吃午饭。伺候好了，有你的好事，要是砸了，你这大脑袋也扛不住。太君是看上了你门前这副对联，要照相留念。

“照片寄回日本往报纸上一登，你可就抖啦。天皇也就知道北平有个‘东益兴’，一道圣旨，北平市市长没准就是你的。酒菜上得要快，要实在，日本人爱吃鸡，烧的、熏的都行。酒嘛，就上二锅头，一人得备上两瓶。

“赶紧打发人到盒子铺去叫，斤半的按人头，一人来上一只。拿手的菜要是没有，立马到对面的北益兴去端。要是冷了桌，那可是找不自在。钱你别担心，来的都是军官，外场人，可讲究。”

汪大头连声说：“明白！明白！有事您明说，多指点。咱可是一回生二回熟，往后您就常来。”

“那还用说，你这个朋友我是交定了，快张罗去吧。”

汪掌柜一出门，见皇军、治安军两人一组，分别在门柱的楹联下合影，可忙坏了两个照相的。小合影照完了又照大合影。汪大头可真乐晕了，心想：“真不知道哪块云彩有雨、哪炷香敬佛后有灵。就凭这帮人在门口这么一折腾，我真是抖啦!”

照完相后进店落座，一共是四桌。刚刚坐定门口又进来了十几个军官，穿的是蒙疆自治军草绿色的军装，为首的是个中校。

刚坐下的都站起来迎接，互相敬礼、握手，看起来挺亲热。然后又一同拥到门外照相。汪大头心里乐开了花：“就凭这响动，别说街面上的人，就是官面上的人也得高看我几分，这份儿就坐下了。”

“东益兴”门前的这出，是义德安排的。“皇军”是清河军校的教官，“治安军”是来受训的连排级军官，少校是郑新诚、王宏。

毕业前军校照例有次“亲善活动”，郑翻译官就把这伙人拉到了“东益兴”。穿草绿色军装的一伙，是蒙疆自治军驻北平办事处的，也就是季守信公馆的副官、警卫、军需。

这伙人一到，也就壮大了“亲善活动”的声势，也可以算是日本教官的政绩——“日中蒙”大联欢。开席之后，少佐首先站起来致词：“友谊的大大，亲善的大大，联欢的顶好！统统的咪西！大大的咪西！烧鸡的咪西，白酒的咪西。”

致词简而明，说罢带头举杯叫“干!”然后迫不急待地撕下一个鸡大腿：“大大的咪西!”

这时，由北益兴端过来的清蒸乳鸽、红烧全鱼、炖牛尾、炒虾仁、扒肉条、火爆三样、红烧鸭块……全上了桌，大联欢也就进入了高潮。少佐又站了起来，大声喊道：“统统的举杯，统统的咪西。”如是者三，舌头都发直了，可是又抄起一瓶老白干，来了个对嘴亲。

汪掌柜是忙里忙外，忙了个脚丫子朝天。可也真没白忙，酒足饭饱的少佐又向他挑了个大拇哥：“你的朋友的大大！亲善的顶好！心交的心交，友好的友好。”

汪会长受宠若惊，觉得表忠心的时候来了。鞠着大躬说：“我的供奉天照大神，还供奉天皇陛下的御容。”

少佐一听立即打了个立正，高声宣布：“瞻仰的瞻仰！统统的去瞻仰，统统的去敬礼。你的，头前带路。”

汪大头大喜过望，鞠躬侧身，把醉鬼们引进了“后柜”。此时十几名“瘾君子”正歪七扭八地倒在烟榻上吞云吐雾，抽得正香。

就听少佐大吼了一声：“八嘎压路!”抡起大巴掌就狠狠地给了汪会长四个“三宾”。跟着进来的“太君”也都愤怒了，把烟榻上的“瘾君子”揪了起来，“统统的三宾的给”。

到“东益兴”来抽一口的人，是清一水的“干屎”、“干屎掌”。糊里糊涂地被揪了起来，糊里糊涂地挨了“三宾”。于是糊里糊涂地大声喊道：“太君！不要误会，我们‘公益会’的干活，良民的大大。”

走在后面的“治安军少校”听到了叫喊声，紧三步挤进了“后柜”。见打人的怒气未消，打得正起劲。挨打的百相丛生，有鞠躬的、有下跪的、有装死的，但效果都一样，被揪起来着实地打。

“干屎”、“干屎掌”都是又臭又硬的主儿，这下子全现了原形，被打得爹妈乱叫，最后统一为一个声音：“太君饶命!”

“少校”这时明白了，“公益会”的干活还要挨顿臭揍的原因是犯了“大不敬罪”，共有三条。其一是在天照大神的圣龛下，在天皇陛下的御容前抽大烟。其二是将大烟枪放在天皇陛下御容前的条案上。其三是将一双臭袜放在天照大神的供龛上。

一条比一条严重，可以说是“罪大恶极”、“其行可诛”、“罪不容诛”。打够了之后少佐宣布：“良心的大大的坏了，送宪兵队，死啦死啦的有!”

听到判决之后，“干屎”、“干屎掌”一片哭声：“冤枉呀！没犯死罪，太君饶命……”

这时“少校”和少佐又叽哩哇啦地说了一大通，少佐点了点头，又宣布：“统统的示众。”“少校”踢了跪在地上的汪大头一脚，说：“还不快起来，在门口跪成一排，得有个跪相，跪直点。

“双手举上一张白纸，上面写‘大不敬罪，该死’。死不死就看你们的命了，要真送到沙滩宪兵队，先灌凉水后活埋。”

汪大头一下子抱住了“少校”的大腿：“长官救救我们呀，让我们干什么都行，我不想死。”

“好死不如赖活着，我跟太君说说，就让你们到东三省去当劳工吧。”

汪大头“哇!”地一声哭了出来：“您救我一命，下辈子当牛做马……”

“先说说这辈子，你想不死得让太君开心。赶紧打发人把烧酒、熏鸡备好，多多益善，这可是买小命。再到对面北益兴定六桌，晚饭前一总送过来。你带头在大门口跪好，‘示众’。太君见你们心诚，没准法外开恩。凭你们的罪，在宪兵队喂了狼狗也不冤。狼狗爱吃活物，一块一块地撕，一口一口地啃。”

汪大头的裤子湿了，可还是爬了起来一一照办。

大街上看热闹的人开始聚了过来，两个提溜着哭丧棒的警察正好经过。少佐上前命令说：“你们的负责监视，没有我的命令起来的不行，起来的死啦死啦的有。”

说着，向汪大头做了一个砍头的手势。然后向身后一挥手：“统统的开路，看戏的顶好。”走在后面的一个少尉突然心血来潮。说了一声：“清醒的大大，水的给。”

说完之后拦下了刚上台阶的“送水的”，把两桶水分别淋在了示众者的头上，个个都成了落汤鸡。北平的三月初还挺凉，冻得大烟鬼们上牙直打下牙。“干屎”、“干屎掌”们都成了一摊摊“稀屎”。

看热闹的围了个里三层外三层，趁着热闹有人扔石头子，有人啐唾沫，乱成了一团。大街上的交通都中断了，两个警察忙乎了起来，挥舞着哭丧棒维持秩序，怕闹出乱子来。

两个时辰过去了，看戏的才回来。两个警察敬礼交差，少佐看了看大烟鬼们一个不少，都跪得直挺挺的，说了声："大大的好！"就走进了"东益兴"。

六桌坐得满满的，看来又"联谊"上了一批客人。从北益兴端过来的八大碗、八大盘一上桌，少佐就乐了，连致词都免了，只喊了一嗓子："统统的咪西！大大的咪西！"

盘干碗净之后，每人揣了两瓶烧酒，拎了两只熏鸡，"统统的开路！"下台阶时少佐发了善心，对汪大头说："你的悔过的大大，认错的大大。死啦死啦的没有了，下星期准备好，联欢联欢。"

少佐走了，大烟鬼们都瘫在地上爬不起来了。两个"少校"相顾一笑，这出戏是戏中加戏，比"剧本"要成功得多，精彩得多。

爬不起来的人有的被架走，有的被抬走。东益兴第二天没开门，匾也摘了。

乙计划的二号行动、三号行动……执行得也很顺利。"公益会"梗得快，蔫得也快。田中大佐硬着头皮到铁狮子胡同向竹内汇报，这位宪兵队长最后的结论是："我明白了，人渣是没有利用价值的。"

可是他永远不会明白，只有人渣才找人渣合作。想利用人渣的人，自己一定是人渣。不同的人渣都是一个命运，被人类、被社会、被历史所遗弃。

14

竹内听完了田中的汇报点了点头，又摇了摇头，一句话也没有说。真是丈二的和尚——摸不着头脑。是肯定？是否定？田中毛了，不知所措。

看表情，竹内是在深思。于是田中站起来立正、鞠躬，转身退了出来。

竹内是在深思，偷袭珍珠港成功之后，帝国的陆海军在太平洋战场节节胜利，可以说是所向无敌。在中国战场上却是进退失据，不能自拔。

战！无力向前推进。守！只能在兵、民大海中死守，也就是守死。撤！军人全知道，有力量进攻，才有力量后退。没有力量进攻的后撤，和溃逃是同义语。

大本营已经无力再向中国战场上投入新的兵力，还不断从现有部队中抽调炮兵、装甲兵、汽车兵、通讯兵南下太平洋战场。

名为师团、旅团，其实是步兵联队集团，具体到华北战场而言，日军的战领区仅是铁路、公路沿线的“点”，以小队、中队为作战单位进行“困守”，用中国的话来说就是“趴窝”、“趴架”，根本动换不了，完全瘫了。

进攻不可能，撤退也不可能，只能“困守”。趁现在还守得住，得制定一个新的方案……正在苦思冥想，门外响起了一声“报告!”

机要参谋走了进来，双手呈上一封加急加密的电文。竹内打开一看，真是欲叹无声了：

> 大本营训令：陆军省呈报天皇陛下批准，乙山司令官调往太平洋战区，任二方面军司令。所遗职务在新的司令官没有莅任之前，暂由竹内参谋长代行。
>
> 具体任务是巩固华北，支援华中。方针是以战承战、以战养战，以华制华、以华治华。相机抽调兵力，组成突击兵团，打通平汉铁路北段，策应武汉方面军西进宜昌，南进长沙。

放下电报后，竹内仰望天花板发呆。好一会儿才慢慢地站了起来，只身一人来到了司令官的办公室。乙山走下虎皮帅椅相迎，亲切地执手说：“有劳了!”

竹内淡淡地一笑：“祝司令官南进旗开得胜。”乙山微微一笑：“人尽其才，都是为天皇陛下驱驰，华北这副重担非足下莫属。今天上午南京方面的手续全办妥了，华北治安军的将校级军官，原则上每人晋升一级。

“齐燮元已是上将，无衔可加。由汪精卫授予他一级虎文勋章，明令嘉奖他的殊勋。军务局已把这个消息转告了他。”

竹内又是微微地一笑，但笑得很苦。乙山在北平任司令官还不到一年，离任时还要放个“启程炮”，让齐燮元知恩、感恩，真是“于人何必，于己何用”。

笑罢，竹内郑重其事地对乙山说：司令官离任是件大事，我立即通知齐燮元、王揖唐，组织一个欢送大会，一定要隆重……”

“不必了，虚仪、虚礼又有何用？专机已备，我明早就由西苑机场飞往新京，稍事停留后直飞东京。我走后再对外发布这一消息，今晚就在司令部里和大佐以上的军官共进晚餐，算是话别。”

老于官场的齐夑元，对于乙山既不知恩、感恩，也不领情。指着绶带上的勋章对义德说：“给我的勋章是能当饭吃？给你加一个星是能当酒喝？玩儿这虚的有什么用。”

义德惨然一笑，没有接话。齐夑元常叹一声：“日本人跟咱们玩儿虚的，咱们自个儿可得来实的。我说老同学，你得给戴华理打打气，买卖不好做我知道，办法由他想，出了事我顶着。”

和关义德不同，门致中扛上了三个星心里美滋滋的。在华北治安军里，属他的一方面军实力最强。总司令这把交椅他早看上了，千方百计地想和齐夑元来个平分秋色——门总司令、齐督办“共掌大局”。

兵由姓门的带，军政由姓齐的掌。就是治安总司令姓门，治安总署督办姓齐。姓门的精，姓齐的也不傻。都是穿着二尺半走过来的，“行家对行家，里手对里手”。门致中是见缝就钻，齐夑元是分寸不让，斗上了。

胡尧心里也是美滋滋的，胡上校晋升胡将军，“抖啦!”胡兴华、江同源、徐承志、赵鼎诚、王宏、郑新诚也都糊里糊涂地加上了一个豆，可是有一样没变——该干嘛还干嘛。

胡兴华、徐承志该干的事多了，首务之急就是电台问题。城工部和边区的联系电台原设在妙峰山娘娘庙下的灵官殿里，山下的涧沟村有众多的“堡垒户”。

日军“扫荡”时也进驻过涧沟，可是从总体上来说还是在我军的控制之下。灵官殿特殊的地形位置，使之成为无线电监测的“死角”，电台可以随时使用。

事出突然，上周竹内和田中策划了一个“进香行动”，闪击了妙峰山，目的是把涧沟村和周边的香道变成“确保治安区”，在农历四月初一进香时，向北平市民显示妙峰山在皇军的控制之下。由于电台隐藏得很好，没有被发现。可是山顶的娘娘庙里驻进了一个中队的鬼子，山下的涧沟村里驻了两个中队的伪军，把“灵官殿”夹在了中间。

电台既不能使用也不能撤出，北平和太行山上的联系中断了。北平城中有一部备用电台，就隐藏在龙华寺内的神龛下，可是只能收报不能发报。因为北平城中有一个完备的监听系统，是日军用来对付东交民巷使馆内的几十部电台的。太平洋战争爆发后日军占领了东交民巷，可是一无所获。这些电台或是已经撤走，或是被毁掉。日本人很清楚，这些电台有相当的部分会在北平城区重建，所以监听网并没有停止工作，也就是说发报就会被发现。

徐承志是电讯专家，想出了一个险中求稳的方案。铁狮子胡同一号的日军司令部里，有华北地区功率最强大的电台，它发出的强大电波会干扰监听系统，也会形成监听的死角。

如何在铁一号的墙外设立电台，确实是个难题。人以类聚，物以群分，铁一号的后面原是燕京大学神学院，现在是文化特务机关“兴亚院”。东面原是段祺瑞公馆，现在是门致中的司令部。西面原是顾维钧公馆，现在是“黑龙会”的老窝。对面是一座兵营，里面驻着一个混成联队。其功能是拱卫司令部和执行特别的任务。在铁一号四周设立电台，难！

龙华寺中的电台不能发报，遇有急件就得“走交通”。原是燕京大学—温泉村—北安河村—涧沟村—灵官殿这条线。这条线路途较近，遇有急件可以朝发夕至。妙峰山遭到闪击后这条线就断了，只能走东线。交通员把情报送到盘山根据地，得两天的时间，有时三天才能送到天成寺，由军分区的电台发出。

如果“十万火急”的军情。别说三天的时间，就是两天也会造成不可估量的损失。城工部准备在昌平的敌我接合部建立一个应急电台，遇有特殊的紧急情况时使用。可是尚未落实，一切均在筹划之中。

乙山离任后竹内开始组建机动兵团，要打通平汉铁路的北段，至少需要四个师团，十万人以上的兵力。可是华北日军全“趴了架”、“趴了窝”，不可能抽出四个师团。

但大本营的训令十分明确，竹内只能着手组建四个混成旅团，拼凑成约五万兵力的突击兵团。在计划书上组建完毕后，竹内真是欲叹无声。

名为“突击兵团”，可是几乎没有成建制的炮兵、装甲兵、通讯兵、工兵。七拼八凑，组成了两个骑兵联队。

北平机场、石家庄机场上总计有五个飞行中队，六十多架战斗机，全部编入了“突击兵团”。又暗中统计了可以强行征集的汽车，组建了八个汽车大队，加强“突击兵团”的机动性。

计划就绪之后，凡是编入“突击兵团”的部队开始向铁路沿线集结，一旦战役实施，即以空军为先导，进行空步联合作战、同步作战，以奇袭、偷袭、突袭取胜。

就在这时候，新任司令官冈村宁次大将悄然莅任了。在首次召开的军事会议上，就推翻了竹内的作战方案。

冈村也是个中国通，经历和竹内基本相同。所不同的是他的官运比竹内要好，已经晋升为大将，出任了司令官。官大一级压死人，冈村直言道："打通平汉铁路北段，从战役上来说并不难，难的是保证铁路能安全运输。如果让新编成的四个旅在铁路沿线'趴架'、'趴窝'，突击兵团变成了守备兵团，实是用兵的大误。

"最大的赢家是让火车在确保治安区畅通无阻。冀中是平原，可是八路军竟然在平原上建立了根据地，使堂堂的皇军困守于铁路沿线的各个点，为了铁路能通车而疲于奔命。

"所以整个作战计划要改变，首先要消灭盘踞在冀中的八路军，拔掉这个华北大平原上的钉子……"

兵随将转，已经在铁路沿线集结的"突击兵团"悄悄地开往了平汉铁路以西地区，在太行山东麓布下了一个半月形的进攻阵地，配合"突击兵团"行动的治安军也进入了这个半月形阵地。

这是一个绝密的作战方案，齐燮元也未能预先参与。督办大人十分失落，早上和义德一见面就发牢骚说："冈村这个人自认为是中国通，实际上是擀面杖吹火——一窍不通。

"以日本人的兵力而言，只能以点线为战，不可能据有面，竹内是个明白人，组织五万兵力的'突击兵团'，只要打通了平汉路北段，就可以向大本营交差。

"冈村废弃了突击方案，搞什么'五一大扫荡'，要建立冀中确保治安区。打算在五万的基础上再增加两万人，我看是多此一举，最后是劳而无功，真是'笨人下棋死不顾家'。

"他的鬼心计是想解决华北的问题，压倒多田、乙山两位前任司令官，向大本营表功。我看弄不好连差都交不了……"

义德听了后心里一惊，可是一点都没有露出声色，心平气和地说："治安总署也不对东京负责，冈村愿意怎么办，随他去吧，多说一句不如少说一句。暗中关照一下部队，注意保存实力就行了。"

齐燮元点了点头，长长地叹了口气。

离开了治安总署后，义德立即和常缨、徐承志紧急"碰头"。十万火急！万万火急！城工部立即启动了北平—盘山的交通线。

"五一大扫荡"的鸡毛信，只要送到了盘山天成寺的冀东军区司令部，立即就可以通过无线电台报告晋察冀边区司令部和八路军总部。

且不说交通线并不是万无一失的，时间就是战机、就是胜利，得另想办法争分夺秒。三人碰头会定下了险中求胜的紧急行动，不惜一切代价立即执行。

此时已近中午，义德拨通了门致中的电话：“致中兄，我在会贤堂等你。今儿中午咱哥儿俩喝上两杯，客不外邀。”

与此同时，胡尧、胡兴华、郑新诚……也都向门致中司令部的相关人员发出了邀请，把“主事的”都调了出去，或小酌或一聚。

门致中步入会贤堂三楼的“沐荷斋”时，义德已在桌边落座，凉菜全上齐了，就等着客人点酒了。门致中拍了拍肚子说：“得养养胃，就来坛绍兴加饭吧。”

落座之后门致中开言道：“我本打算今儿晚上做东，把戴华理也请来，咱哥儿几个好好聚聚。日本人南进，仗打得倒漂亮，可把家底打没了。都说罗锅子上山前（钱）紧，我看现在是货紧，也就是戴先生还有点儿辙。”

义德一笑：“日本人南进的打算是以战养战，先占领荷兰在印度尼西亚的油田，没想到红毛夷也绝，撤退时把油田全给点了一把火。失算了，现在是用一桶油少一桶油。

“汽车背上了煤气炉，烧的都是大同块、阳泉块，跑不了多远就得添煤加水。我看咱们早晚还得再骑马……”

门致中长叹一声：“马我可骑不了啦，我把一辆美国的道济小卡车改装成了大轿车，看起来挺唬人，还有个样。后屁股箱里是煤气炉，装上半吨大同块，跑上一百多里没问题。我看你也弄一辆，这叫有备无患，清河军校的钱，不花白不花。”

义德摇了摇头：“清河军校快停办了，这期学员都没来报到。说是要打通平汉铁路北段，抽不出连排军官来培训……”

门致中苦笑了一下：“打通平汉铁路是隔年的老皇历了，冈村上任就要露一手，五月一号扫荡冀中，打算半个月结束战斗，然后休整半个月，再移师南下。我的部队现在全拉到了太行山东麓，准备合围吕正操的冀中军区。”

义德心里一惊，脸上不动声色，以军事评论家的口气说：“八路军在太行山、燕山上打游击，那是好手。在冀中平原上作战，是虎落平川……”

门致中连连摇头：“你不带兵不知道八路的厉害。他们在冀中挖地道，户户通、村村通。地遁术比封神榜中的土行孙都邪行……”

这时热菜也差不多齐了，义德给门致中满上了一杯说：“两人小酌不叫‘干!’慢慢地喝，绍兴黄酒的好处在于一个‘醇’字、一个‘厚’字，喝急了就品不出来。”

门致中连连点头说：“‘与吾心有戚戚焉’。我点了坛加饭，就是意在品酒，改日把戴华理邀出来，咱们好好聚聚，还喝绍兴黄酒。我想好好和他聊聊，咱们穿二尺半的，就得靠他这个财神爷了。”

义德笑了：“你还想倒进美元，不怕美国人打败了美元变成废纸。”

门致中压低了嗓门说：“我是行伍出身，儿子可是留美的，亲家翁是辅仁的教授，是教国际政治的，对国际形势我是门儿清，凭日本人的家底，怎么撑也撑不过三年。

“仗打得越漂亮，战线就拉得越长，到时候不攻自破。不战死，也得累死、穷死。老蒋是高人，知道保存实力。我门致中也不傻，凭实力说话，处处留着后手，留着后路……”

义德点了点头：“到时候可别忘了我呀！”

“你放心，清河军校要是不办了，你就到一方面军来，当我的副司令，比在治安总署当个副参谋长强多了……”

关义德、门致中聊得“推心置腹”，胡尧、胡兴华、郑新诚……和一方面军司令部的“朋友”早喝成了“一家人”。这是齐督办早就下达的任务：“和一方面军的人下馆子，大方点！回来后实报实销，没你们的亏吃。”

“主事的”都在开怀畅饮，一方面军司令部就剩下看门的、压办公桌的。偏偏在这时候治安总署电讯处的长官，陪着“铁一号”刚莅任的池田中佐前来视察电讯室。

当班的是个中尉庶务，没见过什么阵势。见了总署的上校、“铁一号”的中佐，真是慌了手脚、乱了方寸。

把一行视察大员让进电讯室后结结巴巴地说：“主任和报务出去公干还没回来……”可是上校、中佐一连问了好几个问题，庶务当然答不上来，池田太君恼了，命令道：“你的立正看着，皇军电讯官上机检查。”

话还没落音，一个皇军女上尉就在机前就位，按响了电键，发起报来。庶务再糊涂也明白了，低声对上校说：“报告长官，我出去给太君端壶茶来，您看……”

上校把眼一瞪：“想活命就站直点，明白吗？”“明白！明白！没您的命令我寸步不离。我出去端壶茶，就是图个什么都没看见，什么都不知道。您办您的事，主任回来了我就说：‘总署的长官陪着一位中佐来视察过，在电讯室转了一圈试了试机就走了。’”“算你明白，也是你的阳寿未尽，命不该绝。你家住北新桥二条十六号吧，后会有期，亏不了你。”

中佐是郑新诚、上校是徐承志，皇军女上尉是常缨。常缨上机后简而明地向晋察冀边区司令部电台、盘山司令部电台发出了“五一大扫荡”的加急情报。目的是双保险。

发报完毕后，庶务把一行视察大员送上汽车，口里一直低声说着：“您放心，我是个明白人，也是个有良心的中国人。您有事就到家里去找我，报务是我的小舅子……”

上车时徐承志和他紧紧地握了握手。

夜深了，在固定的收报时间，常缨收到了边区电台、盘山电台的回电，内容均是设法拖住北平的敌人。早上，义德、徐承志、常缨、胡兴华在关公馆开了紧急碰头会。

针对冈村在五月一号要发动对冀中的大扫荡，城工部决定在四月三十号再次发动“百人大战”，给这个战争狂人当头一棒，起到震慑、震撼的作用，以达到牵制一部分日军于北平地区的目的。

四月三十号这天乌云密布，可是无雨。天黑得特别早，路灯半死不活地眨着眼睛，又昏又暗。西直门在北平的城门中，是关门最晚的一座，在关城门前还有一个传统的仪式——列队打钟。

这是从清代遗留下来的，关城门前要打钟，当值的门军点上一支短香，然后在城门洞列队，口呼：“关城门喽！”

这个仪式有双重意义，一是催促行人快点走，香尽绝不等人。二是香尽前是“阳官”主门政，香尽即由“阴官”主门政。“阳官”是顺天府尹，“阴官”是城隍爷。上香、列队、喊号，是“阳官”和“阴官”的交接手续。

城门关后，鸡不鸣五更不能开。遇有非常之事要违时开城门，得先鸣炮，升府尹大人的官伞。门军列队喊“借路喽！”然后才能开城门。

这套程序辛亥革命之后已经废除，可是开城门、关城门时敲钟，守城的军警在城门洞列队还是延续了下来，目的是“树之以威，申之以纪”，起到震慑的作用。

时近晚八点，门钟响了。一个班的日军、一个班的治安军分列城门洞两旁。和七七事变前所不同的是，出城的人进城的人，都得向站班的鬼子兵鞠个躬，并接受检查。

鬼子认为没有必要检查，则挥手“开路！”认为有必要检查，则挥手示意伪军进行检查。进城、出城的人都躲着这个时候，不招这晦气，不捣这麻烦。

可就在关门钟敲响了的时刻，一个驼背老头子走进了城门洞，准备出城。一个鬼子兵喊了声："开路！快快的开路。"

可是曹长把老头子拦了下来："你的，什么的干活。""我的良民的干活。"老头子一边回答，一边向曹长鞠了一个九十度的大躬。

与此同时路灯灭了，城门洞里响起了驳壳枪的扫射声、手榴弹的爆炸声。两边列队的鬼子和伪军，糊里糊涂地就见了主门政的"阴官"——城隍爷。

城楼上的鬼子和伪军乱成了一团，小林少佐带着一个班的鬼子冲进了伸手不见五指的城门洞，踩着死尸和伤员把城门关上了。这时护城河对岸上机枪声响成了一片，在黑暗中还看见了火把。

小林官居大队长，是守卫西直门、德胜门、阜城门的最高长官，北平城墙的西北角由他负责警戒。三个城门上各驻一个中队的日军、一个连的伪军。大队部设在西直门的箭楼上。

此时小林大队长实际上已经降职为中队长，三座城门上均只有一个小队的日军。另外的两个小队被调到暂编混成一旅，准备开往冀中参加五一大扫荡。

小林是行伍出身的少佐，凭战功晋升到大队长，还获得过三级旭日勋章，有皇军之鹰的誉称。在箭楼的垛口上仔细地审听了对面护城河岸上的机枪声，突然大吼一声："土八路的干活！"带领着一个班的鬼子、一个排的伪军冲出了西直门。

刚一出城门，就飞来了两发掷弹筒射出的榴弹。小林第一个被轰倒了，一条腿被炸掉了半截，小腹完全炸烂了。鬼子班长背起他就往回跑，伪军排长立即把城门给关上了。

此时又有两发榴弹落到了城墙上，守城的日军、伪军也就往城下开了火，枪声连成一片。

小林被送到海运仓的陆军医院后，冈村大将亲自赶来慰问。小林见了司令官后只说了一句话："八路的大大的有！"就魂归靖国神社、去见天照大神了。

冈村震怒了，在小林的遗体前下达了命令："司令部的特混大队由西直门出击，驻扎在新北平的守备大队由后路包抄，务歼窜扰北平的土八路于西直门下。"新北平驻军的机动车全部被调走了，守备大队只得跑步前往，大队长平田少佐为了激励士气没有骑马，跑在了队伍的最前头。

司令部的特混大队竟然无法出动，原因是一个中队被调到小汤山去警戒疗养院，一个中队被调到燕墩去看守仓库，剩下的一个中队有两个小队担任司令部的警卫，另一个小队去接管旃檀寺的俱乐部。

新北平守备大队跑了十多里赶到了西直门下，平田亲自用事先约定的暗语喊话，对上了号后箭楼上的守军打开了城门迎接他们进城。没想到刚踏上护城河的石桥，就蹚响了拉雷。由于是四列并排跑步行军，人员密集，被炸惨了，平田少佐玉碎，中队长小野受了重伤。

这串拉雷原是给小林准备的，他缩了回去没蹚上，留给平田、小野受用了。

冈村由陆军医院回到“铁一号”司令部后，一进办公室，值班参谋立即立正报告：“司令官阁下，半个小时前西苑机场遭到迫击炮的袭击，在停机坪上待命的两个战斗机中队全部被摧毁，您的座机也被摧毁。

“这些飞机上均满载着炸弹，正在进行输油。被引爆后导致储油罐爆炸，机场的跑道、指挥塔也都遭到严重的破坏，现在正在进行灭火抢修，估计短时间内不可能恢复使用。

“得手后袭击者去向不明，机场守卫部队只有一个小队，无力进行追击、搜索……”

冈村挥了挥手，示意值班参谋退下。

大将的尊严是军令如山，司令官的权威是说一不二。西苑机场被摧毁，冈村改在南苑机场登机，要准时到达冀中平原的上空，巡视展开扫荡的部队。然后在保定设立行营，直接指挥大军进行铁壁合围。

齐燮元、王揖唐赶到南苑机场送行，冈村还真给面子，和王委员长握手道别时鞠了个半躬，说了声：“北平的事，就拜托了！”王揖唐立即还了个大躬，说了声：“竭诚尽力。”

冈村转身向齐督办敬了个军礼，说了声：“城防重任就仰仗了。”齐燮元立正还了一个标准的军礼，凑上一步小声说：“我能调动的机动部队只有驻先农坛的新兵团和清河军校的教导队，新兵团武器还没有配备齐，很难投入战斗。再有就是治安总署的警卫营了……”

冈村打断了齐燮元的话，胸有成竹地说：“督办尽管放心，北平城外集结了皇军的两个混成旅。”然后转身登机。

可是飞机没有起飞，一位侍从副官走下机舱，以宣谕的口气说：“司令官请委员长和督办免送，飞机等会儿才起飞。”王委员长和齐督办被轰走了。

飞机不能马上起飞的原因是南苑机场的通讯设备、导航设备都“南进太平洋战场”了，临时启用的无线报话机和保定机场、石家庄机场都联系不上，司令阁下就只好屈尊待命了。

这时一辆三轮摩托车急驰到冈村座机的舱口，跳下了一个通讯参谋径直登机，向冈村立正敬礼，双手呈上了一份加急战报。冈村打开一看：

> 四月三十号晚十时，八路军冀东军分区部队分两路出击，袭占了蓟县、平谷县的县城。
>
> 十一时二十分攻击并占领了位于通县城关的发电厂，造成通州地区全部停电。
>
> 五月一日凌晨，袭击了北平东郊的孙河自来水厂，爆毁了两条管线，造成了北平部分地区供水中断，现正在抢修之中。
>
> 与此同时，八路军的武工队、敌工队出现在北平东郊的高碑店、麦子店、十里堡、关东店等地，袭占了多处镇公所。并攻克了位于庆丰闸的警察分驻所，缴收了全部武器，该所督导官吉田中尉殉国。
>
> ……

冈村沉默不语，面色十分难看，半晌才缓缓说道：“记录！”侍从参谋立即打开了记事夹：

> 第一暂编混成旅团、第二暂编混成旅团的番号一体撤销，所有临时调集的部队返还原建制。此命令立即下达，山本旅团长、川岛旅团长着速妥善执行。重返原建制的部队立即向本部长官报到，听候指挥，不得以任何借口迟缓延误。

记录完毕后侍从参谋呈请司令官“签署”，然后交给了通讯参谋，通讯参谋立正敬礼，转身走出机舱登上三轮摩托车绝尘而去。

此时冈村宁次的座机起飞了。大将司令官乘坐的这架飞机，是一架小型的双翼运输机，虽然飞得很稳，可却有些“不体面”。好在到达保定上空后，有四架双翼战斗机起飞护航，五架飞机组成了一个“人”字队阵，算是壮了官威、官仪。

午时三刻，冈村的座机到达了预定战区的上空，双翼战机只能缓缓地盘旋而下。三盘之后，冈村的座机下降到距地面五十米以下的距离。四架护航的战机改变了队形，在座机上空布了一个“十”字阵。

地面部队以最高的军仪、军礼向司令官致敬。士兵举枪敬礼，军官抽刀敬礼。冈村从机窗清楚地看到，犬养一郎旅团长骑着一匹高头白马，伫立在一个土岗之上。行抽刀礼后向座机频频招手，又昂首行了一个举手礼。他身边是一个环形的机关枪阵地、迫击炮阵地。

这时，无线报话机里传来了这位少将的报告：“司令阁下，突击兵团第一混成旅团全体将士遵照您的命令，进入了前进阵地，五一扫荡正式开始……”

犬养的报告还没有落音，连人带马消失在一片烟硝之中。冈村一愣，脸上觉得热乎乎的。伸手一摸，白手套上沾满了鲜血，侍立在他身边的参谋倒在了这位司令官的脚下，脑袋开了花。

参谋、副官、警卫们乱成一团。座机的驾驶员回头一看，见冈村大将脸和脖子上都是血污，白手套也被鲜血染红了，吓慌了，立即用无线报话机通知护航的战机：“座机遭到地面火力的攻击，机舱被击穿，司令官负伤，请立即压制地面火力！请立即压制地面火力！”

四架护航战斗机的航空机关枪，向地面吐出了火舌并投下了炸弹。冈村座机在护航战斗机的弹雨掩护下，盘旋了三圈之后爬上了云层，中止了空中巡视，在保定机场紧急着陆。

第一轮空袭后，犬养一郎从烟硝灰尘中爬了起来。真是奇迹，他的战马被炸裂了腹部，可是这位旅团长却大体上完好。他周边的警卫部队以为是受到了伏击，顿时慌了手脚，机关枪、迫击炮全响了。

犬养再也想不到的是，他的土岗阵地竟然遭遇到三轮空袭。刚爬起来又被炸趴下了，这回可没那么幸运——腿上挨了一枪，是航空机关枪的杰作。

被空中火力打得晕头转向的地面部队，在冈村的座机消失在云层之中后才清醒过来。周边并没有地面部队袭击，而是遭到了地下的坑道攻击、天上的空袭。

八路军使用的是黑色的火药，要是使用黄色炸药进行坑道攻击，土岗阵地上的人全部都会被炸飞，犬养的命再大也会坐“土飞机”去见天照大神。至于司令官的座机，是挨了一梭子机关枪，但冈村命大，侍从参谋成了他的替死鬼。

犬养被抬到了保定的野战医院，弹头被军医取了出来，可是这位少将旅团长留下了终身的残疾——成了瘸子。

保定的日军乱成了一团，冈村司令官的行营原设在南关的“老龙别墅”，这个地方原是大总统曹锟的私人花园，亭台、水榭，画境怡然。可是为了安全起见，又改设在城中的原淮军会馆。

“司令官阁下”对这种安排没有反对，默默地起身上了汽车。进入淮军会馆后立即向作战参谋下达了命令：

> 尽速缩小半月阵的作战区域，实行合围。合围后进行经纬切割。切割的点线距离为五公里，各点立即修建堡楼，两堡楼之间设立子堡。使冀中平原完全处于我军的直接控制之下，成为确保治安区……

留守铁狮子胡同的竹内参谋长得知这一命令之后，苦笑着对宪兵队长田中说：“冀中平原成了确保治安区，‘突击兵团’的五万部队也就全部‘趴架’、‘趴窝’了。”

田中的回答十分直接了当：“冀中成了确保治安区，北平的治安却很难保障了。袭击西直门、西苑机场所使用的手榴弹、迫击炮弹，均是美国制造的，威力很大。由此看来，未必是土八路所为。即便是土八路所为，也有了新的背景。”

竹内听了后为之一震：“手榴弹、迫击炮弹都是美国制造的？”田中把握十足地说：“不用请武器专家来鉴定，弹片上‘USA’的标志已经证实了这些手榴弹、迫击弹是美国制造的。”

竹内叹了口气，说：“想不到这么快。”田中没有接话，竹内也没有再说，都沉默了。

袭击西直门、西苑机场的手榴弹、迫击炮弹确实是美国制造的，可是并没有什么新的背景，是美军撤离东交民巷时，由小杰克转移出的“礼物”。可是“USA”的标志给竹内、田中造成了很大的心理压力，只能沉默。

沉默对于竹内和田中来说，就是“无能为力了”。竹内、田中“无能为力”了，新民会的小丑们却跳得正欢，满街贴标语，到处发传单，宣传“五一大扫荡”的赫赫战功。

两个新民会的干事正忙着往后门桥的石栏上贴标语，一个老头子走了过来说：“看样子您二位都是官面上的人，我有几件事想打听打听。”

两位干事受宠若惊，连忙说：“老先生有什么事尽管问。”老头子指了指眼睛说："我不认识字，您贴什么我看了也不知道。

"想打听的是前些日子西直门出了点事儿，城门洞里、护城河桥上都响了炸弹。西苑飞机场着了把大火，站在白石桥、高粱桥就能看见，大火映红了半边天……"

两名干事张口结舌，掉头就走。老头子追着喊道："干什么不行呀！找碗干净饭吃。"

徐承志、常缨正好看见了这一幕，真是看在眼里乐在心里。这些日子把他俩真忙坏了，两个多月都没有得到休息。

昨天得到了确切的情报，鬼子合围前已经跳出包围圈的冀中部队，开始杀回马枪了。"五一大扫荡"中，冈村把冀中大平原变成了人间地狱。"十里一大堡，五里一小堡。村村都戴孝，户户闻哭声。"现在"青纱帐"起来了，在外线作战，向敌后的敌后挺进的冀中子弟兵杀了回来，要向鬼子、汉奸讨还血债。

一个堡楼里，驻着一个小队的鬼子。堡楼外挖了一圈的壕沟，还架起了铁丝网。鬼子躲在里面不出来，八路军也很难强攻进去。

要有足够的黄色炸药，就可以让堡楼里的鬼子坐土飞机"回老家"。得想办法扩大天津法租界中制药厂的生产，才能从中倒腾出炸药。清河的染料厂也是一样。

利用日军"以战养战"，搞一批军用订单是最好的方法，就一定能从中"挤"出炸药来。齐燕是学制药的，现在也是炸药专家了。徐承志和常缨正肩并肩地走在什刹海之滨，沿着南岸幽雅、幽静、幽僻的夹堤去齐家开"碰头会"。

冀中平原上的"青纱帐"绿了，什刹海中的荷花也开了，可是湖畔上的游人很少，清音桌也空空无几。

刺刀见红、枪筒发热，手榴弹在十几米内决生死是战场。四合院内、小洋楼里，饭馆的餐桌上、办公室的沙发上，也是你死我活。火药爆炸后的硝烟中，两杯相碰后的笑语中，同样都是血雨腥风。

徐承志、常缨是肩并肩的战友，也是手挽手的搭档。在出生入死之中，成为了志同道合的情人。要是没有这场战争，他们是当父母的年龄了。

面临着日本强盗强加在中国人头上的战争，有血性的中国人，不论男人还是女人，只能亮剑、接受挑战，也只能血刃，夺取胜利。

敢于亮剑、敢于血刃的人，更知道生命的可贵、生命的可爱——时刻准备献出自己的生命，也时刻享受着生命给自己带来的乐趣与欢欣。

肩并肩、手挽手、心连心，是战火中的青春。青春点燃了爱情、爱情照亮了青春，使青春更加绚丽多彩，使爱情更加美好纯真。

爱河中有亲切的偎依，甜蜜的接吻，也有凌波击水，御风扬帆。“五月的鲜花开遍了原野”，是血染的风采；七月的荷花笑傲碧波，是高洁的情操。

垂柳依依，清风拂面。荷芳沁人，香远溢清。徐承志和常缨越走越近了，贴得更紧了，连成了一体。心在剧烈地跳动，而且彼此都感觉到了。

他们以情侣的身份几乎走遍了北平的大街小巷，也曾徜徉于颐和园、中山公园……但那只是“影”，至多是“境”。此时此刻是“情”，是剧烈跳动的心，是怦然而动的情……

走进齐家的小客厅时，常缨满脸通红，额头上的汗珠清晰可见。齐老太太把一条湿毛巾递给了她，说：“姑娘，擦把脸吧，瞧你走的这身汗。”

宋大中笑了，对徐承志说：“人家姑娘走了一身汗，你这个大小伙子怎么也走了一身汗？邪门了。”徐承志的脸一下子也变得通红，一句话也没答上来。炮弹落在身边都不眨眼的人，“窘”了。

“碰头会”上所讨论的问题，是如何生产出更多的炸药。宋大中开门见山，一语破的：“没有别的办法，和小鬼子签合同，先把原料弄到手，全部用来生产炸药。然后一把大火把厂子烧个精光……

“这笔买卖是砂锅捣蒜，就是这一棰子。事办完了我去盘山找李保国，或去重庆，到大后方办厂还生产炸药。送小鬼子进靖国神社。”

义德附议：“在北平可干的事已经不多，为了这批炸药只能是来个砂锅捣蒜了……”

常缨持否定意见：“二伯，北平就是咱们的战场，这个阵地得固守，可干的事多着呢，变成三头六臂都干不完。

“远的先不说，粉碎五一大扫荡您可立了一功。冀中的人民感谢您，吕正操司令员一再托城工部给您带话。他的队伍打进北平那天，要亲自登门给您披红挂匾。”

义德无限感慨：“一晃十一年了，九一八后我们就没见过面。他是东北军中第一条汉子，以区区一团之众，拒绝了南撤的命令。通电全国，誓与华北人民共存亡，树起了冀中抗战的大旗。他的队伍打进北平那天，我得在马前给他送匾披红。”言罢笑了，笑得很坦然。又自言自语地说：“冀中的吕正操、冀东的李保国，不知这两位老弟谁先打进北平。”

此时竹内对着冈村的一纸电文哂尔一笑，但笑得很苦、很惨。电文用的是A通1-0码拍发，师团、旅团级的电台均可收到：

> 五一大扫荡业已胜利结束，冀中平原成为了我军牢牢控制下的确保治安区，战果辉煌。下一战役的部署系加强在北平四郊的军事行动，推行治安强化。以彻底肃清盘踞在昌平、宛平、顺义、怀柔、延庆、平谷、通州、蓟县……地区的八路军和游击队。
>
> 大本营同意这一方案，在北平地区的治安强化策略没有完成之前，暂不发动打通平汉铁路的战役。“突击兵团”在冀中地区休整，补充炮兵、装甲兵、通讯兵、工程兵、卫生兵、运输兵。加强部队的机动性，做好沿平汉铁路向南推进的准备。

放下这纸电文，竹内真是欲叹无声。于内部来讲，这是一纸“通电”。司马昭之心路人皆知，冀中的赫赫战功系司令官运筹计划得当，亲临前线指挥有方。北平四郊的尴尬局面，诚属留守铁狮子胡同的参谋长无能。

但竹内心里有数，此时冈村的五万大兵，已全部开进了大大小小的据点之中。大堡楼驻一个中队，中堡楼驻两个小队，小堡楼驻一个小队。“突击兵团”变成了“守备兵团”，司令官凯旋之时，也就是“光杆大将”荣归。

别说发动打通平汉铁路的战役了，就是肃清北平四郊的八路军和游击队也是纸上谈兵，竹内正在犯愣，门外响起了一声“报告!”田中走了进来。

田中迫切地要求，调回他进驻石家庄的一个大队、进驻保定的两个中队。理由是“五一大扫荡”已经胜利结束了，在保定、石家庄执行治安强化任务的宪兵部队应该归返原建制。他这个联队长不能老当大队长。

竹内听完了田中的请求后点了点头，可是说：“很遗憾，我只能告诉你，你的要求很难达到，保定、石家庄的治安比北平要糟得多。

“五一大扫荡中突出了包围圈的部队，化整为零以连排为作战单位，对平汉铁路沿线的城市进行袭扰。保定、石家庄的郊区，不但有武工队出没，还发现了以营团为建制的八路军。保定治安军的一个团反水投了八路，造成了极大的混乱。”

说罢，竹内把冈村的电报递给了田中。田中看了后说：“宛平的八路军重新控制了妙峰山地区，昌平的八路军在沟崖、德胜口建立前进根据地，把十三陵变成了游击区。

“延庆、平谷、蓟县三座县城是八路军的囊中之物，随时可以取之。所以不取，是让我军背着这个沉重的包袱，困守没有利用价值的城市。

“今年夏天，北平已经没人到香山、八大处、小汤山去避暑了。八路军的武工队经常光顾这些地区，对上层社会造成的影响极大。

“昨天关城门后，八路军的敌工队潜入了颐和园，查抄了王揖唐的别墅好山园，他要是在里面避暑，一定会被就地处决。这个消息严格地保密了，否则会引起极大的震动。”

竹内静静地听着，两眼望着手中的茶杯沉思，仿佛苦茗之中蕴涵着什么真谛。

田中悄悄地站了起来，鞠躬后转身退了出去。竹内站了起来，说了声“留步！请通知王揖唐、齐燮元，组织北平各界人士开个大会，欢迎冈村司令官凯旋，地点就在中山公园新落成的露天剧场音乐堂。”

田中立正回答：“明白！”

15

田中一声“明白！”也就忙坏了王揖唐和齐燮元。两人共议之后决定关起门来大办。原因很简单，竹内点了中山公园音乐堂的名，就是为了封闭和安全，不打算上街招事。关起门来乐呵乐呵，图个“舒心省事”。

主子“舒心”，奴才一点也不“省事”。首先是时值酷暑，得给露天剧场上搭个天棚，否则非晒出人命不可。还得在中山公园里搭凯旋牌楼，张灯结彩，插膏药旗、贴标语。这些均姑且不说，如何把“民众”发动来可是个难题。

还是王委员长有主意，到日子中山公园不开放，客不外邀。华北政务委员会下属的各局、署、处，华北治安总署下属的各方面军司令部，北平市政府下属的各局、区公所一律停止办公一天，全体公务员携同宝眷一同赴中山公园参加游园大会，欢迎冈村宁次司令官凯旋。

凡借故不去者，停发三个月的配给面粉。手续十分严格——入园时凭请柬换取领粮凭证。

对于“旅居”北平的日本“侨民”，德国、意大利“侨民”也都发送了请柬，意在造成“国际视听”以扩大影响。

新民会、兴亚院的成员，均以社会名流的身份与会。缪斌秘书长提到了“公益会”，王揖唐摇了摇头：“名存实亡，我看就算了。”齐燮元则直言道：“那群乌合之众全是下九流，成事不足败事有余。别说‘实亡’，就是‘实存’也不能招惹。”

这时王揖唐突然想起了什么，拍着脑袋说：“怎么忘了教育界、新闻界，通知新民学院、善邻中学放假一天，全体师生赴中山公园参加大会。

“凡是报界人士，不论是主笔还是记者，一律按简任级官员的标准接待。对外宣传的口径一定要统一，照片嘛，由新闻局统一提供吧，免得争拍时扰乱了秩序。”

王委员长所言，缪秘书长一一做了记录。言罢向齐督办一拱手：“治安方面的事就拜托给齐兄了。”

齐燮元连连摇手：“不妥！不妥！欢迎冈村司令官凯旋、庆祝冀中扫荡大捷是政府和民众团体的事，把军队开进中山公园岂不有煞风景，治安方面的事，还是由警察出面吧。”言到此处，齐燮元一抱拳：“只能有劳王兄了。”

委员长不解鞍，督办不下马，看来是谈不拢了。还是缪秘书长有主意：“不论军队还是警察，都不进入中山公园。警戒人员一律换成便衣，警察局的侦缉总队、治安总署特务团穿便装上岗……

“田中大佐的人，我想也是由特高课的人员到场吧。具体的衔接、安排，小野课长会有部署。”

对秘书长的话，委员长和督办均没有表示异议，算是首肯了。“会务组”主任一职，也就非缪秘书长莫属了。缪斌在北伐时一度贵为国民革命军总政治部副主任，可是军政部部长何应钦总蔑称他为“小道士”，捧臭脚的人则尊称他为“通天教主”。

不知何故，北伐后他不但丢了官，还落了难。七七事变后就屈就了新民会秘书长，成了王揖唐的下属。办起事来能屈能伸，不是“爷”就是“孙子”，玩儿得都挺溜。

缪主任就职后一手托三家，玩儿得那叫“转”。彩牌楼增加了小膏药旗还不说，大白天挂起了“走马灯”。灯上“连轴转”的角色，自然是威武的“皇军将士”。

侦缉队、特务团、特高课，三家的衔接更是安排得“天衣无缝”。小野的评价是："吆西！顶好的没有，功劳的大大。"

可吉时将至时，缪主任真傻了眼。五十几辆军用卡车突然停到了金水桥前，最先跳下车来的是冈村大将的警卫大队。这是唯一的由冀中班师而归的部队。

大队长太羽中佐和官兵们个个晒得都挺黑，虽然全穿着新军装、新军靴，可仍然是一脸的风尘相。下车后即从公园大门到音乐堂排成了两道警戒线。

担任警戒的士兵一个面向里、一个面向外，交插排列组成了一条"胡同"，"胡同口"立着两名全副武装的侍从长，像是把门的门神。然后从车上跳下来的是日本的"侨民"和随军家属，这些人大多穿着和服、木屐。

男女老少来得挺全乎，手中全打着小膏药旗，进入公园后就在"胡同"里列队。把缪主任安排的警戒人员、欢迎人员全隔在"胡同"之外。

一切就绪后突然军乐声骤起，挎着王八盒子的鼓号手为先导，冈村宁次大将在卫士小队的簇拥下步入了"胡同"。卫士们全是军士长，武装带上都斜插着两把昭和式，大小机头张着，随时准备开火。卫士长板垣少佐手提一支德式突击步枪，枪口指地，枪栓拉开了，机头张着，紧贴在冈村身侧。

司令官的身后是以宫本副司令官和竹内参谋长为首的一大群将校军官，也都是挂刀佩枪全副武装，看着就瘆人。

宫本出身显赫，颇有根基，系将门将种。五一大扫荡开始后，由关东军副参谋长升任了华北方面军副司令。由长春直飞保定，"佐冈村成大勋"。说白了就是立功来了、抢功来了。在大扫荡中实行了"三光政策"——杀光、烧光、抢光，制造了多起"惊世血案"，荣获了旭日勋章。在骄阳的照射下，大红勋带上的勋章放着刺目的光，在将校军官中特别凸显。大有屠伯之态、恶魔之肆、厉鬼之恶，趾高步阔，昂首望天，紧跟在冈村之后，步步不让，让人觉得前面的人挡了他的道。

这时，"胡同"中传来了男女老少的欢呼声，纸糊的膏药旗摇得山响，冈村频频招手示意，可是面无表情，显得挺矜持。

站在音乐堂门口的王委员长、齐督办、朱市长可有点进退两难了。进入胡同相迎吧，欠妥。弄不好就没面子，吃个闭门栓被拦在"胡同口"。那两个门神爷，看样子就不是善茬。据门而候吧，欠恭！显得不够热情。进也不是，退也不是，真是不知所措了。这时冈村一行已走到了"胡同口"，王委员长一马当先抢上前去鞠大躬，然后握手。司令官还算给面子，还了个举手礼。

群奸、群丑导着冈村一行进入音乐堂后鼓乐齐鸣，全场起立，掌声如雷。冈村抱拳示意大家就座，然后行了一个“军礼”。

大会由市长朱琛主持，王揖唐致词后，冈村宁次发表了一个简而明的讲话——“皇军无敌”，然后就是各界代表讲话。

常缨以“干女儿”的身份充当了摄政王载沣的代表，坐在贵宾席上，她的旁边坐着北方中学的校董金碧辉。金校董一个劲地和常缨套近乎，首先是打听“长春来人了吗”，其次是“谁看老王爷来了”，再其次是“把北方中学和竞业小学合起来办，专收北平的旗人子弟”。

絮絮叨叨说个没完，常缨从她的话中得知，这位东洋女间谍的消息一点也不灵通。可是当德国侨民代表上台讲话时，金碧辉愣住了，两眼发呆，直盯着这个黄头发、蓝眼睛的高个男人。

常缨也愣住了，这不是杰克少校吗？

从朱琛的介绍中得知，这位德国侨民代表的大名系冯·拜尔，职业是同仁医院的大夫，家世乃莱特堡的贵族。

冯·拜尔的讲话更使常缨一惊，是标准的京腔，听起来简直就是小杰克。讲话的方式颇为有趣，内容令人深思。

“德国人民大大的好！中国人民大大的好！日本人民大大的好。统统的友好，友好的顶好……”言罢，鞠了半躬转身下讲台。常缨的目光、金碧辉的目光一直追逐着这位“代表”。

这时意大利侨民代表走上了讲台。这位代表是个高而瘦的老头，看起来已经年逾古稀，颇有老绅士的样子。他步履很缓慢，讲话更简单：“墨索里尼领袖万岁！希特勒元首万岁！裕仁天皇万岁……”

各界代表讲话结束后，文艺演出开始，是马连良先生的《草船借箭》、《借荆州》、《借东风》。金碧辉是个京城“名票”，也是马大师的“粉丝”，这时她可无心听戏，悄悄地走到冯·拜尔的后面，压低了嗓子用变音叫了一声：“杰克少校！”

冯·拜尔一点反应也没有，这位东洋女间谍转了一个圈，从前面走到冯·拜尔的跟前，双手递上了名片：“听说您是一位医生，我很想结识您。若直言说，就是想找您看病……”

冯·拜尔接过了名片，说：“为病人服务是医生的天职，您可以到同仁医院挂我的号。”

金碧辉没有发现任何疑点，可是还不死心，盘算着过几天到同仁医院挂个号，再会会这位冯·拜尔医生。

回到了自己的坐席之后，金碧辉又和常缨絮叨了起来。不外是“替我向王爷请个安，天热了可得多在意。今儿这天就是又热又闷……”

这时身后传来了一个粗嗓门：“今儿这戏码排得邪行，‘草船借箭’、‘借东风’、‘借荆州’，还能借什么？别是东风借不来，借来场大雨，这天棚可是遮阳不挡雨，非把大伙淋成落汤鸡，我看溜吧。”

一个细嗓门的接了话：“您盼点好的，溜！可别忘了大会的纪律，不想领配给面粉了？再说了，您溜得出去吗？静下心来听戏吧，马老板穿着那身行头，可比大伙儿热得多。”

粗嗓门的提高了嗓门说：“今儿的戏份儿钱你知道是多少吗？翻了三番。热，只要不热死就赚了。中了暑也没关系，把看病的钱挣出来了……”

细嗓门的不爱听了：“您坐在这儿图什么？不是也图仨月的配给面粉吗？忍了吧，谁让穷命呢。”

“你不穷命，可配给面粉也不给你翻三番，要热死在这儿，不知道给不给抚恤金……”

“都少说点吧，宫本副司令官起身告辞了。要是冈村司令官一走，咱们可就放生了……”

常缨一抬头，见宫本已经往外走了，朱琛追在后头送客，可是冈村还坐得挺稳，看来大轴戏不演完，不想动换。

宫本出门后，就听天上响了一个劈雷，紧跟着又是一个罩地的闷雷。追在后面送客的朱市长可吓傻了，宫本一下台阶，就见一个通红的大火球从头到脚围着他一滚，然后响了串震撼人心的脆雷。这位中将副司令一个跟斗就栽倒了，朱琛闻到了一股烧焦的气味，特别刺鼻子。宫本的两个副官架起他就上了汽车。

这时一股龙卷风拔地而起，把音乐堂的“天棚”卷上了天。倾盆的大雨直泻而下，黑云低得好像压在了树梢上，天全黑了。

冈村的侍卫、警卫们一拥而上，保护着这位司令官冲出了音乐堂，跳上了停在门口的汽车，疾驰而去。

全乱了。有官的、没官的，官大的、官小的，全都四散而逃。缪秘书长赶搭出来的纸牌楼全都被掀翻在地上，满地都是大大小小的膏药旗。

停在中山公园大门外的五十辆大卡车，都是靠煤气发动的。大雨一浇，挂在车后的煤气炉都灭了。卡车开不了，皇军、“日侨”、“家属”沿着长安街狂奔而散。手里打的小膏药旗，就剩了旗杆，满大街都是被雨水打湿了、摊在地上的膏药旗。

狂风、暴雨、霹雷、闪电，人怨积成天怒，爆发了。常缨兴奋极了，踩踏着满街的膏药旗疾奔。

狂风、暴雨是豪情，霹雷、闪电是怒吼。她眼前呈现出了百团大战中的一次冲锋，担架队紧跟着突击队冲了上去。风声、雨声、杀声连成了一片。突然，她被一双大手摁倒在地上，一同滚了出去。

这时，一发迫击炮弹爆炸了，要不是滚出了这段距离，她也就被炸飞了。一抬头，只看见一个从他身上蹿出去的高大背景，挥着大刀向鬼子的头上砍去。

这个救命恩人是谁？她不知道。长的是什么样？她也不知道。只知道他是战友、是同志、是同仇，正在扑向共同的敌人，要血刃，要讨还血债。

常缨情不自禁地高呼出来："让暴风雨来得更猛吧！"这时，她被一双熟悉的大手抱住，紧紧地搂在了怀里。这个人是徐承志。

雨中的豪情、雨中的激情，缘由情生、分由缘定。

晚上在关公馆开"碰头会"，常缨见了宋大中故作神秘地说："宋伯伯，我告诉您一个消息，您可别太激动。您的女婿回来了，现在的公开身份是同仁医院的大夫，德国人，叫冯·拜尔……"

宋大中笑了："这个人我比你熟，他是老拜尔的侄子，我们都管他叫小拜尔，要不是家系甚明，我非把他们当成双胞胎不可，长得太像了，又都是一口京腔……"

这时义德也搭话了："我常听洁嫄说起过这个小拜尔，他生在青岛，在北平上的小学、中学，大学在德国上的，是法兰克福医学院的高才生，对希特勒的那一套打心眼里看不惯，一毕业就回到了中国。先在天津远东医院，日军进入租界后来到北平，进入同仁医院。这个小拜尔和他叔叔一样，是中国人的朋友。下班后常在东单的华德大药房义诊，口碑挺好……"

大伙聊得正起劲，胡兴华进来了，带来了一个重要的消息，李保国要到北平来做个大手术。"长征途中，李保国腿上挨了一枪，弹头一直没有取出来。这些日子旧伤发作，弹头要不取出来，人非瘫了不可。这消息先传到了家叔那里，他一听就急了，对我说：'明天我就和关大哥挑明了，李司令是他的老部下，也是我的恩人……'"

宋大中挑了个大拇哥："行！够朋友，也是条汉子。"义德点了点头，说："是该挑明了，要不然我这老弟该骂我不够交情、老拿他当外人了。"

第二天一挑明了，胡尧乐了，也气了。把脑袋一摇说："好呀！就瞒着我一个人。我这个人是没什么能耐，办不了什么大事。可是朋友的事找到我，我绝不打愣。

"再说了，李司令是什么人。论交情，我俩是换枪的弟兄，穿二尺半的全知道，'换枪'就是'过命'。"说着胡尧掏出了腰上别的左轮说："这枪我一直带在身上，为的就是不忘我的李老弟。

"老弟是条汉子，威震冀东。我这老哥也不能总穿着这身狗皮，到时候漂漂亮亮地干上一场。甭管是投重庆的冀察战区，还是奔延安的晋察冀边区，反正都是国民革命军的序列。

"前些日子江同源也和我挑明了，他是军令部二厅的人，还是个潜伏组的组长。我一听就急了，戳着他的脑袋说：'你小子是个醉鬼，一壶酒下肚后什么都往外吣……'

"这小子说：'二舅，您放心吧。组织有纪律，什么能说、什么不能说我心里有数。瞒您这么几年，也是怕您为我担心。现在齐督办、门司令都在找后路……'

"我的侄子、外甥都有主意，主意都挺正，到时候我跟谁走？我的主意更正，谁先树大旗、办大事我就跟谁走。眼下的大事就是安排李司令进城。

"这事可不能有半点纰漏，得假事真办，来个大变活人。让李司令稳稳当当地住进同仁医院，稳稳当当地做完手术，再稳稳当当地回到盘山。"

义德点了点头，就分头去办大事。

和门致中一见面，义德就直接了当地说："有件事还得烦门兄办办，戴华理有个外甥想在清河军校挂个名，官小了还不干，得是个上校，为的是图个体面。

"这小子又没有个军校出身，怎么当上校。人多嘴杂，挂个名也得转个弯，免得招闲话……"

义德的话还没有说完，门致中就大包大揽地应了下来。说："你把他的履历弄一张来，我按手续办事，先备案归档，后调差。就说他是我一方面军驻邢台二师的上校副参谋长，调到军校任职，到了你那儿后我可就不管了。"

事定下来后，李保国就成了清河军校的"张副官"。在胡副官长的安排下，还没有到差的张副官就住进了同仁医院。本来嘛，张副官就是因为身体之故，才由作战部队调到军校。

张副官的手术由毕洁嫄大夫主刀，虽说十分顺利，但毕竟是个大手术，出院后悄悄地住进了关公馆，还得休养一个时期，进行观察。

李保国北平之行，虽然诸事皆顺，可是由“调差”到出院也忙了四个月，住进义德家时已是隆冬时节。盘山之别到北平之会，弹指已近五年。这五年里，李保国这个“盘山王”真是坐大了。

名为冀东抗日根据地，实际上已经地跨冀热辽三省。其兵威所至，西临北平的朝阳门下，北上则震慑伪蒙疆自治政府，东向挥师则可进入辽河流域，关东军视之为大患，惊呼：“东北行将变为华北！”

义德的书房辟为李保国的居室，为了驱寒，烧硬煤的洋炉子炉镗都烧红了，真是暖意盎然。虽是隆冬时节，案头的迎春花已经含苞欲放了，让人联想到红杏闹春、桃李争春、万紫千红满园春。

自从“九一八”事变之后，李保国“一年三百六十日，多是马上横戈行”。“雅室春暖”，虽不能说是“小住桃源”，亦是一种“放松”。

书房之中有一台短波收音机，重庆、延安的广播随时可以收到，美国、苏联、德国的广播也可以收到，李保国可以说是“遍知天下事”。

苏军在斯大林格勒实现了全面的战略反攻，全歼了包围圈中的德军，生擒了希特勒的陆军元帅。英军发起了北非战役，德军的名将——号称沙漠之狐的隆美尔弃军乘飞机逃回柏林“述职”。美军在西西里登陆，意大利败局已定。

美军也开始实行对日的反攻，太平洋舰队夺回了战场上的主动权，并且成功地空袭了东京。

在缅甸战场上，中国的远征军也开始了反攻。一旦打通了滇缅公路，整个战局将为之一振，为之一变。

晚饭桌上，毕大夫总会为李保国温壶柳泉居酿造的琥珀黄酒，义德也跟着一起喝上半斤。饭后沏上两杯浓香的茉莉大方，俩人就打开了话匣子——有说不完的话。

说的最多的自然是抗战大局，义德乘着酒兴说：“日军占领了武汉，也就是强弩之末。长沙保卫战虽然打得很苦，可是守住了。正面战场上日军已无力进攻，我军已开始反攻缅北，虽是局部反攻，亦可视为大反攻前的前奏。

“华北战场上冈村进行五一大扫荡是孤注一掷。此后半年的时间里，也没有能力再发动进攻……”

李保国笑了，笑得挺自信：“从敌后战场上来看，日军一直处于守势，守堡楼、守据点，守县城、守保定、守北平。我可以负责任地说，在冀东战场，端哪座堡楼、拔哪个据点、攻占哪座县城，主动权完全在我军。

“只是时间问题、利弊问题，我不打就是让鬼子守着，日军守的‘点’越多，我进攻的主动权就越大……

“正面战场的失策就是一直在守，守上海拼掉了百分之七十的整编师，伤了元气。要是我指挥，就把日军放进来。然后包抄后路，袭击两翼。

“日军就怕中国军队不守，‘守’他就有进攻的目标。我也就怕日军不‘守’，希望鬼子坚守城市、铁路线、据点，守的‘点’越多，我所控制的‘面’也就越大……”

义德点了点头，说：“上海守了三个月，有得有失。虽说抢运出大批的公私物资，特别是迁出了许多工厂，但从总体上来说，还是失大于得。特别是从心态论损失，那就更大了。

“蒋委员长怕拼光了老本，中央军就开始避战。上行下效，地方的实力派纷纷以保存实力为上计。至高无上的抗战大业中，竟然夹杂了集团、宗派、个人的私欲私利。

“民族生死存亡之际，尚不能舍小我为大我，实可谓小器哉！小气哉！至于同室操戈，枪口内指，实系国家、民族之罪人，诛之可也。”

李保国笑了：“一党专政，必然独裁。一个国家、一个主义、一个政策、一个领袖……九九归一，就差步袁世凯之后尘，登基当皇帝了。

“独裁者必然拒绝监督，独裁的政党、集团沦为腐败是必然中的必然。封建帝王还能下罪己诏，向臣民承认自己的过失，蒋委员长何时检讨过自己。

“毛主席著有《新民主主义论》、《论联合政府》，就是针对国民党的一个主义、一党专政而发，旨在批驳军政、训政之说。身为人民公仆，竟然‘训’自己的主人，真是荒谬之极。”

义德长叹一声：“我不懂政治，就知道中国是个农业国，要想人人有饭吃，就得实行‘耕者有其田’。孔夫子有言‘不患寡而患不均’。对此说我也不敢苟同，岂能不患寡，大家都穷也不是件好事。

“你我都是种田的出身，同样是‘三十亩地一头牛’，有人发家、有人败家，各有各的原因，也不能完全归之为‘勤’、‘懒’二字。所谓‘均’就是政府要调节、控制，这就是‘平均地权’，保证耕者能有其田，都能有饭吃。

“对于工商业，节制资本之说甚为重要。不能让垄断寡头控制经济命脉，操纵国计民生，以金钱为利器祸国、祸民，酿成经济危机。保证工人都有班上，也就是都有饭吃。

“倘若国民政府不放弃平均地权之说，焉有土地革命，焉有十年内战，日本又焉能乘机打进中国。日本1864年实行明治维新，三十年后也就是1894年，就逞强发动了甲午战争。中国若北伐后有三十年之和平建设，休说日本，就是欧美亦可与之匹矣。中国的崛起就不是虚语，是必然、是现实。”

说到此处，义德一声长叹：“天何言哉，天何言哉！工业各国若知‘节制资本’，不闹出黑色的星期五，酿成大萧条、大崩溃，又焉有墨索里尼、希特勒，又焉有世界大战?!

“日本军国主义者纵然狼子野心，也是孤掌难鸣。有其心无其力，也就难有其行了。寻工业革命以来的祸根，就是资本泛滥、漫无节制。人类被其祸!”

言罢，长长地出了口气：“平均地权、节制资本，将经济纳入有序之中。五权宪法，使立法、司法、行政、监察、考试五权并行，相辅相控，使政法归于正途之中，此天下之至道也。

“可是战争之中，只有铁血。但愿战后各种政治势力能明智，能多一分公心，减一分私欲，给天下苍生一条生路。”

话题至此沉闷了起来，义德看着杯中的清茗发呆。酒使人兴奋、激动；茶让人明智、清醒。

李保国打破了沉闷，把话题又转回到军事上：“欧洲战场上苏军已经开始反攻，英美在法国登陆开辟第二战场只是时间问题。太平洋战场上日军战线拉得过长，根本不可能以战养战……”

义德接话说：“英国、荷兰在撤走之前，毁坏了工业设施。特别是油田，使得日本人难于恢复，荷属东印度的油田产量本来就不高，即便能恢复生产，也是杯水车薪。

“日本的原油储备，也就是两年多的存量。钢铁、炸药均无力维持现有水平的生产。也就是说，小鬼子怎么扛，这场战争在物质上也就能再打上三年。从海上作战来说，日军更难于维持这个局面，也就是一两年的闹腾了。

“太平洋战争爆发后，日本人就鼓吹修建从朝鲜釜山到新加坡的大东亚铁路，目的是建立陆上交通线。从铁路本身来讲，这是可行的。从釜山经东北、华北，一直到广西的柳州，均已有现成的铁路。

“由越南海防经河内到西贡的铁路也是现成的。只要修筑了柳州到海防的铁路、从西贡到金边的铁路，所谓的大东亚铁路就通车了，日军就能把整个占领区连成一体。在铁路没有修好以前，上述地区也有公路连通，仍可发挥交通动脉的作用。

“从军事上来讲，控制越南、柬埔寨的法国维希政府，完全屈从于日本，当然会进行合作。但平汉铁路中段仍在中国军队的控制下，岳阳以南的粤汉铁路、湘桂铁路则完全在中国军队的控制之下。

“为了打通大陆交通线，日军很可能发动一次闪击战，首先从南北夹击，打通平汉铁路。然后进攻长沙、衡阳、桂林、柳州、南宁，在中越边境的镇南关和驻越南的日军会师。

“正面战场上的主力部队，都被调到了云南的怒江北岸准备二次远征印缅，目的是打通滇缅公路、中印公路。日军很可能抓住这个时机进行闪击。战术比希特勒的闪电战还要迅猛。德军是从线向面推进，实行全面占领。日军是从点向线推进，打出一条线，进行点与点之间的连通。”

听到这儿，李保国一下子站了起来，兴奋、喜悦溢于言表：“日军若是打通大陆交通线，那是天助我！天助我！为了完成上述作战意图，鬼子得集中三十多个师团的兵力。整个华北、华中、华东就空了。

“敌后的八路军、新四军就能发动大反攻，改变整个战局。大陆交通线的全面打通之日，也就是日军全面趴架之时。”

这一夜，李保国激动得都没睡着，早上起来就催着要回盘山。义德笑了：“这是我的战略思想，我又不是日军大本营的参谋总长，也不是裕仁的陆军大臣，说了不算。

“从全局上来看，日本海军连连失利。在海上站不住脚时，就会孤注一掷，在陆上一拼。杀鸡还得三蹬腿，有亡命徒精神的武士道，会走这招臭棋，闹个满盘皆输。”

李保国风趣地说：“我回到天成寺后，得在佛前上炷香，让小鬼子早点打通大陆交通线，早点修筑大东亚铁路，铁路早点通车。

“万里铁路通车之后，百万日军也就成了护路军。铁路之所以称为战争的大动脉，是运兵、运械、运粮、运饷的最捷通道。小鬼子修好了大东亚铁路之后，我真不知道还有什么可运。

“运兵？全护路去了。运械？哪来的钢铁。运粮？粮全是就地抢来的，不用运。运饷？鬼子到处印纸币，用‘军用票’来关饷。”

义德长叹一声：“打通大陆交通线，是日军海战溃败后的无奈之举。万里运输，军事、经济上意义都不大，但对中国人的精神上会产生影响，是一种打击。

“正面战场、敌后战场若能互相策应，可一举粉碎日军这个战略行动。也可避开日军的闪电之矢，让其形成万里长蛇阵，然后从两侧出击将长蛇斩为数段，分而歼之。

“在‘点’上固守，特别是固守大城市是下策。在这场战争中，城市是包袱，中国的城市大多不是工业基地，是行政中心。城得城失只是影响，不是战局上的分晓。

“重兵攻城，重兵守城。往往是攻城易守城难，攻下城市后守不住，更会造成影响上的损失。日军固守许多没有战略意义的城市，就是为了保持‘影响’而背上了沉重的包袱。”

李保国点了点头。

两个月后，“张副官”回归为李司令。盘山脚下的天成寺中丁香花盛开，打开作战指挥室的窗户，就有“郁芳袭人”之感，颇有诗韵、诗境。

李保国无心觅句。他不是诗人，是军人。已经亮剑、血刃，不获全胜绝不收刀。

当李司令面对着军用地图沉思时，“张副官”到清河军校走马上任了。这个“张副官”是冀东军区的敌工科科长张晋才，人称之为“张老西”。

在这四个月的时间里，先制造出一个“张副官”，然后把李司令变成“张副官”。李司令回归之后，“张副官”既来之则用之，张科长又变成了“张副官”到清河军校履新，成为校长齐燮元的副官、庶务处长胡尧的副手，很快就成为军校中踢得开、叫得响的人物，还兼任了教导大队的队长。

此时，李保国、张晋才办公桌上的电话同时响了。李保国接到在平谷、顺义地区活动的二团报告：“一架巨型飞机在七里山地区坠毁，机上的人跳伞逃生，现去向不明。山下据点中的鬼子全部出动，扑上山来。

“坠机地点已被三营控制，从飞机上的军徽和英文字母来判断，这架飞机是美军的战斗机。

“三营已经和扑上山来的鬼子接上了火，县大队乘机抄了鬼子在双集镇的据点。鬼子倾巢出动连老窝都不顾了，看来这架飞机……”

李保国明确地指示：“鬼子要的不是这架坠毁的飞机，是跳伞逃生的机上人员。这架飞机可以送给鬼子，但不能白给。跳伞的美军绝不能落到鬼子手里，要一个不缺的找到，保护起来……”

张晋才拿起了话筒，是通讯总站发的通知：

> 美军作战飞机一架，以超低空飞行于冀中白洋淀上空，进行反复盘旋。后升空沿津浦铁路、平奉铁路到达鞍山上空，在钢铁公司的厂区投掷了多枚炸弹，被守军防空高射炮击中后升空逃窜。坠毁于北平东北的平谷、顺义交界的山区。机上人员现况不明，各部队应加强警戒，以防逃生美军窜入防区。凡有捕获美军官兵者，一律给予重奖。

放下话筒后，张晋才立即把这个消息通知了徐承志。二人相顾一笑，目光中都是胸有成竹——鬼子进山，那是送死。张晋才小声说：“美军跳伞人员会很安全，但返回大后方得费点事，黄头发、蓝眼睛、大鼻子太招眼……”

话还没落音桌上的电话又响了，是胡尧打过来的，只说了一句话：“你俩到我办公室来一趟。”

进屋后胡尧就把办公室的门给关上了，直言道：“近人不说远话，军令部二厅北平潜伏组的人找到了我，说的和刚才电话通报差不了哪儿去。重庆已电令八路军总部全力营救，确保机上人员的安全。

“这趟飞行是帮助军令部制定大反攻作战计划，主要是拍照。远亲不如近邻，二厅电令潜伏组就近和平谷、顺义的八路军取得联系，必要时把警卫营拉上去玩儿邪的，也得把美军救出来……”

徐承志听到这儿笑了：“听您这么说，警卫营听二厅潜伏组的调遣，那江营长一定是二厅的人了，说不定就是潜伏组的组长。”

胡尧一边摇着脑袋、一边拍着脑袋说：“我这个人一忙就糊涂、一急就晕。全说开了吧，甭管是重庆还是延安，这个忙我都帮。赶紧通知李司令……”

张晋才满打满地说：“您放心，就是没有重庆的电令，八路军也会全力以赴，把美军抢出来安全护送到大后方。

“您转告二厅潜伏组，千万不要盲动。这事八路军包了，功劳有二厅一份。就让他们上报重庆说，已经间接和盘山地区的八路军联系上了，保证能完成营救美军的任务。”

听到这儿，胡尧乐了。摇着脑袋说："我这个人就是仗义，朋友的事就是我的事。能帮的忙，不用朋友开口我就帮。

"话说开了也好，你们都是'在组织'的人，有纪律。不能横向联系，有什么事就让我带话。保证带到，保证把事办好。这两天你们忙正事去，军校的事就先搁搁。"

张晋才、徐承志还真没什么可忙的，"正事"都在盘山。三营长接到团部的命令，把鬼子放进来。这批鬼子是临时拼凑的一个"特混大队"，别看只有八百多号人，兵种可挺全。骑兵、步兵、炮兵、工兵、宪兵、卫生兵、通讯兵，还带上了一部无线电台。大队长是矢野三郎中佐，为了抢头功，头也不顾、腚也不顾了，就知道一个劲地向山上扑，只要第一个到达飞机坠毁地点，就是头功。

三营精心给矢野闪出了一条道，他连愣都不打顺着道就往山里钻，第一个到达了七里山的百丈岩下。

美军这架 B－25 战略轰炸机是被日军防空炮打漏了油箱，油漏光了后坠毁的，在坠毁前机上的人员全部跳伞了。由于油漏光了，飞机还滑翔了一段路程，所以坠毁时不会发生爆炸，百丈岩下的机骸还比较完整。

矢野赶到后，亲自下马照相，下令工兵仔细检查，凡有价值的东西一律拆下来扛回去，通讯兵架设好了电台后，矢野迫不及待地向设在顺义县城的指挥所报告："职部击溃了沿途阻击的八路军，胜利地挺进到七里山百丈岩下，发现了美军坠毁的战机。这架飞机体积巨大，应是重型轰炸机。工兵正在对残骸进行检查……"

矢野的报告被坐镇顺义进行指挥的狄村副参谋长打断了："我对飞机残骸不感兴趣，首先应弄清的是机上的人员……"

狄村的话还没有说完，无线电台的话筒中传来了一声巨响，话务兵再怎么呼叫，也没有声音了，只好向狄村报告："将军阁下，应该说无线电台是遭到了突然的袭击，被炸毁了……"

矢野报告得正起劲时，站在百丈岩上的三营长一挥手，分布在飞机残骸四周的地雷阵同时被拉响了，矢野坐了土飞机——被炸飞了。

"特混大队"的队副渡边少佐赶紧指挥部队撤离现场。撤退的途中多次遇到地雷阵，多次遭到伏击。八路军据有利地形打得"特混大队"无法还击，抱头鼠窜。

撤到平地后，渡边惊魂始定，下令清点人数，侥幸逃生的残兵败将才三百多人。全须全尾的几乎没有，至少也是崴了脚的瘸子、踮子。

渡边的屁股上中了弹，是从侧面擦过去的，虽说没有伤筋动骨，可是丢人丢到了姥姥家。武士最忌讳从背后受伤，特别是臀部受伤。一是有被追杀之嫌，二是有“顾头不顾腚”之讥。

少佐阁下的战斗经历是坐骑被炸裂了马腹，爬起来后撒脚就跑，觉得屁股蛋一热，伸手一摸白手套就被染红了。伤兽狠斗，渡边抽出了指挥刀，声嘶力竭地下达了向两翼伏击部队反攻的命令。

两翼均是三十多米高的岩壁，区小队的战士们居高临下投掷手榴弹。自造的手榴弹没有黄色炸药，黑火药中混合着瓦片、瓷片，爆炸威力不大，可也把鬼子们炸惨了。

冲出了伏击圈后，“特混大队”又蹚上地雷阵。渡边身体高大，又肥又壮，两个鬼子架着往前狂奔。掩护撤退的小野中队长集中了歪把子机枪向后扫射，不知道从哪儿飞来一颗冷子，给他胸口穿了个碗口大的洞，大和战刀一扔，直挺挺地仰面倒下了。

此时别说恋战了，只恨爹娘少生了两条腿，两蹄不如四蹄跑得快。渡边副大队长也忘了屁股上挨了一枪，腚全不顾了，跑得比谁都快。

冲出山口后下令整队，猛然觉得臀部剧痛，两脚一软就跪了下来，帝国军人、天皇武士的颜面扫地。为了“尊严”，双手拄着军刀站了起来，两个鬼子赶紧扶了上去，渡边有气无力地喊道：“担架！担架！”

渡边被担架抬回了顺义县城，狄村亲自到野战伤治所进行慰问。渡边的臀部完全溃烂了，只能趴在床上。渡边正要报告，狄村示意他不要说话。一个佩戴着参谋绶的大尉打开了军用公文夹读道：

> ……由联合兵种组成的特混突击大队在矢野中佐、渡边少佐的率领下，杀退沿途八路军的重重阻击，突入七里山地区，发现美机毁于百丈岩下。机毁时发生了爆炸，并燃起了大火，整个机体已成为余烬。
>
> 飞机爆炸地点发现了美军的钢盔、卡宾枪、汤姆森手提机关枪，A1911 制式手枪及十余具焦烂不全的尸体，可以断定机上人员未及跳伞，即和飞机一同坠毁于百丈岩下。
>
> 特混突击大队在归途中，和八路军的伏击部队发生了多次激烈战斗。矢野中佐殉国，渡边少佐负伤后率部力战，杀退敌军返回顺义县城……

渡边初听时糊涂了，可是很快就明白了，趴在床上不断地点头。大尉读罢，将公文夹放到了渡边的床上说："请少佐签字。"

渡边迅速地签了字，大尉把副本留给了他，说："请少佐牢记这次战斗的每一个细节，我所整理的只是一个框架，必要时还要请少佐进行补充。"

渡边试图爬起来，狄村用手势制止了他，说："好好休息吧，身体康复后再上战场报效天皇陛下。男儿雪耻，当永记心头。"

此话是话中有话，渡边心知。

日军损兵折将，狄村干净利落，把"美军飞机"这桩公案了结啦，而且案结得很彻底。

八路军大获全胜，李保国却是双眉紧锁。机上的跳伞人员共有十一个，其中十个人都顺利地找到了。这十个人都是空军的机组人员，跳伞时有经验，利用风向使着陆地点落在山区。

脚一着地，立即穿上了醒目的背心。上书"来华助战洋人，我抗战军民一体给予保护……"降落伞在空中飘时，就被老乡们发现了。落地后就被民兵、区小队保护了起来，转移到了安全的地方。

集中到冀东军区司令部一核实，就差一个人。这个人是杰克中校，美军的特别突击队大队长。杰克身上带有重要的资料，是这次飞行的成果，如果人和物都落到日军手里，损失可就大了。

机长亨特上尉对李保国介绍说："杰克中校是个中国通，战前系美军驻北平使馆区的特种兵营长……"

亨特的话还没有说完，李保国就站了起来，握着他的手激动地说："我没有见过杰克中校，但是知道这个人。"说着拔出了武装带上的配枪说："这把枪就是杰克中校送给我们的美军制式装备，他诚挚地支持我们的抗战，是中国人民的朋友。

"中国人重情重义，敢为朋友两肋插刀，你放心吧，我军将不惜一切代价找到杰克中校，把他护送到大后方。此事义不容辞，情不可却。中国人以德立国，'言必信，行必果'。说话是算数的。

"你们的目标太大，为了安全起见，明天就把你们转移到更安全的地方，再派精悍的部队把你们护送到八路军总部，然后西渡黄河去延安，由延安即可乘飞机回重庆。

"杰克中校不久就会和你们在重庆重逢。他是个优秀的特种部队指挥官，又是个真正的中国通、北平通，不会落入日军的魔掌，我们也绝不会让他落入日军的手中，请相信八路军的能力。”

亨特上尉一行十人顺利地转移到了更安全的地方，可是杰克中校的消息一点也没有。根据地、游击区没有发现他，多条内线也都没有他落到日军手里的消息。

李保国启动了胡兴华—常缨—城工部这条“线”，也没有消息。如果小杰克落到日军手中，齐燮元、门致中、胡尧等人一定会知晓，关义德、宋大中也会很快就得知这一消息。

城工部也启动了多条打入日伪内部的“线”，同样是没有消息。只是证实了狄村回到了“铁一号”，但没有什么动作，沙滩红楼中的宪兵队也没有什么动作。

义德认为小杰克身上的底片，对军令部制订作战计划很重要，对于日军，重要性不大。鬼子若是抓到了他，一定会火速押解到北平，在报纸上、电台广播上大肆进行宣传，甚至在先农坛体育场、中山公园音乐堂召开大会，展示这个美军中校，用来扩大政治上的影响。

宋大中最沉得住气了，“知东床者，老泰山也”。胸有成竹地对胡兴华、常缨说：“李保国找不到他，说明这小子不在根据地、也不在游击区，开动了这么多条内线也找不到他，说明他没让鬼子抓住。

“这小子不长毛比猴都灵，最敢玩儿邪的。我看没准现在就住在六国饭店、北京饭店、远东饭店里。他这个黄毛、蓝眼睛的大鼻子能往老乡家藏？‘大隐隐于市’，咱们就等他的电话吧，这小子爱给人一个惊喜。”

常缨认为言之有理，就上报了城工部，启动了六国饭店、北京饭店、远东饭店的“线”，可是一点消息也没有，小杰克蒸发了。

宋大中有点沉不住气了，跑到六国饭店、北京饭店、远东饭店去泡咖啡厅、坐酒巴，想发现点蛛丝马迹。

重点放在了远东饭店，这家饭店是意大利黑衫党领袖墨索里尼的女婿开的，日本得表示“尊重”。

这天下午，宋大中又跑到远东饭店喝咖啡。刚刚坐定，一个欧洲绅士就在他对面坐了下来，颇有礼貌地说了声：“不打扰您吧。”宋大中放下了烟斗，说了声：“请便。”

这个人笑了，说：“如果我没有认错人，您是瑞隆洋行的戴华理吧。”宋大中点了点头，说：“您没有认错人。”“太好了，您仔细看，您应当认识我。我到过您的公馆，您的客厅在北房，卧室在东房。床东向，用‘东床’表示东方文化的真谛。”

宋大中一愣，这是分手时他和女儿、女婿定下的接头暗语。于是压制住了内心的激动，说："您记得我客厅东墙上挂的画吗？"

"怎么不记得，是一幅泼墨山水画，'泰山五大夫松'。松树下有三个人在品茶，两男一女。都是到斗姥宫上香载福而归的香客。"

接头暗语完全对上了，这位欧洲绅士小声说道："明天中午 11 时 30 分，杰克先生请您到万牲园畅观楼赛纳河厅共进午餐。他现在的身份是冯·拜尔，德国国家通讯社记者，到北平来游览。"

话说完了，咖啡也喝完了，两人各自离去。宋大中既兴奋又紧张，明天就能见到女婿了。可是万一要是个"套"，就暴露了。和自己有关的几条"线"，得立即关闭转移。于是，启动了紧急通知，让有关的线做好准备。

城工部也紧急行动了起来，开启了全部"点"、"线"，在万牲园，特别是在畅观楼布控。同时也在宋大中的公馆、公司附近布控，但均未发现异常。

时近 11 时 30 分，宋大中准时来到畅观楼二层的赛纳河餐厅。见他的女婿正坐在东北角，凉菜和红酒已经摆好了。

宋大中走了过去，小杰克起身相迎。两个人矜持地点头、握手，完全是欧洲绅士的做派。落座后宋大中递上两张名片，小声说："记住！这张名片是你的身份证。"

小杰克低头一看，上面是"同仁医院内科医生，冯·拜尔。"拜尔后面是几个德文字母。这张名片是小拜尔的，为了和老拜尔区分，故加了自己的名字缩写。

宋大中又低声说："这个拜尔医生和你长得一模一样，简直是一个模子搕出来的。"小杰克点了点头说："太好了，我的'护照'是冯·拜尔·杰。南京外交部发给我的通行证只写了德侨冯·拜尔，和这两张名片完全可以共同使用。"

"你在北平的熟人太多了，有人喊"杰克"不能有反应，有人喊"拜尔"你得应酬几句。吃完饭我就把你转移到老拜尔家中，他那最安全。"

"您放心吧，我是特种部队的军官。我现在很安全，没有尾巴。告诉您一个好消息，您当姥爷了。欣欣生了一对龙凤胎，您外孙子、外孙女全有了……"

宋大中高兴得有点不自持了，说："快点吃，咱们到老拜尔家详说。"小拜尔摇了摇头："不能吃得太快了，咱们是绅士。"

宋大中笑了，点了点头，他真的放心了。翁婿二人按照法国绅士的程序，吃完了这顿饭。付了小费刚要离去，身后突然传来了一个女人的声音，很温柔、很甜蜜：“拜尔医生您好！”

小杰克转身示躬：“您好！”令人再也想不到的是，这个温柔、甜蜜的声音是歹毒、奸诈的金碧辉发出的。她冲小杰克媚然一笑：“在音乐堂幸会之后，一直想请您帮我检查一下身体。”

小杰克掏出了一张名片，说：“您可以到同仁医院找我。”说罢点头示躬，转身离去。简单的举止话语，既有欧洲绅士的风度，又有德国医生的矜持。

金碧辉目送“拜尔医生”走下楼梯后，转身就到服务台拨通了同仁医院的电话：“挂号处吗！请帮我预约一下拜尔大夫。”“对不起，拜尔大夫今天休息。”“您可以告诉我拜尔大夫家的电话吗？”“可以。”

金碧辉的行动，完全处于监控之中。宋大中和小杰克到达老拜尔家中后，即从电话中获悉了这一消息。宋大中笑了：“我昨天晚上就告知小拜尔大夫不要上班，要真出了事，就演大变活人。这所房子在多条线的监控中，臭娘们有所活动，立即就会被察觉。”

话还没落音，小拜尔走了出来，和小杰克相见之后两人先是一愣，后是哈哈大笑，用纯正的北平话交谈了起来。

宋大中把他们的话打断了：“今天和川岛芳子碰上了，看来是巧遇，也是冤家路窄。从她打电话到同仁医院进行核实来看，到畅观楼来不是‘奉命’，和田中的特高课无关。要是被特高课给盯上了，田中也不会让她来干敲山震虎的傻事。

“这个娘儿们现在在日本人那儿不得烟抽，齐燮元、门致中、王揖唐也都不愿意招惹她。越是失落越想找点事，以显示自己的价值。腾出手来我就干掉她……”

小杰克连连摇头说：“犯不上！犯不上！您干掉她，在日本人眼里她就有价值了。还是把她留到胜利吧，让她在法庭上实现自己的价值——叛国者应有的下场。

“到时候我一定出庭作证，跟她好好斗斗闷子。我率特种部队攻入北平时，最好能亲自逮捕她。看看这个汉奸在枪口下、在法庭上的嘴脸，还能有什么说词，怎么进行表演。”

这时老拜尔说话了：“不说那个坏女人了。用北平人的话来说，她就是‘臭狗屎’。我想说的话是上帝太伟大了，你们俩可以演大变活人。不过我关心的还是杰克先生是怎么来到北平的。”

杰克中校在成都双流坝机场登上了一架 B－25 重型轰炸机，飞行任务是首先到达冀中平原的白洋淀上空进行拍照和观察，以确定冰面能否当作飞机起降的跑道。然后飞临鞍山上空进行拍照、观察，以确定这个钢铁基地的生产能力。然后进行空袭，破坏其生产能力。

杰克中校在通州潞河中学读高中时到过白洋淀，在小河村的一个同学家住了一个暑假。摸鱼、采莲蓬，玩得开心极了。寒假时又来了，白天滑冰车、打野鸭子，晚上往热炕上一睡，那叫美，一天的疲劳全消失了。

昔日之景、之情历历在目，可是这位同学已经长眠在缅北野人山的原始森林之中，尸骨无回。他的名字永远地记在了杰克的心里——中国印缅远征军地空通讯联络官毕振华中校。

毕振华活着，一定要振兴中华。他以身殉国，杰克认为自己有义务、有责任给他在小河村立一块碑。

远征军由瑞丽跨出国门时，杰克以美军代表的身份由重庆飞来送行。握着毕振华的手说："抗战胜利后，我和你一块回小河村。"

战机离白洋淀越来越近。毕振华的形象越来越清晰地呈现在杰克的脑海里。耳边响起握别时毕振华的话："只求凯旋，不求马革裹尸而还。"这句话不幸而言中了。

烈士长眠在野人山的老林里，他的遗志、遗业就要由生者来承担，这是后死者的天职。小杰克暗下决心，握别前给烈士拍下的照片，一定要亲自送回小河村。

日军做梦都不会想到美军战机会飞临白洋淀的上空，B－25 超低空飞行时发出的巨大声响把固守在堡楼里、据点里的鬼子们吓呆了。

从俯窥镜里观察，小杰克认为白洋淀的冬季环境没有什么变化，大湖冰面可以起降战斗机，冰冻到底的浅泽水面可以起降小型轰炸机、运输机，中型的也可以考虑。

分区拍照完毕后，杰克把连成一组的四颗无柄手留弹投向了一个据点，正好落在堡楼外对天空指手画脚的鬼子头上，算是出了一口气。

战机拉上高空后很快就消失在云层里，顺着铁路线到达了鞍山上空。杰克低头一看，好一座大型钢铁生产基地。日本人利用东北的资源实行以战养战，从进攻战略上来讲，得尽早炸毁鞍山的钢铁厂。

拍照完毕后，战机就俯冲了下去实施轰炸。这时防空警报拉响了，厂区附近的制高点上响起了防空炮、防空机枪的射击声。就在投炸完毕后战机升空的一刹那，油箱被防空机枪击中了，开始向外漏油。

机长、驾驶员有些慌了，小杰克果断地说：“改变航向，只要能坚持飞到辽宁、河北、热河三省交界的山区，就可以跳伞。那里不是八路军控制的抗日根据地也是游击区，着陆后就会得到民兵、游击队的保护。

战机飞到平谷、顺义交界的山区，油耗干了。机长下令全体人员弃机跳伞。杰克虽是特种兵出身，对在山区跳伞并不内行。跳伞后控制不住山区隆冬季节的风向，着陆时落在了顺义县的牛头山。

牛头山下就是通古铁路，可是山上、山下都没有村庄，是八路军、日军均没有进行控制的真空地带。

小杰克驻防东交民巷使馆区时，常到牛头山来打猎，对这一带的情况是门儿清。摆在面前的路有两条，进山去找抗日军民，显然是简而易行，可是要碰上鬼子的“搜山队”那可就麻烦了。跳上通古线上的火车，一个多小时后就能进入北平。也是简而易行，可是条险道。

选哪条？小杰克突然萌发了天桥评书先生的口头禅：“英雄走险道，偏向虎山行。”咱哥儿们回北平逛逛，见见老丈人。回重庆时给欣欣一个惊喜，要不，干脆拉着老丈人一块儿回重庆，叫父女团圆。

虽然身上有完备的证件，可以证明自己是到北平来游历的德国记者，可是“德国记者”说什么也不可能出现在牛头山，得想办法先混入通州。

主意打定后首先处理了降落伞，打开了备用包把自己由美军中校变成了“德国记者”。天一黑就摸下了牛头山，猫在铁路边上。

跳伞，小杰克确实不在行。扒火车，可是行家里手。且不说在特种部队受过专门训练，在潞河中学上学时，每个星期都和同学一块儿扒火车回北平。

火车的隆隆声越来越近了，这是一列满载铁矿石的列车。小杰克可真乐了，这列火车的终点是石景山钢铁厂。不用在通州转车，就能直达西直门货站。

货站是开放式的煤场，就在高粱桥边上。过了高粱桥就是万牲园的后门，来个“软进硬出”。堂而皇之地走出万牲园的大门时，就是无可置疑的“德国记者”了。

吉人自有天相，小杰克诸事皆顺。人不知鬼不觉地溜出了西直门货站，本想过高粱桥向西直接去万牲园，可是觉得时间太早，于是拐进了西直门客站，没想到和两个日本宪兵撞了个正脸。

特种部队的指挥官，当然是以进为退了，径直地迎了上去。两个日本宪兵先是一愣，紧跟着也迎了上去。当看见小杰克胸前的纳粹证章时，立即露出了笑脸。

小杰克说了几句德语，两个日本兵全然不懂。于是，他用生硬的中国话说："我是德国记者，到北平来游历，想去万牲园……"

两个日本宪兵听懂了，带岗的中士挑了个大拇哥："德国的，大大的好。盟国、盟军，你去万牲园我的带你去，买票的不要。"

于是，中士命令列兵沿着高粱河把小杰克送到了万牲园的后门。出入后门的大多是工作人员，很少有游人。列兵把小杰克送到了后门口，敬了个军礼，指着土甬路说："你的开路的一直，好玩的大大的有。"

小杰克说了声："三央达啦!"就照直而入。在豳风堂吃早点后，给利玛窦墓地大教堂的意大利神甫保罗打了个电话。说的是暗语，一个小时后保罗和小杰克在大象房相遇了。

两个洋人联步在万牲园转了一圈，然后出南门，叫了两辆三轮车直奔马尾沟的利玛窦墓地而去。

保罗是美国陆军情报局的潜伏人员，太平洋战争爆发后，英、美等国的传教士均被逐出了教堂，关进了位于山东潍坊的"战俘集中营"。

德国、意大利等国的传教士由于系"盟国侨民"，还留居教堂之中，可是布道活动的范围大大缩小了。保罗神甫系利玛窦家族嫡裔，这时也就成了墓地和教堂的监护人。

德、意等国的侨民，还不时到马尾沟来参加宗教活动。小杰克的到来不会引起注意，就在教堂三楼的客房里住了下来。

保罗认为杰克中校应利用"德国记者"的身份乘火车到天津，转海轮到上海，由上海进入第三战区的驻地，然后由衢州乘飞机回重庆。

小杰克连连摇头，表示自己对上海并不熟悉，北平是地熟人灵，只要能和瑞隆公司的戴华理联系上，即可由北平取道八路军的控制区回重庆。

和戴华理的联系途径很多，最稳妥的是"邂逅"。于是就有了远东饭店的一幕，小杰克和老泰山顺利地见了面，并转移到了老拜尔家中。可是冤家路窄，偏偏在畅观楼碰上了金碧辉。

凭直觉，宋大中认为"这娘儿们贼心不死"，于是立即启动了胡兴华——盘山线，尽快把小杰克转移到冀东抗日根据地，再设法乘飞机回重庆。一切安顿好了之后，宋大中才离开老拜尔家。

迈出大门就是一惊，斜对着街门出现了一个修鞋的摊，在胡同里摆了摊修鞋，"新鲜!"准是那个臭娘儿们的笨招，可没想到会这么快。

此时的冯·拜尔公馆周围已布满了暗哨，各条线的都有。城工部、盘山敌工科均通过关义德、宋大中、胡尧这条线转告江同源要沉着，不可盲动，表示一定“精诚合作”，保证杰克中校的安全。

江同源还算听话，没来邪的。他也知道，救出杰克中校全得靠八路，他只能唱个配角，于是向胡尧表示：“我全听您的。一个好汉三个帮，现在我是靠朋友的时候。

“虽说各有各的道、各有各的线，我江同源是个讲义气的人，知恩图报。朋友有用得着我的时候，两肋插刀我也不打愣。您把我的话带到，我靠朋友就听朋友的。”

第一件要办的事，就是端掉冯·拜尔公馆门前的修鞋摊。这件事对江同源来说是易如反掌，可要办得不显山不露水，叫金碧辉哑巴吃黄莲，有苦说不出来，打落了牙齿，得咽下肚去。

好戏得请真角来唱。治安总署的周翻译官，和池田大尉、松尾中尉喝得熏熏大醉，唱着嚎丧歌就溜达到了冯·拜尔公馆门前。

周翻译官把脚往修鞋摊上一踩说：“这双皮靴夹脚，穿着不舒服，给修修。”“修鞋的”一听就傻了，赔了个笑脸说：“长官，我不会修皮鞋，您得找个大地方……”

“放屁！不会修干嘛出来摆摊？不会修就给太君擦擦皮靴。”说罢示意池田、松尾把脚踩到鞋摊上，两块料一听给擦皮鞋，连声说：“顶好！顶好！”

“摆摊的”急忙摆手，结结巴巴地说：“鞋油的没有，我的不会，我的不会。”松尾的外号是大尾巴狼，其为人可想而知。见摆摊的一个劲地摇手，就恼了，恶狠狠地说：“你的良心的坏了，良民的不是！”

“摆摊的”掏出了良民证：“我的良民的干活，擦皮靴的不会，太君那边的开路，擦鞋的大大的有。”说着摇了摇手，又指指胡同口外。急不择言，连声说：“开路的开路！那边的有。”敢轰太君开路！池田、松尾一下子蹦了起来，把鞋摊给踢飞了，把“修鞋的”揪住一通暴打。

“三宾”不知道挨了多少个，越打越摇手、越摇手越打。“修鞋的”最后还是被打明白了——跑。来了个就地十八滚，夺路而逃。池田、松尾也没有乘胜去追，和周翻译官一起到东单听戏去了。“修皮鞋的”可被打惨了——牙被打掉了，腮帮子被打破了，鼻梁子被打塌了，脑袋被打肿了。送进医院后，得留院观察。

应交费用、预收费用的清单送到了金碧辉手中，这位东洋女间谍可真傻了眼。三思之后，只得打落牙齿和血吞——咽到了肚子里。

常言道，气、急、败、坏。人一气就急，一急就会败露软肋，一败露软肋准会坏事。金碧辉本来就是个偏执狂，凭她的偏执就非要和小杰克斗到底，见个分晓。小杰克不栽了，她死不瞑目。

凭她的直觉，小拜尔就是小杰克，可是又拿不出真凭实据。东洋女间谍心里有数，“铁一号”不但不支持她复辟大清，对她也不感兴趣。

田中对她的评价是：“这个女人的利用价值不大，可是有她存在，多少会给中国人制造些麻烦，因为她想复辟大清。”

她存在的价值就是“给中国人制造些麻烦”，给中国人制造了麻烦，日本人就会从中得到好处。时下她的“能力”越来越小，“影响”也越来越小。田中的特高课，和她这个“东洋女间谍”已经没有什么实质性的联系了。

能证实小拜尔就是小杰克，无疑既显示了“能力”，又显示了“实力”。但此事只能单干，送礼就得送大礼。小礼会遇拒收，收了也是“为她人做嫁衣裳”，至多是一声“谢啦！”

单干大获全胜，别说沙滩红楼中的田中了，“铁一号”也不在话下了，东条英机就会恢复昔日的看法，“川岛芳子小姐是真正的东洋女间谍”。

东条英机曾任关东军宪兵司令，后晋升为关东军参谋长。在九一八前后和“川岛芳子”小姐有“良好的合作关系”，最根本的原因不是“川岛芳子小姐”有两个“爹”，有双重身份，既姓“川岛”又姓“爱新觉罗”，是肃亲王府的十四格格，而是“川岛芳子小姐”要复辟“大清帝国”，而日本对华战略是一块块地蚕食，分而治之。日本在东三省的目标是建立一个“满洲国”，所以溥仪只能是满洲国的皇帝，不但不可能是“大清帝国”的皇帝，也不可能打出“大清帝国”的旗号。

“道不同不相谋”，可是日本人又是肃王府十四格格唯一可以依靠的力量、借用的力量、利用的力量。明的不行就来暗的，金碧辉小姐暗中组织过安国军、自治军、挺进军，当起了“金司令”。结果都是溃不成军，“金司令”也就成了“短尾巴司令”、“长腿司令”——“兔子尾巴长不了”、“跑得比兔子都快”。

七七事变后定居北平，闹得挺邪行。可是一件像样的事、叫得响的事、上得了台盘的事也没有办出来。损德的事可没少干，最损的事是绑政治票，老往宪兵队送人，又专从宪兵队捞人。

列邸东四北九条的“金公馆”，俨然是“特务机关”。雇了头十个日军的退伍兵，穿着不带军阶的旧军装吓唬老百姓。又招了十来个地痞、无赖，专门祸害老百姓。

“金公馆”在世人眼里也就成了阎王殿，“金司令”也就是“活阎王”。虽说闹得挺邪行、声名挺吓人，可是“金司令”心里有数，全是虚的。

别说复辟大清了，溥仪都只能甘当“满洲国”的皇上，金碧辉还能把他捧回到紫禁城重坐太和殿？再说了，肃王府虽说是太宗长子豪格之后，可是和帝系无缘，就是大清复辟了，也是“为她人做嫁衣裳”，自个儿穿不上。

当汉奸，也得有卖国的资本。汪精卫是国民党的副总裁，下海当汉奸，日本人就承认他是“中华民国主席”，演了出还都的丑剧，把东三省以外的地盘都划归他的名下。

金碧辉没有多大卖国的资本，所以日本人就不待见她，她自个儿也知道“没多大的价”。日本人不待见，南京的汪精卫、北平的王揖唐也就不买她的账，不搭理她。

已经“下海湿身”，也就没法“改换门庭”，只好一条道走到黑——“到了黄河不死心，见了棺材不落泪”。这叫“王八吞秤砣——铁了心”。

既然铁了心当汉奸，就得当铁杆汉奸，得干出点儿样儿，让日本人瞧瞧。金碧辉就是“金必辉”，必然要走向辉煌。说点荤的，就是“上炕带刀子——豁着干”，“带刀子挺大炕——跟谁都敢干”。

铁了心的人就横了心，“修鞋摊”被踢了，“修鞋的”被打了，就来点邪的。等小拜尔大夫在同仁医院一接诊，就往冯·拜尔公馆里闯。

里面若再有个“小拜尔”，那就是小杰克，立即送沙滩宪兵队。要是没有，就看死了、盯死了，让小杰克再也变不成“小拜尔”。大海捞针，也得把小杰克捞出来，出口恶气，挣口仙气。让北平、南京、重庆、东京、柏林……都知道“金司令”是何许人也。

一名两身是“大变活人”，两身变一身也是“大变活人”，就看谁溜了。可玩儿得溜不如玩儿得邪，邪心一定，邪招也就想了出来。

几个穿着球衣的“学生”拍着足球从胡同口走了进来，到了冯·拜尔公馆门前飞起一脚，足球就被踢进了院内。

“学生”都急了，把冯·拜尔家的大门擂得山响，想不到的是足球被从院里扔了出来。“学生”们你看看我，我看看你，灰溜溜地走了。

“金司令”气得手脚冰凉，破口骂道：“废物！干嘛敲门，跳墙进去。怕什么！有我顶着哪。”

第二拨是“放风筝的”。这伙人真是来者不善、善者不来。风筝挂在冯·拜尔公馆的树上，一声不吭，立即翻墙而入。

没想到的是院子里窜出了四条德国狼狗，两条黑背、两条狼青，把“放风筝的”给咬惨了。跳墙进院容易，两人一组配合得挺好。狼狗一咬，乱了阵脚，翻墙出来可就难了。

有一个不长毛比猴还精的，跟猴学爬上了树，希冀能躲过这一劫。余下的被狼狗咬得满院子乱窜，有一个被扑倒了，吓得直喊“救命!”

老拜尔出来了，叫住了狼狗打开了街门，“放风筝的”夺门而出。树上那位可傻了眼，四条狼狗围在树下，一个劲地往上蹿。

其实，他很安全。狼狗再怎么向上蹿，也不可能蹿上树，更不可能咬到他。可是贼人胆虚，狼狗往上一蹿，他也往上一蹿，一脑袋撞到了树杈上的马蜂窝。

好几百只马蜂围着他开叮，看来是在劫难逃。这小子闭上了眼，双手抱住了脑袋。这时就听一声尖叫，他从树上栽了下来。好在老拜尔及时叫住了狼狗，他虽然让马蜂给蜇惨了，可幸免于狗咬，爬起来后一头撞出了街门，窜得比狼狗都快。

第二拨铩羽而归，惨相大了，丢人也丢到家了。“金司令”被气爆了，把桌子一拍，喊了声“来人!”猪头曹长应声而入，小短腿一并打了个立正，还“咳!”了一声。

“金司令”下达了命令：“集合队伍出发!”可是话还没落音，就倒在了沙发上。脸气成了紫茄子，两眼发直，像是入了定。

猪头曹长眼也直了，直愣愣地盯住了金司令。小短腿僵住了，直挺挺地一动也不动。猪头上冒热气，汗珠子也冒了出来，可是腰板笔直，前胸笔挺，看来也入定了。

一个时辰过去了，金司令慢慢地解定了。缓缓地从沙发上站了起来，下达了三条命令。

一、在冯·拜尔公馆街门对面租房、安装电话、设立机关，实行二十四小时监控。

二、在同仁医院设立固定哨，对小拜尔医生实行监控。如果小拜尔医生未离医院，在其他地方又发现小拜尔医生，此人一定是美军谍报军官杰克，立即捕获送宪兵队。

三、在六国饭店、远东饭店、基督教青年会等地花重金布“棋子”，如发现小拜尔医生立即通知三局四二六三。

部署完毕后，“金司令”闭门不出，守在电话机旁静候佳音。

上天不负苦心人，三天后三局四二六三专用号响了，是远东饭店的“棋子”打来的，发现小拜尔大夫在咖啡厅和一位金发碧眼的女士在长谈。

“金司令”立即接通了同仁医院的“固定哨”，得到的回答是“小拜尔大夫正在外科参加会诊”。机不可失，刻不容缓，金司令立即率领猪头曹长一行赶到了远东饭店。

一走进咖啡厅，见小杰克和一位漂亮小姐聊得正起劲儿。“金司令”一挥手，猪头曹长和猪娃兵立即把二人团团围住。

仇人见面分外眼红，报太庙之仇的时候到了。猪头曹长兴奋得失了控，大吼一声：“八嘎压路！”就亮出了王八盒子，对准了小杰克。

“金司令”制止了这位曹长，嫣然一笑，笑得开心极了。谦和有礼地开了口：“杰克少校，您好。大变活人的戏法，可以收场了吧。”

小杰克全然没有反应，这使金碧辉大失所望。他所希望看到的全没有看到，只见小杰克哂尔一笑：“我该怎么称呼您呢？是金小姐还是川岛小姐？您两次表示要请我检查身体，应该说是我的病人。我现在不用检查，就可以确诊。您的精神处于分裂状态，应立即到精神病医院进行治疗。”

“金司令”一愣，可毕竟自我感觉是胜利者，整理了一下思路，开始了反击：“医生无权给自己确诊，您最好找一个权威的医生，诊断您患有精神病。这样您就可以避免以间谍罪接受审判，疯子是不会按刑律定罪的，可终生会待在疯人院里。作为美军的谍报军官，这是您唯一的选择。我这个人很念旧，可以以证人的身份出庭，证明您的精神一向不正常。”

“小杰克”笑了，笑得挺自信：“我既然确诊您的精神处于分裂状态，就不想和您再说话了，我是个文明的人，这里也是个文明的地方。您很不适合出现在这里。我希望您尽快离开。

“北平有句俚话‘哪儿凉快到哪儿待着去’，很可惜，现在是隆冬季节。可我还是建议您找个‘凉快’的地方去清醒一下，这将有益于您的身心健康。”

“金司令”还没找出话来，她的代言人却开了腔，猪头曹长大吼一声：“你的，死啦死啦的有！”说着又亮出了王八盒子。

这嗓子干嚎惊动了饭店的保安主任，这个金发碧眼的意大利人醒目地配戴着黑衫党徽，分开看热闹的人走了进来宣布：“不愉快的事情刚一发生，我就通知了警方、军方。在警方、军方没有到达之前，我希望双方都能保持平静。远东饭店不欢迎携带武器的客人，更不容许非官方的人员出示武器。”

说罢，转过身来用命令的口气对猪头曹长说：“请你立即收起武器，离开远东饭店。”

金司令示意曹长收枪，然后自己给自己找了个台阶，说：“我接受店方的建议，等候警方、军方的到来。希望杰克少校也能绅士一些，在警方、军方没有到达之前不要离开。我对于不绅士的人，将使用不绅士的办法。”

十五分钟之后，宪兵队长田中大佐亲自赶到了远东饭店。听了三方的诉词之后快刀斩乱麻，宣布说：

一、店方的要求完全合理，金碧辉小姐和拜尔大夫应尽快离开。

二、对金小姐表示理解，但对越轨之行表示遗憾。

三、希望冯·拜尔大夫能大度，为了尽快了结此事，本人将陪同冯·拜尔大夫和金碧辉小姐一同前往同仁医院进行核实。

核实的结果是冯·拜尔大夫今天上午参加外科的会诊，会诊结束后前往远东饭店会晤朋友。离开同仁医院的时间和到达远东饭店的时间完全一致，不存在“大变活人”问题。

冯·拜尔大夫认为金碧辉女士的越轨行动侵犯了名誉和人身，要依法提起诉讼。田中进行调解，最后达到协议：金女士向同仁医院和冯·拜尔大夫致函表示道歉，但此函不向报界公开。

为了表示“诚意”，尽快了结这桩公案，只能“身在矮檐下，怎能不折腰”。金司令大度极了，愣都没打，当众向冯·拜尔大夫鞠了三个大躬，说了一车的外场话。

“官司”虽说了啦，可是人栽了、面子丢了。好事不出门，丑事传千里。虽说道歉书没有见报，可是北平城中街谈巷议都是“金司令”栽了，没戏了。

就在东四九条的家门口，有人竟然敢向“金司令”的汽车扔黄泥。气恼之下，“司令”下令停车“缉凶”，猪头曹长当场捕获了两个拍手叫好的人，送到了沙滩宪兵队。

田中大佐还真给“面子”，两个拍手叫好的人均灌了两大瓶子凉水，然后送“感化所”服三个月的劳役。

小矶少佐不解其意，认为对这样的女人不应理睬，田中老谋深算地说：“这个女人虽然给我们制造了麻烦，但只是小事一桩。留着她，她就会给中国人制造大麻烦。所以我们还要保持她的形象，让中国人觉得她很‘恶’，是条恶狗。”

小矶立正敬礼，答了声：“明白！”

小矶明白了，可金碧辉正糊涂着。

宋大中是何许人也，在江湖上、官场上涉的险比“金司令”走的路还多。出门看见了修鞋摊就全明白了，得尽快进行转移。

江同源安排“周翻译官”演了一出，戏一收场，齐公馆的一辆小轿车立即驶进了冯·拜尔的住宅，开车的人是胡兴华，前来接拜尔大夫到府上出诊。

车驶进齐公馆后，拜尔大夫在胡副官的陪同下走下了汽车，进入了夫人的房间。江营长把汽车开回了“治安总署”。

半道上汽车改变了方向，驰出了东直门。守军见车上挂的黄牌，赶紧立正敬礼。这辆黄牌车在东兴隆饭庄前停了下来。这时饭庄里走出一大群治安军军官，登上了停在黄牌车旁的大卡车。

清河军校的张副官和江营长互相敬礼，紧紧地握手，江营长恳切地说：“拜托了！”张副官信心十足地说：“请放心。”

大卡车向东驰去，此时杰克中校已挤在了大卡车上，周围的人都是返回蓟县的“五旅军官”——冀东军区敌工科行动队的高手。今天晚上小杰克就要在天成寺吃晚饭了，李保国给他准备了山蘑炖鸡，还有一瓶蓟州老窖。

汽车的背影消失了，江同源走进了东兴隆的包间。桌上的凉菜和酒都摆齐了，郑新诚、王宏举杯相迎，哥儿仨得好好干上一坛衡水老白干。

此时金碧辉忙得正欢，本来就罗锅子上山——前（钱）紧，可还是豁了出去，在冯·拜尔公馆门前租房、安电话，设立了“机关”。为了广布“棋子”，堂堂的“金司令”还原成“十四格格”，拿出了压箱底的细软，送进了当铺。

结果是“赔了夫人又折兵”，在同仁医院一栽到底，当众出丑，向小拜尔鞠了三个大躬。虽说宪兵队的田中大佐帮着扛了一膀子，东四九条的“金公馆”没有趴架，可是“金司令”心里有数，“收吧！”

先是悄悄地减员，暗中一个个地撤点。最后是只留下猪头曹长和几个猪娃兵，每天在“公馆”的前门、后门晃上两圈，再到胡同的东口、西口溜达溜达，以示“金公馆”还是个“司令部”。

撑着这个“架子”要干什么，她自个儿也说不清。退一步说，她是个什么人，“法律”上也很难界定。一度以“川岛芳子”的名号招摇过市，可是东交民巷里的日本“领事馆”又没给她签发过“侨民证”。

说是肃王府的十四格格吧，肃王府早没了，各支分了家，北平城中根本不存在“肃王府”。在东四九条开邸时，户口上赫然写着“满洲帝国内廷女官长”。可是“满洲帝国”的女官长跑到北平来干什么？岂不有擅离职守之嫌。

溥仪和汪精卫互相承认，互派了大使。“满洲帝国”在南京设立了“大使馆”，这个大使馆也没有给她签过“侨民证”。

看来金碧辉就是金碧辉，也只能是“金碧辉”。

16

金碧辉女士确实是消停了，齐大公子却折腾得越来越凶。有个治安总署督办、治安军总司令的爹，儿子不出来散德行，那就太难了。

齐大公子是个花花“帅哥”，他要是整天逛八大胡同也就好了，娼界人士一定恭迎恭送，成为“散财童子、花魁童子”。无奈这个大公子虽“花”可是不“嫖”，自称是“时代青年”。骑着一辆平把的“富士”自行车，车把上安了个小喇叭，不知是哪里来的“灵感”，竟然能按出《妹妹我爱你》。

车的后轴飞出了小一尺，一边能站一个人。虽说到大马戏团表演车技还欠点火候，在大街上招摇过市可挺能吸引眼球。

骑车、跨车的“时代青年”都脚蹬回力球鞋，身穿运动服，背着篮球、足球、排球、网球拍、羽毛球拍，以示是“球场上的健儿”。

少者三五辆车，多者十几辆车，专围着几个女中转悠。闹得欢时，还把留声机驮在自行车后面随行，一停下来就放唱片——《妹妹我爱你》。见有女学生走过，就像打了吗啡，手舞足蹈地群起合唱，吓得女生落荒而逃。

然后骑上车就追，看上漂亮的就“跟紧了、泡定了、摽住了”，能由校门口跟到家门口，由家门口跟到校门口。闹得胆小的女生都不敢出家门，上学下学都得有人接送。

北平城这么大，要只有一个“齐大公子”犯邪，也乱乎不到哪儿去。齐大公子这么一折腾，“赵大公子”、“钱大公子”、“孙大公子”、“李大公子”……全跟着抽了筋。“贾（假）大公子”也趁火添乱，“架秧子”的可有了营生，架着甄公子、贾公子闹得乌烟瘴气。

北平的“老八板”们见了后个个摇头叹气，就把这些“时代青年”谥为“飞车党”、“飞轮党”、“喇叭党”、“球帮”、“球匪”……

警察是见了㞞人就压不住火，见了蹬三轮的就瞪眼，手心就痒痒。找不着茬儿，手中的哭丧棒也得往车上敲一下，喊声“快走！”见了“时代青年”可发了怵，谁分得清是甄（真）大公子还是贾（假）大公子。既然分不清就躲着点，一听见“妹妹我爱你”立即扭头转身——装没看见。

这天，义德的汽车从春明女中的校门前经过，时值放学时间，在学校大门前“赶场”的“时代青年”竟然把路都给堵住了，把汽车夹在了人流中间。

司机按喇叭，这伙人没有反应。不知是装没听见，还是太投入了——真没听见。这时车窗外传来了一个老头子的声音：“这年头真邪了，穿军装的怕穿球衣的。”

“这您就不知道了，穿球衣的是齐大公子，他爹的官大。官大一级压死人，这叫一物降一物。”

“哪来的那么多‘齐大公子’？这姓齐的小子是孙悟空，会分身术？我看那是‘贾大公子’。是‘甄大公子’也没什么大不了的，要有几个壮爷站出来，把为首的臭揍一顿。全是霸王的兵——四散。不信就治不了这群小混混、小色迷。”

“要治这群小色迷，招多了。你来邪的，我比你还邪。他爹官大有什么用？树大招风，官大招祸。就这么散德性，准应了‘一辈子当官，十辈子打砖’。”

“还用等下辈子！他爹这辈子都难说。‘别看今天闹得欢，明天就要拉清单。’想找个地方去打砖，晚啦！”

“您小声点儿！人老了就怕招事。”

老头怕“招事”，声小了，没说几句就不说了。齐大公子可不怕“招事”，越折腾越欢。声称：样儿好、盘儿亮、条儿秀、声儿嫩……都不新鲜了，得找个有“艺术细胞的”。于是把目标转向了艺专、基督教女青年会，专“摽”学美术的女生。后来又有了新发现，学美术的女生好独自出来写生，“写生”的地点大多是动中有静、静中有动的滨水绿地。

紫禁城宫墙外的筒子河、西直门外的高粱河、德胜门外的护城河等地，均是绿柳如丝、绿草如茵的染绿之地，更是游鱼、野鸭的栖息之所。收入画境的是眼前的诗境，眼前的诗境又被画笔绘成心中的画境。诗画相交，也就是主观和客观的拥抱。

大煞风景的是齐大公子一到，诗境、画境立即变成了令人欲呕的闹境、俗境。除了一曲“妹妹我爱你”之外，诸公子也唱不出什么新鲜的，更说不出什么道道来，只有低劣、低下的表演。

写生的才女听见“妹妹我爱你”就落荒而逃，胆小的连画具都扔下不要了。诗境、画境依旧，“妹妹”跑了。面对着“惊鸿”的倩影，齐大公子也开始反思。

反思得出的结论是不能再玩“群英逐美”，得玩“千里走单骑”，得凸显个人的气宇、风度、魅力，要有骑士的潇洒、绅士的举止、学士的文雅，集风姿、风度、风韵、风骚于一身，以才子的身份取得才女的青睐。

主意定下来后，齐大公子就开始“改邪归正”。可是根邪、道邪，要想归“正”，就是一个字——“难!”

虽说是个“帅哥”，其实也就是“中人略上”之姿，称之为“绣花的枕头”都有点勉强，要说是“满肚子的荞麦皮”，那可是货真价实。

把“荞麦皮”换成“真学问”，怎能是一日之功。要能脱胎换骨，齐大公子也就不是“齐大公子”了，不奔延安，也得上重庆。

齐大公子真“改邪归正”了，整日闭门读书，可把齐督办、齐夫人乐坏了。夫人拉着督办一同到广化寺烧了三炷高香，还布施了僧众，舍了一笔不小的钱财，为三世佛重塑金身。

本来嘛，发迹后才得子。“千顷地一棵苗”，偌大的家业只有一个续香火的，爹妈能不上心吗！爹妈“上心”，就是趁着儿子“收心”，赶紧给“说媳妇”。

对于爹娘的“上心”，儿子一口拒绝，说：“众里寻她千百度，蓦然回首，那人却在灯火阑珊处，才是天作之合。找人‘说媳妇’，太俗！太俗！

“父母之命、媒妁之言太腐！太腐！自由恋爱、自由拥抱、自由结合所产生的‘生命接吻’，才是人生的最高境界。

“爱情高于生命的真谛是自由、自主，在自由、自主之中实现自我的价值。我向往的是身无彩翼双飞燕，心有灵犀一点通……”

大公子滔滔不绝地说了个没完，最后的结论是西方先哲有真言：“爱情是一种精神境界，是一种献身的冲动。我以东晋大诗人陶渊明的诗篇，结束这场争论吧。”

说着，大公子从上衣口袋中掏出了一个小本子，开始诵读了起来：

啊！愿在衣而为领，承华首之余芳。
悲罗襟之宵离，怨秋夜之未央。
愿在裳而为带，束窈窕之纤身。
嗟温凉之异气，或脱故而服新
愿在发而为泽，刷玄鬓于颓肩。
悲佳人之屡沐，从白水以枯煎。
愿在眉以为黛，随瞻视以闲扬。
悲脂粉之尚鲜，或取毁于华妆。
愿在莞而为席，安弱体为三秋。
悲文茵之代御，方经年而见求。
愿在丝而为履，附素足以周旋。
悲行上之有节，空委弃于床前。
愿在夜而为烛，照玉容于两楹。
悲扶桑之舒光，奄灭景而藏明。
愿在木而为桐，作膝上之鸣琴。
悲乐极而悲来，终推我而辍音……

“这就是大诗人的《定情赋》，多么的感人、多么的真诚、多么的炽烈！啊！我要重申的是爱不但是高尚的，更是美好的，令人回味的境界。我还是再读一首《诗经》吧，这是我的心声：

静女其姝，俟我于城隅。爱而不见，搔首踟蹰。
静女其娈，贻我彤管。彤管有炜，说怿女美。
自牧归荑，洵美且异。匪女之为美，美人之贻。”

督办和夫人听糊涂了，齐爕元一把抢过了小本子，见里面都是密密麻麻的小字。没戴老花镜，什么也看不清。于是脱口问道：“这是什么东西?”

“怎能说是东西，这是我高价请人帮着收集来的无价之宝。是爱的心声，爱的结晶，爱的大全。是爱河掀起的骇浪，是情海泛起的烟波。天有涯，地有角，爱是无限的，永恒的。

“可又是稍纵即逝的，宛如流星。抓住她吧！不顾一切地冲上去。只要能拥有，哪怕是刹那间，也是满足……”

督办气坏了，夫人吓坏了，认为儿子中了邪。双手合掌，连呼佛号：“阿弥陀佛！阿弥陀佛！佛祖保佑！佛祖保佑！”

“现买现卖”，刚记下来的台词在老爹、老娘面前演练了一遍之后，大公子扬长而去。

齐督办猛地由沙发上蹦了起来，喊了一嗓子“来人!”值班的副官应声而入，答了一声“到!”“到什么？赶紧去！给我盯住这小子，他到哪儿你就跟到哪儿……”

“报告督办，属下不敢。您忘了大公子发下了话，再派人盯着他，他就跳筒子河。大公子的脾气您知道，他是时代青年，天天说爱情至上，自由至上。失去了爱情就是生命的结束，侵犯了他的自由，他就用结束自己来反抗……”

齐督办一屁股坐到了沙发上，不吭声了。夫人突然嚎啕大哭：“我许的愿是重修广化寺，你偏偏不依，改成了给三世佛重塑金身。心不诚，老佛爷怪罪了……”

齐督办又从沙发上蹦了起来，扯着嗓子喊道：“你嚎什么？儿子不是好好的。他要干什么，我由着他。他是‘时代青年’，我就当个‘时代父亲’，你也当个‘时代母亲’，这事不就结了吗!”

齐督办想的是“由着他”，这事也就结了。想不到的是烦心的事、堵心的事、窝心的事、揪心的事……都才开始。“时代父亲”、“时代母亲”可不是好当的。

“时代母亲”止住哭声后即驱车到广化寺，意在和老佛爷多沟通沟通，把“误会”解释清楚，求得谅解。

“穷庙富方丈”是在论之说，把广化寺由穷庙变成富庙，非把齐公馆掏空了不可，可让方丈“富上加富”，对于齐公馆来说也不是伤筋动骨的事。

方丈不但先富了起来，而且进一步富了起来，当然会在佛前替齐家美言几句。老爷就能官运恒通，少爷就会诸事皆顺。顺中求顺，就是让才子早遇佳人，好早点儿抱上大孙子。

明年是老爷的六十大寿，没有孙子怎么庆寿，寿典上要没有几个孙子乱跑乱蹦，真是热闹不起来，庆贺不起来，欢腾不起来。

要是下月就能把儿媳妇娶进门，洞房花烛夜就怀上了，还真能赶上老爷的寿辰。开宴时把大胖孙子往前一抱，最好是龙凤胎，一儿一女，来个龙凤呈祥。

常言道“说话时嘴要对着心”。“时代母亲”更是“心直口快”。在佛前想什么就说什么，上香时口中絮絮不止，“竹筒倒豆子——哗啦一声就见了底”。

陪着上香的方丈、知客都乐得直咬嘴唇，好在齐夫人一心与佛祖直接沟通，进入了“心诚则灵”的境界，摒除了一切杂念，对外间的“诸相”皆视而不见，听而不闻。

事佛毕后“喜从中来”，发于外者自然是“笑颜常在”。齐夫人笑着打道回府了，齐督办可笑不出来了。满脸的愁云，满脸的怒气。双眉紧锁，两眼望着天花板，入定了。

夫人驱车广化寺进香礼佛，公馆中也就静了下来。督办打开报纸浏览了一下当日的要闻，翻到副刊版时，把鼻子都给气歪了。

醒目的标题是《花花公子闹北平》。文章以“戚大公子”影射“齐大公子”，极尽丑化之能事，嬉、笑、怒、骂，笔锋犀利。骂够了儿子，又抡向了老子。竟然放言“上梁不正下梁歪，观其子知其父，观其父知其子，何用许氏月旦评”。

督办震怒了，把桌子一拍，喊道：“来人！把这浑蛋报纸给我封了。”当班的副官应声而入，接过报纸打了个立正转身离去。可是刚迈出门槛就又回来了，指着报纸结结巴巴地说：“督办，这报纸是《华北日报》，是华北政务委员会的机关报，是王揖唐办的。”齐督办一愣，一把抓过了报纸，一屁股坐到了沙发上，一言不发，一脸的官司，让人看了发瘆。

副官悄悄地退了出去。

《华北日报》刊载的《花花公子闹北平》，宪兵队长田中当然也看见了。对于王揖唐、齐燮元失和，这位宪兵大佐哂尔一笑，对值班参谋说：“通知下去，在街上巡逻的宪兵不要过问飞车党。”

这个值班的参谋脑袋让驴踢过——遇事不明白，满脸困惑地说了声：“太妨碍交通了。”田中笑了：“是很妨碍交通，他们敢妨碍日本人的交通吗?”

被驴踢过的脑袋这时才转过弯来，立正答道：“明白!”然后敬礼，转身离去。

脑袋让驴踢过的人都能“明白”，可是“不长毛比猴还精”的金碧辉却犯了糊涂。这位家居司令每天也必看《华北日报》。看了《花花公子闹北平》这篇文章后笑了，又一连仔细地看了三遍，然后长长地出了口气，心中的道道也就划了出来。

王揖唐是进士出身，又曾“负笈东瀛”，早在北洋时代已是显赫的“王总长”。在政治上是个不倒翁，属于段祺瑞的皖系，宦海沉浮，多历风波，十分老道。

齐爕元是民国初年的爆发户，靠枪杆子起家，官至江苏督军。他的前任是冯国璋、李纯，属于直系。

袁世凯死后北洋军政集团分裂，直皖两系斗了多年，可以说是两败俱伤，最后都被北伐军赶下了台。能够逐“金陵王气”转化成为党国新贵的，实是不多。

王揖唐、齐爕元均不甘寂寞，也咽不下这口气，于是下海当了汉奸。王揖唐凭借的是老关系、老路子，特别是有“负笈东瀛，受教于亲帮”的资历。齐爕元靠的是旧部的支持，“凭枪说话，靠枪吃饭”。怎么说也是穿过二尺半、玩过盒子枪的主儿，是带兵的出身。

王揖唐、齐爕元前有直皖之分，后有文武失和之势。金司令看在眼里，谋划在心里，颇有“眼中形势腹中策”之感，要大干一场。在王、齐之争中，她选择了齐。

直接和齐督办递秋波，太掉价。“金小姐”对“齐夫人”，能不显山、不露水地达到目的。眼下公子闹花案可是个大好时机，绝不能放过。

齐夫人好到广化寺进香；金小姐也常去广化寺礼佛。于是佛前相识、佛前相知，夫人和小姐成了忘年交，拜了干姐妹，“大姐！”“小妹！”叫得挺亲。

姐妹们当然要走动走动，串个门、打个牌、听个戏，还弄了个饭团叫“逢六会”，每月初六、十六、二十六在一块聚聚，“得把北平的馆子吃遍了”。

混熟了后金碧辉有些失望了，齐夫人只知家长里短，不但不懂政治，也不过问政治，还不大愿意往家招人。好在手中想打的是“公子牌”，把话题引到“大少爷”身上后，齐夫人连声叹气。

金小姐笑了，说：“凭府上的声势，看上哪家的姑娘还怕提不上亲。这个忙我帮定了，先从北方中学的女生中挑，只要看上了，就包在小妹身上。”

人要是走背运，喝口凉水也得呛住。“大姐”让“小妹”给说动了，可和儿子一开口，就碰了个硬钉子。“就凭是北方中学的，我就不要。要找就找名校的，最好是艺专的，体专的也行。”

“北大、清华、师大、辅仁都是名校，可不行。女大学生的名牌、脸盘再亮，可我也不能当小女婿。退而求其次，贝满女中、女一中的也行，可得是校花。”

能选上“校花”的都得有些家世，有点来头。女一中的校花是教育督办汤尔和的外甥女，其父正在南京任实业部的次长，是留德的博士。

贝满女中的校花是个“串秧”，父亲是辅仁大学的德籍教务长冯·希来博士，外公在南京任考试院的副院长，是光绪戊戌科的翰林。

“小妹”替“大姐”打听清楚了，可也白打听了。长叹一声之后，计上心头。找来了几张“漂亮姐”的照片，又花大价钱请了大北照相馆的技师进行了“修版”，然后冠以南京金陵女中的校花、苏州洞庭女中的校花、武汉楚云女中的校花、广州岭南女中的校花……

一起面呈了“大姐”，意在勾住齐大公子，来个放长线钓大鱼。

想不到的是齐督办知道后大怒，对夫人发了脾气：“你少跟这个娘儿们往来，我怕沾上晦气。她这个人成事不足败事有余，是一马勺坏一锅的主儿。

“就凭她让一个光腚日本男人从肃王坟的地窖中抱了出来，她认识的‘校花’能要吗？不是骚的也是臭的。以后你离她远点儿……”

“大姐”离“小妹”远了，“小妹”也就明白了。狠狠地骂了声“老帮子！”计上心头。

常言道：“宁得罪君子，不得罪小人。”让金碧辉沾上，准没好果子吃。“金司令”大事是闹不出来了，给齐督办添堵还真有两手，来了个绝活儿——报纸上见。

无冕的帝王们纷纷挺身而出了，《一个女生的哭诉》、《还有王法吗》、《妹妹我爱你》、《女校还能办下去吗》、《眼泪没有用》、《女生啊！女生》、《花花太岁闹北平》、《家长要站出来》、《校长不能再怕事》、《救救女生》……

一篇篇口诛笔伐的文章见诸报刊，市民愤怒了，一致声讨“戚大公子”。报纸也升级了，由攻击“戚大公子”转向追究乃父的责任。《养不教父之过》、《纵子作恶》、《谁家没有女儿》、《天理何在》、《该向北平市民谢过了》、《诉之于法》、《刑之于法》、《无家法得有国法》……

齐督办气晕了，闹事的报纸都有很深的背景。《华北日报》挑的头，新民会的机关报《新民日报》、兴亚院的机关报《实报》紧步其后。跟着起哄的报纸就多了，闹得沸沸扬扬。

可骂的都是“戚大公子”，即便骂了“齐大公子”，姓齐的多了，谁要是捡骂，就是承认“报道属实”。平心说，齐大公子是个花瓜，可还不是恶魔。自认为“我不是姓戚的”，“该干嘛还干嘛”。而且语出惊人：“‘听见喇喇蛄叫唤，还不种地了。’‘两岸猿声啼不住，轻舟已过万重山’，咱哥儿们不管那一套，该怎么玩儿还怎么玩儿。”

儿子玩儿得欢，老子可有点玩儿不转了。华北治安军也分成两派，一派是齐督办的“直系老人”，一派是一方面军司令门致中的“西北军老人”。

门司令的一方面军，是华北治安军的第一支“劲旅”。和其他几个方面军相比，是兵多将广。凭实力说话自然是“底气粗，嗓门大”，从来不把治安总署放在眼里，呈文送报表也就是“例行公事”。批不批，怎么批，全是“满不吝”，想怎么办，就怎么办。

齐燮元对一方面军的事是不闻也不问，对门致中是不调也不宣。只要“门老弟”不上门来搞麻烦就行了。

可是“门老弟”这些日子犯了邪，隔三差两地就登门求见。“哪壶不开就提溜哪壶”，“什么话添堵就说什么”。齐燮元气恼之极，可是又无可奈何。

对“报纸”无奈，对“门老弟”更无奈。两桩无奈的事均是束手无策，只好问计于关义德。近人不说远话，齐燮元直言道：“老同学，对这两桩事你可有什么办法？”

义德略假思索后说：“孩子的事，只有退而求安。换个地方上学，人去事息。如不放心，嫂夫人可陪同前往。”

齐燮元点了点头：“我在天津法租界有所宅子，让他们母子先回去住，是个求安的好办法。”说罢长叹了一声：“去年法国人、意大利人都放弃了租界，到天津后安与不安也是难说。

“要在从前就让孩子出国留学，一走了之。可是现在哪儿都去不了。欧洲打得正欢，英法不能去，德意快撑不住了。

“美国是个好地方，不打仗也没空袭。可是晚啦！既不能去也去不了。日本现在是被炸惨了，躲事的都往满洲跑。可是美国飞机又开始轰炸沈阳、鞍山的工厂……

“天下虽大，难寻静土了。‘门老弟’这时还来和我捣麻烦，真是想不开呀。你就帮我带个话，说我齐某人现在是无处可去，只好在北平耐着。

“租界没了，出国又走不了。司令一职就由他‘老弟’干了，我这个‘老哥’留着督办这一缺养老……”

义德心里有数，这话是一半真一半假。于是摆了摆手：“这话可不能对外说，一切从长计议。进退之际不可不慎，可要看准时机。”

齐燮元点了点头

义德起身告辞，齐燮元给拦住了：“客不外邀，咱哥儿俩小酌……”话还没落音，就听见一声长嚎，齐夫人闯进了小客厅放声痛哭。

原来是齐大公子一宿未归，凡是他常过夜的地方都打电话问了，回答均是“没来”。齐燮元听了后挥挥手说：“准是想吃起士林了，自个儿跑到了天津。”

“往法租界的老宅也打了电话，孙定邦说：‘大少爷没回来。’”听夫人这么一说，齐督办也沉不住气了：“再往天津打长途，问问去没去惠中饭店、国民饭店……”

夫人哭着回答说：“打了！都打了……”夫人的话还没有说完，大管家慌慌张张地跑了进来，口呼：“不好了！不好了！大少爷让人给绑了票了……”

夫人一听昏了过去，督办蹦了起来。夫人被送进同仁医院，督办也冷静了下来。拉着义德的手说：“老同学！你干过镖局，进过武备学堂，经验、阅历都比我强，这事怎么办？我听你的。”

义德直言道：“孩子是学生，和黑道上不会有过节，你也没和黑道上结过什么梁子。绑孩子的票，看来为的是钱。

“敢打齐家的主意，开口不会是小数。怎么交钱、怎么赎人都是早安排好了。此事得暗中进行，家里的人、署里的人知道得越少越好，绝不能让报界知道。

“对外更不能让警察局、宪兵队知道，它们一插手就麻烦了。恕小弟直言，要是黑道上干的，这事好办，绑匪图的就是钱。要是有别的背景……

“不过此事甚为蹊跷，告知‘大公子成了票’，就挂了电话，根本没有报价。不说价，绑票干什么？此事只有等了，看看绑票的开什么条件。”

齐燮元点了点头。

再也想不到的是，第二天早上义德正在家中吃早点，江同源全副武装地闯了进来，后面紧跟戎装配枪的齐燮元。

齐燮元见了义德之后，抢上两步鞠了一个九十度的大躬，口呼："老同学！齐家的香火全靠你了。"

说罢拉住义德的手："十万火急！咱们车上说。"

走出院门后，义德见门口停着八辆大卡车，车上挤满了治安总署卫队营的士兵。齐燮元的座车和警卫夹在八辆大卡车中间，江同源抢上一步拉开了车门，闪身让关、齐二人上车。

上车后汽车径直开出了德胜门，齐燮元长长地出了口气，向义德拱手作揖说："老同学，今天就算我绑你的票，生拉你下水了。"说着递上了一封信，义德打开一看：

齐督办台鉴：

贵公子现在我们手中，限你今天释放在温泉镇至西山一线挖惠民壕的国军弟兄。今天放人明天贵公子就回家，今天不放人明天就撕票。

知名不具

义德看罢交还给了齐燮元问："这是谁干的？""谁干的我真说不清楚，前些日子孙殿英的新五军驻北平办事处来找过我要人，说是南京军政部的楚部长有手令，我接过来一看，是在名片背后写了几个字，'请齐督办酌办'。我把这事推到铁狮子胡同去了。"

"这些挖沟的，都是去年日本人进攻冀察战区时的俘虏，孙殿英的人不少。孙老殿打败了后投了南京，换庙不换番号，还是新五军。他要是投我，这事早了啦。"

义德点了点头，说："孙殿英是东陵大盗，被改编后照样绑票、贩卖大烟。这个人心黑手狠，什么事都干得出来。"

"也可能是门致中干的，我放了这五千多号人后，和日本人无法交代……也许是八路干的，这五千多号人获得自由后还能往北平跑？全得奔北安河上妙峰山去投八路。可是八路向来是缺枪不缺人。

"跟我玩儿个'知名不具'是让我和铁狮子胡同说不清。我想好了，放了人后我就当面向冈村司令官递上辞呈，听候发落。

"挖惠民壕的警卫部队是清河军校的教导大队，我很少在军校露面，大队长又是新换的，我怕他们不认识我。要顶了牛可就麻烦了，到了温泉镇后命令由我下，你在旁边一站也就给我助了威。为了齐家的香火，我就只好坑老同学了。在日本人面前我把一切都担下来……”

义德拍了一下齐燮元的大腿，说：“老同学，我早不想干了，咱们同退吧……”这时汽车进了温泉镇，在关帝庙停了下来。

教导队大队队长张晋才抢上前来打开了车门，闪身让道说：“刚接到电话，才知道督办来视察……”

进入了设在关帝庙内的大队部后，义德立即发了话：“全体列队集合，督办有重要命令下达。”

队伍很快就集合完毕，四个中队八百多号人站成了一个方阵。张大队长跑步上前，立正敬礼。“教导大队全体集合完毕，请督办训示。”

齐燮元上前一步，矜持地宣布说：“教导大队有紧急任务，立即返回清河驻地，所遗军务由警卫营接防。”

张大队长立即下达了命令：“各中队留下两个班收拾内务，其余的人跑步回清河。”义德挥了挥手，示意立即执行。

随着跑步的号令，教导大队很快就消失在了公路上。五千多号国军弟兄，列队跑步直奔北安河，上了妙峰山。

江同源举起望远镜看了看，这些“国军弟兄”已经过了金山寺，到达了十八盘，并在盘顶上升起了一面青天白日满地红的国旗。江组长挑了个大拇哥：“干得漂亮!”

返回温泉镇后向齐燮元报告：“按您的命令，诸事已毕。”齐燮元一挥手，卫兵从车上抬下一箱银元。“给弟兄们发了吧，每人十块。在镇上好好吃上一顿，下午两点集合回城。”

温泉是个大镇，很是热闹。七七事变前有疗养院、天主教堂、中法大学附中、温泉中学、养蜂研究所……现在虽说萧条了，也还有几家饭馆。

奔妙峰山进香、上大觉寺礼佛、到鹫峰山庄避暑的人，都好在关帝庙斜对门的红叶轩进餐，然后再上路。如今是往事不堪回首，可居然还开门营业。

齐燮元拉着义德走进了红叶轩，掌柜的先是一惊后是一喜，刚开口报菜单，齐燮元就给拦住了，说：“拿手的好菜尽管上，亏不了你。”

四冷、八热很快就端了上来，齐燮元举杯叫“干!”两人一饮而尽后，这位督办的脸色变得很难看，缓缓地对义德说：“老同学，回城后我就直接去铁狮子胡同，今日之事今日毕之。这事要是了不了，他们母子我就托付给你了。”

言罢，把酒又给满上了。然后举杯叫“干!”碰杯之后直言道：“老同学，你大可不必和我同退，退不是条路。门致中不傻，因为大家都无路可退，只好走进取这条路，将来凭实力全身。

“你是有根的人，想办法再联系上。只要办，这事并不难。钱嘛，不够时和我打个招呼。你能全身，我这个老同学说不定还能借上光……”

说着，把酒又给满上了：“这杯酒我祝老同学心想事成。”举杯一饮而尽。

义德也举杯一饮而尽，说：“我愿老同学万事如意。”

下午两点整，江同源下令集队回城，齐燮元驱车直奔铁狮子胡同，司令官冈村宁次有“紧急军务”飞到南京，参谋长竹内出面接待了“齐督办”。

齐燮元说了全过程，并站起来双手呈上辞呈，表示：“束身待罪，听候发落。”

竹内也站了起来和蔼可亲地说：“这件事已经过去了，最好的处理方式是不要再提，就当它没有发生过。我现在最关心的是您的儿子明天能否回来。

“孩子回来了，我就放心了，这件事也就真的过去了。事情的全过程不但要对报界保密，对军、政、警各界也要保密，也就是说根本没有发生过。

“累了一天，也该好好休息休息了。今晚我不留您吃饭，明天静候府上的佳音，孩子一回来，万事皆了、万事大吉。”

齐燮元激动得不知道说什么是好，双手握住了竹内的手。此时真是“无声胜有声了”。竹内拍拍齐燮元的肩膀，一直把这位督办送到楼门口。

竹内是个中国通，可不是菩萨心肠。此时他心里是一喜一忧。喜的是冈村调任南京，当上了驻华派遣军总司令，所遗华北派遣军总司令一职，大本营明令由竹内接替，并晋升为大将。真是“多年的媳妇熬成了婆”，“多年的二房扶成了正”。

忧的是冈村到南京的任务是组成三个方面军，彻底打通大陆交通线。行前把华北的驻军抽调一空，握着他的手说：“竹内君，你姑且唱出空城计吧，我速战速决。”

要想在华北地区唱空城计，就得稳住门致中、孙殿英、孙良臣、庞炳勋、季守信等伪军将领。

这些人都是“重庆的降将”，不能打仗可会“带兵”，对于控制部队是行家里手。又都脚踩两只船，不但和重庆“叙旧”，而且暗中“纳新”。除掉这些人的后果又很严重，不但军事上无此力量，而且会造成其下属部队去投八路军。

权衡利弊，只能是“稳住”。孙殿英是匹“野马”，门致中是匹“滑马”。对“野马”、“滑马”不但不能骑也不能惊动，只能安中求稳、稳中求安。

齐燮元嘛，只是个“直系元戎”，资格虽说老，但没有一手带出来的部队。现在是临阵换马的时候了，为了让滑马也能骑，得来个喜出望外，把“督办”、“总司令”都让门致中去当。

对于齐燮元，也得给足面子。旃檀寺的大门上现在挂着两块牌子：一块是“华北治安总署”，一块是“华北治安军总司令部”，得再加上一块——“华北军事战略委员会”，让齐燮元去当“委员长”，依旧“风光无限”。

主意定下来后，竹内往“榻榻密”上一躺，睡了个好觉。就等着第二天早上入住“铁一号”的中楼，坐上虎皮帅椅。

齐燮元回府之后，真是累散了架子。倒在大烟榻上连抽了三个大泡才缓过劲来。从烟榻上爬起来后，又喝了一碗吉林老参汤，顿觉精神头来了，腹中有了底气。

“铁一号”这一关，总算是先搪了过去。于情于理，宝贝儿子明早该能回来。可是心里总不踏实，躺在床上翻来覆去就是睡不着，天都大亮了才朦朦胧胧地合上了眼。

可是刚合上眼，就被一阵哭声惊醒了。原来是“大少爷回来了！”督办穿着睡衣就蹦了出去，见夫人正抱着儿子放声痛哭。

儿子穿着一身补丁摞补丁的“叫花子”装，满脸都是泥，头上、身上都沾满了鸡毛和干草，跳着脚大声地喊道：“哭什么！我又没死。快烧水我得洗澡，浑身上下都是虱子，快把我咬死了。”

督办急着问被绑、被放的过程，大少爷把眼一瞪说：“天塌下来我也得先洗澡，急什么！还怕一会儿来绑你。”

在管家、听差们的簇拥下，大少爷走进了浴室。督办亲自拨通了竹内的电话，这位前任参谋长、现任司令官听了之后笑着回答道：“太好了！事情终于过去了。

“我向府上表示祝贺，一家人团聚后就当这件事没有发生过。我现在可以真正地认为这件事没有发生过了。督办好好休息一下，过几天再聚聚。”

受宠若惊之余，齐督办开始深思了起来。

大少爷洗完澡后，美白理发厅的技师也赶到了，刮胡子、理发、吹风，来了个“一条龙”。诸事毕后，开始讲述这两天的奇遇。

真是简而明：“……骑着自行车出了德胜门，过了石桥我顺着护城河往东走，见河面上有几只野鸭子，岸边有人钓鱼、有人写生。

“这时对面骑来了一辆车，把我撞倒了。以后的事就全不知道了，醒来时已经被关在鸡窝里。没有窗户，满地都是鸡毛和干草。

“那叫个臭，把我脑袋都快熏炸了。这还不要紧，虱子、臭虫、土鳖轮翻进攻，把我给咬惨了。不知道过了多久，门开了，走进了一个人。屋里太黑我什么也看不见，听声是男人。他塞给我两个烧饼、一碗水。只说了一句话：‘想活就老实点儿，好好待着。’

“又不知过了多久，又来了个人。还是两个烧饼、一碗水，说话是东北口音：‘齐大少爷！太君来看你了。’

“这时一个日本人说：‘齐桑！你的顶好。害怕的不要，休息的休息，明天的开路。事情的没有，友好的友好。这件事从来没有发生过，你的明白。’

“等我再醒来时，正躺在后门桥的桥洞里，身边有几个叫花子。我一看自己，可真吓坏了，怎么也变成了叫花子。

“原以为是在做梦，可是电车从桥上开过的声音听得清清楚楚。我钻出了桥洞，想叫辆车回家，蹬三轮的都势力眼，没人拉我。没法子，我就走着回来了……”

听了大公子的奇遇，督办的脑子全乱了，真是丈二和尚——摸不着头脑。低着头抽烟，一句话也没说。

夫人只是不断地重复着“回来就好、回来就好。佛祖保佑、佛祖保佑……”说着说着，突然嚎啕大哭：“老天爷呀！我这是造了什么孽呀！”

这一嗓子声量之大、频率之厉，把屋里屋外的人都给惊呆了。齐燮元猛地站了起来大吼一声：“哭什么！我不干了，回天津。”

17

齐督办坚决请辞，理由是“身体不佳，实已倦勤”。竹内司令官、王揖唐委员长均亲临齐府表示“挽留”，可是齐督办也没有“撤呈”，于是也就“照准”了。

南京的汪记“国府”明令发表：“齐燮元上将调任华北军事战略委员会委员长，门致中上将晋升华北治安总署督办，兼任华北治安军总司令。”

第二天一早，旃檀寺的大门上就加了一块牌子——“华北军事战略委员会”。门致中“履新”之时，齐燮元握着他的手说：“诸事有劳你老弟了，这些日子身体实在是欠佳。

“协和医院停办后，名医都让天津的天和医院聘去了，老哥想到那儿住院，全面地检查检查，调理调理。”

齐燮元离平赴津之日，铁路局开了“专列”。王揖唐、门致中均到前门火车站送行，实可谓给足了面子。

“王委员长”送走了“齐委员长”，驱车回到了办公室。秘书呈上了今日必办的文件，王委员长见首份文件是“国府调令”，不由得一愣。因为华北政务委员会只听命于日军的华北派遣军司令部，和南京的“国府”只是呈文关系，可以说是“不呈不问，有呈必批”。

打开调令一看，可真傻了眼，黑纸白字：“调任王揖唐为司法院副院长，所遗本职、兼职由王荫泰接任。”

更使王揖唐震惊的是，他给“齐委员长”送行时，南京的广播电台就播放了他的“调令”。老政客毕竟是老政客，一点都不动声色。

首先到“铁一号”向竹内司令辞行，竹内不但是中国通，更是官场通。感叹了一番“相识恨晚，相别恨早”之后，说：“到南京后代我向冈村司令官问个好，过几天我也要到南京去开会，届时南京见。”

王揖唐心里跟明镜似的，南京没有他的“办公桌”。和王荫泰办完了交接之后，这位新“王委员长”还要耍老“王委员长”的猴，煞有其事地表示：“铁路局已安排好了专列，不知王院长何时动身南下？”

王揖唐真是老道，也煞有其事地说：“我已和汪主席通了电话，先在天津休息几天，安排一下家务。由天津赴南京时，铁道部会通知津浦路局调车。”

竹内更是老道。打发齐燮元时给足了面子，是这位督办在旧部中多少还有点影响，打发王揖唐时，可省事多了。

谁都知道这位委员长是“呼之即来，挥之即去”的政客，不但“懂事”、“会来事”，而且“识相”、“知趣”。

得让政客知道自己“没价”，今日“挥之即去”，是为了明日“招之即来”。“真老道”遇见了“更老道”，也就只能夹着尾巴当狗。

竹内“除旧”，完全是为了“布新”。门致中有实力，可是匹骑不上的滑马，一个笼头拴不住，得用两个，所以督办和司令得一股脑地全给了他。

王荫泰有能力，可是欠资历。在建设督办任上干得不错。打通大陆交通线这一仗，得有物资保障。有能力欠资历的人对于“恩上”，一定会竭诚尽力。

把华北地区的空城计唱下来，军事上得靠门致中，经济上得靠王荫泰。去旧布新，也就是势在必行、势在速行了。

竹内不但“更老道”，而且惊人的老道。给门致中大办“就职典礼”，华北治安军的军头们都赶来参加。

竹内高标准接待，把孙殿英、季守信、孙良臣、赵履坚、庞炳勋、刘达万等军长、司令们都安排进了西交民巷的迎宾馆。这个地方原是清廷外务部的迎宾馆，后成为国际俱乐部。

太平洋战争爆发后，成了日军的“将校俱乐部”，硬件设施首屈一指，住宿有包房、吃饭有包间、听戏有包厢，歌厅、舞厅、饭厅一应俱全。还有一个大花园，亭台楼榭、轩堂馆舍，宛如画境。

最独到的是日本“慰安妇”，这些女人可不是强征来的，是经过培训的“特殊女人”。她们的信条是“征服世界的人是男人，征服男人的人是女人”。

门致中的就职典礼结束后，竹内正式宣布：“冈村司令官让我转告诸位，多在北平住几天。南京方面的军务部署完毕后，就飞往北平有要事和大家相商。”

治安军的军头们大概没有想过“征服世界”，但都被“特殊女人”所征服。在俱乐部里“乐不思蜀”，一入温柔乡，即入温柔境。即便是明白，这时也要装糊涂，只有“糊涂人”才安全。

此时打通大陆交通线的战役已全面展开，由于正面战场上的精锐部队全调到滇西南去反攻缅北，所以日军势如破竹，第一阶段的战役打通了平汉线，第二阶段的战役打通了粤汉线，第三阶段的战役打通了湘桂线。

日军攻占了桂林、柳州、南宁之后，直扑镇南关，和驻越南的派遣军会师。同时宣布胜利打通了大陆交通线，大东亚铁路通车在即。

可是，别说修筑一万多公里的大东亚铁路了，就是加筑大连到沈阳、沈阳到北平的复线铁路，竟然没有铁轨。情急之下，只好拆了支线铁路来“应急”。

国军反攻缅北大获全胜，和驻印军胜利会师，全歼了日军三个精锐师团，打通了中印交通线。美国援华战略物资沿史迪威公路源源不断地由印度运到昆明。

中美空军联合作战，夺回了中国战场的制空权，北平进入了战时防空状态。日军风声鹤唳，发现了侦察机也拉防空警报。警报一响警察即断绝交通，市民们仰望云天满脸的喜悦，盼望着空军健儿立即飞临北平上空。

防空警报拉响时，田中正在“铁一号”向竹内汇报北京的治安状况。竹内摇了摇手，叹了口气说：“日本人打通了大陆交通线，中国人打通了中印交通线。大陆交通线是个包袱，不背吧，失去赫赫战果；背吧，非累死不可。抽去南进的部队不可能回防，华北的空城计也不可能总唱下去。大本营从关东军中抽调了两个师团，归入华北派遣军建制……”

田中听了为之一振，一下子站了起来，两眼放出凶光，恶狠狠地说：“太好了！我要用铁腕重新建立起铁的秩序。”

竹内向他挥了挥手：“这两个师团虽是老番号，可全是新兵，装备上全是步兵。关东军通知我设法在平津补充通讯器材，否则难以投入战斗。什么时候能开进关来还不知道，得在沈阳补充步枪和迫击炮、山炮……”

田中愣了，满脸都是困惑。堂堂皇军，竟然使用沈阳兵工厂制造的武器。竹内苦笑了一下说：“沈阳兵工厂制造的武器，早已和日军一体化，图纸、工艺都是统一的。国内的预备师团还都是徒手兵，整天用木枪练习刺杀……”看着田中的满脸困惑，竹内也就转移了话题。

“你的任务是稳住北平，不要激化矛盾。以华治华是基本策略，要充分发挥门致中、王荫泰的作用。

“将校俱乐部中的‘客人’，看来是没必要再留。大陆交通线打通后，‘反水’是不可能了。八路军趁着皇军南进，不断地扩大根据地。治安军为了保住自己的地盘，也要和八路斗斗。

“‘客人’们此时回到部队，正是时候。送‘客’时要体面，以参加冈村司令召开的祝捷大会为名，用专机把他们送到南京风光几天。然后再用专机送到石家庄，各自返回防地。”

说到此处，竹内停住了。沉默了一会儿，才缓缓言道：“我可以清楚地告诉你，将校俱乐部中的‘客人’和重庆都有联系。上海、南京、武汉要比北平严重得多，可以说是正常现象了。这是‘公开的秘密’，此时最不明智的做法是把‘公开的秘密’变成‘秘密的公开’。”

田中点头表示领悟，低沉地说了声“明白!”明白了也就崩溃了，躯壳还站着，精神倒下了。大和民族的优越感、武士的高傲感、军人的征服感、帝国宪兵的使命感一下全消失了。

竹内言罢，仰望着天花板不说话了。田中立正敬礼，悄悄地退了出来。

令人不解的是，田中离开了“铁一号”后即驱车前往东四九条拜会了金碧辉小姐，想听听这个“特殊人物”的高论。

金碧辉正坐在“指挥室”里面对着世界地图发呆。今天一早她就跑到了摄政王府，想打听些长春的消息。

出乎意料的是遇到了溥杰，这位“御弟”是由“满洲国”来探亲的。在座的还有溥雪斋，这位贝勒爷是个画家，在辅仁大学任美术系主任。

溥杰很沉稳，除了几句客套话外什么也没说。溥雪斋挺爽快，直言道：“你们该拿个主意了。听冯·希尔说，‘欧洲的战场也就是几个月的事了。亚洲战场也撑不过一年’。这话我信，辅仁许多日籍教授的家属都躲到北平来避难，日本被美国飞机炸惨了。铁狮子胡同定了个章程，每个日本人要交十个中国朋友。这是系里的日籍教授告诉我的……”

摄政王反反复复地说着两句话：“喝茶！喝茶！”从王府礼仪上来说，这两句话也就是“送客！送客！”

金碧辉只好站起来告辞，向溥杰半躬致意，说：“明天我在会贤堂定一桌给您接风……”溥杰连声说：“下次！下次！今天下午我就飞回长春。”

父亲下了逐客令，儿子给了软钉子。金碧辉只得灰溜溜地离开了摄政王府，气恼之下一个人跑到会贤堂喝了几杯。酒入愁肠，百感丛生，真是“欲醉难醉，不知何滋味。”

回到“官邸”之后，躺在床上欲睡难寐。听见窗外有人用日语小声说话，是猪头曹长和一个新来的跩腿上等兵。

大意是现在回到日本会被炸死，留在中国会成为俘虏，北平城外都是中国军队，八路军随时可能打进来。

这时候防空警报拉响了，曹长和上等兵窜到了后花园，顾头不顾腚地趴到了太湖石下。“金司令”毕竟是“金司令”，仰头看了看天空，就到“指挥室”里对着世界地图发起了呆。

田中大佐来访，本应是“受宠若惊”，可是两人相见后，笑得都很勉强。田中表示：“大陆交通线已经打通了，大东亚铁路就要通车。圣战进入了新的辉煌……”

金碧辉也闹不清自己是哪国人，真不知说什么是好。三思之后，用日文说了声："将圣战进行到底。"

然后两人就相对苦笑，越笑越苦，越苦越得笑。"战争就要结束了"，对于宪兵大佐和东洋女间谍来说，这是"公开的秘密"。"秘密的公开"只是时间问题，而且不会太久了。

"战争结束了"，对于宪兵大佐和东洋女间谍来说，又意味着什么呢？只有心知。

宪兵大佐、东洋女间谍都是"实务主义者"，是最务实的人，所见系"微观"，现在已是"明一斑而知全豹"了。竹内是坐在虎皮帅椅上的人，认为门致中"滑"，齐燮元也是坐在虎皮帅椅上的人，认为这个门老弟"不傻"。其实，滑人一定不傻，不傻的人一定滑。门督办、门司令是刚坐上虎皮帅椅的人，此时把退路全安排好了，坐上了虎皮帅椅不但能"凭实力全身"，而且能凭实力讨封。

军统局、军令部二厅全联系上了，重庆承认他是"曲线救国"的将领，指示他"扩大实力，争取能控制整个华北。准备待机迎接美军在河北、山东的沿海地区登陆，国军由豫西、晋西的反攻"。

"争取控制整个华北"，就是和八路军争地盘。但此事得悠着点，真打起来重庆高兴，日本人更高兴。可八路军不是好惹的，要是拼完了老本，也就难以"全身"，更无法"讨封"了。

门致中的战略布署是收缩兵力、集中兵力，确保部队的机动性，以便和登陆的美军、反攻的国军相配合。

此时八路军也展开了"攻心战"，对于治安军的中下级军官来说，重庆离他们太远，根本够不上，八路军可近在咫尺，把谁定为"铁杆汉奸"，可就在生死册上画了"勾"——包围全歼。

广大士兵心里更是有数，打起仗来"枪口抬高一寸"。八路要是冲过来，举手就交枪。八路军的口号是"中国人不打中国人！"开火之后是放过伪军打鬼子。

竹内心里也跟明镜似的，八路军完全控制了广大的农村，掌握着战略上的主动权。打哪个"点"，拔哪座县城，可以说是"说了算"。日军收缩到了铁路的沿线地区，只能"实行重点的防卫"。

美军一旦在河北、山东的沿海地区登陆，"治安军"马上易帜为"重庆军"，和美军呼应。八路军也会配合作战，实行大反攻。

消灭华北的八路军，是他八年来的梦想，现在完全破灭了。消灭"治安军"除掉隐患，在形式上是可以办到的，但实质上是把"治安军"的防区转交给八路军，把打散的“治安军”交八路军收编。

权衡利弊，只有保持现状，也就是坐在火山口上，等候火山的爆发。但未被岩浆烧焦之前，还是坐在“铁一号”虎皮帅椅上的“强人”，不会束手待毙。

这张虎皮帅椅他向往了近七年，也为之奋斗了近七年，可是坐上之后，才觉得“司令官”之尊也不过如此而已。坐上了这张虎皮帅椅，又有什么用?

也许是太晚了，可是七年前就座上了这张虎皮帅椅，就能消灭华北的八路军吗?竹内围着这张虎皮帅椅转起了圈，最后还是在墙上所挂的作战地图前停了下来，望着已经标识出的大东亚铁路发呆。

由釜山到新加坡，真是一条跨越万里的“铁龙”。可是这条“铁龙”又有什么用呢?只能是趴在那里、瘫在那里。如果不发动打通大陆交通线的战役，华北战局不会这么糟。

如果不发动九一八事变、不发动七七事变、不发动太平洋战争……历史没有“如果”，也不存在“也许”。作为帝国的军人，只有面对现实。

竹内转过身来，命令通讯参谋立即接通关东军司令官矶谷大将的电话，催促两个师团的部队尽快进关。

大将对大将、司令官对司令官，可以说是日军之中最高层次的对话了。令竹内震惊的是，矶谷直言表示：“对大本营的命令根本无力执行，沈阳、鞍山已经遭到美军的空袭，依靠满洲的物力，实难装备齐全两个师团入关增援。”

竹内表示理解，可是建议矶谷暂时挪用一下边境守备部队的物资，以后再设法补上。矶谷长叹一声：“两年前就这样做了。边境的守备部队从条令上是‘不可动用’，可是装备和有作战经验的军官、士兵已被抽调一空，所剩也就是原番号了……

“苏联、美国、英国的部队已经攻入德国本土，对柏林形成合围之势。德军正在进行‘本土决战’，可是能撑多久?苏军一旦腾出手来，肯定会挥师远东雪日俄战争之仇。”

下面的话矶谷没有说，可是竹内也明白了。出于军人的本能，竹内还是说了句：“华北收缩兵力重点防守，满洲也只能是这样。”

“国境守备部队，一直只能是依靠要塞进行重点防守，诺门坎的教训太深了。可是要塞与要塞之间形成了许多真空地段，只设有步兵哨所。”

下面的话矶谷又没说，因为不说竹内也会明白。沉默了一会儿，矶谷长长地嘘了口气："竹内君，军人以服从命令为天职，武士不打诳语。我把两个没有作战能力的师团开进关去，不如把两个有作战能力的混成旅团交给你。"

听到这儿竹内大喜，不由得脱口而出："太感谢了！"下面的话矶谷可是说了出来："华北方面须尽快地向满洲输送一万名劳工，把这些苦力送到日本，以代替应征入伍的工人从事矿山挖掘、开采。"

放下电话后，竹内老道得成了精，对侍从参谋下达了命令："通知华北政务委员会、治安总署、北平市政府、燕京道尹署举行联席会议，主官必须参加。时间是明天上午九时整，地点是司令部会议室。会后安排午宴，我和西园参谋长均出席。到东兴楼定桌，叫厨师到司令部来成席。"

第二天早上，第一个到达"铁一号"会客室的是燕京道尹周尚文，第二个到达的是北平市市长许修直。八点四十五分刚过，王荫泰、门致中也就同步到达了。

八点五十五分，一行四人被值班副官引入会议室。九点整，竹内和新任参谋长西园中将步入了会议室。

王荫泰抢上一步相迎，门致中紧步其后，许修直、周尚文"子趋亦趋"。互相见礼、握手之后分宾主落座，竹内直言道："把诸君请来，系有事通报，也是征求意见，看是否可行。

"燕京道就是历史上的顺天府，乃四方观化的首善之区。于时下来讲，社会治安实不能让民众满意。这也不能怪周道尹，治乱世得凭实力。"

"门司令的部队均集中在'点'、'线'进行重点防御，面上的兵力很是空虚。各县虽说均组建了武装力量，但名目繁多，兵员、装备皆系各自为政，难于形成独当一县的战斗能力。

"中国有地方自治的传统，地方上的事由民众自行办理是上策中的上策。各县若能建立起一支'自卫团'，让民众自己保卫自己，岂不是天下皆安。

"民众自卫，枪械当然要由官方提供。大本营给华北派遣军调拨了一批沈阳兵工厂制造的装备，这批武器完全用于装备门司令的部队。换下了的枪支就全数发给各县的自卫团。

"估计能有一万多支步枪，人枪合一才能形成战斗力。大略而言，各县的自卫团以五百多人为宜。当然，多些也没有什么关系。

"自卫团兵员的素质一定要高标准，首先不能混入'土八路'。其次不能是地方上的'游手之徒'，得是正经的庄稼人，手上得有锄把磨出的茧子来……

“兵员选定之后，全部集中到北平来集训。这项工作可就有劳门司令了。清河军校的教官们得辛苦辛苦，把自卫团的成员均训练成合格的军人，确实能达到保护民众的标准。不合格的兵员不发枪，只能编入预备队。

“北平的四郊，也可以组织自卫团。所言都是我和西园参谋长的设想，具体怎么办，还要听诸位的意见，特别是许市长、周道尹的意见。曾国藩、李鸿章就是文人将兵，许市长、周道尹可要当仁不让。王委员长更须高屋建瓴多加指导，自卫团能否成军，还得靠门司令训兵有素……”

竹内讲完之后，自然是“众人皆喜”。只有门致中心里有数，给治安军补充一万支新枪，“鬼才信”。可是也跟着附合着称赞“民众自卫”是上策中的上策。

午宴结束后，门致中回到治安总署，虽说是酒足饭饱，可是心里直嘀咕。常言道“酒无好酒、宴无好宴”，竹内下的别是个套——空手套白狼，从治安军生套出一万支步枪。

三思之后门督办打定了主意——不见兔子不撒鹰。新枪不到手，旧枪绝不放出去，至于训练，就叫关义德去应付应付。主意定下来后，亲自拨通了电话，约义德晚上来家里聚聚。

“客不外邀，二仙对饮。”门致中在饭桌上想说的话可多了，大而言之，得说说退路；小而言之，要靠义德把“自卫团”这一关给搪过去。

于退路而言，门致中并不顺。虽然和重庆联系上了，可是二厅给了他一个下马威。南京刚一发表“任命门致中为华北治安督办、治安军总司令”，二厅就通知他说“治安总署警卫营营长江同源系北平站的潜伏组组长，‘遇有非常之事’可直接和江同源联系”，并告知了联络暗号。

门致中是个明白人，办事更漂亮。上任伊始就把总署的警卫营扩编为警卫团，任命江同源为上校团长，并兼任一营长。

一营是总署的原警卫营，此举意在对二厅表示诚意，也是对江同源表示“仗义”——彼此“信得过”，也“过得着”，“生死可托”。

无六耳相听时，门致中则以“江老弟”呼之。江同源心里跟明镜似的，可是一口一个“督办”，声称“知遇之恩当涌泉相报，有用得着的时候，一营的弟兄们都不是孬种，二营、三营的弟兄也不会打愣。”言外之意、弦外之音也就是说：一营的弟兄全是二厅的人，二营、三营也掌控在二厅之中。“遇有非常之事”，江某人就是二厅的“代表”。

退路掌控在江同源这样的人手中，门致中当然不痛快，觉得二厅把自个儿看小了，得在重庆攀攀高枝。关义德在重庆可有根，和冯玉祥、孙科、于右任都说得上话。都这时候了，当然早就联系上了。就因为联系上了，才不动声色。要是通过关义德能和重庆上层挂上钩，获得正式的委任，在军统、二厅面前也就有价了。

眼下这一关，虽说没有什么大不了的事，也得靠关义德出面和竹内玩玩。别说一万条枪了，就是一条枪也不能套走，来个以柔克刚。

大而言之的事、小而言之的事，都是眼下得急办的事。有求于人未必就礼下于人，最好的方法是来个“近人不说远话”——明挑。

既然是“二仙对饮”，说什么也得干上三杯以成礼数。为此，门致中特意在餐桌上摆上了“牛眼杯”——不能喝高了。

四冷盘先备，宾主入座后开了一坛老汾酒，实可谓醇香四溢，醇厚袭人。可是“二仙”之意不在酒，三杯过后也就言归正传。

门致中直言道：“咱们都是西北军的老人，在蒋先生那里是没有烟抽。孤悬敌后走上了这条路也是无奈，虽说队伍保住了，可是难听的帽子也就戴上了。

“时下局势已明，带兵的都和重庆联系上了。有的还是脚踩三只船，和八路也联系上了。华北是敌后中的敌后，不可能把队伍拉回去。万全之策是和日本人不翻脸，和八路不真打，和中央进一步加强联系。

“近人不说远话，我早就和军统、二厅联系上了，可是和重庆的高层还挂不上。我托人找了冯先生，他只说了一句话：‘帽子是自己戴上的，还得自己摘下来。’话是这么说，办起来可就难了。

“美军不在河北、山东沿海地区登陆，中央军不打过来，我能干什么？挑起大旗来准扛不住，只能保住部队等待时机。”

义德点了点头：“挑起大旗来扛不住，重庆可以理解。可是机会随时都有，手中握有实权，就能办点实事。有实力才能有实权，得把部队控制好。

“和八路相安无事是上策，真干起来只有日本人高兴。把实力拼完了也就办不成实事，到了大反攻时也就难有作为。

“我说句实话，不联合美军、国军打几个漂亮仗，治安军也归不到国军的序列。这就是冯先生所说的，‘帽子是自己戴上去的，还得自己摘下来’。

“几个漂亮仗一打，不用谁出来说话，这帽子就摘了，不但摘得干净，摘得也漂亮。不用求人，还得靠自己。军统也好、二厅也好，到这时候也就是个跑腿的、传话的，没有多大的用场。

“不办几件漂亮事，不打几个漂亮仗，军统、二厅也靠不住。这些人是搞情报的，关键时候认账不认账可难说。贪功、抢功、冒功，什么事都干得出来。”

门致中点了点头：“言之有理、言之有理，求人不如求己。事该怎么办，仗该怎么打，到时候关兄可要明示。眼下的一件事，我就觉得蹊跷。”

门致中把竹内所言简述了一遍，最后的结论是：“我看有诈，想借自卫团为名，套我一万条枪。”义德深思了一下，缓缓言道：“确实有蹊跷，我看对策是以不变应万变。来个一‘拖’、二‘泡’、三‘了’。别说一万条枪不能让白套了去，就是竹内真拿新枪来换，给他的旧枪也得打个五折。清河军校中就有一千多条老掉了牙的‘太爷造’，是前清的武毅军留下的。口径不对，没有它能用的子弹。竹内要是真催，就用这批枪先顶上，再说了，一万多人集训上哪儿找营房？找场地？要是分批分期地进行，就分批分期地‘拖’。竹内也不想想，他还有多少时间？拖拖、泡泡，这事也就了啦。”

门致中听了后举杯叫“干！”一饮而尽后又满上了一杯，说：“就照你说的办。”

奇怪的是门致中不办，竹内也不催。燕京道尹周尚文、北平市长许修直却忙乎了起来。市政府、道尹公署在良乡设立了“联合办事处”，忙着腾房、圈房、号房，房不够就搭大棚。

配套的设施也想得挺周全，吃、喝、拉、撒、睡全考虑到了，可就不见有自卫团来报到入住。看样子是想搞个“大聚齐”，造出点声势来，可报纸和广播电台又都没进行宣传。

义德不解了，这肯定有诈，是个大阴谋。万人集中到良乡进行训练，从操作上来讲就是不可能的。分批、分期地进行，根本不用准备这么多的驻地。

竹内是个办实事的人，都这时候了，肯定没有心思玩“大聚齐”，也没有情绪“凑热闹”。他想办的事绝不会是好事，投入这么大的精力，自然得有回报。

义德把这种想法告知了胡兴华、江同源，并进一步指出：“良乡地处平汉铁路沿线，距山区较远，系日军可以控制的地区。自卫团一万多号人集中到良乡，肯定是有阴谋。”

门致中却不以为然，认为“只要不套我的枪、抽我的兵，他爱干什么就干什么。这出戏最后还得清河军校来唱，怎么唱关兄心里有数，我是诸事拜托了。”

言罢向义德拱手一揖：“集训开始后许修直、周尚文准来掺和，盯着要枪。你对这两块料不用客气，我给你一道手令，塞住他们的嘴。还想文人将兵，学曾国藩、李鸿章……”

说着，门致中提笔写道：“自卫团集训系军政大计，由清河军校负责。关义德将军全权主持，其余军政机关一体配合，听候关将军指挥。”

写罢，命令副官加盖了关防，又向义德拱手一揖：“有劳！有劳！‘一拖、二泡、三了’。对姓许的、姓周的手下那帮人，不用客气。凭关兄的官威、官仪、官度，镇得住。”

义德笑了：“根本用不着镇唬这些人，联合办事处里没有清河军校，他们要是找上门来，我就来个避而不见，接待人员来个一问三不知、一推六二五。要是行文我就拒收，叫联合办事呈华北政务委员会转治安总署，得走程序。”

门致中也笑了，挑了个大拇哥连声说：“高！事还没来就给了啦。”可是义德心里有数，良乡的事小不了，一旦突发，也很难掌控。

果不出义德所料，良乡自卫团的驻地建成之后，燕京道尹公署开来了一个保安大队，紧跟着又开来了一个中队的日本宪兵，驻进了联合办事处边上的关帝庙里。

二十多个区县的自卫团，几乎在一天之内同时到达了良乡。入驻“兵营”之后，第一件事就是全员浑身上下全换上了鬼子的旧军装，进营时穿的衣裤一律被收走。第二件事是编号、分班、分队，一切活动均以班、队为单位，不许单独行动。第三件事是保安队站上了岗，不许“自卫团”外出。可是一日三餐，大窝头管饱，还有戏班子来慰问。

城工部的线、二厅的线均把这种情况传递给了义德。义德和张晋才合议了一下，认为是个阴谋，很可能是“抓劳工”。一万多人的“自卫团”被送上火车后，就是一万多名“苦力”。为了上车方便又不引起注意，所以选择了良乡为集中地点。

张晋才立即启动了紧急的“线”，把这一情况通知了平西军区。

晚饭后，义德一直在考虑自卫团的问题。在良乡集结，对日军太有利了。八路军要是打一场破袭战，北平的日军乘火车可以在半个多小时内赶到，保定的日军也可以在一个多小时内赶到。

良乡邻近的房山、窦店、琉璃河、坨里、长阳都是大据点，可以抽出一部分兵力驰援。得调动几个团的兵力“袭城打援”，平西军区在短时间内根本不可能调动出这么多的部队。

二十多个县的“自卫团”几乎是在一天之内到达，也就是说明天，至多是后天，竹内将会有所行动。可是一个中队的鬼子、一个大队的保安队，很难把分驻十几处的“自卫团”集中起来押上火车。也就是说在行动之前，要增调部队。日军的机动部队不多，还得从治安军中调动兵力。治安军也没有多少机动兵力，总得先打个招乎，可是一点消息也没有，这太不正常了。

义德抽起了烟来，一根接一根。这时张晋才闯进办公室，小声说道：“城工部铁路局的‘线’，得到了准确的情报。由沈阳开来的五列载兵军列，将在良乡车站停车。

“良乡不是编组站，为了保证军列能够进站，平汉路局停开了好几次列车。军列到达良乡后三个小时即返回沈阳，平汉铁路局只得又停开了好几次列车。

“由此可以断定竹内玩的把戏就是，日军下车后把‘自卫团’押上车，全都拉到东北去当‘苦力’。这招可真阴，损到家了……”

义德蓦地一下站了起来：“沈阳开来的军列几点钟到达良乡？”“车次全乱了，估计得明天十二点。”

义德果断地下达了命令：“教导大队立即集合，一中队、二中队乘汽车前往良乡，三中队、四中队设法乘火车前往，到达后暗中控制车站，等待行动命令。”张晋才立正答道：“是！”转身跑步走了。

下达完命令之后义德亲自拨电话，用暗语通知因这次行动可能暴露的“线”立即转移。这时徐承志、张翰、赵鼎诚、王宏、郑新诚全赶来了，义德宣布：“这次行动是我做出的决定，一定会暴露，是有去无归。如果谁正在执行重要的任务，可以不参加这次行动。”

在场的人都挺胸立正答道：“参加行动，听候命令。”义德环视了一下这几个跟着他出生入死的老部下，现在他们分属于不同的组织，可是有一个共同的信念——不愧为一个抗日军人。

责任感、使命感油然而生，义德上前一步，宣布了命令：“徐承志的任务是行动开始后让良乡地区的电话全部占线。张翰、王宏带上炸药准备爆破。郑新诚、赵鼎诚还是老本行——装鬼子。”

这时张晋才走了进来，立正、敬礼，报告道：“教导大队集合完毕，一中队、二中队已经登上汽车，三中队、四中队正跑步前往清河火车站，铁路上的内线会帮助他们上车到达良乡。”

报告完毕后又上前一步郑重地宣布说：“我代表教导队中潜伏的八路军战士表示，在这次行动中听从关将军的一切命令，誓死不辞。鸡毛信已经发出，如能联系上，平西军区的部队会接应这次行动。”

义德紧紧地握住了张晋才的手。

天亮前，两路人马均到达了良乡，在火车站会合了。义德给张翰、王宏的任务是不动声色地沿铁路线南北两个方向破坏大小路桥，使北平、保定的日军无法到达良乡。

这时徐承志赶到车站，向义德报告：“任务已经完成。”义德下令立即包围联合办事处和日本宪兵队。

郑新诚穿着中佐军装，赵鼎诚穿着少佐军装，身边还侍卫着几个鬼子兵，径直进了关帝庙的大门。

宪兵中队长野村大尉正在大殿前练刀，见走进来了一个中佐、一个少佐，立即收刀立正。中佐皱了皱眉头：“怎么不设岗哨？你应该背诵一遍驻防条令。”

野村鞠了一躬：“对不起，我的部队分布在十七个分驻点上执行任务。中队部只有六个人，士兵们昨天忙了一晚上，现在正在休息。”

“休息？太荒唐了，怎么能在没有警戒的条件下休息？”“中佐阁下请原谅，这里是确保治安区。”“你的士兵昨天晚上忙些什么？”

“今天上午九点，关东军有一个中队的接收人员先期到达。十二点以后有一个混成旅到达，归入华北派遣军建制。良乡的一万多名苦力将押上他们来时的火车，返回满洲。”

说到这儿，野村该交代的也就全交代了。可是突然觉得有点不对劲，挺胸立正说：“中佐阁下，恕我无理，职责所系，需要看看你的证件。”

“完全可以，但对你来说，已经太晚了。”

野村一愣，就在这一刹那，他的脑袋已经不在脖子上了。赵鼎诚手起刀落，把这位宪兵大尉送归了靖国神社。

此时，余下的五块料也糊里糊涂地去见了天照大神。干净利落，可以说是神不知鬼不觉。赵鼎诚下令留下一个排，各点的鬼子有回来的，“不许活着出去”。

收拾了关帝庙中的鬼子宪兵，义德一行大摇大摆地走进了“联合办事处”。三进院子里静悄悄的，没有一个醒着的人。

义德走进了燕京道保安队的大队部，卫兵推门而入。就听见一嗓子：

"哪个浑蛋？给我滚出去！再不滚老子崩了你。"

卫兵上前一步，抽出背后的大砍刀挑起了这小子盖着的军毯。可真吓了一跳，不由得后退了一步——两个赤身裸体的男女正搂在一起。

男的一下子蹦了起来，从枕头底下摸出了驳壳枪，口里喊道："你这浑蛋找死！本大队长成全你。"话还没落音枪就被下了，抬头一看，床前站着一个中将长官，四周是一群护兵马弁。

大队长一下子从床上滚到了床下，跪在地上磕头如小鸡啄米，口呼："长官饶命！长官饶命！属下刘有田罪该万死。"

这时义德发了话："命令你的部队和所有的人，到前院集合。"

集合完毕后部队有两个班，文职人员也有六七十个。官最大的是北平市政府的副秘书长、燕京道公署的秘书长。第一个被提上堂来问罪的就是大队长。

这小子一进屋，就直挺挺地往义德跟前一跪。口呼："属下该死，长官饶命。留下属下的小命，愿效犬马之劳……"

义德喝问道："临阵行淫，按军法应就地处决。玩忽职守，耽误了公事，杀了也不冤……"

"长官饶命，属下没有耽误公事，也不敢耽误公事。早上九点有一个中队的皇军来视察自卫团，清点人数。我准时到火车站迎接，接来后到这三进院子里来休息。先上茶，然后是酱肉、烧鸡、白酒，还有蒸馒头、烙大饼。我知道皇军爱吃米饭，特意安排了厨房多备下两锅……"

"想得倒挺周到，可这都是琐事，最重要的是如何迎候视察、清点人数。这是正事，正事你准备怎么办？"

"各个点的花名册早就备好了，各个分驻点都驻有皇军的宪兵和我的弟兄。而且有十七个分驻点的地图，标得一清二楚。总数、长官的姓名……"

"皇军视察、清点完毕后，你打算怎么办？"

"这属下就不知道了，听长官的吩咐。"

义德哂尔一笑："看来你还没有误事，且饶你不死。给你个立功赎罪的机会，把皇军接待好。带队来的皇军长官你认识吗？"

"不认识！不认识！可我一定好好干。"义德一挥手："你下去后，再和具体管事的人详细地汇报一下。""谢长官！谢长官！"

这位大队长如同被无常鬼勾到了生死殿，阎王爷开恩放他还阳。又像是斩立决的死囚被押上了断头台，可是皇上忽又降旨开恩特赦。

下来后向徐承志交代得那叫详细，每个细节都说了个一清二楚，生怕有所遗漏，落个“玩忽职守、办事不恭的罪名”。

第二个被提上堂来的是两位秘书长。义德缓缓言道：“二位是文职人员，本人虽是军人，可一向礼敬斯文。无奈二位犯有狎妓、抽大烟之罪。文职人员从事军务，亦应按军法治罪。

“在此多事之秋，本人的处世之道是多一事不如少一事。虽说军务在身，也就以了事为原则，不想为难二位。请二位秘书长下去和军校训练处的人员好好协商一下，把迎接视察和清点的工作做好。”

二位秘书长鞠着躬退了出来，交代的材料和大队长说的完全相合，看来文武官员还配合得不错。就在这时候，一个保安队的小队长上气不接下气地跑了进来，向大队长刘有田报告说：“快！快！您赶紧奔车站。军调室通知我，皇军的专列挂在了107次客车上了，提前两个小时进站，来的是两个中队，是从沈阳开来的。两小时后还有五列军车同时进站，也是从沈阳开来的。我往回打电话，可是怎么也打不通，您赶紧奔车站吧……”

这位小队长的话还没有说完，就被下了枪，和大队长一起被关押到了后院。

时间就是胜利，也就是一万多人的生命。义德果断地下达了命令：

> 一、立即分头前往十七个分驻点，消灭该点的日军、伪军，让被抓来的老乡火速向山区转移或四散逃生。在解决日军、伪军的战斗中，应做到不开枪射击，以免惊动良乡地区的敌人。
>
> 二、想尽一切办法拖住即将到达良乡的两个中队关东军，在老乡没有转移前不要发生战斗，只能智取。
>
> 三、火速到良乡的药房弄一斤砒霜，加在刘有田备下的大坛子老白酒里，不惜一切代价，此事只能成功。
>
> 四、立即破坏铁路，阻止北平、保定两个方向的列车驶往良乡。
>
> 五、据险阻设立阻击阵地，掩护老乡向山区转移，同时也为四散逃生争取时间。

命令下达完毕，张晋才抢上一步说：“被抓来的老乡都穿着鬼子的军装，良乡又是鬼子的确保治安区，群众基础较弱，没有建立起‘真心向我，假心向敌’的村级政权组织。在这种情况下，人生地不熟的外地老乡很难四散逃生，只能在我军掩护下往山区转移。一旦战斗打响，即便关外开来的日军被阻，良乡的日伪军总兵力也远在我军之上。”

话刚落音，义德大喊一声：“张晋才！”张晋才立正答“到！”

“救出老乡，掩护他们安全向山区转移的任务交给你了，拖住即将到达的日军的任务由我承担。两项任务均是只许成功不许失败！或成功或成仁，没有别的选择。给我留下一个小队，其余的部队由你指挥，不许提出不同的方案，立即开始行动，执行命令！”

张晋才抢上一步，敬了个标准的军礼，双手握着义德的手说：“保证完成任务，您也要多保重。”言罢大声道：“高保中！”

一个腰上斜插着两把驳壳枪的“上尉”应声答“到！”

“你负责保护关将军的安全，不惜一切代价，把将军护送到平西军区司令部。不论发生了什么情况，都要完成任务。”

高保中响亮地答道：“保证完成任务！”

各路人马分头执行自己的任务，义德握着张翰、王宏的手说：“爆破点自行选择，离良乡越远越好。你俩分别乘坐小汽车前往，完成任务后不要赶回良乡，立即向山区转移。”

张翰、王宏齐声回答说：“完成任务后我们立即赶回良乡，和您一起向山区转移。”“胡闹！你们完成了任务时，我已经撤出良乡向坨里方向转移了。”

两个中队的关东军，一下车即被接到了联合办事处，三进院子里已备下了“酒宴”。鬼子们是早已饥肠辘辘，可是没有命令，士兵们都直往肚子里咽口水。

这时就听见一嗓子日军的标准口令“立正！”所有的鬼子都站了起来，直挺挺地像根木棍。口令声刚落，一个少佐从正房中走了出来，后面跟着一个中佐，中佐后面是一个治安军中将。

鬼子虽然不把伪军的官放在眼里，可是中佐在面前一站，两个大尉中队长赶紧跑步上前立正敬礼。这两块料一个又高又瘦，一个又矮又胖。

中佐转向义德，对这个中队长说：“这是华北治安军参谋长关义德将军，代表治安总署来看望你们。”

两个大尉举手敬礼。义德缓缓言道：“辛苦了，不必拘于礼节，可以叫你们的士兵进餐，饭后有许多事还要办”。

中佐进行了翻译，两个大尉“咳！”了声。想不到的是又矮又胖的还挺知礼数，转身捧起身后桌子上的大碗酒，举到中佐跟前敬酒。

中佐一挥手，示意他自饮。可是这块料体会错了，转身向义德打了个立正，双手捧上大碗酒，用东北口音的汉语说：“敬关将军！”

说着又抢上一步，打了个立正：“将军可要赏脸。”义德微微一笑：“心领啦，大尉可自斟自饮。”这块料连愣都没打，一口气把大碗酒给干了，从桌子上又端起一碗：“敬将军，来而不往非礼也。将军干了这杯酒，我和我的部下才敢进餐，这是军礼、军仪，也是武士之道。”

义德又是微微一笑，心里很明镜似的——将军决战，岂止在杀场。喝了这杯酒，也就是消灭了两个中队的鬼子，不喝这杯酒，整个计划也可能就失败了——一个小队，绝对对付不了两个中队。决战决胜，将军的心里不但有数，心灵的天平上更有权衡——弥天大勇，并不总是在刀光剑影中。义德刚要伸手接过这碗酒，就见徐承志抢上一步，立正敬礼，大喊报告：“竹内大将从北平打来了电话，请参谋长立即去接！”

中将转身走了，中佐又一挥手：“请注意，你的军阶是大尉。现在可以自便了，饭后到我的办公室来。”

饭后——两个中队的装备，总计有三百多条三八式步枪，八挺歪把子轻机枪、八个掷弹筒成了战利品。

这时张晋才赶了回来，向义德报告：“十七个点的敌人均已被解决，老乡正向山区转移，只要能通过四十多里的平原地区……”

义德果断地下达了命令：“进入山区前最后一个日军据点是坨里，这个据点是卡脖子的险道。你立即抽调精兵二百人穿上日军军装，由郑新诚、赵鼎诚率领，乘汽车拿下坨里。我也乘汽车前往，要快！”

“坨里是个大据点，我很熟悉……”“好！你们三个人一起去。只能智取。”“明白！”张晋才转身去调集部队。

此时，张翰正驾驶着小汽车行驶在前往涿州的公路上。他心里盘算的是不但要把保定北上的鬼子堵住，也要把涿州的鬼子堵住，不能叫他们增援良乡。最理想的爆破点是拒马河大桥。

白天不可能在桥下实施爆破，智取桥上的伪军不是件难事，可是手中的炸药有限，很难将大桥炸毁。三思之后，张翰决定玩一票险的，拿出了“吃大轮”时的本事——搞火车。

主意打定之后天随人愿，一列超挂超载的运煤车沿着平汉线由北向南驶来。张翰一挥手，哥儿几个就蹿了上去，控制了车头。

司机、司炉见鬼子蹿车先是一楞，接着就明白了。司机冲张翰出手示了个“八”字：“老说有八路，今儿是让我们哥儿仨碰上了。怎么干？发话吧。”

张翰紧紧地握住了他的手，说：“工人弟兄们一块儿干，干完一块儿走。”

运煤车拉响了汽笛，驶上了拒马河大桥。一上桥就脱了钩，把三十多节满载的运煤车厢甩在了大桥上。守桥的伪军乱了手脚，急着往编组站打电话，可是所有的电话全占线。

这时火车头又急驶了回来，在大桥上和运煤的车厢撞到了一起。车厢都被撞翻了，火车头的锅炉也爆炸了。

慌乱之中又有一列运煤车冲上了大桥，和被撞翻的车厢再次碰撞，在桥中间冲出了铁轨，一头栽出了大桥。在巨大的冲力、压力、拉力的作用下，大桥的中段轰然倒塌了。

在欢呼声中张翰掏出了身上所有的钱说：“你们哥儿仨不能回家了，抗战胜利后找政府去领奖，你们是抗战功臣！”

哥儿仨齐声说：“我们还回家干什么，跟着你们干了。”“好！咱们沿着铁路往北去，想办法再玩儿上一票。”

哥儿仨一起挤进了小汽车，在大辛庄岔道口停了下来。岔道管理所驻有一个班的伪军，站岗的见门口停下了小汽车就是一惊，从车里走下了几个太君更是吓了一跳，赶紧举枪敬礼。

张翰一挥手：“统统的集合！”十一个伪军排成一横列，“太君”把脸一沉：“你们的私通八路，你们的指认。”

三名穿着路服的铁路工人，当场指认了六名私通八路的伪军。“太君”立即解除了他们的武装，从队列里拉了出来命他们跪在了地上。

剩下的五个全吓傻了眼，愣住了，仿佛入了定。“太君”又一挥手：“统统的！统统的！”剩下的五块料也被解除了武装，乖乖地跪在了地下。

控制了岔道所后，从搬道工嘴里得知五分钟后有一列从大辛庄铁矿发出的矿石车将要到达。张翰当机立断，命令岔道所发出了停车的信号。

满载着铁矿石的列车停了下来，在工人们的帮助下，二十八节车皮都在平汉线上出轨翻了车，压在了路基上。火车头轻装之后从原路返回，直向大辛庄铁矿驶去。

冲过了站台后撞到了巨大的卷扬机上，卷扬机倒了，火车头出了轨。卷扬机倒的过程中引起了供电系统的短路，把变电所烧了，整个矿区停了电，生产完全中断了。

这票干得又顺又漂亮，张翰心里乐开了花。脚底下一踩油门，汽车沿着颠簸的土路向坨里方向驶去。距坨里也就是十多公里的路了，估计油也不多了，一打方向盘就上了公路，能抢一段是一段。

一上公路，张翰从反光镜里就看见身后的公路上正行进着十几辆卡车，车上满载着鬼子。由于在平原上的“确保治安区”行驶，十几辆车首尾相接没有拉开车距。小汽车比背着煤气发生炉的汽车跑得快，可是张翰心里盘算的是怎么把这些鬼子拦下来。

凭这辆车、这身行头，唬伪军行，唬鬼子准得露相。这时公路一拐弯，前面出现了一座公路桥。张翰一脚就踩了刹车，车在桥上停了下来。

两分钟后，哥儿几个窜出了小汽车，消失在青纱帐中。

小汽车一上公路，就被后面的鬼子发现了，觉得蹊跷。可是烧煤气的大卡车，怎么也追不上喝汽油的小汽车。公路一拐弯，小汽车就从视野中消失了，大卡车也拐过弯来后，见小汽车停在了公路桥上。

鬼子的头车一直驶到桥前才停了下来，一个大尉从司机厢里跳了出来跑上了桥，往小汽车里一看没有人，本能地伸手拉开了车门。

小汽车炸了，大尉魂归靖国神社去见天照大神。木结构的公路桥被炸断了，爆炸引爆了桥前大卡车的煤气炉，引起了连锁反应，一连炸了三辆车。后面的车紧急往后倒，倒车的过程中互相碰撞，又引爆了三辆。有两辆车翻到了路边的泥水沟里。

公路上火光冲天，黑烟滚滚。鬼子们乱成了一团，抬死的、救伤的，最后是死的、伤的全上了车，调头往回驶去。全须全尾儿的集合后重新组编，一个特混大队勉强编成了一个特混中队。

每人背着两条三八大盖，还得抬着八挺九二式重机枪、八门迫击炮、十多挺轻机枪、掷弹筒，还有子弹箱、炮弹箱，艰难地蹚过了河，向坨里方向缓缓地前进。

张翰在望远镜中看得一清二楚，兴奋地跳了起来：“鬼子的特混突击大队变成了特混运输队，这票太顺了，咱们在坨里道上等他们，打冷枪。”

张翰太顺了，王宏可一点都不顺。驱车向北行进的路上，王宏心里盘算着行动方案。由良乡到北平是一马平川，公路、铁路沿线都在日伪的严格控制之下。爆破的目标只有永定河、崇清河两座铁路桥。

永定河大桥自从上次被炸之后，日军加强了防卫，凭现在的人力物力，根本无法打它的主意。从永定河大桥向北已属北平的城郊，不但没有可供选择的目标，也没有实施爆破的可能。

唯一可供选择的是崇清河铁路桥，可是距良乡又太近，桥被炸毁之后虽然可以阻止列车通过，但轻装步兵仍可涉水过河，跑步前进一个多小时就可到达良乡。

正思索着，车已行驶到崇清河。铁路、公路是并行的，铁路桥、公路桥相距也就是四百多米。时值春旱季节，桥下已断流，汽车下了公路就可开到铁路桥的下面。

这时王宏的主意已经打定了，刚停下车来准备付诸执行，沿着公路自北向南就驶过来了四辆三轮摩托车，首车、尾车上都架着歪把子机关枪，看来是一个摩托化的加强班。

车上的鬼子见桥头停了一辆治安军的小汽车，就毫不客气地停车询问："你们什么的干活?"王宏上前一步："奉命检查北平至良乡的防务，重点是铁路、公路的桥梁。"车、人、证件全都相符，鬼子也就没有捣麻烦，沿着公路往南去了。

王宏看着鬼子的摩托车走远了，把心一横，将油箱里的汽油几乎抽了个见底，返身上车时往桥上扔了个烟头，大火立即在木桥上烧了起来。然后一踩油门，小汽车驶下了公路，沿着干枯的河床往铁路桥冲去。

驶到桥下时，守桥的治安军小队长迎了上来。王宏跳下车二话不说，就狠狠地打了这小子一个大耳光，指着正在燃烧的公路桥吼道："还不快集合你的队伍去救火。"

小队长急晕了、吓晕了，更被这个大耳光打晕了，立刻吹响了集合的哨子，带着士兵跑向了公路桥。

王宏一挥手，两个士兵从车上扛了两包炸药。就在这时，扫过来了一梭子机关枪，四辆摩托车沿着河床冲了过来。两个扛炸药的士兵中弹倒下了。原来鬼子的摩托车从岔道下到了河床，也奔了铁路桥。

小汽车为王宏挡了枪子儿，要不他也被打成了筛子底。王宏拔出了驳壳枪，对准了冲过来的第一辆摩托车就是一梭子。开车的鬼子被击中了，车翻在了河床上。

第二辆车开得太猛，撞到了第一辆车上。第三辆、第四辆车停了下来，车上的鬼子跳下车，用密集的火力封锁了炸药包。

驳壳枪压不住歪把子轻机枪，鬼子嚎叫着冲了上来扑向炸药包。王宏扫出了最后的一梭子子弹，奋身一跃滚到了炸药包前拉响了导火索。

一声巨响，桥墩被炸倒了，冲上来的鬼子被炸飞了。拉响了导火索的英雄，永存于天地之间。

紧跟着又是一声巨响，一列兵车由桥上栽了下来，车头撞到了河床上，二十多节车厢隆起成一个半圆后，也从桥上倒到了河床上。

后面的兵车紧急刹车，可是来不及了，车头也冲下了铁路桥，撞到了河床上。后面的车厢隆挤成半圆后又塌下来，重重地摔在了铁路桥上。

轰隆一声，桥塌了。

乃木旅团长坐在第三列兵车上，算是躲过了这一劫。下车后站在桥头两眼发直、两手发抖，上嘴唇咬下嘴唇，脸色由青变紫，由紫变绿，由绿变蓝，比鬼还要可怕。

这时通讯参谋跑步赶到他的身边，立正、敬礼："将军阁下，北平竹内司令官急电。"乃木一把抢过了电文，看了后大吼一声："八嘎压路!"猛地抽出了大和战刀，命令部队以急行军的速度进入良乡。

此时，张晋才率领一个中队的"皇军"，分乘四辆卡车到达了坨里镇外。在壕沟桥上站岗的伪军见这阵势，所做所为就只剩下举枪敬礼了。

"皇君"进镇后在十字街下车，这时伪军大队长才赶了过来，见了中佐、少佐后大吃一惊，挺胸、立正、敬礼，高声报告："大队长苟任仁前来欢迎太君，请训示。"

中佐笑了："你的晚上花花姑娘的干活，大烟的咪西?""没有！没有！……""害怕的不要，你的内衣穿错了，是女人的。军装扣子也扣错了……，慌乱的大大。"

苟大队长低头一看，扣子扣错了位，花褂子全露在了外面。这下子可真是慌了手脚、乱了方寸，赶紧又打了个立正，把上衣整理了一下，直挺挺地戳在地上，听候发落。

中佐又端详了一眼，用带着白手套的手在这位大队长的肩头拍了拍："你的大烟的没有抽完?"这句话一问，苟大队长的鼻涕眼泪全下来了。"紧张的不要，开路的干活。"

说罢，中佐对少佐叽里哇啦地说了几句。少佐"咳!"了一声，对苟任仁说："你的叫'狗认人'，狗能认人，顶好的没有。你的带路，我的视察。"

"视察"的结果是一个大队的伪军分地、分批被解除了武装，集中在关帝庙里"听训"。一"训"就明白，纷纷表示"早就想反正了，等的就是这一天"。

坨里的防务部署是镇外挖有壕沟，壕沟里埋有地雷，倒插着竹签子。壕沟内是护沟墙，外侧有小一丈高，内侧可站人，居高临下，既可发挥手榴弹的杀伤力，又可用步枪射击一千米内的目标。

镇四角有四座三层的炮楼，每座炮楼配备三挺轻机枪，和护沟墙上的步枪形成交叉的火力网。伪军大队部里有一门迫击炮，哪儿吃紧就进行火力支援。

镇中央有一座核心的炮楼，算上地堡有四层，里面住着鬼子的加强小队，配备有一挺九二式重机枪，两挺歪把子轻机枪，一个掷弹筒。

“皇军”的四辆卡车刚一进镇，鬼子小队长吉野就打电话和良乡的指挥部进行联系，电话怎么也不通。吉野觉得不对劲，就下令全员进入核心炮楼，用旗语进行联系。

郑新诚心里有数，旗语的通码之后一定有密码，最好的办法是装没看见，以拖延时间先解决伪军。伪军们“反正”了，司务长向赵鼎诚报告说：“核心炮楼的地堡中有条暗道，通到关帝庙里的西配殿。原先鬼子是一个中队，中队长就住在西配殿。”

赵鼎诚亲自带领一个班队从地道摸了进去，见地堡里有两个鬼子正往上扛子弹箱。原打算的是不惊动这两块料，跟在他们后面上去，可是一个战士不小心，踢上了地道里的空罐头盒，两个鬼子调头就拉响了枪栓。赵鼎诚只好先下手为强，驳壳枪两个点射，全给撂了。

上面的鬼子听见枪响就冲下来，赵鼎诚弹不虚发，一连撂了三个。鬼子们不敢往下冲了，用火力封锁了楼梯口，地堡中的人也甭想上去。

赵鼎诚见地堡中堆放着鬼子过冬时穿的呢子大衣和棉被，心里一亮，顿生一计——火攻，把这座炮楼烧掉。

大火烧起来后鬼子从上往下泼水，把火扑灭了大半。火不旺了烟却起来了，鬼子也没水了。于是火攻变成了“烟攻”。一个小战士从伙房中弄来了几挂干辣椒，展开了“辣椒战”。

干辣椒炝出的烟把鬼子们呛得放弃了一层，后又放弃了二、三层，全退到炮楼顶上。

义德笑了，挥手命令架起缴获的迫击炮，亲自操炮，三发全命中，稳、准、狠地落在了炮楼顶上，把鬼子炸惨了，只有两个命大的创了奇迹，居然全须全尾儿地成了俘虏。

战斗结束后，大批穿着鬼子军装的老乡顺着公路陆续撤到了坨里。跑了二十多公里的路，真是又累、又渴、又饿。进镇后忙着找水喝，找东西吃。走得慢的能拉下头十里，还在沿着公路往坨里跑。

义德登上了东北角的炮楼，举起望远镜向良乡方向看去。近处是忙着赶路的老乡，远处尘土飞扬，大队的步兵正沿着公路向坨里扑来，估计有三千多人。

驻良乡的日伪军不可能有这么多人。北平、保定也不可能抽调出这么多的增援部队。只有一种可能，增援华北的关东军提前到达了良乡。

义德的望远镜把距离拉近了十二倍，可以清楚地看到这支部队是轻装步兵，排成长蛇阵正在全速前进。突然先头部队停了下来，整个部队分为了三支。

中路军继续扑向坨里，左路军、右路军包抄了过来。现在撤往山区，完全可以避免和这支部队发生接触，可是老乡们怎么办？甩下老乡有违初衷，也不是抗日军人所为。义德放下望远镜后，下令利用坨里镇的防御工事打一场阻击战，掩护老乡向山区转移。日军在兵力上有四倍多的优势，可是没有配备重武器。我军利用占有的有利地势可以坚守到天黑。天黑前日军可能主动后退，返回良乡。即便日军不撤，我军也可以利用夜幕向山区转移。

张晋才表示："在正常的情况下，鸡毛信应该送到了，天黑前平西军区的部队就能赶到，使用围魏救赵之计袭击良乡，或是直接发动侧面袭击。天黑后我军即可从坨里撤出，向山区转移。缴获的枪支、物资现在就可以先行运进山区……"

大计定下来后，坨里阻击战也就打响了。

乃木出任旅团长之前系大本营高参，心傲气盛。此行奉调进关，正准备大显身手一试锋芒，没想到出师不利，幸亏是坐在第三列兵车上，否则就不能站着说话了。

只有复仇雪耻，才能挽回尊严找回面子，才能在竹内面前露一手，显示自己的能力。更主要的是显示出将门之后的武勇之气、决战之毅、必胜之刚。乃木像只受了伤的饿狼，不顾士兵体力的极限，连水都没喝，由崇清河直扑良乡，由良乡杀向了坨里。

急行军四十多公里，连口气都没喘。先头部队到达之后，没有收队集结就发动了进攻。

"强弩之末势不可穿鲁缟"，饿得腿发软、渴得嗓子眼要冒火的疲兵扑上来之后，在炮楼和护沟墙上交叉火力的扫射下，像潮水一样退了下去。

两次进攻失败之后，乃木的头脑有点清醒了。命一线部队停止进攻，二线部队在进攻阵地后集结。左右两翼的包抄部队，这时也完成了对坨里镇的合围。

乃木亲自到一线为士兵鼓气，连喝了三瓶行军汽水之后开始训话：

天皇陛下的武士们！你们是天照大神的圣裔，是帝国陆军的骄傲。在武士前进的道路上有我无敌。将圣战进行到底吧！穿上军装就只能胜利，挎上战刀就必须血刃、血祭。

饥渴并不可怕，劳累更不足道。胜利正召唤着军人前进，军人的意志比铁更硬，比钢更坚。你们的背后有水，但军人只能前进！冲进坨里镇夺取敌人的甘泉。我将以水代酒，与诸君痛饮。

本旅团长命令你们前进！没有任何敌人可以阻止皇军的步伐。敢于对抗者死！踏着敌军的尸体前进。如果你倒下了那也是武士的荣誉、武士的尊严、武士的归宿，倒在了前进的道路上就是胜利。

樱花就要盛开，就要怒放。武士不怕人生苦短，最可怕的是失去决战、决胜的意志！大踏步地前进，消灭敢于站在你面前的敌人，向坨里前进！攻克坨里！踏平坨里！

声嘶力竭地吼完了之后，士兵们并没有高呼“皇军万岁！圣战胜利！”

乃木受命后由满洲里直飞沈阳，所以身上还穿着呢子军装。在暮春正午的骄阳下吼了这么一大阵，真正汗流浃背了。

此时也顾不得将军的威仪，情不自禁地脱下了军装，向身边的侍从副官喊了声“水！”侍从副官先是一愣，紧接着立正答道：“将军阁下，您的行军汽水已经喝完了。”

“你背壶里的水！”“报告将军！早就喝完了。”

乃木先是一愣，紧接着两眼放出凶光，恶狠狠地下达了命令：“立即进攻，半个小时内攻进坨里镇。一个小时内结束战斗，只许前进，不许后退！”

士兵们为了喝到水，不顾一切地冲了上来，可是没有喊杀声。原因很简单——已经喊不出来了。

第一攻击波的士兵冒着交叉的火力网冲到了壕沟前，不顾一切地跳了下去，迎接他们的是竹签子和地雷。

第二攻击波的士兵跳下壕沟时，壕墙上稳、准、狠地投下了手榴弹，把鬼子炸得血肉横飞。壕沟里死尸累累，成为了墓沟。

在一线指挥的小原联队长下令停止了进攻。

乃木的眼睛瞪得比铜铃铛还要圆，眼中崩出了血丝，向小原怒吼道：“为什么停止进攻？”小原的回答简而明：“难道要让士兵的尸体填满了壕沟吗？我要对大本营负责，对天皇陛下负责。”

乃木恼了，两眼放出凶光，透出了瘆人的杀气：“你有什么资格对大本营负责、对天皇陛下负责？你只能执行我的命令，对我负责。”

小原一点也没有退让：“我是军人，应该执行命令，可是更应牢记大本营的训令、天皇陛下的敕谕。我很荣幸，曾以御前武官的身份侍立在陛下身边。出征前亲聆圣训，‘以最小的损失换取最大的胜利’。”

乃木本能地打了个立正，“咳！”了一声。

第三攻击波停止了，天皇陛下的武士只能回过头去喝背后的水。乃木少将、小原大佐守在电报机旁忙个不停，看来旅团长和联队长都有些“路子”，能显显“神通”。

两个多小时过去了，从北平方向飞来了十二架双翼轻型轰炸机。乃木兴奋极了，握着话筒高声喊道：“天皇陛下的战鹰，请超低空飞行。”

十二架战机以超低空在坨里上空转了三个圈后，五座炮楼从地面上消失了，壕墙也失去了防御的功能，变成了残壁。

坨里镇的上空火光冲天，浓烟滚滚，乃木完全失去了将军的威仪，指手画脚地呼喊着：“向天皇陛下的战鹰致敬！”

按照军礼，战斗机上下摆动机翼后向北平方向飞去。乃木抽出了战刀，向着坨里镇方向大吼一声，下达了总进攻的命令。

喝足了水的鬼子兵像是打了吗啡，蜂拥着扑向了坨里镇。在冲进镇的过程中，鬼子没有遇到阻击。个个都乐晕了、乐昏了，一路上举枪狂吼，高唱《圣战进行曲》，在十字街会师了。

也就在这时候，机枪、步枪、驳壳枪响成了一片，手榴弹像雨点似的飞了过来。鬼子大部分都是新兵，在突如其来的打击下，完全乱了阵脚。由蜂拥而上，变成了蜂拥而退，从十字街夺路而逃，一路狂奔。退出了步枪、轻机枪的射程后还收不住阵脚。

乃木气疯了，两眼发直，恶呆呆地说不出话来，呼哧呼哧地喘气。小原气晕了，两眼发邪，愣乎乎地直翻白眼，看来要背过气去。心想着的是“马到成功”，可是被打了个“丢盔弃甲”。部队的损失比前两个冲击波都大，简直是无法进行控制，失去了战斗力。

再次被打败的原因很简单，和关义德斗，这两块料还太嫩点。双翼轰炸机超低空飞行时的振波传得很远，义德感觉到了后立即下令部队由炮楼上、壕墙上撤了下来。

十二架轰炸机往返炸了三遍，可是白炸了。鬼子兴高采烈地蜂拥而上，义德就来了个“开门揖盗”、“关门打狗”。鬼子从十字街狂奔而逃时，沿街的房上、门后面都投出了手榴弹，扫出了驳壳枪，把“天皇的武士”打惨了。

逃出了手榴弹、驳壳枪的劫数，又让机关枪、步枪追着屁股打，别说还手了，只恨爹娘少生了两条腿——没有四蹄兽跑得快，又恨投错了胎——没长上翅膀，要是托生了个长扁毛的，也就飞回东洋去了。

鬼子溃败了回来，乃木、小原又围着无线电台忙了起来。振奋的消息终于传来了，由保定北上的装甲汽车大队，一共二十辆战车已经越过了涿州进入了良乡县界，一个小时之内可以抵达坨里投入战斗。

乃木手舞足蹈了，又要集合队伍训话。小原提醒道：“将军阁下，是否考虑让士兵们多休息一会儿，尽快进入攻击阵地，装甲汽车一到立即发动进攻，在天黑前结束战斗。”

乃木算了笔账，四面合围的部队集合到一块儿，往返就得一个多小时，只好接受小原的建议，收回了成命，部队提前进入了进攻阵地。

没想到的是这个装甲汽车大队到达之后，不能立即投入战斗，得先加煤、加水。原因是没有汽油，全大队的战车都背上了煤气发生炉。为了不露馅，给煤气发生炉包了一层马口铁制成“装甲”，然后刷上了绿漆。

乃木叹了口气，小原把双手一摊，等吧！直等到煤气鳖足了，装甲汽车大队才进入进攻阵地与步兵会合。

乃木的部署是齐头并进，一股作气踏平坨里。四个步兵大队由四面进攻，每个大队配备五辆装甲汽车，以泰山压顶的优势兵力，先声夺人。为了给对手以精神上的震撼，五辆装甲汽车排成一横排，步兵紧跟其后向前推进，并吹起了日军的哭丧号。

号声凄厉、尖刻、短促，十分刺耳。这是一种精神战，目的是瓦解对手的信心与斗志，以达到“不战而屈人之兵”的目的，即便不能达到这一目的，也会在心理上压倒对手，“震慑其胆”。

义德在望远镜中看得一清二楚，这位身经百战的将军意识到了，这是决战的时刻，也是最后的时刻。精神战结束后就是突破战，日军的装甲汽车将变“横列”为“纵队”，由四门直扑十字街，把坨里镇切割为四块，个个击破。

被切割后只能各自为战，由四个战区的指挥官决定一切。于是，义德果断地下达了命令，张晋才负责西北战区，徐承志负责东北战区，赵鼎诚负责西南战区，自己负责东南战区。如能坚持到天黑，听张晋才的冲锋号分头突围，然后向西北方向转移，进入山区后设法和八路军取得联系。

握别时义德对张晋才说："这八百多号弟兄是你的兵，你要设法把他们带出去。"

张晋才紧紧地握着义德的手说："只要能坚持到天黑，就有法子。平西军区的队伍赶到后，我们就能转守为攻，您多保重!"

张晋才刚离去，日军的哭丧号就变了调，听起来像是狼嚎，又长、又厉、又颤，装甲汽车的一字横阵变成了长蛇纵队，像离弦之箭一样扑了上来。

为了节省弹药，四个战区的指挥官都没有下令射击。本来嘛，步枪、机关枪的子弹打在装甲汽车上只能听响，手榴弹的破坏能力也十分有限，打退了日军的三次冲锋后，士兵们身上的手榴弹已经不多了。

日军的装甲汽车完成了对坨里镇的切割之后，步兵蜂拥而上，沿十字街的两侧发起了攻击。装甲汽车上的轻重机枪也同时开了火，弹飞如雨。这对隐藏在胡同里、墙根底下、门洞后面的守军来说，威胁却不大，只是一种心理上的压力，但对发起进攻的日军步兵来说，无疑是注射了兴奋剂，忘乎所以地往胡同里冲，和守军打了近战、白刃战、交手战。

装甲汽车也不甘寂寞，竟然驶进了胡同支持步兵作战，以达到天黑前结束战斗的目的。战斗异常惨烈，守军没有退路只能以死相拼，进攻者人多势众，以四对一，十分猖狂。

射击声、手榴弹的爆炸声、刺刀的碰击声和士兵们的喊杀声连成了一片。一辆不知死活的装甲汽车竟然冲到了胡同的拐弯处，被卡住了才停了下来。

就在这一刹那，义德发现了它包在马口铁箱子里的煤气发生炉。为了能散热，铁箱上不封顶、下不封底。于是义德闪身一跃，向箱底投出了一颗手榴弹。

一声巨响，煤气发生炉爆炸了。不但把装甲汽车炸飞了，把胡同里的房屋也震倒了好几间。义德大喜，回过头来向高保中下达了一个必须完成的命令："通知各部队，用手榴弹攻击装甲汽车尾部的铁箱子，那是煤气发生炉，碰火就炸。这个任务你要活着完成，一定要活着完成!"

义德投出的这颗手榴弹，扭转了"东南战区"的战局，守军开始反攻，把冲进胡同的鬼子赶了出去。

可是日军的后续步兵赶到了，和调过头来的一辆装甲汽车会合后，又向胡同里的守军发动了进攻。

装甲汽车里的鬼子心里有数，"巨响"准是煤气发生炉爆炸了。调过头来一是想看个究竟，二是想借此撤出战斗，变“为步兵打开通道”为“远距离火力支援”。

可是没有接到命令，不敢擅自行动，和后续步兵会合后又硬着头皮发动了进攻。“吃了亏，学了乖”。轻重机枪堵着胡同口向临街的房屋猛扫，再也不敢和步兵一起冲进去。

反攻时义德和两个战士冲进了临街的一间门面房里，日军又冲进了胡同之后，三人被隔绝在了“战区”之外。鬼子的步兵冲进了胡同之后，装甲汽车上的一挺重机枪、两挺机枪把扫射目标转向临街的建筑。

九二式重机枪不但对兵员有杀伤力，对防御工事也有破坏力。弹下如雨，把门、窗、柱、廊全打飞了，义德当作掩体的矮墙也被扫倒了，两发子弹从他腹部穿了过去。

义德伸手一摸，全明白了。生命最后时刻他所能做的事，是和这辆装甲汽车同归于尽。

这位身经百战的将军用生命最后的力量一跃而出，滚到了车尾的煤气发生炉下，拉响了身上的最后一颗手榴弹。

又是一声巨响，山为之动，地为之撼，装甲汽车炸飞了。鬼子的阴魂去见天照大神了。将军的英灵直上九霄，浩气长存。

两名战士掩身烟囱柱下幸免于难，他们目睹了将军殉国。用“惊天地，泣鬼神”来讴歌，太苍白，天地本无情，鬼神又何在？就是一个“真”字。

真情！真刚！真毅！真节！真义！真勇！真猛！真烈！真智！真仁！

两声巨响之后，装甲汽车里的鬼子全明白了。三十六计走为上策，只有“溜之乎”，才能“大吉”。虽然没有接到命令，可是争先恐后地向镇外撤。

想撤出去，可难了。坨里镇的十字街可不是东京的大马路，调个头不是件容易事。穿镇而逃吧，偏偏遇到对面的战车在“调头”，堵了道，挤到了一块。

此时，高保中把义德的命令已经传达到了各战区。房上房下，胡同内外，纷纷向装甲汽车的煤气发生炉投出了手榴弹。

不论是“调头的”还是“挤到了一块”的，都是处于“行动不便”的状态之下，全成了手榴弹的活靶子。“挤到了一块”的可就更绝了，爆炸时还要拉着“铁哥们”一块儿去见天照大神。

巨响一声接着一声，乃木和小原可慌了架子。举起望远镜一看，一辆挂着指挥旗的装甲汽车正从镇门夺路而出，已经沿着公路驶出了三百多米，可是一梭子机关枪的扫射声后，又是一声巨响，升起了浓烟和黄土，烟尘散尽之后，这辆装甲汽车从公路上消失了。

小原嘘了一声“索嘎”。乃木恼了，抽出战刀大吼了一声：“八嘎压路!”下令进行增援。

在他身边侍从的作战参谋立正答道：“将军阁下，四个步兵大队全部投入了战斗，现在您身边只有一个警卫小队。”

乃木愣住了，呆呆地一动也不动，脸色又黄又灰，比泥捏的还要难看。小原抬头看了看太阳，低头看了看手表，对乃木小声说：“撤出战斗吧。”乃木面无表情地点了点头。

撤出战斗的号声吹响了，凄厉而又悠长。对于坨里镇中正在进行巷战的鬼子步兵来说，这无凝是救命的福音。

在短兵相接的近战中撤出，也是要付出代价的，代价往往比进攻还要大。可是四个大队的鬼子步兵还是从四门中撤出了坨里镇，向乃木、小原的指挥阵地上集结。

还没有集结完毕，从坨里方向飞来了三十多发迫击炮弹，集结的队伍四散了。有一发落在了乃木的身边，把他的作战参谋给炸飞了。这位将军的心理防线被炸垮了，他开始想到怎么才能全须全尾儿地撤回良乡，想到将军在战场上也不是安全的，感到了恐怖——以杀人为业的人想到了被杀，想到了血债必须由同物来偿还。

夕阳西下，乌云翻了上来。“彤红”与“乌黑”交织在一起太反差、太刺激了，战场上的人立即会想到“血”和“污”。

乌云翻了上来，闷雷隆隆、电光闪闪，瓢泼的大雨直泻而下。乃木率领着残兵败将沿着公路撤向了良乡。

这是一支疲惫不堪的败军，由东北进关时在闷罐兵车里捂了三天三宿，下车后由崇清河以急行军的速度进入了良乡，由良乡又直扑坨里，长途奔袭跑了一百多里，滴水未进就投入了战斗。

四次冲锋，两次巷战，体力的消耗早已经超过了极限。在倾盆的大雨中，跋涉在泥泞的道路上，完全出于军人本能的挣扎。

就在这时候，公路两边吹响了冲锋号，喊杀声、射击声、手榴弹的爆炸声和闪电、雷鸣交织在一起，乃木、小原完全失去了对部队的控制，大队长、中队长们也乱了方寸。

有的率部不顾一切地狂奔，有的指挥部队就地进行防卫，慌乱之中自己和自己打了起来，八路军乘机发动了几次阻击和侧击。鬼子们边战边撤，到达良乡城下时，天快亮了。

可是城上的日军拒不开城门，经多方联系之后才“验明了正身”，将其接入城中。原因是八路军对关厢的日伪军进行了多次夜袭，城内的守军吓得胆颤心惊。

乃木是被抬回良乡城的，这位旅团长的左脚挨了一枪，让七九步枪的子弹穿了个大窟窿。

竹内派出重兵护卫的专车，把这位少将部队长接到了北平，送进了陆军医院。他的部队只能在良乡“先行休整”。

此时张晋才率领损失过半的“教导大队”，进入了平西根据地。

义德的遗体在爆炸时“碧血横飞”，可以说是“寸骨不存”。张晋才、徐承志、赵鼎诚、郑新诚合计了一下，给义德立了个衣冠冢。其实，埋入的只是烈士生前使用过的一些物品。

衣冠冢位于太行山东麓，面向北平。选佳城于高崖绝壁之上，傍古松而屹立。刻碑勒石，正面是古朴苍劲的魏碑体，铁划银勾十二个大字，“抗战烈士关义德将军衣冠冢”。

背面是文征明体行楷，八个大字系“碧血横飞，浩气永存”。碑正面的上款是“民国三十四年五月十五日殉国”；下款是“抗日民众公立”。

太行巍巍，松涛稷稷。大地浑厚，苍穹高远。蓝天白云之下，桑干河劈山斩谷，归入大海。

水“盈坷而后进”，义德的路是一步一步走过来的。作为军人他并不是“无憾”，最大之憾是“未能直捣东京，与诸君痛饮”，但可以说是“无愧”。

人能“遗憾”，不能“遗愧”。无愧之人就可以长眠了，所遗之憾，自有后人承之、毕之。诗赞：

将军血刃扫倭尘，何用马革裹尸还。
冲天一爆成仁时，太行弥漫中华魂。
壮怀激烈亡身首，干城玉碎不封神。
所憾黄龙杯未举，九泉九天无愧人。

义德长眠于太行之巅，悠悠上苍，茫然大地。山河为证，宇宙何存？气也、理也。斯人虽逝，存者有知。先于天地，后于天地，皆是妄言。

18

对于“良乡事件”，竹内只能息事宁人。门致中则往齐燮元身上一推，诸事与本人无关。燕京道尹周正文、北平市长许修直都来了个装不知道。事件没有发生在北平，宪兵队长田中大可不闻不问。

接到义德行前的紧急通知后，北平城中的各“线”各“点”都行动了起来，该撤的撤了，该转移的转移了。毕洁嫄安全转移到了盘山，在天成寺的野战医院里拿起了手术刀，她的天职就是治病救人。

宋大中是瑞典洋行的“华理”，瑞典是“中立国”，东京对这个“中立国”抱有很大的幻想，大事、小事都希望能够“多多帮忙”，为此，大本营发出了训令，对占领区内的瑞典公私机构要一体保护，并给予尊重。在这种情况下，“戴华理”自然是“诸事依然，率由旧章”。

重庆对“良乡事件”似乎也不感兴趣，中央社、中央日报均没有进行报道，地方性的报纸自然也获悉不到这个新闻。

北平的各家报纸对“良乡事件”也没有进行报道，原因是消息太乱，莫测高深。只有华北政务委员会情报局的机关报《小实报》，不知好歹，抢了新闻。

《小实报》被北平民众谥为《瞎话报》，瞎话报对“良乡事件”的报道大体上是：“乃木旅团长集中了两个联队的兵力，扫荡了在良乡西北地区活动的‘土八路’。坨里镇一仗战果辉煌……”

正在陆军医院养伤的乃木少将，看到了这篇报道后真是哭笑不得。他的手术由著名的外科专家池原博士主刀，可是仍然不可避免地成了踱子。

池源博士明确地告诉了这位将军，“要有精神准备”，拆下石膏后他只能一踱一踱地走路。想到了军人的英姿、将军的威仪，乃木两眼发直。可是更不幸的消息又传来了，把这位旅团长击垮了。美军 B－29 轰炸机袭击了东京，使用的战术是“火攻”。先洒汽油和煤油的混合物，后投下了燃烧弹。东京变成了火海，过火之处，庭院中的鱼池都沸腾了起来。

乃木家早有防空的准备，修建了一个设施齐备的防空洞，不但可以防备炸弹直接命中，还可以防备“毒气战”。可是美军的“火海战术”封闭了出入通道和空气通道，全家人都活活憋死在了防空洞里，无一人能得幸免。乃木瘫在了病床上，看着军用地图发呆。成都、沚江、丽水、上虞……都是可供 B－29 起飞的基地，但北平不会有东京的命运，可怕的是一旦空降兵从天而降……

坨里距北平的直线距离不到五十公里，这是让他伤心的地方，也是胆寒的地方。回想起风雨交加的夜晚，太可怕、太恐怖了。

想到走出医院时已是个“踮子”，踮着腿的将军还能干什么？原来盼着出院，现在害怕出院。可是出院的时间还是到了，池原博士亲自为他拆除了石膏。低沉地说道：“我已经尽力，将军阁下向前走吧。”

乃木在楼道中踮踮地走了两回，一回头，发现池原已经离开了。这时防空警报拉响了，乃木踮着腿冲出楼门，可是医院里并没有防空洞。

抬头一看，一队战机已经飞临到他的头上，一共有三十多架，以超低空在北平上空缓缓飞了三圈，乃木不但看见了机翼上的青天白日，而且清楚地看见了驾驶员的面孔，一双双愤怒的、复仇的眼睛正盯着他。

踮腿一软，乃木就趴在了楼旁路边的松墙下。防空警报解除后，这位顾头不顾腚的将军被医护人员扶回了病房。护士美琦子小姐微笑着说：“将军阁下，您太紧张了。中国空军是不会轰炸北平的，飞行目的是示威。”

乃木的脸被羞得通红，将军的尊严、军人的尊严、男人的尊严全丢光了，病房的地板中要是有条缝，都会钻进去。要是老乃木在场，一定会说：“切腹吧，用你的血洗去家族的耻辱。”

正不知所措，西边传来了隆隆的爆炸声。乃木在帝国陆军大学受过正规的教育，可以清楚地判明，遭到空袭的地点也就距此十余公里。

躺在病床上无所事事，打发时间的方法就是看军用地图，特别是北平地区的军用地图。乃木可以说是在地图上熟悉了北平，此时他可以判定，西苑飞机场已被摧毁了。原因很简单，三十多架中国战斗机在北平上空盘旋了三圈，西苑机场、南苑机场上的日军战斗机一直没有起飞迎战，无疑是油料已尽，根本飞不起来。

爆炸声停息下来后，乃木立即去见池原博士，深深地鞠了一个九十度的大躬：“请您立即给我办理出院的手续。”

池原博士什么话也没有说，立即为这位旅团长办理了出院手续。在出院证明上只写了八个大字，“三级残废，建议退役”。

竹内见了池原的出院证明，轻轻地叹了口气：“先休息一下吧，你的职务暂由小原大佐代理。以后的安排，听候陆军省的电令。”也就是说，竹内大将已经同意了池原博士的建议。

乃木一脚高一脚低地踟出了“铁一号”的中楼，艰难地下了台阶。这时田中正走下汽车，两人是老相识。对于无家可归的乃木少将，田中大佐还是动了恻隐之心，用车把乃木送到了东四九条的金公馆，也可以称之为“川岛芳子”小姐的官邸。

乃木家和川岛家是世交，二人相见后不胜感慨。寒暄了几句之后，也就相对无语。若言“此时无声胜有声”，不如说是“无声有声皆是空，有声无声尽相同”。

把乃木送到了“川岛芳子”家，不知是田中的神经断了弦，还是脑袋进了水。田中的汽车断了油，又怕煤气发生炉在七月的炎热中发生爆炸，所以只要不去“铁一号”，出出入入总是骑马。大概是脑袋碰上了马尥蹶子，被踢了。

脑袋被马踢了当然就犯晕乎、犯迷乎。也许是不晕乎也不迷乎，被踢明白了。明白还是不明白，只有大佐阁下心里有数。

乃木是无家可归了，川岛芳子小姐是不知家在何处、何处是家。两个沦落之人实可谓走投无路。无路之人就得“寻路”，走投无路之人就会玩儿邪的，正路子绝了，邪路子就没准能想出来，还能闯出来。

乃木和川岛芳子凑在一起若能嘀咕出点歪道道来，甭管有多邪乎，只要能邪出点门道来，田中大佐就可以来个前有车后有辙，“子趋亦趋”。若是邪乎不出门道，邪乎出娄子来，宪兵队长可就“秉公执法”了。在“执法”的过程中，也能悟出点邪路子来，没准也能用得上。

见了“将军阁下”，猪头曹长心里真没数了。一是没有伺候过这么大的官；二是猪脑子太笨，虽说有时也会比狗脑子清楚，可是糊涂的时候多，真糊涂起来时，什么事都敢干。

果不出田中所料，不相识的天涯沦落之人还能“相逢何必曾相识”，何况乃木和川岛芳子二人尚有“世谊”呢。彻夜长谈，通日合计，没过三天，就策划出了多条道道。

“川岛芳子”的妙计是在“休战”之前潜往成都，该城一直处于大后方，不会清查“汉奸”。成都在清代有驻防的旗营，辛亥革命后“旗人”都转化成了“市民”，只要编造了身世就很容易混进其间。

乃木更有主意：“休战”前由成都飞往印度的加尔各答，然后转机飞往巴西。巴西的日本移民很多，乃木家族在亚马孙河沿岸置有不少田庄，只要住进了庄园，就是乃木家的天地了。

如何到达成都，可是个难于解决的问题了。取道天津乘海轮到上海，太不安全了。一旦碰上美国的军舰，弄不好就要葬身鱼腹。

沿京汉路乘车到武汉，是条捷径，但太危险了，八路军随时都会发动攻击。更担忧的是即使到了上海、武汉，又如何潜往成都？且不说乃木是个鬼子，就是金碧辉也未必能轻松到达。

沿途有新四军的控制区，有第三战区、第五战区的控制区，怎样才能顺利通过？再说了，离开北平就得先过田中这一关，特高课可不是好糊弄的。上车、上船都得有特别通行证，特别通行证不但编号，还得由田中亲自签署。

这时金碧辉才明白过来，何苦呢？要是早往成都一躲，舒舒服服地过日子，天热时到峨眉山避避暑、逗逗猴，赛过活神仙。“休战”后风风光光地回北平，十四格格还是十四格格。可是有卖后悔药的，没吃后悔药的，还得再想主意，给自己找条路。

主意还没想出来，窗外传来了两声“八嘎压路!”金碧辉走出去一看，猪头曹长和乃木将军“练”了起来。猪头练过相扑，乃木练过柔道。两位“练家”可不是练着玩儿，是真练了起来。

三招六手还看不出上下，七招十四手之后乃木可就顶不住了。下岗的少将被退伍的士官举了起来，往练功的沙包靶子上猛撞了“三羊头”，然后轻轻地放了下来。

就见乃木在院子中间愣了一会儿，然后彬彬有礼地对猪头曹长说：“请告诉我这是什么地方，最好能告诉我我是谁，我的头脑里一片空白……”

猪头曹长傻了眼，金碧辉倒笑了。刚意识到上了田中的当，“留神容易送神难”。现在乃木失忆了，对于失忆的人就不用送了，他会自己走出“金公馆”。

乃木离开“金公馆”后，金碧辉给田中打了个电话，告知“旅团长”不辞而别。三天后乃木被警察局送到了宪兵队，对于失忆之人，田中大佐也就毫不客气地施行了“保护性措施”。

乃木被保护了起来，也就消停了。金碧辉可忙乎了起来，“妙计”既然想出多条，就得付诸实行。异想天开之中，这位十四格格大概也失忆了，忘记了自从九一八事变以来她都干了些什么，竟然驱车到东交民巷的瑞隆洋行，直言要“面见戴华理”。

出于好奇心，宋大中在会客室接见了这位如雷贯耳的“金司令”。再也想不到的是金司令穿着标准的旗装，见面时行了个标准的旗门坤礼——蹲安。

这个“蹲安”把宋大中请愣了，真是不知所措。慌乱之中也就只能连呼“请坐！请坐！”宾主落座之后，“金司令”以“十四格格”的身份直言表示：“希望能加入瑞典国籍，成为中立国的公民。”

宋大中先是一愣后是一笑，整理了一下思路，缓缓言道：“按照国际法，分为属地原则和属人原则。属地原则需在瑞典的领土上提出申请。按照属人的原则，日本人需向瑞典驻东京的大使馆提出申请，中国人需向瑞典驻重庆的大使馆提出申请。最基本的条件是由警方出具文件，证明申请人没有犯罪的记录。

“瑞典驻重庆的大使馆，在上海设有办事处，主要的职责是维护侨民的利益。办理入籍手续不但要先行获得重庆的批准，最终的决定权在斯德哥尔摩的移民局，手续很复杂。”

十四格格点头表示理解，然后嫣然一笑说：“肃王府还有些家底，该用时就得用。是明捐还是暗送，戴华理可要明示。”

宋大中哂尔一笑：“这事我没有办过，对明暗之道甚是不详。格格要想办此事，得先弄清自己的国籍，否则无从下手。要托路子，最好到沙滩红楼去找田中大佐，他的特高课神通广大，什么事都办得了。”

说罢，宋大中连呼：“喝茶！喝茶！”其意也就是“送客！送客！”

十四格格没有耍“金司令”的威风，起身半躬告退。出门后先行到华北政务委员会拜访了王荫泰，然后又到市政府拜访了许修直。

委员长和市长都很“官场”，对金碧辉的造访更是“外场”，所言均是“这些日子太忙，要全力支持圣战。改日好好聚聚，见到田中大佐代问个好。”

台上的人当然“忙”，金碧辉只好到“下岗”的王揖唐家串串门。这位前任委员长倒挺达观，满不在乎地说：“年近七十所思不逾矩，在野之身自享人境庐中之乐。

“南京的冈村宁次大将是我的旧友，重庆的蒋委员长是老相识了。我什么也不想，以不变应万变，择时在天津小住，就在北平颐养天年。别说风浪起不了，就是有惊涛骇浪，我也稳坐钓鱼台，用直钩钓鱼。

“太公八十遇文王，我还不到七十……”

金碧辉从王公馆告辞时，得出的结论是这位前任委员长不是一般的“老糊涂”，而是患了“官迷心”。官迷心比气迷心、财迷心还要邪行。

当官的、当过官的都“矫情”、“糊涂”、“邪行”，看来找不当官的探探口风，或许能有所收益。抱着这种想法，十四格格就奔了后海北岸的醇亲王府——“给王爷请安”。

载沣是不“官场”“也不外场”，更不“矫情”、“糊涂”、“邪行”。甭管金碧辉问什么，说什么，这位摄政王都把话题转到“天热了得喝绿茶，最好是喝龙井和碧螺春。要是火大，就加点莲芯。莲子下来了，剥出鲜莲芯喝上一杯莲茶，清心、舒心，万事犯不上操心。

“茶可是好东西……”载沣说茶，可是没有上茶。时值酷暑，金碧辉还真有点渴了，也就只好起身告辞——还得回家去喝茶。

载沣把金碧辉“干”走了，这才觉得口干舌燥真想喝茶。于是连呼：“沏茶！沏茶！多加点莲芯。”

说实在的，一向万事不操心的家居王爷，这几天可真有点“着急上火”。意大利是彻底完了，墨索里尼被处决，在米兰街头暴尸。德国投降了，柏林破城时希特勒自杀了。就剩下了日本，欧洲战事结束后，苏联的几百万大军就要挥师东指，“满洲国还能有几天!”

斯大林可不是善茬儿，杀了尼古拉二世一家子。对满洲国的康德皇帝，还能网开一面吗？溥仪、溥杰哥儿俩可怎么办？往日本跑，也不是条路。美军已经攻下了冲绳，就要在日本登陆。

即便跑到了日本，也不会有什么好果子吃。日本人最阴，翻脸就不认人。向盟国求和时，没准先把溥仪、溥杰哥儿俩当见面礼，解到重庆送给蒋介石。按《惩办汉奸条例》，荐任机关之首长就是叛国罪。“皇上”和“御弟”是什么罪可就难说了，必处以极刑。

想到这儿，载沣是头冒冷汗，脊梁骨发凉，两眼发直，心里直发慌，对着刚沏好的莲茶发呆，把口干舌燥都给忘了。

正呆得入神，溥雪斋来了。见面后寒暄了几句，载沣就言归正传：“你是有见识的人，消息也灵通。时下……”

溥雪斋长叹一声：“没有不散的宴席，也没有不亡的朝廷。大清传了小三百年，应该说是一个奇迹。您辛亥时能‘让’，可以说是弥天大勇。

“为了复辟大清，弄出来个‘满洲’国，大清没复辟成，可是许多人闹成了‘汉奸’、‘满奸’。长春的事就不要问了，想管也管不了，那是国事。

“这几天金碧辉可不消停，四处乱窜。到家里去找我，她进门时正赶上我出门，要到辅仁去上课。说了两句客套话我就上车走了。她还一个劲儿地招手说‘改日再来看您!”

载沣长叹了一声:“你进来时她刚走。”溥雪斋嘘了口气:“她说什么就听着,她出的主意可不能听。”载沣苦笑了一下点了点头:“自打入了民国,我就是关起门来过日子,政治上的事不闻不问。这回看来是不行了,这座醇亲王府大概成了逆产。没收就没收吧,找个小房子过小日子。《惩办汉奸条例》上,可没说汉奸他爹是什么罪名……”

溥雪斋点了点头,然后缓缓言道:“民国的法律没有‘连坐’和‘株连’,您也没有出任过伪职,《惩办汉奸条例》和您无关,过小日子挺好。我看您无事还是临临颜鲁公的字帖……”

载沣长长地出了口气,点了点头。

溥雪斋也就起身告辞:“下午还有两节课,我中午得睡上一会儿,要不就犯困。”“你们当教授的人,最大的事就是上课了。我不留你,改日下课后来,小酌两杯。”

其实,溥雪斋下午没有课,可有个重要的会议。陈垣校长有重要的事要先和各系的主任通通气。与会人员在小会议室坐定之后,陈校长就直言相告:“辅仁的经济来源主要依靠德国的教会,德国战败投降之后也就断粮断饷了。教育总署表示要将辅仁改为‘国立大学’,否则在经济上不予支持。大家全知道,五月份、六月份的经费是教育总署临时拨下来的,昨天文元模以督办的名义正式通知了我,说:‘事不过三,七月份的经费很难再下拨。除非辅仁改为国立大学。’

“大家都清楚,改为‘国立大学’意味着什么!辅仁已经坚持了整整八年,如果在这时候‘易主’,真是操守不终了。

“如何才能保住辅仁,诸君心里得有个数。我给大家交个实底,七月份还能维持下去,八月份可就难了。好在那时已经放假,九月份开学之时是什么局面,谁也不能未卜先知。”

系主任们的态度都很明确——“不食嗟来之食”。

走出小会议室后,溥雪斋情不自禁地在校园中转了一圈。再开学时是什么局面,确实不能未卜先知。

可是,眼望着挺拔屹立的青松、竿竿有节的修竹、出淤泥而不染的水莲,顿觉明快、清新。充满了生机的校园,一定会迎来一个属于全体师生的新学年。

想到这儿,心中又低吟起了苏武的《牧羊曲》,高歌起岳飞的《满江红》。这是八年的心声,“待从头收拾旧河山”的时刻就要到了。

画家的心里开始打起了腹稿，回家后要泼墨成一幅“雄鸡报晓”。构思之中不知不觉地已走出了校园，来到了会贤堂饭庄前。

此时，一辆背着煤气发生炉的中型汽车从对面驶来，从车上跳下了头十个治安军的官佐，为首的是个少将，看起来还挺神气。

时值酷暑，一个个还系着武装带。下车后马靴踏在方砖甬道上，发出了刺耳的声响。画家真是有些不解了，这些人现在还意识不到，自己的末日就要到来了。

法律的审判、民众的审判、历史的审判，他们将被永劫不复地钉在耻辱柱上。秦桧无后，汪精卫、陈公博、周佛海、王克敏、王揖唐之侪的家谱也一定难传，其子其孙会赧颜，提起乃翁一定会愧煞后人。

可是眼前这些治安军的军官，怎么一点也不知羞耻，即便良心丧尽，也该为自己的后路想想。就这么醉生梦死，真是死到临头犹不觉。那个少将竟然面带得意之色、喜悦之情，难道不知道自己行将在法庭之上受审，按《惩办汉奸条例》绳之以法。

这个面带得意之色、喜悦之情的少将就是胡尧。这些日子他真是人逢喜事精神爽，喜事有三：一是江同源代表军令部二厅正式通知，耿部副已报请军委会批准，任命他为“北平站专员”。并带话说：“时机到了之时，拉过一千人就是团长，拉过三千人就是旅长，拉过五千人就是师长。番号是河北先遣军。”

二是胡兴华带过了话来，盘山的李司令说：“胡尧在抗战中有功，根据地的军民念他的好。我们是老朋友了，信得过他。时机到了时可要当机立断，脱下伪军军装时一定要有点响动，漂漂亮亮地办点实事。”

三是义德殉国后，门致中把清河军校的善后诸事交给了他。破家值万贯，着着实实地捞了一把。不敢说能吃三代，这辈子是不愁吃、不愁喝了。

这天高兴，把侄子胡兴华、外甥江同源和几个信得过的小兄弟都招呼到了一块儿，驱车到会贤堂一聚。进了二楼的包间，胡尧一挥手：“宽衣！宽衣！”小哥儿几个呼啦一声全解下了武装带，脱了军装。有的穿着汗衫、有的穿着背心、有的干脆赤膊上阵了。

先上八宝冰盏、冰镇酸梅汤，然后是“拿手的尽管上！”酒过三巡、菜过五味之后，胡尧宣布了大政方针：“我不管你们是哪头的，时候到了都得摽在一块儿干。一句话，反正就是打日本，谁先到了就投谁。脱下这身黄皮穿上国灰军装时，得轰轰烈烈、漂漂亮亮。”

说到这儿胡尧向良乡方向拱手一揖："可也别像关义德那样，我关大哥是条汉子，我是服他、敬他，可……""可"字下面的话胡尧没有说出来，大伙也都明白了。

胡尧把酒满上了，举杯过头，然后深深一躬，把酒洒在了地上。说了声："大哥在天有灵，小弟敬啦……"在座的也都把酒满上，然后高举过头，深深一躬，把酒洒在了地上。

此时，王荫泰、许修直也正在三楼的包间里"小酌"。委员长和市长均是便装独往，坐三轮车到的会贤堂。与其说是应时的"小酌"，不如说是即时的"密谈"。

王、许二人，可以说是难兄难弟了。上任还不到一年，帽子却戴稳了。向重庆表示效忠吧，无此实力。弃职而逃吧，无地可去。议来议去，只有一棵树上吊死。用北平土话来说，就是"吞了秤砣铁了心"。

到时候往日本跑，到了日本再想主意。要是能从日本跑到阿根廷，就万事大吉了。阿根廷是"中立国"，听说希特勒没死，乘潜艇逃到了阿根廷，更名改姓，以求东山再起。

王委员长、许市长议出来的结果是就抱日本人这条粗腿了。只有抱紧了，才能跟着日军一同撤到日本去。主意定下来后，刚开坛的莲花白也不喝了，匆匆吃完了饭，相约下午到"铁一号"拜访竹内司令官。

狗去见主人，连预约的胆也没有。到了会客室后递上名片，等候召见。此时竹内正对着地球仪发呆。琉球失守了，七千多大和武士成了美军的战俘。

皇军不但能被打败，而且也会缴械投降。下一步美军是直接进攻日本本土，还是从中国的沿海地区登陆，和重庆军由东西两方向实行夹击？日本在华驻军有两百万人，还有七百多万"侨民"。

如果美军首先进攻本土，大陆上的驻军将被隔绝。朝鲜驻军、满洲驻军在苏联不参战的情况下尚可"自保"，华北、华中、华东的派遣军均无此可能。撤回本土参加"决战"亦无可能，不但制海权已经完全丧失，而且也无此运输能力。

再说了，日军和中国军队犬牙交错，也根本不可能实施战略撤退。"撤退"和"崩溃"是同义语。大撤退就是大崩溃，总撤退就是总崩溃，不撤退是坐等崩溃。

如果美军首先在中国沿海地区登陆，建立起众多的航空基地。日本全境将进入战斗轰炸机、中型轰炸机的作战半径，"把日本炸回石器时代"

之说，恐怕就不是虚言浪语。

想到这儿，竹内快步走到了作战地图前端详了起来。沿海的河北、山东两省是他的防区，可是根本没有对海洋设防。

山东全境可以说均在八路军的控制之下，日军所能固守的只是铁路沿线的几个点。山东半岛的地形是易攻难守。美军只要在青岛、烟台登陆，即可两路分进合围济南。铁路沿线的县城，八路军可以传檄而定。

河北的形势更是严峻，日军只能固守平汉铁路沿线的北平、保定、石家庄、邯郸、邢台等几座孤城，平汉铁路以西均是八路军的天下。

平汉铁路以东是大平原，可是以白洋淀为中心的冀中抗日根据地生扛了八年，创造了地道战、地雷战、门帘战、荷花战……也创造了战争史上的奇迹。

美军在山海关登陆，只要向前推进三公里即可切断北平、沈阳之间的铁路，把华北和满洲隔绝起来。在大沽口、赤洋口、北塘登陆，即可直扑平津。兵贵神速，说不定在美军到来之前，八路军已经兵临北平城下，甚至打进了北平。“玉碎”和“休战”将如何选择？

“玉碎”无补亦无用，“休战”也未必是条生路。苏军攻克了柏林，德国无条件投降了。陆海空三军将领大多以战犯罪被捕，成了狱中被审的阶下囚。

想到这儿竹内的眼里呈现出了法庭、绞架、行刑队……就在这时候值班参谋喊了声：“报告！德川师团长急电。”

这声“报告！”把大将司令官吓了一跳，德川的急电还是要听听，于是恶狠狠地喊了声“念！”值班参谋又打了一个立正，双手呈上电文，说：“还是请司令官阁下亲阅吧。”

竹内一把抢过了电文，看罢一声不吭，又入定了。原来是驻扎在平西的川琦旅团山本联队有一个班的士兵下落不明。现已查清，系在武男义雄上士的带领下进山投了八路，宣布投降。

当地民众举行了热烈的欢迎大会，会上武男义雄发表了反战的讲话，并全体加入了反战大同盟。

德川师团长认为这是皇军的奇耻大辱，要组织特别行动队潜入平西抗日根据地进行追杀，要求竹内司令官派遣飞机……

不早不晚，就在竹内“入定”之时王荫泰、许修直登门求见。令值班参谋想不到的是司令官阁下不但立即接见，还亲自到了会客室迎接。

王委员长、许市长受宠若惊。互致寒暄之后，二人迫不及待地向竹内表示了“效忠”。竹内则大讲“亲善、提携，共存、共荣”，然后亲自拨通了电话，邀门致中“过来一块儿聚聚”。还是把东兴楼的厨师接到“铁一号”掌勺，席上自然是珍馐罗列、名酒会集。宾主频频敬酒，说来说去，还是几路套语，最后归之为“亲善、提携，共存、共荣”。

饭后，王荫泰、许修直心里有了点儿“底”，进一步决定就抱竹内的粗腿了。好不容易才混出个模样来，干上了实缺，刚捞上点真的就收手，还真舍不得。能多捞一天就多捞一天，腰包满了到了日本也是好日子，要是能跑到阿根廷、巴西，那可是活神仙了。

门致中可忙，从“铁一号”出来后又去赶新丰楼的饭局，请的是江同源这些小兄弟。

虽然彼此还没有公开身份，可是遇非常之时的接头暗语已由二厅下达了。门致中是久战官场之人，当然会近乎近乎，不但把江同源晋升为团长，还加了上校衔督导官一职，以便掌控部队。

无人时一口一个“老弟”，叫得挺亲热，江同源也表了态：“督办尽管放心，非常之时一切包在我身上，保您无忧。”

门致中哈哈大笑：“有老弟在，我是万事无忧。非常之时也就是你我得意之时，可要早点安排，把一切办妥，老哥全指着你了。”

三楼的包间里凉菜和酒已在桌上摆好了，上的是“八珍大拼”和山西老汾酒。热菜是干㸆鱼翅、葱烧鸟参、干烧鲫鱼、芙蓉鸡片、酱爆鸡丁、油爆肚仁、酱汁活鱼、糟溜鱼片、糖蒸鸭肝、油焖大虾。

八凉十热，够排场、上档次，门致中是真下老本。开席后门督办直言宣布：“今儿是乐呵乐呵，不拘军礼。干了这杯酒，就都是自己人。自家兄弟不说远话，到时候你们都得听江团长的督导、指挥。

“大家可得摽紧了，把队伍控制好。首要的是保存实力，不干傻事。二是保持队伍的机动性，一声号令得拉得出去。”

叫“干！”之后江同源连呼：“满上！满上！大家敬门司令一杯。”

从官制上来讲门致中的本职是“督办”，“司令”是兼差，全衔是“华北治安总署督办、兼治安军总司令”。官场上都以本职相称，江同源称门致中为“司令”，是他手上已握有一张委任状，系军事委员会委员长蒋中正所亲署，“兹委任门致中为河北先遣军司令”。

送走门致中、王荫泰、许修直等人后，竹内又沉思了起来，这几天他总是发呆、发愣，跟入定了似的是“良有因也”。

为了保全自己，这位大将司令官是三思而九虑，想出了一条妙计。“时不我予”，现在是该付诸实行的时候了，他决定上书南京的冈村宁次，让侵华日军“一体行之”。

可是提起笔来又觉得不妥——不能在“白纸上落黑字”。于是亲自拨通了电话，命令值班参谋通知西苑机场：“总司令的专机明早直飞南京。”

和冈村见面之时，两位大将互相敬礼，然后握手。竹内直言道：“我想和司令官单独谈谈。”冈村一挥手，侍从人员就退了出去。

冈村一笑：“说吧，用中国人的话来说就是天知、地知、你知、我知，此话不传六耳。”

竹内点了点头：“司令官阁下，为了在中国的近千万日本军人和平民，我们应该有所行动。时不我予，否则后果不堪设想。”

冈村将身体前移，缓缓言道：“说吧，这不是两个司令官之间的对话，也不是两个大将之间的对话，是两个老朋友在一起谈谈心。”

竹内一挺身，显得有些激动：“我首先请求天皇陛下原谅，也请求大本营诸公的原谅。在中国的日本军队，只能停止和重庆的敌对行动，实行全面的合作。在保持尊严的前提下接受蒋介石的指挥，去消灭共产党领导下的八路军、新四军。

“这是在中国的近千万日本人的唯一出路，不可能有第二条出路了。我们的要求是重庆宣布退出战争，实行灭共戡乱。”

冈村苦笑了一下，长长地嘘了口气：“我很了解蒋介石，他不会这时候退出战争。他可以和我们合作，所谓的合作就是利用我们去帮助他消灭共产党。

“但这种合作只能是在‘休战’以后，不可能是在休战之前，为了保存合作的资本，我们应尽可能地保存实力。保存实力也就是避免作战，特别是避免和美军作战。

“如果‘休战’时我军的建制还完整，部队仍然具有战斗力，蒋介石就会和我们合作，也就是在保持尊严的前提下接受他的指挥，帮助他去消灭共产党。

“现在停止对重庆的军事行动，天皇陛下和大本营是不会原谅的，部队也不会接受这样的指挥。替蒋介石设想，他也不会做出这种选择。一是他的盟友不容许；二是中国人也不容许。

“我了解你的心情，‘休战’时我们已经蒙辱了，但只要能把部队保存下来，部队仍然能够战斗，我们就有军人的尊严。求实不求名，只能如此。”

“休战”后不被送上法庭，竹内的目的也就达到了。看来冈村确实是个“高人”，早给自己安排好了。于是竹内表示一切“唯马首是瞻”。

冈村笑了笑，又嘘了口气，说道：“同心合力。”

竹内的南京之行连晚饭也没有吃，悄悄而去，悄悄而归。专机在西苑机场降落之后，驱车返回了“铁一号”，心里觉得轻松多了。

第二天早上往虎皮帅椅上一坐，顿觉豪气犹在。这时值班参谋呈上应批阅的文件，竹内当然首先打开了大本营卷，赫然入目的电令是：

乃木旅团长率部入关后立即投入了良乡之战，所向克捷。虽中弹负伤，仍然坚持指挥战斗，发扬了皇军的决战决胜的精神。现已伤愈出院，天皇陛下闻之后十分欣慰，明谕晋升中将军阶。

陆军省考虑到乃木中将的身体状况，奏请天皇陛下批准，免去旅团长的职务，改任华北派遣军宪兵司令官。

望乃木司令官莅任后恪尽职守，再次发扬皇军决战决胜的精神，布皇威于异域，宣皇恩于我军。整齐军纪，律正军心，光大圣战，宣我皇威。

放下电令之后，竹内清醒了。大本营绝不容许司令官们“专治封疆”，对乃木的任命是一种警示。东京掌控着一切，南京、北平只能听命。

这时又忽然想起，田中曾说乃木失忆了，于是要通了宪兵队的电话，让田中报告乃木的近况，并告知这位失忆者现在已荣任中将宪兵司令官。

田中傻了眼，立即前往乃木的“保护所”。想不到的是这位堂堂中将宪兵司令官，由于不接受两个看管士兵的“保护”，头部被击了两电棍，现正处于昏迷状态。

田中吓坏了，赶紧把处于昏迷状况的乃木抬进了自己的卧室，放在了床上。又叫来了医官对司令官的身体进行认真的检查。

医官刚到，乃木就从床上坐了起来，对田中说：“田中君，我怎么在你这里？”

田中先是一愣，紧接着立正敬礼：“报告司令阁下，您失忆了，我一直守候在您的身边。”乃木愣住了，困惑不解地问道：“田中君，你怎么称我为司令官？我只记得我正在和一个退役的曹长比武，这个人练过相扑，很厉害，我不是他的对手。”

田中的特高课经常进行“催眠审问”，他对“失忆”也略知一二。“打开了后面的门，就关上了前面的门。”失忆的人一旦恢复记忆，对失忆后也是一片空白。于是心中大喜，向前一步立正答道：“司令官阁下，您失忆后从川岛芳子小姐家走了出来，被宪兵发现后送到了我这里。您的失忆是天照大神的安排，为的是让您好好休息一段时间。

“昨天天皇陛下明谕晋升您为中将军阶，根据陆军省的提名任命您为华北派遣军宪兵司令官。任命一到达北平，您就恢复了记忆，这完全是上苍的旨意。”

乃木先是丈二的和尚摸不着头脑，后是恍然大悟。于是也向前一步拍了拍田中的肩膀，以司令官的口气说道：“给田中君添麻烦了，可我不说声‘谢啦！’而说声‘你我共同报效天皇陛下’。”

田中挺胸、立正答道：“为司令官阁下尽职，为天皇陛下尽忠。”

竹内为乃木举行了盛大的晚宴，席间宾主频频举杯，还一起高歌了《圣战进行曲》。第二天早上，田中陪同乃木到位于“新北平”的华北派遣军宪兵司令部履新。

前任宪兵司令大平一郎，办完了交接之后立即飞往新京，出任了关东军参谋长。乃木执意要到西苑飞机场送行，田中也就陪同前往。

大平的飞机起飞之后，乃木突然回过头来对田中说：“辛苦了，陪我去看看川岛芳子小姐吧。”

乃木以中将司令官的身份登门造访，金碧辉是一惊一喜。猪头曹长可吓坏了，腿发僵、脊梁骨发凉、眼发直，一句话也说不出来，像是泥捏的。

没想到的是乃木微笑着拍了拍他的肩膀说：“你是真正的男人、真正的军人，应该恢复现役。我现在就晋升你为少尉军官。你手下的人也均恢复现役，为皇军的宪兵。”

乃木、田中、“川岛芳子小姐”共进了午餐。他们说了些什么，“猪头”不知道。“猪头”一行下午就到沙滩红楼的宪兵队报到，回到东四九条时可神气了，都穿着崭新的宪兵制服，背着王八盒子。猪头少尉还挎上了军官的战刀。

八个人之中有跛腿的、有跛手的、有独眼的、有拉胯的……只有猪头少尉虽然“体貌皆异”，可毕竟是“全须全尾儿”。一进东四九条，就把歌嚎得山响，比狼叫都瘆人。翻毛皮靴把地面踏得尘土飞扬，比四蹄的牲口声响都大。

进入金公馆前，还在大门口举行了一个仪式。过路的人全都侧目、撇嘴。小男孩拍着手唱了起来：“踋腿的、踋手的，还有两个独眼的，就是猪头挺全和，两条短腿瞎忙乎，一双短手瞎摆乎……”

猪头少尉正忙着踏步、抽刀、敬礼、喊号，对于小男孩为什么拍手，唱的是什么，他全没感觉到。猪娃兵似乎感觉到了，一个个低下了脑袋，怎么也抖不起精神来。

入门仪式结束后，猪头少尉踏着正步进入了“指挥室”，高喊了一声“报告!”可是“金司令”并没有回答，只向他挥了挥手，示意这位少尉先生去休息。

她最喜欢听的称谓是“金司令”，“川岛芳子小姐”、“金碧辉小姐”她不知道如何选择，她也没有选择的权力、能力，只能听之任之，人家爱叫什么就叫什么。可是她心里有数，“大清”一去不返了。从三皇五帝始，经夏、商、周，直到元、明、清，都叫中国。

田中时而称她为“金小姐”，时而称她为“芳子小姐”，似乎没有称过她为“川岛小姐”。田中为人险恶，乃木为人莫测。猪头演的这一出，只能说是太实了一点。

由退役的“猪头曹长”变成了现役的“猪头少尉”，猪头太兴奋了，亢进之中像是吞了符、合了咒，邪神、邪鬼附了体。每天早上唱着嚎歌，喊着丧号，踏着正步，在东四九条中走两个来回，晚上照方抓药再折腾一回。

猪头这么一邪行，可苦了晚上不睡、早上不起的大烟鬼，把早觉给搅了。也苦了赶早市的小贩，刚睡着，就让猪的吼声给吵醒了。

大人吓唬孩子可有了说词：“快睡吧！猪头都出来巡街了，你要是再不闭眼，它进来把你叨走去喂小猪。”孩子吓得赶紧闭上了眼，不敢再出声了。

猪头巡街刚三天，就惊动了许修直，这位市长大人亲签请柬由专差送到了金公馆，相约在翠华楼一聚，以践“改日好好聚聚”的前约。

“金司令”赴宴时也真威风，猪头选了三个有点模样的“猪娃”和自己一起跨在登车板上。大汉奸出行，都有卫兵、警察跨登车板，由日本宪兵跨登车板，在北平街面上还是蝎子拉屎——独一份。

“金司令”下车时，猪头少尉吼了一嗓子。这声是又粗、又闷、又哑、又劈，把翠华楼站门的、迎宾的都吓了一哆嗦，不知道喊什么接客号是好。

在门口维持秩序的警察也是一愣，赶紧立正、挺胸、敬礼。这嗓子一吼，把许市长也给吼了出来，亲自把“金司令”迎了进去，并吩咐身边的秘书说：“再开个包间，把皇军让进去，酒菜都丰盛点。”

许修直这个人不精，“精人”不会在这时候当市长；也不傻，“傻人”也不会当市长。对“金司令”的称呼更绝，省略了所有定语，泛称“小姐”、“校董”。

席间“金司令”和许市长都说了些什么，猪头并不感兴趣，此时所务就是甩开大猪嘴，一个劲地往猪肚子里装。三个“猪娃”也当仁不让，“狼吞猪咽”，来个“风卷残云”，不一会儿工夫，四只猪就把一整桌的酒席吃了个精光。

酒足饭饱之后，猪头少尉突然想起了自己的“职责”，赶忙整理了一下军装，背上了王八盒子，挎上了东洋战刀，闯进了许市长的包间往“金司令”身后一站，两只小猪眼直愣愣地盯住了许修直，生把市长大人给盯毛了。

“金司令”挥了挥手，示意“少尉先生”退下。猪头“咳!”了一声打了个立正，迈着正步走了。翻毛皮靴踏得楼板比擂鼓还响，正在一楼的二掌柜不知道楼上出了什么事，指手画脚地说：“你们还不上去看看。”

站门的、迎客的、跑堂的有十来个人一拥而上。站在楼梯口的猪头少尉突然大吼一声：“统统的下去!”说着两条短胳臂一张，就扑了下来，如同窜出一只前蹄横张的超号的大野猪。

这下可把往上拥的人吓坏了，闪躲不及的和超号的大野猪一块儿滚了下来，一直滚到了楼梯口才爬了起来。可是猪头少尉躺在楼梯口一动也不动了。

站门的、迎客的、跑堂的一哄而散，二掌柜吓得两腿直哆嗦，强挪着脚步走了过去低头一看，猪头少尉四蹄朝天，打起了呼噜。

猪头的酒喝得太急，肉吃得太多。风卷残云时肉把酒压了下去，吃完了后酒又泛了上来，冲昏脑袋，滚下楼梯后，自然就地打起了呼噜。

猪头被猪娃架回东四九条后，睡了个好觉。“金司令”可失眠了，翻来覆去怎么也睡不着。席间是各怀鬼胎，“司令”想探市长的道；市长也想探司令的道。说白了，两人脚下都是无路可走。探来探去心里都更没底了，真不知道到哪儿去捞救命的稻草。

第二天早上，金碧辉穿上了旗袍打了一把遮阳伞，一个人溜出了大门，在胡同西口叫了辆三轮车奔了瑞隆洋行。

一宿的深思，觉得只有“瑞隆”还是条路。可是进门后被门役告知：“戴华理上天津去了。”

宋大中确实是登上了开往天津的列车，可是在丰台就悄悄地下了车，他要秘密地会见张晋才。

在特定的接头地点见面后，互相告知了重要的情报。

张晋才兴奋地说：“苏联决定对日宣战，时间是德国投降后的二至三个月。如果是两个月，也就是这两天的事了。如果是三个月，八月初也能见分晓，说什么也过不了八号。”

宋大中听了后十分激动，连叫了两声“好!”然后若有所思地说：“东北是发展实业的好地方。”可是紧接着又长长地嘘了口气，张晋才有些不解了，满脸困惑地问道：“我看您……”

宋大中深沉地说：“战后的格局很难说。远的咱们先不说，我从瑞典人那儿听说，日本正在‘谋求’体面地结束战争。条件是‘日军全部撤回本土，盟军亦不进攻日本国土，实现总体休战’。

“我看这是白日做梦，但困兽犹斗，会做疯狂的挣扎。日军撤出菲律宾时，对工业设施进行了大破坏。华北的工业集中在天津，得想想办法防止小鬼子来个‘焦土撤退’。

“北平的石景山钢铁厂、发电站、门头沟煤矿、清河织呢厂、南口铁路工厂、长辛店铁路工厂、自来水厂……都是日军破坏的目标。如有可能，希望八路军的特工队能抢先实行突击式的占领。”

张晋才点了点头。宋大中拿出了一份平津地区的工业分布图和日军的军用仓库分布图，郑重地说：“图上标得很清楚，最好能交给聂司令实行突击占领，以防日军破坏。”

“请放心！我一定带到。”说罢二人握手道别。

和张晋才分手后，宋大中又上了火车到了天津。下车后直奔瑞隆的天津办事处，刚坐定不久，门役上来回事：“北平的金小姐求见。”

宋大中一愣，心中也就有了八九不离十的谱，于是说了声“请!”

果然是金碧辉女士，见面后嫣然一笑，说道：“打扰了。天热了到天津来小住几天，好多吃几次劝业场的冰淇淋。想来您也会在天津，就登门造访。

“看来是千里有缘能相聚，今晚我做东，约几位朋友在惠中饭店一聚。戴华理可得给我这个面子……”

宋大中微微一笑：“金小姐的心意领了。可是商务上的事颇多，今晚就得赶回北平。来日方长，回到北平后我做东，请金小姐到东安市场的森隆坐坐，多邀几个朋友聚聚。饭后去听吉祥的大戏。”

这席话于情于理都是滴水不漏，金碧辉也就只能说“那就改日在北平一聚”。

客套话说完了又扯了几句闲篇儿，秘书前来通知开会，说：“理事们已经都到齐了。”金碧辉也就只得起身告辞。

“戴华理”回过头来吩咐秘书说：“备车，送金小姐回去。”

金碧辉连声说：“不麻烦！不麻烦！我还想在街上遛遛，您赶紧去开会。”说罢，起身就走了。

宋大中是“老江湖”，金碧辉是“东洋女间谍”，过招、还招，谁都没有失手。

金碧辉大热的天跑了趟天津，可不是为了吃劝业场的冰淇淋。她打的主意是如果“戴华理”不在天津，就顺藤摸瓜，说不定就能弄出点名堂来。到时候说话气就粗了，“弄张瑞典护照”，就让姓戴的去办了。

来而不往非礼也，“送金女士回去”也不会白送，在哪儿落脚也就弄清楚了。就来个“顺着蹄印找驴棚，准能摸到饮牲口的槽子”。

谁都没失手，也就只能“暂且收手”。

和宋大中分手后，张晋才连夜赶回了根据地，向聂司令做了汇报。聂司令看完两份地图后连声说：“太及时了！太及时了！”

此时，八路军的冀察军区、冀中军区、冀热辽军区已组成了联合指挥部，以团为作战单位正在向北平近郊运动。把围困铁路沿线县城的任务交给了各县的县大队、区小队。武工队、各村民兵也都行动了起来，随时准备端鬼子的炮楼，缴伪军的枪。

乖巧的伪军早托人把话带到了：“不用打，来收的时候我们准交枪。端鬼子炮楼时我们当内应，一定漂漂亮亮地脱下这身黄狗皮。”

城外的伪军想脱下这身“黄狗皮”，城里的伪警察也千方百计地找辙——别戴上汉奸的帽子。“重庆分子”的家属原是“重点监视对象”，现在成了重点献媚、讨好的对象。

进门后满脸春风，笑容可鞠。先敬礼，然后脱帽鞠躬。直言道：“府上有什么事，尽管吩咐。我们当警察的心里有数，有时也是没法子。其实，府上的事也就是我们的事，心照不宣……”

内四区警察署的署长付兆和跑到溥雪斋家，一进门就高声喊道：“给贝勒爷请安来啦!”没等通报就进了书房。见了溥雪斋抢上一步就请了个大安。

溥雪斋连声说：“别这样！别这样！都民国三十四年了，早不兴这一套了。”

“可不能这么说，爷字辈的就是爷字辈的，怎么改朝换代也是爷。大清时您是贝勒爷，民国了，官面上、街面上谁见了您也得称呼个溥大爷、溥先生、溥教授……”

付署长叨叨有词，絮絮不止，说了个没完没了。把溥教授给说烦了，就下了逐客令：“下午我还有课，得准备准备。”

“我说贝勒爷，我这个人不机灵，可也不糊涂。现在放暑假了，您哪有课。一笔写不出两个‘旗’字来，我可就直说了。您帮我在表少爷面前说句话，七七事变枪一响他就奔了重庆。

“我听说表少爷现在可是个人物……将来他一句话，我不是就成了‘潜伏人员’了嘛。这事您管也得管，不管也得管，我是求定了。

“这事您办起来可不难，只是上嘴皮碰下嘴皮——就说一句话。您是一言九鼎，一言定我的前程，一言也能要我的小命。”

溥雪斋哂尔一笑：“前几年，你老让我给长春带句话，今儿，你又让我给重庆带句话。我跟你说句实话，长春的话、重庆的话我全带不上，我就会画画、教书。

“你要是一直老老实实地在家画画，在启新中学教书，现在也就不用求我带话了。你说‘一笔写不出两个旗字’，我就看在都是旗人的份上，给你出个主意，不知道你听不听。”

付兆和一下子站了起来，连说了三声“我听！我听！我听!”“好！那我就直说。你为国民办点实事，不是‘潜伏人员’也是‘自新人员’，还怕……”

付署长一屁股又坐到了椅子上，看来是吓瘫了。压低了嗓门说：“您知道，我这个人胆小，办不成什么‘实事’。再说了，现在北平城里还是日本人的天下，要是……我真是胆小，不敢干。”

“你胆小，怎么敢干警察署长？我看你的胆不小，一身都是邪胆、歪胆、贼胆，主意可大了，就是不正。”

“我说贝勒爷，您现在骂我什么都没用了。可说什么也得帮我一把，我打算现在就上辞呈，告病了。不说是自新了，也得算是觉悟了。”

溥雪斋长长地嘘了口气。

这时防空警报拉响了，教授和署长一起从书房里跑了出来。溥雪斋抬头一看，十几架战机已经飞临北平上空，撒下了许多传单。

付兆和不知道是怎么想的，也许是哪根神经跳了槽，转身又窜回了书房，一屁股坐在沙发上入定了。

溥雪斋捡了几张落到院内的传单一看，是《告北平同胞书》和《惩办汉奸条例》，回屋顺手递给了付兆和，这位署长没有接过来，慢吞吞地说："我每天晚上都听广播，收音机比传单上说的清楚得多。"

说完站起来走了。

溥雪斋本能地送了两步，说了声"慢走"，也就座到了沙发上，看起了《告北平同胞书》。画案上的台历是民国三十四年七月十八号，也就是公元一九四五年七月十八号。

此时此刻，宋大中也在看《告北平同胞书》。就听门外一声"戴伯，我来了"，声没落，常缨就推门进来了。她身后紧跟着一个身穿亚麻漂白西装、打着玫瑰色领带、头戴草编礼帽、脚底下登着双色网状皮鞋的时髦绅士。

进屋后常缨介绍说："这是立原公司的张理事。"张理事脱帽半躬："戴华理别来无恙！"

宋大中先是一愣，跟着就笑了，说："行！有水平。你要是再带上副秀郎镜，贴上两撇小胡子，真能把我唬住。"

来者是张晋才，一边和宋大中热情地握手一边说："秀郎镜和小胡子还没有搞到，下次上您这儿来准把行头戴齐了。您可以放心，我一出龙华寺就上了三轮，拉车的是自己人。

"进城时我是煤黑子，给竞业小学送了车煤。卸车后摇身一变，就成了立原公司的张理事。"说着送上了良民证和特别通行证。

宋大中接过来一看，说道："行！别说街面上的警察了，就是碰上了沙滩的特高课，也出不了问题。立原公司属日本的外务省，有来头。"

张晋才接言道："这是城工部的安排。立原的分号早通过在兴亚院的内线注了册，但没有展开什么商务活动。

"根据目前的形势，这个'点'要启用。为了便于展开工作，得先做几笔买卖。说实在的，商道之上我们都不内行，得靠瑞隆鼎力相助了。虚晃一枪走走账，过过库也行……"

宋大中笑而言道："没问题。"

于是，几桩"买卖"就定了下来。至于怎么运作，就全是花活了。张晋才起身告辞，宋大中说了声“且慢”。言罢，到卧室里拿出一副秀郎镜交给了张晋才，说：“戴上。”

张晋才说了声“谢啦!”就戴了上去。常缨在旁边笑了：“这才像个理事。”

宋大中接言道：“你们还得等会儿，我的汽车断汽油了，现在也背上了煤气炉，等发动起来后送送你们。”

张晋才刚走，江同源就来了。进门前喊了声“报告!”进门后立正敬礼：“宋长官好!”

宋大中心里一愣，又是一亮。可是脸上露出了莫名其妙的表情，说：“你这唱的是哪一出?”

江同源递上了香烟：“我有朋友在洛阳，常给我带龙门牌的烟卷。”宋大中平静地回答：“我有个朋友在武汉，常给我带黄鹤楼牌的香烟。”

暗语对上了，江同源抢上一步握着宋大中的手说：“宋欣让我向您问好，她领导我们北平站，是我的顶头上司。我早就知道您是二厅的人，一直在‘冬眠’。

“宋处长命令我暗中保护您，不得有闪失。我立下军令状，江同源在，宋长官就在。现在我代表耿次长正式通知您，您的‘冬眠’已经结束了。我由您来领导，您的职务是二厅驻北平站督导专员。”

宋大中挺激动，右手握着江同源的手，左手拍了拍他的肩膀说：“关义德看人不打眼，他早就和我说过，‘江同源、胡兴华都是好样的’。

“我宋大中这辈子没当过官，也不会当官。现在老了，更不打算当官了。不过抗战还没有胜利，我还要干点实事。”说着打开了书柜，从旧卷中拿出了两张地图，郑重地交给了江同源说：“这两张地图一张是华北地区的工业分布图，一张是日军的仓库分布图。鬼子进行垂死挣扎时，会实行‘焦土撤退’，他们在菲律宾已经这么搞了。

“你要设法进行保护，你所能控制的一团三营是绝对不够的，要设法让门致中反正，要尽可能控制住更多的部队。

“国军都远离北平，只有八路军环阵北平四郊。关键时刻你和胡兴华可要共同对敌。日本人困兽犹斗，不能掉以轻心。”

江同源打了个立正，双手接过了地图说：“请专员放心，门致中一直在我的掌控之中，昨天我和他亮了牌，把军委会的委任状授予了他。蒋委员长任命他为河北先遣军司令，我是军令部二厅驻河北先遣军的联络官、缉察官，他得听我的。治安军的四个方面军，我全调动得了。我手中有徐永昌部长、耿继忠副部长签署的‘部令’，可随时向门致中下达命令……”

宋大中摇了摇头，说：“门致中是老军人，而且是士兵出身的老军人，懂得怎么带兵，怎么控制部队。你要控制门致中不能靠‘部令’，要让他和日本人撕破脸，非反正不可，可这招又不能使早了，明白吗？”

江同源点了点头，说：“明白。”

江同源明白的事，竹内未必明白。可是这位司令官又自视甚高，自认不但是“明白人”，而且是“中国通”。乙山对他的临别赠言是“你太了解中国的过去了，所以总是一成不变地看待中国……”

此时此刻，竹内正在和田中研究“治安军问题”。田中认为治安军为了自身的利益，也不会当“铁杆汉奸”。团以下的军官大多和八路军有联系，团以上的军官大多和“重庆”有联系。一旦战局突变，均会在战场上有所行动。

应对的方针不外是“控将用兵”、“易将用兵”、“除将用兵”。控将、易将、除将均是举手之劳，“用兵”可就难了。

竹内摇了摇头：“我太了解中国人了，尤其是中国军人。他们一是要枪，二是要地盘。有了枪就要争地盘，有了地盘就能买更多的枪。有了枪和地盘后他们就割据一方，当土皇上。

“我们只能利用治安军和八路军争地盘，他们要是能保住地盘就是‘土皇上’。至于门致中这个人，他是西北军的人，可和冯玉祥的关系不深，和蒋介石也搭不上什么关系。用中国人的话来说，就是‘没爹没妈的孩’。

“正因如此，我对他很放心。他没受过什么教育，对于国际形势知道得甚少，不可能干出什么大事来。打通大陆交通线时，冈村司令官对他们这些人的估计过高了。

“苏军虽然攻克了柏林，可是代价也太高了。一是要喘口气，二是也不愿意成全美国人。从自身的利益来讲，苏军不会对日作战。只要关东军能稳住满洲，华北就有依托，就能坚持住。

“从目前的局势上来看，只能行老子之道，在无为中求有为，用中国的哲学对付中国人。部队要集中，但要避免作战，要保持最大的突击性。

“军火更要集中，我已经下令把储备在四郊的军火全部运进北平。”

听到这儿，田中一愣，脱口而出说：“司令官阁下，军火太集中一旦遭到空袭，后果是不堪设想的……”

“田中君，不必过虑。我把军火存放在了一个最安全的地方，这个地方就是明清两代的皇宫，现在的故宫博物院。午门外的朝房，已经变成军火仓库。

“美国人、中国人一旦空袭北平，我们就把指挥机关迁往故宫办公，野战医院、随军家属均可以搬进去。那里有九千九百九十九间半房……”

说到这儿，竹内突然大笑了起来。田中也只能跟着笑了几声，笑完后想听听竹内的下文。可是竹内的话题一转说：“田中君，好好休息一下吧。现在不是忙的时候，过些日子你可要‘大大的忙’。

“乃木司令官明天就要到南京去开会，带回什么指示都很正常，你都要以无为之道执行之。现在无为，将来一定大有为。我的话你可明白，不明白也没有什么关系，好好休息一下就行了。”

田中站了起来，打了个立正，说了声：“明白！”

田中走后，竹内就吩咐侍从在侧的值班参谋说：“我要好好休息一下，不要打搅。”

值班参谋挺胸立正，“咳！”了一声转身关门走了。竹内可没有休息，打开了短波收音机，开始了最重要的工作——收听盟军的广播。天天如此。

华盛顿、伦敦、重庆、延安都有对日广播。七月二十六号这天，各广播电台的正常播音突然中断，反复播出了一条重要的消息——“波茨坦公告”。

中、美、英三国元首共同签发的“波茨坦公告”，最根本的内容是“彻底消灭日本军国主义”，要求日本“立即无条件投降”。

竹内听了后先是一愣，后是一惊，紧跟着又是一喜。心里盘算的是苏联恪守了《日苏中立条约》，没有参加波茨坦会谈，也就是说不会参加对日作战。

《日苏中立条约》中明文宣布“日本尊重蒙古国的主权与领土现状；苏联尊重满洲国的主权与领土现状”。小而言之，华北日军的战略后方很稳定。大而言之，苏联只要不参战，日本对中、美、英三国还是有点底气，设法变“无条件投降”为“有条件休战”。

再退一步说，不论是“有条件”还是“无条件”，只要“休战”时还拥有实力，就能和重庆达成“协议”，也就达到了所策化的阴险目的。

从这点上来讲，冈村和竹内两位大将确实希望尽速“休战”。大本营和盟军达成有条件“休战”，即可全须全尾儿地撤回国内。接受“波茨坦公告”，实行无条件休战，手握二百万军队的冈村宁次司令官，也就有和蒋介石讨价还价的本钱。

最可怕的是“休战”时已被打得焦头烂额，部队分崩瓦解失去控制，步了德、意的后尘——成了俘虏后被送上军事法庭，甚至直接被处决。

想到墨索里尼是被枪毙后送上绞架的，竹内为这位“领袖”感到幸运。自己若是落到了华北民众的手里会是什么结局？竹内不敢再想下去。他再清楚不过，也再恐怖不过的是八个大字——“血债要用血来偿还”。

一愣、一惊、一喜之后，竹内变得忧心忡忡。急切地想知道东京对“波茨坦公告”的反应。

第二天上午，东京的广播和大本营的绝密训令同时传递到了北平，内容几乎一样：对“波茨坦公告绝对置之不理，将大东亚圣战进行到底”。

扬言要进行“本土决战，一亿玉碎”，声称“本土有二百八十万枕戈待旦的常备军，三千六百架飞机，可以消灭一切进犯之敌……”

训令的附件很是机密，严令中国战区收缩兵力，以东线为主，西线为辅，放弃湘桂铁路、粤汉铁路的沿线占领区，确保华北、华东沿海地区的守卫力量支持本土决战。

这个命令太可怕了，要把驻华派遣军置于东西两线正面战场的夹击之中。而华北的八路军、华东的新四军已有九十万之众，地方抗日武装可达二百万人。

也就是说华北、华东的广大地区根本不在日军的控制之下，这个作战任务也根本无法执行，更无法完成。可是又必须执行，执行的后果是部队被打得分崩瓦解，司令官也就失去了“讨价”的资本。面临着监狱、法庭、绞架。

竹内瘫在了虎皮帅椅之上。

竹内瘫了，可是王荫泰、许修直蹦得还挺起劲，要在中山公园搞一次大型“亲善活动”，希望司令官阁下能够亲临。

竹内苦笑了一下，对值班参谋说：“通知他们，有情报表明近日可能有空袭，不便于举行大型聚会。今晚我请他们小酌，让副官处正式向门致中发送请柬。”

值班参谋立正、转身、关门离去。竹内又打开了短波收音机。

东京广播电台传来了《圣战进行曲》，紧接着是神风特别攻击队的专题报道。不外是“壮烈殉国”、“英勇献身”、“威慑敌胆”、“战功显赫”、“军魂永存”、“威我大和”等陈词烂调的堆砌。最后是“击沉敌舰多艘，被击伤的敌舰被迫撤出了战斗。幸存的敌舰企图顽抗，但终是无力招架，落荒而逃。帝国海军正在调整部署，准备一鼓作气收复冲绳，再振国威”。

重庆广播电台的消息是“国军两路夹击，收复了广西重要城市南宁。南路军已驱逐日寇于国门之外，一举攻克了镇南关。北路军对逃窜之敌进行了追击，直逼柳州城下，与由贵州东下的部队对该城形成了合围之势。在国军凌厉的攻势下，日军向北溃退。桂林的收复指日可待”。

延安的广播最使竹内感到震撼：“中共冀热辽区党委成立，李运昌任书记；冀热辽行署成立，张明远任主任。在冀热辽挺进军的基础之上成立了冀热辽军区，李运昌任司令员兼政委。李保国任副司令，兼冀东军区司令。张才芳任副司令，兼热河军区司令。彭冀生任副司令，兼辽西军区司令。”并发表评论说：“华北抗日根据地即将向东北地区全面发展，八路军不但在热河、辽西站稳了脚跟，而且要向辽东地区挺进，收复广大的东北沦陷区。大兴安岭、小兴安岭、长白山中的抗日联军将要和东进的八路军互相呼应，出奇兵下山，把进攻的矛头指向沈阳、长春、哈尔滨……”

下面的广播是什么，竹内根本没有听进去，他的脑袋“嗡”了一声，心里的“依托”完全不存在了，华北失去了战略后方，又如何能“三线作战”？

面对八路军的攻势，日军已是只有招架之力，如果美军在河北、山东沿海地区登陆，重庆军从晋西、绥西、豫西发动反攻，必然陷入“三线作战”。部队一定会被打得七零八落，溃不成军。部队垮了，司令官……

竹内愣了一会儿后，又打开了华盛顿的频道。首先传来的是《星条旗永不落》的乐章。紧接着是战况报道：

“美国海军太平洋舰队围歼了企图袭击冲绳的日本舰队。由航空母舰上起飞的数百架鱼雷轰炸机击沉了大和号战列舰。

“该舰是日本联合舰队的旗舰，排水量八万多吨。系全球最大的战列舰，也是日本海军的双重支柱。

“在美军鱼雷轰炸机的攻击下，大和号葬身海底。大和的精神也不复存在了，日本海军的双重支柱轰然倒塌。美国的太平洋舰队已经获得了绝对的制海权，可以在任何时间、任何地点实施登陆……”

竹内的大脑里先是一片空白，继而呈现出一个巨大的绞索。绞索越来越大，弥漫了天空和大地，忽而又变得越来越小，紧紧地套在了他的脖子上。

竹内大将不知不觉地从虎皮帅椅上溜了下来，跪在了地板上。

这时，办公桌上的红线电话响了。这是一部绝密的电话，是他和冈村宁次之间的热线。竹内从地上爬了起来，拿起了听筒。

冈村宁次沉闷地说："竹内君，昨天，也就是八月六号，广岛遭遇了不明武器的攻击，大概是爱因斯坦所说的原子弹。全城化为乌有……"

竹内对所有的人封锁了冈村所说的"原子弹"，回到官邸中呆了一下午。晚上整理了一下军装，调整了一下心态，又显示出了大将司令官的威仪。

这位失魂落魄的将军还要出席一个丰盛的宴会，要和华北治安总署督办兼治安军司令门致中、华北政务委员会委员长王荫泰、北平市市长许修直等人共进晚餐，搞一次"日中亲善"的联谊活动。

晚宴极尽珍馐，可是气氛并不热烈。竹内觉得很累，强打着精神把戏演完了。回到官邸后就倒在了床上，可是难于进入梦乡。三番难寐，从床上蹦了起来，把一瓶烈性白酒一股脑地灌进了肚子。第二天竟然没有准时坐在虎皮帅椅上，破天荒迟到了。

竹内还没有睡醒，莫斯科广播电台播送了苏军对日宣战的消息。百万苏军以轰炸机为先导，以集团坦克为突击力量，从三面向东北地区发动了进攻。

竹内被夫人叫醒了，可是他并没有赶到"铁一号"坐镇指挥，而是坐在书房中品茗，似乎要在这杯清茗之中，味出什么玄机。

两个小时之后，东京发表了广播。仍以《圣战进行曲》为先导，紧接着声明："关东军系天下无敌的劲旅，早已做好了战斗的准备……"

广播还没有结束，竹内就把收音机给关了。这时副官进来报告："田中大佐求见。"竹内挥了挥手，说："告诉他回去休息，下午到我办公室来。如果没有特别必要的事，也可以不来，悉听尊便。我的话他应该明白！"

下午，竹内坐到了"铁一号"的虎皮帅椅上，他案头的台历已翻到八月八号。田中没有来，竹内坐了一会儿后，起身在办公室里转了一圈，悄悄地返回了官邸。

与此同时，冀热辽军区副司令、冀东军区司令李保国由野战医院火速赶回了天成寺的办公室。进屋后立即抄起电话命令总机通知各支队，停止执行 A 号作战令。

A 号作战令是全面破坏由北平到承德的铁路。李保国在野战医院慰问伤病员时，接到了骑兵通讯员送来的紧急电报，聂司令命令："苏联对日宣战后需要利用东北、华北地区的铁路，立即停止对各线铁路的破坏。必要时组织特别突击队占领铁路的枢纽站、编组站、桥梁、涵洞，以防止日军撤退时进行破坏……”

A 号作战令停止执行后，李保国立即召开紧急军事会议制定了 B 号作战令：

一、部队以营级为作战单位进行集结，对敌战区进行纵深的渗透，挺进到北平、通州的近郊，并做好突袭占领的准备工作。

二、对日伪军的守备据点实施隔而不围、围而不打的战役控制，听候统一的进攻部署。

三、立即对铁路沿线进行全面的布控，做好突袭占领的准备工作，以防止日军撤退前进行破坏，确保能够安全通车。

四、敌工科立即对通州发电厂、通兴织布厂、通汇化工厂等工业设施进行侦控，必要时进行保护性占领。

五、派遣特别突击队潜入北平东郊孙河一带，确保北平自来水公司供水厂的安全。

六、敌工科加强对治安军的策反工作，争取我军进攻通州时守城伪军阵前起义。

七、做好对通州飞机场、马驹桥广播电台、西关军火仓库的突袭占领的准备工作，力争占领时不发生攻坚战。

八、敌工科在北平的潜伏人员，应以各种形式做好敌后宣传工作，鼓舞民众，震慑汉奸。苏联对日宣战系大好的时机，应充分加以利用，防止日伪对此消息进行封锁。

其实，苏联对日宣战的消息在北平城中已经家喻户晓了。重庆、延安的广播电台均反复播放了这一消息，日伪的广播电台和报刊则大肆宣传关东军是无敌的劲旅，大兴安岭、小兴安岭的防线固若金汤。

北平市民心里可有数，老毛子今非昔比，现在可牛了。几千架飞机、几万辆坦克，从莫斯科城下一直打到了柏林，把德国给灭了。现在挥师东进可不是善茬，准和小鬼子翻翻五十年前的老账。

看来，不懂军事的北平老百姓，比竹内这个大将司令官要明白得多。而“不明白”的竹内，现在也只能“明白”了——苏军挥师东进，势不可挡。

九号这天，竹内没有到“铁一号”上班，他对那张虎皮帅椅已经不感兴趣了，而是穿着和服在官邸里浇花，在书房里喝茶。

竹内的“官邸”是清代的承恩公府，三路三进，十分气派。入住之前进行了全面的整修，大客厅、小会议室的格局系中西合璧，具有西方的敞亮和中国传统的“轩阔”。内宅的风格系中日合璧，体现了东方的典雅风韵。

书房则是一座博物馆，多宝阁上尽是商周的青铜器、宋元的青花瓷、明清的景泰蓝，以及新疆的羊脂玉、缅甸老坑的红翡绿翠……四壁悬挂着唐伯虎、文征明的墨宝和四王的山水画，还有郑板桥的竹、兰、石、菊。书案上罗列着端砚、湖笔、宣纸、徽墨，只是“主人”的书法欠佳，练来练去，只练出了个一笔“虎”字。

王克敏、齐燮元、王揖唐、门致中、王荫泰等人大客厅的中堂上都端挂着竹内大将的“一笔虎”，系镇宅之宝。

竹内的书房里也端悬着自己的手书“一笔虎”，此时这位大将正对着自己的“虎”字发呆。

“皇军虎视天下”，“大将八面虎威”。这是他的“心经”，也是“口头禅”。时下是“虎视天下”的皇军被困在大大小小的据点里，“八面虎威”的大将躲在书房里发呆。

若能进入禅定，也是一种解脱，偏偏副官进来报告：“许修直派人送来了一车西瓜、香瓜、水蜜桃、葡萄……说是防暑佳品，供司令官选用。”

竹内挥了挥手：“收下！回赠几箱太阳牌的清酒，并附函表示谢意与慰问。”

副官退下之后，竹内真的入定了，九号这一天也就这样过去了。“禅定”之中竹内不知是“渐悟”还是“顿悟”，或许是“冥顽不悟”，十号早上还是照例打开了短波收音机。

首先收听的是华盛顿的广播，美军宣布对长崎实施了特别攻击，投下了第二颗原子弹……

竹内大将一下子从头凉到了脚，时值酷暑，可是入了“阴定”，似乎血液都凝滞了。不知过了多久，才被收音机里的声嘶力竭的狂吼惊醒，侧耳一听，先是王荫泰的声音，后是许修直的声音。

委员长和市长以严厉的口气宣布，“在此决战决胜、必战必胜之际”，对于“散布流言”、“妨害治安者”，“严惩不贷”、“军法从事”。

两条狗的狂吠，好像是兴奋剂。竹内即驱车到“铁一号”，虽说迟到了，还是又坐到了虎皮帅椅之上，至于想做点什么，能做点什么，只有他自己知道。

也就在八月十号这一天，日本政府正式通告瑞士、瑞典这两个“永久中立”国的政府，委托转告中、美、英、苏四国，表示接受《波茨坦公告》的各项规定，无条件“终战”。

八月十二号，宋大中由设在上海的瑞隆洋行总部得知了这一消息，是用明码暗语由电报局发出的一纸电报：“十号发来的货收到后已入库，四位货主已查收，验货后即在三天内结算。”也就是说，中、美、英、苏四国政府将在八月十五号公布日本无条件投降的消息。

宋大中立即把这一消息通知了江同源和张晋才。

八路军立即在平西展开了进攻，连克门头沟、斋堂、三家店、北安河、香山、八大处等地。平北的部队则攻克了十三陵、沙河镇、清河镇，先头部队挺进到西三旗。

平东的部队没有发动全面攻势，只是派小股部队袭击了通州的飞机场，武装工作队进抵到十里堡、关东店。主力部队则以团为作战单位，以急行军的速度扑向承德，策应苏蒙军队进入华北。

十三号下午常缨来到了“戴公馆”，通报各部队距北平的距离，也了解一下重庆的动态。一进书房门就说：“宋伯！再过几天我就可以在公开场合这样称呼您了，欣欣姐也该飞回来了……”

宋大中点了点头，觉得眼睛有点湿了。十四年的国仇家恨，十四年的苦斗苦辛，终于熬到了这一天。

“男儿有泪不轻弹”，即便是捷报传来，也要有东晋大宰相谢安之度。于是笑而言道：“再过几天徐承志可就要进城了，平西的部队一定会在第一时间开进北平。

“你二伯走了，我就以长辈的身份张罗张罗，在六国饭店或北京饭店给你们举行个婚礼。都老大不小的了，要不是‘匈奴未灭何以为家’，你该是三四个孩子的母亲了。

“欣欣要是能赶上你们的婚礼，我那龙凤胎的外孙子、外孙女就能给你拉婚纱了。”说到此处，宋大中饱经风霜的脸上露出了祥和、美满、幸福。

常缨的脸一红，眼睛也湿了。突然，她一下子扑到宋大中的身上放声大哭。

她的父亲常信德为了给死难的乡亲们报仇，义无反顾地向小鬼子讨还血债，抱起毒酒坛子痛饮，拉了一个中队的日本兵去当垫背的死鬼。

她的母亲在反扫荡中把鬼子引向了悬崖绝壁，乡亲们得救了，她义不受辱纵身一跃跳下了万丈深渊。巾帼的刚烈惊天动地，她纵身一跃时，万里晴空之上响了一个霹雷。小鬼子惊呆了，在大队长的指挥下列队、脱帽，行三鞠躬礼。

父母双双殉国之后，二伯关义德成了她唯一的亲人。二伯又用生命的最后力量拉响了手榴弹，和小鬼子的装甲汽车同归于尽。

她父亲殉国时尸体不倒，她母亲跳崖后双目圆睁，她二伯和鬼子同归于尽时碧血横飞。

中国人生性平和，知足常乐，能忍则忍。所不能忍的是民族的尊严受到挑战，不愿意做奴隶的人为了民族的尊严付出了血的代价。

站着死去的人，为站着生的人赢得了尊严。常缨的脸一红，意识到幸福就要到来了之时，又突然想起了九天、九泉的亲人。尊严和幸福来之不易，她放声大哭是在告慰亲人："小鬼子投降了，我们胜利了，你们可以安息了。我幸福了……"

宋大中的眼泪也夺眶而出。

哭出来了，两人都笑了。常缨问道："抗战胜利了您有什么打算？"

"李保国的队伍开进北平后，我和你二伯母一起到太行山给我的义德老弟扫墓。然后我们返回沈阳，她的天职是治病救人，救死扶伤。我还要搞实业救国，重新振兴民生公司。日本人这么欺负我们凭的是什么？凭的是工业上的实力，三菱、三井、三洋的钢铁和兵工。"

说到这儿，宋大中突然打住了话题："你和张晋才要通过各条'线'，告知进入北平地区的部队严防日本人的破坏，特别是要注意保护石景山钢铁厂。"

常缨点了点头："我一定把您的话带到。"

从宋宅出来后，常缨沿着什刹海南岸的柳堤回竞业小学。一路之上两水夹堤，白鹅戏水，好鸟乱鸣。这是她走熟了的路，这里到处都留下了她和徐承志共同的记忆。第一个偎依、第一个拥抱、第一个热吻。

这条路是他们共同生活的起点，一定会越走越美好。这时常缨的心里泛起了北宋大诗人曾几的名句："绿荫不减来时路，添得黄莺四五声。"

美好的生活是什么样子？常缨心里又很模糊。她和徐承志的恋爱，组织上批准了。恋爱的结果当然是结婚，结婚是水到渠成，组织上一定批准。

结婚后如何生活，真不知道组织上会如何安排。徐承志是军人，只会当兵打仗。抗战胜利了他得改行，让他改行可是件难事，非愁死他不可。

自己最好还是当老师，教书是轻车熟路了。和孩子们在一起，人就会年轻。苏联的大文豪高尔基说过："健康和教育是一个民族几代人的事业。"

得当好母亲，生出几个健康的宝宝。同时也要教好学生，像接力赛跑一样地传下去，好完成这个几代人的事业。

在美好的憧憬之中，常缨不知不觉已走到了前海和后海的界桥之上。这座古老的石拱桥形如银锭，故被称为银锭桥。

燕京十景之中有"银锭观山"之说，站在银锭桥上常缨远眺蓝天、白云之下的西山，脚下的碧水似乎与远山相接，而且远山变得越来越清晰，她已经感觉到此时徐承志正站在远山之上，用望远镜瞭望北平。

常缨的心怦然而动，她相信徐承志一定会带着队伍第一个冲进北平。

果真是"心有灵犀一点通"，徐承志此时正站在香山的主峰"鬼见愁"上，用望远镜向北平方向瞭望。这时一架机翼上贴着红膏药的日本飞机闯入了他的视线，在西苑飞机场降落了下来。

徐承志对身边的张翰说："这是小鬼子降落在西苑机场的最后一架飞机了，明天三团一到，邓司令就会下令发动攻击，拿下机场切断北平日军的空中联系。"

这架飞机在跑道上降落之后，乃木从机舱里钻了出来，田中迎了上去，立正、敬礼。两人互道了声"辛苦"，就上了跑道边上的汽车，在一个中队宪兵的护卫下，驶向了西直门。

乃木的表情十分沉重，汽车进城后直奔"铁一号"。在竹内的办公室里乃木传达了大本营的密令："日本政府在八月十号请瑞士、瑞典两国政府转告中、美、英、苏四国，接受波茨坦公告，实行无条件'终战'。

"但有一个附加条件，美国政府必须保证天皇制度不变。直到现在还没有得到美国政府的回复，大本营认为得有两种准备。

"为了捍卫天皇陛下的尊严，日本举国不惜一亿玉碎。为了防止决战中治安军成建制地反叛，要执行'控将用兵'之道。"

竹内面无表情，只对田中说了一句："严格控制治安军的将级军官离开北平。"

田中苦笑了一下："华北治安军四个方面军的司令部均不设在北平，只能对治安总署中的将级军官施行'控制'。控制会产生副作用，就是各地的治安军独立行动了。"

竹内仍然面无表情，稍停了一会儿宣布说："对北平以外地区的治安军将领的掌控，请乃木司令官制定一个方案。北平城区的掌控，由田中君执行，只要这些人不离开北平就行了。你们分头去办理吧。明天——也就是八月十四号，举行一个午宴，以我的名义宴请门致中和他的将级军官，这几天一定要稳住这些人。"

午宴的地点设在会贤堂，整个饭庄都被包了下来，可是前来赴宴的将级军官多是些高参、顾问、参议，最大的实缺是副参谋长，可以说均是齐夑元时代的人，干个闲差混饭吃。

竹内的面子丢尽了，强打精神应酬了几杯也就打道回"铁一号"。走进办公室，迎面就是坐不离位的虎皮帅椅，可是这位司令官却没有往上坐，而是歪倒在了旁边的沙发上。

这时田中进来报告说："特高课已查明，门致中昨天晚上离开了北平前往通州。现在正在通州城内治安军一方面军的司令部里，通州的治安军全部进入临战状态。

"更确切地说，治安军对驻防通州的坂本联队已经进行了包围，在兵力对比上坂本显然处于极其不利的地位。"

听完了田中的报告，竹内显得很平静。示意田中坐下，然后缓缓地说："你给坂本打个招呼，不和治安军发生冲突。下一步的行动要看南京的结果，冈村司令官会有安排。早点回去休息吧。"说完之后，竹内就闭上了眼睛，在沙发上休息了起来。

竹内、田中都休息去了，门致中却忙乎了起来。他通过电台频频地和驻扎在保定、石家庄、邢台、邯郸的治安军联系，并和重庆军令部二厅的电台接通了呼号，打开热线。

八月十四号夜，竹内、田中等人虽说都很早就休息了，可均是一夜难眠。门致中守着电台，更是一宿没闭眼。

八月十五号的早上，竹内准时打开了短波收音机。中、美、英、苏四国的广播电台，播送了日本无条件投降的消息。紧接着日本东京的广播电台播出了裕仁天皇的"终战诏书"。

通州城中，治安军一方面军司令部的大门立即换了招牌，青天白日的国徽下是“国民革命军河北先遣军司令部”。

站岗的士兵也换上了青天白日的帽徽，戴上了“河北先遣军”的袖章。与此同时，两个营的“河北先遣军”开进了石景山钢铁厂进行“接管”，并宣布：“全体人员一律‘留用’，继续生产不得有误，凡有破坏行为者，一律军法从事。”

当天下午，日本无条件投降的消息传遍了北平的大街小巷，市民们欢腾雀跃，盼星星盼月亮，盼了八年，才迎来了这一天。

奇迹也在这一天产生了，北平沦陷的八年中，零售物价上涨了两千二百倍。从八月十五号下午起物价猛跌，以金价为例，由每盎司四十六万元直降至七万元。

十六号上午，宋大中在前门、东单、王府井等地转了一圈之后，连呼：“民心可用，商气可用。”跟在他身边的常缨像是丈二的和尚——摸不着头脑了。

宋大中解释说：“商人唯利是图，向来是‘囤积居奇’。抗战一胜利，不待政府通告立即平抑市场，为稳定经济形势尽了力。

“这种顾大局识大体之举，不但于国于民有利，对商人自己也有利。工商业要想得到迅速的恢复和发展，得有一个整体的大环境。

“不论是革面洗心也好，时之所迫、势之所迫也好，均属难得。这种形势要是能稳住，一两年内经济上即可恢复到七七事变前的水平。三年之后即可飞速发展。不用十年，欧美各国都将拭目相看。二三十年后，俨然强国之列。”

仰望着晴空，凝视着苍穹。蓝天是那么的高远，未来是那么的辽阔。人生就是奋进、搏击，宋大中再次做起了强国之梦。

与此同时，冈村宁次在南京的孝陵卫机场上也仰望晴空，凝视着苍穹。可是内心里又升起了毒焰，远远望去，一架 B－25 战机越来越近了。它的两侧有四架野马式战斗机护航，机翼上的青天白日军徽已经清晰可见。

B－25 战机在跑道上降落之后，舱门一开，走下了一个排的警卫队。三十多支汤姆森式手提机关枪指向了不同的方向，布置了警戒线。

这时，一位身躯魁武的陆军中将稳步走下扶梯。先导的卫士长高呼：“中国陆军副总参谋长冷欣中将到！”

冈村宁次迎了上去，立正、敬礼。冷欣宣布说：“我代表陆军总司令何应钦将军前来执行受降事宜。”

先冷欣一行四小时到达的特遣队此时已经完全控制了机场，并布置了陆军总部行辕。冷欣登上了停在跑道边上的吉普车驶向了行辕，略事休息之后即召见了冈村宁次。

冈村在行辕门口下车时解下了军刀，交给了留在车中的副官。见到冷欣后再次立正、敬礼，然后直言道：“我希望将军阁下能暂时屏退随从人员，我有绝密的请求报告将军并转达给蒋委员长。”

冷欣一挥手，侍从人员退了出去。又向冈村挥手，示意他坐下，然后说道：“请说吧。”

冈村坐在沙发上一挺胸说：“我奉天皇陛下的诏令向中国政府投降，也就要像忠于天皇一样地忠于中国政府，忠于蒋委员长。

“恕我直言，从现在起日本不再是中国的敌人。中国的大患是共产党，尤其是共产党领导之下的八路军、新四军。

“日军在华全体官兵，愿意帮助中国政府除掉这个大患，具体说就是协助中国政府消灭八路军、新四军。现在日军仍然控制着重要的战略要地和枢纽交通线，部队的建制也没有被打乱，战斗力依然存在。

“我请求蒋委员长认真考虑我的建议。当然，我的建议中也不排除为日军在华的二百万官兵谋求出路……”

冈村宁次陈词已毕后，冷欣点了点头说：“你的话我可以转告蒋委员长，可是我的职责是执行受降事宜。”

冈村起身，立正、敬礼，说了声“明白”，然后转身离去。就在他步出行辕时，晴空之上忽然翻起了乌云，雷鸣、闪电匝天而至。

隆隆闷雷之中响起了惊雷，惊雷之后又是隆隆的闷雷。乌云上翻下滚，闪电如同利剑划破了乌云，也照亮了大地。

天怒了！谁敢犯天之怒？

隆隆闷雷之中响起了惊雷，惊雷之后又是隆隆的闷雷。乌云上翻下滚，闪电如同利剑划破了乌云，也照亮了大地。

人怒了！众怒难犯！